Das Buch

Das Doppelspiel: Frazertown ist eine ›amerikanische‹ Stadt in der UdSSR und Smolanska eine ›sowjetische‹ Stadt in den USA. Hier sollen Menschen ihre wahre Identität vergessen, hier wird ihnen unbedingter Gehorsam aufgezwungen. Im Spiel der Geheimdienste werden sie wie Schachfiguren hin- und hergeschoben. In Frazertown begegnen sich der sowjetische Major Plenjakow und der amerikanische Major Bob Miller. Und obwohl sie beide in die schöne Dunja verliebt sind, werden sie Freunde. Als es jedoch um die Interessen ihrer Staaten geht, wird ihre Freundschaft einer harten Prüfung unterzogen …

Strafbataillon 999: Zivilcourage und Aufbegehren gegen all die Lügen in Rundfunk und Presse – das waren die Gründe, weshalb Männer zum Dienst in einem Strafbataillon verurteilt und an die Front geschickt wurden. Doch auch hier kämpften sie weiter – selbst auf die Gefahr hin, nie wieder nach Hause zu ihren Familien zu kommen.

Der Autor

Heinz G. Konsalik, 1921 in Köln geboren, studierte Theaterwissenschaft, Literaturgeschichte und Zeitungswissenschaft. Im Zweiten Weltkrieg war er Kriegsberichterstatter. Nach Kriegsende arbeitete er zunächst als Dramaturg und Redakteur. Seit 1951 ist er freier Schriftsteller. Konsalik gilt als international erfolgreichster deutscher Autor. Ein Großteil seines Gesamtwerks liegt als Heyne-Taschenbücher vor.

HEINZ G. KONSALIK

DAS DOPPELSPIEL

STRAFBATAILLON 999

Zwei Romane in einem Band

WILHELM HEYNE VERLAG
MÜNCHEN

HEYNE ALLGEMEINE REIHE
Nr. 01/10803

Besuchen Sie uns im Internet:
http://www.heyne.de

Umwelthinweis:
Das Buch wurde auf
chlor- und säurefreiem Papier gedruckt.

Wilhelm Heyne Verlag GmbH & Co. KG, München
Printed in Germany 1998
Umschlagillustration: Bildagentur Mauritius/Zak
Umschlaggestaltung: Atelier Ingrid Schütz, München
Satz: Pinkuin Satz und Datentechnik, Berlin
Druck und Bindung: Elsnerdruck, Berlin

ISBN 3-453-14702-2

DAS DOPPELSPIEL

Die schwarze ›Wolga‹-Limousine hielt mit einem Ruck. Staub quoll unter den plötzlich gebremsten Rädern auf und zog als gelbe Wolken an den Fenstern vorbei. Der Fahrer, ein Unteroffizier der Roten Armee, Sektion Ukraine III, drehte den Kopf nach hinten und straffte den Oberkörper. Seine Hände lagen auf den Oberschenkeln.

»Wir sind da, Genosse Major«, sagte er militärisch knapp.

»Hier?« Der Mann im Fond der Limousine starrte aus dem Fenster. »Wir haben uns nicht verfahren, Petros Jakowlowitsch?«

»Ich habe den Befehl, den Genossen Major hier abzusetzen.« Der Unteroffizier blickte wieder nach vorn und schwieg. Recht hat er, dachte er, sich zu wundern. Wer täte das nicht? Man sagt zu ihm: Sie werden versetzt, mein lieber Andrej Nikolajewitsch. Ein ehrenvolles Kommando ... und wo landet man? Mitten in einer hügeligen, total einsamen Gegend mit hartem Gras, ein paar Weiden und Birken, Holunderbüschen und Buschwindröschen. Weit und breit kein Mensch, kein Stück Vieh, keine Pferde, kein Traktor, nicht einmal ein Lamm ... rein gar nichts als ein Land mit Hügeln und verstepptem Gras. Aber das hätte man vielleicht ertragen können. Viel trostloser noch war der hier völlig deplazierte, über drei Meter hohe und – wie Warnschilder verkündeten – elektrisch geladene Stacheldrahtzaun, der einsam das Gelände durchschnitt. Von Horizont zu Horizont, nur ein Drahtzaun. Dahinter ein kahler Streifen, vielleicht fünfzig Meter tief, gerodet, gepflügt, geeggt, und erst dann wieder ein paar Büsche und Birken. Auch der Dümmste, auch so einer, der mangels anderer Gegenstände Wasser aus seinem Schuh trinkt, wußte: Dieser kahle Streifen ist der Tod! Hier haben sie Minen eingegraben, die einen in die Luft schleudern und in Fetzen wieder herunterregnen lassen. Hier stehen irgendwo raffinierte Selbstschußapparate, die von unsichtbaren Kontakten ausgelöst werden. Hier klingelt es sofort in unsichtbaren Erdbunkern Alarm, wenn jemand tatsächlich den Zaun überwinden kann und diese höllischen fünfzig Meter betritt. Kein Durchkommen, Genossen! Sieben Kaninchen und vier Maulwürfe hatten es schon versucht ... es krachte infernalisch, die armen Tierchen zerfielen in kleine Stückchen, und dann hatten einige abkommandierte Spezialisten Mühe, die detonierten Minen wieder zu ersetzen. Aber seitdem gab es keine Kaninchen und Maulwürfe mehr in der Gegend ... es sprach sich sogar bei den Tieren herum: Bleibt weg von diesem Zaun!

Major Andrej Nikolajewitsch Plenjakow stieg aus dem ›Wolga‹ und zog seinen Koffer aus braungrünem Leinen von dem Rücksitz. Er stellte ihn neben die Limousine und nahm die Schirmmütze ab, um mit einer Drehung seines Handrückens den Schweißrand abzuwischen. Vor ihm lagen der Todesstreifen und die stille Einsamkeit. In den Drahtzaun war ein zweiflügeliges Tor eingelassen, am rechten Eisenpfahl hing ein kleiner, blecherner, grünlakkierter Kasten. Das Türchen war mit einem einfachen Riegel verschlossen.

Plenjakow, der drei Schritte vorwärts gegangen war, sah sich nach dem schwarzen ›Wolga‹ um. Unteroffizier Petros Jakowlowitsch, ein kleiner Mann mit dem undurchdringlichen Gesicht eines Kirgisen, war nun auch ausgestiegen und holte aus dem Kofferraum das weitere Gepäck: die Kalaschnikow-Maschinenpistole, in einem erdbraunen Leinenfutteral, einen Gepäcksack und einen Karton, in dem – Petros hatte nicht schlecht gestaunt – sich ein Transistorradio und ein Plattenspieler befanden. Dazu Schallplatten. Beethoven, Wagner, Verdi, Meyerbeer, Bruckner, und natürlich Chopin, Tschaikowsky, Glinka, Mussorgskiy, Prokofjew, Rimskij-Korsakow und Borodin. Petros trug alles an das elektrisch geladene Drahttor und baute es neben Plenjakow auf.

»Haben Sie noch Wünsche, Genosse Major?« fragte er,

als Plenjakow stumm, mit zusammengezogenen Brauen, über das Land blickte.

»Nein, Petros Jakowlowitsch. Doch ja, noch eine Frage: Haben Sie schon öfter Genossen hier abgeladen?«

»Viermal, Genosse Major.«

»Und wie haben die sich benommen?«

»Sie haben sich gewundert wie Sie.«

»Mehr wissen Sie nicht?«

»Nein.«

»Was ist jenseits der Hügel?«

»Darüber habe ich nie nachgedacht, Genosse Major. Wozu auch? Man strengt sich an und weiß nachher doch nichts. Außerdem: Was geht's uns an? Hier ist ein Stück Welt zu Ende. Drüben beginnt ein anderes Stück, aber nicht für uns. Wozu sich Gedanken machen? Die das hier angelegt haben, werden sich sicherlich was dabei gedacht haben.«

»Irgendwo dort hinten muß der Bug fließen. Wir sind aus Winniza herausgefahren nach Süden, ohne den Fluß zu sehen. Er muß jetzt links von uns liegen ...«

»Möglich.« Petros Jakowlowitsch hob die schmalen Schultern. Sein Kirgisengesicht blieb ausdruckslos. »Ich kenne hier nur den Weg zwischen Winniza und diesem Tor. Wozu soll man mehr wissen?« Er grüßte und verabschiedete sich damit von Plenjakow. »In dem Kasten am Pfahl ist ein Telefon, Genosse Major. Wenn Sie den Hörer abheben, meldet sich jemand. Ich muß zurück.«

»Gute Fahrt, Petros Jakowlowitsch.«

»Danke sehr, Genosse Major.«

Plenjakow wartete, bis der schwarze ›Wolga‹ in einer gelben Staubwolke hinter einem Hügel wegbog und nur noch das Blubbern des Motors in der fast völligen Stille zurückblieb. Ein paar Vögel wippten auf Birkenästen und glotzten Plenjakow stumm an. Es war warm, viel zu warm für diesen Maitag. Die Erde trocknete bereits aus. Es würde, wenn es so weiterging mit dem Sonnenschein, in der Ukraine eine Mißernte geben, und der Fünfjahresplan brach wieder mal zusammen.

Plenjakow trat an den Blechkasten, öffnete das Türchen und hob den Hörer des dunkelgrün gestrichenen Telefons ab. Es knackte ein paarmal in der Leitung, und dann zuckte der Major zusammen, denn die Stimme, die ihm ins Ohr tönte, war so deutlich und nah, als spreche man unmittelbar gegen sein Trommelfell.

»Seien Sie willkommen, Andrej Nikolajewitsch!« rief die fröhliche Stimme, bevor Plenjakow sich melden konnte. Die Heiterkeit des unsichtbaren Mannes paßte nicht im geringsten zu der Trostlosigkeit der Umgebung. »Sie kommen pünktlich. Aber dafür steht Petros gerade ... er ist wie ein geöltes Uhrwerk. Wie ich an Ihrem Gesicht sehe, denken Sie jetzt: Der Eisentopf meiner Mutter überm Herd war lebendiger als dieses Miststück Land.«

»So ähnlich.« Plenjakow sah sich um. Da waren der Zaun, das Tor, der Todesstreifen, die Büsche und Bäume. Er konnte nichts anderes entdecken. Die Stimme im Telefon kicherte vergnügt.

»Ich sehe Sie, aber Sie werden vergeblich nach dem Standort der Fernsehkamera suchen. Das ist perfekte Tarnung.«

»Meine Gratulation. Ich habe sonst einen scharfen Blick.« Plenjakow lächelte schwach. »Was passiert jetzt weiter mit mir?«

»Sie werden abgeholt. Ein Leutnant und drei Mann.«

Plenjakow hängte den Hörer wieder ein. Ein neues Geräusch war plötzlich in der heißen Luft, und sein geschultes Gehör erkannte am Ton: Das ist der Motor eines Geländewagens. Ein alter GAZ-69. Der Major stellte sich zwischen seine Gepäckstücke und freute sich, daß er sich nicht geirrt hatte, als plötzlich der Wagen über die Kuppe eines Hügels ratterte. Wie war das bei der Abschlußprüfung in Ust-Katowskaja? Da hatten sie ihn mit verbundenen Augen an eine Straße im Wald gesetzt, und ein Fahrzeug nach dem anderen fuhr an ihm vorbei. »Das ist ein Fiat, das ein Jeep, das ein Dodge, ein 4-Tonner Mercedes, ein deutscher MAN-Dreiachser, ein Volvo-Sattelschlepper, ein Tatra 111 S-2, ein URAL ZIS-375 ...« Und dann die verschiedenen

Panzertypen und Panzerkanonen, die Mannschaftswagen und Munilaster – er hatte sie bis auf eine Type alle am Ton erkannt und seine Prüfung mit dem begehrten ›Sehr gut‹ und einem Diplom abgeschlossen. Der Beste seines Lehrgangs. Und dabei war die Schulung des Gehörs nur der geringste Teil der Ausbildung. Es gab da andere Dinge, aber darüber sprach man nicht.

Der Geländewagen fuhr im Zickzack durch das Minenfeld, hielt an dem Tor, und ein junger Leutnant sprang heraus. Die drei anderen Rotarmisten blieben im Wagen sitzen und richteten ihre Kalaschnikows auf Major Plenjakow. Mit einem einfachen Schlüssel – so sicher war man sich der höllischen Sperren – öffnete der Leutnant das Tor. Plenjakow starrte auf die Läufe der Maschinenpistolen und rührte sich nicht vom Fleck.

»Ihr seid nicht die freundlichsten Menschen«, sagte er bloß.

»Andrej Nikolajewitsch, wir müssen Sie untersuchen!« Der junge Leutnant kam auf Plenjakow zu. Sein Lächeln war so, als bäte er um Verzeihung für seine Aufgabe. »Wir haben Sie erwartet, wir wissen, wer Sie sind. Trotzdem ...«

»Tun Sie Ihre Pflicht, Genosse Leutnant. Soll ich mich nackt ausziehen? Ein nackter Mensch kann nichts mehr verbergen.«

»Das stimmt. Aber es ist nicht nötig.«

»Irrtum!« Plenjakow grinste breit. »Auch ein nackter Mensch ist gefährlich. Ich habe gelernt, daß man in einem Röhrchen, das man sich in den After und dann in den Dickdarm drückt, genug Plastiksprengstoff transportieren kann, um eine Brücke in die Luft zu jagen.«

Der junge Leutnant starrte Plenjakow an, sein Lächeln versteinerte, die Augen wurden hart und schlitzähnlich. »Ziehen Sie sich aus, Genosse!« sagte er hart. »Daran habe ich noch nie gedacht!«

»Brav so!« Plenjakow lachte, löste den Gürtel seiner Hose und ließ sie auf seine Schuhe fallen. Dann begann er, seine Uniformjacke aufzuknöpfen. »Überlegen Sie dabei, Genosse Leutnant«, sagte er bei dieser Entkleidung, »daß der Dickdarm nicht das einzige Versteck an einem nackten Menschen ist! Es gibt da eine Menge anderer Möglichkeiten ...«

Irgendwo im Gelände knackte es laut. Plenjakow, der gerade seine Jacke abstreifen wollte, hielt in der Bewegung ein. Das ist ein Lautsprecher, dachte er. Dort in den Birken, aber völlig unsichtbar. Eine grandiose Tarnung. Hier versteht man sein Metier.

Eine Stimme, die Stimme von vorhin im Telefon, dröhnte nun laut über das stille Land. Plenjakow strengte sich an, aber er entdeckte weder den Lautsprecher noch die Fernsehkamera. »Leutnant Alajew!«

Der junge Offizier fuhr herum und nahm stramme Haltung an. Es wirkte ein wenig lächerlich, strammzustehen vor einem Ton, aber Plenjakow begriff sofort, welche Disziplin hier herrschte.

»Genosse General!« rief Leutnant Alajew zurück.

Aha, ein General sitzt am Fernsehschirm, dachte Plenjakow. Welche Ehre! Aber gleichzeitig fragte er sich, wo er abgesetzt worden war, wie wichtig das alles, was er noch nicht sehen konnte, sein mußte, wenn ein General sich darum kümmerte, wer sich dem Tor im Elektrozaun näherte.

»Verzichten Sie darauf, Alajew, dem Genossen Major in den Arsch zu blicken! Er hat keinen Sprengstoff bei sich. Übrigens ist das ein alter Witz unter Geheimagenten. Andrej Nikolajewitsch ...«

Plenjakow straffte sich nun auch. »Genosse General!«

»Kommen Sie rein in unser Paradies! Es ist wirklich eins, und besser als das alte. Hier kann uns keiner vertreiben, und das Apfelessen verbietet Ihnen auch niemand. Im Gegenteil. Je mehr Erkenntnisse Sie sammeln, um so besser! Ich sehe Sie später, Andrej ...«

Es knackte wieder, der Lautsprecher schwieg. Leutnant Alajew trat zur Seite, gab den Weg frei, und Plenjakow ging langsam zu dem Geländewagen. Zwei Rotarmisten sprangen heraus, rannten zu dem Gepäck vor dem Tor und trugen es in das verbotene Land. Dort kontrollierte

Alajew, getreu der Vorschrift, kurz den Karton. »Schallplatten, tatsächlich!« sagte er. Sein Jungengesicht glänzte. »Welche?«

»Von Beethoven bis Bartók.«

»Herrlich.« Alajew klappte die Deckel über den Karton. »Schade, Genosse Major, daß man sie Ihnen wegnehmen und in das Magazin einschließen wird.«

»Warum das denn?«

»Sie werden es gleich sehen.« Alajew setzte sich neben Plenjakow in den Wagen. »Sie sind jetzt in einem anderen Land. Hier ist nicht mehr Rußland ...«

Was Plenjakow als eine bloße Redensart Alajews hingenommen hatte – hier ist nicht mehr Rußland, das sagt man so leicht dahin, wenn man sich ärgert, denn gerade hier war Rußland mit seinen ukrainischen Feldern und den Flüssen Bug, Dnjepr und Dnjestr ein reiches, fruchtbares Land –, das erwies sich wenige Minuten später, als sie die Hügelkuppe überfahren hatten, als zunächst noch nicht begreifbare Wahrheit: Vor Plenjakow lag eine weite Ebene, grasbewachsen, die nur von einigen grünen Buschgruppen unterbrochen wurde. Erst, als sie näher kamen, erkannte er, daß es flache Steinhäuser waren, über die man Tarnnetze gezogen hatte, in die wiederum ganze Büsche mit Ballen und Wurzelwerk verflochten waren. Unter anderen Erdhügeln vermutete Plenjakow ausfahrbare Raketenwerfer, Zielgeräte, Scheinwerfer und elektronische Meßinstrumente.

»Wir müssen noch durch zwei Sperren«, sagte Leutnant Alajew. »Hinter der dritten sind Sie dann zu Hause.«

»Was nennen Sie zu Hause?«

»Das wird Ihnen der Genosse General sagen.«

Tatsächlich passierten sie noch zwei elektrische Sperrzäune und Tore, wurden jedesmal kontrolliert und fotografiert. Bei der dritten Sperre mußte Plenjakow durch einen Bogen aus Stahl gehen, ganz langsam, und ein paar runde Glasaugen in der Stahlwand glotzten ihn an.

Röntgen, dachte er. Und Radiumstrahlen. Ich werde

durchleuchtet. Hier gibt es kein Versteck mehr … selbst verschluckte Kapseln werden wieder sichtbar gemacht. Hier ist die Sicherheit vollkommen.

»Das hätten wir, Andrej Nikolajewitsch«, sagte jenseits des Bogenganges ein dicklicher Kapitän und gab Plenjakow die Hand. Dann blickte er auf seine Armbanduhr und nickte. »In einer halben Stunde kommt der Bus. Wir haben Zeit, uns umzuziehen.«

»Wer kommt?« fragte Plenjakow erstaunt.

»Der Trolleybus!« Der Kapitän klopfte ihm auf die Schulter. »Und das schöne Uniförmchen mit den Medaillen ziehen wir schnell aus. Kommen Sie mit, Andrej. Wir haben für Sie einen schönen Jeansanzug besorgt. Extra genäht … bei Ihren 1,85 Metern Länge und Ihren verdammt breiten Schultern war das ein kleines Problem. Gott sei Dank hatten wir aus Ust-Katowskaja Ihre Maße per Funk bekommen.« Der kleine Dicke grinste breit. »Wir dürfen sogar wieder Gott sagen, merken Sie's? Es ist sogar Befehl, in der Bibel zu lesen. Na ja, Sie werden sich daran gewöhnen. Auch daran, daß ich alles, was Sie bei sich haben, kassiere, mein lieber Andrej.«

»Alles?!«

»Ohne Ausnahme! Kommt ins Magazin. Hier wird nichts geklaut. Hej, ich glaube, Sie sehen fantastisch in Jeans aus! Die Weiberchen werden wild werden und mit den Röcken wedeln …«

»Hier? Frauen?« Plenjakow fuhr sich mit beiden Händen durch die gelockten mittelblonden Haare. Er war das, was man einen schönen Mann nennt. Ein Mensch, bei dem man stehenbleibt und ihm nachblickt, im Herzen das schwermütige Bohren bewundernder Eifersucht. »Das ist zu dick gelogen, Genosse.«

»Sie sind hier im Paradies, sagt der General … glauben Sie es endlich, Andrej! Ich garantiere Ihnen: In einer halben Stunde sehen Sie die tollsten Mädchen zwischen Alaska und Neufundland! Körperchen, sage ich Ihnen! Und wenn Sie mit der Zunge schnalzen, wackeln sie mit dem Hintern als Antwort.«

Er stieß Plenjakow, der plötzlich wie willenlos war, in einen Raum und trat hinter sich die Tür zu. Über einem großen Tisch lagen ein blauer Jeansanzug mit Nieten, ein kariertes Hemd, ein rotes Halstuch und ein breitkrempiger amerikanischer Hut, ein sogenannter Stetson. Unter dem Tisch standen ein paar Boots aus Wildleder, Socken aus Nylonfrottee, grellgelb und mit rotem Rand. Auf einem anderen Tisch lag die Unterwäsche ... Slips aus geblümter Baumwolle, ein Unterhemd mit dem grellblauen riesigen Aufdruck auf der Brust: The Rangers-Basketts, daneben eine Leinenmütze mit einem langen grünen Kunststoffschirm. Auch auf der Mütze, vorn, unübersehbar, schrie es Plenjakow entgegen: The Rangers-Basketts.

»Na, ist das eine Wonne?« sagte der dicke Kapitän fröhlich. »Genosse, wenn Sie das angezogen haben, muß ich Alarm geben. Die Weiber werden sich die Blusen aufreißen bei Ihrem Anblick.«

»Was soll das alles?« Plenjakow lehnte sich gegen die weißgetünchte Wand. »Ilja Saweliwitsch, was wird hier gespielt? Die undurchdringlichen Sperren, die dämlichen Reden vom Paradies, jetzt diese furchtbaren amerikanischen Lumpen, ein Trolleybus soll mich abholen, Mädchen sind in der Nähe ... das ist doch alles Irrsinn!«

»Aber mit Methode, Andrej Nikolajewitsch. Ziehen Sie sich um. Erinnern Sie sich: Was hat man in Ust-Katowskaja am gründlichsten mit Ihnen durchgehämmert? Na? Überlegen Sie!«

»Dechiffrieren ...«

»Na, na ...«

»Überlebenstraining in extremen Situationen ...«

»Aber, aber, Andrej! Was Sie perfekt konnten, hat man noch perfekter gemacht.«

»Meine englischen Sprachkenntnisse.«

»Ja. Oder besser: Ihren amerikanischen Slang! Na? Leuchtet jetzt das Lämpchen auf?«

»Nein«, sagte Plenjakow ehrlich.

»Es ist wirklich schwer, das zu begreifen.« Der dicke Kapitän zeigte auf die Kleidung. »Ziehen Sie sich um, Andrej. In einer Viertelstunde kommt der Bus. Er wird Sie beim Sheriff absetzen ...«

»Wo?« fragte Plenjakow, völlig verwirrt.

»Schon gut!« Ilja Saweliwitsch winkte ab. »Ziehen Sie sich um, Andrej. Schnell, schnell. Das kann man nicht erklären, das muß man sehen.«

Später saß Plenjakow in einem Bus amerikanischer Bauart und kam sich sehr lächerlich vor in seinem genieteten Jeansanzug, dem karierten Hemd und der Schirmmütze mit dem dicken Aufdruck. Alle seine Sachen waren im Magazin geblieben, sauber beschriftet und katalogisiert. Ein Koffer, ein Packsack, eine Kalaschnikow mit Futteral, eine Makarow-Pistole, 9 mm, mit 50 Schuß Munition, eine Uniform, Rang Major, Schuhe, Unterwäsche, ein Karton mit Radio und Plattenspieler und 27 Schallplatten klassischer Musik. Verwahrt für Major Andrej Nikolajewitsch Plenjakow, zugereist aus Ust-Katowskaja, wohnhaft in Leningrad, II. Generalkommando, Abteilung A II. Stempel, Unterschrift.

Und damit gab es ab sofort keinen Major Plenjakow mehr. Was da in dem amerikanischen Trolleybus hockte, in die Gegend blickte und aussah wie ein großer, kräftiger Arbeiter aus Texas, war im Moment ein Namenloser, Heimatloser, Unbekannter, der auf alle seine stillen Fragen sich selbst keine Antwort geben konnte.

Der Bus fuhr schwankend über eine Teerstraße. Links und rechts dehnte sich weites Weideland, ab und zu unterbrochen von einigen Windrädern, die Wasser aus der Tiefe in gemauerte Brunnen pumpten. Plenjakow drückte die Stirn gegen das Fensterglas und starrte auf das Land. Das ist nicht mehr Rußland, durchfuhr es ihn. Das ist Amerika, das ist ein Stück der Prärie, das ist genauso, wie wir es in unzähligen Lehrfilmen in Moskau, in Frunse, in Kasan und zuletzt in Ust-Katowskaja gesehen haben: Die riesigen Grasflächen des Westens, die ehemalige Heimat der Büffel, die Fleischkammer Amerikas.

Er zuckte unwillkürlich zusammen, als der Bus an einer Rinderherde vorbeiklapperte. Vier Cowboys auf mittelgroßen, gefleckten, schnellen Pferden schwenkten grüßend ihre breitkrempigen Hüte, gaben ihren Gäulen die Sporen und galoppierten neben der Straße her, schrien dem einsam im Bus hockenden Plenjakow etwas zu, was er nicht verstand, lachten dann schallend, blieben zurück und wendeten sich wieder ihrer Herde zu.

»Die Boys sind okay«, sagte der Busfahrer. Er trug nur Hose und Unterhemd und die obligatorische Mütze mit dem grünen langen Zelluloidschirm. Ein muskelbepackter, stiernackiger Kerl. Er sprach Plenjakow zum erstenmal an, und er sprach ein breites, zerknautschtes Amerikanisch wie ein Baumwollpflücker aus Alabama. »Ist'n guter Job! Frische Luft, Whiskey und Weiber. 'ne Mischung, um sich die Hose durchzuwetzen ...«

Plenjakow zog die Schultern hoch. »Wie heißt das hier?« fragte er auf russisch. Der Fahrer beobachtete ihn durch den langen, breiten Rückspiegel.

»Mister, Sie sprechen einen Dialekt, den kenn' ich nicht.«

»Wie heißt du?« sagte Plenjakow schnell, aber er überlistete den Fahrer nicht.

»Was ist los?« fragte der bullige Kerl zurück.

»Ich möchte Ihren Namen wissen«, sagte Plenjakow auf englisch. Der Fahrer nickte zufrieden.

»Das versteht ein guter Christ. Ich heiße Jim Barkley. Gute Freunde dürfen mich Bully nennen. Suchen Sie Arbeit in der Stadt?«

»Es scheint so.« Plenjakow atmete tief durch. »Sagten Sie Stadt, Jim?«

»In fünf Minuten sind wir da. Ha, ich liebe diese Stadt! Sie werden sie auch lieben lernen, Mister. Übrigens: Morgen ist Football. Die Boys von der West-Side gegen die von der East-Side. Das müssen Sie sehen, Mister! Harte Knaben sind das! So gebaut wie Sie!«

Die Landschaft wechselte plötzlich. Die Prärie hörte auf, dafür tauchten Bungalows auf, Gärten mit Swimmingpools, Tennisplätze, ein Sportstadion, an der Straße lag ein Motel, vor dem eine Menge amerikanischer Wagen parkten, eine Tankstelle der Standard-Oil mit einem Tankwart, der in einem Liegestuhl döste und auf Kundschaft wartete, und dann sah Plenjakow die ersten Mädchen, langbeinig, mit offenen flatternden Haaren, in hautengen Jeans oder noch engeren Hot pants, er sah Männer und Frauen in den Läden und Drugstores, in den Cafés und auf der Straße, durch die der Bus fuhr, und alles war so, wie er es aus amerikanischen Filmen kannte, nur noch intensiver, packender.

Weit hinten, wo sich die Straße senkte und auf einen großen Platz mit einem Denkmal mündete, sah er den Fluß, blau schimmernd in der Sonne, breit und träge, auf der anderen Seite mit seinen typischen ausgewaschenen Steilufern, die wie braune Borken aussahen. An diesen Ufern haben sie Blut gelassen, dachte Plenjakow. Die Deutschen und wir. Von 1941 bis 1944 herrschten hier die Nazis, und in den Höhlen in den Steilufern versteckten die Partisanen ihre Waffen.

Ist das wirklich wahr? Bin ich am Bug?

»Wie heißt der Fluß, Jim?« fragte er den Fahrer.

»Das ist der Silver River, Mister.«

»Silver River? Nicht der Bug?«

»Bug?« Der Fahrer sah Plenjakow durch den Rückspiegel an. »Nie gehört, Mister. Wo soll'n der sein?«

An dem großen Platz, nahe dem Silver River, lag das Stadthaus. An einer Fahnenstange hing das Sternenbanner, zwei Polizisten lümmelten sich vor dem Eingang und drehten den Kaugummi zwischen ihren Zähnen. Links war der Eingang zum Sheriff und zur Polizeistation, rechts gelangte man zum Finanzamt, in der Mitte, die große Glastür, führte zur Stadtverwaltung. Jim bremste seinen Bus.

»Endstation, Mister! Und viel Glück! Bin gespannt, wo ich Sie wiedersehe. Arbeitslosigkeit gibt's bei uns nicht. Melden Sie sich beim Bürgermeister – und sagen Sie nicht General zu ihm. Und denken Sie dran: Morgen abend Football im Stadion!«

Plenjakow stieg aus und blickte Jim nach. Er schlenderte hinüber zu einem Selbstbedienungsrestaurant, die Hände in den Hosentaschen, ein Mann, der sich freut, gleich einen dreistöckigen Hamburger vertilgen zu können.

Denken wir logisch, sagte Plenjakow zu sich. Wühlen wir uns aus den erstickenden Fragen heraus. Vor einer knappen Stunde hat der General zu mir über den Lautsprecher gesprochen. Das war draußen vor dem ersten Elektrozaun, und da stand ich noch auf russischem Boden. Das hier ist Amerika, und wenn der General in diesem Haus regiert, ist er tatsächlich kein General mehr, sondern der Bürgermeister. Das ist alles verrückt, monströs verrückt! Was hat man mit mir vor? In Ust-Katowskaja hat man nur zu mir gesagt: Sie werden versetzt und übernehmen eine Aufgabe, für die wir nur die Besten brauchen können. Und Sie sind unser Bester! Viel Glück, Andrej Nikolajewitsch …

Er schob seine schreckliche Mütze mehr in den Nacken, blickte die gelangweilten Polizisten an und betrat das Stadthaus. Sofort fiel die Kühle über ihn her, so massiv, daß er fröstelte. Air-conditioning, dachte Plenjakow. Natürlich. Auf der großen Orientierungstafel im Flur suchte er die Zimmernummer des Bürgermeisters. Das Büro war im ersten Stock, Nummer 17. Anmeldung Nummer 16. Aus einer offenen Tür hörte er lautes Gezänk. Im Zimmer des Ordnungsamtes beschwerte sich ein Mann lauthals darüber, daß er keine Leuchtreklame für seinen Schuhsalon anbringen durfte. Er sprach ein herrliches Texanisch.

Verrückt, dachte Plenjakow wieder und schüttelte den Kopf. Verrückt! Da drüben fließt doch der Bug und ich stehe auf dem Boden der Ukraine! Ich ahne, was das hier alles bedeuten soll … und wenn das stimmt, ist es die tollste Sache, die Rußland hervorgebracht hat. Fast ebenbürtig mit unserem Raumfahrtprogramm. Ein Bild der Perfektion.

Er stieg die breite Treppe hinauf, klopfte höflich bei Nummer 16 und trat ein, als eine frische Mädchenstimme »Come in!« rief.

Die Sekretärin, wasserstofferblondet, mit kleinen gedrehten Löckchen, ein Puppengesicht wie aus Harpers Magazin, Millionenware amerikanischen Schönheitsideals, lächelte ihm entgegen und zeigte mit dem Daumen auf eine Kassettenholztür.

»Gehen Sie durch, Sir, Sie werden erwartet.«

Ein perfekter Wisconsin-Dialekt. Plenjakow lächelte zurück, nahm seine dämliche Mütze mit dem grünen Schirm ab, klemmte sie unter die Achsel, klopfte kurz an und trat dann ein. Das Zimmer war riesengroß, fast kahl bis auf einen gewaltigen Schreibtisch aus Mahagoni, ein Waschbekken, einen Sodawasserspender an der Wand und den üblichen Fahnen in der Ecke hinter dem Tisch. Zwischen zwei Fenstern hingen zwei Bilder: Washington und Nixon. Das eine Bild gehörte zum Standard, das andere besaß einen Wechselrahmen. Historie ist unverrückbar, aber Präsidenten kommen und gehen.

Hinter dem großen Tisch saß in einem hochlehnigen Ledersessel ein gedrungener, bulliger Mann mit kurzgestutzten grauen Haaren, in Hemdsärmeln und heruntergezogenem Krawattenknoten. Er trank Eiswasser aus einem hohen Glas und wies mit dem Zeigefinger auf einen Stuhl, als Plenjakow die Tür hinter sich geschlossen hatte.

»Ich melde mich zur Stelle, Genosse General!« sagte Plenjakow militärisch steif und baute sich hinter der Stuhllehne auf. Der General setzte das Wasserglas ab, wischte sich über die Lippen und rülpste diskret. Dann betrachtete er seinen Besucher und schüttelte den Kopf.

»Was für 'ne merkwürdige Sprache sprechen Sie da?« fragte er auf englisch. »Ich verstehe kein Wort.«

»Ich bin hier, Sir«, sagte Plenjakow jetzt ebenfalls auf englisch.

»Ich habe geglaubt, hinter dieser Tür hört das Spielchen auf.«

»Irrtum ... hier fängt es erst richtig an!« Der bullige Mann lehnte sich gemütlich zurück und musterte Plenjakow, als wolle er ein Pferd kaufen und Andrej Nikolajewitsch sei ein besonders hervorstechender Hengst. »Ich habe Ihre Akte gelesen, mein Lieber. Ein Hymnus! Daraus könnte ein Komponist eine Heldenoper machen. Was da aus Moskau, Frunse und Ust-Katowskaja kommt ... danach müssen Sie ein Genie sein. Ich sage Ihnen das nicht, um Sie zum eitlen Affen zu machen, sondern um Ihnen anzudeuten, daß Genies bei uns die härtesten Aufgaben bekommen.« Er schlug einen Schnellhefter auf, der Plenjakows Personalakte sein mußte, und legte die Fäuste auf die Papiere. »Ich bin Iwan Kornejewitsch Sinjonew ... das nur am Rande, und vergessen Sie es sofort wieder. Ich heiße jetzt James Bulder und bin Bürgermeister dieser Stadt, auf die Gott mit Wohlwollen herunterblickt. Wir haben neunhundertvierundfünfzig Einwohner, drei Bars, zwei Drugstores, zwei Footballmannschaften, eine Rugbymannschaft, einen Tennisclub, einen Schwimmverein, einen Turnverein, einen Golfplatz mit 18 Löchern, einen Spielsalon mit zweiunddreißig ›einarmigen Banditen‹, eine Go-Kart-Bahn, ein Catcherzelt, eine Boxschule, ein Hotel der Mittelklasse, eine Schule für alle Klassen, einen Theatersaal und einen Puff mit fünf superscharfen Girls. Na, ist das eine Stadt?«

»Ich bin überwältigt, Sir.«

»Am Silver River ist eine Badeanstalt, gibt es Motorboote zum Leihen und steht das Restaurant ›Bei Billy‹. Spezialität Hamburger und Steaks. Billy war einmal Schwergewichtsmeister im Boxen. Er braucht einen Mann, der ihm bei der Herstellung der Hamburger hilft und sie belegt. Das wäre ein Job für Sie ...«

James Bulder nahm wieder einen Schluck Eiswasser. Er hatte die Klimaanlage abgeschaltet und ertrug lieber die drückend heiße Luft, als sich dauernd eine Erkältung zu holen durch den Wechsel von heiß und kalt. Das war zuerst schlimm gewesen ... General Sinjonew hustete und keuchte, bis er entdeckte, daß er die Air-conditioning nicht vertrug. Er verfluchte sie als tödliche amerikanische Erfindung und stellte sie von da an ab. Dafür stieg sein Verbrauch an Eiswasser um das Dreifache.

»Ich nehme an, Sir«, sagte Plenjakow steif. »Ich muß allerdings erwähnen, daß man mir in Ust-Katowskaja nicht gesagt hat, wohin ich abkommandiert werde ...«

»Das sollten Sie auch von mir erfahren, mein Boy! Setzen Sie sich. Ich muß Ihnen eine Stunde Unterricht in der Geschichte Frazertowns geben ...«

»Frazertown?«

»Sie sind hier in der amerikanischen Kleinstadt Frazertown, irgendwo in Texas. Draußen an Zaun eins steht zwar ein Schild ›Nowotschok. Sperrgebiet. Lebensgefahr!‹, aber das ist nur ein Name. Jedes Ding muß einen Namen haben, und die Bürger von Winniza waren in dem Moment zufrieden und ohne Neugier, als Nowotschok am Zaun stand. Das begriffen sie. Ein neues Lager. Vielleicht Raketen. Man soll nicht zuviel fragen, Brüderchen. Machen wir einen weiten Bogen um den Zaun und Nowotschok. Denn neugierig wurden sie ... drei Jahre lang wurde hier Tag und Nacht gebaut, rollten Kolonnen von Trucks durch Winniza an den Bug und schufen diese Stadt Frazertown. Seit siebzehn Jahren funktioniert nun die Sache. Frazertown ist so vollkommen, wie nur eine amerikanische Kleinstadt sein kann.«

»Seit siebzehn Jahren gibt es das hier?« sagte Plenjakow leise. »Und keiner weiß es.«

»Genug wissen es, aber die es wissen, sterben lieber, als einen Ton davon zu sagen. Bisher sind 4196 perfekte Amerikaner von Frazertown in die USA geschleust worden und haben sich dort in maßgeblichen Stellen der amerikanischen Industrie, der Armee, der Navy, der Forschung und der Air Force festgesetzt. Ihre Informationen garantieren den Vorsprung und die Unbesiegbarkeit Rußlands! Wir wissen alles. Für dieses Ziel ist nichts zu teuer. Andrej Nikolajewitsch, so nenne ich Sie jetzt zum letztenmal: Sie sind zu mir gekommen, um ebenfalls ein perfekter Amerikaner zu werden. Ihre Mutter stammte aus Georgia?«

»Ja«, antwortete Plenjakow heiser. Was er gehört hatte, glühte in ihm wie ein Feuer. »Sie machte 1930 eine Weltreise, kam auch nach Irkutsk, lernte dort meinen Vater kennen ...«

»... den Ingenieur Nikolai Anatolowitsch Plenjakow.«

»... sie blieb bei ihm und heiratete ihn. 1939 wurde ich geboren.«

»Dann folgt das übliche.« Bulder-Sinjonew blätterte in den Akten. »Junger Pionier, Komsomolze, in den Schulen beste Zeugnisse, Reifeprüfung, Militärakademie, Intelligenz-Quotient 167. Dann – Sie waren schon in Frunse – starben Ihre Eltern.«

»Ja ... sie verbrannten in Odessa, als ein Hotel in Flammen aufging. Sie machten Urlaub. Mein Vater hätte sich retten können, aber er lief noch einmal in die Flammen zurück, um meine Mutter zu holen, die sich in der Panik den Fuß verstaucht hatte und nicht mehr laufen konnte. Dabei erschlug ihn ein brennender Balken.«

»Waren immer tapfere Leute, die Plenjakows.« Bulder schloß die Akte mit einem Klatschen. »Bei Ihnen zu Hause sprach man russisch und englisch. Sie wuchsen zweisprachig auf. Das führt Sie jetzt nach Frazertown. Wir wollen hier aus Ihnen einen Topmann machen. In spätestens einem Jahr sind Sie drüben in den USA und dienen Ihrem Vaterland an der vordersten, wenn auch unsichtbaren Front. Sie lieben doch nur Ihre Heimat, nicht?«

»Nur, Sir ...«, sagte Plenjakow steif. Bulder starrte ihn an, nachdenklich, forschend, kritisch, abschätzend. Ein Blick, vor dem es keine Lügen gab.

»Sie heißen John Barryl«, fuhr Bulder plötzlich fort. »Wie heißen Sie?«

»John Barryl.«

»Hier sind Ihre Papiere.« Der General schob eine verschlossene Kunstledertasche über den Tisch. »In der Mappe sind Ihr Lebenslauf, Ihre Ahnentafel, Namen von Freunden, Ihr amerikanisches Militärentlassungszeugnis, Bestätigungen Ihrer Arbeitgeber ... Sie haben bisher neunmal Ihren Beruf gewechselt! ... Diplome als Schwimmer und Boxer. Sie sind doch ein guter Schwimmer und Boxer?«

»Ja, Sir«, sagte Plenjakow mühsam. »Soll ich mich hier in der Boxschule anmelden?«

»Das ist ein guter Gedanke. Überhaupt: Sie leben in Frazertown wie ein freier Amerikaner. Das spielt sich ein: statt Wodka nur Whiskey, statt Papyrossi nur Camel, statt Rubel selbstverständlich Dollars. Zweimal in der Woche ist Schulung, Geographie und Geschichte Amerikas und Besonderheiten des amerikanischen Alltags, wozu die Preise der Konsumgüter gehören, um nur ein Beispiel zu nennen. Hier sind alle Amerikaner ... jedes russische Wort wird bestraft! Vergessen Sie, John, daß Sie Russe sind! *Sie sind Amerikaner!* Haben Sie ein Hobby?«

»Ich höre gern klassische Musik.«

»Erlaubt.«

»Dann kann ich meine Schallplatten wiederhaben?«

»Nein!« Bulder lächelte väterlich. »Nennen Sie mir einige.«

»Die zweite, vierte und fünfte Sinfonie von Beethoven ...«

»Von wem gespielt?«

»Von dem Philharmonischen Orchester Moskau unter Kyrill Kondraschin ...«

»Da haben Sie es.« Bulder wedelte mit seiner dicken Hand. »In Frazertown hören Sie Platten mit den New Yorker Philharmonikern unter Bernstein oder das Philadelphia Orchestra unter Solti! *Das* ist der feine Unterschied, der unter Umständen einmal lebensrettend sein kann! John, Sie sind jetzt Amerikaner!«

»Ich weiß, Sir ...«

»Dann viel Glück als Hamburger-Hersteller!« Bulder erhob sich, reichte Plenjakow über den Tisch hinweg die Hand und drückte sie kraftvoll. »Wir sehen uns öfter, John. Wenn Sie Sorgen haben – ich bin Ihr väterlicher Freund. Und jetzt suchen Sie sich eine Wohnung ...«

»Suchen?« fragte Plenjakow entgeistert.

»Natürlich! Sie sind ein freier Amerikaner. Ihnen trägt keiner eine Wohnung nach. Sie müssen jetzt selbst für sich sorgen. Good bye, John ...«

»Auf Wiedersehen, Sir.«

Plenjakow wandte sich ab und ging zur Tür. Aber Bulder-Sinjonew sprach ihn noch einmal an, bevor Andrej Nikolajewitsch die Tür aufriß.

»Noch eins, John: In Frazertown gibt es eine Menge hübscher Mädchen. Ich nehme an, daß Sie schon heute abend einer in die Bluse fassen ...«

»Alles russische Kolleginnen?«

»Amerikanerinnen!« schrie Bulder. »John! Gewöhnen Sie sich daran!« Und ruhiger: »Auch das wird zum Unterricht gehören: amerikanischer Flirt! Der Umgang mit amerikanischen Mädchen unterscheidet sich wesentlich von russischem Liebeswerben. Haben Sie eine Grundahnung davon?«

»Nein, Sir.«

»Also dann. Wenn Sie ein hübsches Mädchen sehen, reden Sie nicht romantisch von Mütterchen Wolga, sondern pfeifen Sie leise durch die Zähne und spendieren Sie ein Softeis. Tun Sie so, als gäbe es keinen anderen Mann als Sie. Und stellen Sie den Sportsmann heraus. Amerikanerinnen haben ein Faible für sportgestählte Muskeln. Das genügt fürs erste ... das Weitere lernen Sie noch in den Kursen. Und nun raus ins Leben, John!«

Später saß Plenjakow – wir wollen ihn ab jetzt John Barryl nennen, so wie er sich wandeln muß – auf einer Bank am Fluß und blickte hinüber zu den Bootsstegen und dem Restaurant ›Bei Billy‹, seiner neuen Arbeitsstelle. Auf dem Dach thronte ein riesiger, bunter Plastikhamburger, dreistöckig und so naturgetreu, daß einem das Wasser im Mund zusammenlief. Nachts wurde das Monument sogar angestrahlt.

Am Ufer promenierten junge Männer und Frauen in leichten Baumwollsachen, Jeans, Shorts und buntbedruckten Hemden. Vier Boote kurvten auf dem Fluß herum, in einer Grünanlage hockten vier Hippies, spielten Gitarre und sangen dazu. Ein paar Spaziergänger warfen ihnen Münzen zu. Der Trolleybus ratterte an ihm vorbei ... der dicke Fahrer erkannte John Barryl, winkte ihm zu und grinste breit. Es war heiß, selbst der Wind vom Fluß – Silver River – brachte nur feuchte Wärme mit.

John fächelte sich mit seiner Mütze Luft zu, stand dann auf und fragte sich zu einem Immobilienbüro durch. Dort – er fand es gespenstisch, wenn er daran dachte, daß auch die beiden Immobilienmakler sowjetische Offiziere waren – entschied er sich für ein kleines Haus in der Nähe des Schwimmstadions, mit einem winzigen Garten und einem Fordwagen, der im Preis inbegriffen war, unterschrieb einen Mietvertrag und überließ es der Maklerfirma, das

Haus auch einzurichten. Natürlich auf Abzahlung, wie 70 Prozent des Lebens in den USA ein Dasein auf Raten ist.

John Barryl begann bereits, Amerikaner zu werden.

Nach der erfolgreichen Wohnungssuche ging er zurück zum Fluß und stellte sich seinem neuen Boß vor.

Billy Rampler – so hieß der Besitzer von ›Bei Billy‹ mit dem riesigen Hamburger auf dem Dach – war ein drahtiger, großer Mann Ende der Dreißig, und John dachte sofort: Er ist bestimmt wie ich ein Major der Roten Armee. Ein durchtrainierter Genosse, man sieht's. Dann verdrängte er den Gedanken und bemühte sich, amerikanisch aufzutreten.

»Ich hab' gehört, Sie brauchen einen Hamburgerspezialisten, Boß!« sagte John Barryl. »Das wär'n Job für mich. Ich mache Ihnen Hamburger, daß Ihre Gäste geradezu erotisch werden beim Essen!«

»Du heißt?« fragte Billy Rampler mit dunkler Stimme.

»John Barryl.«

»Die Arbeitsvermittlung hat dich schon avisiert. Geh in die Küche, häng dir 'ne Schürze um und fang an. Ich zahle in der Woche hundert Dollar.«

»Ist das genug?« fragte Barryl.

»Mehr ist nicht drin! Bin ich das Hilton? Wenn's dir zu wenig ist, such dir einen anderen Job ...«

John Barryl blieb bei Billy Rampler. Nicht, weil General Sinjonew es befohlen hatte – er hätte auch nein sagen können und hätte dann gesehen, ob es stimmte, daß man hier in Frazertown wirklich ein freier Amerikaner war –, und er blieb auch nicht, weil die Herstellung von Hamburgern ihn irgendwie reizte, nachdem er fünf Jahre lang von Akademie zu Akademie gezogen war und die beste Agentenausbildung Rußlands absolviert hatte, von der nervenzerbrechenden Folter bis zu computerreifen Geistesleistungen ... nein, er blieb, weil er hinter der Theke der Milchbar in Billys Restaurant ein schwarzgelocktes, langbeiniges, umwerfend hübsches Mädchen entdeckt hatte, das jetzt gerade die Zapfhähne der Milchshakegetränke putzte. Das Mädchen trug einen unverschämt engen und kurzen Rock, der die schlanken Beine bis zur Hälfte der Schenkel frei gab. Und sie hatte eine glatte, braungebrannte, mit einem Haarflaum überhauchte Haut. Nur einmal, ganz kurz, traf ihn der Blick ihrer fast schwarzen Augen, ein Streicheln nur, dann wienerte sie weiter an den Chromhähnen herum. Aber dieser Blick genügte. Er zuckte wie ein Blitz in Johns Brust und entzündete dort einen Schwelbrand.

»Okay«, sagte er zu Billy Rampler. »Hundert Dollar und freies Essen.«

»Natürlich. Es ist mir immer eine große Freude, daß meine Boys das fressen müssen, was sie selbst herstellen. Los, fang an ... in einer Stunde ist Büroschluß. Dann hängen sie an der Theke übereinander wie hechelnde Hunde ...« Rampler grunzte, sah das schwarzgelockte Mädchen an, dann John Barryl, schob ahnungsvoll die Unterlippe vor und verschwand in einem Hinterzimmer. Barryl blieb stehen und wartete, bis das Mädchen mit dem Putzen der Chromhähne fertig war und das Tuch in eine Schublade warf.

»Ich heiße John Barryl«, sagte er dann laut.

Das Mädchen sah ihn mit hochgezogenen Brauen an. »Dafür sollten Sie Ihre Eltern verantwortlich machen«, entgegnete sie. »Ich kann's nicht ändern ...«

Sie warf den Kopf in den Nacken, griff nach zwei Edelstahlkrügen mit Fruchtsäften und trippelte in die Küche. Mit einem kräftigen Tritt stieß sie die Pendeltür auf.

Von diesem Augenblick an fand John Barryl das künstliche US-Städtchen Frazertown sympathisch, ganz gleich, was ihn noch alles hier erwartete.

Wer nach Fort Thompson verschlagen wird, darf sich als vom Schicksal gebeutelt betrachten und muß bedauert werden.

Nicht daß Fort Thompson ein Gegenstück zu Nowo Rasnopow im mittelsibirischen Becken ist, wo es Wölfe geben soll, die vor Einsamkeit in ihren eigenen Schwanz beißen – so ist es nicht. Fort Thompson liegt in South Dakota, mitten in den unermeßlich weiten Prärien, genau gesagt am Missouri, dort, wo er breit und breiter wird und durchsetzt ist mit Sand- und Steininseln, weil er bei Pickstown gestaut wird durch den Randall-Damm und über Hunderte von Kilometern aufwärts eigentlich ein einziger riesiger Stausee ist, eine grandiose Wasserschlange, die sich durch das fruchtbare Land windet. Bewohner, die in Fort Thompson geboren wurden und dort auch sterben werden, meinen: Dieses Fleckchen Erde, wo weites Land, unendlicher Himmel und blau schimmerndes Wasser zusammenfließen zu mächtiger himmlischer Ruhe, sei mit keinem anderen vergleichbar an göttlicher Schönheit. Und was die Historie von South Dakota betrifft, da gibt es gar keine Diskussion. Namen wie Sioux-Falls und Black Hills, Mount Rushmore und Little White River, Aberdeen und Fort Pierre lernt jedes Kind in South Dakota genauso früh wie Coca-Cola und Icecream.

Trotzdem empfand es Major Robert Miller merkwürdig, daß er mit einer kleinen Transportmaschine der US-Air-Force auf den lächerlich kleinen Flugplatz von Pierre gebracht wurde, wo ihn mit einem Jeep ein Oberleutnant erwartete. Die landschaftlichen Schönheiten hatte er aus der Luft genug genossen, für die Geschichte Dakotas hatte er wenig Interesse, und auch als er bei einer Schleife, die das Flugzeug zog, unter sich das Big-Bend-Reservat und den Oahe-Damm betrachten durfte – der Pilot wies extra darauf hin –, knurrte er nur:

»Okay, okay ... alles sehr imponierend, Boy ... aber würden Sie vielleicht jubeln, wenn man Sie mitten in die Prärie versetzt?«

Das fragte er auch den Oberleutnant, der ihn abholte und mit strahlendem Gesicht »Willkommen, Bob!« ausrief.

»Wir können uns den Job nicht aussuchen, wenn wir diese Klamotten tragen.« Der Oberleutnant zog an seinem Uniformhemd. Es war heiß, die Prärie flimmerte, aus dem gestauten Missouri verdampfte das Wasser und hing wie eine wabernde farblose Nebelglocke über dem Land. Der Jeep hüpfte am Ufer des Stromes eine kleine Straße hinunter nach Südosten. Bob Miller lehnte sich zurück, schob die

Mütze in den Nacken und öffnete seinen Uniformrock. Er war im korrekten Dienstanzug gereist, weil man ihm gesagt hatte, es sei eine verdammt wichtige Mission, die ihn erwartete. In seinem Metallrahmenkoffer auf dem Hintersitz des Jeeps war alles verstaut, was man für eine vorübergehende Abwesenheit brauchte. Auch das hatte man ihm gesagt: »Nimm nicht zuviel mit, Bob! Du brauchst es nicht.«

Es stellte sich bald heraus, daß er das anders aufgefaßt hatte, als es tatsächlich war. Wohin man ihn schicken wollte, brauchte man auch keinen Koffer mehr.

Fort Thompson stellte sich Bob Miller so dar, wie er erwartet hatte. Eine in eine zauberhafte Landschaft hineingespuckte Trostlosigkeit, gemixt aus ein paar Straßen, zusammengeballten Häusern, dem Rest des ehemaligen Forts gegen die Sioux-Indianer, auf dessen Appellplatz noch immer an einer langen Stange die amerikanische Fahne flatterte, als nationales Monument, auf das die Thompsoner stolz waren, zwei Hotels, einem Footballplatz und zum Leben erweckte Langweiligkeit.

»Hier soll ich bleiben?« fragte Bob und stemmte die Beine gegen den Jeepboden. »Liegt denn hier überhaupt eine Militäreinheit?«

»Nein.«

»Wieso?«

»Wir sind nur zehn Mann im alten Fortgebäude.«

»Das ist doch wohl ein fauler Witz!«

»Bob, reg dich nicht auf! In einer Stunde bist du überzeugt, den härtesten Job in der Army übernommen zu haben ...«

Sie fuhren in das alte Fort ein und hielten vor dem niedrigen Offiziersbau, vor dem noch drei Jeeps parkten. Merkwürdigerweise war die Einfahrt bereits durch einen Schlagbaum und drei Posten mit Maschinengewehren abgesperrt gewesen, und auch vor der Tür des Hauses stand ein Mann mit entsicherter MPi. Bob Miller sprang aus dem Jeep, schaute hinüber zu der amerikanischen Fahne und setzte seine Mütze auf.

»Drehen wir hier einen Sioux-Film?« fragte er.

»General Orwell erwartet dich, Bob«, antwortete der Oberleutnant.

Miller fuhr herum, sein Gesicht drückte maßlose Verblüffung aus. »Dad Jack?« Miller machte eine weite Armbewegung. »Hier?«

»Frag nicht ... geh hinein.«

An der Tür tastete ihn stumm, aber mit einem um Verzeihung bittenden Grinsen der Posten ab und nickte zufrieden.

»Darf ich Koppel und Pistole haben, Sir?«

»Glauben Sie, ich puste General Orwell ein Loch in die Stirn?«

»Ich habe meine Befehle, Sir.«

Miller schnallte sein Koppel, an dem die Pistolentasche hing, ab und warf es dem Posten zu. Dann durfte er eintreten, kam in eine Art Vorraum und sah eine offene Tür an der linken Seite. Da niemand im Raum war, ging er weiter und betrat den zweiten Raum. Hier saß General Jack Orwell hinter einem Tisch und winkte Miller freundlich zu.

»Kommen Sie näher, Bob! Was macht Alaska?«

Miller nahm die Mütze ab und klemmte sie unter den Arm. Er blieb im Raum stehen wie ein Klotz. Blondhaarig, mit wasserblauen Augen, 1,89 Meter groß, ein bis in den letzten Muskel durchtrainierter Körper, an dem es kein Gramm Fett, nur festes Fleisch gab. Das Auffallendste aber an ihm waren immer wieder seine Augen. Es gab Momente, in denen sie erregt blitzen konnten, meist aber lag ein Schimmer von Melancholie in seinem Blick, ein Hauch greifbarer Romantik, die vor allem bei den Frauen, wenn sie diese Augen sahen, unwiderstehliche Gefühle von hingebender Bereitschaft auslösten. Bob Millers Kameraden lehnten es deshalb ab, ihm ihre Freundinnen vorzustellen. Es gab dann immer Krach, weil die Mädchen permanent von Bob zu schwärmen begannen und die Liebe einen Riß bekam. Auch jetzt sah er General Orwell mit großen, verträumten Kinderaugen an. Aber das täuschte nur ... Orwell kannte Bob zu lange und zu gut.

»Was Alaska macht? Das wissen Sie doch am besten, Sir«, sagte Bob knapp. »Sie haben vor vier Tagen noch in Kwigillingok zu uns gesprochen.«

»Vier Tage können eine Welt verändern, Bob. Und es hat sich viel verändert.«

»Hier in Fort Thompson?«

»Das ist nur ein Name. Es hätte auch Oak Creek sein können. Bob, wir sind hier in die Arschfalte der Welt geflogen, eine Handvoll Männer, weil mir selbst unser Lager in Alaska nicht sicher genug war. Ich habe eine heiße Sache mit Ihnen vor, und was Sie auch tun werden, hinter Ihnen stehen Washington, das Pentagon, die gesamte Nation. Klingt das gut, Bob?«

»Noch ist es rätselhaft, Sir.«

»Fangen wir also mit Bekanntem an.«

General Orwell lehnte sich zurück, wies auf einen Korbsessel neben sich, holte aus einer Militärkiste eine Flasche Whiskey und zwei Gläser und schüttete die Gläser voll. Bob Miller setzte sich, stellte aber das Glas nur auf seine Knie und trank nicht.

»Keinen Durst?« fragte Orwell.

»Ungewohnt. Ich habe fast zwei Jahre lang nur russisches Zeug getrunken – Wodka, Krimsekt, grusinischen Kognak, Wein aus Astrachan, Karawanentee vom Amur, mit Honig gesüßt. Ich dachte, Sir, es gibt für mich keinen Whiskey mehr.«

»Jetzt wieder, Bob.« Orwell trank sein Glas in einem Zug leer. »Das ist das Verrückte bei dieser Sache: Wir müssen aus Ihnen zwei Menschen machen. Eine perfekte Schizophrenie. In Smolenska haben wir Sie zum vollkommenen Russen erzogen ... jetzt ist es notwendig, daß Sie wieder entdecken, ein perfekter Amerikaner zu sein. Und das, ohne zu vergessen, daß Sie auch ein perfekter Russe sind. Ist das klar?«

»Nein, Sir.« Bob Miller roch an dem Whiskey, überwand sich sichtlich und trank einen Schluck. Wie gründlich man sich von bestimmten Dingen entwöhnen kann, dachte er. Da hat man in Alaska, im Seengebiet von Kwigillingok an der Kuskokwim Bay, mit Blick auf das Beringmeer, sozusagen an der Schwanzspitze der Welt, in einer streng geheimen, künstlich bis ins letzte Detail aufgebauten russischen Stadt, die man Smolenska nannte, zwei Jahre lang gelebt und ist tatsächlich das geworden, was Psychologen und Verhaltensforscher sich ausgeklügelt haben: ein vollkommener Russe.

Man hat Schach gespielt, hat in der Banja geschwitzt, jeden Samstag im Parteihaus eine Versammlung besucht, den 1. Mai gefeiert und die Oktoberrevolution ... man hat als Traktorist gefällte Bäume transportiert oder Seeufer ausgekoffert, und man hat ein Mädchen im Bett gehabt, das Galina Adamowna hieß und in der Blumenzucht arbeitete. Ein süßes, zärtliches Ding mit einer piepsenden Stimme, wenn sie voll und ganz bei der Sache war, und man hat am Ufer eines Sees gelegen, der Jelanskaja hieß, hat über Puschkin und Jewtuschenko gesprochen und über den großen Traum, einmal im Bolschoitheater ›Schwanensee‹ zu sehen.

Da waren aber auch die harten Wochen im Steinbruch und im Eis gewesen, das Überlebenkönnen mit den bloßen Händen, das Sichdurchschlagen aus urweltlichen Gegenden, das Ertragen bestialischer asiatischer Foltern und das Hungern und Dürsten, bis man die Bäume annagte und ein paar Tropfen Feuchtigkeit aus den Blättern saugte. Doch man hatte das alles geschafft. Narben blieben zurück, verbrannte Zehenspitzen zum Beispiel, weil man ihm unter die Nägel Bambusstäbchen getrieben und diese dann angezündet hatte. Erst als er brüllte, brüllen mußte, weil der Schmerz unerträglich wurde, löschte man sie aus und brachte ihn in das kleine Krankenhaus von Smolenska. Dort hatte ihn dann General Orwell besucht und gesagt: »Sie sind ein harter Knochen, Bob! Gratuliere! Sie haben den Mund gehalten. Ich kann Ihnen verraten, daß Sie mein bester Schüler in den letzten neun Jahren sind ...«

Das macht stolz. Und jetzt saß er in Fort Thompson, alles sollte umsonst gewesen sein, er wurde wieder umfunktioniert zu einem Amerikaner. Wer konnte das begreifen?

»Woran denken Sie, Bob?« fragte General Orwell milde.

»An Alaska, an Smolenska, Sir.«

»Und jetzt fragen Sie sich, was das alles sollte?« Miller nickte. Der Alte kann Gedanken lesen, das wußte noch keiner. »Ich will es Ihnen sagen, Bob: Alles, was Sie gelernt haben, werden Sie hundertfach gebrauchen! Als Russe und als Amerikaner! Haben Sie schon mal von Winniza gehört?«

»Eine Stadt in der Ukraine, am Bug«, sagte Bob wie ein Computer. »135 000 Einwohner, schon seit dem 14. Jahrhundert bekannt, Schauplatz vieler Schlachten zwischen Ukrainern und Polen, bis sie 1795 an die Russen fällt. Heute ein Industriezentrum und Eisenbahnknotenpunkt. Von 1941 bis 1944 von den Deutschen besetzt. Geburtsstadt des russischen Dichters Kozjubinski. Reicher Gartenbau, Obsthandel, fast südländische Atmosphäre. Musikzentrum der Ukraine. Berühmtes Puppentheater. Winniza besitzt an seinen bewaldeten felsigen Ufern herrliche Badeanstalten ...«

»Russische Geographie sehr gut, Bob.« Orwell winkte ab. »Und trotzdem alles Scheiße! Südlich von Winniza erstreckt sich ein Gebiet von 500 Quadratkilometern, wo es keine herrlichen Badeanstalten gibt, sondern elektrische Stacheldrahtzäune, Todesstreifen mit Minen und eine verbotene Stadt. So wie hinter Kwigillingok unser geliebtes Smolenska. Wir wissen einiges darüber, aber nicht genug. Nur Bruchstücke. Offiziell heißt das Gebiet Nowotschok, aber das besagt gar nichts.« General Orwell goß sich ein neues Glas goldbraunen Whiskeys ein. Bob Miller nippte nur an seinem Glas. Er hatte sich an Wodka gewöhnt. Whiskey schmeckte ihm jetzt wie ein ausgekochter Lederlappen.

»1959 passierte auf der Straße von Memphis nach Little Rock ein Autounfall. Ein Major Harry W. Morgan stieß mit seinem Jeep gegen einen Truck und wurde schwer verletzt.« Orwell nahm wieder einen kräftigen Schluck und putzte sich die Lippen mit dem Handrücken ab. »Major Morgan kam ins Militärlazarett von Memphis, wurde zusammengeflickt, blieb aber acht Tage bewußtlos. Und da geschah etwas Rätselhaftes. Der gute Harry redete in seiner

Bewußtlosigkeit ab und zu ein paar Sätze, und zwar in einem perfekten Russisch! Unser CIA wurde munter, notierte sich die Sätze, und als Major Morgan wieder gesund wurde, knallte man ihm zur Nachuntersuchung ein paar Kubik Wahrheitsserum unter die Haut. Bob, das war ein Hit! Der Kerl sprach mit einem russischen Dolmetscher, als habe man eine Schleuse geöffnet. Was er erzählte, fuhr uns allen ganz schön in die Hose. Da soll es in Winniza am Bug eine der besten und geheimsten Agentenschulen der Sowjets geben, in Fachkreisen ›Klein-Amerika‹ genannt, weil – und jetzt Ruhe bewahren, Bob – die Sowjets den gleichen Gedanken wie wir hatten und dort eine ganze amerikanische Stadt aufbauten, um in ihr perfekte Amerikaner zu erziehen, die dann bei uns einsickern und Schlüsselpositionen erobern sollen. Sie sind dafür prädestiniert. Es sind alles hochintelligente Burschen und Girls. Wer ein ›Winnizaner‹ ist, gehört zur absoluten Elite! Die ›Professoren‹ in Winniza sind die besten Amerikakenner. Sogar der ehemalige Sowjetbotschafter in Washington, der Genosse Panyuschin, lehrt dort amerikanisches Alltagsleben. Dieses ›Klein-Amerika‹ muß eine Wucht sein!«

Orwell holte eine Karte aus einer Schublade und warf sie Bob Miller zu. Bob fing sie auf und erkannte schon, als sie auf ihn zuflog, daß es die Ukraine war mit Bug und Winniza. Orwell steckte sich eine Zigarette an und pustete den ersten Rauch gegen die Decke.

»Das haben wir alles erfahren. Natürlich lief unsere Gegenaktion an. Aber – auch das muß eingestanden werden – bis heute ist es keinem Agenten unserer westlichen Geheimdienste gelungen, in dieses gesperrte Gebiet einzudringen. Einem französischen Capitain gelang es 1962, bis zum dritten Kontrollpunkt zu kommen. Da hatte man ihn. Über sein Schicksal ist nichts bekannt geworden. Seitdem nur Fehlanzeige. Aber es muß etwas geschehen, Bob! Wir vermuten, daß Hunderte amerikanisierte Russen dort gedrillt werden, und es ist abzusehen, daß einmal die wichtigsten Posten bei uns von solchen Leuten besetzt werden. Das wäre eine nationale Katastrophe! Wir können sie nicht verhindern, weil diese Russen zu perfekt sind. Das Beispiel ist Major Morgan. Ohne den Unfall wäre er heute sicherlich Oberst! Natürlich ohne eine Personalakte im Pentagon. Aber wer fragt danach? Denken Sie an den deutschen Hauptmann von Köpenick! Eine Uniform genügt, um alle Türen aufzureißen! Das ist in den USA nicht anders als in Old Europe! Morgan hatte bereits seinen Ring aufgebaut. Da gab es eine ›Braut‹ von ihm, im US-Stützpunkt Passau in Deutschland. Sie arbeitete in der Verwaltung, hieß Betty Morton und war in Wirklichkeit der sowjetische Leutnant Alexandra Khorunj. Ist das eine Sauerei, Bob?!«

»Wozu erzählen Sie mir das alles, Sir?« fragte Miller ahnungsvoll. Jetzt trank er doch seinen Whiskey aus.

»Wie geht es Ihrer russischen Mutter, der schönen Galina Fjodorowna Miller?«

»Sie lebt in Frieden ... bis jetzt ...«

»Und Ihr Vater Johannes?«

»Er kümmert sich um seinen Drugstore und sein Motel.«

»Stammt er nicht aus Düsseldorf?«

»Aus Essen, Sir. Aber als er in die USA einwanderte, war er erst vier Jahre alt. Heute ist er sechsundsechzig ...«, Bob Miller straffte sich im Sitzen. »Meine Eltern wissen nicht, daß ich in Smolenska war. Für sie studiere ich im Auftrag der Army Sprachen.«

»Bob!« General Orwell faltete die Hände über dem Bauch. »Wir sind extra nach Fort Thompson geflogen, sicher vor allen Abhörwanzen, die sogar in Alaska möglich sind, um Sie zu fragen: Wollen Sie nach Rußland?«

»Um es zu präzisieren: nach Winniza?«

»Ja.«

»In die verbotene Stadt, die Nowotschok heißt.«

»Das steht am Zaun. Die Stadt heißt sicher anders. Ein amerikanischer Name. Sie haben alle Unterstützung, die Sie brauchen ... nur wenn man Sie schnappt, kennt Sie keiner. Trauen Sie sich das zu?«

»Ja, Sir!« sagte Miller ohne Zögern.

»Ich wußte es, Bob. Wenn nicht Sie, wer sonst! Sie sind mein bester Mann. Begreifen Sie jetzt, was ich vorhin sagte:

Sie müssen ein komplettes Doppelleben führen, und das perfekt. Einmal Russe, einmal Amerikaner, so, wie's gerade gebraucht wird. Überlegen Sie sich das, Bob! Sie müssen in die geheimnisvolle Stadt hinein und uns alle Namen der ›perfekten Amerikaner‹ durchgeben, die dort gezüchtet werden, damit wir sie, wenn sie bei uns auftauchen, beschatten können. Das ist kein Spaziergang, das ist ein tödlicher Job! Winniza ist kein Platz für Nichtschwimmer!«

»Dann bin ich richtig, Sir.« Bob Miller sah General Orwell mit seinen romantischen großen blauen Augen an. »Ich war Armymeister im Tausend-Meter-Brustschwimmen ...«

»Ihren kaltblütigen Witz werden Sie gebrauchen können.« Orwell erhob sich, und auch Bob Miller sprang aus seinem Korbsessel auf. »In zwei Wochen starten Sie, Bob. Von der Türkei aus, in einem Fischerboot über das Schwarze Meer. Per Fallschirm geht nicht ... die Luftüberwachung ist bei den Sowjets perfekt. Sie müssen nachts an die russische Küste klettern. Die Einzelheiten sprechen wir noch durch. In Winniza erwartet Sie dann ein Kontaktmann, der Traktorist Awdej Konstantinowitsch Dewjatow. Er wohnt in der Ulinskaja elf.« Orwell nahm Miller die Karte der Ukraine ab und warf sie wieder in die offene Kiste. »Haben Sie einen besonderen Wunsch, Bob?«

»Ja, Sir.« Bob Miller starrte gegen die Wand. »Ich möchte vorher noch einmal meine Mutter sehen ...«

»Genehmigt, Bob.« General Orwell spürte ein Kratzen im Hals. Er denkt wie ich: Von dieser Fahrt wird es kein Wiederkommen geben, es sei denn, es geschehen doch noch ab und zu Wunder. »Wir sehen uns in zehn Tagen in Boston auf dem Flugplatz wieder. Genießen Sie diese zehn Tage, Bob.«

»Ich will mir Mühe geben, Sir.« Miller stand stramm, als Orwell an ihm vorbeiging. »Sie werden es nicht glauben: Aber ich freue mich auf Winniza!«

Amasra ist ein türkischer Fischerort am Schwarzen Meer, an den Ausläufern des Pontischen Gebirges. Flache, weißgetünchte Häuser, ein sandiger Strand, auf den man die Boote zieht und wo an krummen Stangen die Netze zum Trocknen aufgespannt sind. Um den Marktplatz herum gibt es ein paar Cafés, die sich – dem neuen Trend nachkommend – sogar ›Bar‹ nennen, denn – zum Erstaunen der Amasrer – kommen sogar manchmal Fremde in diesen Ort, vielleicht, weil er auf den Autokarten steht und am Meer liegt. Das reizt immer. Der Sand ist weiß, gewiß, man hat hier seine Ruhe, und eine Moschee mit einem schlanken Minarett ist auch vorhanden, und der Muezzin singt noch selbst von der Galerie des Minaretts seine Suren über die hingeduckten Häuser und stellt nicht, wie anderswo, ein Tonband an. Ein dicker Hauch orientalischer Romantik liegt über Amasra. Es laufen sogar noch – vereinzelt – verschleierte Frauen herum, trotz der Revolution des Atatürk und seiner Emanzipationsbewegung. Irgendwie ist die Zeit hier stehengeblieben, aber man ist zufrieden, lebt sorglos, ernährt sich aus dem Meer oder von den dämlichen Fremden, die ohne zu feilschen alles bezahlen, was man verlangt. Allah beschütze die Dummen ... sie ernähren die Wissenden.

Dennoch fiel es auf, als eines Tages mit einem klapprigen Lastwagen von Zonguldak, der nächsten größeren Stadt am Schwarzen Meer, sieben Fremde, der Sprache nach Amerikaner, in Amasra Station machten und bei Yegi Gerylgüü fünf Zimmer mieteten. Gerylgüü hatte das, was man in Amasra ein Hotel nennt. Es lag am Strand und war berühmt für sein Schmalzgebäck mit Honigfüllung.

Die Fremden, das sprach sich sofort herum, waren Profis, sie handelten drei Stunden lang die Zimmerpreise aus, bis der Polizeichef von Amasra erschien (das war fast eine Sensation), dem Feilschen ein Ende machte und Gerylgüü einen verdammten Preis befahl.

»Es liegt im Interesse der Allgemeinheit!« sagte er. »Außerdem vergiß nicht, Yegi, daß ich nie gesehen habe, wie du Schnaps in Teetassen ausgeschenkt hast ...«

Die sieben Amerikaner blieben vier Tage in Amasra und erhielten viel Besuch von Unbekannten, die mit dicken

Autos anreisten, sogar aus Ankara. Dann tauchte eines Abends ein fremdes Fischerboot auf, größer als die Boote von Amasra, mit einem stärkeren Motor. Man hörte es gleich am Ton: hochbordiger, seetüchtiger, so ein Kahn, der tagelang auch bei hoher See auf dem Meer bleiben kann. Er ankerte draußen im tiefen Wasser und ließ sich bestaunen. In der Nacht ruderte einer der Amerikaner ganz allein in einem flachen Holzboot zu dem Schiff hinaus und wurde samt Boot an Bord geholt. Und noch in dieser Nacht fuhr das Schiff fort, in die Weite des Schwarzen Meeres.

Am nächsten Tag verließen auch die übrigen sechs Amerikaner den kleinen Ort, der Muezzin brüllte ihnen die Suren des 2. Gebetes nach, und zwei Tage später hatte man den Besuch vergessen bis auf Gerylgüü, den Hotelier, zu dem der Polizeichef sagte: »Wenn du ein Wort über diese Sache sprichst, lasse ich dich wie einen Eunuchen kastrieren!« Für einen Moslem gibt es nichts Schauerlicheres.

Das Fischerboot nahm schnelle Fahrt nach Norden auf, zur russischen Küste mit dem Ziel Odessa-Bucht. Bob Miller lehnte an der Reling und blickte zurück zur türkischen Küste. Ein merkwürdig kaltes Gefühl hatte von ihm Besitz ergriffen. Kein gedankenvoller Abschied, keine untergründige Lebensangst, nicht einmal sich überschlagende Vorstellungen von der Zukunft. Es war wie in Alaska, in dem Ausbildungslager Smolenska, wenn er bis zum Kopf in die Erde gegraben worden war und man ihm stundenlang Wasser über den Kopf schüttete, bis er meinte, jetzt müsse er zerplatzen. Dann konnte er abschalten, das hatte er gelernt – dann atmete er nur noch, ein Blasebalg ohne Gefühle.

In seinem wasserdichten Gepäck lagen die Uniform eines sowjetischen Majors, eine Tokarew-Pistole, ein Kästchen mit Plastiksprengstoff, sowjetische Militärpapiere und Ausweise, ausgefüllte und gestempelte Reisebefehle, Sondervollmachten des Zentralbüros des KGB in Moskau … und eine hochwirksame Gelatinekapsel mit Gift. Wenn er diese Uniform anzog, gab es keinen Bob Miller mehr. Dann hieß er Major Wassja Grigorjewitsch Shukow, 33 Jahre alt, Inspekteur des KGB im Sonderauftrag. Kein

Russe würde wagen, das anzuzweifeln. Eine Uniform war heute so unantastbar wie früher das Phelonion, der goldbestickte Schulterumhang des Popen.

Bob Miller griff in die Hosentasche, zog eine zerknitterte Packung Zigaretten heraus und steckte sich eine an. Dann setzte er sich auf eine Taurolle und blickte über das von einem fahlen Mond beleuchtete Schwarze Meer. Möwen umkreisten ihn, weil sie glaubten, es sei wirklich ein Fischerkahn und damit für sie ein gedeckter Tisch.

Um die gleiche Zeit hatte in Frazertown John Barryl seine letzten Hamburger kunstvoll gefüllt und verkauft. Billy Rampler schloß das Lokal, drehte die riesige Kunststoffreklame auf seinem Dach auf Nachtlicht, tippte an die Stirn, sagte: »Ich hab' die Schnauze voll, ich hau' mich hin!« und verschwand. John säuberte seinen Arbeitstisch und ging dann hinaus in das Lokal. Dort wienerte Norma Taylor wieder ihre Milchzapfhähne. Sauberkeit und Hygiene waren bei Billy Rampler das halbe Leben. Seine Furcht vor Bakterien und Bazillen war schon pathologisch ... auch hierin ein typischer Amerikaner. John bewunderte im stillen diese vollkommene Verwandlung eines Menschen. Bei Norma schien es nicht anders zu sein.

Er lehnte sich gegen die Theke, sah ihr eine Zeitlang zu und klopfte dann mit dem Fingerknöchel auf die Edelstahlplatte. Norma blickte etwas schnippisch zu ihm hin.

»Was ist?« fragte sie.

»Ich habe eine Idee ...«, setzte John Barryl an.

»Schon faul!«

»Wir könnten noch zu Hillmoore gehen und einen Cocktail trinken. Was halten Sie davon?«

»Nichts!« Sie legte das Tuch weg und strich ihre Bluse gerade. Was in der Bluse stak, war beachtlich.

»Und warum, Norma?«

»Wenn ich sehe, wie Sie meinen Busen anstarren, weiß ich, was Sie wollen. Alle Männer wollen das gleiche ... und das mag ich nicht! Hat Ihnen noch niemand gesagt, daß ich in der Liga für Frauenrechte bin?«

»Nein. Himmel, was machen Sie denn da?«

»Ich kämpfe dagegen, daß man uns Frauen nur als Lustobjekt betrachtet!«

»Und das befriedigt Sie?«

»Affe!« sagte Norma Taylor grob, warf John den Lappen an den Kopf und verließ das Lokal. Er lachte laut, setzte sich auf die Theke und nahm sich vor, das Urweibliche in Norma Taylor wieder hervorzuholen.

Zur gleichen Stunde saß Bob Miller auf seiner Taurolle, lehnte sich gegen die Wand des Ruderhauses und schlief fest. Der warme Wind des Meeres zerzauste sein Haar und blähte das Hemd über seiner Brust.

Man soll nicht glauben, daß John Barryls Leben in Frazertown von nun an nur noch daraus bestand, Hamburger zu fabrizieren, mit Norma Taylor ergebnislos zu flirten, sich am Ufer des Silver River zu sonnen, Motorboot zu fahren, zu schwimmen, im Footballstadion die Mannschaft der West-Side mit schrillen Schreien anzufeuern und Coca-Cola-Flaschen durch die Luft zu werfen. Auch ein Informationsbesuch im Puff, den John absolvierte, war nicht der Weisheit letzter Schluß, obgleich die fünf Mädchen, wie der Busfahrer versprochen hatte, verflucht scharfe Dinger waren. Zwei Schwarzhaarige, ein Rotkopf, eine üppige Blonde und eine zierliche, weißhäutige Asiatin, die nicht begreifen wollte, daß der schöne, große, kräftige Boy sich nur alles ansehen, aber sich nicht langlegen wollte. John bezahlte für das Hingucken die volle Bumsgebühr, aber das rettete ihn nicht. Wie so oft erlebte er, daß Mädchen – und selbst solche, die es berufsmäßig machen – bei seinem Anblick verträumte Augen bekamen und tatsächlich so etwas wie echte Liebe in sich entdeckten.

Das Leben in Frazertown war ganz anders! Von acht Uhr morgens bis ein Uhr mittags war man ein Objekt, ein Rohstoff, der hier nach allen Regeln von Wissenschaft und Härte zurechtgeschliffen wurde. Im Filmtheater und im Konzertsaal fanden die Schulungen statt: amerikanische Geschichte, Geographie und Wirtschaftskunde. John lernte die Boxer-Ranglisten auswendig, die Baseballmannschaften, die um die Meisterschaft spielten, die Namen der großen Film- und Showstars vom Broadway, die Lebensläufe der wichtigsten Senatoren, die Quizsendungen in den vielen amerikanischen TV-Stationen, die Alltagssorgen einer Alltagsfamilie zwischen Atlantik und Pazifik. Er aß bei den Vorträgen Popcorn, hockte dreimal wöchentlich im Kino, um die neuesten Hollywoodfilme anzusehen, boxte zweimal pro Woche in der Boxschule in der Halbschwergewichts-Klasse und lernte eine Menge Leute kennen, die wie er Amerikanisch sprachen, sich mit den Vornamen anredeten: »Hallo, Bill!« – »Hallo, Jack!«, und die doch, das wußte er, sowjetische Offiziere waren wie er selbst.

Einmal wöchentlich versuchte man, ihn zu zerbrechen. Das geschah in einem unterirdischen Bunker, wo ihn Amerikaner in Uniform empfingen, zusammenschlugen, an einen Lügendetektor anschlossen und ihn stundenlang fragten: »Woher kommen Sie? Wer sind Sie? Wie heißen Sie wirklich? Wie ist Ihr russischer Name? Was ist Ihr Auftrag? Wie heißen Ihre Auftraggeber? Wo wurden Sie ausgebildet? Erzählen Sie uns alles über diese Agentenschule in Winniza! Reden Sie ...«

In den ersten vier Verhören machte John Barryl schlapp. Er ›sang‹, wie die vernehmenden Offiziere es lustvoll zu Protokoll gaben. Hinterher verkroch sich John in sein kleines Haus, schämte sich, verfluchte seine Schwäche und wartete wieder darauf, daß man ihn mit Schande aus Winniza entfernte und irgendwo in Sibirien, in einem kalten, in die Vergessenheit hineingebauten Lager ein neues Kommando für ihn fand. Major Plenjakow, der große Versager. Seine so blendende Karriere schien beendet. Vom Jenissei oder der Lena holte ihn niemand zurück.

Aber Mr. James Bulder, der Bürgermeister von Frazertown, war anderer Ansicht. »Es wird, John!« sagte er zufrieden. »Die Protokolle zeigen eine genaue Kurve Ihrer Verhärtung. Beim erstenmal haben Sie nach zwei Stunden gesungen, beim viertenmal erst nach sieben Stunden ...«

»Aber ich habe gesungen, Sir!« sagte Barryl mit deutlicher Anklage in der Stimme. »Ich tauge nichts.«

»Andrej Nikolajewitsch – ich wollte Sie nie wieder so nennen, aber jetzt ist es nötig! –, Sie haben bisher die besten Noten des Lehrgangs bekommen. Sie werden ein Musteramerikaner. Aber wenn einmal der Ernstfall eintritt, so wie wir ihn üben, und man versucht, Sie zu zerbrechen, dann weiß ich, daß Sie so vollkommen ein Russe sind, daß Sie lieber sterben, als ein Wort zu sagen!« General Iwan Kornejewitsch Sinjonew legte den Arm väterlich um Plenjakows Schulter. »So etwas kann man natürlich nicht im Simulatorraum bis zum Ende durchspielen, und außerdem bleibt bei Ihnen im Tiefenbewußtsein zurück: Sie lassen mich nicht krepieren. Es sind ja meine Kameraden – also redest du jetzt, um Schluß zu machen! – So reagiert man ungewollt. Das alles fällt in der Wirklichkeit weg. Dann sterben wir, Andrej.«

Plenjakow nickte. Sein Hals war wie verkrampft. »Ich danke Ihnen, Genosse General«, sagte er leise. »Ich hatte begonnen, mich selbst zu hassen, weil ich so versagte. Ich liebe mein Vaterland ...«

»Darum werden Sie auch Amerikaner! Raus an die Arbeit, John ... Billy Rampler sagt übrigens, daß Sie seit vier Jahren die besten Hamburger machen. Ist das nichts, Charming-Boy?«

»Sie geben mir neuen Mut, Sir.«

»Ich bin die falsche Adresse, John.« Bulder-Sinjonew steckte die Hände in die Hosentaschen, blies seinen Kaugummi zu einem Ballon auf, ließ ihn platzen und lächelte glücklich über den gelungenen Trick. »Wie steht's mit den Hormonen? Noch kein Mädchen auf der Matratze?«

»Nein, Sir.«

»Warum? Laufen doch genug herum. Eine Brust in der Hand gibt mehr Mut als hundert Worte von mir.«

»Ich habe ein Mädchen im Visier, Sir.«

»Hübsch? Natürlich ist sie hübsch! Sie können sich bei Ihrem Aussehen Schönheitsköniginnen aussuchen! Kenn' ich sie?«

»Norma Taylor heißt sie hier ...«

»Die knacken Sie mal, John! Wenn Ihnen das gelingt,

haben Sie das Zeug, später bis ins Weiße Haus zu kommen!«

»Wer ist sie, Sir?«

»Norma Taylor.«

»Ich meine ... außerhalb von Frazertown.«

»Es gibt kein ›außerhalb von Frazertown‹!« sagte Bulder hart und plötzlich sehr ernst. »John Barryl, merken Sie sich das! Wenn sie Norma heißt, ist sie Norma!«

Barryl nahm den Rüffel gelassen hin, stülpte seine Mütze mit dem grünen Schirm auf den Kopf und verließ das Büro des Bürgermeisters.

An diesem Nachmittag hatte er seinen freien Tag, ging ins Kino, wo er den ›Paten‹ mit Marlon Brando sah, machte dann einen Umweg zu Hillmoores Bar, trank drei Whiskeys on the Rocks und setzte sich dann in das Catcherzelt.

Im Ring machten sich zwei Fleischberge warm, übten ein paar Griffe und stimmten sich ein für die Vorstellung, die um 21 Uhr begann. Das Zelt war bis auf die Trainer leer, eine trostlose Ansammlung von Stühlen und Bänken. Nur Barryl gegenüber, durch den Ring getrennt, saß einsam ein anderer Besucher und beobachtete die Catcher und ihre aufeinander abgestimmten, so schrecklich wild aussehenden Griffe.

John erhob sich, ging um den Ring herum und setzte sich neben den anderen einsamen Gast. »Seit wann interessieren Sie sich für schwitzendes Fleisch, Norma?« fragte er.

»Und warum sind Sie hier?« fragte sie zurück.

»Ihretwegen.«

»Wieso?« Sie sah ihn an. Zum erstenmal seit fünf Wochen blieb ihr Blick länger als eine Sekunde auf ihm haften. Er konnte voll in ihre Augen sehen, in diese beiden schwarzen, mit einem Goldschimmer überzogenen, ein ganz klein wenig geschlitzten Augen, wie er jetzt erst feststellte, und was sein Blut noch mehr in Wallung brachte. Nachts müssen sie phosphoreszieren wie bei einem Panther, dachte er. Es sind Raubtieraugen, denen man verfällt. In der Ekstase werden sie sich weiten und das ganze zuckende Gesicht beherrschen. Himmel, welch eine Frau!

»Wieso?« wiederholte sie und sah ihn weiter an. Er hatte das Gefühl, ihr Blick brenne Löcher in seine Gesichtshaut.

»Ich bin einsam ohne Sie, Norma …«, sagte er stockend.

»Merken Sie eigentlich nicht, welch ein blöder Hund Sie sind, John?« stellte sie grob fest. »Der schöne John von Frazertown … haben Sie das noch nicht gehört?«

»Nein!« sagte er betroffen.

»Die anderen Mädchen reden von nichts anderem und fressen Sie mit den Blicken auf. Haben Sie nicht bemerkt, daß wir, seit Sie bei Billy sind, dreißig Prozent mehr weibliche Kundschaft haben?«

»Nein.«

»Natürlich nicht. Sie sehen ja nur Ihre Hamburger …«

»Und Sie, Norma.«

»Dann suchen Sie sich eine andere Blickrichtung! Sie brauchen nur Ihr Hemd aufzuknöpfen, und zehn Weiber hängen an Ihnen!«

»Warum reden Sie so, Norma?« sagte Barryl sanft. »Sie sind doch gar nicht so. Und das mit der Frauenliga zur Bekämpfung des Sexualobjektes Weib … das ist doch Käse! Sie haben doch auch ein Herz, Norma. Warum weisen Sie mich dauernd ab?«

Sie antwortete nicht, sondern erhob sich plötzlich, kletterte in den Catcherring und tippte dem dicksten und größten Fleischkloß auf die Schulter. Der Koloß drehte sich um, grinste das kleine, schwarzgelockte Püppchen an und starrte ihr provozierend auf die geschwellte Bluse. »Nicht vorher, Baby«, sagte er in breitem Texanisch und rieb die riesigen Hände aneinander. »Wenn's genehm ist, machen wir's als Nachtisch …«

Und dann geschah etwas, was John Barryl erst voll begriff, als es geschehen war, so schnell war alles, was dort oben im Catcherring abrollte.

Norma Taylor trat einen Schritt vor und streckte beide Arme aus. Dann hörte man ein fettes Klatschen, wie von Zauberhand getragen, hob sich der Fleischberg vom Boden ab, machte eine halbe Drehung in der Luft und krachte darauf mit der Vorderseite voll auf die Matte. Dort blieb er liegen, nicht weil er betäubt war, sondern gelähmt vom maßlosen Erstaunen.

Norma kletterte aus dem Ring und bedachte den fassungslosen John Barryl mit einem angedeuteten Lächeln.

»Darum, John Barryl, gibt es nichts mit uns«, sagte sie ruhig. »Ich würde Ihnen alle Knochen brechen ...«

Noch am gleichen Abend meldete sich John im Fortgeschrittenenlehrgang für Karate an. Norma erfuhr es sofort vom Kursleiter und lächelte still vor sich hin.

Man sieht: Die Liebe in Frazertown hatte ihre Probleme.

In der vierten Nacht war das Fischerboot der russischen Schwarzmeerküste so nahe, daß die sowjetische Radarüberwachung es deutlich im Bild haben mußte.

Aber niemand störte sie. Sie ankerten außerhalb der Dreimeilenzone, warfen ein paar Grundnetze aus und wußten, daß man sie längst als harmlose türkische Fischer identifiziert hatte. In der Abenddämmerung hatten zwei sowjetische Schnellboote sie umkreist, genau beobachtet, anscheinend auch fotografiert, und waren dann wieder in Richtung Odessa abgedreht. Es kam selten vor, daß türkische Fischer hier ihre Netze auslegten, meist suchten sie ihren Fang in der Nähe der eigenen Küste, schon wegen des Transportes, denn die wenigsten Boote hatten Kühlanlagen an Bord. Drei Tage Herumliegen toter Fische in glühender Hitze aber erzeugen einen ganz schönen Gestank und verderben den ganzen Fang.

Gegen zwei Uhr morgens, bei einem sternenklaren Himmel, der Bob Miller zum erstenmal mißfiel, ließ man das kleine, flache, schwarzgestrichene Boot zu Wasser, an dessen Kiel man in russischer Schrift das Wort ›Sokol‹ – Falke – gemalt hatte. Ein kleiner Außenbordmotor, ebenfalls sowjetischer Bauart, wurde hinten festgeklammert, und ein sowjetischer Offizierskoffer vervollständigte die Ausrüstung des Kahns.

Bob Miller stand ruhig an der Reling und wartete, bis alles in Ordnung war. Er trug die Uniform eines sowjetischen Majors und hatte noch einmal die Checkliste bis in die kleinste Einzelheit durchgespielt. Der Haarschnitt stimmte, sogar das Rasierwasser, das an seiner Wange duftete, stammte aus einer Kosmetikfabrik in Tiflis. In den Taschen hatte er russische Streichhölzer, eine Schachtel Papyrossi und ein Taschenmesser, hergestellt im Eisenkombinat Kasan. Nur die Gelatinekapsel mit Gift war amerikanischen Ursprungs; sie stak in einem hohlen Uniformknopf, der dritte vom Kragen her gezählt. Mit einem Griff abzureißen und in den Mund zu schieben. So schnell, daß niemand reagieren konnte.

»Es ist alles fertig, Genosse Major«, sagte der CIA-Mann in der Kleidung eines türkischen Fischers und grinste breit. »Wie fühlst du dich, Wassja Grigorjewitsch?«

»Ich bin neugierig, weiter nichts.«

»Dann mach's gut, Bob!« Der CIA-Mann stieß Miller in die Rippen. »Kein flaues Gefühl im Magen?«

»Nein.«

»Was du tust, hat noch keiner gewagt.«

»Einmal muß es getan werden, Fred.« Miller schwang sich über die Reling und stieg in die schmale Strickleiter. Unter ihm dümpelte der Kahn auf den trägen Wellen. Das Schwarze Meer zeigte sich von seiner sanftesten Seite. »Wenn alles gutgeht, melde ich mich in zwei Tagen aus Winniza. Die nächste Meldung dann aus der verbotenen Stadt.«

»Gott mit dir, Bob!«

»Der wird mir kaum helfen!« Miller nickte noch einmal und kletterte dann die Strickleiter hinunter ins Boot. Mit drei Zügen am Starterseil ließ er den kleinen Außenbordmotor an und tuckerte ziemlich schnell von dem Fischerkahn weg in die diffuse, von den Sternen glitzernd durchleuchtete Dunkelheit. Der CIA-Mann und der türkische Kapitän blickten ihm nach, bis das schwarze, flache Boot in den Tälern der Wellen endgültig verschwand.

»Kommt er wieder?« fragte der Türke leise.

»Nein.« Der CIA-Mann steckte sich eine Zigarette an. Er mußte das Streichholz dreimal anstreichen, so zitterten seine Hände. »Er hat keine Chance. Einen Scheißberuf haben wir. Einen Scheißberuf ...«

An einer einsamen Stelle zwischen Alexandrowka und der Dnjestr-Bucht, einem schönen Sandstrand, zu dem am Sonntag bestimmt viele Genossen aus Odessa hinausfuhren, denn landeinwärts standen, wie Soldaten ausgerichtet, bunt bemalte, hölzerne Badekabinen, betrat Bob Miller, der jetzt auch für uns Major Wassja Grigorjewitsch Shukow heißt, russischen Boden. Ohne Eile, aber präzise wie ein Computer, begann er mit dem ersten Teil seiner Aufgabe: Er drehte den Kahn ›Sokol‹ wieder seewärts, warf den Motor an, hieb in den Bootsboden drei Löcher und ließ den ›Falken‹ ins Meer hinausschießen. Dort, nach dreihundert Metern etwa, versank der Kahn, in die Tiefe gezogen von dem Außenborder.

Dann nahm Wassja Grigorjewitsch Shukow seinen Offizierskoffer in die Hand und stapfte durch den Sand landeinwärts. Er wußte genau, wo er war, er hatte die Karte im Kopf: Drei Kilometer südwestlich war die Bahnlinie Sarata-Odessa, eine Nebenlinie, die hauptsächlich dem Arbeitertransport diente und sonntags den Ausflüglern zur Küste. Ganz in der Nähe lag der kleine Ort Bilaki, der von einem Weingut lebte, das einen herrlichen goldbraunen Süßwein herstellte. Trotzdem hielt der Zug in Bilaki nur bei Bedarf. Die meisten Reisenden fuhren mit einem Bus bis Akkarsha, oder, wenn sie schon in Akkarsha waren, gleich weiter über die schöne, breite Straße nach Odessa. Eine Fahrt durch Palmenhaine und Gärten, Obstplantagen und Olivenwälder. Ein Stück Erde, das Gott geküßt hat, wie die stolzen Schwarzmeerrussen sagen.

Shukow ging ohne Hast die drei Kilometer, bis er die ersten Häuser von Bilaki sah. Niemand begegnete ihm bis auf vier streunende Hunde, die ja nicht fragen konnten, wieso ein Major der sowjetischen Armee nachts allein mit einem Koffer durch das Land wandert.

Wassja Grigorjewitsch ruhte sich im Schutz einer Hibiskusbuschgruppe aus, bis die Morgendämmerung den Himmel mit einem unbeschreiblichen samtenen Rot färbte, beobachtete durch die dichten Zweige seines Versteckes, wie drei Lastwagen mit Landarbeitern der Sowchose

›Winadjelije Lenin‹ – Weinbau Lenin – zu den Weinplantagen ratterten, nahm dann seinen Koffer und ging hoch aufgerichtet und unnahbar, wie ein Major der Roten Armee sein soll, die Hauptstraße hinunter zu dem kleinen, gelbgestrichenen Bahnhof.

Sein Erscheinen löste eine geradezu wilde Hektik aus.

Vitali Polikarpowitsch Baidukjew, der Bahnhofsvorsteher, der einmal wöchentlich insgeheim allen Heiligen inbrünstig dankte, daß das Schicksal es mit ihm so gut gemeint und ihm diese ruhige Stellung verschafft hatte, tunkte gerade einen Butterkuchen in seine große Tasse Tee, als er den Major die kleine Bahnhofshalle betreten sah. Er ließ vor Schreck den Kuchen fallen, blickte auf den Fahrplan und ahnte, daß der Genosse Major den Zug um 6 Uhr 19 nach Odessa nehmen wollte. Das ergab eine große Schwierigkeit, denn es war ein Eilzug, und Eilzüge in Bilaki zu bremsen, wegen eines einzigen Reisenden, ist schon eine große Tat.

Baidukjew säuberte seine bekleckerte Hose, stülpte seine Bahnhofsvorstehermütze auf den grauhaarigen Kopf, schnallte sein Koppel um und bat – wieder insgeheim – die Heiligen, der Genosse Major möge ein friedfertiger Mensch sein, der nicht gleich herumbrüllte, wilde Drohungen ausstieß und unübersehbare Schwierigkeiten auslöste.

Vitali Polikarpowitsch machte noch einen Umweg in die Küche, denn seine Wohnung lag unmittelbar neben den Diensträumen, was praktisch war, denn wenn er seinen Mittagsschlaf hielt, konnte seine Frau Rimma Theofilowna von der Küche aus die Lichtsignale an den Weichenhebeln beobachten und rechtzeitig für einen reibungslosen Bahnverkehr sorgen, wie er in einem sozialistischen Staat selbstverständlich war.

»Ein hoher Gast ist gekommen, Rimma!« sagte Baidukjew, starrte in den Spiegel, rückte seine Mütze gerade und zupfte einen Krümel Kuchen aus seinem Schnauzbart. »Ein Major. Ich muß den Eilzug anhalten. Telefoniere mit Puschkari ... die sollen den Genossen Zugführer schon warnen.«

Er ging in den Stellwerkraum, knallte den Hebel des

Einfahrtsignals auf Rot und beeilte sich dann, in die Bahnhofshalle zu kommen. Dort stand der Major groß, stolz und ordensgeschmückt hinter seinem Koffer und betrachtete ein Plakat, das den Wein von Bilaki in überschwenglichen Ausdrücken pries.

Baidukjew knallte die Hacken zusammen und grüßte stramm. Shukow fuhr herum.

»Wie können Sie mich so erschrecken?!« schrie er sofort. »Knallt durch die Gegend wie zehn furzende Pferde!«

Oje, dachte Baidukjew, das ist ein ganz Scharfer. Mit dem kann man nicht diskutieren, der bläst einen an wie ein Herbststurm vom Meer. Er versuchte ein dümmliches Lächeln und blieb stramm stehen. Militärische Haltung kann nie schaden, dachte er dabei. Wozu ist er ein Major?

»Der Genosse Major will nach Odessa?« fragte er, als Shukow schwieg.

»Wenn es möglich ist.«

»6 Uhr 19 haben wir einen Eilzug, Genosse Major.«

»Das ist gut.« Shukow blickte auf seine Armbanduhr. Ein Modell der Uhrenfabrik von Kiew. »Das wäre in zehn Minuten?«

»Falls der Zug pünktlich kommt. Meistens ist er pünktlich. Wenn Kostylew ihn fährt, ist er immer pünktlich. Wenn aber Repkin an der Maschine sitzt, kann er später kommen. Repkin hat Angst vor den Kurven. Kann man das verstehen? Fährt seit neunundzwanzig Jahren einen Zug, immer die gleiche Strecke, und hat noch immer Angst vor den Kurven! Ein sensibler Mensch, der Repkin. Spielt Schach und singt Mozart. Kennen Sie noch einen anderen Lokomotivführer, Genosse Major, der Mozart singt? Jemand hat gesagt, die Angst vor den Kurven hängt damit zusammen, weil er Mozart singt ...«

Baidukjew schwieg ermattet. Er beobachtete, daß der Major anscheinend kein Mozartkenner war. Shukow starrte den kleinen Bahnhofsvorsteher böse an.

»Sie reden wohl gern?« fragte er scharf. Baidukjew spürte, wie ihm Schweiß auf die Stirn trat.

»Ich habe nur versucht, dem Genossen Major die besondere Lage unserer Eisenbahn zu erklären. Das Signal steht schon auf Rot. Der Eilzug wird halten. Aber wenn Kostylew ihn fährt, o Seelchen, wird er schimpfen! Er hat den Ehrgeiz, auf den Punkt genau mit der Zeit in Odessa einzufahren. Doch wenn er den Genossen Major sieht, wird er höflich sein. Ganz bestimmt.«

Shukow blickte wieder auf seine Armbanduhr, geradezu provozierend. Baidukjew wischte sich schnell mit dem Handrücken den Schweiß von der Stirn.

»Noch fünf Minuten, Genosse Major.«

»Dem Himmel sei Dank! Wie viele Kinder haben Sie?«

»Nur eins. Einen Jungen.«

»Dachte ich mir. Sie haben auch da zuviel geredet ...«

»Aber ich habe neun Enkelkinder, Genosse Major. Und mein Sohn ist Propagandist im zweiten Parteikader von Odessa!«

Auch die letzten Minuten gingen herum. Von fern hörten sie das Pfeifen der Lokomotive, grell, langgezogen, weil schon das Vorsignal auf Rot stand.

»Kostylew ist's, Genosse Major«, sagte Baidukjew grinsend. »Ha, hat der eine Wut! Pfeift wie ein Irrer! Repkin würde nichts machen, sondern ganz still einfahren. Aber Kostylew ... ein Choleriker, sag' ich Ihnen! Spuckt jetzt voll Zorn gegen seine Armaturen! Da ist der Eilzug, Genosse Major.« Vitali Polikarpowitsch lief auf den Bahnsteig, hob seine rote Kelle und winkte mit ihr. »Zug nach Odessa!« brüllte er. »Vorsicht! Zurücktreten!«

Der Zug hielt mit knirschenden Bremsen. Ein Kopf tauchte im Fenster der Lok auf. Es konnte nur Kostylew sein, denn der Mann brüllte sofort: »Wieso ist das Signal rot, du alter Bock? Hast wieder gesoffen die ganze Nacht und kannst nicht mehr die Farben unterscheiden! Gib die Strecke frei, du verrostete Pfanne!«

Dann sah er den Major auf dem Bahnsteig stehen, verschluckte sofort alle weiteren Worte und verschwand wieder in seiner Lok.

»Sag' ich es nicht?« meinte Baidukjew und riß die Tür des Wagens I. Klasse auf. Ein Schaffner, der vom Ende des

Zuges heranhetzte, griff den Koffer und trug ihn in den Zug. »Aber jetzt juckt ihm die Hose, dem guten Kostylew. Hat Sie gesehen und schwupp, war er weg! Gute Fahrt, Genosse Major ...«

Shukow stieg ein, betrat ein Abteil, in dem sich nur ein schlafender Mann in die Ecke drückte, und setzte sich. Der Schaffner hob den Koffer in das Gepäcknetz und entfernte sich schnell. Draußen hob Baidukjew seine Kelle. Freie Fahrt. Seine Frau Rimma Theofilowna drückte das Signal auf Grün.

»Das war ein feiner Mann«, sagte Vitali Polikarpowitsch nachher und setzte sich wieder an den Tisch, tunkte seinen Butterkuchen in den Tee und aß mit behaglichem Schmatzen. »Es ist geradezu ein Erlebnis, sich einmal wieder mit gebildeten Leuten unterhalten zu können. Stell dir vor, Rimma, er hat mich nicht einmal einen Hohlkopf genannt! Ein Herr von Welt, sage ich!«

»Was macht ein Major morgens um sechs allein mit einem Koffer bei uns in Bilaki?« fragte Rimma Theofilowna nachdenklich. »Wo kommt er her?«

»Hättest du ihn gefragt, he?« schrie Baidukjew erregt. »Gedanken haben diese Weiber! Ein Major der Roten Armee darf überall sein, zu jeder Tageszeit! Man fragt ihn nicht. Nie!«

»Aber merkwürdig ist es doch.« Sie setzte sich und blickte auf den nun wieder leeren Bahnsteig. »In Bilaki fallen doch keine Offiziere vom Himmel! Überleg mal ...«

»Er war ein feiner Mann!« sagte Baidukjew endgültig und hieb mit der Faust auf den Tisch. »Und er hat mich behandelt, als sei ich seinesgleichen. So etwas erlebt man nicht alle Tage!«

In Odessa stieg Shukow aus, informierte sich am Aushang über den nächsten Zug in Richtung Winniza und sah, daß er in Shmerinka umsteigen mußte. Es gab auch einen späteren Zug, der direkt bis Kiew durchfuhr und in Winniza hielt, aber Shukow entschloß sich, so schnell wie möglich aus der Küstennähe wegzukommen und in der weiten fruchtbaren Ebene der Ukraine unterzutauchen. Die beiden ersten Einsätze waren erstaunlich einfach gelungen: die Landung in Rußland und die Fahrt nach Odessa.

Wassja Grigorjewitsch tat das, was man als Offizier immer tut, wenn man auf einen Zug warten muß: Er setzte sich in einen der prächtigen, mit Marmor verkleideten, von riesigen Kristallüstern erleuchteten Wartesäle und bestellte ein Glas Krimwein. Von Fotos kannte er den Bahnhof von Odessa, aber trotzdem war er überwältigt von der Verschwendung, mit der man hier gebaut hatte. Bahnhöfe, Untergrundbahnen, Stadien und Kongreßhäuser waren ja von jeher der Stolz der Sowjets, eine Demonstration ihrer Größe und ihrer nie zerbrochenen Kultur. Was Worte nicht vermochten klarzumachen, in den Bauten drückte man es unübersehbar und unüberhörbar aus: Rußland ist ein Land der Ewigkeit.

Es war so, wie man es in Fort Thompson erwartet hatte, weil man den russischen Charakter genau studiert hatte. Shukow wurde nicht belästigt, nicht gefragt, nicht kontrolliert. Seine Uniform genügte als Ausweis seiner Integrität. Wer käme auch auf den Gedanken, daß auf dem Bahnhof von Odessa ein amerikanischer Offizier in der Maske eines Majors der Roten Armee eine Fahrkarte nach Winniza löst? Ebenso wenig wie man einen amerikanischen Major in Philadelphia anhält, wenn er nach New York fährt.

Shukow bekam einen Platz in einem Abteil, in dem noch ein Ingenieur, ein Arzt und ein Architekt saßen, die auch in Shmerinka umstiegen, aber weiter nach Kiew wollten. Es war eine einsilbige Reisegesellschaft, was vielleicht daran lag, daß der Major sehr hochmütig in die Gegend blickte und anscheinend keine Lust zu einer Unterhaltung zeigte. Schließlich spielten der Architekt und der Ingenieur Schach – ein Russe hat fast immer ein Reiseschachspiel bei sich –, und der Arzt ging in das Speiseabteil, um einen Tee zu trinken.

So erreichte Wassja Grigorjewitsch unbefragt die Stadt Winniza und stieg aus. Zum erstenmal sah er den Bug, diesen herrlichen Fluß, der durch eine Gartenlandschaft floß, die ihn an Florida erinnerte. Nur die Palmen fehlten. Aber sonst waren das ganze Land und die Stadt selbst überhaucht von südländischer Fröhlichkeit, erblüht unter einem seidigen blauen Himmel. Shukow blieb stehen, blickte hinüber zu den neuen Vierteln der Stadt, die in ihrer Einheitsarchitektur auch mit anderen Städten vergleichbar war, und rief aus seinem Gehirn den Stadtplan ab, den er wochenlang studiert hatte, bis er jede Straße, jede Hausecke, jeden Feldweg außerhalb der Häusermassierungen kannte.

Die Ulinskaja 11 ist im alten Stadtteil, dachte er. Dort gibt es eine Landmaschinenfabrik, eine Blechwarenfabrik und eine Konservenfabrik. Die Ulinskaja besteht aus alten zweistöckigen Häusern, eine typische Arbeitersiedlung. Daß der Traktorist Awdej Konstantinowitsch Dewjatow ein Telefon hatte, war eine Seltenheit, aber man hatte sich daran gewöhnt. Schließlich war Dewjatow ein qualifizierter Facharbeiter und Parteimitglied, war zweimal als ›Vorbildlicher Arbeiter‹ ausgezeichnet worden und hatte auch sonst einige Privilegien, die man ihm neidlos gönnte. So besaß er zum Beispiel einen Fernsehapparat und eine Stereoanlage, und er war ein so guter Kamerad und Kommunist, daß er bei besonderen Sendungen wie Sport oder Theaterübertragungen seine Nachbarn zum Zuschauen einlud und sogar Tee oder leichten Roséwein servierte. Ein guter Mensch, der Awdej Konstantinowitsch.

Shukow betrat die nächste Telefonzelle und hob den Hörer ab. Wie üblich in Rußland gab es auch hier keine Telefonbücher in den Zellen, aber Shukow kannte Dewjatows Nummer auswendig. Er drehte die Zahlen, und als sich Dewjatow meldete, sagte er:

»Ich soll Sie von Ihrem Großmütterchen grüßen, Awdej Konstantinowitsch. Sie wäre so gern zu Besuch gekommen, aber sie verträgt die Eisenbahn nicht.«

»Das Alter, lieber Genosse, das Alter. Was kann man machen?« antwortete Dewjatow und legte auf.

Man hatte sich verstanden. Nach etwa zehn Minuten hielt eine Moskwitsch-Limousine vor dem Bahnhof, Major Shukow stieg ein, ein eilfertiger Fahrer verlud den Koffer im Kofferraum und sauste dann nicht in die Stadt zurück, sondern nach Süden, wo die großen Obstplantagen lagen.

Sie fuhren zehn Minuten über die breite Straße, bogen dann seitlich in eine sanfte Hügellandschaft ab und hielten in einer Scheune, deren Tor weit offenstand. Dewjatow sprang aus dem Auto, schob das Tor zu und verriegelte es.

»Ich heiße Sie willkommen, Wassja Grigorjewitsch!« sagte er, als er an den Wagen herantrat und die Tür an Shukows Seite aufriß. »Sie sind schneller in Winniza, als wir erwartet haben.«

Shukow stieg aus, gab Dewjatow die Hand und hatte endlich Gelegenheit, den Kontaktmann des amerikanischen Geheimdienstes näher zu mustern. Awdej war ein typischer Russe mit einem kantigen Gesicht, braunen kurzen Haaren, mittelgroß und gedrungen, Anfang Dreißig und steckte in einem der grauenhaft sitzenden Anzüge, wie sie die Arbeiterklasse in den Kaufhäusern bekommt. Für die gehobene Schicht, die Privilegierten im Roten Reich, gab es besondere Modegeschäfte, in denen man nur gegen Spezialausweise kaufen konnte.

»Es ist einfach, in euer Land zu kommen«, sagte Shukow und knöpfte den Uniformrock auf. Es war heiß und stickig in der Scheune. »Mir ist es ein Rätsel, warum in der Presse und in Büchern so wilde Geschichten gedruckt werden.«

»Nicht jeder hat eine so mächtige Organisation wie den CIA hinter sich, Major.« Dewjatow holte den Koffer aus dem Kofferraum und ließ die Schlösser hochschnappen. »Das hier ist übrigens Ihre Wohnung. Ich habe die Scheune und das Land drum herum gepachtet. Ein Sonderfall. Es war nur möglich, weil ich Mitglied der Partei und zweimal ›Vorbildlicher Arbeiter‹ bin. Hier wird Sie niemand stören, wenn Sie sich tagsüber nicht blicken lassen.«

»Awdej Konstantinowitsch, ich habe nicht die Absicht, in Winniza Urlaub zu machen.« Shukow hatte die Uniform ausgezogen und streifte jetzt eine fleckige Baumwollhose über, wie sie die Landarbeiter in dieser Gegend trugen. Dazu ein Hemd, an der Brust offen, und Schuhe mit Gummisohlen. Aus dem hohlen Uniformknopf holte er die Gelatinekapsel mit dem Gift und steckte sie in einen Hohlraum der Gürtelschnalle. Dewjatow beobachtete ihn voll Interesse.

»Würden Sie das im Notfall wirklich schlucken?« fragte er.

»Ja!« sagte Shukow knapp. »Haben Sie was zu trinken hier? Ich mußte im Zug den sturen Offizier spielen. Mir brennt die Zunge.«

Dewjatow holte aus dem Auto eine Kühltasche und klappte sie auf. Sie enthielt köstlich kalte Limonade, eine russische Spezialität, zwei Päckchen mit Broten und kaltem Braten und ein 200-Gramm-Fläschchen wasserhellen Wodka.

»Ich habe auch Eis dabei«, sagte Dewjatow. »Drei Sorten: Vanille, Schokolade und Pistazien.« Er tippte auf einen chromblitzenden Eisbehälter. »Sie wissen ja, Major, russisches Eis ist das beste der Welt. Anerkannt! Die Italiener trifft das in den Nerv.« Er lachte, schnippte den Deckel hoch und hob den Eisbehälter Shukow unter die Nase. »So duftet nicht die schönste Frau.«

Shukow lachte zurück, setzte sich auf einen Hauklotz, der in der Scheune herumstand, klemmte den Eisbehälter zwischen die Knie, nahm einen Löffel und kratzte eine Scheibe von dem Pistazieneis ab. Es schmeckte wirklich hervorragend, sahnig und fruchtig zugleich, aber ob es das beste Eis der Welt war, konnte er nicht entscheiden. Man kann nicht alles wissen.

»Sie sagten Frauen, Awdej. Schöne Frauen. Weiß man etwas davon, ob auch Frauen in Nowotschok sind?«

Dewjatow hob die Schultern. »Man weiß es nicht … aber man vermutet es. Logischerweise müßten Frauen da sein, denn wenn man schon eine amerikanische Stadt nachbaut, hat das keinen Sinn, wenn man die Frauen vergißt.«

»Eine Stadt muß doch laufend versorgt werden. Die Fahrer der Transporter müssen doch gesehen haben …«

»Aller Nachschub kommt nur bis zur ersten Sperre. Dort werden alle Waren von Trucks der anderen Seite übernommen. Jede Woche Freitag ist das große Umladen am Elektrozaun. Wir Russen fragen nicht, wo man Fragen nicht gern hört. Hier ist Winniza, dort Nowotschok, zwei Dinge, die nichts miteinander zu tun haben. Wozu neugierig sein? Was zahlt sich dabei aus? Die Disziplin der Russen ist auch die beste der Welt, genau wie das Eis!«

»Es ist merkwürdig, daß man in all den Jahren nicht erfahren konnte, ob dort auch Frauen ausgebildet werden. Da ist ein Loch im Bild. Ich habe die Vernehmungsprotokolle aller enttarnten weiblichen Spione gelesen. Es tauchen immer die gleichen Agentenschulen auf, die wir alle kennen. Aber nie Winniza.« Shukow schabte einen Löffel voll Schokoladeneis aus dem Behälter. »Wissen Sie, Awdej, daß Weiber in unserem Beruf klüger, kaltblütiger, raffinierter und tödlicher sind als wir Hornochsen? Wir arbeiten mit politischem Kalkül ... die Weiber setzen immer ihr Herz mit ein. Und sie haben ein verdammtes Gefühl für echt oder unecht.«

Sie aßen noch zwei Brote mit Braten, tranken ein Gläschen Wodka und versteckten die russische Majorsuniform im Boden der Scheune, unter einer Falltür, die Awdej danach wieder mit Gerümpel überbaute. »Sie können ruhig etwas schlafen, Wassja Grigorjewitsch«, sagte Dewjatow dann. »Sie sind fast vierundzwanzig Stunden auf den Beinen.«

Shukow winkte ab. Er lag auf einigen Strohballen und rieb die Fußsohlen aneinander. Seine Augen hatten wieder den verträumten Blick, diese herzergreifende Romantik, die so täuschte. »Es muß doch irgendwo eine Stelle geben, von der man etwas von Nowotschok sehen kann«, sagte er. »Hat man denn den ganzen Fluß gesperrt? Das geht doch nicht.«

»Was über den oberen Bug kommt, hat in Winniza Endstation und wird umgeladen auf Lastwagen oder in Eisenbahnwaggons. Dann folgt die Sperre, und erst fünf Werst südlicher ist der Fluß wieder schiffbar.« Dewjatow wickelte ein Bonbon aus und begann es schmatzend in seinem Mund umzudrehen. Es war ein Ersatz für das Rauchen; in dieser knochentrockenen Scheune ein Feuer zu machen, war fast Selbstmord. »Die Absperrung ist vollkommen. Es gibt nur einen Ort, von dem man etwas sehen kann.«

»Also doch!« Shukow richtete sich auf. »Sofort hin!«

»Vom anderen Bugufer, von einem Hügel aus, den sie hier ›Das Kosakenkäppchen‹ nennen, kann man die vier Spitzen der Flutlichtmasten des Stadions von Nowotschok sehen. Sie haben also ein richtiges Stadion dort gebaut! Nach der Schneeschmelze habe ich versucht, mit einem Holzfloß in das Sperrgebiet zu kommen, als dummer Holzflößer, der seinen Einschlag nach Süden bringen will ... kurz hinter Winniza war's zu Ende. Drei Patrouillenboote liegen im Fluß und haben mich an Land gebracht. Es ist also unmöglich, über den Fluß einzudringen. Die Boote überwachen mit Radar jeden Winkel des Bug bis zum Grund. Außerdem sind Signaldrähte in verschiedenen Höhen durch das Wasser gespannt, die mit raffinierten Apparaten gekoppelt sein müssen, denn wenn Fische dagegen stoßen, gibt es keinen Alarm, auch nicht bei anderen Gegenständen, und es schwimmt so vieles einen Fluß hinunter. Aber wenn ein Mensch in die Drähte kommt, klingelt's überall.« Dewjatow schluckte sein Bonbon hinunter und goß einen Schluck Limonade hinterher. »Haben Sie vielleicht schon einen Plan, Wassja Grigorjewitsch?«

»Nein.« Shukow erhob sich und zog seine Schuhe wieder an. »Ich weiß nur eins: Wenn ich hineinkomme, dann nur durch die drei Tore!«

»Mit einem freundlichen Lächeln und ›Allzeit guten Morgen, Genossen!‹ rufend.«

»Vielleicht. Unlösbare Probleme kippen oft durch simpelste Gedanken um.«

»Hier in Rußland gilt keine alte Weisheit mehr. Hier ist alles anders, Wassja Grigorjewitsch.«

»Wir haben Zeit.« Shukow schob das Tor einen Spalt auf und blickte hinaus. Über dem blühenden Land lag der Goldschimmer des Abends. »Können wir zu diesem Hügel ›Das Kosakenkäppchen‹?«

»Wenn es dunkel ist, rudern wir über den Bug. Aber seien Sie nicht enttäuscht. Sie sehen kaum etwas.«

In der Nacht lagen sie oben auf der Kuppe des Hügels im hohen Gras und blickten mit starken Nachtgläsern hinüber zu dem dreifach gesperrten Gebiet, das die Russen Nowotschok nannten. Wie Dewjatow gesagt hatte: Shukow hatte im Blickfeld nur die vier oberen Reihen der Flutlichtmasten, alles andere verdeckte eine Hügelkette. Die Scheinwerfer waren eingeschaltet, ein Footballmatch war also im Gange. Der Himmel über diesem Stück Land war fahl erleuchtet, so wie es bei allen Städten ist, wenn tausende Lampen eine Lichtglocke bilden.

»Mit voller Festbeleuchtung«, sagte Shukow und setzte sein Glas ab. »Ich wette, da zucken die buntesten Lichtreklamen.«

»Ein Stück Amerika eben.« Dewjatow blickte noch immer auf die Lichtglocke. »Sie müssen das ja kennen. Für mich Russen ist so etwas fantastisch. Das sieht man nur ab und zu in amerikanischen Filmen als Beweis für die Dekadenz und die Beeinflussung der Massen durch den Kapitalismus.«

»Reden Sie denn immer so einen Scheiß, Awdej Konstantinowitsch?«

»So sollten Sie auch reden, Wassja. Sie sind jetzt ein Russe! Noch sind Sie es. Erst dort drüben dürfen Sie wieder Amerikaner sein. Eigentlich verrückt, was? Sie kommen als falscher Russe nach Rußland, um in Rußland ein echter Amerikaner zu sein. Eine total verdrehte Welt! Gehen wir.«

»Wohin?«

»In Ihre Scheune. Ich fahre dann zurück nach Winniza und setze noch einen Funkspruch ab, daß Sie gut angekommen sind.« Dewjatow lachte laut und wälzte sich auf den Rücken. Der Sternenhimmel war etwas für Dichter – er mußte eine empfindsame Seele mit seiner Schönheit einfach erschlagen. »Sie sollten sehen, Wassja, wie das vor sich geht. Unter mindestens zehn Zeugen! Wenn ich funke, lade ich die Nachbarn ein, bei mir über die Stereoanlage ein Konzert zu hören. Und da sitzen sie dann, lauschen andächtig wie die Klosterschüler, verdrehen die Augen, wenn Swjatoslaw Richter spielt, und ich sitze an dem Stereogerät, drehe mal an diesem Knopf, mal an jenem und funke meine Meldungen hinaus. Was wissen die Genossen, wie eine komplizierte Stereoanlage funktioniert? Sie denken, ich regle die Musik, damit es wirklich ein vollkommener Genuß wird. So einfach ist das ...«

»Und die Funkpeilung?«

»Was die Genossen in der Funküberwachung hören, ist nur ein Knacken. Die Meldungen werden bis zur Unkenntlichkeit zerhackt, und nur der vorgesehene Empfänger kann sie elektronisch wieder zusammenfügen.« Dewjatow erhob sich und klopfte das trockene Gras aus seinem Anzug. »Mich zu entdecken, müßte schon ein Wunder sein.«

Das Wunder – Awdej Konstantinowitsch ahnte es nicht – saß in Winniza in der Funkzentrale des III. Nachrichtenbataillons der Roten Armee und hieß Kapitän Stanislaw Jakowlowitsch Slobin. Er hatte das verrückte, nur ab und zu auftauchende Knacken im Äther eingekreist, nachdem er sich sicher war, daß es sich nicht um atmosphärische Störungen, etwa durch Protuberanzen, handeln konnte. Die Störquelle lag irgendwo in der Altstadt, so weit war er schon. Aber er konnte sich noch nicht denken, worum es sich handelte.

Fünf Tage später erschien Dewjatow wieder in der Scheune und rieb sich die Hände. Shukow lag mißmutig auf seinen Strohballen, neben sich einen Berg russischer Zeitungen und Illustrierten. Nach ihrer Lektüre mußte jeder echte Russe glauben, daß die Sowjetunion an der Spitze aller Staaten stand. Medizin, Landwirtschaft, Bauwesen, Wasserwirtschaft, Physik und Chemie, Weltraumforschung und kybernetische Forschung, Sport und Freizeit, sozialer Wohlstand und verhüttende Großindustrie – nichts auf der Welt reichte an Rußland heran. Das hatte Shukow auch schon in Alaska, in der künstlichen russischen Stadt Smolenska, gelernt, um mit dem Stolz der Russen reden zu können. In zehn Jahren, das war sicher, wenn die gewaltige industrielle Eroberung Sibiriens weiterging und die unermeßlichen Schätze dieses Landes ans Tageslicht gefördert wurden, stand Sowjetrußland wirklich einsam über allen Völkern. Für einen Amerikaner eine bedrückende Vision.

»Sie freuen sich wie ein Collegeboy, dem es gelungen ist, seine junge, schöne Lehrerin ins Bett zu kriegen«, sagte

Shukow böse. »Und ich schlage mich hier mit Milliarden Mücken herum und jage Haselmäuse.«

»Vorgestern hat es Alarm am äußeren Zaun gegeben ...«, sagte Dewjatow und blickte Shukow dabei fragend an.

»Das war ich.«

»Dachte ich's mir doch!«

»Ich habe einen Hasen gefangen und bin zu einer Stelle des Zaunes, die so aussah, als habe man sie monatelang nicht kontrolliert. Da habe ich den Hasen in den Draht geworfen.«

»Und?«

»Es funktionierte. Aus der Hochspannung zischten Blitze, der arme Hase, ein Opfer der USA, war sofort tot, und irgendwo donnerte die Alarmanlage los. Es gibt keine weiche Stelle in dem Zaun.«

»Und wenn, Wassja Grigorjewitsch ... dahinter ist das Minenfeld.«

»Ich habe ein kleines Minenpeilgerät bei mir.«

»Das nutzt Ihnen gar nichts. Nach vierhundert Metern stehen Sie vor dem zweiten Zaun. Da müssen Sie kapitulieren.« Dewjatow rieb sich wieder die Hände. Über sein Gesicht strahlte ein geradezu jungenhaftes Lachen. »Aber ich habe das Loch im Zaun. Ich weiß, wie Sie in das Lager können.«

»Nein!« Shukow sprang auf.

»Jawohl! Offiziell durch alle drei Tore und mit einem Begleitkommando der Roten Armee.«

»Awdej, Sie sind besoffen!«

»Vor Freude, Genosse. Habe ich Ihnen nicht erzählt, daß normalerweise alle Lieferungen für Nowotschok am ersten Tor umgeladen werden auf andere Lastwagen? Das wird jetzt zum erstenmal durchbrochen. Man hat einen amerikanischen Mähdrescher bestellt, und der wird morgen geliefert.«

»Einen Mähdrescher?«

»Fabrikat Ferguson & Sons. Neuestes Modell! Wenn man schon in ›Klein-Amerika‹ ernten will, muß man das natürlich mit einer amerikanischen Maschine machen. Und unsere Firma liefert den Kasten. Als zweimaligen ›Vorbildlichen Arbeiter‹ und doppelten Medaillenträger hat man mich bestimmt, den Mähdrescher nach Nowotschok zu bringen.«

»Bis in die Stadt?« sagte Shukow heiser vor Erregung. »Awdej, so viel Glück wäre unheimlich!«

»Wie weit ich komme, weiß ich noch nicht. Heute abend ist die letzte Besprechung. Wie's auch sein mag: Es ist seit Jahren das erstemal, daß etwas nicht umgeladen werden kann. Der Mähdrescher muß so durch die Sperren, wie er geliefert wird.«

»Und in dem Drescher stecke ich.«

»So habe ich mir das gedacht.«

»Wollen Sie mich zu Häcksel zerhacken, Awdej?«

»Sie kennen doch diese Mähdrescher. Hoch wie zwei Häuser ist so ein Ding! Ein brüllender Roboter.«

»Und wie ich die kenne! Ich habe selbst einen gefahren. Er mäht, drischt, sortiert Korn und Häcksel, preßt das Stroh, bindet es und spuckt die Ballen aus. Alles automatisch. Man sitzt hoch oben in einer Kabine aus Glas und braucht nur ein paar Hebel zu bedienen. Ha ...«, Shukow starrte Dewjatow an, »der Häckselkasten! Solange das Ding nur fährt, kann man dort ein Nickerchen machen. Awdej, der Häckselkasten!«

»Daran habe ich auch gedacht.« Dewjatow schlug die Fäuste gegeneinander. »Ich möchte wetten, daß keiner auf die Idee kommt, in einem Häckselkasten nach Spionen zu suchen, vor allem dann nicht, wenn ein zweifacher ›Vorbildlicher Arbeiter‹ das Riesending fährt ...«

»Wann?« fragte Shukow ruhig.

»Morgen früh um sechs.« Dewjatow klopfte Shukow auf die Schulter. »Wassja Grigorjewitsch, ich hole Sie heute nacht ab und stecke Sie in den Häckselkasten.«

In Frazertown wußte John Barryl nicht, warum der Bürgermeister ihn wieder zu sich rufen ließ. Sein Chef, Billy Rampler, kam vom Telefon und stieß John in den Rücken.

»Du sollst zum Amt kommen. Bulder will dich sehen. Was ist los?«

»Keine Ahnung, Boß«, sagte Barryl und band seine Schürze ab. Er war gerade dabei, Hamburger mit Käse und Tomaten zu verfeinern.

»Bulder will, daß du morgen den ganzen Tag freihast.«

»Das ist mir neu. Ich wollte morgen in die Boxschule, und am Nachmittag ist ein Vortrag über die letzten UNO-Sitzungen.«

»Es muß etwas Wichtiges sein«, sagte Billy Rampler. »Mach mir keine Schande, John.«

Beim Hinausgehen traf John wieder auf Norma Taylor. An ihrer Theke herrschte Hochbetrieb, es war Mittagszeit, und viele kamen zu Billy, um einen Hamburger, ein Sandwich und Normas köstliche kalte Milchmixgetränke zu genießen. Vor allem die Bauarbeiter, die an den Uferbefestigungen von Frazertown arbeiteten, schworen auf Normas Mixkünste.

Überhaupt die Ufer von Frazertown! Seit 17 Jahren wurde an ihnen gebaut, und es würde auch weiterhin an ihnen gewerkelt werden, denn immer wenn die Ufer fertig waren und die Baukommission sie abgenommen hatte, erschienen ein paar riesige Bagger und rissen alles wieder heraus, zerstörten das Ufer und schufen somit Arbeit für neue Baukolonnen. Es gab nichts, worin die Männer von Frazertown nicht ausgebildet wurden.

James Bulder empfing John Barryl wie immer in Hemdsärmeln und gummikauend. Das Mädchen im Vorzimmer, die Wasserstoffblonde mit den Löckchen, begrüßte John schon so vertraut, als habe sie mit ihm das Bettlaken geteilt. Sie wippte mit den Brüsten, setzte sich so, daß er ihre langen Beine in den Hot pants nicht übersehen konnte, und rief: »Hallo, Lovely!« John stellte sich stur. Er arbeitete sich an Norma Taylor heran, verbissen und mit blauen Flecken, die er in der Karateschule massenhaft erhielt. Ab und zu – auch vorhin, als er an ihr vorbeiging – fragte sie ihn: »Haben Sie keine Angst, daß Ihrem hübschen Gesicht etwas passiert?« Und er hatte knurrend geantwortet: »Wenn Sie auf häßliche Männer stehen, lasse ich mich Ihretwegen von Frankenstein operieren.«

»John, da ist etwas, was ich Ihnen übertragen möchte«, sagte Bulder jetzt. »Aus Ihren Akten sehe ich, daß Sie in Kasachstan auch in einer Erntebrigade gearbeitet und einen Mähdrescher gefahren haben. Können Sie das noch?«

»Jederzeit, Sir«, antwortete John Barryl verblüfft. »Muß ich nach Kasachstan?«

»Blödsinn! Kasachstan ist fern wie der Mond. Wir sind hier in Frazertown und bekommen morgen einen Mähdrescher, um auf echt amerikanische Art zweihundert Hektar Weizen zu ernten. Modell Ferguson & Sons. Klappt das, John?«

»Ich sehe keine Schwierigkeiten, Sir.«

»Morgen früh um sechs steht das Ding vor Tor sechs. Ein genau überprüfter Genosse, Parteimitglied, zweimal ausgezeichnet, wird ihn bringen und Sie mit der Technik vertraut machen. Und dann wird ab Montag gemäht! Ich nehme an, Sie freuen sich, John. Sie müssen ja schon sexuelle Träume von Hamburgern haben.«

Eine halbe Stunde später war John Barryl wieder auf dem Platz vor dem Fluß, kaufte sich am Automaten ein Softeis und setzte sich auf eine der weißgestrichenen Bänke. Er blieb nicht lange allein. Bulders Schreibmädchen machte Mittag und setzte sich neben ihn. Sie hatte die Bluse bis zum Gürtel der Hot pants aufgeknöpft, und was aus dem Schlitz der Bluse sich hervordrückte, war rund, glatthäutig, wohlgeformt und von keinerlei Haltern beengt. Auch sie lutschte an einem Softeis, aber wie sie es aß, saugend, mit gewölbten Lippen und halb geschlossenen Augen, war es eine verdammt deutliche und herausfordernde Demonstration von Fellatio.

»Ich habe eine süße Mansardenwohnung«, sagte sie und schloß die Lippen wieder um die Eiswölbung. Und dann, nach dem Einsaugen und einem Anziehen des rechten Beines, wodurch die Bluse weiter aufklaffte und John ihre wahrhaftig schöne rechte Brust in voller Wölbung sehen konnte: »Ich sammle Stofftiere. Süße, kleine, kuschelige Stofftiere. Das wird Sie bestimmt interessieren, Johnny ...«

»Sicherlich.«

Er lehnte sich zurück, blickte auf ihren Busen und dachte an Norma Taylor. Wenn Norma nackt ist, muß sie einen Mann um den Verstand bringen, dachte er. Es ist möglich, daß ein Mann, der sie einmal besessen hat, für alle anderen Frauen verdorben ist. So wie sie kann keine zweite sein. Ihr zu gehören, ist wie ein elementares Naturereignis. Sie weiß das ganz genau, und sie hat Angst vor sich selbst. Ihre Männerfeindlichkeit ist nur eine Flucht aus ihrer explosiven Leidenschaft. Norma Taylor zu lieben, das heißt, einen Stern zu erobern und an ihm zu verbrennen.

»Heute abend?« fragte das Wasserstoffblondchen. »St. Stephans Street zwölf.«

John Barryl zuckte zusammen. Die schönen Gedanken an Norma Taylor waren zerstört. »Diese Woche nicht«, sagte er und stand von der Bank auf. Aus dieser Perspektive waren ihre Brüste noch deutlicher zu sehen. Sie hatten große, braunrote Monde und Warzen wie kleine Nüsse. »Ich habe viel zu tun.«

»Auch nachts?«

»Ich werde vor Müdigkeit umfallen. Da ist nichts mehr drin, Baby.«

»Ich heiße Britt. Britt Lawson.« Sie leckte wieder an ihrem Softeis mit einer schmalen Zunge, die sich fast zärtlich um das Hörnchen schlang. »Vielleicht später?«

»Sicherlich später.« John Barryl tippte an sein grünes Mützenschild und beeilte sich, den Bus zu bekommen, der bis zur Boxschule fuhr.

Ein Mähdrescher, dachte er. 200 Hektar Weizen ernten. Das war bestimmt eine gute Abwechslung nach dem Herstellen und Verkaufen von Hamburgern.

Außerdem würde es sich zeigen, ob Norma Taylor ihn vermißte, wenn er nicht mehr im Restaurant arbeitete. Darauf war er am meisten gespannt.

In der Nacht schlichen sich Dewjatow und Shukow auf den Fabrikhof, auf dem wie ein riesiges, bizarres Ungeheuer der Mähdrescher von Ferguson & Sons stand. Man bewachte ihn nicht … ein solches Ungetüm kann man nicht klauen. Dewjatow kletterte in die Fahrerkabine, und Shukow stieg von hinten auf, um sich den Häckselkasten anzusehen. Er war so groß wie ein kleiner Wohnwagen, innen glatt und mit verzinktem Blech ausgeschlagen. Das Blasrohr, das links oben in ihn mündete und den Häcksel hineindrücken würde, hatte den Durchmesser von zwei kräftigen Männerarmen.

Dewjatow beugte sich durch das Fenster der Fahrerkabine zu Shukow hinunter. Wassja Grigorjewitsch trug jetzt seine amerikanische Kleidung, so, als gehe er gleich zur Arbeit in eine Tankstelle. Man hatte sich in Fort Thompson für diese Berufsgruppe entschieden. Tankwart und Automechaniker sind zwei der populärsten amerikanischen Berufe. Es war mit Sicherheit anzunehmen, daß in der Stadt am Bug gerade dieses Image besonders gepflegt wurde. Außerdem ist ein Mann im Overall merkwürdigerweise unverdächtig. Es ist die Uniform des guten Kumpels. So gesehen war Shukows Tarnung die beste von allen Möglichkeiten.

»In Ordnung?« fragte Dewjatow.

»Hervorragend.« Shukow legte sich auf den glatten Boden der Häckselkiste. »Wenn ich hier nur herauskomme, bevor gemäht wird …«

Da niemand wußte, wie lange die Fahrt dauern würde, nahm Shukow zwei Plastikkanister mit Wasser in die Kiste, ein großes Handtuch und eine kleine Flasche reinen Sauerstoffs mit einem Mundstück. Es sollte sich zeigen, wie klug das war.

Dann klappte Dewjatow den Deckel der Häckselkiste zu, hakte die Verschlüsse ein und klopfte mit dem Knöchel seiner rechten Faust noch einmal gegen den Kasten.

»Viel Glück, Wassja Grigorjewitsch!« sagte er. »Hören Sie mich?«

»Wie aus den Wolken«, antwortete Shukows dumpf klingende Stimme.

»Haben Sie nichts vergessen?«

»Nichts.«

Shukow tastete nach dem zweiten Knopf seines Overall-Latzes. Die Gelatinekapsel mit dem Gift lag in der Höhlung.

Pünktlich um halb sechs begann es um den Mähdrescher zu rumoren. Shukow hörte viele Stimmen, dann klirrte irgendwo Eisen, jemand kletterte auf dem Riesending herum und trat einmal kurz gegen den Häckselkasten. Dewjatow. Das Zeichen. Er enterte die Fahrerkabine. Die Fahrt in das verbotene Land begann.

Shukow setzte sich auf den Boden seines Häckselkastens, legte Handtuch, Sauerstoffflasche und Wasserkanister bereit und erschrak heftig, als der schwere Motor aufbrüllte und ein gewaltiges Rütteln durch die ganze Maschine fuhr. Dann bewegte sich der Koloß, stampfte aus dem Fabrikhof und begann seinen Marsch nach Nowotschok. Zwei Wagen der Miliz mit Blaulicht fuhren voraus und machten die Straßen frei, zwei Wagen mit Funktionären der Landwirtschaftsbrigade Winniza folgten dem donnernden Ungeheuer.

Kurz nach sechs Uhr früh erreichte die Kolonne den elektrisch geladenen Zaun und das berühmte Tor VI, durch das auch Plenjakow in eine neue Welt getreten war. Die Wagen der Miliz wendeten und fuhren sofort nach Winniza zurück, die Funktionäre stiegen aus und begrüßten drei Offiziere der Roten Armee. Das Tor stand weit offen ... Dewjatow schätzte es ab und fand, daß es ein Millimeterfahren werden würde.

»Genossen!« rief er deshalb aus seiner Kabine und beugte sich bis zur Brust aus dem Fenster. »Ich bin ein Patriot, das weiß jeder! Aber ich weigere mich, ein Idiot zu sein, auch wenn's die gleiche Endsilbe ist. Das Tor ist zu schmal. Soll ich lebendig braten, wenn ich seitlich anstoße und die Hochspannung berühre? Keiner kann das von mir verlangen, liebe Genossen!«

»Der Strom wird für die Sekunden ausgeschaltet, die Sie für die Durchfahrt brauchen!« schrie einer der Offiziere zu Dewjatow hinauf. »Jammern Sie nicht gleich wie eine geschwängerte Nonne! Es ist an alles gedacht!«

»Das beruhigt mich.« Dewjatow setzte sich wieder hinter seine Hebel. Er hoffte, daß Shukow die Unterhaltung verstanden hatte. Jetzt war er selbst bis zum äußersten gespannt, wie es weiterging. Ließ man ihn in das Sperrgebiet fahren? Es sah nicht so aus, als wenn einer der Offiziere den riesigen Mähdrescher übernehmen würde.

Die Funktionäre der Landwirtschaftsbrigade übergaben den Offizieren die Transportlisten, die Papiere des Dreschers, ließen sich den Empfang bescheinigen, umkreisten das Monstrum noch einmal voller Stolz, verabschiedeten sich dann mit Wangenküssen und verschwanden mit ihren Wagen zwischen den Hügeln. Allein zurück blieb Dewjatow in seiner Glaskabine. Sein Herz begann ihm bis zum Kehlkopf zu schlagen. Ich komme hinein, jubelte es in ihm. Heilige Mutter von Kasan: Ich komme hinein! Ich werde der einzige Winnizaner sein, der die geheimnisvolle Stadt gesehen hat.

Ein Offizier winkte ihm zu. Dewjatow hob die Hand und winkte zurück.

»Kann ich?«

»Jetzt zeigen Sie mal, daß Sie wirklich ein Spezialist sind!« brüllte der Offizier ihm zu. »Der Strom ist ausgeschaltet! Sie brauchen trotzdem nicht das Tor umzureißen! Fahren Sie langsam, Genosse! Und nun – los!«

Dewjatow war wirklich seine beiden Medaillen wert. Er dirigierte das Ungetüm so sauber zwischen die Eisenpfähle, daß er keinen berührte, obgleich ihm auf jeder Seite nur knapp drei Zentimeter Platz blieben. Die Offiziere liefen aufgeregt vor ihm her, winkten, gaben mit Handzeichen Anweisungen, begannen vor Aufregung zu schwitzen, und wenn Dewjatow ihren Zeichen gefolgt wäre, hätte er bestimmt das ganze Tor zerstört. So kümmerte er sich nicht darum, donnerte Zentimeter um Zentimeter durch das Tor und ließ den Offizieren den wohltuenden Glauben, sie hätten ihn so präzise eingewiesen.

Kaum hatte Dewjatow das Tor passiert, wurde es auch schon wieder geschlossen, und von der Zentrale, die alles über Fernsehkameras überwachte, setzte man den Zaun wieder unter Strom. Ein Offizier kletterte auf den Mähdrescher und steckte den Kopf in die Fahrerkabine.

»Sie fahren bis zur nächsten Sperre!« schrie er gegen den Lärm an. »Dort steigen Sie aus. Man bringt Sie zurück.«

»Was wird mit dem Ding hier, Genosse?« schrie Dewjatow zurück. »Bleibt es stehen?«

»Es war Ihre Aufgabe, die Maschine abzuliefern.« Der Offizier wischte sich über das verschwitzte und staubige Gesicht. »Weiter nichts.«

Er setzte sich auf den Deckel des Häckselkastens, nahm seine Mütze ab und fächelte sich Luft zu. Mit einem breiten Grinsen fuhr Dewjatow weiter. Wenn Wassja Grigorjewitsch wüßte, daß über seinem Kopf ein runder Offiziersarsch ist. Aber sicherer geht es nicht. Wer sagt schon: »Genosse Kapitän, lüften Sie die Backen, unter Ihnen vermuten wir einen blinden Passagier!«? Niemand fiele so etwas Ungeheuerliches ein.

Vor der Sperre II wartete in Jeanshosen, offenem Hemd und einer Mütze mit langem grünem Zelluloidschirm ein großer, schlanker Mann und rauchte eine Zigarette. Die Offiziere der zweiten Wache umringten ihn, das Tor stand weit offen, der Strom schien bereits abgeschaltet zu sein. Hier war das Ende der Fahrt. Zum erstenmal sah Dewjatow einen Bewohner der geheimnisvollen Stadt … einen typischen Amerikaner, der in Wahrheit ein russischer Offizier war. Wie wird er sprechen? Englisch oder russisch?

John Barryl sah dem donnernden Monstrum mit sichtlichem Interesse entgegen. Es sah anders aus als die sowjetischen Mähdrescher, komplizierter, hochgezüchtet, nicht von der genialen Einfachheit, die sowjetische Konstruktionen von jeher auszeichnete und Anfälligkeiten verminderte. Je komplizierter ein Apparat, um so mehr Tücken hat er auch in sich.

Dewjatow bremste ein paar Meter vor der Gruppe, stellte den Motor ab und sah aus seiner Kabine. Der ihn begleitende Offizier hüpfte von der Häckselkiste herunter und schlug mit der Faust gegen die Motorverkleidung.

»Das ist ein toller Kasten, Genossen!« rief er den anderen Offizieren zu. »Er läßt sich lenken wie ein Fahrrad.«

»Wenn man's kann!« schrie Dewjatow aus seiner Kabine. »Es ist wie bei einer stämmigen Frau, Genossen. Man sollte wissen, wo man sie anfassen muß, um sie auf den Rücken zu legen!«

Alles lachte, und wer lacht, kontrolliert nicht. Dafür kam der Amerikaner heran, kletterte auf die Maschine und riß die Tür der Fahrerkabine auf. Dewjatow blickte ihn freundlich, aber lauernd an. Aus der Nähe sieht er schon anders aus, dachte er. Ein gefährliches Kerlchen, so hübsch sein Gesicht auch ist. In seinen Augen steckt Energie, und die Muskeln unter seinem Hemd sind durchtrainiert. Wenn sie alle so sind in dieser verbotenen Stadt, ist Shukow gerade richtig. Dann fällt er nicht auf mit seinem muskulösen Körper. Dazu noch seine Augen, in denen die Wehmut sibirischer Weiten liegt ... es dürfte nichts passieren! Das einzig Gefährliche war das zu einem Kurzwellensender umgebaute kleine Transistorradio, das Shukow in der Hosentasche trug.

»Sie übernehmen das Ding, Genosse?« fragte Dewjatow lässig. »Sehen Sie mal her, ich erkläre Ihnen die einzelnen Funktionen.«

»Danke, Genosse.«

Er spricht Russisch, dachte Dewjatow. Natürlich! Niemand soll ja wissen, daß hinter den Hügeln eine amerikanische Stadt aufgebaut ist. Er stieg aus der Kabine, trat wieder zufällig gegen den Häckselkasten und gab den Platz für John Barryl frei.

Nach zehn Minuten und einer Probefahrt hatte John alles begriffen. Er nickte den Offizieren zu, Dewjatow sprang auf die Erde und hatte keine Zeit mehr, sich zu verabschieden. Ein Offizier drängte ihn in einen Geländewagen, gab Gas und raste mit ihm zurück zum ersten Zaun. Dewjatows Mission war erfüllt. Jetzt kam es allein auf Shukow an, was er aus der Situation machte.

John Barryl lenkte den Mähdrescher sicher durch den zweiten Zaun und fuhr dann auf der Straße weiter. Nach zweihundert Metern, in einer Senke, überkam ihn die Neugier. Er bog ab, rollte an den Rand eines Kornfeldes und setzte den Mechanismus in Bewegung. Die rotierenden Schneidbalken senkten sich, die erste Flut von Halmen wurde in die Maschine geschleudert.

Shukow in seinem Häckselkasten merkte mit Entsetzen, wie aus dem dicken Blasrohr ein gewaltiger Luftstrom kam und ihn fast gegen die Wand drückte. Dann staubten auch schon die ersten Häckselwolken herein und nahmen ihm die Luft, als stecke er mitten in einem Sandsturm. Er ließ sich fallen, riß einen der Wasserkanister auf, schüttete ihn über das Handtuch und preßte dann das nasse Tuch fest gegen sein Gesicht. Staubwolken drückten ihn nieder, und das herumwirbelnde Häcksel traf ihn wie tausend Nadeln. Das Gebläse war so stark, daß er meinte, die Häckselstückchen würden in seine Haut gedrückt, drängen in alle seine Adern und vermischten sich mit seinem Blut zu einem dikken Brei. Er hustete wild, tastete mit geschlossenen Augen nach der Sauerstoffflasche und preßte das Mundstück zwischen seine Zähne.

Das überleb' ich nicht, dachte er. Die verdammten Häcksel werden mich zertrümmern, ersticken, mich ausstopfen wie einen Spielzeugbären. Er preßte das Gesicht gegen die Wand aus Zinkblech, saugte aus der Flasche den reinen Sauerstoff und vergrub sein Gesicht in das große nasse Handtuch. Gegen seinen Rücken hämmerte der Strom der Häckselstückchen.

So plötzlich, wie es begonnen hatte, hörte das Gebläse wieder auf. John Barryl hatte seine Neugier gestillt, fand, daß die amerikanische Maschine ein gutes Ding sei, schaltete die Apparatur aus und bog zurück auf die befestigte Straße. Hinter sich ließ er fünf Strohballen, fest gepreßt und zweimal verschnürt.

Shukow in seinem Häckselkasten warf sich auf den Rükken und nahm das Handtuch vom Gesicht. Er atmete noch immer aus der Sauerstoffflasche und gewöhnte sich erst langsam daran, daß er noch lebte.

John Barryl passierte die dritte Sperre ohne Schwierigkeiten. Hier erwartete ihn Bürgermeister James Bulder und kletterte zu ihm in die Fahrerkabine.

»Na, was sagen Sie dazu, John?« fragte er. »Wenn Sie wüßten, welchen Weg das Ding genommen hat. Gekauft wurde es von Schweden durch Mittelsmänner, dann haben wir es nach Finnland geschafft und von dort nach Winniza. Wie ich sehe, fahren Sie den Kasten, als seien Sie darauf geboren.«

»Ich freue mich auf die Landarbeit, Sir.« John Barryl ließ den Motor wieder an. »Wer macht jetzt die Hamburger?«

»Billy selber. Nach der Ernte kommen Sie zu Rampler zurück. Er besteht darauf. Übrigens Norma auch. Sie hat sich über Ihre Versetzung beschwert.«

John Barryl schwieg, aber sein Lächeln war Antwort genug.

In der Nacht – Shukow las die Zeit an seiner Leuchtzifferuhr ab – kroch er aus dem Häckselkasten. Dewjatow hatte vorsorglich die Verschlüsse umgeklappt, bevor er das Fahrzeug an John Barryl übergab, und der hatte für den Holzkasten keinen Blick verschwendet. Vorsichtig drückte Shukow den Deckel hoch, blickte sich um und stellte fest, daß er hinter einer großen Scheune stand. In den Gebäuden der landwirtschaftlichen Genossenschaft brannte kein Licht mehr. Um ein Uhr nachts schläft ein anständiger Mensch.

Shukow kletterte von dem Mähdrescher herunter, schleppte die Kanister und die halbleere Sauerstoffflasche weiter in die Felder, überlegte es sich dann, schwenkte ab und lief hinunter zum Fluß. Dort versenkte er alles, wusch den Häckselstaub von seinem Körper, schwamm sogar in dem herrlich kühlen Wasser des Bug bis zur Mitte des Flusses und klopfte dann seinen Anzug aus.

Um zwei Uhr morgens wanderte er am Ufer entlang und erfuhr am Reklameschild einer dunkel am Fluß liegenden Werkstatt für Motorboote, wo er war.

Frazertown Motors. The best motors of the world.

Frazertown!

Shukow atmete tief auf. Geschafft! Rußlands bestgehütetes Geheimnis war kein Geheimnis mehr.

Er ging weiter und sah plötzlich, nach einer Biegung des Flusses, die Stadt vor sich liegen. Der Anblick überwältigte ihn einen Augenblick. Das war eine Kleinstadt aus dem Mittelwesten der USA, fast bilderbuchmäßig genau nachgebaut bis zum Fernsehantennenwald auf den Dächern und den zuckenden Neonreklamen. Auf Billy Ramplers Dach war der riesige Hamburger noch erleuchtet … er beherrschte souverän den ganzen Platz am Fluß mit den Bootsstegen und Bänken, dem Supermarkt und dem Spielsalon.

Bob Miller – das war er jetzt wieder – gab sich seinem Staunen nur ein paar Augenblicke hin. Dann schlenderte er weiter, die Hände in den Hosentaschen, und warf einen Blick in Billys Restaurant. Es waren nur zwei Tische besetzt, und hinter der chromblitzenden Theke stand ein schwarzhaariges Girl mit vollem Pullover.

»Das macht die Sache menschlicher«, sagte Miller leise und verzichtete darauf, Billys Hamburgerparadies zu betreten. Es war wichtiger, sich die Stadt anzusehen. Wo war das Stadthaus, wo die Polizei mit dem Sheriff, wo Arzt und Apotheke? Vor allem: Wo konnte man bis zum Morgen bleiben, ohne Aufsehen zu erregen?

Bob Miller entschloß sich, es auf beste amerikanische freiheitliche Art zu versuchen. Er setzte sich am Fluß auf eine Bank, steckte sich eine Zigarette an und wartete auf das Morgenrot.

Auch das war Amerika, daß eine halbe Stunde später ein Polizist, ein Patrolman, neben Miller auftauchte und ihn musterte. Billy Ramplers Riesenhamburger war mittlerweile erloschen, auch die Leuchtreklamen des Spielsalons und der Nachtbar von Hillmoore hatten Ruhe, Frazertown schlief brav einem neuen Tag entgegen. Das war das einzige, dachte Miller, was diese Stadt vom wirklichen amerikanischen Leben unterschied. Es gab keine Kriminalität. Hier lag ein Fehler in der Ausbildung. In Smolenska, in Alaskas russischer Geisterstadt, wurde wenigstens geklaut. Wir Amerikaner sind doch perfekter, dachte Miller zufrieden.

Der Patrolman schien genug gesehen zu haben. Bob Miller grinste ihn fröhlich an.

»Ist was?« fragte er.

»Warum sitzen Sie hier auf der Bank?«

»Ist das verboten?«

»Um diese Zeit ist's ungewöhnlich, Mister ...«

»Nennen Sie mich ruhig Bob.« Miller streckte die Beine weit von sich. »Schon mal was davon gehört, daß man nicht schlafen kann? Da kriegt man die Augen nicht zu, und neben einem liegt Betty und sägt Wälder ab! Wie gut tut da die frische Luft! 'ne Zigarette, Patrolman?«

»Danke.« Der Polizist zögerte, drehte sich dann um und ging weiter. Bob Miller stieß leise die Luft aus. Das war an der Grenze der Gefahr, dachte er. So vollkommen amerikanisch sind sie hier doch nicht. Aber der Junge hat sich in der Gewalt ... dafür, daß er ein russischer Offizier ist, hat er blendend reagiert und die Situation begriffen. Er wird sich denken: Wieder etwas dazugelernt.

Am Morgen frühstückte Bob in Yenkins Selbstbedienungsrestaurant neben dem Stadthaus, holte aus den Automaten starken Kaffee und zwei belegte Brötchen mit Schinkenspeck und suchte die Wohnungsvermittlung auf. Die beiden freundlichen Herren fragten nicht nach Ausweisen ... wer in Frazertown neu ankam, brauchte keine Legitimation. Bob Miller bekam ein kleines weißgestrichenes Holzhaus mit einem Gärtchen, ganz in der Nähe von John Barryl, unterschrieb wie alle einen Abzahlungsvertrag für Haus und Möbel und kam sich wie daheim vor. Es fehlte nichts ... vom Tiefkühlschrank bis zum Schaukelstuhl, von der kitschigen Fernsehleuchte bis zum Pin-up-Plakat, das er sich zur Anregung an die Wand pinnte, dem Bett gegenüber.

Gegen Mittag hatte es keinen Zweck mehr, seinen Drang, das Mädchen in Billys Hamburgerschuppen näher zu betrachten, zu unterdrücken. Er machte einen Umweg zu ›Sharoons Menshop‹, kaufte für dreißig Dollar eine flotte leichte Leinenjacke und betrat Billys Restaurant wie ein Eroberer. Norma Taylors prüfender Blick traf ihn sofort. Er sah sie mit seinen verträumten Augen kurz an, ging an einen Tisch in der Nähe der Theke und setzte sich.

Dort saß er etwa zwanzig Minuten, als Norma hinter ihrer Theke hervorkam und sich räusperte. Miller blickte hoch. Zuerst sah er ihre Brüste, dann ihr Gesicht mit den fast schwarzen Augen. Es war eine gute Reihenfolge.

»Haben Sie noch nicht bemerkt, daß man hier nicht bedient wird?« fragte Norma Taylor schnippisch. »Wenn Sie was wollen, müssen Sie sich schon bewegen. Wir geben nur aus ... holen muß sich jeder selbst.«

»Das ist mir klar.« Miller lächelte sie mit seinen verträumten Augen an. »Ich wollte nur, daß Sie hinter Ihrer Chromfestung hervorkommen. Mich interessierten auch Ihre Beine. Sind keine Enttäuschung. Meistens ist es so. Oben kracht's in den Nähten, und unten wird's krumm!«

Norma Taylor schien es die Sprache zu verschlagen. Miller sah, wie sie nach einer Antwort rang, und als sie nichts Treffendes zu sagen wußte, drehte sie sich brüsk ab. »Affe!« knurrte sie bloß und ging sehr schnell hinter ihre Theke zurück. Miller blickte ihr begeistert nach. Ihr Hüftschwung beim Gehen setzte sich in seinem Inneren wie Glockenläuten fort.

An diesem Mittag holte er sich zweimal Erdbeermilch und zwei Hamburger und stieß zum Abschied einen unartikulierten Schrei aus. Norma Taylor zuckte zusammen.

»Sind Sie total verrückt?« rief sie.

»Das ist die Affensprache«, sagte Miller fröhlich. »Und es heißt: Bis Morgen, Baby ...«

Er hatte kaum Billys Lokal verlassen, als Norma in die Küche rannte und John Barryl an das Fenster zerrte. Bob Miller ging pfeifend über den Platz.

»Kennen Sie den?« fragte Norma. John Barryl schüttelte den Kopf.

»Warum?«

»Er war zum erstenmal hier.«

Barryl beobachtete aus den Augenwinkeln Norma Taylor. Sie schien sehr erregt und atmete heftiger als sonst. Auf ihren Wangen hatten sich runde, rötliche Flecken gebildet. »Ich werde mich drum kümmern, wer er ist«, sagte er und ärgerte sich, daß es sehr hart klang. »Sieht gut aus, der Junge.«

»Kuhaugen hat er!« erwiderte Norma laut. »Augen wie eine Schlafpuppe! John, gehen Sie heute abend mit mir tanzen?«

Barryl nickte. Instinktiv spürte er, daß Norma Taylor vor irgend etwas Angst hatte.

Gerald Hillmoore hatte nichts dagegen, einen zusätzlichen Barmixer einzustellen. Bob Miller, wie sich der junge vorstellte, sah blendend aus, war groß und kräftig, lachte mit einem Gebiß, wie man es sonst nur im Fernsehen bei Reklamesendungen von Zahnpasta bewundern konnte, und er sah auch nicht danach aus, daß ihm der anstrengende Nachtdienst auf die Dauer in die Kniekehlen fahren würde. Da hier in Frazertown niemand fragte, wo einer herkam, denn das wußte man ja, und man das freie Leben der USA in allen Nuancen durchspielte, nahm Hillmoore, der eigentlich Jewgeni Alexandrowitsch Schimanow hieß und Oberstleutnant war, ohne das geringste Zögern an, einen besonders fähigen Offizier der Roten Armee vor sich zu haben. Bob Miller schien schon ein paar Lehrgänge hinter sich zu haben, denn er benahm sich so amerikanisch, wie man es besser nicht wünschen konnte. Er ging ohne viel Worte hinter die Theke, holte einen Mixbecher, zog einige Flaschen an sich heran und braute einen Sud zusammen, den er über gestoßenes Eis in hohe Gläser schüttete. Er schob Hillmoore eins zu und nickte grinsend.

»Meine fachliche Empfehlung, Boß«, sagte er. »Ein Spezial-Drink. In Florida nennen sie den ›Höschen runter‹, weil er jedem Mädchen wie ein Blitz in den Slip fährt. Cheereeo!«

Er prostete Hillmoore zu, kippte mit einem Schluck das halbe Glas hinunter, und als Hillmoore es ihm gleichtun wollte, erlebte er, was es heißt, sich die Gurgel zu verbrennen. Er rang nach Luft, warf die Arme hoch und hustete, sich verkrümmend, bis er sicher war, die halbe Lunge ausgespuckt zu haben. Bob Miller lachte jungenhaft und trank sein Glas ohne sichtbare Regung leer.

»Sie sind engagiert, Bob«, keuchte Hillmoore. »Verdammt, das dürfen Sie hier keinem anbieten! Sie töten ja halb Frazertown damit. Können sie auch vernünftige Drinks mixen?«

»Wenn Sie wollen – ich braue Ihnen einen Cocktail von der Zärtlichkeit eines blondbeflaumten Oberschenkels ...«

»Sie werden es schwer haben, Bob«, meinte Hillmoore ahnungsvoll. »Wir haben in Frazertown schätzungsweise vierundsechzig Frauen. Das halten Sie nicht aus!«

»Ich habe das Überlebenstraining mit ›Sehr gut‹ bestanden, Boß!« Miller lachte entwaffnend, und Gerald Hillmoore war überzeugt, einen guten Fang gemacht zu haben. Wie alle geschäftlichen Unternehmungen in Frazertown arbeitete auch er völlig kommerziell, nur durfte er den Gewinn nicht behalten, sondern mußte ihn bei James Bulder abgeben. Hier hatte das amerikanische Wirtschaftsleben seine Grenze.

»Wir fangen um zwanzig Uhr an«, sagte Hillmoore. »Im Magazin hängen Baruniformen in allen Größen, eine wird Ihnen passen. Was haben Sie heute nachmittag vor, Bob?«

»Ich muß mein Haus einrichten, Boß. Und dann sehe ich mir die Boxschule mal an.«

»Sie boxen?«

»Nicht nur. Ich interessiere mich für alles, was Sport heißt. So long ...«

Miller tippte an seine Stirn und verließ Hillmoores Büro. Beim Hinausgehen empfand er einen merkwürdig heißen Druck im Nacken. Er starrt mir nach, dachte er. Man scheint hier einen gedrosselten Amerikanismus zu pflegen. Manieren des Mittelwestens treffen noch auf Erstaunen. Er nahm sich vor, sich anzugleichen, aber er wußte auch, daß er damit nie und nimmer Norma Taylor aus ihrer Sittenfestung herausbrechen konnte.

Den ganzen Nachmittag verbrachte Bob damit, einzukaufen und sich die Stadt anzusehen. Frazertown war ein kleines Wunder an Kopie, aber eben doch nur eine Kopie, wie Bob Miller zufrieden feststellte. Er verglich die Stadt mit ihrem Gegenstück in Alaska, dem unbekannten Smolenska, und der Vergleich fiel zugunsten Alaskas aus. Smolenska war um ein paar Nuancen russischer, als Frazertown amerikanisch war, trotz Drugstores, Supermarkt, Spielhalle, Pferdewettbüro, eigener Zeitung – die Frazertown News – Kino und Billy Ramplers ergreifend kitschiger Hamburgerbude.

Das alles aber änderte nichts daran, daß Frazertown für die internationale Sicherheit – und für die USA im besonderen – der gefährlichste Ort der Erde war. Wer die Stadt mit Moskaus Aufträgen in der Tasche verließ, war ein bis zur Vollkommenheit getarnter Agent, dem aufgrund seiner Intelligenz und Ausbildung, seiner Perfektion und seiner selbstmörderischen Kaltblütigkeit kein Hindernis mehr im Wege lag.

In der Boxschule herrschte Hochbetrieb. In vier Ringen wurde gekämpft. Keuchen und das Klatschen der Schläge erfüllten die heiße Luft. Dazwischen brüllten die Trainer und fuchtelten mit den Armen, als würden sie ersticken. Bob Miller setzte sich an den Ring, wo zwei Schwergewichtler aufeinander eindroschen, zwei breite Klötze, die sich kaum bewegten, sondern nur mit den Fäusten herumhämmerten. Ihre Beinarbeit war miserabel. Der Trainer schrie sie an: »Tanzen! Tanzen! Denkt an Cassius Clay. Steht nicht herum wie die Säulen des Capitols! Bewegt euch, ihr Hornochsen!« Aber es hatte wenig Sinn. Sie tappten nur umeinander wie vollgefressene Grislys.

Miller fand, daß es sich nicht lohnte, weiter zuzusehen, und ließ sich beim Leiter der Boxschule melden. Er erklärte, daß er kein Neuling sei, sondern schon manchen Kampf durchgestanden hätte. »Ich will nicht verrosten, Chef!« sagte er. »Warm halten ist die halbe Kunst des Lebens. Wer fünfzehn Runden im Ring schafft, der hält auch bei Betty im Bett durch.«

»Du kannst morgen um fünfzehn Uhr anfangen, Bob!« nickte Harry Fulton, der Chef der Boxschule. Er taxierte Miller fachmännisch. »Ich glaube, ich habe den richtigen

Partner für dich. Deine Größe, deine Statur. Ihr müßtet fabelhaft zueinander passen. Freue mich schon drauf.«

»Ich auch, Chef.«

Wer mag das sein, dieser Partner, dachte Miller, als er wieder auf der Straße stand, unschlüssig, wohin er jetzt gehen sollte. Zu Norma auf keinen Fall, sie sollte in ihren Gedanken schmoren. Meine Größe, meine Statur, das muß ein interessanter Bursche sein.

Miller war mit sich zufrieden. Er hatte es in einem Tag geschafft, eine Reihe guter Bekanntschaften zu schließen, und er hatte dafür gesorgt, daß man ihn an vielen Stellen von Frazertown kannte. In den Geschäften und dem Supermarkt vor allem, wo naturgemäß ein Umschlagplatz für den Tagesklatsch war. Fehlte nur noch der Friseur, ein wichtiger Mann, denn wer einen Friseur zum Freund hat, kann mit einem guten Leumund rechnen.

Bob Miller ließ sich die Haare stutzen, erzählte im Friseursessel einige knallende Witze und machte Reklame für Hillmoores Nachtbar. »Wenn ihr kommt«, sagte er zu den Friseuren, »mixe ich euch einen Saft, der die Wirkung von zwei Pfund Ginseng hat. Ihr werdet Mühe haben, ihn wieder runter zu kriegen ...«

Die Leute im Friseursalon waren begeistert, und Bob Miller war um einige Freunde reicher. Später saß er am Fluß, von dem er jetzt wußte, daß er hier Silver River hieß, auf einer der weißen Bänke und notierte sich die bisher herausgefundenen amerikanischen Decknamen der Russen auf die neueste Ausgabe der ›Frazertown News‹. Er benutzte dafür völlig unverfänglich das Kreuzworträtsel, aber statt der Lösungen schrieb er in die Kästchen die Buchstaben der Namen: Hillmoore, Fulton, Rampler ... es waren bereits, als er fertig war, vierundzwanzig Namen.

Vierundzwanzig russische Agenten, die nun nicht mehr unbekannt waren. Wo sie auch später in Amerika an Land gingen ... sie würden nur noch im Schatten des CIA leben. Ihre Aktionen würden gelenkt werden, ohne daß sie es merkten.

Um 19 Uhr trat Bob Miller seinen Dienst bei Hillmoore

an. Er fand in einem Schrank, der ihm gezeigt wurde, eine passende Barmixeruniform, stellte sich den beiden anderen Mixern vor, die schon von Hillmoore über ihren neuen Kameraden allerlei gehört hatten, und übernahm die Station III, die rechte Seite der Bar, gegenüber der Tanzfläche und der vier Mann starken Band. Drei Go-go-Girls und das Zigarettenmädchen lächelten ihm neckisch zu und drückten ihre Busen durch die Blusen. Es waren fast durchsichtige Stoffe. Bob Miller stellte fest, daß die Mädchen ohne Ausnahme in Ordnung waren.

Um 20 Uhr kamen die ersten Gäste, und Bob braute seinen ersten Elliott-Cocktail. Das sind 1 Viertel Gin, 1 Viertel Cointreau, 1 Viertel Peach Brandy und 1 Viertel Zitronensaft. Das Ganze wird über vier Stückchen Eis geschüttelt. Ein absoluter Stimmungsmacher.

Gerald Hillmoore beobachtete Miller aus einer Ecke, wo verschwiegene Tische standen, kleine Logen mit stimmungsvoller rötlicher Beleuchtung.

Der Genosse ist perfekt, dachte Hillmoore. Wir werden wenig Freude an ihm haben. General Sinjonew wird ihn bald in den USA einsetzen. In Frazertown gibt er sicherlich nur ein Gastspiel. Warum? Was kann Bob hier noch Amerikanisches lernen?

John Barryl hatte sich besonders feingemacht.

Nachdem er den größten Teil des Tages draußen bei seinem Monstrum von Mähdrescher verbracht und den riesigen Apparat in allen Einzelheiten studiert hatte, verbrauchte er am Nachmittag von seinen 250 Dollar ›Handgeld‹, die man ihm bei der Anmeldung im Stadthaus gegeben hatte, 150 Dollar zum Kauf eines mittelblauen Anzuges, eines cremefarbig getönten Oberhemdes und einer blau-weiß gepunkteten Krawatte. Außerdem kaufte er ein französisches Rasierwasser, das besser roch als das amerikanische. Von seinem Wochenlohn hatte er bis jetzt nichts übrigbehalten. Die Standardeinrichtung seines Hauses war ihm zu langweilig gewesen, er schaffte sich eine kleine Hausbar an und einen bizarr gemusterten anatolischer

Teppich, der zum Mittelpunkt des Wohnraumes wurde. Wenn es gelang, Norma Taylor in das Haus zu locken, sollte sie staunen. Und da in Frazertown, wie im normalen Leben, alles mit baren Dollars oder auf Abstottern bezahlt werden mußte, sah sich John Barryl in permanenter Geldverlegenheit. Nur die 250 Dollar Handgeld hatte er gespart, und sie opferte er jetzt für Norma Taylor, indem er sich wie ein Gentleman einkleidete.

Norma erwartete ihn vor dem Haus, in dem sie ein Apartment besaß, im zweiten Stockwerk. Sie sah hinreißend aus, trug einen weiten, langen Rock, bedruckt mit riesigen Mohnblumen auf hellgrünem Grund, dazu eine ziemlich gewagt ausgeschnittene Bluse im Gardenlook und um das schwarze Haar ein Band in der gleichen, Leidenschaft signalisierenden roten Farbe der Mohnblumen. John Barryl war stumm vor Bewunderung. Er bemerkte sofort, daß Norma auf einen Büstenhalter verzichtet hatte und alles frei schwebte. Als er ihr die Hand gab, kam er sich vor wie ein Halbwüchsiger, dem man zum erstenmal zeigt, warum ein Leben ohne Frauen eine Verhöhnung der Natur ist.

»Sie sehen gut aus, John!« sagte Norma unbefangen. »Neu, der Anzug?«

»Ich habe vor zehn Minuten das Preisetikett abgerissen ...« Barryl vermied es, in Normas so nahen tiefen Blusenausschnitt zu starren. Ein Hauch von Parfüm wehte zu ihm hin, der den an sich schon warmen Abend noch schwüler machte. »Gehen wir?« sagte er heiser.

Sie hakte sich bei ihm unter, und er glaubte, durch den Stoff seines Ärmels die schmeichelnde Wärme ihrer Haut zu spüren. Während sie ging, wippten die Brüste leicht auf und ab ... es war nicht zu übersehen, man konnte es nicht ignorieren, es war ein Teil des Zaubers, der von Barryl Besitz ergriff. In den Schläfen begann ein taubes Rauschen, er mußte den Mund etwas öffnen und seinen Atem dosieren, denn wenn er jetzt nur durch die Nase atmete, konnte das wie ein wildes Schnauben klingen.

Sie macht mich verrückt, dachte er. Sie überfordert glatt

die Selbstbeherrschung eines Mannes! Wie soll man das eine ganze Nacht lang aushalten? Gebt mir einen Rat, Genossen! Siehst du ein hübsches Weib, dann flüchte – oder leg ihr deinen Kopf zu Füßen ... das sagen die Kirgisen. Welch eine Weisheit.

John Barryl war bereit, vor Norma bedingungslos zu kapitulieren.

Was er auf dem Weg zu Hillmoores Nachtbar alles erzählte, wußte John nicht mehr, als sie endlich den Eingang erreicht hatten, über dem die Neonreklame in verschiedenen Farben zuckte. Es mußte viel Dummes gewesen sein, denn Norma hatte ein paarmal aufgelacht und seinen Arm gedrückt. Er spürte es wie heiße Körperküsse.

Bei Hillmoore war schon lauter Betrieb, aber Barryl hatte einen Tisch bestellt, einen jener rot beleuchteten Logenplätze, wo man unter den vielen Menschen doch allein war.

Bob Miller mixte am Tresen gerade einen Lone Tree Cooler und ließ den Shaker in der Hand tanzen, als er Norma durch die Tür kommen sah. Ihr Anblick traf ihn wie ein Fausthieb in den Magen. Er stellte den Shaker hin und beobachtete mit Mißfallen, wie ein großer, muskulöser, verdammt gutaussehender Mann in einem mittelblauen Anzug und mit gepunkteter Krawatte den Kellner ansprach, auf eine der Logen zeigte, Norma dann um die Hüfte faßte und um die Tanzfläche herumkam. Es war ein Zufall, daß gerade jetzt die Band eine Pause einlegte und das Stimmengewirr im Lokal das einzige Geräusch war. In diese relative Stille ertönte hell, als Norma in der Nähe der Bar war, ein tierischer Schrei. Norma Taylor zuckte herum, ihr Blick kreuzte sich mit dem von Bob Miller wie blitzende Klingen. Dann warf sie den Kopf in den Nacken und ging schnell zu der reservierten Loge. John Barryl dagegen blieb stehen, starrte Bob Miller entgeistert an und trat dann näher.

»Haben Sie Schmerzen?« fragte er.

Bob Miller faltete die Hände über seinem Shaker und nickte zu Norma hin. Sie setzte sich gerade. »Das war aus der Affensprache«, sagte er. Barryl starrte ihn an. Die verträumten Augen des Mannes irritierten ihn. »Und es heißt: Freue dich, Christenheit, ein Engel ist gekommen!«

»Sind Sie verrückt?«

»Durchaus nicht. Erzählen Sie's Ihrer Begleiterin, sie wird's verstehen.«

»Norma?«

»So ist es! Wußten Sie nicht, daß Norma Spezialistin für Affen ist?«

Barryl verzichtete auf weitere Erklärungen und ging zu seinem Tisch. Er traf auf eine Norma Taylor, die wieder rote Flecken im Gesicht hatte, vor Erregung ihre schöne, schmale Nase blähte und ihre Unterlippe durch die Zähne zog. So sieht ein Mensch aus, der einen Mord nicht bereuen würde, dachte Barryl und war von Norma begeistert.

»Soll ich zurückgehen und ihm eine runterhauen?« fragte er und blieb stehen.

»Das kann ich allein!« Sie starrte mit einem wilden Blick zu Bob Miller hinüber, raubtierböse und mit angespannten Muskeln. »Dieses Babyface! Hat er gesagt, das wäre die Affensprache?«

»Genau!« John Barryl war verblüfft. »Sie kennen ihn?«

Ihre Nasenflügel blähten sich wieder. Bob Miller hatte seinen Shaker wieder genommen, schüttelte ihn, warf ihn elegant in die Luft, fing ihn auf und schüttete dann den Lone Tree Cooler in die hohen Gläser. Die beiden Männer, die er bediente, grinsten ihm anerkennend zu.

»Sie machen das hervorragend«, sagte der eine. »Wie heißen Sie?«

»Bob.«

»Sie haben es auf Norma Taylor abgesehen? Vergebliche Mühe. Wenn sie nicht ihre Milchmixgetränke mixt, liest sie zu Hause Micky Spillane …«

»Ich werde ihr ›Sexus‹ von Henry Miller rüberschicken.«

»Das schlägt sie Ihnen um die Ohren. Da wette ich zehn Dollar gegen!«

Norma Taylor starrte Miller an, als könne ihr Blick wie ein Laserstrahl töten. »Hol ihn her!« sagte sie plötzlich. John Barryl zuckte zusammen. Aus zwei Gründen. Zum erstenmal duzte sie ihn, und zum zweiten war ihre Stimme um drei Nuancen tiefer als sonst. Es war ein Klang, der ins Blut drang.

»Hierher?« fragte Barryl zurück. »Du willst ihm wirklich ins Gesicht schlagen?«

»Hol ihn sofort her, John!« Sie legte die kleinen geballten Fäuste auf die Tischplatte. »Ihr Männer fragt immer so viel!«

Barryl stand also auf und ging hinüber zur Bar. Er hätte für Norma alles getan in diesem Augenblick. Würde sie befohlen haben: Bring ihn um ... er war sich nicht sicher, ob er nicht auch das getan hätte. Das ist verrückt, dachte er, als er sich gegen die Bartheke lehnte. Wir alle wissen, warum wir in Frazertown sind, wir sollen die Besten der Sowjetunion sein, die Elite, von uns erwartet das Vaterland noch Großes, wir haben eine fast heilige Aufgabe vor uns ... doch dann sieht man ein Mädchen, und die Leidenschaft ist stärker als die Vernunft. Man sollte uns auch da bis zur Perfektion ausbilden, uns immun machen gegen alle weiblichen Reize. Jeden von uns einen Monat lang oder noch länger einsperren mit den hübschesten Weibern, die alle Tricks beherrschen. Erst wer das übersteht, ist die perfekte, eiskalte Maschine, die man aus uns machen will.

Bob Miller beugte sich etwas zu John Barryl vor. »Was soll es sein, Bruder?« fragte er freundlich. »Für die Dame eine Kokosnuß?«

»Sie möchten an den Tisch kommen!« sagte Barryl gefährlich leise.

»Ich bin im Dienst.«

»Wenn's Schwierigkeiten gibt, spreche ich mit Hillmoore.«

»In diesem Fall ... okay!« Bob Miller wusch sich die Hände, zog sein Barmixerjackett aus roter Seide gerade und verließ seine Theke. John Barryl ging hinter ihm her. Sie waren fast gleich groß, gleich breit, gleich schwer. Ein schönes Gebilde aus Muskeln. Er muß ein Weißrusse sein, dachte John. Vielleicht sogar aus den Ostseegebieten. Ich würde es sofort an seiner Sprache merken. Auch wenn es in

Frazertown streng verboten ist – ich werde mit ihm Russisch reden!

Norma Taylor blickte Bob mit den kalten Augen eines Bären an. Er stand vor ihr, groß und breitschultrig, und betrachtete ungeniert ihre fast freien Brüste in der Folklorebluse. Sie registrierte den unverschämten Blick, tat aber nichts, den Ausschnitt höher zu ziehen oder an die Haut zu drücken.

»Da bin ich«, sagte er überflüssig. »Ich heiße Bob Miller, bin 33 Jahre alt, geboren in einem Nest von New Mexico, wo es so heiß ist, daß sich Männlein und Weiblein vorher mit Eis einreiben, ehe sie zusammen schlafen. Sie würden sich sonst miteinander verschweißen wie Kunststoffolien.«

»Sie sind ein Schwein, Bob!« sagte Barryl hinter Millers Rücken. »Eine Erzsau! Lassen Sie das auf sich sitzen?«

Bob Miller lächelte Norma nachsichtig an. »Glaubt Ihr Knabe, er könnte mich damit vor die Tür locken und Hackhack mit mir machen? Wir leben hier in einem freien Land, und jeder brave US-Bürger darf sagen, was er denkt.« Er drehte sich zu Barryl um. Sie standen so nahe voreinander, daß ihre Nasen sich fast berührten. »Wir sind doch in Amerika, nicht wahr?«

»Man kann es übertreiben, Bob.« John Barryl spitzte erregt die Lippen. »Das Spiel hört da auf, wo es um Gefühle geht ...«

»Im Gegenteil, da fängt es an.« Bob Miller ging um den kleinen Tisch herum und setzte sich an Normas linke Seite. Das war eigentlich Johns Platz, aber er verzichtete darauf, das zu reklamieren. Er holte den anderen Stuhl heran und rückte nahe an Normas rechte Hälfte. »Ich habe gelernt, daß Gefühle gefährlicher Luxus sind. Es gab da ein Lager, da wurde an uns der Dritte Grad der Vernehmung geübt. Wer mit halbwegs heiler Seele und vereistem Gehirn da herauskam, hatte Glück.« Er blickte Barryl an. »Sie waren nicht in diesem Lager?«

»Nein. Ich komme von ...« Er schwieg und hob verzeihend die Schultern.

»Wir sind unter uns. Der gute Onkel Sinjonew hört nicht mit.«

»Ich war zuletzt in Frunse.«

»Das leuchtende Vorbild eines Offiziers!« Bob Miller lehnte sich zurück. Er sah Hillmoore in der Tür des Büros stehen und sie beobachten. Aber er kam nicht herüber. »Ich habe Frunse nie gesehen. Auch nicht die Akademie von Moskau.«

»Da war ich auch«, sagte Barryl stolz.

»Natürlich! Ein strahlender Stern wie Sie! Dafür hing ich ein Jahr in den Sümpfen von Tschernowskaja in Mittelsibirien, und in Spornoje, nördlich von Magadan, haben sie Steine auf unserem Brustkorb zerhämmert. Über der Senka, einem Mistfluß mitten in Jakutien, warfen sie mich in einem Fallschirm aus dem Flugzeug. Was hatte ich bei mir? Meine bloßen Hände, weiter nichts. Aber ich habe mich durchgeschlagen, ich habe mir aus Steinen Messer und Beile geschliffen, aus nassen Ästen Schlingen gemacht, Hasen und Füchse damit gefangen und habe so lange Kiesel aufeinandergeschlagen, bis ein paar Funken auf das trockene Moos fielen. Da hatte ich endlich Feuer. Und wer Feuer hat, ist Sieger über die Natur. Meine Hände waren oft nur eine geschwollene, blutige Masse. Was habe ich da getan? Ich habe draufgepißt! Das ist besser als Penicillin, es brennt wie die Hölle, aber es desinfiziert und schreit den Körper an: Heile!« Bob Miller schüttelte den Kopf. »Nein, mein lieber Genosse, reden Sie mir nicht von Gefühlen! Die kann sich ein Leitbild aus Frunse wie Sie leisten.«

Er wandte sich Norma zu. In ihren Augen lag die stumme, aber fast greifbare Faszination, die sie nie zugeben würde. Ihr Blick streichelte Bobs Gesicht, er spürte es körperlich, glitt dann von ihm weg und heftete sich auf die Tanzfläche. Die Band kam aus ihrer Pause zurück. Norma Taylor flüchtete wieder vor sich selbst.

»Was sollen wir trinken?« fragte Bob. »Soll ich Ihnen einen Dom-Cocktail machen, Norma? Cognac, Bénédictine Dom, Triple sec, Fleur d'orange? Ganz sweety! Sie sehen so aus, als ob Sie scharfe Süße vertragen könnten, Norma.«

»Sie kennen meinen Namen?«

»Das war das erste, nach dem ich mich hier in Frazertown erkundigt habe. Ich mußte doch wissen, wie die große Zoologin heißt, die mich zu den Affen einstufte.«

»Vergessen Sie das endlich, Bob!«

»Ich heiße John Barryl«, warf Barryl dazwischen. Er ärgerte sich, daß das Gespräch an ihm vorbeifloß und er nichts zum Thema zu sagen hatte. »Ich nehme einen einfachen Whiskey. Während Sie Ihren Shaker an die Decke schmeißen, tanze ich eine Runde mit Norma.«

Er sprang sofort auf, zog Norma am Arm vom Stuhl und wartete ihre Zustimmung gar nicht erst ab. Sie weigerte sich auch nicht, faßte John unter und legte auf der Tanzfläche mit einer Zärtlichkeit, die Barryl heiß ins Genick fuhr, beide Arme um seinen Nacken. So tanzten sie einen einschmeichelnden Blues, sie drückte sich eng an ihn, er spürte den Druck ihrer festen Brüste und atmete den Duft des Parfüms ein, das ihrer Haut entströmte. Als man die Beleuchtung auch noch herunterdrehte und bunte Lichtspiele über die Tanzenden ausstreute, legte Norma ihren Kopf an Barryls Brust und bewegte sich kaum von der Stelle. Es war ein Reiben und Streicheln, ein Drücken und Umklammern, das Barryl fast betäubte. Was er an Zärtlichkeit von Frauen schon empfangen hatte, waren grobe Bauerngriffe gegen Normas tigerhafte, pulsierende Geschmeidigkeit. Er ließ seine Hände ihren Rücken heruntergleiten und legte sie um die Rundungen ihres Gesäßes. Vorsichtig, wie eine Frage, drückte er ihren Unterleib an sich. Sie blieb mit dem Gesicht an seiner Brust, aber ihr Unterkörper gab nach. John spürte, wie sich die Muskeln ihres Gesäßes spannten und sie seinem fragenden Druck entgegenkam.

Das ist der Sieg, dachte John Barryl, keiner Worte fähig vor Glück. Ich habe die herrlichste Frau erobert.

Bob Miller mixte den Dom-Cocktail und sah ihnen zu. Du raffiniertes Luder, dachte er mit satter Zufriedenheit. Dem armen John fließt das Blut nach Süden, und er merkt nicht, welch ein Aas er über das Parkett schiebt. An ihm demonstriert sie, wie sie sein kann. Später wird sie ihn auf die Nase küssen und davontrippeln, und der gute John wird eine Menge kaltes Wasser über sich fließen lassen müssen, um alles an sich zu beruhigen.

Er goß das Glas ein, probierte den Cocktail, fand ihn hervorragend und gab dem Glas einen Kuß in genau dem Augenblick, als Norma Taylor bei einer Drehung zu ihm hinblickte. Sie drückte sofort den Kopf wieder an Johns Brust und tanzte den Blues zu Ende, als sei er der Teil eines Orgasmus.

Morgens um vier Uhr brachten sie Norma gemeinsam nach Hause. Wie Bob es vermutet hatte: Sie gab John einen Kuß auf die Nase, reichte Miller lässig die Hand und verschwand dann hinter der Tür des Apartmenthauses. Bob sah Barryl an, daß er innerlich vor Wut kochte.

»Hier war einer zuviel!« sagte John böse, als sie allein auf der Straße standen. Am östlichen Horizont wurde der Nachthimmel bereits streifig. Eine fahlbleiche Helligkeit kroch über das Land. »Warum sind Sie mitgekommen, Bob? Es hat Sie keiner drum gebeten.«

»Wir haben den gleichen Weg, John. Gemeinsam ist alles leichter.«

»Wann ersticken Sie endlich an Ihrem Sarkasmus? Woher haben Sie eigentlich diese verflucht romantischen Augen? Zu Ihnen paßten Augen aus poliertem Stahl!«

»Von meiner Mutter, John. Sie stammt aus Gorki. Eine wunderbare Frau. Wäre er nicht mein Vater, wäre ich auf ihn eifersüchtig, daß er so etwas lieben darf.«

»Meine Eltern sind im Urlaub bei einem Hotelbrand verbrannt. Auch ich hatte eine wundervolle Mutter. Wir stammen aus Irkutsk. Bob ...«

»Ja, John?«

»Gehen wir zu mir. Wir sollten unser Zusammentreffen feiern.«

»Nicht mehr böse wegen Norma?«

»Das ist ein anderer Schuh. Jetzt sind wir unter uns Männern. Vielleicht braucht einer einmal den anderen ...«

»Bestimmt!« sagte Bob Miller ruhig. »Ganz bestimmt, John!«

Sie blieben in Barryls Bungalow zusammen, bis John seine Arbeit bei Billy Rampler antreten mußte. Um zehn Uhr morgens schon ging es los, da holten sich die Bauarbeiter ihre Hamburger zum zweiten Frühstück. Norma kam erst gegen Mittag, in den Morgenstunden stand Billy selbst hinter dem Tresen und schenkte seine Milchmixgetränke aus. Es wurde behauptet, obgleich es die gleichen Mischungen waren, die Milch von Norma schmecke besser.

»Du kannst dich auf die Couch legen, Bob«, sagte John Barryl, als er seine Alltagskleidung angezogen hatte. »Wozu noch auswandern? Wie ist dein Programm?«

»Um halb zehn ein Vortrag über das amerikanische Bankenwesen. Stinklangweilig! Graue Theorie! Wie's hinter den Glasfassaden der Banken wirklich zugeht, wissen nur Insider. Die Hälfte dürfte in einem Rechtsstaat nicht mehr frei herumlaufen.«

»Drück die Tür einfach zu, wenn du gehst.« John Barryl stülpte seine Mütze mit dem grünen Schirm auf. »Kaffee, Tee, Milch, was du brauchst, auch Eier und Speck, sind in der Küche.«

»Ich revanchiere mich, John!« Miller streckte sich tatsächlich auf der Couch aus und schob ein Kissen unter den Nacken. »Das nächstemal bist du Gast bei mir.«

John nickte, aber an der Tür zur Diele blieb er noch einmal stehen und drehte sich um. »Bist du scharf auf Norma?«

»Ja«, antwortete Miller ruhig.

»Dann sind wir Freunde und doch Gegner.«

»Genau das stimmt, John«, sagte Bob doppelsinnig.

»Eigentlich absurd, bei der Aufgabe, die auf uns wartet ... Schon morgen kann Norma aus Frazertown verschwunden sein.«

»Geht das so plötzlich?«

»Die Zentrale befiehlt. Keiner weiß, wann er dran ist. Ich habe in den sieben Wochen, die ich jetzt hier bin, mindestens vierzehn Genossen über Nacht nicht mehr gesehen.« Plötzlich sprach Barryl wieder Russisch. »Dafür kamen vierzehn Neue. Auch du. Es kann sein, daß wir heute abend zu Billy gehen, und in der Mittagspause ist Norma verschwunden.«

»Das ist interessant.« Miller gähnte, aber er war hellwach. »Vierzehn Genossen.« Er sprach jetzt auch Russisch, mit dem unverfälschten Gorkier Dialekt. »John, wenn einer von uns plötzlich fortmuß, sollte er sich die Zeit nehmen, den anderen zu umarmen.«

»Ich heiße Andrej Nikolajewitsch.«

»Ich bin Wassja Grigorjewitsch.«

»Wie einigen wir uns über Norma?« Barryl lehnte sich in den Türrahmen. »Sie heißt übrigens Dunja Andrejewna. Billy Rampler hat es mir verraten.«

»Soll Dunja nicht selbst entscheiden?«

»Sie hat es. Heute nacht!«

»Mag sein.« Miller schloß die Augen. Er wechselte wieder in die amerikanische Sprache über. »Warten wir es ab, John. Frauen sind wie Katzen. Sie schnurren und kratzen zur gleichen Zeit.« Er gähnte wieder und streckte sich lang aus. »Verdammt, bin ich müde! Halt's Maul, John! Laß mich eine Stunde schlafen ...«

Barryl lachte leise, winkte Bob zu und verließ seinen Bungalow. Ein tiefes Gefühl von Freundschaft nahm er mit. Das ist etwas wert, einen guten Kameraden zu haben, dachte er. Und ähnlich war man sich auch, in der körperlichen Stärke, im heiligen Patriotismus, in der Freude an den kommenden großen Aufgaben. Wahrhaftig, Brüder hätte man sein können. Da war es eigentlich selbstverständlich, daß man das gleiche Mädchen liebte. So verwandt sind unsere Seelen. Ja, Dunja Andrejewna sollte hier selbst entscheiden. Warum sich die Messer in den Bauch rennen?

Er trat hinaus in den sonnendurchfluteten Morgen, blieb auf dem Rasen des kleinen Vorgartens stehen und breitete die Arme aus, als könne er den Himmel umarmen. Ich werde Dunja heiraten, dachte er, aber dann fiel ihm ein, daß das unmöglich war bei seinem Beruf. Sein Leben wurde vom Zentralbüro bestimmt. Er war zwar ein Mensch, aber sein Schicksal steuerten Unbekannte in Moskau.

Er ließ die Arme an den Körper zurückfallen, rückte den

Schirm seiner Mütze tiefer ins Gesicht, weil die noch tief stehende Sonne blendete, und machte sich auf den Weg zu Billys Hamburgerparadies.

Bob Miller blickte ihm hinter der Gardine nach und wartete noch zehn Minuten, bis er sicher war, daß Barryl nicht mehr zurückkam. Dann begann er, das Haus zu durchsuchen, systematisch von Wand zu Wand, von Ecke zu Ecke, von den Dielen bis zur Deckenleiste. Er fand viel Persönliches, was John Barryl als einen liebenswerten Menschen auswies, Schallplatten mit klassischer Musik, Romane von Hemingway, Dos Passos und Wouk, drei angefangene Aquarelle, die John als begabten Maler zeigten, ein paar Tagebuchnotizen ohne großen Informationswert und einen nie abgeschickten Brief an Norma Taylor, in dem Barryl sein Herz entblößte. Dazu eine gut gefüllte Hausbar und ein Zettelchen, auf das eine gewisse Britt Lawson mit schöner Handschrift geschrieben hatte: »Ich habe wieder ein neues Stofftierchen. Ein Kuschelbärchen. Wann kommen Sie, John?«

Ein Kuschelbärchen! Bob Miller beendete seine Inspektion mit leichter Enttäuschung. Trotzdem war's ein erfolgreicher Tag gewesen. Er kannte die russischen Namen, und vierzehn Agenten waren unterwegs in die USA.

Er setzte sich wieder auf die Couch und blickte hinaus auf den Vorgarten. Andrej Nikolajewitsch, genannt John Barryl … er war eine echte Gefahr für Amerika, wenn es ihm gelang, drüben Fuß zu fassen. Daß es gelingen würde, bezweifelte Bob keinen Augenblick. Er ist einer von Moskaus besten Männern, dachte er. Wenn John eines Morgens nicht mehr in Frazertown ist, gebe ich Großalarm.

Und dann?

Das Problem, das ihn beschäftigte, konnte nur mit unverschämtem Glück gelöst werden: Wie kam er aus Frazertown wieder heraus?

Der Vortrag über das amerikanische Bankwesen war in der Tat langweilig. Aber es gehörte zum Pflichtprogramm der Ausbildung, denn auch in die Banken wurden Agenten eingeschleust, um die Verquickung des Geldes mit der Politik, vor allem aber mit der Rüstungsplanung der Verteidigung zu durchforsten. Da die meisten Forschungsaufträge in Amerika an private Firmen vergeben wurden und diese wieder mit den Banken zusammenarbeiteten, saß ein Spion zum Beispiel in der Kreditabteilung einer großen Bank an der richtigen Stelle. Außerdem wußte niemand in Frazertown, wie und wo er einmal eingesetzt werden würde. So war die umfassende Kenntnis des amerikanischen Lebens unerläßlich.

Bob Miller hörte nur halb zu und beobachtete statt dessen die anderen Kursteilnehmer. Er hatte sich in die hintere Reihe gesetzt, überblickte somit den ganzen Saal und lenkte keine Aufmerksamkeit auf sich, wenn er angestrengt um sich blickte. Neben ihm saß eine junge Dame, blinzelte ihm zu, als er sich setzte, und schlug die Beine übereinander. Lange, schlanke Beine, von der Sonne gebräunt und mit glänzender Haut. Bob sah sie mit seinem verträumten Blick an, lächelte zurück und widmete sich dann gleichzeitig dem Vortrag und der Musterung seiner Mitschüler.

»Interessiert Sie das?« fragte nach einer Weile die junge Dame leise. Bob Miller nickte.

»Mindestens so wie die Herstellung von Rizinusöl.«

Sie lachte glucksend und drückte ein Taschentuch gegen ihren Mund. »Ich heiße Brenda Goldstein. Man hätte sich auch etwas Besseres einfallen lassen können. Ich habe mich auch schon beschwert. Warum, Genossen, habe ich gefragt, gibt man ausgerechnet mir einen jüdischen Namen? Sehen Sie mich an! Ich bin blond!«

»Es gibt auch blonde Juden, Brenda«, sagte Bob gedämpft. »Wer weiß, wie und wo man Sie einsetzt? Es gibt in Amerika eine Menge großer, einflußreicher Leute, die Juden sind. Für sie klingt Goldstein gut.«

»Fast wörtlich haben das die Genossen gesagt.« Sie blickte ihn erstaunt an. »Waren Sie auch im Lager von Tychorizij?«

»Nein. Man hat mich in Sibirien gedrillt.«

Tychorizij, das ist ein neuer Name. Unbekannt bei unserer Abwehr, dachte Bob zufrieden. Ist es ein reines Frauenlager?

»Nur so hübsche Mädchen wie Sie, Brenda?« fragte er.

»Unser Lehrgang bestand aus hundertzwanzig Genossinnen.«

»Da hätte man Lehrer sein müssen!« Bob Miller legte den Finger auf die Lippen, als Brenda den Flirt vertiefen wollte. Der Professor sprach gerade über die Verschuldung New Yorks und wie die Banken darin verknüpft waren. »Das sollten Sie behalten, Brenda. Das ist ungemein wichtig.«

Kurz vor dem Vortragsende gelang es ihm, mit einer Entschuldigung gegenüber Brenda Goldstein den Saal früher zu verlassen. Er sprang auf den der Hitze wegen offenen Trolleybus, der gerade an ihm vorbeiratterte, und löste eine Fahrkarte zur Boxschule. Es war kurz vor zwölf Uhr Mittag, und völlig unsinnig fiel ihm der Film mit Gary Cooper ein.

Harry Fulton schien auf Bob gewartet zu haben. Er lungerte im Gang zur Ringhalle herum und fing Miller ab wie ein aufgelauertes Wild.

»Bob, ich habe gebetet, daß Sie heute kommen!« sagte Fulton fast enthusiastisch. »Ihr Partner, den ich für Sie im Auge hatte, ist auch da. Hämmert auf den Sandsack ein, weil keiner mit ihm in den Ring will. Das wäre einer für Sie! Wollen Sie ihn sich mal ansehen?«

»Einer von diesen Elefanten?« Miller schüttelte den Kopf. »Dann kann ich auch Löcher in eine Mauer schlagen.«

»Vertrauen Sie auf Harry!« rief Fulton fröhlich. »Wenn Sie den Mann sehen, jubelt Ihr Sportlerherz!«

Er schob Miller vor sich her in die Halle und klopfte ihm dabei auf die Schulter. In zwei Ringen wurde geboxt, zwei Ringe standen leer. In der Geräteecke hüpften vier Männer Seilchen, drei arbeiteten an der Birne. Etwas abseits drosch ein Mann auf den Sandsack ein. Es klatschte laut.

»Na?« sagte Fulton voller Begeisterung. »Was halten Sie davon, Bob?«

»Der Kleine am Sack?« Miller grinste breit. »Fragen wir ihn doch, ob er mitmacht.«

Sie gingen um die Ringe herum und näherten sich von hinten dem Boxenden. Als er wieder einen gewaltigen Haken auf den pendelnden Sandsack losfeuern wollte, hielt Bob ihm die Faust fest. Der Mann fuhr herum.

»Bob! Du?« sagte der Boxer überrascht. Fulton staunte.

»Ihr kennt euch?«

»Ich werde doch Brüderchen John kennen!« sagte Miller jungenhaft. »Harry, wenn daraus etwas wird, haben Sie das Erlebnis Ihres Lebens! Er hat nämlich die Idee, John, daß wir gegeneinander boxen. Ich habe nichts dagegen.«

John Barryl lachte, wischte sich mit dem Arm den Schweiß von der Stirn und schüttelte den Kopf. »Es kommt nichts dabei heraus, Bob. Ich könnte dir nicht weh tun.«

»Das würde ich mir überlegen, John.« Bob Miller war plötzlich sehr ernst geworden. Barryl starrte ihn an, als sei er gegen das Schienbein getreten worden. »Ich habe heute nacht auf deiner Couch nicht schlafen können, und je mehr ich Zeit zum Nachdenken hatte, um so sicherer wurde ich, daß Norma zu mir gehört.«

John Barryl atmete tief auf. Fulton blickte von einem zum anderen und begriff sehr schnell, daß Boxen auch eine sehr persönliche Aussprache werden konnte.

»Das habe ich nicht gewußt«, sagte er rauh. »Vergessen wir das, Boys!«

»Ich nehme an!« Barryls Stimme klang rostig. »Wann? Sofort?!«

»Nur sofort!« Bob blickte auf Johns Fäuste. Sie zitterten ein wenig. Ein Schimmer aus glänzendem Schweiß überzog seinen muskelbepackten Körper. »Wie lange arbeitest du schon am Sack?« fragte er.

»Knapp eine Viertelstunde.«

»Geh unter die Dusche. Ich reiße die Viertelstunde auch ab. Gleiche Chancen für jeden, John. Du sollst nicht müder sein als ich.«

Eine halbe Stunde später kletterten Bob und John in den Ring Nr. III. Wer in der Boxschule war, saß um das Viereck;

es hatte sich herumgesprochen, daß es um Norma Taylor ging, und wer kannte Norma nicht! Harry Fulton hatte noch versucht, System in den Kampf zu bekommen, und hatte zehn Runden vorgeschlagen. Aber Barryl hatte ihn giftig angestarrt und geknurrt: »Bis zum Ende, Harry! Bis einer von uns umfällt! Norma ist mehr wert als zehn läppische Runden!«

Auch Bob Miller dachte so. »Wenn John will, daß er hinterher aussieht wie seine Hamburger – warum ihn daran hindern?!«

»Ihr werdet einen Riesenstunk mit Bürgermeister Bulder bekommen!« schrie Fulton.

»Wenn Sie ihm nichts verraten, bleibt es unter uns, Harry. Wo leben wir denn? In einem freien Amerika?«

Fulton starrte Miller irritiert an und gab es auf, den Vermittler zu spielen. Er bestimmte die Betreuer, ernannte sich selbst zum Ringrichter und schickte einen Assistenten weg, Dr. William Ford zu alarmieren. Dr. Ford war einer der beiden Ärzte von Frazertown und hieß eigentlich Afanasij Petrowitsch Dronow, Kapitänarzt der Roten Armee aus Leningrad. Er, wie auch sein Kollege und der Zahnarzt von Frazertown, wurden in Frazertown ausgebildet, um in Kürze irgendwo in den USA als harmlose Mediziner eine Praxis aufzumachen. In der Nähe von Militärlagern natürlich ... die Offiziere kamen dann als Privatpatienten. Und seinem Arzt – das liegt im tiefenpsychologischen Bereich – erzählt man oft mehr als seiner Frau oder seiner Geliebten. Priester und Ärzte sind Klagemauern der Seelen.

Fulton kontrollierte die Bandagen, hatte keine Beanstandungen und ließ die Boxhandschuhe überziehen. Dann rief er John und Bob in die Ringmitte ... er spulte alles so ab, als sei es ein Profikampf im Madison Square Garden.

»Spar dir deine Ermahnungen, Harry!« sagte John Barryl dumpf. Er blickte Bob in die verträumten, verdammt weichen täuschenden Augen. Aber alles, was dann kam, täuschte nicht. Da waren Muskeln, die die Haut ausbeulten. Ein Satz, den Bob gesagt hatte, fiel John plötzlich ein:

»Nördlich von Magadan haben sie Steine auf meiner Brust zerhämmert …«

»Ich werde Norma kriegen«, sagte Bob Miller ruhig. »Hörst du, John! Ich zerre mir das Tigerchen auf die Matratze …«

»Gib den Ring frei, Harry!« schrie Barryl dumpf. »Wir brauchen keinen Gong! Laß den Blödsinn mit den Regeln! Weg!«

Er stieß Fulton zur Seite und musterte Bob Miller mit hochgezogenen Schultern. Da haben wir ihn, dachte Bob kalt. Den Killerinstinkt! Den eisigen Willen, zu töten.

Er begann zu tänzeln, hüpfte um Barryl herum und wich der plötzlich hervorschnellenden, gestochenen ersten Geraden aus, die genau zwischen seine Augen zielte. Ein schneller Hund, dachte Miller und tänzelte weiter im Ring herum. Den Ansatz der Schläge sieht man nicht. Vom Boxen versteht er eine ganze Menge. Ein Jammer, daß so etwas ein sowjetischer Spion ist!

Er blieb plötzlich stehen, ließ Barryl herankommen, täuschte einen Schlag zum Magen vor und schoß fast gleichzeitig die Rechte zum Kopf nach. John lief in die Falle. Er deckte den Körper ab, und Bobs Haken traf voll sein Kinn.

Aber er nahm ihn ohne Erschütterung. Nur seine Augen begannen schmal zu werden. Er trippelte zwei Schritte zurück, blockte die nächsten Schläge Millers ab und machte einen unerwarteten Ausfall. Mit beiden Fäusten hämmerte er auf Miller ein, Körper, Kopf, Körper, Kopf, er ging in Bob hinein, auf eine sehr enge Halbdistanz und durchschlug die Deckung. Wie Dampframmen waren seine Fäuste, unermüdlich, links, rechts, links, rechts, und hinter jedem Schlag lag nicht nur die Kraft seiner Muskeln und das Gewicht seines Körpers, sondern seine helle Wut und der heiße Gedanke an Norma.

Miller wich aus, tänzelte an den Seilen weg und verschaffte sich Abstand. Der Hagel der Körpertreffer nahm ihm etwas die Luft. Das war gut, John, dachte er. Bist ein harter Knabe, das gefällt mir. Himmel, welch gute Freunde könnten wir sein, wenn du nicht ein sowjetischer und ich nicht ein amerikanischer Major wären. Das könnte kein Hindernis sein ... aber wir haben beide in unserem Beruf die verfluchteste Aufgabe übernommen, einen Scheißjob, John, bei dem es keine Gefühle geben darf.

Er hüpfte in seine Ecke, sich der Gefährlichkeit bewußt, dort festgenagelt zu werden, und sah mit einem Seitenblick, wie Harry Fulton sich nervös den Kopf kratzte. Barryl setzte sofort nach, seine Chance erkennend, duckte sich und wollte mit Macht in den Mann hinein.

Das war der Fehler, auf den Miller gewartet hatte. Ein mörderischer Haken, von unten geschlagen, zerriß Johns Deckung. Für den Bruchteil einer Sekunde war er offen wie ein Tor, und da hinein blitzte Bobs linke Gerade in Richtung Herzspitze.

Barryl taumelte zurück, holte tief Luft, in seine Augen trat eine fast kindliche Verwunderung. Aber Millers Ausfall fing er sofort ab und landete eine volle Linke an Bobs Schläfe. Dann hatte er sich wieder in der Gewalt, der leichte Dunst vor seinem Blick verzog sich, er sah Miller durch den Ring tänzeln, als übe er Ballettschritte.

Der Gong zum Ende der ersten Runde zerriß die ungeheure innere Spannung. Barryl ging in seine Ecke zurück und wurde sofort mit kaltem Wasser übergossen. Auch Bob setzte sich auf den kleinen Hocker und ließ sich die Körperpartien massieren, die gerötet waren und etwas brannten.

»Er zeigt Wirkung!« sagte der Betreuer, den er nicht kannte. »Am Kopf kann er was aushalten, aber man kann ihm die Luft herausschlagen. Natürlich wird er sich da zumauern, er kennt ja seine Schwäche, aber wenn du nur ein paarmal voll durchkommst, ist er weich ...«

Bob nickte. Aus der Ecke kann man vieles sagen. Für ihn stellte sich die Sache anders dar. Schon die erste Runde hatte ihm gezeigt, daß er noch nie in seinem Leben einen solchen Gegner im Ring gehabt hatte wie John Barryl. Selbst Jimmy Fletscher nicht, vor einem halben Jahr in Alaska, ein Neger aus Georgia, ein Gebirge aus Muskeln und voller Instinkt, zu siegen. Er wurde damals vom CIA für einen Einsatz in Südamerika ausgebildet, und manchmal kämpften die Boxstaffeln von Smolenska und dem Lager Rio Margareta gegeneinander. Bei Jimmy Fletscher hatte Bob durch einen Sonntagshaken zur Kinnspitze gesiegt, in der 11. Runde, als er bereits beschlossen hatte, in der 12. Runde aufzugeben.

Jetzt gab es kein Aufgeben mehr! Bei Jimmy war es noch Sport gewesen, hier in Frazertown war es ein Kampf um den ersten Platz einer internen Rangordnung. Und Norma war der Preis! Das nicht zu vergessen!

Der Gong.

Bob Miller ging langsam in die Mitte des Rings. John Barryl tänzelte um ihn herum, sich Bobs Taktik aneignend, ausweichend, lauernd, kein Ziel bietend, tastenden Schlägen wegtauchend. Bob Miller lächelte ihn an.

»Wir haben heute Freitag«, sagte er, als sie voreinander mit dem Oberkörper pendelten. »Am Sonntag liegt Normababy bei mir auf dem Kissen. Ich schick dir ein schwarzes Ringellöckchen rüber. Vom Bärchen einen Skalp …«

Barryls Gesicht verzerrte sich etwas. Schweiß perlte über seine Augen, durch seinen ganzen Körper zitterte die Wut. Ohne Rücksicht auf Deckung oder boxerische Eleganz sprang er Miller an und hieb auf ihn ein wie mit eisenbeschlagenen Dreschflegeln. Harry Fulton brüllte zwar und wollte dazwischenspringen, aber John wischte ihn mit einem Schlag in die Seile. Dort blieb Fulton hängen, breitete mit einer hilflosen Geste die Arme aus und ließ den Dingen ihren Lauf.

Von da an gab es keinen Gong mehr, keine Rundeneinteilung, kein Verschnaufen, keine Betreuung … Bob und John hieben aufeinander ein mit einem Vernichtungswillen, der jeden Verstand ausschaltete. Dr. William Ford, der am Ring erschienen war, zog Fulton an den Beinen und schrie ihn an.

»Brechen Sie den Kampf ab! Harry, die bringen sich gegenseitig um! Das hat mit Sport nichts mehr zu tun! Das ist öffentlicher Mord! Trennen Sie die beiden, Harry!«

»Tun Sie's doch!« brüllte Fulton zurück. »Los, kommen

Sie auf die Matte! Holen Sie sich einen Kieferbruch! Hier müßte die Feuerwehr ran und sie wegspritzen!«

Bob Miller und John Barryl schwankten durch den Ring. Wann immer sie sich nahe kamen, hieben sie los, gegen jede Regel, dorthin, wo man sich nur treffen konnte.

»Auf ihren Brüsten werde ich schlafen!« keuchte Bob, als sie im Clinch lagen und ihre Köpfe an den Stirnen zusammenstießen. »Und wenn ich durstig bin, lecke ich den Schweiß aus ihren Poren!«

»Du Schwein!« stammelte Barryl. »Du gemeines Schwein! Ich bringe dich um!«

Nach einer halben Stunde ohne Gong, ohne Pause, hingen sie in den Seilen, weit voneinander. Zwischen ihnen lag der leere Ring, dehnte sich vor ihren müden, zugeschlagenen Augen ins Unermeßliche, wurde zu einem weiten kahlen Land voller Durst, unüberwindbar und von einer gleißenden Sonne verbrannt.

John Barryl war der erste, der langsam in die Knie sank und den Kopf nach hinten gegen die Seile lehnte. Bob Miller sah es noch, weit entfernt, wie ein Schemen am Horizont. Dann rutschte auch er an den Seilen herunter, stützte sich mit den Fäusten auf dem Ringboden ab, und sein Kopf fiel kraftlos auf die Brust.

Harry Fulton sprang in die Mitte des Vierecks. »Der Kampf ist unentschieden!« schrie er. »Und jetzt seht zu, wie ihr nach Hause kommt, ihr Arschlöcher!« Er sah sich um, zu den Betreuern und zu Dr. Ford. »Keiner rührt mir die an! Verstanden? Und wenn sie auf dem Bauch davonkriechen! Und noch eins: Ihr habt nichts gesehen! Diesen Kampf hat es nicht gegeben! Oder sollen wir alle von der Zentrale strafversetzt werden?«

Bob und John blieben im Ring liegen, bis ihre Kräfte langsam wiederkehrten. Sie froren sogar, ihre Nerven vibrierten wie Klaviersaiten, die Blutleere im Kopf verteilte ein taubes Gefühl über den ganzen Körper. Sie zogen sich an den Seilen wieder auf die Beine und starrten sich an.

»Wir leben«, sagte Barryl tonlos. »Wir leben wirklich noch, Bob!«

»Du warst fabelhaft, John.« Miller taumelte in die Mitte des Ringes. John kam ihm entgegen, und sie umarmten sich und lehnten sich gegeneinander. »Ich hätte nie geglaubt, einmal einen solchen Freund zu haben.«

»Ich auch nicht, Bob. Ich bin glücklich.«

»Was uns unser Leben auch noch bringt ... wir sollten nie vergessen, daß wir Freunde sind.«

»Nie! Laß dich umarmen, Wassja Grigorjewitsch.«

»An meine Brust, Andrej Nikolajewitsch.«

Sie umarmten sich, küßten sich nach russischer Sitte dreimal auf die Wangen und gingen Arm in Arm zu den Kabinen.

»Verrückte!« sagte Fulton, der sie heimlich beobachtete. Dr. William Ford kaute an einem Fruchtbonbon. »Bestätigen Sie es, Doktor: Das sind doch Verrückte!«

Später saßen John und Bob in Millers kleinem weißen Holzhaus zusammen und tranken einen erfrischenden Orange Blossom, den Bob an seiner winzigen Hausbar mixte. Aus dem Kühlschrank hatte er zwei dicke rohe Steaks geholt und sie Barryl auf der flachen Hand serviert.

»Leg die auf deine Augen, John«, hatte er gesagt. »Das tut gut. Ein alter Profitrick. Die Kullerchen schwellen schneller ab. Guck nicht so blöd ... leg sie auf deine blauen Sterne.«

Jetzt lag Barryl halb auf der Couch, die Augen mit den beiden blutigen Steaks bedeckt, und nippte den zweiten Orange Blossom. »Ich fange Montag mit der Weizenernte an«, sagte er. »Habe ich dir das schon erzählt? Wir haben einen richtigen amerikanischen Drescher bekommen. Was die hier machen, tun sie perfekt.«

»In einer halben Stunde wechseln wir die Steaks«, antwortete Bob Miller. Er kühlte seine geschwollenen Augen noch mit verdünntem Alkohol. Es brannte höllisch. »Schaffst du es allein, John?«

»Was?«

»Das Mähen. Mir fällt gerade etwas ein. Ich habe bis vier Uhr Dienst bei Hillmoore, dann schlafe ich fünf Stunden, mehr brauche ich nicht … ich könnte dir ab elf Uhr helfen.«

John Barryl lächelte. Es sah absurd aus, wie er da auf der Couch hockte, den Kopf nach hinten gelegt, die blutigen Fleischbrocken auf den Augenhöhlen. »Wenn du willst, Bob.« Seine Stimme wurde weich. So hart er auch war, so war er doch leicht zu rühren durch Dinge, die in die Tiefe seines Herzens drangen. Und echte Freundschaft wächst aus dem Herzen. »Es wäre schön …«

»Ich komme, John.« Miller lehnte sich an die Wand und sah Barryl an.

Warum müssen wir uns später zerfleischen, dachte er mit Bitterkeit. Gott möge verhindern, daß wir in den Staaten aufeinandertreffen. Es wäre furchtbar, John. Würdest du dann der sowjetische Offizier sein oder mein Freund? Das gleiche kannst du auch mich fragen, und ich muß dir antworten: Ich weiß es nicht. Möge dieser Fall nie eintreten!

»Warum hast du das von Norma gesagt?« fragte Barryl.

»Ich wollte dich wild machen, John.«

»Das ist dir gelungen.«

»Aber du hast dir keine Blöße gegeben, wie ich hoffte. Ich habe dich nicht von den Beinen holen können.«

»Ich dich auch nicht, Bob. Wir sind wie Zwillingsbrüder.«

»Wer hätte das gedacht!« Bob trat an John heran. »Und nun gib die Steaks her. Meine Augen fühlen sich an wie Wassersäcke.«

Sie wechselten die Plätze. Bob packte sich das blutige Fleisch auf die Augenhöhlen, und John Barryl mixte aus Gin, Vermouth dry und Grenadine einen Cocktail, den Miller ›Atta Boy‹ nannte und von dem er behauptete, ihn habe zuerst Harry Craddock vom Savoy in London kreiert. Barryl war das gleichgültig; ihm schmeckte es, und er billigte Bob neidlos zu, Experte in alkoholischen Gefilden zu sein.

Sie waren Freunde … und doch trennten sie Welten, weil Ideologien aus Menschen Tötungsmaschinen machen. Es bleibt die Frage, ob Gott bei der Erschaffung des Menschen auch das bedacht hatte.

Fünf Tage später.

John ratterte mit seinem Monstrum von Mähdrescher über die weiten Weizenfelder am Bug, der hier, innerhalb der Sperren, Silver River hieß. Zweimal war Bürgermeister Bulder draußen gewesen, sah zu, wie die Ernte funktionierte, und fragte: »Irgendwelche Beschwerden, John? Schaffen Sie es allein?«

»Spielend, Sir!« rief Barryl aus seiner Glaskanzel. »In einer Woche können Sie mich an andere Sowchosen verleihen. Da bin ich hier fertig.«

James Bulder lachte, winkte Barryl väterlich zu und fuhr in seinem amerikanischen Straßenkreuzer zurück nach Frazertown. Mittags gegen halb zwölf erschien dann Bob Miller, kletterte auf den Mähdrescher, gab dem Häckselkasten einen Tritt, was aber John nicht registrierte, und löste Barryl im Fahrerhaus ab.

Bei Norma hatte sich Bob noch nicht wieder sehen lassen. Er ahnte, daß sie unruhig war, sich sein Fernbleiben nicht erklären konnte, sich über sieben Ecken nach ihm erkundigte, aber John zu fragen, wäre nie über ihre Lippen gekommen. Bei Hillmoore schnell einmal vorbeizublicken, verbot ihr der Stolz.

Die Arbeit an der Bar war der fruchtbarste Job, den es in Frazertown für Miller gab. Hier saßen alle Agenten nacheinander an der Theke, er erfuhr ihre amerikanischen Namen, manchmal sogar ihre russischen, er hörte von ihren Spezialausbildungen, die einen Schluß zuließen, wie sie einmal in den USA eingesetzt werden sollten.

Am frühen Morgen des sechsten Tages seines Lebens in Frazertown gelang Bob endlich mit seinem in den Transistor eingebauten Kurzwellensender die Verbindung zu Awdej Konstantinowitsch Dewjatow in Winniza. Verschlüsselt mit dem Geheimcode – es waren Wortgruppen aus den Seiten 23 bis 27 von Hemingways ›Der alte Mann und das Meer‹, Ausgabe 1953 – funkte er die Namen, die er bis jetzt erfahren hatte, und beschrieb die Gefährlichkeit einiger besonders wichtiger Agenten. John Barryl – der Major Andrej Nikolajewitsch Plenjakow – stand dabei an erster Stelle.

»Tut mir leid, Junge ...«, sagte Miller, als er seine Meldungen durchgegeben und Dewjatow kurz »Verstanden!« geantwortet hatte. »Vielleicht rette ich dich damit. Wenn du die Nase über unsere Grenze steckst, haben sie dich sofort, und der ganze Scheißdreck ist für dich vorbei. Ich gönne dir ein langes, ruhiges Leben.«

Er stellte das Transistorradio zurück auf das Regal hinter der kleinen Bartheke und trank einen doppelten Whiskey pur. Sein erster Funkspruch war abgesetzt ... am Abend würde General Orwell die entschlüsselte Botschaft auf dem Tisch haben. Und er würde zu den anderen eingeweihten Offizieren sagen: »Hatte ich nicht recht? So etwas konnte nur Bob schaffen. Eine verdammte Schande, daß wir ihn nie wiedersehen werden ...«

An den letzten Satz allerdings dachte Bob Miller nicht. Für ihn fing das Leben in Frazertown jetzt erst richtig an. Nachts bei Hillmoore an der Bar, mittags auf dem Weizenfeld bei John, abends zwei Stunden Ruhe, in denen er an Norma dachte.

Ein paarmal fuhr er zum Fluß, setzte sich abseits auf eine der weißen Bänke und sah hinüber zu Billy Ramplers Restaurant mit dem riesigen Hamburger auf dem Dach. Wenn bei Einbruch der Dunkelheit das wundervoll kitschige Mammutbrötchen von innen her erleuchtet wurde und Gehacktes, Gurkenscheiben und Tomaten so richtig farbenprächtig glitzerten, mußte Bob seine Sehnsucht unterdrükken, doch noch zu Norma zu gehen. Er wußte: Sie stand hinter ihrer blitzenden Milchtheke und starrte auf die Tür.

Am fünften Abend nach dem Boxkampf hielt er Norma für weichgekocht. Er hatte geduscht, ein frisches Hemd angezogen und roch nach einem herben Rasierwasser. Mit Dewjatow in Winniza hatte er vor einer halben Stunde ›korrespondiert‹. Dewjatow funkte: »Alles in Ordnung. Väterchen ist gesund und schickt dir ein Küßchen.« Das hieß im Klartext: General Orwell hatte alle Meldungen bekommen, war zufrieden und klopfte Bob aus der Ferne auf die Schulter.

Norma Taylor zuckte zusammen, als Bob Miller die Tür

aufstieß und in Billys Restaurant erschien. Er machte keinen Umweg, ging sofort zur Theke und lächelte Norma breit an. Seine romantischen Augen schienen einen sanften Ausdruck wie nie zu haben, denn Norma ließ das Glas Milch, das sie gerade zapfte, überlaufen.

»Eine Ananasmilch, meine Süße«, sagte Bob. Er griff über die Theke, zog Normas schlaffe, willenlose Hand zu sich und küßte ihre Innenfläche. Er spürte, daß es sie wie ein Schlag durchzuckte. »So süß wie du soll sie sein …«

Sie riß die Hand weg und flüchtete hinter ihre chromblitzenden Zapfhähne. Ihre Frisur hatte sie geändert … sie trug die Haare jetzt offen, durch ein Stirnband gehalten. Sie sah weicher aus, südländischer, lockender, anschmiegsamer.

»Waren Sie krank?« fragte sie.

»Nein. Ich fühle mich so gesund, daß ich auf der Stelle Helden zeugen könnte.«

»Sie haben sich mit John geprügelt.«

»Es war ein fairer Boxkampf. Unentschieden. Es ging um Sie, Norma.«

»Ich weiß es. Soviel Dummheit! Als ob ich Muskeln liebe und sonst nichts! Prügeln sich wie Straßenjungen!« Sie zapfte die Ananasmilch und knallte Bob das Glas auf die Thekenplatte. »Von mir aus könnt ihr euch die Köpfe spalten! Das habe ich John auch schon gesagt.«

»Wo ist John jetzt?«

»Er schwimmt im Stadion. Den ganzen Tag auf dem Mähdrescher, da sieht man immer wie gepudert aus.« Sie schwieg abrupt und sah ihn böse an. »Warum?«

»Was warum?«

»Warum fragen Sie nach John? Ihr seid doch dicke Freunde, nachdem ihr euch bald getötet hättet.«

»Würden Sie das bedauert haben, Norma?«

»Bei Ihnen nicht.«

Bob lachte. Er lehnte sich an die Theke und prostete Norma mit der Ananasmilch zu. »Sie sind wundervoll, Baby! Halt … *du* bist wundervoll! Ich darf doch du sagen?«

»Nein!« antwortete sie sofort mit harter Stimme. »Warum auch?«

»Bei zivilisierten Menschen ist das so üblich, Norma.« Er griff wieder nach ihrem Arm, und das geschah so blitzschnell, daß sie keine Zeit zum Ausweichen hatte. Aber sie stemmte die Füße gegen den Boden, als er sie zu sich heranzog.

»Lassen Sie los!« zischte sie. »Lassen Sie sofort los!«

»Eine Frage: Eine Frau, die mit einem im Bett liegt, duzt man doch?«

Sie starrte ihn entgeistert an, und wieder blähten sich ihre schmalen Nasenflügel. Ihre unterdrückte Wildheit platzte fast durch die Haut. Welch eine Frau, durchfuhr es Bob. In ihr lebt Rußland mit allen Überraschungen.

»Hör zu …«, sagte er leise. »Für mich ist das keine Frage mehr. Ich will mit dir schlafen, du willst mit mir schlafen. Ob heute, morgen oder übermorgen … es passiert. Und wir werden den Himmel runterholen und unsere heißen Körper mit seiner Kühle bedecken! Wir werden uns lieben, bis unser Atem aussetzt …«

Sie zog die Schultern hoch, riß sich aus seinem Griff und schlug zu. Das helle Klatschen erschreckte sie selbst … sie blickte fast entsetzt in seine verträumten Augen und sah, wie sich seine Wange schnell rötete. Der Abdruck ihres Ringes, ein hellblauer rechteckiger Aquamarin, blieb als häßlicher Fleck in der Haut zurück.

»Dunja Andrejewna«, sagte Bob ruhig, und jetzt sprach er Russisch, »Sie sollten sich nach Tychorizij zurückmelden. Sie werden nie eine Amerikanerin.«

Er bluffte mit allem Einsatz und gewann. Dunja-Norma tauchte ihre Hände in das Spülbecken, als würden sie brennen. »Woher wissen Sie, daß ich aus Tychorizij komme?«

»Ich weiß es eben, wie Sie sehen.« Meine liebe Brenda Goldstein, habe Dank, dachte er befreit. Er trank seine Ananasmilch aus und schob das Glas Norma gegen den linken Unterarm. Sie zuckte zusammen, als habe er sie gestochen. »Es genügt nicht, Milch zu zapfen und einen Südstaatler-Dialekt zu sprechen, Norma«, sagte er laut. »Überlegen Sie sich das. Ein Mädchen in New Mexico reagiert anders, wenn ich ihr mein Bett anbiete.«

Er drehte sich um und verließ Billys Restaurant, ohne sich noch einmal umzublicken. Kaum war er aus der Tür, sauste Rampler aus der Küche hinter die Theke. Solange John Barryl beim Ernteeinsatz war, mußte er die Hamburger wieder selbst garnieren.

»Was wollte er?« rief er. »Norma, wie sehen Sie denn aus? Vergreifen Sie sich nicht an mir, ich habe Ihnen nichts getan! Und stecken Sie auch nicht das Restaurant in Brand … so sehen Sie aus!«

»Er ist das größte Ekel, das jemals atmete!« fauchte sie wild. »Billy, überall auf der Welt hätte ich ihn umgebracht … nur hier in Frazertown darf ich es nicht. Aber ich töte ihn noch! Ich töte ihn! Töte ihn! Töte ihn!«

Bei jedem Wort hieb sie auf die Zapfsäule, ihre offenen Haare flogen hin und her, doch plötzlich warf sie die Arme hoch, preßte die Handflächen gegen ihr Gesicht, schluchzte auf und rannte durch die Küche und den Hinterausgang weg.

Gegen vier Uhr früh kam Bob Miller von Hillmoores Bar zurück. Er war müde, nicht nur von der Arbeit hinter den Shakern, sondern auch von John Barryls unentwegten Fragen. Er war um zehn Uhr bei Bob aufgetaucht und suchte Rat und Hilfe.

»Norma ist nicht bei Billy!« sagte er aufgeregt. »Niemand weiß angeblich, wo sie ist. Sie hat nur drei Stunden gearbeitet und ist dann gegangen. Als ob Rampler nicht wüßte, was los ist! Aber nein, er schwört, er wisse nichts. Er lügt, Bob! Ich sehe es ihm an. Und alle anderen lügen auch. Ich war bei Norma … zu Hause ist sie auch nicht.«

»Trink einen Night Cap Flip, der macht den Kopf frei, John«, sagte Bob ruhig. »Vielleicht ist sie im Kino?«

»Während der Dienstzeit? Dann müßte Rampler ihr ja freigegeben haben. Aber nein: Er weiß nicht, wo sie ist!«

»Trink den Flip, John …«

»Geh zum Teufel mit deinem Gesöff!« Barryl klammerte sich an die Haltestange der Bartheke. »Bob, wenn man sie plötzlich abberufen hat … Du weißt doch, das geht von einer Minute zur anderen. Wenn Norma für immer weg ist …«

»Damit zu rechnen, haben wir gelernt. John, vergiß nicht, wer wir sind!«

»Trotzdem ist der Gedanke unerträglich.« John Barryl senkte den Kopf. »Es ist furchtbar. Bob, gib mir ein Glas. Eins nach dem anderen … Ich muß mich besaufen.«

Er betrank sich nicht. Miller gelang es, Barryl davon zu überzeugen, daß Norma nie und nimmer abberufen sein konnte. Sie würde nie so gegangen sein, ohne Nachricht, und wenn's ein Zettel gewesen wäre.

Es war eine schwere Arbeit gewesen, John zu beruhigen, und Bob atmete auf, als er endlich, leidlich seelisch aufgerichtet, Hillmoores Bar verließ.

Nun war Bob zu Hause, schloß die Tür seines kleinen Holzhauses auf und freute sich auf sein Bett. Über dem Fluß schwebte wieder die geisterhafte Helligkeit des eben heraufkommenden Lichtes eines neuen Tages.

Hinter der Hecke neben der Tür löste sich plötzlich eine Gestalt und tupfte mit der Schuhspitze gegen die unterste Stufe der Eingangstreppe. Bob Miller fuhr herum, präzise, wie er es gelernt hatte, die Hände zum tödlichen Handkantenschlag erhoben.

»Bring mich nicht um!« sagte Norma leise. »Wenn jemand Grund hat, einen umzubringen, bin ich es.«

»Norma!« Bob zog sie an den Schultern zu sich. Ihre fast schwarzen Augen wirkten im ersten vagen Licht des neuen Tages groß und rund. »Seit wann bist du hier?«

»Seit drei Stunden. Vorher war ich am Fluß. Ich muß mit dir reden, Bob.« Sie ließ es zu, daß er den Arm um ihre Schulter legte und mit der anderen Hand ihr Haar aus dem Gesicht strich. »Du mußt mir erklären, warum die amerikanischen Mädchen anders sind als ich …«

Er nickte, küßte ihr Haar und streichelte ihr dann über die weiten Augen.

»Komm rein«, sagte er zärtlich. »Komm ins Haus, Norma …«

Es gibt Männer – und es sind die meisten –, die sich über etwas wundern und es wenig später über anderen Ereignissen wieder vergessen. Und es gibt Männer, die sich mit einem plötzlich ihr Leben streifenden Problem immer wieder beschäftigen, die es in ihrem Hirn hin und her rollen und denen es keine Ruhe läßt, auch wenn alles im Grunde von keiner großen Wichtigkeit ist.

Harry Fulton, der Chef der Boxschule von Frazertown, war solch ein verbissener Mensch. Auf der Offiziersschule in Leningrad hatte man ihn den Maulwurf genannt, weil er immer in Alltäglichkeiten herumwühlte, die andere längst aus dem Gedächtnis gestrichen hatten. So war es vorgekommen, daß er sechs Wochen lang eine lächerliche Spur verfolgte: Jemand aus seinem Lehrgang hatte ihm nachts einen Knopf von der Uniform geschnitten und bei sich angenäht. Fulton, der damals noch Gawril Saweliwitsch Gordejew hieß, regte sich wahnsinnig auf, sprang wie ein Irrer durch die Stube, benahm sich, als habe man ihn nachts unter Ausnutzung seines tiefen Schlafes schmerzlos kastriert, und schrieb eine offizielle Meldung über diesen gemeinen, hinterlistigen Diebstahl. Dabei wäre es eine Kleinigkeit gewesen, sich in der Kleiderkammer einen neuen Knopf zu holen und anzunähen, aber nein, Gawril Saweliwitsch befand, daß nächtliches Knopfabschneiden die Vorstufe zum Kopfabschneiden sei, schwor, den Dieb zu ergreifen und ihm die Verletzung seiner Ehre heimzuzahlen. Damals lachte alles über Gordejew, man dichtete und komponierte sogar ein Liedchen über den gestohlenen Knopf, aber das regte Gawril Saweliwitsch nur noch mehr an, verbissen nach dem Übeltäter zu fahnden.

Nach sechs Wochen hatte er ihn. Nach sechs Wochen Warten, Herumhören, Registrieren und Auswerten von Gesprächsfetzen. Und als keiner mehr an den dämlichen Knopf dachte und andere, größere, wichtigere Dinge die Offiziersschüler von Leningrad beschäftigten, schlug Gordejew zu. Er legte kalt und mit steinernem Gesicht die Beweise vor. Der Dieb riß sich den Knopf wieder von der Uniform, hielt ihn Gordejew hin und sagte: »Da hast du ihn, Gawril Saweliwitsch! Nähe ihn dir an das Arschloch!«

Gordejew schwieg. Aber zwei Tage später wurde der Knopfabschneider, ein Oberleutnant, mit unbekanntem Ziel versetzt. Man mußte es tun, es lag eine offizielle Diebstahlsmeldung vor, und Gordejew war nicht zu bewegen, die Anzeige wegen Geringfügigkeit zurückzunehmen, so eindringlich und lange sogar der General, der Kommandeur der Schule, auf ihn einredete.

So einer war Gawril Saweliwitsch, und er hatte sich auch nicht geändert, nachdem man ihn zu Harry Fulton gemacht und ihm die Boxschule von Frazertown übergeben hatte. Er war ein Fanatiker, wenn es um Unklarheiten ging. Und jetzt gab es in Frazertown – allerdings nur für ihn – eine ganz große Frage, die er zu klären hatte: Wer war Bob Miller?

Gut, er wußte von Hillmoore und auch von John Barryl, daß er der Major Wassja Grigorjewitsch Shukow war, und er war Fulton auch vom ersten Blick an sympathisch gewesen, einmal von der Figur als Boxer her, zum anderen wegen der verträumten Augen, die Fulton für einen ganz besonders wirksamen Trick hielt – aber seit dem Kampf gegen John Barryl, der trotz der nachfolgenden Versöhnung und sogar Verbrüderung eine Vernichtungsschlacht gewesen war, war Fulton nachdenklich geworden. Für ihn war es offensichtlich, daß nur das fast gleiche Kräfteverhältnis zwischen John und Bob einen Totschlag verhindert hatte.

Fulton sprach darüber drei Tage nach dem Fight mit dem Arzt Dr. William Ford. Sie waren Freunde, und wenn sie allein waren, redeten sie trotz des Verbots Russisch miteinander. Sie tranken dann einen Whiskey, weil es eben in Frazertown keinen Wodka gab, nicht einmal an der Bar von Hillmoore. Ein kleiner, unbedeutender Regiefehler in dem sonst perfekten amerikanischen Theater.

»Es ging um Norma«, sagte Dr. William Ford, als Fulton noch einmal den Kampf in allen Einzelheiten durchsprach. »Gawril Saweliwitsch, ein haariges Dreieck mobilisiert mehr Kräfte als eine Weltmeisterschaft!«

»Sie hätten sich totgeschlagen, Afanasij Petrowitsch. Und es war Bob, der John immer mit geradezu schweinischen Worten reizte. Ich habe sie ganz klar gehört, war ja im Ring. Was Bob alles gesagt hat … John mußte von Sinnen kommen. Und warum hat er es gesagt? Um John blind vor Wut zu machen und ihn dann kalt abschießen zu können. Ich frage dich: Ist das unter Kameraden, unter sowjetischen Offizieren üblich? Wir alle wissen, warum wir hier sind – und da kommt ein Offizier daher, der sein persönliches Interesse höher schätzt als die Ehre der Roten Armee! Ein Mann mit einem Tötungsinstinkt.«

»Den hatte John Barryl auch, Gawril Saweliwitsch.«

»Weil er gereizt wurde. Es hatte begonnen als harmloser Boxkampf, als ein Messen der Kräfte, als Sport, Afanasij Petrowitsch. Und was wurde daraus, im Handumdrehen, durch Bob Miller? Eine Zertrümmerung!«

»Und jetzt sind sie die besten Freunde«, sagte Dr. Ford gemütlich, genoß noch ein Gläschen Whiskey und nahm einen Keks aus der Glasschale. »Für wen hat sich Norma eigentlich entschieden?«

»Für keinen.« Fulton starrte gegen die tapezierte Wand seines Bungalows. Sie war mit Fotos von Boxern in der typischen, als Bild etwas lächerlich wirkenden Angriffshaltung garniert. »Und da ist noch etwas, Genosse Dronow. Bob Miller – oder sollen wir ihn unter uns Wassja Grigorjewitsch nennen? – beherrscht eine Menge amerikanischer Boxunreinheiten, die er bei uns bestimmt nicht gelernt hat. Im Infight blitzschnelle, kaum sichtbare Nackenschläge, Kopfstoßen von unten herauf – das sind nur zwei Unarten.« Fulton legte die Hände vor der Brust zusammen. »Du mußt doch zugeben, daß ich etwas vom Boxen verstehe. Man hat mich darauf spezialisiert. Und ich sage dir, Afanasij Petrowitsch: In der ganzen Sowjetunion lernt kein Boxer diese amerikanischen Unsauberkeiten! Aber Bob Miller schlägt sie!«

»Er ist ein Meisterschüler für seine Aufgabe.« Dr. Ford schüttelte den Kopf. »Gawril Saweliwitsch, werde nicht wieder zum Maulwurf! Bob, oder Wassja Grigorjewitsch, ist eine Ausnahmebegabung. Was er an der Bar mixt, ist ebenso faszinierend in seiner Vollkommenheit wie alles, was er tut.«

»Und das fällt dir nicht auf? Eine Maske kann perfekt sein … aber darunter bleibt immer die eigene Haut. Und irgendwann einmal sieht man ein Stückchen dieser Haut. Unserer russischen Haut, Afanasij Petrowitsch! Aber bei Wassja Grigorjewitsch entdecke ich nicht eine winzige russische Pore!« Fulton kramte in seiner Hosentasche, zog eine zerknüllte Packung Reyno hervor und steckte sich eine Zigarette an. Dr. Ford dankte mit einer Handbewegung.

»Was du denkst, Gawril Saweliwitsch, ist absurd. Oh, ich weiß genau, was du denkst! Ich kenne dich lange genug. In deinem Hirn rumort es jetzt wie in einem Gärkessel. Wenn man deine Hirnschale aufklappen könnte, sprudelte es hinaus. Aber es sind faulige Dämpfe, glaube es mir. Bis jemand in Frazertown landet, ist er gründlicher durchleuchtet worden, als wir Ärzte es mit unseren Röntgenapparaten können. Da gibt's keine dunkle Ecke mehr.«

»Woher kommt Wassja Grigorjewitsch?« fragte Fulton. Und er gab sich selbst die Antwort. »Aus Irkutsk, heißt es. Ist dort geboren.«

»Das ist Andrej Nikolajewitsch. Wassja Grigorjewitsch stammt aus Gorki.«

»Ach ja!« Fulton sah Dr. Ford etwas verwirrt an. »Das habe ich verwechselt. Gut also, aus Gorki! Und man hat ihn ausgebildet in Sibirien, an der Lena und im Gebirge nördlich von Magadan … alles Orte, die noch keiner von uns gehört hat. Oder hast du gewußt, daß in Spornoje ein Speziallager ist? Daß man Leute über der Senka in Jakutien aus dem Flugzeug wirft? Das alles hat Wassja Grigorjewitsch erlebt … als einziger von uns allen! Ich bin jetzt ein Jahr hier, ich habe über neunhundert Genossen in der Boxschule betreut … keiner von ihnen hat jemals Spornoje gesehen oder mußte sich wie er mit bloßen Händen durch die Taiga schlagen. Da soll man sich keine Gedanken machen?«

»Es ist dein Spezialvergnügen.« Dr. Ford erhob sich,

trank sein Glas leer und ging zur Tür. »Die einen saufen, die anderen spielen Schach, es gibt auch welche, die sich die Nacht mit weißen Schenkelchen vertreiben … nur du, Gawril Saweliwitsch, pflegst die Geilheit, Nacht für Nacht über Dinge nachzudenken, auf die ein jeder spucken würde. Wirst sehen, wohin das führt. Schlaf gut!«

Fulton antwortete nicht. Er verriegelte hinter Dr. Ford die Tür, setzte sich ans Fenster, starrte in die helle Nacht hinaus und fügte, wie damals bei dem verfluchten Uniformknopf, Beobachtungen und Worte zu einem Mosaik zusammen. Es war noch sehr unvollständig, ergab kein Bild, ein paar Steinchen waren es, die noch nicht zueinander paßten.

»Ein merkwürdiger Mensch, dieser Wassja Grigorjewitsch!« sagte Fulton leise vor sich hin. »Man wird nicht klug aus ihm. Ein bißchen russische Seele müßte man doch spüren.«

In dieser Nacht beschloß Harry Fulton, sich um die Freundschaft Bob Millers zu bemühen, um wie ein Parasit in ihn hineinzukriechen.

Wie ein scheues junges Mädchen, das zum erstenmal allein mit einem Mann eine fremde Wohnung betritt, sich innerlich wehrend und gleichzeitig doch zu ihm hindrängend, stand Norma in dem Wohnraum, der die ganze Breite des Hauses einnahm. Bob Miller knöpfte sein Hemd auf, zog es über den Kopf und ging mit bloßem Oberkörper hinter seine kleine Hausbar. Norma starrte ihn stumm an.

»In warmen Nächten brauche ich körperliche Freiheit«, sagte er und stellte einige Flaschen zurecht. »Und wenn man die ganze Nacht in so einer Keeperuniform gesteckt hat, ist es ein herrliches Gefühl, die Haut atmen zu lassen. Wenn ich allein bin, laufe ich ganz nackt herum …«

»Soll ich mich bedanken, daß Sie so höflich sind, es jetzt in meiner Gegenwart nicht zu tun?« sagte sie angriffslustig. Bob blickte von seinen Vorbereitungen auf und schüttelte den Kopf.

»Norma … wir waren schon beim Du!«

»Das ist nicht wahr!«

»Vor der Tür hast du gesagt: ›Bring mich nicht um …‹ und: ›Ich muß mit dir reden.‹«

Sie schwieg, ging ziemlich staksig durch das Zimmer und setzte sich in einen Sessel. Bob beobachtete sie. Sie hatte lange Hosen an und eine weite Bluse … sie verbarg bewußt ihre herrliche Figur.

»John sucht dich wie eine verlorene Unschuld«, sagte er.

»Fallen dir nie andere Vergleiche als Schweinereien ein?« fauchte sie zurück.

»Sie fließen mir ungehemmt über die Lippen. Es muß eine Naturbegabung sein. Die einen können mit den Ohren wackeln, andere piepsen beim Liebesspiel wie junge Mäuse …«

»Bob!«

»Ich reiße mich zusammen, Norma, Ehrenwort!« Er hob den Shaker hoch. »Was soll ich zaubern? Einen Morning Glory Cooler? Glory Glory Halleluja … Norma, das war ein ganz fauler Witz. Lach nicht. Aber der Morgen steigt schon hoch. Sollen wir den Morning Glory wagen?«

»Ich überlass' es dir.« Sie lehnte sich in dem Sessel weit zurück und schloß die Augen. Sie ist todmüde, dachte er zärtlich. Ich sollte sie auf die Arme nehmen und ins Bett tragen. Zudecken wie ein Kind und selig schlafen lassen. Verdammt, auch das kann ich: Ein Mädchen, das ich liebe, einmal nicht anrühren. »Was sagt John?« fragte sie plötzlich.

»Wenn er könnte, würde er alle Sterne zum Weinen bringen. Er glaubt fest daran, daß man dich aus Frazertown weg in den Einsatz geholt hat.« Er begann, den Cooler zu mixen, wozu man Cognac, Whiskey, Curaçao Triple sec, Orangen-Bitter, Pernod und Zuckersirup braucht, ein voluminöses Morgenhämmerchen. Aber es jagt den Schlaf aus den letzten Körperritzen, das sei auch verraten. »Ich habe es ihm ausgeredet.«

»Danke, Bob …«

»Ob er's glaubt, weiß ich nicht. Als er von Hillmoore wegging, plätscherte ihm der Alkohol bis zur Nasenwurzel. Aber er ging aufrecht wie eine Eins!« Bob begann, den Morning-Hammer zu schütteln, und ließ den Shaker in seiner Hand tanzen. »Norma, ehrlich, mein Kind! Du liebst John Barryl, nicht wahr?«

»Du hast kein Recht, so direkt zu fragen.« Sie nahm den Kopf wieder nach vorn und öffnete die Augen.

»Doch, Norma, ich habe das Recht: Ich liebe dich …«

»Red nicht so einen Blödsinn, Bob!« Sie versuchte ein Lächeln, aber es ertrank irgendwie in der Wehmut, die ihr Gesicht seltsam sanft machte. »Wirfst den Shaker fast an die Decke und machst zwischen dem Eisklingeln einen Liebesantrag. Was soll man davon halten?«

»An den Shaker klammere ich mich fest«, sagte Bob plötzlich sehr ernst. »Er hält mich davon ab, zu dir zu stürzen und dich an mich zu reißen. Wenn du wüßtest, welch eine Überwindung das kostet …«

»Ich kann Karate, Bob …«

»Ich auch, Norma.« Er stellte den Shaker auf die Barplatte. »Ich habe dir schon einmal gesagt: Wenn wir zwei zusammentreffen, bringen wir uns aus Liebe um! Wir müßten uns fesseln, um wie normale Menschen zusammen zu schlafen.« Er goß die Coolergläser voll und stellte sie auf ein japanisches Lacktablett, das zur Einrichtung gehörte. »Aber das darf ich ja alles nicht sagen. Die Frauenehre der Genossin Koroljow wird gekränkt.«

»Amerikanische Frauen hören sich das an?«

»Sie ziehen nach dem ersten Satz das Kleid aus. Nach dem zweiten …«

»Bob!«

»Norma, du bist gekommen, um bei mir Nachhilfeunterricht im Sex des Mittelwestens zu nehmen. Wenn dich schon die Theorie umhaut …«

Er stellte das Tablett auf den kleinen Tisch und setzte sich brav Norma gegenüber auf die Couch. Sie blickte ihn nicht an, aber wenn sie die Augen etwas zur Seite drehte, konnte sie in einem Spiegel Bobs muskulösen nackten Oberkörper sehen, die breite, behaarte Brust, auf der man, wie er erzählte, Felssteine mit dem Hammer zertrümmert hatte. Sie hatte es für eine maßlose Übertreibung, für billige Angeberei gehalten; jetzt sah sie die Hälfte seines schönen Körpers und glaubte es ohne Vorbehalt.

»Es kann sein, daß ich plötzlich abkommandiert werde«, sagte sie und schielte seitlich in den Spiegel. Bob spielte mit dem Anhänger, der an einem Goldkettchen um seinen Hals hing.

»Ich denke, du gehörst zum Stammpersonal von Frazertown?«

»Nein. Ich weiß, daß ich in Amerika eingesetzt werde. Drei Genossinnen sind schon abkommandiert ...«

Bob Miller lehnte sich zurück. Er atmete tief durch die Nase und wußte, warum sich plötzlich um sein Herz ein feuriger Kranz legte. Bis jetzt hatte er in seinen Funknachrichten Normas Namen noch nicht nach Winniza und Dewjatow gemeldet. Also war Norma auch bei General Orwell unbekannt. Jetzt aber mußte er es tun, und allein dieser Gedanke löste in ihm eine Art Fieber aus.

»Trinken wir darauf, Norma!« sagte er mit belegter Stimme. Er umklammerte sein Glas und nippte nur daran. Der Morning Glory schmeckte ihm wie Zyankali. Genauso muß es sein, wenn ich die für den Notfall mitgebrachte Giftkapsel einmal durchbeißen muß, dachte er. Norma, in unserem Beruf sollte man sich vorher das Herz durch eine Kunststoffpumpe ersetzen lassen. Und das Hirn durch Computerteile.

Sie nahm einen kräftigen Schluck, atmete tief durch und sah ihn wieder mit großen, schwarzen, zwingenden Augen an. »Das ist ein Morgentrunk?« keuchte sie. »O Himmel, was trinkst du dann erst am Abend?«

»Etwas ganz Leichtes, mein Mädchen. In der Nacht verlangt man von mir, daß ich fit bin. Ein müder Mann im Bett einer liebesdurstigen Frau berechtigt zum Mord.«

»Bob!«

Sie sah ihn strafend an. Er nickte, klemmte die Hände zwischen die Knie und wurde einfach nicht damit fertig, daß er Norma noch heute an Dewjatow melden mußte.

»Mir hat keiner gesagt, in allen Lehrgängen nicht, daß

ich als Amerikanerin zuerst Erfolg im Bett haben muß, bevor ich Erfolg im Beruf habe.«

»So hart würde ich es nicht ausdrücken, Norma. Und Amerika ist für diese schiefe Moral auch nicht das einzige Land. Im allgemeinen, überall in allen Geschäftsbereichen, erreicht ein hübsches Mädchen schneller die Karriereleiter, wenn es nicht hochgeschlossene Blusen, sondern T-Shirts trägt. Hauteng, fantasieanregend. Versprechungen ausstrahlend. Die meisten Chefs sind nun mal Männer in den besten Jahren und werden wieder jung durch ihre hübschen Mitarbeiterinnen.«

»Das ist widerlich, Bob. Sind wir Frauen nur Lustobjekte? Denken Männer an nichts anderes?«

»Woran soll ich denken, Norma, wenn ich dich ansehe? Daß du ein kluges Mädchen bist, ein mutiges Mädchen, das Karate beherrscht und mehrere Sprachen, und das schießen kann und für ihr sowjetisches Vaterland auch töten würde. Ist es so?«

»Vielleicht ...«

»Aber ist das die wirkliche Norma Taylor? Wo bleibt die Dunja Andrejewna, die genau weiß, wie zärtlich sie sein kann? Die jetzt einem halbnackten Bob Miller gegenübersitzt, mit der verschlossenen Miene eines Apparatschiks, und die sich in Wirklichkeit danach sehnt, einmal gestreichelt zu werden ...«

Sie antwortete nicht. Sie sprang auf, trank den Rest des Cooler aus und zog ihre weite, hochgeschlossene Bluse über den Hosenbund. »Ich muß jetzt gehen«, sagte sie hart. »Ich glaube, ich werde in Amerika der Liga für Frauenrechte beitreten, das schützt mich vor Männern wie dich.«

»Du wirst eine sehr schlechte Agentin sein, Dunja«, Bob sprach jetzt Russisch mit ihr. Es war, als habe er sie wirklich gestreichelt ... sie blieb mitten im Zimmer stehen, und ihr wundervoller Körper straffte sich wie unter tastenden Händen. »Die Arbeit, die dich erwartet, ist hart.«

»Das weiß ich, Wassja Grigorjewitsch. Ich werde Rußland nicht enttäuschen.«

»Und warum läufst du vor mir weg?«

»Du gehörst nicht zu meiner Aufgabe.«

»Lebst du nur, um Befehle auszuführen?«

»Ja.«

»Dunja ... du mußt das Lügen besser üben.«

Er sprang auf, aber sie wich bis zur Zimmertür zurück und streckte ihm die rechte Faust entgegen. »Bleib stehen, Wassja!« sagte sie mit fliegendem Atem. »Ich flehe dich an! Komm nicht näher!«

»Ich liebe dich, Dunja. Verdammt noch mal, wir sind keine Maschinen, auch wenn wir wie Maschinen arbeiten sollen.«

Ihr Problem wurde an diesem Morgen nicht gelöst. An der Haustür klingelte es. Nicht sittsam, wie es sich für einen Besucher gehört, sondern fünfmal hintereinander, und dann ließ der Ungeduldige auch noch den Finger auf der Klingel. Norma Taylor sah sich um wie ein gehetztes Wild, Bob Miller trank schnell seinen Cooler aus und versteckte die beiden Gläser und das Japantablett in einem Schiebeschrank hinter der kleinen Bar.

»Das ist John«, sagte Bob. »Er ist noch immer auf der Jagd nach dir und löst sich jetzt in Verzweiflung auf. Ich muß ihn reinlassen. Er weiß, daß ich zu Hause bin.«

»Wo kann ich hier raus?« fragte sie mit ganz kleiner Stimme. »Er darf mich hier nicht sehen. Ich weiß: Dieses Mal würde einer von euch umgebracht werden.«

»Hat John Rechte an dir, Dunja?«

»Nicht für eine Minute, Bob. Ich muß weg!«

»Das ist jetzt unmöglich. Nach hinten sind die Fenster vergittert, vorn steht John.« Bob riß eine Tür auf und zeigte in das andere Zimmer. »Es soll nicht anders sein. Ich kann dir als Versteck nur mein Schlafzimmer anbieten und mein Bett.«

Sie lief an ihm vorbei und setzte sich auf die Bettkante. Sie sah jetzt klein und kläglich aus, wie ein weggelaufenes und wieder aufgegriffenes Mädchen. »Und wenn er hier reinkommt?«

»Das kann ich verhindern.« Draußen läutete es wieder Sturm. Dazu ertönte John Barryls Stimme. Er schrie:

»Bob, wach auf! Ich bin's! John!«

»Leg dich hin und versuch zu schlafen«, sagte Bob. Er beugte sich plötzlich zu Norma hinunter, umfaßte mit beiden Händen ihren Kopf und küßte ihre Augen. Sie hielt einen Moment still, aber dann trat sie wortlos gegen sein rechtes Schienbein. Er verzog schmerzhaft das Gesicht, ließ ihren Kopf los und versuchte ein Lächeln.

»Es stimmt«, sagte er. »Du hast vollkommen recht. Es war die falsche Stelle. Ich hätte deine Lippen nehmen sollen. Das nächstemal, Norma.«

»Ich hasse dich!« sagte sie dumpf. »So etwas wie dich muß man ja hassen!«

Er warf die Tür hinter ihr zu, ging langsam zum Hauseingang und schloß auf. John Barryl stürzte herein, als werde er gejagt, hetzte in den Wohnraum und blickte sich mit wildem Blick um.

Bob Miller schüttelte den Kopf.

»Spielst du Macbeth auf der Flucht vor den Hexen? Was soll das, Johnny?«

»Wo ist Norma, Bob?«

»Ich denke, diesem Geheimnis jagst du nach?«

»Hier ist sie nicht?«

»Du Idiot!« Bob machte eine weite einladende Handbewegung. »Sieh doch nach. Vielleicht unterm Teppich? Oder hinter dem Couchkissen? Ich bin gerade von der Arbeit gekommen, mein Lieber, und wollte mich duschen. Wenn dich ein nackter Mann nicht erregt, tue ich das jetzt. Du kannst mir sogar den Rücken abseifen und nachsehen, ob sich Norma nicht in meiner Arschfalte versteckt hat ...«

»Bob! Ich bin am Ende. Nimm nicht alles so wörtlich.« John Barryl sank auf die Couch und wischte sich die verschwitzten Haare aus der Stirn. »Es ist jetzt vier Uhr morgens! Es ist hell draußen ...«

»Das haben Morgen so an sich. Es ist noch keinem gelungen, die Sonne zu schwärzen.«

»Mir ist nicht nach dämlichen Witzen zumute!« schrie John Barryl. »Norma ist weg! Sie ist seit dem Nachmittag nirgendwo gesehen worden! Ich habe gefragt, wen ich nur fragen konnte. Um neun Uhr, wenn das Rathaus offen ist, gehe ich zu Bulder und frage ihn. Er muß es wissen!«

»Du wirst dir einen Anschiß einhandeln und eine Strafnotiz in deinen Personalakten. Das ist alles.« Bob lehnte sich gegen die Schlafzimmertür. »Oder erwartest du, daß Väterchen General dich an seine Brust zieht und dir weinend die Wahrheit ins Ohr flüstert? Überlege dir eine andere Möglichkeit.«

»Ich habe alles überlegt. Bob, ich kann überhaupt nicht mehr denken.«

»Wir haben uns um Norma halb totgeprügelt, und was ist der Dank von ihr? Sie spuckt uns zwischen die Augen, wenn sie es könnte. Versuche einmal logisch zu denken, John: Wenn ein Mädchen, um das sich zwei Männer wie wir bemühen und vor aller Welt zu Trotteln werden, sich nicht erweichen läßt, was *könnte* dann möglich sein?«

»Nie, Bob, nie!« schrie Barryl und starrte Miller wild an.

»Aha, du beginnst zu verstehen! Natürlich ist es möglich! Normakind hat längst einen anderen Boy im Visier, und wir Idioten hüpfen herum wie die dressierten Bärchen. Sie hat heute ihren erotischen Tag, und während du stundenlang durch Frazertown saust, liegt sie im warmen Bettchen und tauscht Hormone aus.«

»Manchmal sollte man dich erschlagen, Bob«, sagte John dumpf. »Wenn du so etwas ahnst ... regt dich das nicht auf?«

»Nein. Kann ich es ändern? Das ist Normas Entscheidung. Oder willst du sie zwingen, nur weil du der Major Andrej Nikolajewitsch Plenjakow bist, deinen Unterleib als einzigen Glücksspender anzuerkennen?«

John Barryl fiel in sich zusammen. Er hing in der Couchecke und streifte seine schweißigen Handflächen an dem Veloursstoff ab. »Ich hätte das Norma nie zugetraut«, sagte er fast kläglich. »Nie! Du etwa, Bob?«

»Sie ist ein Vollblutweib. So etwas bleibt nicht allein und streichelt sich selbst vorm Spiegel die Brüste. Nicht Norma!«

»Sie hat immer gesagt, sie haßt die Männer. Sie ist auch

nie ausgegangen. Zum erstenmal war sie tanzen ... mit mir. Und wie sie getanzt hat!«

»Ich hab's gesehen, John.« Bob Miller kraulte sich die dichten Brusthaare. »Eigentlich müßtest du ein paar Löcher in der Haut haben von ihren spitzen Brustwarzen.«

»Und jetzt soll es ein anderer sein?« sagte Barryl verzweifelt.

»Wenn Norma heute mittag wieder hinter der Milchtheke steht, ist alles klar. Dann frag sie doch, John! Frag sie: Wer ist der verlauste Kerl, dieser heimliche Syphilitiker, bei dem du dich herumwälzt? – Norma wird dir eine runterhauen, aber du hast endlich Gewißheit. Außerdem gibt es andere hübsche Mädchen in Frazertown.«

»Die wasserstoffblonde Zicke Britt Lawson mit ihrer Spieltierchensammlung etwa?«

»Sie macht einen bumsfidelen Eindruck ...«

»Ich liebe Norma, Bob!«

»Das ist deine Privattragik, lieber Freund. Die mußt du selbst zerkauen und runterschlucken. Ich hab's bereits getan.«

»Für dich ist Norma erledigt?«

»In gewisser Beziehung – ja. Man wird sich natürlich sehen und höflich zueinander sein ... John, wir haben eine große Aufgabe vor uns. Uns erwartet Amerika!«

»Das ist jetzt ein Augenblick, wo ich meinen Beruf hasse«, sagte Barryl tonlos.

»Das hast du gestern nacht schon mal gesagt. Aber es ändert nichts, John. Wir müssen Rußland im Herzen haben, nicht Norma Taylor.«

Es ist immer gut, volltönende, heroische, vaterländische Worte zur Hand zu haben, sie decken echte Regungen zu und suggerieren jedem Mann das Gefühl, ein Held zu sein. Das ist ein Trost, so wie man ein weinendes Kind mit einem Honigbonbon beruhigt.

John Barryl verabschiedete sich nach einer halben Stunde in der Gewißheit, Norma Taylor habe wirklich die Nacht bei einem anderen Mann verbracht. Es war ein Gedanke, den er als Zentnerlast mit sich wegschleppte. Bob Miller wartete, bis er John nicht mehr sehen konnte, und ging dann in sein Schlafzimmer. Da Norma durch die dünne Tür alles mithören konnte, erwartete er als mindeste Reaktion das Heranfliegen der Nachttischlampe.

Aber es geschah nichts. Norma lag in tiefem Schlaf auf dem Bett, den Kopf auf der Seite, die Lippen zu einem kindlichen Schmollmund verzogen.

Bob blieb vor ihr stehen, betrachtete sie eine Weile und genoß das stille Glück, sie mit Blicken streicheln, liebkosen und besitzen zu können. Dann beugte er sich über sie, streifte ihr die Schuhe ab und zögerte, ob er ihr auch die Bluse und die Hose ausziehen sollte. Er unterließ es ... er war sich sicher, daß der Anblick ihres entblößten Körpers seine künstliche Zurückhaltung zerbrechen würde.

Vorsichtig zog er ein Laken über Norma und verließ leise das Schlafzimmer. Im Bad warf er seine Hose ab, stellte sich unter die kalte Dusche, wickelte sich in ein Badetuch und legte sich auf die Couch. Er schlief sehr schnell ein und merkte nicht mehr, daß bei einer Drehung das Badetuch von ihm glitt und er nackt, lang ausgestreckt, auf den Polstern lag.

So sah ihn Norma, als sie drei Stunden später aus dem Schlafzimmer kam.

Sie hob das Badetuch auf und breitete es über seine Blöße, beugte sich vorsichtig zu seinem Kopf und hauchte einen Kuß auf seine geschlossenen Lider. Sie vibrierten unter der Berührung ihrer gespitzten Lippen, aber er wachte nicht auf.

»Danke, Wassjuschka«, sagte sie leise. Ihre Zärtlichkeit war wie ein warmer Wind, der über seinen Körper glitt.

Stanislaw Jakowlowitsch Slobin war ein Fachmann, das haben wir schon gesagt. Als Kapitän im III. Nachrichtenbataillon von Winniza kümmerte er sich nur um die wichtigsten Dinge, und wichtig waren seit Wochen die merkwürdigen Kracher und Brummer, die ab und zu seinen Funkverkehr versauten. Seine Deutung, es könnte sich doch um atmosphärische Störungen handeln, wie sie vor allem an heißen Sommertagen auftreten oder nach großen Sonnenexplosionen, wurde immer dünner, je öfter gerade in der letzten Woche das rhythmische Knacken auftrat. Außerdem war die Störung so deutlich und greifbar, als sitze man mitten im Zentrum des elektrischen Feldes.

Kapitän Slobin nahm die Geräusche auf Band auf, hörte sie dann noch einmal in aller Ruhe ab und meldete sich darauf beim Kommandanten der Garnison Winniza. Er legte Wert darauf, sagte er bei seiner telefonischen Anfrage, daß auch der örtliche Chef der politischen Truppenführung zugegen sei.

Slobin machte keine langen Einleitungsworte. Er stellte das Tonbandgerät an und ließ das Krachen und Knacken abspielen. Der Kommandeur, ein Oberst, sah ihn verständnislos an und ertrug mit Würde die Vorführung. Erst als Slobin glaubte, genug Krachen produziert zu haben, stellte er das Tonband wieder ab.

»Das war's«, sagte er stolz. Der Oberst nickte.

»Haben Sie ein Mikrofon auf der Latrine versteckt gehabt, Stanislaw Jakowlowitsch, und das Furzen eines Bataillons aufgenommen?« fragte er. »Sehr beeindruckend. Aber kaum geeignet für das Armeemuseum, so originell die Idee ist ...«

»Genosse Oberst ...« Kapitän Slobin blickte flehend zu dem politischen Offizier hinüber, einem Major, der nachdenklich auf das Tonband starrte. »Was ich da aufgezeichnet habe, ist alarmierend!«

»Hat meine Garnison einen Darmkatarrh?«

»Das ist ein Zerhacker, Genosse Oberst«, sagte der politische Offizier ruhig.

»Genau!« rief Kapitän Slobin. »Ein Zerhacker!«

»Genossen, das müssen Sie mir erklären.« Der Oberst sah hilflos vom einen zum anderen. »Ich kann beim besten Willen nicht heraushören, daß da jemand Holz hackt.«

»Es ist eine funktechnische Sache, Genosse Oberst.« Slobin überlegte, wie man einem Laien so etwas mit einfachen Worten deutlich machen konnte. »Da ist ein Sender, der zu unbestimmten Zeiten, aber fast täglich, sendet und

Signale empfängt. Um den gesendeten Text – Zahlenreihen oder Wortkombinationen – unkenntlich zu machen, werden die Funksignale deformiert, also zerhackt, so daß nur noch ein Knacken übrigbleibt. Beim Empfänger werden dann über einen Entzerrer die Worte wieder verständlich gemacht. Ein einfacher, aber immer wirksamer Trick. Das alles ist natürlich laienhaft ausgedrückt, Genosse Oberst.«

»Und das haben Sie da aufgenommen, Stanislaw Jakowlowitsch?«

»Ja. Wie lange der Sender in Tätigkeit ist, weiß ich nicht. Ich bin ja erst vor vier Monaten, wie Sie wissen, nach Winniza gekommen. Von meinem Vorgänger lagen keine Berichte vor. Aber seit längerer Zeit beobachte ich das nun. Zuerst glaubte ich an ein atmosphärisches Phänomen ... aber jetzt habe ich Beweise. Die Störungen treten täglich meistens gegen sechs Uhr früh oder abends gegen neunzehn Uhr auf und dauern im Durchschnitt fünf Minuten, selten länger. Ich habe eine Statistik über zwei Monate mitgebracht, sie ist faszinierend.« Slobin holte tief Atem. »In Winniza oder der näheren Umgebung muß demnach ein Geheimsender existieren!«

»Sagen Sie das bloß nicht lauter als nötig, Slobin!« rief der Oberst. Er blickte auf das Tonbandgerät, als sei es ein Haufen stinkenden Unrats. »In meinem Militärbereich ein Geheimsender ... das wäre eine Katastrophe! Das kann nur ein Irrtum sein! Wer sollte hier senden? Warum? Vielleicht ein Funkamateur, der uns ärgern will, der weiß, daß ein Stanislaw Jakowlowitsch seine Ohren im Äther hat ...«

»Es könnte sich um einen Agenten einer fremden Macht handeln«, sagte der politische Offizier.

»In Winniza, Genosse Major?« Der Oberst lächelte mitleidig. »Soll er ausspionieren, wie gut die neue Weinernte wird? Daß dieses Jahr die Pfirsiche saftiger sind als im letzten Jahr? Ha, wird das die amerikanische Wirtschaft durcheinanderbringen! Und die Deutschen werden Selbstmord begehen, weil unsere Tomaten dreimal so dick sind wie ihre! Winniza wird die Welt verändern, darum wimmelt es hier auch von ausländischen Spionen!« Der Oberst tippte sich an die Stirn. »Genossen, ich muß gleich lachen …«

»Und die unbekannte Stadt südlich von Winniza?« Der Major der politischen Führung lehnte sich im Stuhl zurück. »Oder wissen Sie, Genosse Oberst, was da auf den 50 000 Hektar geschieht?«

»Nein. Wissen Sie es?«

»Auch nicht. Keiner weiß es! Es hat sich nur herumgesprochen, daß dort eine dreifache Starkstromsperre ist und irgend etwas Großes geschieht. Aber wo Geheimnisse sind, sind auch die Jäger nach diesen Geheimnissen. Das ist eine alte Regel. Und wenn Stanislaw Jakowlowitsch einen Sender mit Zerhacker ausfindig gemacht hat, dann ist das wirklich alarmierend.«

»Gut! Es ist alarmierend. Und wen wollen Sie alarmieren, Genosse Major? Die Kameraden im verbotenen Land? Da kommen Sie nicht ran. Da gibt es keinerlei Verbindungen zu Winniza. Die leben in einer besonderen Welt.«

»Ich werde es nach Kiew und Odessa zu den Generalkommandos melden. Irgend jemand wird zuständig sein.« Der Major tippte mit dem Zeigefinger auf das Tonband. »Kapitän Slobin, können Sie den Sender anpeilen? Wenn er in Winniza ist, muß man ihn doch einkreisen!«

»Die Sendezeit ist zu kurz. Außerdem fehlen mir dazu Spezialgeräte. Wir sind eine normale Nachrichtentruppe, Genosse Major. Das ist eine Aufgabe für Spezialisten.«

»Sie werden kommen, so schnell wie möglich.« Der Major nahm das Tonband an sich und steckte es in eine Aktentasche. »Nehmen Sie die Geräusche weiter auf, Stanislaw Jakowlowitsch. Mit genauen Uhrzeiten. Es muß ein System zu entdecken sein. Wichtig ist vor allem, daß wir die Genossen im verbotenen Land warnen …«

Schon zwei Tage später trafen von Kiew sechs Techniker ein und bauten geheimnisvolle federnde Antennen und Meßinstrumente in der Nachrichtenkaserne auf. Kapitän Slobin war begeistert. Am dritten Tag rollten mehrere Peilwagen in die Kaserne und fuhren am Abend mitten in die Stadt, parkten auf dem Leninplatz und warteten. Kapitän

Slobin saß neben einem Funkspezialisten aus Kiew in einem der Autos und hatte die Kopfhörer übergestreift.

Pünktlich um 19 Uhr stellte Dewjatow seine große Stereoanlage an. Neun Nachbarn mit ihren Frauen waren bei ihm zu Gast und freuten sich.

»Was werden wir hören, Awdej Konstantinowitsch?« fragten sie. »Das letztemal, Chopin ... wir haben noch lange davon gesprochen. Hervorragend, diese Anlage. Dieser naturgetreue Ton. Als wenn man neben der Geige säße. Was bietest du heute, Genosse?«

»Borodin. Fürst Igor ...«

»O Wonne!«

»Aus dem Bolschoi in Moskau.«

»Ein wahres Fest, Awdej Konstantinowitsch.«

Die Nachbarn lehnten sich zurück. Dewjatow legte die Platte auf, und die Ouvertüre zu ›Fürst Igor‹ verklärte die Gesichter. Gleichzeitig funkte er zu Bob Miller.

»Sie peilen mich an. Müssen bis auf weiteres schweigen. Ende.«

»Da ist das Schwein!« schrie Kapitän Slobin im Peilwagen, als das Krachen in seinem Kopfhörer begann. »Da! Da! Als ob er auf unserem Schoß sitzt! Hast du ihn?«

»Schluß! Siebzehn Sekunden! Kann ich Wunder vollbringen? Das reicht nie!«

»So kurz war es noch nie.« Slobin riß sich den Kopfhörer herunter. Er machte den Eindruck, als wolle er hineinbeißen. »Er spielt mit uns Katz und Maus. Ein echter Halunke! Ein Hundedreck! Sie konnten nichts feststellen?«

Der Techniker aus Kiew betrachtete den winzigen Strich auf dem elektronischen Schreiber. »Der Sender ist in der Stadt«, sagte er.

»Das weiß ich auch ohne ein Gerät, das Millionen kostet! Aber wo? Wo?«

»Bei nur siebzehn Sekunden müßte man Hellseher sein.«

Sie blieben auf dem Leninplatz bis gegen Mitternacht, dann fuhren sie zur Kaserne zurück. Es war ein Fehlschlag. Slobin knirschte schauerlich mit den Zähnen.

»Erschießen Sie sich nicht gleich, Genosse Kapitän«, sagte der Techniker aus Kiew freundlich. »In den nächsten Tagen spüren wir ihn auf. Uns ist noch keiner entgangen. Wir brauchen nur ein klein wenig mehr Zeit, um uns in ihn hineinzuhängen.«

»Den Fall hat das KGB in Odessa übernommen«, sagte am nächsten Morgen der Major der politischen Führung zu dem Oberst. »Man ist der Ansicht, daß in Winniza ein ausländischer Agent sitzt.«

»Und das verbotene Land?«

»Es ist verständigt. Aber von dort nach draußen besteht keinerlei Gefahr. Die Genossen in Odessa sagten keine Einzelheiten, aber sie sind sicher, daß über Nowotschok eher ein Stern vom Himmel stürzt, als daß ein Fremder dort eindringen könnte. Den Verdacht können wir streichen. Hier in Winniza sitzt das Schwein ...«

Was der Major erzählte, stimmte überein mit der Reaktion, die Bürgermeister James Bulder zeigte, als er erst aus Kiew und dann vom KGB in Odessa angerufen wurde.

»Es ist ausgeschlossen, Genossen!« sagte er aus voller Überzeugung und fast beleidigt von dem Gedanken, ein Agent könne in Frazertown sitzen und fröhlich durch die Gegend funken. »Wenn Sie mir einen Spion unter dem Bett von Breschnew nachweisen, beginne auch ich, mich mit der Idee zu beschäftigen, bei mir hocke ein fremdes Männchen im Ohr. Das ist absurd, Genossen! Ich lade Ihre besten Einsatztruppen ein, bei mir einzudringen. Aber bringen Sie genügend Särge mit. Überlebende wird es nicht geben. So sicher bin ich hier. Ist Ihnen das klar?«

Die Genossen in Kiew und Odessa beteuerten, das hätten sie immer gewußt, aber die Meldungen aus Winniza hätten ihnen an den Haaren gezogen. Es war ja auch nur eine höfliche Frage, Genosse General.

Trotzdem ließ Bulder an diesem Vormittag John Barryl vom Feld holen und die Ernte unterbrechen. Er schickte dazu einen seiner Polizisten, natürlich in der Uniform eines Patrolmans. Meistens waren es junge sowjetische Leutnants, die in Frazertown aufgrund ihrer hervorragenden

Leistungen auf der Kriegsschule und auf Lehrgängen ihre amerikanische ›Grundausbildung‹ erhielten. Sie hatten einen heimlichen großen Respekt vor den alten ›Herren‹ wie John Barryl und auch Bob Miller, von denen sie ahnten, daß es mindestens Majore waren und die Besten der Roten Armee.

So fragte der Polizist auch nicht, was Bob Miller neben John Barryl auf dem Mähdrescher machte. Er holte John zum Bürgermeister, Bob blieb voller Mutmaßungen und gespannter Erwartung zurück.

Ist es soweit? Transportiert man John ab? Kommt er zum Einsatz in die USA? Wie kann man jetzt Dewjatow verständigen und General Orwell? Winniza schwieg bis auf weiteres. Es wurde angepeilt. Mehr wußte Bob auch nicht, als aber Dewjatow es so knapp und gehetzt durchgab, spürte Miller die große Gefahr, die sich über ihm zusammenzog. Er war nun abgeschnitten, zum Warten verurteilt, und wenn John Barryl wirklich zum Einsatz kam, gab es im Augenblick keinerlei Möglichkeit, den CIA zu warnen und John vom ersten Schritt an auf amerikanischem Boden zu beschatten. War er aber erst im Millionenheer der Menschen untergetaucht, half nur noch das Glück. Und das ist der unsicherste Verbündete in diesem tödlichen Beruf.

Bob hockte auf dem Mähdrescher, rauchte nervös eine Zigarette und tröstete sich mit einem einzigen wohltuenden, wenn auch verräterischen Gedanken: Ich habe Dunjas Namen nicht mehr durchgeben können. Sie steht auf keiner Liste.

Er saß ungefähr eine Stunde auf dem Erntemonstrum, als er über das bereits abgeerntete Feld zwei Militärlastwagen kommen sah. Sie waren voll besetzt und fuhren in gerader Linie auf ihn zu.

Wie ein Klumpen Eis legte es sich auf sein Herz. Er senkte den Kopf, schloß ganz schnell die Augen und nahm Abschied. Er hatte nie geglaubt, daß das so einfach sein könnte. Man dachte an eine große Sehnsucht – es war Dunja Andrejewna –, man dachte an die Mutter und den Vater, und dann war eigentlich nichts mehr, was sich lohnte für diese letzten Minuten. Wie hatte man das in Alaska genannt? Wenn du die Kapsel in den Mund steckst und draufbeißt, denke nur: O du Scheiße! Das befreit. In vier Sekunden ist alles vorbei … daß dein Körper zuckt und sich krümmt, das spürst du nicht mehr. Denke bloß nicht: Es ist zu früh! Oder: Warum gerade jetzt?! Oder: Wie schön ist das Leben! – Du hast keine Zukunft mehr, du nicht, wenn sie dich schnappen! Weiterleben … das ist ein Märchen. Denk an nichts! Kapsel in den Mund, die Zähne drauf und zugebissen!

Bob Miller sah den beiden Militärlastwagen entgegen. Das Verdeck war zurückgerollt, die Ladefläche voller Soldaten in ihren erdbraunen Uniformen. Kopf neben Kopf. Er blieb auf dem Häckselkasten hocken, schob die rechte Hand zwischen Gürtel und Leib und legte Daumen und Zeigefinger in die Höhlung der Schnalle.

Die Kapsel war glatt und von der Hitze etwas weich. Ein elastischer Tod …

Kurz vor dem Mähdrescher bremsten die Lastwagen, die Soldaten sprangen auf die Erde. Ein Offizier kletterte aus dem Fahrerhaus des ersten Autos und grüßte freundlich zu Bob Miller hinauf.

»Können wir anfangen, Genosse?« rief er mit heller Stimme.

Bob sog den Atem schnaufend durch die Nase. Ich platze, dachte er. Mein Gott, wie oft haben wir das in Smolenska geübt, aber trotzdem platze ich jetzt. Übungen können eben doch keinen Ernstfall ersetzen. Man weiß immer, hier kommst du heil heraus.

Er ließ die Gelatinekapsel in der Gürtelschnalle los und winkte fröhlich zurück. Was angefangen werden sollte, wußte er nicht. »Wenn ihr gut gefrühstückt habt, Brüderchen, nur ran! Erfüllt euer Soll!«

Der Offizier grüßte wieder, wandte sich dann an seine Soldaten, brüllte herum und teilte sie in Zweiergruppen auf. Diese marschierten dann über das abgeerntete Feld und wuchteten auf die neben ihnen herfahrenden Lastwagen die schweren Strohballen. Eine andere Abteilung holte die Doppelzentnersäcke mit dem gedroschenen Weizen zusammen und stapelte sie zum Abtransport. Auch die andersfarbigen Säcke mit dem Häcksel, der in die Säcke geblasen wurde, wenn der Kasten voll genug war, trug eine dritte Gruppe zu einem Haufen zusammen.

Bob Miller sah ihnen zu und schüttelte den Kopf. Das ist Rußland, dachte er. Sie setzen den neuesten amerikanischen Mähdrescher ein, aber anstatt an den Auswürfen gleich die Lastwagen nebenherzufahren, läßt man alles auf das Feld plumpsen und kommandiert dann eine halbe Kompanie ab, um es mit Körperkraft aufzuladen. Man hat ja Menschen genug ... sollen sie herumlungern und auf schiefe Gedanken kommen? Der Mensch als Instrument – warum begreift der Westen nicht das Rätsel von Rußlands unsterblicher Kraft?

Noch während die Soldaten die Lastwagen beluden, brachte der Polizist John Barryl zurück. John war sehr ernst, schien die Anwesenheit des Militärs gewöhnt zu sein, und setzte sich neben Bob auf den Häckselkasten.

»Hast du eine Zigarette?« fragte er.

»Ja. Was ist los? Hat Bulder von deinem nächtlichen Amoklauf nach Norma erfahren?«

John rauchte einige hastige Züge und gab die Zigarette dann an Bob weiter. Ihre Freundschaft nahm geradezu archaistische Formen an.

»Ich habe versprochen, mit keinem darüber zu sprechen, Bob«, sagte er. »Es wissen nur Bulder und ich.«

»Dann halt den Mund, John! Mähen wir weiter?«

»Das KGB in Odessa hat angedeutet, daß in Frazertown der Agent einer fremden Macht sitzen könnte ...«

Bob Miller lächelte breit. Es gelang ihm gut, so kalt es auch in ihm wieder wurde. Dewjatow, dachte er. Die Gefahr ist jetzt unmittelbar bei mir. »Das ist doch Blödsinn!« sagte er weiter. »Hat Bulder nicht gelacht?«

»Nicht direkt, aber er hat den Genossen in Odessa deutlich gesagt, welche Fantasten sie sind. Nicht einmal Feldmäuse können sich durch den ersten Minengürtel wühlen. Und wir haben drei!«

»Und was hat Odessa geantwortet?«

»Sie haben sich entschuldigt.« John schüttelte den Kopf. »Das KGB entschuldigt sich!«

»Höfliche, gut erzogene Genossen ...«

»Ich sehe es anders, Bob. Sie küssen Bulder auf beide Wangen, um ihn gleichzeitig in den Hintern zu stechen. Das KGB entschuldigt sich nicht! Nie! Ich habe genug mit ihm zusammengearbeitet, ich kenne die Genossen. Ob in Moskau, Leningrad, Irkutsk oder Odessa ... sie sind alle gleich. Sie haben einen Verdacht, und der wächst in ihnen wie ein Stachelhalm.«

»Und du glaubst es auch ... ich sehe es dir an, John.«

»Ist nicht alles möglich, Bob?«

»Vor Frazertowns elektrischen Zäunen sind die Grenzen der Möglichkeiten.«

»Das glaube ich auch. Trotzdem sollten wir wachsam sein. Bulder hat mich beauftragt, jeden in der Stadt heimlich zu überprüfen. Bob ...«, er nahm Miller die Zigarette aus dem Mundwinkel und rauchte die letzten zwei Züge, ehe er sie auf dem Deckel des Häckselkastens zerdrückte, »du bist mir wie ein Bruder. Hilfst du mir bei den Beobachtungen?«

»Darauf kannst du dich verlassen!« sagte Bob Miller aus voller Brust. »Ich werde meine Augen überall haben.«

Um zehn Uhr morgens nahm Norma Taylor wieder ihren Platz hinter der Milchtheke ein. Im Personalraum hatte sie sich umgezogen, trug wieder das kurze Röckchen und die aufregend ausgeschnittene, knappe Bluse und hatte in das schwarze Haar eine rote Nelke gesteckt. Sie sah erregender denn je aus, und die paar Arbeiter, die um diese Zeit schon Billys Hamburgerrestaurant besetzt hielten, bekamen glänzende Augen.

Rampler, der in der Küche mißmutig mit Gehacktem, Käsescheiben, Tomaten und Gurken hantierte und die Landwirtschaft verfluchte, weil sie ihm den begabten John Barryl entzog, dessen Hamburgerkompositionen unschlagbar waren, lief hinter die Theke und bestaunte Norma, als stehe sie nackt an den Zapfhähnen.

»Was war das?« fragte er aufgeregt.

»Was war?« fragte sie nüchtern zurück.

»Gestern. John hat seinen Kopf umfunktioniert und benutzte ihn als Rammbock. Er war dabei, Mauern einzurennen. Verrückt hat er uns alle gemacht. Wo warst du, Norma?«

»Spazieren ...«

»Wie bitte?« Rampler lehnte sich gegen die Regalwand mit den Gläsern und Porzellanbechern. »So einfach spazieren? Am Fluß vielleicht auch noch?«

»Genau, am Fluß. Ich hatte plötzlich Lust, allein zu sein, ganz allein, im Gras zu sitzen und ins Wasser zu blicken. Im Fluß sind übrigens viele große Fische, wissen Sie das, Billy?«

»Hysterisch geworden, Norma?« Rampler schnaufte durch die Nase wie ein Walroß. Er war rechtschaffen wütend. Nicht nur John Barryl hatte ihm auf den Nerven herumgetrampelt, auch seine Gäste beschwerten sich lauthals, warum die schöne Norma nicht die Milchmixgetränke zapfe, sondern eine Aushilfskraft mit breiten Schultern und stämmigen Beinen, der man den Militärdienst auch hinter der Theke ansah. Wer sich zum Beispiel beschwerte, daß zuwenig Frucht in der Milch war, der wurde angeblafft wie auf dem Kasernenhof. Das Betriebsklima an diesem Tag war nicht gut, bei Gott nicht! Wer kann es Rampler verübeln, daß er Normas romantische Anwandlung nicht bejubelte?

»Das ist was ganz Neues«, knurrte Billy, als Norma keine Antwort gab. »Natürlich sind dicke Fische im Fluß, aber der dickste Hund ist hier gebraten worden. John hat herumgebrüllt, man habe dich abkommandiert. Damit hat er den wichtigsten Befehl mißachtet, nie und nirgendwo unsere Aufgabe zu erwähnen. Ich habe ihn in mein Büro einsperren müssen, bis er soviel gesoffen hatte, daß ich ihn an Bob weiterschieben konnte. Und alles nur, weil die Dame Lust hatte, allein am Fluß zu sitzen und Fische zu beobachten.«

»Es ist schon vorbei.« Norma kontrollierte die Behälter

für die Fruchtsirups und machte einen Geschmackstest, ob die Milch auch frisch und gut gekühlt war. Sie war es nicht. »Zu warm«, sagte sie.

»Du könntest auch Hitze ablassen«, sagte Rampler anzüglich. »Himmel, entscheide dich endlich für Bob oder John! So geht's nicht weiter. Über kurz oder lang ist ja doch alles vorbei ...«

»Das ist es, Billy.« Norma drehte an der Kühlung herum, der Motor summte leise. »Wir dürfen kein Herz haben ... aber wir haben leider eins! Das muß man mit sich allein ausmachen.«

Rampler sah das ein und ging zurück in die Küche zu seinen halbfertigen Hamburgern. Sie können uns befehlen, den eigenen Scheißdreck zu fressen, dachte er. Und bei der Ausbildung in Sibirien haben wir aus Baumrinden, Blättern und Gräsern eine Suppe gekocht, die machte uns satt, aber wir haben auch drei Tage ununterbrochen Wasser geschissen, bis wir so erschöpft waren, daß wir nur noch kriechen konnten. Aber wir haben das befohlene Ziel erreicht. Das alles kann man mit uns machen ... nur die Liebe einer Frau widersteht allen Befehlen. Norma wird es schwer haben. Sie wird noch oft allein am Fluß sitzen und mit den Fischen reden.

Am Abend erschien John Barryl in Billys Restaurant, müde von der Ernte, auch durch ein paar Runden Schwimmen im Stadion nicht frischer geworden. Es waren heiße Tage am Bug, die letzten Sommertage, die noch einmal alle Glut verströmten und die Unendlichkeit des russischen Himmels demonstrierten. Wolkenlos, samtblau, von goldenem Licht durchzogen, wölbte er sich über das fruchtbare Land.

Die Gäste in Billys Hamburgerparadies hielten den Atem an. Jetzt schreit er gleich los, wetteten sie. Er springt auf die Theke und wird verrückt. Oder er trägt Norma auf seinen Armen einfach weg. Mach's ihr gut und dreifach, Genosse! Sie hat's nötig, wie ein Dampfkessel ein Ventil nötig hat.

Aber John Barryl reagierte ganz anders. Obgleich sein

Herz beim Anblick Normas fast aussetzte, ging er gemessenen Schrittes durch das Lokal, stellte sich an die Theke und warf 10 Cents auf die Platte.

»Eine große Himbeermilch!« sagte er. Seine Stimme war etwas angerauht, aber das war auch alles, was seine innere Erregung verriet. Die Gäste waren enttäuscht. Es gab keinen richtigen Romeo und keine Julia mehr. Auch Othello hatte keinen Nachfolger in John Barryl.

Norma schenkte die Himbeermilch aus und schob sie John zu. Dabei blickten sie sich tief in die Augen.

»Du hast dich kindisch benommen, John«, sagte sie gedämpft. Durch die offene Küchentür starrte Rampler zu den beiden, vor sich einen Berg vorbereiteter Hamburger. Auf einem riesigen Grill brutzelten Lammkoteletts. Die Basketballmannschaft hatte sich zum Essen angemeldet und Lamm bestellt. »Was fällt dir eigentlich ein? Kann ich nicht einen halben Tag ohne deine Aufsicht verbringen?«

»Ich habe befürchtet, sie hätten dich abkommandiert.« Er trank einen Schluck Milch und würgte sie hinunter. Aus der Brust herauf zog ein brennendes Würgen bis in den Mund. »Norma, ich habe ...«

»Wir alle kommen einmal hier weg, John«, sagte sie ruhig. Eine entsetzliche Zukunft, dachte sie dabei. Sie sah Bob an diesem Morgen nackt auf der Couch liegen, und sie sah sich, wie sie das heruntergefallene Badetuch wieder über ihn ausbreitete und seine Augen küßte. Dann war sie fluchtartig fortgelaufen vor ihrer Sehnsucht, sich auch auszuziehen und sich neben ihn zu legen.

»Ich habe in diesen Stunden begriffen, wie sehr ich dich liebe, Norma«, sagte John Barryl leise.

Norma lächelte schwach. Der eine gestand ihr seine Liebe, während er einen Shaker in die Luft warf, der andere tat es zwischen zwei Schlucken Himbeermilch. Sie gelten als die härtesten Männer der Sowjetunion und waren doch kleine dumme Jungen.

»Warum sagst du nichts, Norma?« bettelte John.

»Was soll ich darauf antworten?«

»Ich habe dir gesagt, daß ich dich liebe ...«

»Und ich habe es gehört.«

»Ist das alles, was man darauf antworten kann?«

»Wir sind in Frazertown, John!«

»Aber wir bleiben doch auch hier Menschen, Norma.« John umklammerte sein Milchglas. »Warum haben sie sonst einen Puff mit fünf Mädchen eingerichtet?«

»Bin ich ein Ersatzpuff?«

»Norma!« Barryl fuhr sich mit beiden Händen verzweifelt durch die kurzgeschnittenen Haare. »Ich mache alles falsch. Ich rede Blödsinn. Ich bin völlig aus dem Leim. Gehen wir heute abend aus?«

»Ich habe Spätdienst, John.«

»Hinterher. Hillmoore hat bis vier Uhr offen. Auch Bob würde sich freuen. Er hat mir heute bei der Ernte fabelhaft geholfen. Es ist, als seien wir beide in einer Wiege aufgewachsen ...«

»Es geht nicht, John. Ich werde müde sein, sehr müde. Vielleicht morgen ...«

Sie mußte zurück zu ihren Zapfhähnen. Neue Gäste waren gekommen und stellten sich an, um von der schönen Norma bedient zu werden und einen Blick auf ihren von der Bluse umspannten Busen zu werfen. Das gehörte einfach zu Billys Hamburgern und zum abendlichen Ausspannen.

John Barryl fügte sich und wanderte durch den warmen Abend zu Hillmoores Bar. Dort begann der Betrieb gerade, die Band spielte die ersten Tänze. Bob hantierte hinter der großen Bartheke und scherzte mit einem üppigen Mädchen, das vor ihm auf dem Hocker saß. Es hatte hungrige Augen und knabberte mit seinen Blicken Stück um Stück von Bobs Körper ab.

»Norma ist wieder da«, sagte John. Es klang, als wolle er die Sterne polieren.

»Das ist gut, John.« Bob Miller zeigte mit dem Daumen auf die Flaschenbatterie hinter sich. »Such dir was aus! Auf meine Kosten für die große Freude.«

»Jetzt trinke ich Rum!« Barryl klemmte sich auf den Hocker neben die üppige Dame. »Puren Barcadi-Rum! Und wenn ich umfalle! Stützen Sie mich, schönes Mädchen?«

»Nein!« Die Üppige sah ihn abweisend an. Sie war auf Bob programmiert. »Wenn Sie sich betrinken wollen, gehen Sie woandershin.«

»Nach zehn Rum bin ich eine Wucht, Miß!« sagte John fröhlich. »Das haben Sie noch nicht erlebt!«

Wenig später ging Bob nach hinten in das Magazin und rief Norma an. Zuerst war Rampler am Telefon und sagte, der Boxzar Harry Fulton sitze im Lokal und sänge Lobeslieder auf Bob Miller. Bob lachte, vergaß es aber sofort wieder und freute sich, als er endlich Normas Stimme hörte.

»Liebling, John ist eben eingetroffen und schießt mit geballtem Charme Fröhlichkeit um sich. Was hast du ihm bloß gesagt?«

»Nichts. Übrigens bin ich nicht dein Liebling.«

»Noch nicht. Aber Nummer eins habe ich gewonnen: Du hast in meinem Bett geschlafen. Es ist wundervoll! Der Duft deines Körpers strömt noch aus der Decke ... jede freie Minute liege ich mit der Nase drauf und inhaliere ihn ...«

Norma warf den Hörer auf die Gabel und ging wütend zurück in die Milchbar. Rampler hielt sie am Arm fest.

»Schon wieder Krach?« fragte er ahnungsvoll. »Jetzt ist Bob eifersüchtig, was?«

»Nein! Aber man könnte ihm dauernd wie einem Stier zwischen die Augen schlagen! Es kann sein, daß ich das auch noch tue.«

Rampler ließ sie los und nickte zum Lokal hinaus. »Fulton möchte dich sprechen«, sagte er.

»Mich? Was habe ich mit Boxen zu tun?«

»Er will dich was fragen über Bob ...«

»Ich mag Fulton nicht«, sagte Norma mit sicherem Instinkt. »Er hat Augen wie ein hungriger Wolf –«

Drei Tage später verletzte sich John Barryl an dem amerikanischen Mähdrescher. Irgendein Teil in der Strohpresse klemmte, er suchte nach dem Fehler, rüttelte da, klopfte dort, zog an Gestängen und Walzen, und das alles bei laufendem Motor. Er hatte es eilig. Noch drei Tage, und die Ernte war eingebracht. Dann stand er wieder bei Billy, stellte Hamburger her und konnte Norma den ganzen Tag sehen und sprechen.

Seine Unvorsichtigkeit rächte sich, wie konnte es anders sein? Plötzlich überlegte es sich das Preßwerk, die Maschine lief mit einem tiefen Rattern an, und das gerade in dem Augenblick, als Barryl mit dem halben Arm im Inneren des Apparates stak. Es gelang ihm noch, den Arm zurückzureißen, aber irgendein Messer, das Stroh beschnitt, streifte noch seinen Unterarm und schlitzte ihn zehn Zentimeter auf. Ein Blutstrom ergoß sich sofort in das Preßwerk, Barryl taumelte zurück und drückte den Daumen auf die Schlagader in der Armbeuge. Es sah zunächst aus, als habe der Schnitt so tief getroffen, daß alle großen Adern durchtrennt waren, und die Nerven und Sehnen dazu, denn plötzlich zitterte der Arm wie verrückt, ohne daß John es aufhalten konnte, und eine Eiseskälte überdeckte allen Schmerz.

Jetzt bin ich ein Krüppel, dachte er. Der Arm wird amputiert werden. Ich werde nie nach Amerika kommen, meine Laufbahn als Agent des KGB ist damit beendet. Ich werde Norma heiraten können … als Krüppel darf ich endlich ein Herz haben!

Er lockerte vorsichtig den Daumen, aber das typische Blutspritzen stellte sich nicht ein. Das Blut überflutete nur seinen Arm und tropfte auf das Feld, über seine Hosenbeine, auf seine Schuhe.

So fand ihn Bob Miller, der kurz darauf mit einem kleinen gemieteten Jeep daherkam, um John abzulösen. Barryl saß neben dem Mähdrescher, hatte seinen Gürtel um den Oberarm gebunden und staute das Blut. Die Wunde klaffte weit auf und glich einem schlitzförmigen Krater.

»Das hast du fein gemacht, du Rindvieh!« sagte Bob, faßte John unter, schob ihn in den Jeep und raste zurück nach Frazertown. Er ließ sich auf der Fahrt den Unfall erzählen, tippte an die Stirn und bremste kreischend vor der Aufnahme des Hospitals. Eine junge Schwester und ein junger Arzt traten auf die Straße. »Bei laufendem Motor reparieren! Man sollte dir den Hintern auch noch aufreißen!«

John Barryl bekam ein schönes Einzelzimmer – im

Gegensatz zu allen anderen Krankenhäusern auf der Welt hatte man in Frazertown viel Platz und jubelte, wenn sechs Zimmer belegt waren – und wurde dann sofort in den OP geschoben.

»Wie sieht es aus?« fragte Bob den jungen Arzt, als John weggerollt worden war. Man hatte darauf bestanden, daß Barryl sich legte.

»Das kann ich noch nicht sagen.« Der Arzt kratzte sich die Nasenwurzel und tat sehr wichtig. »Es ist eine häßliche Wunde. Sehr häßlich.«

»John hatte auch nicht vor, damit zu einer Schönheitskonkurrenz zu gehen. Ich komme morgen wieder.«

Der junge Arzt sah Bob Miller nach, kniff die Augen zusammen und ärgerte sich über diese amerikanische Arroganz. Man kann's auch übertreiben, dachte er. Aber so sind sie, die hohen Offiziere der Roten Armee: immer mit 200 Prozent vorneweg!

Bob Miller meldete den Unfall auf dem Rathaus und erklärte sich bereit, Johns Erntearbeit auf dem Mähdrescher sofort zu übernehmen. Dort war man froh, unerwartet schnell einen Ersatz für den ausgefallenen John Barryl zu finden, und stimmte ohne große Umstände zu. Erst hinterher fiel es Bob mit Schrecken ein, wie leicht die Sache hätte schiefgehen können, wenn sie im Rathaus auf den Gedanken gekommen wären, in der Personalkartei von Frazertown nachzusehen.

Am Nachmittag – die Glut brannte vom Himmel, und Bob schwitzte auf dem Feld wie ein zuschanden gerittener Gaul – sah er zwischen den sanften Hügeln einen Punkt näher kommen. Er stellte den Mähdrescher ab, kletterte aus der Fahrerkabine und setzte sich auf den fast liebgewonnenen Häckselkasten.

Der Punkt kam schnell näher, durch den stillen Tag wehte das Knattern eines Motors zu ihm hin, dann erkannte er, daß es ein Moped war, das über das abgeerntete Feld hüpfte, und wer da auf dem Sattel saß, mußte Leder auf dem Hintern haben.

Das aber nahm Bob Miller nicht an, im Gegenteil, er

stellte sich gerade diese Haut glatt und mit festen Wölbungen vor, immer ein wenig kühler als die anderen Körperteile – ein Phänomen, das er bei vielen Frauen schon festgestellt hatte.

Vor dem Mähdrescher bremste Norma Taylor und stieg aus dem Sattel des Mopeds. Sie trug enge, verwaschene Jeans, Leinenschuhe mit geflochtenen dicken Strohsohlen, einen leichten Pulli und um das Haar ein hellrotes Kopftuch. Vom Gepäckträger des Mopeds band sie jetzt eine Tasche los und klappte sie auf. Bob Miller sprang von dem riesigen Mähdrescher und kam auf sie zu.

»Rotkäppchen kommt zum bösen Wolf«, sagte er. »Mit Kuchen und einer Flasche Bier …«

»Mit Vanilleeis und zwei kalten Koteletts.« Sie hob die Tasche hoch, ihre schwarzen Augen blickten ihn an, als wolle sie gleich wieder flüchten. »Diese Hitze, Bob! Ich habe mir gedacht, das könnte dich erfrischen. Du kommst ja um auf diesem Monstrum!«

Er nickte stumm, nahm ihr wortlos die Tasche ab, stellte sie neben sich, umfaßte Norma, zog sie an sich und küßte sie. Zwar ballte sie die Fäuste und drückte sie gegen seine Brust, aber sie ließ sich küssen. Und als er sie fester an sich drückte, schloß sie die Augen, und ihre Lippen öffneten sich einen Spalt.

»Ich liebe dich …«, sagte er, als sie sich endlich trennten. »Mein Gott, wie liebe ich dich!«

»Ich war bei John.« Ihre Stimme klang spröde. »Es ist nur eine tiefe Fleischwunde. Keine Sehne, keine Ader verletzt. Er hat großes Glück gehabt. In drei Tagen wird er aus dem Hospital schon wieder entlassen.«

»Komm in den Schatten«, sagte Bob und legte den Arm um ihre Schulter. Mit der anderen Hand hob er die Tasche mit dem Eis und den Koteletts vom Boden. »Hinter den Mähdrescher, Norma. Es ist der einzige Fleck im Schatten. Wieviel Eis hast du denn bloß mitgebracht? Eine so schwere Tasche.«

»Es ist auch kalter Tee drin mit Zitrone und Orangensaft und zwei kleine Melonen und …«

»Norma, ich liebe dich! Ich liebe dich!«

Hinter dem Mähdrescher zog Bob sein Hemd aus und breitete es unter Norma zwischen zwei Strohballen aus. »Die Stoppeln pieken«, sagte er. »Eine Spezialausbildung als Fakir haben wir noch nicht gemacht.« Er zog sie hinunter in den Schatten, und als sie neben ihm saß, küßte er sie wieder und ließ seine Hände unter ihren Pulli gleiten. Ihre herrlichen festen Brüste kamen ihm entgegen. Als er sie umfaßte, jagte ihr Atem über sein Gesicht.

»Tu es nicht, Bob ...«, stammelte sie. »Bitte, Bob! Das ist Wahnsinn! Wir werden die unglücklichsten Menschen ...«

»Die glücklichsten, Dunja. Ich nenne jeden einen Lügner, der behauptet, er sei glücklicher als wir. Das ist *unsere* Welt, Dunja! Wir schließen uns in sie ein, und niemand kann uns da herausreißen! Dunja ...«

Sie stöhnte auf und klammerte sich plötzlich an ihn, ihre Augen, ihr Mund, ihr ganzes Gesicht waren wie ein einziger Aufschrei. Bob spürte das Zittern ihres Körpers, als er den Pulli über ihren Kopf streifte und ihre Jeans aufknöpfte. Sie wand sich unter seinen Händen wie eine Schlange, ihre Finger krallten sich in sein Haar, aber anstatt ihn zurückzustoßen, riß sie ihn zu sich hinunter.

»Ich bringe dich um!« schrie sie und hackte mit den Zähnen nach ihm, biß in seine Schulter und jagte dann mit ihrem heißen Mund küssend über seine Brust. »Nachher bringe ich dich um ...«

»Tu es, Dunja. Mein Gott, tu es. Warum soll ich noch leben? Ich habe den Himmel erobert ...«

Eine unendliche Hingabe überflutete sie, der Schmerz und die brennende Seligkeit in ihrem Schoß ließen sie aufschreien. Sie grub die Fingernägel in seinen Rücken, kratzte in breiten Streifen die Haut auf, hieb sie dann wie Tatzen eines Raubtieres in sein Gesäß, preßte ihn in sich hinein, und verbiß sich wieder in seine Schulter, während ihre Lippen gleichzeitig seinen Schweiß aufsaugten.

»Wassjuschka!« schrie sie. »Oh, Wassjuschka! Wie kann ich weiterleben ohne dich? Wassjenka ...«

Und dann zerbarst etwas Fremdes in ihr, sie ertrank in

einem heißen Nebel, wie nach einem letzten Halt suchend, saugte sie sich an ihm fest und verging in einem Ausströmen, das einem Sterben glich.

Es war klug von ihr gewesen, daß sie das Vanilleeis in einer Kühlbox mitgenommen hatte. In zwei Stunden, in der prallen Sonne, schmilzt auch russisches Eis …

Auch eine Liebe wie zwischen Bob und Norma hält einen Tag nicht auf. Die Sonne wanderte über den Himmel, und der Schatten hinter dem Mähdrescher verschob sich, ohne daß sie es wahrnahmen. Erst als sie sich aus ihrer Verklammerung lösten und ihre spitzen Zähne seine zerbissene Schulter freigaben, merkten sie, daß sie inzwischen in der vollen Sonne lagen. Ihre schweißnassen Körper nahmen die Glut ungeschützt auf, aber sie waren zu glücklich, zu selig und müde, zu losgelöst von aller Schwere, um dem Schatten nachzuflüchten. Sie blieben liegen, auf dem Rükken, nebeneinander, und drückten nur die Augen fest zu, um durch das himmlische Feuer nicht zu erblinden. Die Stoppeln des abgemähten Kornfeldes zerstachen ihre Rükken und Schenkel, aber auch das war kaum spürbar gegenüber der unfaßbaren lustvollen Liebe, die jetzt im Stadium der Erschöpfung wie ein Rausch war.

Sie schob ihren Kopf auf seine hastig atmende Brust und umarmte seine Hüften. Sie zitterten noch nach dem vulkanischen Ausbruch seiner Lenden.

»Du wolltest mich töten …«, sagte er leise. »Ich bin bereit.«

»Du würdest dich nicht wehren?« fragte sie. Ihre Hand strich über seine Schenkel und legte sich wie eine kleine Muschel über seine Männlichkeit.

»Ich habe das Schönste erlebt, was das Leben zu bieten hat. Alles andere verliert seinen Wert. Was soll ich noch ohne dich, Dunja …«

»Ich könnte es nie, nie, nie! Aber ich könnte jeden umbringen, der dich anfaßt!«

»Auch John?«

»Auch ihn! Wassja, was ist nur aus mir geworden?«

»Wir sollten uns Bob und Norma nennen ... wir vergessen sonst zu schnell, wer wir sind.«

»Bei dir will ich es vergessen. Wo sind wir hier? In Rußland, in Amerika, auf einem anderen Stern. Was kümmert's mich? Ich bin bei dir! Was sind Namen, Orte, Zeit? Ich fühle dich ... und was ich anfasse, alles, alles an dir gehört mir. Ich brauche nicht mehr zum Leben ...«

»Wollen wir es John sagen?« fragte er plötzlich. Sie schüttelte den Kopf und tastete küssend mit den Lippen über seine Brust. Bei den Bißmalen und den hellroten Saugflecken verhielt sie jedesmal und strich mit der Zunge darüber, als könnte sie die Beweise ihrer Leidenschaft wegradieren.

»Nein ...«, antwortete sie, während ihre Lippen über seine Halsbeuge hüpften.

»Überhaupt nicht?«

»Noch nicht.«

»Hast du Angst vor ihm?«

»Angst? Er hat kein Recht, auf das ich ängstlich sein müßte.«

»Aber du hast ihn geliebt, Norma?«

»Bevor du kamst. Heimlich. Er hat es nie gemerkt. Ich war manchmal böse zu ihm, und oft hat er mir leid getan. Jetzt weiß ich, daß es richtig war. Als ob ich geahnt hätte, daß ich dich treffe. Unbewußt habe ich nur auf dich gewartet.«

»Es gab mindestens einen Mann vor mir ...«

Sie nickte, küßte seinen Mund und zupfte dann mit ihren spitzen Zähnen an seinen Ohren. »Es waren zwei, Bob. Ist das zuviel mit vierundzwanzig Jahren?«

»Wenn du sie mir zeigst, schlage ich ihnen die Schädel ein!«

»Der eine war ein Oberleutnant. In Alma-Ata. Ich war siebzehn Jahre alt, und Ostap – so hieß er – konnte so schön singen. Ich habe immer Männer bewundert, die schön singen können. Kannst du singen, Bob?«

»Wie eine Kuh vor einem Heuhaufen.«

»Es ist plötzlich alles so unwichtig. Ostap konnte herrlich singen, er komponierte sogar ein Lied für mich. Er nannte es ›Dunja ssijanije ssolnza‹.«

»Dunja Sonnenschein ... idiotisch einfallslos.«

»Ich war ein junges Mädchen, ohne Eltern, aufgezogen bei den Komsomolzen. Und ein Oberleutnant komponiert ein Lied auf mich!« Sie hob den Kopf und blickte Bob an. Er hatte ein verkniffenes Gesicht, auf dem der Schweiß wie in kleinen Seen stand. »Eifersüchtig?«

»Zum Zerplatzen ...«

»Ich liebe dich, Wassjenka ...«

»Und die Nummer zwei?«

»Lach jetzt nicht, sonst zerbeiße ich dir die Gurgel wie ein Tiger. Es war ein Opernsänger!«

»Heiliger Stephanus, bete für unsere Sünden ...«

»Ein Tenor der Oper in Charkow. Wenn er den Rudolf in ›La Bohème‹ sang, weinte ich vor Ergriffenheit. Ich war neunzehn Jahre und lernte in Charkow amerikanisches Englisch. Man hatte meine Sprachbegabung entdeckt. Igor, der Sänger, war eine Enttäuschung. Er liebte mich, wie man eine Puppe liebt, und er liebte auch gleichzeitig den zweiten Solotänzer vom Charkower Ballett.«

»Das geschah dir recht. Nur weil ein Kerl weithin tragende Töne von sich geben kann, zieht er sich die schönste Frau ...«

»Bob! Ich beiße zu!« sagte sie an seinem Hals. »Sei nicht so gemein! Als ich merkte, wie er war, habe ich ihm ein Stuhlbein über den Kopf geschlagen. Er konnte vier Wochen lang nicht singen. Und jetzt bin ich vierundzwanzig ...«

»Du hast fünf Jahre lang keinen Mann gehabt?« fragte Bob erstaunt. »Eine Frau wie du ...«

»Ich habe nichts vermißt. Unsere Schulungen waren hart. Nicht so hart wie bei euch, aber für ein Mädchen war es oft am Rande des Erträglichen. Da hatte ein Mann keinen Platz ...«

»Oder gab es nicht mehr so gute Sänger? Versuchen wir es mal. Hohohilalado ... Mein Täubchen hat ein Schnäbelchen – es pickt wie mit 'nem Gäbelchen ... oh, du kleines Aas!«

Sie hatte zugebissen, grub die Zähne in seine Kehle und krallte die Finger in seine Haare. Er lag ganz steif, rührte sich nicht, so wie man sich benehmen muß, wenn ein auf Menschen abgerichteter Hund einen zu Boden geworfen hat. Sie hatte fester zugebissen, als sie wollte, und spürte auf den Lippen sein warmes, süßliches Blut.

»Ich habe dich gewarnt«, sagte sie zärtlich, als sie seine Gurgel losließ. »Ich bin wie ein Spinnenweibchen, ich fresse meinen Mann auf. Singe nie wieder! Das reizt zum Mord!« Sie schob sich von ihm hinunter und kniete sich neben ihn. Seinen nackten Körper anzusehen war ein Genuß, den sie auskostete. »Ich muß wieder zurück, Bob ... Ich wollte dir nur das Essen und das Eis bringen, weiter nichts.«

»Ich weiß.« Er lachte, setzte sich auf und nickte mehrmals. »Lügen haben wir auf den Lehrgängen auch gelernt. Du bist nur gekommen, weil du es nicht mehr ausgehalten hast.«

»Ich bringe dich doch noch um, Bob!« Sie klappte die Kühlbox auf. Das Eis war noch hart; mit einem Löffel schabte sie es ab und packte es auf einen der typischen amerikanischen Kunststoffteller. Dann saßen sie in ihrer Nacktheit im neuen Schatten des riesigen Mähdreschers, schlürften das Eis, und Bob aß noch ein kaltes Kotelett dazu und kippte wie ausgedörrt drei Becher kalten Tee hinterher.

Norma zog sich an, packte alles wieder in die große Tasche und stieß Bob mit der Schuhspitze in die Seite. Er saß noch immer nackt auf der Erde.

»Willst du dich nicht anziehen?«

»Nein.«

»Ich muß jetzt fahren. Glaub nicht, daß du mich wieder packen kannst.«

»Das ist mir klar. Aber vielleicht kommt ein anderes Mädchen vorbei, das auch fünf Jahre nicht ...«

Er beendete den Satz nicht. Sie griff mit beiden Händen in sein Haar, riß seinen Kopf nach hinten und küßte ihn mit einer Wildheit, daß ihm der Atem genommen wurde. Erst als sie merkte, daß das Herumrudern seiner Arme wirklich Luftnot war, gab sie seinen Mund frei.

»Wenn eine andere Frau dich so lieben kann wie ich, dann sag es mir«, keuchte sie. »O nein, ich töte sie nicht … ich bringe mich um, denn dann bin ich nichts mehr wert!« Sie drehte sich um, riß die Tasche an sich, rannte zu dem Moped und fuhr dann über das unebene Stoppelfeld, als jage sie der Teufel.

Bob blickte ihr nach, nackt an seinem Mähdrescher lehnend. Er dachte an General Orwell und an seine Pflicht, auch Dunjas Namen dem CIA zu melden. Das war unmöglich. Das war jetzt, als trete man Gott in die Kniekehlen. Dunja Andrejewna Koroljow … nur Rußland konnte eine solche Frau hervorbringen!

Am Abend trafen sie sich wieder im Hospital, am Krankenbett von John Barryl. Norma hatte sich eine halbe Stunde von Bill Rampler freigenommen, um John zu besuchen. Es war nicht viel los in Ramplers Hamburgerrestaurant. Ein großer Teil von Frazertown saß im Stadion und guckte einem Basketballspiel zu, der andere, kleinere Teil war im Konzertsaal versammelt. Ein Gastprofessor aus Swerdlowsk hielt einen Vortrag über amerikanische Raketenbasen, die man auf Satellitenfotos entdeckt hatte.

»Das ist schön, euch beide zu sehen«, sagte John. »Welch eine Idiotie, im Bett zu liegen! Nur wegen einer Armwunde. Aber nein, die Ärzte bestehen darauf. Heilt es etwa besser, wenn man dabei liegt, na? Was soll man machen? Jeder Protest wird damit beantwortet: Genosse, bedenken Sie, wie wertvoll Sie dem sowjetischen Volk sind. – Da kann man nichts mehr entgegnen, oder man ist ein Defätist.«

Sie lachten laut. Norma packte Weintrauben aus, die John mit großem Appetit aß, und Bob berichtete, daß er heute eine schöne Strecke mit dem Mähdrescher geschafft habe. »Mir macht die Arbeit auf dem Feld richtig Spaß«, sagte er. »Dieser Zauber der Natur! Wo man hingreift, schwellendes Leben …«

Norma trat ihn gegen das Schienbein. John sah es nicht, und Bob mußte sich beherrschen, sein Gesicht nicht zu verziehen. Trotz der Abendhitze, die sich in den Häusern staute, trug er ein hochgeschlossenes Hemd. Anders war es nicht möglich, Normas Bißwunden zu verdecken. Sie reichten bis zum Kieferbogen, also bis zum oberen Hemdkragenrand.

»Du machst mich zum Invaliden«, hatte Bob zu ihr gesagt. »Noch eine Woche mit dir, und ich muß mich eingipsen lassen.«

»In drei Tagen bin ich wieder raus«, sagte John jetzt. »Das hat man mir versprochen. Ist das nicht widersinnig? Erst absolute Bettruhe, und dann ist man in drei Tagen plötzlich wieder gesund! Ärzte haben ihre eigene Logik.« Er sah Bob fragend an. »Hast du etwas gehört? Du weißt schon ...«

»Nichts. Bulder scheint recht zu haben. Da ist irgend jemand hysterisch geworden. Unsere Stadt ist sauber.«

Später, als sie John verlassen hatten und zusammen durch den warmen Abend gingen, fragte Norma: »Was sollst du gehört haben, Bob? Wer ist hysterisch?«

»Es ist eigentlich nur eine Sache zwischen John und Bulder. Offiziell weiß ich gar nichts davon.« Er blieb stehen und bewunderte zum wiederholten Male Ramplers beleuchteten Riesenhamburger auf dem Restaurantdach. »Es geht um einen Verdacht des KGB«, sagte er leichthin.

Norma warf ruckartig den Kopf herum. Ihre schwarzen Augen starrten ihn an. Sie waren jetzt wieder ein klein wenig geschlitzt und schräg gestellt. Erinnerungen an ihre tatarischen Vorfahren. »Das KGB? In Frazertown?«

»Noch nicht. Die Genossen in Odessa und Kiew spielen verrückt. Sie haben zerhackte Funksprüche aufgenommen und den Sender in Winniza lokalisiert. Und nun rätseln sie herum, ob in Frazertown ein Agent sitzt.«

»Unmöglich, Bob!«

»Das sage ich auch.« Sie gingen weiter und erreichten die Straßenecke, an der sie sich trennen mußten. Bob zu Hillmoores Bar, Norma zu Billys Hamburgern. »Aber wir kennen ja das KGB. Man darf keine Spur auslassen ...«

Er küßte Norma auf den Mund, weil sie gerade allein auf

der Straße waren, und sie streichelte dabei sein Gesicht. In einer halben Stunde war Frazertown wieder eine laute, kleine Stadt ... dann hörte das Basketballspiel auf, und auch der Lehrgang über neue amerikanische Raketenbasen war beendet. Bob Miller bekam den Inhalt dieses Vortrages schriftlich von dem zweiten Barmixer. Man hatte sich geeinigt, daß immer nur einer einen Vortrag besuchte und dann den anderen unterrichtete, es sei denn, es wurden Anwesenheitslisten geführt. Bei solchen Listen tat Bob nur, als trage er sich ein. Wenn jemand auf die Idee kam, die Listen mit den Anmeldungen beim Bürgermeister zu vergleichen, würde die Verwunderung groß sein, daß ein Bob Miller überhaupt nicht als Bürger von Frazertown eingetragen war. Aber nur an dieser Stelle konnte es gefährlich werden ... auf der Straße, in den Lokalen und Geschäften, überall in der Straße fragte niemand, wer man sei oder woher man komme. Wer in Frazertown lebte, stand jenseits aller Fragen.

Bob blickte Norma nach, wie sie hinunter zu Billys Restaurant ging, langbeinig, ein schönes, wildes Tierchen, das nicht zu bändigen war.

Er faßte an seine Gurgel, wo die Bißwunde juckte und ein verkrusteter Blutfleck genau unter dem Kehlkopf lag.

Sie ist ein Naturereignis wie die großen Ströme Rußlands, dachte er. Wie die unendlichen Wälder der Taiga. Wie die grenzenlosen Steppen Kasachstans.

Wie kann man verhindern, daß sie im kalten Krieg der Geheimdienste geopfert wird?

Die Schließung der Funkverbindung zu dem Traktoristen Dewjatow in Winniza geschah für General Jack Orwell genau im ungünstigsten Augenblick.

Nach Dewjatows hastigem Abschied auf unbestimmte Zeit versuchte man zwar in der Zentrale von Alaska und im geheimen Hauptquartier in Fort Patmos immer wieder, den Kontaktmann zu rufen, aber Awdej Konstantinowitsch antwortete nicht. Dafür nahmen die Techniker aus Kiew mit ihren hochempfindlichen Geräten die fernen, zerhackten Sprüche auf, aber es gelang ihnen nicht, sie zu entzerren und dann den Sinn der Worte zu enträtseln. Zwei Offiziere der Dechiffrierabteilung bekamen rote Ohren und mußten gestehen, daß man nicht weiterkomme. Nur eins war sicher: Der Funkspruch kam von außerhalb Rußlands. Wo der Sender stehen konnte, war unmöglich zu sagen. Der Partner in Winniza jedenfalls antwortete nicht mehr.

»Er ist gewarnt worden«, sagte der aus Odessa angereiste Kapitän des KGB und sah Stanislaw Jakowlowitsch Slobin, der den Sender zuerst erkannt hatte, vorwurfsvoll an. »Es sind zu viele Fehler gemacht worden, viel zu viele Fehler! Man hätte uns sofort benachrichtigen müssen! Das wilde Herumpeilen in der Gegend hat das Schwein von Verräter natürlich gemerkt. Solange er schweigt, sitzen wir wie Urgroßmütterchen auf dem Topf.«

General Orwell in Fort Patmos begnügte sich allerdings nicht damit, zu resignieren. Er hoffte, daß Dewjatow einmal kurz auf Empfang schalten würde und dann den Lockruf aus Amerika hörte. »Am Mann bleiben!« befahl er. »Zu den vereinbarten Zeiten senden! Ich muß Bob Miller erreichen! Er ist der einzige, der alle Möglichkeiten bei sich hat.«

Diese Möglichkeiten wurden dringend gebraucht. Fotos, deren Herkunft nicht einmal Orwell gesagt wurden und die ihm das Pentagon mit einem Kurier schickte, zeigten ganz deutlich, daß westlich der riesigen Lena, in der wasserreichen Tiefebene der Lindya, ein ganzes Raketenzentrum aufgebaut worden war. Völlig unbekannte Abschußrampen signalisierten eine akute Gefahr für die USA. Wenn es sich um die in allen Gerüchten wiederkehrenden neuen Interkontinentalraketen der Sowjets handelte, von denen man trotz aller Bemühungen über V-Männer keinerlei Beschreibungen hatte, war es Rußland möglich, von der Lindya aus den ganzen Norden, Westen und Süden der USA mit einem Feuerschlag aus Atomsprengköpfen zu vernichten. Die internationalen Verträge über Abrüstung und Atomkontrolle waren sowieso nur beschriebenes Papier, an das lediglich die naiven Politiker glaubten. Die Militärs dachten da realer – sie kannten sich untereinander zu gut. Ihre Gedankenverwandtschaft war verblüffend. Wer weiß schon und wird es jemals entdecken, daß an der Lindya oder irgendwo in New Mexico unter der Erde Waffen montiert werden, die Millionen Menschen in Sekundenschnelle auslöschen können? Darüber spricht man nicht. Man ahnt es, jeder vom anderen, und wenn Politiker nach einem Vertragsabschluß sich freundschaftlich die Hände schütteln für Presse und Fernsehen, lächeln die Militärs still vor sich hin.

Es gab also, nach den neuesten Fotos aus dem Pentagon, westlich der Lena eine neue Raketenbasis mit noch nie gesehenen Abschußrampen. Auf den Fotos waren sie leer ... wie die neuen Raketen aussahen, wußte man überhaupt nicht. Aber man ahnte, daß sie ein programmierbares elektronisches Zielsuchgerät enthielten, das wie ein Computer arbeitete und die tödliche Waffe genau in das Ziel steuerte, das ein elektronisches Gehirn errechnet hatte.

»Ich muß Bob erreichen!« sagte General Orwell immer wieder, wenn seine Funkleitstelle ihm meldete: Kein Kontakt zu Winniza. »Was in Frazertown los ist, wissen wir jetzt. Die meisten Namen haben wir. In zwei oder drei Wochen ist Bob soweit, daß er seinen Posten abbauen kann. Dann kennen wir auch die restlichen Namen, und Bob hat die Fotos der wichtigsten Agenten im Kasten. Er kann sie Dewjatow übergeben und dann weiterreisen nach Sibirien. Wenn es einem gelingt, an die neuen Raketen heranzukommen, dann ist es nur Miller. Sein großer Vorteil: Er ist schon in Rußland. Er ist ein so vollkommener Russe, daß eigentlich nichts schiefgehen kann. Und er hat die besten Papiere bei sich. Vom Major bis zum Elektroschweißer – er kann in jedem Beruf arbeiten. Zum Teufel, einmal muß Dewjatow doch auf Empfang stellen. Das merkt doch keiner!«

Also funkte man ... morgens, mittags und abends. In Winniza fluchten sie um die Wette, der KGB-Offizier schrie, wenn er die Gelbsucht bekäme, wäre das kein Wunder, und Kapitän Slobin, der das alles in Gang gebracht hatte und am meisten angeblasen wurde, beschloß im stillen, nie wieder freiwillig eine Beobachtung zu melden oder sich in die hohe Politik hineinzudrängen. Hatte man das nötig? Winniza war eine schöne, ruhige Garnison, in der es sich wohl leben ließ mit wenig Arbeit, aber um so mehr mit hübschen, glutäugigen Mädchen. Man versah seinen Dienst, und Schluß damit. Das Leben ist so kurz, Genossen, warum soll man es künstlich beschweren? Nie wieder mehr tun als nötig ... Kapitän Slobin nannte sich im nachhinein einen Idioten und saß mit finsterer Miene in dem Peilwagen herum.

General Orwells Hartnäckigkeit hatte Erfolg. Am neunten Tag nach Dewjatows Funkstille kam endlich Antwort. Nur ein Wort: HÖRE. Es war wirklich nur ein Zufall. Dewjatow, dieses Mal ohne kunstliebende Nachbarn, legte eine Schallplatte von David Oistrach auf, ein Violinkonzert von Prokofjew, und stellte, rein aus Neugier, den Hebel des Senders auf Empfang. Das typische Knacken tönte aus dem Lautsprecher. Dewjatow stellte den Entzerrer ein und notierte die Wortgruppen.

»Sofort melden! Sofort melden! Stufe I. Stufe I. Sofort melden!«

Dewjatow kratzte sich den Schädel, zögerte und schaltete dann auf Sendung. Nur das kurze »HÖRE« funkte er hinaus und stellte dann sofort ab.

»Da ist er!« schrie Slobin in der Peilzentrale und fuhr vom Stuhl, als habe man ihn durch den Sitz gestochen. »Da! Haben Sie's gehört, Genosse? Ganz in der Nähe ...«

Der Kapitän vom KGB in Odessa nickte mißmutig. »Eine Sekunde! Und jetzt nimmt er die Meldung entgegen, und wir sitzen hier wie die Hohlköpfe, die sich in die Hosen gepißt haben!«

»Er wird antworten, Genosse Kapitän. Er *muß* antworten. Und dann haben wir ihn!« schrie Slobin heiser vor Erregung. »Er sitzt vor unserer Nase! Nur Geduld, Geduld, meine Freunde ...«

Aber die Geduld zahlte sich nicht aus. Das ferne Hacken verklang, und Dewjatow antwortete nur: VERSTANDEN. Das genügte natürlich nicht für eine exakte Peilung. Kapitän Slobin war dem Weinen nahe.

»Ein Lump!« brüllte er. »Ein feiger Hund! Oh, wenn ich ihn entlarve! Ich zerhacke ihn wie seine Funksprüche ...«

»So werden wir ihn nie lokalisieren«, sagte der KGB-Kapitän aus Odessa. »Wenn er ein Einzelgänger ist, vielleicht sogar ein Russe, kann er neben uns stehen und uns treu anblicken ... wir erkennen ihn nie. Hier kann uns nur der Zufall helfen. An Glück, Genossen, glaube ich nicht. Aber Zufälle sind die Verbündeten der Fleißigen. Seien wir also fleißig ...«

An diesem Tag waren wieder vier Peilwagen aus Kiew im Einsatz und fuhren, als harmlose Lastwagen getarnt, kreuz und quer durch Winniza. Tag und Nacht, in drei Schichten. In den Funkräumen des Nachrichtenbataillons saßen die Spezialisten vor ihren geheimnisvollen elektronischen Ohren.

Warten ... warten ... warten ... Die große, unerreichbare Kunst der Russen.

Nur einen kleinen, aber verhängnisvollen Fehler gab es bei all dieser Perfektion, und keiner merkte es: Der Funkwagen Nr. II hatte eine Panne. Die Bremsleitung war undicht. Und da die beste Autowerkstatt in Winniza die Reparaturbrigade der Sowchose war, ließ man die Genossen von der Landwirtschaft die Bremsleitungen durchsehen.

Einer der Mechaniker, die mit großer Hochachtung unter dem Auto lagen, war Awdej Konstantinowitsch Dewjatow. Von einem der Techniker erfuhr er, unter guten Freunden hinter der Hand, daß noch drei andere getarnte Wagen herumsuchten.

»Eine große Sache, Genosse!« sagte der Techniker. »Eine ganz große Sache, sage ich!«

Man brauchte Dewjatow davon nicht zu überzeugen.

Erfindungsreichtum und Improvisieren ist eine der großen Tugenden der Russen. Wo andere Menschen bis ins kleinste durchkonstruieren und von jeder Schraube Detailzeichnungen anfertigen mit Ansicht, Aufsicht, Querschnitt, da sieht ein Russe nachdenklich drein, überlegt ein wenig mit nach innen gekehrtem Blick und macht sich daran, das Problem mit unerkanntem Genie und Gottes stiller Hilfe auf die einfachste Art zu lösen.

Das war schon immer so ... von den Potemkinschen Dörfern bis zur Maschinenpistole im letzten Krieg, die man in Schlamm, Sand und Wasser werfen konnte, die glühende Hitze ebenso klaglos überstand wie 45 Grad Frost. Man putzte sie ab, lud sie durch, und siehe da, sie schoß, wo hochqualifizierte technische Wunderwerke nicht einen Ton mehr hergaben. Eine ganz einfache Konstruktion, bei der auch mal das Schloß wackeln konnte ... wenn es möglich war, warfen die deutschen Soldaten ihre bei jedem Sandkorn beleidigt versagende MPi weg und wechselten zur russischen Sudayev über, von der Kalaschnikow ganz zu schweigen.

Dewjatow wäre kein echter Russe gewesen, wenn er aus der plötzlichen Kenntnis, daß man ihn und seinen Sender mit vier getarnten Lastwagen einkreisen wollte, nicht sofort eine improvisierte Gegenmaßnahme eingeleitet hätte. Da das Einfachste immer das Beste und Harmloseste war, und sich bei einer Bauernmahlzeit nur der verrät, der sich den Mund mit einer Serviette abputzt, aber nie der, der hinterher anerkennend und den Gastgeber damit lobend rülpste, entwickelte Dewjatow einen geradezu genialen Plan.

In einen Bauernwagen, so ein holzrädriges, rappelndes Ungetüm mit Seitenwänden aus krummen, dicken Ästen, baute er unter dem Boden seine Sendeanlage ein. Dann koppelte er den Wagen mit der Deichsel an einen der Sowchose gehörenden Traktor und fuhr mit ihm, so oft er sich freimachen konnte, durch das fruchtbare Land am Bug, durch Weingärten und Obstplantagen, hielt mal da, rastete mal dort, lag der Sonne wegen unter seinem Bauernwagen im Schatten und bediente völlig ungestört seinen Sender. Immer nur ein paar Sekunden, mit einem Lockruf für Bob Miller. Dann stieg er wieder auf seinen Traktor und rappelte weiter, die Mütze im Nacken, das Hemd bis zum Nabel offen, in ausgeblichenen Drillichhosen. Ein fleißiger, fröhlicher Genosse. Gott segne ihn ... er bestellt das Land, das der Himmel so reich beschenkt hat.

Kapitän Slobin bekam indessen im Funkpeilwagen tiefe Ränder unter den Augen und begann mit den Händen zu zittern. Auch der Genosse KGB-Offizier aus Odessa schien magenkrank zu werden, zeigte eine gelbliche Gesichtsfarbe und deutliche Spuren von nervösem Mundzucken. Immer wenn Dewjatow sendete »MELDEN! MELDEN!« und dann schnell wieder abschaltete, stöhnte Slobin leise und zutiefst gequält auf. Die feinen Geräte wurden zur Lächerlichkeit verdammt.

»Er spielt mit uns«, sagte der KGB-Kapitän heiser vor Wut. »Er weiß genau, daß wir ihn suchen! Er will uns entnerven! Aber das gelingt ihm nicht!« brüllte er plötzlich unbeherrscht. »Nie gelingt ihm das! Ich habe Nerven wie Panzerstahl! Ich bin ruhig! Ganz ruhig!«

Neunmal in drei Tagen begegnete Dewjatow den getarnten Peilwagen. Er erkannte sie nur an der langen Antenne, die man geschickt um den Aufbau gezogen hatte. Die Fahrer waren wie Aktivisten der Transportbrigade gekleidet, aber unter den Planen saßen die Spezialisten aus Kiew an den Meßinstrumenten und warteten … warteten …

Mit einem freundlichen Gruß ratterte Dewjatow auf seinem Traktor an ihnen vorbei. Der hölzerne lange Bauernwagen in seinem Schlepp hüpfte über die Unebenheiten der Landstraßen. Wenn es Zeit war, rastete er wieder und ließ sein verdammtes »MELDEN! MELDEN!« in den Äther hinaus. Er erlebte dann dreimal, daß einer der Peilwagen wie von Verrückten gelenkt an ihm vorbeibrauste, während er noch unter dem Bauernwägelchen lag und eine Melone aß.

Die Kunst der russischen Improvisation und der einfachen, genialen Idee feierte wieder einmal Triumphe.

»Auch der Genosse Zufall hilft uns nicht«, sagte Kapitän Slobin zu seinem KGB-Kameraden. »Was hilft es uns jetzt, daß wir wissen, der Sender ist beweglich? Nichts! Gar nichts! Im Gegenteil … er entwischt uns nur noch mehr!«

»Wir werden alles kontrollieren, was auf den Straßen ist«, sagte der Mann aus Odessa grollend.

»Alles? Das gibt ein Verkehrschaos!«

»Wenn der Spion nicht entdeckt wird, kann Rußland vielleicht ein einziges Chaos werden, Stanislaw Jakowlowitsch. Dann lieber Winniza auf den Kopf stellen. Sind Sie anderer Ansicht?«

Natürlich war Slobin nicht anderer Ansicht, auch wenn er es war. Überlegungen des KGB zu widersprechen, ist ein Akt so großer Dummheit, daß die naturgemäß nachfolgende Bestrafung gerechtfertigt ist. Früher hieß es: Gottes Wort ist mächtig. Aber damals kannte man noch nicht das KGB! Staatssicherheit ist ein so umfassendes Wort, daß es kein zweites ebenbürtiges mehr gibt. Nicht im Russischen, Genossen …

Dewjatow kümmerte das wenig, er hatte, Genialität aller Improvisierer, auch damit gerechnet. Viermal wurde er angehalten und nach seinem Namen, seinen Papieren gefragt. Alle Straßen und Zufahrtswege wimmelten von Miliz und Militär, man hielt sogar brave junge Mütterchen und ehrwürdige Großmütter an und untersuchte die Kinderwagen, die sie durch den schönen Spätsommertag schoben.

Logisch, daß es deswegen manchen heißen Streit gab.

»Wickelt das Baby doch aus!« schrie zum Beispiel das Großmütterchen Sophia Johannowna und hielt ihren vier Monate alten Enkel hoch. »Sucht in den Windeln! Sucht! Was wollt ihr denn finden, he? Goldmünzen? Diamanten? Mein kleiner Jakow entleert normal seinen Darm, da ist kein Geheimnis dran …«

Und die junge Mutter Tamara Michaelowna, die mit dem Kinderwagen am Ufer des Bug spazierenging, hob sogar ihren Rock und zeigte sich der Miliz in einem knappen Baumwollschlüpfer. »Ist es hier?« schrie sie. »Ihr feisten Böcke … was sucht ihr an mir? Ha! Wie ihre Augen glänzen! Warum tragt ihr überhaupt noch Hosen, Genossen?«

Tamara Michaelowna gehörte nicht zu den ganz feinen Leuten, aber das verlangte auch keiner von ihr. Die Miliz ließ sie ziehen, aber nicht ohne vorher den Kinderwagen wie bei Großmütterchen Sophia untersucht zu haben. Es hagelte Beschwerden beim Stadtsowjet, bei der Parteileitung, beim Stadtoberhaupt, beim Kommandeur der Miliz und des Militärs – es half alles nichts. Die Kontrollen gingen weiter.

Dewjatow jedoch wurde von niemandem mehr angehalten. Nach seiner vierten Kontrolle ließ er sich von einem Offizier einen Zettel schreiben, den er an seinen Traktor klebte. »Kann frei passieren!« stand darauf. »Wurde mehrmals kontrolliert!« Dann ein dicker Stempel der Miliz ... das Wichtigste auf diesem Schriftstück. Ohne Stempel ist in Rußland, wie überall auf der Welt, ein Dokument nicht mal den Papierpreis wert.

So fuhr Dewjatow unbehelligt über das Land, vorbei an allen Sperren, teilte ab und zu mit den schwitzenden, in der Sonne ausharrenden Milizionären eine saftige Melone, und bald kannte er alle Kontrollen, man winkte sich zu und wechselte ein paar nette Worte miteinander.

In seiner Scheune, unter deren Boden die Uniform des Majors Wassja Grigorjewitsch Shukow lag, lud Dewjatow Stroh auf, um nicht immer leer herumzukarren, was ja auch auffallen mußte. Am dritten Tag war er mit Mais unterwegs und briet gerade über einem offenen Feuer neben seinem Bauernwagen ein paar dicke Maiskolben auf einer Eisenplatte, als ihn die bis jetzt neunte Kontrolle einholte. Dewjatow hatte vor einer Viertelstunde wieder seinen Ruf hinausgefunkt: »MELDEN! MELDEN!«, und Kapitän Slobin kämpfte in seinem Peilwagen mit einem Schreikrampf.

Die Miliz in zwei Jeeps hielt an, betrachtete den Zettel auf dem Traktor, auf den Dewjatow mit dem Daumen zeigte, denn er hatte gerade den Mund voller gerösteter Maiskörner, und stieg aus den Wagen. Dewjatow kräuselte etwas die Stirn. Unter seiner Kopfhaut begann ein rhythmisches Jucken.

»Es riecht wundervoll«, sagte der Führer der Streife, ein Unterleutnant, und schnupperte wie ein Hund über die heiße Eisenplatte. »Awdej Konstantinowitsch, du hast den ganzen Wagen voll Mais ... röste uns ein paar Kolben! Wir geben dir zwanzig Kopeken!«

»Ich werde von den Freunden der Miliz auch nur eine einzige Kopeke annehmen, ha, wo denkt ihr hin?« sagte Dewjatow tief beleidigt. »Seid meine Gäste, Genossen! Noch nie hat es so guten Mais gegeben wie diesen Sommer!«

Er legte ein paar enorme Kolben auf die glühende Platte, und der Duft des Röstens stieg allen verführerisch in die Nase. »Warum eigentlich diese Kontrollen?« fragte Dewjatow unschuldig. »Diese Hektik! Überall seid ihr! Ist denn ein Mörder ausgebrochen?«

»Wir suchen einen Sender«, sagte der Unterleutnant freundschaftlich. »Einen fahrbaren Sender.«

»Das ist ja eine Staatssache!« Dewjatow riß die Augen weiter auf. »Genossen, seid nicht nachlässig! Vielleicht habe ich unter dem Mais eine ganze Funkanstalt ...«

Die Milizionäre lachten schallend, knabberten ihre Maiskolben und fuhren dann mit der Versicherung, Dewjatow sei ein wahrer Freund, weiter. Fünf Minuten später funkte er wieder, unter dem Bauernwagen liegend, nach Frazertown: »MELDEN! MELDEN! DRINGEND!«

Nach abermals fünf Minuten rasten die Jeeps der Miliz erneut an ihm vorbei, alarmiert von der Zentrale. Die Polizisten winkten Dewjatow zu.

Es war wie im Märchen vom Hasen und den Igeln. Nur war es eine russische Version, und sie war tödlich.

Aber Bob Miller meldete sich nicht.

Während Dewjatow verzweifelt immer wieder in den Äther rief, vergaß Bob in Normas weichen, aber zupressenden Armen, daß es außer dieser Frau noch eine Welt um sie herum gab. Er wollte es auch nicht mehr wissen – er lebte nur noch in der Gegenwart der Liebe, von Augenblick zu Augenblick mitgerissen von Gefühlen, die er selbst nicht mehr begriff.

Am Sonntag morgen, das hatte Harry Fulton herausgefunden, gönnte sich Bob Miller für zwei Stunden ein Motorboot. Man konnte es unterhalb von Billys Hamburgerrestaurant mieten, pro Stunde zwei Dollar. Die Fahrtstrecke war zwar nur begrenzt, von Sperre zu Sperre, aber es war trotzdem eine wahre Freude, auf dem Fluß hin und her zu fahren oder in der Mitte zu ankern, hinüberzublicken nach Frazertown, im fließenden Wasser zu schwimmen oder sogar vom Boot aus zu angeln.

Bob Miller vergnügte sich damit, auf dem Fluß hin und her zu fahren, stur von Sperre zu Sperre, bis die Beobachtungsposten und die Soldaten auf den kleinen Wachbooten ihn schon von weitem erkannten und nicht mehr das warnende Hupsignal zogen: Halt! Gefahr! Wer weiterfährt, auf den wird ohne eine weitere Warnung geschossen!

So lernte Miller das gesamte Gebiet von Frazertown kennen, soweit es den Uferstreifen am Bug – der ja hier Silver River hieß – betraf. Er fotografierte die amerikanische Kleinstadt mit ihrem markanten Wahrzeichen – Billys Plastikhamburger auf dem Dach – in ihrer ganzen Ausdehnung, nahm Details der niedrigen Steilküste auf, und es gelang ihm sogar, die Wachboote vor seine Kamera zu bekommen, die er in eine Taucherbrille montiert hatte. So saß er in seinem winzigen Motorboot, winkte den Genossen auf den kleinen Kriegsschiffen fröhlich zu, hatte die Taucherbrille auf die Stirn geschoben, und die automatische Kamera machte unhörbar klick-klick-klick. Es waren die ersten Fotos überhaupt, die es von der geheimnisvollen Stadt gab.

Zwar besaß Frazertown auch zwei Fotogeschäfte mit Atelier und Labor, die sehr gut verdienten, denn es wurde viel fotografiert in der Stadt . . aber jeder wußte, daß er bei seiner Abberufung in den Einsatz alle Bilder abgeben mußte und von Frazertown nichts zurückblieb als die eigene Erinnerung. Was es nicht gibt, kann man nicht fotografieren – und Frazertown gab es offiziell nicht. Das einzige, was man in den USA und beim CIA kannte, waren die Ortsschilder vor dem ersten Drahtzaun. Aber da stand Nowotschok drauf, ein Name, den man selbst in Winniza nicht ernst nahm.

Bob Miller war etwa eine Stunde auf dem Fluß, als sich in einem ebenso kleinen Motorboot Harry Fulton näherte.

Bob, der gerade einen Teil des Steilufers fotografiert hatte, fuhr weiter, als habe er Fulton nicht gesehen und stellte den Motor an der gegenüberliegenden Flußseite ab. Frazertown war hinter einer Biegung verschwunden, die nächste Südsperre war nach einer Biegung des Bug fast 300 Meter weit entfernt … hier gab es nur die sonnendurchflutete Landschaft, den im Sommerlicht schimmernden Fluß, in dem sich das Blau des wolkenlosen Himmels widerspiegelte. Das Steilufer war zerklüftet, die Äste der sich in den Steinen festgekrallten Bäume hingen in einem Bogen weit über das Wasser wie eine grüne Markise. Hier konnte man in Ruhe angeln, hier war ein Platz, wo sich die Fische tummelten. Man sah sie im klaren Wasser hin und her flitzen, im Sonnenlicht glitzernd, als seien sie aus poliertem Silber.

Bob Miller sah sich um. Er war allein in diesem Flußabschnitt. Es war ein heißer träger Sonntag, die meisten Menschen saßen um diese Zeit in klimatisierten Lokalen und schlürften Eis oder Coca-Cola. Auch das Schwimmbad im Fluß war gut besucht, aber nur der Bootsverleiher machte heute kein großes Geschäft. Erst gegen Abend zogen die Romantiker aufs Wasser … bei Einbruch der Dunkelheit sahen die Lichter der Boote aus, als schwärme eine Wolke von Glühwürmchen über den Fluß.

Harry Fulton tuckerte näher und ließ auf dem letzten Stück das Boot in Gleitfahrt an Bob Miller heranschwimmen. Bob, der seine Angelrute ausgepackt hatte, sah Fulton nicht sehr gnädig an. Die Taucherbrille mit der Kamera hatte er unter den Sitz geschoben. Fulton winkte ihm zu, sein Lächeln glich einem verzerrten Grinsen.

»Harry, Sie verjagen mir die Fische«, sagte Bob, als Fulton mit ihm Bord an Bord lag. »Ich habe ein paar Prachtexemplare gesehen, und jetzt sind sie weg. Das kostet Sie eine Einladung zu einem exklusiven Fischessen.«

»Ich muß mit Ihnen reden, Bob!« entgegnete Fulton mit seltsam dunkler Stimme.

»Am Sonntag, auf dem Silver River? Wollen Sie mich für einen Schaukampf gewinnen? Sie haben wohl nur Boxen im Kopf, Harry?«

»Nicht nur.« Fulton beobachtete Miller aus halb zugekniffenen Augen. »Ich beschäftige mich auch mit Grenzfällen im Leben. Mit Geheimnissen! Mit ungelösten Fragen. Und mit Gerechtigkeit. Ich bin ein Fanatiker der Wahrheit.«

»Das bringt Ihr Beruf mit sich, Harry. Im Boxring gilt allein die Wahrheit. Da zeigt sich jede Schwäche. Aber müssen Sie mir deswegen die Fische verjagen?«

Bob Miller legte seine Angelrute ins Boot zurück. Er sah Fulton nicht an, aber seine Muskeln spannten sich. Das untrügliche Gefühl der nahen Gefahr, dieser Instinkt für das Gejagte, durchrann ihn mit greifbarer Hitze. Fulton war heute ganz anders als sonst, und es war offensichtlich, daß er Miller aufgelauert hatte.

»Es gibt auch viele Fragen in Frazertown …«, sagte Fulton ruhig.

»Gewiß. In welcher Stadt gibt es die nicht. Da ist zunächst die große Frage, die alle, auch Sie, brennend interessiert. Mit wem geht Norma Taylor denn nun wirklich ins Bett? Harry, wie stehen eigentlich die Wetten? Liege ich vorn? Auf wen tippen Sie?«

»Ich habe mir Gedanken gemacht, Bob. Oder ist es Ihnen lieber, wenn ich Wassja Grigorjewitsch sage?«

»Wenn es Ihnen Spaß macht … Hier hört uns ja niemand. Wir können auch unter uns Russisch sprechen, Gawril Saweliwitsch Gordejew …«

»Sie kennen meinen Namen?«

»Ich bin da wie Sie. Ein Fanatiker der Wahrheit.«

»Sie sprechen einen reinen Gorkier Dialekt.«

»Meine Mutter war aus Gorki. Mein Vater aus Nowgorod. Eine gute Mischung! Aber mit dem Marschall Shukow sind wir Shukows nicht verwandt. Leider. Vielleicht wäre ich dann längst Oberst oder auch General.«

»Aber Sie sind auch ein perfekter Amerikaner …«

»Das habe ich vier Jahre lang auf Spezialschulen gelernt wie Sie, Gawril Saweliwitsch.«

»Ich bin ein armseliger Stammler gegen Sie. Sie sind der vollkommenste Amerikaner, der mir je hier in Frazertown begegnet ist.«

»Ich war immer der Beste meiner Lehrgänge. Überlegen Sie, vielleicht liegt's daran?«

»Ich habe mir einiges notiert und dann wie ein Mosaik zusammengesetzt, Wassja Grigorjewitsch. Sie verwenden Amerikanismen, die man auf *keiner* Schule lernt. So etwas kann nur angeboren sein! Es sind nur Kleinigkeiten, die mir aufgefallen sind, aber sie summieren sich und werden dann eine kompakte Masse.«

Bob Miller spürte, daß die Gefahr ihn erreicht hatte. Sie kreiste ihn ein, und sie verlangte von ihm ein Ausbrechen, eine Gegenwehr, die gnadenlose Vernichtung des Gegners. Das hatte man in Smolenska immer wieder geübt. Das völlige Unterdrücken des Gewissens, die Abkehr von aller anerzogenen Moral, die Überwindung des letzten Restes von Menschlichkeit. Töte zuerst … das war ein eingehämmerter Leitsatz geworden. Denke immer daran: Der andere will auch töten! Sei schneller!

Bob Miller stemmte die Beine gegen den Boden seines Bootes und blickte Fulton aus seinen verträumten Augen fast mitleiderregend an. Der Blick eines Jungen, dem der Fußball in den Fluß geschossen wurde, wo er jetzt unerreichbar abtrieb.

»Packen Sie aus, Harry. Oh, Pardon – Gawril Sawelitwitsch … War das auch zu amerikanisch?«

»In gewisser Hinsicht – ja! Ein Russe, dem man ins Gesicht spuckt, wie ich es eben bei Ihnen – sinnbildlich – getan habe, würde zurückspucken oder die Faust erheben.«

»Ich will Sie nicht umbringen, Genosse.« Bob lächelte sanft. »Obgleich ich – als Russe – Ihnen an die Gurgel springen müßte, wenn jemand mir sagt, ich sei kein Russe. Gawril, haben Sie zuviel geboxt? Hat man Ihnen das Hirn weich geklopft? Waren Sie schon bei Dr. Ford? Oder soll ich ihn Dr. Afanasij Petrowitsch Dronow nennen?«

»Ihre Informationen sind hervorragend, Wassja! Es scheint fast so, als seien Sie nach Frazertown gekommen, nicht um Amerikaner zu werden, sondern um uns Amerikaner als Russen zu entlarven.«

»Ihr Drang zum Phantom ist wirklich beachtenswert,

Gordejew, machen Sie sich nicht lächerlich! Gehen Sie morgen früh zu Bürgermeister Bulder und erzählen Sie ihm, Major Shukow sei ein Rätsel. Wenn Miller Amerikanisch spricht, sagt er nicht gesittet: ›Ich werde mit Fipsy morgen dem Beischlaf frönen ...‹, nein, er sagt ganz gemein: ›Ich werde morgen Fipsy bumsen.‹ Das wird Bulder sofort überzeugen, daß bei Bob Miller etwas faul ist.«

»Wer ist Fipsy?« fragte Fulton, einen Moment verwirrt.

»Niemand. Fiel mir nur so ein. Ich wollte keine lebende Dame beleidigen.« Bob steckte die Hände in die Hosentaschen. Er hatte keine Waffe bei sich, nur ein Taschenmesser, aber sich damit zu wehren war Dilettantismus. Es kam jetzt darauf an, Gordejew noch mehr an Wissen zu entlokken. Durch ihn erfuhr er jetzt, welche Fehler er in Frazertown begangen hatte, obwohl er immer geglaubt hatte, sich völlig in das Leben der Stadt integriert zu haben. Zu amerikanisch, dachte er. Das muß der große Fehler gewesen sein! In Smolenska waren wir alle perfekte Russen ... aber Fulton sieht es richtig. Trotz aller perfekten Begleitumstände kann ein Russe nie ein vollkommener Amerikaner werden. Nie ein Franzose. Nie ein Italiener. Nie ein Spanier. Nie ein Schwede. Ein Deutscher vielleicht ... im Land der permanenten Eroberer und Verlierer saugt man alles auf. Aber in Wahrheit bleibt ein Russe immer nur ein Russe. In ihm ist etwas von der Ewigkeit seiner Landschaft.

»Ich hatte mir tatsächlich schon überlegt, zu Bulder zu gehen«, sagte Fulton. »Aber dann siegte bei mir der Egoismus.«

»Schade. Der Genosse General Sinjonew hätte sich gefreut.«

»Bestimmt. Aber ich will mir die Belohnung selber abholen. Bob Miller – ich nehme an, daß Sie wirklich so heißen –, Sie wissen doch, daß man 25 000 Rubel – ein Vermögen also – ausgesetzt hat, wenn jemand einen gegnerischen Agenten aufspürt, dem es gelungen sein sollte, in Frazertown einzudringen. Das ist fast unmöglich, deshalb die hohe Belohnung. Bob, ich glaube, ich habe 25 000 Rubel schon in der Tasche! Was halten Sie davon?«

In Bob verschwanden die letzten Gefühle und Skrupel. Der eiskalte Drang, zu überleben, war allein gegenwärtig. Seine verträumten Augen dagegen veränderten sich nicht. Sie täuschten jeden, weil sie den Zugang zu seinen Gedanken versperrten.

»Diese 25000 Rubel sind eine gute Sache«, sagte Bob langsam. »Als ich davon hörte, habe ich sie mir auch heimlich gewünscht.«

Harry Fulton grinste gemein. »Jetzt habe ich Sie, Bob Miller! Wie ein blinder Bär tappen Sie in meine Falle. Es hat nie eine Prämie von 25 000 Rubel gegeben! Die Enttarnung eines Agenten wird nicht bezahlt ... sie ist eine nationale Ehre! Jetzt stehen Sie nackt da ...«

»Das stimmt, Gawril Saweliwitsch. Sie sind ein kluges Kerlchen.« Bob Miller lächelte, wie man einem guten Freund zulächelt. »Fahren wir also sofort zu General Sinjonew und teilen wir ihm die sensationelle Entdeckung mit. In Frazertown, dem bestbewachten Stückchen Rußland, lebt ein ausgewachsener Amerikaner! Eine Freude wird er haben! Ich werde meine Papierchen vorlegen, meinen Versetzungsbefehl, meine Zeugnisse der Militärschulen, eben alles, was der Major Shukow bei sich haben muß. Und Iwan Kornejewitsch, das Generalchen, wird zu Ihnen sagen: ›Genosse Gordejew, Sie bekommen eine Verdienstmedaille ... als das größte Rindvieh der Roten Armee!‹ – Los, fahren wir zurück in die Stadt.«

Bob Miller machte Anstalten, seinen Motor wieder anzulassen. Harry Fulton starrte ihn ungläubig und plötzlich auch unsicher an.

»Wassja Grigorjewitsch ...«, rief er heiser – »Sie blenden mich nicht mit schönen Reden! Sie können mich nicht verunsichern! Viel zu tief habe ich Sie durchschaut! Wie sind Sie überhaupt in das verbotene Land gekommen?«

»Nachts. Ich habe mir Flügel angeschnallt und bin als großer Raubvogel eingeschwebt!« Bob grinste breit. »Das lernt man alles bei uns in Amerika beim CIA! Da fehlt den Russen noch vieles an raffinierter Technik. Ein Teil von uns ist als Maulwürfe ausgebildet, andere wieder haben sich darauf spezialisiert, als Wasserleichen in gesperrte Gebiete zu treiben. Sie lassen sich auffischen, ins Leichenhaus bringen und verschwinden dann dort ...«

»So sind Sie!« sagte Fulton bitter. »Sie machen sich lächerlich über uns!« Er hatte plötzlich eine Pistole in der Hand, eine kleine Makarov, und zielte mit ihr auf Bobs Brust. »Kommen Sie rüber in mein Boot! Die Arme hoch, Hände im Nacken gefaltet! Es ist genug geredet worden ...«

Gehorsam tat Bob Miller alles, was Fulton verlangte. Er gab sich wehrlos und anscheinend auch besiegt, stieg in das andere Boot und setzte sich auf die schmale Bank. Fulton warf einen kurzen Seitenblick in Bobs Kahn.

»Sie haben keine Waffe bei sich?«

»Ich wollte angeln, Genosse. Und tauchen. Sehen Sie die Taucherbrille? Ein harmloser Mensch geht doch nicht mit einer Pistole schwimmen, und auf Fische schießen ist in hohem Grade unsportlich.«

»Ihre Ironie wird man Ihnen bald austreiben. Hände im Nacken lassen!«

»Ich habe mich nicht gerührt, Genosse.« Bob spreizte im Sitzen die Beine. Es war die Ausgangsstellung für einen genau berechneten Sprung, wenn Fulton in die kritische Nähe kam. Bobs Oberschenkelmuskeln und die Bauchmuskulatur waren bis aufs äußerste angespannt. Es waren eisenharte Stränge. Aber das konnte Fulton unter Bobs Kleidung nicht sehen. »Was nun, Genosse? Wer wirft den Motor an? Wenn Sie es tun, müssen Sie die Makarov wegstecken und mich aus den Augen lassen. Sogar den Rücken mir zudrehen müssen Sie! Kann man das wagen?«

»Sie lassen den Motor an! Los, klettern Sie nach hinten!«

»Gar nicht so dumm, Gawril Saweliwitsch. Sie können mit Situationen umgehen!«

Bob Miller stand auf, die Arme noch immer oben, die Hände hinter dem Nacken, und schob sich an Fulton vorbei. Die kritische Nähe war erreicht, die Sekunde, die alles entschied. In dem schmalen Boot standen sie sich jetzt gegenüber, nur ein paar Zentimeter voneinander entfernt, und da es so eng war, mußte Fulton die Pistole näher an den Körper heranziehen.

Bob atmete tief ein, alles in ihm explodierte plötzlich. Bevor Fulton reagieren konnte, denn das Boot schwankte etwas, was ihn ablenkte, sausten beide Hände Bobs, mit der Handkante voraus, auf Fulton nieder. Der linke Schlag traf die Pistole und zerbrach fast Fultons Handgelenk, der rechte krachte gegen Fultons Schläfe und betäubte ihn, ehe er begriff, was mit ihm geschah. Miller fing den zusammensackenden Körper auf, balancierte das stark schwankende Boot aus, bis es wieder ruhig lag, schob dann Fultons Körper über die Bordwand und steckte seinen Kopf in den Fluß.

Fulton zuckte, seine Nerven rebellierten, sein Körper wehrte sich gegen den Tod, die Beine schlugen um sich, aber Miller drückte Fultons Kopf mit beiden Händen unter Wasser, bis die völlige, tödliche Erschlaffung eintrat.

Bob wartete noch ein paar Minuten, hatte Fulton losgelassen und starrte auf den Kopf, der bis zu den Schultern im hier träge fließenden Bug hing. Dann zog er den Toten wieder ins Boot, kontrollierte gewissenhaft, ob man keine äußeren Einwirkungen sah, und trug ihn darauf nach hinten, ließ den Körper wieder in den Fluß gleiten und steckte Fultons Hände in das Gestänge des Außenbordmotors. So sah es aus, als habe sich Fulton, von einem plötzlichen Schwächeanfall überrascht, noch in das Boot ziehen wollen, es aber nicht mehr geschafft. Er war ertrunken und hing nun mit einer Hand am Motor, den Kopf unter Wasser.

Fultons Makarov steckte Bob ein, verknotete das Boot des Toten mit einem der überhängenden, biegsamen Zweige, auch das ein Beweis, daß Fulton hatte schwimmen wollen und sein Boot vor dem Abtreiben sicherte, kletterte dann in sein eigenes Boot, fuhr in einem weiten Bogen zum anderen Ufer und von dort sehr schnell nach Frazertown zurück.

Beim Bootsverleiher gab er seinen Kahn ab, bezahlte wegen Überschreitung der Leihzeit noch 50 Cents und ging dann hinüber zu Billys Hamburgerrestaurant. Die Taucherbrille und die Makarov steckte er in eine Umhängetasche aus Leinen, so wie sie viele Angler haben. Die Angelrute schulterte er. Norma Taylor, die Sonntagsdienst hatte, schien auf ihn gewartet zu haben. Ihre schwarzen Augen bekamen einen goldenen Glanz, als Bob hereinkam. In der Küche arbeitete wieder John Barryl. Nach seiner Entlassung aus dem Krankenhaus – das war gestern gewesen – nutzte er den Sonntag aus, um wieder einen ganzen Tag in Normas Nähe zu sein. Er tat Bob leid … es ist furchtbar, wenn ein Mann immer nur gegen eine lächelnde Gummiwand anrennt.

»Da kommt der große Fischer!« sagte Norma laut. John löste sich von seinen Hamburgern und erschien in der Küchentür. »Reicht es für ein Essen zu dritt?«

»Es hätte für eine ganze Kompanie gereicht.« Bob stellte seine Angelrute an die blitzende Chromtheke. »Ein Abenteuer war das! Ich habe den Köder gerade ausgeworfen, da zuckt es schon an der Schnur. Ich spule auf, aber nichts rührt sich. Und plötzlich taucht es auf, was ich gefangen habe. Ein Walfisch! Ein Riesenkerl! Und ich rechne: Das gibt Fleisch für eine Kompanie, Öl für drei Monate, aus den Knochen kann man Schmuck machen … welch eine Freude! Aber, gute Freunde, kann man einen Walfisch mit einer Angel und einer so dünnen Schnur an Land ziehen? Mach mir das einer vor. Der Walfisch also reißt sich los, blinzelt mich an, bespritzt mich mit seiner Fontäne … und weg ist er! Aber es war ein Erlebnis, sage ich euch! Ein Erlebnis!«

Alle, die es hörten, und Billys Restaurant war um diese Zeit voll, lachten und bogen sich vor Fröhlichkeit. Norma zapfte Bob seine geliebte Erdbeermilch, und John brachte ihm den dicksten Hamburger, der an diesem Tag hergestellt worden war.

»Ich habe noch drei Stunden Zeit«, sagte Bob kauend, als John wieder in der Küche seine Kochkunst zelebrierte. Norma lehnte an der Theke, ihr Blick streichelte ihn so unverhohlen und sehnsuchtsvoll, daß er ein Kribbeln unter der Kopfhaut spürte. Gleichzeitig aber dachte er an Fulton. Er hatte einen Menschen getötet. Zum erstenmal in seinem Leben hatte Bob Miller mit eigenen Händen getötet. Damals, in Vietnam, das er noch vier Monate vor der Aufgabe erlebte, sagte man sich: Es ist Krieg. Die andere Seite schießt auch. Und beim Schießen war es geblieben. Er hatte es nie nötig gehabt, im Nahkampf mit Messer oder Spaten zu töten – das hatten sie erst in Alaska geübt, wochenlang, monatelang, bis es zur Gewohnheit geworden war. Aber es waren Übungen gewesen; bis auf die Puppen, denen man daß Messer in die Brust oder in den Leib stieß, kam niemand zu Schaden. Doch heute hatte er zum erstenmal bewußt und kalt einen Menschen umgebracht, aus Notwehr natürlich, die Chance nutzend, zu überleben … aber es war und blieb ein Tod durch die eigenen Hände. Es machte ihm jetzt, im nachhinein, Mühe, das ruhig hinzunehmen.

»Bleibst du hier?« fragte Norma.

Er schrak auf und lächelte ihr zu.

»Das wollte ich gerade sagen. Ich werde mich hier drei Stunden lang hinstellen, dich anstarren und in Gedanken mit dir eine Orgie nach der anderen feiern. O Norma, was werden wir alles miteinander treiben …«

»Wenn du weiterredest, werfe ich dir einen vollen Milchbecher an den Kopf.«

»Das hindert mich nicht, an dein kleines Muttermal unter der linken Brust zu denken …«

»Geh nach Hause, Bob!« sagte sie grob. Doch ihre Augen liebkosten ihn weiterhin. »Ich kann das nicht vertragen, wenn du so redest.«

Aber Bob Miller blieb in Billys Restaurant. Er wartete auf ein ganz bestimmtes Ereignis, das bald eintreten mußte. Für ihn war die Anwesenheit bei Billy Rampler ein von vielen Zeugen bestätigtes Alibi. Darum auch die lauthalse Erzählung von dem Walfisch im Silver River.

Kurz vor 19 Uhr, als Bob gehen mußte, um seinen Dienst in Hillmoores Bar anzutreten, geschah es dann. Vom Fluß her ertönte ein Stimmengewirr, durch die Fenster sah man, wie sich eine kleine Menschenmenge am Ufer bildete. Dann hörte man auch schon das Signalhorn der Polizei.

Dem kleinen Wagen folgte eine schwarze Limousine mit einem länglichen Aufbau. Ein silbernes Palmenblatt klebte an den Scheiben, die mit Gardinen verhangen waren: der Leichenwagen.

Minuten später stürzte der Bootsverleiher in Billys Restaurant. Die Gäste standen an den Fenstern und starrten hinaus.

»Das ist ein Unglück!« schrie der Bootsverleiher. »Norma, eine Milch mit Whiskey, speziell für mich gebraut! Stellt euch vor: Harry Fulton ist ertrunken! Wollte schwimmen, bekam einen Schwächeanfall, klammerte sich noch am Motor fest, aber dann ertrank er doch. Ein Opfer der Hitze. Ist bestimmt zu schnell in den Fluß gesprungen. Er hing noch am Boot, als sie ihn fanden.«

Bob Miller atmete auf. Gelungen! Fehlerlos gelungen! Gratuliere dir nicht dazu, mein Junge ... er war ein Mensch wie du!

»Wer sagt das, daß Harry ertrunken ist?« rief er laut.

»Doktor Ford.« Der Bootsverleiher wischte sich den Schweiß vom Gesicht. Er war zutiefst erschüttert. »Das ist das erstemal, daß hier jemand im Fluß ertrinkt. Und dabei sind wir doch alle gute Schwimmer! Aber diese Hitze, diese verdammte Hitze ...«

Es wurde ein stiller Sonntag abend. Hillmoores Bar war nur halb voll ... wer wollte jetzt schon tanzen? Fulton hatte in Frazertown jeder gekannt, und wer an Bobs Bartheke stand, diskutierte den Fall mit ihm durch.

»Ich gehe nie ins Wasser, ohne mich vorher abzukühlen«, sagte Bob. »Aber Harry war so: Immer gleich in die vollen!«

Als er das sagte, kam er sich plötzlich mies und elend vor.

Sonntag nacht gelang es Dewjatow endlich, Bob Miller zu erreichen.

Bob hatte den Sender auf Empfang gestellt in der Hoffnung, man könnte das Sendeverbot aufgehoben haben, denn Fultons Tod mußte unbedingt gemeldet werden. Als er das MELDEN! MELDEN! hörte, warf er sofort auf Sendung um und gab das Codewort durch.

Dewjatow antwortete mit einer Hast, wie sie Bob noch nie bei ihm erlebt hatte. Mein Gott, durchfuhr es ihn. Er sendet unter Lebensgefahr! Was ist passiert?

Er schrieb die entzerrten Kennworte auf und stellte sie dann nach dem Codebuch – Der alte Mann und das Meer von Hemingway – zu vernünftigen Sätzen zusammen. Dewjatow schwieg längst und war bereits wieder auf der Fahrt mit seinem Bauernwagen quer durch die Weingärten. Kapitän Slobin aber wurde aus dem Bett geholt.

»Er sendet!« schrie ein Funker. »Neunzehn Sekunden bis jetzt! Heute nacht bekommen wir ihn!«

Mit einem Schrei fuhr Kapitän Slobin in seine Uniform und jagte hinüber zum Senderaum. Dort saßen die Spezialisten aus Kiew und fluchten wie Kosaken auf lahmen Pferden.

»Vorbei«, sagte einer, als bitte er um eine humane Hinrichtung. »Er ist nicht zu orten ...«

Bob Miller hatte den Text endlich dechiffriert. Als er ihn nochmals im Zusammenhang las, begriff er, warum Dewjatow so verzweifelt nach ihm gerufen hatte.

General Orwell hatte durchgegeben:

UNTERNEHMEN W. SOFORT ABBRECHEN. VERSUCHEN SIE, VON W. NACH SIBIRIEN ZU KOMMEN UND IN JAKUTSK STATION ZU NEHMEN. DORT NEUE INFORMATIONEN. DRINGEND! AM FLUSS LINDYA NEUE RAKETENBASIS MIT UNBEKANNTEN TRÄGERN UND GESCHOSSEN. STUFE I A. ENDE.

Bob las den Befehl dreimal durch und verbrannte dann das Papier in einem Aschenbecher, zerrieb die Asche und streute sie aus dem Fenster.

Was Orwell befahl, war die Trennung, die endgültige Trennung von Dunja Andrejewna. Es war ein Gedanke, den Bob nicht zu Ende denken wollte. Ein Gedanke, den er jetzt nicht verkraften konnte.

Er stellte den Hebel auf Sendung und rief Dewjatow. Nach einer Stunde antwortete er endlich. Er stand jetzt mit seinem Traktor und dem Bauernwagen auf dem großen Hof der Sowchose. In Winniza jagten die Milizautos herum. Die vier Peilwagen fuhren im Kreis durch die Stadt. Bob antwortete:

ORDER VERSTANDEN. BLEIBE IN W., DA AUFTRAG HIER NOCH NICHT ERFÜLLT. VIELLEICHT IN VIER WOCHEN. SORRY! ENDE.

Vier Wochen, dachte Bob Miller. Dunja, wir haben noch vier Wochen gewonnen. Heute ist ein besonderer Tag. Ich habe nicht nur zum erstenmal einen Menschen getötet, ich habe auch zum erstenmal einen Befehl verweigert. Bisher wäre das für mich undenkbar gewesen. Major Bob Miller gehorcht nicht mehr!

Dunja Andrejewna, mein schwarzes Schwänchen, was hast du aus mir gemacht …

Es war vorauszusehen, daß Harry Fultons Tod nicht als eine Art Schicksalsschlag hingenommen wurde.

Bürgermeister James Bulder, der für eine Stunde wieder General Sinjonew wurde, studierte die Personalakte von Gawril Saweliwitsch Gordejew, der seit einem Jahr in Frazertown als Fulton die Boxschule leitete, wie man in Moskau den Gedanken hatte, ihn in gleicher Eigenschaft in eine der vielen amerikanischen Boxschulen einzuschleusen. Dort hätte Fulton die Möglichkeit gehabt, mit hohen Persönlichkeiten zusammenzukommen, denn gerade das Boxgeschäft wurde in den meisten Fällen von der Mafia kontrolliert und beherrscht. Neben Prostitution und illegalem Glücksspiel waren die Sportstätten eine der bevorzugten Bastionen der Cosa Nostra. Es gab kaum einen Profikampf, bei dem die ›Ehrenmänner‹ nicht mindestens zwei Finger in der Organisation klemmen hatten. So waren die Überlegungen Moskaus durchaus logisch. Wer als Boxlehrer in den USA Fuß gefaßt hatte, lernte auch die maßgebenden Männer kennen, die wiederum die Türen zu Geheimnissen offenließen. Es gab zwei sichere ›Schloßöffner‹: Frauen und die Mafia. Beider bediente sich das KGB.

Sinjonew ordnete deshalb eine Obduktion an, um den

Tod Fultons einwandfrei festzustellen. In keiner Akte, von keiner der vorausgegangenen Spezialschulen, stand etwas von einer Herzkrankheit oder einer Anfälligkeit im Blutdruck. Gordejew wurde als bis in den Kern gesund bezeichnet, überhaupt die Voraussetzung, um nach Frazertown zu kommen.

Nun ist kein Mensch frei von gesundheitlichen Überraschungen. Krankheiten können einen anfallen wie Mücken, sie sind plötzlich da, die beste Pflege und Vorsorge nützt da gar nichts. Wenn Fulton-Gordejew einem Herzschlag erlegen war, weil er vielleicht überhitzt ins kalte Flußwasser gesprungen war, so erschien das zwar erklärlich, aber doch höchst seltsam. Denn der Bug hatte in diesen Spätsommertagen eine Temperatur von 23 Grad, was man durchaus nicht kalt nennen kann. Die wochenlange Hitze hatte das Wasser konstant aufgeheizt. Gordejews Herzversagen mußte also auch einen organischen Grund haben.

Die Obduktion nahm Dr. William Ford, der Kapitänsarzt Afanasij Petrowitsch Dronow, vor. Er schnitt den armen Fulton vom Brustbein bis zum Schambein der Länge nach auf und räumte ihn total aus. In zwei langen Zinkwannen ordnete er dann die Innereien und begann mit der pathologischen Untersuchung. Eines war zunächst völlig sicher: Fulton war ertrunken! In seinen Lungen war Wasser, und Ertrinken ist bekanntlich ein Erstickungstod.

»Haken wir das ab, Genosse General«, sagte Dr. Dronow. Sinjonew, der vom Seziertisch drei Meter entfernt an der Kachelwand saß, nickte. Ihn quälte eine leichte, kaum unterdrückbare Übelkeit. Tote hatte er im Krieg genug gesehen, auch die grauenvollsten Granatsplitterverletzungen, und kein Kriegstoter sieht schön oder erhaben aus, wie man es auch heute noch in Heldenliedern und patriotischen Reden hört. Aber etwas anderes ist es, dabeizusitzen und zusehen zu müssen, wie man einen guten Freund auf einem blanken Tisch von oben bis unten aufschneidet und alles aus ihm herausholt. Kein ästhetischer Anblick, das muß man sagen. Und auch an den Geruch kann man sich schwerlich gewöhnen; eine Wasserleiche ist von inneren

Gasen aufgetrieben, und wenn man ihr den Bauch öffnet, zischt es laut. Genossen, ein Arzt muß starke Nerven haben. General Sinjonew starrte Dr. Dronow etwas bleich an und blickte dann schnell weg, als Afanasij Petrowitsch begann, die Lungen zu sortieren, die großen Gefäßsysteme zu präparieren und das Herz des armen Gordejew schichtweise aufzutrennen. Wenn Dronow an die Därme ging, das beschloß Sinjonew im stillen, wollte er den Raum verlassen. Keiner konnte ihm das übelnehmen.

»Also ertrunken ist er?« fragte Sinjonew heiser.

»Einwandfrei! Er muß es geahnt haben, denn er hielt sich ja noch am unteren Motorgestänge fest und ist mit der Schläfe dagegen geschlagen, anscheinend in dem verzweifelten Versuch, sich noch hochzuziehen. Am Schläfenbein rechts ist eine leichte Rötung. Ohne Bedeutung.«

»Armer Gawril Saweliwitsch«, sagte Sinjonew leise.

»Das kann man sagen. Sein Herz war kerngesund! Die Kranzgefäße waren voll durchblutet, keinerlei Ablagerungen in den großen Gefäßen, also auch kein Grund zu einem plötzlichen Druckabfall. Ich bin gespannt, was das Gehirn uns zu bieten hat …«

Sinjonew schielte zu Dr. Dronow hinüber. »Sie wollen das Hirn herausnehmen?«

»Muß ich doch bei einer Totalobduktion.«

»Und wie?«

»Ich meißele ihm die Hirnschale auf. Ein schönes Klappdeckelchen konstruiere ich …«

»Afanasij Petrowitsch, Sie sind ein Sadist!« Sinjonew wurde es jetzt so übel, daß er aufsprang und zur Tür ging. Dronow grinste ihm nach. Vor einer Armee haben sie keine Angst, die Generalchen, aber vor einem aufgeschlitzten Toten gehen sie in die Knie. Eine verrückte Welt.

»Geben Sie mir den Bericht schriftlich herein, so genau wie möglich«, sagte Sinjonew an der Tür. »Wann kann das sein?«

»Morgen früh, Herr Bürgermeister.«

Sinjonew nickte, warf noch einen schnellen Blick auf Gordejews aufgeschlitzten Leib und empfand ein mächtiges Drängen nach frischer Luft, Sonne, blauem Himmel und blühenden Blumen. Fast fluchtartig verließ er den Sezierraum.

Dr. Dronow wühlte in den Instrumenten und suchte alles für eine Schädeltrepanation zusammen. Um Sterilität der Instrumente brauchte er sich hier nicht mehr zu kümmern.

Dagegen wurde die Polizei munter. Der Bootsverleiher mußte die Namen aller Personen angeben, die an diesem Tag ein Motorboot geliehen hatten, und drei Polizisten verhörten eindringlich die braven Bürger von Frazertown. Auch Bob Miller kam natürlich in den Sog, aber er hatte das beste Alibi von allen Silver-River-Fahrern.

»Als Fulton ertrunken sein muß, war ich längst bei Billy im Restaurant«, sagte er höflich, was bei der Polizei immer einen guten Eindruck hinterläßt. Ein Polizist ist sehr sensibel ... wer immer nur Bulle genannt wird, ist dem zutiefst dankbar, der ein bißchen Ehrfurcht vor dem schweren Amt des Ordnungshüters auf den Lippen und im Gesicht trägt. Bob Miller war ein Paradefall. Er gewann das Herz der Polizisten mit unterdrücktem Charme.

»Fragen Sie Norma Taylor«, sagte er hilfsbereit, was durchaus nicht selbstverständlich war, denn viele der Verhörten waren zutiefst beleidigt, daß man sie überhaupt verhörte. Als ob man für Fultons Ertrinken verantwortlich war! »Außerdem war Billys Hamburgerparadies ziemlich voll. Es müssen schätzungsweise vierzig Gäste drin gewesen sein. Sie alle können bezeugen, daß ich schon so früh vom Silver River zurückgekommen bin, daß ich unmöglich ...«

Die Polizei sah das ein. Wer an Normas Theke sitzt, kann auf dem Fluß nichts beobachtet haben. Und vorher?

»Vorher war ich allein und wollte angeln.« Bob Miller tat etwas, was man bei der Polizei sonst nicht tut und was jedem übelgenommen wird. Er fragte die Polizisten. Verhörte haben nur zu antworten, das bildet den natürlichen Abstand zur Gerechtigkeit. »Wann hat Fulton denn sein Boot gemietet? Man muß die Zeit doch wissen. Ist doch eingetragen im Verleihjournal.«

Die Polizisten blickten in ihre Papiere. Man nahm Bob die Frage nicht übel, ein Beweis, wie gut er gelitten war. »Eingetragen ist 10 Uhr 30.« Der Polizeileutnant blickte hoch. »Wieso?«

»Dann muß ich Fulton, ohne darauf zu achten, am Ufer begegnet sein, denn um 10 Uhr 43 betrat ich Billys Restaurant ...«

»Das wissen Sie so genau, Mister Miller?«

»Aber ja. Ich guckte auf die Uhr und sagte zu mir: Wie spät ist es? Jetzt beginnt der schönste Teil des Sonntags. Ich kann auf Normas Busen blicken. – Ist das kein Grund, sich die Uhrzeit zu merken?«

Die Polizisten lachten und verabschiedeten sich von Bob Miller wie von einem lieben Freund. Bob verließ mit großer Erleichterung die Polizeistation. Draußen atmete er ein paarmal kräftig durch, um seinen inneren Überdruck loszuwerden. Er hatte geblufft und wieder gewonnen. Er war von der Überlegung ausgegangen, daß der Bootsverleiher – als guter Russe – nur mangelhaft Buch führte, nicht aus Faulheit, sondern weil er allen Verdienst wöchentlich abführen mußte. Was in Frazertown verdient wurde, war ja Staatsgeld. Es waren Spielmarken, die ernstgenommen wurden, in den Umlauf kamen und – wenn sie irgendwo sich häuften – abgeliefert werden mußten. Trotzdem gab es immer wieder einige Genossen, die sich die guten Dollars zur Seite legten, obgleich sie wußten, daß sie am Ende doch alles abgeben würden ... aber es war der Reiz des Verbotenen, der in jedem Menschen steckende Genuß des Geldverdienens und Geldhortens. Warum sollte der Bootsverleiher, der übrigens ein Kapitän aus Swerdlowsk war und als Sibirier ganz besonders am Geld hing, eine Ausnahme sein?

Bobs Rechnung ging auf. Als man nach dem Unglücksfall die Bücher verlangte, hatte der Bootsverleiher in aller Eile die vergessenen Boote nachgetragen und einfach Zeiten nach seinem Gutdünken eingetragen. So war es möglich, daß Fulton sich offiziell zu einer Zeit ein Boot geliehen hatte, als er schon längst ertrunken am Motorgestänge hing.

Es war klar, daß die polizeilichen Verhöre sich totliefen. Nichts kam dabei heraus, nur zwei Genossen fühlten sich unbehaglich, denn sie mußten erzählen, daß sie von Fulton, dem Boot und überhaupt, was auf dem Fluß geschehen war, nichts gesehen hatten. Sie lagen auf dem Boden ihrer Kähne und trieben einen schweißtreibenden sonntäglichen Frühsport mit ihren bestimmt entzückenden Begleiterinnen. Aber wer erzählt so etwas gern, und dann noch für ein polizeiliches Protokoll?

Am nächsten Morgen lag Dr. Dronows Obduktionsbefund vor.

Auch Fulton-Gordejews Hirnmasse zeigte keinerlei Veränderungen, keinen noch so kleinen Apoplexia cerebri, keinerlei Anzeichen eines primär unblutigen Insults. Auch traumatische Spätschäden waren nicht auszumachen. Fultons Ertrinkungstod blieb rätselhaft; es mußte ein plötzlicher Schocktod gewesen sein. Seltsam war, daß für einen Schock keine Anhaltspunkte nachweisbar waren.

»Man könnte Gordejew noch nach Moskau schicken, um dort eingehende serologische und hirnpathologische Untersuchungen vorzunehmen«, schlug Dr. Dronow am Ende seines Berichtes vor. »Die Möglichkeiten einer Sectio legalis sind hier natürlich beschränkt auf den allgemeinen objektiven Befund.«

»Weniger Latein wäre besser«, knurrte Sinjonew. Er schaute die Fotos von Fultons aufgebrochenem Körper und Schädel, die Dronow gemacht und die man in der Nacht noch entwickelt und vergrößert hatte, gar nicht erst an, sondern schrieb auf den Aktendeckel: »Freigegeben.« Das bedeutete: Der Genosse Gawril Saweliwitsch Gordejew konnte beerdigt werden.

Aus dem Magazin des Bürgermeisters rollte ein Sarg ins Hospital. Das gab es nämlich in Frazertown nicht: ein Beerdigungsinstitut! Eine der bestausgestatteten Branchen der USA hatte man aus der Perfektion der Nachbildungen gestrichen. Das war bedauerlich, denn was ein amerikanisches Beerdigungsinstitut für die letzten überirdischen Tage eines Toten alles zu organisieren vermag, stößt tief in das Kulturbewußtsein des Menschen hinein und verschafft den Hinterbliebenen das stolze Gefühl, dem im wahrsten Sinne ›teuren‹ Verblichenen einen zu Herzen gehenden Abgang verschafft zu haben. Vom polierten Mahagonisarg mit schwellenden Brokatkissen (auf Wunsch auch französische Antikseide), eingebautem, batteriebetriebenem, sechs Wochen arbeitendem Duftspender (Duftnote frei wählbar von Lavendel bis Veilchen) bis zum Palmenwedel schwenkenden Trauerzug (ab zehn Personen, dann unbegrenzte Teilnehmerzahl, es gab ja genug Arbeitslose, die gern pro Begräbnis zwei Dollar kassierten), der – zum Entzücken der Hinterbliebenen – fast dem Triumphmarsch aus Aida glich, gab es nichts, was ein amerikanisches Beerdigungsinstitut nicht möglich machen konnte. Es war ein sehr geachteter Berufszweig.

Frazertown mußte darauf verzichten, aber man lehrte es in den Schulungsvorträgen und zeigte zum Ergötzen der Russen Farbfilme von amerikanischen Begräbnissen. Es gab in Frazertown zwar einen Friedhof mit ergreifenden kitschigen Grabdenkmälern amerikanischer Totenverehrung, aber – und das war wieder typisch für diese Stadt – es lag kein einziger Toter unter den zum Teil pompösen Marmorgebilden.

Wer in Frazertown starb – es starb höchst selten jemand –, wurde nach Freigabe seiner Leiche durch den Bürgermeister abtransportiert. Ein Beerdigungsinstitut war deshalb sinnlos. Der einfache Holzsarg wurde auf einen Militärlastwagen verladen, nachdem man ihn zur dritten, der innersten Sperre gebracht hatte, denn dort hörte Frazertown auf und Rußland begann wieder. Meistens gaben die besten Freunde das Geleit bis zur Wachkompanie, zum großen Spaß der Soldaten, denn für sie, die sie nie in die geheimnisvolle Stadt kamen, war die amerikanische Kleidung der zum Sondereinsatz abkommandierten Genossen eine Art Kostüm, das in der sowjetischen Umgebung ziemlich lächerlich wirkte. Sie kamen nur leider höchst selten in den Genuß. In den vergangenen zwölf Jahren waren in Frazertown sechs Menschen gestorben. Alle durch Unfall.

Gordejew war der siebente. Er hätte es bestimmt nicht als Glückszahl angesehen.

Der Sarg mit Gawril Saweliwitsch erhielt allerdings kein Geleit, denn dann wäre ganz Frazertown mitgegangen. Ein von allen geliebter Genosse. Nur Bürgermeister Bulder, der Polizeileutnant und Dr. Dronow begleiteten den Sarg, den man unter das Verdeck des Lastwagens geschoben hatte. Die Todesbescheinigung und die Obduktionspapiere reisten mit dem Toten.

Bob Miller und John Barryl standen am Fenster von Billys Hamburgerrestaurant, als man den Sarg auflud und der Militärlastwagen abfuhr. Norma wollte den Abtransport Fultons nicht sehen. Sie putzte mit verschlossener Miene die Zapfhähne in der Chromsäule.

»Wo kommt er jetzt hin?« fragte Bob und gab seiner Stimme einen gedämpften Trauerklang. Barryl wischte sich über die Augen. Auch er hatte Fulton gern gemocht. Er war ein fabelhafter Boxlehrer gewesen.

»Zufällig weiß ich es«, sagte er. »Ich war bei Bulder, wegen der dummen Beobachtungen, weißt du. In Winniza müssen sie völlig verrückt spielen ... vier Peilwagen fahren herum, alle Straßen sind gesperrt, die Miliz guckt den Frauchen sogar unter die Röcke. Die reinste Hysterie! Am Samstag haben sie sogar die Einkaufstaschen kontrolliert.«

Bob Miller blickte unbeteiligt aus dem Fenster. Ihn schien der tote Fulton mehr zu interessieren. »Und wo kommt er hin?«

»Nach Odessa. Auf den Heldenfriedhof. Neben die im Vaterländischen Krieg gefallenen Kameraden.«

»Das gönne ich ihm«, sagte Miller ruhig. »Das hat Gawril Saweliwitsch verdient. Er ist im Dienst gestorben, muß man bedenken ...«

»Du bist ein wunderbarer Freund«, sagte John Barryl voll überquellender Herzlichkeit. Er umarmte Bob und küßte ihn auf die Wangen. »Wenn wir doch mehr solche Männer in Rußland hätten wie dich ...«

Bob Miller wandte sich ab und setzte sich mit dem Rükken zum Fenster. Der Lastwagen mit Fultons Leiche fuhr über die Ausfallstraße ins Hinterland, zur dritten Sperre. Sei kein Heiliger, Bob, sagte er sich. Laß dich nicht von Skrupeln auffressen. Junge, beiß die Zähne zusammen! Da umarmt und küßt er dich, und du hast seinen Namen an den CIA gemeldet, hast einen Freund von ihm getötet, bist hier, um seinem Land unermeßlichen Schaden zuzufügen ... und hast ihm heimlich auch noch das geliebte Mädchen weggenommen. Bob Miller, nach normalen ethischen Begriffen bist du ein erbärmliches Schwein! Aber du bist nicht hier, um über Ethik nachzudenken. Es ist dein Beruf, ein Mensch ohne Gewissen zu sein. Und dein Vaterland ehrt dich noch dafür. Wenn du Anwandlungen von Scham hast, Bob Miller, dann geh nach Hause, stell dich vor den Spiegel und schlag dir selbst in die Fresse. Das befreit für einen Augenblick, aber nur für einen Augenblick ...

»Was machst du heute mittag?« fragte John Barryl. Bob Miller lehnte sich zurück und legte die Beine auf den gegenüberstehenden Stuhl. Was tue ich, fragte er sich auch. Um 16 Uhr ist ein Vortrag über die amerikanischen U-Boot-Stützpunkte – das wird interessant. Wie gut kennen die Russen unsere Meerbunker für die Atom-U-Boote? Besitzen sie eine vollständige Liste? Das ist eine Information, die zu den heißesten gehört. Aber vorher?

»Du bist mit der Ernte fertig?« fragte er. John Barryl nickte.

»Heute noch zwei Stunden, dann wird morgen das Monstrum von Maschine geputzt und bei der Sowchose wieder abgeliefert.«

»Ich helfe dir, John.«

Bob Miller steckte sich eine Zigarette an und blickte zu Norma hinüber. Sie kam jede Nacht. Er hatte ihr einen Schlüssel für das kleine Holzhaus gegeben, und wenn er gegen drei Uhr morgens aufschloß, müde von Hillmoores Barbetrieb, lag sie in berauschender Nacktheit im Bett. Er duschte sich dann kalt, jagte die Müdigkeit aus seinen Nerven und weckte Norma mit der Zärtlichkeit seines Eindringens. Eine Stunde vulkanischen Lebens flammte alle Vernunft von ihnen, dann schliefen sie bis in den hellen Morgen hinein, nebeneinander, halb aufeinandergeschoben oder mit bizarr ineinander verschlungenen Gliedmaßen. Wer zuerst erwachte, weckte den anderen mit Küssen und übernahm den Küchendienst. Es war ein Leben voll Seligkeit, ohne einen Gedanken an die Zukunft, ein Zauber der körperlichen Nähe, der das Wissen um das kommende schreckliche Ende zudeckte.

Von Bob aus ging Norma dann wieder zur Arbeit in Billys Restaurant. Es war fast ein Wunder, daß John Barryl noch nichts gemerkt hatte. Selbst wenn er mit Norma tanzen gegangen war, was Bob nie konnte, weil er ja um diese Zeit bei Hillmoore Drinks mixte, huschte sie zu Miller. John brachte sie stets brav nach Hause, küßte sie zum Abschied, was sie ihm seit einer Woche erlaubte und ihn ganz selig machte, dann wartete sie eine Viertelstunde, bis sie sicher war, daß Barryl sich auf dem Heimweg befand, und schlüpfte wieder aus dem Apartmenthaus, um sich zehn Minuten später in Bobs Bett zu werfen.

Manchmal kam Barryl auch zu Bob zurück an die Bar und sagte: »Sie liebt mich, Bob! Ich spüre es an jeder Faser ihres Körpers. Wenn du gesehen hättest, wie sie mich vorhin beim Abschied geküßt hat. Oh, du kannst es dir nie denken! So kann keine zweite Frau küssen! Man verbrennt an ihren Lippen. So etwas hast auch du noch nicht erlebt.«

»Du Glücklicher«, antwortete Bob dann und warf den Shaker fast bis an die Decke. »Gratuliere.«

»Ich bin wirklich ein Glücklicher, Bob.«

»Und wann gehst du mit ihr endlich ins Bett? John, du mußt etwas wagen! Wenn sie die Tür aufgeschlossen hat, sofort hinterher! Das imponiert!«

»Norma würde es erschrecken. Unsere Liebe wächst wie eine Pflanze, Bob. Wie ein Baum, den einmal kein Sturm mehr entwurzeln kann. Sie ist etwas ganz Großes, unsere Liebe ...«

Morgens um drei sagte dann Bob zu Norma: »Übertreibst du nicht ein bißchen bei John? Wenn der Junge an deinen heißen Lippen klebenbleibt ...«

»Eifersüchtig, Wassjenka?«

Sie räkelte sich, schob ihre Brüste zu seinen Händen und genoß mit geschlossenen Augen, zitternden Lidern und bebenden Lippen das Spiel seiner Finger mit ihren Brustwarzen. Ihre Schenkel öffneten sich dann, und meistens krallte sie ihre Hände in seine Haare und zog ihn mit einer atemlosen Brutalität über sich.

»Du machst mich wahnsinnig ...«, keuchte sie, biß wie immer in seine Schulter und ließ ihn mit den Zähnen nicht mehr los. »Du Bär! Du verrückter Bär! Du verrückt machender Bär! Ich verliere den Verstand ...«

Wer konnte da noch über John Barryl sprechen?

»Gehen wir!« sagte Bob jetzt und schob seine Beine von dem Stuhl. »Um 16 Uhr ist der Vortrag über die U-Boot-Basen der Amerikaner. Gehst du hin, John?«

»Ich mache den Mähdrescher sauber, Bob. Erzähl mir nachher, was du gehört hast.«

»Okay.«

Sie gingen zu Norma, gaben ihr die Hand und durften sie auf die Wange küssen. John rechts, Bob links.

Freunde.

Und untergehakt verließen sie Billy Ramplers Hamburgerparadies.

Zwei Wochen lang stemmte sich Bob Miller gegen jedes innere Drängen, den Sender wieder auf Empfang zu stellen und zu hören, was draußen in der Welt geschehen war. Er wußte, daß Dewjatow seinen Funkspruch an General Orwell original weitergegeben hatte und man in der Zentrale des CIA nur eine Erklärung hatte: Major Miller muß verrückt geworden sein.

Orwell allerdings war klüger. Als er Bobs Antwort erhielt, regte er sich nicht auf, er stellte auch nicht den Antrag, den Major Miller in Abwesenheit vor einem Militärgericht anzuklagen und die Verhandlung so lange auszusetzen, bis er wieder greifbar war ... er unterrichtete die Zentrale, daß Bob im Augenblick keine Möglichkeit habe, Frazertown so still zu verlassen, wie er eingedrungen war.

Den Funkspruch heftete Orwell in seinen Privatakten ab und verschloß sie im Panzerschrank.

»Wenn er bloß nicht immer mit Pauken und Trompeten auf die Weiber fiele«, sagte Orwell zu sich. Es tat ihm in dieser Situation gut, mit sich selbst sprechen zu können; einen anderen Partner konnte er dazu nicht nehmen. »Und da ist sicher ein Weib im Rennen! So eine Russin mit einem leicht asiatischen Hauch ...«

Es war verblüffend, wie gut ›Papa‹ Orwell, so nannte man ihn, seinen ›Sohn‹ Bob Miller kannte. Die Hoffnung blieb jedenfalls, daß Bob in absehbarer Zeit wieder aus den weichen Armen auftauchte und dann vernünftig war. Das hatte man oft genug erlebt. Es gab keine Frau, die Bob Miller länger als vier Wochen mit ihren Schenkeln festhalten konnte.

Und das war Orwells großer Irrtum. Hätte er Dunja Andrejewna gekannt, wäre ihm die Gefahr bewußt geworden, in der sich sein bester Mann befand. Die Gefahr, dieser einen, wunderbaren Frau für immer zu gehören.

Für Dewjatow war Millers Schweigen der beste Schutz. Die Spezialisten aus Kiew saßen mit hängenden Köpfen herum, mußten sich Versager, alte Eisentöpfe, Hirnlose und mehr solcher bösen Worte schimpfen lassen, vor allem der KGB-Major aus Odessa überbot sich in Ausdrücken, die man sonst nur auf Fischmärkten hört, aber was half's. Nur ab und zu noch knatterte es im Äther, immer dann, wenn Dewjatow sein »Melden! Melden!« funkte und dann sofort abstellte. Jedesmal seufzte Kapitän Slobin erbarmungswürdig auf, blickte den KGB-Kollegen mit runden, traurigen Kuhaugen an und nickte vielsagend.

»Ich weiß es endlich! Zu kurz!« schrie der Mann aus Odessa. Er rauchte zwei Packungen Papyrossi am Tag ohne Rücksicht auf Lungenkrebs. »Aber er ist da! Da! Da! Er sitzt vor unserer Nase. In Winniza! Der Gedanke sprengt mich in die Luft!«

Slobin wünschte sich nichts sehnlicher, als daß der KGB-Mann wirklich zerplatzte. Vor über zwei Wochen war der letzte längere Funkspruch des unsichtbaren Gegners hinausgegangen, aber auch das geschah so schnell, daß zwei Peilwagen fast vor der Sowchose zusammenstießen, weil sie aus verschiedenen Richtungen heranrasten. Dewjatow lud Milchkannen auf seinen Bauernwagen, um sie für das Morgenmelken auf die Weiden zu bringen, als die beiden Peilwagen in den großen Hof donnerten.

Da man Dewjatow als einen guten Freund und fleißigen Genossen kannte, winkte man ihm nur kurz zu und stand dann ratlos herum. War es möglich, daß in einer Sowchose ein feindlicher Sender arbeitet?

»Unmöglich ist nichts!« schrie der KGB-Offizier aus Odessa, als die Funkwagen diese Frage durchgaben. »Los, Slobin ... sofort zur Sowchose. Wir stellen sie auf den Kopf! Endlich ein Lichtblick! Alarmieren Sie eine Kompanie ... die Verantwortung übernehme ich im Namen Moskaus!«

Im Namen Moskaus, das war eine gute Sache. Kapitän Slobin lief zu großer Form auf. Eine halbe Stunde später hielten zehn Lastwagen mit Militär bei der Sowchose, die Soldaten sperrten alles ab, stürmten die Gebäude und traten die über Nacht selbstverständlich geschlossenen Türen ein.

Die große Razzia begann.

Um diese Zeit war Dewjatow längst wieder auf dem Land, hatte seinen Sender unter dem Bauernwagen auf Empfang gestellt und wartete auf Bob Miller.

Aber Miller schwieg.

Als man beim CIA unruhig wurde, sagte General Orwell entschuldigend: »Der Major hat den schwersten Job übernommen, der jemals in Auftrag gegeben wurde. Und er hat's geschafft! Jetzt ist es wie beim Bergsteigen. Er hat den Gipfel erreicht und muß nun auf dem gleichen Weg wieder hinunter. Und das ist oft schwerer als hinauf. Wir müssen Geduld haben, meine Herren. Lernen wir von den Russen die Kunst des Wartens. Es täte uns allen gut.«

In der dritten Woche des Schweigens geschah dann das, wovor Bob Miller immer Angst, richtige hündische Angst gehabt hatte.

Norma war nach einer ihrer wilden Nächte wieder zu

ihren Milchzapfhähnen in Billys Restaurant gegangen. Bob hatte die Wohnung aufgeräumt, das Bett gemacht, das Geschirr in die Geschirrspülmaschine gesteckt und das Schlafzimmer gelüftet, das Normas Parfüm wie ein Schwamm aufzusaugen schien, und so berauschend der Duft ihres Körpers auch war, er mußte ihn hinauslassen, denn John Barryl konnte einen solchen Geruch nicht ignorieren. Meistens kam er gegen zehn Uhr, wenn er Spätschicht hatte, oder gegen drei, wenn er morgens seine Hamburger wie ein Künstler garnierte.

Heute hatte John Spätschicht. Bob Miller kochte einen starken Kaffee, stellte Pfanne und Eier und Speck bereit und wartete auf den Freund. Aber es wurde elf Uhr, ohne daß Barryl auftauchte oder anrief, warum er nicht kommen konnte. Um halb zwölf wurde Bob unruhig, setzte seine Mütze auf und machte sich auf den Weg zu John. Es war nur ein paar Ecken weiter, das Schwimmstadion lag zwischen ihnen.

Schon als Bob in die stille Straße mit den sauberen Bungalows und den gepflegten Vorgärten einbog, hatte er das typische Gefühl einer Gefahr. Dann sah er vor Johns Bungalow den Lastwagen einer Möbelfirma stehen. Drei Männer trugen alles, was Barryl ›auf Raten gekauft‹ hatte, auf die Straße und packten es in den Möbelwagen. Die Couch, die Sessel, den Teppich, die Tische, das Fernsehgerät. Sogar Johns Footballhelm, die dicken Handschuhe und die Trikots lagen auf einem herausgetragenen Tisch.

Unter Bobs Haaren begann es zu jucken.

Der Ernstfall, dachte er. Der typische, von uns allen gefürchtete Ernstfall. Die Abkommandierung zum Einsatz. Einen Andrej Nikolajewitsch Plenjakow, Major der Roten Armee, gab es nicht mehr … was jetzt herumreiste, seit der Nacht, also schon seit Stunden, war der perfekte Amerikaner John Barryl, der den Auftrag hatte, in Amerikas Geheimnisse einzudringen.

Die Alarmstufe I war erreicht. Moskaus intelligentester und gefährlichster Mann war unterwegs.

Mein Freund John, dachte Bob Miller bitter. Als Mensch

ein wirklich guter Freund, aber was bedeutete jetzt noch Menschlichkeit. Die Maschinerie der Vernichtung lief an … die gegensätzlichen politischen Welten kannten keine Flucht in seelische Reservate.

Er beschleunigte seine Schritte und ging an den Möbelpackern vorbei, die ihn groß anschauten, in Johns Haus. Im leeren Wohnzimmer stand der Chef der Möbelhandlung, bei der auch Bob seine Möbel bestellt hatte, und grinste ihm entgegen.

»Gestern war er noch hier«, sagte Bob heiser vor Erregung.

»Ja, so schnell geht das.« Der Möbelhändler, in Wirklichkeit Oberstleutnant der sowjetischen Raketenregimenter, zeigte mit dem Daumen gegen die Wand. »Eigentlich ist es ja verboten, aber ich weiß, wie dick eure Freundschaft war. Da hängt was.«

Bob Miller riß den Zettel ab, den John auf einen Nagel in der Wand gesteckt hatte. Das letzte Zeichen vor dem großen Dunkel, in das er verschwunden war.

Nur ein paar schnell hingeworfene Zeilen auf russisch:

»Wassja Grigorjewitsch, leb wohl. Es ist soweit. Habe keine Zeit zum Abschied, auch nicht von Norma. Geh zu ihr, tröste sie. Sag ihr: Ich liebe sie. Und wenn ich zurückkomme, werde ich sie finden, wo sie auch ist. Ich freue mich auf den Einsatz, so traurig ich auch bin, euch verlassen zu müssen. Ich umarme Dich, mein liebster Freund. Vielleicht treffen wir uns zufällig in Amerika? Gib Norma von mir einen Kuß … ich erlaube es Dir jetzt. Euer Andrej Nikolajewitsch, morgens um zwei Uhr.«

Bob Miller steckte den Zettel in die Hosentasche und sah den Möbelhändler an.

»So wird es uns allen passieren«, sagte er.

»Deshalb sind wir ja hier.« Der Möbelhändler machte eine weite Handbewegung. »Nur dieses blöde Theater. Möbel abholen. Morgen kommt ein neuer Mieter … Möbel herbringen. Hin und her … ich mache das jetzt ein halbes Jahr. Ist das nicht blödsinnig?«

»Es soll eben alles wie in der Wirklichkeit sein«, sagte Bob. »Das ist es ja. Die Perfektion des amerikanischen

Lebens nachvollziehen. Das macht uns keiner nach, Genosse.«

»Nein, wirklich keiner!« rief der Möbelhändler patriotisch. »Jetzt wird es Tränen bei Norma geben.«

»Das werde ich gleich sehen. Ich gehe sofort zu ihr.«

»Bringen Sie es ihr schonend bei. Löffelweise.«

»Es wird eine schwere Sache werden, Genosse ...«

Bob Miller nahm für die Fahrt zum Fluß einen Bus. Er hielt gerade, und Bob sprang auf. Als er von weitem dann Ramplers Riesenhamburger auf dem Dach sah, klopfte ihm doch das Herz.

Er sah, wie Norma ihn erstaunt anblickte, als er ins Lokal kam. Es war nicht seine Zeit. Billy stand in der Küche und winkte ihm mit einem langen Messer zu, mit dem er gerade Gurken schnitt.

»Lehn dich an die Wand, Dunjaschka ...«, sagte Bob und kam hinter die Theke. »Oder setz dich. Du wirst weiche Knie bekommen ...«

Sie starrte ihn an, und ihre schwarzen Augen wurden wieder weit und rund und unendlich tief, wie er sie kannte, wenn sie sich unter ihm verströmte. Sie lehnte sich gehorsam an die Wand und streckte die Hand aus.

»Was ist, Wassjenka?«

Bob holte den Zettel aus der Tasche und gab ihn Norma. Sie las ihn, ließ ihn sinken und schwieg eine Weile. Nur ihre Augen sprachen ... sie suchten in weiten Fernen.

»Was nun?« fragte sie endlich. Bob hatte es vermieden, jetzt zuerst zu sprechen.

»Nun sind wir allein, Dunja.«

»Und wann ... wann bist du morgens um zwei Uhr verschwunden ...?«

»Du wirst es erleben, denn dann bist du ja bei mir ...«

»Ich werde schreien, schreien, schreien!«

»Es hilft nichts, das weißt du. Wir sind nicht hier, um Pensionäre zu sein. Jeder von uns weiß, was er zu erwarten hat.«

»Ich klammere mich an dich. Sie müssen mich mit dir wegtragen. Wassja, man darf uns nicht trennen! Nie! Nie! Wie soll ich leben ohne dich?«

»Noch bin ich hier.«

»Noch! Noch! Aber wie lange noch? Wie lange? Hat John gewußt, wann er wegmuß?«

Rampler kam aus der Küche. Er hatte den letzten Satz gehört. »Was ist mit John?« fragte er rauh. Er ahnte es. Er brauchte nur Dunja anzusehen.

Sie gab ihm Barryls Zettel, er las ihn und legte ihn dann auf die Theke. Damit er nicht wegwehte, stellte er einen Milchbecher drauf. »Wir müssen den Arsch zusammenkneifen«, sagte er rostig. »Verflucht, wir vergessen hier völlig, daß wir für Rußland arbeiten. Denken wir an John mit Hochachtung. Er hat jetzt die Ehre, dem Vaterland zu dienen. Noch mal verflucht! Keiner konnte so schöne Hamburger machen wie er. Der Umsatz wird zurückgehen.«

Mehr war darüber nicht zu sagen. Andrej Nikolajewitsch Plenjakow, genannt John Barryl, war auf dem Weg, ein Held der Sowjetunion zu werden.

An diesem Abend rief Bob bei Hillmoore an und erzählte ihm, daß ihn eine Art Magenkrampf plage. Vielleicht käme es daher, daß er in einem Anfall von Schwachsinn Mineralwasser statt Whiskey getrunken habe.

Hillmoore lachte schallend und sagte: »Leg dich hin, Bob, und nimm eine gute lebende Wärmflasche ins Bett. Das hilft gegen alle Plagen. Einen Abend schaffen wir es auch ohne dich. Gute Besserung.«

Zu der mit seinem russischen Kontaktmann verabredeten Sendezeit zog Bob die Antenne aus dem in Amerika speziell für ihn konstruierten Transistorradio. Der Knopf ›Mittelwelle‹ ließ sich eindrücken … dann war der Sender eingeschaltet. Drückte er ›Langwelle‹, dann war er auf Empfang. Der Knopf für die Tonblende war auffallend lang und federnd. Wenn man ihn als Taste benutzte, konnte man damit Morsezeichen senden. Ein Zerhacker im Inneren des Radios verstümmelte die Zeichen zu plumpen Knackgeräuschen.

Das vereinbarte MELDEN! MELDEN! MELDEN! flog in den Äther. Aber diesmal war es Dewjatow, der schwieg. Er hatte beschlossen, eine Woche lang eine Pause einzulegen, um die Peilwagen aus Kiew zu verunsichern und die Spuren, die man mit Verbissenheit aufgenommen hatte, zu verwischen. Die Durchsuchung der Sowchose hatte natürlich nichts ergeben, bis auf einen heftigen Papierkrieg zwischen der Sowchosenverwaltung, der Militärkommandatur und dem KGB in Odessa. Parteifunktionäre waren jetzt damit beschäftigt, die wütenden Seiten zu beschwichtigen und mit wohltönenden Worten zuzudecken. Kapitän Slobin sah verfallen aus, gelblich und leidend, der KGB-Offizier aus Odessa litt an zu hohem Blutdruck, und die Spezialisten der Funkabteilung Kiew saßen tatenlos herum, horchten den Äther ab und spielten zwischendurch Schach.

Endlich, gegen ein Uhr nachts, gelang es Bob Miller, die Verbindung zu Dewjatow herzustellen. Auch Awdej Konstantinowitsch hatte, ohne den Willen, selbst zu senden, die kritische Wellenlänge eingestellt und hörte verblüfft aus seiner Stereoanlage das vertraute: MELDEN! MELDEN!

»Man kann sich auf nichts mehr verlassen«, sagte er mürrisch. »Ich denke, er wollte schweigen?«

Er stellte auf Sendung und antwortete knapp: HÖRE!

Bob Miller atmete auf. Er hatte seine Meldung schon nach dem Codebuch ›Der alte Mann und das Meer‹ zusammengestellt und funkte nun rasend schnell die wohl wichtigste Meldung, die der CIA in den letzten Jahren erhalten hatte:

JOHN BARRYL SEIT GESTERN 2 UHR MORGENS IM EINSATZ USA. AUFTRAG VERSTANDEN. MELDE MICH AUS IRKUTSK ODER JAKUTSK WIEDER. BEI GEGNER ALLE US-U-BOOT-STÜTZPUNKTE BEKANNT. ENDE.

Es war eine Meldung, bei der sogar Dewjatow blaß wurde. Er verzichtete darauf, den Empfang zu bestätigen, und ging ans Fenster. Unten auf der Ulinskaja jagte ein Peilwagen vorbei und verschwand um die nächste Ecke. Dewjatow atmete hörbar aus und beglückwünschte sich, jetzt geschwiegen zu haben. Kapitän Slobin dagegen wurde leichenblaß, als ihm einer der Peilspezialisten meldete, daß die Funksignale dieses Mal nicht aus Winniza kommen könnten. Irgendwo in der Umgebung saß der Sender, aber wie immer reichte die Zeit nicht aus, um den genauen Standort ausfindig zu machen.

»Aber der Kerl in Winniza muß antworten!« schrie der KGB-Mann aus Odessa. »Geduld! Geduld! Wir bekommen ihn. Einmal verrät er sich. Die Erfahrung hat bewiesen, daß jeder irgendwann unvorsichtig wird. Nur nicht nachlassen, Genossen!«

Bob Miller wartete auf die Antwort von Dewjatow. Er saß vor seinem Transistorgerät, den kleinen Knopfkopfhörer im Ohr, und schickte in Abständen von zehn Minuten ganz kurz den Ruf BESTÄTIGEN! hinaus. Als Dewjatow weiterhin stumm blieb, stellte er den Sender ab und schaltete auf leise Musik über. Sie jagen ihn in Winniza, dachte er. Aber Dewjatow ist ein raffinierter Kerl. Wenn er meine Meldung an Orwell in Gruppen absetzt, bekommen sie ihn nie. Immer nur fünf Sekunden, dann eine Stunde Pause. Die Peilspezialisten müssen wahnsinnig werden.

Er wollte sich eine Zigarette anstecken und beugte sich zu der Schachtel etwas vor, als hinter ihm eine Stimme sagte: »Wassja …«

Im Sitzen, aber mit einem wilden Schwung, fuhr Bob herum. In seinem Ohr stak noch der Knopfkopfhörer, durch das dünne Kabel mit dem Funkgerät verbunden.

Norma Taylor stand neben der Zimmertür. Sie hatte die Hände gegen ihre Brüste gepreßt. In ihren Augen stand das blanke Entsetzen.

»Dunja!« Bob Miller riß den Kopfhörer aus seinem Ohr und warf ihn weg. Eine unsichtbare Faust schlug mitten in sein Herz und lähmte es. »Dunja …«, sagte er tonlos. »Wie … wie lange stehst du schon dort …«

»O Wassja …«, stammelte sie. »Wassja …«

»Wie lange?« brüllte Bob. Er stürzte zu ihr, riß sie von der Wand und preßte sie an sich. »Warum schleichst du hier herum?«

»Ich … ich habe Licht gesehen. Ich wollte … wollte dich

überraschen. Wassja …« Sie starrte ihn an. Das Unbegreifliche, das sie zu begreifen begann, zerstörte ihr Gesicht. »Was hast du getan? Wassjenka, was hast du bloß getan …«

»Dunja, hör mich ganz ruhig an«, sagte er heiser. »Sei ganz ruhig. Wir müssen jetzt stark sein, wir müssen beide ganz stark sein …«

»Was hast du getan?« schrie sie plötzlich auf. Ihre Hände krallten sich in sein Haar und rissen an ihm. Sein Kopf flog hin und her, und er starrte in ihre Augen, die wie zwei Höhlen waren. »Wassja! Laß uns beide sterben, wenn das wahr ist!«

»Was hast du gesehen?« Er hob sie hoch, trug sie zur Couch, aber sie ließ sich nicht in die Polster drücken, sie stemmte sich gegen ihn, krallte sich weiter in seinen Haaren fest und hing fast an seinem Kopf.

»Alles, alles habe ich gesehen …«, schrie sie ihm ins Gesicht. »Das ist kein Radio, das ist ein Sender …«

»Ich muß dir etwas erklären«, sagte er rauh. »Dunja, wir haben einmal gesagt, es gäbe auf der Welt nur dich und mich, alles andere sei unwichtig. Dunja, sei ruhig, sei ganz ruhig …« Sie begann heftig zu zittern, und er legte die Arme um sie und preßte sie an sich. Ihr Kopf schlug gegen seine Brust, als sei sie eine Mauer, die sie mit der Stirn einrennen müsse. »Ich liebe dich, Dunja. Vergiß es nie, wie unsagbar ich dich liebe …«

»Wer bist du?« schrie sie gegen seine Brust. »Wer bist du?«

»Major Bob Miller …«, sagte er tonlos.

»Das weiß ich! Hier! Wer bist du wirklich?«

»Immer nur Bob Miller.«

Sie stieß sich mit den Fäusten von ihm ab und starrte ihn entsetzt an. So schnell sie begriffen hatte, daß er heimlich funkte, so unvorstellbar war es für sie, daß in Frazertown wirklich ein Amerikaner eingedrungen sein sollte.

»Wassja …«, stammelte sie.

»Den Wassja Grigorjewitsch Shukow gibt es nur auf dem Papier. Hervorragende Papiere. Dunja …« Er hielt sie am Arm fest, als sie von ihm zurückwich, und zog sie wieder zu sich heran.

»Du … du bist Amerikaner?« sagte sie kaum hörbar. »Ein echter Amerikaner? Du bist der Spion, den sie alle suchen?«

»Ja.« Er ließ sie los und trat zwei Schritte zurück. Ihre Augen hielten ihn fest, und sie begannen zu flimmern, als Bob in die Polster der Couch griff und Foltons Makarov-Pistole herausholte. Er hielt sie Dunja mit ausgestrecktem Arm entgegen. »Sei eine gute Kommunistin«, sagte er. »Sei eine Patriotin! Du wirst einen Orden dafür bekommen …«

Sie schlug mit der Faust gegen die Pistole. Die Waffe flog in einem Bogen durch das Zimmer und fiel neben der kleinen Hausbar auf den Boden.

»Warum erschießt du mich nicht?« schrie sie und stand auf. »Das wäre einfacher. Ich habe dich entdeckt. Du hast noch große, so große Aufgaben vor dir, nicht wahr? Frazertown ist erst der Anfang, nehme ich an. Major Miller vom CIA. Beseitige doch alles, was dir im Weg steht. Hier! Ich stelle mich auf. Richte mich doch hin!«

Sie riß ihre Bluse auf und schloß die Augen. Dabei zitterte sie so stark, daß sie sich kaum noch auf den Beinen halten konnte.

»Du weißt, daß ich das nie kann«, sagte Bob Miller. Er atmete schwer. Sein Herz hämmerte bis in die Kehle hinein. In diesen Minuten entschied sich alles, und er war bereit, jede Entscheidung anzunehmen. Das Ende wie einen neuen Anfang.

»Aber ich soll es tun?« schrie sie hell.

»Du hast allen Grund dazu. Dunja, es gibt auch noch eine andere Möglichkeit.«

»Ich möchte sterben …«, sagte sie und zog mit beiden Händen ihre aufgerissene Bluse wieder vor ihre Brüste. »Bob, wie kann ich noch leben …«

»Du meldest mich General Sinjonew.« Er wurde jetzt ganz ruhig, wie damals auf dem Weizenfeld, als die Soldaten ihn umringten und er glaubte, sie wollten ihn verhaften. Dabei hatten sie nur den Befehl, ihm bei der Ernte zu helfen. »Es wird ein Triumph für dich sein.«

»Und dann? Was passiert mit dir?«

»Ich habe eine Kapsel bei mir. Es geht ganz schnell und schmerzlos.«

»Zyankali?«

»Etwas Besseres. Eine neue Mischung.«

»O Bob! Bob!« Sie lief auf ihn zu, warf sich gegen ihn und umfaßte ihn. Sie taumelten beide, prallten gegen die Hausbar und lehnten sich gegen die schmale Theke. Zu ihren Füßen lag Fultons Makarov. »Gib die Kapsel her. Bitte, bitte, gib die Kapsel her ...«

»Nein, Dunja. Ich weiß, wie ihr mit euren Gefangenen umgeht ...«

»Du sollst nicht sterben! Ich liebe dich, Bob, ich liebe dich! O du gemeiner Hund! Du amerikanisches Aas! Du verfluchter Lump!« Sie weinte plötzlich, hieb ihm mit der rechten flachen Hand ins Gesicht und küßte dann die mißhandelte Wange. »Ich liebe dich ... Wir können doch nur noch sterben! Was können wir denn noch anderes, Bob. – Aber nicht du allein ... ich bleibe bei dir ... gib mir die Hälfte der Kapsel ... Bob, ich flehe dich an, gib mir die Hälfte ...«

Er hob sie hoch, trug sie auf die Couch zurück, legte sie hin und setzte sich neben sie. Sie weinte heftiger, ihr Körper warf sich hin und her, sie löste sich im Weinen auf, und er streichelte ihr Haar, ihr Gesicht, ihren zuckenden Körper, bis sie ihn in die Hand biß, so tief und raubtierhaft, daß sofort das Blut über seinen Handrücken lief.

»Warum hast du das alles getan, Bob?« fragte sie und starrte auf seine blutende Hand. »Warum willst du mein Land zerstören?«

»Warum bist du in Frazertown, Dunja, um für den Einsatz in meinem Land ausgebildet zu werden?«

»Die kapitalistische Welt ist unser Unglück.«

»Für uns ist es die bolschewistische.«

»Und wir zwei lieben uns ...«

»Unendlicher als der Himmel.«

»Gib mir dein Gift, Bob!«

»Sollen wir an dem Wahnsinn der Politik zugrunde gehen?« Er beugte sich über sie, küßte ihre salzigen Lippen und legte dann seinen Kopf zwischen ihre Brüste. So war er oft eingeschlafen, eingebettet in das weiche Polster ihres Körpers. »Ich muß hier raus!« sagte er. »Dunja, ich gebe mich ganz in deine Hand. Du mußt mir helfen, Frazertown zu verlassen … so schnell wie möglich.«

»Du willst weg? Weg von mir?« Sie umfaßte seinen Kopf und drückte ihn so fest zwischen ihre Brüste, daß er nach Luft rang. »Du dreckiger Spion willst flüchten? Und ich? Ich? Mich willst du allein zurücklassen? Allein mit aller Schuld, mit aller Liebe? Du Schuft, du elender Schuft!«

Sie griff nach seinem Hemd, zerriß es über seinem Rükken und schlug die zu Krallen gebogenen Finger in seine Haut. Wie zehn Stahlhaken, so rissen ihre Nägel seinen Rücken auf, kreuz und quer, Strieme um Strieme, bis es aussah, als habe man ihn mit einer nagelbewehrten Nagaika ausgepeitscht. Er stöhnte, noch immer das Gesicht zwischen ihren Brüsten, und zog vor Schmerzen die Beine an. Aber er wehrte sie nicht ab.

»Wann … wann willst du weg?« fragte sie plötzlich.

Er zuckte hoch, aber sie schlug ihm mit der Faust auf den Hinterkopf. Halb betäubt fiel er zwischen ihre Brüste zurück.

»Dunja …«, ächzte er. »O Dunja! Es liegt jetzt alles in deiner Hand.«

»Ich werde dich nie wiedersehen.« Sie legte ihre Hände flach auf seinen aufgerissenen Rücken, als seien sie ein kühlender Verband. »Nie wiedersehen! Das überlebe ich nicht, Wassjenka … das kannst du nicht von mir verlangen …«

»Es ist alles plötzlich zu Ende – und dann ohne Wiederkehr –, wenn man entdeckt, daß ein Wassja Grigorjewitsch Shukow als Bob Miller nie nach Frazertown versetzt worden ist. Ich werde bei General Sinjonew in keiner Liste geführt. Nur weil man sich hier so sicher ist, prüft keiner nach. Aber wie lange geht das noch gut? Eines Tages wird man nachdenklich werden, warum alle zum Einsatz abkommandiert werden, nur dieser Bob Miller nicht. Und dann sieht man doch in den Listen nach ... Dunja, weißt du, was dann passiert?«

»Ja ...«

»Dann gibt es keine Rettung mehr. Aber jetzt, jetzt kannst du noch alles retten ... Du allein!«

»Um dich nie wiederzusehen.« Sie streckte sich aus, und Bob hatte endlich die Möglichkeit, aus ihren Brüsten und aus der Reichweite ihrer Fingernägel zu entkommen. Über seinem Rücken loderten Feuer. »Noch zwei, drei Monate mit dir ... und dann sterben! Ist das nicht besser? Wassja, ich bin ohne dich nichts mehr. Nichts! Ich lebe nur durch dich. Du hast mich in dich aufgesaugt. Du hast einen Menschen aufgelöst. Eine größere Liebe gibt es nicht.«

Er stand auf, riß sich das zerfetzte Hemd vom Körper, streifte die Hose ab und tappte nackt unter die Dusche. Dort ließ er eiskaltes Wasser über seinen zerschundenen Rücken laufen, es brannte höllisch, aber dann setzte die wohltuende Kühlung ein. Naß und nackt, wie er war, ging er zu Dunja ins Zimmer zurück. Sie lag noch immer auf der Couch und starrte gegen die Decke.

»Wenn du mir heraushilfst, sehen wir uns wieder«, sagte er. »Das verspreche ich dir.«

»Wie? Und wo?« Sie drehte den Kopf zu ihm. Ihr Blick tastete seine Nacktheit ab. Ihre Nasenflügel blähten sich wieder. »Wie kannst du so etwas Verrücktes versprechen?«

»Ich werde dich finden«, sagte er. »Die Welt ist klein geworden. Und wenn ich in jedem Land in die größte Zeitung eine Anzeige setze: Ich bin da. Rufe mich an, Dunja! Wir sehen uns wieder. – Dunjaschka, glaube daran. Ich liebe dich über alles, was es auf der Welt gibt – aber es hat keinen Sinn, daß wir gemeinsam in Frazertown zugrunde gehen. Mein Verschwinden wird selbstverständlich sein, so wie auch Johns Weggang ganz normal war ... Dunja, wir haben eine Zukunft, auch wenn jetzt alles wie zerbrochen scheint.«

»Trag mich ins Bett, Bob«, sagte sie leise und schloß die Augen. »Und sprich nichts mehr ... nichts ...«

Er beugte sich über sie, zog sie aus, nahm sie auf seine

Arme und trug sie ins Schlafzimmer. Sie weinte wieder, diesmal lautlos, nach innen hinein, ohne Tränen, aber als er sich neben sie legte, warf sie sich mit einem hellen Aufschrei auf ihn und tobte dann an ihm, unter ihm und über ihm mit einer Liebe, die einer tödlichen Verzweiflung glich. Sie schlug und küßte ihn, sie biß und streichelte ihn, sie schrie ihm die gemeinsten Wörter ins Gesicht und flüsterte die größten Zärtlichkeiten, und sie war unersättlich wie eine Feuersbrunst.

Plötzlich, zwischen zwei tiefen Atemzügen der Erschöpfung, sagte sie:

»Übermorgen werden die Abfalltonnen abgeholt. Von allen Lokalen, Geschäften und dem Supermarkt. Auch bei Billy. Die Tonnen mit dem eßbaren Abfall haben einen grünen Streifen auf dem Deckel. Sie werden in die Sowchose gebracht, zur Schweinemast. Natürlich kontrolliert niemand die Abfalltonnen.«

Er umfaßte ihren herrlichen Körper, der über ihm lag, und küßte ihre an seinem Leib wund gescheuerten Lippen.

»Wenn man in eine Tonne ein paar Luftlöcher bohrt …«, dachte er laut.

»Ich gebe dir meine Atemmaske und zwei Filter mit«, sagte sie. »Wir haben sie bekommen, um bestimmte Übungen zu machen. Man hat uns eingegraben, und wir konnten vierundzwanzig Stunden unter der Erde bleiben. Die Abfalltonnen sind groß genug. Wenn du dich hineinhockst, kann ich noch eine dicke Schicht Gemüse über dich ausschütten.«

»Dunja, du bist ein Engel …«

»Halt den Mund!« sagte sie tonlos. Durch ihren Körper flog wieder der Atem ihres vulkanischen Gefühls. »Oh, halt doch den Mund, du Satan! Ich liebe dich. Ich liebe dich. So wie ich dich, kannst du mich gar nicht lieben …«

Sie nahm wieder von ihm Besitz, eine Flamme, die in dem letzten Tropfen seines Leibes Nahrung fand.

Die Müllabfuhr von Frazertown war gut organisiert. Sie kam zweimal. Mit einem modernen Müllwagen, der den

Abfall gleich zerkleinerte, wurde der tägliche Abfall beseitigt. Der zweite Trupp war spezialisiert, fuhr zwei Lastwagen mit flachen Ladeflächen und lud die verzinkten Tonnen auf, in denen die verwertbaren Überreste gesammelt wurden. In der Sowchose wurde später dieser Abfall genau gewogen, und ein Spezialist – in Rußland sind immer Spezialisten tätig – rechnete aus, wie viele Schweine man mit diesem Zusatzfutter ernähren konnte. Dafür erhielt Frazertown später sein Schweinefleisch abzüglich zwanzig Prozent Schwund, die der gesamten Bevölkerung zugute kamen. Man war schließlich ein sozialistischer Staat.

Wie Norma es gesagt hatte: Niemand kontrollierte die auf dem Deckel grün gezeichneten Abfalltonnen für die Sowchose, Brigade Schweinemast. Stämmige Arbeiter von Frazertown luden sie auf die Lastwagen, und dann vollzog sich der Abtransport nach dem einwandfreien Sicherheitsverfahren. Die Arbeiter fuhren die Autos bis zur dritten Sperre, dort übernahm das Militär die Wagen und brachte sie bis zur ersten Sperre. Vor dem hohen Elektrozaun mit dem Schild ›Nowotschok‹ warteten richtige Müllmänner aus Winniza und lieferten nach einer halben Stunde Fahrt die Tonnen bei der Sowchose ab. Dort rollte man sie in einen Schuppen, um sie am nächsten Morgen in die großen Kessel der Schweinemastküche zu kippen.

Billy Rampler, der seit Johns plötzlichem Weggang darauf wartete, daß man ihm einen neuen Gehilfen schicken würde, sobald neue ›Bürger‹ in Frazertown eintrafen, hatte mit seinen Hamburgern genug zu tun und deshalb kein Auge für Norma, die völlig sinnlos zwischen ihrer Milchtheke und den Abfalltonnen auf dem Hof hin- und herrannte. Zwar hatte sie immer etwas in der Hand, das sie wegwarf, aber an diesem Morgen war sie gereizt und nervös, bellte Billy an, der etwas Belangloses fragte, und schnauzte einen Gast zusammen, der um eine Tasse Kaffee gebeten hatte und warten mußte, weil die Kaffeemaschine noch nicht unter Dampf stand.

»Jetzt dreht sie durch«, sagte Billy Rampler zu dem beleidigten Gast und blinzelte ihm zu. »John ist weg! Zum erstenmal hat es Norma ans Herz gepackt. Das muß man erst mal überstehen. Haben wir Verständnis für das wunde Seelchen. Deinen Kaffee bekommst du in zehn Minuten.«

So kümmerte sich keiner darum, daß Norma ein paarmal den Deckel der Tonne III hochklappte, etwas hineinwarf und sich kurz über den Abfall beugte. Man hätte sich auch gewundert, denn so schön rochen die gegorenen Speisereste nicht.

Bob Miller, der seit dem Morgengrauen in der Tonne hockte, über sich zwanzig Zentimeter Essensreste, die Atemmaske vor dem Gesicht, konnte sich nicht rühren. Aber wenn Norma gegen die Tonne klopfte, gab er mit dem Fingerknöchel Antwort. Alles in Ordnung.

Gegen zehn Uhr kamen die Müllmänner von Frazertown. Es war ein Arbeitsauftrag, unwürdig eines Offiziers der Roten Armee, und jeder, der von Bulder dazu eingeteilt wurde, protestierte zunächst heftig. Doch es half nichts. »Und wenn ihr Scheiße zu Ziegelsteinen pressen und in der Sonne trocknen lassen müßt!« sagte Bulder eindringlich zu den Petitoren. »Euer Gedanke hat immer zu sein: Ich diene meinem Vaterland! Müllabfahren ist eine ehrenvolle Sache.«

Bob zog den Kopf ein, als man seine Tonne ergriff. Sie wurde schräg gestellt und dann auf dem Bodenrand weggerollt. Am Wagen griffen zwei Mann in die Henkel und wuchteten sie auf die Ladefläche. Sie schwankte etwas, stieß gegen die anderen Tonnen und stand dann fest.

Norma stand im Hof von Billys Restaurant und starrte der Tonne nach. Als die Ladeklappe zugeworfen und verhakt wurde, preßte sie die Fäuste gegen ihre Brust und drückte den Schrei zurück, der in ihr aufstieg.

Jetzt, in diesem Augenblick, wo der Lastwagen anfuhr, und die Tonne leicht schwankend aus ihrem Blick verschwand, wußte sie, daß sie Bob nie wiedersehen würde, daß es nie eine Wiederkehr gab, nicht einen Funken Hoffnung auf eine Zukunft. Ein Kapitel ihres Lebens war abgeschlossen und wurde als stinkender Abfall weggefahren.

Was übrigblieb, war das Leben der sowjetischen Agentin Norma Taylor, beim KGB geführt als Oberleutnant Dunja Andrejewna Koroljow, eine Präzisionsmaschine mit menschlichem Körper. Irgendwann schickte man sie nach Amerika. Wie John Barryl. Zur Ehre der Sowjetunion. Für den Sieg der Weltrevolution.

Sie lehnte sich an die Hofwand und blickte dem Wagen nach, der hinüberfuhr zum Supermarkt, der letzten Station, bevor er Frazertown verließ. Ich will nicht mehr leben, dachte sie. O Himmel, wozu soll ich noch leben? Dieser Abschied ist endgültig. Bob, ich kann nicht mehr. Ich kann nicht mehr! Ich bin zerstört ... und Trümmer ebnet man ein. Sie ging mit schleppenden Schritten in das Restaurant zurück und prallte vor der Theke auf den Gast, der noch immer auf seinen Kaffee wartete.

»Norma, wenn Sie den Kaffee erst aus Brasilien oder Kolumbien importieren müssen, sagen Sie's mir«, meinte der Gast. »Ich komme dann in drei Monaten wieder.«

Sie fuhr herum, ihre schwarzen Augen glühten. »Es geht schneller!« schrie sie geradezu hysterisch. »Ich schlage Ihnen in zwei Sekunden den Schädel ein.«

Es war offensichtlich, daß der Gast darauf keinen Wert legte. Er hatte eine Tasse Kaffee bestellt und keinen gespaltenen Kopf. Das ist ein großer Unterschied. Er wich deshalb betroffen zurück und sah hilfesuchend Billy Rampler an, der aus der Küche stürzte, an den Händen frisch angerührtes Hackfleisch.

»Was ist los, Norma?« rief er. »Mädchen, ich kann alles ertragen, nur nicht hysterische Weiber. Du kannst keinen von uns dafür verantwortlich machen, daß man dir John Barryl aus dem Bett holte.«

»Ihr ekelt mich an. Ihr alle, alle!« schrie Norma zurück. »Ich gehe nach Hause. Ich bin krank. Billy, sag keinen Ton, sonst hast du kein Glas mehr im Schrank.«

Sie warf die Schürze weg, so geschickt, daß sie Rampler auf den Kopf flog, und rannte aus dem Restaurant. Vom Supermarkt fuhr der Müllwagen gerade weg, hinauf zu der Ausfallstraße, die zur dritten Sperre führte.

Sie blieb auf dem Uferplatz stehen, darauf wartend, daß sie jetzt das Aussetzen ihres Herzens spürte und tot umfallen würde. Sie hob die Hand und winkte ganz kurz dem Wagen mit den Abfalltonnen zu ... dann umklammerte sie einen Laternenmast, legte die Stirn gegen das Stahlrohr und begriff nicht, warum ihr Herz immer noch weiterschlug, ihre Lungen weiteratmeten, ihr Ohr hörte und ihre Zunge die Tränen schmeckte, die ihr in den Mund liefen.

Später lag sie auf dem Bett ihres Apartments, leer vom Weinen, erschöpft vom Schmerz und streichelte neben sich die Makarov-Pistole, die sie von Bob mitgenommen hatte.

Sie war geladen und entsichert ...

Die Fahrt in die Freiheit war auch in der stinkenden Abfalltonne genau zu verfolgen.

Bob Miller erlebte seinen Abtransport mit wachsender Freude, denn jede Weiterfahrt nach einem Halt bedeutete, die Unüberwindlichkeit Frazertowns zum zweitenmal durchbrochen zu haben. Er zählte mit: Sperre Nummer III. Wechsel der Fahrer. Sperre II, nur ein paar Zurufe. Sperre I, das große Einfahrtstor. Übernahme der Lastwagen durch die Müllmänner von Winniza. Lautes Lachen. Keinerlei Kontrollen. Was Bob befürchtet hatte, trotz Dunjas Dementi, geschah nicht. Man öffnete weder die Deckel der Tonnen, noch stach man mit einem Bajonett hinein. Da war man in Alaska, in Smolenska, genauer gewesen. Da wurden auch die Küchenabfälle direkt an Ort und Stelle in Spezialwagen zermalmt.

Die Fahrt zur Sowchose. Die typischen russischen Landstraßen, holprig, ohne feste Decke. Die Tonnen tanzten auf der Ladefläche, stießen aneinander, und der russische Fahrer legte ein Tempo hin, als seien auch die Uhrzeiten im Soll eingeplant.

Bob preßte Knie und Rücken gegen die Tonnenwand und versuchte, die Stöße aufzufangen. Das Atmen durch die Maske war beschwerlich, der Plastiksack, in dem sein Transistorradio steckte und den er zwischen seine Beine gepreßt hatte, drückte schmerzhaft gegen seine Hoden. Bei jedem Schlagloch war es, als pralle eine Faust gegen seinen Unterleib. Aber es war unmöglich, den Plastiksack woanders hinzuschieben.

Endlich war die Fahrt zu Ende. Die Tonnen wurden abgeladen, in den Schuppen gerollt und abgestellt. Dann quietschte etwas schauerlich ... ein Schiebetor mit verrosteten Rädern, dachte Bob ... und ein Mann, anscheinend der Vorarbeiter der Mastküche, ging von Tonne zu Tonne und schlug mit einem Stäbchen gegen das Blech.

»Dreiundvierzig, Genossen«, sagte eine Stimme. »Zwölf weniger als das letztemal. Wird weniger gefressen? Oder machen sie jetzt aus allem Krautsoljanka? Vergessen alle, daß auch die Ferkelchen leben wollen.«

Bob hörte, wie derbe Stiefelschritte sich entfernten. Er drehte das Handgelenk und blickte auf die Leuchtzeiger seiner Uhr. Kurz vor Mittag. Er wartete noch eine halbe Stunde, schob sich dann hoch, stieß die Essenreste über seinem Kopf vorsichtig nach oben und drückte mit seinem Schädel den Deckel der Tonne auf. Ganz langsam, Zentimeter um Zentimeter. Die Speisereste quollen über den Rand und klatschten auf den Zementboden. Er hatte den Kopf endlich frei, konnte über den Tonnenrand blicken und riß sich die Atemmaske vom Gesicht. Die Luft, obgleich angefüllt mit dem Gestank gegorener Abfälle, schien ihm in diesem Augenblick so köstlich wie die reine Luft in den Rocky Mountains. Er blickte sich nach allen Seiten um, sah sich in einem Wald von Tonnen stehen und kletterte ins Freie. Seine Gelenke und Muskeln waren wie betäubt ... er legte sich auf die Tonnen, die dicht an dicht standen, streckte Arme und Beine in die Höhe und stieß mit ihnen nach oben, so wie ein Maikäfer Luft einpumpt, ehe er zu fliegen beginnt.

Erst als er merkte, daß ihm seine Muskeln wieder gehorchten, nahm er seinen wertvollen Plastikbeutel in die Hand und ging über die Tonnen, sprang an der Einfahrt auf den Boden und suchte ein Versteck. Es war eine große Lagerhalle, in der nicht nur Abfalltonnen standen, sondern auch unbrauchbare, verrostete Maschinen und verrottete

Traktoren, deren Reparatur sich nicht mehr lohnte, aber die man trotzdem aufbewahrte, weil auf einer Sowchose jede Schraube Staatsbesitz ist und eine Vernichtung – selbst bei stärkstem Rostanfall – als Sabotage ausgelegt werden konnte. Es kam ganz auf den Genossen Natschalnik an.

Bob Miller entschied sich, bis zur Nacht unter dem hintersten Traktor Quartier zu beziehen. Er war gut geschützt, alte Bretter und Kistenreste stapelten sich davor und hielten jeden ab, in diese Ecke vorzudringen, wenn es nicht unbedingt nötig war. Hier verkroch sich Bob und wartete auf die Dunkelheit.

Ein paarmal kamen Sowchosenarbeiter in den Schuppen und rollten etwas weg oder dazu, aber sonst war es angenehm still und kühl. Auch an den Gärgestank konnte man sich gewöhnen. Bob schloß die Augen und dachte intensiv an Dunja. Wie würde sie die erste Nacht allein ertragen? Ihm fiel plötzlich ein, daß er die Makarov bei ihr gelassen hatte, und Angst kroch in ihm hoch. Tue es nicht, Dunja, dachte er – und wenn es das gibt, daß Gedanken über weite Entfernungen hinweg körperlich spürbar werden, dann mußte sie es jetzt in sich spüren. Ich hole dich zu mir, wenn ich Sibirien überlebe. Ich schwöre es dir. Es ist mein letzter Auftrag. Ich nehme meinen Abschied, und irgendwo auf dieser Welt wird sich ein Platz finden, wo wir ein Leben führen in einem eigenen kleinen Paradies. Wie das klingt! Wußtest du nicht, Dunja, daß ich ein Romantiker bin? Ein Romantiker mit dem härtesten Job dieser Menschheit. Dunja, leg die Makarov weg … nur noch ein paar Fotos von eurer verdammten neuen Raketenbasis am Fluß Lindya – dann suche ich dich. Sei eine gute Russin … warte, warte …

Das Licht vor den trüben Drahtglasfenstern der Halle verblich langsam, die Dunkelheit schwamm herein, auf der Sowchose tutete eine Dampfhupe das Schichtende ein. Bob hörte Lastwagen anfahren, das typische Knattern von Traktoren, aber in den Schuppen kam niemand mehr. Dann erstarb auch der letzte Laut, die Wache bezog ihr Zimmer neben dem Verwaltungsgebäude. Eine der herrlichen warmen Nächte von Winniza hatte begonnen.

Bob Miller hielt aus bis gegen Mitternacht. Erst dann kroch er aus seinem Versteck, schob die Tür des Schuppens einen Spaltbreit auf und sicherte nach allen Seiten. Der Hof lag leer, in allen Gebäuden war es dunkel. Er glitt hinaus in den Schatten, den das Vordach der Scheune warf, und rannte lautlos, auf den Zehenspitzen vorwärts federnd, aus dem Innenhof der Sowchose. Irgendwo bellte plötzlich ein Hund, aufgestört durch seinen Instinkt ... aber da hatte Bob die Sowchose schon verlassen, war auf dem freien Land und huschte zwischen den Bäumen einer Obstplantage davon.

Eine halbe Stunde später erreichte er Dewjatows Scheune in den Weinhängen, erholte sich, nach Luft ringend, von dem ununterbrochenen Lauf und packte dann seinen Sender aus. Wenn Dewjatow zuverlässig war, stellte er in zehn Minuten sein Funkgerät auf Empfang.

Bob Miller blickte auf die Uhr. Genau auf die Sekunde drückte er den Sendeknopf. Nur fünf Sekunden. Nur ein Ruf.

PLAN I. PLAN I.

In Winniza holte man Kapitän Slobin und den KGB-Mann aus Odessa wieder aus den Betten. Sie waren in bester Laune, den armen Spezialisten aus Kiew, der sie geweckt hatte, zu zerfleischen.

»Er ist wieder da«, rief der unglückliche Mann. »Aber nach unseren Meßvergleichen haben wir ihn jetzt. In der Sowchose ...«

»Genosse, bringen *Sie* ihn um!« sagte Slobin müde. »Ich habe nicht mehr die Kraft dazu. In der Sowchose! Ausgerechnet! Mann, flüchten Sie, ehe ich Sie kastriere!«

Es war, das wußte Slobin leider nicht, der letzte Funkspruch für lange Zeit.

Dewjatow erschien eine Stunde später auf einem Motorrad. Er wollte Bob mit einer spontanen Umarmung begrüßen, prallte dann aber entsetzt zurück: »Wassja Grigorjewitsch, Hölle, Sie stinken fürchterlich! Was ist los mit Ihnen? Verfaulen Sie innerlich?«

»Der Gestank hat mich in die Freiheit getragen, Andrej

Konstantinowitsch. Atmen Sie ihn tief ein … so riecht das neue Leben.«

»Aber so kommen Sie keinen Meter weiter. Schwimmen wir im Fluß, ja? Ich erzähle Ihnen dann alle Einzelheiten, die General Orwell befohlen hat. Mein Gott, wie kann man so stinken?«

»Wenn man sieben Stunden in einer Abfalltonne sitzt. Mein lieber Dewjatow, für mich riecht es wie Rosenduft.«

Später, nach dem Bad im Bug, lagen sie im Stroh und betrachteten beim Schein einer Taschenlampe die Karte, die Dewjatow mitgebracht hatte. Sibirien, die Lena, das flache Schwemmgebiet westlich des riesigen Stromes. Die Lindya und nördlich von Borolgustakh ein roter Punkt. Dewjatow nickte und zeigte auf die Markierung.

»Da ist es. Aus dem Boden gestampft. Wir wissen nur, daß die Basis Werchokrassnoje heißt. Das neunte Werchokrassnoje in Sibirien! Wie Sie da herankommen, wird Ihnen überlassen.«

»Zu gütig. Und welche Unterstützung habe ich?«

»Keine. Nur eine Funkverbindung nach Jakutsk. Die Frequenz gebe ich Ihnen noch. Sie stehen völlig allein.«

»Welch eine Beruhigung!« Bob Miller studierte wieder die Karte. »Und Orwell meint, ich schaffe das?«

»Nur Sie! Und allein! So etwas kann man nur allein machen …« Dewjatow packte aus seiner Aktentasche Brot, kaltes Fleisch und eine halbe Flasche Rotwein aus. »Essen wir etwas, Wassja Grigorjewitsch. Mit einem satten Bauch kommen auch gute Gedanken.«

Zwei Tage später bestieg Bob Miller, jetzt wieder der Major der Roten Armee, der Genosse Shukow, den Zug von Winniza nach Kiew. In Kiew stieg er um in den Expreß nach Moskau. Niemand kontrollierte ihn, niemand sah ihn scheel an, niemand wagte auch nur, ihn anzusprechen. Warum auch?

Ein Major auf der Fahrt nach Moskau – na, Genossen, was ist denn schon dabei? Wie viele Majore fahren täglich nach Moskau …

Shukow sah Moskau zum erstenmal.

Aber deswegen war es ihm in keinem Augenblick, von dem Moment an, als er aus dem Kiewer Expreß stieg, eine fremde Stadt. Es gehörte zur Grundausbildung in Alaska, die sowjetischen Großstädte kennenzulernen. Nicht nur die topographischen Dinge, die Stadtgeschichte, die öffentlichen Gebäude, Kirchen, Klöster, Theater, Schulen, Kaufhäuser und Märkte ... so wie man in Physik und Chemie nach guter alter Schultradition einzelne Formeln auswendig lernen muß, so hatten Shukow und seine Alaska-Kameraden stur alle Pläne der wichtigsten russischen Städte im Kopf.

Mit geschlossenen Augen vor den jeweiligen an der Wand hängenden Spezialkarten sitzend, konnten sie nach einem Jahr hersagen, was man sie fragte.

»Komplex Samarkand: Auf welche Straße mündet die Pendjikentskaja?«

Antwort: »Auf die Taschkentskaja.«

»Komplex Nowosibirsk: Sie wollen von der Werschanskaja zur Khmelnitskogo. Wie gehen Sie?«

Antwort: »Über die Frunse-Straße zum Krasnaja Prospekt, diesen hinunter, über die Eisenbahn und die Kanalbrücke. Hinter der Brücke rechts ab ist die Khmelnitskogo.«

Shukow hatte bei diesem Gedächtnisspiel einmal einen grandiosen Erfolg, über den noch viel im Lager Smolenska gelacht wurde. Als General Orwell ihn fragte: »Wie kommen Sie am schnellsten vom Gorki-Park zum Ismailowski-Park?«, antwortete Shukow, ohne zu zögern: »Ich setze mich in die U-Bahn und fahre hin. Von Station 5 zu Station 24.«

Dagegen war nichts einzuwenden, es stimmte genau. Und außerdem war es typisch für Shukow, sich außerhalb von Konventionen zu bewegen. Jeder andere Gefragte hätte einen langen Weg mit vielen Straßennamen beschrieben und damit bewiesen, wie gut er gelernt hatte ... für Shukow hingegen waren die einfachsten Dinge die besten.

Jetzt, in Moskau angekommen, hielt er sich nicht damit auf, zuerst die Stadt anzusehen, so sehr es ihn reizte, als Amerikaner in sowjetischer Offiziersuniform über den Roten Platz zu gehen oder im Kremlgarten auf einer Bank zu sitzen, sich von Rekruten grüßen zu lassen oder im Restaurant ›Baku‹ sich aserbaidschanisches Essen servieren zu lassen. Er ging vielmehr sofort zu dem nächsten Taxistand außerhalb der riesigen Bahnhofshalle und klopfte gegen die Scheibe des ersten Autos in der Reihe. Der Fahrer blickte gleichgültig zu ihm hinaus und verzog keine Miene.

Shukow riß die Tür auf und ließ sich auf das Polster fallen. Da ein sowjetischer Taxifahrer ein Staatsangestellter ist, kann es ihm gleichgültig sein, ob er fährt oder nur herumsteht. Die mühevolle Aufgabe, kreuz und quer durch Moskau zu fahren, kann man so auf ein Minimum beschränken, vor allem bei ausländischen Besuchern, die hilflos vor einem Taxi stehen und immer wieder rufen: »Kreml! Kreml!« und ein höfliches »Njet!« als Antwort bekommen. Warum njet, das wird nicht erklärt. Der Genosse Taxifahrer ist eben nicht in Stimmung.

Das ändert sich schlagartig, wenn man einfach die Tür des Autos aufreißt, sich hineinsetzt und seinen Wunsch vorbringt. Dann muß der gute Genosse fahren, denn wer im Auto sitzt, hat Anspruch auf Beförderung. Man muß das nur kennen.

»Wohin, Genosse Major?« fragte auch jetzt der Fahrer sehr höflich.

»Flugplatz Wnukowo!« sagte Shukow knapp. »Aber schnell!«

»Zahlen Sie die Strafen, Genosse Major?«

»Mit schnell meine ich, daß Sie endlich losfahren.« Shukow lehnte sich in die Polster zurück und blickte hinüber zum Bahnhof. Wie alle Moskauer Bahnhöfe glich er einem Palast, so wie alle öffentlichen Gebäude einen absoluten Repräsentationswert haben. Visitenkarten eines Landes, das der übrigen Welt zeigt: Seht her, das neue Rußland ist das schönste Rußland, das es je gab.

In Wnukowo wird es Schwierigkeiten geben, dachte Shukow. Die Flüge nach Irkutsk werden ausgebucht sein, und eine Uniform nützt da gar nichts, auch wenn in Rußland – wie überall und ohne Ausnahme – der Träger einer Uniform sich automatisch über den allgemeinen Stand anderer Menschen erhebt.

Das Taxi sauste los, mit lautem Motor und klapperndem Getriebe. Shukow beugte sich vor und tippte dem Fahrer auf die Schulter.

»Hält er durch bis zum Flugplatz? Wenn Sie merken, daß der Motor zur Seite herausfällt, sagen Sie es rechtzeitig.«

»Wenn Sie es bezahlen, Genosse, fahre ich Sie mit dem Auto bis Irkutsk!« rief der Fahrer über die Schulter. »Ein zuverlässiges Tantchen ist sie. Dieses Klappern? Was soll's? Haben wir nicht das Weltall erobert? Da wird man doch noch bis Wnukowo kommen können.«

Shukow nickte und überließ sich der Betrachtung der Stadt. Sie fuhren um Moskau herum, durch moderne Vorstädte, durch Waldstücke, in denen einige Datschas lagen, vorbei an Fabriken und Sportplätzen. Dann kam ein langes, abgesperrtes Militärlager, eingezäunt mit doppeltem, hohem Drahtgitter, hinter dem Jeeps auf einer schmalen Waldstraße Patrouille fuhren.

Nach über einer halben Stunde schneller Fahrt sahen sie den Radarturm von Wnukowo und bogen auf die breite betonierte Zufahrtsstraße ein.

Der Fahrer spitzte die Lippen und pfiff vergnügt vor sich hin. »Na?« fragte er nach dieser Einleitung. »Hat das Tantchen durchgehalten? Sind Sie zufrieden, Genosse Major?«

»In der Polsterung steht eine Feder hoch. Sie sollten das reparieren.«

»Ein guter Rat, Genosse Major.« Der Fahrer drosselte das Tempo und grinste durch den Rückspiegel zu Shukow hin. »Aber wie? Baue ich den Sitz raus und bringe ihn in eine Polsteranstalt ... wie lange dauert das? Sollen die Fahrgäste auf dem Autoboden sitzen oder auf einer Stange wie die Hühner? Melde ich es dem Genossen Ersatzteillagerleiter und bitte um einen neuen Sitz, wirft er mich aus dem Büro oder läßt mich an einen Psychiater überweisen.

Repariere ich es selbst ... wer bezahlt mir das? Also bleibt die Feder so, wie sie ist ... für die wunden Hintern der Fahrgäste ist die Beschwerdestelle zuständig. Aber wer beschwert sich? Niemand! Warum auch? Wird's besser dadurch? Die Verantwortlichen werden nur nervös, und ist das gut, na?«

»Das ist ein Sauladen bei euch!« sagte Shukow grob. »Wenn Sie nun einen Ausländer fahren?«

»Oh, das ist kein Problem.« Der Fahrer bog in die Auffahrt ein und hielt vor dem langen Gebäude der Abflugabfertigung. »Sind es Amerikaner, sage ich: Ihr seid auf dem Mond gelandet und habt trotzdem noch Gangster. Sind es Franzosen, sage ich: Rußland hängt nicht von einem kaputten Federchen ab. Fragen Sie Ihren Napoleon! Sind es Deutsche, sage ich: Natürlich müssen Sie kritisieren. Was wäre ein Deutscher ohne Meckern? Und sind es Chinesen, sage ich: Ach, leckt mich doch am Arsch! – Es hat immer gewirkt. Genosse Major, wir sind da! Die Taxe, die staatliche, beträgt ...«

Shukow gab dem Fahrer einen Rubel Trinkgeld, den er eigentlich nicht annehmen durfte, aber dennoch einsteckte mit der Bemerkung, er hebe ihn als Andenken an den freundlichen Major auf und nagele ihn an die Wand. Er trug sogar Shukows Koffer bis in die weite, helle, sonnendurchflutete Halle, setzte ihn dort ab und wünschte einen guten Flug.

»Wohin, wenn man fragen darf?«

»Irkutsk.«

»Eine herrliche Stadt. Sie übernehmen dort ein Kommando?«

»Ja.«

»Viel Glück, Genosse.«

»Danke.« Shukow lächelte reserviert zurück. »Vielleicht schicke ich Ihnen aus Irkutsk eine neue Polsterung. Es gibt dort drei Polsterfabriken. Ich habe mir die Nummer Ihres Autos gemerkt.«

Dann war er wieder allein, suchte den Schalter der Aeroflot für Sibirien und mußte warten, weil eine Familie aus

Tschita – Vater, Mutter, Großvater, Großmutter und Kinder – einen lauten Klagegesang anstimmten, als sie erfuhren, daß man so viele Plätze erst in drei Tagen in einer Maschine frei habe.

»Drei Tage?!« schrie das Großväterchen. »Das kann man mir nicht antun! Soll ich drei Tage lang auf einem Koffer sitzen? Ein Hotel? Ha, ihr lieben Genossen, wißt ihr, was in Moskau ein Hotelzimmer kostet? Und gibt es ein Hotel, das sieben Personen in einem Zimmer schlafen läßt? Drei müssen wir nehmen, mindestens drei! Sehen wir aus, als wenn wir die Erben von Stroganoff sind?«

Es half kein Klagen ... nach Tschita fliegt nicht jeden Tag ein Flugzeug, und mit der Bahn ist es eine Reise von mehreren Tagen. Die Familie gab den Schalter frei, versammelte sich ein paar Meter weiter um ihre Koffer und beratschlagte. Sie schien zu einem Ergebnis zu kommen, wie überhaupt die Improvisationskunst der Russen ein Phänomen ist, und trug ihre Koffer in eine Ecke der Abfertigungshalle. Es sah so aus, als wollte sie sich dort drei Tage lang häuslich ausbreiten.

Für Shukow war es einfacher, nach Irkutsk zu kommen. Die nächste Maschine, um 17 Uhr, war zwar voll belegt, aber Shukows Befehl, sofort nach Irkutsk zu kommen, wirkte. Das hübsche Mädchen der Aeroflot las das Schreiben des Ministeriums aufmerksam durch, ging damit zu einem vorgesetzten Genossen, der las es auch und kam sofort an den Schalter. »Wir können Ihnen einen Platz im Cockpit anbieten, Genosse Major«, sagte er. »Das ist zwar verboten, aber in Ihrem dringenden Fall ... Außerdem sind Sie Offizier und fallen damit nicht unter die Bestimmungen der Zivilbeförderung.«

»Ich wußte, es gibt einen Weg«, sagte Shukow freundlich. Er nahm den gefälschten Befehl wieder an sich, wartete auf die Ausfertigung des Tickets und ging dann in den prunkvollen Wartesaal. Noch drei Stunden Zeit. Bisher lief alles komplikationslos ab. Er bestellte eine Tasse Tee, einen sehr süßen Honigkuchen und vertiefte sich dann in die Lektüre der Illustrierten ›Die Sowjetunion‹.

Den Flug nach Irkutsk verschlief er. Zu sehen gab es nichts ... die Iljuschin-Maschine flog über den Wolken, die gegen Abend sehr tief über dem Land hingen. Als sie in Irkutsk landeten, war es schon Nacht. Nur eine kurze Strekke, der Flug über den Baikalsee mit den Lichterketten an seinem Ufer, die übergingen in das jetzt schwarze Gewoge der riesigen Wälder, vermittelte Shukow das Gefühl, jetzt in Sibirien zu sein. Im Herzen des ›Jungfräulichen Landes‹, wie der Russe es zärtlich nennt.

Vom Flughafen brachte wieder ein Taxi den Major Shukow in das Hotel ›Sibir‹. Es lag in der Lenin-Straße, mitten in der Stadt, ein moderner Bau, in dessen großer Halle sich ein buntes Völkergemisch versammelt hatte. An der Rezeption tat man so, als habe man ihn erwartet. Ein Hotelboy stürzte auf ihn zu und nahm ihm den Koffer ab.

»Sie sind sicherlich der Genosse Major Shukow?« sagte der Mann am Empfang und strich in der Vorbestellungsliste einen Namen durch. »Willkommen in Irkutsk.«

Shukow warf einen schnellen Blick in das Reservierungsbuch und sah tatsächlich seinen Namen. Das hätte gefährlich werden können, dachte er. Bei aller Achtung vor der perfekten Organisation des CIA ... allzu perfekt kann auch leichtsinnig sein. Was wäre passiert, wenn ich Irkutsk nicht erreicht hätte?

»Ich bin angemeldet?« fragte Shukow leichthin. »Für wie lange?«

»Für die nächsten drei Tage. Heute war der erste. Sie haben Zimmer neunzehn, Genosse Major.«

Zimmer 19 war ein großer Raum mit einer Duschkabine und zwei Fenstern zur Straße. Es war spärlich möbliert, aber sauber, und besaß sogar ein Telefon und einen Radioapparat. Shukow wartete, bis der Hotelboy gegangen war, knöpfte dann seine Uniformjacke auf und warf sich in einen der drei Polstersessel, die um einen kleinen runden Tisch vor dem Bett standen.

Irkutsk, dachte er. Mach die Augen zu, Bob, und hör dir an, was General Orwell fragt.

Er legte den Kopf nach hinten auf die Rückenlehne und

schloß die Augen. Irkutsk, 450 Meter hoch über dem Meeresspiegel. Liegt am Fluß Angara, dem Abfluß des Baikalsees. Kurze, heiße Sommer, lange, harte Winter. Temperaturen bis minus 50 Grad. Im Winter wird auf dem Markt die Milch in gefrorenen Blöcken verkauft. 500 000 Einwohner. Eine berühmte Universität, ein gutes Theater, ein sehr gutes Opernhaus, alles im klassizistischen Stil gebaut, mit Giebeln und Säulen. Das größte Sportstadion des Fernen Ostens. Breite Avenuen, viele Parks, Gärten und Blumenbeete. Eine schöne Stadt, über 350 Jahre alt. Vom Bojaren Iwan Pochabow als Winterquartier für seine Sibirien durchstreifenden Kosaken gegründet. Die einzige russische Stadt, die ein Weißes Haus – das Belyj Dom – hat, genau wie in Washington, gebaut in klassischer Manier, mit hochragenden korinthischen Säulen. Jetzt ist die Universitätsbibliothek darin untergebracht.

Shukow lächelte mit geschlossenen Augen. Vor ihm breitete sich der Stadtplan von Irkutsk aus, als sei es der Plan der Kleinstadt Heastfield, in der er geboren worden war und wo er jede Straßenecke kannte. Mit Irkutsk war es genauso, und ebenso mit Kiew, Charkow, Moskau, Leningrad, Jakutsk, Perm, Smolensk, Swerdlowsk, Alma-Ata, Wladiwostok, Chabarowsk, Gorki ... wie aus einem Computer konnte er die Städte abrufen und wußte genau, wo er war, wohin er gehen mußte, wie alles aussah. Dazu hatte man in Alaska immer wieder Filme angesehen und zusammen mit den Stadtplänen durchgesprochen, monatelang, bis sie einem zum Hals heraushingen, als müsse man immer Nudeln essen. Aber dann kannte man sich aus. Man war kein Fremder mehr.

»Die kleinste Unsicherheit kann euch das Leben kosten«, hatte General Orwell gesagt, wenn sie murrten über die Sturheit dieses Einpaukens. »Wenn einer von euch ein Russe sein muß, geboren in Rostow am Don, dann muß er Rostow kennen, wenigstens so genau wie die Brustwarzen seiner Braut Mabel.«

Das war einleuchtend und kommentarlos überzeugend.

Shukow schrak hoch. An der Tür klopfte es höflich. Er

sprang auf, knöpfte seinen Uniformrock zu und rief: »Nur herein!«

Eine junge Frau kam ins Zimmer, nickte ihm zu, ging an ihm vorbei zum Radio, stellte es an, drehte den Ton ziemlich laut und zeigte stumm mit der Hand auf den Sessel. Shukow setzte sich wieder und musterte seinen Besuch. Sie konnte Mitte Dreißig sein. Kurzgeschnittenes, mittelbraunes Haar, im Nacken gelockt. Ein rundliches Gesicht. Gute, ein wenig mollige Figur. Dafür erstaunlich schlanke, lange Beine. Das Baumwollkleid, blaugrundig mit weißen Tupfen, war aus einem sowjetischen Kaufhaus. Ohne Gürtel wäre es wie ein Sack, aber mit Gürtel schmeichelte es sogar der Figur.

Die junge Frau kam zu Shukow, setzte sich neben ihn auf die Lehne des Sessels und beugte sich zu ihm hinunter. Er grinste sie an, legte den Arm um ihre Hüfte, aber sie schlug ihm auf die Hand und schüttelte den Kopf.

»Ein Irrtum!« sagte Shukow und hob bedauernd die Schultern. »Ich dachte, das Hotel hat eine besondere Art der Gästebetreuung. Und Gepflogenheiten sind überall verschieden, weiß man, was in Irkutsk Sitte ist? In Ust-Omschuk, nördlich von Magadan, mußte ich bei einem Jakutenstamm übernachten. Ich bekam einen ganzen Aul für mich – Aul ist eine Hütte aus Stangen und Häuten –, eine große Auszeichnung, und mein Gastgeber bestand unbedingt darauf, daß ich seine Tochter entjungfere. Sie war dreizehn Jahre alt und roch nach Fischtran. Und wenn ich an Taldy Kurgan denke, östlich von Alma-Ata! Genossin, da sagte mein Gastgeber zu mir …«

»Ich habe das Radio angestellt und sitze auf Ihrer Sessellehne, weil ich weiß, daß man Mikrofone im Zimmer hat«, sagte die junge Frau nüchtern, leise, aber sehr deutlich neben Shukows Ohr. »Ich verkaufe sonst in der Hotelhalle Parfümerien.«

»Habe ich so gestunken, als ich an Ihnen vorbeiging? Was können Sie mir empfehlen?«

»Mehr Ernst«, sagte sie fast böse.

»Versuchen wir es.« Shukow sah sie wieder an. Er wußte

noch nicht, was er von ihr halten sollte. Da kam eine sehr hübsche Frau ins Zimmer, machte durch Radiomusik versteckte Mikrofone unbrauchbar und benahm sich wie ein Profi in dem Gewerbe, für das Shukow unterwegs war. So nicht, dachte er zufrieden. So testet man mich nicht. Das ist auch die falscheste Art, einen Bob Miller aufs Kreuz zu legen. Ich bin sowjetischer Major, und da hört sich das Lied ganz anders an.

»Hören Sie, Genossin!« sagte er ziemlich grob und schob mit der flachen Hand das Gesicht der Frau von seinem Ohr. »Es ist geradezu staatsfeindlich, zu behaupten, in sowjetischen Hotels gäbe es versteckte Abhörgeräte! Unerhört! Das einem sowjetischen Offizier zu sagen ...«

»Ich bin Galina Theofilowna«, antwortete sie.

»Das ändert nichts daran.«

»Ich grüße Sie von O I.«

»Aha!« Shukow räkelte sich in seinem Sessel. Dabei berührte er mit seiner Schulter Galinas Brust. Sie war rund und fest und erinnerte ihn an Dunja Andrejewnas herrlichen Körper. Dunja ... sie hatte jetzt in Billys Hamburgerrestaurant Hochbetrieb, mischte Milch mit Fruchtsäften und war männerfeindlicher denn je. Zuerst John Barryl weg zum Einsatz, dann gleich hinterher Bob Miller ... in Frazertown nannte man sie jetzt hinter der Hand die doppelte Witwe.

Dunja. Sie war so weit weg, wie Märchen unerreichbare Träume sind. Sie lebte in ihm, sie war immer bei ihm, er konnte mit ihr reden und wußte genau ihre Antworten, aber er konnte sie nicht mehr greifen. Sie wurde zu einem Wunsch ... vielleicht zu einem jener Wünsche, denen man ein ganzes Leben lang vergebens nachjagt.

»Sieh an ... O I!« sagte Shukow, als habe Galina Theofilowna einen Witz erzählt. »Wie geht es dem Alten? Als ich ihn zum letztenmal sah, hatte er leichte Prostatabeschwerden. Wir nannten ihn vertraulich den ›Tröpfel-Jack‹.«

»Ich habe Sie mir anders vorgestellt, Wassja Grigorjewitsch«, flüsterte Galina wieder an seinem Ohr. »Sagt Ihnen Werchokrassnoje etwas?«

»Genug. Im Winter sind es dort minus 60 Grad. Es hat übrigens mal einer versucht, bei dieser Temperatur im Freien zu pinkeln. Wissen Sie, was da passiert ist?«

»Sie haben einen Platz morgen im Flugzeug nach Jakutsk. Als Ingenieur für Hochfrequenztechnik. Den Namen Shukow behalten Sie. Ich habe alle Papiere und Ausweise bei mir. Genügt Ihnen das, Genosse Major?«

»Sie überzeugen mich, Galina.« Shukow legte wieder den Arm um ihre Hüfte, und dieses Mal schlug sie ihm nicht auf die Hand. »Ich hatte alles erwartet, nur nicht eine so schöne Frau. Täubchen, Täubchen, warum tun Sie so etwas? Für die Kapitalisten spionieren!«

»Meine Großeltern wurden während der Revolution erschossen. Mein Großvater war Oberst unter General Denikin. Mein Vater starb in einem Straflager, meine Mutter ist in den Bergwerken bei Magadan verschollen. Mein Vater war Schriftsteller und hatte einen Roman über den Tod seines Vaters geschrieben. Meine Mutter wurde dabei überrascht, wie sie das Manuskript einem englischen Geologen mitgeben wollte. Rußland hat meine Familie ausgelöscht. Nein, nicht Rußland ... dieses Regime der Roten!« Sie hatte plötzlich ein sehr hartes Gesicht, und Shukow hütete sich, jetzt etwas zu sagen. Er stand auf, drehte das Radio so, daß der Klang voll zu ihnen kam, und kehrte zum Sessel zurück.

»In Jakutsk soll ich ebenfalls Kontakt bekommen«, sagte er.

»Das ist geändert. In Jakutsk sind Sie allein.«

»Und woher bekomme ich neue Weisungen?«

»Es gibt keine neuen Weisungen.«

»Aber wir hatten doch einen V-Mann in Jakutsk.«

»Wir hatten ...«

»Aufgeflogen?«

»Unfall. Ein dummes Schicksal. Kein politisches.« Galina Theofilowna öffnete ihre Bluse. Interessiert sah Shukow zu. Jetzt verstand er auch, warum ihre Brüste so hart gewesen waren. Die Schalen des Halters waren zwei Taschen ... in ihnen lagen die Papiere, die für Shukow bestimmt waren. »Der Kerl läßt sich überfahren, als sei er ein blinder Hund! Was sagen Sie dazu?«

»Sie tragen einen der interessantesten Tresore mit sich herum. Aber was tun Sie, wenn Ihnen ein begeisterter Busenfreund in die Bluse greift?«

»Das wagt niemand.« Sie legte die Papiere auf den kleinen runden Tisch. Ihre Bluse war noch offen, als sie sich vorbeugte. »Überzeugen Sie sich – es fehlt nichts.«

»Es fehlt wirklich nichts!« antwortete Shukow und betrachtete ihre Brüste.

»Die Papiere!« sagte sie streng. »Ihr Paß. Der Anstellungsvertrag. Eine Bescheinigung der Projektleitung Werchokrassnoje. Der Schlüssel zu einem Zimmer in der Derschersskaja neunzehn, hier in Irkutsk. Dort finden Sie alles, was Sie brauchen. Zivilkleider, Unterwäsche, Fachliteratur, Pyjama, Bademantel, Rasierzeug. Das Zimmer müssen Sie allein betreten, ich darf dort nicht gesehen werden.«

»Aber Hotelgäste dürfen Sie in ihren Zimmern besuchen?«

»Ich habe Ihnen auf Wunsch neues Rasierwasser gebracht.« Sie griff in die Rocktasche und stellte eine Flasche mit einer grünen Flüssigkeit neben die Papiere.

»Schade!« sagte Shukow.

»Was ist schade.«

»Daß Sie es aus der Rocktasche und nicht auch aus dem BH geholt haben! Es hätte eine viel prickelndere, stimulierendere Wirkung gehabt.«

»Ich weiß nicht, ob man mit Ihnen den richtigen Mann geschickt hat«, sagte Galina Theofilowna. »Sie sind der erste, der mir nicht gefällt.«

»Wie viele amerikanische Agenten haben Sie schon kennengelernt?«

»Bisher vier.«

»Und wo sind sie?«

»In Sibirien, verschollen.«

»Sehen Sie, Galinanka, das ist der Unterschied.« Shukow umfaßte plötzlich ihren Kopf und küßte sie. Sie war so verblüfft, daß sie sich nicht wehrte. »Ich werde nicht verschollen bleiben … ich komme wieder!«

Es stimmte alles. In dem Zimmer des Hauses 19 der Derschersskaja, das er am nächsten Morgen aufsuchte, lag alles, was für den Ingenieur Wassja Grigorjewitsch Shukow nötig war. Man brauchte nur die Uniform auszuziehen und in die Zivilkleider zu steigen, um ein anderer Mensch zu werden.

Shukow packte aus seinem Offizierskoffer nur noch das kleine Transistorgerät aus, diesen raffinierten Minisender, der Kapitän Slobin in Winniza fast um den Verstand gebracht hatte. Alles andere ließ er im Zimmer zurück und steckte es in den Koffer. Die Uniform, die Ausweise, die Stiefel und auch die Pistole. Bei ihr zögerte er, aber da es unüblich ist, daß ein Ingenieur für Hochfrequenztechnik mit einer schweren Armeepistole in die Taiga fährt, trennte er sich doch schweren Herzens von ihr. Was er mitnahm, war selbstverständlich die kleine Giftkapsel. In einem kleinen ledernen Brustbeutel hängte er sie sich um den Hals.

Dann wartete er in dem leeren Zimmer bis eine Stunde vor dem Abflug seiner Maschine. Er dachte an Galina Theofilowna und an ihren langen Blick, als er vorhin zum Abschied an ihrem Parfümeriepavillon in der Hotelhalle vorbeigekommen war. Sie verkaufte gerade einen Lippenstift an eine Kaukasierin und hatte auf dem linken Handrücken sechs verschieden rote Farbproben aufgemalt.

»Oh, Sie sind beschäftigt!« hatte er gesagt. »Ich wollte Ihnen nur sagen: Ihr Rasierwasser ist köstlich. Ich komme später wieder.« Und – etwas betonend, er sah, daß sie ihn verstand – sagte er nochmals: »Ich komme wieder!«

Ihr Blick verfolgte ihn, bis er auf die Straße trat. Sie glaubt es nicht, hatte er gedacht. So hat sie viermal einem Kollegen von mir nachgeblickt, und die Kerle sind in der Taiga umgekommen. Auch mir gibt sie keine Chance. Es muß für sie schrecklich sein, immer nur Männer verabschieden zu müssen, die fast schon tot sind, ohne es zu wissen. Die letzte Station vor dem Ende: eine schöne, junge

Frau, die einsam Rache nehmen will und sich doch nie rächen kann.

Der Flug nach Jakutsk zeigte schon den Unterschied zu anderen Flügen. Die Reisenden waren verschlossener, waren von der Natur gegerbte Leute, einfach angezogen, mit Bündeln statt Koffern und großen Handtaschen. Gewiß, Jakutsk war eine große, moderne Stadt, wie alles in Sibirien während der letzten Jahre sein Gesicht gewandelt hatte. Sagte man früher: Lena ... Wiljuj ... Lindya ... Olenek ... dann war das ein ausgesprochenes Abenteuer, bei dem man an Goldflüsse dachte, an Schwemmsand, in dem Diamanten schimmern sollten, an Wälder voller Pelztiere, einsamste Straflager und Wolfsrudel, die im strengen Winter die Dörfer belagerten und sich durch den Schnee bis an die Haustüren gruben. Und Jakutsk, das war der Ausgangspunkt in dieses wilde Land, der Treffpunkt der Abenteurer und Idealisten, die lange brauchten, bis sie sagten: Auch in Jakutsk kann man leben wie in Moskau und Leningrad. Vielleicht ein bißchen kälter, aber weiter weg vom Kreml. In Jakutsk ist vieles lockerer ... hier kämpft man nicht um Ideologien, hier stemmt man sich gegen die Natur. Da ist die Welt, gleich vor der Haustür, noch im Urzustand. Hier ist der Mensch noch das, wie es in der Bibel steht: und ›Er‹ schuf den Menschen nach ›Seinem‹ Bild ...

Vier Stunden später landeten sie in Jakutsk.

Wassja Grigorjewitsch Shukow wartete bei der Gepäckausgabe auf seinen Koffer und fuhr dann mit einer Straßenbahn, die wie immer in Rußland überfüllt war, in die Stadt. Hier war der Sommer schon vorüber. Es war kälter, als er erwartet hatte, und er lobte im stillen Galina Theofilowna, daß sie ihm einen warmen Mantel ins Zimmer gelegt hatte. Der Himmel war grau und verhangen und schon schwer von Feuchtigkeit. Es roch nach einer herbstlichen Wasserflut, die nach dem ersten kalten Wind in ein unaufhörliches Schneien übergehen würde, bis der unvorstellbare Frost auch das unterband und nur noch Kälte unter einem unendlichen Himmel das Leben bestimmte.

Shukow stieg vor dem Haus des technischen Zentralbüros aus der Straßenbahn, meldete sich, durchlief sieben Zimmer mit hartnäckigen, fleißigen, aber anscheinend doch sehr gelangweilten Beamten, was ihn lebhaft an Washington erinnerte, füllte eine Menge Formulare aus, bekam von jedem Beamten einen Stempel auf sein Zuteilungsschreiben gesetzt, was ein fröhliches Bild ergab, landete schließlich nach drei Stunden bei dem Beamten, der entscheiden konnte, und der sagte zu ihm:

»Mein lieber Wassja Grigorjewitsch, wir begrüßen Sie. Ich sehe, es hat alles geklappt. Die Papiere sind in Ordnung.«

»Nach drei Stunden bei sieben verschiedenen Stellen!«

»Das ist Olympia-, ja Weltrekord!« lachte der Genosse Abteilungsleiter. »Drei Stunden? Sie sind ein Genie! Na, bei dem Namen Shukow! Es gibt Genossen, die brauchen dafür eine Woche. Nach Werchokrassnoje also! Es gibt da zwei Möglichkeiten: Hubschrauber, aber die sind nur für die wichtigen Transporte, und so wichtig sind Sie nicht, Wassja Grigorjewitsch. Haha! Bleibt also die Materialbahn. Sie geht bis Ottokh. Von diesem Ort – Sie werden den Namen noch einmal ausspucken, mein Lieber – müssen Sie weiter mit Lastkraftwagen. Wenn Sie es allerdings gewöhnt sind, mit einem Wolga bis zu Ihrem Büro gefahren zu werden … dann kehren Sie sofort um! Hinter Ottokh beginnt das, was die Jakuten den ›Ewigen Frieden‹ nennen. Oder ›Das göttliche Schweigen‹. Merken Sie was, Shukow? Aber in zwei Jahren sieht es dort schon anders aus! Dafür sind Sie ja hier. Und den Gefangenen in unseren Straflagern wird nichts geschenkt …«

»Sie haben Verurteilte hier?« fragte Shukow leichthin.

»Eine Menge. Das wird Ihr Arbeiterpotential sein, Genosse. Wie ich sehe, wird man Ihnen zwei Arbeitsbrigaden unterstellen, die bei Werchokrassnoje neue Fundamente anlegen. Und einen Militärflugplatz.«

»Ich bin Elektroingenieur, Genosse, kein Tiefbaufachmann«, sagte Shukow höflich. »Ich dachte, ich sollte in den Leitstellen …«

»Hat man Ihnen das in Moskau gesagt? Tatsächlich? Welch witzige Leute sind das doch!« Der Abteilungsleiter war ein wirklich vergnügter Mensch. Er schob Shukow eine Blechdose mit Zigaretten hin, griff unter den Schreibtisch und holte eine Flasche Wodka hervor. Aus der Schublade zauberte er ein langes schlankes Glas und goß es voll. »Grämen Sie sich nicht, Wassja Grigorjewitsch! Sie sind nicht der erste, dem man Honig an den Hintern schmierte, und den nun die Wespen stechen. Wir brauchen Leute für den Aufbau des Landes ... im inneren Bereich von Werchokrassnoje werden Zivilisten doch abgeknackt wie Flöhe. Das ist die Domäne des Militärs. Sie haben auch eigene Hubschrauber ... wir aber müssen über das Land kriechen. Mein lieber Shukow, trinken Sie ein Gläschen und rauchen Sie ein Stengelchen. Blicken Sie nicht so gramvoll! Auch Ottokh hat schöne Seiten. Ein Frauenlager mit 700 runden Hintern. Und dann Sie, ein kräftiger, ausgeruhter Kerl! Ich sage Ihnen: Wenn man in Sibirien bestimmte Lebensbedingungen schafft, und Weiber sind dabei die Nummer eins, dann haben wir das Paradies auf Erden! Verraten wir das aber niemandem!«

Es war schon Abend, als Shukow endlich loskam und wieder mit der Straßenbahn zum Hotel ›Lena‹ fuhr. Auch dieses Haus war ein Neubau im typischen neuen sowjetischen Baustil mit einem von Säulen gestützten Eingang, hatte sechshundert Zimmer, eine riesige Empfangshalle, einen Speiseraum, groß wie ein Kongreßsaal, und blitzte vor Sauberkeit.

»Essen Sie dort nur Rassolnik oder einen mit Zwiebeln umlegten Braten von einem jungen sibirischen Stier. Verlangen Sie ausdrücklich Stier!« hatte der Abteilungsleiter zum Abschied gesagt. »Sonst lohnt sich nichts. Alles andere schmeckt, als habe der Koch darauf geschlafen.«

In der Hotelhalle war es verhältnismäßig still, bis auf eine Frau, die vor der Theke stand und mit den kleinen Fäusten auf die Platte hieb. Ihre helle Stimme hatte den Klang einer kleinen Fanfare und war nicht zu überhören.

»Sie lügen! Hier lügen alle! Er ist da. Er läßt sich nur verleugnen. War die Pest schon hier? Wenn nicht, ich wünsche sie ihm an den Hals.«

Der Portier warf Shukow einen entschuldigenden Blick zu und zuckte mit den Schultern. »Er ist wirklich weggegangen, Genossin«, sagte er und hob beide Hände, als flehe er sie an. »Auch ein Mensch wie er will einmal Ruhe haben!«

Shukow kam näher, stellte seinen Koffer ab und musterte die erregte Frau. Von hinten sah sie passabel aus. Mittelgroß, schlank, mit deutlicher Taille und einem sanften Schwung von den Hüften zu den Oberschenkeln. Sie trug eine rote Bluse, durch die an ihrem Rücken die Schnalle des BHs schimmerte, einen mittelblauen Rock mit schwingender Weite, in der Taille durch einen breiten bestickten Ledergürtel festgehalten. Die bestimmt schlanken Beine wurden von Stiefeln aus weichem Leder verdeckt, die unter dem Rocksaum verschwanden. Das schönste an ihr aber schienen ihre Haare zu sein. Ein glänzendes Schwarz, wie es Shukow noch nie gesehen hatte, auch bei Dunja nicht, deren Haare wie Seide waren. Hier wirkte das Schwarz wie gesponnenes Metall, leicht gekräuselt, bis auf die Schulter fallend, ein Helm aus Tausenden schwarz glitzernder Stahlfäden.

»Kann ich Ihnen helfen?« fragte Shukow.

Er sagte es in bester Absicht, aber die wütende Frau schien es als einen neuen Angriff aufzufassen. Sie wirbelte herum und starrte Shukow aus vor Wut glühenden schwarzen Augen an.

»Ich brauche keine Hilfe!« schrie sie. »Ich bin selbst stark genug!«

Shukow schwieg betroffen. Nicht weil sie ihn anschrie, sondern weil ihre Schönheit, die jetzt zornbebend vor ihm stand, ihm den Atem raubte. Die Frau hatte ein schmales Gesicht, in dem die glühenden Augen mandelförmig schräg das Oval durchschnitten. Unter den hohen Backenknochen fiel dieses Gesicht spitz zum Kinn ab, um in einem langen Hals zu enden, der wiederum die harmonische Verbindung war zu den kleinen spitzen Brüsten, die sich kühn durch die rote Seidenbluse drückten. Da sie heftig atmete, hoben und senkten sich diese Brüste wie zustechende Speerspitzen.

O Himmel, dachte Shukow und holte tief Luft durch die Nase. Sie ist eine Halbasiatin. Ein Anblick, der sich wie eine heiße Platte auf das Hirn legt und die Vernunft ausdörrt. Vor solchen Frauen werden Männer in Sekundenschnelle zu Idioten.

»Der Direktor versteckt sich«, schrie sie Shukow an. »Aber er ist da. Ich weiß es. Und er ist verpflichtet, sich die Beschwerden seiner Gäste persönlich anzuhören. Verpflichtet, sage ich! Wenn ich ihn anzeige bei Intourist, kann er bald Eisenbahnschienen legen. Wissen Sie, was ich zum Abendessen bekommen habe? Zwei Blintschiki mit ranzigem Fleisch. Und was sagt der Kellner, der Mistkerl? Genossin, das Fleisch war nicht ranzig, aber das Fett kommt aus der Amur-Region, und das war ranzig. Haben Sie es etwa mitgebracht?« Ihre schwarzen geschlitzten Augen glühten wieder, ein Zucken lief über ihr einzigartiges Gesicht. »Ist das kein Grund zur Beschwerde? Aber alles lügt hier. Alles!«

»Vielleicht kann ich Ihnen doch helfen?« sagte Shukow und setzte eine wichtige Miene auf. »Eine vertrauliche Information. Essen Sie hier keine Blintschiki mehr, sondern nur Zwiebelfleisch. Aber genau aufpassen, Genossin: Es muß von jungen sibirischen Stieren sein. Stiere!«

»Leben hier nur Affen?« sagte die schöne Asiatin wütend. »Welch ein Land!«

»Das habe ich schon einmal gehört, fast die gleichen Worte.« Shukow betrachtete sie ungeniert mit jenem Blick, der eine Frau plötzlich nackt dastehen läßt. Ein unverschämter, stummer Blick, der eigentlich nur mit einer Ohrfeige beantwortet werden kann. »Und es war auch eine Frau, ebenso schön wie Sie, Genossin. Ich habe lange unter Affen gelebt, ich kenne mich aus.« Dunja, dachte er im gleichen Augenblick. Keine Angst, mein Mädchen. Du bist bei mir, aber erlaube mir, daß ich dieses Weib da bewundere. »Passen Sie mal auf!«

Er atmete tief ein, wölbte den Brustkorb und stieß plötzlich jenen Schrei aus, der schon Dunja Andrejewna aus der Fassung gebracht hatte. Auch die Halbasiatin zuckte zusammen, und die Hotelangestellten warf es fast um.

»Sind Sie verrückt?« sagte sie mit ihrer hellen Stimme.

»Das hieß: ›Guten Abend!‹ und war die Sprache der Berggorillas ...« Shukow machte eine leichte Verbeugung. »Genossin, es war ein guter Rat. Zwiebelfleisch von jungen Stieren! Vielleicht darf ich Sie dazu einladen? In einer Stunde bin ich gebadet, rasiert und wohlgefällig anzusehen. Haben Sie die Güte ...«

Sie antwortete nicht, starrte ihn nur fassungslos an, drehte sich dann langsam um und ging mit weit ausgreifenden Schritten davon. Der Rock schwang um ihre Stiefelchen, und ihr Gesäß wippte beim Gehen, als habe sie Marilyn Monroe genau studiert.

»Ein Teufelchen ist sie«, sagte der Portier und tippte Shukow gegen die Brust. Er blickte ihr fasziniert nach. »Ein wahres Teufelchen! Das ist die neunte Beschwerde. Natürlich ist der Direktor da. Aber muß man sich nicht vor so etwas verstecken, Genosse?«

So lernte Shukow die sowjetische Ärztin Valja Johannowna Wuginskaja kennen.

»Glauben Sie nicht, daß ich gekommen bin, um mit Ihnen den verdammten sibirischen Stier zu vertilgen«, sagte die Wuginskaja. Sie war pünktlich nach einer Stunde gekommen, und der Kellner, von Shukow mit einem Rubel unterrichtet, hatte sie am Eingang zum Speisesaal abgefangen und zu dem etwas versteckten Ecktisch geleitet. »Ich wollte Ihnen nur sagen, daß Sie ein Flegel sind!«

»Schade. Ich habe zwei große Portionen bestellt mit Zwiebeln, goldgelb gebraten. Dazu gibt es einen Wein aus Grusinien, einen Zinandali. Eine Flasche voll Sonne ...«

»Sind Sie Millionär?«

»Muß man das sein, um sich an jungen sibirischen Stieren erfreuen zu können? Ich bin ein kleiner Ingenieur, der den Vorschuß, den er auf sein Gehalt bekommen hat, mit

Ihnen verprassen will. Bitte setzen Sie sich, Valja Johannowna.«

»Sie kennen meinen Namen?« Sie nahm an seinem Tisch Platz, ihm gegenüber, ein deutlicher Hinweis auf Distanz.

»Das war das erste, nach dem ich mich erkundigt habe. Wer kennt hier im Hotel Ihren Namen nicht?«

»Ich will nur Gerechtigkeit!«

»Und da kommen Sie nach Sibirien?« fragte Shukow sarkastisch.

Sie merkte es und zog die Augenbrauen hoch. Auf ihren Backenknochen bildeten sich kleine rote Flecke. »Sie sind ein Abenteurer, nicht wahr?« fragte sie. »Einer jener Männer, die nach Sibirien gehen, um sich austoben zu können! Die ihren Freund umbringen, wenn sie gemeinsam einen Klumpen Gold finden.«

»Sehe ich so aus?«

Da war wieder der Blick, sanft, verhangen, träumerisch, mit dem Bob Miller bei Frauen einen Winkel ihrer Seele öffnete, in dem das Mischgefühl von Mütterlichkeit und Leidenschaft versteckt war. Auch Valja Johannowna schien das zu spüren – sie wich diesem verteufelten Blick aus und war sichtlich erlöst, daß der Kellner mit einem großen Tablett kam und der Duft von gebratenem Fleisch und goldgebräunten Zwiebeln sie geradezu einhüllte.

»Haben Sie eine Sonderstellung im Hotel?« fragte sie spitz. »So schnell kommt bei Ihnen das Essen? Wissen Sie, wie lange ich auf die Mahlzeiten warten muß?«

»Hätten Sie einen jungen Stier bestellt, Valja Johannowna …«

»Warum reden Sie immer so blöd? Gefällt Ihnen das?«

»Beantworten wir also Ihre erste Frage. Ich bin gerade eine Stunde im Hotel, und wenn man mich bevorzugt bedient, so sicher deshalb, weil ich es wage, mit Ihnen hier zu sitzen.«

Der Kellner hatte das Fleisch serviert und entkorkte nun die Flasche grusinischen Wein. Während er eingoß, blinzelte er Shukow vertraulich zu. Gib es ihr richtig, Genosse! Sie hat uns entnervt. Hinter der Tür zur Küche knobeln wir immer aus, wer sie bedienen muß. Wer verliert, wird von uns umarmt und geküßt, als gehe er zum Schafott. Sie werden sehen, Brüderchen, auch an diesem Zwiebelfleisch wird sie herummeckern. Diese schönen Asiatinnen! Bei ihrer Zeugung hat der Teufel mitgeholfen!

»Bin ich wirklich solch ein Scheusal?« Sie lächelte schwach, was ihrem faszinierenden Gesicht etwas Katzenhaftes gab. »Ich wundere mich über mich selbst. Sitze da mit einem fremden Mann an einem Tisch ...«

»Ich heiße Wassja Grigorjewitsch Shukow. Nicht verwandt mit Marschall Shukow. Diese Frage taucht immer wieder auf. Und Sie sind Ärztin?«

»Ich bin dienstverpflichtet für ein Lager bei Werchokrassnoje. Es ist meine erste selbständige Stelle. Chefärztin des Kombinats ›Weltfrieden‹.«

»Ein merkwürdiger Name für eine Basis von Interkontinentalraketen.« Shukow prostete ihr zu. Sie tranken einen Schluck Wein und widmeten sich dann dem Braten. Er war zart und ganz leicht durchgebraten, köstlich gewürzt, eine wahre Pracht. »Haben Sie schon einmal ein Straflager gesehen?«

»Straflager! Sie spucken das Wort aus, als verfaule es in Ihrem Hals. Es sind Verbrecher, die ihre Schuld sühnen.«

»Eine große Anzahl sind Politische.«

»Das sind die Schlimmsten, Wassja Grigorjewitsch! Gibt es ein größeres Verbrechen, als gegen sein Vaterland zu sein?«

Das Gespräch begann, in gefährliche ideologische Bahnen abzugleiten. Shukow goß wieder die Gläser voll und trank einen langen Schluck. »Wir werden vielleicht zusammenarbeiten, Valja Johannowna. Man hat mir gesagt, daß ich zwei Baubrigaden übernehmen soll. Und die werden von Häftlingen gestellt. Ob es gerade Ihr Lager sein wird?«

»Dann haben wir den gleichen Weg? Mit der Materialbahn nach Ottokh ...«

»Das wird aber eine Freude werden.«

»Glauben Sie?« Sie sah ihn wieder prüfend an. Wie meint er das, fragte ihr schräger Blick. Ist es wieder Sarkasmus, oder meint er es ehrlich? Freut er sich auf die gemeinsame Fahrt? »Der Zug soll eine Katastrophe sein. Ich sitze hier seit vier Tagen herum, weil drei Loks ausgefallen und in Reparatur sind. Und wenn der große Regen beginnt, versinkt hier alles zunächst in Schlamm. Die Gleise auf einem Teil der Strecke sind auch nur provisorisch gelegt. Fast dreitausend Verurteilte arbeiten bis jetzt an dem Wegenetz zu Werchokrassnoje.«

Sie aß den Braten, ohne eine Bemerkung zu machen. Der Kellner, der darauf wartete, lehnte etwas abseits an der Wand und drückte dankbar die Hände zusammen, als Shukow hinüberblickte. Sieg, Genosse! Sie haben das Teufelchen in der Tasche. Es ißt und schweigt. Wer hätte das gedacht!

Sie aßen eine Stunde zusammen und tranken, bis es gegen die Fenster klatschte, ganz plötzlich und mit einer solchen Wucht, als habe ein Beben die Lena aus den Ufern gerissen und werfe sie nun über die Stadt.

»Der Regen!« sagte Shukow. »Da ist er. Ich habe es geahnt, als ich heute den Himmel sah. Und übermorgen soll unser Zug fahren.«

»Glauben Sie das?«

»Aber ja! Wer nicht an die Überlegenheit unserer Technik glaubt, ist ein schlechter Russe.«

Valja Johannowna blickte Shukow wieder fassungslos an. Wie kann man diesen Mann beurteilen? Von Satz zu Satz ist er anders, ein psychologisches Rätsel! Und dazu diese Augen, in denen eine zu Herzen gehende Wehmut liegt. Was ist das bloß für ein Mensch?

»Kann man hier irgendwo tanzen?« fragte Shukow plötzlich.

»Ich weiß es nicht. Ich tanze nicht.«

»Sie schneiden doch nicht nur Bäuche auf? Valja, Sie sind eine Frau. Haben Sie wirklich nur all die Jahre studiert und die Menschen nur von innen betrachtet? Waren Sie nie lustig, ausgelassen, leidenschaftlich, hemmungslos? Haben Sie nie geküßt? Hatten Sie nie einen Geliebten?«

»Das Essen war ausnahmsweise gut«, sagte sie hart. Sie stand auf und schob mit einer energischen Handbewegung ihr schwarz schimmerndes Metallhaar aus der Stirn. Die schrägen Augen schleuderten kalte Blitze. »Aber Sie, Wassja Grigorjewitsch, werden immer unerträglicher!«

Sie ging. Shukow blickte der Wuginskaja nach, wie sie mit wippenden Hüften den riesigen Speisesaal durchschritt und die Kellner sich bemühten, ihr aus dem Weg zu gehen. Als sie die breite Tür passiert hatte, kam der Kellner, der Shukows Tisch betreute, mit einem breiten Lächeln heran.

»Die Direktion möchte Ihnen das Essen schenken, Genosse«, sagte er fast glücklich. »Eine kleine Anerkennung. Aber bitte, seien Sie verschwiegen. Es braucht sich nicht herumzusprechen.«

»Welche Zimmernummer hat die Genossin Wuginskaja?« fragte Shukow leichthin.

»Nummer 440.« Der Kellner goß den Rest Wein in Shukows Glas. Dabei blickte er zum Fenster, gegen das der Regen prasselte. »Ich würde warten, Genosse«, sagte er dabei mit der sterilen Höflichkeit eines guten Obers. »Die Genossin hat sich, bevor sie den Speisesaal betrat, auch nach Ihrer Zimmernummer erkundigt …«

Die ganze Nacht über donnerte und blitzte es. Der Regen ergoß sich über Jakutsk, als sei der Himmel über Sibirien ein Wasserfall. Immer wenn nach einem Blitz, der grelles, zuckendes Licht in das Zimmer schleuderte, ein gewaltiger Donner dröhnte, schien es, als schwanke das ganze Hotel und erzittere bis ins Fundament.

Nach dem neunten solcher Donnerschläge – Shukow lag im Bett und las in einem Fachbuch über Hochfrequenztechnik, was ihn außerordentlich langweilte – flog die Tür auf, und die Wuginskaja stürzte ins Zimmer. Sie trug einen seidenen tatarischen Morgenmantel, mit Goldornamenten bestickt, ein wundervolles Stück Handarbeit aus den weiten Steppen Asiens. Mit dem nackten Fuß trat sie die Tür wieder zu und blieb dann neben ihr an der Wand stehen. Shukow drehte das Licht seiner Nachttischlampe so, daß es die Wuginskaja aus der Dunkelheit heraushob.

»Haben Sie auch das Gefühl, als ob das Hotel bebt?«

fragte sie hastig. Sie mußte sehr schnell gelaufen sein, die Treppen hinunter, ohne den Fahrstuhl zu benutzen. »Wenn es nun zusammenfällt ...«

»Dann bekommen Sie als Ärztin eine Menge Arbeit«, sagte Shukow ruhig.

»Sie besitzen eine ekelhafte Selbstsicherheit!« schrie sie hell zurück. »Haben Sie nie Angst gehabt?«

Es wiederholt sich wirklich alles, dachte Shukow. Waren das nicht fast die gleichen Worte wie von Dunja Andrejewna? Irgendwie gleichen sich alle Frauen, haben gemeinsame Gedanken, werden von den gleichen Gefühlen beherrscht, reagieren mit der gleichen Spontaneität, treten einem Mann mit den gleichen Empfindungen entgegen.

»Ich habe einmal in meinem Leben Angst gehabt«, sagte Shukow und klappte sein Buch zu. »Ich war damals vierzehn Jahre, und eine Frau von dreiunddreißig verführte mich in einer Garage. Als sie sich auszog, sich auf den Kofferraumdeckel legte und ich ihre großen, birnenförmigen Brüste sah, mit dunkelroten, breitflächigen Monden, und sie zu mir sagte: ›Nun komm schon, du wirst dich schnell daran gewöhnen‹, da bekam ich Angst und bin weggelaufen.«

»Sie sind ekelhaft!« sagte die Wuginskaja mit merkwürdig dunkler Stimme. Es war ein weicher Ton, völlig unbekannt an ihr, bei der man nur eine schmetternde helle Stimme erwartete. »Sie leben nur für Fressen, Saufen und Weiber ...«

»So ähnlich. Schließlich muß ich Sibirien überleben. Fressen und Saufen gehören zu den Grundlagen des Lebens, und keine Frau zu lieben macht auf die Dauer krank oder verrückt. Das müssen Sie als Ärztin doch wissen.«

Sie antwortete nicht, kam ins Zimmer und setzte sich in einen der Sessel, dem Bett gegenüber. Der Regen hatte einen deutlichen Temperatursturz mit sich gebracht. Es war merklich kälter geworden. Wenn an der Lena der Herbst beginnt, ist es, als wenn Gott über dem Land die Tür eines Kühlschranks öffnet. Erst spürt man einen Hauch von Kälte, und dann beginnt das Frieren, Schicht um Schicht, bis alles erstarrt ist.

»Sie werden sich erkälten, Valja Johannowna«, sagte Shukow und leuchtete mit der Nachttischlampe die Wuginskaja wieder an.

»Ihr tatarischer Seidenmantel hilft da wenig. Kommen Sie ins Bett.«

»Sind Sie verrückt?« schnaubte sie. »Ich habe Angst vor Gewittern und brauche Gesellschaft, das ist alles. Wenn das Blitzen aufhört, gehe ich wieder.«

»Das Unwetter kann bis zum Morgen anhalten.«

»Dann erlauben Sie mir, daß ich bis zum Morgen bei Ihnen sitzen darf.«

»Und wenn wir die Plätze wechseln? Sie ins Bett, ich in den Sessel? Ich kann mich in einen warmen Mantel wikkeln.« Er stieg aus dem Bett, holte aus dem Schrank seinen Mantel und legte ihn um sich. Die Wuginskaja beobachtete ihn wie ein Tier, das aus der Höhle auf seinen Jäger blickt. Shukow zeigte auf sein Bett. »Schlüpfen Sie hinein, Valja Johannowna. Es ist herrlich warm unter der Decke. Wenn ich liege, verwandele ich mich in einen Backofen. In fünf Minuten dampft es um mich herum.«

Sie gab keine Antwort, erhob sich aber und legte sich in das Bett. Shukow setzte sich in den Sessel, den sie verlassen hatte, und hob schnuppernd die Nase.

»Teufel, wonach riechen Sie?« fragte er. »Das ist ein himmlisches Parfüm.«

»Es kommt aus China«, sagte sie. »Die Basis ist das Öl einer kleinblütigen, hellroten Rose. Den Namen kenne ich nicht. Eine Gebirgsrose soll es sein.«

»Und damit wollen Sie in ein Straflager?« Shukow zerrte den Mantel enger um sich. Es war tatsächlich empfindlich kühl geworden. Die Hotelheizung war noch nicht eingeschaltet. »Dort erwartet Sie Schweißgeruch. Blutdunst. Süßer Eiter. Kloakengestank. Die uringeschwängerte Ausdünstung von tausend Männern. Der Moderhauch nasser Kleider. Und da kommen Sie mit Ihrem chinesischen Rosenparfüm! Das ist geradezu pervers!«

»Es ist nicht Ihr Problem, Wassja Grigorjewitsch. Frieren Sie?«

»Ein wenig.« Ein neuer gewaltiger Blitz unterbrach ihn. Direkt darauf krachte der Donner, als spalte sich das ganze Firmament. Die Wuginskaja zog die Decke bis zum Kinn. Ihre Mandelaugen wurden weit vor Angst. »Das war direkt über uns«, sagte Shukow. »Könnten Sie bei Gewitter operieren?«

»Ja.«

»Obwohl Sie vor Angst zittern?«

»Am Operationstisch habe ich keine Angst und zittere auch nicht.«

»Dann sollten Sie immer einen Miniaturoperationstisch mit sich führen. So wie man früher eine Reise-Ikone hatte …«

»Ihre geistreichen Reden widern mich an. Ich freue mich darauf, endlich im Lager zu sein und Sie nicht mehr zu sehen.«

»Sie freuen sich auf ein Straflager?«

»Ja. Es ist eine Aufgabe.«

»Sie werden die Kranken selektieren und alles, was laufen kann, an die Arbeit schicken. Bald werden Sie die gefürchtetste Person im Raum Ottokh sein.«

»Das freut mich.«

Shukow schwieg. Er sah die Wuginskaja nachdenklich an und wickelte sich noch fester in seinen Mantel. Der Regen rauschte auf die Stadt; bis zu den unsichtbaren Sternen schien der Himmel ein unendlicher See zu sein, der nun auf die Erde hinunterfiel.

»Warum sagen Sie nichts mehr?« fragte sie nach einer ganzen Zeit. »Warum sehen Sie mich so an?«

»Ich überlege, Valja Johannowna.«

»Was überlegen Sie?«

»Ob Sie anders denken, fühlen und reagieren würden, ob Sie weniger grausam und rätselhaft wären, wenn ein richtiger Mann Ihnen zeigt, was Liebe ist.«

»Ihr beliebtes Thema!« Sie drehte sich auf die Seite, wandte ihm den Rücken zu und räkelte sich unter der warmen Decke. »Sie erwarten doch wohl keine Antwort?«

Shukow blieb die ganze Nacht in seinem Sessel sitzen,

zuerst wach, dann langsam hinüberdämmernd in einen unruhigen Schlaf. Das Gewitter zog ab, aber der Regen blieb. Ein Morgen dämmerte herauf, so grau und elend trübe, als sei sogar die Sonne ertrunken.

Er schrak hoch, weil die Wuginskaja ihn an der Schulter schüttelte. Sie hatte sich schon im Duschzimmer gewaschen und gekämmt. Ihr rätselhaftes Gesicht war wieder von der Undurchsichtigkeit aller Asiaten.

»Sie schnarchen«, sagte sie, jetzt mit ihrer hellen Stimme. »Und ein Rindvieh sind Sie auch, Wassja Grigorjewitsch. Einen schönen Tag wünsche ich …«

Sie ging hinaus und schlug die Tür hinter sich zu.

Befriedigt erhob sich Shukow aus seinem Sessel, streckte sich, machte ein paar Freiübungen, um seine verklemmten Muskeln zu lockern, und trat dann an das Fenster. Der Regen floß über die Scheibe und verhinderte jede Sicht, als läge das Hotel unter Wasser.

»Lobe mich, Dunjaschka!« sagte Shukow laut. »Wie habe ich mich benommen? Es war verdammt schwer, ihr zu widerstehen. Sie wird einen Mann auffressen wie ein Spinnenweibchen. Einen Kampf wird es mit ihr geben, auf Leben oder Tod …«

Der Materialzug wurde tatsächlich pünktlich am übernächsten Tag auf dem Jakutsker Güterbahnhof bereitgestellt. Es waren zwei Lokomotiven, vierzehn Waggons, zwei Abteilwagen ältester Bauart und sieben plombierte Viehwagen, die bisher auf einem Abstellgleis gewartet hatten.

Aus einigen engen Luftschlitzen wehten Taschentücher oder Streifen von zerrissenen Hemden wie einsame, armselige Signale: Helft! Helft! Hier hat man Menschen eingeschlossen! Geht nicht vorbei, seht uns an, behaltet das Bild im Herzen! In jedem Viehwagen sind sechzig ›Tote Seelen‹, atmende Gerippe, Freunde. Mit Haut bespannte Knochen. Seit sieben Wochen sind wir unterwegs, vom Sammellager Perm aus. Betet für uns, Freunde …

Die Wuginskaja saß schon in einem Abteil im ersten Personenwagen, als Shukow, den Koffer über seinen Kopf haltend, durch den Regen rannte und den Waggon enterte. Sie saß am Fenster, winkte ihm zu und lachte ihn an, als er, völlig durchnäßt, in das Abteil stolperte. Er warf den Koffer auf die Ablage, zog den triefenden Mantel aus und hängte ihn an den Griff der Notbremse, die über der Tür angebracht war.

»Wir haben uns fast zwei Tage nicht in die Augen geblickt«, sagte er. »Ein unhaltbarer Zustand, Valja Johannowna. Im Hotel haben Sie sich verleugnen lassen, aber Sie waren auf Ihrem Zimmer. Ich habe viermal an der Tür von 440 gelauscht ... Sie hatten das Radio an. Gut, habe ich gedacht. Sie ist böse mit mir. Aber wir sehen uns ja wieder. Spätestens im Zug. Und siehe da ... nun sind wir zusammen. Gehört uns das Abteil ganz allein?«

»Ja. Ich habe es als Arztabteil reservieren lassen. Der Transportleiter meint, wir könnten eine Woche unterwegs sein. Da brauchen wir eine Sanitätsstation.«

»Im letzten Teil des Zuges zittern Ihre Schäfchen.«

»Ich habe sie gesehen«, sagte sie verschlossen. »Fast vierhundert Verbrecher. Ein Drittel davon Frauen.«

Die Tür des Abteils wurde aufgeschoben. Ein Offizier der Begleitsoldaten starrte die Wuginskaja an und bekam runde Augen vor Begeisterung. Er grüßte und bedachte Shukow mit einem scheelen Blick. Ein Oberleutnant war er, mit einem forschen Auftreten, das der schönen Genossin imponieren sollte.

»Noch ein Platz frei?« fragte er und trat näher.

»Nein!« antwortete Valja Johannowna mit ihrer Fanfarenstimme. »Hier ist ein Lazarett. Gehen Sie hinaus.«

Der Oberleutnant starrte sie ungläubig an und zeigte dann auf Shukow.

»Und das ist wohl Ihr erster Patient, Genossin?«

»Das geht Sie einen Dreck an!« sagte sie schroff.

Der Oberleutnant zuckte zusammen, warf Shukow einen wilden, bösen Blick zu und verließ das Abteil. Mit einem Knall zog er die Tür zu. Die Scheibe klirrte.

»Sie machen sich unbeliebt, Valja«, sagte Shukow trokken. »Ein wahrer Schock ist's, Sie reden zu hören. Wer Sie ansieht, möchte die Natur umarmen, daß sie so etwas wie Sie hervorgebracht hat, und dann machen Sie den Mund auf, von dem man nur träumen kann, und heraus kommen wahre Unflätigkeiten! Wie soll man das verkraften?«

»Sie fragen zuviel, Wassja Grigorjewitsch«, antwortete sie und blickte aus dem Fenster. »Nehmen Sie hin, was Sie hören und sehen. Mehr verlangt keiner von Ihnen.«

Haben wir gesagt, der Zug fuhr pünktlich ab? Das war natürlich nur sinnbildlich gemeint. Der Zug stand bereit, in ganzer imponierender Länge – das muß man lobend erwähnen. Über das Abfahren jedoch verhandelte der Zugleiter seit einer Stunde am Telefon der Zugleitstelle mit allen möglichen Beamten, die notwendig waren, damit ein Zug sich in Bewegung setzt. Man kann nicht einfach fröhlich an der Dampfsirene ziehen und dann absausen. Auch wenn das Gleis der Materialbahn gleich hinter Jakutsk sich von den allgemeinen Schienen trennte und einsam in die Taiga führte, wie mit dem Lineal gezogen, ein schmaler Schnitt durch die dichten Wälder, wo sich einem nichts in den Weg stellte, es sei denn, ein lebensmüder, alter Renhirsch hätte sich genau zwischen die Schienen zu einem Schläfchen hingelegt – alles besteht aus Organisation, und was wäre ein Russe ohne sein Reglement? Darin gleicht er brüderlich dem Deutschen. Hilflos ist man, wenn niemand da ist, der irgendeine Weisung erteilt.

»Der Regen!« klagte der Zugleiter, als er nach drei Stunden bei der Wuginskaja ins Abteil schaute. »Dieser Regen! Eine Sintflut! In Jakutsk sagt man: Fahr ab! Der Knotenpunkt Simjansk ruft an: Dableiben! Der Untergrund der Bahnlinie weicht auf. Und die Kontrollstelle Bjoronowo telefoniert: Sind wir Propheten? Es regnet. – Welch eine dämliche Antwort! Und wem schiebt man nun die Verantwortung zu? Natürlich mir! Wer seid ihr, fragen mich die Staatsbeamten. Gehört ihr zur sowjetischen Eisenbahn? Natürlich nicht ... habt eigene Gleise gelegt, habt eigene Züge und Waggons, keiner darf über eure Strecke fahren, und jetzt stehst du hier und willst wissen, ob du abfahren kannst! Frage doch deine Genossen in Ottokh!«

»Und warum fragen Sie nicht?« sagte Shukow.

»In Ottokh antwortet niemand.« Der Zugleiter fuhr sich mit beiden Händen über das Gesicht. Er war sichtlich erschüttert. »Vielleicht sind dort schon alle ersoffen. So etwas von Regen hat's noch nie hier gegeben, und ich bin in Jakutsk geboren!«

Man fuhr aber doch an diesem Tag ab ... allerdings nicht am Morgen, wie geplant, sondern am späten Nachmittag. Shukow und die Wuginskaja blieben allein im Abteil, obgleich mehrmals hintereinander Offiziere oder Zivilisten, die wie Shukow Ingenieure sein mochten, den Kopf durch die Tür steckten und höflich fragten, ob noch ein Plätzchen für sie frei sei. Jedesmal tönte ihnen Valja Johannownas Stimme entgegen: »Hier ist ein Lazarett!«

Wer sie dennoch ungläubig anblickte, mit einem deutlichen Schimmer männlicher Begeisterung ob so viel weiblicher Schönheit, mußte schnell den Kopf zurückziehen, denn sie knallte die Tür rücksichtslos zu.

»Jetzt habe ich genug!« sagte sie, als der siebente Frager zurückprallte. Sie erhob sich, holte aus ihrer Reisetasche eine Schreibmappe, nahm ein Blatt Papier heraus und schrieb mit ihrem tiefroten Lippenstift in großen Buchstaben: »Eintritt verboten! Zuglazarett.« Mit Heftpflaster klebte sie das Schild an die Glastür und starrte einen Mann böse an, der gerade ansetzte, das Abteil zu betreten.

»Wer jetzt noch die Tür öffnet«, sagte sie zu Shukow, »den operiere ich! Sie müssen ihn nur festhalten, aber Sie sind ja kräftig genug.«

»Warum tun Sie das, Valja Johannowna?« fragte er.

»Ich möchte mit Ihnen allein sein.«

»Danke ...«

»Bilden Sie sich nichts ein, Wassja Grigorjewitsch! Ich will mit Ihnen allein sein aus rein wissenschaftlichem Interesse.«

»Soll ich mich ausziehen?« fragte Shukow harmlos und sah sie mit seinen verträumten Augen an. »Ich garantiere Ihnen: Bei mir ist anatomisch alles in Ordnung und am richtigen Platz.«

»Was werden Sie tun, wenn man Ihnen zwei Brigaden Sträflinge gibt?«

»Ich weiß, daß ich sie bekomme. Für den Straßenbau. Was ich da tun werde? Ich werde ein Mensch sein.«

»Ein großes Wort, Genosse Shukow.«

»Ein schönes Wort, Genossin Wuginskaja.«

Wenn ein Zug endlich abfährt, ein Ereignis, auf das man stundenlang gewartet hat, dann ist das ein erhebendes Gefühl. Glaubt es mir, Genossen! Dann liegt die Weite vor einem, das Unbekannte, das Erlebnis. Dann wird das Rattern der Räder zur Musik, und das Schnaufen der alten Kohlelok weckt Kindheitserinnerungen. Man hat festgestellt, daß siebzig Prozent aller Jungen Lokomotivführer werden wollten ... ist das kein Beweis für die tiefe, beseligende Romantik, die ein fauchender Dampfkessel erzeugen kann?

Der Zugleiter kam in das Abteil, nachdem er das Schild mit der Lippenstiftschrift gelesen und sich entschieden hatte, daß ein Zugleiter zu allem Zutritt hat, weil es *sein* Zug ist. »Die Strecke ist frei«, sagte er glücklich. »Ottokh meldet sich zwar noch immer nicht, aber wir können auf jeden Fall einen Tag und eine Nacht fahren. Das ist schon etwas bei diesem Regen! Vertrauen wir auf die gute Arbeit der Schienenleger.«

Es waren nicht die Schienenleger, die Kummer machten, sondern die Brückenbauer. Und das gegen Morgen, genau um fünf Uhr zweiundzwanzig. Der Zug näherte sich einem kleinen Fluß, für sibirische Verhältnisse war's nur ein Rinnsal und hieß Tjuganja, als rote Laternen seitlich der Schienen signalisierten, daß etwas nicht in Ordnung war. Dann tauchten auch schon in dem vom strömenden Regen aufgesogenen Morgengrauen drei Arbeiter auf, die ebenfalls rote Laternen schwenkten. Die armen Männer staken in Gummianzügen, als seien sie Taucher, und standen mitten auf den Schienen. Der Zug bremste knirschend, aus der Lok quoll ein ohrenbetäubendes Pfeifsignal, und Valja Johannowna rollte in ihrem Abteil von der Bank. Unsanft fiel sie auf den Waggonboden.

Es hatte vorher, bevor man sich schlafen legte, noch eine

kurze Debatte gegeben. »Sie sind müde«, hatte Shukow zu der Wuginskaja gesagt. »Ich sehe es Ihnen an. Warum schlafen Sie nicht? Haben Sie Angst, ich könnte Ihre horizontale Lage falsch verstehen?«

»Sie sind ein Widerling!« hatte sie geantwortet, ihren Mantel als Kopfkissen zusammengefaltet und sich auf der Sitzbank ausgestreckt.

»Bitte, ich liege. Zufrieden?«

»Nein.«

»Was fehlt? Sagen Sie bloß nicht: Sie haben vergessen, Ihr Nachthemd anzuziehen!«

»Sie tragen ein Nachthemd? Wie altmodisch, Valja Johannowna! Ein Körper soll atmen, deshalb schlafe ich immer nackt.«

»Auch heute?« fragte sie. Ihre schrägen Augen glitzerten wütend.

»Das ist unmöglich.«

Sie hob den Kopf. Ihr schwarzes Metallhaar schimmerte in der trüben Deckenbeleuchtung. »Gibt es bei Ihnen eigentlich ein Unmöglich?«

»Jetzt ja.« Shukow betrachtete sie ungeniert. Du bist mir zu gefährlich, dachte er. Du bist kein Abenteuer, das nur eine Bahnfahrt lang dauert. Du behältst in deinen Krallen, wer sich dir ausliefert. »Es ist mir noch nie gelungen, mich nackt in Gegenwart einer schönen Frau zu bewegen, ohne gewisse biologische Gesetzmäßigkeiten auszuführen ...«

»Seien Sie still!« hatte die Wuginskaja gezischt. »Wassja Grigorjewitsch, Sie sind ein verdammter Schwätzer.«

Ihr Kopf fiel auf den zusammengeknüllten Mantel zurück, sie schloß die Augen und legte die Hände über ihre spitzen Brüste. Shukows Gedanken beschäftigten sich damit, ob sie jetzt wohl erwartete, daß er sich zu ihr beugte und sie küßte. Oder daß er ihre Bluse aufknöpfte und ihre Brüste liebkoste, seine Hand über ihren Schoß gleiten ließ und die Zärtlichkeit seiner Finger ihre Schenkel mit zitterndem Pulsschlag erfüllte. Mehr war nicht möglich ... man konnte die Abteiltür nicht mit einem Vorhang undurchsichtig machen, und selbst wenn man das Licht löschte, gab die Gangbeleuchtung noch so viel Helligkeit her, daß man alles erkennen konnte. Und der Zugleiter kam ja auch ab und zu herein, oder die Offiziere aus den Nebenabteilen standen im Gang, rauchten und vertraten sich die Füße mit Hin- und Hergehen.

Aber wartete sie dennoch darauf? Sie lag da wie eine Aufforderung. Ihre geschlossenen Lider vibrierten leicht, ein Beweis, daß sie nicht schlief, sondern sich nur schlafend stellte und auf die nächsten Minuten lauerte. Shukow stand auf, holte seinen dicken Mantel aus der Gepäckablage, entfaltete ihn und deckte ihn über Valjas Körper. Als er weggehen wollte, schnellte ihre Hand vor und hielt ihn fest.

»Danke ...«, sagte sie leise.

»Sie sollen nicht frieren!« erwiderte er.

»In Ihnen sind zwei Wesen, Wassja Grigorjewitsch.«

»Das stimmt genau«, sagte er ehrlich. »Aber beide sind nicht viel wert. Schlafen Sie gut, Valja Johannowna.«

»Sie auch, Wassja ...«

Er streckte sich auch aus, auf der Bank ihr gegenüber, und bemerkte, wie sie ihn unter den Wimpern ansah. Ich komme nicht zu dir, dachte er und drehte das Gesicht zur Wand, was sehr unhöflich war, denn dabei mußte er ihr seinen Hintern entgegenstrecken. Doch das paßte zu dem Bild, das er bemüht war, von sich zu zeichnen. Gefährlich wird es nur, wenn sie zu mir kommt, dachte er weiter. Verdammt, ich weiß genau, was sie denkt und was sie will ... ob in Texas oder Alaska, in Moskau oder auf der Fahrt in das einsamste Sibirien – eine Frau ist überall ein Bündel heimlicher Sehnsüchte. Und jede ist glücklich, wenn man versteht, dieses Bündel aufzuschnüren.

Nun also, in der wasserdurchfluteten Morgendämmerung, fiel sie von der Bank, weil der Zug abrupt bremste. Shukow stieß mit der Stirn heftig gegen die Abteilwand, fluchte wie ein guter Russe mit den unflätigsten Worten, warf sich dann herum und half der Wuginskaja wieder auf die Beine. In den anderen Abteilen mußte das gleiche geschehen sein, denn überall hörte man wütende Stimmen. Auf dem Gang drängten sich einige halbangezogene Männer.

»Wir stehen«, sagte Shukow und drückte das Gesicht gegen die Fensterscheibe. »Mitten im Gelände. Ich ahne nichts Gutes.«

Der Zugleiter brachte bald Gewißheit. Er stürzte ins Abteil, setzte sich auf die Bank und sah die Wuginskaja fast flehend an.

»Lassen Sie mich bei Ihnen Luft holen!« stöhnte er. »Die anderen Genossen ... welch ein Benehmen! Sie spukken mich fast an. Bin ich verantwortlich, daß der Himmel einstürzt? Ich bin Leidtragender wie sie. Aber nein, nein – sie müssen einen haben, an dem sie ihre Wut abreiben wie Säue ihren Dreck an einem Baumstamm. Was passiert ist? Der Fluß ist sechsmal so hoch als sonst und neunmal so breit geworden. Wie kann man das vorher berechnen, frage ich? Kann man solche Abnormitäten einkalkulieren? Kurz und gut: Die Brücke ist weggerissen! Endstation!«

»Dann fahren wir also zurück?« fragte Shukow.

»Zurück geht auch nicht. Wir sind froh, daß wir überhaupt bis hierher gekommen sind. Was glauben Sie, wie es hinter uns aussieht? Eine neue Sintflut ist das! Es gibt keinen festen Boden mehr im Umkreis von tausend Werst. Nur noch Morast. Wenn Sie jetzt aus dem Waggon springen, Genosse, sinken Sie bis zum Bauchnabel ein. Wie eine Rübe stecken Sie in der Erde. Und mich will man dafür verantwortlich machen! Soll man da nicht verzweifeln?«

»Und wie geht es weiter?« fragte die Wuginskaja. »Sollen wir hier stehenbleiben und warten, bis wir versinken? Es kann noch tagelang regnen.«

»Das wird es, Genossin, das wird es! Ich habe mit dem Leiter des Streckenabschnitts gesprochen. Es gibt nur zwei Möglichkeiten. Entweder wir warten, bis der erste Frost kommt, dann wird der Boden wieder hart ...«

»Das ist doch Blödsinn!« sagte die Wuginskaja laut.

»... oder wir versuchen, auf Booten und Flößen den Fluß zu überqueren, und müssen dann auf der anderen Seite warten, bis uns ein Zug aus Ottokh abholt. Warten müssen wir auf jeden Fall.«

»Und wo nehmen Sie die Boote und Flöße her?« fragte Shukow.

»Das ist kein Problem, ist schon gelöst«, sagte der Zugleiter stolz. »Auf der anderen Seite des Flusses ist Nowo Sosnowka. Ein kleines Dorf nur, aber zwei Werst von ihm entfernt, in der Taiga, liegen zwanzig Baracken mit Sträflingen. Alles Politische.« Er spuckte aus und sah dann beifallheischend um sich. »Ein Lumpenpack! Man wird sie mobilisieren und ihnen Flammen unter die Ärsche legen. Sie werden uns alle hinüberholen. Den ganzen Zug.«

»Bei diesem Regen? Bei dieser reißenden Strömung im Fluß?« fragte Shukow.

»Es wird eine Menge ersaufen. Ist's schade drum? Endlich können sie etwas für ihr Vaterland tun. Bis das Militär aus Jakutsk kommt, unsere heldenhaften Pioniere, und eine Pontonbrücke bauen, sind wir längst über den Fluß und auf dem Weg nach Ottokh. Ha, wir werden den Ehrgeiz und die Kraft haben, diesen Mistregen zu besiegen! Sollen wir uns unterkriegen lassen? Wo wir tausend Staatsfeinde haben, die endlich einmal arbeiten können, statt sich auf unsere Kosten dicke Hintern anzufressen? Passen Sie auf, Genossen, wie man so etwas organisiert!«

»Das möchte ich sehen …«, sagte Shukow ernst und blickte dabei die Wuginskaja an. »In dieser entfesselten Natur eine Brücke aus Menschen …«

»Warum nicht?« antwortete sie kühl, als habe er sie gefragt, was sie darüber denke. »Aber Sie werden zum Kannibalen werden, Wassja Grigorjewitsch.«

»Ich verstehe Sie nicht …«

»Sie müssen sich selbst auffressen, Genosse Shukow …«, sagte sie hell. »Sie müssen Ihre ganze Menschlichkeit hinunterschlucken. Nur so überleben Sie. Wir sind in Sibirien …«

Jede Organisation, auch die beste, und was hier an dem zu einem reißenden Strom gewordenen Flüßchen Tjuganja geschah, sollte ein Musterbeispiel sowjetischer Improvisationskunst werden, braucht ihre Zeit. Ehe aus einem Samenkorn ein Getreidehalm sprießt, vergehen Monate, sogar die einfachste Feldblume benötigt ihr Entwicklungsstadium, jedes Unkraut wächst nach Naturgesetzen ... nur was man mit einem Menschen alles anstellen kann, der weniger ist als Unkraut, das lernte Shukow in den nächsten Stunden kennen.

In der Morgendämmerung, die keine Sonne durchließ, weil nur Wasser vom Himmel fiel, das alles Licht aufsaugte bis auf eine trübe Helligkeit, blieb also der Zug stehen, und es nützte gar nichts, daß die Begleitoffiziere der Deportierten brüllten, daß die Zivilreisenden, meistens Ingenieure, Wissenschaftler, Geologen und Raketenfachleute, wie Gassenjungen fluchten ... der geplagte Zugführer rannte, nachdem er Shukow und die Wuginskaja informiert hatte, wieder durch seinen blockierten Zug und schrie herum, im Parteiprogramm stehe weder drin, wie man sich bei einer Sintflut benehmen solle, noch wie man es schafft, unter den Waggonrädern wegsinkende Schienen aufzuhalten.

»Noch vier Tage einen solchen Regen und wir werden zu einer U-Bahn!« brüllte der Zugführer jeden an, der ihn mit seinen Terminen belästigte und Marschbefehle oder Einstellungsdaten vorzeigte. »Hätten Sie einen Posten in Nowgorod angenommen oder in Irkutsk oder in Smolensk ... Genossen, ihr säßet jetzt mit einem warmen Arsch im Behördensessel und könntet euren Sekretärinnen unter den Rock greifen. Aber wir stehen mitten in Sibirien! Das hier ist jungfräuliches Land. Und ihr seid die Pioniere, die es entjungfern sollen. Dazu gehört Mut und Stärke – also benehmt euch danach.«

Draußen lief unterdessen das an, was man Organisation nannte. Die Funkverbindung mit dem Dorf Nowo Sosnowka und vor allem mit dem großen Straflager klappte vorzüglich – man brauchte ja nur über den Fluß zu sprechen. Dagegen schwiegen Jakutsk und Ottokh, so verzweifelt sich der Zugfunker bemühte.

»Der Regen ersäuft sogar die Funkwellen«, sagte er schließlich resignierend. »Ich weiß, ich weiß, Genossen, das gibt es nicht, das ist Blödsinn, aber ich komme nicht durch.«

In ihrem Abteil, an dem noch das mit Lippenstift bemalte Schild ›Eintritt verboten! Zuglazarett‹ hing und Shukow und die Wuginskaja vor allem Besuch abschirmte, saßen sie allein am Fenster und starrten hinaus in diese graue, von Wäldern und einem über die Ufer getretenen Fluß, von einer aus Schlamm wabbelnden Straße und einem versinkenden Schienenstrang beherrschte Welt. Ein paar Männer in hohen Gummistiefeln und umgehängten Kunststoffplanen in gelber Farbe, Kunststoffhelme auf dem Kopf, wie ihn Bauarbeiter oder Fabrikarbeiter tragen müssen, rannten am Zug entlang, betrachteten völlig sinnlos die Schienen und den wegsackenden schweren Zug darauf, sprachen dann in Handfunkgeräte hinein, die Miller als Walkie-talkie kannte, und riefen anscheinend irgendwelche fernen Behörden zu Hilfe. Das dauerte drei Stunden, der Fluß schien noch breiter zu werden, und es regnete so gewaltig, daß das Wasser aus dem farblosen Himmel wie ein einziger bewegter Vorhang war, hinter dem sich alles zu Schemen auflöste.

»Wenn in Rußland etwas geschieht, dann gründlich«, sagte Shukow gemütlich und lehnte sich zurück. Er holte eine Pfeife aus der Manteltasche und stopfte sie mit einer Mischung aus Tabak und Machorka, genau das Kraut, das sich ein mittelbezahlter Ingenieur leisten kann. Die Wuginskaja beobachtete die Manipulation mit zusammengezogenen Augenbrauen. Ihr schmales Gesicht mit den etwas schräg gestellten, mandelförmigen Augen war verschlossen. Das schwarze Metallhaar, nach der unruhigen Nacht ungekämmt, umgab ihren Kopf wie ein zerwühlter Schleier.

»Hier ist Nichtraucher!« sagte sie, als Shukow die Pfeife in den Mund steckte und nach Streichhölzern in seiner Hosentasche suchte.

»Wo steht das?« fragte er zurück. »Ich sehe keinen Hinweis.«

»Ich sage es! Ich erkläre es zum Nichtraucherabteil! An der Tür steht schließlich ›Zuglazarett‹!«

»So können nützliche Dinge zu Fesseln werden.« Shukow hatte seine Streichhölzer gefunden, aber er riß keines an. Er ließ die Schachtel nur auf seiner Handfläche tanzen. Seine so verdammten träumerischen, jeder Frau das Herz aufreißenden Augen blickten geradezu mitleidheischend auf die Wuginskaja. »Ich muß Ihnen da ein Erlebnis erzählen, Valja Johannowna. Es war vor drei Jahren, ich quetschte mir durch einen zusammenstürzenden Holzstapel den Oberschenkel, glücklicherweise weit genug entfernt von den Teilen, die ich und vor allem die Frauen an meinem Körper besonders schätzen und bewundern ...«

»Ich habe Hunger«, unterbrach sie ihn grob. »Ich gehe zum Küchenwagen.«

Aber sie blieb sitzen und blickte nur aus dem Fenster in die sintflutüberspülte Landschaft.

»Wir gehen gleich zusammen eine Kascha essen, das verspreche ich Ihnen, Valja Johannowna. Also: Ich quetschte mir den Oberschenkel. Nicht zu arg, ich lag nur drei Wochen in einer Klinik, zwei Schwestern betreuten mich und – das erfuhr ich aber erst später – losten vor der Zimmertür aus, wer von ihnen mir den Unterkörper entblößen durfte. Sie machten das mit Wattebäuschchen: Linke Hand, rechte Hand ... ei, wo ist er denn? Die Siegerin hatte dann immer herrlich warme Hände ...«

»Wann gehen wir essen?« sagte die Wuginskaja wütend.

»Sofort. Ich wollte nur erzählen: Auch in diesem Lazarett war Rauchen streng verboten, aber alle Zimmer stanken nach Machorka. Die Ärzte, der Chefarzt, die Schwestern, alle rochen es, aber keiner sagte etwas. Wer nicht gehfähig war und auf den Toiletten rauchte, der paffte unter die Bettdecke oder in die Glasente. Zusammen mit dem Uringeruch ergab das ein patentwürdiges Herrenparfüm.«

»Fertig?« fragte die Wuginskaja heiser. »Endlich fertig?«

»Mit dieser Episode ja.«

»Sie haben noch mehr Episoden auf Lager?«

»Nur noch eine. Ich habe Appetit auf ein Pfeifchen.«

»Hier nicht!« Sie stampfte mit den Füßen auf. Da sie, für die lange Reise gerüstet, wieder ihre schönen, weichen Stiefelchen trug, darin eine blaue Hose, die an amerikanische

Jeans erinnerte, und darüber – wenigstens jetzt – nur eine grüne Bluse, sah sie betörend aus. Das Aufstampfen paßte zu ihrem Blick, der goldene Pfeile schleuderte. »Gehen Sie hinaus auf den Gang.«

»Ich bin ein komischer Mensch, Valja Johannowna«, sagte Shukow und spielte weiter mit der Streichholzschachtel. »Ich bin gar kein starker Raucher. Meine Leidenschaften lösen sich nicht in Qualm auf – sie bleiben in meinen Händen. Aber wenn ich einmal rauche, hat das immer einen fast festlichen Grund. Ein gutes Mittag- oder Abendessen, eine freudige Nachricht, eine Erfolgsmeldung, das satte Ausruhen neben einer nackten, schönen Frau oder auch nur – wie jetzt – der Anblick einer Wuginskaja, die so himmlisch wütend ist. Es wird meine beste Pfeife werden ... ich meine, die man rauchen kann.«

Sie starrte ihn fast ungläubig an ob dieser Frechheit, sprang dann auf und trommelte mit beiden Fäusten gegen die Scheibe des Abteils.

»Ich verabscheue Sie!« rief sie. Daß ihr Atem dabei flog, geschah gegen ihren Willen, aber sie konnte es nicht abstellen. »Sie glauben wohl, Sie und Ihre Art wirken auf eine Frau wie Champagner? Fades Wasser ist es! Faulig! Kloakenbrühe! Sie widern mich an!«

Shukow nickte mehrmals, griff in die Rocktasche, holte eine Schachtel Papyrossi heraus, die er noch in Jakutsk gekauft hatte, und warf sie wortlos der Wuginskaja zu. In einer Reflexbewegung fing sie die Schachtel auf, ließ sie aber gleich wieder auf den Sitz fallen.

»Sie verführen mich nicht!« schrie sie hell.

»Sie zum Rauchen einer Zigarette zu verführen entspricht nicht meinem Stil. Ich verführe schöne Frauen nie zu Banalitäten! Ich lade Sie nur ein, mitzumachen. Verbotenes gemeinsam zu tun, ist das Salz des würzelosen Alltags.«

»O Sie kluger, neunmalkluger Titan! Sie Genie der Worte! Hier, im warmen, trockenen Abteil können Sie wie Samson sein, der Säulen umstemmt ... aber nachher, draußen, im Regen, im Fluß, da nützen Ihnen Worte gar nichts.«

»Davor habe ich – das gebe ich zu – auch Angst.«
»Aha!«
»Angst um Sie, Valja Johannowna. Wenn wir wirklich so wahnsinnig sind und den Fluß überqueren wollen, möchte ich Sie am liebsten auf meinen Rücken schnallen, so wie man in Afrika und Asien die Kinder transportiert.«
Sie schwieg, die goldenen Punkte in ihren Pupillen glitzerten wieder. Und dann erschien in den Mundwinkeln ein zartes Lächeln und überhauchte das schmale Gesicht mit einer inneren Sonne. Shukow starrte sie fassungslos an. Ohne den Blick von ihm zu lassen, griff sie zu den Papyrossi, zog eine aus der Schachtel, kniff das lange Pappmundstück zweimal zusammen und steckte es sich zwischen die roten Lippen.
»Haben Sie Feuer, Wassja Grigorjewitsch?«
Shukow riß ein Streichholz ab, sie rauchte die Zigarette hastig an, und er hatte Zeit genug, mit dem gleichen Streichholz seine Pfeife anzuzünden. Sein Tabak roch ätzend, wie angesengtes feuchtes Leder. Die Wuginskaja kräuselte die kleine, schmale Nase. Sie schnupperte wie ein Eichhörnchen.
»Verdienen Sie so wenig?« fragte sie dann.
»Ich bin ein einfacher Ingenieur. Ärzte können sich vielleicht türkischen Tabak leisten oder Zigaretten aus Grusinien. Ich nicht. Soll ich die Pfeife ausgehen lassen?«
»Nein. Bitte nicht. Ich gewöhne mich schon daran.«
Sie setzte sich wieder ans Fenster, blickte in den strömenden Regen und rauchte langsam ihre Papyrossa. Shukow trat neben sie, seine Hüften berührten ihre Schulter, und er hatte das Gefühl, als wenn sie zusammenschauerte. Vor dem Zug, zum Fluß hin, rannten jetzt viele vermummte Gestalten durch den Regen. Teile der weggerissenen Brücke trieben schnell in der Strömung davon ... die Katastrophe schien vollkommen zu sein.
»Alle Fünf- oder Zehnjahrespläne sind Mist«, sagte Shukow nüchtern. »Rußlands Natur läßt sich nicht reglementieren. Man kann versuchen, sie in den Griff zu bekommen, aber schließlich macht sie doch immer, was sie will. Ruß-

land ist wie eine Frau. Man kann sie besitzen, und trotzdem gehört sie einem nicht.«

»Sie haben nie richtig geliebt, Wassja Grigorjewitsch. Für Sie ist eine Frau nur Körper. Nur Materie! Ich bemitleide Sie.«

»Ich habe einmal gespürt, was Liebe ist, hinter der Gott steht, wenn ich mich so altmodisch ausdrücken darf. Liebe, bei der man auf einem Sternenbett liegt, weit weg vom Irdischen, obgleich die Körper etwas ausgesprochen Kreatives tun. Aber man empfindet es nicht so ... man ist irgendwie gestorben und lebt nur in der Liebe weiter, in einem außerirdischen Raum, losgelöst von den schwitzenden, stöhnenden, aufeinanderstampfenden, heißhäutigen, durch und durch zitternden Körpern, die wie Maschinen, wie zwei große Pressen gegeneinanderprallen und aufschreien in der Glut, die aus ihnen hervorbricht. Das, was wir Liebe nennen, Glück, Seligkeit, Erfüllung, ja Erlösung, vollzieht sich in einer anderen Dimension, die im Augenblick der wegströmenden Hingabe eine tiefe Sehnsucht nach Ewigkeit auslöst. In einer wirklichen Liebe sterben wir tausend Tode und erstehen in tausend Wiedergeburten ...«

Die Wuginskaja biß auf das Pappmundstück ihrer Papyrossa und lehnte die Schulter gegen Shukows Hüfte. »So gewaltig können Sie lieben, Wassja Grigorjewitsch? Zum Teufel, ich bin eifersüchtig auf diese Frau. Ich könnte sie umbringen! Dort drüben im Fluß wie eine junge Katze ersäufen! Wer war sie? Sagen Sie es mir?«

»Sie heißt Dunja Andrejewna Koroljow.«

»Ist sie hübsch?«

»Nein. Schön.«

»Ich verstehe.« Sie zerdrückte die Papyrossa in dem großen Aschenbecher unter dem Abteilfenster. »Wer von einem Mann auf einem Sternenbett geliebt wird, muß schön sein wie ein Stern. Wo lebt sie?«

»Ich weiß es nicht.«

»Es ist vorbei?«

»Unser Dienst trennte uns. Aber das ist nur geographisch. Diese Liebe tropfte aus der Sonne – so etwas vergeht nie.«

»Und Sie glauben wirklich, daß diese herrliche Dunja Ihnen treu bleibt? Wie lange werden Sie in Ottokh oder Werchokrassnoje bleiben? Zwei Jahre? Drei Jahre? Wie lange dauert Ihr Vertrag?«

»Drei Jahre ...«, log Shukow. »Was bedeuten für einen Russen drei Jahre?«

»Für eine Frau, die mit Ihnen auf einem Sternenbett gelegen hat, sind drei Tage Einsamkeit schon unerträglich. Diese Frau glüht weiter, immer weiter, jede Minute brennt in ihr. Sagten Sie nicht, Ihre Liebe tropfte aus der Sonne? Sie Narr, Wassja Grigorjewitsch! Solange die Sonne Leben spendet, brennt diese Frau in ihrem Inneren. Shukow, von Frauen verstehen Sie gar nichts!« Sie sprang auf, stieß Shukow vom Fenster und drückte das heiße Gesicht gegen die nasse Scheibe. Ihr schwarz schimmerndes Haar umwehte sie, als sie die Stirn gegen das kalte Glas rieb. »Dunja betrügt Sie!« schrie sie gegen das Fenster und gewissermaßen in den rauschenden Regen hinein. »Sie betrügt Sie! Täglich! Jede Nacht! Mit jedem, der daherkommt, tut sie es! Tröstet es Sie, daß sie jedesmal dabei nur an Sie denkt? Daß sie Wassja, o Wassja in der heißen Kehle stammelt, während ein Jewgeni auf ihr liegt? Beruhigt Sie das? Macht Sie das stolz? Meine Dunja, mein Stern, mein Sonnentropfen ... jeder Orgasmus ist ein halber Tod, und jeder Höhepunkt ihres Körpers gehört mir ... aber in sie eingedrungen sind Fjodor, Dawydow und Stanislaw, Wassili, Afanasij und Valeri! Wassja Grigorjewitsch, warum sterben Sie nicht an dieser Seelenqual? Ich hielte das nicht aus!«

»Sie ist treu«, sagte Shukow dumpf. »Ich weiß, daß sie treu ist. Bei dieser Liebe gibt es nur Treue oder – wie Sie richtig sagten – nur den Tod.«

»Würden Sie Dunja umbringen, wenn Sie erführen, daß ein anderer Mann ihren Körper abküßt?«

»Ich weiß es nicht, Valja Johannowna. Vielleicht nicht. Aber ich würde an jeder anderen Frau Rache nehmen. Ich würde sie mit meiner Liebe zerbrechen. Ich würde sie in einen Himmel tragen, dann eine Falltür öffnen und sie abstürzen lassen ins Nichts.«

»Das können Sie«, sagte die Wuginskaja leise. »Sie sind genau der Typ, der so etwas kann. Wo ist die Frau, die Sie vor ihrem Fall erwürgt? Man muß Sie umbringen, Wassja Grigorjewitsch. Lassen Sie mich flüchten in meine Funktion als Ärztin. Sie sind ein Fieber, das man ausrotten muß!«

Er hob die Schultern, als wolle er sagen, jedem sei das überlassen, und wehrte sich nicht dagegen.

Am Anfang des Zuges, bei der Lok, quoll jetzt eine riesige Dampfwolke auf ... man ließ das Wasser aus dem Dampfzylinder ab, um die Maschine leichter zu machen. Das war sinnlos, brachte nicht viel ein, wirkte aber sehr dramatisch. Vom hinteren Teil des Zuges, dort, wo die Mannschaftswagen waren, marschierten sehr diszipliniert, trotz des gewaltigen Regens, die Wachsoldaten heran. Sie trugen keine Kunststoffplanen über sich wie die Straßenarbeiter, ihre Uniformen und Mäntel saugten sich voll Wasser und wurden in wenigen Minuten bleischwer. Trotzdem marschierten sie wie zur Parade, vorweg ein Leutnant, ein bedauernswerter Trupp durchweichter Menschlein, den ein Befehl durch die Regenhölle trieb. Es geht weiter! Wir kapitulieren doch nicht vor Regen, Schlamm und einem verrückt gewordenen Fluß! Wie sagte Lenin: Nur der Tod entbindet uns von den Pflichten!

»Ich glaube, Valja Johannowna«, sagte Shukow gegen das kalte, nasse Fenster, »Sie sind eine jener Frauen, deren Liebesfähigkeit Welten zerstören und neue Gestirne gebären kann ...«

»Ich weiß es nicht, Wassja Grigorjewitsch.« Ihre Stimme klang auf einmal, als habe man sie halbiert. Nichts mehr von dem sieghaften und beherrschenden Trompetenton, nur noch Schwingungen, die aus der Tiefe weiblicher Rätselhaftigkeit drangen.

»Darf ich sagen: Sie haben nie geliebt, Valja Johannowna?«

»Vielleicht.« Sie stellte sich neben ihn und drückte ihre Stirn neben seiner Stirn gegen die kalte Scheibe. Die Wachsoldaten marschierten noch immer durch den peitschenden Regen, wie Marionetten, deren Fäden ein irr gewordener

Puppenspieler zieht. Aber es hatte alles System: Sie stampften nach hinten zu den Gefangenenwaggons, offensichtlich um die Zusammengepferchten herauszuholen als die ersten Arbeiter, die den Fluß bezwingen sollten.

»Natürlich gab es Männer«, sagte die Wuginskaja mit ihrer fremden halben Stimme. »Studenten, Kollegen. Einmal etwas Irres. Ein Zirkuskünstler. Ein Trapezclown. Er stürzte ab, ich versorgte ihn chirurgisch und ging zwei Wochen später mit ihm ins Bett. Nur einmal. Er roch nach Manege. Wissen Sie, dieser eigenartige Duft, der jeden fasziniert, aber wenn man mit ihm im Bett liegt, wird er unerträglich. Für mich wenigstens. Ich bin ein Ästhet. Ein Körper sollte auch im Liebesschweiß wie Honig duften.« Sie lachte plötzlich und schlug mit beiden Fäusten Shukow gegen die Brust und auf den Rücken. »Verrückt! Verrückt! Wir liegen mitten in Sibirien fest, von der Natur besiegt, und erzählen uns Dinge aus der tiefen Seele. Was soll das, Wassja Grigorjewitsch?«

»Vielleicht fehlte uns das, Valja.« Er hielt ihre kleinen Fäuste fest. »Sie hatten nie Gelegenheit, darüber zu sprechen.«

»Nie! Nie! Und nun? Reißen Sie den Vorhang vor die Tür, ziehen Sie mir die Kleider aus und nehmen Sie mich da auf der Sitzbank?«

»Nein.«

»Wegen Dunja?« Sie blickte auf ihre Armbanduhr. »Es ist jetzt acht Uhr neununddreißig Minuten. Dunja steigt in diesem Augenblick irgendwo aus dem Bett eines Mannes, oder sie steht schon unter der Dusche und spült sich seinen Geruch ab. Glauben Sie, dabei denkt Dunja gerade an Sie?«

»Um diese Zeit putzt sie die Kräne der Milchbar«, sagte er heiser.

»Ach! So eine ist sie? Gratuliere! Ein Trinkhallenmädchen ...«

»Valja Johannowna, reden Sie nicht weiter! Bitte! Ich kann Ihnen nicht mehr sagen. Dunja ist ein Lächeln von Gottes Lippen.«

»Das sagt ein Kommunist! Sind Sie ein verkappter Popenküsser? Einer, der noch an diesen Christus glaubt?«

»Sie haben es nie getan, nicht wahr?«

»Nie! Meine Ahnen hatten ihre tatarischen Götter, dann kam der Islam zu uns, später das christliche Kreuz. Und alles mit Gewalt, mit Blut, mit Toten, mit Folterungen … man hat uns das Gottbewußtsein in die Hirne eingeschlagen. Bis die große Befreiung kam …«

»Die sozialistische Revolution. Das ist Ihr Problem.« Shukow klopfte gegen die Scheibe. »Sehen Sie sich das mal an: Unsere Sträflinge kommen zum Einsatz!«

Vom Zugende wälzte sich eine zusammengeballte dunkle Masse durch den fürchterlichen Regen. Die Soldaten waren ausgeschwärmt, hielten die Maschinenpistolen schußbereit in Hüfthöhe – als ob hier jemandem nach Flucht zumute war! –, schrien Kommandos und ihr stereotypes »Dawai! Dawai!« und trieben die Gefangenen am Zug entlang zum Fluß. Die mit ihren leuchtenden gelben Kunststoffplanen vermummten Straßenarbeiter mischten sich unter sie, was nicht im Sinne der Strafordnung war, aber wer konnte hier noch Ordnung halten? Ein anderer Trupp schleppte aus dem Materialwagen große Eisenstangen heran. Auf einem Karren, von dreißig Menschen mit Stricken gezogen – Shukow zählte sie –, grub sich ein schwerer Eisenträger, ein sogenannter Doppel-T-Träger, durch den knietiefen Schlamm hinunter zum Fluß.

An der Abteiltür klopfte es höflich. Der Zugführer erschien wieder, durchnäßt, um seine Schuhe herum einen kleinen See sammelnd, aber er lächelte zufrieden. Wußte der Teufel, was er an Shukow und der Wuginskaja gefressen hatte – er kam immer in Abständen, um zu berichten.

»Ein genialer Plan!« sagte er stolz. »Wir bauen, wie in alten Zeiten, eine Seilfähre über die Tjuganja. Drüben ein Eisenträger in die Erde gerammt, hier auch einer, daran das Stahlseil, und an das Stahlseil die Boote. Zum Satan, der Fluß soll uns nicht unterkriegen! Wir setzen über, und von Nowo Sosnowka können wir wahrscheinlich mit Lastwagen weiter bis Ottokh. Jetzt zeigen wir mal, was Initiative ist!«

»Ich gehe hinaus«, sagte Shukow. »Ich halte das alles für ein gefährliches Unternehmen. Es wird Menschen kosten.«

»Halunken! Saboteure! Vaterlandsverräter! Defätisten! Ist's schade drum? Wer muß sie denn ernähren? Wir!« Der Zugleiter lachte meckernd. »Bleiben Sie lieber im Trockenen, Genosse, bis alles vorbei ist.«

»Ich helfe mit!« Shukow zog seinen Mantel an. Die Wuginskaja band schweigend ein Kopftuch um ihre metallenen Haare. »Sie nicht!« sagte Shukow laut.

»Bin ich ein erwachsener Mensch? Wenn Sie hinausgehen, gehe ich auch! Vielleicht braucht man einen Arzt.«

»Bestimmt. Aber der Regen wirft Sie glatt um.«

»Dann schnallen Sie mich auf den Rücken wie die afrikanischen Mütter ihre Säuglinge!« schrie sie ihn an. Ihre Trompetenstimme war wieder da, und das beruhigte ihn ungemein. Ihre bisherige Zärtlichkeit war ihm unter die Haut gegangen. »Sie haben es mir angeboten, Wassja Grigorjewitsch.«

»Also gut!« Er schob den entgeisterten Zugführer aus der Tür, ging den kurzen Gang entlang und riß die Wagentür auf. Der Regen, jetzt durch keine Scheibe oder Wand gehindert, schlug ihm entgegen, als falle das Weltall, in Wasser verwandelt, auf die Erde. Zwei Bauarbeiter, vom Schicksal zu diesem Schlag ausersehen, liefen gerade an der offenen Tür vorbei und wunderten sich, daß ihnen plötzlich die gelben Kunststoffplanen vom Körper gerissen wurden. Shukow warf eine Plane Valja Johannowna zu, die andere schlang er sich selbst um. Die beraubten Arbeiter brüllten los, nannten Shukow einen Hurenbalg, wollten die Tür stürmen, aber da war der Zugführer schon da, stand hinter Shukow und schrie hell: »Ruhig, Genossen! Weiter! Weiter! Sie kommen von der Zentrale! Besorgt euch andere Planen! Genossen, haltet bloß die Schnauzen! Weg mit euch!«

Die inzwischen völlig durchnäßten Arbeiter starrten Shukow böse an. Man las in ihren Blicken: Immer wird den Leuten von der Zentrale eine Extrawurst serviert! Trotzdem man in kommunistischer Gleichheit lebt! Aber dann liefen sie weiter, um sich Säcke zu besorgen, die gerade aus dem Materialwagen Nummer II ausgeladen wurden. Ob man sie mit Erde füllen und damit einen Teil des Flusses eindämmen wollte, war unklar.

Shukow sprang in den Schlamm, der einmal eine Bahnlinie gewesen war, und hob Valja Johannowna aus dem Waggon. Sie war leicht wie eine Feder, er schätzte sie auf keine hundert Pfund. Als sie an ihm herunterrutschte auf den Boden, strich ihr Gesicht über sein Gesicht. Es war wie die Begegnung zweier magnetischer Platten.

Sie wickelten sich in ihre gelben Kunststoffplanen und rannten den Sträflingen nach zum Fluß.

Erst dort erkannten sie das ganze Ausmaß der Katastrophe. Die Brücke war völlig weggerissen, nur ein Betonpfeiler stand in den gurgelnden, wilden Wassern, ab und zu überspült von sich brechenden Wellen. Irgendein Mensch, der hier etwas zu sagen hatte, tauchte neben Shukow und der Wuginskaja auf, nannte verrückterweise seinen Namen, den im Lärm keiner verstand, und brüllte dann: »Der Fluß hat sechs Meter über normal! Wer hat damit gerechnet? Das ist absurd! Man erlebt hier Dinge, Genossen! Die gibt es nur in Sibirien! Im Sommer ist es möglich, daß Sie im Flußbett Murmeln spielen können, so trocken ist er! Oh, welche Scheiße!«

Aber es war nicht der Fluß, sechs Meter über normal, der Shukow sprachlos machte, nicht die weggerissene Brücke, das überschwemmte Land, die unter Wasser stehenden Häuser, der im Schlamm versinkende Zug – nein, es war etwas ganz anderes. Ungläubig blickte er hinüber auf die andere Flußseite, wo man in einem großen Kahlschlag der Taiga zwischen ansteigenden Felsen ein Dorf vermutete.

Dort standen, zum Teil bis zur Brust in den reißenden Wassern, durch Stricke mit den Bäumen am Ufer und auch untereinander verbunden, Menschen in einer langen Kette, Menschen, die etwas heranschleppten, Eisenträger hochstemmten und breite, flache Boote durch den Schlamm an die Tjuganja drückten. Nicht anders war es auf dieser Seite. Hier rammten die Gefangenen mit bloßer Menschenkraft den Doppel-T-Träger in die Erde, angefeuert vom Schreien der Wachmannschaften.

»Wir haben jetzt mit dem Lager Sosnowka fast 1400 Menschen im Einsatz«, erklärte der fremde Mann, der etwas zu sagen hatte und dessen Namen niemand verstand. »Wenn alles gutgeht, läuft in zwei Stunden der erste Kahn am Seil über den Fluß.«

»Das ist ja Wahnsinn!« sagte Shukow tonlos. »Absoluter Wahnsinn. Die Boote kentern sofort, trotz der Stahlseile. Überhaupt – wie wollen Sie die Seile von drüben nach hier bekommen? Haben Sie Harpunenkanonen?«

Er kannte das von Alaska her. Dort schoß man auch, wenn Pontonbrücken unmöglich waren, zunächst Stahlseile von Ufer zu Ufer, um an ihnen den Brückenschlag zu beginnen. Aber dazu hatte man Spezialkanonen und genial durchdachte Anker. Hier aber gab es nur müde, halb verhungerte, ausgemergelte, hoffnungslose Menschen, ›Tote Seelen‹, wie der Russe die zu sibirischer Strafe Verurteilten nannte. Sie hatten nichts als ihre Hände, ihre magere Kraft und das antreibende Brüllen ihrer Wächter im Nacken. Dawai! Dawai! Arbeitet, ihr Hunde! Verdient euch euer Fressen! Bis jetzt ward ihr nutzlos, aber jetzt braucht euch euer Vaterland!

»Wir werden die Seile auch so über den Fluß bringen«, meinte der Mann, der etwas zu sagen hatte. »Mit einem Motorboot!«

»Mit was?« Shukow wischte sich den Regen aus dem Gesicht. Valja Johannowna neben ihm war nur noch ein gelber Fleck, sie hatte sich völlig in die Kunststoffplane verkrochen.

»Wissen Sie was Besseres, Genosse?«

»Warten. Unsere große Tugend.«

»Nicht in Sibirien und nicht hier und jetzt. Es wird weiterregnen, und dann kommt keiner mehr rüber! Der Fluß hat …«

»Sechs Meter über normal, ich weiß. Und wenn es zehn Meter werden?«

»Dann kann der Fluß mich am Arsch lecken!« schrie der Mann.

»Das wird er bestimmt, wenn Sie sich in eines der Boote setzen.«

»Ihren Humor möchte ich haben. Haben Sie einen vernünftigen Vorschlag, Genosse Ingenieur?«

»Man sollte den Betonpfeiler, der stehengeblieben ist, ausnützen und beim Drahtspannen einbeziehen. Als Zwischenstation.«

»Und die Strudel drum herum? Sehen Sie nicht die verdammten Strudel?«

»Das stimmt.«

»Jedes Boot zerschellt an dem Betonpfeiler. Mein Wort darauf.«

»Ich glaube es Ihnen. Aber so ersaufen Hunderte von Menschen.«

»So oder so ... es kommt ja nur noch auf die Stelle an.« Der Mann, der etwas zu sagen hatte, winkte ab. »Es bleibt also das Motorboot.«

»Und wie stark ist der Motor?«

»Ein Außenborder. 40 PS!«

»Darauf einen Wodka, Brüderchen!« Shukow schlang die Plane enger um sich. Der Regen schlug durch jede Ritze. »Haben Sie schon mal versucht, mit einem Kinderwindrad zum Mond zu fliegen?«

Der Mann sah Shukow böse an und rannte dann weiter. »Dämlich reden kann jeder«, knurrte er dabei. »Mach es besser, Genosse ...«

Man konnte nichts besser machen, denn die Lage wurde immer schlechter. Was an Wasser aus dem Himmel fiel, hatte Shukow nie für möglich gehalten. Auch bei seiner Spezialausbildung in Alaska hatte ihm keiner gesagt, daß so etwas möglich sei. Im Training hatten sie alles durchgespielt: Schneestürme, Eiswinde, das Leben in Erdhöhlen, oder – das andere Extrem – glühende Hitze, Wasserlosigkeit, ein Boden, der sich vor Trockenheit spaltete. Sie hatten im Winter rohes Nerzfleisch gegessen und im Sommer Nattern und Heuschrecken ... nur an den großen Regen hatte keiner gedacht. An einen normalen Frühlings- und Herbstregen natürlich, an Väterchen Schlamm und Väterchen Frost, an Eisschollenberge auf den sibirischen Strömen oder tageweite, ausgedörrte, gelbe, von Sandwinden überfegte Steppen ... aber so etwas von Regen wie hier war meteorologisch absurd und deshalb nicht im Lehrplan.

Nach zweieinhalb Stunden stand tatsächlich der Doppel-T-Träger auf dem diesseitigen Ufer in der Erde, zwei Meter tief in den Boden gerammt. Eingegraben, eingestampft, eingedrückt durch bloße Menschenkraft. Shukow rüttelte an ihm ... es war unbegreiflich. Wenn man das im Westen erzählte, würden sich alle an die Stirn tippen. Agentenlatein.

Die Wuginskaja war im Einsatz und arbeitete unter vier Planen, die man zwischen Holzstangen aufgespannt hatte. Es hatte vierunddreißig Verletzte gegeben, bis jetzt, meistens Quetschungen und Abschürfungen, aber auch drei Armbrüche. Dazu sechs Herzversagen und einen Mann, dem die Nerven zerrissen waren und der immerzu »Freßt euch in die Erde! Wir sind Maulwürfe! Maulwürfe sind wir!« schrie.

Die Wuginskaja schmierte Jod auf die Wunden, schiente die Brüche, verband, gab den Herzkranken Tropfen und dem Tobenden eine Injektion, nach der er umfiel wie ein gefällter Baum. Schaum quoll über seine Lippen, aber keiner kümmerte sich mehr darum.

»Sie könnten mir helfen«, sagte sie, als Shukow unter die aufgespannten Planen kroch. Valja Johannowna kniete im Schlamm, wie auch alle Verletzten einfach ohne Unterlagen im Schlamm lagen. »Haben Sie etwas Geschick im Medizinischen?«

»Ich glaube schon.« Shukow zog einem Sträfling die klatschnasse Jacke aus. Darunter kam eine magere, eingefallene Brust zum Vorschein, deren Haut in voller Breite regelrecht zerfetzt war. Er war einer der Männer, die den Doppel-T-Träger aufgefangen hatten, als er zu schwanken begann. Das war vor einer Stunde gewesen. Seitdem lag der Mann im Schlamm und wartete geduldig, was mit ihm geschehen würde. »Ich habe schon einmal einen Pickel ausgedrückt ...«

»Sie Idiot!« Die goldenen Punkte tanzten wieder in ihren

Pupillen. »Hier sind Mull und Jod Säubern Sie dem Mann die Brust.«

»Und dann?«

»Das nächste Sanatorium für Rekonvaleszenten ist 2000 Werst südlich.«

»Das beruhigt mich ungemein.« Shukow nahm den Mull, schüttete das braune Jod darüber und beugte sich über den Verletzten. »Es wird verdammt brennen, Brüderchen, aber du krepierst wenigstens nicht an einer Sepsis«, sagte er und blickte den vom Schlamm Verkrusteten fragend an. »Weißt du, was eine Sepsis ist?«

»Tupfen Sie schon los, mein Freund!« Der Verletzte streckte sich im Schlamm aus, als liege er in einem schönen, weiß bezogenen Krankenbett. »Ich habe selbst darüber geschrieben. Ich bin Schriftsteller.«

»Ein schöner Beruf. Aber nicht in Sibirien.«

»Ein gefährlicher Beruf – in Rußland.«

»Wie viele Jahre?«

»Fünfzehn.«

»Dann müssen Sie allerhand Unangenehmes geschrieben haben.«

»Ich habe nur geschrieben, daß Rußland an seiner sich selbst beschäftigenden Verwaltung zugrunde geht.«

»Wenn das strafwürdig ist, müßte Sie jeder Staat dieser Erde für fünfzehn Jahre einlochen und verschwinden lassen. Trösten Sie sich damit, Brüderchen! Wer staatliche Verwaltungen kritisiert, ist entweder ein Chaot oder ein Irrer. Eine andere Vokabel kennt der Staat nicht. Achtung! Beißen Sie die Zähne zusammen und kneifen Sie den Arsch ein … jetzt kommt das Jod!«

Shukow legte den Mullappen mit dem Jod über die zerfetzte Brust. Der Verletzte bäumte sich kurz auf, knirschte mit den Zähnen, schloß die Augen, Tränen rannen über seine eingefallenen Wangen, aber er gab keinen Laut von sich. Nach einer ganzen Weile sagte er mit abgehackter, von Schmerzen zerstörter Stimme:

»Danke, mein Freund. Das tut gut, bestimmt tut das gut.«

»Jod sollte mit dem Nobelpreis ausgezeichnet werden.«

»Auch das! Ich meinte ...«, der Schriftsteller versuchte ein verzerrtes Lächeln, »daß ich mit Ihnen sprechen konnte. Sie wissen nicht, wie wertvoll es ist, mit Menschen sprechen zu können. Mit *Menschen*! Wie viele Menschen gibt es noch unter dreieinhalb Milliarden Menschen? Einer davon sind Sie. Danke.«

Shukow erhob sich und ging zu dem nächsten Verletzten. Die Wuginskaja verfolgte ihn mit ihrem Blick. Shukow kam sich schäbig vor, was etwas anderes ist als Reue oder Gewissen. Er nennt mich einen Menschen, dachte er, und doch bin ich hier, um die Geheimnisse seines Landes zu enträtseln. Er dankt dem Mann, der seinem Vaterland schadet. Vergessen wir den ganzen verlogenen Quatsch, daß wir für den Weltfrieden arbeiten, daß die Kenntnis der Stärke des Gegners ein Schutz für die Schwächeren ist. Wir sind eiskalte Profis im Gewerbe des Vernichtens, weiter nichts. Wir liefern die Unterlagen, und die anderen setzen sie als Waffe ein. Und er dankt mir. Mir, einem der wenigen *Menschen*! Zum Kotzen ist das, armes, knochiges Brüderchen mit der zerfetzten Brust ...

Die Wuginskaja kam zu ihm herüber, als er neben einem anderen Verwundeten kniete, dessen Arm im rechten Winkel stand. Ein Knochenbruch wie aus einem Lehrbuch. Der Verletzte grinste Shukow freudig an, als spüre er gar keine Schmerzen und habe auch keine Sorge, daß der Arm jemals wieder vernünftig zusammenwachse. Er hatte dem Gespräch mit dem Schriftsteller zugehört und sah Shukow nun auch als seinen Freund an.

Freundschaft, das sind vier Fünftel des Lebens in einem Straflager. Das letzte Fünftel ist Arbeit, Essen, Trinken, Schlafen, die Entleerung des Körpers und in den stillen Nächten die Gedanken an zu Hause oder an eine Frau. Aber das alles ist nichts gegen einen Freund. Gemeinsamkeit heißt Überleben in Sibirien.

»Wie lange?« fragte der Verletzte fast fröhlich.

»Was?« fragte Shukow zurück.

»Arbeitsunfähig.«

»Das entscheidet der Arzt. Ich bin kein Arzt. Ich helfe nur der Genossin. Sie ist die neue Lagerärztin von Ottokh.«

»O weh! Ein so schönes Vögelchen mit so eisernen Krallen! Sehen Sie meinen Arm an ... das sind mindestens sechs Wochen Gips und dann vier Wochen Schonarbeit. Zehn Wochen nicht in den Steinbruch. Ich werde neu geboren!«

»Sie reden zuviel, Wassja Grigorjewitsch«, sagte die Wuginskaja zu Shukow, packte roh den rechtwinklig abstehenden Arm des Verletzten und zog ihn gerade. Der Mann brüllte auf, die Augen quollen ihm aus den Höhlen, sein Gesicht fiel ein, als sei es vorher mit Luft aufgeblasen gewesen und man habe nun eine Nadel hineingestochen. »Man heilt nicht mit Worten, sondern mit Taten!«

»Das hier war gemein«, sagte Shukow rauh. »Valja Johannowna, tun Sie das nie wieder!«

»Der Arm ist wieder gerade, was wollen Sie mehr?« Ihre schwarzen Augen mit den goldflimmernden Pupillen blitzten ihn an. Das tatarische schmale Gesicht schien maskenhaft, aber auf den hohen Backenknochen lag eine feine Röte, als glühe sie von innen. Mein Gott, welch eine Frau, durchfuhr es Shukow. Man kann sie lieben und dann an ihr zugrunde gehen, etwas anderes ist gar nicht möglich. Oder man kann vor ihr flüchten, mit wirklicher Angst vor diesem Elementarereignis, und genau das werde, *muß* ich tun! Einmal in den Armen dieser Frau, und man löst sich in einzelne Elemente auf. Man zerfällt.

»Und was wollen Sie tun, wenn ich es wieder mache?« fragte sie voller Aggressivität.

»Vielleicht verprügele ich Sie.«

»Das wäre Ihr Tod!«

»Wie gleichgültig mir das ist. Aber Sie hätten zum erstenmal eine Niederlage erlitten.«

Sie schienten den Arm des Verletzten, umwickelten ihn mit Mullbinden und sprachen kein Wort mehr miteinander. »Gips gibt's später im Lagerlazarett!« sagte die Wuginskaja danach zu dem Sträfling. »Du hast falsch zugelangt, Halunke. Es ist der linke Arm. Mit dem rechten kannst du weiterhin Steine klopfen. Wenn überhaupt, dann brich dir beide Arme.«

»Scheiße!« Der Verletzte sah Shukow flehend an, während die Wuginskaja weiter unter der niedrig gespannten Plane durch den Schlamm zu einem Mann kroch, der nach Luft japste. Sein Gesicht war blau und aufgedunsen. »Warum sind die Weiber besonders ekelhaft, sobald sie ins Lager kommen? Ein Lagerarzt, gut, mit dem kann man verhandeln ... aber eine Ärztin?! Arbeitsfähig, arbeitsfähig, arbeitsfähig – und wenn das letzte, was wir noch bewegen können, unser Schwanz ist.«

»Da liegt die einzige Antwort. Eine Frau unter tausend Männern in der Einsamkeit Sibiriens. Grausamkeit ist dann das einzige Ventil.«

»Ich bin Professor für Elektronik«, sagte der Mann mit dem Armbruch. »Zehn Jahre wegen Defätismus. Ich hatte einen Fünfjahresplan Blödsinn genannt. Ein Wust von Papieren und Plänen, aber kein technisches Fundament. Ich weiß, was Sie denken. Unsere Kosmonauten. Das sind Paradepferde, die der Welt in einer riesigen Manege vorgeführt werden. Die Millionen Ställe mit elenden Kleppern aber sieht keiner. Rußland ist in einem ungeheuren Aufbruch, das stimmt alles. Wir rennen mit im technischen Zeitalter und sind schon in der Spitzengruppe, aber die anderen haben Rennschuhe mit Gleitsohlen – wir laufen noch in Nagelschuhen.«

»Kommen Sie her, Wassja Grigorjewitsch!« rief vom anderen Ende des Notlazaretts die Wuginskaja. »Hier können Sie ein zerquetschtes Bein sehen, das amputiert werden muß.«

Shukow kroch in die andere Ecke und hockte sich neben die Wuginskaja. Der Verletzte war besinnungslos, sein Bein war oberhalb des Knies zermalmt. Die Knochensplitter staken wie Speckstreifen im Muskelgewebe ... ein gespicktes Stück Fleisch.

»Sie wollen *hier* amputieren?« fragte Shukow fassungslos.

»Nein. Drüben im Lager natürlich.«

»Der Mann kommt mit dem Bein nie über den Fluß.«

»Dann soll er glücklich sein.« Sie deckte das zermalmte Bein zu und richtete sich auf. Trotz Planen war sie völlig durchnäßt, die grüne Bluse klebte auf ihrem Oberkörper, und Shukow sah, daß sie darunter keinen Büstenhalter trug. Durch den nassen Stoff drückten sich ihre spitzen Brüste, gekrönt von den kleinen, runden, harten Warzen. Sie bemerkte seinen Blick und kräuselte die Nase.

»Ihre Augen sind penetrant!« sagte sie.

»Verzeihung, Valja Johannowna.« Er wandte sich ab und verließ den Verbandplatz. Draußen schlug er die gelbe Plane wieder über sich und lief hinunter zu dem sich immer weiter ausbreitenden Fluß. Hunderte von Sträflingen bemühten sich, Säcke mit feuchter Erde zu füllen und einen armseligen Damm um den in den Boden gerammten Doppel-T-Träger zu bauen. Auf der anderen Flußseite, wo anscheinend das ganze Lager Nowo Sosnowka im Einsatz war, denn dort wimmelte es von Menschen, hatte man drei Drahtseile an Eisenträgern und dicken Bäumen befestigt und trug jetzt das Motorboot, 40-PS-Außenbordmotor, zum Wasser. Der Mann, der etwas zu sagen hatte – Shukow kannte jetzt endlich seinen Namen, er hieß Afanasij Kornejewitsch Pribylow –, schob sich wieder an seine Seite und schnaufte wie ein Flußpferd.

»Jetzt kommt das Seil herüber, Genosse! Und dann läuft unsere Fähre. Ich garantiere. Als ob uns so ein verdammter Fluß kleinkriegte!«

»Wie viele Verluste haben sie drüben?« fragte Shukow.

Die Verständigung mit den Walkie-talkies klappte vorzüglich. Pribylow winkte großzügig ab.

»Zweiundsiebzig. Davon sind neun ersoffen. Weggerissen von den Strudeln. Ich habe manchmal den Eindruck, die Lumpen aus dem Lager verletzen sich selbst, ja suchen sogar eine Gelegenheit, sich umzubringen.«

»So löst man Probleme.«

»Haha!« Pribylow lachte und klopfte Shukow auf die Schulter. »Sie sind ein lustiger Mensch. Ich mag Sie. Sie denken wie ich: Alles im Leben ist Scheiße – man muß sie nur richtig würzen.«

»Aber dann müssen wir sie auch fressen, und das gefällt mir gar nicht.« Shukow ging so nahe an den unbändigen Fluß, bis die ersten rasenden Wasser seine Stiefelspitzen erreichten. Drüben wurde das Motorboot in die Tjuganja gelassen, von Seilen und schätzungsweise dreißig Männern festgehalten. Man konnte sie nicht zählen. Plötzlich war auch die Wuginskaja wieder neben Shukow, ein gelber Käfer, der an ihn herankroch, seine Plane lüftete und unter Shukows Kunststoffschutz schlüpfte. Die Nähe ihres Körpers irritierte ihn sofort wieder. Sie preßte sich an ihn; er spürte, daß sie fror, und legte den Arm um sie.

»Alle Verletzten sind versorgt«, sagte sie. »Zufrieden, großer Bär?«

Er blickte sie kurz an: ihre durch den nassen Stoff sich drückenden Brustwarzen, das regenüberströmte hochknochige Gesicht, die schrägen Mandelaugen, die schwarzen, von der Nässe zusammengeklebten langen Haare, die auch jetzt den Metallschimmer nicht verloren hatten. Schwarzer, gesponnener Stahl.

»Merkwürdig«, sagte er.

»Was ist merkwürdig?«

»Auch Dunja nannte mich ›Großer Bär‹!«

»Das wußte ich nicht. Ich werde Sie nie mehr so nennen! Nie mehr! Ich habe das Wort nie gesagt. Vergessen Sie es! Oh, wie hasse ich sie, diese Dunja! Selbst die Namen nimmt sie mir weg!«

»Valja Johannowna – wir sollten nie mehr den Fehler begehen, mehr als Freunde zu sein.«

»Etwas anderes wäre furchtbar für uns beide.«

»Ich möchte Sie dafür küssen, daß Sie das einsehen.«

»Und so etwas diskutiert man unter einer Kunststoffplane auf einem Land, das in einer neuen Sintflut untergeht. Wassja Grigorjewitsch, wir sind doch verrückt.«

»Es ist herrlich, so verrückt zu sein! Ein normales Leben zu führen, ist eine vorweggenommene Hölle. Ich stelle mir die ewige Verdammnis so vor, daß man in Filzpantoffeln in einem Sessel sitzen und mit den eigenen Händen spielen muß.«

Der Zugleiter unterbrach sie. Er rannte heran wie ein gelbes Rieseninsekt und wedelte mit beiden Armen.

»Wir haben vom Zug aus Funkverbindung mit Ottokh! Endlich Ottokh. Aber helfen können die auch nicht. Die versaufen ebenfalls. Stellen Sie sich vor, Genossen! Sogar der Militärflugplatz ist unbrauchbar geworden. Der Regen hat die Landebahnen unterspült ... und wupp, waren sie einen Meter tief weggesunken. Jetzt stehen die Hubschrauber und Flugzeuge im Hangar, bis zu den Tragflächen im Wasser. So eine Katastrophe! Was werden die Zeitungen schreiben ...«

»Gar nichts«, sagte Pribylow giftig. »Für die Außenwelt gibt es uns doch gar nicht. Wo wir hier sind, ist auf allen Landkarten ein weißer Fleck. Unbewohnt. Urtaiga. Also Ottokh kann uns nicht mehr helfen. Gut. Dann machen wir weiter auf unsere Art.«

Drüben hatten sie es erreicht, das Motorboot mit den aufgerollten Stahlseilen ins Wasser zu lassen, und hielten es fest. Vier Männer kletterten in den Kahn, warfen den Außenbordmotor an und banden sich dann mit Stricken an den Haken fest, in die man auch die Ruder hängen konnte.

»Bekommen die einen Orden, wenn sie uns erreichen?« fragte Shukow sarkastisch.

»Nein.« Pribylow lächelte breit, er fand Shukow sehr witzig und geistreich. So etwas fehlt sonst einem dynamischen Mann unter lauter Sträflingen. »Sie bekommen alle ein halbes Pfund Fleisch in ihre Suppe.«

»Das ist allerdings mehr wert als ein Orden.«

»Meine Worte!« Pribylow glänzte über das ganze Gesicht. »Als das bekannt wurde, hatten wir dreihundertvierundvierzig Freiwilligenmeldungen.«

»Dann muß die Suppe in Nowo Sosnowka sehr dünn sein.«

»Die vorgeschriebene Norm. Viele Nomaden in der Taiga leben schlechter. Aha! Sehen Sie nur! Das Boot stößt ab! Wenn jetzt bloß nicht der Motor versagt!«

Es war purer Wahnsinn, was da drüben am anderen Ufer geschah, aber für ein halbes Pfund Fleisch in einer

Wassersuppe kann man ein Leben riskieren! Die vier Sträflinge schafften es tatsächlich, in den reißenden Fluß zu kommen, und manövrierten das Boot geschickt nicht in direkter Linie auf das jenseitige Ufer zu, was ein sicheres Kentern bedeutet hätte, sondern trieben mit voller Motorkraft schräg zu der wilden Strömung flußabwärts. So näherten sie sich der anderen Seite, auf den Wellen tanzend und die verrückt gewordene Tjuganja mit dem Motor besiegend.

»Sie verdienen sich ihr Fleisch ehrlich«, sagte Shukow sarkastisch. »Sie sollten jedem noch eine Handvoll Bohnen dazugeben, Pribylow.«

»Das bestimmt der Lagerleiter. Ich bin nur Brückenbaukonstrukteur.«

»Und wer ist der Lagerleiter?«

»Ein Major Wassili Michailowitsch Jankow.«

»Ein verträglicher Mensch?«

»Er leidet unter Sibirien und Frauenmangel.«

»Also ein Ekel.«

»Erwarten Sie mehr? Hurra! Das Boot schafft es! Noch dreißig Meter bis zu uns!«

Es waren dreißig Meter, die selbst ein durchtrainierter Mensch wie Shukow nicht freiwillig auf sich genommen hätte. In Alaska hat es auch Wildwasser gegeben, und während der Ausbildung mußten sie mit indianischen Kanus Stromschnellen überqueren. Zweimal hatte General Orwell sie extra nach Colorado fliegen lassen, an der wildesten Stelle des Colorado River im Grand Canyon ausgesetzt und gesagt: »So, Jungs, nun zeigt dem alten Fluß, daß ihr die besten Boys seid. Ich erwarte euch im Planquadrat XVI! Kommt ihr nicht an, wart ihr eben nicht hart genug! So long ...«

Und sie waren angekommen. Zerschunden, blutig geschlagen an den Klippen, vom Fluß zerstört, so völlig zermürbt, daß Orwell ihnen eine Woche Urlaub verordnete, was eine größere Auszeichnung war als der nationale Tapferkeitsorden.

Doch das alles war nichts gegen diese Tjuganja. Den Colorado hatten sie damals an Spezialkarten genau studiert ... hier in Sibirien warfen sich vier Männer mit einem lächerlich kleinen Boot und einem noch mieseren Außenbordmotor gegen einen Strom, der über die Erde brauste, als sei der Welt Anfang wiedergekommen.

Auf Shukows Seite rannten die Sträflinge aus dem Zug am Fluß entlang, um dem Boot neue Seile hinüberzuwerfen, sobald es in Wurfnähe kam. Um den Doppel-T-Träger hatten die Sandsäcke die Flut wenigstens etwas abgedämmt, so weit jedenfalls, daß man – wenn das Manöver gelang – das Drahtseil für die Fähre daran befestigen konnte. Fast vierzig Männer hielten sich an dem Eisenträger und an den Stricken fest, die man rundherum festgebunden hatte.

Die letzten dreißig höllischen Meter, durch Unterströmungen mörderisch, denn hier war nie ein Flußbett gewesen, sahen so aus, als schafften es die vier Männer doch nicht. Das Boot wurde weggerissen, drehte sich wie ein Kreisel, aber es schlug nicht um. Dann gelang es wieder, den Fluß zu überlisten und erneut schräg zum Ufer zu fahren.

»Für diese Leistung sollte man die vier begnadigen«, sagte Shukow laut. »Was muß man eigentlich tun, um begnadigt zu werden?«

»Ein guter Kommunist werden ... wie wir.« Pribylow lachte wieder fett. »Flüsse bezwingen hat mit Kommunismus nichts zu tun – da geht's nur um ein halbes Pfund Fleisch.«

Verdammt, sie schafften es wirklich! Als das erste Seil vom diesseitigen Ufer das Boot erreichte und zwei der vier Männer es an den Kiel banden, war der höllische Fluß besiegt. Mit dreißig Mann zogen sie das Boot durch die Strömung heran, sprangen dann hinein, umarmten die vier, küßten sie und feierten sie wie Kosmonauten, die in der kasachischen Steppe gelandet waren. Dann trugen sie das Boot aufs Trockene, das heißt auf die Erde, die nur noch Schlamm war, und hoben die Stahlseilrollen heraus. Die Verbindung zum anderen Ufer war hergestellt.

»Ich bin voll Bewunderung«, sagte Shukow ehrlich und dachte wieder an seine Einsätze in Alaska und Colorado. Er legte den Arm um die frierende Wuginskaja, und sie kroch an ihn heran wie ein elender, nasser Hund. »Ich gestehe: Ich habe heute viel von euch gelernt ...«

Das Übersetzen war, nachdem die Stahlseile gespannt waren und die Boote in sie eingehängt wurden, zwar keine Kleinigkeit, sondern ein verflucht hartes Unternehmen, aber es verlief alles glatt – wenn man davon absieht, daß drei Boote kenterten und die Insassen samt Kisten und Kartons hilflos abtrieben, unrettbar, vom Fluß verschlungen. Auch neun Wachsoldaten waren darunter, und so grausam es ist, so zu denken, Shukow dachte an eine gewisse Gerechtigkeit des Schicksals. Auch diese Soldaten haben Mütter und Väter, Freundinnen und Bräute, und man hat ihnen befohlen, nach Sibirien zu fahren und die Sträflinge zu bewachen. Wenn sie auf die ausgemergelten Gestalten einschlugen, so kannten sie es nicht anders, man hat es ihnen eingetrichtert. Das sind Menschen, die man nicht mehr als Menschen zu behandeln braucht. Das ist ein einfacher Lehrsatz, ihn begreift jeder, und wenn man dadurch ein guter Soldat sein kann, befolgt man ihn eben, ohne nachzudenken.

Bis zum Abend – es regnete ohne Unterbrechung mit der gleichen Intensität, der Himmel war grau und das Weltall anscheinend bis zur Unendlichkeit voll Wasser – war der Zug entleert und alles, was er befördert hatte, auf das andere Ufer geschafft worden. Es blieben nur noch die Privilegierten übrig, ein paar Geologen, Ingenieure, drei Offiziere, ein Raketenfachmann, zwei Atomphysiker, die Wuginskaja, der Zugführer und Shukow.

»Ich bleibe bei meinem Zug«, sagte der Zugführer und blickte heroisch um sich. »Verläßt ein Kapitän sein Schiff, solange es noch schaukelt? Na also! Mein Zug steht noch da. Ich werde mich in die Lok setzen und warten. Weiter gute Reise, Genossen! Einmal hört alles auf, auch dieser Sauregen.«

Man beschloß, mit zwei Booten hinüberzusetzen, und die Wuginskaja verlangte, im gleichen Boot mit Shukow zu fahren. Das Boot vor ihnen hatte die Verletzten mitgenommen ... auch den Schriftsteller und den Professor für Elektronik. Wie Hölzer hatte man die Verletzten nebeneinander und sogar aufeinander geschichtet. Es machte ihnen nichts aus. Die Hauptsache war, sie überlebten, kamen auf die andere Seite des Flusses, wurden in das Lagerlazarett von Nowo Sosnowka gebracht und hatten dann einige Wochen Ruhe. Auf einem Holzbett liegen, auf einer stinkenden Pritsche, unter einer urindampfenden Decke und nichts tun als dösen ... denken ... sich erinnern ... sich in Hoffnung baden – das ist ein Stück Himmel.

Das letzte Boot war das mit Shukow, Valja Johannowna, einem ziemlich arroganten Kapitän der Roten Armee, der seinen gelben Kunststoffumhang wie eine Beleidigung ansah, sich aber doch damit vor völliger Durchnässung schützte, und einem Geophysiker, der schreckliche Angst hatte, sich ins Boot plumpsen ließ, auf den Boden legte und anscheinend alles andere in Gottes Hand legte. Afanasij Kornejewitsch Pribylow, der wichtigste Mann am diesseitigen Ufer, verabschiedete sie alle wie engste Verwandte.

»Es war schön, mit Ihnen zu reden!« rief er. »Gute Fahrt! Gute Fahrt!«

Dann umarmte er Shukow und die Wuginskaja und gab dem Boot einen Tritt, damit es an der Seilrolle in den Fluß glitt.

Sie kamen drüben wie nasse Mäuse an. Die Wellen schlugen immerzu ins Boot, es nutzte keine Plane mehr, es war, als führen sie unter einem Wasserfall her. Daß sie überhaupt das andere Ufer erreichten, in einem mit Wasser halbvollen Boot, war eines der Rätsel, über die man noch lange nachdenken kann.

Auf der Nowo-Sosnowka-Seite empfing sie der Mann, der Shukow am meisten interessierte: Major Wassili Michailowitsch Jankow, der Kommandeur des Straflagers. Seine tausend Sträflinge hatten nicht nur die provisorische Drahtseilfähre so verankert, daß sie eine Ersatzbrücke darstellte – sie hatten auch Dämme aus Felssteinen aufgerichtet und mit Erde abgedichtet. Sie verhinderten so, daß der sich immer mehr ausweitende Fluß in das Felsental eindrang und das Dorf Nowo Sosnowka unter Wasser setzte. Wie ein Heer von tausend Bibern schleppten sie Stämme und Steine heran, ohne alle Hilfsmittel, mit den Händen, auf den Schultern, an Seilen hinter sich herziehend. Es war ein grandioses Bild wie aus der Apokalypse. Arbeitende Leichen.

Major Jankow, mittelgroß, etwas dicklich um die Hüften, mit jener gegerbten Gesichtshaut, die ihn als einen alten Sibirier auswies, grüßte militärisch korrekt, als das letzte Boot glücklich gelandet war. Man hatte ihm von drüben über das Walkie-talkie bereits mitgeteilt, wer da ankam: ein Ingenieur, der anscheinend große Vollmachten von der Zentrale Irkutsk hatte, und eine Ärztin, die unter vier aufgespannten Kunststoffplanen in diesem Urweltregen Kranke und Verletzte behandelt hatte. Bei Jankow waren die Verletzten unversorgt ins Dorf transportiert worden und lagen in einer Scheune. Einen Lagerarzt mitzunehmen, hatte der Major nicht für nötig gehalten.

»Die Lage ist trostlos«, sagte Jankow, nachdem man sich bekannt gemacht hatte. »Nach Ottokh ist kein Durchkommen mehr. Das ganze Land ist ein einziger Sumpf. Die Lastwagen versinken, wir haben es versucht. Ich habe schon daran gedacht, Schlitten einzusetzen und sie von meinen Männern ziehen zu lassen.«

»Menschen als Zugtiere … bis Ottokh?« sagte Shukow, als glaube er so etwas nicht.

»Warum nicht? Es sind wichtige Ersatzteile für Werchokrassnoje dabei. Was kein Auto schafft und bei diesem Wetter selbst kein Hubschrauber … ein Mensch kann es! Zwanzig Mann vor einem Schlitten … die kommen auch durch den Schlamm! Wassja Grigorjewitsch, sehen Sie mich nicht an, als sei ich der Leibhaftige. Wir haben darin doch Tradition. Jahrhundertelang zogen die Flußschlepper ganze Lastkähne die Ströme Sibiriens hinauf. Was wäre aus Rußland geworden ohne die Wolga- und Donschlepper?

Wir müssen da mal wieder einen Versuch machen, Genossen. Wir haben Menschen genug.«

Es hatte keinen Sinn, Major Jankow ins Gesicht zu sagen, daß man ihn umbringen sollte. Mit einem Geländewagen, der sich durch den Schlamm wühlte, bis er den festeren Felsboden der Schlucht von Nowo Sosnowka erreichte, verließen sie das Flußufer und fuhren durch das Dorf. Dort war man dabei, alles möglichst wasserdicht zu machen, schichtete Sandsäcke vor die Türen und trieb das Vieh in höher gelegene Waldstücke, um sie dort an den Bäumen festzubinden. Wenn die Welt wirklich nicht unterging im Wasser, waren sie hier sicher. So hoch konnte kein Fluß steigen.

Bis zum Lager waren es noch vier Werst. Die Straße war mit Steinplatten befestigt, dazwischen lagen dicke Holzknüppel; ein Untergrund, der leidlich hielt. Als die Barakken auftauchten, die Stacheldrahtzäune mit den Wachtürmen, der hohe innere Palisadenzaun, die Steinhäuser der Wachmannschaften und der Kommandantur, die – wie immer – außerhalb des eigentlichen Lagers gebaut waren, die Garagen und Werkstätten, das Magazin, die Wäscherei und das kleine Krematorium mit dem schlanken Schornstein aus Betonfertigrohren – da fühlte sich Shukow fast wie zu Hause.

Das alles hatte man für die Ausbildung der amerikanischen Agenten auch in Alaska aufgebaut gehabt, naturgetreu. Es gab ja Fotos genug von den sowjetischen Lagern, und präzise Beschreibungen. In einem solchen Straflager hatten sie damals neun Wochen gelebt, unter den gleichen Bedingungen, wie sie Shukow jetzt hier vorfand. Was andere entsetzen würde, betrachtete er mit Interesse. Major Jankow schien es zu bemerken.

»Ein schönes Lager«, sagte er stolz. »Ich darf mit Recht feststellen, daß es mustergültig ist.« Er beugte sich zu Shukows Ohr, weil die Wuginskaja das nicht zu hören brauchte. »Nur eines haben wir nicht, was Ottokh hat, und das verschärft die Aggressionen: Wir haben kein Frauenlager in der Nähe! Nicht eine einzige Frau, nur die Weiber im

Dorf. Und das bei dreihundert Mannschaften! Ich habe ganz offiziell in Jakutsk einen Puff beantragt. Abgelehnt. Wenn ich meinen Soldaten kommandiere: Das Gewehr über! – dann gehen gleich zwei Knüppel in die Luft.«

Er lachte, lehnte sich wieder zurück und wandte sich zu der Wuginskaja um, die auf dem Hintersitz hockte. Der Regen hatte nicht vermocht, ihre eigenartige Schönheit wegzuschwemmen.

»Unser Lagerlazarett ist ebenfalls mustergültig«, rief er gegen das Rauschen des Regens und den Motorenlärm an. »Sie werden es sehen, Genossin. Chefarzt ist Dr. Fedjunin. Es gab eine statistische Umfrage bei allen Lagern, eine Generalübersicht im Gulag. Nowo Sosnowka hatte die wenigsten Kranken. Keine zwei Prozent! Na, ist das etwas?«

»Und wie hoch ist die Sterbequote?« fragte Shukow leichthin.

»Normaler Durchschnitt.« Major Jankow winkte großzügig ab. »Man muß die Arbeitsleistung gegen den Verschleiß aufrechnen, Genosse. Da liegen wir in der Spitzengruppe!«

Ich bringe dich doch noch um, dachte Shukow eiskalt. Bevor ich dein Lager wieder verlasse, Wassili Michailowitsch Jankow, schlage ich dir den Schädel ein. Man wird dich nie finden, du bleibst in Sibirien rätselhaft verschollen.

Auch das haben wir in der Ausbildung gelernt.

Sie mußten zwei Wochen im Lager bleiben.

Der Plan mit den Schlitten und den Sträflingen als Schlittenhunden war nicht durchführbar. Selbst Major Jankow sah das ein, nachdem zwei Tage später der Fluß das Dorf erreicht hatte und der Weg nach Ottokh einer Wasserwüste glich. Man konnte nur noch warten, daß die Sintflut aufhörte und die nahende Kälte den Regen in Schnee verwandelte und der Boden festfror. Dann allerdings würde es den großen Aufbruch geben. Frost in Sibirien ist haltbarer als eine Autobahn.

Shukow und die Wuginskaja bewohnten zwei Zimmer in der Kommandantur außerhalb des Lagerkomplexes. Das

Essen war gut und reichlich, es gab sogar Wein aus dem Kaukasus, worauf Major Jankow sehr stolz war. Die Sträflinge waren erstaunlich friedlich, wenn man weiß, wie es in anderen Lagern zugeht, wo die kriminelle Abteilung grundsätzlich die Vorarbeiter stellt, die Kalfaktoren, die Spitzel, überhaupt die ganze innere Hierarchie des Lagers. Von der Latrine bis zum Krematorium beherrschten die Kriminellen das eingefangene Leben, waren die Vertrauten der Wachmannschaften und lebten von Bestechungen. Am ärmsten waren die Politischen dran. Sie galten sowieso als Idioten, denn sich für eine Idee lebendig begraben zu lassen, ist für einen Kriminellen der Gipfel des Irrsinns.

»Es hat nur einmal eine Revolte gegeben«, sagte Major Jankow, als er Shukow und die Wuginskaja am vierten Tag durch das Lager führte, natürlich unter starkem Militärschutz, denn tausend Häftlinge, die eine wunderschöne Frau ansehen dürfen, sind tausend Explosionen wert. »Das war direkt nach Stalins Tod. Als er bekannt wurde, dachte man, jetzt könne man mit den Muskeln rollen. Es gab siebzig Tote: Die Unbelehrbaren rannten tatsächlich gegen unsere Maschinengewehre an. Seitdem ist Ruhe. Die Inhaftierten haben eine Selbstverwaltung, einen Lagerleiter eigener Wahl, eine Musikkapelle, eine Theaterabteilung, einen Sportverein, eine Schachmannschaft und einen Gesangverein. Der hat sogar vor drei Jahren in Jakutsk bei einem Wettbewerb den zweiten Preis gewonnen.«

»Unfaßbar!« sagte Shukow ehrlich. Er ging durch das Lager, sah, daß alles stimmte, was Jankow da erzählte, allerdings in sehr primitiven Ausmaßen ... aber es gab das alles wirklich. Ich bringe ihn doch nicht um, dachte Shukow. Er kann nicht aus seiner Haut. Er ist ein Russe. Er jagt die Leute bis zum Umfallen in die Steinbrüche, aber abends dürfen sie Schach spielen oder Walzer von Johann Strauß tanzen. Und die Theaterabteilung probt gerade ›Der Revisor‹ von Gogol. Es ist nicht zu fassen! Man wird die russische Seele nie verstehen. Nie! Sie gehört zu den Phänomenen dieser Erde!

Das Lagerlazarett allerdings war eine Katastrophe – die

Ausnahme gewissermaßen. Chefarzt Dr. Fedjunin, ein fast zwei Meter langer, nach vorne gekrümmter Leptosom, mit einer Nickelbrille, dicken Tränensäcken und psychisch unter seiner Häßlichkeit leidend, die er nicht einmal bei einer Hure aufwerten konnte, weil es im Umkreis von fünfhundert Werst keine Huren gab, reichte Shukow und der Wuginskaja eine schlaffe Hand und führte sie dann durch das, was er Krankenhaus nannte. Von den vorhandenen vierzig Betten waren nur neun belegt. Es waren Fälle, die ohne Frage auf eine Intensivstation gehörten. Anscheinend fing bei Dr. Fedjunin eine Krankheit erst in diesem Stadium an, bettreif zu werden.

Die Wuginskaja sagte gar nichts. Sie betrachtete die Kranken, durchschritt die anderen Räume, den OP, das Labor, die Banja, das Magazin, die Apotheke, die Küche und den Sezierraum, wo Dr. Fedjunin einer stillen Leidenschaft frönte: Bevor er die Toten ins Krematorium schaffen ließ, schnitt er sie erst auf und zerlegte jeden Leichnam säuberlich in seine anatomischen Einzelteile. Ein Puzzlespiel im umgekehrten Verhältnis.

Beim Abschied gab die Wuginskaja ihrem Kollegen Dr. Fedjunin nicht mehr die Hand, aber sie sagte ruhig: »Ein schönes Lazarett! Gratuliere! So eines wünsche ich mir auch in Ottokh.«

»Valja Johannowna, sind Sie verrückt?« sagte später Shukow zu ihr, als sie allein in seinem Zimmer saßen und Tee tranken. »Sie loben diesen Todesstall? Sie wünschen sich so etwas in Ottokh? Was ist mit Ihnen los?«

»Ich habe das Entsetzen in Ihren Augen gesehen, Wassja Grigorjewitsch«, antwortete sie im Plauderton und nippte an dem dampfenden Tee. »Und ich habe es bewußt gesagt, um Sie zu treffen. Ich will Sie treffen. Ganz tief in Ihrer verdammten Selbstsicherheit. Sie Fels von einem Mann! Ich sprenge Sie noch auseinander, das schwöre ich Ihnen! Sie Bettelmönch, der einer heiligen Dunja nachzieht ...«

»Dunja Andrejewna muß Ihnen schwer im Magen liegen, nicht wahr?«

»Sie lieben sie, wie man sein Augenlicht liebt.«

»Mehr, Valja Johannowna. Ich gäbe mein Augenlicht her, damit Dunja wieder sehen könnte, wenn das nötig wäre.«

»So einem wie Ihnen hätten meine tatarischen Vorfahren die Zunge aus dem Hals gerissen.« Sie stand abrupt auf, warf die Teetasse auf den Holzboden und ging zur Tür. »Ich liebe Sie«, sagte sie, den Rücken ihm zugewandt.

»Ich weiß.«

»Und Sie tun nichts, Wassjenka?«

»Nichts.«

»Eine Frau sagt Ihnen, daß sie Sie liebt, und Sie bleiben sitzen wie angeklebt?! Man müßte Sie vierteilen, Wassja ...«

»Wenn wir uns lieben, gehen wir beide zugrunde, Valja.«

»Ist das nicht herrlich? Zerstört werden durch die Liebe? Das ist das Höchste, was einem Menschen passieren kann: sich atomisieren in Leidenschaft.«

»Ich stimme Ihnen zu, Valja.«

»Ich stimme Ihnen zu!« Sie fuhr herum. Ihre schwarzen Augen waren jetzt nur noch goldene Punkte. Brennende Pupillen. Über den hohen Backenknochen, diesem traumhaften Gesicht der Verschmelzung von zwei Kontinenten, zitterte helle Röte. »Habe ich eine Wahlrede gehalten? Sie Scheusal! Sie personifizierte Arroganz mit dem Blick eines Träumers! Ha! Ich stimme Ihnen zu! Jedes Wort ist ein Tod für Sie!«

»Ich kann es mir nicht leisten, Sie zu lieben, Valja«, sagte Shukow. Seine Stimme streichelte sie. Die Wuginskaja spürte es genau, es glitt über ihre Haut, und sie zog die Schultern hoch. Bis in die Innenseiten ihrer Schenkel rieselte dieses Gefühl; es war eine himmlisch-höllische Hingabe, die ihr völlig den Willen über ihren Körper raubte.

»Warum?« fragte sie. Da war sie wieder, die halbe Stimme. Der zarte Schwington ihrer Seele.

»Das kann ich Ihnen nicht erklären. Nie! Nicht wegen Dunja, nein. Streichen wir Dunja ganz aus unseren Gedanken. Ich kann es Ihnen einfach nicht sagen.«

»Ich verstehe alles, Wassja ...«

Das nicht, dachte Shukow. Du wirst es nie verstehen, daß hier Bob Miller sitzt, Major des amerikanischen CIA. Dunja hat es hingenommen, aber du wirst es nie können, Valja Johannowna. Du nie! Jeder Mensch, auch einer, der glaubt, ein Titan zu sein, hat seine Grenzen. Und auch jede Liebe hat ihre Grenzen. Man kann Metalle zusammenschweißen und Atome spalten, aber man kann nie ein Feuer mit Benzin löschen. Genau das aber kann ich dir nicht erklären, herrliche Wuginskaja ...

»Du sagst nichts?« fragte sie mit ganz kleiner Stimme. Sie hatte wieder den Rücken zu ihm gekehrt, stand an der Tür, die Klinke in der Hand. Er brauchte nur drei Schritte zu ihr, brauchte sie nur hochzuheben und wegzutragen auf sein Bett. Sie wartete darauf. Ihre Schenkel zitterten, wie von elektrischen Strömen durchpeitscht.

»Nein. Ich sage nichts«, antwortete er. »Valja, zerstöre nicht unsere kleine Welt.«

»Ich will sie zerstören, mit dir.«

»Und unsere Asche weht in den Fluß. Hat das einen Sinn?«

Sie gab keine Antwort, riß die Tür auf, verließ das Zimmer und warf hinter sich die Tür so heftig zu, daß sie wieder aus dem Schloß sprang. Shukow hörte ihre Schritte auf dem Flur, und auch noch einen anderen, hellen, kindlichgreinenden Ton. Sie weinte laut, während sie weglief.

Die Schaltstelle zu den einzelnen amerikanischen Agenten war wieder einmal umgezogen und saß jetzt in Fort Patmos, einem Nest am Missouri, umgeben von Sümpfen, die damals, als Fort Patmos gegründet wurde, sehr nützlich waren, weil die Indianer nicht mit ihren Pferden das Fort stürmen konnten. Aber das war vor hundertfünfzig Jahren. Heute hatte Fort Patmos keine Berechtigung mehr, war eine Art toter Stadt, wie sie im Westen der USA zuhauf herumstehen, und gerade deswegen hatte General Jack Orwell gesagt: »Da lassen wir uns nieder!«

Man war von Orwell solche Eigenwilligkeiten gewöhnt, das Hauptquartier in Washington sagte zu allem amen, und so baute man mit der bekannten amerikanischen Perfektion und Schnelligkeit und unter Einsatz eines Heeres modernster Maschinen ein Nachrichtenzentrum in den alten Felssteingebäuden auf.

Orwell hatte richtig gerechnet. Die Gegenspionage war verunsichert. Plötzlich war Orwells Stab weg, wie ins All geschossen. Der Gegner rannte kopflos herum und stieß sich an völlig falschen Informationen wund.

Doch auch Orwell hatte seine Sorgen.

Aus Winniza hatte Bob Miller noch melden können, daß der gefährlichste und beste sowjetische Kollege Andrej Nikolajewitsch Plenjakow das geheimnisvolle Frazertown am Bug verlassen hatte und als John Barryl in die USA einsikkern würde. Von da ab hatte man alle Flughäfen überwacht, alle Schiffshäfen, überhaupt jedes Loch, durch das man in die USA hätte schlüpfen können. Alle Dienststellen an der kanadischen und mexikanischen Grenze waren alarmiert worden ... doch ein John Barryl tauchte nirgendwo auf.

Orwell behielt seine väterliche Ruhe, aber seine Worte drückten aus, was ihn bedrückte.

»Ich weiß, daß Plenjakow im Land ist«, sagte er bei der ersten Lagebesprechung in Fort Patmos. Es waren nur vier Offiziere zugegen, die besten, die es noch in Orwells Abteilung gab. Alle anderen waren im Einsatz in Rußland. »Verdammt, ich spüre es wie die Kräuselhaare einer Frau. Er *ist* hier. Und er etabliert sich seinen Fähigkeiten entsprechend genau dort, wo er uns am gefährlichsten werden kann. Doch was haben wir von ihm? Nur seinen russischen und seinen amerikanischen Namen. Ende. Kein Bild, kein Foto, nicht mal eine Phantomzeichnung. Der einzige, der Barryl beziehungsweise Plenjakow genau kennt, ist Bob. Aber wo ist Bob? Irgendwo auf dem Weg zwischen Jakutsk und Werchokrassnoje. Ich frage mich und Sie, meine Herren: Was ist jetzt wichtiger? Fotos der neuen sowjetischen Interkontinentalraketen-Basis in Sibirien oder die Enttarnung des Agenten Plenjakow? Wo liegt der größere Schaden für unser Land? Werchokrassnoje bleibt ... aber Plenjakow bohrt sich in uns hinein und verschwindet schließlich ganz. Mir bleibt keine Wahl. Bob muß zurück! Es gibt nur einen Mann, der Plenjakow kennt … ihn!«

»Und wie wollen Sie Bob erreichen, Sir?« fragte einer der Offiziere.

»Bis Bob aus Rußland heraus ist, hat sich Plenjakow längst etabliert«, sagte ein anderer.

Orwell nickte schwer. Er wußte das alles, es hatte ihm viele schlaflose Nächte gekostet. »Sie sehen mich an wie Kühe, deren Euter Coca-Cola geben«, sagte er mürrisch. »Jungs, ich weiß genau, wie beschissen meine Lage ist. Moskaus intelligentester Mann läuft bei uns frei herum! Weiß der Teufel, wie er ins Land gekommen ist … aber er ist drin. Herbert …«

»Sir?«

Ein Captain nahm die Hacken zusammen. Er ahnte, was ihm von Orwell blühte. Es waren keine Rosen.

»Sie versuchen, über Irkutsk, über Galina Theofilowna im Hotel ›Sibir‹, Bob zu erreichen. Einmal muß er sich ja von irgendwoher melden. Dann gibt es für ihn nur eine Aufgabe, Herbert: sofort zurück in die Staaten! Lassen Sie ihm schonungslos die Wahrheit übermitteln: Plenjakow ist uns aus dem Blick gekommen. Ich brauche Bob Miller!«

Wassili Michailowitsch Jankow mochte zwar ein scharfer Hund sein, der seinen Strafgefangenen jeden Tag vor Augen führte, daß Rußland ein Recht hatte, sie wie Dreck zu behandeln – eines konnte man ihm nicht absprechen: Er hatte die Einsicht behalten, wo die Grenzen menschlicher Leistung liegen.

Hier in Nowo Sosnowka lagen sie ganz einfach auf der Straße. Im wörtlichen Sinne. Der unendliche Regen, der auch nach vier Tagen, nach sechs Tagen, nach acht Tagen ohne Unterbrechung fiel, als verdunste auf der anderen Erdhälfte ein Ozean und regnete sich hier über Sibirien ab, verwandelte das Land in einen einzigen Pudding. Hat schon jemand versucht, mit einem Lastwagen durch einen Pudding zu fahren? Oder mit Schlitten, gezogen von zwanzig Männern, die bis zu den Knien einsinken? Es geht einfach nicht ... Man kann Laserstrahlen durch Schlamm schießen, aber man kann weder mit einem Reifen, einer Kufe oder einem Stiefel mehr als hundert Meter sich vorwärts wühlen. Dann gibt man resigniert auf, sagt: »Es ist alles Scheiße, Brüderchen«, kehrt ebenso mühsam, wie man versucht hat voranzukommen, ins Haus zurück und legt sich auf den Ofen, um abzuwarten, was die Natur in den nächsten Tagen zu bieten hat. Da sich alles ändert, nichts bleibt wie es war, das Leben ständig wechselt, kann man verstehen, warum ein Russe in die Zeit verliebt ist und warten kann.

Jedes Ereignis hat Grenzen, auch ein sintflutartiger Regen. Also, warum jammern, Genossen? Nach dem Regen kommt der kalte Wind, dann schneit es, friert es, krachen die Bäume im klirrenden Frost ... und der verdammte, der verfluchte, dieser hurige Fluß Tjuganja wird unter einer dicken Eisfläche verschwinden und ganz friedlich sein. Wir kennen das doch alles, liebe Freunde. Uns macht Sibirien nicht kaputt. Das war nur im ersten Jahr so, als wir Idealisten glaubten, das überstehen wir nie. Aber dann haben wir in die Hände gespuckt und den Kampf aufgenommen ... gegen die Taiga, gegen die Sümpfe, gegen die Ströme, gegen den Frost, gegen die Mückenschwärme im Sommer ... und gegen die Weite und die traurig-schöne Einsamkeit. Bis jetzt haben wir noch immer gewonnen. Jedes Jahr wieder. Und wir werden weiter gewinnen. Wir haben die Natur, wir haben Sibirien zu unserer Geliebten gemacht ...

Major Jankow ließ also zur Probe zwei Schlitten, beladen bis zum äußersten, hinter je zwanzig Sträflinge spannen und schickte sie hinaus auf die Straße nach Ottokh. Nachdem neun Gefangene zusammengebrochen waren, die anderen apathisch im Schlamm lagen und sich aufweichen ließen, die Schlitten bis weit über die Kufen einsanken und man sie wieder entladen und alles einzeln ins Lager zurücktragen mußte, sagte selbst Jankow »Nein!« und funkte nach Ottokh die einfache Meldung:

»Wenn ihr die Waren haben wollt, holt sie euch selbst in Nowo Sosnowka ab. Vielleicht seid ihr klüger als wir.«

Man war es anscheinend nicht, denn aus Ottokh kam niemand – wie auch? –, und man nahm auch die Aufforderung ohne einen Gegenfluch hin. Nur die Funkverbindungen klappten noch, und man war sich einig, daß der Nachschubzug Nummer X/169 – so die amtliche Bezeichnung – bis auf weiteres ausfiel.

Im Lager änderte sich kaum etwas. Die Arbeitsbrigaden für Steinbrüche rückten aus, denn Steine kann man auch im Regen brechen. Sogar die Holzfällerkommandos mit ihren Motorsägen arbeiteten, legten die Baumriesen der Taiga um, aber die Stämme blieben, natürlich entastet, liegen, bis man sie mit den großen Lastschleppern wegziehen konnte.

»Es muß frieren«, sagte Major Jankow zu Shukow. Sie saßen jede freie Stunde in der Kommandantur zusammen und spielten Schach, tranken Weinbrand aus Grusinien und erzählten sich Erlebnisse mit Weibern. Das war das einzige, was Jankow noch potent hielt, denn er konnte es sich nicht leisten, in Nowo Sosnowka die Frau eines ehrbaren Bauern und Genossen zu besteigen. Das versuchten seine Soldaten, und es gab deswegen täglich Krach und Schlägereien im Ort. Für einen Offizier ist so etwas unmöglich. Jankow blieb nun die Zeit des Urlaubs – einmal im Jahr ein paar Wochen in Taschkent. Er behauptete, die usbekischen Weiber seien die einzigen Frauen auf der Welt, die, einmal in Hitze geraten, nicht eher aufhörten, bis sie fast besinnungslos alle viere von sich streckten. Wer das nicht kannte, hatte zuerst Angst, er könnte sie zu Tode gehämmert haben.

Also, davon erzählten sie auch dann noch, wenn die Wuginskaja dabei war, denn – so Major Jankow – man könne immer dazulernen, auch wenn man eine Genossin Ärztin sei. Ab und zu saß auch Dr. Fedjunin, dieser häßliche Leptosom, in der Runde, starrte die Wuginskaja aus hungrigen Wolfsaugen an und erzählte, daß er wieder einen Toten obduziert habe. Er erzählte es so, als sei es für ihn ein Orgasmus gewesen.

Eines Abends erschien Valja Johannowna in Shukows Zimmer, setzte sich auf das Bett und faltete die Hände in ihrem Schoß.

»Stimmt das alles?« fragte sie.

»Was?« Shukow hatte aus der Offizierskantine eine Flasche Wein geholt und goß zwei Plastikbecher voll. Etwas anderes gab es nicht. Die Verbindung zum anderen Ufer war seit zwei Tagen wieder unterbrochen, die Seilfähre war längst überflutet, die Doppel-T-Träger ragten aus den gurgelnden Fluten wie zwei riesige Zeigefinger. Aus dem Zug funkte der Zugleiter, daß es ihm gutgehe, das Wasser hätte die Gleise noch nicht erreicht, er halte aus, so wie ein Kapitän auf seinem Schiff ... man kannte das, er sagte es immer, jeder lobte ihn deswegen, was ihm guttat, und man wünschte ihm alles Gute.

»Das mit den Frauen«, sagte die Wuginskaja. »Die Orgien, die ihr euch jeden Tag erzählt.«

»Nein«, sagte Shukow. »Alles halb so schlimm.«

»Und warum redet ihr immer davon? Warum steigert ihr euch in diese säuische Fantasie hinein?«

»Warum lieben Sie mich, Valjaschka?«

»Das ist etwas anderes, Wassjenka.«

»Für Jankow nicht. Er sitzt hier ein ganzes, langes Jahr in der Einsamkeit mit über tausend Sträflingen und fast dreihundert Soldaten und hat nichts als seine usbekischen Erinnerungen. Und je mehr er sich erinnert, um so gewaltiger, um so gigantischer aufgeblasen durch seine Wünsche werden seine Erlebnisse. Haben Sie nie von Verhungernden gehört, die von saftigen, gebratenen, herrlich duftenden, gefüllten Gänsen träumen? Und dann warfen sie sich auf den Boden und fraßen Gras und Sand, gruben Regenwürmer aus und gingen auf die Jagd nach Raupen.«

»Und Sie haben solche gigantische Sehnsüchte nicht?«

»Nein.«

»Sind Sie ein Übermensch?«

»Valja Johannowna, bitte, fangen Sie nicht schon wieder davon an. Natürlich bin ich kein Übermensch. Sie sitzen auf meinem Bett, Ihr Rock ist hochgerutscht, ich sehe, daß

Sie einen blaßblauen Schlüpfer tragen, durch den sich deutlich ein tiefschwarzer Keil abzeichnet … und ich fühle mich wie ein Tiger vor dem Sprung auf seine Beute. Genau so fühle ich mich. Alle meine Muskeln sind gespannt.«

»Aber Sie träumen dennoch nur von dieser Dunja Andrejewna. Seien Sie endlich ein Raubtier … mehr verlange ich ja gar nicht! Lassen Sie Ihr Herz bei Dunja – aber vergessen Sie Ihren Wildinstinkt nicht!«

»Wir drehen uns im Kreis, Valja. Es hat keinen Sinn. Ich flehe Sie an: Erniedrigen Sie sich nicht immer wieder durch Ihre Angebote, die dann abgelehnt werden. Das baut einen Haß auf, den wir nicht überstehen können.«

»Was gefällt Ihnen an mir nicht?« sagte sie. Ihre halbe Stimme war wieder da, die goldenen Punkte in den Pupillen glänzten. Shukow wußte, daß sie wieder entsetzlich gefährlich wurde. Sie knöpfte ihre Bluse auf, und da sie keinen BH darunter trug, lagen ihre kleinen, spitzen Brüste bloß. Die Haut war weiß, mit einem Schimmer Umbra … das Erbe ihrer tatarischen Vorfahren.

»Sie sind vollkommen, Valja«, sagte er tonlos.

»Wo ist das Raubtier, Wassjenka?«

»Ich werde versuchen, morgen von hier wegzukommen. Irgendwie. Und wenn ich mich von Baum zu Baum schwinge wie ein Affe. Wir müssen auseinander, Valja!«

»Weißt du, daß mich noch kein Mann nackt gesehen hat?« fragte sie ganz leise.

»Du hast einige Liebhaber gehabt. Du hast mir von ihnen erzählt …«

»Es mußte immer dunkel sein. Es hat nie ein Licht gebrannt. Einmal drückte einer auf den Knopf der Nachttischlampe … ich habe ihm so mit der Faust zwischen die Augen geschlagen, daß er ohnmächtig wurde. Und jetzt sitze ich im Licht nackt vor dir … ich weiß nicht, was mit mir ist.«

»Aus diesem Grunde muß ich weg, Valja.« Er ging zu ihr, und als sie sich zurücklegte auf das Bett und die Augen schloß, schob er ihre Bluse übereinander und zog den Rock bis zu ihren Knien. Sie begann am ganzen Körper zu zittern und ballte die Fäuste.

»Ich bin wahnsinnig«, sagte sie abgehackt. »Wußtest du das noch nicht?«

»In Ottokh wird sich alles normalisieren, Valja.«

»Wir sind jetzt nicht in Ottokh … ich liege auf deinem Bett! Weißt du, was ich tue? Ich werde mich wirklich wie eine Wahnsinnige benehmen. Ich werde mich ganz nackt ausziehen und zu Major Jankow gehen. Ha! Seine dämlichen usbekischen Huren! Ich kann mehr als sie! Ich breche nicht nach zehn Orgasmen zusammen. Und von Jankow gehe ich zu Dr. Fedjunin, und von Fedjunin zu den anderen Offizieren … einer nach dem andern kommt dran, reihum … kannst du das ertragen? Kannst du das ansehen? Kannst du noch hier herumstehen und schöne, blöde, edle Worte mit schauspielerischer Theatralik von dir geben, während ich mit Fedjunin auf dem Seziertisch …«

»Halt den Mund, Valja!« sagte Shukow gepreßt. Er beugte sich über sie und vergrub seine Hände in ihre schwarzen, metallen glänzenden Haare. Sie hatte die Augen geschlossen. »Zum Teufel, halt den Mund! Ich habe in meinem Leben noch nie eine Frau geschlagen … aber bei dir könnte ich es, nur damit du still bist.«

»Du könntest es nicht ertragen, was?« schrie sie. Ihre Augen öffneten sich … schwarze Krater mit goldenem Grund. Ihr unbeschreibliches, herrliches Gesicht glühte plötzlich. »Es brächte dich um, nicht wahr, wenn ich mit Jankow neben dem Schachbrett – Schlag doch zu! Schlag! Berühre mich doch wenigstens einmal, und wenn es mit den Fäusten ist! Wassjenka …« Sie schlang die Arme um seinen Nacken, zog ihn zu sich herunter, aber er stemmte sich dagegen und wußte, daß jetzt eine Phase begann, die sie ihm nie verzeihen würde. »Schlag mich doch! Soll ich dir sagen, wie ich es mit allen treiben werde? Weißt du, was die Tatarinnen den ›Sonnenritt‹ nennen? Soll ich ihn mit Fedjunin machen, der sich sonst nur an seinen Leichen berauscht? Schlag mich doch! Oh, warum spüre ich nicht deine Hände?!«

Auch dieser Abend ging vorbei, begleitet vom eintönigen Rauschen des Regens und dem Marschtritt Hunderter von Stiefeln, wenn die letzten Arbeitsbrigaden aus den

Steinbrüchen zurückkamen. Eine schwammige Masse Mensch, vom Wasser und von den Felsen, die sie aufhackten, zerstört.

Shukow gelang es immer wieder, die Wuginskaja zu beruhigen. Allerdings mußte er ihr Konzessionen machen ... ab dem achten Tag lag sie nackt auf seinem Bett, wenn er nach einigen Schachpartien bei Major Jankow zurückkam in sein Zimmer. Beim erstenmal wollte er sofort den Raum verlassen, aber Valja Johannowna sagte: »Lauf nicht davon wie ein Füchslein vor dem Bär. Ich will nichts mehr von dir. Ich fühle mich nur so wohl.«

»Und du glaubst, ich halte das aus?«

»Das ist dein Problem, Wassja Grigorjewitsch ...«

»Und das soll jetzt jeden Abend so sein?«

»Jeden Abend, mein Lieber.« Sie lachte hell, dehnte sich wohlig, und ihr schlanker, weißhäutiger Körper mit dem leichten Umbraton bog sich nach oben, als sei er eine Bogensehne, die gespannt würde. Die Brüste stachen spitz in das gemeine, schutzlose Licht der nackten Glühbirne an der Holzdecke, und der schwarze Keil zwischen ihren Schenkeln bildete das andere Ende der mattschimmernden Brücke. Dann sank ihr Körper wieder zusammen, und die Muskeln entspannten sich.

Shukow schwieg. An diesem ersten Abend setzte er sich ans Fenster, blickte auf den Eingang des Lagers und zwang sich, Valja, zwei Meter hinter sich, zu vergessen. Er dachte intensiv an Dunja, an ihre Finger, die seinen Rücken aufrissen, an ihre spitzen Zähne, die ihn in den Hals und die Brust bissen, an ihre keuchenden Worte, die alle Seligkeit herausschrien, und an ihre stille Demut, wenn sie später ganz ruhig in seinen Armen lag und sich wegträumte in das unendliche Glück.

Warum hat Gott solche Frauen geschaffen? Dunja Andrejewna und Valja Johannowna. Und warum ist das Leben eines Menschen so kurz, wenn Gott schon solche Wunder schenkt?

Einmal fragte Major Jankow: »Was ist eigentlich los mit unserer Ärztin? Sie wird immer wortkarger, sieht blaß aus und blickt einen an, als wenn man vor ihr die Hose öffnet. Und wenn sie Dr. Fedjunin bei der täglichen Selektierung hilft …«

»Was tut sie?« fragte Shukow. Davon wußte er nichts. Tagsüber sah er die Wuginskaja nur selten, weil er sich ›informierte‹, wie er es nannte. Er war oft im Steinbruch, sah den Arbeiten zu und fotografierte mit seinem Hirn in aller Schärfe und unauslöschbar die erschütternden Bilder, die sich ihm boten. Die Qual der halbverhungerten Menschen, die Felsen aufbrechen mußten, die Methoden der Antreiber, die nur ihre Norm als Maßstab gelten ließen, aber kein Mitleid und schon gar nicht Menschlichkeit kannten, und der umheimliche Lebenswille dieser Sträflinge, stärker zu sein als der Steinbruch, stärker als Sibirien, stärker als alles, was auf sie einschlug. Einmal war auch das Lager vorbei, einmal fuhr ein Zug in die Freiheit, einmal stand man wieder irgendwo auf einer Straße, auf einem Platz, in einem Zimmer, ohne hinter sich jemanden mit einer Maschinenpistole zu haben. Einmal sah man Frau und Töchter wieder, Vater und Mutter, den Sohn, den Enkel, dieses ganze geliebte Leben. Da soll einen der Steinbruch zerbrechen?

Nicht anders dachte man am Fluß und im Dorf Nowo Sosnowka.

Auch hier wurde bis zum Umfallen gearbeitet, gegen den Fluß, der nun nach Süden hin überhaupt keine Grenzen mehr hatte und auf der Felsenseite von Sosnowka gegen die Berge raste und gegen einen Wall aus Steinen, Erde und Stämmen, mit denen man die Schlucht abgesperrt hatte. Nowo Sosnowka wäre sonst längst ersoffen.

So kam es, daß Shukow tagsüber von der Wuginskaja wenig wußte. Nun hörte er von Major Jankow, daß sie Dr. Fedjunin im Lagerlazarett half. Das war logisch, sie war ja Ärztin, aber was Shukow störte, war das Wort ›Selektierung‹. Es bedeutete nichts anderes, als die täglichen Krankmeldungen zu kontrollieren und zu entscheiden, wer wirklich krank war oder wer trotzdem in den Steinbruch oder an den Damm mußte.

Von Fedjunin wußte man, daß er die wenigsten Krankmeldungen hatte. Er war stolz auf sein fast unbenutztes Lagerlazarett. Die Unrettbaren lagen sowieso nur einen Tag im Bett, dann wanderten sie auf Fedjunins Sektionstisch. Er führte darüber ein peinlich genaues Tagebuch und hatte dreimal Krankheiten von großem Seltenheitswert entdeckt, darunter einen Pemphigus vegetans, den Fedjunin mit seinen Mitteln nicht behandeln konnte – doch das lebendige Verfaulen des armen Menschen bis zum Ende beschrieb er mit Akribie.

»Valja wird in Ottokh einen schönen Wirbel entfachen«, sagte Major Jankow und betrachtete das Schachbrett. Shukow hatte ihn in die Nähe des Matt gedrängt, aber vielleicht gab es noch einen Ausweg. »Ottokh steht in der Statistik der ›Gulag‹-Kommission an sehr unterer Stelle mit seinen Krankmeldungen. Oder, anders gesagt, dort haben sie ein paar Ärzte, die Kranke als Kranke betrachten. Das kann man natürlich auch. Und nun soll Valja Johannowna einfallen. Sie wird's, wie ein Wirbelsturm. Selbst Dr. Fedjunin kaut an der Unterlippe ...«

»Was heißt das?« fragte Shukow. Ein furchtbarer Verdacht kam in ihm hoch.

»Seit vier Tagen gibt's bei uns keine Kranken mehr.«

»Und das lassen Sie zu, Wassili Michailowitsch?«

»Bin ich ein Arzt? Kann ich das beurteilen? Ich bin Soldat, Kommandant des Lagers und freue mich über jeden Arbeitsfähigen. Shukow, ich bin noch nicht matt ... haha, sehen Sie sich diesen Zug an!« Er setzte seine Schachfigur, aber Shukow achtete gar nicht darauf.

»Es gibt doch jeden Tag Verletzte im Steinbruch«, sagte er laut.

»Die werden verbunden, bekommen eine Schmerzpille ... und dann wieder ab zur Arbeit. Es hat sogar schon medizinische Diskussionen zwischen Fedjunin und der Wuginskaja gegeben. Das will was heißen, denn Fedjunin ist ein faules Luder und daher nicht kleinlich. Aber Valja ... steht da im Untersuchungszimmer und sagt mit unwiderstehlicher Stimme: ›Gesund! Gesund!‹ Dr. Fedjunin wagt gar nicht zu widersprechen.«

Am Abend lag die Wuginskaja wieder auf Shukows Bett. Nackt, mit perlmuttschimmernder Haut, die metallschwarzen Haare aufgelöst, die tanzenden goldenen Punkte in den Pupillen. Ganz sanft schwebte ein Hauch von Rosenparfüm durch das Zimmer.

Shukow hatte es sich angewöhnt, seitdem sie in dieser Art sein Bett blockierte, auf der Erde zu schlafen, auf einem Lager aus Decken und seinem Mantel. Es war zwar hart, und als sie ihn darauf ansprach, hatte er geantwortet: »Es ist das beste für die Bandscheibe. Das mußt du doch als Ärztin wissen.«

Heute war es anders. Er kam ins Zimmer, warf seinen Rock über die Lehne des Stuhles und ging sofort zu seinem Bett. Valja Johannowna zog das linke Bein an. Jetzt kommt das rechte, dachte er, dann stützt sie sich an den Schultern ab und baut ihre verdammte Körperbrücke. Jeden Abend war das so, mehrmals, immer wieder, bis er sich auf sein Deckenlager zurückzog. Er bewunderte ihre Ausdauer, ihre wortlose Anbietung und das stumme Hinnehmen der Ablehnung.

Wann kommt die Kälte, dachte er manchmal. Wann friert endlich der Boden, und wir können weiter? Aber es regnete nur, regnete, und das Wasser wußte nicht mehr, wohin es sich verteilen sollte. In Jakutsk hielt sich hartnäkkig das Gerücht, daß alles Leben in der Taiga nordwestlich der Lena ertrunken sei. Die Lena selbst war an vielen Stellen fast ein Binnenmeer geworden. Wohin bloß mit dem ganzen Wasser? Wenn es plötzlich fror – in Sibirien war alles über Nacht möglich –, war das Land über Tausende von Werst ein einziger Eisspiegel. Auch das würde eine Katastrophe sein.

Shukow verhinderte den Bau der seidenschimmernden Brücke, indem er Valjas rechtes Bein herunterdrückte, als sie es an sich zog, wie erwartet. In ihre Augen sprang sofort eine zerstörerische Wildheit. Sie hob die Schultern und spannte die Nackenmuskeln an.

»Steh auf!« sagte Shukow hart. »Steh sofort auf!«

»Du wirfst mich hinaus?« fragte sie gefährlich sanft.

»Du brauchst dieses Bett nicht. Du hast genau siebenunddreißig leere Krankenhausbetten zur Verfügung. Die drei belegten werden vielleicht morgen oder übermorgen auch frei werden. Neue Kranke gibt es ja bei der Wuginskaja nicht.«

»Kranke? Kranke Männer? Gibt es die denn?« Sie schob die Arme unter ihren Nacken und preßte die kleinen Brüste empor. »Männer sind doch so stark! So stark sind sie alle! Nichts kann sie erschüttern, nichts in die Knie zwingen, nie werden sie schwach! Felsen sind sie alle … warum also sollen sie nicht auch in den Felsen arbeiten? Wie kann ein Mann krank sein? Krank sind nur Wesen, die zu Empfindungen fähig sind, denn Krankheiten muß man spüren. Haben Männer Empfindungen? Ich kenne keinen! Zeig mir einen!«

Sie trat nach ihm, baute blitzschnell ihre Körperbrücke und schnellte ihm ihren Unterleib entgegen.

»Haben Männer ein Herz?« schrie sie dabei. »Nur wenn ich weiß, daß sie ein Herz haben, weiß ich auch, daß sie krank sein können.«

Er antwortete nicht, ließ sie in dieser hochgewölbten, von allen Muskeln und Sehnen gespannten Lage und verließ wieder das Zimmer. Mit einer Plane über dem Kopf rannte er hinüber zum Lazarett und traf Dr. Fedjunin an, wie er in einem Buch las, das von der Antarktis handelte. Fedjunin war so überrascht, daß ihm die Nickelbrille von der Nase rutschte.

»Sie, Wassja Grigorjewitsch? Um diese Zeit? Ist es etwas Medizinisches? Fühlen Sie sich unwohl? Die Genossin Wuginskaja kann Ihnen doch sicherlich …«

»Um Valja Johannowna handelt es sich, Dr. Fedjunin. Sind Sie der Chefarzt hier im Lager oder sie?«

»Kann man ihr etwas abschlagen, Genosse? Sie wollte selektieren, also habe ich sie gelassen. Sie macht es fabelhaft …«

»Zu fabelhaft! Bei tausend Sträflingen keine Krankmeldung … wo gibt es das?«

»Das ist erstaunlich, aber der scharfe Blick der Wuginskaja für Krankheiten jeder Art …«

»Ich bin ein kleiner Ingenieur«, sagte Shukow ruhig. »Aber ich habe mächtige Freunde in Irkutsk und in Moskau. Ich würde mich nicht scheuen, zu berichten, was ich hier gesehen habe ...«

»Genosse Shukow ...« Dr. Fedjunin legte beide Hände an die Brille, als müsse er sich an das Nickelgestell festklammern. »Ich bin ein Mann. Als ich Valja Johannowna die Selektierung übergab, hat sie mich geküßt. Nur einmal, aber man vergißt das nicht mehr. Verstehen Sie das nicht?«

»Ich weiß, daß es einen Erlaß gibt, jeden Strafgefangenen mit der Sorgfalt zu behandeln, die der Menschenwürde entspricht.«

»Sie Komiker!« Dr. Fedjunin versuchte ein trockenes Lachen. »Das ist wohl Ihr erstes Lager, das Sie sehen?«

»Allerdings.«

»Dann seien Sie ein glücklicher Mensch und bleiben Sie es recht lange, das wünsche und gönne ich Ihnen. Kümmern Sie sich um Ihre Ingenieuraufgabe ... was drum herum an den Wegesrändern liegt, übersehen Sie bitte! Gut, ich spreche mit Valja. Ich nehme ihr die Selektierung wieder weg ... aber ich sage auch, wie das zustande gekommen ist. Den Sturm werden Sie erleben.«

»Mit Freuden. Gute Nacht, Dr. Fedjunin.«

»Ihnen auch, Wassja Grigorjewitsch. Es wird Ihre letzte gute Nacht sein.«

Shukow rannte unter seiner Plane wieder durch den Regen zurück zur Kommandantur. Wenn Fedjunin wüßte, wer Shukow wirklich ist, dachte er dabei. Ein berühmter Name – auch wenn immer wieder betont wird, mit dem Marschall der Roten Armee bestünde keinerlei Verwandtschaft – ein paar Andeutungen, daß man maßgebende Genossen kennt (ist er etwa doch mit dem Marschall verwandt?), ein hartes Auftreten, und schon kann man Türen aufstoßen oder Türen zuschlagen, gegen die andere sich die Köpfe einrennen. Da ist Rußland nicht ein Fingerschnalzen anders als der Westen.

Das Bett war leer, als er zurückkam in sein Zimmer. Das wunderte ihn, ja ärgerte ihn sogar und erzeugte einen tauben Druck in der Magengegend. Er kehrte sofort wieder um und ging hinüber zu Major Jankow. Der lag schon im Bett, zur Zufriedenheit Shukows allein, und hörte über ein Transistorradio Musik aus Jakutsk. Klassische Musik. ›Bilder einer Ausstellung‹ von Mussorgski.

»Sie lieben klassische Musik?« fragte Shukow, nur um etwas zu sagen. Major Jankow nickte zufrieden.

»Sie etwa nicht? Die meisten Russen lieben klassische Musik.«

Stimmt, dachte Shukow. Vortrag des Professors für Musik, in Alaska, in der Geisterstadt Smolenska. Sechs Vorlesungen über die Gewohnheiten der Russen im Bereich der Musik. Neben Folklore vor allem Klassik. Oper und Ballett. In Rußland wissen mehr Menschen, wer Beethoven ist, als in Deutschland. Bob Miller, du läßt nach! Wie sagte General Orwell: »Immer an die Kleinigkeiten denken. An vergessenen Kleinigkeiten wird man euch sonst aufhängen.«

»Was führt Sie zu mir, Wassja Grigorjewitsch?« fragte Jankow berechtigt.

»Eigentlich nichts. Ich kam an Ihrem Zimmer vorbei und hörte die Musik. Das lockte mich an.«

»Setzen Sie sich, und hören Sie das Stück zu Ende …«

Es blieb Shukow nichts anderes übrig. Er hockte sich auf einen Stuhl, unterdrückte seine Unruhe und erhob sich sofort, als die ›Bilder einer Ausstellung‹ beendet waren.

»Danke«, sagte er. »Es war ein Genuß. Radio ist eine geniale Erfindung.«

Er ging hinaus, lief zurück in sein Zimmer, aber die Wuginskaja war noch immer nicht da. Bei Dr. Fedjunin konnte sie nicht sein, da kam er ja gerade her, und es war unmöglich, jetzt in jedes Offizierszimmer einzudringen und in die Betten zu blicken. Nicht alle hörten an diesem Abend klassische Musik.

Er ging zum Fenster, starrte auf das im Regenguß zerfließende Lager, wanderte dann im Zimmer hin und her wie in einem Käfig, der viel zu klein ist für das gefangene Tier, und blieb ab und zu vor dem Bett stehen, auf dessen Decke noch der Eindruck ihres Körpers zu sehen war.

Auch ihr Parfüm schwebte unaufdringlich im Raum. Der Duft kasachischer Rosen.

Nach einer Stunde ging er endlich zu dem Zimmer, das Major Jankow der Wuginskaja zugewiesen hatte. Ein Leutnant hatte es räumen müssen und schlief jetzt bei einem Kameraden.

Valja Johannowna saß mit angezogenen Knien auf dem Bett, bekleidet mit einem gestickten tatarischen Nachthemd. Als Shukow eintrat, schüttelte sie den Kopf, und ihre langen schwarzen Haare legten sich wie ein Metallschleier vor ihr Gesicht. Er konnte nur auf den schwarzen Vorhang blicken ... was dahinter geschah, mußte erraten werden.

»Warum bist du weggegangen?« fragte er laut.

»Du hast mich gesucht?«

»Warum bist du ...«

»Du hast mich wirklich gesucht? Bist herumgerannt, mit einem höllischen Brand im Herzen, und hast dich immer wieder gefragt: Wo ist sie? Wo kann sie nur sein? Bei wem liegt sie jetzt im Bett? Oh, ich ermorde den, der sie jetzt unter sich hat! Ich zerreiße die ganze Welt! Valjanka, wo bist du? Valjaschka! Ich laufe herum wie ein Blinder, der das Licht wiederfinden will. – Aber sie war nicht da, nirgends war sie, und du bist innerlich verblutet. Wie schön das ist ...«

»Warum bist du hier?« brüllte er sie an.

»Du hast mich hinausgeworfen. Weißt du das nicht mehr? Ich bin gehorsam wie ein dressiertes Hündchen ... ich gehe ...«

»Dr. Fedjunin wird dich morgen nicht mehr an die Selektierung lassen.«

»Das habe ich geahnt. Der große Shukow, der starke Bär hat befohlen.« Sie schob mit beiden Händen den Haarvorhang zur Seite. Welch ein Gesicht, dachte Shukow. Welch eine Frau! Er preßte die Lippen zusammen und genoß es, wie heiß sein Atem war, den er zurückhielt. »Was hat der Zar von Sibirien noch zu sagen?«

»Komm herüber ...«, sagte er heiser. »Verdammt noch mal, wenn wir uns schon zerfleischen, dann nicht auf Distanz!«

Sie blieb auf ihrem Bett hocken, aber er wartete nicht ab, was sie tat. Er ging hinaus, schlug die Tür hinter sich zu und lief in sein Zimmer. Dort legte er sich im Dunkeln auf sein Bett und starrte die Tür an.

Sie kam. Einen Spalt nur brauchte sie, um hineinzuschlüpfen. Im diffusen Licht, das von den Lagerscheinwerfern durch die Vorhänge ins Zimmer drang, sah er, wie sie neben der Tür stehenblieb, ihr tatarisches Nachthemd abstreifte und auf die Dielen fallen ließ. Dann hörte er das leise Tappen ihrer nackten Fußsohlen – sie kam aus der tiefen Dämmerung heraus in seinen Blick, schmal, mit schimmernder Haut, die Hände demütig auf den Leib gelegt.

»Mach kein Licht an«, sagte sie mit ganz kleiner Stimme. »Ich beiße dir die Kehle durch. Ich schwöre es dir.«

Er rückte zur Seite, sie legte sich neben ihn und warf sich plötzlich wie eine Katze herum, ließ sich auf ihn fallen und schlug mit den Fäusten auf seine Schulter.

»Du Hund!« keuchte sie. »Du verdammter Hund! Was hast du aus mir gemacht?«

Später, als sie schlief, machte er doch das Licht an und betrachtete sie. Man muß Wunder anbeten, ehe sie wieder vergehen …

Dunja, dachte er. Das mußt du mir verzeihen. Du wirst es nie erfahren, ich werde es dir nie erzählen, trotzdem: Du mußt es verzeihen. Ich habe damit Hunderten kranker Sträflinge vielleicht das Leben gerettet.

Es war ein so gemeiner, verlogener Gedanke, daß er sich vor sich selbst schämte, aber er dachte ihn zu Ende, weil diese Verlogenheit seine einzige Rechtfertigung war.

Dann schaltete er die trübe Deckenlampe wieder aus, legte seinen Kopf zwischen ihre weit auseinanderstehenden, spitzen Brüste und schlief ein, eingebettet in den süßlichen, nach Pfirsichen duftenden Hauch, der ihrer Haut entströmte.

Von den Wachtürmen kreisten die Scheinwerfer über das Lager. Das war Vorschrift, aber jetzt Blödsinn. Wer flüchtete denn in diese Wasserwüste?

Irgendwann einmal in der Nacht spürte Valja Johannowna, daß Shukows Kopf zwischen ihren Brüsten lag. Sie wachte davon nicht auf, sie schwebte in einem außerirdischen Zustand um sich selbst.

»Ich liebe dich«, sagte sie im Schlaf und legte die Hände auf seinen Kopf. Eine unbewußte Bewegung, von einem Urtrieb befohlen. »Ich liebe dich, mein großer Bär ...«

Galina Theofilowna arbeitete noch immer im Kosmetikladen des Hotels ›Sibir‹ in Irkutsk. Sie war nicht nur Orwells bester, sondern im Augenblick auch einziger ›Mann‹, der von Sibirien aus Kontakt mit der Zentrale in Fort Patmos hatte. Der neue V-Mann in Jakutsk, mit dem Bob Miller in Verbindung treten sollte, war zehn Tage vor Millers Ankunft an der Lena verhaftet worden und hatte sich, bevor man ihn einer Gehirnwäsche unterziehen konnte, das Leben genommen. Auf ganz einfache Weise. Als er zum Verhör geführt wurde, lief er einfach weg und ließ sich von hinten mit einer MPi-Garbe durchsieben.

Galina nannte es mit schrecklicher Nüchternheit: Er ist verunglückt.

Der nächste V-Mann saß als Buchhalter eines Kammgarn-Kombinats in Tschita und hatte keine Ahnung, daß es einen Wassja Grigorjewitsch Shukow gab, der auf dem Weg in die neue Raketenbasis Werchokrassnoje war. Außerdem hätte Bob Miller ihn mit seinem kleinen Sender auch nie erreichen können, wie es ebenfalls schwierig war, Irkutsk zu bekommen.

Was hatte Galina Theofilowna gesagt: »Von jetzt ab sind Sie allein. Keiner hilft Ihnen mehr. Erst wenn Sie wieder nach Irkutsk zurückkommen, bin ich für Sie da.«

Es klang so, als ob sie nie damit rechnete. Die Dunkelziffer der amerikanischen Agenten, die in Sibirien für immer verschwunden waren, blieb unbekannt. Auch Galina kannte nur ein paar von ihnen. Jedesmal überfiel sie große Traurigkeit, wenn sie die Männer wegziehen sah ins Nichts.

Bei Bob Miller war es noch schlimmer gewesen. Da vermischte sich mit dem Bedauern eine weibliche Wehmut, eine Traurigkeit aus der Tiefe. Um so erschrockener reagierte sie, als sie über den Kontaktsender V, der irgendwo in Japan stationiert war und eine große Reichweite hatte, die Aufforderung bekam, Bob Miller sofort zurückzurufen.

»Wie denn?« antwortete sie, völlig abweichend von dem nüchternen Ton, der sonst bei solchen Gesprächen üblich war. »Er ist allein irgendwo an der Lena. Er hat sich bis heute noch nicht gemeldet. Wer weiß, ob er überhaupt noch lebt? Es war gemein von Ihnen, ihn so allein zu lassen.«

»Wir haben den falschen Mann nach Rußland geschickt, Sir«, sagte Captain Herbert Donald, als er General Orwell über die letzte Funkverbindung mit Irkutsk Bericht erstattete. »Warum ausgerechnet Bob? Überall, wo er auftaucht, macht er die Weiber verrückt. Nun ist auch Galina Theofilowna paralysiert. Könnte man Funkwellen sichtbar machen, regnete es jetzt Tränen. Wenn unsere russischen Freunde um hundertachtzig Grad umdenken könnten, hätten sie Bob sofort im Netz. Der Junge hinterläßt eine Spur aus zerbrochenen Weibern. Aber welcher Geheimdienst kommt auf eine solche Idee? Wer erobert schon Rußland mit der Hose überm Arm?«

»Ihr Witz, Herbert, ist bekannt«, sagte General Orwell, gar nicht belustigt, obwohl er sonst die Sünden seiner Boys mit väterlicher Nachsicht behandelte. »Aber ich habe so etwas geahnt. Nicht mit den Frauen … Bob hängt irgendwo in der Taiga und glaubt, er sei völlig allein gelassen.«

»Genau das weinte uns Galina vor.«

»Darum meldet er sich auch nicht. Wozu auch? Er hat seinen Auftrag und taucht erst wieder auf, wenn er ihn erfüllt hat oder nicht erfüllen konnte. Oder wir hören nie mehr etwas von ihm. Das sind die einzigen drei Möglichkeiten, und jede dauert mir jetzt zu lange. Plenjakow ist unter uns! Das bete ich mir jede Stunde vor und habe kein Amen dazu. Galina kann Bob nicht erreichen. Also: *Wie* kann man Bob in der Taiga erreichen? Früher konnte man mit einer U-2 einen neuen Mann absetzen und Bob suchen lassen. Das geht nicht mehr. Außerdem sind wir in Zeitdruck.« Orwell faltete die Hände und stützte sein eckiges Kinn darauf. Die Offiziere, die um ihn herum an einem langen Tisch saßen, wußten, daß jetzt ein Knaller kommt! Der Alte holt Luft. Was er gleich herausläßt, kann man nicht einmal träumen. Aber er wird's möglich machen.

»Washington hat da eine hundsgemeine Idee«, sagte Orwell langsam. »Ich sträube mich noch dagegen, ich weigere mich, aber je länger ich nachdenke und unsere Situation analysiere – Jungs, wir müssen uns immer wieder sagen: Es ist Frieden, nur wir vom CIA führen einen Krieg, und der findet in einem schwarzen Tunnel statt. Keiner sieht ihn, nur die Eingeweihten. Selbst in den Methoden sind wir alle gleich, nur ist der eine mal fantasiereicher als der andere, und das nennt man dann Erfolg. Was Washington da in der größten Not ausgebrütet hat … Sagen wir es kurz: Um Bob zurückzuholen, damit er Plenjakow enttarnt, müssen wir einen Mann opfern.«

Das schweigende, lähmende Entsetzen rund um den Tisch nahm Orwell mit einem Nicken hin.

»Ich fühle wie Sie«, sagte er rauh. »Mir steht die Kotze bis zur Zunge. Aber da ist Plenjakow und der unermeßliche Schaden, den er unserem Land zufügen kann. Ist die Abwehr eines solchen Schadens, der die ganze Nation trifft, ein Menschenleben wert?«

»Wer?« fragte Captain Donald tonlos.

»Ben Lauritz.«

»Der sitzt doch in Wolgograd und dreht Traktorenfelgen.«

»Er soll bewußt eine Dummheit begehen, sich verhaften lassen und gestehen, daß er ein amerikanischer Spion ist. Und er soll sagen, daß er in Werchokrassnoje gewesen ist. Über die Verhaftung wird der Russe groß berichten, über Werchokrassnoje natürlich nicht, und …«, Orwell hob die Stimme, »darauf spekuliert Washington. Die Sowjets lieben Schauspiele. Man wird Ben seine Geständnisse vor Fernsehen und Funk machen lassen, damit die ganze Welt sieht, wie schlecht die Amerikaner sind. Doch dabei wird Ben – es ist ja eine Live-Sendung – den Namen Werchokrassnoje fallenlassen. So schnell können die Russen gar nicht abschalten. Und jetzt kommt unser Gebet: Lieber Gott, laß diese Radiosendung auch Bob hören, oder laß irgendeinen ihm davon erzählen. Dann weiß Bob, daß er kehrtmachen muß! Das war die große Idee, meine Herren!« Orwell schloß die Augen. »Und jetzt schämen wir uns alle zehn Sekunden lang, ehe wir Ben Lauritz in Wolgograd den Befehl zur Opferung geben.«

»Das müssen Sie sich anhören, Wassja Grigorjewitsch!« sagte Major Jankow an einem Samstag, als Shukow wieder zu einer Schachpartie bei ihm erschien. Die Wuginskaja arbeitete trotz der späten Stunde noch im Lazarett. Dr. Fedjunin verstand die Welt nicht mehr, und die Frauen schon gar nicht, denn alle vierzig Betten waren plötzlich belegt. Es wurden Kranke und Verletzte intensiv behandelt, die Valja Johannowna noch vor drei Tagen, ohne eines Blickes zu würdigen, in den Steinbruch geschickt hätte.

Ihr ganzes Wesen hatte sich verändert. Sie war so geworden, wie sie auf den ersten Blick immer gewirkt hatte ... weicher, zärtlicher, von geheimnisvoller Erfüllung durchzogen. Eine Frau, die in den Himmel geblickt hatte und nun alle Sterne kannte. Fedjunin hatte dafür keine Erklärung als die alte Formel, man lerne eben nie aus bei den Frauen. Sie seien undurchsichtiger als ein Pankreas! Auch bei dem gäbe es Veränderungen, aber wenn man sie bemerkt, sei's schon zu spät. Er hatte eine Tobende erwartet, nachdem ihm Shukow gesagt hatte, daß die Wuginskaja nicht mehr selektieren solle, und er hatte ihr am nächsten Morgen ganz schonend beibringen wollen, daß der Chefarzt von Nowo Sosnowka Dr. Fedjunin und nicht Wuginskaja heiße. Aber was tat sie? Sie unterbrach ihn, sagte ganz milde: »Ich weiß es ja schon«, setzte sich an den Schreibtisch und hatte nach zwanzig Minuten die vierzig Lazarettbetten gefüllt. Wer arbeitsfähig, aber trotzdem behandlungswürdig war, bestellte sie auf den Abend nach Arbeitsschluß ... etwas so Einmaliges, ja geradezu Unglaubliches, daß im ganzen Lager gerätselt wurde, wer wohl in Moskau gestorben sei oder wer einen neuen Kurs ansteuere. Andere Erklärungen waren einfach nicht glaubhaft.

»Was sollte man anhören?« fragte Shukow und setzte sich hinter das Schachbrett. Aus dem Transistorradio erklang Volksmusik vom Baikalsee. »Ist es diesmal Beethoven oder Tschaikowsky?«

»Nein. Wolgograd. Ein öffentliches Verhör. Eine tolle Sache, Genosse.« Jankow goß Wein ein und schob Shukow eine Schachtel Papyrossi zu. »Wird mit Radio und Fernsehen in die ganze Welt übertragen. Ein neuer Skandal. Ha, wir werden allen Völkern wieder einmal beweisen, welche Halunken, welche Kriegsverbrecher diese Amerikaner sind!«

»Die Amerikaner?« Shukow zündete sich eine Papyrossa an. Seine Hand war ganz ruhig, wie er feststellte. »Was ist denn passiert? Ich habe keine Ahnung. Was haben die Kapitalisten denn schon wieder angestellt?«

»Einen ganz dicken Fisch haben wir gefangen! Einen amerikanischen Spion! Lebte seit einem Jahr als Dreher im Traktorenwerk von Wolgograd. Vor drei Stunden haben sie es gemeldet. Gestern ist er verhaftet worden. Und nachher wird er öffentlich vor Fernsehen und Rundfunk auspacken. Er soll bereit sein, alles zu sagen. Ha! Das ist ein Tritt gegen das Schienbein des Westens! Diese Lumpen!«

»Hat man schon den Namen des Amerikaners genannt?« fragte Shukow leichthin.

»Natürlich! Und jetzt werden sie drüben in Amerika sicherlich sehr nervös. Der Kerl heißt Ben Lauritz.«

Ben! Der kleine Ben, genannt ›Das Eichhörnchen‹, weil er bei den Urwaldübungen immer als erster auf den Bäumen war und klettern konnte wie keiner aus dem Lehrgang. Ben, den man erst gar nicht in die Sonderabteilung nehmen wollte, weil er nur 1,65 Meter groß war, und der dann den Mastersergeant Humphry mit einem Drehschwung so auf den Rücken legte, daß Humphry drei Tage lang nach vorn gebeugt gehen mußte. Ben, der einmal gesagt hatte: »Ich bleibe drei Jahre als Agent in Rußland. Dann leckt mich alle am Arsch. Dann will ich heiraten, übernehme die Erdnußfarm meines Vaters und konzentriere mich auf Lachsfang und Kindermachen.«

Shukow trank einen Schluck Wein. Er war nach außen hin ganz ruhig, gelassen, unbeteiligt bis auf die Empörung, die ein Russe zeigt, wenn ein amerikanischer Spion entlarvt worden ist. Major Jankow hatte die Schachfiguren aufgestellt und rieb sich die Hände.

»Ich habe die Revanche, ich fange an. Diesmal kriege ich Sie, Wassja Grigorjewitsch!«

»Wann ist die Übertragung?«

»In ungefähr einer Stunde. Bis dahin habe ich gegen Sie ein Matt erreicht. Wetten? Ich bin in Stimmung. Dieser Erfolg unserer Abwehr! Drehen einen Staragenten der Amerikaner um …«

Ben und umdrehen? Unmöglich! Man wird ihn mit Drogen vollgepumpt haben, damit er alles sagt, was man von ihm will. Er wird eine Sprechpuppe sein, weiter nichts. In diesem Zustand würde er sogar gestehen, mit Kissinger ein homosexuelles Verhältnis zu haben. Man kann das Unmöglichste aus einem Menschen herausholen, wenn man seinen Willen weggespritzt hat. Nur so kann es sein … aber Ben Lauritz umdrehen? Nie, mein lieber Jankow!

Aus dem Radio klang weiter Volksmusik vom Baikalsee. Ab und zu wurde sie von einer Sprecherin unterbrochen, die mit melodischer Stimme ankündigte, daß in Kürze das öffentliche Geständnis des amerikanischen Spions übertragen werde. Major Jankow quittierte jede Durchsage mit einem lauten, zufriedenen Grunzen.

»Jetzt scheißt sich der CIA in die Hosen«, sagte er mitten im Schachspiel.

»Bestimmt. Damit haben sie nicht gerechnet.«

»Und dieser Saukerl von Amerikaner wird in Sibirien verschwinden!«

»Man wird ihn austauschen, nach einer bestimmten Zeit«, sagte Shukow im Plauderton. »Das geht hin und her, Wassili Michailowitsch. Jeder Staat hat ein paar Spione auf Lager, um solche Angelegenheiten elegant zu regeln …«

»Ist das nicht eine Schweinerei, Wassja Grigorjewitsch? Erschießen sollte man jeden!«

»Bedenken Sie, daß auf diese Weise auch unsere Leute

wieder nach Rußland kommen. Spionage ist wie unser Schachspiel, Jankow. Mal sind Sie matt, mal ich ... mal nehmen Sie mir alle Figuren weg, mal ich Ihnen. Und dann bauen wir sie alle wieder auf, und das Spielchen geht weiter. Der Unterschied ist nur, daß der Einsatz nicht wie bei uns zehn Kopeken ist, sondern der Weltfrieden.«

»Eine verrückte Menschheit, nicht wahr?« Jankow wurde philosophisch, rauchte versonnen, trank einen Schluck Wein, betrachtete das Schachbrett und gab sich der Erkenntnis hin, daß keine Generation nach den Gesetzen der Logik lebt. »Wir zwei können nichts ändern, Wassja Grigorjewitsch«, sagte er endlich.

»Bestimmt nicht.«

Die Volksmusik brach ab. Major Jankow lehnte sich zurück und zeigte auf das Radio. »Jetzt geht's los! Wenn man bedenkt, daß die ganze Welt zuhört! Welche Blamage für die Amerikaner!«

Ein Ansager sprach. Man schalte um nach Moskau, verkündete er. Noch zehn Sekunden bis zur Vorführung des Amerikaners Ben Lauritz in Wolgograd ...

Mach's gut, Ben, dachte Shukow und trank gelassen seinen Wein. Ich höre dir sofort an, ob du voller Drogen bist. Ich kenne deine Stimme, deine Wortwendungen genau. Eichhörnchen, wir sind alle bei dir ...

Radio Moskau. Die Ansage, daß 134 Sender angeschlossen seien. Dann die Umschaltung in den großen Sitzungssaal des Justizpalastes von Wolgograd. Stimmengewirr, das Rasseln der Filmkameras, das Klicken der Fotoreporter. Ben Lauritz war also schon im Saal, stand hinter einer Barriere und schien dumm in die Gegend zu grinsen. Ob er überhaupt wahrnahm, was man mit ihm anstellte?

»Jetzt einen Fernsehapparat!« sagte Jankow klagend. »Das sollte man sehen!«

»Das möchte ich auch«, antwortete Shukow ehrlich.

Er schwieg abrupt. Ein Sprecher schilderte kurz den bisherigen Verlauf. Man hatte Ben Lauritz verhaftet, als er im Ersatzteillager überrascht wurde, wie er heimlich funkte. Ein Vorarbeiter und ein Lagerarbeiter hatten es gesehen und die Miliz gerufen. Ben hatte sich widerstandslos festnehmen lassen und alles gestanden.

Shukow griff nach einer Zigarette und behielt sie, ohne sie anzuzünden, zwischen den Lippen. Da stimmt doch etwas nicht, dachte er sofort. Ben ist doch kein Idiot! Im Ersatzteillager einer Traktorenfabrik funken, wo jeder hinkommt, wo ein Verkehr ist wie auf dem Broadway. Das kann doch niemals stimmen! Ben hatte beim Abschluß des Lehrgangs die Note 1,7 ... er war damit unter den ersten zehn. Und plötzlich stellt er sich so ungeheuer blöd an?

»Jetzt fragt unser Mann«, sagte Major Jankow und gab Shukow Feuer. Er war unruhig wie ein Sprinter vor dem Startschuß. »Jetzt knallt's!«

Und dann ging es wirklich Schlag auf Schlag. Frage – Antwort. Vermutungen – Erklärungen. Es war gespenstisch, was Ben Lauritz da sagte.

»Sie heißen?« hörte man jemand fragen. Es war ein Oberst des KGB, wie der Sprecher vorher erklärt hatte.

»Ben Lauritz«, kam leise die Antwort.

»Sie sind Amerikaner?«

»Ja. Geboren in Georgia.«

»Sie sind im Dienstrange eines Majors?«

»Ja.«

»Sind Angehöriger des amerikanischen CIA?«

»Ja.«

Shukow rauchte und blickte gegen die Holzdecke des Zimmers. Ben, was ist los? dachte er. Deine Stimme ist klar wie immer. Das klingt nicht nach Drogen und Gehirnwäsche. Ben, mach bloß keinen Quatsch! Laß dich von der Angst nicht wegtragen. Du kommst doch zurück! Sie tauschen dich aus! Ben, glaub nicht, was sie dir erzählt haben! Du wirst nicht in Sibirien verschimmeln!

Ben Lauritz redete weiter. Kaum war eine Frage gestellt, platzte seine Antwort wie ein Gegenschuß hinein.

»Sie hatten den Auftrag, in der Sowjetunion zu spionieren?«

»Ja.«

»Sie hatten den Auftrag, in Wolgograd die Entwicklung

der neuen Panzer zu beobachten und Einzelheiten zu melden.«

»Nein.«

Der KGB-Oberst schien verblüfft zu sein. Es entstand eine Pause. Das Surren der Kameras war jetzt das einzige, was man hörte. Nein? Wieso denn nein? Beim Verhör in der vergangenen Nacht war alles klar gewesen. Da hatte Ben Lauritz versprochen, die volle Wahrheit zu sagen. Man hatte ihm dafür angeboten, daß er in der Nähe von Moskau in ein Wartelager komme, bis er ausgetauscht werde. Fast eine Art Kuraufenthalt, immer verglichen mit Sibirien.

»Nicht?« Die Stimme des KGB-Obersten hob sich. »Der Auftrag des CIA war doch genau umrissen! Sie sind nach Rußland gekommen in der Maske eines sowjetischen Arbeiters, haben in Wolgograd eine Stelle bekommen und arbeiteten dort seit einem Jahr.«

»Das stimmt alles«, sagte Ben Lauritz. Shukow kaute an der Unterlippe, Major Jankow schnaufte laut vor Erregung und Begeisterung. »Aber es ist nur die halbe Wahrheit. Ich hatte mehrere Aufträge ...«

Ben, bist du verrückt geworden, schrie es in Shukow. Ben! Junge! Halt die Luft an!

»Meine Hauptaufgabe war es«, und jetzt sprach Ben schnell und doch sehr laut und artikuliert, was Shukow sofort auffiel, »die neue Raketenbasis Werchokrassnoje zu erreichen! Das habe ich getan! Es ist alles erledigt! Vollkommen erledigt!«

»Bravo, Boy!« sagte in diesem Augenblick in Fort Patmos General Orwell. »Das hast du glänzend hingekriegt! Jetzt kannst du erzählen, was du willst.«

Der Raum war vollgestopft mit Offizieren des CIA. Vom Fernsehen aus Kuba wurde das Verhör übertragen. Vier große Farbfernsehgeräte standen im Zimmer. Das Bild war so klar, als stünde Ben vor ihnen, als könne man ihm jetzt für diese Glanzleistung die Hände drücken. Die Offiziere applaudierten, bis Orwell abwinkte.

Jeder sah deutlich die Verlegenheit, in die der KGB-Oberst gekommen war. Eine für seine Karriere tödliche

Verlegenheit, denn nun wußte die ganze Welt, daß in Werchokrassnoje eine neue Raketenbasis bestand. Eines der größten Geheimnisse der Sowjetunion war entschleiert. Jetzt abzuschalten und von einer technischen Störung zu sprechen, war sinnlos.

Ben Lauritz lächelte schwach in die Kameras. Und dann sagte er etwas, was niemand erwartet hatte:

»Damit können wir die Sendung beenden. Ich halte ab jetzt den Mund – und wenn man mich totschlägt …«

Die technische Störung trat nun doch ein. Das Bild ging weg. Auch im Radio sagte der Sprecher mit unterdrückter erregter Stimme: »Ein unvorhergesehener Defekt der Übertragungsstrecke Wolgograd–Moskau zwingt uns leider, das Verhör abzubrechen. Wir senden Ballettmusik von Borodin und Glinka.«

»Scheiße!« sagte Major Jankow laut. »Gerade jetzt wurde es interessant! Haben Sie das gehört! Der Kerl war in Werchokrassnoje!«

Shukow nickte stumm. Was Orwell herbeigebetet hatte, war erfüllt worden. Bob hatte nicht nur die Sendung gehört, er hatte sie auch verstanden. Werchokrassnoje war beendet. »Es ist alles erledigt!« hatte Ben laut gesagt. Das war die Botschaft, für die er sich opferte. Lieber, kleiner, treuer Ben … wenn wir uns wiedersehen sollten, küsse ich dich ab wie das heißeste Mädchen. Daß Ben Lauritz wirklich in Werchokrassnoje gewesen war, glaubte Shukow allerdings nicht. Er wußte, daß nur ein einziger Mann auf dem Weg zu der Raketenbasis war, einsam wie ein großer, grauer Wolf. Er, Wassja Grigorjewitsch Shukow.

Aus dem Radio ertönte Borodin. Jankow drehte die Musik etwas leiser und beugte sich wieder über das Schachspiel. Er ärgerte sich sichtlich über den Ausgang des sensationell angekündigten Verhörs.

»Ich setze Sie jetzt in drei Zügen matt!« rief er. »Wetten?«

»Ich glaube es Ihnen, Wassili Michailowitsch. Ich bin jetzt nicht mehr in Form.«

»Sie ärgern sich genauso wie ich wegen der Unterbrechung, was? So ein Schwein! Dringt in Werchokrassnoje ein! So einen *müßte* man doch erschießen und nicht austauschen! Bei *dem* Wissen, was er jetzt hat!«

»Das ist es, was mich aus der Form bringt.« Shukow erhob sich. »Entschuldigen Sie mich, Wassili Michailowitsch. Ich kann nicht weiterspielen. Ich gebe Ihnen morgen abend Revanche. Ich gehe ins Bett.«

»Ich wußte gar nicht, daß Sie ein so großer Patriot sind, Wassja Grigorjewitsch.« Major Jankow drückte Shukow beide Hände. »Ich lasse das Spiel so stehen, wie es jetzt ist.«

»Tun Sie das.« Shukow wandte den Kopf zum Radio. Eine rasante, mitreißende Musik strömte aus dem Lautsprecher. »Glinka?«

»Ja. Der große Tanz aus ›Ruslan und Ludmilla‹.«

»Wundervoll!« Shukow ging langsam zur Tür. »Ein berauschender Totentanz ...«

Er drehte sich um und verließ den Raum.

Vor der Tür holte er tief Luft. Die letzten Minuten waren für ihn eine ungeheure nervliche Belastung gewesen. Innerlich bis zum Zerreißen erregt zu sein und es nicht zeigen zu dürfen – das ist aufreibender als jede körperliche Anstrengung. Es mußte irgendwo etwas Furchtbares passiert sein, wenn man Ben Lauritz den Sowjets geopfert hatte – bloß um mit ihm, Bob Miller/Shukow, Verbindung aufzunehmen. Denn nichts anderes konnte die Radiosendung bedeuten. Weil es keinen leichteren Weg gab, Bob Miller zu erreichen, hatte man zu diesem verzweifelten Mittel gegriffen. Man mußte etwas Sensationelles in die Wege leiten, das überall in der Sowjetunion bekannt wurde. Nur dann konnte Bob Miller jene wichtige Nachricht erreichen, die Ben Lauritz am Schluß des Verhörs im Radio ausgesprochen hatte: »... die neue Raketenbasis Werchokrassnoje ... es ist alles erledigt. Vollkommen erledigt ...«

Das hieß, übersetzt in den Befehl an Bob Miller: Brechen Sie Ihre Aktion sofort ab, kümmern Sie sich nicht mehr um die Raketenbasis und nehmen Sie möglichst schnell Kontakt mit uns auf, wir brauchen Sie dringend an anderer Stelle!

Die Wuginskaja arbeitete noch immer im Lagerlazarett. Shukow fand sein Zimmer leer. Als er hinüberblickte zu dem langgestreckten niedrigen Steinbau, sah er durch den Regenvorhang die hell erleuchteten Fenster des Untersuchungsraumes und des OPs.

Dr. Fedjunin war aus den Fugen geraten. Zum erstenmal kam die Lagerapotheke voll zum Einsatz. Er wunderte sich, wie viele Mittel sie enthielt und was man alles mit ihnen anstellen konnte. Auch der OP-Tisch wurde nach langer Zeit wieder benutzt. Fedjunins bevorzugter Arbeitsplatz war ja bisher der Seziertisch im Nebenraum gewesen. Die Wuginskaja schnitt Furunkel auf, reinigte alte, vernachlässigte, eitrig-jauchende Wunden und hörte sich geduldig die Klagen der Männer an, die ihre nicht gleich sichtbaren Krankheiten schilderten, weil sie im Inneren des Körpers lagen. Hier hatte Dr. Fedjunin immer großes Mißtrauen gezeigt, denn was man nicht sieht, ist zumindest halbreal. Schmerzen im Unterbauch, in der Brust, im Kopf, im Rükken, in den Schultern oder im Magen kann jeder vorspielen, und Sträflinge entwickeln da eine wahre Virtuosität. Sie schwanken herum, sichtbar dem Tode nahe, aber wenn sie später im Lagerlazarett liegen, lächeln sie wie satte Säuglinge. Daher hatte es sich eingespielt, daß Dr. Fedjunin nur die Kranken anerkannte, deren Leiden manifest waren oder zu machen waren. Ein Magengeschwür oder eine Tbc gehörten demnach nicht dazu ... sie wurden erst anerkannt, wenn der Kranke am Ende seiner Leiden war. Bei der Obduktion freute sich dann Dr. Fedjunin über die geradezu lehrbuchmäßig herausgeschälten Präparate.

Ganz anders die völlig verwandelte Wuginskaja!

Sie palpierte, hörte ab, prüfte Reflexe, lauschte auf die inneren Töne der Körper, entnahm Blutproben und Urin – was Dr. Fedjunin zu der inneren Feststellung trieb, daß nun auch das völlig brachliegende Labor in Tätigkeit gesetzt werden würde – und stellte die halbverhungerten Sträflinge sogar auf die Waage, um den Prozentsatz ihres Untergewichtes zu prüfen.

Das fand Fedjunin nun wirklich übertrieben und nutzlos. »Ihre Gründlichkeit sei geehrt, Valja Johannowna«, sagte er in einer Untersuchungspause, in der sie eine Zigarette rauchten. »Aber auch noch wiegen! Hier ist keine Mastanstalt!«

»Jeder Verurteilte soll das Gefühl haben, daß er ein Mensch geblieben ist«, antwortete sie ruhig und blies den Rauch aus gespitzten Lippen zur Decke. Sie sah hinreißend aus, und Fedjunin verfluchte sich, daß er ein so häßlicher Mensch war, den eine Frau wie die Wuginskaja nur bemitleiden konnte. »Dazu gehört auch das Wiegen. Jetzt glauben alle, sie würden bald bessere Kost bekommen.«

»Ach so!« Fedjunin starrte sie begeistert an. »Ein bißchen seelisches Theater, ein wenig Illusion, medizinische Potemkinsche Dörfer. Raffiniert, Valja Johannowna! Die Arbeitsmoral wird durch den Glauben erhöht! Und ich dachte schon ...«

»Was dachten Sie, Genosse?« Es klang kühl, abstandhaltend, wie durch eine Glaswand: Genosse! Dr. Fedjunin rückte wieder an seiner Nickelbrille. Diese Frau zerstampfte ihn mit einem einzigen Wort.

»Ich hatte die Befürchtung, Sie könnten die Worte der Gulag-Erlasse zu genau nehmen. Sie klingen humanitär, aber sie sind undurchführbar! Ideologische Umschulung ... sollen wir aus jedem Lager eine Universität machen? Ich frage mich nur, wie das weitergehen soll? Sie gewöhnen die Sträflinge an Ihre Behandlungsmethode, aber Sie reisen ja eines Tages weiter nach Ottokh. Ich könnte nun sagen: Schluß! Chefarzt bin ich! Sie sind nur Besuch, Kollegin. Sie sind durch den Regen hier hängengeblieben. Im Lazarett haben Sie nichts zu suchen! Das ist eine Einmischung, die ungeheuerlich ist! Aber ich sage es nicht. Ich betrachte Ihren Durchzug durch Nowo Sosnowka wie einen Flug der Wildschwäne. Sie tauchen am Himmel auf, ziehen vorbei und verschwinden im Blau der Unendlichkeit. Aber der Moment, wo sie über uns sind, ist wunderbar und ergreifend.«

»Das haben Sie schön gesagt.« Die Wuginskaja zerdrückte ihre Zigarette auf den Dielen und zermalmte mit der Stiefelsohle den Rest. »Sie sollten so etwas aufschreiben, Fedjunin. Nicht nur Sezierprotokolle. Sie könnten ein Lyriker werden.«

»Wer hört mir denn zu?« sagte er leise. Es klang ausgesprochen tragisch.

»Das ist unser aller Problem.« Sie nickte, klatschte hell in die Hände und sprang vom Stuhl auf. »Machen wir weiter! Pjotr, der nächste!«

Pjotr war der Sanitäter, einer von sechs, die draußen im Steinbruch zu stillen, unbekannten Helden wurden. Was Dr. Fedjunin versäumte, versuchten sie mit den primitivsten Mitteln in den Griff zu bekommen. Sie hatten Menschenleben gerettet, und keiner hatte es gemerkt.

Der nächste. Ein völlig neues Wort im Lager.

Wie bei einem richtigen Doktor.

Was ist denn los, Brüderchen? Woher der neue Kurs? Horcht doch mal rum ... da muß doch wirklich ein Wichtiger in Moskau gestorben sein ...

Die Telefonleitungen waren schon längst von den Wassermassen zerstört worden. Der Fluß, jetzt ein weiter See, aus dem die Bäume der Taiga ragten, als seien sie Riesentang, hatte die Masten geknickt und mitgerissen. Auch die elektrischen Kabel führten keinen Strom mehr ... irgendwo in der gurgelnden Wasserwüste, in irgendeiner Verteilerstation, war ein Kurzschluß entstanden, der das ganze Gebiet um Ottokh herum in Finsternis versetzte. Vom Hauptwerk Jakutsk wurde daraufhin der Strom in die nordwestlichen Gebiete abgeschaltet, um Elektroschlag-Unfälle zu vermeiden.

Nowo Sosnowka litt darunter nicht – das war der Vorteil, ein Straflager in der Nachbarschaft zu haben. Dort gab es für solche Notfälle ein eigenes Notstromaggregat, das mit Benzin betrieben wurde. Und Benzin hatte man genug im Magazin. So lange konnte es gar nicht regnen oder der normale Strom ausfallen, um hier in Bedrängnis zu kommen.

Die Scheinwerfer leuchteten also weiter im Lager, in allen Baracken und Häusern gab es Licht, und auch die Telefonverbindungen innerhalb des Lagers funktionierten, da es Hausleitungen waren, die über eine große Batterie liefen. Nur die Staatsleitung, also die Verbindung nach draußen, war zerstört. Hier blieb der Funkverkehr die einzige Möglichkeit, sich mit der Außenwelt zu verständigen.

Major Jankow nahm alles gelassen hin. Er sagte sogar einmal zu Shukow: »Ich kann nicht anrufen. Gut! Aber ich kann auch nicht angerufen werden. Noch besser! Das schönste Leben in Rußland ist ein unbeobachtetes Leben.«

Jetzt nutzte Shukow die Hausleitung aus, um drüben im Lazarett anzurufen. Ben Lauritz' Nachricht hatte ihn mehr getroffen, als er sich selbst gestehen wollte. Nicht, daß er scharf darauf gewesen wäre, unbedingt Werchokrassnoje zu erreichen ... der Weg dorthin war eine Straße durch sieben Höllen, das hatte er bereits am Anfang kennengelernt, und wenn man sich das sparen konnte, sollte man ein Halleluja singen. Aber die Art, wie man ihn zurückrief, dieser Verzweiflungsakt, Ben zu opfern, um Bob zu informieren, hatte etwas Panikartiges an sich. Es ließ Shukow keine Ruhe. Zum erstenmal durchbrach er eine der Grundweisheiten seines Berufes: Bleib unsichtbar. Bleib stumm! Melde dich nur, wenn es unbedingt nötig ist! Oder wie General Orwell es ausdrückte: »Wenn euch das Wasser bis zum Hals steht – ihr könnt ja noch atmen! Wenn euch das Wasser bis zum Mund steigt – stellt euch auf die Zehenspitzen. Erst wenn ihr ersauft, gebt einen Laut!«

Für Shukow hatte dieser Lehrsatz in der jetzigen Situation keine Gültigkeit mehr. Er brauchte Informationen. Wenn man Ben Lauritz den Sowjets zum Fraß hinwarf, war das Wasser – um mit Orwell zu denken – bis über die Augen gestiegen.

Im Lazarett meldete sich Dr. Fedjunin am Telefon.

»Ach, Sie sind es, Wassja Grigorjewitsch?« sagte er. »Ich dachte schon, der gute, alte liebe Gott riefe an, um uns zu gratulieren. Sie ahnen ja gar nicht, was hier los ist.«

»Was macht Valja Johannowna?« fragte Shukow.

»Sie spaltet gerade einen Furunkel von Faustgröße. Und im Gang stehen noch vierzehn Kranke und warten.«

»Es kann also noch lange dauern?«

»Bis Valja zu Ihnen kommt? Bestimmt noch zwei Stunden. Diese Frau wird einfach nicht müde! Verstehen Sie das? Ich bin vom Zusehen schon total erschöpft. Soll ich Valja etwas ausrichten?«

»Nein.« Shukow atmete auf. Es gab nie mehr eine günstigere Gelegenheit als jetzt, mit Galina Theofilowna in Irkutsk im Hotel ›Sibir‹ die Verbindung herzustellen. »Ich werde etwas lesen und warten.«

»Das geschieht Ihnen recht.« Dr. Fedjunin lachte mekkernd. »Sie haben die ganze Sache angezettelt mit ihrer Sturheit. Ehrlich, ich bin froh, wenn der Regen aufhört oder der Frost kommt und Sie alle wieder aus Nowo Sosnowka verschwinden.«

»Ich auch!« sagte Shukow aus voller Brust. »Ich auch!«

Dann legte er auf, zog den Vorhang vors Fenster, holte seinen Packsack aus der Ecke und wickelte sein zu einem Sender umgebautes kleines Radio aus dem Plastikbeutel. Er zog die lange Antenne heraus, stellte auf der Zahlenscheibe die Frequenz von Galina Theofilownas Sender ein und drückte dann auf den Sendeknopf.

Der vereinbarte Ruf, auf russisch, ging hinaus.

»TAUBE! TAUBE! TAUBE! TAUBE ...«

Hebel herum. Im Lautsprecher knackte es, atmosphärische Störungen knatterten und rauschten, dazwischen zitterte das Zirpen anderer Kurzwellensender, die hart an den Bereichen der eingestellten Frequenz lagen. Galina Theofilowna aber schwieg. Um diese Zeit war sie längst auf ihrem Zimmer, der Kosmetikladen im Hotel ›Sibir‹ geschlossen. Auch sie mußte die Sendung mit Ben Lauritz gehört oder sogar im Fernsehen miterlebt haben, und es gab bestimmt einen Befehl von Orwell, mit Shukow Verbindung aufzunehmen.

Hebel zurück. Die Sendetaste »TAUBE! TAUBE! TAUBE!«

Umstellen auf Empfang. Shukow steckte das Kabel für den kleinen Knopfkopfhörer ins Gerät, um besser die Töne unterscheiden zu können. Um Bruchteile von Millimetern regulierte er die Einstellscheibe, brachte den Sender auf die feinste Abstimmung und lauschte angestrengt auf die vielfachen Geräusche. Irkutsk war weit ... wenn er Galina Theofilowna tatsächlich erreichte, dann würde es eine Art Flüsterverständigung geben. Mehr wollte er auch gar nicht. Er wollte nur wissen, warum man Ben geopfert hatte.

Es war für Shukow wie ein Karatehieb im Nacken, als er die kalte Stimme der Wuginskaja hinter sich hörte. Er hatte ihr Kommen nicht bemerkt, keinen Schritt, kein Türklappen. Er hatte nur auf die Geräusche im Äther gelauscht. Außerdem operierte sie ... vor zwei Stunden kommt sie nicht, hatte Dr. Fedjunin gesagt. Aber natürlich hatte er sofort erzählt, daß Shukow angerufen hatte. Ein bißchen hämisch sogar: Der Arme fühlt sich so einsam im leeren Zimmer ...

»Was machst du da?« fragte Valja Johannowna von der Tür her. Es war ihre dritte Stimme ... neben dem herrischen Ton und dem halbierten, sehnsüchtigen Hauchen stach jetzt eine Stimme zu, kalt und spitz wie Stahl. »Wassja ...«

Shukow nahm den Knopfkopfhörer aus dem Ohr und stellte den Sender ab. Dann drehte er sich ganz langsam zu ihr herum und sah sie mit seinen verträumten Augen stumm an.

»Das war kein Radio!« sagte sie gepreßt. Ihr Gesicht zuckte deutlich, die Lippen vibrierten wie unter Stromschlägen.

»Nein ...«, antwortete er gedehnt.

»Das ist ein Kleinsender ...«

»Ja.«

Wie damals bei Dunja Andrejewna, dachte er. Und doch ist es jetzt anders. Dunja lief auf mich zu, warf sich an mich, schlug und küßte mich und war bereit, mit mir zu sterben. Nachher half sie mir sogar, in einer Mülltonne aus Frazertown herauszukommen. Es war eine Liebe bis zur letzten Konsequenz.

Und jetzt Valja Johannowna. Sie stand an der Tür, klein, betörend schön, aber gespannt wie ein Panther zum tödlichen Sprung. In ihren Augen lag keine Gnade und kein

Verstehen. Nicht einmal die Andeutung einer Verzweiflung, die ein solches Erkennen auslösen mußte, wurde sichtbar. Daß ihr Gesicht zuckte, schien sie sich selbst nicht zu verzeihen.

»Wie lange stehst du da?« fragte er ruhig.

»Seit du den Hörer im Ohr hast. Fedjunin erzählte von deinem Anruf. Oh, er hat Sehnsucht nach mir, habe ich gedacht, und bin sofort zu dir gelaufen. Und du kniest auf dem Boden und bedienst einen Geheimsender! Wassja ...«

»Was willst du wissen?«

»Du hast einmal gesagt: Wir können uns nicht lieben. Ich habe einen Auftrag, der wichtiger ist als unsere Liebe.«

»Das stimmt.«

»Ist das da dieser Auftrag?« Sie zeigte auf den kleinen Sender.

»Ja.«

»Wer bist du?«

»Wassja Grigorjewitsch.«

»Wer bist du wirklich?« schrie sie. Sie kam näher, mit Augen, die einem Raubtier glichen. Glitzernd, verengt, schräg stehend, grausam. »Wer bist du? Von Jakutsk nach Ottokh. Von Ottokh nach Werchokrassnoje! Ist das dein Weg?«

Es wurde gefährlich. Ihre kalte, helle Stimme hallte in dem Zimmer. Sie drängte Shukow in eine unbarmherzige Entscheidung.

»Was weißt du von Werchokrassnoje?« fragte er.

»Soviel wie du. Aber du bist auf dem Weg, alles zu wissen. Nicht wahr? Für wen? Ein Russe verrät seine Heimat! Ein Russe! Sie werden dich erschießen!«

Die letzte Möglichkeit, der letzte Ausweg, eine letzte schmale Brücke, über die man flüchten konnte. »Liebst du mich, Valja Johannowna?« fragte er sanft.

»Ich liebe Rußland! Wassja! Warum hast du das getan? Unser Rußland!«

Wie eine wilde Katze fiel sie ihn an, aber er fing sie auf und warf sie aufs Bett. Genau wie eine Katze schnellte sie wieder hoch und sprang ihn erneut an.

»Erschießen!« schrie sie hell. »Erschießen werden sie dich! Wer bist du? Wer bist du?«

Die Entscheidung war gefallen. Denkt immer daran, hatte Orwell gesagt, es gibt nur ein Leben! Haltet es fest! Keiner schenkt euch ein neues!

»Ich bin Bob Miller!« sagte Shukow.

»Ein … ein Amerikaner …«

»Ein Amerikaner.«

Ihre Augen weiteten sich. Jetzt war Begreifen darin und der Zusammenbruch ihrer ganzen inneren Welt. Sie begriff das Spiel, in dem sie nur eine Figur gewesen war. Die Lüge. Den Verrat.

Mit einem Satz wollte sie zur Tür und Alarm schlagen. Aber ebenso schnell zuckte Shukows rechter Handrücken vor und traf voll ihren schmalen Nacken. Es gab einen häßlichen, knirschenden Laut. Es war ein absolut tödlicher Schlag, den sie in Amerika an Holzbrettern, Ästen und am Ende sogar an Ziegelsteinen geübt hatten. Lautlos fiel Valja Johannowna in sich zusammen, als habe der Schlag auf einmal alle Knochen in ihr pulverisiert. Es gab nicht einmal einen Laut, als sie den Boden berührte … sie schwebte wie schwerelos dahin und lag dann vor seinen Füßen, mit offenen Augen, und trotz der Glasigkeit des Todes blieb der goldene Punkt in ihren Pupillen.

Shukow brauchte nicht viel Zeit, um alles zu ordnen. Er verpackte seinen Sender wieder, wickelte Valja Johannowna in eine der gelben Kunststoffplanen, hängte sich den Reisesack vor die Brust, schob den leblosen Körper der Wuginskaja über seine Schulter und griff nach seinem Koffer.

An der Tür sicherte er nach allen Seiten. Er brauchte es nicht. Um diese Zeit schlief alles in der Kommandantur, der Flur war leer und dunkel. So leise wie möglich tappte er mit seinem Gepäck zur Tür, drückte die Klinke mit dem linken Ellenbogen hinunter und trat ins Freie. Über das Lager glitten die Strahlenfinger der Scheinwerfer von den Wachtürmen. Der Militärbereich blieb im Dunkeln.

Shukow umklammerte mit der Rechten die über seiner

Schulter liegende Wuginskaja und trat dann hinaus in den rauschenden Regen. Er rannte nicht ... er ging davon wie ein müder Mensch, den nichts zurückhalten darf, seine Arbeit zu tun.

Nach ein paar Schritten schon war er in Dunkelheit und Regenwand verschwunden.

Vor sieben Jahren, als man das Straflager außerhalb von Nowo Sosnowka anlegte, hatten die ersten Sträflingskolonnen als erstes eine feste Straße zwischen Lager und Dorf gebaut. Eine gute Straße, tief genug ausgekoffert und mit Felssteinen aufgefüllt, Steine, die in den Brüchen von Hand klein geschlagen worden waren, unter Fluchen, Stöhnen, Schmerzen, Zusammenbrüchen und Erschöpfungstoden. Es wurde der einzige feste Weg in der ganzen Gegend, wenn im Frühjahr oder im Herbst die Schlammperioden begannen und das Land zu einem Sumpf wurde.

Über diese Straße rollten die Lastwagen des Lagers und brachten auf Spezialuntersätzen die in der Taiga geschlagenen Baumstämme bis zum Fluß Tjuganja, wo sie zu Flößen zusammengestellt wurden und dann abwärts trieben, in den Fluß Viljuj hinein, der sie wiederum in die Lena, den großen Strom Sibiriens, trug. Dort, an der Mündung des Viljuj in die Lena, bei dem kleinen Ort Aryta, fischte man die Holzflöße ans Ufer, vertäute sie zu langen Kolonnen und zog sie mit starken Flußschleppern bis nach Jakutsk zu den riesigen Verarbeitungsbetrieben.

Es war unmöglich für Shukow, mit der toten Wuginskaja auf dem Rücken und seinem Gepäck in der Hand abseits der festen Straßen durch den Schlamm zu waten, um den Fluß zu erreichen. Der Fluß war die einzige Möglichkeit, wegzukommen. Schnell wegzukommen, denn wenn am Morgen entdeckt wurde, daß sowohl die Wuginskaja als auch Shukow fehlten, würde Major Jankow sofort eine Suchaktion starten. Nicht aus dem Verdacht heraus, hier sei etwas politisch Ungeheures passiert, sondern lediglich aus Sorge, Valja Johannowna und Wassja Grigorjewitsch hätten in einem Anfall von Liebesrausch trotz des säuischen Wetters noch einen Spaziergang gemacht und könnten sich verlaufen haben. Welch eine andere Erklärung blieb denn übrig? Daß zwei Menschen einfach aus der Kommandantur verschwinden, völlig grundlos, widerspricht jedem Verstand.

Es blieb also nur die Straße. Shukow erreichte sie, nachdem er einen Bogen um das Postenhaus gemacht hatte, das die Einfahrt zum Militärbereich des Lagers blockierte.

In dem kleinen Haus aus Bruchsteinen war alles dunkel. Bei diesem Wetter, so sagte man sich sicherlich, ist es verschwendete Kraft, wach am Fenster zu sitzen und in die Nacht zu stieren. Wer sollte kommen, wer gehen, was sollte passieren? Das Land ersoff, der Fluß war ein unübersehbarer gurgelnder See geworden, und wenn man damals das Dorf und das Lager nicht auf eine Art Plateau gebaut hätte, säße man jetzt auf den Dächern oder müßte in den Wäldern oberhalb der Schluchten kampieren. Das Vieh hatten die Bauern von Nowo Sosnowka ja schon hinaufgetrieben. Sie mißtrauten dem Schutzwall gegenüber dem Fluß, und sie mißtrauten vor allem dem Wetter, das in diesem Jahr verrückt spielte.

Nachdem Shukow die Straße erreicht hatte, schob er die Wuginskaja in ihrer Plane bequemer über seine Schulter, umfaßte die Leiche mit dem rechten Arm, nahm seinen Koffer wieder auf und fragte sich einen Augenblick, ob es nicht besser sei, den Koffer nachher in den Fluß zu werfen. Das Wichtigste, sein Minisender, stak in dem Reisesack aus Leinwand, der vor seiner Brust pendelte. In ihm waren auch einige Wäschestücke, Notverpflegung, ein Verbandskasten und ein Paar Ersatzschuhe. Der Koffer enthielt alles, was ein normaler Mensch auf Reisen mitnimmt, vor allem, wenn er sich darauf einrichten muß, Monate in der Einsamkeit zu bleiben. Da war das für einen Russen unvermeidliche Reiseschachbrett, ein paar linientreue Bücher, sogar eine Sammlung Schallplatten mit ernster Musik, in der Hoffnung, auch in Sibirien gebe es einen Plattenspieler, denn jeder Russe liebt Musik. Es war ein Koffer mit einem Ersatzanzug und zwei Mützen,

Handschuhen und einem neuen Pyjama, blau-weiß gestreift, alles so typisch für einen normalen Bürger, daß eine heimliche Kontrolle des Koffers eher Miterleben als Mißtrauen geweckt hätte.

Für das, was jetzt vor Shukow lag, war dieser Koffer nicht mehr nötig. Der Weg nach Werchokrassnoje, zur Raketenbasis, bedurfte noch der vollkommenen Tarnung ... er war nun abgebrochen worden, nachdem Ben Lauritz gestanden hatte, schon da gewesen zu sein. Er hatte es in die Mikrofone des sowjetischen Gerichtes gerufen, und Shukow hatte ihn verstanden. Der Weg zurück nach Irkutsk war jetzt die Rückkehr eines an Sibirien Gescheiterten. Auf den vorbereiteten amtlichen Papieren würde sich Shukow selbst bescheinigen, daß er aufgrund eines erst jetzt unter anderen klimatischen Verhältnissen festgestellten inneren Leidens – eines Emphysems – nicht mehr für Sibirien tauglich sei und zurückbeordert wurde in die Zentralverwaltung. Emphysem, das klang für jeden Milizionär, der die Papiere kontrollieren konnte, äußerst geheimnisvoll und schwerwiegend. Einen Genossen mit einem Emphysem soll man nicht aufhalten. Man weiß zwar nicht, was das ist und ob es sogar ansteckend ist, aber es muß etwas Besonderes sein, denn wer nicht tauglich ist für Sibirien, das jeden Menschen und jede Krankheit verkraften kann, muß ein bedauernswerter Genosse sein.

Shukow ging über die feste Straße, bis er schemenhaft die ersten Häuser von Nowo Sosnowka sah. Der Regen klatschte auf ihn herunter, rann über die glatte Kunststoffplane, in die er die Wuginskaja gewickelt hatte, lief in den Ärmel, weil er die Tote auf seiner Schulter festhalten mußte und durchnäßte vom Arm aus seine ganze rechte Seite. Das Wasser lief an den Hosenbeinen wieder heraus oder schoß bei jedem Schritt als kleine Fontäne aus den Schuhen. Um den Fluß zu erreichen, mußte er durch das Dorf. Es gab nur diese eine Möglichkeit. Shukow blieb stehen und blickte auf die hinter der Regenwand wie zerfließenden Häuser. Unwahrscheinlich, dachte er, daß bei diesem Wetter und zu dieser Zeit jemand auf der Straße ist, aus dem Fenster guckt oder etwas anderes tut als schlafen. Und wenn er doch gesehen würde?

Es gab einen Spruch von General Orwell, der überhaupt im Erfinden von guten Sprüchen unschlagbar war. Alle Teilnehmer des Lehrgangs in Alaskas russischer Geisterstadt hatten ihn sich gemerkt: »Wer in unserem Beruf mit Wenn und Aber arbeitet, sollte sofort aussteigen und Käse verkaufen. Nichts gegen Käse, ich esse ihn für mein Leben gern … aber Käse ist Käse, und euer Leben ist kein Camembertstückchen mehr wert, wenn ihr denkt: Wenn aber jetzt – Die Sekunde, in der ihr ›wenn‹ gedacht habt, fehlt euch nachher.«

Shukow ging mit festen Schritten weiter. Er erreichte die ersten Häuser und schritt mitten auf der befestigten Straße hinunter zum Damm und zum Fluß. Er sah nicht nach links oder rechts … wer mich anrufen will, tut's auch, ohne daß ich ihn ansehe, dachte er. Von den Scheunen her, aus kleinen Holzhütten, kläfften ein paar Hunde und belebten das eintönige Rauschen des Regens. Ein Hund, neben einem Haus fast in der Dorfmitte, gebärdete sich wie toll, riß an seiner Kette und bellte mit einer so hellen Wut, daß Shukow sich wunderte, warum bei diesem Lärm niemand nach draußen kam, um nachzusehen, was den Hund so verrückt machte.

Aber niemand kam. Der wochenlange Regen hatte die Gemüter abgestumpft, die Reaktionen aufgeweicht, den Alltag überschwemmt. Man saß herum und wartete auf den Frost, der die Sintflut mit einem Schlage verjagen würde. Dann wurde aus dem Regen Schnee, die Erde gefror, der verrückt gewordene Fluß vereiste. Und wenn dann noch die Stürme aus dem nördlichen Osten kamen, wußte man, daß der Winter alles gerettet hatte. Natürlich blieb die Katastrophe der Überschwemmung. Tausende von Quadratkilometern Taigawald staken in den dann vereisten Wassern. Die Eisdecke blieb, aber unter ihr flossen die Fluten später ab, die Tjuganja wurde wieder ein normaler Fluß, und dann kam das gewaltige Schauspiel: Die Eisdekke brach, sank zusammen bis auf den richtigen Waldboden, überall krachte es wie Kanonenschüsse, die mit Wasser vollgesogenen Stämme zerbarsten im Frost und rissen einfach auseinander mit einem Aufschrei, der im Ohr haftenblieb.

So wird es sein, aber noch regnet es, Genossen! Es trommelt auf die Dächer und gegen die Fenster. Streckt euch lang auf den warmen Ofen – der graue, rauschende Morgen kommt früh genug.

Shukow ging weiter, in der Mitte der Straße, ab und zu mit einem Schulterruck das Gewicht der Wuginskaja verlagernd. So zierlich sie im Leben gewirkt hatte, so schwer wurde sie jetzt als Tote. Auch das ist ein Phänomen, dachte Shukow. Wenn sie sich früher lachend vor mir drehte, konnte ich sie mit beiden Händen um die Taille fassen und mühelos hochheben. Sie zappelte dann in der Luft und schrie hell: »Du Bär! Du starker Bär! Du Riesenbär!« Und er dachte daran, daß auch Dunja Andrejewna ihn einen Bären genannt und in seinen Armen gekeucht hatte: »Aber ich bin ein Tiger, und ein Tiger ist stärker als ein Bär!« Das waren dann die Augenblicke, in denen sie sich bei ihm festbiß, in die Oberarme, in die Schultern, in die Brustmuskeln, und seinen Körper übersäte mit den blutigen Abdrücken ihrer kleinen, spitzen Zähne.

Shukow ging durch das schlafende Dorf, trat dem einzigen Lebewesen, das sich bei diesem Wetter ins Freie wagte, einem struppigen Hund, der ihn knurrend anfiel, gegen die Schnauze und ärgerte sich, daß der Kläffer laut heulend davonlief. Das muß einer hören, dachte er. Kein Hund heulte ohne Grund. Wenn aber in einem sibirischen Dorf ein Hund heult, hebt selbst der lahmste Urgroßvater seinen Kopf und bekommt einen harten Blick. Irgend jemand muß jetzt an das Fenster treten und mich sehen.

Er wußte nicht, ob das geschah, jedenfalls rief ihn niemand an. Er erreichte den Damm, der die Schlucht absperrte, und ließ die Wuginskaja von seiner Schulter auf den felsigen Boden rutschen. Es gab einen dumpfen, klatschenden Laut, die Kunststoffplane platzte auseinander, und Valja Johannownas Kopf lag frei im Regen. Ihr wie schwarzes

Metall glänzendes Haar verklebte das Gesicht, vor allem die Augen und die Nase. Nur ihr Mund war frei ... ein wenig geöffnet und selbst im Tode noch von jenem erotischen Reiz, der früher von ihr ausging, wenn sie die Lippen leicht öffnete, blitzschnell die Zunge über Vorderzähne und Oberlippe schnellen ließ, um dann zu warten, ob diese schlangenhafte Lockung verstanden wurde.

Shukow streifte die Schlinge, an der sein Reisesack hing, über den Kopf, ließ den Leinenbeutel neben der Wuginskaja auf den Felsengrund klatschen und beugte sich dann hinunter, um Valjas Gesicht wieder mit der Kunststoffplane zu bedecken. Er ging am Damm entlang zu dem Platz, auf den die Leute von Nowo Sosnowka ihre Boote getragen hatten, weg vom entfesselten Fluß, der bisher ihr Freund gewesen war und sie mit seinem Fischreichtum ernährt hatte, wenn die Gemüsegärten und die kleinen Felder mit dem wetterharten Roggen nicht genug Ernte brachten.

Shukow suchte sich ein kleines, aber stabiles Boot aus, drehte es um, kroch darunter und stemmte es auf seinen nach vorn gebeugten Rücken. Wie eine Riesenschildkröte, die ihren schweren Panzer mühsam herumschleppt, trug Shukow das Boot bis zum Damm, an eine Stelle, wo er es in den wild dahinströmenden Fluß drücken konnte. Keuchend setzte er sich auf den Bootsrand, vom Regen betrommelt, erholte sich von der Anstrengung mit ein paar tiefen Atemzügen und kehrte dann zu der Wuginskaja zurück. Er trug sie zuerst ins Boot, dann holte er sein Gepäck, schob den ziemlich hochbordigen Kahn ins Wasser und sprang hinterher, bevor die rasende Strömung ihn erfaßte.

In wenigen Sekunden riß ihn der Fluß vom Ufer, jagte ihn hinaus in die gurgelnde Wasserwüste, das Boot tanzte und begann sich zu drehen, und Shukow hatte alle Mühe, mit den Rudern zu verhindern, daß er in einen tödlichen Strudel geriet. Immerhin gelang es ihm, mehr in die Mitte des Flusses zu kommen, weg von dem felsigen Ufer. Es beanspruchte seine ganze Kraft, und als er endlich in einer zwar schnellen, aber nicht mehr strudelnden Strömung dahintrieb, zog er die Ruder ein, sackte mit dem Oberkörper nach vorn und gab sich ganz einer fast lähmenden Erschöpfung hin.

Zeit und Raum verschmolzen. Wasser und Nachthimmel wurden eins, das Ufer links von sich sah Shukow nur noch schemenhaft, rechts dehnte sich die Wasserfläche bis zu den Wäldern, die wie Riesentang zu schwimmen schienen.

Wie lange Shukow so in seinem Boot verharrte, wußte er nicht. Erst als er spürte, daß er bis zu den Knöcheln im Wasser saß, richtete er sich auf. Er warf den Koffer über Bord, kniete sich dann hin und zog die Wuginskaja an die Bordwand.

Nicht denken, sagte er sich. Bob, hör auf, dich an mehr zu erinnern, als du darfst! Du hast sie mit einem einzigen Handkantenschlag getötet, und als sie mit merkwürdig schiefem Kopf vor dir lag, ist es dir heiß durch dein Herz gezogen. Und dann hast du dir eingeredet: Es war Notwehr. Es war einfach nötig. Sie hätte dir nie – wie damals Dunja in Frazertown – verziehen, daß du ein amerikanischer Agent bist. Sie hätte dich erbarmungslos töten lassen, also war es dein gutes Recht, sie zu töten. In unserem Scheißberuf geht es um mehr als um einen Menschen ... es geht um ganze Völker. Es geht um das Gleichgewicht der Macht, um den Frieden aus Angst, um das Überleben durch das Wissen von der Schwäche der anderen.

Bleib bei dieser Lüge, Bob. Hämmere sie dir ein ... und nimm jetzt endlich Abschied von Valja Johannowna.

Shukow biß die Zähne zusammen. Mit beiden Händen packte er die Wuginskaja um die Mitte ihres Körpers, hob sie über den Rand des Bootes und stieß sie dann in den Fluß. Als wolle sie ihm nochmals ihre ganze Schönheit zeigen, klaffte die Kunststoffplane auseinander, bildete ein Floß unter ihr, und auf diesem gelborangenen Untergrund lag sie, lang dahingestreckt, die Arme etwas ausgebreitet, mit offenem Mund, der ihn zu rufen schien ... und trieb an der Bootsseite entlang, immer auf gleicher Höhe, als könne sie sich nicht von Shukow trennen.

Mit einem dumpfen Laut riß Shukow eins der beiden

Ruder vom Bootsboden, kippte es über die Bordwand und stieß zu, dreimal, viermal, bis die Kunststoffplane im Wasser versank und das Luftpolster, auf dem sie geschwebt hatte, entwich. Der Körper der Wuginskaja drehte sich noch einmal, dann sackte auch er weg in den gurgelnden Fluß. Aber sie nahm noch Abschied von Shukow. Das Wasser riß ihre Arme empor, und das letzte, was Shukow von ihr sah, waren ihre Handflächen. Es war, als winkte sie ihm zu, bis auch sie, zwei weiße, zehnfach geteilte Flächen, in den Strudeln verschwanden.

Shukow warf das Ruder zurück ins Boot, zog seine Schuhe aus und begann, mit ihnen das Wasser aus dem Boot zu schöpfen. Es wurde ein langer, zermürbender Kampf gegen den Regen und den Fluß.

Zunächst wurde die Abwesenheit von Valja Johannowna und Wassja Grigorjewitsch in der Kommandantur nicht bemerkt. Major Jankow wartete mit dem Frühstück eine halbe Stunde, lächelte dann wissend vor sich hin, sagte sich, man solle Verliebte in diesem Frühstadium, das keine Uhr kennt, nicht aus allen Illusionen reißen, und trank allein seinen Tee, aß allein sein Brot mit Wurst und spazierte dann hinüber zur Lagerverwaltung, um sich wie jeden Tag den Morgenrapport anzuhören.

Dreiundvierzig Krankmeldungen stationär. Hundertundzwei Krankmeldungen ambulant. Das hieß: Die Männer lagen in den Baracken herum und wärmten sich an den bullernden Eisenöfen.

»Das ist doch unmöglich!« rief Jankow, als er die Liste studiert hatte. »Das gibt es doch nicht!«

»Die Genossin Wuginskaja hat zugeschlagen.« Der junge Leutnant, der an diesem Tag Lagerdienst hatte, warf einen Seitenblick auf das Telefon. »Ich habe sofort Dr. Fedjunin angerufen, als mir die Meldungen vorlagen. Er sagte wörtlich: ›Genosse Leutnant, lassen Sie mich in Ruhe! Ich bin für nichts mehr verantwortlich, solange Valja Johannowna im Lager ist. Sie hat zwar keinerlei Befugnis, in den medizinischen Bereich des Lagers einzugreifen, sie ist ja nur Gast bei uns … aber machen Sie das dieser Frau mal klar. Sie haben ihrem Willen nichts entgegenzusetzen, es sei denn, Sie bringen sie einfach um.‹«

»Es ist gut, Leonid Lukanowitsch.« Major Jankow winkte ab, der junge Leutnant atmete befreit auf. »Ich werde das selbst klären. Die hundertundzwei Ambulanten jagen Sie aus den Betten und lassen sie zum Steinbruch II bringen.«

»Es wird Streit geben«, sagte der Leutnant ahnungsvoll. »Die Kranken werden unter lautem Protest abmarschieren, und das hört die Genossin Wuginskaja sicherlich.«

»Bis dahin ist sie unterrichtet.« Major Jankow klemmte die Liste mit den Krankmeldungen unter den Arm und verließ die Verwaltung. Er ging an Valjas Zimmer vorbei, zögerte, nagte an der Unterlippe und machte einen Umweg zu seinem eigenen Wohnraum. Dort rief er Dr. Fedjunin im Lagerlazarett an.

Fedjunin war schon mitten in der Arbeit, assistiert von drei Sanitätern. Die Wuginskaja hatte ihm dreiundvierzig Fälle in die Betten gelegt, die von Fedjunin mehr verlangten als Freude an der Obduktion. Als das Telefon schellte, säuberte er gerade eine große, vereiterte Wadenwunde.

»Darauf habe ich gewartet, Wassili Michailowitsch«, schnaubte Fedjunin sofort zurück, als Jankow sich meldete. »Vielleicht sind Sie stärker als ich und ertragen eine Stunde länger das Bombardement dieser vom Satan besessenen Frau. Aber dann fallen auch Sie um, Jankow, ich wette mit Ihnen um alles, was greifbar ist. Entweder geben Sie dieser Frau nach, oder Sie werden von ihr zerschmettert. Ich habe mich entschlossen, solange sie hier ist, mich ihrem Willen zu fügen. Ein Rätsel, wie Wassja Grigorjewitsch mit ihr auskommt. Im Bett muß sie noch dominierender sein … da könnte sie einem glatt das Herz aus dem Leib pumpen!«

»Ich lasse die hundertundzwei Ambulanten abmarschieren, Dr. Fedjunin«, sagte Jankow stur. »Leutnant Senjkew ist schon unterwegs.«

»Ich räume sofort ein Bett für Sie, Wassili Michailowitsch.« Dr. Fedjunin hüstelte. Er tat das immer, wenn er innerlich erregt war. Er hatte dann das Gefühl, seine Bronchien füllten sich mit Blei. »Das überstehen Sie nicht ohne Schaden ...«

Major Jankow legte ohne Entgegnung auf, klemmte die Krankenliste wieder unter seine Achsel und ging zu Valjas Zimmer. Er klopfte höflich, bekam keine Antwort – was er auch nicht erwartet hatte –, klinkte die Tür auf, blickte ins Zimmer, sah das Bett unberührt und nickte zustimmend. Vor Shukows Tür blieb er zuerst lauschend stehen, ein wenig das Gefühl auskostend, ein Voyeur zu sein, wenn auch nur mit den Ohren, aber von drinnen kam kein Laut, der darauf schließen ließ, daß die Morgenstunden die kraftvollsten eines Mannes sind.

Major Jankow hüstelte laut, so laut, daß es schon einer Provokation gleichkam, trommelte dann mit dem Fingerknöchel gegen die Tür und wartete.

Stille. Kein Rascheln von Decken, keine geflüsterten Worte, kein schnelles Tappen nackter Fußsohlen über den Dielenboden. Man hätte es hören müssen ... die Tür war dünn genug, und auch beim Abstand der Tür vom Boden war ein so breiter Spalt, daß solcherart Geräusche zwangsläufig in den Flur dringen mußten.

»Genosse Shukow ...«, sagte Jankow gegen die Tür. »Ich muß Ihren wohlverdienten Schlaf unterbrechen. Wenn Sie bitte herauskommen wollten ... es ist wirklich dringend.« Und dann fügte er mit geradezu kindlichem Vergnügen hinzu: »Leider kann ich die Genossin Wuginskaja nirgendwo finden. Es betrifft nämlich sie. Ich brauche unbedingt Ihre Hilfe, Wassja Grigorjewitsch ...«

Jetzt wird es munter werden im Zimmer, dachte Jankow zufrieden. Beurteile ich die Wuginskaja richtig, wird sie mit einem Ruck die Tür aufreißen und sich nicht schämen, daß sie bei Shukow im Zimmer ist, den Liebesschweiß noch in den Haaren und mit der glänzenden Hohläugigkeit glücklicher Ermattung. Nein, die Wuginskaja schämte sich nicht. Beneidenswerter Wassja Grigorjewitsch!

Jankow verzog das Gesicht zu einem Lächeln, um wenigstens einen freundlichen Eindruck zu machen, wenn

Valja Johannowna jetzt die Tür aufstieß. Aber nichts geschah. Jankow wartete noch ein paar Atemzüge lang und starrte dann unschlüssig gegen die Tür. Nun gut, dachte er. Man ist erschöpft und schläft wie einer, der Blei statt Blut in den Adern hat. Man kann's verstehen. Auch ein Mann wie Shukow, ein Baum von Kerl und mit Muskeln bepackt, streckt einmal alle viere von sich. Aber das ist kein Grund, keine Antwort zu geben, wenn ein Freund um Hilfe bittet.

Er klopfte noch einmal an die Tür, bekam wieder keine Antwort und wagte es darauf, die Klinke herunterzudrükken. Zu seinem eigenen Erstaunen gab sie nach, schwang ins Zimmer zurück und gab den Blick auf ein zwar zerwühltes, aber leeres Bett frei.

Mit einem seltsamen Gefühl, das plötzlich in ihm hochstieg, betrat Jankow das Zimmer und sah sich um. Shukows Koffer war weg … das bemerkte er als erstes. An den Haken an der Wand hing kein Mantel mehr. Auch die Kunststoffplanen fehlten. Mit drei Schritten war Jankow an dem alten, wackeligen Schrank, riß die Türen auf und blickte auch hier ins Leere. Er konnte sich genau erinnern, daß Shukow ein paar Hemden und seine Unterwäsche in den Schrank gelegt hatte.

Mit weit ausgreifenden Schritten rannte Jankow zurück in sein Zimmer und rief nacheinander alle Posten an, die man passieren mußte, wenn man das Lager verließ. Die Antwort war überall die gleiche: Die Arbeitskolonnen waren pünktlich hinausmarschiert, aber den Genossen Shukow und die Genossin Wuginskaja hatte niemand gesehen.

»Das wäre doch jedem aufgefallen«, sagte der wachhabende Offizier.

»Man sollte es meinen!« brüllte Jankow. Er legte auf, wählte die Nummer des Lazarettes und scheuchte Dr. Fedjunin von einem riesigen Furunkel weg, den er gerade spalten wollte. »Ist Valja Johannowna bei Ihnen?« schrie Jankow sofort.

Dr. Fedjunin schien nicht verblüfft zu sein. Es fiel Jankow auf, daß er so ruhig nach dieser Frage antworten konnte.

»Ich wollte, sie wäre hier«, sagte Dr. Fedjunin mit seiner

ekelerregenden Stimme. »Sie stellt Diagnosen, legt mir die Kranken ins Bett, verschwindet und überläßt mir eine Therapie, die ich mir aus Büchern zusammensuchen muß. Wassili Michailowitsch, ich habe nie behauptet, ein guter Internist zu sein.«

Jankows Kopf war vorgezuckt. Fast ungläubig starrte er auf die Sprechmuschel seines Telefonhörers. »Sagten Sie eben, sie ist verschwunden?« fragte er langsam und betont.

»Allerdings.«

»Woher wissen Sie, daß sie verschwunden ist?«

»Sie ist nicht hier im Lazarett, also ist sie für mich abhanden gekommen. Ich habe versucht, sie anzurufen, aber sie meldet sich nicht aus ihrem Zimmer. Auch Shukow bleibt in Deckung. Oder haben die beiden sich in der vergangenen Nacht aufgefressen?«

Jankow schnaufte durch die Nase und trommelte mit der freien Hand auf die Tischplatte. »Kommen Sie doch sofort herüber, Dr. Fedjunin!« sagte er heiser. »Sofort!«

»Unmöglich. Ich habe einen Furunkel auf dem Tisch.«

»Sie kommen sofort!« sagte Jankow hart. »Das ist ein Befehl, Genosse Fedjunin!«

Er hörte, daß Fedjunin etwas entgegnete, aber hörte es sich nicht an. Er warf den Hörer zurück und rief gleich darauf bei den Kasernenbaracken an, wo der tägliche Dienst trotz des Regens abrollte. Waffen reinigen, Inspektionen, Exerzieren in der großen Wagenhalle, Gerätepflege, politische Schulung. Ob in Sibirien oder Kansas City, es ist überall das gleiche, nur die Sprache ändert sich.

»Zwei Offiziere zu mir!« sagte Major Jankow heiser. »Im Kampfanzug mit Waffen. Sofort!« Er warf den Hörer weg, als sei er plötzlich von Strom durchzuckt, setzte sich hinter seinen Tisch und starrte auf die Tür.

Es ist unmöglich, dachte er. Und trotzdem kann es gar nicht anders sein. Ein Mensch, der sich fast sexuell daran berauscht, Leichen zu zerstückeln, der wie eine Katze vor dem Mauseloch darauf wartet, daß jemand im Lager stirbt, könnte ohne weiteres fähig sein, um seines Stolzes willen ohne Skrupel dem Schicksal nachzuhelfen.

Major Jankow schrak hoch, als die Tür aufgerissen wurde. Der lange, dürre Dr. Fedjunin stürmte herein, drückte mit dem Zeigefinger seine wegrutschende Brille gegen die Nasenwurzel und blieb vor Erregung bebend an Jankows Schreibtisch stehen.

»Was ist los?« schrie er. »Welcher Ton herrscht hier plötzlich? Das ist ein Befehl! Hat man so etwas schon gehört? Wassili Michailowitsch, ich weiß, daß auch Sie der Wuginskaja nachstarren wie der Rüde einer heißen Hündin. Aber gerade darum sollten Sie verstehen, daß es mir unmöglich ist, mich gegen Dinge zu stemmen, die sie anordnet.«

»Wo ist sie?« fragte Jankow knapp.

»Wer?«

»Die Wuginskaja.«

»In Shukows Bett.«

»Nein.«

»Nicht? Wenn Sie es nicht wissen …«

»Sie wissen es, Dr. Fedjunin!« Jankow blickte an Fedjunin vorbei. Im Flur warteten zwei Leutnants in voller Kampfuniform. Sie verstanden Jankows Blick, blieben draußen und starrten dem Lagerarzt in den Nacken. Fedjunin war viel zu erregt, um zu begreifen, was um ihn herum geschah. Zudem war er so reinen Gemütes, daß ihm nie der Gedanke gekommen wäre, ein Verdacht, der tödlich werden konnte, habe ihn eingekreist.

»Wann hat die Genossin Wuginskaja Sie gestern abend verlassen?« fragte Jankow verschlossen. Er schnitt damit Fedjunins Antwort auf die vorausgegangene Frage ab. Fedjunin starrte Major Jankow durch seine Brille entgeistert an.

»Ich habe nicht auf die Uhr geblickt. Auf jeden Fall war es spät. Shukow rief noch im Lazarett an und fragte, wie lange es noch dauern würde. ›Er vermißt mich!‹ rief sie, als ich ihr von dem Anruf erzählte, warf die Instrumente, die sie in der Hand hielt, einfach weg und rannte davon. Ich habe noch nie so viel Sehnsucht und zusammengeballte Lust gesehen. Ich glaube, sie springt Shukow an wie ein Raubtier.«

»Und dieser Gedanke explodierte in Ihnen, nicht wahr? Sie sind ihr nachgerannt.«

»Blödsinn! Ich hatte ein offenes Bein auf dem Tisch liegen. Eine großflächige Phlegmone. Mit der quälte ich mich noch etwas herum. Valja Johannowna ließ mir das Bein einfach zurück, so wie ein satter Löwe den Rest der Beute den Geiern überläßt.«

»Das ist ein guter Vergleich, Dr. Fedjunin«, sagte Jankow dunkel. »Ich habe mich immer, wenn ich Sie ansah, gefragt: Verdammt, woran erinnert dich dieser Fedjunin? Sie haben es gesagt: An einen Geier! Das ist es!« Er lehnte sich zurück und faßte wie unbewußt an seine Pistolentasche, die er mit dem Koppel umgeschnallt hatte. Die Offiziere im Flur nickten Jankow stumm zu. Aber ihre Blicke waren ebenso hilflos wie die Augen Fedjunins, die Jankows Griff zur Pistole wohl bemerkten und verfolgten.

»Was ... was soll das alles?« fragte Fedjunin heiser. »Wassili Michailowitsch, das hört sich ja an, als sei es ein Verhör ...«

»Es *ist* ein Verhör! Haben Sie in der Nacht wieder obduziert und Leichenteile verbrannt?«

»Nein«, stammelte Fedjunin. Seine Augen hinter der Brille wurden riesengroß. »Sie sind verrückt, Genosse Major. Komplett verrückt! Ein Verhör! Worüber verhören Sie mich? Was ... was geht hier vor?«

»Die Genossin Wuginskaja und der Genosse Shukow sind verschwunden. In meinem Lager! Spurlos! Und es ist sicher, daß sie das Lager nicht verlassen haben. Warum auch und wohin? Um sich aus lauter Liebe Hand in Hand in den Fluß zu stürzen? Bei diesem Regen?« Jankow lächelte bitter. Er starrte Fedjunin mit einem Ausdruck an, der keinen Zweifel darüber ließ, was er von ihm dachte. »Haben Sie nicht zu Leonid Lukanowitsch gesagt, man müßte die Wuginskaja umbringen?«

»Das ist ja Wahnsinn!« stotterte Dr. Fedjunin. »Wassili Michailowitsch, in was verrennen Sie sich da? Etwas Absurderes gibt es nicht!«

»Es steht fest, daß Valja Johannowna und Wassja Grigorjewitsch im Lager waren, als Sie noch im Lazarett arbeiteten.«

»Natürlich! Dieses Alibi habe ich! Drei Sanitäter und die Kranken sind meine Zeugen ...« Fedjunin sog die Luft pfeifend durch seine Zähne. Ein leichtes Zittern bemächtigte sich seines Körpers. Jankow beobachtete es mit Wohlgefallen. Für ihn war es eine Art unterdrücktes Schuldbekenntnis. Ein Mensch, der nichts zu verbergen hat, zittert nicht.

»Und wann schlossen Sie das Lazarett?«

»Immer Ihre Zeitangaben! Ich arbeite nicht mit der Uhr um den Hals«, schrie Fedjunin. »Nachdem ich die Phlegmone versorgt hatte, bin ich noch einmal zu den drei anderen frisch Operierten gegangen, habe mich überzeugt, daß es ihnen gutgeht, und bin dann auf mein Zimmer.«

»Wie in einer Universitätsklinik!« sagte Jankow gehässig. »Eine Sondervisite in der Nacht für die Problemfälle. Dr. Fedjunin, Sie haben eine erstaunliche Wandlung durchgemacht. Vom Lagerarzt, der nach der Statistik die wenigsten Kranken hatte, zum Albert Schweitzer von Sibirien. Und nur, weil Ihnen der Anblick der Wuginskaja wie ein Blitz in die Hose gefahren ist! Aber plötzlich ist sie weg, samt ihrem legalen Liebhaber. Ist das nicht merkwürdig?«

»Ich würde suchen«, sagte Dr. Fedjunin mit zusammengepreßter Kehle. »Es muß ein Unglück passiert sein.«

»Gesucht wird bereits. Und ein Unglück? In der Kommandantur? Mitten in einer ganz friedlichen Nacht? Lebten wir nicht auf einer Felseninsel inmitten einer Wasserwüste, würde ich sagen: Na ja, sie haben einen Mondscheinspaziergang gemacht. Auch in Sibirien kann man ein Romantiker sein. Aber bei diesem Regen? Dr. Fedjunin, Sie allein haben eine perfekte Methode entwickelt, Menschen spurlos verschwinden zu lassen! Zerschnitten zu handlichen Paketen, wäre es Ihnen leicht, Nebenbuhler und unerreichbare Geliebte ...«

»Sprechen Sie nicht weiter!« schrie Fedjunin. Er stützte sich mit beiden Fäusten auf Jankows Schreibtisch, und sein bleicher Geierkopf pendelte hin und her. »Ich protestiere gegen diese Art, mit mir zu sprechen!«

Major Jankow erhob sich. Vom Flur kamen die beiden Offiziere herein und stellten sich rechts und links von Dr. Fedjunin auf. Der Arzt zuckte zusammen wie unter einem gewaltigen Schlag und starrte mit offenem Mund um sich. Er war nie eine Schönheit gewesen, aber jetzt sah er wirklich häßlich aus.

»Unmöglich ...«, stammelte er. »Unmöglich ...«

»Sie stehen unter Arrest, Dr. Fedjunin ...«, sagte Jankow laut und abgehackt – »bis sich das rätselhafte Verschwinden von Valja Johannowna und Wassja Grigorjewitsch aufgeklärt hat.«

»Ich protestiere nochmals!« sagte Fedjunin schwach.

»Das können Sie.« Jankow winkte. Die beiden Offiziere faßten Fedjunin an den Armen. »Ich nagele Ihren Protest an die Wand. Es wäre aber besser, Sie fänden eine Erklärung, wieso zwei Menschen einfach verschwinden können.«

»Ich? Wieso ich?« Fedjunins Brille rutschte von der Nase. Sie fiel auf den Boden, aber er hob sie nicht auf.

»Sie sind der einzige im Lager, der sogar einen zweifachen Grund hatte, die Wuginskaja und den Genossen Shukow zu hassen. Einmal Ihre sinnlose, aussichtslose Liebe zu Valja, zum zweiten die Bloßlegung Ihres medizinischen Versagens.« Jankow winkte. »Abführen!«

Ohne Gegenwehr, ohne ein weiteres Wort ließ sich Dr. Fedjunin wegbringen. Einer der Offiziere berichtete später Major Jankow, der Doktor habe sich auf sein Bett gesetzt und geweint wie ein Kind.

Der Morgen war ein graues Gewölk, der Regen rauschte, der Fluß rumorte mit seiner Strömung und trat jetzt aus den felsigen Hügeln hinaus in das Flachland. Hier ertranken alle Konturen ... das Land war nun ein brodelnder See, ein neues sibirisches Meer. Es nutzte Shukow wenig, daß man in Jakutsk dieses Gebiet als Notstandsgebiet ausgerufen hatte und Tausende von Soldaten und Angehörigen der Betriebswehren mit großen, flachen Motorkähnen und Pontons der Pioniere die Bauern von den Dächern ihrer Häuser holten, das ertrunken herumtreibende Vieh aus den Fluten zogen, Notquartiere in allen Schulen und Turnhallen einrichteten und aus den südlichen Gebieten Güterzüge voll Lebensmittel und Decken, Medikamenten und Feldbetten nach Jakutsk geschafft wurden.

Wie es weiter nördlich aussah, wußte noch niemand. Alle Verbindungen waren unterbrochen, nur über Funk erhielt man einige spärliche Meldungen, so auch aus dem Lager Nowo Sosnowka, aus dem der Major Jankow mitteilte, daß Dorf und Lager dank der guten Höhenlage außer Gefahr seien, aber um sie herum herrsche das Chaos. Nur Wasser, Wasser, Wasser. Und es regnete noch immer. Ein paar Hubschrauber, die einige hundert Werst kreuz und quer über das Land flogen, brachten Luftaufnahmen mit. Danach war man sich einig, daß Sibirien die größte Überschwemmung erlebte, die man bisher kannte. Es gab keine Überlieferung, die davon erzählte, die Taiga nördlich des Viljuj wachse aus einem See heraus.

Shukow trieb sehr schnell in der Mitte des Flusses der großen Lena entgegen. Das Boot mit seiner hohen Bordwand erwies sich als sehr stabil … ein paarmal stieß es mit treibenden Baumstämmen zusammen, dumpfe Schläge durchzitterten den Bootskörper, und Shukow stieß bis zur völligen Erschöpfung immer wieder mit den Rudern gegen die treibenden Stämme, um sich von ihnen wegzudrücken. Oft gelang es ihm, aber oft genug auch erfolgte der Zusammenstoß. Dann wurde Shukow auf den Sitz zurückgeschleudert, umkrampfte seinen Reisesack, drückte ihn an die Brust und bereitete sich darauf vor, in den Fluß zu stürzen und schwimmend zu versuchen, irgendwo auf eine feste Stelle zu kommen.

Alaska, dachte er. Mein Gott, haben wir geflucht, wenn Orwell uns in die Wildwasser hetzte, Flüsse, durchsetzt mit dicken Felssteinen, gegen die man gnadenlos geschleudert wurde. Jeder von uns bekam ein Boot, einen verrotteten, alten Kahn, und wenn wir mitten auf dem reißenden Fluß waren, mußten wir den Boden aufhacken und mit vollem Gepäck ins Wasser steigen. Vierzehn Mann lagen später mit Knochenbrüchen im Lazarett. Einer, der sich den Kopf an einer Klippe aufgeschlagen hatte, wurde später untauglich, weil sich epileptische Anfälle einstellten. Der Junge bekam eine Rente bewilligt. Frührentner mit achtundzwanzig Jahren! Eine gute Rente, das Militär zeigte sich ausnahmsweise großzügig ... aber kann man mit Dollarscheinen ein kaputtes Hirn ersetzen?

Und dann Orwells Ausflüge ins Meer. Bei Windstärke acht oder neun sind wir über Bord gesprungen, genau drei Meilen von der Küste entfernt. Natürlich fuhr ein kleiner Rettungskreuzer neben uns her und fischte jeden aus dem tobenden Meer, wenn die in den Nacken geschnallte Signallampe rot aufleuchtete. Orwell nahm das nicht übel, jeder Mensch hat eine bestimmte Leistungsgrenze, hinter der die nackte Angst beginnt. Aber wer die Küste erreichte, war natürlich stolz auf sich. Und Bob Miller hatte sie zweimal erreicht. Er hatte nie erklären können, wie das möglich gewesen war ... denn erst hinterher erfuhr er von General Orwell, daß man berechnet habe, niemand halte das bis zur Küste durch.

Irgendwann gegen Morgen mußte Shukow eingenickt sein. Er lag in seinem Boot zwischen den beiden Sitzbrettern, den Reisesack um den Hals geschnallt, die Hände um die Ruder gekrallt, und schlief. Seine Erschöpfung war vollkommen. Stundenlang hatte er gegen den Fluß gekämpft. Als er dann zwischen die Sitze rollte, war ihm alles gleichgültig geworden.

»Leckt mich am Arsch!« hatte Shukow gesagt. »Wenn du Mistfluß mich haben willst ... bitte, bediene dich! Ich bin schlapp wie ein Pudding – du hast gewonnen, Fluß!«

Dann kam wieder die Phase der Auflehnung, die letzte Reserve an Kraft ... er kniete in seinem Boot, blickte über die endlose, wirbelnde Wasserfläche, sah im grauen Licht des Morgens die treibenden Baumstämme, abgerissene, vom Wurzelwerk der Büsche zusammengehaltene Erdinseln, ein ganzes Floß aus ineinander verkralltem Astwerk, und sogar ein halbes Hausdach trieb vorbei.

Jetzt entdecken sie in Nowo Sosnowka, daß Valja und ich fehlen, dachte er. Was wird Major Jankow tun? Natürlich suchen und fluchen und darüber nachgrübeln, wie so etwas möglich ist. Eine Erklärung aber wird es nicht für ihn geben. Er wird mit diesem Rätsel leben müssen.

Dann überfiel ihn doch die Müdigkeit, so sehr er sich dagegen wehrte. Er sang laut, er sprach mit sich selbst oder brüllte den Fluß an, erzählte sich Witze und am Schluß blanke Schweinereien, Erinnerungen an die Bordelle von New Mexico und Houston, von Lilly mit dem tätowierten Hintern und von Blondie, die so lange Haare zwischen den Beinen hatte, daß sie sich Zöpfchen flechten konnte. Als er spürte, daß alles nichts half und eine bleierne Schwere ihn niederdrückte, schrie er gegen die Bootswand, aber auch dieses Aufbäumen war umsonst. Schließlich lag er auf dem Boden und schlief.

Ein harter Stoß gegen das Boot weckte ihn. Es war heller Tag, soweit der Regen Helligkeit durchließ. Das Boot war zur Seite getrieben worden, und steckte jetzt, wie eingerammt, zwischen umgestürzten Bäumen, hinter denen festes Land leicht anstieg, um dann in die Taiga überzugehen. Hier hatte der tobende Fluß die unbegrenzte Freiheit verloren; er riß zwar noch die Böschung auf und fällte Bäume, aber der Hang war nicht mehr zu bezwingen.

Land, dachte Shukow. Er kniete wieder auf dem Bootsboden, umklammerte die Bordwand und starrte zu dem dichten Wald hinüber. Ein Ufer! Fester Boden! Bin ich noch auf der Tjuganja, oder ist das schon das Land um den Viljuj?

Das Boot ächzte zwischen den Stämmen, in die es der Fluß mit aller Gewalt hineindrückte, das Wasser schäumte, schlug über die Bordwand und stieg im Boot immer höher.

»Also steigen wir aus«, sagte Shukow. Er schlug die Arme gegen seinen Körper, um die Blutzirkulation anzuregen, hängte sich den Leinensack um den Hals und kletterte aus dem Boot auf den langen Baumstamm, der wie eine schmale Brücke zum Ufer führte.

Es kommt alles wieder, dachte er dabei. Und es hat alles einen Sinn gehabt. Das Training im philippinischen Urwald. Der gelbe Fluß, aus dem die Köpfe der Krokodile glotzten wie Rosinen aus einem Eierkuchen. Darüber der einzige Weg … ein krummer Baumstamm von Ufer zu Ufer. Und ganz nahe die Gruppe der Verfolger in Fantasieuniformen, aber mit dem Auftrag, Bob Miller gründlich zu verprügeln, wenn man ihn erwischte. »Im Ernstfall heißt das: Sie foltern dich, bis du nur noch ein Fetzen Fleisch bist«, hatte Orwell vorher gesagt. »Denk immer daran – es geht ums Überleben!«

Also hinüber über den schmalen, glatten Stamm. Über den gelben Fluß, über die lauernden Köpfe der Krokodile. Nicht hinunterblicken auf die kalten, glotzenden Augen, auf die spitzen Zahnreihen in den langen, flachen Mäulern. Hinüber, Bob! Das ist keine Übung mehr mit heimlicher Hilfestellung … das ist simulierter, aber tödlicher Ernst.

Er war hinübergekommen … auf allen vieren vorwärts kriechend über den glatten, glitschigen, mit Moos überwucherten Stamm. Und wenn ich mich mit den Zähnen festhalte, ich schaffe es, ich schaffe es, hatte er damals zu sich gesagt. Bob Miller, eine Menge Mädchen wird dir nie verzeihen, daß du dich zum Krokodilfutter gemacht hast.

Drüben dann, am anderen Ufer, erwartete ihn General Orwell und umarmte ihn.

»Hervorragend, Bob!« hatte er gesagt. »Woran hast du gedacht, als du mitten über dem Fluß auf dem Stamm warst?«

»An Susan, Sir«, hatte Bob Miller geantwortet, während ihm jetzt erst der kalte Angstschweiß über das Gesicht rann. »Sie hat unter der linken Brust einen Leberfleck, der sieht wie ein Stern aus. Damit könnte sie ohne weiteres Sheriff von Bumsfield werden.«

»Sie sind ein kalter Hund, Bob«, hatte Orwell darauf entgegnet. »Dabei blicken Sie einen an wie ein Engelchen. Ich glaube, Sie wissen selbst nicht, wie gefährlich Sie sind.«

Erst später erfuhr Miller, daß alles – bis auf den gelben Fluß – Attrappe gewesen war. Der Baumstamm war präpariert worden, die Krokodilköpfe stammten aus dem Fundus von Hollywood und bestanden aus Plastik. Sie hatten sogar schon in Tarzan-Filmen mitgespielt.

»Hätte ich das gewußt, Sir«, sagte Miller daraufhin zu General Orwell, »ich hätte Ihnen den Gefallen getan und wäre in den Fluß gefallen.«

»Anders war es besser, Bob. Vielleicht wird ein Baumstamm wirklich einmal Ihre letzte Rettung.«

Orwells Zweites Gesicht. »Ich bin kein Prophet«, hatte er einmal gesagt. »Ich kenne nur die Scheiße, in die man euch hineinschicken wird.«

Jetzt war ein Baum tatsächlich der einzige Weg aus einer Wüste von Wasser. Shukow rutschte auf dem Stamm weiter, hörte, wie hinter ihm das Boot ein paarmal gegen einen anderen Stamm geschlagen wurde und dann zersplitterte. Die letzten Meter mußte er durch das Astwerk klettern und sprang dann auf den morastigen Boden, aus dem der Baum herausgerissen worden war. Seine Wurzeln ragten in den Regen wie Sehnen, Muskeln und Adern eines riesigen zerfetzten Körpers.

Shukow setzte sich auf eine armdicke, gebogene Wurzel und blickte auf seinen besiegten Feind, den Fluß.

»Ich habe Glück gehabt«, sagte er rauh. »Du hättest mich geschafft. Verdammt, ich bin ein guter Schwimmer, aber gegen Wasser war ich immer mißtrauisch. Nicht mal im Whiskey kann ich es leiden.«

Er blieb noch eine Weile auf dem Wurzelstock sitzen, warf dann seinen Leinensack auf den Rücken und ging die Anhöhe hinauf, dem Wald entgegen, der ihm jetzt so schön vorkam wie nichts auf der Welt. In den Regenhimmel hineinwachsende Bäume mit einem betörenden Farbengemisch. Dunkelgrüne Fichten, gelbflammende Lärchen, Riesenbirken mit goldenen Blättern, auf denen rote Tupfen glänzten ... Shukow blieb stehen und atmete tief durch. Herbst! Die ›flammende Taiga‹, wie man sie in Sibirien nennt. Ein Rausch von Schönheit, ehe der erste Frostwind alles zerstört.

Der Regen hatte nachgelassen. Das Wasser fiel nicht mehr ungehemmt aus dem Grau des Himmels, sondern löste sich in Fäden auf. Es war jetzt plötzlich ein ganz normaler Regen, die Natur beruhigte sich langsam. Dafür war es kälter geworden. Shukow fror etwas in seiner klatschnassen Kleidung, begann den Hang hinaufzurennen, um warm zu werden, und freute sich auf das helle und heiße Feuer, das er bald anzünden würde.

Erst im Wald sein, dachte er. Dann bauen wir uns ein Schutzdach aus Zweigen und Laub, so wie wir's beim Überlebenstraining gelernt haben, alter Junge. Ein paar kräftige Pfähle in den Boden gerammt, darüber das geflochtene Dach, mehrschichtig und abgeschrägt, damit der Regen abrinnt … und dann das Feuerchen. Das alles dauert nur zwei, drei Stunden, dann hockst du im Trockenen. Ein Problem wird es werden, für das erste Feuer halbwegs trokkenes Holz zu finden. Äste aus dem Unterholz. Wenn erst die kleinste Flamme züngelte, hatte man gewonnen. Das andere Holz schichtete man zum Trocknen drum herum.

Er lief mit offenem Mund und keuchendem Atem weiter, erreichte den Waldrand und lehnte sich schwer atmend an den ersten Baum. Der Blick zurück war grandios: eine einzige quirlige Wasserfläche mit Waldinseln darin, so weit das Auge reichte. Das wird ein totes Land sein, dachte Shukow. Hier lebt kein Tier mehr. Es kann sein, daß ich hier der einzige Mensch bin.

Er ging tiefer in den Wald hinein, der hier sehr dicht und fast verfilzt war, fand eine Stelle unter eng zusammenstehenden Bäumen, die wie ein Dach wirkten – und beschloß, hier sein Lager aufzubauen.

Er machte sich keine Illusionen über die nächsten Tage. Vor ihm lag eine Wanderung durch die Taiga, immer in östlicher Richtung, bis er die Lena erreicht hatte. Dann ging es flußaufwärts, bis er auf die erste Siedlung treffen würde. Erst dann war er am Ziel. Nach Jakutsk und später nach Irkutsk zu kommen, war nur eine Frage der Transportmittel, aber nichts Abenteuerliches mehr. Als Russe mit amtlichen Privilegien durch Rußland zu reisen, ist kein Problem. Man zeigt seine Ausweise, läßt die vielen Stempel bewundern und sagt stolz: »Ja, so ist das, Genossen! Der längste Weg ist der durch die Beamtenstuben. Hat man den geschafft, ist die Welt klein geworden.«

Ein Satz, der überall anwendbar ist, wo Beamte regieren. Und wo ist das nicht der Fall …

Shukow band den Leinensack auf, nahm einen kleinen Kompaß heraus und blickte in die Richtung, die Osten sein sollte. Da war die gewaltige Wasserwüste … der Wald in seinem Rücken war Norden. »Schlagen wir eben einen Bogen«, sagte Shukow und warf den Kompaß in den Sack zurück. »Das wird dir Orwell nie verzeihen, daß du im Boot eingepennt bist. Du hättest bis zur Lena treiben können. Nun mußt du latschen, alter Junge.«

Er fror wieder, rannte ein wenig im Kreis herum, wurde elastischer in den Muskeln und machte sich dann auf die Suche nach leidlich trockenem Holz und Material für sein Blätterdach.

Zwölf Tage später fanden jakutische Jäger neun Werst vom Ufer der Lena entfernt in der Taiga einen halb verhungerten Menschen. Er kroch über den Boden, zog einen Leinensack hinter sich her und stürzte mit dem Gesicht auf die Erde, als sie ihn anriefen. Sie liefen zu ihm, drehten ihn auf den Rükken und sahen, daß er an einer Baumrinde gekaut hatte. Die faserigen Fetzen hingen ihm noch über die Lippen. Der Mann glühte vor Fieber, und als sie ihn ansprachen, streckte er sich aus wie einer, der sein Ende erreicht hat.

»Menschen!« sagte Shukow kaum hörbar. Vor seinen Augen verschwammen die breitknochigen Jakutengesichter und lösten sich auf wie Wolken im Wind. »Menschen … Jakutsk … Genossen … ich muß nach Jakutsk.«

Die Jäger luden den Fremden auf einen flachen Schlitten, der nicht nur über Schnee, sondern auch über den glatten Waldboden dahingleiten konnte, deckten ihn mit Fellen zu und gaben ihm aus einer Thermosflasche bitteren schwarzen Tee zu trinken. Ein Renhirsch, an den Schlitten geschirrt, drehte den Kopf und blickte Shukow an.

Eine verrückte Welt, dachte er. Jakuten mit zahmen Hirschen, aber eine Thermosflasche haben sie. Verdammt, ist der Tee gut! Er brennt wie Feuer, er sengt meinen leeren Magen aus.

»Essen«, sagte er. »Irgendwas zu essen ...«

Die Jakuten schüttelten den Kopf, einer setzte sich vor Shukow auf den Schlitten, stieß einen hellen Schrei aus, und dann glitten sie, von dem Hirsch gezogen, durch den Wald. Es waren harte Burschen. Ein paarmal schlug Shukow unsanft mit dem Kopf auf, wenn es über unebenen Boden ging. Dabei verlor er die Besinnung.

Als er wieder aufwachte, lag er auf dicken Fellen in einer Jurte. Eine fette, grinsende Frau rührte neben ihm in einem Topf mit heißer, saurer Milch, was fürchterlich stank, machte ein paar Zeichen mit der Hand, stand dann auf und lief hinaus. Shukow richtete sich auf. Er fühlte sich kräftig und ausgeruht. Verwundert stellte er fest, daß er unter den warmen Fellen nackt war. Seine Brust und sein Rücken brannten, als habe er in Brennesseln gelegen. Er beugte sich zu dem Feuer vor und sah, daß tatsächlich sein ganzer Oberkörper mit kleinen Pusteln übersät war.

Der Jakute, der Shukow zuerst gesehen hatte und dadurch zum Gastgeber geworden war, kam in die Jurte und hockte sich vor Shukow hin. Sein jakutisches Russisch war schauderhaft, aber man konnte sich verständigen.

»Du wolltest sterben«, sagte der Jakute. »Du warst heiß wie ein Steinofen. Jetzt lebst du wieder.«

Shukow klopfte vorsichtig gegen seine Brust. »Das war eine Lungenentzündung, nicht wahr? Was habt ihr mir da draufgeschmiert?«

»Einen Brei aus Blättern.« Der Jakute lächelte breit. »Alle Hitze fällt zusammen. Gute Blätter.«

»Davon nehme ich eine Büchse voll mit.« Shukow lächelte schwach zurück. Er fühlte sich stärker, als er war ... das Fieber hatte ihn ausgelaugt. Er spürte es, als er die Beine anzog, um aufzustehen.

Es gelang ihm nicht. Wie knochenlos sank er auf die Felle zurück. Mit diesem Brei schmiere ich Orwell ein, dachte er. Das kennt er noch nicht. Man sollte die kommenden CIA-Agenten auch in der Herstellung dieses Breis ausbilden. Bob Miller hat bewiesen, daß man damit Leben retten kann.

»Wie lange liege ich hier?« fragte er.

»Neun Tage.«

»Und immer besinnungslos?«

»Wir haben dich geweckt, haben dir zu essen gegeben und dich dann weiterschlafen lassen.«

»Ich habe nichts gemerkt.« Er blickte an sich hinunter und fand, daß er sauber gewaschen war. Man hatte ihn wie einen Säugling umsorgt, ihn trockengelegt, wenn er unter sich gemacht hatte, seine Exkremente abgewaschen und immer wieder mit dem nesselnden Brei eingerieben. So hatte man das Fieber aus ihm herausgetrieben. Neun Tage lang.

»Wie kann ich Ihnen danken, Genosse?« fragte Shukow.

Der Jakute lächelte mit seltsamer Starrheit. »Indem du mich nicht Genosse nennst.«

»Ach so! In Ordnung – ich nenne dich Freund.«

»Bist du ein Funktionär?«

»Ich bin ein kleiner Ingenieur, den die große Überschwemmung überrascht hat. Ich muß sofort nach Jakutsk, um mich dort zu melden. Ich habe alles verloren ... meinen Wagen, meine Ausrüstung, meine Kameraden. Da bin ich durch die Taiga, immer nach Osten. Wenn du die Lena erreichst, habe ich mir gesagt, bist du gerettet. Und der Wald ernährt dich. Ein Mistwald, lieber Freund. Ich habe kein Tier gesehen, und ich habe die besten Schlingen aufgestellt. Doch, ja ... einmal saß ein Hase vor mir, am zehnten Tag, greifbar nahe ... sitzt da und sieht mich an, als wüßte er, daß ich zu schwach war, um auch nur die Hand zu heben.«

Er zog die Beine an und deckte sich wieder zu, weil die alte Frau in die Jurte kam. Sie brachte einen Brei aus Roggenmehl, in dem ein paar Fleischstückchen steckten. Die Schüssel war aus Holz, aus einem Stamm selbst geschnitzt ... aber in der Hand trug sie einen ganz modernen Löffel. Edelstahl. Zu kaufen in jedem Warenhaus. Shukow nahm ihr den Löffel ab und hielt ihn dem Jakuten hin. »Wer bringt euch das?« fragte er.

»Wir holen es uns. Einmal im Jahr reiten wir nach Tas-Tumus. Von dort fährt ein Zug nach Jakutsk.«

»Ständig?«

»Zweimal in der Woche.«

»Ich gebe euch hundert Rubel, wenn ihr mich sofort nach Tas-Tumus bringt.«

»Zweihundert Rubel.« Der Jakute lächelte unergründlich. »Du hast in deinem Gepäck zweitausenddreihundert Rubel ... du siehst, wir sind ehrliche Leute.«

»Ich gebe euch die dreihundert, wenn wir morgen aufbrechen.«

»Du bist zu schwach, Wassja Grigorjewitsch ...«

Shukow hob die Schultern. Irgend etwas stimmte hier nicht. »Woher kennst du meinen Namen?« fragte er.

»Er steht in deinen vielen Papieren.« Der Jakute erhob sich aus seiner Hocke. »Ich habe lesen gelernt. In der Schule von Sangar. Aber es ist keinem gelungen, Russen aus uns zu machen. Es wird nie gelingen. Du bist ein stolzer Russe, nicht wahr?«

»Im Augenblick bin ich ein erbärmlich nackter Russe, mein Freund.«

Das änderte sich schnell. Ein anderer, jüngerer Jakute, vielleicht der Sohn, brachte Shukows Kleider. Er zog sie an und bemerkte dabei, daß er mindestens zehn Pfund verloren hatte. Als er aus der Jurte trat, schlug ihm die kalte Luft entgegen wie ein Hammer. Er hielt sich an der Schulter des alten Jakuten fest und schwankte bedrohlich.

»Wir müssen bis Tas-Tumus vier Tage reiten ...«, sagte der Jäger.

»Ich bin ein guter Reiter.« Shukow zwang sich, allein auf den Beinen zu stehen. Er machte ein paar staksige Schritte, breitete dann die Arme aus und saugte die kalte, reine Luft in sich hinein. Der Himmel war klar, tiefblau und von einem Schimmer Gold überzogen. Der berühmte Himmel von Sibirien, dachte Shukow. Es gibt Menschen, die verlieben sich in diesen Himmel wie in eine schöne Frau.

»Ich halte die vier Tage durch!« sagte Shukow laut. »Wann reiten wir?«

»Wenn du willst, morgen schon.«

Es wurde ein schwerer Ritt.

Es dauerte nicht vier Tage, sondern sechs, weil sie an den beiden ersten Tagen weniger zurücklegten, als die Jakuten sonst hinter sich ließen. Shukow biß die Zähne zusammen, hielt sich im Sattel und fiel erst vom Pferd, wenn der Jakute sagte: »Ende des Tages! Ruhe!«

Die Station Tas-Tumus war ein armseliger Holzbau, und die Eisenbahn entpuppte sich als eine Kleinbahn, die das eisenhaltige Gestein aus einer Erzgrube nach Jakutsk brachte. Ein Personenwagen war immer angehängt für die Arbeiter, die Urlaub bekamen und sich freuten, in der Hauptstadt nicht nur in ein Kino gehen zu können, sondern auch ein Mädchen unter sich zu ziehen. Auf der ganzen langen Fahrt nach Jakutsk sprach keiner von etwas anderem.

»Leb wohl«, sagte der Jakute, als Shukow die dreihundert Rubel bezahlt und einen Sitzplatz in dem Eisenbahnwagen belegt hatte. »Und sei vorsichtig, mein Freund …«

»Ich fühle mich wieder stark und gesund …«

»Das ist es nicht.« Der Jakute umarmte Shukow wie einen Bruder, und während er ihn auf die Wange küßte, sagte er leise in sein Ohr: »Du hast viele unausgefüllte, aber gestempelte Papiere bei dir. Das Glück verlasse dich nicht … Du bist mein Freund, weil du kein Russe bist.«

Er schlug Shukow auf die Schulter, drehte sich schnell um und lief mit großen Schritten davon zu seinen Pferden.

Es ist schon ein Erlebnis, mit einer pfeifenden und schnaubenden Kleinbahn durch Sibirien zu fahren, immer an der gewaltigen Lena entlang, die hier so breit war, daß man das andere Ufer kaum sehen, sondern nur als schemenhaften Strich am Horizont ahnen konnte. Der wochenlange Regen hatte auch diesen Strom über seine Ufer gedrückt, aber ob hundert Meter breiter oder nicht, was machte das bei der Lena aus? Hier war das Risiko der Überschwemmungen einkalkuliert, aber das sollte sich in den nächsten Jahren oder Jahrzehnten ändern. Es lagen detaillierte Pläne vor, auch einen so gewaltigen Strom wie die Lena in eine feste Ordnung zu bringen und vor allem die unvorstellbare

Kraft ihres Wassers zur Gewinnung von Elektrizität auszunutzen. Pläne für weitere Generationen sibirischer Pioniere – aber ein Russe denkt ja nicht wie ein Europäer in kleinen Zeitabständen, sondern sein Maßstab ist so weit wie das Land, das er beherrscht.

Ein ganz besonderes Erlebnis jedoch ist es, in einem Zug zu reisen, der vollgestopft ist mit freudig erregten Erzarbeitern, die für vierzehn Tage Urlaub nach Jakutsk fahren. Nur wenige waren verheiratet und freuten sich deshalb auf ihre Frau und ihre Kinder. Die meisten waren junge, kräftige Burschen oder Kerle im besten Mannesalter, gegerbt in der Taiga von Hitze und Frost, hungrig nach Weiberhaut und gelocktem Haar. Ein Haufen voll angestauter Kraft, sage ich! Da saßen sie auf den harten Holzbänken, starrten aus dem Fenster auf die vorbeiziehende Lena und erzählten sich, was sie morgen in Jakutsk anstellen wollten. Wenn man ihnen zuhörte, waren sie bereit, jedes Weibchen zu zerreißen, es so lange zu bereiten, bis es den Geist aufgab, es zu pfählen, bis man selbst mit der Stirn aufschlug, einem an Land geworfenen Karpfen gleich nach Luft schnappte und das Blut wie Hammerschläge durch den Kopf dröhnte.

»Was werden Sie denn machen, Genosse?« fragte ein bulliger Bergmann den still in einer Ecke sitzenden Shukow. Er reichte ihm eine Papyrossa hinüber, holte ein Glas eingelegte Gurken aus seiner Wachstuchtasche und schraubte den Deckel auf. Es waren schöne, grüne, lange Gurken – ein wahrer Genuß, sie anzusehen. Der Kerl griff in das Glas, holte ein besonderes Prachtexemplar heraus und zeigte die Gurke mit einem breiten Grinsen herum. »Die ist noch klein gegen das, was auf Marija wartet!« schrie er begeistert. »Freunde, ich sag' euch: Wenn ich an Marija denke, nehme ich es mit einer Schlangengurke auf!«

Er biß in die Gurke, der Saft spritzte aus seinen Mundwinkeln und lief ihm über das Kinn in das Hemd. Gelächter und Händeklatschen begleiteten ihn.

»Und so saftig bin ich!« brüllte der Bulle. »Genossen, blickt nicht auf meine Hose – ihr könntet Komplexe bekommen!« Er beugte sich zu Shukow hinüber und reichte ihm eine Gurke. »Und Sie, Nachbar? Sie sitzen herum wie einer, den man kastriert hat!«

Shukow nahm die Gurke, aß sie mit drei großen Bissen auf und steckte sich dann die geschenkte Papyrossa an. Ein anderer Arbeiter neben ihm gab ihm Feuer. »Ich freue mich auch«, sagte Shukow. »In Jakutsk warten auf mich vier Frauen ...«

»Ha! Welch ein Aufschneider!« brüllte der bullige Gurkenkerl. Er sprang hoch, baute sich vor Shukow auf und holte lief Luft. Sein Brustkorb blähte sich wie ein Ballon, die Beine standen wie Säulen. »Vier Schlitzchen! Schon in das erste fällt er rein und atmet nicht mehr! Wo kommst du her, Genosse? Wir haben dich nie gesehen ...«

»Ich bin Ingenieur ...«

»Oh, ein feines Herrchen fährt mit uns!« Der Bulle lachte dröhnend. »Natürlich schafft er die vier Weiberchen! Jeden Stoß berechnet er ... Freunde, hier sitzt der Genosse mit dem mathematischen Fick!«

Das Abteil schrie vor Lachen. Shukow blickte zu dem Bergmann auf, warf seine Zigarette auf den Boden und trat die Glut aus. Dann beugte er sich vor, riß das Gurkenglas von der Bank und warf es gegen die Tür. Mit einem Klirren zersplitterte es. Die schönen Gurken fielen heraus, und die Gewürzlake, in der sie eingelegt waren, spritzte durch die Gegend.

Der Bulle starrte Shukow entgeistert an, begriff anscheinend nicht sofort, daß es jemand gewagt hatte, Hand an seine Gurken zu legen, knirschte dann mit den Zähnen und ballte die riesigen Fäuste.

»Er ist verrückt!« sagte er heiser. »Genossen, wenn ich ihm auf den Kopf schlage, rutscht sein Hirn bis zum Nabel! Er hat meine Gurken vernichtet ...« Plötzlich, mit einer blitzschnellen Bewegung, packte er Shukow an den Rockaufschlägen und riß ihn von der Bank. Sie waren jetzt, wo sie sich gegenüberstanden, gleich groß, nur war der Russe fleischiger und ungebrochen in seiner Kraft. Shukow grinste verhalten. Mein Junge, dachte er. Wenn ich heute noch so im Saft wäre wie damals in Frazertown, als John und ich im Ring standen und uns Normas wegen fast totschlugen, genügte ein Uppercut, und du lägst mit verdrehten Augen in der Ecke. Aber eure Taiga hat mich fertiggemacht. Ich bin nur noch der Schatten des Bob Miller, der damals an der Küste des Schwarzen Meeres in euer Land schlich. »Du kannst Steine fressen und Sand ausscheißen«, hat Orwell einmal zu mir gesagt. Irrtum, Sir Jack! Man kann in der Ausbildung die wahrsten Höllen simulieren ... wenn man in der richtigen drin ist, spürt man, wie einem die Knochen zerbrechen, und man kann es nicht mehr verhindern. Ich bin ein schlapper, mieser Kerl geworden, der nur noch einen Wunsch hat: In Jakutsk drei Tage und drei Nächte in einem richtigen Bett zu liegen. Ich weiß jetzt, warum meine Vorgänger in der Taiga verschollen sind. Rußlands bester Schutz ist sein maßloses Land. Ich aber, Sir, komme zurück! Darauf sollten wir stolz sein, auch wenn ich hinterher das Handtuch werfe.

»Meine schönen Gurken!« sagte der bullige Kerl. »Los! Heb sie auf und friß sie! Du frißt sie bis zum letzten Endchen auf, oder ich schlage sie dir einzeln in den Rachen! Verstehst du mich, Genosse Ingenieur?«

Im Waggon war es plötzlich still. Der Spaß hatte aufgehört ... was jetzt kam, war tödlicher Ernst. Wie konnte er das auch tun, der bleiche Ingenieur – ein Gurkenglas an die Wand werfen! Weiß er überhaupt, was Gurken wert sind in dieser Gegend?

»Heb sie auf!« knurrte der Bergarbeiter noch einmal und schüttelte Shukow wie einen Mixbecher. »Ich bin in der Stimmung, dich aufzuspießen wie ein Ferkelchen!«

»Lassen Sie mich los, Genosse«, sagte Shukow sanft. »Ich möchte Ihnen nicht weh tun ...«

»Was sagt er da?« brüllte der Bulle. »Habt ihr das gehört, Freundchen? Er will mir nicht weh tun! Zerstört meine Gürkchen und sagt ...«

»Ich kaufe Ihnen in Jakutsk zehn neue Gläser ...«

»Kaufen? Wer von uns ißt gekaufte Gurken? So kleine, armselige Gurken? Diese Gurken hat Lisa Alexandrowna in ihrem Garten selbst gezogen und eingemacht. Und jedesmal wenn sie mit einer Gurke kam, eine größer und dikker als die andere, hat sie gesagt: ›Los, Jakowenka, vergleich! Jetzt verlierst du aber bestimmt!‹ Und ich habe nicht verloren, Genosse! So war das. Und diese Gurken wirft er an die Wand! Gurken, mit so viel Liebe und Erinnerung eingemacht!«

Er ließ Shukow los, stieß ihn gegen die geschlossene Tür des Abteils und holte zu einem gewaltigen Faustschlag aus. Das war ein Fehler, denn wer vorher sieht, daß jemand zuschlagen will, kann sich darauf einstellen. Gefährlich sind nur die Schläge, die man nicht ahnt und nicht kommen sieht. Das ist eine alte Boxerweisheit.

Shukow duckte sich und stieß die Rechte vor. Er legte sein ganzes Gewicht in diese rechte Gerade, rammte sie dem Dicken genau in die Magengrube und sah mit ehrlichem Erstaunen, wie dem Kerl die Luft einfach wegblieb, wie er eine halbe Drehung machte und dann über die eingeknickten Knie nach vorn auf den Waggonboden krachte. Ein hilfreicher Genosse hielt noch seinen Kopf fest, damit er nicht mit dem Gesicht aufschlug und blutete. Vermeiden ließ es sich aber nicht, daß sein schwerer Körper auf die verstreut herumliegenden Gurken klatschte und sie unter sich zerquetschte.

Shukow setzte sich wieder, schlug die Beine übereinander und blickte die stummen Mitreisenden freundlich an. Seine treuen Augen, der umflorte Blick, der jedes Mädchen in mehr oder weniger kurzer Zeit in die Rückenlage brachte, wirkte sogar bei diesen harten Männern.

»Hat jemand eine Papyrossa für mich?« fragte Shukow.

Sechs zerknüllte Packungen drängten sich ihm entgegen. Er nahm eine Zigarette aus der am wenigsten schmutzigen Schachtel und zündete sie an den vier Streichhölzern an, die ihm sofort entgegenflammten. Der Mann, von dem er eine Zigarette genommen hatte, blickte stolz um sich. Er wertete es als Auszeichnung.

»Hervorragend, Genosse!« sagte der Arbeiter neben Shukow. »Das ist Jakow Petrosowitsch noch nie passiert.

Bis heute war er immer der Sieger. Mit der Schnauze, mit den Muskeln und mit dem, was er in der Hose hat ...«

»So weit geht mein Ehrgeiz nicht.« Die Männer lachten und halfen dem Dicken auch nicht, als er sich stöhnend in seinen zerquetschten Gurken wälzte. Noch halb betäubt, wollte er hoch, aber seine Muskeln machten noch nicht mit.

»Bleiben Sie lange in Jakutsk?« fragte ein anderer Bergarbeiter.

»Nein. Warum?«

»Jakow Petrosowitsch wird Ihnen auflauern und versuchen, seine Schande glattzubügeln. Er muß Sie besiegen, Genosse, sonst ist es mit seinem Ansehen in der Grube vorbei. Er galt als unangreifbar. Alles konnte er sich leisten. Er lag auf allen Küchenmädchen und Traktoristinnen, und als er sie durch hatte, kamen die Bäuerinnen der Umgebung dran. Ihre Ehemänner? Wenn Jakow Petrosowitsch auftauchte wie ein Mammut, warfen sie alles aus der Hand und rannten davon. Wie oft haben wir ihn beneidet.«

»Ihr habt wohl nur Weiber im Sinn?« sagte Shukow gemütlich.

»Ist's ein Wunder? Neunhundert Mann sind wir, und nur dreißig Frauen arbeiten für die Grube. Das ist ein Problem, Genosse. Schließlich sind wir keine Sträflinge und Verbannte, sondern freie Arbeiter für den Fortschritt. Wenn wir nicht ab und zu nach Jakutsk dürften, wären wir lebende Granaten!«

Jakow Petrosowitsch zog sich an der Tür hoch, klopfte den Gurkenbrei von seinem Anzug und drehte sich dann zu Shukow um. »Wir wollen Freunde sein, Genosse Ingenieur ...«, sagte er dumpf. »Vergessen wir alles ...«

Er schob die Tür auf, ging hinaus und stellte sich auf den Gang. Dort blieb er stehen, bis die Vorstädte von Jakutsk auftauchten.

»Seien Sie vorsichtig, Genosse«, mahnte Shukows Nachbar zur Linken leise. »Glauben Sie nie an diese Freundschaft. Er wird Sie in Jakutsk verfolgen wie einen weißen Wolf. Was ist Ihr nächstes Ziel?«

»Irkutsk.«

»Das ist gut. Dahin kommt er nie. Soviel Geld hat er auch nicht bei sich, um zu fliegen. Sie fliegen doch?«

»Natürlich.«

»Sehen Sie zu, daß Sie in der nächsten Maschine einen Platz bekommen. Jeder Tag in Jakutsk ist für Sie jetzt gefährlich …«

Der lange Erzzug mit der ächzenden Lokomotive wurde natürlich nicht in den schönen, sauberen Hauptbahnhof von Jakutsk dirigiert, sondern hielt auf einem riesigen Güterbahnhof, etwas außerhalb des neuen Stadtkerns. Von hier fuhren ständig überfüllte Straßenbahnen nach Jakutsk hinein. An den elektrischen Steuerungen saßen junge, hübsche Mädchen in wattierten Jacken und Fellstiefeln. Die Kälte hatte Jakutsk bereits erreicht, aber es gab noch keinen Frost, und es hatte noch nicht geschneit.

Shukow klemmte seinen Reisesack unter den linken Arm und verließ mit den anderen Arbeitern den Zug, um über ein Gewirr von Gleisen und Weichen und zwischen abgestellten Güterwagen hindurch zur Straßenbahnhaltestelle zu kommen. Auf halbem Weg schob sich Jakow Petrosowitsch an seine Seite. Die andern schielten neugierig zu ihnen herüber. Ging es schon los mit der unbarmherzigen Rache?

»Wo werden Sie wohnen?« fragte der Fleischkoloß. Die zerquetschten Gurken hatten auf seinem Anzug große Flekken hinterlassen. Es sah nicht schön aus.

»Im Hotel ›Lena‹«, antwortete Shukow ohne Zögern.

»Hui! So vornehm?«

»Die Zentrale bezahlt es.«

»Dafür haben sie Geld, die hohen Genossen!« sagte Jakow bitter. »Ich habe mal im Parteiprogramm gelesen, daß es keine Klassen gibt. Alle Menschen sind gleich. Und wie ist es wirklich? Sie wohnen im ›Lena‹, und ich kann es mir nur von außen angucken! Darf ich Sie einladen?«

»Wohin?«

»In eine richtige Arbeiterkneipe. Sie gehört Marija. Eine tolle Frau. Halb Jakutin, halb Russin. Diese Mischlinge haben Pfeffer im Arsch, das sage ich Ihnen! Marija hat einen

Rückstoß, daß selbst ich in die Luft fliege … Es ist immer wieder ein Wunder.«

»Ich kenne diese Mädchen mit asiatischem Blut«, sagte Shukow ruhig. Valja Johannowna Wuginskaja war eine von der besten Sorte gewesen, dachte er. Die flimmernde Hitze mongolischer Wüsten war in ihr, aber auch die gnadenlose Kälte einer im Frost erstarrten Taiga. Ihr Schoß konnte sich weit öffnen, aber mit der Umarmung erdolchte sie einen auch. »Wann und wo treffen wir uns?«

»Ich hole Sie ab. Übermorgen.« Jakow Petrosowitsch lachte vor sich hin. »Heute und morgen komme ich von Marija nicht runter. Aber übermorgen stehe ich vor dem Hotel. Sagen wir – um sieben Uhr abends?«

»Um sieben Uhr.«

»Es wird ein Fest werden.«

»Davon bin ich überzeugt.«

Man trennte sich an der Straßenbahn wie alte, gute Freunde. Jakow fuhr mit der Linie 3. Shukow mußte die Linie 1 in die Innenstadt abwarten. Sein Nachbar aus dem Zug rückte an ihn heran.

»Was hat Jakow gesagt?« fragte er leise.

»Er holt mich übermorgen vom Hotel ab. Er will mit mir saufen gehen.«

»Sie tun das doch nicht, Genosse? Es wäre Ihr Tod. Das ist eine Falle.«

»Das weiß ich.« Shukow lächelte dankend. Übermorgen bin ich längst in Irkutsk, dachte er. Bei der schönen Galina Theofilowna. Ob sie noch in der Parfümerie-Boutique des Hotels ›Sibir‹ arbeitet? Ein mutiges Mädchen. Sitzt jede zweite Nacht unterm Dach des Hotels, in der Abstellkammer für alte Betten, und funkt in die Staaten hinüber. Hier ist TAUBE, TAUBE, TAUBE … und von drüben wispert es zurück: Hier ist SCHNEEFLÖCKCHEN, SCHNEEFLÖCKCHEN, SCHNEEFLÖCKCHEN … Eine blödsinnige Tarnbezeichnung. Idiotische Romantik in einem tödlichen Beruf. Taube und Schneeflöckchen … wer aus der Taiga zurückkommt, tippt sich nur noch an die Stirn und sagt aus vollem Herzen: Arschlöcher!

»Und wie werden Sie sich schützen?« fragte der Arbeiter. Die Linie 1 kam ... die Linie 3 fuhr gerade ab. Jakow Petrosowitsch winkte mit seinen großen, fleischigen Händen, und Shukow winkte zurück. Es sah alles so harmlos aus.

»Ich nehme einen Freund vom KGB mit ...«

Der Arbeiter schielte Shukow betroffen an. »Sie haben einen Freund beim KGB?«

»Warum nicht?«

»Einen guten Aufenthalt in Jakutsk, Genosse.« Der Arbeiter stieg in die Straßenbahn, setzte sich Shukow entgegengesetzt an das andere Ende und sprach kein Wort mehr.

KGB ... drei Buchstaben, die einem Russen mehr in die Knochen fahren als siebzig Grad Frost.

Ohne weitere Schwierigkeiten erreichte Shukow das Hotel ›Lena‹, den neuen Wohnpalast mit der von hohen Säulen getragenen Eingangshalle. Der Portier erkannte ihn sofort wieder. Heja, da ist ja der Genosse, der die wilde Wuginskaja gezähmt hatte!

Mit einem versteckten Klingelknopf gab der Portier Alarm. Der Hoteldirektor stürzte aus dem Büro und begrüßte Shukow wie ein Mitglied des Politbüros. Von der Rezeption winkten ihm die anderen Genossen zu. Welche Freude! Der Dompteur der Wuginskaja ist wieder da!

»Ihr Zimmer ist gerade frei geworden«, sagte der Hoteldirektor. »Welch ein schöner Zufall, nicht wahr? Kommt das Gepäck noch nach? Darf man fragen, wie es der Genossin Ärztin geht?«

»Ich habe kein Gepäck mehr.« Shukow klopfte auf seinen schmutzigen Reisesack. »Das ist alles. Ich komme aus dem Überschwemmungsgebiet.«

»Und die Genossin Wuginskaja?«

»Konnte gerade noch weiterfahren bis Werchokrassnoje ... Ich blieb einen Tag zurück, und das war mein Untergang.«

»Es muß furchtbar da oben aussehen. Das Fernsehen brachte Bilder.« Der Hoteldirektor gab einen versteckten Wink. Ein Page rannte heran und nahm Shukow den drekkigen Sack ab. Er trug ihn weg zum Lift wie eine goldene Ikone. »Was kann ich für Sie tun, Genosse? Haben Sie einen großen Wunsch?«

»Ja …«, sagte Shukow und blickte auf den Lift, dessen Tür sich einladend öffnete. »Ich möchte nur schlafen … nichts als schlafen …«

Für einen Russen ist es immer imposant, ein amtliches Papier mit vielen Unterschriften und Stempeln zu betrachten. Es beweist ihm, wie gründlich er verwaltet wird, wer sich alles um ihn kümmert, wie vollendet der Beamtenapparat und wie wohlorganisiert das Leben ist.

Shukow erlebte das Wunder eines mit Stempeln übersäten Schreibens, das ihn sofort zurückbeorderte in die Zentrale nach Irkutsk, bereits im Buchungsbüro der Aeroflot. Er hatte in das vorbereitete Papier nur das Abflugdatum eingesetzt, alles andere war von den Spezialisten des CIA bis zur Vollendung gefälscht worden.

Das hübsche Mädchen, das hinter der Theke mit spitzen Fingern das Schreiben in Empfang nahm, als sei es eine hauchdünne Glasplatte, sah Shukow zunächst bedauernd an. Wie immer – Shukow kannte das nun schon – verfehlte sein träumerischer Blick nicht seine Wirkung; das Mädchen lächelte süß und atmete tiefer ein, um seine etwas sackartige Bluse mehr zu füllen.

»Die Flüge sind auf acht Tage ausgebucht, Genosse«, sagte sie. »Ich kann Sie auf die Warteliste setzen, und falls jemand zurücktritt …«

»Aber das kommt selten vor.«

»Sehr selten.«

»Dann lesen Sie das Schreiben und geben Sie es dem Genossen Stellenleiter weiter …«

Das hübsche Mädchen betrachtete die Stempel und Unterschriften, interessierte sich aber mehr für den Namen als für die Dringlichkeit und warf einen Blick auf die bereits gebuchten Passagierlisten. »Es ist fast unmöglich, Wassja Grigorjewitsch«, sagte sie. »Ist es so eilig?«

»Je länger ich Sie ansehe, Genossin, um so mehr habe ich

Lust, in Jakutsk zu bleiben.« Er lehnte sich gegen die Theke, warf dem Mädchen einen romantischen Blick zu und verursachte damit eine heillose Verwirrung in ihrem Inneren. »Wir könnten ins Kino gehen, in das Theater, in die Puppenspiele, zum Tanzen und ins Bett … eine herrliche Beschäftigung, mein Täubchen …«

»Ich spreche mit dem Genossen Stellenleiter.« Das Mädchen, bis hinter die Ohren rot geworden, nahm das Papier, drückte es gegen ihre Brüste und rannte durch eine Tür im Hintergrund weg. Shukow betrachtete inzwischen die Plakate an den Wänden, die typischen Werbefotos, wie sie in allen Flugbüros hängen: Ein Sandstrand am Schwarzen Meer mit halbnackten, fröhlichen Menschen. Die Kremlmauer mit Mausoleum und Spasski-Turm. Die Eremitage von Leningrad. Ein Troikaschlitten in einem tiefverschneiten Wald. Die riesige Siegesgöttin mit dem hochgesteckten Schwert auf dem Mamaiew-Hügel von Stalingrad, das jetzt Wolgograd hieß. Schönes Rußland, glückliches Rußland, reiches Rußland, friedliches Rußland. Plakate von den Straflagern in Sibirien gab es nicht. Auch nicht von den Bergwerken und Steinbrüchen, in denen die Verbannten arbeiteten. Aber warum auch? Gab es etwa in Deutschland Plakate von KZs? »Besichtigt Buchenwald und Bergen-Belsen – das große Reiseerlebnis!« Hängte man in den USA Bilder aus den Reservaten der Indianer an die Wand? Oder von den Slums der Negerviertel? »Kommt nach Harlem … Weiße, die nachts ohne Begleitung sind, lernen um ihr Leben rennen! Unvergeßliche Stunden für ein paar Dollar …«

Shukow betrachtete gerade ein Plakat mit einer Ballettszene aus dem Bolschoitheater, als der Genosse Stellenleiter aus dem Hintergrund an die Theke eilte. Das hübsche Täubchen, noch immer mit roten Ohren und einem seelenvollen Blick auf Shukows muskulösen Körper, stellte sich an einen Karteischrank und bewunderte stumm den Gast.

»Genosse Shukow«, sagte der Stellenleiter der Aeroflot, »das mit dem Flug ist ein wirkliches Problem.«

»Wir sind hier in Sibirien«, entgegnete Shukow ruhig, »wo man vor Problemen noch nie kapituliert hat. Hätten wir sonst Sibirien erobert, na? Gibt es für Pioniere des Sozialismus überhaupt Probleme, frage ich?«

Oje, dachte der gute Mann hinter der Theke. Er sieht so brüderlich aus, und dabei ist er einer von der ganz schlimmen Sorte. Ein Schlagwort-Hinknaller! Ein wahrer Steinfresser! So etwas hat man gern! Kommt aus dem russischen Mutterland nach Sibirien und benimmt sich, als könne er hier wie auf dem Roten Platz spazierengehen. Aber da ist das Schreiben. Eine Menge Stempel und Unterschriften, unleserlich zwar, aber von den höchsten Stellen in Irkutsk und Moskau. Mit einem solchen Papierchen stößt man alle Türen auf ... aber man kann damit kein Flugzeug länger oder breiter machen.

»Ich muß morgen nach Irkutsk!« sagte Shukow, bevor der gute Mann eine Antwort formuliert hatte. »Wie Sie das anstellen, Genosse, überlasse ich Ihnen.«

»Morgen? Das ist völlig ausgeschlossen. Eine kubanische Delegation, Staatsgäste, hat bis auf neun Plätze die Maschine besetzt.«

»Und die restlichen neun Plätze? Ich brauche nur einen Platz! Mein Freund, ich bin kein Monster!«

»Die neun Plätze sind seit einer Woche vergeben. Drei Funktionäre der Partei, zwei Offiziere, drei Professoren und der berühmte Sänger Stanislaw Kornejewitsch Slobin. Er muß morgen abend in der Oper von Irkutsk den Boris singen. Wassja Grigorjewitsch, wo sehen Sie da eine Möglichkeit für sich?«

»Ich setze mich auf den Schoß des Piloten oder des Kopiloten.«

»Es ist anzunehmen, daß sie das nicht gern haben«, sagte der Stellenleiter säuerlich lächelnd. »Warum nicht gleich unter den Rock der Stewardeß?«

»Einverstanden!« rief Shukow freudig. »Genosse, tragen Sie meinen Namen in die Passagierliste ein.«

Es ging noch eine Weile hin und her, bis man Shukow die Ausnahmegenehmigung erteilte, im Cockpit mitzufliegen, auf einem Klappsitz hinter dem Bordingenieur. Man kann ein Papier mit so vielen Stempeln und Unterschriften einfach nicht übersehen. Weiß man, was einem später aus Moskau ins Haus flattert? Es gibt so viele wichtige Leute in Rußland, da muß man als kleiner Angestellter vorsichtig sein. Ehe man's sich versieht, ist man degradiert und wird zum Kofferschleppen abkommandiert.

Der Dienststellenleiter der Aeroflot war froh, als der Genosse Shukow endlich das Büro verließ. »Ein unangenehmer Mensch«, sagte er zu dem hübschen Mädchen, das noch immer an dem Karteikasten lehnte und mit dem Schicksal haderte. »Natürlich, die Augen verdrehst du und reibst die Beine aneinander ... aber so einer muß schnell weg von uns! Wer mit so vielen Stempeln reist, hat mehr Macht im Rücken, als uns guttut. Merke dir das, glotzäugige Kuh!«

Das schöne Vögelchen tat beleidigt, wandte sich zwei neuen Kunden zu und bellte sie an: »Wir sind hier nicht in Moskau! Oder haben Sie auch ein Schreiben mit zwanzig Stempeln?«

Am nächsten Morgen stand Shukow hinter der ziemlich lärmenden kubanischen Delegation am Flugsteig und wartete auf den Zubringerbus zum Flugzeug. Die Kubaner, durchwegs Männer mit Fidel-Castro-Bart und auch in die gleiche grünbraune Einheitsuniform gekleidet, entwickelten eine laute Fröhlichkeit und erzählten sich in ihrer Muttersprache Spanisch, was sie alles in Jakutsk mit den Mädchen erlebt hatten. Shukow, der leidlich Spanisch verstand, tat unbeteiligt und wunderte sich, was ein jakutisches Weibchen alles leistete, wenn man den Kubanern glauben konnte. Nach ihrem Reden waren die sibirischen Mädchen die heißesten der Welt. Wenn so etwas ein Mann aus Kuba sagt, muß ein Quentchen Wahrheit dran sein.

Später, im Flugzeug, als Shukow nach der Begrüßung der Crew im Cockpit hinter dem Bordingenieur auf dem Klappsitz saß, begannen die Kubaner sogar zu singen. Sie hatten Wodkaflaschen mitgebracht, hingen in den Sitzen und soffen, als hätten sie Wasser in den Plastikbechern, die von zwei Stewardessen verteilt wurden.

Wie erwartet beschwerten sich die beiden Mädchen sehr

schnell bei dem Flugkapitän. Es war für sie unmöglich, einmal durch das Flugzeug zu gehen, ohne daß nicht mindestens sechs Kubaner versuchten, ihnen unter die Röcke zu fassen. Der Weg durch den Mittelgang war praktisch ein Hüpfen von Hand zu Hand, die alle nur in eine Richtung zielten. Was sich da noch entwickeln würde, war eine heikle Frage, denn immerhin dauerte der Flug bis Irkutsk fast drei Stunden.

»Immer diese ausländischen Gäste!« klagte der Flugkapitän. Er hatte sich zu Shukow umgedreht und den Kopfhörer abgenommen. Der Kopilot übernahm den Kontakt mit dem Tower. »Man soll sie als Freunde der Sowjetunion behandeln, aber sie benehmen sich wie die gestochenen Säue. Soll ich hinausgehen und jeden ohrfeigen? Hören Sie sich das an, Genosse! Sie schütten den Wodka in sich hinein, und wenn dann die Stewardessen kommen, packen sie sie und wollen sie auf den Sitzen durchziehen. Das habe ich schon einmal erlebt. Bei einer südamerikanischen Delegation. Die hatten Galia Jakowlewna schon die Hose ausgezogen, da griffen wir ein. Siebentausend Meter hoch waren wir und haben mit sechs Mann eine Schlacht geschlagen gegen die besoffene Bande. Als wir dann in Irkutsk landeten, holten drei Krankenwagen die Verletzten ab. Ich hätte sie alle erschlagen können!« Der Flugkapitän, ein noch junger, sportlicher Mann, zeigte mit dem Daumen zu dem Fluggastraum. Die Kubaner sangen Revolutionslieder. »Auf die werden wir mit Schraubenschlüsseln einschlagen müssen!«

Er seufzte, schob sich den Kopfhörer wieder über und meldete dem Tower, daß die Freunde der Sowjetunion aus Kuba in Irkutsk wahrscheinlich liegend ausgeladen werden müßten. Die beiden Stewardessen kamen ins Cockpit und lehnten sich, vor Erregung bebend, an die Wand.

»Wir gehen nicht wieder raus!« sagte eine von ihnen. »Die reißen uns die Kleider vom Leib! Fjodor Anatolowitsch, fliegen Sie nicht ab! Verlangen Sie, daß man die Kerle aus der Maschine holt.«

»Es sind Staatsgäste!« brüllte der Kapitän.

»Aber mein Unterleib ist kein Staatseigentum!« schrie die Stewardeß zurück. »Wir gehen nicht mehr hinaus!«

»Überlassen Sie das mir«, sagte Shukow ruhig. »Genosse Ingenieur, machen Sie mit?«

»Mit Vergnügen.« Der Bordingenieur, ein Mann in den mittleren Jahren, grinste breit. »Wie denken Sie sich das?«

»Haben wir Wodka an Bord?«

»Genug«, sagte die Stewardeß.

»Dann her damit!« Shukow schnallte sich an. Der Tower gab den Start frei. Ob die Kubaner angeschnallt waren, kontrollierte niemand mehr. Es wäre von den Stewardessen auch zuviel verlangt gewesen, den wild gewordenen Männern in den Schoß zu blicken. »Wenn wir auf Reisehöhe sind, verteile ich zusätzlich das Gesöff. In spätestens einer Stunde hören wir keinen Ton mehr.«

»Und sie kotzen meine schöne Maschine voll!« rief der Kapitän entsetzt.

»Das kann man wegputzen.« Shukow hob beide Hände. »Was wollen Sie lieber: Ihre Stewardessen opfern oder ein vollgekotztes Flugzeug?«

»Wir starten!« schrie der Kapitän. »Ich möchte wirklich wissen, was man in anderen Ländern mit solchen Gästen macht.«

Das könnte ich dir sagen, Fjodor Anatolowitsch, dachte Shukow. Aber was hilft es dir? Du mußt sie nach Irkutsk bringen, und wie sie dort auch ankommen, es wird eine Abordnung dastehen, jeden Delegierten umarmen, auf die Wange küssen, »Freundschaft! Freundschaft!« rufen und mit mildtätigem Lächeln sagen: »Wie freuen wir uns, daß es euch so gut bei uns gefällt.«

Es wurde ein erstaunlich zahmer Flug. Die Kubaner klebten in den Sitzen, vom Wodka bereits paralysiert, und als Shukow mit dem Getränkewagen durch den Mittelgang kam und weitere Flaschen verteilte, bekam er sie alle gar nicht mehr los. Einer der mitreisenden Offiziere hielt Shukow am Ärmel fest.

»Man muß sich schämen«, sagte er bitter.

»Davon wird es auch nicht besser«, entgegnete Shukow.

»Und Sie verteilen sogar noch mehr Wodka!«

»Um sie restlos zu betäuben, Genosse Oberst.« Shukow stützte sich auf den Getränkewagen. »Man nennt das die Politik der zufriedenen Herzen.«

»Wie bitte?« fragte der sowjetische Offizier.

»Die Kubaner werden nach Hause kommen und sagen: ›Amigos, haben wir in Rußland gesoffen und gehurt! Eine wahre Pracht. *Das* ist ein gutes Land! *Das* sind Freunde. Es lebe die Sowjetunion!‹« Shukow sah den Offizier, der ihm entgeistert zuhörte, freundlich an. »Ist das ein politischer Erfolg oder nicht? Die Mittel, mit denen man Freunde gewinnt, müssen flexibel sein ...«

Die Landung in Irkutsk, über dem man einmal kreiste, mit einem herrlichen Blick über den Baikalsee und die flammend bunte Taiga, vollzog sich normal, wenn man davon absieht, daß beim Aufsetzen auf der Piste sieben Kubaner in den Gang kippten, weil sie natürlich nicht angeschnallt waren. Sie erhielten ein paar Schrammen, aber in ihrem Zustand merkten sie gar nichts davon.

Shukow verabschiedete sich von der Crew wie von Brüdern, umarmte die Stewardessen und ließ bei ihnen die herbe Enttäuschung zurück, sich nicht mit ihnen verabredet zu haben. Ein paar Bemerkungen in dieser Richtung hatte er überhört. In Irkutsk begann ein neuer Abschnitt in Shukows Leben, und er nahm seinen Ausgang nicht gerade in einem Mädchenbett, so reizvoll das auch sein mochte.

Mit einer Taxe fuhr Shukow vom Flughafen sofort zum Hotel ›Sibir‹ und betrat die prunkvolle Hotelhalle mit einer geradezu provozierenden Gelassenheit. Sein Auftreten verursachte sofort Aufsehen: Wie kam ein Mensch in einem so dreckigen Anzug, mit einem noch dreckigeren Leinenbeutel unterm Arm, in diese Marmorhalle, wo gutgekleidete Genossen unbewußt demonstrierten, daß es nie und nimmer eine klassenlose Gesellschaft geben wird! Ein Portier kam auch sofort auf Shukow zu, baute sich wie ein Erzengel vor ihm auf und sagte mit unterdrücktem Zorn:

»Sie haben sich sicherlich verlaufen, nicht wahr? Ich bringe Sie wieder hinaus.«

Shukow lächelte und ließ seinen Leinenbeutel auf den Marmorboden fallen. Es klatschte wie eine Ohrfeige. Zwei Damen in der Nähe zuckten zusammen und vergrößerten schnell ihren Abstand zu dem schmutzigen Mann. Um die Theke der Rezeption herum kamen zwei Hotelangestellte. Verstärkung für den Portier.

»Wenn du mich anfaßt, Brüderchen«, sagte Shukow höflich, »reiße ich dir erst das linke Ohr ab, dann das rechte, dann die Nase, zum Schluß deinen Schwanz! Verstehen wir uns? Und nun hör zu, du rostiger Eisentopf: Mein Name ist Wassja Grigorjewitsch Shukow. Vom Hotel ›Lena‹ in Jakutsk ist für mich ein sehr gutes Zimmer in deinem Mistladen bestellt worden. Ich komme so, wie ich bin, aus dem Überschwemmungsgebiet, und wenn du jetzt nicht aus dem Weg gehst, trete ich dir in den Sack! Hallo!«

Der Portier sprang zur Seite, wirbelte herum und schrie durch die vornehme Halle: »Ein Zimmer für den Genossen! Es ist bestellt. Bitte, kommen Sie näher, Genosse Shukow!«

Es ist merkwürdig, welche Wirkung bekannte Namen haben. Obwohl Shukow immer betonte, nicht mit dem Marschall der Sowjetunion verwandt zu sein, genügte allein der Name, daß man sich höflich mit ihm befaßte. Das ist nicht absurd, meine Lieben. Man bedenke nur, was geschehen würde, wenn in einem westdeutschen Hotel ein Mann in die Rezeption tritt und sich vorstellt: »Ich bin Napoleon Bonaparte!« Es gibt da zwei Möglichkeiten: der Abtransport in eine geschlossene Anstalt oder eine sich überschlagende Höflichkeit gegenüber dem Gast.

Die Russen entschließen sich stets zur Höflichkeit. Die geschlossene Anstalt bleibt ja immer noch als zweiter Weg …

Man gab also Shukow das vorbestellte gute Zimmer, ein Boy nahm mit schiefem Mund den dreckigen Reisesack in Empfang und brachte ihn nach oben, neunter Stock, Zimmer 956. Der Chefportier studierte mit stiller Ehrfurcht noch einmal das Schreiben mit den vielen Stempeln und Unterschriften und trug Shukows Namen und seine Paßnummer in das Gästebuch ein. Wie man sich irren kann! Da kommt ein Landstreicher in den Marmorpalast des ›Sibir‹, und wer ist's? Eine hochgestellte Persönlichkeit. Ein qualifizierter Ingenieur. Ein Spezialist. Ein Mann, der große Freunde im Rücken hat.

Shukow wandte sich ab und ging die Ladenstraße des Hotels hinunter zur Parfümerie-Boutique. Schon von weitem sah er durch die Glaswände die herb-schöne, hochgewachsene Galina Theofilowna. Sie sortierte gerade neue Parfüms in das Regal und war allein in dem Shop.

Shukow trat leise ein, räusperte sich und sagte:

»Wenn Sie sich recken, haben Sie einen herrlichen Hintern, O I!«

Mit einem unterdrückten Aufschrei fuhr Galina Theofilowna herum und starrte Shukow fassungslos an. Ihre vollen Lippen zitterten heftig.

»Sie ...«, stammelte sie. »Sie leben? Sie sind tatsächlich zurückgekommen?«

Shukow nickte. »Haben Sie schon mal einen so munteren Geist gesehen, mein Täubchen? Gehen wir auf mein Zimmer. Sie werden staunen, was ein Gespenst mit Ihnen alles anstellen kann.«

»Himmel, wie sehen Sie aus, Wassja!«

»Wie einer, den die Taiga gnädig ausgespuckt hat. Wissen Sie, was bei Ottokh los ist?«

»Fernsehen und Radio haben Berichte gebracht.« Galina atmete ein paarmal tief durch. Sie hatte hübsche, volle Brüste: Shukow hatte sie gar nicht mehr in Erinnerung gehabt.

»Und ich schwamm mitten in der Jauche.«

»So sehen Sie auch aus. Wir kaufen gleich einen Anzug.« Sie lehnte sich an das Regal mit den Parfümpackungen und starrte Shukow noch immer wie einen Geist an. Ihr Gesicht war gut geschminkt, der Mund rot umrändert, auf den Lidern lagen blaßblaue Schatten. Wer Kosmetika verkauft, muß eine lebende Demonstration sein. »Es ist ein Wunder, daß Sie da sind, Wassja, wissen Sie das? Ein wirkliches Wunder. Ich ... ich habe ...«

»Sie hatten mich abgeschrieben. Wie die anderen Kollegen, die vor mir hier waren.«

»Ja. Sie hatten keine Chance, jemals zurückzukommen. In welchem Zimmer wohnen Sie?«

»Nummer 956. Ich werde gleich hinauffahren, das Bettchen aufdecken und Sie erwarten, Galinuschka. Kommen Sie in zwanzig Minuten, ich möchte erst baden. Ich bin ein süßes Kerlchen, wenn ich frisch nach Badesalz dufte.«

»An etwas anderes denken Sie wohl nie?«

»Ich hatte ganz vergessen, wie nett Sie aussehen. Galina, ich komme ausgehungert aus den Wäldern ...«

»... und sehen aus, als ob Sie jeden Moment aus den Schuhen kippen würden. Gut, ich bin in zwanzig Minuten bei Ihnen.«

»Ich werde nur ein Handtuch um die Lenden tragen. Erschrecken Sie also nicht über so viel geballte Schönheit.« Shukow sah sich um. Sie waren noch allein im Shop, und es war auch keiner in der Nähe, der eintreten konnte. »Wie geht es Onkelchen?« fragte er.

»Später.« Galina Theofilowna tat vorsichtshalber so, als zeige sie Shukow ein Rasierwasser. Jetzt über General Orwell zu reden, war mehr als leichtsinnig. Was in den letzten Tagen aus Fort Patmos gemeldet worden war, glich sowieso einer Katastrophe. »Haben Sie noch Geld?« fragte sie leise.

»Genug.«

»Dann kaufen Sie sich erst mal einen Anzug. In der Ladenstraße das dritte Geschäft auf der linken Seite.«

»Ich hab's gesehen. Preise haben die!« Shukow grinste. »Welche Farbe sähen Sie an mir am liebsten? Grau oder blau, uni oder gemustert? Am besten wirke ich in engen Jeans. Da habe ich immer einen Blickfang bereit. Aber hier gibt es ja keine engen Jeans ...«

»Die Taiga hat Sie nicht verändert«, sagte Galina erbost. »Himmel, gehen Sie auf Ihr Zimmer! Sie wissen ja gar nicht, was Sie erwartet!«

»So toll in Form sind Sie, Galina? Mir wachsen Flügelchen, überall, wo Sie sie gern haben.«

Er lachte, drehte sich herum und ging mit schnellen Schritten hinaus. Galina blickte ihm nach, wie er die Ladenstraße hinunterging und im Anzugladen verschwand.

Mein Gott, er hat es geschafft, dachte sie und schloß einen Moment die Augen. Er ist zurückgekommen! Der einzige Mann, der General Orwell noch helfen kann …

Shukow hatte gebadet und sich rasiert, aber er sprang nicht im Zimmer herum, nur mit einem Handtuch bekleidet – vielmehr hatte er den neuen Anzug und ein frisches Hemd angezogen und sogar eine Krawatte umgebunden. Er zündete sich gerade eine Zigarette an, als Galina ins Zimmer kam. Sie hatte sich das Anklopfen gespart und war einfach hereingeschlüpft. Es sah so aus, als sei sie nicht mit dem Lift gefahren, sondern die Treppen bis zur neunten Etage heraufgerannt … sie atmete schwer, drückte beide Hände auf das Herz und ihre Brüste und lehnte sich gegen die Tür. Shukow blies sein Streichholz aus und warf es in eine leere Blumenvase. Einen Aschenbecher hatte man im Zimmer vergessen.

»Enttäuscht, Galina?« fragte er.

»Worüber enttäuscht?« fragte sie zurück.

»Daß ich nicht nackt vor Ihnen stehe. Sie haben sich so beeilt, und nun ist der Kerl schon angezogen!«

»Man könnte Sie dauernd ohrfeigen, Wassja Grigorjewitsch!«

»Ich hielt es für besser, erst über Onkelchen zu sprechen und später das private Eckchen aufzusuchen. Ich verspreche Ihnen: Ich bin in genau fünfzehn Sekunden ausgezogen. Sie können die Zeit stoppen.«

Galina Theofilowna kam näher, warf sich in einen der Sessel mit Kunstlederbezug und streckte die Hand nach Shukow aus. »Geben Sie mir eine Zigarette.«

»Sie rauchen?«

»Ab und zu. Wenn ich aufgeregt bin. Ist's ein Wunder, daß jetzt meine Nerven flattern? Sie sind zurückgekommen.« Sie rauchte die Zigarette, die Shukow ihr reichte, mit ein paar tiefen, hastigen Zügen halb herunter, ehe sie weitersprach. »Selbst die Ungläubigsten von uns haben gebetet, daß Sie es schaffen.«

»Was habt ihr mit Ben Lauritz gemacht?« fragte Shukow hart.

»Sie haben die Gerichtsverhandlung und seine Aussage gehört? Das war der Sinn …«

»Ihr habt Ben geopfert!«

»Er wird sehr schnell ausgetauscht werden. Orwell hat drei sowjetische Topmänner gegen Ben bereitgestellt. Wassja Grigorjewitsch, wir sahen keine andere Möglichkeit, Sie darauf aufmerksam zu machen, daß die Aktion Werchokrassnoje abgeblasen worden ist und Sie zurückkommen müssen. Orwell braucht Sie dringend. Sie sind jetzt in den USA wichtiger als die an sich bekannte neue Raketenbasis.«

»Ben war also nicht in Werchokrassnoje?«

»Nein. Aber hier nimmt man es an, und damit ist alles Versteckspielen geplatzt.«

»Galina, Sie reden wie ein alter CIA-Hengst. Warum sagen Sie nicht: Wassja, komm her, setz dich an meine Seite, nimm meine Hand und streichle meine Brust … das habe ich so gern.«

Galina Theofilowna überhörte das alles und blickte an Shukow vorbei gegen die Wand. »Orwell hat die Spur verloren«, sagte sie nüchtern. »Ihre Leute rennen herum wie Hühner, die man lebendigen Leibes gerupft hat. Sieben Agenten aus Frazertown hat man enttarnen können … aber der gefährlichste ist untergetaucht.«

»Andrej Nikolajewitsch Plenjakow, genannt John Barryl …«, sagte Shukow gedehnt. »Mein Freund John …«

»Er muß, nach Ihrer Meldung aus Winniza, in den USA eingetroffen sein. Aber nirgendwo ist ein John Barryl eingereist … alle Grenzposten hatten seinen Namen auf der Liste, alle Flughäfen, alle Seehäfen, jede Polizeistation. Aber eben nur den Namen. Die Beschreibung von Barryl paßt auf hunderttausend Männer.«

»Er sieht blendend aus, Galina! Frauen lassen bei seinem Anblick die Röcke fallen …«

»Anscheinend nicht, sonst hätte man ihn längst. Sie haben bisher neunundzwanzig Barryls verhaftet. Alles brave, biedere Amerikaner.«

»Die armen Boys.«

»Einer war sogar siebenundachtzig Jahre alt.«

»Ich kann versichern, daß mein Freund John nur fünfunddreißig ist. So perfekt tarnen kann sich keiner!« Shukow lachte und setzte sich bei Galina auf die Sessellehne. Seine rechte Hand legte er auf ihre feste, runde Brust. Sie schob sie nicht weg, aber Ihre Augen verengten sich.

»Nur Sie allein kennen John Barryl. Darum war es nötig, Sie sofort zurückzurufen. Wie wichtig die Sache ist, sehen Sie daran, daß wir Ben Lauritz dafür opferten.«

»Das war eine große Sauerei! Ben ist ein so netter Bursche.«

»Orwell vermutet, daß Barryl schon jetzt festen Fuß in einer wichtigen Position gefaßt hat und Ihrem Land bereits großen Schaden zugefügt hat. Sie haben selbst gemeldet, daß Barryl einer der gefährlichsten Gegner sein wird, die jemals in die USA eingeschleust wurden.«

»Genau das stimmt.« Shukow küßte Galina in den Nakken und streichelte ihre Brust. Sie blies den Atem hörbar durch die Nase, aber sie rührte oder wehrte sich noch immer nicht. »Wir hätten uns bald totgeschlagen wegen Norma Taylor.«

»Wer ist denn das?« fragte Galina hart. Jetzt ergriff sie Shukows kreisende Hand und drückte sie von ihrer Brust weg. »Sie haben den Namen nie genannt. Bei keiner Meldung.«

»Norma heißt eigentlich Dunja Andrejewna Koroljow, ein schwarzhaariges Teufelchen von jener Sorte, die Flugzeuge abstürzen lassen, wenn der Pilot sie zufällig auf der Erde entdeckt. Sie mixte in einer Milchbar Milchgetränke und jonglierte mit Hamburgern. Ihr Umsatz war enorm. Jeder kam mindestens einmal täglich zu Billys Restaurant, um Norma in den Ausschnitt zu stieren oder ihre langen Beine unter dem Superminirock zu bewundern.«

»Aber Sie haben sie im Bett gehabt.«

»Erraten, Galinuschka!«

»Man sollte Sie hassen!«

»Das sagt jede Frau zu mir und zieht sich dabei aus. Ich habe das als mein Schicksal klaglos akzeptiert.«

»Und weil diese verdammte Dunja Ihre Geliebte war, haben Sie ihren Namen nicht gemeldet?! Wassja Grigorjewitsch, es wird schwer sein, das dem Onkelchen zu erklären.«

»Überhaupt nicht. So wie es in Frazertown aussah, bleiben siebzig Prozent der weiblichen Bewohner in der Stadt. Als Stammpersonal gewissermaßen. Sie gehören zum Ausbildungswerkzeug. Normas Name war deshalb uninteressant für Orwell.« Shukow stand auf, ließ Galina los und wanderte im Zimmer umher. Dunja, mein Mädchen, dachte er. Deinetwegen lüge ich mich um Kopf und Kragen. Je länger uns die Zeit trennt, um so mehr liebe ich dich. Ich hätte das nie für möglich gehalten. Man klammert sich an eine Illusion und glaubt sogar daran, daß sie einmal Wahrheit wird.

»Sie lieben diese Dunja?« fragte Galina mit dem unheimlichen Gespür, das Frauen in solchen Situationen entwikkeln.

»Ja.«

»Und sind trotzdem bereit, mich auszuziehen ...«

»Darüber könnten wir uns noch unterhalten.«

»Wassja Grigorjewitsch, Sie sind ein Mann, den man ohne Reue umbringen sollte. Was bedeutet eine Frau für Sie? Nur Körper? Nur fleischgewordene Sexualität? Nur Abladeplatz Ihrer Überschüsse? Ich warne Sie! Wenn Sie mich noch einmal anfassen, zerkratze ich Ihnen das verdammte Engelsgesicht!«

»Sie sind ja eifersüchtig, Galina Theofilowna!« Shukow blieb vor ihr stehen. »Jeder Mann ist ein Aufschneider, das sollten Sie sich merken. Jeder Mann hält sich für unwiderstehlich. Er prahlt mit seinen Erlebnissen, auch wenn sie nur in der Fantasie stattgefunden haben.«

»Sie nicht! Sie nehmen sich, was Sie wollen!«

»Und Sie sind bereit, zu geben.«

»Ich hasse Sie!«

»Daraus entwickeln sich die vulkanischsten Leidenschaften. Wenn wir jetzt zusammen ins Bett springen, wissen wir genau, daß wir uns später nie wiedersehen werden.

Sie werden weiter in Irkutsk leben, ich anderswo auf der Welt. Warum wollen Sie auf Dunja eifersüchtig sein?«

»Sie bedeutet Ihnen mehr als eine Erinnerung.«

»Ich werde auch Dunja nie wiedersehen.«

»Aber wenn Sie es könnten, wären Sie der glücklichste Mann.«

»Das leugne ich nicht.«

»Und das sagen Sie mir so einfach ins Gesicht? Wassja, ich möchte mit Ihnen schlafen und Sie hinterher erdolchen.« Galina Theofilowna legte den Kopf weit in den Nakken und starrte gegen die Zimmerdecke. Sie war hübscher, als Shukow sie zunächst bewertet hatte ... je länger man sie ansah, um so mehr entdeckte man ein Ebenmaß fraulicher Schönheit. Ihr Rock war hochgerutscht, sie hatte schlanke Beine mit dünnen Fesseln. »Ich habe genaue Anweisungen für den Fall, daß Sie wirklich aus der Taiga zurückkommen. Sie verwandeln sich wieder in einen sowjetischen Offizier.«

»Meine Uniform liegt aber in Winniza.«

»Sie bekommen eine neue und perfekte Papiere. Sie sind jetzt Mitglied des KGB.«

»Ausgerechnet KGB! Galina, das kann gefährlich werden.«

»Überhaupt nicht. Offiziere der politischen Abteilung tauchen plötzlich zu Kontrollen auf und sind ebenso plötzlich wieder weg. Natürlich sind sie nicht die beliebtesten Menschen. Aber es sind auch die Auserwählten, die keiner mehr fragt, wenn sie sich einmal ausgewiesen haben. Niemand wird sie aufhalten, selbst wenn sie die unsinnigsten Dinge tun. Sie zum Beispiel werden angeln ...«

»Du lieber Himmel! Wer hat sich denn das ausgedacht?« Shukow setzte sich auf den runden Rauchtisch vor Galina. Er betrachtete ihre Beine, und sie merkte es. Den Rock zog sie aber nicht hinunter. »Wo angele ich?«

»Südlich des kleinen Ortes Naushki am Fluß Selenga. Hundert Meter flußaufwärts heißt er schon Selenge Gol.«

»Das klingt ganz nach Kreuzworträtsel.«

»Sie angeln an der Grenze der Mongolei. Und während

Sie nichtsahnend in Ihrem Kahn sitzen, kommt ein Motorboot aus der Mongolei und entführt Sie.«

»Wie dramatisch! Die Boys in Fort Patmos lesen zuviel Spionageromane. Ist es nicht einfacher, ich springe nachts in diesen Fluß und schwimme auf mongolisches Gebiet?«

»Das eben geht nicht. Die Grenze wird durch Hundestreifen und Patrouillen scharf bewacht. Es ist völlig unmöglich – auch für einen Offizier des KGB –, daß sich jemand nachts am Fluß aufhält. Ihr Übertritt in die Mongolei muß so aussehen, als wenn Sie vor aller Augen gestohlen werden.«

»Das gibt einen ungeheuren diplomatischen Rummel.«

»Den hat man bewußt einkalkuliert. Eine Verschlechterung der sowjetisch-mongolischen Beziehungen ist erwünscht.«

»Und ich bin wieder der Idiot, der den Kopf hinhält. Galina, sehen Sie nun, welchen Mistberuf wir haben? Wie wichtig jeder Tag ist, den wir leben? Morgen schon kann alles zu Ende sein. Wir sind gezwungen, jede Stunde zu nutzen und zu genießen. Wir sollten doch zusammen ins Bett gehen.«

»Sie fliegen morgen schon nach Ulan-Ude und von da nach Kiakhta. Das ist die große Grenzstadt. Dort sitzt auch der Kommandant der Grenztruppen. Von Kiakhta nach Naushki ist es eine Stunde mit dem Auto. Ich werde heute abend an B III in Suhe Bator melden, daß Sie bereit sind, sich entführen zu lassen.«

»Wir haben in der Mongolei einen Kontaktmann?«

»In Ulan-Bator sitzt Captain Carter. Er betreibt dort einen Fellhandel. Er hat seinen Kompagnon, eben B III, seit vier Tagen in Suhe Bator sitzen. Ich habe Ihnen ja gesagt: Wir haben alle gebetet, daß Sie zurückkommen. Orwell hat alles für diesen Fall durchorganisiert.«

»Und wenn ich nicht gekommen wäre? Es sah ganz danach aus, daß ich krepiere. Jakuten haben mich gerettet.«

»Dann hätte sich Orwell damit abfinden müssen, die größte Pleite seiner Laufbahn zu schlucken.«

»Galina, Sie reden wirklich wie eine geballte Faust. Dabei weisen Ihre Beine einen Weg zu ungenutzter Zärtlichkeit.«

»Denken Sie an was anderes, Wassja Grigorjewitsch.« Galina sprang aus dem Sessel hoch, holte aus der Umhängetasche eine Karte der mongolischen Grenze und warf sie Shukow zu. Er fing sie auf und wedelte sich damit Luft zu. »Studieren Sie die Landschaft gut. Sie müssen sich dort so bewegen, als seien Sie schon immer in der Gegend gewesen. Und rechnen Sie damit, daß man schießen wird, wenn die Grenzposten sehen, daß man Sie entführt.«

»Das sind ja hervorragende Aussichten, zu überleben! Wenn sich Orwell so etwas ausdenkt, muß er wirklich tief in der Scheiße stecken.«

»Es geht auch darum, einen Grenzzwischenfall zu provozieren. Die Mongolen werden behaupten, Sie seien mit dem Kahn bewußt auf mongolisches Flußgebiet getrieben und man habe Sie zu Recht festgehalten. Außerdem haben die sowjetischen Soldaten gezielt in die Mongolei hinübergeschossen. Auch kleine Stacheln brennen ...«

Sie ging zur Tür und blieb an ihr stehen, mit dem Rükken zu Shukow, als erwartete sie seinen Anruf. Als er schwieg, sagte sie laut: »Ich bereite das alles vor. Die Funkzeit ist genau Mitternacht. Soll ich von Ihnen etwas durchgeben?«

»Ja.« Shukow entfaltete die Karte der mongolischen Grenze. »Bitten Sie Captain Carter, eine Flasche Whiskey bereitzuhalten. Wenn dieses Kidnapping gelingt, habe ich sie nötig. Kommen Sie nach dem Funken noch zu mir, Galina?«

»Nein!«

»Schade. Ein so ereignisreicher Tag hätte einen anderen Abschluß verdient, als allein im Bett zu liegen und an Sie nur zu denken.«

Galina Theofilowna gab keine Antwort. Sie verließ das Zimmer und knallte hinter sich die Tür zu.

Ein dramatischer Tagesabschluß geschah indes tausend Werst nordöstlich in Nowo Sosnowka. Dort erhängte sich an diesem Abend der Lagerarzt Dr. Fedjunin in seiner Zelle mit der in Streifen zerrissenen Decke. Er sah keinen anderen Ausweg mehr, nachdem Major Jankow ihm mit tödlicher Logik nachgewiesen hatte, daß nur Fedjunin der Mörder von Valja Johannowna Wuginskaja und Wassja Grigorjewitsch Shukow sein konnte. Das ewige Brüllen: »Ich bin es nicht gewesen!« hatte keine Beweiskraft mehr. Und mehr konnte Fedjunin auch nicht sagen. Was sind Worte gegen die Tatsache, daß aus einem Straflager zwei Gäste spurlos verschwinden und Eifersucht schon immer ein gutes Mordmotiv war?

Gegen halb eins in der Nacht wurde Shukow geweckt. Ein glatter, warmer nackter Körper schob sich neben ihn unter die Decke und umklammerte ihn sofort. Er wollte etwas sagen, aber ein heißer Atem wischte über sein Gesicht.

»Halt bloß den Mund!« flüsterte eine geradezu entstellte Stimme. »Wenn du ein Wort sagst, bringe ich dich um!«

Galina Theofilowna war eine stumme Geliebte. Wenn Dunja gebissen und gekratzt und die Wuginskaja wie eine Wildkatze getobt hatte ... hier hörte Shukow außer einem seufzenden Atem nichts. Es gab auch kein Licht ... in völliger Dunkelheit verströmte Galina lautlose Zärtlichkeit. Nur zum Abschied sagte sie ganz leise: »Danke, du Scheusal!«, schlüpfte aus dem Bett und lief aus dem Zimmer.

Shukow sprang hinterher, drehte das Licht an, aber er hörte nur noch, wie draußen auf dem Flur irgendwo eine Tür zuklappte.

Auf dem Rauchtisch lag ein Bündel. Es war eine sowjetische Uniform. Darauf die nötigen Papiere. Unter dem Tisch standen blankgeputzte Stiefel.

Major Shukow, die Mongolei wartet auf Sie ...

Am Morgen ging Shukow noch einmal in die Parfümerie-Boutique, um sich von Galina zu verabschieden. Aber sie war nicht da. Eine andere kleine jakutische Verkäuferin erzählte mit zwitschernder Stimme, Galina habe sich krank gemeldet. Shukow unterdrückte die Frage, wo sie wohne. Jetzt nicht mehr auffallen, das war das erste Gebot. Er drückte seinen prallen Reisesack unter die Achsel – er enthielt die komplette sowjetische Uniform –, ließ Galina die besten Genesungswünsche bestellen, bezahlte an der Rezeption seine Hotelrechnung und fuhr dann gleich mit einem Taxi zum Flughafen.

Dort ging er zur Toilette, zog sich um und erschien wieder als Offizier, nachdem er lange genug gewartet hatte, bis die Genossen, die rechts und links neben ihm die Kabinen belegt hatten, wieder verschwunden waren. Erst in der Flughalle wurde ihm bewußt, daß bei aller Perfektion der Vorbereitung doch ein Fehler unterlaufen war. Kein KGB-Offizier geht mit einem so dreckigen Leinensack auf Reisen!

Er lehnte dieses Überbleibsel der Taiga gegen eine Säule, ging hinüber zu einem Shop und kaufte einen einfachen, aber stabilen Koffer aus Kunstleder, groß genug, den Reisesack aufzunehmen. Die Verkäuferin beachtete Shukow kaum. Er war ein Kunde wie alle anderen. Im Laden war Hochbetrieb … hier in Irkutsk konnte man viele Dinge billiger kaufen als in anderen Städten. Vor allem Pelze. Und der Winter stand zum Angriff bereit. Der Wind, der über den Baikalsee strich, hatte schon den Frost in sich.

Shukow packte den alten Reisesack in den neuen Koffer, ließ sich einchecken und bestieg dann das Flugzeug nach Ulan-Ude. Es füllte sich mit burjätischen Reisenden, die meisten schon in Steppjacken und Fellmützen oder bunt bestickten Käppis mit Ohrenklappen. Shukow war der einzige Weißhäutige … er wurde von dem Steward besonders herzlich begrüßt, bekam einen Platz gleich am Eingang und zur Begrüßung eine Tasse grünen Tee.

»In der Maschine sitzt einer vom KGB!« meldete der Steward der Crew im Cockpit. »Er sieht harmlos aus, aber wenn man in seine Augen blickt … da steckt was dahinter!«

Es war nur ein kurzer Flug. Vor dem Terminalgebäude von Ulan-Ude betrat Shukow zum erstenmal eine fremde Welt. Hier war Asien, hier war die Mongolei, auch wenn das alles Rußland hieß. Autos und Omnibusse warteten auf dem großen Parkplatz, aber über die Straße, die zur eigentlichen Stadt führte, trotteten auch lange Reihen von Lastkamelen und rumpelten Holzkarren mit Ochsen oder Jaks im Joch. Ein herrlich blauer, wolkenloser, aber kalter Himmel überspannte das Land.

Ein kleiner, krummbeiniger Burjäte, dem man ansah, daß er auf dem Rücken eines der halbhohen gelben Pferde besser zurechtkam als hinter einem Lenkrad, tippte an seine gestickte Kappe und zeigte auf einen schwarzen Wolgawagen, der am Straßenrand abgestellt war.

»Genosse Major Shukow?« fragte er. Aber Shukow war vorsichtig. Er machte ein hochmütiges Gesicht und blickte den Burjäten wie einen an, der ihm gegen die Stiefel gepinkelt hat.

»Ich kenne Sie nicht«, sagte Shukow kühl. »Gehen Sie weiter!«

»Ihr Auto wartet, Major.«

»Ich habe kein Auto. Ich werde abgeholt.«

Der kleine Burjäte lächelte breit. »Ihr Auto hat die Vornummer O I.«

O I – das war das Kennzeichen für Galina Theofilowna. Nur ein V-Mann konnte das wissen. Trotzdem war es ratsam, noch den Unwissenden zu spielen.

»Sie sind betrunken, Kerl!« sagte Shukow grob. »Gehen Sie weiter, oder ich rufe die Miliz!«

»Die Papiere liegen im Handschuhfach. Der Wagen ist vollgetankt. Gute Fahrt, Genosse Major. Sogar der Schlüssel steckt im Zündschloß. Fahren Sie auf der Hauptstraße bis Ust-Kiakhta, und biegen Sie dann auf die schmale Straße nach Naushki ab. Eine enge Brücke führt über den Fluß Selenga. Hinter der Brücke beginnt das Grenzsperrgebiet. Heute hat Kapitän Dejnekow das Kommando über die Streifen. Sie haben Glück, Wassja Grigorjewitsch. Kapitän Dejnekow ist ein fauler Hund und ein stiller Säufer. Wenn Sie am späten Nachmittag eintreffen, ist er meistens besoffen. Sie werden keine Schwierigkeiten haben, die Grenzpatrouillen zu überlisten.«

Shukow antwortete nicht. Er ließ den kleinen Burjäten stehen, ging zu dem geparkten Wolgawagen und stieg ein. Der Schlüssel steckte tatsächlich im Zündschloß, der Benzintank war voll, die Papiere lagen im offenen Handschuhfach. Ausgestellt für die Kommandantur Ulan-Ude. Ein perfekter Service. Orwells Leute waren Spitzenklasse.

Ohne sich umzublicken, fuhr Shukow an und umkreiste die Stadt. Er hatte den Stadtplan im Kopf, nachdem er ihn über eine Stunde studiert hatte. Er erreichte die breite Straße nach Kiakhta, sie war kaum befahren, denn wer wollte schon an die mongolische Grenze. Nur ein paar Kamelkarawanen zogen neben der Straße nach Süden. Tier hinter Tier, durch Seile miteinander verbunden. Grinsende Burjäten ritten neben den Lastkamelen her und trieben sie mit lauten, schrillen Schreien an. Die Zeit stand still. So waren sie schon vor dreihundert Jahren über die alten Karawanenstraßen gezogen, mit Fellen, Gewürzen und Töpfereien, mit Seidenballen und Filzdecken, bunt bestickt, Teppichen ähnlich.

Am späten Nachmittag erreichte Shukow tatsächlich den kleinen Ort Naushki. Er durchfuhr ihn, sah die Kommandantur und die kleine Kaserne der Grenzkompanie, sparte sich den Weg zu Kapitän Dejnekow und lenkte den Wolgawagen direkt an den Fluß. Als er ausstieg, kam ein Jeep in schneller Fahrt herangesaust. Shukow lehnte sich gegen die Motorhaube seines Wolgas und wartete ab. Er sah sehr hochmütig aus, und der Feldwebel, der aus dem Jeep sprang, ahnte nichts Gutes. Ein Major im Sperrgebiet, das ist schon etwas Ungewöhnliches. Als er näher kam und die Abzeichen an der Uniform erkannte, spürte er ein hohles Gefühl im Magen. Was macht ein KGB-Offizier an der Selenga? Es konnte sich nur um eine Kontrolle handeln. Wenn er von Dejnekow kam, war der Genosse sicherlich in der richtigen Stimmung, um Eisen zu fressen.

»Ich brauche einen Kahn!« sagte Shukow, nachdem der Feldwebel gebrüllt hatte: »Feldwebel Baidukow mit zwei Mann auf Grenzpatrouille!« Nun stierte Baidukow den KGB-Major sprachlos an und blickte dann über den Fluß.

»Einen Kahn?« wiederholte er.

»Einen Kahn, Sie Tränensack!« schrie Shukow. »Ist das so ungewöhnlich? Ich möchte angeln.«

»Jetzt?«

»Haben Sie in der Schule nicht gelernt, daß Fische gegen Abend am sichersten anbeißen, he?« brüllte Shukow. »Am frühen Morgen und in der Dämmerung des Abends. Was haben Sie überhaupt gelernt? Nicht mehr in die Hose zu pissen? Baidukow, besorgen Sie mir sofort einen Kahn! Ich wollte das mit Ihrem Kompaniechef durchsprechen, aber Kapitän Dejnekow ...« Shukow winkte ab und starrte Baidukow finster an. Der Feldwebel verstand, was das Schweigen bedeutete. Ist wieder besoffen, der gute Kapitän, dachte er. Oje, und ausgerechnet dann kommt eine Revision vom KGB. Werden ihn nicht mehr lange haben, den lieben Dejnekow. Habe ich es nicht geahnt, der Genosse Major kann Felsen fressen!

»Ein Kahn liegt dreihundert Meter flußabwärts. Er gehört dem Fischer Fettisow.«

»Bringen Sie ihn her, Baidukow.«

»Hierher? Hundert Meter weiter ist die Grenze.«

»Glauben Sie, das wüßte ich nicht?« schrie Shukow und schlug mit der Faust auf die Motorhaube. »Hat man so etwas schon gehört? Will ein Feldwebel einen Major belehren! Diese Grenztruppe hier sollte man sofort in den Norden versetzen.«

Das war ein Zauberwort. In den Norden ... das hieß in die Taiga oder gar in die Trostlosigkeit der Tundra. In den ewigen Frost. Baidukow grüßte zackig, drehte sich ruckzuck um die eigene Achse und rannte zum Jeep zurück. In einer Staubwolke preschte er davon und kam nach zwanzig Minuten wieder. Ein Kahn balancierte kieloben auf dem Jeep. Die beiden Rotarmisten neben und hinter Baidukow hielten ihn umklammert. Der Feldwebel schien ihnen allerhand erzählt zu haben, denn sie starrten Shukow an, als sollten sie ausgeprügelt werden.

»Ins Wasser!« befahl Shukow mit unnachahmlicher Arroganz. Er nahm seinen Koffer vom Beifahrersitz und ging den drei Soldaten nach, die den Kahn zum Ufer schleppten und in den Fluß ließen.

Das glaubt mir keiner, nicht einmal Orwell, der allerhand von mir gewöhnt ist, dachte er. Drei sowjetische

Grenzwächter tragen mein Fluchtfahrzeug in die Selenga und helfen mir hinüber in die Mongolei. Wenn ich das erzähle, schlagen sie mir auf den Mund, und ich muß eine Runde geben wegen unanständigen Lügens. So etwas kann man einfach nicht glauben.

Shukow stieg in das Boot, stieß sich mit den Rudern vom Ufer ab, und spürte schon nach den ersten Ruderschlägen, daß es gar nicht so leicht sein würde, flußaufwärts zu kommen. Der Feldwebel und seine beiden Soldaten standen an der Uferböschung und blickten ihm nach.

»Sie verjagen mit Ihren Glotzaugen die Fische, Baidukow!« rief Shukow hinüber. »Setzen Sie Ihre Patrouille fort. Ich kann ohne Sie angeln ...«

Baidukow grüßte, winkte seinen Soldaten und ging zum Jeep zurück. Aber dort blieb er stehen. Shukows Hoffnung, daß er weiterfuhr, erfüllte sich nicht. Im Gegenteil, er sah, wie der Feldwebel und die Soldaten ihre Maschinenpistolen aus dem Jeep holten und durchluden.

Sie meinen es gut, die lieben Kameraden, dachte Shukow und ruderte immer weiter der mongolischen Grenze zu. Er legte sich in die Riemen und erinnerte sich an die Zeit, als er in der Rudermannschaft seiner Universität so manchen Preis gewonnen hatte. Die Sportkanone Miller: Basketball, Rugby, Schwimmen, Rudern und vor allem Boxen. Die gegnerischen Universitätsmannschaften atmeten auf, als Miller endlich zum Militär umwechselte und dort für Unruhe sorgte.

Ich kann es noch, dachte Shukow zufrieden. Eintauchen und lang durchziehen. Vorschwingen, eintauchen, durchziehen. Immer im gleichen Rhythmus, das Boot muß fliegen wie unter einem Flügelschlag.

Daß er der mongolischen Grenze gefährlich nahe kam, erkannte er daran, daß der Feldwebel verzweifelt zu winken begann und zum Ufer rannte. Baidukow brüllte etwas, aber seine Stimme verwehte. Shukow war schon so weit auf dem Fluß, daß ihn kein Ton mehr erreichte. Dafür hörte er hinter sich ein helles Brummen, das schnell näher kam und zu einem kreischenden Motorlärm wurde.

Das Motorboot vom B III.

Shukow zog nach drei starken Ruderschlägen die Ruder ein und wartete ab. Baidukow am Ufer gab ein paar Warnschüsse ab und hüpfte herum, als greife ihn ein Bienenschwarm an. Da war das kleine Motorboot heran, umkreiste Shukow, legte sich zwischen ihn und das sowjetische Ufer, und ein Mann schwenkte demonstrativ die mongolische Flagge hinüber zu Baidukow.

Der Feldwebel und seine beiden Soldaten warfen sich hin und eröffneten das gezielte Feuer. Ein anderer Mann im Motorboot – war es B III? – riß mit einem Enterhaken den Kahn näher an sich heran.

»Springen Sie über, Miller!« schrie er. »Los, schnell!«

»Das muß ein Irrtum sein!« sagte Shukow. »Ich bin Wassja Grigorjewitsch ...«

»Lassen Sie jetzt den Blödsinn! Springen Sie!«

Shukow nahm den Koffer, tat so, als werde er in das Motorboot gezerrt und wehrte sich heftig, stieg dann um und ließ sich auf den Boden fallen. Mit ein paar Schüssen durchlöcherte B III den Boden des Kahns, der sehr schnell wegsank. Mit heulendem Motor jagte darauf das Boot den Fluß aufwärts in die Mongolei hinein und verschwand hinter einer Biegung.

»Wir sollten uns gegenseitig erschießen!« schrie Baidukow am Ufer seine Soldaten an. »Vor unseren Augen ... ein Major des KGB ... Genossen, wir sind erledigt.«

Sie blieben am Ufer sitzen und einigten sich, nichts gesehen zu haben. Wenn niemand etwas sagte, keiner fragte, ein Major nicht vermißt wurde, war es besser, alles zu vergessen. Und suchte man später tatsächlich einen Major des KGB, konnte niemand behaupten, daß ausgerechnet ein Feldwebel Baidukow an diesem Teil des Flusses zu dieser Stunde Dienst getan hatte. Auch Fettisow, der Fischer, konnte nichts aussagen ... er war nicht im Haus, als Baidukow seinen Kahn abholte. Alles würde ein großes Rätsel bleiben.

Am mongolischen Ufer, hinter der Biegung des Flusses, tauchte Shukow wieder vom Bootsboden auf. Der Mann, den er für B III hielt, saß am Steuerrad und drosselte jetzt den Motor. Der Mongole, der die Fahne geschwenkt hatte, grinste Shukow zufrieden an. Es war alles glatter gegangen, als man befürchtet hatte.

»Das war Maßarbeit!« sagte Shukow. Er sprach jetzt wieder Englisch. »Gratuliere.«

»Danke, Major Miller.« B III nickte nach hinten. »Ziehen Sie sich um. Als sowjetischer Major können Sie nicht in Ulan-Bator einrücken. Bei Captain Carter ist die Flasche Whiskey kalt gestellt.«

»Hat Galina das tatsächlich durchgegeben?«

»Ja, und noch mehr. Ich soll Ihnen sagen, daß Sie ein Schuft sind, und daß sie nie mehr einen Mann so lieben könnte wie Sie. Das war das letzte, was sie sagen konnte – dann fing sie an zu weinen …«

Bio-Jet ist ein neues Kräftigungsmittel auf Kakaobasis, angereichert mit Vitaminen und Lecithin. Es ist, wenn man der Werbung glauben kann, für alle gut: für Säuglinge, heranwachsende Kinder, gestandene Männer, Großväter, Mädchen, schwangere Frauen und Mütter, Frauen im Klimakterium und solche, die es hinter sich haben. Sportler gewinnen mit Bio-Jet neue, ungeahnte Kräfte, Soldaten werden zu Helden, müden Männern rumort neue Potenz in den Lenden … mit Bio-Jet zu leben, ist eine wahre Pracht.

So war es nicht verwunderlich, daß die Vertreter von Bio-Jet überall offene Türen und willige Ohren vorfanden. Durch einen ungeheuren Reklamefeldzug in allen Fernsehsendern angekündigt, wurden die Vertreter empfangen wie Überbringer der ewigen Jugend. Wozu Coca-Cola fast ein Jahrhundert gebraucht hatte, nämlich ein kultureller Begriff zu sein, das schaffte Bio-Jet in einem Jahr. Jede Woche lief eine Fernsehsendung ›Die Spitzenleistung‹. Eine raffinierte Sendung … denn ob man einen Sportler vorstellte, einen Physikprofessor oder einen Sänger, eine biedere Hausfrau, die sich durch zehn schreiende Kinder nicht aus der Fassung bringen ließ, oder ein superheißes Girl, das über die Mattscheibe glitt und einen Blick in ihre halboffene pralle Bluse gewährte … immer stand im Hintergrund, ganz zufällig, eine Dose mit Bio-Jet.

Der Kakaotrunk der Kraft, der Schönheit, der Jugend.

Für John Barryl war der Job, Bio-Jet in New Mexico zu vertreten, genau der Posten, den er brauchte, um überall hineinzukommen. Er fuhr einen Firmenwagen mit großer aufgemalter Bio-Jet-Dose auf beiden Seiten, trug eine Schirmmütze mit der Aufschrift: ›Der Bio-Jet-Mann‹ und stak in einem weißen Overall, auf dessen Brust ebenfalls in grellroter Schrift jedem entgegenschrie: »Bio-Jet … und du wirst hundert Jahre!«

Etwas Unauffälligeres als diese auffällige Tarnung war in den USA überhaupt nicht denkbar. John Barryl fuhr durch das Land, jeder grüßte ihn, jeder kannte ihn, und keiner fragte ihn. Seine Eingliederung in die amerikanische Gesellschaft war vollkommen gelungen.

Sein Glanzstück allerdings war, daß er seit vierzehn Tagen auch die Kantinen der amerikanischen Atomforschungszentrale in Los Alamos belieferte. Moskaus gefährlichster Mann hatte sein Ziel erreicht: Die Atomstadt Los Alamos stand für ihn offen. Wenn sein Firmenwagen auftauchte, hoben sich ohne Kontrollen die Schlagbäume. John Barryl winkte dann den Posten zu, rief: »Boys, habt ihr schon euer Gläschen getrunken? Wie steht's in der Hose?« und durfte unter Gelächter und knalligen Witzen alle Sperren passieren.

Ein Vertreter für Bio-Jet ist jedoch keine Sensation. Wer mit Werbespots so gefüttert wurde wie die Bürger der USA, dem war ein Mann wie John Barryl eine geradezu vertraute, zum täglichen Leben gehörende Figur.

Sensationell für die Männerwelt in der Atomstadt Los Alamos war dagegen, daß in der Kantine II der Forschungsgruppe für Kernspaltung ein Mädchen arbeitete, das schon eine Stunde nach seinem ersten Dienstantritt einen vollen Raum hatte. Das wiederum kam von ihrer vollen Bluse und den langen schlanken Beinen, die in so engen Blue jeans steckten, daß eigentlich niemand mehr zu raten brauchte, wie es darunter aussah. Es tauchte höchstens die Frage auf, wie das Girl in solch enge Hosen hineinkam, und ob es schwierig sein würde, sie wieder auszuziehen.

Hinzu kam, daß sie einige neue Rezepte für Milchmixgetränke mitgebracht hatte und auch seit einigen Tagen Bio-Jet verarbeitete. Wenn jemand an ihre Theke kam und sagte: »Wie soll man das aushalten, Mädchen? Braust da ein Stärkungsmittel in die Milch, jonglierst mit deinen Rundungen, und wir sollen da noch brave Knäblein bleiben. Das ist wider die Natur«, antwortete sie ziemlich schnippisch: »Fragen Sie das Ihre Frau, Mister. Die wird Sie von dem Überdruck befreien.«

Beim Pächter der Kantine liefen hintenherum eine Menge Anfragen ein. Stan Wolter verfluchte schon nach vier Tagen, daß er das Mädchen eingestellt hatte, nachdem es alle Sicherheitsuntersuchungen durchlaufen und das Personalbüro okay gesagt hatte. Er schrieb ein Plakat, nagelte es an die Außentür der Kantine und wehrte damit alle anderen Fragen ab. Auf dem Plakat stand:

»Sie heißt Norma Taylor, ist nicht verwandt mit Liz Taylor, wurde in Texas geboren und sieht alle Männer als Idioten an. Ihre Maße: 93 – 74 – 90. Größe 1,70. Wo sie wohnt, fragt sie selbst. Aber ihr könnt euch die Mühe sparen.«

Dieses Plakat wurde auf dem Gelände von Los Alamos fast ebenso berühmt wie die hier vollzogene erste unterirdische Atomkernspaltung der Welt.

Es gab trotzdem noch immer Männer, vor allem Offiziere, die sich nicht damit abfinden konnten, daß ein solcher Schatz hinter der Milchtheke stand und später in einem sicherlich gemütlichen Apartment den Abend allein vor dem Fernseher verbrachte. Aber Norma Taylor machte ihrem Ruf, eine ›Eiserne‹ zu sein, alle Ehre. Selbst Oberleutnant Hendrik Gulbrannson, ein Kerl wie ein Baum und – wie sein Name bewies – schwedischer Herkunft, von dem man sagte, seine strahlendblauen Augen wirkten auf Frauen wie Höhensonne, denn sie ließen sofort alle Kleider fallen, selbst er rannte viermal vergeblich die Taylor-Festung an. Er schickte sogar rote Rosen, um es auf die ganz romantische Tour zu versuchen ... zur Schadenfreude aller Beobachter landeten die Rosen auf dem Müll, ohne je eine Vase gesehen zu haben.

Auch eine mit militärischer Gründlichkeit aufgebaute Bespitzelung ergab nichts, was Normas Abstinenz erklären konnte. Zwar bekam man heraus, wo sie wohnte – bei einem Drogisten in einer kleinen Dachgeschoßwohnung –, aber einen Mann sah man nie an ihrer Seite. Der Drogist, vom Experten des Abschirmdienstes in Los Alamos regelrecht verhört, konnte nur immer wieder beteuern, daß Norma Taylor trotz ihres Aussehens ein Musterbeispiel von Zurückhaltung und Moralität sei. Sie ging selten aus, empfing keinen Männerbesuch, liebte klassische Musik, aber auch Jazz und echten alten New-Orleans-Blues (der Drogist hörte es manchmal durch die Decke, wenn sie den Plattenspieler zu laut laufen ließ), sie besuchte einmal in der Woche ein Kino, ging nicht tanzen, legte sich auch keine Freundinnen zu – ein Aufatmen ging durch die Verhörenden, lesbisch war sie also nicht, das wäre ein großer Schlag gewesen! – Überhaupt, sie lebte so unauffällig, daß es fast schon anormal war. Nur einmal hatte sie einen kleinen Einblick in ihr Inneres gegeben – so nannte es der Drogist –, als sie ihn in einem Gespräch fragte, ob es in Los Alamos so etwas wie einen ›Verein für die Rechte der Frau‹ gäbe.

»Das darf nicht wahr sein!« sagte einer der Offiziere geradezu entsetzt. »Norma Taylor zu den verrückten Weibern? Und keiner von uns Kerlen kann das verhindern? Wir sollten uns schämen! So ein Goldstück lassen wir doch nicht wegrollen!«

»Ich werde es über die klassische Musik versuchen, zum letztenmal«, sagte Hendrik Gulbrannson. Er arbeitete als Wachoffizier im Labor V der Kernspaltung, einer der wenigen Militärs unter lauter zivilen Forschern. Wenn abends die Labors geschlossen wurden und die täglichen Laborberichte in den Panzerschränken eingeschlossen waren, begann Gulbrannsons Aufgabe. Er kontrollierte alle Sicherheitsanlagen, die elektronischen Überwachungen, die Fernsehkameras, die jeden Winkel abtasteten, und die Alarmgeber, die mit unsichtbaren Strahlen arbeiteten. Nach menschlichem Ermessen war es unmöglich, an die Papiere der Forschungsgruppe heranzukommen, wenn die Arbeit ruhte. Nur in der Forschung tätigen Spionen – wie damals dem Ehepaar Rosenberg – wäre es möglich gewesen, Geheimmaterial herauszubringen. Aber auch hier paßten Gulbrannsons Spezialisten auf. Jeder, der das Atomgelände verließ, wurde durchleuchtet. Von den Labors der Gruppe V führte nur dieser Weg durch die Röntgenschleuse in die Außenwelt. Mikrofilme, wo immer sie auch am Körper versteckt waren, wurden durch diese Strahlen unbrauchbar gemacht. Sie schwärzten sich ein.

Man kam also mit Norma Taylor nicht weiter. Der einzige, der mit ihr länger sprechen konnte und zu dem sie freundlicher war als zu ihren anderen Gästen, war der Vertreter für Bio-Jet, dem Stärkungsmittel mit Vitaminen und Lecithin. Auch er wurde von der Riege der Norma-Erstürmer beobachtet – man fand nichts an ihm als das, daß er gut aussah, immer zu Witzen bereit war, herrliche Sprüche über sein Kakaogesöff herunterklopfen konnte und – wenn er in Los Alamos war – bei Jimmy in der Kneipe saß und ab und zu eine Partie Billard im Hinterzimmer spielte. Ein harmloser Mensch, völlig integriert in seinen Beruf. Niemand kannte ihn anders als in seinem weißen Overall und seiner Schirmmütze. »Bio-Jet ... und du wirst hundert Jahre.«

Ein paarmal wurde John Barryl zur Seite genommen, immer wenn er von Norma kam. Hätte er alle Angebote akzeptiert, wäre ein guter Nebenverdienst herausgekommen. Einige boten ihm hundert Dollar für eine Vermittlung, allein mit Norma sprechen zu können. Ein Major, Vater von vier Kindern, wedelte sogar fünfhundert Dollar, wenn John die eiserne Norma überreden könnte, sich im Kino mit ihm zu treffen. Aber nicht nur die Militärs waren scharf wie abgezogene Handgranaten, auch seriöse Wissenschaftler verirrten sich immer mehr in die Milchbar, saßen stieren Blickes herum, betrachteten Normas volle Bluse, lächelten ihr dümmlich zu und kamen sich in ihren weißen Labormänteln unwiderstehlicher vor als die Soldaten in ihren Uniformen. Sogar ein Professor entdeckte seine Liebe zu einer Bio-Jet-Milch mit Schlagsahne und versuchte, Norma Taylor durch einen Vortrag über ›biologisches Hyperwachstum durch Atombestrahlung‹ für sich zu interessieren.

Norma hörte geduldig zu und sagte dann ruhig: »Die Milch kostet dreißig Cents. Unbestrahlt …«

Alles brüllte vor Lachen, aber wer erwartet hätte, ein beschämter Professor würde jetzt seine Besuche einstellen, hatte sich geirrt. Professor Werner Lowinsky kam am nächsten Tag zur Mittagszeit wieder, trank seine Mixmilch für dreißig Cents und aß ein Sandwich mit Salami noch dazu.

Da geschah das Ungeheuerliche! Norma Taylor brachte ihm das Sandwich, blieb an Lowinskys Tisch stehen und unterhielt sich einen Augenblick mit ihm. Ganz kurz nur, ein paar Sätze, aber sie hatten es in sich, wie die Nähersitzenden hören konnten.

Norma sagte: »Ich habe darüber nachgedacht, Herr Professor. Dieses Riesenwachstum. Das ist doch eine tolle Sache! Mit so einer künstlichen Sonne ist man ja wirklich unabhängig von allen Witterungen. Es gibt überhaupt keine Mißernten mehr, sondern nur noch Supererträge. Toll!«

Professor Lowinsky ging an diesem Tag mit zittrigen Knien zurück in sein Labor. Oberleutnant Gulbrannson, der sich in Unkosten gestürzt und eine Sinfonie von Beethoven gekauft hatte – die Dritte, dirigiert von Bernstein –, folgte ihm mit düsterem Blick und erwischte ihn vor dem Eingang zum Simultanreaktor.

»Sie mit Ihrem dusseligen Hyperwachstum!« sagte Gulbrannson ohne Warnung. »Glauben Sie bloß nicht, daß wir Ihre Attacken auf Norma ruhig ansehen! Mein Gott, ja, Sie haben einen bekannten Namen. Aber für Norma sind Sie drei Nummern zu klein.«

»Das werde ich Ihnen beweisen!« entgegnete Lowinsky mutig. »Ich weiß jetzt, was Norma immer gesucht hat. Einen geistigen Partner! Nicht einen Klotz, mit einer Uniform behangen.«

»Wollen Sie Krach, Professor?« fragte Gulbrannson dunkel. »Wir können Ihnen Schwierigkeiten machen.«

»Sie? Haha, da muß ich lachen!«

»Stellen Sie sich vor, Sie hätten die Mehrzahl der Offiziere von Los Alamos gegen sich. Ihnen bleibt nur noch die Auswanderung ...«

»Das sind Gangstermethoden! Ich werde das der Obersten Behörde melden!«

»Wir sind jetzt allein. Es wird also Aussage gegen Aussage stehen. Und es wird keinen geben, der ohne Beweise einen amerikanischen Offizier einen Lügner nennen wird. Überlegen Sie sich das, Professor. Ist Ihnen die Ruhe für Ihre nuklearen Forschungen nicht wichtiger als Normas wippender Hintern?«

Auch John Barryl sah Norma kritisch an, als er bei seinem nächsten Vertreterbesuch im Magazin der Kantine die Vorräte an Bio-Jet auffüllte. Hier waren sie allein. Kam jemand herein, so konnte man ihn schon von weitem sehen. Es gab nur diese eine Tür. Und daß Norma Taylor die Vorräte zählte, war völlig logisch und gab keinen Anlaß zum Nachdenken.

»Was willst du mit Lowinsky?« fragte John Barryl und packte die Bio-Jet-Dosen in die Regale. »Die Sache mit der Atombestrahlung ist ein alter Hut. Aber im Labor V tut sich etwas! Was hast du gesammelt?«

»In den letzten fünf Tagen sind zwei Kommissionen aus dem Pentagon gekommen und haben an einer geheimen Vorführung teilgenommen. Sie blieben vier Stunden im Bunker VI. Nachher roch es stark nach verbranntem Eisen.« Norma lehnte sich gegen das Regal. »John, ich komme so nicht weiter. Lowinsky ist nur ein Lockvogel ... ich will auf anständige Weise an Gulbrannson heran. Er soll sich so anstrengen, mich zu erobern, daß er später wie ein Hund hinter mir herkriecht.«

»Was heißt erobern?« fragte Barryl und runzelte die Stirn. »Norma, ich bringe jeden um, der dich anfaßt! Wie ich sie hasse, diese geilen Böcke! Wenn ich höre, wie sie über dich sprechen und was sie alles mit dir anstellen wollen, wenn es ihnen gelingt, dich zu bekommen. Norma, in diesen Minuten habe ich das Zeug zum Massenmörder in mir! Du weißt, wie ich dich liebe …«

»John, wir wollten davon nicht sprechen.«

»Ich muß es, wenn du Gulbrannson an dich heranziehst. Der Gedanke allein macht mich wahnsinnig!«

»Wir haben unseren Auftrag, John …«

»Jeder Einsatz hat Grenzen, Norma.«

»Weißt du, was General Sinjonew gesagt hat, als er mich in Frazertown verabschiedete? ›Girl‹, hat er gesagt, ›dein Einsatzort ist Los Alamos. Du weißt, was Los Alamos ist. Dort triffst du Andrej Nikolajewitsch wieder.‹ – Ich wäre ihm fast um den Hals gefallen. Aber er sagte weiter: ›Vergiß eins nie: Du hast kein Privatleben! Du lebst nur für deine Aufgabe, dein Vaterland! Nicht nur dein Geist gehört Rußland, auch dein Körper! Er ist deine stärkste Waffe gegen den Kapitalismus. Verstehst du mich?‹ Und ich habe geantwortet: ›Ich habe verstanden, Sir.‹ Was hättest du geantwortet?«

»Hast du darüber mit Bob gesprochen?«

»Ja«, sagte Norma. Es war leicht, ihn zu belügen. Als Barryl plötzlich aus Frazertown verschwand, war Bob ja noch in Hillmoores Bar und mixte seine höllischen Cocktails. Sie dachte oft daran, an diese letzte Nacht mit ihm, nachdem sie wußte, daß er Amerikaner war. An den Abschied, an die Mülltonne, mit der sie ihn aus Frazertown geschmuggelt hatte, an die dann folgenden einsamen Tage und noch einsameren Nächte, durchglüht von der Sorge um ihn, von der Sehnsucht nach seiner Umarmung geschüttelt. Es waren grauenhafte Tage gewesen, bis Sinjonew auch sie in das Bürgermeisteramt rief und ihr mitteilte, ihr Einsatz in den USA sei beschlossen. Über Wien war sie dann nach New York geflogen.

»Und was sagte Bob?« fragte Barryl. Norma schrak zusammen und konzentrierte sich wieder auf John.

»Er nannte Sinjonew eine Sau. Du kennst ja seine Art.«

»Aber du hast ihm nicht gesagt, daß du bereit wärest …« Barryl schluckte die nächsten Worte hinunter. »Dunja, auch die Liebe zum Vaterland hat Grenzen.«

»Bist du verrückt?« Sie blitzte ihn mit ihren schwarzen Augen an und fauchte wie eine getretene Katze. »Ich heiße Norma, du Idiot!«

»Wie richtig! Ich bin ein Idiot. Warum mache ich das alles eigentlich mit? Warum trage ich diese scheußliche Mütze und diesen lächerlichen Overall? Warum sage ich nicht zu dir: Komm, Norma! Wir sind Amerikaner. Man hat uns dazu gedrillt, man hat unser Eigenleben umfunktioniert, bis wir jeden Russen als einen Fremden ansahen. So vollkommene Amerikaner sollten wir sein. Nun sind wir es ... nun laß uns auch in allem vollkommen sein. Ich habe meinen Beruf, verkaufe Bio-Jet und verdiene gut dabei. Du kannst überall einen Job bekommen. Laß uns heiraten, eine Wohnung mieten und leben wie ein stinknormales amerikanisches Ehepaar. Rußland ... das ist der andere Machtblock im Osten. Wir Amerikaner haben das Recht, mißtrauisch zu sein gegen diesen Block. Oder wir sagen einfach: Was geht uns die Politik an. Wir haben unser Steak in der Pfanne, unser Bier im Kühlschrank, unseren Wagen vor der Tür und zahlen ab nächstem Jahr ein Häuschen ab. Und jeder, der uns das nehmen will, soll zur Hölle fahren! Zuerst die verdammten Russen ...«

»John, du bist wirklich verrückt!« sagte Norma entsetzt.

»Warum sage ich das nicht? Wer hindert mich daran? Ein paar Männer im Kreml? Ein General ...«

»Halt den Mund, John!«

»Wenn du mich so liebst, Norma, wie ich dich liebe, mit der gleichen Bedingungslosigkeit, dann komm mit mir. Ich bin bereit auszubrechen ... Schon morgen lasse ich mich in Moskau abmelden.«

»Du weißt, was das heißt. Du wirst aus allen Listen gestrichen. Du bist tot.«

»Aber ich kann mit dir leben. Das ersetzt mir ganze Welten.«

»Du weißt genau, daß es unmöglich ist, John. Warum reden wir immer wieder darüber? Warum? Wir quälen uns doch nur damit.« Sie rückte die Bio-Jet-Dosen im Regal zurecht, so, daß die Schrift nach vorn kam. Eine sinnlose Tätigkeit, nur um abzulenken, um nicht in Johns Augen blikken zu müssen. Sie hätte ihm nie sagen können, daß ihr Einsatz in Amerika, an den sie in Frazertown nie geglaubt hatte, mehr für sie war als eine vaterländische Aufgabe. Ich habe die Möglichkeit, Bob wiederzusehen, hatte sie sofort gedacht, als Sinjonew ihr den Befehl mitteilte. Und ich werde ihn finden, wenn er in Amerika ist. Zuerst ein paar Monate vorübergehen lassen, folgsam den Sprüchen Moskaus gehorchen … und dann werde ich in Washington anfragen, wo ein Major Bob Miller zu finden ist. Sie werden zurückfragen: Was wollen Sie von dem Major? Und ich werde antworten: Ich habe ein Kind von ihm. Er kennt es noch nicht, weil er noch nichts davon weiß. – Vielleicht kommt ein anderer Offizier und will das Kind zuerst sehen … er soll sich überzeugen. Ein Kind wird vorhanden sein, für einen Tag ausgeliehen von einer Bekannten. Das alles muß noch vorbereitet werden, braucht seine Zeit. Aber das kann man John Barryl nicht erzählen. Wenn er das alles wüßte, wäre er sicherlich so sehr Russe, um auch mich zu töten.

»Du bist ein Plenjakow …«, sagte sie leise. »Du kannst nicht ohne Rußland leben.«

»Du bist Rußland und Amerika in einer Person. Du bist eine ganze Welt, Norma.« Er blickte sie forschend an. Zum erstenmal seit ihrem Wiedersehen in Los Alamos wagte er die Frage, die er die ganze Zeit mit sich herumgeschleppt hatte. »Ist es wegen Bob? Norma, was ist passiert, nachdem ich Frazertown verlassen mußte?«

»Weißt du eigentlich, wie beleidigend deine Frage ist?«

»Das ist keine Antwort.«

»Bob ist dein Freund.«

»Das hat ihn nie gehindert, dir nachzustellen.«

»Hast du es nicht auch getan, wenn Bob nicht in der Nähe war?«

»Ich liebe dich, Norma …«

»Und wenn Bob auch so denkt?«

»Er ist nicht der Typ, es bei einer Frau auszuhalten. Himmel, wie hat er sich oft dir gegenüber benommen! Wie oft haben wir Krach miteinander bekommen und uns

Schläge angedroht, nur weil er in dir eine lebende Matratze sah ...«

»Hat er das zu dir gesagt?« fragte sie ruhig. Nur ihre Augen verengten sich zu Schlitzen, wie bei einer Raubkatze vor dem Sprung.

»Nein. Man hat es aus seinen Worten nur herausgehört.«

»Wir werden ihn nie wiedersehen, John.«

»Was hindert uns dann, zu heiraten?«

»Unsere Aufgabe.« Sie nahm den Lieferschein, den Barryl schon ausgefüllt hatte, und quittierte die Sendung. »Geht jetzt alles glatt?«

»Sie kontrollieren mich nur noch oberflächlich.« Barryl steckte den Lieferschein in die Brusttasche seines Overalls. »Schließlich können sie ja nicht bis in alle Ewigkeit jede Bio-Jet-Dose durchleuchten. Es gibt kein besseres Versteck. Norma, laß die Finger von Gulbrannson!«

»Er hat die Schlüssel zu allen Sicherungen in der Hand.«

»Er wird sie nie hergeben, auch nicht in deinem Bett. Aber man wird ihn eines Tages mit eingeschlagenem Schädel finden oder mit einem Loch in der Stirn.«

»Du bist ein merkwürdiger Mensch, John«, sagte Norma nachdenklich. »Du kannst lieben und töten in einem Atemzug.«

»Du bist es wert, Dunjaschka ...«

»Das ist ein Irrtum, John«, sagte sie leise. »Ihr Männer seht eine Frau immer nur an, aber nie in sie hinein. Die meisten Frauen sind anders als ihr Äußeres.«

»Ich liebe dich so, wie du bist, innen wie außen. Es ist eine Liebe ohne Fragen.«

»Dann frage nicht!« sagte sie. Ihre Stimme beruhigte ihn ungemein. »Stell dir vor, wir hätten uns nicht wiedergesehen.«

»Das ist das einzige, wozu ich nicht fähig bin«, sagte Barryl heiser. »Dich wiederzusehen war ein Wunsch, für den ich sogar gebetet habe. Das hast du aus mir gemacht!«

In Fort Patmos wußten nur vier Mann, daß der Offizier, der aus dem Hubschrauber stieg, Major Miller war. Die Wache vor dem Eingang des alten Fortgebäudes grüßte stramm, kontrollierte die Passierscheine, telefonierte zur Zentrale und gab dann den Weg frei.

Miller schüttelte den Kopf, als sie im Innenhof des alten Forts waren. Entgegen aller amerikanischen Militärtradition wehte hier keine Fahne an einem hohen Mast. Nichts wies darauf hin, daß sich das Hauptquartier der Einsatzgruppe I des CIA zeitweilig in diese Einsamkeit verkroch.

»Und ihr glaubt, hier findet euch niemand?« sagte Miller zu den begleitenden Offizieren. »Boys, für wie dämlich haltet ihr die andere Seite! Die sitzt euch in den Haaren wie eine Filzlaus, und ihr merkt es gar nicht. Ich habe die Kerle aus nächster Nähe kennengelernt und mit ihnen um die Wette gesoffen ... was Moskau uns rüberschickt, ist die Sahne der Elite. Da kann sich Orwell ruhig nach Fort Patmos verkriechen. Auf ihren Karten haben die Russen um den Namen Fort Patmos längst einen roten Kreis gezogen. Der Milchmann, der euch die Milch liefert, kann Wassili Adolfowitsch Jerofejew heißen ...«

»Seitdem du bei unseren roten Freunden warst, witterst du wohl überall Russen, was?« Die Offiziere lachten. Sie lieferten Miller bei der nächsten Wache ab, die vor dem langgestreckten verwitterten Kommandanturgebäude des Forts stand, und klopften ihm auf die Schulter. »Du bist wieder in New Mexico und nicht mehr in der Taiga.«

General Orwell begrüßte Miller wie einen heimgekehrten Sohn, zog ihn zunächst wortlos an sich, umarmte ihn und hielt ihn dann von sich ab, als wolle er ein Bild betrachten.

»Du siehst mies aus, Bob!« sagte er. »Aber Hauptsache, du bist herausgekommen. Ich habe von Carter schon erfahren, wie alles gelaufen ist. Merkwürdigerweise haben die Sowjets überhaupt nicht reagiert. Kein Protest wegen des Grenzzwischenfalls, kein lautes Lamentieren wegen des Schußwechsels, keine Bilder von verwundeten Rotarmisten ... absolut nichts. Das scheint eine neue Taktik zu sein.« Orwell drückte Miller auf einen Stuhl, holte aus seinem Schreibtisch Whiskey und zwei Gläser und schüttete sie halb voll. Das tat Orwell sonst nie, es sei denn, etwas ganz Heißes sollte zur Sprache kommen, was man nur mit einem Schluck Alkohol vertragen kann. »Was in Rußland gewesen ist, Bob, das kannst du später berichten. Wir mußten dich wieder herausholen, weil wir hier nicht weiterkommen.«

»Plenjakow ist euch durch die Lappen gegangen, ich weiß.« Bob trank nach einem kurzen Zuprosten sein Glas sofort aus. Der Whiskey brannte in der Kehle. Bob empfand es als angenehm, es paßte zu seiner Stimmung. »Was ihr mit Ben Lauritz gemacht habt, war nicht fein«, sagte er hart.

»Ich weiß, Bob.« Orwell setzte sich auf die Schreibtischplatte. »Wir haben deswegen lange Debatten gehabt. Aber wie sollten wir dich anders benachrichtigen? Und Ben ist ein fabelhafter Kerl. Er hat sofort okay gesagt, als wir ihm den Vorschlag machten. Er konnte wählen, Bob, die Entscheidung lag ganz bei ihm. Hätte er nein gesagt, wir hätten es akzeptiert. Aber er war sofort bereit.« Orwell griff nach hinten und holte ein Fernschreiben aus einer offenen Mappe. »Überzeug dich selbst. Die Abmachung ist perfekt. Ben wird in vier Wochen gegen drei sowjetische Agenten ausgetauscht. Er ist bereits in Moskau und wird wie ein rohes Ei behandelt. Hinzu kommt der Effekt, daß die Russen tatsächlich glauben, er sei bis zur Raketenbasis Werchokrassnoje vorgedrungen.«

»Und trotzdem tauschen sie ihn aus?« Bob las die Fernschreibermeldung und gab sie dann Orwell zurück.

»Wir haben ihnen drei Topleute geboten. Das waren wir Ben Lauritz schuldig. Übrigens ist einer von ihnen auch ein Schüler aus Frazertown. Er arbeitete als Buchhalter in der ›Central Electric‹, die für uns elektronische Nachtzielgeräte herstellt. Über einen zufällig entdeckten toten Briefkasten haben wir ihn enttarnt.«

»Ihr habt ihn nicht dazu bekommen, mit Plenjakow Kontakt aufzunehmen?«

»Er war schon aus Frazertown weg, als Plenjakow dort eintraf. Er kennt ihn gar nicht. Niemand kennt ihn … außer dir.« Orwell griff wieder nach hinten in seinen Schreibtisch und schob eine dickere Akte nach vorn. »Hier haben wir alle bisher ausfindig gemachten John Barryls und ihre Lebensdaten. Jedes Telefonbuch in den USA ist per Computer durchgesehen worden, jede polizeiliche Eintragung überprüft worden. Es war die bisher größte stille Fahndung in den Staaten ... nichts! Jeder durchleuchtete Barryl ist ein braver Bürger.«

»Und wie viele Barryls laufen herum, die kein Telefon haben und der Polizei nicht irgendwie in die Finger fielen?«

»Das eben ist die Dunkelziffer. Da kommen wir nicht heran. Hier kann nur wieder der Zufall helfen. Es sei denn, du kannst uns Plenjakow so genau beschreiben, daß wir eine Phantomzeichnung anfertigen können. Ist das möglich, Bob?«

»Es ist schwer, Sir.« Bob schloß einen Moment die Augen. Er stellte sich Plenjakow vor. Wie er mit Norma in Hillmoores Bar tanzte. Wie er mit breiten, muskulösen Schultern, nur mit einem dünnen Unterhemd bekleidet, auf dem riesigen Mähdrescher gesessen hatte. Wie er im Boxring stand und die härtesten Schläge hinnahm, als seien sie ein Streicheln. Wie er morgens, völlig aufgelöst, vor Bobs Tür stand und schrie: »Was ist mit Norma los? Sie ist von Billys Restaurant nicht nach Hause gekommen! Bob, ich bin am Ende! Ich kann überhaupt nicht mehr denken!« Und vier Meter weiter im Schlafzimmer lag Norma in Bobs Bett und zitterte vor Angst.

Andrej Nikolajewitsch, ich könnte dich genau beschreiben. Ich sehe dich vor mir in allen Variationen, die ein Mensch durchmachen kann, vom Glück zum Schmerz, von der Zärtlichkeit zum Haß. Aber ein Phantombild gibt das nie ... so etwas kann man nicht zeichnen.

»Es wäre ein Bild, Sir ...«, sagte Bob gedehnt – »das auf Tausende passen würde. 1,87 groß, mittelblondes kurzes Haar. Durchtrainierte sportliche Figur. Ein liebes Jungengesicht, dem man die 35 Jahre nicht ansieht. Ein Typ, der sofort Vertrauen einflößt, den man zum Freund haben möchte, der ein grandioser Kumpel ist ... kann man das zeichnen oder malen? Da versagt auch ein Leonardo da Vinci …«

»Ich darf wohl Scheiße sagen, Bob?« schnaufte Orwell. Bob grinste leicht.

»Sie dürfen, Sir.«

»Bob, du hast doch in Frazertown fotografiert.«

»Und wie!« Miller lächelte. Seine verträumten Augen blickten an General Orwell vorbei. Da waren die Fotos von Norma, dachte er. Ihre glänzende Nacktheit auf meinem Bett. Das schönste Foto, wie sie vor dem Spiegel steht und sich reckt. Die Morgensonne lag wie ein roter Goldhauch auf ihren Brüsten. Da hatte er die Kamera weggeworfen und sie zurück aufs Bett getragen. Es waren die Stunden gewesen, in denen sie sich bei ihm festbiß und ihre spitzen Fingernägel seinen Rücken aufrissen, als sei er mit Stahlhaken ausgepeitscht worden. Natürlich hatte er auch Plenjakow fotografiert. Im Bug beim Schwimmen, vor dem Mähdrescher, vor einem Footballkampf. Keiner hatte ihn daran gehindert, auch Frazertown aufs Bild zu bekommen. Den Marktplatz, Billys Riesenhamburger aus Plastik auf dem Dach, das Stadion, die Boxschule Harry Fultons, das Bürgermeisterhaus mit der amerikanischen Flagge. Man war ja ein freier Amerikaner in Frazertown! Aber dann …

»Das mit dem Fotografieren war blendend organisiert«, sagte Bob und wischte die Erinnerung aus sich weg. »Man gab die Filme zum Entwickeln und Vergrößern in das Fotogeschäft von Jack Maxwell und konnte sich drei Tage später die Bilder abholen. Wie bei uns. Aber jetzt kommt es. Jack freute sich über jede gelungene Aufnahme, man konnte sich an einen runden Tisch setzen und seine Meisterwerke bewundern. Jack gab sogar Anleitungen über Belichtungen und Verschlußzeiten, wenn eine Aufnahme nicht so gut gelungen war … und dann sammelte er die Fotos wieder ein und steckte sie in eine Zerkleinerungsmaschine neben der Theke. Was übrigblieb, waren sinnlose Schnipsel. Die Negative waren vorher längst vernichtet. Das waren die Fotofreuden von Frazertown. Jack Maxwell heißt übrigens Afanasij Iljitsch Nowochishin. Wenn also später irgendwo ein Pressefotograf mit dem Namen Maxwell bei uns auftaucht ... das könnte Afanasij sein.«

Orwell schrieb sich den Namen sofort auf und wandte sich dann wieder Bob zu.

»Und deine Minikamera?«

»Ging über Bord, als ich Fulton ausschalten mußte. Ich habe es erst später gemerkt. Eine Panne. Ich gebe es zu.«

»Und auf dem Mikrofilm hatten Sie Bilder von Plenjakow?« Orwell fiel wieder in das dienstliche Sie zurück, nachdem das private Gespräch abgeschlossen war.

»Natürlich. Und einige sehr schöne Panoramaaufnahmen von Frazertown vom Fluß aus.« Bob hob bedauernd die Schultern. Und all die schönen Bilder von Norma, dachte er dabei. Wenn sie erschöpft eingeschlafen war und dalag mit angezogenen Knien, auf ihr schwarzes Haar gebettet, das leise Vibrieren der gereizten Nerven noch unter der Haut ihrer Schenkel. Sir, eine solche Frau gibt es nur einmal ... aber das kann ich Ihnen ja nicht sagen. Ich habe die Kamera auch nicht im Bug verloren. Ich hatte sie immer bei mir, in einem wasserdichten Plastikbeutel, ganz unten in meinem Leinensack. Sie war überall dabei ... bei der Zugfahrt nach Ottokh, bei der großen Überschwemmung, im Straflager von Nowo Sosnowka. Ich habe sie auch bei mir gehabt bei der Flußfahrt zur Lena und als ich auf allen vieren durch die Taiga kroch und wußte: Jetzt krepierst du wie ein räudiger Hund ... Erst als ich im Hotel ›Lena‹ in Jakutsk den Reisesack auspackte, war die Kamera nicht mehr drin. Die Jakuten hatten sie geklaut ... und da war es unmöglich, sie wieder zurückzuholen. Ich war neun Tage ein lebender Leichnam, Sir, und hinterher froh, daß ich noch laufen konnte. An die Kamera habe ich da nicht gedacht. Soll ich Ihnen das gestehen, Sir? Es ist das Recht des Menschen, ab und zu etwas zu verschweigen, was an seiner Politur kratzt ...

General Orwell hob die Schultern. »Doppelte Scheiße, Bob. Stellen Sie sich vor, wir hätten jetzt ein Foto von John Barryl! In ein paar Tagen hätten wir ihn kassiert.«

»Man soll nicht von Märchen träumen, Sir.«

Orwell starrte Miller an. Es war sonst nicht üblich, daß

man so mit einem General redete. »Rußland hat Sie verdammt mitgenommen, Bob«, sagte Orwell betont. »Ich bin auf Ihren genauen Bericht gespannt. Wo waren Sie, als Sie von Bens Gerichtsverfahren hörten?«

»In einem von allen Seiten vom Wasser eingeschlossenen Straflager. Dort habe ich mit einem Karateschlag eines der schönsten Mädchen töten müssen, das ich je im Bett hatte. Die Ärztin Valja Johannowna Wuginskaja. Ihr Haar war wie schwarzes gesponnenes Metall, in den schräggestellten Augen schimmerte immer ein Goldpunkt, und wenn sie spürte, daß es ihr kam, hieb sie mit den Fäusten auf mich ein und schrie mich an: ›Du Schuft! Du Ekel! Du Scheusal!‹ Hinterher weinte sie vor Glück und schlief, an mir zusammengerollt wie eine Katze, ein. Sie hatte kleine, spitze Brüste mit dunkelroten, fast schwarzen Monden und Warzen. – Ich habe sie getötet, weil ich Bens Botschaft verstanden hatte und Kontakt mit Irkutsk suchte. Dabei überraschte sie mich. Sie war zu mir gelaufen, um mich wieder zu lieben. – Was wollen Sie noch mehr auf die Schnelle wissen, Sir?«

Orwell blickte Bob Miller nachdenklich an und zog die Unterlippe zwischen die Zähne. »Bob ...«, sagte er langsam. »Sie sind mit den Nerven völlig am Boden. Ich sehe und höre es. Sie müßten für sechs Wochen in ein Erholungslager, und ein Psychiater sollte sich auch um Sie kümmern. Glauben Sie nicht, ich hätte kein Verständnis für Ihren Zustand. Als Galina Theofilowna meldete, daß Sie in Irkutsk eingetroffen sind, kamen mir die Tränen. Das ist nicht gelogen, Bob. Aber jetzt haben wir keine Zeit, Sie in Erholung zu schicken. Sie müssen John Barryl finden.«

»Einen Knopf in der Wüste.«

»Kann es sein, daß er den Namen gewechselt hat und nicht mehr Barryl heißt?«

»Das halte ich für unwahrscheinlich. In Frazertown wuchs jeder in seine Rolle und seine Person so hinein, daß eine kurzfristige Umstellung nur ein Unsicherheitsfaktor gewesen wäre. Plenjakow wurde zu Barryl gemacht, und das ist er geblieben.«

»Welches Gebiet wurde in Barryls Ausbildungsplan besonders bevorzugt?«

Bob dachte nach. Die Vorträge, die Filme, die Übungsstunden, die Diskussionen – sie waren Pflichtstunden. Da niemand Bob Miller zu Spezialübungen aufforderte, weil die Zentrale ja seinen Namen nicht auf den Listen hatte, verfügte Bob damals über viel Freizeit, bis er abends seinen Dienst als Barmixer bei Hillmoore antrat. Er hatte dann bei Norma in Billys Schuppen gesessen oder Sport getrieben, boxte bei Fulton gegen Punchingball und Sandsack oder lieh sich ein Ruderboot, um auf dem Bug, der ja hier Silver River hieß, herumzufahren. Ein faules Leben. Plenjakow dagegen war öfter unterwegs. Er erzählte ein paarmal von Lehrgängen mit kleiner Teilnehmerzahl, die sich mit Atomphysik beschäftigten. Bob hatte versucht, in diese Gruppe einzudringen, aber als er die strenge Kontrolle am Saaleingang sah, war er wieder weggegangen.

»Dafür gibt es besondere Ausweise«, hatte Plenjakow damals gesagt. »Besorg dir einen bei Bulder. Nur er persönlich stellt sie aus.«

Bob hatte sich gehütet, General Sinjonew unter die Augen zu kommen. Er blieb der fröhliche Barmixer, aber merkwürdigerweise erzählte Plenjakow bei aller Freundschaft nichts über diesen besonderen geheimen Lehrgang. Damals hatte Bob gedacht: Wir haben Zeit. Einmal, mein Junge, kitzele ich alles aus dir heraus, was ich wissen will. Aber dann erfolgte die plötzliche Abkommandierung Plenjakows, und der Plan war keinen Cent mehr wert.

»Ich glaube, Sir«, sagte er jetzt, »ohne mir ganz sicher zu sein, daß Barryl zu einem Atomfachmann ausgebildet wurde …«

»Bob!« Orwell sprang von der Schreibtischkante auf. »Das ist eine Blume in der Wüste! Jetzt stehen wir nicht mehr so hilflos da. Man kann sämtliche Plätze durchkämmen, die mit Atomen zu tun haben.«

»Das ist eine schöne Jahresarbeit …«

»Sie wissen ja gar nicht, was wir schon alles angestellt haben, um diesen verdammten John Barryl ins Visier zu bekommen. Unsere schönste Hoffnung ist, daß er noch gar nicht in den Staaten ist.«

»Darauf würde ich mich nicht verlassen, Sir.«

»Das tue ich auch nicht, Bob. Ich spüre es förmlich auf der Haut, daß er im Lande ist.« Orwell ging hinter seinen Schreibtisch und schloß ein Fach auf, das mit einer Stahlplatte besonders gesichert war. Ihm entnahm er einen dünnen Schnellhefter und schlug ihn auf. Bob griff zu der nahe stehenden Whiskeyflasche und goß sein Glas voll. Orwell beobachtete ihn unter gesenkten Lidern her.

»Saufen betäubt, aber es heilt nicht, Bob«, sagte er ernst. »Vergessen Sie diese Ärztin …«

»Es ist nicht allein die Wuginskaja, Sir.«

»Noch ein Weib? Kein Wunder, daß Sie aussehen, als hätten Sie Rückenmarkschwund. Haben Sie die andere auch umgebracht?«

»Nein, Sir«, antwortete Bob steif. »Es wäre die Frau gewesen, mit der ich ein Leben lang hätte zusammenbleiben können.«

»Das sagen Sie, Bob? Ein totaler Kahlschlag Ihres Herzens, was? Und dann so hoffnungslos …«

»Völlig hoffnungslos, Sir.« Bob lächelte gequält. »Aber man kommt darüber hinweg.« Er zeigte mit dem Glas in der Hand auf den Schnellhefter. »Ist da ein Staubkorn von Plenjakow drin?«

»Vielleicht.« Orwell überflog eine engbeschriebene Seite. »Ich habe hier eine Liste aller Betriebe, die sich mit Atomkernspaltung oder Produkten, die darauf beruhen, befassen. Natürlich sind auch diese schon längst überprüft worden. Ein John Barryl ist nirgendwo beschäftigt. Wir haben alle Neueinstellungen der letzten sechs Monate durchleuchtet … Barryl oder Plenjakow unter einem anderen Namen wäre im Netz hängengeblieben. Aber überall Fehlanzeige. Hat man Barryl aber auf unsere Atomforschung angesetzt, muß er in den Produktionsprozeß hinein. Anders kommt er nicht an Pläne heran.«

»Er kann Kontaktleute aufbauen. Plenjakow wird über unbegrenzte Geldmittel verfügen, um sich Zuträger kaufen zu können.« Bob trank das halbe Glas Whiskey mit einem Schluck leer. Orwell beobachtete es mit Stirnrunzeln. So geht das nicht weiter, mein Junge, dachte er. So gehst du langsam vor die Hunde. Das muß ja ein Wunder von einem Weib sein, wenn ein Bob Miller innerlich völlig durchdreht. Winniza, die Taiga, die Flucht über die Mongolei, alles hat er mit Bravour durchgestanden, und ausgerechnet an einer Frau soll ein Bob Miller zugrunde gehen? Das wäre der schlechteste Witz des Schicksals.

»Fangen wir bei der Spitze an, Bob«, sagte er laut. »Verdammt, stellen Sie das Glas hin und hören Sie mit dem Saufen auf! Kennen Sie Los Alamos?«

»Wer kennt es nicht, Sir? Unsere Mami der Atombombe.« Bob winkte ab. »Plenjakow wäre ein Idiot, wenn er dort ansetzen würde. Ich hätte mich auch geweigert, ins Hauptquartier des KGB in Moskau eingeschleust zu werden. Los Alamos ist gesichert wie Fort Knox.«

»Bob, denken Sie jetzt mal als Russe.«

»Das habe ich gelernt. Also, Sir, ich denke …«

»Sie bekommen Befehl, Los Alamos aufzuknacken.«

»Ich sage: Towaritsch, du bist ein Affe!« Bob sprach jetzt Russisch. General Orwell verzog das Gesicht, als habe er Essig getrunken. Aber er unterbrach Miller nicht. »Warum verlangst du nicht, ich soll dem Präsidenten das Schwänzchen abschneiden?«

»Ich verstehe zwar nicht, was Sie quatschen, Bob, aber eines weiß ich sicher: Sie würden als sowjetischer Offizier nie einen Befehl verweigern.« Orwell setzte sich wieder auf die Schreibtischkante und legte den Schnellhefter auf seine Knie. »Sie fahren also nach Los Alamos!«

»Zugegeben.« Bob schaltete wieder auf Englisch. »Und dann steht der gute Andrej Nikolajewitsch vor Los Alamos und kann nur noch zur Schwarzen Mutter Gottes beten. Sir, wir alle wissen doch, wie lange es dauert, ein Agentennetz aufzubauen. Und dann noch in Los Alamos!«

»Plenjakow hat Zeit. Oder haben Sie in Frazertown etwas von Zeitknappheit gehört?«

»Im Gegenteil. Dort praktiziert man die russische Tugend, warten zu können. So etwas gekoppelt mit amerikanischem Schnelldenken ...«

»... ergibt eine verdammt gefährliche Mischung, Bob!« ergänzte Orwell. »Ich könnte mir denken, daß Plenjakow an seinem Einsatzort – es muß ja nicht gerade Los Alamos sein, damit fangen wir nur an – in aller Ruhe wie eine Spinne sein Netz spinnt und dann die kleinen Fliegen fängt. Über sie kommt er an die großen Brummer, bis er mitten in unserer Forschung sitzt, ohne auch nur einen Schritt in das Werk selbst getan zu haben. Ein Plan auf Zeit ... und je länger er im Lande ist, um so gründlicher wird er integriert und wächst unsichtbar in uns hinein. Ein Amerikaner unter Amerikanern. Beliebt am Stammtisch, beim Billard, im Spielsalon vor den einarmigen Banditen, im Drugstore, an der Tankstelle, in verschiedenen Vereinen. Und wenn er dann noch heiratet, Kinder kriegt und einer Partei beitritt, ist seine Tarnung so vollkommen, daß nur er selbst sich entlarven kann, indem er sagt: Ich bin Plenjakow, ihr Vollidioten!« Orwell atmete nach diesem Vortrag tief durch. »Bob, nur Sie allein kennen ihn wirklich! Begreifen Sie, was Ihr Wissen für unser Land bedeutet?«

»Ich glaube, Sir, ich habe mich nie dämlich angestellt. Ich soll also zunächst nach Los Alamos?«

»Schlage ich vor. Haben Sie einen anderen Plan?« Orwell warf den Schnellhefter nach hinten auf den Tisch. »Sie brauchen sich mit einer Überprüfung der Angestellten nicht aufzuhalten. Die ist erfolgt, wie gesagt, ohne Ergebnis.«

»Ich werde mir ansehen, was in der Umgebung lebt.« Bob griff nach dem Whiskeyglas und sah Orwell treuherzig an. »Darf ich den Rest, Sir?«

»Saufen Sie's weg, Bob. Sie bekommen noch eine Liste aller Militärs, die in Los Alamos arbeiten. Der Sicherheitsoffizier ist Oberleutnant Hendrik Gulbrannson.«

»O Himmel, der schöne Wikinger!« Bob stand auf.

»Sie kennen ihn?«

»Er kam auf die Militärakademie, als ich abging. Genau vier Tage lebten wir noch zusammen in einem Block, da habe ich ihn jämmerlich verdroschen. Er schob sich an Lydia heran. Lydia war Köchin, Sir. Ich lass' mir doch einen anständigen Abschied mit Schokoladentorte nicht versauen!«

Orwell schüttelte den Kopf. »Was würden Sie bloß tun, Bob, wenn es plötzlich keine Frauen mehr gäbe?«

»Ich würde mich Gott zur Verfügung stellen, damit er aus meiner Rippe eine neue Frau schafft.«

»Das mit der Rippe paßt genau, Bob!« Orwell lachte mit viel väterlicher Güte. »Heute mittag gibt es gebratene Rippchen mit Wirsingkohl. Die Einzelheiten Ihres Einsatzes besprechen wir nach dem Essen.«

Am Abend noch brachte ein Hubschrauber Bob Miller nach Albuquerque am Rio Grande. Los Alamos, am Rande der San-Juan-Berge, war nur noch hundertfünfzig Kilometer entfernt. Dazwischen lag das einsame, von der Sonne ausgeglühte, aus rotgelben Felsen und rotem Sand bestehende Hochland von New Mexico. Eine Gegend, so einsam wie die Taiga. Nur war die Taiga mit ihren wogenden Wäldern schöner ... hier im Süden der USA gab es nur nackte Berge, Kakteenfelder im Wüstensand, staubige Trockenheit, hitzeflimmernde Einsamkeit und ab und zu einen Sandsturm, der das ganze Land in rote Nebel hüllte.

In der Nacht stand Bob Miller am Fenster seines Zimmers in der Kaserne von Albuquerque. Sie war an den Stadtrand gebaut und damit schon umweht von der Stille der Wüste. Offizierskameraden hatten Bob zwei Flaschen mexikanischen Tequila mitgegeben. Zur Einstimmung, wie sie sagten. Bob hatte sich bedankt, aber noch keinen Tropfen des höllisch scharfen Schnapses getrunken.

Wie wird es sein, wenn ich wirklich Andrej Nikolajewitsch treffe, dachte er. Wird unsere Freundschaft halten, und kann ich ihn überreden, alles hinzuwerfen und um politisches Asyl zu bitten ... oder bricht zwischen uns eine Feindschaft aus, die nur einer von uns überleben kann?

Er zog die Schultern hoch und schloß das Fenster. Von der Wüste her wehte es kalt ins Zimmer.

Bob legte sich, angezogen wie er war, aufs Bett und

schob die Hände unter seinen Kopf. Eine plötzliche ungeheure Sehnsucht nach Dunja Andrejewna fing ihn völlig ein. Es war ihm, als sei sie im Zimmer, nebenan im Bad, duschte sich und würde gleich zu ihm kommen, auf der Haut noch die Wassertropfen wie Perlen auf weißem Samt.

»Mein Tigerchen«, würde er sagen, und sie würde die Arme ausbreiten und sich auf ihn fallen lassen, ihn in einer Sekunde erobernd mit ihrem ganzen Körper.

»Du bist verrückt, Bob!« sagte er laut, griff nach der Tequilaflasche, zog mit den Zähnen den Korken heraus und setzte sie an die Lippen …

Hendrik Gulbrannson hatte alles bis ins letzte vorbereitet, gewissermaßen mit generalstabsmäßiger Perfektion.

Er hatte von Stan Wolter, dem Kantinenpächter, erfahren, daß Norma Taylor heute ins Kino wollte und eine Stunde früher nach Hause ging. Ihr Weg war bereits erkundet worden. Er führte von der Kantine der Abteilung II durch das Tor V und dessen Kontrolle zum Omnibusbahnhof, wo in langer Schlange die Busse auf die Arbeiter warteten. Meistens fuhr Norma mit dem Bus in die Stadt. Das war bequem, ihre Haltestelle lag nur fünfzig Meter von der Drogerie, in der sie wohnte. Es kam aber auch manchmal vor, daß Norma mit einem Moped nach Hause knatterte. Das war ihre erste Neuerwerbung in Los Alamos gewesen. Eine japanische Maschine, fünfundneunzig ccm stark, Höchstgeschwindigkeit fünfundsechzig km/h, hellblau lackiert, mit einem Drahtkorb auf dem hinteren Rad, ungemein praktisch für Einkäufe im Supermarkt, an dem sie jeden Tag vorbeikam. John Barryl hatte den Kauf gebilligt, das Moped machte Norma beweglicher. Ein Auto wäre aufgefallen. Ein Girl hinter der Milchmixtheke kann sich keinen Wagen leisten, es sei denn, ein reicher Freund kommt dafür auf. Das aber war bei Norma völlig ausgeschlossen. Seit zwei Tagen gehörte sie sogar der ›Liga für Frauenrechte‹ an. Als das im Atomzentrum bekannt wurde, schlug einer vor, man solle einen Tag lang schwarze Schlipse tragen. Jetzt sei Norma ganz für die Männerwelt verloren.

Gulbrannson hatte aus Stan Wolter herausgelockt, daß Norma heute mit ihrem Moped fahren würde. Darauf hatte er seinen Plan abgestimmt, stand eine halbe Stunde, bevor sie auftauchen mußte, an einer ziemlich unübersichtlichen Stelle der durch kahle Berge führenden Straße. In einer Ausbuchtung hinter einem Dornengebüsch. Die Zeit vertrieb er sich mit Radiomusik und geiler Vorfreude. Als die Zeit gekommen war, die er peinlich genau ausgerechnet hatte, stellte er das Radio ab, ließ den Motor an und beobachtete durch den breiten Rückspiegel die einsame Straße.

Nach fünf Minuten tauchte in der Ferne das schwache Licht des kleinen Mopedscheinwerfers auf. Gulbrannson löschte seine Scheinwerfer, wartete, bis Norma – sie war es wirklich – an ihm vorbeigefahren war, und setzte dann mit Schwung auf die Straße. Nach wenigen Metern hatte er sie eingeholt, fuhr eng an sie heran, sah, wie sie schimpfte, die Faust hob und versuchte, auf der Straße zu bleiben – aber Gulbrannson drängte sie so geschickt mit seinem Wagen ab, daß sie schließlich absprang, um nicht gegen die Felsen gedrückt zu werden.

Gulbrannson trat auf die Bremse und sprang aus dem Wagen. Norma Taylor lehnte an der Felswand und atmete heftig. »Sind Sie betrunken?« schrie sie sofort, als sie den im Dunkeln nicht zu erkennenden Mann aus dem Auto steigen sah. »Kommen Sie bloß nicht näher! Ich werfe Ihnen mein Moped an den besoffenen Kopf!«

»Ich wußte gar nicht, daß Sie so ordinär schimpfen können, Norma«, sagte Gulbrannson gemütlich. »Daß Sie zu ungeheurer Wildheit fähig sein würden, war mir klar. Ich habe eine Schwäche für ungezügeltes Temperament.«

Er kam im Schein von Normas Moped näher, groß, schlank, in seiner Maßuniform lockende Eleganz verbreitend. Er hatte seine Mütze nicht aufgesetzt, um die Wirkung seiner blonden Haare voll auszuspielen. Norma erkannte ihn jetzt. Sie lächelte ihn an, aber wer mehr von ihr wußte, der wäre jetzt sehr vorsichtig geworden. Es war ein gefrorenes Lächeln, das Gefahr signalisierte.

»Sie sind es, Hendrik?« sagte sie gedehnt. »Was fällt Ihnen ein, mich so zu erschrecken? Oder haben Sie heute abend wirklich einen zuviel getrunken?«

»Ich bin nüchtern bis auf die Knochen, Norma.« Gulbrannson stand nun vor ihr und war nur noch durch das Moped von ihr getrennt. »Wissen Sie, daß ich wie im Fieber gelebt habe, bis ich diese Idee hatte, Sie allein zu sprechen?«

»Eine ziemlich brutale Idee, Hendrik. Sie hätten mich beinahe am Felsen zerquetscht.«

»Ich bin verrückt nach Ihnen, Norma!«

»Dann wäre es jetzt am besten, Sie fahren nach Hause und stellen sich unter die kalte Dusche.«

»Eine andere Therapie für einen Mann, der an Ihnen zugrunde geht, kennen Sie nicht?«

»Nicht auf so einsamen Straßen in der Nacht.«

»Das kann man sofort ändern, Norma.«

»Dann setzen Sie Ihren Wagen zurück und lassen mich weiterfahren.«

»Ich habe ein Plattenalbum bei mir. Beethoven, dritte Sinfonie. Dirigiert von Bernstein. Reizt Sie das nicht?«

»Heute nicht. Hendrik, seien Sie vernünftig und fahren Sie weiter! Ihre dritte Sinfonie kenne ich bereits ...«

»Sie kennen aber mich nicht, Norma«, sagte Gulbrannson heiser. »Weder meine erste noch die zweite, noch meine neunte Sinfonie. Mit Ihnen geige, trommle und blase ich alle Konzerte der Welt herunter, und ich wette, Sie hören mir zu und spielen sogar mit! Sie sind gar nicht so, wie Sie sich geben. Sie sind ein Vulkan mit einem Deckel, und diesen Deckel hebe ich jetzt hoch!«

Es geschah so plötzlich, trotz der Ankündigung, daß Norma keine Zeit mehr fand, einen ihrer Karateschläge anzubringen. Gulbrannson riß sie an den Armen um das Moped herum, stieß ihren Kopf gegen seine Brust, was sie halb betäubte, und schleifte sie dann zu seinem Wagen. Sie versuchte noch, um sich zu treten, wollte schreien und mit dem Kopf stoßen, aber Gulbrannson hatte durch seinen überraschenden Angriff die bessere Position, stieß ihren Kopf gegen die Dachstrebe des Autos und schob sie dann auf den Hintersitz. Mit griffbereit vorbereitetem Heftpflaster fesselte er ihre Hände und Fußknöchel aneinander, verklebte ihr den Mund und küßte ihr die Nase und die Augen, riß ihre Bluse auf und umfaßte ihre Brüste.

»Davon habe ich geträumt.« Sein Atem flog, die Stimme vibrierte und zerfiel fast vor Erregung. »Norma, mir ist völlig gleichgültig, was morgen ist. Du kannst mich anzeigen – ich werde alles leugnen. Aber es kann sein, daß wir uns heute nacht doch noch verstehen und du wirklich Spaß dabei hast. Ich bin ein fabelhafter Liebhaber.«

Er warf die Tür zu, sprang hinter das Lenkrad und fuhr an. Er war so erregt, daß er im Rückspiegel nicht den kleinen Lastwagen sah, der ebenfalls ohne Licht vorsichtig durch die Nacht fuhr und angehalten hatte, als auch Gulbrannson stoppte. Jetzt folgte er ihm und bog in den Steinbruch ab, den Gulbrannson ansteuerte. Am Rande der herausgesprengten Felsen blieb der Lastwagen stehen, ein Mann in weißem Overall stieg aus und rannte im Schatten der Felswand in den Bruch hinein, direkt auf den Wagen zu, der neben einem Steinhaufen gebremst hatte.

Gulbrannson zerrte Norma vom Hintersitz, stellte sie auf die Beine und streichelte über ihre Brüste. »Ich hatte mir das anders vorgestellt«, sagte er rauh. »Ich wollte dir wirklich die Sinfonie vorspielen, eine Flasche Champagner mit dir trinken, und dann wäre alles von allein gekommen. Jetzt ist der Zug abgefahren und hat uns in den Dreck geschleudert. Aber ich habe dich, das ist die Hauptsache. Du wirst von der Nadel, die deine Platte bespielt, begeistert sein!«

»Bist du da so sicher?« sagte eine Stimme hinter ihm.

Gulbrannson wirbelte herum. Sein Blick war fürchterlich, wie bei einem Stier, der eine rote Mauer vor sich sieht und dauernd mit dem Schädel dagegen rennt. Er erkannte John Barryl an seinem Overall mit der Reklameaufschrift und ballte die Fäuste.

»Hau ab, du Kakaoclown!« schrie er. Dann schien ihm bewußt zu werden, daß er jetzt einen gefährlichen Zeugen hatte, und damit seine Position aussichtslos war. Er wollte mit einem schnellen Griff an seinen Revolver, aber John Barryl kam ihm zuvor.

Mit ungeheurer Wucht sauste ein Hammer auf Gulbrannsons Schädel und zertrümmerte ihm die Hirnschale. Ohne einen Laut sank er in sich zusammen, fiel neben Norma gegen seinen Wagen, rutschte an ihm herunter, und erst als er lag, drückte der Blutstrom durch die fürchterliche Wunde und überschwemmte sein Gesicht.

John Barryl entfernte vorsichtig das Pflaster von Normas Mund, um ihre Lippen nicht aufzureißen, und trug sie dann wie eine große Puppe schnell durch den Steinbruch zu seinem Lastwagen. Erst dort entfernte er die Fesseln um Beine und Hände.

»Du siehst, man kann dich nicht allein lassen«, sagte er und drückte Norma auf die Wolldecke, die er auf der Ladefläche ausgebreitet hatte. »Ich muß doch immer um dich sein ...«

Sie hatte bisher geschwiegen. Der Anblick des Mannes, aus dessen aufgeschlagenem Schädel das Blut spritzte, hatte sie gelähmt. Mit einem Seufzer ließ sie sich zurückfallen und raffte die Bluse über ihren Brüsten zusammen.

»Ich hätte es auch allein geschafft. Ohne Mord«, sagte sie leise.

»Das wäre fast ein Wunder.«

»Er hätte mir die Beinfesseln abnehmen müssen. Mit zusammengekniffenen Beinen könnt ihr Männer nichts anfangen. Und da hätte ich zugetreten, mitten hinein in den Unterleib!«

»Und dann?«

»Was dann?«

»Er hätte dich mit seinem Haß verfolgt bis ans Ende der Welt. Auf jeden Fall hätte er dafür gesorgt, daß du aus der Kantine hinausfliegst. Und dann, fragst du noch? Unsere ganze Arbeit wäre umsonst gewesen. Norma ... überleg es dir! Wir sollten wirklich heiraten ... dann hört das alles auf. Wenn es dich beruhigt, große Patriotin, dann sage dir immer vor: Rußland will es so!«

Er warf die Ladeluke zu, fuhr vorsichtig auf die Straße

zurück und erreichte, ohne daß ihnen jemand um diese Zeit begegnete, die Stadt Los Alamos. Im Hof des Hauses, das Barryl für ›Bio-Jet‹ gemietet und wo er eine Lagerhalle eingerichtet hatte, holte er Norma wieder aus dem Lastwagen.

»Mein Moped!« sagte sie plötzlich. »John, mein Moped wird alles verraten. Es liegt noch an der Straße.«

»Bin ich ein Idiot?« Barryl nickte zu dem Lastwagen. »Ich habe es aufgeladen, bevor ich euch in den Steinbruch nachfuhr.«

»Du machst nie einen Fehler?« sagte sie heiser. »Nie?«

»Fast nie.« John Barryl schloß die Tür des Hauses auf. »Kommst du zu mir hinauf, oder hast du Angst, ich könnte Gulbrannson ablösen?«

»Das tätest du nie, John.«

»Vielleicht ist das ein Fehler ...«

»Du hättest es auch nie nötig, John.« Sie lehnte sich an ihn, von einer plötzlichen Schwäche befallen. Er legte den Arm um sie, preßte sie an sich und spürte den Druck ihrer festen Brüste. Es war wie damals in Frazertown, als sie zum erstenmal zusammen tanzten. Ein betäubendes Gefühl. »Laß mir noch ein wenig Zeit, dann heiraten wir.«

»Norma!« Er wollte sie küssen, aber sie schob die Hand zwischen ihre Lippen. »Ich will vor deiner Tür liegen wie ein Hund und warten.«

Sie streichelte über seine Augen, er seufzte unter dieser Zärtlichkeit und küßte mit trockenen Lippen ihre Handflächen.

Wir müssen Abschied nehmen, Bob, dachte sie dabei. Es ist sinnlos, aufeinander zu warten. Wir werden uns nie mehr begegnen. Mit dir war ich im Himmel, aber auf der Erde muß ich weiterleben. Ich werde dich nie vergessen, Bob ... doch das Leben geht weiter, und immer mehr entfernen wir uns voneinander. Ich werde Andrej Nikolajewitsch heiraten und ihm eine gute Frau sein. Ich werde ihn sogar ehrlich lieben können. Das ist kein Verrat, Bob. An dich werde ich denken wie an ein wundersames Märchen ...

»Koch mir eine Kanne ganz starken Tee, John«, sagte sie

und ging vor ihm in das Haus. »Ich muß mir bei dir die Bluse zunähen. So kann ich doch nicht durch die Stadt fahren.«

Hendrik Gulbrannsons Leiche wurde am Morgen von den Steinbrucharbeitern gefunden.

Es gab einen großen Wirbel, Polizei und Militärpolizei sperrten alles ab, suchten nach Spuren, was auf dem Felsuntergrund aber ohne Ergebnis blieb, und ein Arzt des Militärlazaretts stellte nüchtern fest: »Hendrik ist mit einem stumpfen Gegenstand erschlagen worden. Der Mörder muß über ungeheure Kräfte verfügen ... eine Schädeldecke so einzuschlagen, ist fast schon anormal.«

Um die gleiche Zeit, als man im Steinbruch Gulbrannsons Körper in den Sarg legte, landete Bob Miller auf dem Militärflugplatz von Los Alamos.

Er hatte es vorgezogen, die Strecke von Albuquerque zur Atomstadt nicht über die staubige Straße zu fahren, sondern wollte sich die unwirtliche Gegend aus der Luft ansehen. Er überflog auch das Gelände der Atomforschungsanstalt, nachdem man ihm von der Bodenüberwachung dazu die Erlaubnis gegeben hatte. Man hätte ihn sonst unweigerlich abgeschossen.

Von oben sah alles schrecklich langweilig und dreckig aus. Die Wiege des Atomzeitalters war nicht attraktiv.

Gleich nach der Landung erfuhr Bob, daß man Gulbrannson in der vergangenen Nacht umgebracht hatte. Einen möglichen Täterkreis hatte man noch nicht ermittelt. Böse Zungen aber behaupteten schon jetzt, man sollte bei den Ehemännern nachfragen, deren Frauen bei Hendrik die Kissen zerwühlt hatten. Es waren auch heißblütige Mexikaner darunter, die ihn in alle Höllen wünschten.

»Mexikaner arbeiten mit dem Messer«, sagte Bob, als sie über das Flugfeld zum Kontrollgebäude gingen. »Schade. Ich hätte Hendrik gern wiedergesehen. Er hatte eine so sympathische Art: Man konnte ihm dauernd in die Fresse hauen. Reue kam dabei nie auf.«

Bis gegen Mittag hatte Bob genug damit zu tun, sich überall bei den maßgebenden Leuten vorzustellen und seinen Spruch herzusagen, daß der CIA ein Auge auf Los Alamos geworfen hatte. Er tat das bewußt. Ist einer darunter, der für zwei Seiten arbeitet, spekulierte er, dann wird er sofort eine Warnung losschicken. Unsicherheit aber ist eine schlechte Basis der Arbeit.

»Wie wäre es mit einem guten Mittagessen, Major?« fragte der Leiter der Abteilung V den unerwartet eingetroffenen Gast. »Wir haben eine hervorragende Kantine hier. Und in der Kantine noch eine Überraschung, die ich Ihnen nicht verrate. Das müssen Sie als Fachmann selbst sehen und begutachten.«

Bob nickte. Er verstand nicht, warum die anderen Herren verhalten grinsten. Sie verließen gemeinsam den Labortrakt, gingen über den breiten Hof und betraten das flache Gebäude der Kantine II. Stan Wolter, den man bereits angerufen hatte, kam ihnen entgegen und begrüßte Bob mit einem freundlichen: »Hallo, Major!« Man sah ihm nicht an, wie sehr ihm der Tod Gulbrannsons im Magen lag. Er allein wußte, auf welche Jagd der Tote in der vergangenen Nacht ausgezogen war. Daß Norma ihm den Schädel eingeschlagen hatte, hielt er für ausgeschlossen. Gulbrannson mußte ermordet worden sein, bevor er auf Norma stieß. Auf jeden Fall hielt Wolter es für das beste, keinen Ton davon zu sagen.

»Unsere Kantine II«, sagte der Leiter der Abteilung V mit sichtbarem Stolz. Er machte dabei eine weite Handbewegung. »Und dort, Major, hinter der Milchbar, das Schönste, was Los Alamos zu bieten hat!«

Bob Miller zuckte zusammen. Das Wort Milchbar schlug ihm in den Nacken wie ein Hammer. Er drehte sich langsam zur Seite und holte ganz tief Luft.

Im gleichen Moment tauchte hinter der verchromten Zapfsäule ein Kopf mit langen schwarzen Haaren auf und stellte einen Milchshake auf die Theke. Dann hob sich der Kopf. Große schwarze Augen sahen zu den neuen Gästen hinüber.

Ihr Blicke trafen sich in der gleichen Sekunde, in der ihr Herzschlag aussetzte. Es war eine lautlose Explosion. Himmel und Erde zerbarsten, und keiner um sie herum merkte es.

Norma …

Bob …

Sie standen, zur Leblosigkeit erstarrt, und blickten sich an.

Ich sterbe, dachte sie. O Himmel, ich sterbe! Ich sterbe! Bob, Bob, halt mich fest … ich sterbe …

»Mögen Sie Milch, Major?« fragte der Leiter der Abteilung V hinter Millers Rücken.

»Ja …« Bobs Stimme klang wie abgeschabt. »Eine … eine Erdbeermilch …«

Er brach ab. Es war unmöglich, noch einen Laut von sich zu geben.

Er sah Norma an, und sie sah ihn an, und er hatte das Gefühl, aus hundert Wunden zu bluten.

Rußland war in Los Alamos …

Eine Erdbeermilch ist ein köstliches Gesöff, Sie können es mir glauben, auch wenn Sie sonst Whiskey, Kognak oder andere hochprozentige Sachen in Ihr Herz geschlossen haben. Eine eisgekühlte, etwas schaumig geschlagene Milch, zartrot durch den Erdbeersaft, das ist bei fünfunddreißig Grad Hitze im Schatten eine belebende Spritze, die durch den ganzen Körper zuckt. Die meisten Milchbars verwenden für den Erdbeergeschmack einen Sirup aus künstlichem Aroma … Norma Taylor – oder vielmehr Stan Wolter, der Pächter der Kantine von Los Alamos – legte Wert auf Echtheit und Qualität und verarbeitete nur beste Rohstoffe, also richtige ausgequetschte Erdbeeren. Außerdem waren es keine fünfunddreißig Grad Hitze in der Kantine, denn die Klimaanlage summte leise und verbreitete eine angenehme Temperatur. Trotzdem war es Bob Miller, als läge er in glühendem Wüstensand, und die Erdbeermilch schmeckte wie ausgepreßte Galle.

Der Leiter der Abteilung V, wie überhaupt die gesamte Begleitung, die um Bob Miller herum saß, verbreitete laute Fröhlichkeit, vor allem, als man mit verstecktem Grinsen beobachtete, daß Norma Taylor, genannt ›Die Eiserne‹, auf Bob einen so tiefen Eindruck gemacht haben mußte, daß er stumm und mit verhangenen Träumeraugen auf seinem Plastikstuhl klebte und die Kunststoffplatte des runden Tisches anstarrte.

Norma servierte die Milch, wortlos, mit ruhiger Hand. Bob sah diese Hand an, von der er jede Pore kannte, jedes der kleinen, schmalen Gelenke, jeden schlanken Finger, jeden Fingernagel, die zu Krallen werden konnten und ihm die Haut aufrissen, wenn Norma in ihrer Leidenschaft explodierte und im Augenblick der letzten Ekstase nicht mehr wußte, was sie tat.

»Danke«, sagte Bob heiser, als Normas Hand aus seinem Blickfeld verschwand. Er sah nicht hoch, aber er spürte, wie damals in Frazertown, daß Normas Blick in seinem Nacken brannte. »Die Milch sieht gut aus. Wo haben Sie das gelernt, Norma?«

Sie antwortete nicht, stellte die anderen Gläser auf den Tisch und ging schnell zurück hinter den chromblitzenden Tresen. Eine Stahlburg, hinter der sie sich verschanzte. Dort spülte sie die gebrauchten Gläser, warf mit einem Ruck ihr langes schwarzes Haar über ihr Gesicht und versteckte damit jede Regung, die durch ihre Muskeln zuckte.

Bob, jetzt genügt ein Wort von dir, und mein Leben ist zu Ende. Auch ich habe eine Giftkapsel bei mir, in der Falte zwischen den Brüsten liegt sie, in einer neckischen Blumenrosette des Büstenhalters. Es wäre ein Griff von einer Sekunde. Nur ein Wort von dir, Bob!

»Sie sind nicht ihr Typ, Major«, lachte der Leiter der Abteilung V und trank seine Milch. »Wir hätten gewettet, daß Norma wenigstens Ihnen eine Antwort gibt. Aber nachdem sie sogar Mitglied der Frauenliga geworden ist …«

»Und warum behaltet ihr sie hier, wenn sie so unhöflich ist?« fragte Bob. Der erste Schluck Milch war genug gewesen … er konnte einfach nicht weitertrinken.

»Kann man sich von so einem Anblick trennen?« Ein junger Oberleutnant, der stark verdünnten Whiskey trank, reichte Zigaretten herum. »Norma ist interessanter als ein

Pferderennen. Wenn Sie wüßten, Major, wie viele hohe Wetten schon darauf abgeschlossen wurden, wer zuerst die Festung Norma knackt.«

»Ich finde das geschmacklos.« Bob Miller schob sein Milchglas weg und blickte zu Norma hinüber. Ihr Kopf war nur als wilder Haarberg sichtbar, zum Teil verdeckt durch die Zapfsäulen der Theke.

»Was hat Los Alamos schon zu bieten, Bob?« Der Leiter der Abteilung V schabte die Füße aneinander. »Draußen glühende Hitze, um uns herum kahle Berge, in der Stadt ein paar Kinos und Bars, und sonst nur die Arbeit in den Werken. Ruhmreich ist's, fürs Vaterland zu arbeiten ... in Wahrheit ist alles eine große Scheiße. Man kommt vor Langeweile um. So makaber es klingt – aber der Mord an Hendrik Gulbrannson bringt etwas Schwung in die Bude. Und nun sind Sie da.«

»An mir werden Sie wenig Freude haben, Sir.« Bob stand abrupt auf. »Eine Frage, meine Herren. Sie kommen sich hier in Los Alamos so sicher vor wie in Fort Knox, nicht wahr?«

»Das kann man getrost sagen. Unsere Sicherheitsvorkehrungen sind vollkommen.«

»Ihr Glaube an die Perfektion sollte heiliggesprochen werden.« Die anderen Herren sahen Bob Miller betroffen an und erhoben sich ebenfalls von ihren Plastikstühlen. »Es gibt keine Perfektion, auch wenn wir Amerikaner so stolz darauf sind, Technik und Menschen miteinander verschweißt zu haben.« Er sah seine Begleitung der Reihe nach kurz an und lächelte sein verfluchtes, verträumtes, jungenhaftes Lächeln, das jedesmal täuschte und zu falschen Schlüssen Anlaß gab. »Wie lange braucht man, um eine Panzertür aufzuschweißen?«

Die Techniker sahen sich betroffen an. »Wie kann man das berechnen, Major?« antwortete einer. »Erstens kommt niemand durch das Signalsystem an die Tür heran, zweitens benötigt man dazu eine solche Spezialausrüstung, und drittens ...«

»Ist Norma Taylor eine Panzertür?«

»Die dickste!« sagte der Leiter der Abteilung V aus voller Brust.

»Dann passen Sie mal auf, wie dünn unsere Perfektion ist!«

Bob Miller löste sich aus dem Kreis seiner Begleiter und ging mit schnellen Schritten hinüber zu der blitzenden Theke. Normas Kopf schnellte hoch, die schwarzen Haare flogen zur Seite ... in ihren weiten, dunklen Augen vermischte sich Entsetzen, Fragen und Liebe.

»Er ist übergeschnappt«, flüsterte ein Offizier. »Diese Blamage könnte er sich sparen.«

Bob blieb an der Theke stehen und blickte auf Normas Hand, die langsam von der Taille über ihre Brüste glitt und auf dem tiefen Ausschnitt liegenblieb. Daumen und Zeigefinger griffen – unsichtbar für die anderen – in das Mittelstück des Büstenhalters. Ihre Mundwinkel zitterten ... es war die einzige Regung in dem sonst so maskenhaften, faszinierend schönen Gesicht.

»Laß das!« sagte Bob leise durch die Zähne, nur für Norma hörbar. »Der Tod ist keine Lösung. Du bekämst sie außerdem nie in den Mund. Da bin ich schneller als du.« Und laut fuhr er fort: »Ist es nötig, Norma, daß Sie den herrlichen Anblick mit den Händen verdecken? Blicken Sie mich nicht an, als ob Sie mich fressen wollten. Das schreckt mich nicht ab. Ich stelle es mir im Gegenteil grandios vor, von Ihnen im richtigen Augenblick gebissen zu werden. Wir sollten das mal testen, Norma. Es gibt eine Form von erotischem Kannibalismus, man braucht sich dabei nicht gleich zu zerfleischen, aber ich kenne da zum Beispiel ein Mädchen, dessen Haut nach frischen geschälten Pfirsichen schmeckt ...«

Bobs Begleitung stand starr um die Tische herum und wettete im stillen, daß das geringste, was sich Major Miller jetzt einhandelte, eine knallende Ohrfeige von Normas zarter Hand war. So etwas hatte noch keiner zu ihr gesagt. Auf eine solche Idee wäre auch niemand gekommen.

Norma Taylor schwieg noch immer. In ihren Augenwinkeln aber glänzte es. Keine menschliche Kraft, kein noch so starker Wille reichten aus, das Gefühl zu unterdrücken, das sich jetzt in Tränen verdeutlichte.

»Ich möchte mit Ihnen ausgehen«, sagte Bob. »Irgendwo einen Cocktail trinken. Ohne Tricks – ich habe keine eigene Wohnung hier, ich wohne im Offizierskasino. Ich miete auch kein Zimmer in einem Motel außerhalb der Stadt. Und ich ziehe Ihnen auch nicht nach dem vierten Glas den Reißverschluß auf. Wann haben Sie frei?«

»Heute schon um siebzehn Uhr …«, sagte Norma mit zerhackter Stimme.

In der Kantine breitete sich so etwas wie eine Geisterstimmung aus. Norma Taylor gab Antwort auf einen männlichen Antrag! Eigentlich müßte jetzt irgendwo eine Uhr zwölfmal schlagen. Die Geisterstunde! Unfaßbares wurde wahr.

»Ich hole Sie ab, Norma. Einverstanden?«

Sie nickte stumm. Ihre schwarzen Augen aber flehten: Bob! Sei gnädig mit mir. Ich weiß nicht, was du mit mir machen willst, aber ich weiß, daß du etwas tun mußt. In eurer geheimsten Atomwerkstatt sitzt ein Russe! Aber lebte nicht auch einmal einer der gefährlichsten Amerikaner in einer Geisterstadt am Bug und sah alles, was zu Rußlands größten Geheimnissen gehörte? Wurde er liquidiert, als man ihn entdeckte? In einer Mülltonne, unter Abfällen, wurde er wieder hinausgeschmuggelt. Von einem Mädchen, das Dunja Andrejewna heißt. Ein Mädchen, das nur den Kommunismus kannte, nur den Haß auf den Kapitalismus, nur die eine Aufgabe, die westliche Welt zu vernichten – bis zwei nackte Körper sich mit ihrem Schweiß zusammenlöteten und alles, was bisher von so großem Wert gewesen war, zusammenbrach und sich unter dem Streicheln der Hände, den Küssen heißer, zerbissener Lippen und der Pfählung des Schoßes zur völligen Nichtigkeit verflüchtigte. Es gab eine neue Welt, eine vollkommene auf engstem Raum, reichend von den Zehenspitzen bis zum Haupthaar: eine Welt, verklammert und zusammengeschweißt aus zwei glühenden Leibern. Urbeginn allen Lebens, eine Sternenverschmelzung in Unendlichkeiten.

Zwei Menschen, deren Liebesaufschrei ständiger Tod und ständige Neugeburt war.

So ist es, Bob. Und nun tu, was du willst.

»Haben Sie ein Auto, Norma?« fragte Bob.

»Nein. Ein Moped.«

»Ich werde für einen Wagen sorgen.« Bob streckte die Hand aus. Norma zögerte, dann löste sie ihre Hand von dem Busen und der darunter versteckten Giftkapsel und glitt in seine fordernden Finger. Er drückte sie, aber sie antwortete nicht mit einem Gegendruck. »Zu Ihnen haben genug Idioten gesagt, wie schön Sie sind, Norma«, sagte Bob laut. »Es war richtig, daß Sie das überhörten. Sie sind eine Frau, die es eigentlich gar nicht geben dürfte. Denn gäbe es mehr wie Sie, bräche die Ordnung unserer Welt zusammen ... Bis siebzehn Uhr, Norma.«

Er wartete keine Antwort ab, drehte sich um und ging zu der Gruppe seiner Begleiter zurück. Dort blickte man ihm entgegen, als habe er nachträglich den Vietnamkrieg ganz allein gewonnen. Der Abteilungsleiter V hatte sogar einen roten Kopf und schwitzte, wie es bei Bluthochdrucklern der Fall ist.

»So etwas müßte man golden in eine Marmortafel hämmern!« sagte er rauh. »Bob, verraten Sie mir eins: Können Sie mit Ihren verträumten Augen die Frauen hypnotisieren? Erzeugt Ihr treuer Blick so unheimliche Mutterkomplexe? Glauben Sie wirklich, daß Norma um siebzehn Uhr für Sie bereitsteht?«

»Ich brauche einen guten Wagen, Leute«, sagte Bob leichthin.

»Sie bekommen meinen Oldsmobil, neuester Typ.«

»Und wo kann man besonders gut essen?«

»Bei Jerry's Drive-in. Aber das ist auch ein Motel, und gerade das haben Sie Norma in Abrede gestellt.«

»Okay. Ich werde selbst kochen.«

»Was wollen Sie?«

»Ich werde nach guter alter Trapperart draußen in den Bergen ein Stück Schwein überm offenen Holzfeuer braten.«

»Mit Norma? Verrückt, Bob!«

»Sie ist romantischer, als ihr alle glaubt.« Er setzte seine Mütze auf und strich den Uniformrock gerade. »Hat sie viele Bekannte?«

»Mein Gott, alle kennen sie. Wer streicht nicht um Norma herum wie ein Kater?«

»Einen festen Freund?«

»Nicht mal einen Finger von einem Mann. Nur zwei können vernünftig mit ihr reden. Der eine ist Stan Wolter, der Kantinenpächter ...«

»Überprüft?«

»Und wie. War mal 'n Kollege von Ihnen im CIA, bis er in Vietnam einen Granatsplitter quer durch den Arsch bekam. Beide Backen halb weg. Sieht man Stan gar nicht an ... er trägt immer weite Hosen, die's kaschieren. Nur beim Schwimmen sondert er sich immer ab. Muß ein merkwürdiger Anblick sein, ein Mann ohne Arsch. Aber seine Frau hat sich dran gewöhnt.«

»Und der andere Mann?« fragte Bob und ging dabei zum Ausgang der Kantine.

»Ein völlig harmloser Boy. Liefert für die Kantine, die Armee, die Geschäfte in Los Alamos, die Supermärkte, überhaupt für jeden, der's haben will, das Wundermittel Bio-Jet. – ›Bist du impotent im Bett, trink 'ne Tasse Bio-Jet. Nach der fünften Tasse, Junge, kommst du nicht mehr aus dem Schwunge. Und will Bessy trotzdem mehr, sauf 'ne ganze Packung leer.‹ – Die Kerle machen ein Bombengeschäft mit diesem Kakao-Vitamin-Trank!«

»Und mit so einem Bio-Jet-Mann spricht Norma?«

»Rein geschäftlich natürlich. Er bringt die Ware, sie rechnen das Verkaufte ab, und weg ist er wieder. Kein Typ für Norma. Läuft immer in einem weißen Overall herum, auf dessen Brustlatz gedruckt steht: ›Bio-Jet ... und du wirst hundert Jahre alt.‹ Und auf der Schirmmütze leuchtet ›Der Bio-Jet-Mann‹. Hat immer einen Knaller auf Lager, wenn er hierherkommt. Neulich brüllte er durchs Lokal: ›Amtliche Mitteilung! Die Firma Bio-Jet kommt nicht mehr für geplatzte Hosen und abgesprungene Schlitzknöpfe auf!‹ Eine tolle Nummer. Aber genau das Gegenteil von Normas Geschmack. Wenn sie ihn kommen sieht, macht sie ein Gesicht, als creme sie sich mit Salzsäure ein.«

Bob nickte. Weiter zu fragen, wäre zu auffällig gewesen. Und es gab genug Fragen. Wie lange war sie schon in Amerika? Seit wann hatte sie Kontakt zu Los Alamos? Warum war ihr Name nicht in den Listen aufgetaucht, die alle Personen erfaßten, die seit einem Jahr eingestellt worden waren? War hier wieder der tödliche Leichtsinn manifestiert worden, daß eine kleine Mixerin in einer Milchbar mit ihrer himmlischen Figur und ihren glutvollen Augen wohl ins Bett, aber nicht in die Überwachungskartei möglicher Agenten gehörte? Wer hatte damals Norma Taylor überwacht und nicht gemeldet? Das mußte Hendrik Gulbrannson gewesen sein, dem man gestern den Schädel mit einem Hammer – so sagte der Gerichtsmediziner – eingeschlagen hatte. Gab es da Zusammenhänge?

Bob blieb an der Tür der Kantine stehen, ehe er das Lokal verließ, und wandte noch einmal den Kopf zurück. Wieder trafen sich Normas und sein Blick wie ein Feuerstrahl, sich miteinander verschmelzend.

Hab mit allem nichts zu tun, Dunja, flehte sein Blick. Sag mir nachher: Bob, ich bin die erfolgloseste Agentin, die Moskau jemals losgeschickt hat. Ich mixe Milchgetränke und wehre die Männer ab ... das war bisher mein einziger Erfolg. – Was soll ich aber tun, wenn du mir sagst: Ich weiß, was ihr in den Labors U II entwickelt, und ich habe die Pläne auch schon an Moskau weitergegeben ... Dunja, was soll ich dann mit dir tun?

Er drehte sich schnell um und verließ die Kantine II. Die anderen Offiziere, Forscher, Techniker und Abteilungsleiter, die ihn begleiteten, grinsten vor sich hin. Ihn hat's erwischt, dachten sie. Dieser letzte Blick ... kann man's ihm übelnehmen? Aber morgen, da drehen wir den lieben Major durch die Mangel. Es wird ihm nie gelingen, mit Norma in den nächtlichen Wüstenbergen einen Schweinebraten über dem Feuer zu rösten. Nie! Nicht einmal die Autofahrt wird stattfinden. Er wird mit seinem Oldsmobil um siebzehn Uhr herumstehen und warten, und die Zeit wird von ihm wegtröpfeln wie bei einem Prostatiker das Wasser. An Norma Taylor bricht sich auch Bob Miller die schönen Zähne aus.

»Ich möchte mein Zimmer sehen, Leute!« sagte Bob, als sie wieder draußen auf dem großen Platz zwischen den Hallen standen. »Ein Bad nehmen, eine halbe Stunde pennen und dann meinen Schweinebraten kaufen. Wo ist der nächste Drugstore für Campingausrüstungen?«

»In Los Alamos. Luscheks Laden in der Indian Street.« Der Oberleutnant, der mit Miller in die gesperrte Atomstadt geflogen war, sah ihn ehrlich verblüfft an. »Sie rechnen sich wirklich Chancen bei der Kleinen aus, Major?«

»Ich bin Soldat, mein Freund!« Miller stieß ein kurzes Lachen aus. »Mich reizen Festungen, besonders wenn sie zwei so runde Erker haben.«

Bis siebzehn Uhr war dieser Ausspruch im inneren Bereich von Los Alamos bereits bekannt.

Bob Miller stand pünktlich um siebzehn Uhr neben seinem goldfarbenen Oldsmobil – es gehörte dem Abteilungsleiter –, wartete und rauchte eine Zigarette, als neun Minuten später Norma Taylor durch das Tor III den inneren, streng bewachten Bereich verließ. Niemand kontrollierte sie, wie es eigentlich Vorschrift war. Sie mußte nicht durch die Radarschleuse gehen, wurde nicht einmal mit dem Peilgerät abgetastet ... die vier Posten lachten nur, riefen ihr ein paar Bemerkungen zu und ließen sie ungehindert passieren. Mit wiegenden Hüften, das enge Kleid so kurz, daß ihre langen, schlanken Beine geradezu offensiv wirkten, das schwarze Haar mit einem roten Band hinten zusammengebunden, kam sie auf Bob zu. An der linken Hand schaukelte eine große, mit hellem Lederstreifen eingefaßte Leinentasche. Auch sie hatte keiner der Posten abgetastet oder durchleuchtet. Amerikas atomarer Untergang hätte hier weggetragen werden können ... man hätte es nie geglaubt bei diesen Beinen, diesem Gang, dem knappen Oberteil des Kleides, dessen oberster Knopf auch noch offenstand und den Ansatz der vollen Brüste freigab.

Bob warf die Zigarette auf den Boden und zertrat sie. Er wußte, daß eine Menge Augen ihn und Norma jetzt beobachteten. Und sie wußte es auch, natürlich. Mit Atomen zu arbeiten, war in Los Alamos keine Sensation mehr. Aber daß es einem Bob Miller gelang, mit Norma Taylor tatsächlich in einem Wagen wegzufahren, darüber konnte man noch lange diskutieren. Vor allem Professor Werner Lowinsky, der sich bis zu dieser Stunde als heimlicher Favorit angesehen hatte, beschloß, sich an diesem Abend zu betrinken und dadurch Mut zu bekommen, gegen das Militär und die Faszination der Uniform zu schimpfen. »So ist es immer!« hatte er schon gegen Mittag gerufen, als feststand, daß Norma Taylor zum erstenmal frauliche Regungen zeigte. »Die Uniform! Was ist da bloß dran? Wenn er die auszieht, hat er am Leib nicht ein Stück mehr als wir alle. Von der Intelligenz wollen wir nicht reden.«

»Da bin ich, Bob ...«, sagte Norma leise, als sie vor ihm stand. Bob nickte. »So einfach ist das also! Ich habe dich beobachtet. Keine Kontrollen mehr, keine Überwachung, freier Durchgang ... die Männer werden zu grinsenden Affen, wenn sie dich sehen.«

»Willst du wieder deinen Urwaldschrei loslassen wie damals?«

»Du könntest in deiner Tasche Amerikas Tod herumtragen, und keiner hielte dich an.«

»Ich könnte es, Bob.« Sie lehnte sich neben ihn an den Kühler des großen Wagens und blickte hinüber zu dem Tor III, durch das jetzt die zweite Schicht strömte, peinlich kontrolliert, durchleuchtet, abgetastet mit dem Suchgerät. »Ich habe es dir damals nicht geglaubt, als du es mir erzähltest, und es hat uns in Frazertown trotz aller Gründlichkeit keiner gelehrt: Frauen gegenüber seid ihr Amerikaner wie die Säuglinge. Immer voller Sehnsucht, an die Brust genommen zu werden. Ihr seid alle die Personifizierung des Freudschen Komplexes.«

»Steig ein!« sagte Bob hart. Er riß die Tür auf und wartete. Sie ging an ihm vorbei und legte ihre Hand auf seine Rechte, die den Türholm umklammerte.

»Ich liebe dich, Wassjuschka …«, sagte sie mit der Zärtlichkeit, von der er in all den Wochen geträumt hatte und die in ihn hineinfuhr wie ein heißer Strahl, der sofort das Blut zum Kochen brachte. »Du wirst mich außerhalb der Stadt umbringen, nicht wahr?«

»Wenn du das annimmst, warum bist du dann gekommen?«

»Es muß ein schönes Sterben sein, wenn du mich tötest.«

»Verdammt, steig endlich ein!« knurrte er.

Er wartete, bis sie saß, warf dann die Tür zu, rannte um den Kühler herum, setzte sich auf den Fahrersitz, ließ den Motor an und fuhr mit einer verbotenen Geschwindigkeit an. Den Finger auf der Hupe, scheuchte er die Arbeiterkolonnen weg, die zu den Bussen gingen. Die meisten brüllten ihm etwas zu, tippten an die Stirn … mit starrem Gesicht raste Miller zur Auffahrt auf die breite Landstraße und bremste dort so plötzlich, daß Norma mit der Stirn gegen die Frontscheibe knallte. Als hätte sie so etwas erwartet, war der Aufprall nicht sehr stark … sie hatte sich am Türgriff festgehalten und die Beine gegen den Wagenboden gestemmt.

»Ich habe einen Braten bei mir und einen Grill«, sagte er heiser. »In zwei Stunden scheint der Mond. Es könnte so romantisch sein wie damals am Bug. Wir saßen auf einer der weißlackierten Bänke am Ufer, und hinter uns leuchtete von Billys Schuppen der Riesenhamburger auf dem Dach. Den Bug und Billys Plastikscheusal kann ich dir nicht bieten … dafür aber den Mond und erinnerungsträchtige Einsamkeit. Wie wäre es mit einem Steinbruch … nur ein paar Meilen von hier?«

Über Normas Gesicht lief kein Zucken. Sie strich nur mit beiden Händen ein paar Haarsträhnen aus der Stirn und lehnte sich in den tiefen Sitz zurück. Dabei schlug sie die Beine übereinander. Der an sich schon kurze Rock rutschte völlig hoch und gab ihre Oberschenkel frei. Bob schielte hinunter.

»Ein grüner Slip … wie in Frazertown …«, sagte er.

»Er hatte mich gefesselt und wollte mich vergewaltigen …«

»Gulbrannson?«

»Im Steinbruch wurde er unvorsichtig. Zusammengebundene Beine sind nicht die ideale Ausgangsposition. Er mußte sich bücken ... und es lagen genug spitze Steine herum.«

»Du hast Gulbrannson erschlagen? Das hast du nie getan. Nie! Dazu bist du nicht fähig, Dunja.«

»Wir wurden ausgebildet, in bestimmten Situationen jegliche menschliche Regung auszuschalten. Wer weiß das besser als du?« Sie drehte den Kopf zu ihm und lächelte ihn an. Es war, als säße er mit ihr in Frazertown in einem Wagen und wolle hinüberfahren zu Hillmoores Bar. Um sie herum war nicht New Mexico, sondern die sanfthügelige Landschaft der Südukraine, die Weizenfelder und blühenden Gärten und hinter einer Biegung der breite, schöne Fluß, der hier Silver River hieß und nicht mehr Bug. Und über ihnen Rußlands Sternenhimmel, aus dem eine glückhafte Schwermut in die Herzen tropfte.

Eine herrliche Welt voller Verlogenheit, Gemeinheit und Tod! Eine Welt zum Kotzen ... aber niemand will sie so sehen!

»Fahr, mein Liebling«, sagte sie sanft. Sie lehnte den Kopf gegen seine Schulter und ließ ihn auch dort, als er ziemlich schnell die Straße hinunterfuhr. »Ich habe auf diese Stunde gewartet, aber ich habe nie geglaubt, daß sie jemals kommen würde. Zwei Staubkörner in der Unendlichkeit sollen wieder zueinanderschweben ... wie unmöglich ist das! Nicht einmal in einem Märchen, nicht einmal durch die Zauberkraft aller Feen könnte so etwas geschehen. Aber ich habe davon geträumt ... jeden Abend, wenn ich in den Himmel blickte und zu den Sternen oder den Wolken, dem Regen oder einfach zu der Dunkelheit sagte: ›Gute Nacht, Wassjuschka! Du bleibst immer in mir. Du hast mir gezeigt, was die Unsterblichkeit der Liebe ist. Gute Nacht, mein Liebling!‹ Dann habe ich wunderbar geschlafen, weil ich in deinen Armen lag ...«

»Was hast du bis jetzt nach Moskau gemeldet?« fragte Bob tonlos. Er bog von der Hauptstraße ab und fuhr in die

Berge hinein, über einen holprigen, unausgebauten Weg, der sich durch kahle Schluchten wand.

»Ich liebe dich, Bob«, antwortete sie. »Ich habe dich wieder. Das Wunder aller Wunder ist geschehen … Hast du Moskau gesagt? Was ist Moskau? Wer ist Moskau? Haben wir dieses Wort schon einmal gehört? Moskau … Wo hast du den Ausdruck her? Was bedeutet er?«

Er bremste und riß Norma an den Schultern zu sich herum. Sie lag halb an seiner Brust, ihre rechte Schulter war gegen das Lenkrad gepreßt. Es mußte schmerzen, das Steuer drückte gegen ihren Rücken, aber sie verzog keine Miene. Nur ihre großen, schwarzen Augen bekamen einen untergründigen Glanz.

»Mein armer Wassjuschka«, sagte sie leise. »Du weißt nicht, was du tun sollst. Kann ich dir helfen? Das Gift steckt in der kleinen Rosette zwischen den Brüsten. Aber du mußt es herausnehmen und mir in den Mund stecken. Selbst tue ich es nicht … sieh, ich öffne nur den Mund. Ich werde die Ampulle zerbeißen und hinunterschlucken … es liegt nur an dir, mein Bärchen …«

Sie legte den Kopf weit in den Nacken, öffnete die Lippen und schloß die Augen. Ihre Zunge spielte um die Zähne, glitt dann über die Lippen und schien ihm zuzuwinken. Töte mich in dem Augenblick, in dem sich für mich ein Himmel öffnet.

Er drückte seine Hand auf ihren offenen Mund und hielt ihn zu. Sofort schlossen sich ihre Lippen, ihre Zähne schnappten wie Fangeisen zu und gruben sich in seinen Handballen.

»Bist du an Geheimakten herangekommen?« schrie er sie an. Er war so erregt, daß sich seine Stimme überschlug.

Sie schüttelte den Kopf, festgebissen in seine Hand. Er spürte, wie sie blutete und wie Dunjas Zunge das Blut wegwischte. Aber sie ließ ihn nicht los … wie ein Raubtier hing sie an seiner Hand.

»Hast du Fotos nach Moskau geschickt?«

Sie schüttelte wieder den Kopf, ohne seinen Handballen aus ihren Zähnen zu lassen. Ihre rechte Hand tastete nach seiner Brust, knöpfte einen Uniformknopf auf, rutschte durch den Spalt und vergrub sich in den Haaren seiner Brust. Es war ein Streicheln und Kratzen zugleich, ein ekstatisches Wühlen und eine Besitzergreifung voll glühender Zärtlichkeit. Das ist mein Körper, hieß es. Das und alles andere darüber und daneben, darunter und dahinter – es gehört mir, mir ganz allein! Die Wärme deines Blutes, das Atmen deiner Poren, die Glätte deines Schweißes, die Spannkraft deiner Muskeln, das Dehnen deiner Sehnen … Wassjuschka, mir gehört es, mir … mir … mir …

»Du bist erst dabei, den Agentenring aufzubauen«, sagte er schwer atmend.

Sie nickte wieder. Ihre Zähne ließen seine Hand los, aber ihre Finger krallten sich in sein dichtes Brusthaar. Sie betrachtete seinen Handballen und küßte die Blutstropfen weg, die aus den kleinen, spitzen Bißwunden quollen.

»Hast du nicht gesagt«, fragte sie mit einer fast kindhaften Stimme, »daß Liebe wie Kannibalismus sein kann?«

»Wann bist du aus Frazertown weggekommen?«

»Neun Wochen nach deiner Flucht. So plötzlich, wie es immer in Frazertown war. Über Nacht. Ich hätte Väterchen Sinjonew umarmen und küssen können, als er zu mir sagte: ›Norma Taylor, in vier Tagen fliegen Sie von Wien nach New York als Vertreterin einer Parfümeriefirma. In New York bekommen Sie weitere Befehle.‹ Und so war es. Ich trat dann meine Stellung als Milchmixerin an, genau wie es der Plan vorsah. Ich war so glücklich! Ich war in Amerika. In deinem Land! Und ich habe in den Himmel gerufen: Laß mich ihn wiedersehen! Du unendlicher Himmel, gebäre ein neues Wunder!« Sie küßte wieder die Blutstropfen von seiner Handfläche, riß die anderen Knöpfe seiner Uniformjacke auf und drückte ihr Gesicht an seine Brust. Sie verbiß sich in seinen Haaren und seufzte dabei wie ein kleiner, träumender Hund. Er schloß die Augen, schlang die Arme um ihre Schultern und gab sich dem verrückten Gefühl hin, in einer heißen Wolke ersticken zu müssen und dennoch in ein überschäumendes Leben zu tauchen.

Das habe ich nie gewußt, durchrann es ihn. Liebe, das ist der Teil der Schöpfung, den Gott dem Menschen übrigließ.

»Und wo warst du?« fragte sie.

»In Sibirien.«

Ihr Kopf zuckte hoch. Mit beiden Händen krallte sie sich in seine Kopfhaare und zog sein Gesicht zu sich hinunter.

»Wo?« stammelte sie. »Wassjuschka … wo?«

»Nordwestlich der Lena. Auf dem Weg zu eurer neuen Raketenbasis Werchokrassnoje.«

»Und du hast sie gesehen?«

»Ich habe sie nie erreicht. Ich mußte umkehren.«

»Das ist gut. O Himmel, ist das gut!« Sie küßte ihn, strich mit den Lippen über sein Gesicht und riß an seinen Haaren. Und dann lachte sie plötzlich, schüttelte sich im Lachen und bog sich unter seinen Händen wie eine sich wälzende Katze. »Da sind wir nun, Wassjuschka … die beiden großen Spione, der Stolz unserer Nationen. Und was ist aus uns geworden? Die großen Versager! Die Blinden, die wieder sehend wurden, als sie sich trafen … Oh, ist das schön! So schön!«

Bob Miller hütete sich, jetzt über Plenjakow zu sprechen und von seinem Auftrag, den untergetauchten John Barryl aufzuspüren. Es war zu fantastisch, daran zu denken, daß Dunja und Plenjakow ein Team in Los Alamos bilden könnten. Das widersprach völlig den Zielen der Ausbildung, die er in Frazertown erlebt hatte. Wenn Dunja Andrejewna den Befehl hatte, durch vorsichtiges Schließen von Freundschaften langsam in die Geheimnisse von Los Alamos einzudringen, dann war kaum anzunehmen, daß auch Plenjakow in Los Alamos war.

Er wartete, bis sich Dunja ausgelacht hatte, und öffnete dann die Wagentür. Über die kahlen, sonnenverbrannten Berge zogen die Schleier des Abends. Das Gestein brütete die aufgespeicherte Hitze aus, aber das war nicht von Dauer … die Wüstennächte wurden schnell kühl, das brüchige Gestein hielt keine Wärme mehr fest. Es war ein totes Land, dem nur noch die Sonne Leben einleuchtete und es damit gleichzeitig zerstörte.

»Jetzt machen wir ein Feuer und braten unser Schweinchen«, sagte Bob mit etwas zu deutlicher Fröhlichkeit. Aber Dunja merkte es nicht ... sie hockte noch auf dem Sitz, ließ ihre nackten Beine ins Freie baumeln und war von einem Glück erfüllt, das keine Probleme mehr kannte. Bob holte aus dem Kofferraum den eisernen Grill, das trockene Holz und den in einen Plastiksack eingewickelten, bereits gewürzten Schweinebraten. Ihm folgte ein Korb mit Gläsern voll Obstsalat und fertiggekochtem Rotkraut, das man nur noch zu erhitzen brauchte.

Er baute den Grill auf, zündete das Holz mit einem Spirituswürfel an und stieß den Spieß durch den gerollten Schweinebraten. Norma sah ihm, noch immer in der Tür des Autos sitzend, zu.

»Du hast tatsächlich kein Zimmer in einem Motel gemietet?« fragte sie.

»Nein. Alle Hoteliers im Umkreis von Los Alamos sind alarmiert und geben sofort Nachricht, wenn wir auftauchen. Ich liebe nicht gern unter großer Sehbeteiligung.«

»Das Leben ist schon verrückt, Wassjuschka. Hundertmal habe ich mir ausgemalt, wie es sein würde, wenn wir uns wirklich wiedersehen. Ich glaube – ich habe gedacht –, ich schreie auf und stürze mich auf ihn wie ein Tiger auf seine Beute. Wie eine Irre werde ich mich benehmen, denn unsere Liebe ist das Wahnsinnigste, was je zwei Menschen erleben können. Wir haben den Befehl, uns gegenseitig zu töten ... und wir umschlingen uns, dringen in den anderen ein und lösen uns auf in Unbegreiflichkeiten. So habe ich mir das vorgestellt ... und wie ist es nun wirklich? Wir stehen zwischen kahlen Bergen in einer steinigen Schlucht, Wassja Grigorjewitsch spießt ein Schweinchen auf eine Eisenstange, entzündet ein Feuerchen und beginnt, wie ein Schafhirte zu kochen. Und Dunja Andrejewna, von Sehnsucht verbrannt, wird auf einer Steinplatte den Tisch dekken, den Rotkohl wärmen, den Obstsalat in Plastikschüsselchen umfüllen und sich überraschen lassen, was es zu trinken gibt ...«

»Krimsekt. Im Kofferraum, in einer Kühlbox ...«

»O Bob ... wie liebe ich dich ...«

Er kam vom Grill zurück, der nun aufgeflammt war, hatte den Schweinebraten in die eisernen Gabeln gehängt und zog Dunja aus dem Wagen. Wortlos knöpfte er ihr Kleid auf, legte ihre schönen Brüste frei, griff in den Büstenhalter, holte aus der Spitzenrosette die kleine Giftkapsel und schleuderte sie weit weg in die Felsen. Sie hinderte ihn nicht daran. Sie stand unbeweglich da, als er ihr Kleid aufknöpfte, nur als seine Finger zwischen ihre Brüste griffen, vibrierte ihre Haut und kräuselte sich, als friere sie. Es war ein unsagbar alle Nerven elektrisierendes Gefühl, das jeden Winkel ihres Körpers in Besitz nahm. Ein Augenblick, in dem sie bereit war, sich über die Kühlerhaube des Autos zu werfen und sich ihm hinzugeben, wie es kein Tier vermochte.

»Du wirst sie nie mehr brauchen!« sagte Bob, als die Giftkapsel irgendwo in den Felsen zerschellte.

»Hast du deine noch?« fragte sie mit schnellem Atem.

»Nein. Ich habe sie abgegeben, als ich aus Sibirien zurückgekommen bin. Sie gehört zur Ausrüstung im Auslandseinsatz.«

Er hob den Kopf und schnupperte. »Wie das riecht, Dunja! Ist das ein Braten, was? Es geht nichts über ein Holzfeuer. Und dann gibt es noch eine andere Art, ein ganzes Schwein wunderbar saftig zu garen. In Afrika macht man das. Vor allem am Kongo. Man gräbt eine Grube, legt sie mit Steinen aus, erhitzt diese Steine, bis sie glühen, räumt das Feuer aus, legt das Schwein in diese heiße Steingrube, deckt sie mit Erde ab und läßt das ganze Schwein ein paar Stunden im eigenen Saft schmoren. Ich sage dir, so etwas hast du noch nicht gegessen ...«

»Warum küßt du mich nicht?« fragte sie leise. »Warum mußt du jetzt von geschmorten Schweinen sprechen? Wassjuschka ... wenn ich an dich dachte, habe ich mir die Fäuste zwischen die Schenkel pressen müssen ... Ich habe gestanden, gesessen oder gelegen und habe mit den Zähnen geknirscht, und wenn ich meine Fäuste in den Schoß drückte, habe ich ›Wassja! Wassjenka! Mein Liebling! Mein

Liebling!‹ geschrien. So etwas erzähle ich dir … begreifst du das? Ich schäme mich nicht, dir so etwas zu erzählen. Mir müßte die Zunge abfaulen, aber nein … ich spreche es aus! So selbstverständlich ist das, so schön, so nötig wie das Atmen.«

Sie hob die Arme. Das Kleid rutschte an ihr herunter, sie stieg aus ihm heraus, löste den Büstenhalter und streifte den kleinen grünen Slip von den Hüften. In ihrer weißen Nacktheit schien sie jetzt in der rötlichen Abenddämmerung zu schweben, getragen von dem noch warmen Wind, der durch die Schlucht wehte und ihr schwarzes Haar blähte.

»Als du weg warst, habe ich nicht mehr gelebt«, sagte sie und breitete die Arme weit aus. Ihre Brüste spannten sich, der Körper streckte sich, als sie auf die Zehen stieg, ihre langen, schlanken Beine schienen sich vom Boden zu lösen. Die Schatten des Abendrotes lagen in den Wölbungen ihrer Muskeln und modellierten den Leib zu einer nie wiederkehrenden Vollendung menschlicher Schönheit. »Mein Herz hat geschlagen, meine Lungen haben geatmet, ich habe mich bewegt … das war alles. Leben bist nur du! Bob, was hast du aus mir gemacht!«

»Das hast du in Frazertown auch gefragt …«

»Du weißt es noch?«

»Jedes Wort, jede Bewegung, jeden Atemzug.«

»Ein kleiner hölzerner Bungalow, weiß gestrichen … Die größten Möbel waren das Bett und die Bar …«

»Mehr brauchten wir auch nicht, Dunjaschka.«

Sie warf sich nach hinten, lag mit dem Rücken halb auf der langgestreckten Kühlerhaube des Autos und breitete Arme und Beine aus, wie auseinandergerissen zur Liebe, gekreuzigt zur Wollust. »Und du stehst da und redest, redest, redest!« schrie sie und kratzte über den Lack des Autoblechs. »Stehst da und hast Angst, daß ein Stück Braten schwarz wird! Ich habe auf dich gewartet … weißt du, wie lange das her ist? Hast du in Sibirien Jakutenweiber oder Burjätenstuten gehabt? In Irkutsk und Jakutsk feine Dämchen, die nach Rosenöl stanken? Mäuslein, die piepsten, wenn sie in deine Hände fielen? Und was habe ich getan? Ich habe nur von dir geträumt, habe deinen Namen gegen die Wände geschrien, habe mich hingeworfen, irgendwo in ein Kornfeld, hinter einen Baum, in das hohe Gras, zwischen Steinhaufen, habe die Augen geschlossen, und dann warst du bei mir, ich habe dich in mir gefühlt und die Sonne oder die Sterne angeschrien ... Nur du warst da ... nur du ...«

Er blickte sie an, nahm ihre ausgebreiteten Arme, riß sie an sich und zog sie zur Hintertür des Wagens. Sie folgte ihm taumelnd, noch immer mit geschlossenen Augen, und streckte sich auf die weichen Lederpolster der Rückbank aus. Das Zittern ihres nackten Körpers verstärkte sich, ihr Leib wurde auf und ab geschleudert, und als er zu ihr kam, als sie seine behaarte Haut auf sich spürte, das Spiel seiner Muskeln, die Kraft seiner Männlichkeit, die sie aufspaltete, hieb sie wieder die Nägel der gespreizten Finger in seinen Rücken und biß sich an seiner Halsbeuge fest wie ein Vampir.

»Wir sind Tiere, Wassjuschka!« schrie sie, als sie einmal Atem holte, und jedes Wort stieß sie heraus wie einen heiseren Schrei. »Wir sind bestialischer als Tiere ... Bleib so, bleib – jetzt müßte die Welt untergehen ... jetzt ... jetzt ... Wassjuschka – der Himmel stürzt ein ...«

Als sie wieder aus dem Wagen kamen, schweißglänzend, von der Kühle der Nacht angesprungen, eine alte Wolldecke um ihre Schultern geworfen, roch es scheußlich nach verbranntem Fleisch. Der gerollte Schweinebraten drehte sich als schwarzer, qualmender Klumpen noch immer an dem durch eine Batterie betriebenen Grillspieß.

»Jetzt werden wir doch in ein Motel fahren müssen«, sagte Bob und rieb mit einem Deckenzipfel den Schweiß von Dunjas Brüsten. Sie preßte sich an ihn und tastete mit beiden Händen an seinem Leib hinunter. »Oder können wir zu dir?«

»Unmöglich.« Sie schüttelte den Kopf. »Ich wohne in einem kleinen Zimmer bei einem Drogisten. Ich habe den Ruf eines anständigen Mädchens ...« Sie lachte hell, küßte die große Bißwunde an seiner Halsbeuge und zog die gemeinsame Decke enger um sich. Es wehte kein Wind mehr, aber aus den Sternen fiel die Kälte in die Wüste.

Es ist unmöglich, dachte sie. Um zwanzig Uhr wollte ich mich mit Plenjakow treffen. Auf eine Antwort hofft er. Auf das Ja, ihn zu heiraten. Jetzt wird er vor dem Haus des Drogisten stehen, warten und unruhig sein.

Sie wickelte sich ganz in die Decke, als Bob sich von ihr löste, zu den weggeworfenen Kleidungsstücken ging und Stück um Stück seine Uniform wieder anzog. Sie sah ihm zu, saß auf der hinteren Stoßstange, rieb die nackten Fußsohlen aneinander, und dachte: Sie dürfen sich nie begegnen. Bob und Andrej Nikolajewitsch. Man muß es verhindern! Aber wie kann man das?

Sie senkte den Kopf und zog die Decke weit über ihre verschwitzten Haare. Ich werde ihn töten müssen, dachte sie. Was bleibt mir anderes übrig? Ich werde Plenjakow liquidieren, um mit Moskaus Sprache zu reden. Das hat man mir beigebracht. Geh einer Gefahr nie aus dem Wege, wenn du sie vernichten kannst. Das gleiche wird Plenjakow denken, wenn er Bob wiedersieht. Ich werde schneller sein müssen als er.

»Willst du nackt zu Jerry's Drive-in?« fragte Bob. Er stand in seiner Uniform vor ihr und zog ihr die Decke vom Körper.

»Du wolltest mit mir ein Glas Sekt trinken, Wassja«, sagte sie und bemühte sich, ihr Frieren nicht zu zeigen. »Unseren Krimsekt ...«

Er nickte, ging zum Kofferraum, öffnete die Kühlbox, holte eine Flasche heraus, drehte den Korken fast lautlos heraus und goß zwei Plastikbecher voll echten russischen Sekt.

»Die geschliffenen Kristallgläser holen wir nach, Dunja«, sagte er.

»Halt deine Hände auf«, sagte sie leise.

Er tat es, sie goß aus dem Plastikbecher etwas Krimsekt in seine Handflächen, beugte tief den Kopf hinunter und schlürfte den Sekt heraus. Es war eine solch erschütternde

Geste unendlicher Zärtlichkeit, daß ihm der Becher aus der Hand glitt und über den steinigen Boden wegrollte.

»So herrlich war noch kein Sekt«, sagte sie kaum hörbar. »Er betäubt wie Gift. Jetzt bring mich in ein Bett, Wassjuschka. Nur neben dir liegen, nur dich fühlen und wissen: So bleibt es ein ganzes Leben lang.« Sie griff nach der Dekke, die neben ihr auf dem Steinboden lag, und warf sie wieder um sich. »Ich friere. Gib mir noch einen Schluck, Bob ...«

Sie setzte die Flasche einfach an den Mund und trank, während Bob Miller ihre verstreut herumliegenden Kleidungsstücke aufsammelte.

Wie Bob es geahnt hatte: In Jerry's Drive-in-Motel war man bereits unterrichtet, als er seinen Oldsmobil vor einem der kleinen Bungalows parkte. In der zentralen Empfangshalle des Hauptgebäudes erwartete ihn ein grinsender Jerry Hamlok und winkte schon mit einem Schlüssel, als Bob Miller durch die Drehtür kam.

»Sie haben Nr. 20, Major!« rief Jerry fröhlich. »Unser bestes Häuschen! Französisches Bett, Spiegelschränke, aus dem linken kleinen Hahn an der Badewanne läuft Kölnisch Wasser, im Bettumbau ist eine Bar installiert. Sie brauchen nicht einmal mehr aufstehen, sich nur auf die Seite wälzen, haha ... unser Hochzeitszimmer ist berühmt für seinen stillen, unsichtbaren Service. So befindet sich unter Ihrem Kopfkissen auch ein kleiner Kasten mit Papierhandtüchern und ...«

»Jerry, halt die Schnauze!« unterbrach ihn Bob grob. »Es genügt, wenn du das Glöckchen unterm Bett abmontiert hast.« Er trat näher und legte eine Hundertdollarnote auf den Tisch, Jerrys Augen wurden kindergroß. »Wer steckt dahinter, Boy? Los, spuck es aus!«

»Die ganze Abteilung V aus dem Werk. Man hat Sie als Wunderknaben angekündigt, Major. Daß Sie Norma auf den Rücken legen, damit rechnet jetzt jeder ...«

»Wenn du weiter so redest, bekommst du eine dicke Lippe, Jerry«, sagte Bob ruhig. »Ich habe mit rechts einen

Punch, da stecken gut zehn Zentner drin! Kraft mal Weg, wenn du was von Physik verstehst. Los, gib den Schlüssel her! Was sollst du nach Los Alamos melden?«

»Nur daß Sie eingetroffen sind.«

»Dann tu den Boys noch einen Gefallen und sage ihnen: Major Miller hat sich entschlossen, Norma Taylor zu heiraten. Und das sehr schnell.«

»Ist das ein Witz, Sir?«

»Geh aus meiner Reichweite, Jerry. Es knallt gleich!«

»Aber Sie kennen doch Norma erst seit ein paar Stunden.«

»Das reicht für mich, um zu wissen, wie's weitergeht.« Er nahm den Schlüssel Nr. 20 aus Jerrys schlaffen Fingern und drehte ihn durch die Luft. »Und nun laß uns in Ruhe, Jerry. Ich garantiere, daß jeder, der uns stört, krankenhausreif wird.«

Vor dem Bungalow Nr. 20 stand bereits der Oldsmobil. Bob Miller ging hinüber und blickte verwundert auf Norma, die hinter dem Steuer saß. Vorher hatte er vor Nr. 9 geparkt.

»Ich hab' ihn hergefahren«, sagte sie und stieg aus.

»Kannst du Gedanken lesen?«

»Ich bin dir nachgegangen und habe durch die Glastür gesehen, wie dieser Jerry mit dem Schlüssel Nr. 20 spielte. Also ist das unser Zimmer. Logisch, Bärchen?«

»Das Agentenweib.« Er schloß die Tür auf. Der kleine Bungalow bestand aus einem Vorraum mit Garderobe und dem großen Zimmer mit Sesselecke, breitem Bett und einer ganzen Längswand aus Spiegelschränken. Auf dem Tisch stand ein Blumenstrauß – so sicher war man sich gewesen, daß Bob Miller hier aufkreuzte. Die Jalousien vor den Fenstern waren heruntergelassen.

Bob Miller legte den Zeigefinger auf die Lippen und ging auf Zehenspitzen im Zimmer herum. Er blickte in den Schirm der Stehlampe, neben das Bett, unter das Bett, in den Blumenstrauß, hinter die beiden Bilder – bunte Fotodrucke in Holzrahmen – und untersuchte alle Türrahmen. Erst nach dieser Inspektion nickte er. Norma war lautlos neben der Dielentür an der Wand stehengeblieben. Man brauchte ihr nicht zu erklären, was Bob suchte.

»Nichts«, sagte er.

»Unter der Tapete . .«, flüsterte sie.

»Ich kann nicht das ganze Zimmer aufreißen. Komm her!« Er zog Norma mitten in den Raum, sie blickten sich durch die Schrankspiegel an und lächelten sich zu. »Liebe Leute«, sagte Bob Miller laut. »Wenn ihr irgendwo eure Wanzen versteckt habt, dann sollt ihr jetzt wissen, daß Norma und ich uns lieben, daß wir heiraten werden, gleich einen Cocktail trinken, dann eine Flasche Sekt und anschließend im Bett das tun, was ihr geilen Hunde an den Tonbändern auch so brennend gern mit Norma getan hättet. Daß ihr jetzt zuhört, stört mich nicht. Aber wenn euch vom Zuhören die Röhre platzt, ist's allein eure Schuld! Norma, zieh dich schnell aus!«

Sie starrte ihn an und schüttelte den Kopf. »Nein!« sagte sie ebenso laut. »Das mache ich nicht mit. Ich bin keine Hure! Wenn an den Tonbändern Gentlemen sitzen, dann stellen sie jetzt ihre Geräte ab. Oder ich schlafe im Sessel.«

»Wer da mithört, sind keine Gentlemen, Norma.« Bob Miller stampfte im Zimmer umher und tastete mit der flachen Hand die Wände ab. Wenn man tatsächlich Mikrofone eingebaut hatte, waren Meister ihres Fachs am Werk gewesen. »Liebt ihr Radiomusik, Boys?« fragte Bob gegen die Wände. »Ein alter Gegentrick, aber ich nehme an, den habt ihr bereits einkalkuliert. Wie wär's, wenn wir im Auto übernachten? Kinder, ihr könnt doch einem Bob Miller nicht mit so idiotischen Sachen kommen.«

Er ging zur Bar, klappte sie auf und holte Mixbecher, Eisbehälter und einige Flaschen hervor. Langsam, katzengleich, bewegte sich Norma durch das Zimmer und setzte sich in einen der Sessel.

»Ich möchte weg von hier, Bob«, sagte sie. »Bitte …«

»Genau das habe ich eben auch gedacht. Aber erst saufen wir uns einen kleinen Hirnwirbel an. Kennst du einen ›Marmon-Cocktail‹? Leute, herhören: ein Drittel Kirschwasser, ein Drittel Cherry Brandy, ein Drittel französischer

Vermouth, über Eis schütten und mit einer Kirsche garnieren. Nach zwei Gläschen fliegen die Schlüpfer wie Fledermäuse durchs Zimmer. Aber das hört ihr nicht mehr, ihr Mikrofon-Onanisten. Was ich euch zu sagen habe, das hört ihr erst morgen ...«

Sie tranken jeder drei Gläser von dem ›Marmon-Cocktail‹, gaben dann dem enttäuschten Jerry den Schlüssel wieder ab und fuhren zurück in die kahlen, kalten Wüstenberge.

Dort stellten sie den Wagen in einer Seitenschlucht ab, krochen auf den Hintersitzen zusammen und wärmten sich gegenseitig wieder unter der schäbigen Decke.

»Morgen miete ich für uns ein Haus«, sagte Bob und legte beide Hände über Normas Brüste. »Und du meldest Moskau, daß es keine Dunja Andrejewna mehr gibt. Du bist Norma Taylor ... Ich will es nie gewußt haben, daß du eine Russin bist.«

»Ich werde immer eine Russin bleiben, Bob.« Sie hielt seine über ihre Brüste kreisenden Hände fest und sah ihn groß an. Die winzige Deckenlampe, die sie im Fond des Wagens eingeschaltet hatten, warf kleine Punkte in ihre schwarzen Pupillen. »Könntest du Amerika vergessen?«

»Ja. Es gibt wichtigere Dinge.«

»Das unterscheidet euch von den Sowjets. Ein Russe wird sein Vaterland nie vergessen können, selbst wenn die Liebe so grenzenlos ist wie bei uns. Ich werde immer denken: Unser Glück ist so groß, so unendlich wie die Taiga, wie der Himmel über Sibirien, wie die Steppen Kasachstans. Aus dieser Unendlichkeit bin ich zu dir gekommen, um dir das unendlich große Glück zu bringen. Wassjuschka, das ist Rußland. Du mußt es spüren ...«

»Ich spüre es.« Er schob den Arm unter ihre Hüften und zog sie noch enger an sich heran. »Ich spüre es um so mehr, als ich in Sibirien bald verreckt wäre ...«

Ihr Körper schnellte zusammen. Ihre Stimme wurde plötzlich heller. »Wassja, was ist geschehen? Erzähle! Oh, ich habe dich nie danach gefragt. Nur an mich habe ich gedacht. Was war in Sibirien?«

»Später, Dunjenka, später.« Er rückte die Decke zurecht

und knipste die kleine Deckenlampe aus. Über den kahlen Wüstenbergen lag bleich ein Mondschimmer. Eine Totenlandschaft wie auf einem anderen Stern. »Warum darüber reden? Wir haben so vieles zu vergessen und so vieles neu und besser zu machen. Wir sollten beide aus der Vergangenheit fliehen.«

»Können wir das?«

»Ich werde es mit allen Kräften versuchen.«

»Ich auch, Wassjuschka, ich auch.« Sie kroch ganz nahe an ihn und kuschelte ihr Gesicht in seine Halsbeuge. »Wir wollen zwei neue Menschen werden, wie es sie noch nie gegeben hat ...«

Und morgen kommt Andrej Nikolajewitsch Plenjakow, dachte sie, um mich zu fragen, ob ich ihn heiraten will.

Gott im Himmel, den ich nicht kenne, ich flehe dich an: Hilf uns ...

Am nächsten Vormittag stand Norma Taylor wieder hinter ihrer Milchbar und zapfte Mixgetränke. Sie spürte die Sensation, die knisternd in der Luft lag. Die Männer zogen an ihrem Tresen vorbei wie zur Parade, starrten ihr ins Gesicht, grinsten sie an, aber unterließen dumme oder anzügliche Bemerkungen. Für solche Fälle hatte Norma drei große Litergläser voll Sirup neben sich stehen und war bereit, jedem Flegel eins davon über den Kopf zu gießen. Nur ihr Boß, Stan Wolter mit dem weggeschossenen Hintern, fragte sie am Morgen, als sie ihren Dienst pünktlich wie immer antrat: »Stimmt das alles, Mädchen?«

Und sie hatte geantwortet: »Ja, es stimmt, Stan. Bob und ich sind uns einig. Ging schnell, was? Aber das ist wie bei einem Gewitter. Keiner weiß, wann und wo ein Blitz einschlägt.«

Von da ab ließ Stan Wolter Warnungen verbreiten. Erstens Bob Millers wegen, von dem bekannt war, daß er als Topmann des CIA sich nicht scheuen würde, kreisrund um sich zu schlagen, und zweitens Normas wegen, die endlich eine Frau geworden war und durch ihre Verbindung zu Miller auch schließlich für Ruhe in den Reihen der Männer sorgte, die bis gestern noch wie Auerhähne in der Kantine II gebalzt hatten.

Nicht ganz so einfach hatte es Bob selbst. Er saß in einem Büroraum, den man ihm in der Zentralverwaltung zur Verfügung gestellt hatte, las gerade die Untersuchungsprotokolle über den Mord an Hendrik Gulbrannson, dessen Akte er sich hatte kommen lassen, als das Telefon klingelte.

Schon bevor der Mann am anderen Ende der Leitung einen Ton sagte, wußte Bob, wer ihn anrief. Das Schnaufen durch die Nase war wie eine Erkennungsmelodie.

»Guten Morgen, Sir!« sagte Bob freundlich. »In Los Alamos sind es bereits um diese Zeit dreißig Grad Hitze. Wie sieht's in Fort Patmos aus?«

»Wir sind wieder in Fort Thompson, Bob.« Die Stimme von General Orwell klang so klar, als sei nur ein Meter Leitung zwischen ihm und Miller. »Im Nebenraum stehen zwölf Ihrer Freunde bereit. Wenn ich Ihnen die Namen nenne, werden Sie jubeln. Alles Teilnehmer von Alaska. Ich nehme an, daß Sie mir allerlei zu sagen haben, Bob. Wir sind zum Großeinsatz bereit.«

»Danke, Sir.« Bob Miller betrachtete erstaunt den Hörer, ehe er weitersprach. »Die Einladungen zu meiner Hochzeit gehen pünktlich heraus. Aber so schnell war es nicht gemeint. Sir, ich habe Ihnen offiziell zu melden, daß ich mich gestern mit Miß Norma Taylor, geboren in Waco in Texas, verlobt habe.«

»Dann haben Sie die Flasche genommen, Bob«, sagte General Orwell trocken. »Prüfen Sie das noch mal nach, bevor Sie endgültig vor dem Reverend ›Ja‹ sagen. Die Dame, mit der Sie gestern nacht mit einer wirklich bewundernswürdigen Ausdauer Verlobung gefeiert haben – ein Glück, daß der Oldsmobil so gute Federn hat –, heißt Dunja Andrejewna Koroljow, geboren in Liski, südlich von Woronesch. Stimmt's, mein süßer Wassjuschka, mein starkes Bärchen …?«

»Sir …«, Bob Miller überflutete eine Hitzewelle, die sein Hirn aus dem Kopf zu drücken schien. »Ich habe …«

»Sie haben ›Tote Fliege‹ spielen wollen, Bob. Ein gefährliches, ein tödliches Doppelspiel in unserer Situation. Ihr Zusammenprall mit Dunja war ein Elementarereignis, das erkenne ich an. Und es ist löblich, daß Sie und Dunjaschka beschlossen haben, auszusteigen und vielleicht Erdnüsse anzubauen. Ihre genauen Pläne haben Sie ja noch nicht fixiert …«

»Sie haben uns belauscht, Sir …«

»Glauben Sie, wir stellen Ihnen ein Auto zur Verfügung, das nicht präpariert ist? Die Wanzen im Zimmer zwanzig bei Jerry waren nur dazu da, Sie wieder ins Auto zurückzujagen. Das ist gelungen. Aber da hatten wir ja schon vorher allerhand gehört. Bob, unter uns Männern und als Ihr Freund: Ich kenne diese Dunja nicht, aber es muß eine Frau sein, bei der jeder Mann den Verstand verliert, und Sie haben ihn verloren, Bob. Sie, mein bester Mann. Mein Stolz von Alaska. Mein Aushängeschild. Was ich da auf den Bändern habe – Ihr Camping mit dem verbrannten Schweinchen, Ihre Liebesfeier mit Krimsekt – und was so davor und danach geschah, das kann man nur hinter Panzerschränken aufbewahren oder psychisch Impotenten vorspielen.«

»Es freut mich, wenn's Ihnen gefallen hat, Sir«, sagte Bob giftig. »Welche Folgerungen habe ich zu ziehen?«

»Ich nehme an, Sie haben Dunja Andrejewna bereits in Frazertown kennengelernt.«

»Sir, Sie haben's ja gehört.«

»Ihr Name ist bei Ihren Meldungen nie aufgetaucht.«

»Ich hatte nie angenommen, daß Dunja in die USA abkommandiert wird. Ich rechnete sie zum Stammpersonal von Winniza.«

»Bob, warum lügen Sie mich so schamlos an? Habe ich nicht Ihr volles Vertrauen? Wir sind jetzt allein, ich spreche mit Ihnen ohne Zeugen und ohne Tonband. Darauf mein Wort.«

»Ich glaube Ihnen, Sir.«

»Dunja hat Sie mit ihrer Liebe und ihrem Körper überwältigt. Sie wollten einfach nicht wahrhaben, wie gefährlich sie sein kann.«

»So ist es, Sir«, antwortete Bob steif. »Und als ich sie gestern in Los Alamos wiedersah, habe ich die Bibel verstanden, die von der Erstarrung zu Salzsäulen berichtet.«

»In der Nacht haben Sie das Salz aber ganz schön schmelzen lassen.«

»Ich habe Dunja gefragt. Sie ist noch nicht lange in Los Alamos. Sie hat noch keinen Agentenring aufgebaut. Sie hat keine wichtigen Bekanntschaften geknüpft. Sie war dabei, sich erst zu etablieren und rundherum Vertrauen zu gewinnen. Sie hat nach Moskau nichts gemeldet als die Tatsache, daß es ihr gelungen ist, in der Milchbar der Kantine II die Stellung zu bekommen. Ihre Ausgangsposition. Darüber hinaus ist sie nie gekommen.«

»Das wissen wir jetzt auch. Während Sie intensiv russische Seele erforschten, waren wir in der Nacht pausenlos unterwegs. Es gibt da zwei Männer, die mit Dunja-Norma engeren Kontakt gesucht haben ...«

»Ein Professor Lowinsky und ein Vertreter von Bio-Jet. Ist mir bekannt, Sir. In Los Alamos überall bekannt.«

»Lowinsky ist blütenweiß.« General Orwell schien in einigen Akten zu blättern. »Der Bio-Jet-Mann ist uns namentlich noch unbekannt. Wir erwarten im Laufe des Morgens seinen Namen von der Firmenzentrale. Im Werksgelände kennt man ihn nur unter dem Namen ›Der tolle Johnny‹. Soll voller säuischer Witze stecken.«

»Auch die habe ich schon teilweise gehört. Wollen Sie per Draht einen mitbekommen, Sir? ›Hängt so manches dir herunter, Bio-Jet macht's wieder munter.‹«

»Sie müssen das Zeug zentnerweise getrunken haben.«

»Danke, Sir.«

»Kommen wir auf Dunja zurück. Sie wollen sie also tatsächlich heiraten?«

»Ja.«

»Wie wir gehört haben, als Norma Taylor. Bob, Sie wissen, wie großzügig wir sein können. Ich bin bereit, Normas falsche Papiere als echte zu akzeptieren und euer Glück zu segnen unter der Voraussetzung, daß Norma uns Namen und Adressen nennt, die sie kennt. Und sie kennt welche, Bob. Ich schwöre es! Moskau entläßt keinen Agenten in exponierte Stellungen, ohne um ihn herum ein Netz aufzubauen mit Kontaktmännern, mit Zwischenträgern, mit toten Briefkästen, mit Agentenführern. Ganz wie bei uns. Darin sind wir alle gleich. Dunja Andrejewna wäre in der Geschichte der Spionage die erste Agentin, die völlig allein arbeitet. Bob, das wissen Sie doch auch. Ihre Norma verfügt über Kreuz- und Querverbindungen. Die müssen wir kennen ...«

»Und wenn sie es bestreitet?«

»Dann lügt sie! Bob, überreden Sie Ihr Täubchen. Wenn Ihnen schon plötzlich Ihr Vaterland einen Haufen Scheiße wert ist, dann kämpfen Sie jetzt um Ihr ganz persönliches Glück und Weiterbestehen. Wir werden, so ein lieber Junge Sie auch sind, gegen Ihre Dunja energisch vorgehen, falls sie stumm bleibt. Daß Sie ihr das Gift weggenommen haben, war übrigens hervorragend.«

»Das haben Sie auch auf dem verdammten Tonband?«

»Alles, Bob.« General Orwell schnaufte wieder ins Telefon. »Wie verbleiben wir, mein Junge?«

»Ich werde meine Pflicht tun, Sir.« Bob sagte es laut und hart. »Habe ich das alles erst hinter mir, dann ...«

»Bitte, behalt es für dich, Bob!« unterbrach ihn Orwell väterlich. »Den Gefallen, dich am Arsch zu lecken, tu' ich dir ganz bestimmt nicht.«

»Sir. Wann kann ich aus der Army entlassen werden?«

»Wenn Sie mir Plenjakow bringen, Bob. Ich werde Ihre Beförderung zum Oberst durchsetzen, und dann reden wir weiter.«

»Ich möchte das Restaurant und das Motel meines Vaters übernehmen, Sir.«

»Ein Mann wie Sie, Bob!«

»Ich weiß, Sir, was Amerika in mich investiert hat. Aber ich glaube, ich habe es in Winniza und Sibirien abbezahlt.«

»Sie sind Offizier, Bob, und kein Kleinkrämer.«

»Es gibt Generale als Filmschauspieler, Sir, und Filmschauspieler, die gern Präsident von Amerika werden möchten. Warum soll ein Oberst nicht Hamburger und Hotdogs verkaufen?«

»Stellen wir das Gespräch zurück.« Orwells Stimme wurde wieder dienstlich. »Bob, finden Sie uns Plenjakow. Haben Sie Dunja schon nach ihm gefragt?«

»Nach den Gesetzen der Logik ist er nie in ihrer Umgebung.«

»Nach den Gesetzen der Logik müßten Sie jetzt in der Taiga verschimmeln. Und wo sind Sie? Im Bett Ihrer russischen Geliebten, und das auch noch im Blickwinkel von Amerikas bestbehütetem Geheimnis. Nennen Sie das Logik?«

»Ich tue, was ich kann, Sir«, sagte Bob verschlossen.

»Und wenn der Weg zu Plenjakow doch über Dunja führt? Bob, ich habe da so ein Jucken um das Herz herum. Sie kennen das von mir: mein siebter Sinn. Wollen Sie von Ihrer Aufgabe entbunden werden? Ich schicke Ihnen dann sofort Captain Redder als Nachfolger.«

»Danke, Sir. Ich schaffe es allein. Wenn es zu schaffen ist, dann kann ich es ja nur allein. Wer kennt denn Plenjakow außer mir?«

»Und Dunja.« Orwell räusperte sich. »Schluß jetzt, Bob! Kopf hoch, mein Junge ... ich beneide Sie nicht. Sie haben die herrlichste Frau erwischt ... aber sie hat auch ganz klar gesagt: Ich bleibe immer eine Russin! Möge Gott verhüten, daß Sie daran zerbrechen ...«

Es knackte. General Orwell hatte aufgelegt. Langsam legte auch Bob den Hörer zurück, legte den Kopf weit in den Nacken und starrte gegen die weißgetünchte Decke. Die Klimaanlage surrte auf einmal wie ein Düsenmotor. Alle Geräusche, selbst das Summen einer Fliege, wuchsen ins Gigantische.

Sie wird mir alles sagen, dachte Bob. So wie sie kann keine andere Frau mehr lieben. Aber gibt es eine grenzenlose Liebe? Gibt es Hingabe ohne ein Geheimnis?

Ich bleibe immer eine Russin – war das die Grenze?

John Barryl erschien wieder in Los Alamos mit seinem weißlackierten Lieferwagen und seinen Bio-Jet-Dosen. Die Wachen kontrollierten ihn so gut wie nicht mehr, hielten ihn nur noch an, um seinen neuesten schweinischen Werbevers zu erfahren. Dann brüllten sie vor Lachen, und Plenjakow konnte ungehindert in den inneren Bereich einfahren und hinter der Kantine II halten.

Den Weg ins Magazin kannte er im Schlaf. Er schleppte drei Kartons mit Bio-Jet ins Lager, stieß dort einen vereinbarten Pfiff aus, den man bis zur Theke hörte, und wartete auf Dunja. Stan Wolter, der Pächter, befand sich nicht im Lokal. Er fuhr mit einem Einkaufswagen in den Hallen des Supermarktes von Los Alamos herum und suchte für seinen Küchenbetrieb die Wochenration zusammen.

Plenjakow lehnte an einem der Regale, als Dunja ins Magazin schlüpfte. Das Mädchen an den Obstsaftmaschinen hatte sie für ein paar Minuten abgelöst. Plenjakow sah müde aus. Er hatte die ganze Nacht vor dem Haus des Drogisten gewartet, aber Dunja war nicht in ihre Wohnung gekommen. Dann hatte er – in Zivilkleidern, nicht in seinem auffälligen Overall von Bio-Jet – hinter einem Schuppen gestanden und beobachtet, wann Dunja ihre Arbeit antrat. Sie war pünktlich gekommen, wie jeden Morgen, aber nicht auf ihrem Moped, sondern mit einem Taxi. Und sie trug dasselbe Kleid wie am Vortag, dieselben Schuhe, und vor allem fiel Plenjakow auf, daß sie weniger ordentlich frisiert war als sonst.

Das erzeugte in ihm einen Sturm von Eifersucht und verworrenen Gedanken, dem er nur mit einem Zähneknirschen und der eisernen Disziplin, zu der er erzogen worden war, widerstehen konnte.

»Wo warst du?« fragte er sofort, als Dunja ins Magazin kam und die Tür sorgfältig schloß. Sie schob einen Karton davor, um bei unliebsamen, schnellen Besuchen rechtzeitig gewarnt zu sein. Die rückwärtige Tür zum Hof hatte sie im Auge. Es gab sowieso genug Lärm, wenn Stan Wolter vom Supermarkt zurückkam.

»Was heißt das: Wo warst du?« fragte sie zurück.

»Ich habe die ganze Nacht vor deinem Haus gestanden.«

»Wir waren nicht verabredet, John. Heute abend …«

»Du bist mit einem Taxi gekommen! Wo ist dein Moped?«

»Hinter dem Haus.«

»Dann bist du gestern auch mit einem Auto weggefahren?«

»Verhört jetzt der Major Plenjakow den sowjetischen Kapitän Dunja Andrejewna?«

»Ich möchte wissen, mit wem meine zukünftige Frau nachts unterwegs ist!«

»Ich könnte sagen, es war dienstlich.«

»Ein Mann also!« Plenjakow atmete schwer. Er wischte sich mit beiden Händen über das übernächtigte Gesicht und unterdrückte nicht das Zittern seiner Hände. »Die ganze Nacht …«, sagte er dann heiser. »Was … was hat er gewußt? Wer ist es? Hast du Fotos, Mikrofilme, Formeln? War … war es so wichtig für uns? Dunja, ich werde verrückt, wenn ich weiterspreche!«

»Ich habe nicht gesagt, daß es dienstlich war«, erwiderte sie. »Ich habe gesagt: ›Ich könnte sagen, es war dienstlich.‹«

»Wo warst du?«

Plenjakow griff plötzlich zu, riß Dunja an sich und schüttelte sie. Sie revanchierte sich, indem sie ihn gegen das linke Schienbein trat, mit der Spitze ihrer Schuhe genau auf den Punkt, der selbst einen Riesen einknicken läßt. Plenjakow krümmte sich, lehnte sich ächzend gegen das Regal und starrte Dunja aus flackernden Augen an. Seine Hände schlossen und spreizten sich, als wären sie Pumpen, die den Schmerz aus ihm herausdrückten.

»Du warst bei einem Mann …«, stöhnte er. »Ich liebe dich mit allem, was zwischen Himmel und Hölle liegt … und du warst eine ganze Nacht bei einem Mann! Warum habe ich dann Gulbrannson erschlagen? Warum? Wenn du eine Hure sein willst, warum dann diese Unterschiede? Welch ein Abend war das vor zwei Tagen! Ich war bereit, deinetwegen mein Rußland zu verraten! Ich habe an dich geglaubt, Dunja. An eine neue Welt …«

»Ich habe eine neue Welt, Andrej Nikolajewitsch.«

»Mit einem anderen Mann! O Himmel, wie kann ich das aushalten? Wer ist es? Kenne ich ihn?« Er wollte sich wieder, trotz seiner wahnsinnigen Schmerzen im Schienbein, von dem Regal abstoßen und nach Dunja greifen, aber sie wich zurück und zog den Kopf in die hochgezogenen Schultern.

»Bleib stehen«, sagte sie dunkel. »Andrej, bleib um der Madonna willen stehen! Wir müssen uns auf Distanz unterhalten.« Sie hob die rechte Hand und drehte die Handkante zu Plenjakow. Er kannte das. Er wußte genau, wie schnell sie im Karate war, und er war im Augenblick zu schwach, flinker zu reagieren, als sie zuschlagen konnte. »Wir haben einmal darüber gesprochen, daß wir nicht stark genug sind, unsere Aufträge auszuführen ...«

»Du und ich zusammen! Ich liebe dich mehr als einen Befehl aus Moskau.«

»Und wenn ich jetzt allein gehe?«

»Das kannst du nicht. Ich halte dich fest.«

»Als Major des KGB?«

»Als ein armer Mensch, der dir zu Füßen liegt.« Plenjakow hielt sich am Regal fest. Er konnte auf dem linken Bein kaum noch stehen, so höllisch schmerzte der Tritt von Dunjas spitzem Schuh.

»Und wenn ich einen anderen liebe?«

»Das ist unmöglich! Dunja, das geht einfach nicht.«

»Und warum geht es nicht?«

»Ist er ein Amerikaner?«

»Ja.«

»Du kennst doch den Befehl Nummer L/I/U.«

»Wie patriotisch, Andrej Nikolajewitsch!« Sie lächelte, aber es war das Lächeln einer gefährlichen Katze. »Liquidierung aller Verräter. Bereinigung des inneren Kerns von allen unsicheren Elementen. Die Auslese unter den Teufeln! Nur wenn ein Plenjakow selbst ausbrechen will, vergißt er die Nummer L/I/U! Welch ein widerlicher Egoismus! Welch ein schleimiger Verrat an Rußland! So etwas sagt der große Plenjakow!«

Sie sah ihn abschätzend an und erschauderte über sich selbst und ihre so klaren, einfachen Gedanken, Andrej Nikolajewitsch ohne die geringste Reue töten zu können. Er war die einzige große Gefahr für ihre Liebe zu Bob, und alles, was diese Liebe erhalten oder retten konnte, war gut und richtig und in die besondere Moral eingebettet: Ich tue es für Bob! Es war fürchterlich, das so klar an sich zu erkennen, daß sie noch einen Schritt weiter zurückwich und Plenjakow ohne Mitleid betrachtete, wie er noch immer mit den Schmerzen in seinem Schienbein beschäftigt war.

Unter der weißen Schürze, eng um den Leib geschnallt, trug sie eine kleine Pistole. Ein Spielzeugding, rundum versilbert, ein Mann wie Plenjakow würde laut lachen, wenn er sie sehen könnte – aber sie war geladen, die Patrone stak im Lauf, und auf nahe Entfernung zerriß auch solch eine kleine Kugel das Herz oder schlug ein tödliches Loch in die Stirn.

»Woran denkst du?« fragte Plenjakow und holte tief Luft. »Überlegst du noch?«

»Ja«, antwortete sie. Aber sie sprach nicht aus, woran sie dachte und wohin ihre Überlegungen liefen.

Hier geht es nicht, dachte sie kalt. Hier zwischen den Regalen kann man ihn nicht liquidieren. Wohin mit seiner Leiche? Es muß ein totales Verschwinden sein. Plötzlich kommt der Bio-Jet-Mann nicht mehr nach Los Alamos. Sein Lieferwagen steht auf dem Hof der kleinen Auslieferung, aber er selbst ist ohne Spur in die Weite gegangen. Wie oft kommt so etwas vor. Ein Mensch wechselt sein Leben. Ein paar Tage wundert man sich, spricht über ihn, stellt Mutmaßungen an und vergißt ihn dann.

»Was soll ich nach Moskau melden?« fragte Plenjakow in die quälende Stille hinein.

»Ich liebe Rußland und werde es immer lieben.«

»Das ist zuwenig. Das ist kein Abschied, keine Begründung für dein Ausbrechen. Ich will den Mann sehen, der es fertiggebracht hat, eine Dunja Andrejewna zur Verräterin an ihrem Vaterland werden zu lassen.«

»Nie!« sagte sie laut. »Nie wirst du ihn sehen!«

»Ich werde dich nicht mehr aus den Augen lassen.« Er stieß sich von dem Regal ab und humpelte zur hinteren Magazintür. Wie haben wir uns alle verändert, dachte sie plötzlich. Damals, bei Winniza, waren wir fröhliche glückliche Russen, und Andrej und Wassja waren die besten Freunde, auch wenn sie um die Gunst der Dunja Andrejewna stritten. Jeder wußte, wozu er ausgebildet wurde, was ihn später einmal erwartete ... und nun war man in den USA, der große, heilige Dienst fürs Vaterland hatte begonnen, alle mitgebrachten Ideale zerfielen jetzt wie der Staub der Los Alamos umgebenden Wüste.

»Wir sollten uns nie wiedersehen, Andrej«, sagte sie leise.

Plenjakow drehte sich an der Tür um. »Das ist unmöglich, Norma! Ich liebe dich.«

»Aber es hat doch keinen Sinn mehr, Andrej.«

»Du kannst nicht einfach nach Moskau melden: Ich will nicht mehr! Du weißt genau, was dann passiert.«

»Und du wirst es ausführen müssen, nicht wahr? Als Beweis deines Patriotismus, deines unbedingten Gehorsams. Könntest du das wirklich, Andrej? Mich auf Befehl des KGB umbringen?«

»Ich will daran nicht denken!« schrie Plenjakow unbeherrscht. »Es wird nie soweit kommen. Laß uns darüber noch einmal reden.«

Sie nickte. Zum letztenmal, dachte sie. Andrej, ich glaube, du wärst fähig, Moskaus Befehle auch jetzt bedingungslos zu erfüllen. Du bist Soldat, du bist Offizier der Roten Armee ... für dich ist ein Befehl ein Teil deines Herzschlages. Man kann nicht mehr von dir verlangen ... seit du denken kannst, hast du nur nach Richtlinien, die dir andere gaben, gelebt. Du bist eine Kreuzung zwischen Mensch und Maschine, eine Perfektion sowjetischer Planerfüllung. O Andrej, was haben sie aus dir schönem Menschen gemacht – man sollte dich beweinen.

Aber es kann auch anders kommen.

Wenn Andrej Moskaus Befehle nicht mehr bedingungslos erfüllt, tritt ein anderer an seine Stelle; ein Geheimdienst-Roboter, der kalt Befehle ausführt, ohne sich für Gefühle zu interessieren. Der überhaupt nicht weiß, worum es geht, der mich nicht kennt und Andrej nicht kennt und auch Bob nicht ...

»Heute abend«, sagte sie stockend. »Um zwanzig Uhr im Tal der neun Tannen. Es wird das letztemal sein, Andrej.«

»Ich glaube es nicht«, erwiderte er heiser. »Ich kann es einfach nicht glauben. Was dir auch den Kopf verdreht hat, du wirst immer Dunja Andrejewna bleiben. Du hast ein heißes Herz, und das heißt Rußland.«

Er humpelte hinaus, stieg in seinen weißen Bio-Jet-Lieferwagen und fuhr schnell davon.

Etwas abseits parkte ein großer, goldfarbener Oldsmobil. Plenjakow beachtete ihn nicht, als er an ihm vorbeiratterte, und er achtete auch nicht darauf, daß ihm der Wagen in einem normalen Sichtabstand folgte.

Erst auf der Landstraße, nachdem beide Autos die Kontrolle ohne Untersuchung passiert hatten, was für Bob Miller wieder ein Beweis war, wie sorglos man hier war, denn allein die Aufschrift ›Bio-Jet‹ war der Ausweis für Harmlosigkeit, holte der Oldsmobil auf und fuhr nahe an den weißen Lieferwagen heran. Plenjakow sah ihn zwar in dem breiten Rückspiegel, aber er hatte jetzt andere Gedanken, als sich um fremde Autos zu kümmern. Wohl nahm er wahr, daß ein amerikanischer Offizier hinter dem Steuer saß, aber dieser Anblick gehörte zum Alltag von Los Alamos und löste bei Plenjakow kein Klingeln im Gehirn aus.

Bob Miller hatte den Bio-Jet-Mann aus dem Magazin kommen sehen und war sich völlig unsicher. Die Schirmmütze verdeckte das Gesicht, darunter veränderte eine breite, dunkle Sonnenbrille die Konturen. Die Größe konnte stimmen. So breit in den Schultern, so groß und sportlich hatte Plenjakow ausgesehen, aber dieser Mann da hinkte und war hagerer als der muskulöse Andrej Nikolajewitsch in Winniza.

Bob Miller versuchte es trotzdem. Ein Gespräch kann nie schaden. Er fuhr noch näher an den weißen Lieferwagen heran und gab mit der Lichthupe Blinkzeichen. Verwundert blickte Plenjakow in den Rückspiegel, streckte dann die Hand aus dem Fenster und machte durch Winken verständlich, daß er beim nächsten Rastplatz abbiegen werde.

Sie erreichten ihn nach vier Meilen. Eine weite Ausbuchtung, in die Felsen hineingesprengt. Ein paar große Trucks parkten hier schon. Die Fahrer saßen auf den Trittbrettern oder an den aufgeklappten Campingtischchen, aßen riesige Butterbrote und tranken aus Thermosflaschen eisgekühlte Milch. In der Sonne mochten es jetzt fast vierzig Grad Hitze sein.

Plenjakow bog auf den Parkplatz ein, ein hervorragend unauffälliger Treffpunkt, wie Bob Miller feststellte, bremste und kletterte aus dem weißen Bio-Jet-Wagen. Bob hielt hinter ihm und stieg mit der Ruhe eines sich völlig sicheren Mannes aus. Langsam kam er auf den Bio-Jet-Mann zu, der seine Schirmmütze in den Nacken schob und jetzt die dicke Sonnenbrille abnahm. Mittelblonde Haare quollen unter der Mütze hervor, tiefblaue Augen musterten den amerikanischen Offizier.

Er ist es, durchfuhr es Bob. Mein Gott, es ist Andrej Nikolajewitsch! Orwells Jucken in der Herzgegend hatte wieder einmal recht. Dunja und Plenjakow bildeten in Los Alamos ein Team. Der Auftrag, der in Winniza begonnen hatte, ging jetzt zu Ende. Die gefährlichsten Agenten Moskaus waren in seiner Hand. Und nicht nur das ... einer war sein Schicksal geworden, war in sein Leben eingedrungen und nie mehr wegzudenken.

Bis auf zwei Meter kamen Bob und Plenjakow sich entgegen, dann blieben sie wie auf ein lautloses Kommando stehen und starrten sich an. Über Plenjakows Gesicht zuckte es wie ein Krampf.

»John«, sagte Miller und hatte Mühe, seiner Stimme einen festen Klang zu geben. »John Barryl!«

»Bob! Du ... du bist es wirklich, Bob ...«

»Ja.«

»In der Uniform eines US-Majors. Ich hätte dich auf Anhieb nicht erkannt. Eine fantastische Tarnung, Bob!«

Sie gingen noch die letzten beiden Schritte, standen sich ganz nah gegenüber und sahen sich in die glänzenden Augen.

»Bob ...«, sagte Plenjakow heiser. »Ich möchte dich umarmen und küssen, so wie wir es früher getan haben. Aber sie blicken alle zu uns herüber. Es würde auffallen.«

»Bestimmt. Wie Homosexuelle sehen wir nicht aus.«

»Immer noch die alte große Schnauze.« Plenjakow grinste und gab Miller die Hand. Er hielt sie lange fest und drückte sie immer wieder. »Wie freue ich mich, Wassja Grigorjewitsch«, sagte er leise. Seine Stimme zitterte vor Ergriffenheit.

»Bob Miller ... Johnny, laß jetzt keinen Fehler durchgehen! Ich bin Bob Miller, Major der Army. Und du bist der Bio-Jet-Mann mit den dreckigen Witzen. Auch eine blendende Tarnung.«

»Seit wann bist du hier, Bob?«

»Seit zwei Tagen erst.«

»Direkt aus Moskau?«

»Auf einigen Umwegen, John. Plötzlich kam der Befehl: Ab nach Los Alamos, da ist etwas schiefgelaufen ...«

Plenjakow schluckte ein paarmal. Sie wissen es schon, dachte er. Das ist Moskau. Sie wissen einfach alles. Es gibt vor ihnen kein Versteckspielen. Die Organisation arbeitet perfekt.

»Dunja ...«, sagte er stockend. »Es geht um Dunja – um Norma! Nicht wahr?«

»Ja ...«

»Es ist wunderbar, daß man dich geschickt hat, Bob. Nun sind wir drei wieder zusammen, wie in Winniza. Ich komme mit Dunja nicht mehr zurecht ... vielleicht schaffst du es. Auf dich hat sie immer mehr gehört als auf mich ... ich habe es gemerkt, aber nie etwas gesagt. Du warst damals in Frazertown der Sieger – ich hätte dir dafür manchmal den Schädel einschlagen können! Und jetzt schickt man gerade dich, um Dunja wieder an die Leine zu legen. Weißt du, daß ich Dunja heiraten möchte?«

»Ich habe so etwas erwartet. Und warum tust du es nicht?«

»Der verdammte Amerikaner. Was weiß das KGB über ihn? Sollst du ihn liquidieren?«

»Das wird die Situation mit sich bringen.« Bob faßte

Plenjakow unter, sie gingen wie alte Freunde, die sie ja auch waren, zu dem weißen Lieferwagen und stellten sich in den Schatten des Aufbaus. »Du hast doch diesen Hendrik Gulbrannson erschlagen, nicht wahr?« fragte Bob leichthin.

»Ja. Er wollte Dunja vergewaltigen.«

»Dafür ein Lob aus Moskau.«

»Danke, Brüderchen.« Plenjakow war sichtlich glücklich. Wassja Grigorjewitschs Anwesenheit bewies, daß man das Problem Dunja lösen konnte. Wenn Moskau den Major Shukow nach Los Alamos schickte, würde man hier den Schwerpunkt des Einsatzes in den USA aufbauen. »Wird das eine Überraschung für Dunja geben!«

»Du triffst sie?«

»Heute um zwanzig Uhr bei den neun Tannen. Das ist ein Tal hinter der Stadt. Ich werde sofort ...«

»Du wirst sofort den Mund halten, Andrej Nikolajewitsch.« Bob Miller holte eine Packung Zigaretten heraus und hielt sie Plenjakow hin. »Ich bin plötzlich da ... das hat eine Schockwirkung, die wir ausnutzen müssen. Ich habe meine klaren Anweisungen.«

»Du ... du könntest Dunja liquidieren?« stotterte Plenjakow.

»Nein. Das wäre deine Aufgabe, John.«

»Nie, Wassja, nie!« Plenjakow rauchte so hastig, daß es aussah, als fräße er seine Zigarette auf. »Ich kann es nicht.«

»Vor allem wartet Moskau auf Erfolgsmeldungen.«

»Die Zeit ist noch zu kurz.« Plenjakow stieß den Rauch aus mit einem Seufzen. »Aber ich bin im Besitz einer Konstruktionsformel für einen neuen Flüssigkeitstreibstoff für Raketen. Was aber noch brisanter ist: Sie laborieren in unterirdischen Bunkern an einem atomgetriebenen Treibsatz. In zwei Jahren wird jede Rakete ein kleines Atomlabor sein, und Entfernungen im Weltraum werden schrumpfen, als laufe man von einer Straßenseite zur anderen. Nur weiß man noch nicht, wie man die große Reibungshitze innerhalb der Atmosphäre abfangen soll. Da gibt es noch keine Metallegierung ...«

Bob Miller sah Plenjakow mit stiller Bewunderung an. Er ist Moskaus bester Mann, dachte er ehrlich. Andrej Nikolajewitsch, du könntest Amerika eliminieren.

»Das wird ein interessanter Abend bei den neun Tannen«, sagte Bob mit eisiger Ruhe. »Daß ich dich gefunden habe, Brüderchen, ist wirklich ein Wunder.«

»Und ich bin glücklich wie eine Jungfrau nach dem ersten Tanz. Dunja, Wassja und Andrej sind wieder zusammen ... was kann da noch passieren?«

»Nichts von Bedeutung«, sagte Bob trocken. »Heute abend ... Junge, das wird ein Familienfest!«

Eine Stunde später hatte Bob wieder General Orwell am Draht. Die Verständigung mit Fort Thompson war erneut vorzüglich. Bob sagte in einem vertraulichen Ton, den er sich nur in einem Privatgespräch mit Orwell leisten konnte:

»Sie können beruhigt nach Miami in Urlaub fahren, Sir, im heißen Sand braten und sich einen Fußpilz holen. Ich liefere Ihnen Plenjakow frei Haus ...«

»Wo ist er?« schrie Orwell. Zum erstenmal, seit Bob ihn kannte, verlor er die sprichwörtliche Kühle und Überlegenheit, die immer ein Vorbild für alle seine Schüler war. Orwell, auch wenn sie ihn alle heimlich ›Vater Jack‹ nannten, war das, was man als knallhart bezeichnet. Ihn zu erschüttern wäre selbst dann nicht möglich gewesen, wenn man Mary, seine Frau, gekidnappt hätte, mit der er erstaunlicherweise seit zweiunddreißig Jahren glücklich verheiratet war und die er – auch das unterschied Orwell von fast allen Männern – noch nie betrogen hatte.

»Bob!« brüllte Orwell geradezu unbeherrscht für seinen Charakter. »Sie haben John Barryl?«

»Wir haben uns vor einer Stunde hinter einem weißen Lieferwagen als gute sowjetische Freunde mit drei Wangenküssen verabschiedet ...«

»Sie sind ein gottloser Sauhund, Bob!«

»Nein. Plenjakow ist wirklich mein Freund. Das kompliziert alles, Sir. Andrej Nikolajewitsch hat bereits Kenntnisse von US-Geheimnissen, die genau das beweisen, was ich schon immer wußte: Er ist Moskaus bester Mann! Er ist ein Genie! Aber er ist auch mein bester Freund …«

»Bob! Sie sind Amerikaner und CIA-Topmann!«

»Erlauben Sie mir, Sir, auch ein Mensch zu sein?«

»Wenn es Ihnen gelingt, Plenjakow umzudrehen …«

»Das kann nie gelingen, Sir. Plenjakow ist so vollkommen Russe, wie ich vollkommen Amerikaner bin.«

»Dann gibt es keinen Ausweg. Bob – Sie müssen zuschlagen!« Orwell räusperte sich laut. Aha, jetzt kommt er dahinter, dachte Bob zufrieden. Jetzt geht ihm eine Bogenlampe auf.

»Hat … hat Ihre Dunja etwas damit zu tun?« fragte Orwell sanft. Wenn der General wie ein romantischer Schauspieler sprach, wurde es gefährlich.

»Darüber wollte ich mit Ihnen reden, Sir.«

»Bob! Sie sind Soldat und im Dienst!«

»Ich liefere Ihnen Plenjakow, wenn ich Norma Taylor heiraten kann. Als Norma Taylor. Ohne Umwege und Schwierigkeiten. Ihr falscher Paß wird als echter anerkannt. Sie war nie Dunja Andrejewna, sie wird nie verhört werden. Sie ist die Barmixerin aus der Kantine II von Los Alamos, geboren in Texas. Sie weiß von gar nichts …«

»Bob! Sie wollen mich und den CIA erpressen?«

»Ich schlage einen Tausch vor, Sir.« Bobs Stimme war ganz klar und ruhig. »So, wie Sie Ben Lauritz in Rußland für mich geopfert haben und wie Ben in Kürze heimlich ausgetauscht wird, so tausche ich Dunja Andrejewna gegen Andrej Nikolajewitsch Plenjakow. Sir, unterhalten wir uns doch nicht über die Praktiken unserer Dienste. Wir kennen sie doch bis zum letzten Komma.«

»Ich könnte Sie jetzt verhaften lassen, Bob. Wissen Sie das?«

»Und Plenjakow bekämen Sie nie! Er hat Informationen von unseren neuen Versuchen, die Raumraketen mit eigenen Atomspaltungslabors auszurüsten … Das wissen nicht einmal Sie!«

Orwell schwieg eine Weile und schnaufte heftig ins Telefon. Er war jetzt gezwungen, eindeutig Kompetenzen zu überschreiten, aber die Zeit drängte. Was Bob andeutete, war – wenn Moskau es durch Plenjakow erfuhr – wirklich eine nicht nur nationale, sondern eine weltweite Katastrophe.

»Heiraten Sie Dunja«, sagte Orwell endlich. »Aber den Uniformrock müssen Sie dann wirklich ausziehen, Bob.«

»Ich sagte es Ihnen schon, Sir. Mir ist das völlig klar.«

»Wann liefern Sie Plenjakow?«

»Morgen gegen Mitternacht.«

»In Los Alamos?«

»Bei Los Alamos.«

»Noch diese Nacht fliegt Verstärkung zu Ihnen, Bob.«

»Bitte nicht, Sir.« Miller schüttelte den Kopf, obgleich Orwell das ja nicht sehen konnte. »Lassen Sie mich das allein durchstehen. Das *muß* ich allein machen. Andrej Nikolajewitsch ist wirklich mein bester Freund ...«

Das ›Tal der neun Tannen‹ ist kein Ort wie aus einem Schauerbuch, auch wenn der Name nach Verruchtheit, Geheimnissen, Gespenstern, flatternden Nerven, zumindest aber nach wildwestlicher Romantik klingt. Irgendeiner, der hier mal ein nettes Mädchen auf den Rücken gelegt haben soll – so wenigstens erzählte man in Los Alamos –, habe das Felsental mit der Baumgruppe so hochtrabend benannt. Und weil das Mädchen besonders gut im Rhythmus gewesen sein mochte, hatte der Schwärmer auch noch übersehen, daß die neun Tannen nur acht Tannen waren und außerdem so vertrocknet und verstaubt, so verzweifelt in den Felsboden hineingewachsen und sich dort festkrallend, daß man Mitleid mit den acht armseligen Bäumchen haben mußte. Weniger nüchterne Menschen als die Amerikaner, etwa Deutsche aus dem Schwarzwald, hätten längst eine dünne Wasserleitung dahin verlegt, um die mutigen Tännchen nicht völlig auf die seltene Gnade des Himmels angewiesen sein zu lassen. Wann regnete es schon mal so richtig in Los Alamos, daß sich die acht einsamen Gewächse in diesem Tal vollsaugen konnten?

Auch als Liebesspielplatz hatten die neun Tannen ihre

Bedeutung verloren. Nicht, weil sie nicht einsam genug lagen – darüber konnte sich keiner beklagen –, es gab einmal einen wahren Run auf diese Schlucht, alles, was jung war in Los Alamos oder sich noch jung genug dünkte (sogar Großväter mit ihren im Enkelalter seufzenden Sekretärinnen waren darunter), fuhr zu den neun Tannen, parkte – wie gesagt, das Tal ist eng – im Kreis und neben- und hintereinander wie in einem Autokino, nur daß die bewegten Bilder nicht auf der Leinwand zu sehen waren, sondern hinter den Autoscheiben. Das ist nicht jedermanns Sache. Viele herumblickende und vergleichende Augen – bleibt so etwas aus? – erzeugten Frustrierungen und leichte Impotenzen, Minderwertigkeitskomplexe und oft nicht zu schaffende Leistungszwänge … kurz, der Autostrom ließ bald nach, die Berge um Los Alamos boten genug andere Täler, wo man in einem Auto ohne Vergleichspartner immer der Bessere sein konnte. So wurde das Tal der neun Tannen der einsamste Ort der ganzen Gegend. Er war irgendwie geächtet durch eine zu groß gewesene Kommunikation. Man war nie sicher, wirklich allein zu sein … das genügte – schizophren wie so vieles in Amerika –, daß nun gar keiner mehr hinfuhr.

Bob Miller hatte seinen Oldsmobil in einem benachbarten Tal geparkt und war eine Meile zu Fuß gegangen. Er saß jetzt im Hintergrund der Schlucht, bei einer der acht Tannen, im völligen Schatten der Nacht, und wartete auf Plenjakow und Dunja Andrejewna. Er war sicher, daß ihm niemand gefolgt war. Wenn Orwell etwas versprach, konnte man seine Worte als Daunenkissen benutzen. So sicher schlief man darauf.

Bob rauchte zwei Zigaretten, schirmte den kleinen glimmenden Glutpunkt in der hohlen Hand ab, und betrachtete dabei das Pflaster, das er sich nach einer Einpinselung mit Jod auf die Bißwunde hatte kleben müssen. Dunjas spitze Zähne, die sich in seinen Handballen gehackt hatten, waren tatsächlich wie der Zugriff eines kleinen Raubtieres gewesen.

Was tue ich, wenn Dunja mich belogen hat? dachte Bob

zum wiederholten Male. Wenn Orwells dämliches Jucken in der Herzgegend recht hat? Wenn hinter Dunja ein ganzer, perfekt funktionierender Apparat des KGB steckt, ein Nachrichtenring mit Agentenführer und V-Männern? Die Anwesenheit Plenjakows konnte darauf hindeuten: Es war kein Zufall, daß Moskaus bester Mann gerade mit Norma Taylor in Los Alamos arbeitete und eigentlich alles so ablief, wie es in Winniza trainiert worden war bis zur Perfektion. Die Milchbar, das süße, vollbusige Mädel an den Mixgeräten ... und ein John Barryl, der für die Milchbar das Stärkungsmittel Bio-Jet lieferte und sich überall ins Vertrauen einlachte mit seinen Witzen unter der Gürtellinie. Mit solch einfachen Tricks war am besten vorwärtszukommen. Welcher Mann schließt nicht sofort innigen seelenverwandten Kontakt mit einem anderen Kumpel, der ein paar neue Bumsvarianten auf Lager hat?

Was tue ich bloß, dachte Bob Miller immer wieder? Plenjakow, das Problem ist klar. Wenn er mich als Amerikaner erkennt, wird er sofort wieder ein so vollkommener Russe sein, daß unsere Freundschaft sich in einer Explosion auflöst. Er wird ein Gegner sein ... aber Dunja?

Bob betrachtete wieder das Pflaster auf seiner Handfläche und dachte an das große Bißmal in seiner Halsbeuge. Sein Rücken war mit blutigen Striemen überzogen, als habe man ihn mit einer nagelbespickten Nagaika geschlagen ... er hatte am Morgen einen zweiten Handspiegel genommen und damit seinen Rücken im großen Gegenspiegel des Badezimmers abgetastet. Man sah genau die Kratzlinien, die Dunjas Nägel gezogen hatten. Ein Schnittmuster der Leidenschaft.

War das alles Lüge? Nur ein vulkanischer Augenblick? War sie gleich, wenn sie sich zu dritt gegenüberstanden und die Masken abwarfen, genau wie Plenjakow nur noch ein Russe? Oder hatte sie sich wirklich ganz in Bob Miller verkrochen, wie sie es mit heißem Atem in sein Gesicht gestammelt hatte?

Ich lebe nicht mehr ... ich bin nur noch du ...

Bob zerdrückte die Zigarette an einem Felsen. Von weitem hörte er Motorengeräusch. Es kam von der schmalen Zufahrt zur Schlucht her, und wenn es kein Liebespaar war, noch neu in Los Alamos, konnte es sich nur um Plenjakow handeln. Dunja kam bestimmt mit ihrem Moped. Auch das war eine gute Tarnung. Das kleine Milchbarmädchen, das sich an die Sonne arbeiten will. Aus eigener Kraft, nicht auf den Matratzen der Männer. Eine Selfmademiß! Dazu noch Mitglied in der aggressiven Frauenliga. Die Schülerin von Winniza hatte das Prädikat lobenswert verdient.

Bob stand auf und ging hinter dem Baum in Deckung. Ein alter VW-Käfer klapperte in das Tal und hielt seitlich vom Eingang. Ein Mann stieg aus und sah sich suchend um. Er wirkte wie ein Tankwart, der von der Arbeit kommt. Blauer Overall, ein zerbeulter Stentonhut, halbhohe Stiefel, in denen die Overallbeine steckten. Ein Feiertagsamerikaner bester Sorte.

»Wir sind allein, Andrej Nikolajewitsch«, sagte Bob hinter seiner Tanne. Plenjakow fuhr herum wie auf einem Schleuderbrett, ließ sich gleichzeitig auf die Erde fallen und hielt auch, unbegreiflich, woher er ihn so schnell gezogen hatte, einen Trommelrevolver in der Hand. Die Nachtschatten der Felsen deckten ihn auf dem Steinboden zu. Bob nickte zufrieden.

»Verlernt hast du nichts, Brüderchen«, sagte er gemütlich. »Immer noch die Blitzreaktionen. Weißt du noch, wie wir uns in Frazertown, bis zum Kragenknopf voll Wut und Eifersucht, ruck, zuck in den Hintern treten wollten und unsere Füße in der Mitte zusammenprallten, weil wir beide gleich schnell waren und auch den gleichen Gedanken hatten?«

Plenjakow erhob sich aus dem schützenden Schatten. Auch Bob kam hinter seinem Baum hervor. Sie gingen mit ausgebreiteten Armen aufeinander zu, und jetzt konnten sie sich endlich nach russischer Art auf die Wangen küssen und sich wie Brüder umarmen.

»Ich habe nie einen Freund wie dich gehabt, Wassja«, sagte Plenjakow gerührt. »Und es wird auch nie wieder so einen geben.«

»Das glaube ich auch nicht, Andrej.« Bob löste sich aus Plenjakows Umarmung. »Hätten wir uns bloß an einem anderen Platz kennengelernt und nicht gerade in Frazertown. Und nicht mit diesen Zielen …«

»Darüber habe ich auch nachgedacht, Wassja Grigorjewitsch.« Plenjakow blickte Bob aus seinen blauen Augen treuherzig an. Das blasse Nachtlicht, das in der Mitte der Schlucht wie ein Nebel schwebte, erhellte ihre Gesichter. »Du bist doch bedingungslos mein Freund …«

»Was heißt bedingungslos?«

»Du hast Befehle aus Moskau, ich weiß es, sonst wärst du jetzt nicht hier. Und ich weiß, daß es um Dunja geht.«

»Deinen Sinn für kommende Dinge habe ich schon immer bewundert, Andrej«, sagte Bob heiser.

»Winniza hat uns allen viel gegeben, Wassja. Wir sind damals vor Patriotismus fast geplatzt. Uns hing die Ehre, Winnizaner zu sein, wie Goldklumpen um den Hals. Alles für die Sowjetunion, alles für den Sieg über den Kapitalismus! Jeder Gedanke: Freiheit dem Proletariat! Unser Leben für die militärische Stärke unserer Roten Armee!«

»Du sprichst, als sei das ein Nekrolog, Andrej.«

»Ich liebe Dunja.«

»Das weiß ich.«

»Ich werde sie heiraten.«

»Das hast du vor. Na und?«

»Ich möchte dich, als meinen besten und einzigen Freund, um etwas bitten.« Plenjakow atmete hastiger. Er war ungemein erregt. Sein Herz hämmerte, und in den Schläfen klopfte das Blut so stark, daß seine Kopfnerven schmerzten. »Melde Moskau, daß Dunja und ich abspringen.«

»Das ist unmöglich!«

»Ich habe die Antwort geahnt. Du kannst gar nicht anders antworten. Der Musterknabe Major Shukow! Das große Vorbild! Das ist die eine Seite, Wassja. Aber du bist doch auch ein Mensch. Sei deinem Freund und Dunja gegenüber nur noch ein Mensch.«

»Das genau will ich sein … und darum kann ich beim

besten Willen nicht euren Entschluß nach Moskau melden. Eben weil es um Dunja geht.«

»Wenn du sagst, du hättest sie nie getroffen. Sie sei schon aus Los Alamos verschwunden, mit unbekanntem Ziel. Nur ein Brief habe dagelegen. Sie wird den Brief schreiben, wenn ich sie darum bitte.«

»Das wäre furchtbar«, sagte Bob zweideutig. »Andrej, wir beide sind Profis. Ich könnte dich jetzt umlegen als Verräter unserer Nation. Oder du könntest mich erschießen, um den Weg für dich und Dunja frei zu haben. Beide tun wir es nicht, weil wir Freunde sind. Aber Freunde in der Politik und ausgerechnet in unserem Beruf sind fast immer zum Scheitern verurteilt. Wir dürften kein Herz in der Brust haben, sondern eine Mikrokamera.«

»Aber wir haben ein Herz, Brüderchen!« rief Plenjakow gequält. »Was kann man denn dagegen tun?«

»Moskau will Erfolge sehen, das weißt du.« Bob Miller atmete tief durch die Nase. Die große Phase hatte begonnen ... der entscheidende Augenblick im großen Doppelspiel: Was wußte Moskaus bester Mann? »Nur mit Erfolgen in der Hand kann man verhandeln. Hast du Erfolge?«

»Ja«, antwortete Plenjakow einfach.

»Reichen Sie aus, daß ich Moskau melden kann: Gegen Plenjakows Informationen tauscht seine Freiheit mit Dunja. Man wird beim KGB toben, das weißt du ... aber wenn es sich lohnt, wird man auf zwei Menschen verzichten, um vielleicht die Macht über Millionen zu gewinnen.« Bob machte eine Pause. In der nächsten Frage lag das Schicksal Amerikas. »Was hast du anzubieten, Andrej?«

»Die Grundformel eines neuen Flüssigkeitstreibstoffes, ich sprach schon darüber. Fotos einer neuen Versuchsanlage für Mini-Atom-Labore, die Vorläufer für atomgetriebene Raketen.«

Bob schluckte. Es war fast unmenschlich, diese äußere Ruhe weiterzuspielen.

»Und noch eine Nummer drei?« fragte er durch die Zähne.

Plenjakow nickte. »Die fast abgeschlossene Versuchsserie mit einer raffiniert konstruierten Laserkanone, deren gebündelter Strahl selbst die dicksten der bisher produzierten Panzerplatten wie weiche Butter durchschneiden kann. Wird diese Laserkanone produktionsreif, können wir alle Panzer wegwerfen. Sie wären lächerlicher als Blechbüchsen. Schließlich das Wichtigste: ein Bericht über die letzten Versuche mit Partikelstrahlen von hochbeschleunigten Uran-Atomen zur kontrollierten Zündung einer Kernfusion.«

»Also die Wasserstoffbombe als neue friedliche Energiequelle. Und das hast du alles in der Hand, Andrej?«

»Im doppelten Boden des Bio-Jet-Lieferwagens.« Plenjakow legte Bob Miller beide Hände auf die Schulter. »Mein Brüderchen«, sagte er fast zärtlich. »Reicht das für Moskau?«

»Und wie das reicht!«

»Dunja und ich werden glücklich werden. Bitte, frag mich nicht, wohin wir gehen werden. Wassja ... sei ein so großer, einmaliger Freund, danach nicht zu fragen. Wir wollen für immer unsere Ruhe haben. Auch vor dir, verzeih. Nicht vor dir als Mensch ... aber immer, wenn wir dich sehen würden, müßten wir an Moskau denken.«

»Rußland werdet ihr doch nie vergessen können.«

»Das wollen wir auch nicht. Dunja und ich, wir sind ein eigenes, kleines, glückliches Rußland.«

Sie lauschten wieder in die Dunkelheit. Von den Felsen her hörten sie das typische Tuckern und Knattern eines Mopeds. Die Nacht warf den Schall vielfach verstärkt von den kahlen, verbrannten Bergen zurück.

»Dunjenka kommt!« sagte Plenjakow voll Zärtlichkeit. »Wassja, versteck dich wieder hinter den Tannen. Ich will Dunja auf dich vorbereiten. Erspare ihr den Schock. Weißt du überhaupt noch, wie sie aussieht?«

»Ich habe eine vage Erinnerung.«

»Sie ist noch schöner geworden. Es gibt keine schönere Frau. Los, versteck dich, Brüderchen!«

Bob Miller tauchte in den Schatten der Tannen unter. Kurz darauf erschien im Eingang der Schlucht die kleine, flackernde Lampe des Mopeds. Das Knattern blubberte aus, Dunja stellte den Motor ab, das Licht erlosch. Das letzte Stück schob sie das Moped, ging an dem alten VW vorbei und wußte dadurch, daß Plenjakow schon da war. Auf dem Mopedsattel, unter ihrer Handfläche, lag die kleine, versilberte Pistole. Der Sicherungsflügel war herumgeschoben ... so schnell, wie sie schießen konnte, würde kein Ahnungsloser reagieren können.

»Andrej Nikolajewitsch!« rief sie leise. »Wo bist du? Komm, spiel kein Verstecken! Wenn du wüßtest, wie müde ich bin. Es war ein schwerer Tag ... Was hast du dir überlegt?«

»Einen Himmel voll Glück, Dunjaschka!« Plenjakow kam aus dem Schatten heraus. »Das Schicksal hat uns lieb, es spielt mit auf unserer Seite. Mit drei großen Trümpfen in der Hand kaufe ich uns von Moskau los. Bleib jetzt ruhig ... ganz ruhig, mein Täubchen ... Es ist jemand gekommen, der uns hilft, weil er wie unser Bruder ist ... Zeig dich, mein Freund!«

Dunja umklammerte die kleine Pistole und starrte auf den dunklen Fleck der acht Tannen. Das Moped hielt sie vor sich, als sei es ein Schild, der sie unverletzlich machte.

Langsam trat Bob aus der Dunkelheit hervor. Zuerst nur ein Schemen, aber als Dunja im fahlen Nachtlicht die Umrisse der Uniform erkannte, schrie sie hell auf.

»Bob! Nein! Bob! Zurück! Zurück! Bob ...«

Plenjakow lachte hell. »Du hast ihn sofort erkannt, was? Ja, Wassja Grigorjewitsch ist da! Ist das eine Überraschung? Er wird Moskau das Material überbringen und uns untertauchen lassen ...«

»Bob!« stammelte Dunja. Sie hielt die kleine Pistole in den Fingern, hinter dem Sattel des Mopeds versteckt.

Miller hob beide Arme. »Ich konnte nicht anders, Dunja. Aber jetzt ist der Weg wirklich frei ...«

»Du hörst es!« schrie Plenjakow vor Freude. »Er bestätigt es uns! Und was ein Major Shukow sagt ...«

Bob Miller sah Plenjakow mit traurigen Augen an. In diesem Moment war es nicht nur Mitleid mit Andrej Nikolajewitsch, nicht nur das würgende Gefühl einer alle Maße sprengenden Tragik ... in seinem Inneren war eine furchtbare Leere, in der seine eigene Stimme immer lauter widerhallte: Bob, welch ein Schwein bist du! Welch ein Riesenschwein! Dieses Doppelspiel ist durch nichts zu entschuldigen, am allerwenigsten mit Patriotismus. Du bist das gemeinste Scheusal, das herumläuft. Du hast die Seele eines wahren Freundes zerrissen. Frag dich bloß nicht, ob du jemals darüber hinwegkommst.

»Ich bin Bob Miller ...«, sagte er tonlos.

»Bob! Er bringt dich um!« schrie Dunja. Ihre Stimme überschlug sich fast. »Geh aus dem Licht, Bob!«

Plenjakow sah fassungslos von Dunja zu Bob und zurück. Er begriff noch nichts. Das einzige, was er dachte, war: Sie glaubt, ich bringe Wassja um, weil er Dunja nach Moskau zurückholen soll. Mein armes Täubchen, du ahnst ja nicht, was wir besprochen haben. Wassja Grigorjewitsch steht auf unserer Seite ... Wir sind freie Menschen. Frei!

»Erklär ihr alles, Wassja«, sagte Plenjakow und rieb sich die Hände. Der Trommelrevolver stak wieder in seinem Ledergürtel, den er um den Overall gebunden hatte. »Sag ihr, daß du ...«

»*Ich* muß es dir sagen, Andrej Nikolajewitsch: Ich bin Bob Miller ...«

»Natürlich!« Plenjakow lachte wieder. »Ein Muster von Amerikaner. Mach es nicht so spannend, Brüderchen. Dunja, warum begrüßt du ihn nicht ... Wer hätte das gedacht, daß Shukow unser Befreier ist ...«

»Ich habe Dunja schon gesprochen«, sagte Bob mit rostiger Stimme. »Andrej, ich weiß, es ist schwer für dich, das alles zu verstehen. Du bist ein so ehrlicher, guter Mensch, ein Junge ohne Fehler und Arglist, trotzdem du ein gottverdammter Spion bist und einer jener Kerle, die die Welt aus den Angeln heben können. Als du plötzlich aus Frazertown abkommandiert wurdest, hast du mir einen gottverdammten Schrecken eingejagt. Ich wußte: Jetzt geht es Amerika irgendwie an den Kragen. Da bin ich auch raus aus eurer perfekten amerikanischen Kleinstadt am Bug –

mit Dunjas Hilfe. In einer Mülltonne, unter stinkenden, gärenden Essensresten. Damals schon schlief ich mit Dunja. Es war ein hartes Versteckspielen ...«

»Das ist nicht wahr, Wassja ...«, stammelte Plenjakow. Seine blauen Augen weiteten sich. Er fuhr sich mit den Händen an den Hals und riß das Hemd unter dem Overallatz bis zur halben Brust auf.

»Gestern traf ich Dunja wieder, und wir prallten aufeinander wie zwei glühende Steine, die sich im Weltall begegnen.«

»Das ... das sagst du nur, um mich wie damals vor dem Boxkampf zu reizen ...«

»Damals, das war ein Spiel, Major Plenjakow.« Bobs Stimme hob sich. »Heute ist Erntezeit ... erkennst du, was das heißt? Alles, was damals unter dem Aspekt, nie lebend wieder aus Frazertown herauszukommen, begonnen wurde, ist heute reif geworden. Ich habe dich vor mir, ich weiß, welche Dokumente du im Doppelboden deines dämlichen Bio-Jet-Autos herumkutschierst. Ich habe endlich Moskaus intelligentesten Agenten in Sicherheit, und er ist – ich wäre es auch bald, es war nur noch ein winziger Schritt – an einer Frau gescheitert. Allerdings an der schönsten, die Gott geschaffen hat.« Bob streckte die rechte Hand aus. Sie war unbewaffnet – er hatte auch in den Taschen und am Koppel seiner Uniform keinerlei Waffen bei sich. »Andrej Nikolajewitsch, komm her, gib mir die Hand und sag laut: ›Ich scheiße auf alles! Ich will ab sofort nur noch John Barryl bleiben.‹ Das genügt.«

»Wer bist du wirklich?« Plenjakows Stimme war flach, als schwängen seine Stimmbänder nicht mehr mit. Er stand noch immer bewegungslos in der Mitte des Tales, vom fahlen Nachtlicht beleuchtet, während Bob den Vorteil hatte, im Halbschatten der acht Tannen ein wenig Deckung zu haben. Dunja, die kleine Pistole in der Hand unsichtbar hinter dem Mopedsattel, lehnte sich seitlich von Plenjakow an ihr Fahrzeug. Andrej Nikolajewitsch war in die Mitte genommen, unentrinnbar – er übersah es bloß noch nicht. »Sei ehrlich, Wassja: Was bist du in Moskau?«

»Ich nehme an … der große Unbekannte. Ein Name: Major Shukow – der plötzlich ohne Befehl in Winniza auftauchte und ebenso plötzlich wieder verschwand. Ein Major Shukow, den niemand kannte und auf den man auch erst aufmerksam wurde, als es ihn nicht mehr gab. Plenjakow, eure Organisation ist hervorragend – aber wie bei uns hat auch sie Lücken und Löcher, durch die man hinein- und hinauskriechen kann. Kein Mensch ist eben perfekt. Das wäre auch schrecklich.«

»Wer bist du?!« schrie Plenjakow plötzlich auf. Es war ein Laut, der Bob in die Knochen fuhr, gleich dem Todesschrei eines Pferdes, der für immer unvergeßlich im Ohr bleibt.

»Bob Miller … Major des CIA. Ich war auch in Frazertown immer der, der ich bin – nur ihr habt mich alle anders gesehen.«

Plenjakow schwieg und senkte den Kopf. Endlich begriff er. Für ihn war es der Zusammenbruch eines Weltbildes. Die Frau, die er liebte, der Mann, der sein Freund war, wie es keinen anderen Freund jemals mehr geben würde. Das alles stimmte, sie standen hier neben ihm … und doch sah die Welt plötzlich anders aus. Das fürchterliche Doppelspiel, das hier zu Ende ging, diese teuflische Maskierung und Demaskierung, die jetzt zusammenbrach, und die gespielt worden war ohne Rücksicht auf den Menschen, der ganz anders dachte, ganz anders fühlte, ganz anders leben wollte, dieses Doppelspiel, von menschlichen Puppen dargestellt, die von einer Zentrale, die keine Gefühle und keine Moral kannte, wie mit einer Feder aufgezogen worden waren und nun so lange agierten, bis das Federwerk sich abgespult hatte, dieses Ungeheuerliche an Erkenntnis floß in Plenjakow hinein wie ein eisiger Strom.

»Was nun?« fragte Bob, als Plenjakow, noch unfähig, einen Ton hervorzubringen, wie eine Steinsäule im fahlen Nachtlicht stand. »Gib mir die Hand, und alles ist vorbei.«

»Nein!« antwortete Plenjakow tonlos. »Nein, Bob!«

»Du wolltest in Amerika bleiben als John Barryl.«

»Mit Dunja …«

»Das geht nun nicht mehr. Aber für John Barryl ist überall Platz.«

»Ich bin Andrej Nikolajewitsch Plenjakow, Major der Roten Armee!« sagte John deutlicher. Die lähmende Erschütterung wich von ihm. Verloren, alles, dachte er. Die Frau, die ich liebe. Den Freund, der wie ein Bruder für mich ist. Die wichtigsten Meldungen, die Moskau in den letzten dreißig Jahren bekommen konnte. Alles verloren. Soll da auch noch der Major Plenjakow auf den Müll geworfen werden?

»Tritt dem Major der Roten Armee in den Arsch!« sagte Bob laut.

»Das hättest du nicht sagen dürfen, Bob. Das nicht!« Plenjakow atmete tief auf. »Bleiben wir das, was wir sind, Bob. Mit allen Konsequenzen. Jetzt erst recht. Wir sind allein … und was jetzt stattfindet, ist *unser* eigener kleiner Krieg. Ein Major der Roten Armee gegen einen Major der US-Army!«

»Merkst du nicht, wie blöd das ist?« schrie Bob Miller. »Du hast doch keine Chance!«

»Ich habe die Chance, als ein guter Offizier unterzugehen. Ich habe die Ehre, für mein großes, schönes Land etwas getan zu haben.«

»Der Sprücheklopfer aus der ideologischen Fabrik von Moskau.« Bob blickte hinüber zu Dunja. »Warum sagst du nichts, Dunjenka?«

»Ich warte«, antwortete sie rauh.

»Hast du eine Waffe bei dir, Bob?« sagte Plenjakow.

»Nein. Ich komme zu keinem Freund mit einer Waffe.«

»O Himmel, sag nicht mehr Freund!« Plenjakow griff nach seinem Trommelrevolver. Aber gleichzeitig ertönte Dunjas helle Stimme. Hart und schneidend.

»Leg sie weg, Andrej! Ich ziele schon.«

Plenjakow fuhr herum. Er sah in die Mündung der kleinen, versilberten Pistole, und wenn die Waffe auch winzig war … auf diese Entfernung gab es kein Entrinnen. Er ließ die Hände heruntersinken, und sein Kopf fiel nach vorn.

»Ach, schieß, Dunjascha«, sagte er leise. »Ich bitte dich, ich flehe dich an: Schieß! Das ist ein Abschluß, den ich akzeptiere. Die beiden Menschen, die mir die liebsten im Leben sind, bringen mich um. Das ist ein anständiger Tod für mich.«

»Du bist ein idealistisches Rindvieh«, sagte Bob grob. »Das habe ich schon in Winniza gemerkt. Gibt es nur Rußland für dich?«

»Ja. Solange ich atmen, fühlen, schmecken und sehen werde. Niemand auf der Welt wird das begreifen. Rußland ist kein Staat ... Rußland ist eine heilige Mutter, und wir alle sind ihre Kinder.«

»Das sagt ein Nihilist!«

»Nihilist gegenüber eurem christlichen Gott. Aber Rußland anzubeten, Rußlands Boden zu küssen, über seine Steppen und durch seine Wälder zu reiten, in den Sonnenblumenfeldern, die vom Horizont bis zum Horizont reichen, zu baden wie in einem Meer von Millionen kleinen Sonnen, an den großen Strömen zu stehen und zu spüren, wie hier die Ewigkeit an einem vorbeirinnt, diese Unermeßlichkeit von Schönheit und Segen der Natur – das alles ist ein Gott, vor dem ich niederknien kann. Und da fragst du, ob es nur Rußland für mich gibt? Ob ich nicht John Barryl sein möchte? Bob, hast du schon jemals einen Russen gesehen, der sagt: ›Ich bin ein glücklicher Emigrant?‹ Wenn du Rußland nennst, werden ihm die Tränen in die Augen schießen.« Er wandte sich zu Dunja. Sie zielte noch immer auf Plenjakows Stirn, der sicherste Punkt für sein Ende. »Auch bei dir wird es so sein, Dunjenka. Du wirst Norma Miller heißen ... aber jeden Morgen, wenn du dir die Haare kämmst, wird dich aus dem Spiegel Dunja Andrejewna ansehen. Trotzdem wirst du mit Bob glücklich sein, das weiß ich. Aber was bleibt mir?«

Er breitete die Arme weit zur Seite und kam langsam auf Bob Miller zu.

»Wassja Grigorjewitsch – ich nenne dich zum letztenmal so –, du bist mein einziger Freund. Nimm den Revolver aus meinem Gürtel und liquidiere mich!«

»Du bist total verrückt, Andrej«, sagte Bob tonlos und verkrampft. »Total, mein Junge.«

»Gönn mir einen anständigen Tod.«

»In den Arsch trete ich dich und fahre mit dir zum nächsten Motel, wo wir uns besaufen.«

»Ich bin Major der Roten Armee!« Plenjakow blieb nahe vor Bob Miller stehen. Sie starrten sich in die Augen, und alle Freundschaft brach wieder in ihnen aus und würgte sie ab. »Ich weiß, wenn ich dich anspringe, schießt mir Dunja in den Rücken. Das ist kein anständiger Tod, Bob. Ich habe Besseres verdient.«

»Das Leben, Andrej! Das Leben!«

»Jetzt noch?«

»Einen Augenblick.« Bob Miller ging um Plenjakow herum, streckte die Hand aus und winkte mit den Fingern. »Gib dein silbernes Spielzeug her, Dunja!« sagte er befehlend. »Außerdem mag ich keine Frau, die fähig ist, einen Menschen zu erschießen.«

»Für dich ermorde ich Gott!« sagte sie hart.

»Das klingt dramatisch, ist aber Quatsch.« Bob nahm ihr die Pistole aus der Hand und warf sie in die Dunkelheit zwischen die acht Tannen. Dunja stieß einen hellen Schrei aus ... schutzlos standen beide vor Plenjakow, der seinen vollgeladenen Revolver im Gürtel stecken hatte. Mit einem schnellen Griff zu erreichen. Er lächelte verzerrt und traurig.

»Welch ein Vertrauen, Bob!«

»Unter Freunden ist das selbstverständlich.«

»Das ist ein tödliches Vabanquespiel.«

»Ich habe viel Vabanque gespielt und immer gewonnen. Andrej, gib mir jetzt deinen Revolver. Mit dem Griff zu mir.«

»Nein!« sagte Plenjakow laut und hart.

Bob rührte sich nicht, aber Dunja duckte sich wie eine Katze vor dem Sprung.

»Du Hund!« schrie sie. »Du Ratte! Zuerst wirst du mich treffen!«

Sie schnellte vor, warf sich zwischen Bob und Andrej

und stieß Plenjakow so kräftig vor die Brust, mit beiden Fäusten, daß er zurücktaumelte. »Nun schieß!« gellte ihre Stimme. »Schieß, du räudiger Wolf!«

Plenjakow schüttelte den Kopf und sah Dunja traurig an. »Sie traut mir so etwas zu, Bob«, sagte er langsam. »Begreifst du das! Sie liebt dich und wird dadurch blind ... aber sie müßte noch fühlen können, wer Andrej Nikolajewitsch ist.«

»Ich glaube, das ist auch eine Männerangelegenheit«, sagte Bob ruhig. »Dunja, es gibt zwei Möglichkeiten: Entweder du läßt uns jetzt allein und wartest draußen vor der Schlucht auf uns ... oder du bleibst hier, wir binden dich mit unseren Gürteln fest, und wenn alles vorbei ist, bist du die einsamste Frau unter dem Mond. Was ist also?«

»Bob ...« Sie stand vor ihm, mit riesigen schwarzen Augen, das Haar zerzaust, durchgeschüttelt von der Angst. »Bob, ich lasse dich nie mehr allein ...«

»Nur heute noch, Liebling. Gehst du, oder sollen wir dich festbinden?«

Sie nickte stumm, nahm ihr Moped und schob es vor sich her. Langsam verschwand sie in dem Bergschatten, und sehr schnell hörte dann auch das Knirschen ihrer Schritte auf, und das Poltern der losen Steine, die von den Rädern des Mopeds weggedrückt wurden.

Sie warteten noch ein paar Minuten und gingen dann tiefer in den Schatten der acht Tannen hinein. Falls Dunja doch zurückgeschlichen war und sie beobachtete ... sie erkannte nun nichts mehr. Bob klopfte Plenjakow auf die Schulter.

»Wir sind in einer verdammten Lage, Andrej«, sagte er. »Dich überreden kann ich nicht, dich umbringen ist völlig unmöglich. Von nichts zu wissen, ist ausgeschlossen. Was du in deinem Bio-Jet-Auto liegen hast, wirft Amerika um ein Jahrhundert zurück, wenn es nach Moskau gelangt. Freiwillig gibst du die Unterlagen nicht heraus. Vielleicht würdest du sie gegen Dunja tauschen, aber ehe ich Dunja hergebe, baue ich erst eine Strickleiter bis zum Mond. Du könntest mich jetzt auch erschießen, aber das tust du einfach nicht. Dieses ganze Doppelspiel beweist eigentlich nur, wie abhängig selbst wir kalten Profis von unseren tiefsten Gefühlen sind. Da hat man uns über Jahre hinweg zu Kampfmaschinen gedrillt, und was ist übriggeblieben? Wir sehen uns an, Andrej, und könnten losheulen! Das glaubt uns keiner, der's nicht selbst erlebt hat. Alles, was man über uns in Tausenden Romanen geschrieben hat, ist das billigste Klischee. Ein Arzt ist ein Held im weißen Kittel oder ein Nachfolger Frankensteins, und ein Spion muß eine eiskalte Mördersau oder ein Trottel sein, dem man dann auch prompt das Hirn ausschießt. Jetzt stehen wir zwei in der Nacht, haben die heißeste Ware im Kasten und möchten uns am liebsten über die Wangen streicheln: Mein lieber Andrej ... mein lieber Bob ... Ist das nicht ein Scheißleben?«

»Aber wir müssen auseinander, Bob«, sagte Plenjakow stockend.

»Das ist mir klar.«

»Machst du mit?«

»Was, mein Junge?«

Plenjakow holte den Revolver aus dem Gürtel und hielt ihn Bob Miller mit dem Griff hin. Aber der rührte ihn nicht an.

»Ich habe dir schon einmal gesagt: Ich schieße nicht auf dich!« sagte Bob grob.

»Keiner auf den anderen, Bob.«

»Sollen wir unser Problem wie Cowboys auf Flaschen ausschießen?«

»Gegen unsere Schläfen, Bob.« Plenjakow drehte den Revolver herum und klappte die Trommel auf. Er schüttete die Patronen in seine linke Hand, nahm eine einzige zurück und steckte sie wieder in die Trommel. »Ihr nennt es Gottesurteil ... wir sagen dazu: Russisches Roulette! Einverstanden?«

Bob Miller blickte an Plenjakow vorbei zu den kahlen Felsen.

Alaska, dachte er. Die russische Stadt Smolenska, das Gegenstück zu Frazertown am Bug. Orwell vor zehn angetretenen Absolventen der Spezialschule, die besten, wie er immer sagte. »Ich kann keinen zwingen«, hatte er gesagt. »Ihr habt bisher alles durchgestanden ... aber was jetzt kommt, ist keine Übung, da ist keine Hilfe, da wird nicht nur simuliert. Das hier ist Ernst! Außerdem ist es verboten ... aber vieles, was wir hier tun, ist nach dem Gesetz verboten. Ihr sollt euch ja draußen auch nicht um Gesetze kümmern, sondern nur um euren Auftrag. Also: Wer spielt das Russische Roulette mit? – Ihr kennt die Regel: In der Revolvertrommel ist eine Patrone, nur weiß keiner, in welcher Kammer. Die Trommel rotiert ein paarmal um ihre Achse, dann wird der Hahn gespannt, und man setzt sich den Lauf an die Schläfe. Abdrücken und warten. Macht es nur klack ... hat man Glück gehabt. Das Roulette ist gewonnen. Macht es bum ... dann ist ein militärisches Begräbnis mit allen Ehren sicher. Warum ich euch das zumute, Boys? Nicht, weil ihr vielleicht mal in die Lage kommen könntet, ein Russisches Roulette durchzustehen ... das war zur Zeit der Zaren modern. Aber wer sich den Lauf an die Schläfe setzt mit dem Wissen, es könnte schiefgehen, den kann ich auch als Leibdiener im Kreml einsetzen.« Orwell hatte dann einen Revolver auf einen kleinen Klapptisch gelegt und die Hände in die Uniformjacke gesteckt. »Nennt mich ruhig einen perversen Hund, Jungs«, sagte er hart. »Ich werd's ertragen. Die Kugel steckt in der Kammer, die Trommel hat schon rotiert. Wer greift zu?«

Es hatte damals in Alaska keiner zugegriffen. Sie hatten dagestanden wie die Pflöcke und an Orwell vorbeigeblickt. Der Alte ist verrückt, hatten sie nur gedacht. So weit geht die Ausbildung zum Spezialisten nicht. Und wenn wir alle aus dem Lehrgang fliegen ... wir leben wenigstens!

»Gut!« hatte Orwell nach einigen Minuten Wartezeit gesagt. »Ich habe Achtung vor euch. Ihr werft euch nicht weg.«

Dann hatte er den Revolver genommen, an seine Schläfe gerissen und abgedrückt, ehe die zehn Offiziere ihm die Waffe entreißen konnten. Orwell stürzte von dem Anprall seiner Männer zu Boden, aber der Revolver hatte nur klack gemacht. General Orwell lebte weiter. Bob Miller hatte damals den Revolver aus Orwells verkrampften Fingern gedreht und hinterher die Trommel aufgeklappt. Sie war leer. Keine Patrone steckte in einer der Kammern. Es hätte also gar nichts passieren können. Das war typisch Orwell.

Aber dieses Mal, hier im ›Tal der neun Tannen‹, steckte eine Patrone in einer der Kammern. Mit präziser Deutlichkeit hatte Plenjakow es Bob Miller vorgeführt. Jetzt hielt er ihm wieder den Revolver am Lauf entgegen. Seine Hand war ganz ruhig.

»Warum ich zuerst?« fragte Bob und blickte Plenjakow in die treuen blauen Augen. Sie sind wirklich von einer verfluchten Treue, dachte Bob. Wenn Andrej wenigstens bereit wäre, die Unterlagen über die neuen Waffen zu vernichten.

»Du hast als erster die größte Chance, Bob.« Plenjakow lächelte schwach. »Wir machen zwei Durchgänge. Das sind vier Kammern. Sechs hat der Revolver. Ist das ehrlich?«

»Andrej. Es gibt noch einen Ausweg. Wir fahren zu deinem komischen Bio-Jet-Auto und verbrennen alle Unterlagen, die du im doppelten Boden versteckt hast.«

»Nein!«

Das war klar. Bob nahm den Revolver und spannte den Hahn. »Und warum nicht?«

»Sie gehören nicht mehr mir ... sie gehören Rußland.«

»Du Spinner! Du stehst auf amerikanischem Boden!«

»Aber ich bin Russe. Hör auf mit Reden! Fang an!«

»Was wird aus Dunja, wenn ich verliere, Andrej?«

»Das überlasse ich ihr.« Plenjakow strich sich die blonden Haare aus der Stirn. »Du weißt, wie ich sie liebe ...«

»Sie wird alles versuchen, dich umzubringen. Das ist dir doch klar?«

»Ich werde mich ihrem Urteil unterwerfen. Bob, ich glaube, wir alle drei gehen heute nacht zugrunde. Es gibt keinen Sieger.« Er stieß mit der flachen Hand Miller vor die Brust und drückte das Kinn an. »Verdammt, fang an! Ich halte es nicht mehr länger aus ...«

Bob Miller hob den Revolver gegen die rechte Schläfe,

krümmte den Finger um den Abzug und sein Blick suchte, bevor er ihn durchzog, noch einmal den Ausgang der Schlucht. Er sah Dunja nicht, aber er wußte, daß sie irgendwo im Schatten der Felsen hockte und wartete, lauschte, in die geballten Fäuste biß und beim ersten Schuß hervorstürzen würde.

»Wenn ich überlebe, Andrej«, sagte Bob leise, »übernehme ich das Motel und das Restaurant meines Vaters. Das schwöre ich dir.«

»Und wenn ich überlebe, suche ich mir eine Stelle als Musiker.« Plenjakow atmete seufzend auf. »Ich kann sehr gut Balalaika spielen.«

»Ich weiß es, Andrej. Du wirst sicherlich eine Stelle als Balalaikaspieler bekommen. Verhungern wirst du nicht.«

»Bestimmt nicht.«

»Alles Gute, Andrej.«

Plenjakow nickte. Er starrte auf Bobs Zeigefinger, der sich krümmte. Wer jetzt sprechen konnte, hatte ein Tonband in der Brust, aber kein Herz.

Bob Miller zog durch.

Der Hahn schnappte zu, es gab ein halblautes Knakken. Als hätte er Eis ausgestoßen, so kalt lag der Revolver in Bobs Hand, wie festgefroren stak der Lauf an seiner Schläfe.

Vorsichtig löste Plenjakow Bobs Finger von der Waffe und nahm sie ihm ab.

»Jetzt ich, Wassjuschka.«

Er ließ die Trommel rotieren, spannte den Hahn und hob den Revolver. Bob hielt seinen Arm fest. »Das ist doch Wahnsinn, Andrej!«

»Bin ich vielleicht weniger mutig als du? Du hast es gewagt … soll ich mich vor dir schämen?«

»Andrej …«

Plenjakows Hand schnellte hoch. Fast gleichzeitig, mit Erreichen der Schläfe, schnappte der Hahn.

Knack. Nur dieses leise, trockene Knack. Wie ein satter Rülpser des Schicksals. Leb weiter, Genosse!

Plenjakow gab die Waffe an Bob zurück. Er hatte schon

die Hand ausgestreckt. Das gleiche Zeremoniell. Rotieren der Trommel. Spannen des Hahns. Ansetzen an die Schläfe. Krümmen des Fingers.

»Dein letzter Schuß, Bob«, sagte Plenjakow ruhig.

»Und dann?«

»Wenn auch ich überlebe, hat jeder von uns zwei Hände. Bob, dann müssen wir aufeinander los. Dann will uns Gott ja auch nicht.«

Bob Miller nickte. Sein Finger riß den Abzug durch.

Knack. Dieser verfluchte, höhnische Ton: Du darfst weiterleben. Aber innerlich stirbst du mit jeder Sekunde Stück um Stück. Gesteh es doch! Die Angst frißt dich auf ...

Plenjakow nahm den Revolver wieder zurück. Er verzichtete darauf, die Trommel noch einmal zu drehen. Nach dem Gesetz der Wahrscheinlichkeit war auch der nächste Schuß blind.

»Sollen wir noch einen dritten Durchgang machen, Bob?« fragte er. »Ich meine, bevor wir uns mit den eigenen Händen umbringen?«

»Einverstanden. Noch eine Runde.« Bob hielt den Atem an. Alles in ihm zersprang in kleinste Stücke, so, als ob jemand ein Glas auseinanderklopfte. »Andrej, ich wette, unser Roulette spielt nicht mit ...«

Plenjakow krümmte den Finger. Als ahne er es, lächelte er Bob an und nickte ihm zu.

Dann krachte der Schuß, hallte durch das enge Tal mit mehrmaligem Echo. Plenjakow wurde wie von Geisterhand weggeschleudert, hob sich fast von der Erde ab und stürzte dann zur Seite auf den steinigen Boden. In den verkrampften Fingern blieb der Revolver stecken.

Gleichzeitig rannte von den Felsen Dunja heran. »Bob!« schrie sie mit gellender Stimme. »Bob! Bob! Bob!!« Dann brüllte sie unartikuliert, unmenschlich, mit Lauten, wie sie Miller noch nie bei einem Menschen gehört hatte.

»Bob!«

Miller trat aus dem Schatten der Tannen und lief hinüber zu Plenjakow. Er drehte ihn auf den Rücken. Als er den Kopf, aus dessen rechter Schläfe merkwürdigerweise kein Blutstrom, sondern nur ein dünnes Rinnsal lief, in seinen Schoß legte, war Dunja heran. Ihr Aufschrei erstarb … sie starrte Plenjakow an, fiel dann neben Bob auf die Knie, umklammerte ihn von hinten und drückte ihr Gesicht in seinen Nacken.

»Er lebt noch«, sagte Miller und drückte den Daumen auf den Schläfeneinschuß, als könne er damit Plenjakows Leben zurückhalten. »Hol den Wagen, schnell! Laß mich los, sag ich! Hol den Wagen!«

»Bob … Bob, o Bob!«

»Den Wagen!« brüllte er. »Mit ›O Bob!‹ kannst du kein Leben zurückholen!«

Da sprang sie auf, stieß wieder einen hellen Schrei aus und rannte davon, um Plenjakows alten VW vom Eingang der Schlucht heranzufahren.

Morgens gegen vier Uhr brachte ein Adjutant im Fort Thompson General Orwell das Telefon ans Bett und verließ dann das einfache Zimmer. Orwell blickte gewohnheitsmäßig auf die Uhr, setzte sich im Bett auf und hob den Hörer ans Ohr.

»Was ist, Bob?« fragte er. Das war es, was man an Orwell so bewunderte … es gab keine Überraschungen für ihn. Ein Telefonat um vier Uhr, in dieser Nacht, das konnte nur Miller sein.

»Ich melde, Sir, daß ich bereit bin, den Dienst zu quittieren«, sagte Bob militärisch knapp. »Die Aktion ist endgültig abgeschlossen.«

»Sie haben Plenjakow, Bob? Mein Gott, ich könnte Sie umarmen. Gratuliere! Wo ist er jetzt?«

»Im Militärhospital Los Alamos, Zimmer zehn. Neurochirurgische Abteilung. Vor zehn Minuten hat man ihm die Kugel aus dem Kopf operiert. Er wird überleben.«

»Es gab einen Kampf, Bob?«

»Ein Russisches Roulette, Sir.«

Orwell zuckte hoch. Seine Beine schwangen aus dem Bett. »Sind Sie verrückt geworden, Bob?« brüllte er. »Darauf haben Sie sich eingelassen?«

»Sie haben es uns gelehrt, Sir. Jetzt konnte ich diesen Mut gebrauchen.«

»Damals war der Revolver leer!« schrie Orwell.

»Aber das haben wir erst hinterher gemerkt, Sir.« Bob Millers Stimme wurde noch kälter. »Ich liefere Ihnen sechs Papiere, Sir. Drei davon sind eine große Gegenleistung der USA wert.«

»Schon wieder ein Handel, Bob? Sie strapazieren Ihren alten Papa Orwell aber gewaltig.«

»Mein Freund John Barryl wird blind bleiben, Sir. Auf beiden Augen. Das ist sicher. Die Kugel hat ihm das Leben gelassen, aber beide Sehnerven zerstört.«

»Ihr Freund, Bob? Noch immer?«

»Mein bester, Sir. Ich habe drei Papiere zum Tausch: eins für meine Entlassung aus der Armee ... das zweite für einen gültigen Paß auf Norma Taylor ... das dritte für einen gültigen Paß auf John Barryl.«

»Bob!«

»Mehr Bescheidenheit für dieses Scheißspiel, das ich hinter mir habe, gibt es nicht, Sir. Eine Entlassung und zwei Pässe ... ist die Sicherheit Amerikas das nicht wert?«

»Ich will Sie so nicht gehenlassen, Bob. Wenn ich Ihnen eine Stellung im Generalstab verspreche?«

»Sir«, Bobs Stimme klang ganz kalt, »ich war in meinem ganzen Leben noch nie pervers und habe auch nie eine Neigung dazu gehabt. Aber wenn ich meine Uniform auf einem Holzstoß verbrennen kann – und das so schnell wie möglich –, werde ich, glaube ich, in der Lage sein, mich an diesem Anblick geradezu sexuell zu berauschen.«

»Das reicht, Bob!« antwortete General Orwell trocken. »Ich bin morgen nachmittag in Los Alamos, wir sprechen alles durch und besuchen Ihren Freund Plenjakow ...«

»John Barryl, Sir.«

»Verzeihung. John Barryl. Morgen früh gebe ich den Vorschlag nach Washington, Sie als Oberst mit allen Ehren zu entlassen. Zufrieden?«

»Danke, Sir.« Bob Miller straffte sich hinter dem Telefon, so müde er auch war. Zehn Meter weiter, im Bettentrakt, lag der blinde, noch in der Narkose stöhnende Plenjakow, und Dunja hielt ihm die Hände fest oder wischte den Schweiß von seinen Lippen. »Das einzige, was mich daran freut, ist die erhöhte Pension.«

»Sie waren schon immer ein frecher Hund, Bob. Das muß ich Ihnen sagen.«

»Ihre Schule, Sir.« Bob Miller lächelte in den Hörer, und wenn Orwell es auch nicht sah, so ahnte er es.

»Es war nur nicht jeder solch ein Schüler wie Sie.«

»Dafür danken Sie bitte Gott.« Bobs Stimme hatte etwas Feierliches bekommen. »Sir, tun Sie das wirklich. Ich bin bereit und bemühe mich mit aller Kraft, das, was ich war, zu vergessen.«

»Sie waren mein bester Agent, Bob.«

»Das ist ja das Schreckliche, Sir. Ich werde lange Zeit brauchen, um mich auf meinem Gewissen wieder ausruhen zu können ...«

Ein halbes Jahr später hatte es sich herumgesprochen, daß Millers Restaurant und Motel unter neuer Leitung standen. Der alte Johannes Miller hatte sich ganz aus dem Geschäft zurückgezogen. Dafür begrüßte jetzt im Restaurant ein großer, stämmiger Bursche die Gäste, ein Paket aus Muskeln, zu dem die immer leicht verträumten Augen gar nicht paßten. Außerdem trug er Maßanzüge, die seinen Körper so zur Geltung brachten, daß über die Hälfte der Restaurantgäste Frauen waren, die glänzende Pupillen und Herzklopfen bekamen, wenn Bob Miller an ihren Tisch trat und – wie bei allen Gästen – höflich fragte, ob alles in Ordnung sei oder man noch Wünsche hätte.

In Ordnung war bei den Damen gar nichts, wenn Bob sie so fragte, und Wünsche hatten sie bei seinem Anblick genug – aber da saß an der Kasse ein schwarzgelocktes, bezauberndes Wesen mit einer Figur, für die es in weiblichen Kreisen kein Lob, sondern nur blassen Neid gab. Dafür rekrutierten sich aber die anderen fünfzig Prozent der Gäste aus Männern, die alle Tische in der Nähe der Kasse besetzt hielten und Norma Miller mit Blicken regelrecht auszogen.

Das war ihnen erlaubt, denn nichts beflügelt einen Alltag mehr als ein bißchen Fantasie, auch wenn sie unter Blusen und Röcke schweift.

Das Restaurant ging gut, an den Wochenenden war es bis zum letzten Parkplatz besetzt, und die Zimmer des Motels waren immer ausgebucht.

Aber nicht nur Bob Millers und seinem Clan innerlich erregter Frauen oder Norma Millers und ihrer geradezu zur Revolte reizenden Bluse wegen war das Restaurant am Wochenende heillos überfüllt ... jeden Samstag und Sonntag, von zwanzig Uhr bis Mitternacht, saß auf einem Podium, vor einem an die Hinterwand projizierten Bild einer unendlichen Taigalandschaft, ein blinder Mann und spielte auf seiner Balalaika. Er hielt meistens den Kopf gesenkt, während seine Fingerkuppen über die Saiten glitten. Nur wenn er in russischer Sprache zu singen begann, mit einer schönen, hellen Tenorstimme, die so weit in den Raum schwang, wie der sibirische Strom hinter ihm auf dem Bild sich durch die Taigawälder wand, hob er den Kopf und legte ihn in den Nacken. Dann wurde es still in Millers Restaurant, denn jeder spürte, daß hier ein Mensch sang mit aller Sehnsucht, deren ein Herz fähig war. Dann rauschten die Wälder, dröhnte der sibirische Strom, wogten die Steppengräser, donnerten die Hufe der Pferdeherden, krachte das Eis auf den zugefrorenen Flüssen und zogen die Schwärme der wilden Schwäne nach Osten zu den eisbefreiten Sümpfen.

Manchmal kam einer zu Bob und fragte: »Wo habt ihr den denn her? Mensch, der singt ja, als sei er ein Russe! Der weint sich ja die Seele aus dem Leib ...«

Und Bob Miller antwortete: »Er heißt John Barryl. Bevor er blind wurde, wollte er immer nach Sibirien. Ein Tick von ihm. Nun träumt er davon ... Laßt ihn träumen und hört ihm zu. Es lohnt sich ...«

STRAFBATAILLON 999

Julia Deutschmann machte sich an jenem Morgen hübsch, weil sie glaubte, daß man einer hübschen Frau eher ein Geheimnis verrät als einer verhärmten. Viel hatte sie nicht zu tun; sie war schön, auch wenn um ihre übernächtigten, müden Augen Schatten lagen und ihre Lippen blaß waren. Augenbrauen nachziehen, eine Spur Rouge auf die Lippen, etwas Puder, hundert Bürstenstriche über das lockige, schwarze Haar, das sie offen, ohne Spangen und ohne Kamm, trug. Das schlichte Kostüm war betont auf ihre Figur geschnitten, die hochhackigen Pumps waren auf die Farbe des Stoffes abgestimmt. Als sie hineinschlüpfte, erinnerte sie sich daran, daß es Ernst war, der sie ausgesucht hatte. Einen Augenblick verharrte sie reglos, die Erinnerung huschte wie ein Lichtschein über ihr Gesicht und verlosch.

Sie richtete sich auf und warf einen letzten prüfenden Blick in den Spiegel.

Dann ging sie.

Der Posten vor dem Oberkommando der Wehrmacht, Berlin, Bendlerstraße, las das kurze Schreiben, das sie ihm hinreichte, lange und aufmerksam, als stünden dort nicht nur drei armselige Zeilen – eine unpersönliche Vorladung, beim General von Frankenstein vorzusprechen.

Im Hauptflur des großen Gebäudekomplexes traf sie einen Adjutanten, einen jungen Leutnant, der bei ihrem Anblick sehr zackig, mit knallenden Absätzen, grüßte und sich bereitwillig erbot, sie ins zweite Stockwerk zu führen. Vor der großen Eichentür am Ende des Flurs verhielten sie den Schritt: ein Tor, das in eine andere Welt zu führen schien. In die Welt, die über Ernsts Schicksal entschied: fremd, unbekannt, voller Rätsel.

Neben der Tür ein rechteckiges Schild:

Der junge Leutnant verbeugte sich ein wenig steif. Julia glaubte fast, einen Corpsstudenten vor sich zu haben:

»Herr General wird Sie gleich hereinbitten. Ich melde Sie im Vorzimmer an. Darf ich Ihr Schreiben haben, gnädige Frau?«

Julia gab ihm den Brief. Der Leutnant mit dem eifrigen, milchigen Gesicht und mit schwärmerischen Augen verschwand im Nebenraum. Es dauerte nicht lange, bis er wieder auf den Flur trat – ein wenig steifer, förmlicher, zurückhaltender und, wie es Julia schien, auch nicht mehr so selbstsicher wie vorhin.

»Einen Augenblick noch. Sie werden gerufen.«

Er wandte sich ab und ging. Seine glänzend polierten Stiefel knarrten. Kein Gruß mehr, kein »Gnädige Frau ...« So ist das also, dachte Julia ein wenig schmerzlich, der Name Deutschmann genügt, um ihn zu einem Eiszapfen erstarren zu lassen.

Sie setzte sich auf eine der klobigen, unbequemen Bänke im Flur und wartete. Erst nach einer halben Stunde öffnete sich die schwere Tür, und der Kopf einer jungen Sekretärin erschien.

»Frau Deutschmann?«

»Ja.« Julia stand auf.

»Herr General läßt bitten.«

General von Frankenstein kam ihr drei Schritte entgegen, als sie das weite Zimmer betrat. Dann blieb er abrupt stehen, wie eine aufgezogene Puppe, der das Räderwerk abgelaufen ist, und nickte ihr zu.

»Frau Dr. Deutschmann?«

»Ja, Herr General.«

»Sie haben wegen Ihres Mannes ein Gnadengesuch eingereicht?«

»Ja.«

»Warum?«

Einen flüchtigen Augenblick lang überfiel Julia der verrückte Vergleich, daß die Stimme des Generals genauso knarrte wie die Stiefel des Leutnants, der sie hierhergebracht hatte. »Er ...«, sagte sie stockend, »... er wurde eines Irrtums wegen verhaftet, verurteilt zu einem Strafbataillon – ich weiß nicht, wo er jetzt ist ...«

»Es war kein Irrtum«, knurrte der General.

»Aber ...«

»Gestatten Sie bitte, daß ich Sie unterbreche«, sagte der General und verbeugte sich leicht: ein altgedienter preußischer Offizier, ein Kavalier alter Schule, dem man in seiner Kadettenzeit beigebracht hatte, daß er sich Damen gegenüber in jeder Situation höflich und korrekt benehmen soll: Das war die Tradition. Und Julia war offenbar eine Dame – auch wenn Dr. Ernst Deutschmann ihr Mann war. So etwas sah man. Wenn man jung ist, hält man fast jede Frau für eine Dame, besonders wenn sie hübsch ist. Aber nicht mehr als hoher Sechziger, auch dann nicht, wenn man noch so voll Spannkraft war und immer noch so viel Mark in den Knochen hatte, potztausend, daß man es mit jedem dieser jungen Milchbärte von Leutnants aufnehmen konnte. Um des Generals verkniffenen Mund spielte die Andeutung eines Lächelns, denn: Ein General lächelt, er lacht nicht.

»Sie sind doch Ärztin, gnädige Frau«, fuhr er fort, »und Sie müssen davon etwas verstehen. Es war kein Irrtum. Ich stütze mich hier nicht auf meine eigenen Beobachtungen, sondern auf korrekte wissenschaftliche Analysen bekannter Sachverständiger. Ich selbst bin in diesen Fragen ein Laie. Wir sind nie leichtfertig, gnädige Frau, das entspricht nicht der Art der deutschen Wehrmacht. Wir haben den Fall Ihres Mannes gewissenhaft geprüft, und das Ergebnis heißt eindeutig – Selbstverstümmelung durch Injizierung von Sta-sta-nnn ...«

»Staphylokokken ...«, sagte Julia.

»Genau!« Jetzt klang seine Stimme schneidend und abgehackt. Er wandte sich ab und ging zu seinem mächtigen Schreibtisch zurück. Die dunkelroten Streifen an seiner Hose leuchteten auf, als er durch einen Sonnenstrahl schritt, der schräg durch die Gardine ins Zimmer fiel. Hinter dem Schreibtisch blieb er leicht vornübergebeugt stehen und stützte sich mit beiden Fäusten auf die Tischplatte. Julias Blick tastete sich von seinen blaugeäderten, braunbesprenkelten Greisenhänden empor, über den hellgrauen, seidig glänzenden Rock – das EK I. Klasse des Ersten Weltkrieges – rote Spiegel mit goldenem, stilisiertem Eichenlaub – ein finnisches Halskreuz – ein faltiger Hals – ein knöchernes, unbewegliches Gesicht – bis zu den blaßblauen, rotgeäderten Augen unter der zerfurchten Stirn und weißen, einer stachligen Bürste ähnlichen Haaren.

Sie sah in seine Augen und sagte:

»Gerade weil ich Ärztin bin und ihm bei seiner Arbeit geholfen habe, weiß ich, daß Sie unrecht haben. Was er getan hat, würde so bald kein zweiter tun. Er wollte anderen helfen, deshalb hat er einen Selbstversuch gemacht. Das ist die Wahrheit. Aber dann – dann wurde er wie ein Verbrecher eingesperrt und verurteilt. Deshalb habe ich ein Gnadengesuch eingereicht.«

»Es hätte schlimmer sein können«, sagte der General ungeduldig. »Hören Sie zu, Frau Dr. Deutschmann: Ihr Mann war ein hinreichend bekannter Wissenschaftler. Deshalb haben wir ihn vom Wehrdienst zurückgestellt, solange es ging. Dann ging es nicht mehr, und er hätte einrücken müssen. Er tat es nicht, sondern infizierte sich mit dieser – eh – Krankheit. Das ist eindeutig Selbstverstümmelung. Und was seine Verurteilung zum Dienst in einem Strafbataillon angeht – es ist eine Einheit der deutschen Wehrmacht. Er muß sich bei dieser Spezialtruppe bewähren, dann wird er in eine andere Einheit kommen. Die Sache ist also für ihn sehr, ich muß schon sagen: sehr glimpflich abgelaufen.«

»Ich habe gehört«, begann Julia wieder, obwohl sie wußte, daß ihre Worte und alles, was sie sagen konnte, an diesem Mann abprallen würden wie ein Ball an der Wand, »ich habe gehört, daß dieses Bataillon 999 …«

»Was haben Sie gehört?« unterbrach sie der General.

»Daß die Leute dort sehr schlecht – wie Verbrecher …«

Der General hob gebieterisch die Hand. »Er ist Soldat«, sagte er kalt. »Sie sollen diesen Gerüchten nicht aufsitzen.

Bei der Wehrmacht wird nicht gekegelt. Wir haben zu kämpfen. Nicht nur Ihr Mann wird es tun – Millionen andere tun es schon seit Jahren. Das ist alles, was ich dazu zu sagen habe.«

»Ja ...«, sagte Julia schwach.

»Sehen Sie. Ihr Gesuch ist gegenstandslos. Bataillon 999 ist eine Truppe. Ob in der oder einer anderen ...«

»Ja«, sagte Julia.

»Na also«, schloß der General, klappte einen Aktendekkel zu, sah auf und lächelte wieder.

Julia ging. Es war umsonst. Sie stand draußen vor der großen Eichentür und stützte sich auf das Fensterbrett. Ob im Bataillon 999 oder in einer anderen Einheit, dachte sie, er ist Soldat, Millionen andere auch, Strafbataillon, er muß sich bewähren, wenn er sich bewährt, dann – Ernsti, dachte sie, Ernsti ...! Und all die unendlich langen Wochen ihrer Verzweiflung und unnützen Hoffnung und des nutzlosen Kampfes um ihn, die endlosen bangen Nächte, der Prozeß, die Verurteilung, der Versuch zu einer Revision, das vergebliche Ankämpfen gegen Menschen, die ihn verurteilt hatten und gegen die genauso wenig anzukommen war wie gegen den General – einer nachgiebigen, undurchdringlichen Gummiwand ähnlich, Angst, Furcht, versteckte Andeutungen oder brutale, harte Worte, und jetzt die endgültig vernichtete, letzte Hoffnung: All dies stürzte über sie zusammen, begrub sie unter sich wie eine Lawine dunklen Schnees. Sie sah mit großen, verstörten Augen um sich, ohne etwas zu sehen, sie verstand nichts mehr – was war es nur, was war es, was hatte der General gesagt?

Als der junge Leutnant mit dem eifrigen Milchgesicht stiefelknarrend und leise vor sich hin pfeifend über die Treppe gelaufen kam, blieb er plötzlich wie angenagelt stehen. Sein Pfeifen erstarb, aber seine Lippen blieben noch eine ganze Weile zugespitzt. Mit erschrockenen, weit offenen Augen starrte er auf das Bündel Mensch, das vor der Tür des Generalzimmers lag. Dann begann er zu laufen: zögernd zuerst und dann immer schneller.

Julia lag ohnmächtig auf dem steinernen Boden. Zwischen ihren halboffenen Lippen hingen Fetzen eines zerbissenen Taschentuches.

Am Stadtrand Posens, nach Kostrzyn hin, lag das Lager ›Friedrichslust‹: der einstweilige Stammsitz des Strafbataillons 999. Wer dieser Ansammlung von massiven, langweilig-nüchternen Steinbaracken im schwermütig-kahlen Land den poetischen, nach licht-heiteren Wäldern, Waldhörnern, kläffenden Hundemeuten und barocken Jagdgesellschaften klingenden Namen gab, wußte niemand mehr. Aber so stand es geschrieben an einem schon etwas verwitterten Schild neben der Wachbaracke und dem Schlagbaum, der nach alter Sitte den Eingang des Lagers von der Außenwelt abtrennte.

Herbst. Aus einem grau verhangenen, schweren Himmel nieselte es langsam und stetig.

Zur gleichen Zeit, als sich in Berlin, viele, viele Kilometer von hier entfernt, der junge Leutnant über die ohnmächtige Julia beugte, empfing der Spieß und somit die Mutter der II. Kompanie des Strafbataillons 999, Oberfeldwebel Krüll, von allen ›Krüllschnitt‹ genannt, am Schlagbaum die Neuankömmlinge. Oder er tat das, was er gemeinhin ›einen würdigen Empfang‹ nannte und was fast immer gleich aussah.

Zuerst verabschiedete er sich mit einem lässigen Gruß von den Feldgendarmen, die die Neuankömmlinge hierhergebracht hatten, als wollte er ihnen zu verstehen geben: Habt keine Bange, ich pass' schon auf, ich bin da, und wo ich bin, da geht's diesen Burschen genauso, wie sie's verdienen.

Vor dem Wachgebäude ließ er dann die vier Männer der Größe nach in einer Reihe antreten und betrachtete sie mit zusammengekniffenen Augen unter der leicht schief aufgesetzten Schildmütze lange und eingehend: von links nach rechts, vom Größten bis zum Kleinsten, von oben bis unten und wieder nach oben. Was er sah, schien ihn zu betrüben:

Sein breites, fleischiges Gesicht bekam Kummerfalten wie ein Baby, kurz bevor es losheult, die dicke Unterlippe schob er vor, und mehrmals nickte er, als hätte er sich seine Erwartungen genau bestätigt.

»Sie heißen?« fragte er den Längsten links in der Reihe.

»Gottfried von Bartlitz«, sagte der grauhaarige Mann mit den müden, tief in den Höhlen liegenden Augen und den tiefen Falten von den Nasenflügeln bis zu den Winkeln der schmalen, blutleeren Lippen. Seine viel zu weite, abgetragene Uniformjacke war durchnäßt, Regenwasser lief ihm über das Gesicht.

»Aha«, sagte Krüll. »Ein von. General, was?«

»Schütze«, sagte der große Mann.

»Und ich bin auch ein Schütze, was?« fragte der Oberfeldwebel sanft.

»Nein. Sie sind Oberfeldwebel.«

»Jawohl. Ich bin ein Oberfeldwebel und noch dazu Ihre Mutter. Gerade geworden. Und was sind Sie? Wie heißen Sie?« Das letzte brüllte er mit weit offenem Mund, vorgebeugt, mit Händen in die Hüften gestemmt, der Schall seiner Stimme zerriß die graue, schwere Luft und brach sich an den langen Barackenwänden jenseits des großen, weiten und naß glänzenden Hofes.

»Schütze Gottfried von Bartlitz, Herr Oberfeldwebel«, sagte der große Mann mit unbewegtem Gesicht.

»Hinlegen!« sagte Krüll, jetzt wieder leise; vielmehr, er sagte es nicht, er stieß das Wort hervor, als spucke er es aus, als schoß es gleichsam in den anderen, und als sich der große Mann hingelegt hatte, ging er schweigend um ihn herum und drückte mit den Füßen seine Absätze herunter in eine Pfütze, betrachtete eine Weile den Liegenden, ging rund um die drei übrigen und baute sich dann mit einer scharfen Kehrtwendung wieder vor ihnen auf.

»Und Sie?« fragte er den zweiten.

»Schütze Ernst Deutschmann, Herr Oberfeldwebel.«

»Beruf?«

Deutschmann zögerte. »Arzt, Herr Oberfeldwebel.«

»Doktor, was?«

»Jawohl, Herr Oberfeldwebel!«

Oberfeldwebel Krüll starrte den hageren Mann mit der hohen Stirn, gelblich-fahlem Gesicht und unruhigen, gehetzten Augen an, zog hoch, spuckte seitwärts aus und sagte schließlich: »Heiliger Bimbam, was muß ich auf meine alten Tage hören! Von Beruf Doktor!« Er schüttelte mit dem Kopf. Und dann brüllte er; er brüllte immer, bevor er »Hinlegen« befahl: »Entweder Doktor oder Schütze, aber jetzt sind Sie Schütze. Von Beruf und Berufung! Hinlegen!«

Schütze Ernst Deutschmann, Doktor der Medizin, Biochemiker, Privatdozent an der Berliner Universität, anerkannter Privatgelehrter und Verfasser einiger beachteter Artikel in den medizinischen Fachzeitschriften, legte sich hin und drückte dabei die Fersen nach innen zu Boden. »Schütze Doktor ...!« hörte er die Stimme des Oberfeldwebels noch einmal sagen. Und dann hörte er den dritten in der Reihe:

»Schütze Erich Wiedeck, Herr Oberfeldwebel!«

Dann sagte der Oberfeldwebel etwas, brüllte wieder, aber Deutschmann verstand nicht, was er brüllte; er lag mit dem Gesicht auf den Armen, es war ihm übel, der Regen stach ihm kalt in den Nacken, trommelte sanft auf seinen Rücken, er fröstelte, aber zugleich war es ihm auch heiß, vor seinen Augen lag ein rundes, nasses Steinchen, und eine kleine, nasse, verlorene Ameise kletterte darüber, verharrte, drehte sich herum, lief zurück, und er dachte: Es wird noch eine Weile dauern, bis ich gesund bin.

Und dann hörte er, wie sich der dritte Mann neben ihm hinlegte.

Oberfeldwebel Krüll stand jetzt vor dem vierten. Dieser war mittelgroß und genauso breit wie der Oberfeldwebel. Doch was bei Krüll Fett war, waren bei ihm dicke, schwellende Muskeln, die bei jeder seiner Bewegungen wie von eigenem Leben erfüllt unter dem knappen, geflickten, naß anklebenden Uniformrock spielten. Der mächtige Brustkorb spannte sich weit über den eingefallenen Bauch und stämmigen, dicken O-Beinen. Der Mann schien wie aus einem Felsblock grob herausgehauen zu sein, und sein Gesicht war wie ein plumper Lehmklumpen: eine niedrige Stirn unter dem kurzgeschorenen, schwarzen Haar, eine platt geschlagene Nase und das Kinn eines Totschlägers. Er grinste. Doch nur sein Mund grinste; die etwas schrägstehenden dunklen Augen waren leblos und stumpf wie zwei Glaskugeln.

»Meine Fresse – hast du eine Visage!« sagte Krüll.

»Hab' auch schon 'ne Schönheitskonkurrenz gewonnen – gleich nach Ihnen«, sagte der andere, »im übrigen heiße ich Karl Schwanecke, habe Schweißfüße, und Sie sind der Spieß, und jetzt leg' ich mich auch gleich hin.« Er machte Anstalten, sich neben die anderen hinzulegen, doch der verblüffte, ratlose Krüll schrie ihn an, er solle stehen bleiben. So blieb Karl Schwanecke stehen und grinste den Oberfeldwebel an, der lange nichts sagte.

Weiß Gott, was Krüll in diesen Sekunden dachte. Wahrscheinlich gar nichts; sein Gehirn war wie gelähmt. Etwas Ähnliches hatte er noch nie erlebt. Wohl gab es manchen widerspenstigen Kerl in diesem verfluchten Bataillon, 'ne Menge Intelligenzler und Brillenträger, und auch manchen Kriminellen, der hierher abgeschoben wurde. Aber keiner wagte, ihm, Oberfeldwebel Krüll, so etwas – so etwas –, Schweißfüße, dachte er, und wußte nicht, was er tun sollte. So fing er brüllend zu fluchen an. Das war der beste Ausweg, und wenn man es lange genug tat, fiel einem fast immer etwas Vernünftiges ein.

Es gibt 'ne Menge Flüche, die ein altgedienter, aktiver Oberfeldwebel lernen konnte, und Krüll hatte immer ein offenes Ohr und ein gutes Gedächtnis gehabt. Außerdem besaß er in dieser Hinsicht so etwas wie eine schöpferische Ader und eine mächtige Stimme, die seinen Neuschöpfungen den nötigen Nachdruck verlieh. Dies, in Verbindung mit seinem Eifer und seiner unnachgiebigen, zielstrebigen Schärfe, war weithin berühmt und ließ ihn schließlich im Strafbataillon landen: Wenn überhaupt jemand, so wird *dieser* Mann mit den Volksschädlingen und solchen Elementen dort fertig werden. Tatsächlich, er hatte es im kleinen Finger.

Aber nun ließ ihn sein kleiner Finger im Stich, und das Gehirn hatte er kaum zu gebrauchen gelernt. Menschen wie Schwanecke hatte man bis zu diesen Tagen des totalen Krieges kaum in eine Uniform gesteckt. Man sperrte sie in ein Zuchthaus ein, oder man brachte sie um, je nachdem. Er, der Erfahrene, war jetzt hilflos, und weil er hilflos war, brüllte er und fluchte: mit einem puterroten Gesicht, weit offenem Mund und hervorquellenden, halb geschlossenen Augen. Seine brüllende Stimme füllte jeden Winkel des weiten Platzes aus und duckte das schläfrige, dumpfe Leben in der Kaserne bis zum völligen Stillstand. Nur Karl Schwanecke lebte weiter in seinem breiten, unverschämten Grinsen, und als Krüll eine Atempause einlegte, breitete sich mit einem Schlag lähmende, fast hörbare Stille aus, hörbar durch das Gluckern des Wassers und durch das hierhergewehte Lied marschierender Soldaten, das von irgendwoher aus der regenverhangenen Landschaft kam.

Dieses hierhergewehte Lied war Krülls Ausweg.

Mit der verblüffenden Fähigkeit altgedienter Soldaten, ab- oder umzuschalten, brach er die Schimpfkanonade ab, sah auf seine Armbanduhr, verglich sie mit der Uhr auf der Wachbaracke, nickte, befahl dem immer noch grinsenden Schwanecke das übliche Hinlegen und stakste dann zum Schlagbaum.

Die vier Neuankömmlinge ließ er liegen: in einer kurzen, schiefen, durchnäßten Reihe, von dem Längsten bis zu dem Kleinsten, vom Schützen Gottfried von Bartlitz bis zum Schützen Karl Schwanecke.

Das war Dr. Ernst Deutschmanns Ankunft im Strafbataillon 999: Er lag auf dem Gesicht, oder auf der Schnauze in der üblichen Umgangssprache, verfolgte mit dem Blick die umherirrende, nasse Ameise, über seinen Körper liefen lange Frostschauer, er kämpfte gegen die Übelkeit an, und er horchte auf den Marschgesang, der langsam und stetig näher kam und immer lauter wurde.

Sie marschierten durch den Regen und sangen.

Unteroffizier Peter Hefe, genannt ›der Gärende‹, stampfte vor ihnen her, verbissen, naß, dreckig, wütend, durch den gleichen Dreck stampfen zu müssen wie die Männer hinter ihm.

Die Straße zog sich lang hin. Sie führte durch die Niederungen der Warthe, durch abgeerntete Kornfelder, vorbei an traurigen Birken und melancholischen Buchen. Der graubraune Fluß rann träge zwischen den sandigen Ufern.

Sie waren müde, und es war keine Zeit zum Singen. Aber sie taten es, weil es ›der Gärende‹ befohlen hatte: marschierende und singende graue Schemen in einer grauen Landschaft unter einem grauen Himmel, mit nassen Gesichtern und aufgerissenen schwarzen Mündern, aus denen sich müde die Lieder vom Heideröslein, dem Edelweiß, den rollenden Panzern und morschen Knochen lösten und sich wie der Regen, der vom Himmel nieselte, auf die traurige, nasse Landschaft senkten.

Hundertdreiundfünfzig Mann.

»Kompanie – halt!« brüllte Peter Hefe. Er scherte nach links aus und blickte auf die müden, knochigen, verdreckten Männer, die ihn teilnahmslos anstierten und froh waren, nicht mehr singen zu müssen. Ein trauriger Verein, meine Fresse!

»Hört mal zu, ihr Oberpfeifen!« sagte er mit kratzender, heiserer Stimme, »hört mal zu, ihr singt wie verliebte Waschweiber beim Mondschein. Wenn ich noch mal höre, daß einige aus dem Takt kommen, wenn sie nicht zufällig pennen, machen wir den ganzen Weg im Laufschritt wieder zurück, verstanden?« Er sagte es, aber er meinte es nicht ernst. Keine zehn Pferde würden ihn den langweiligen Weg zurückbringen. Im übrigen war es schon ziemlich spät, und deshalb überhörte er auch das müde »Jawohl« aus zwanzig von hundertdreiundfünfzig Kehlen.

»Na also«, sagte er. »In einer Viertelstunde marschieren wir ins Lager ein – daß mir das zackig geht! Der Kommandeur ist da, macht mir also keinen Kummer! Verstanden?«

»Jawohl!«

»Also denn – ein Lied! Es ist so schön, Soldat zu sein! Singt es mit Wonne, meine Lieben! Mit Wonne und Gefühl!«

Sie marschierten wieder, sie sangen, die Warthe rann träge durch den Sand, links und rechts standen triefende Birken und Buchen.

So marschierten sie ins Lager ein, wo sie von Oberfeldwebel Krüll bereits erwartet wurden.

An diesem späten Nachmittag erfand Oberfeldwebel Krüll seine neue Masche, die er später ›Die Kunst des Überrollens‹ nannte.

Er war wütend, das heißt, sein permanenter Wutzustand hatte wegen Karl Schwanecke und wegen der Verspätung der anmarschierenden Kolonne einen neuen Gipfel erreicht. Sieben Minuten über die Zeit! Und der Kommandeur stand womöglich am Fenster, schaute auf die Uhr und grinste auf seine hinterhältige Art.

Ich werde euch …! dachte Krüll, ich werde euch …! Weiter dachte er nicht, nur sein kleiner Finger, wo er das alles hatte, was ein ausgekochter Spieß wissen mußte, arbeitete unablässig.

Der Schlagbaum ging hoch, die Kompanie schwenkte links ein, Unteroffizier Peter Hefe kommandierte mit heller, im Anblick des Kasernenhofes und des breitbeinig, mit in die Hüften gestemmten Fäusten dastehenden Oberfeldwebels wie erneuerter Stimme. Doch genau auf dem Wege der Marschkolonne lagen die vier Neuankömmlinge auf dem Bauch und blickten mit seitwärts gekehrten Gesichtern den Marschierenden entgegen.

Peter Hefe sah es, obwohl etwas spät, und kommandierte Rechtsschwenken, um den Liegenden auszuweichen. In der Kolonne entstand eine leichte Verwirrung.

In diesem Augenblick fiel beim Oberfeldwebel Krüll die Klappe.

»Geradeaus …!« brüllte er. Dadurch wurde die Verwirrung nur noch größer. Aber schließlich schaltete auch Peter

Hefe. Er übersah die Situation, er wußte, was Krüll bezweckte, und seine Aufgabe war es nicht, etwas anderes zu bezwecken. Seine laute Kommandostimme schallte über den Hof, und die Dreierkolonne, hundertdreiundfünfzig Mann, aufgeteilt in vier Züge, marschierte über die Liegenden und sang dazu ein Lied.

Krüll wußte, daß er damit nichts riskierte. Die Abstände zwischen den Liegenden waren zwar knapp, aber nicht zu knapp. Wenn man vorsichtig auftrat, konnte man den Fuß zwischen sie setzen – auch wenn er in einem übergroßen Knobelbecher steckte. Außerdem wußte er, daß die Marschierenden genauso wenig auf die Liegenden treten werden wie ein Pferd, wenn es über einen Menschen galoppiert, der auf dem Boden liegt … Aber – es war eine hübsche, eine neue Sache, ein Vorgeschmack für Neuankömmlinge, eine Warnung und eine Strafe im Vorschuß zugleich. Infolge hatte er diese Methode weiter vervollkommnet und manchmal die restliche Kompanie über einen liegenden Zug marschieren lassen, streng darauf achtend, daß die Marschierenden nicht aus dem Gleichschritt kamen; da dies fast unmöglich war und die Kolonnen regelmäßig ins Stolpern kamen, hatte er eine gute Handhabe zu immer neuen Übungen.

Die Einrückenden waren müde und teilnahmslos. Viele verstanden nicht, um was es ging. Viele waren zu müde, um die Füße höher als zehn Zentimeter über den Boden zu heben, und meistens sahen sie die Liegenden erst ziemlich spät.

So kam es, daß bei dieser Begrüßungsszene durch Oberfeldwebel Krüll alle vier einige schmerzhafte, blaue Flecke davontrugen, und der erste, Schütze Gottfried von Bartlitz, einen zerquetschten Finger, weil er die Hand zu spät wegzog.

Der Bataillonskommandeur, Hauptmann Barth, stand am Fenster der Schreibstubenbaracke und blickte auf dieses Schauspiel. Als die letzten über die Liegenden schritten und die flach dahingestreckten, von oben bis unten verdreckten Gestalten wieder sichtbar wurden, wandte er sich um.

»Ihre Kompanie, Obermeier?« fragte er den Oberleutnant, der hinter ihm stand.

Der Oberleutnant nickte. »Sie kommt vom Arbeitseinsatz zurück. Sandgruben. Kein Vergnügen, bei diesem Sauwetter!«

»Ein scharfer Hund, der Krüll«, sagte der Hauptmann und sah wieder hinaus. Und als der Oberleutnant hinter ihm nichts antwortete, fuhr er fort: »Genau der Richtige für uns.«

»Na, ich weiß nicht, Herr Hauptmann«, sagte der Oberleutnant.

Die Kompanie stand jetzt mitten auf dem Hof vor Oberfeldwebel Krüll. Peter Hefe machte seine Meldung, aber Krüll überhörte sie, gemütlich den hundertdreiundfünfzig Männern zunickend. Dann schob er den Daumen zwischen den dritten und vierten Knopf seiner Uniformbluse und begann eine seiner alltäglichen Begrüßungsreden, wo er von Picknick in freier Natur sprach, von Steinchen, die sie wahrscheinlich über die Warthe haben hüpfen lassen, da sie zu spät kamen, von diesem und jenem – und im Grunde unterschied sich seine Ansprache kaum von Tausenden anderer Ansprachen, die um diese Zeit auf den Kasernenhöfen fast ganz Europas gehalten wurden, von anderen Spießen an andere Soldaten, Rekruten und Altgediente. Der einzige Unterschied war der, daß es hier Männer eines Strafbataillons waren, die zuhörten – das heißt: die meisten hörten gar nicht zu.

Oberflächlich gesehen, war dieser Unterschied nicht so gewaltig. Ein Strafbataillon war zwar eine Einheit, die aus lauter Todeskandidaten bestand – genauer aus etwa fünfundneunzig bis achtundneunzig Prozent Todeskandidaten. Aber Todeskandidaten waren in dieser Zeit ja fast alle Uniformierten, auch wenn die Verlustquoten bei anderen Einheiten nicht so groß waren, obschon sie manchmal die der Strafbataillone fast erreichten. Der Unterschied bestand in den Uniformen, in der Verpflegung, vor allem aber in dem, was *vor* dem Tode kam: dem Unmaß von Erniedrigung, geistiger und körperlicher Vergewaltigung, Hoffnungslosigkeit und Verzweiflung.

Als Krüll mit seiner Ansprache fertig war, jagte er die ausgepumpten Männer zweimal bis an die hintere Mauer, ließ sie einmal hinlegen und befahl ihnen schließlich abzutreten. Die vier Neuen ließ er immer noch liegen.

»Jetzt prügeln sie sich um die Wasserhähne«, sagte der Oberleutnant.

»Wieso?« fragte Hauptmann Barth. »Draußen regnet's ja.«

»Ich habe einmal zugesehen. Zehn Stunden lang ohne Trinkwasser schuften und dann noch singen, na, ich danke!«

»Aber Obermeier!« sagte der Hauptmann spöttisch, steckte sich eine Zigarette an und legte das Etui offen auf den Tisch, damit sich der andere bedienen konnte. »Ich dachte, ich treffe hier einen fröhlichen Kasino-Kameraden, wie Sie es früher einmal waren – und dabei stehen Sie herum wie ein nasser Regenschirm. In Witebsk waren Sie anders.«

»Das ist es ja, Herr Hauptmann. Dort, an der Front, war ich am Platze – aber das hier? Ich bin ein Offizier und kein Gefängniswärter.« Er nahm sich eine Zigarette aus dem Etui und steckte sie sich mit leicht zitternden Fingern an. Der Hauptmann sah ihm dabei neugierig zu.

»Tun Ihnen die Kerle leid?«

»Ihnen nicht, Herr Hauptmann?«

»Wieso?« Der Hauptmann legte den Kopf auf die Seite. »Es ist keiner unter ihnen, der nicht rechtskräftig verurteilt wurde.«

Fritz Obermeier zerdrückte die kaum angerauchte Zigarette in dem großen Aschenbecher. »Sie haben meine Kompanie gesehen, Herr Hauptmann«, sagte er. »Hundertdreiundfünfzig hin- und hergejagte Leichen, die vom Oberfeldwebel Krüll schnell noch einmal fertiggemacht werden, weil sie sieben Minuten zu spät gekommen sind. Rechtskräftig verurteilt! Der kleine Schmächtige in der ersten Reihe zum Beispiel, Oberstleutnant Remberg, Ritterkreuzträger, stand als einer der ersten vor Moskau. Bei einer Lagebesprechung sagte er etwas, daß wir uns in den russischen Weiten totlaufen und ausbluten werden. Er sagte, daß wir aufhören müßten, solange es noch geht, weil es sonst eine Katastrophe gibt. Jetzt ist er hier. ›Ich kann da nicht mehr mitmachen, ich bin kein Schlächter‹ hatte er gesagt, und das Hauptquartier reagierte sauer. Jetzt schippt er Sand.«

»Er wollte ja – kein Schlächter sein, jetzt ist er – Sandschipper«, sagte der Hauptmann. »Besser Sandschipper als tot, oder?«

Doch der Oberleutnant beachtete seinen Vorgesetzten nicht. »Oder der Ausgemergelte mit der großen Glatze und Brille. Dort geht er über den Hof – sehen Sie?«

»Was ist mit dem?« fragte der Hauptmann.

»Professor Dr. Ewald Puttkamer. Major der Reserve. Er hatte gesagt, daß das braune Hemd die neue Kluft und Berufskleidung der Totengräber sei.«

»Nicht schlecht«, grinste der Hauptmann.

»Es gibt noch eine Menge solcher Menschen hier. Aber das wissen Sie ja selbst.«

»Aber auch Kriminelle, nicht?«

»Auch die.«

»Und was soll das alles?« fragte der Hauptmann.

»Ich glaube kaum, daß es die Aufgabe eines deutschen Offiziers ist, die Aufgaben eines Gefängnisaufsehers zu übernehmen.«

Hauptmann Barth lächelte. Er setzte sich in den einzigen Sessel und blies den Rauch seiner Zigarette gegen die niedrige Barackendecke. Vom Appellplatz her, durch das geschlossene Fenster hindurch, hörte man Krülls Geschrei; der Oberfeldwebel war auf dem Wege zur Essenausgabe.

»Scheußlich«, sagte Obermeier.

»Ach was!« sprach der Hauptmann gemütlich. »Der Krieg ist scheußlich. Und der Frieden ist noch scheußlicher, weil wir Soldaten dann überflüssig sind. Sie müssen gleichgültiger sein, mein Lieber, viel gleichgültiger. Dann haben

Sie vielleicht eine Chance zum Überleben. Dann kümmert Sie nicht mehr, ob ein Oberstleutnant und Ritterkreuzträger oder ein siebenkluger Professor und andere solche Helden von Krüllschnitt gegen die Mauer gejagt werden und – wie haben Sie das gesagt? – aussehen wie herumgetriebene Leichen. So war's doch?«

Der Oberleutnant nickte.

Hauptmann Barth erhob sich schwerfällig, gähnte, reckte seine breite, große Gestalt und drückte den verschobenen Ledergürtel gerade. Dann blickte er auf die kleine goldene Uhr an seinem Handgelenk und gähnte noch einmal, ohne die Hand vor den Mund zu nehmen. Ein weißes Leinenarmband hielt die Uhr fest, und man erzählte, daß Barth dieses Armband jeden Tag gegen ein neues, reinweißes und steif gestärktes auswechselte. Vielleicht stimmte es auch, obwohl dies irgendwie zu diesem großen, starken Mann nicht passen wollte – eher zu dem Kompanieführer der ersten Kompanie und Frauenliebling, Oberleutnant Wernher.

Als er wieder aufblickte, sah er Obermeier in strammer, dienstlicher Haltung vor sich stehen.

»Ich bitte Herrn Hauptmann, meine Versetzung zur Fronttruppe zu beantragen!«

»Ach nee …!« sagte der Hauptmann mokant. »Sieh mal an, ein Held! Hätten Sie noch eine Minute gewartet, dann hätten Sie sich dieses altgermanische Heldenepos ersparen können.« Er griff umständlich in die Tasche, zog einen schriftlichen Befehl heraus und legte ihn zu den Akten, die einen Teil des Schreibtisches bedeckten.

»Ihre Kompanie, die zweite vom Bataillon 999, rückt in den nächsten Tagen nach Rußland ab.«

»Rußland?«

»So ist es. In Abständen von zwei Tagen folgen die restlichen Kompanien. Ich komme mit der letzten, das ist mit der ersten des Bataillons, nach. Zufrieden?«

»Nein, Herr Hauptmann!«

»Noch immer nicht? Zum Donnerwetter, was wollen Sie noch?«

»Eine ordentliche Truppe. Was soll ich mit diesen Halbtoten in Rußland anfangen? Sollen wir mit Wracks Krieg führen und gewinnen?«

»Gewinnen? Obermeier, Sie dummer Junge!« Barth lächelte überdrüssig. »Na, so oder so: Wir bekommen eine wunderhübsche Aufgabe. Sie werden Ihren ganzen Heldenmut beweisen können. Eine Aufgabe mit Termin, bis da und da fertig sein – sonst Kriegsgericht. Nicht nur das langweilige, blödsinnige Schanzen, Minenaufräumen, Bombenentschärfen, Gräbenentwässern, Munitionsschleppen, Straßenbauen, Kadaverwegräumen ...«

»Und – was soll diese wunderhübsche Aufgabe sein?«

»Sie werden es rechtzeitig erfahren.« Barth trat ans Fenster und sah hinaus. Auf dem Appellplatz jagte Krüll einen Landser hin und her wie einen Hasen, der das Hakenschlagen üben soll.

»Und wer ist dieser da? Sie kennen doch die Lebensgeschichten Ihrer Leute.«

»Oberleutnant Stubnitz«, sagte Obermeier.

»*Schütze* Stubnitz«, verbesserte ihn der Hauptmann. »Was hat er angestellt?«

»In Dortmund ein Schnapsglas gegen das Führerbild geworfen und ›Prost, August!‹ gerufen.«

»Idiot!« sagte der Hauptmann.

»Er war betrunken«, sagte der Oberleutnant.

»Also ein betrunkener Idiot. Warum greifen Sie nicht ein? Warum jagen Sie Krüllschnitt nicht zum Teufel? Sie könnten gegen ihn einen Tatbericht wegen Mißhandlung der Truppe machen.«

»Und was würde dabei herauskommen? Eine kurze Verhandlung. Frage: Welche Truppe? Antwort: Strafbataillon 999. Was haben Sie gemacht, Oberfeldwebel? Ich habe einen aufsässigen Soldaten im erlaubten Rahmen auf seine unrichtige Handlung aufmerksam gemacht. Gut so, Oberfeldwebel, machen Sie weiter! Der Blamierte wäre ich.«

»Stimmt, Sie Schwärmer«, sagte der Hauptmann. »Sie sind gar nicht so dumm. Na, jetzt wird's ja besser, wenn wir nach Rußland kommen. Bald werden Sie von all Ihren Sorgen und tiefsinnigen Gedanken befreit sein.«

»Wieso?«

»Weil Sie …«, sprach der Hauptmann langsam und betonte jedes Wort, als müßte er es an die Wand nageln, »… weil Sie dort nach einigen Wochen keine Kompanie mehr haben werden.«

Schweigen. Und dann, als wollte der Hauptmann den Eindruck seiner Worte besänftigen und die Schatten einer blutigen, gespenstischen Zukunft verjagen, die sich im Zimmer auszubreiten begannen: »Die vier Leute, die dort im Dreck liegen, gehören Ihnen. Das ist Ihr Ersatz. Interessante Leutchen – genau das richtige für Ihre Sammlung. Der erste heißt« – Barth ging zum Schreibtisch und klappte einen Aktendeckel auf, den er mitgebracht hatte – »Gottfried von Bartlitz, ehemals Oberst und Eichenlaubträger, Divisionskommandeur, nun Schütze. Nach Stalingrad hatte er den Mund zu voll genommen, aber das Rückgrat hat ihm die Sache mit dem Rückzugsbefehl gebrochen – auch er wollte angeblich kein Schlächter sein. Der zweite heißt Erich Wiedeck. Ehemals Obergefreiter, ein Bauer aus Pommern, hat seinen Urlaub verlängert, weil er die Ernte einbringen wollte. Behauptet er. Dritter Karl Schwanecke, ehemals Werftarbeiter, aber nur ab und zu. Sonst hauptberuflich Gewohnheitsverbrecher und sozusagen ein Untermensch. Und der vierte, Dr. Ernst Deutschmann – ein bezeichnender Name, was? –, Selbstverstümmelung. Sehr raffiniert ausgeklügelt, ging aber trotzdem schief. Das wär's. Was haben Sie, Obermeier?«

»Wie – wie heißt der erste?« fragte der Oberleutnant stockend.

»Wieso – kennen Sie ihn?«

»Wie heißt er?«

»Gottfried von Bartlitz. Kennen Sie ihn?«

Der Oberleutnant nickte. »Er war früher einmal mein Bataillonskommandeur«, sagte er schwer.

»Ach – nee! Ist ja interessant.« Der Hauptmann ging wieder zum Fenster und sah hinaus, als hätte er noch nicht genug von dem Anblick des umherstolzierenden und brüllenden Krüll. »Sehen Sie, so ist das«, sprach er halblaut, ohne den Oberleutnant anzusehen, »gestern hoch oben, heute unten und morgen ganz tief unten. Ich meine – unter der Erde. Bleiben Sie oben, Obermeier, das ist wichtig. Das ist das wichtigste: immer oben bleiben, versuchen Sie, höher zu klettern, aber nicht zu hoch. Und vergessen Sie, was diese Leute früher einmal waren. Vergessen Sie es, sonst kann Ihnen einmal das gleiche passieren. Diese Menschen haben keine Vergangenheit mehr. Sie sind Schützen in einem Strafbataillon. Schützen ohne Gewehre. Die Ehre, Waffen zu tragen, haben sie sich verscherzt. Es bleibt ihnen nur noch die Ehre, sterben zu dürfen. Schützen im Strafbataillon 999«, sagte er langsam, als müßte er jeden Buchstaben einzeln auskosten. Mit einer schnellen, abrupten Bewegung steckte er die Hände in die Hosentaschen und zog die Schultern hoch. »Überleben«, sagte er, »oben bleiben, kein Idiot sein. Haben Sie etwas zu trinken?«

»Hennessy?« fragte der Oberleutnant.

»Her damit!« sagte der Hauptmann.

Die Hoffnung ist ein Stehaufmännchen. Auch in der dunkelsten Verzweiflung finden wir plötzlich ein Körnchen Hoffnung, verborgen zuerst, doch dann wachsend und größer werdend, einem sich ausbreitenden, immer helleren Sonnenstrahl ähnlich. Es stimmt wohl: Oft ist es eine falsche Hoffnung, trügerisch und unwirklich, an die wir uns klammern; sie ist erwachsen aus unseren brennenden Wünschen und Vorstellungen, die nichts mit der Wirklichkeit zu tun haben. Aber darauf kommt es nicht an: Wir werden stärker durch sie, sie hilft uns, uns selber und unsere Resignation zu überwinden, und läßt uns schließlich, zerstört und unerfüllt, einen Ausweg erkennen oder erahnen – das Körnchen einer neuen Hoffnung.

So erging es auch Julia Deutschmann.

Der Hoffnungsstrahl, den sie nach der demütigenden, vergeblichen Unterredung mit General von Frankenstein zu sehen glaubte, hieß Dr. Albert Kukill.

Seltsam genug: Dr. Kukill war der Sachverständige im Prozeß gegen Ernst. Der Mann mit einem eiskalten Intellekt, dessen Urteile messerscharf und endgültig waren und in allen Prozessen als unfehlbar galten. Wäre Dr. Kukill nicht gewesen, wäre Ernst kaum verurteilt worden. Der General hatte gesagt: »Ich selbst bin in diesen Sachen ein Laie und stütze mich auf korrekte, wissenschaftliche Analysen bekannter Sachverständiger.« Also gab es keinen anderen Weg, als diese Sachverständigen zu überzeugen, daß sie unrecht hatten, dachte Julia. Genaugenommen – einen Sachverständigen: Dr. Kukill.

Wenn Dr. Kukill zugab, daß er sich geirrt hatte, dann gab es doch noch eine Revision des Urteils, dann gab es kein Strafbataillon 999 mehr für Ernst.

Sie wußte, daß ihre Aufgabe nicht leicht war. Sie war selbst Ärztin und kannte viele Kollegen – aber verschwindend wenige waren darunter, die bereit gewesen wären, einen Fehler zuzugeben. Dr. Kukill schien nicht einer von ihnen zu sein. Aber vielleicht, wenn sie es richtig machte, wenn sie die richtigen Worte wählte, wenn sie klug vorging – ja, es war die einzige Möglichkeit, die übrigblieb, wollte sie Ernst helfen.

So kam es, daß sie gegen Abend des gleichen Tages, als sie mit General von Frankenstein gesprochen hatte, vor Dr. Kukills Villa in Berlin-Dahlem stand und ihren ganzen Mut zusammennahm, bevor sie auf die Klingel drückte. Vorher anmelden wollte sie sich nicht; das Dienstmädchen oder die Sekretärin würden mit Sicherheit gesagt haben, Dr. Kukill sei verreist oder sonstwas, wenn sie ihren Namen gehört hätten. Sie mußte unverhofft kommen, plötzlich vor ihm stehen, das Gespräch mit ihm erzwingen, ihm keine Frist geben, seinem schlechten Gewissen zu entfliehen.

Nun stand sie vor ihm.

Er trug einen eleganten Zweireiher, sein graues Haar war glatt zurückgekämmt, sein schmales Gesicht zeigte eine entfernte Ähnlichkeit mit einem spähenden Raubvogel. Und seine Augen paßten dazu: Sie waren grau, hart, überlegen.

Er ließ sich seine Überraschung nicht anmerken, als er Julia sah; und wenn er sich ihr gegenüber – oder besser: Ernst, ihrem Mann, gegenüber schuldig fühlte, dann verstand er es zu verbergen. Aber selbst dann: Sah ein Mann so ruhig und überlegen aus, der sich schuldig fühlte?

Julia wurde unsicher.

Er reichte ihr die Hand wie einer guten alten Bekannten. Dabei lächelte er, sein Gesicht verlor mit einem Schlag die Härte und die unnahbare Strenge, und als er sprach, brach aus ihm seine charmante Wiener Art hervor, der betörende Tonfall einer Stimme, die er zu gebrauchen verstand wie ein Instrument: Sie konnte brüllen, eisig dozieren und bezaubernd plaudern.

»Sie wissen, warum ich gekommen bin?« fragte Julia, dankbar für das Dämmerlicht im Vorraum, das ihre zitternden Hände und ihr heißes Gesicht verbergen half. Sie zwang sich zur Ruhe, doch ihre Stimme bebte.

»Ich kann es mir denken, gnädige Frau, oder besser: Kollegin. Wir sind doch Kollegen? Aber kommen Sie, warum stehen wir hier herum? Was es auch ist, was Sie mit mir zu besprechen haben, wir können es uns bequemer machen.« Er öffnete eine dunkle Eichentür und führte sie in den mit zierlichen Möbeln ausgestatteten Salon, der zum Garten hin lag.

Ein großes Glasfenster, beinahe eine Glaswand, ließ den Blick frei in den großen, baumbestandenen, parkähnlichen Garten, der jetzt in die erste Abenddämmerung eingehüllt war. Zwischen Rhododendron und Fliederbüschen lag halb versteckt ein Schwimmbecken.

Dr. Kukill drehte das Licht an und zog die schweren Vorhänge zu. Dann deutete er lächelnd auf einen großen, zitronengelben Sessel: »Bitte, nehmen Sie doch Platz.«

Julia setzte sich. Wie brachte es der Mann nur fertig, unausgesetzt zu lächeln und so ruhig zu erscheinen – obwohl er doch wissen mußte, was sie von ihm wollte?

»Ich möchte mit Ihnen über alles noch einmal sprechen«,

begann Julia. Jetzt brauchte sie sich nicht mehr zur Ruhe zu zwingen, sie war ruhig. Der Mann, der aus der Wand einen Bartisch herausklappte, war ihr Gegner. Ein Gegner, den man nur mit kühl rechnendem Verstand besiegen oder in die Enge treiben konnte.

»Ich kann mir nicht vorstellen, welchen Sinn es hätte«, sagte er und drehte sich hin zu ihr. »Aber sagen Sie zuerst – was wollen Sie trinken, einen Kognak? Armagnac 1913? Ich habe ihn für die liebsten Gäste.« Er brachte es tatsächlich fertig, dies ohne eine Spur von Ironie in der Stimme zu sagen.

»Bitte«, sagte Julia.

Dr. Kukill zündete eine Kerze an, wärmte zwei Schwenkgläser über der kleinen flackernden Flamme an und schenkte dann die goldbraune Flüssigkeit ein – etwa fingerbreit voll in jedes Glas. »Es gibt Menschen«, plauderte er währenddessen, »die mir dies alles übelnehmen, das Haus hier oder den Kognak aus dem Jahre 1913, wenn Sie wollen. Es sei keine Zeit dafür, meinen sie. Welche Zeit soll dann dafür sein? Laut Versicherungstabellen beträgt die Lebenserwartung des heutigen Europäers etwa 66 Jahre. Durch den Krieg wird sie einen beachtlichen Fall nach unten machen. Morgen kann es soweit sein – aus für immer. Soll man da das Leben nicht zu würzen versuchen, was meinen Sie?«

»Daran habe ich noch nicht gedacht«, sagte Julia.

»Aber nicht doch! Nicht so bitter!« lächelte er, setzte sich, hob das Glas, betrachtete es prüfend gegen das Licht und sah dann Julia an: »Kommen Sie, trinken wir – auf Ihr Wohl!«

»Ich weiß nicht, was Sie für ein Mensch sind«, begann Julia dann, »vielleicht sehen Sie wirklich nur das hier« – mit der Hand machte sie eine kleine Gebärde, die Kukills Salon, sein Haus, den Garten, den Kognak auf dem Tischchen und seine Worte umfaßte – »vielleicht kümmern Sie sich wirklich nicht darum, was um Sie vorgeht.«

»Kaum«, lächelte Dr. Kukill.

»Aber das andere gibt es auch«, sprach sie weiter, ohne

ihn zu beachten. »Gestern gab es einen Luftangriff und viele Tote, und heute wird es wahrscheinlich wieder einen Angriff geben und vielleicht noch mehr Tote, und es gibt Rußland und Italien und immer wieder den Tod, aber auch kleine, scheinbar kleine Sachen, die anderen Menschen das Leben bedeuten – oder das, wofür sie leben.«

»Ihren Mann, das meinen Sie doch?« sagte Dr. Kukill trocken.

»Ja«, antwortete Julia und sah ihn voll an. »Das ist meine Welt. Verstehen Sie mich doch – ich – ich weiß nicht, wohin ich sonst gehen sollte als zu Ihnen. Es war alles eine Verkettung tragischer Umstände.«

»So würde es ein Jurist nennen. Wir wollen einfacher sprechen: Es war ein Irrtum, das wollten Sie doch sagen?«

»Und Sie? Was sagen Sie?«

Dr. Kukill schob die Unterlippe vor und betrachtete sinnend seine schmalen, weißen Hände: »Und wenn es wirklich ein Irrtum gewesen wäre …?«

Julia sprang auf: »Und das – das sagen Sie? Ihr Gutachten hat Ernst den Hals gebrochen, Ihretwegen wurde er verurteilt! Und nun – nun sitzen Sie seelenruhig hier und sagen: Und wenn es wirklich ein Irrtum gewesen wäre?«

»Bitte, beruhigen Sie sich doch! Setzen Sie sich! Mein Gutachten war rein wissenschaftlicher Art. Es war fundiert, es war gerecht, es war nach dem Stand der heutigen Wissenschaft gehalten. Als Sachverständiger vor Gericht können Sie nicht mit Möglichkeiten operieren, mit Annahmen, mit Hypothesen.«

»Wir haben doch gute Ergebnisse erzielt …«

Dr. Kukill hob die Hand leicht an. »Wie viele Versuchsreihen haben Sie durchgeführt?«

»Etwa dreißig.«

»Und dabei wollen Sie von guten Ergebnissen sprechen? Sie als Ärztin? Aber lassen wir das. Wie sieht – oder wie sah die Sache aus?« Er legte die Finger gegeneinander und betrachtete Julia sinnend. Er war nur halb bei diesem Gespräch, das sinnlos war, nutzlos, ermüdend: Ernst Deutschmann war nicht zu helfen. Und einen Augenblick lang dachte er überdrüssig daran, daß er nur seine Zeit vergeude. Aber – sie war hübsch, elegant, gepflegt und mutig. Nein, mehr: Sie war schön. Von ihr ging ein eigentümlicher Zauber aus, wie man ihn bei einer schönen Frau nur selten findet, eine Mischung aus Klugheit, Zielstrebigkeit, reinem Willen und Hilflosigkeit. Was wünscht sich ein Mann mehr? dachte er, ein wenig neidisch auf Ernst Deutschmann. Was wird aus ihr, wenn er im Strafbataillon umkommt? Und während er nach Worten suchte, um sie von der Aussichtslosigkeit ihrer Bemühungen zu überzeugen, dachte er, daß sie eine hübsche, schöne Witwe werden würde – aber bestimmt keine lustige. Das heißt: Sie war schon so gut wie eine Witwe.

»Sehen Sie«, begann er, »betrachten Sie die Sache von unserem Standpunkt. An dem Tage, nachdem Ihr Mann den Einberufungsbescheid bekommen hatte, erkrankte er. Einige Zeit später stellt sich heraus, daß er sich den Eiter eines schwer infizierten Menschen besorgt hat, der todkrank war, und sich damit heimlich infizierte – um angeblich im Selbstversuch die Wirkung eines von ihm gefundenen Gegengiftes genau zu erproben. Eine Infektion mit Staphylokokkus aureus dieser Art zieht eine jahrelange Rekonvaleszenz nach sich, jahrelange Untauglichkeit für den Wehrdienst.« Die letzten Worte sprach er langsam und betont aus. Als Julia nicht antwortete, fuhr er fort:

»Das hat er gewußt. Aber das wissen auch wir: Wegen solcher Infektionen, die meist tödlich verlaufen, haben wir in diesem Krieg Zehntausende verloren. Nun will ich ihm allerdings keine Selbstmordgedanken unterschieben. Es ist durchaus möglich, daß er *glaubte,* ein – sagen wir Serum gefunden zu haben. Und daß er sich, wie alle ihm ähnlichen – soll ich sagen wissenschaftlichen Fanatiker oder Helden? – infizierte, um seine Entdeckung zu erproben. Das ist es, warum ich meinte, seine Verurteilung *könnte* ein Irrtum sein: Ein Irrtum, also nicht eine Selbstverstümmelung, um dem Wehrdienst zu entgehen, sondern eben ein bedauerlicher Mißgriff. Allerdings kann ein Militärgericht diese Möglichkeit nicht in Erwägung ziehen. Die Tatsache bleibt, daß er sich selbst verstümmelte. Das allein ist entscheidend.«

»Aber – ich bin überzeugt, ich war die ganze Zeit dabei, ich weiß, daß er auf dem richtigen Wege war. Wir hatten nur so wenig Zeit, es mußte so schnell gehen …«

»*Ich* schließe auch diese Möglichkeit ein. Aber ein Richter kann es nicht tun. Ich habe Ihnen bereits gesagt: Es gibt kein wirklich wirksames Mittel gegen Infektionen dieser Art. Und ich bezweifle, daß Ihr Mann bei all seinem Talent so genial ist, daß er allein und ohne Hilfe das gefunden hätte, was eine ganze Welt von Forschern seit Jahren umsonst sucht. Das war es, was ich vor dem Gericht ausgesagt habe. Es war und ist meine ureigenste Überzeugung. Welches Interesse sollte ich denn daran haben, Ihren Mann – übrigens, haben Sie es schon mit einer Revision versucht?«

»Ja«, sagte Julia.

»Und?«

»Man sagte mir – es war ein SS-Mann –, man sagte mir …«, sprach sie stockend, als fürchtete sie sich vor dem, was sie sagen mußte, oder vor der Erinnerung an den Mann, der es ihr gesagt hatte, »… sollte der Fall Deutschmann in eine Revision gehen, dann stünde am Ende eines neuen Prozesses das Fallbeil.«

Schweigen.

Dr. Kukill zündete sich eine Zigarette an. »Wieso ein SS-Mann?« fragte er dann.

Julia zuckte mit den Schultern.

»Und – was wollen Sie jetzt tun?«

Sie sah ihn an. Ihre Augen waren groß, schwarz, fiebrig. »Kann man nichts tun?« fragte sie leise, mit zitternder Stimme. Sie stand auf, ging um den Tisch, klammerte sich an seinem Oberarm fest, während er hilflos sitzen blieb, erschrocken und wider seinen Willen von ihrem Leid und ihrer Verzweiflung mitgerissen. »Sie können etwas tun – Sie können es sicher – bitte – es hängt nur von Ihnen ab, ich weiß es – zu wem soll ich sonst gehen? – Sie können sagen, daß es ein Irrtum war, er wird dann zurückkommen – bitte, bitte, tun Sie etwas …«

Er versuchte, sie zu beruhigen, aber er sah, daß sie ihn nicht hören wollte, daß sie nicht glauben wollte, Ernst sei verloren, daß man nichts mehr für ihn tun konnte – nicht, nachdem sich die Schranke des Strafbataillons hinter ihm geschlossen hatte. Sie standen sich gegenüber, und als er ihr gesagt hatte, daß er für ihren Mann nichts tun konnte, sah er sie schweigend an und dachte wieder, daß sie von jener fraulichen Schönheit war, die man nicht genießt, sondern verehrt und anbetet, einer Schönheit, der Leid und Verzweiflung nichts anhaben, sondern sie nur vertiefen konnten – und ein kleiner, scharfer Gedanke schoß ihm durch den Kopf: Er wird nicht wieder zurückkommen. Dann ...

»Doch«, sagte sie nach einer Weile und sah ihn weiter an, sah durch ihn hindurch, nicht mehr hier in diesem Zimmer mit dem Mann, der sich gespannt und plötzlich seltsam erregt vorbeugte und sie anstarrte. »Doch«, wiederholte sie, »es gibt eine Möglichkeit. Ich war bei all seinen Versuchen dabei. Ich habe alle seine Aufzeichnungen. Ich werde weitermachen. Ich werde seine Versuche wiederholen. Und wenn es sein muß, auch den Selbstversuch. Ich werde ...«

»Um Gottes willen!« rief Dr. Kukill aus.

»... ich werde beweisen, daß er recht gehabt hatte. Und dann wird man ihn herausholen und ihn weiterarbeiten lassen. Dann ...«

»Das wäre – um Gottes willen, es könnte Ihr Tod sein!« Dr. Kukill sah die Frau vor ihm erschrocken an.

»Bitte, lassen Sie mich jetzt gehen«, sagte Julia.

An diesem Abend, als Julia Deutschmann wie gejagt in ihre Wohnung zurückhastete, den Mantel achtlos über einen Sessel warf, in das rückwärts gelegene Laboratorium ihres Mannes lief, einen weißen Kittel überwarf und die durcheinandergeworfenen Aufzeichnungen zu ordnen begann, geschah im Lager ›Friedrichslust‹ bei Posen, dem Stammsitz des Strafbataillons 999, folgendes:

Oberleutnant Wernher, Kompaniechef der 1. Kompanie, ritt über den Kasernenhof: eine einsame, stumme, dunkle Reitergestalt mit lose umgeworfenem Regenumhang. Die Pferdehufe knirschten auf dem Kies. Er war auf dem Weg zu einer deutsch-polnischen Gutsbesitzerin, die trotz ihrer Jugend bereits Witwe war; ihr Mann war im Polenfeldzug gefallen.

Hauptmann Barth, Bataillonskommandeur, saß in seinem Zimmer unter einer Stehlampe und las ›Tom Sawyers Abenteuer‹. Seine Füße in Socken baumelten über die Sessellehne, manchmal lächelte er. Dann wurde sein Gesicht fast jungenhaft, frei und gelöst.

Oberfeldwebel Krüll stapfte mit dem Stahlhelm auf dem Kopf über den Kasernenhof. Manchmal übersprang er eine Pfütze, einmal blieb er stehen und sah gegen den Himmel. Wahrscheinlich war er auf dem Wege in die Mannschaftsunterkünfte, um seinen allabendlichen Budenzauber zu veranstalten.

Oberleutnant Obermeier folgte ihm eine Weile mit dem Blick. Dann drehte er sich um, zog das Verdunkelungsrollo vor das Fenster, tastete sich durchs Zimmer, knipste Licht an und schloß einen Augenblick geblendet die Augen. Er goß sich ein halbes Glas voll Hennessy ein und trank den scharfen Kognak in einem Zug herunter. Er hatte beschlossen, sich heute abend zu betrinken.

In den Unterkünften erwartete man die Ankunft des UvD, sich besorgt fragend, welche Stube heute an der Reihe war, Krülls Bedürfnis nach Abwechslung zu befriedigen.

Dies war, wie kaum anders zu erwarten, die Unterkunft, in die die vier Neuankömmlinge eingeteilt waren.

Krüll fand zuerst auf dem Boden unter dem letzten Bett einen Kieselstein, vielmehr ein etwas größeres Sandkorn. Er hob es auf, zwischen dem Daumen und Zeigefinger haltend, mit weitgespreizten restlichen Fingern, und ließ es wieder wortlos auf den Boden fallen.

Er sagte nichts.

Dann stellte er schweigend einen Schemel vor einen

Spind und fuhr mit dem Zeigefinger oben hin und her, doch er fand keinen Staub. Aber er fand ihn auf einem Dekkenbalken und auf einem Fensterrahmen und schmierte ihn dem strammstehenden Stubendienst – dies war der frühere Oberleutnant Stubnitz, den er heute schon einmal über den Hof gejagt hatte – über die Wangen, über die Stirn, über die Nase, kreuz und quer, in schönen, gleichmäßigen Karos.

Dabei sagte er immer noch nichts.

In der Stube herrschte lähmendes, schweres Schweigen, nur Krülls Schritte über den knarrenden Boden und hin und wieder sein verächtliches Schnauben durch die Nase waren zu hören. Niemand rührte sich: Zweiundzwanzig Männer lagen lang ausgestreckt auf dem Rücken, mit den feuchtriechenden Decken bis zum Kinn zugedeckt, die Arme an den Körper gedrückt, Knie und Füße zusammengepreßt – gewissermaßen ›stillgestanden‹ im Liegen – und warteten auf das Unausweichliche. Aus der Ecke kam das schwere, rasselnde Atmen des Schützen Reiner, gewesenen Dr. Friedrich Reiner, Rechtsanwalt in München, seit 1939 Insasse des Konzentrationslagers Dachau, seit Frühjahr 1943 zum Strafbataillon 999 begnadigt: Er litt an Asthma.

Als Krüll meinte, Schütze Stubnitz sähe kariert genug aus, begann er mit der Spindkontrolle. Aus dem ersten warf er nur das Waschzeug auf den Boden, den zweiten leerte er ganz aus, den dritten und vierten ließ er stehen, aus dem fünften warf er die Wäsche, den sechsten räumte er ganz aus.

Dabei sagte er immer noch nichts.

Der siebente Spind gehörte Karl Schwanecke.

Als Krüll ihn öffnete, prallte er zurück: Der Spind war tatsächlich eine Katastrophe. Das einzige, was ordnungsgemäß, das heißt in militärischer Ordnung, angebracht war, waren Bilder nackter Mädchen auf der Innenseite der Tür.

Krüll unterdrückte seine Neugierde, beschloß gleichzeitig, sich die Bilder einmal in Ruhe anzusehen, und jagte die Männer aus den Betten. An sich hatte er vorgehabt, vor der Gymnastik auf dem nachtdunklen Kasernenhof noch die

Füße der Liegenden anzusehen. Er verzichtete darauf und ließ dafür alle zweiundzwanzig an Schwaneckes Spind im Paradeschritt vorbeimarschieren und ›die Augen links‹ machen.

Dann jagte er sie auf den Hof.

Es dauerte etwa eine halbe Stunde: Komisch anzusehende, in ihrer unfreiwilligen Komik tragische Männergestalten in kurzen Nachthemden, mit klappernden Holzpantinen an den Füßen, jagten aufgescheuchten, weißen Nachtvögeln gleich über den Kasernenhof, übten Entengang, Hasensprünge, Froschhüpfen.

Als es zu Ende war, waren drei Männer dem Herzzusammenbruch nahe: der asthmatische ehemalige Rechtsanwalt, Deutschmann und von Bartlitz; andere waren nur noch halb ohnmächtige, wankende, leichenblasse, schwitzende, mit Dreck bespritzte Gespenster. Alle, außer Schwanecke: Schwanecke machte es anscheinend nichts aus. Er grinste und verfluchte grinsend den Oberfeldwebel und mußte deshalb einige Extrarunden drehen. Aber das Grinsen verging ihm nicht. Es verging ihm nie, auch später nicht.

Dann kam noch eine gute Stunde Waschen und Stubenreinigen, und so war es elf vorbei, als sie endlich in den Betten lagen, mit einiger Aussicht, die Nacht ungestört durchzuschlafen.

Ernst Deutschmann lag lang ausgestreckt auf dem Rücken und zwang sich, ruhig, tief und gleichmäßig zu atmen. Sein Herz raste. Langsam wurde es besser, das Schwindelgefühl verflog, zurück blieb nur eine schwere, lähmende Schwäche, die seinen Körper zu einem reglosen Bleiklumpen machte.

Im Bett daneben lag der Bauer Wiedeck, der Mann, den er im Militärgefängnis in Frankfurt an der Oder kennengelernt hatte. Er war sein Zellengenosse gewesen, schweigsam, mürrisch, verschlossen. Sie hatten kaum ein Wort gewechselt, obwohl sie stets zusammen waren: in der Zelle, auf dem täglichen Spaziergang im Gefängnishof und in der Werkstatt, wo sie die Sohlen der Militärstiefel mit Nägeln beschlugen. Freunde waren sie erst geworden, als ein Feldwebel, dem Deutschmanns Gesicht nicht paßte, in der Mittagspause einige Kisten voller Nägel umwarf und Deutschmann befahl, sie wieder einzusammeln. Wiedeck hatte ihm dabei geholfen, wortlos, verbissen, finster.

»Wie geht's?« hörte er jetzt Wiedeck flüstern.

»Besser«, flüsterte er zurück.

Schweigen.

»Verfluchte Schweine!« flüsterte Wiedeck nach einer Weile.

»Mach dir nichts draus«, sagte Deutschmann.

Und wieder Stille. Und dann:

»Woran denkst du?«

»An Julia«, sagte Deutschmann.

»Ich auch. An Erna. Hast du Kinder?«

»Nein.«

»Ich habe zwei. Nein, jetzt sind's drei.«

»Maul halten!« kam von irgendwoher eine Stimme.

Und dann begann Erich Wiedeck zu erzählen. Leise, flüsternd, mit langen, schweigenden Pausen, ungelenk, nach Worten suchend. Und trotzdem wuchs vor den Augen des still liegenden, lauschenden Deutschmann eine Welt empor, die ihm bisher fremd geblieben war. Er hörte das schwere Atmen des Asthmatikers und das Schnarchen Schwaneckes nicht mehr. Die dumpfriechende, von undurchdringlicher, säuerlicher Finsternis erfüllte Stube versank und wurde weit, weit wie die Felder von Pommern.

So kam der ehemalige Obergefreite Erich Wiedeck, dekoriert mit dem EK I., Silberner Nahkampfspange, Silbernem Verwundetenabzeichen, zwei Panzer-Abschußstreifen, kurz vor seiner Beförderung zum Unteroffizier, in das Strafbataillon 999:

Der Wind stand leicht über den Feldern von Melchow.

Es war gegen Mittag. Über die Feldwege ratterten einige Trecker. Kahlgeschorene Männer in alten, zerrissenen Lumpen saßen auf den hüpfenden Sitzen, einige Frauen und Mädchen in bunten Kopftüchern folgten den Spuren der großen Räder. Russische Landarbeiter, Bauern aus der

Ukraine, aus dem Kaukasus, aus Weißrußland, aus den Feldern um Minsk und den Sonnenblumenäckern der Steppe von Saporoshje, eingefangen wie Wild, nachts aus den Betten geholt, in Viehwagen gepfercht und nach Deutschland gebracht, um die Ernte zu retten, die den Sieg bedeuten sollte.

Wiedeck ließ die Ähren seines Roggens durch die Finger gleiten. Sie waren dick, prall gefüllt mit Körnern, schnittreif wie noch nie ein Korn in den letzten Jahren. Die Felder standen voll davon: achtzig Morgen unter dem Pflug. Roggen, Weizen, Hafer, Kartoffeln, Gerste, Zuckerrüben.

Er sah hinüber zu den Treckern und den Russen, die lachend ins Dorf zogen. Samstag. Feierabend. Das Wetter war gut. Die Sonne stand und würde in den nächsten Tagen nicht weggehen.

Sie schaffen es nicht, dachte er. Sie können es nicht schaffen. Die paar Russen, die Frauen, ein paar Trecker – die Ernte verkommt auf den Feldern, wenn sie nicht gleich geschnitten wird. Und dann dachte er daran, daß Erna, seine Frau, schwanger war, daß in knapp drei Wochen das Kind kommen mußte, daß sie einen schweren Leib hatte, sich kaum bücken konnte und unter der Sonne und der schweren Arbeit litt.

Er sah über seine Felder, über das Meer der wogenden Ähren, und er rechnete im Geist die Stunden und Tage aus, die man brauchte, um es zu schneiden und vor Beginn des Regens einzufahren.

Als er am frühen Nachmittag wieder nach Hause kam, stand Erna in der Tür und sah ihm entgegen.

»Wo bleibst du nur?« fragte sie besorgt. »Dein Zug fährt in zwei Stunden.«

»Ich habe mich umgesehen«, sagte er knapp. Er sah sie an: Ihr Leib war schwer.

»Das Korn steht gut«, sagte sie, während sie die Schürze abband. »Komm, iß noch etwas. Einen Kuchen habe ich auch gebacken, zum Mitnehmen.«

»Wer wird es schneiden?«

»Was?«

»Das Korn.«

»Ich …«

»Du?«

»Natürlich. Und drei Russen. Wenn sie bei Pilchows fertig sind, kommen sie zu uns. Sie bringen den großen Binder mit.«

»Es wird zu spät sein.« Er sah gegen den Himmel. Die Sonne schien noch acht Tage! Wenn es regnen würde, verfaulte das Korn auf dem Feld.

»Komm …!« Erna zog ihren Mann ins Haus. »Es geht eben nicht anders. Was wir einfahren können, tun wir. Das andere …«, sie schüttelte den Kopf. »Einmal ist dieser Krieg auch vorbei, und dann wirst du wieder besser sorgen können.«

»Es ist eine Schande, daß es verfault«, sagte er starrköpfig. Er setzte sich in der Wohnküche an das Fenster und sah hinaus. Dann drehte er sich herum zu Erna, die am Herd stand und Kaffee aufgoß. Bohnenkaffee, abgespart von den seltenen Sonderrationen der Lebensmittelkarten für den Tag, an dem Erich auf Urlaub kam. Die ganze Küche duftete danach. Und auf dem Tisch stand ein dicker Rosinenkuchen. Sogar eine weiße Manschette hatte sie herumgebunden, so, als sei heute sein Geburtstag oder sonst ein Feiertag. Ein Feldblumenstrauß stand daneben – Blumen von seinen Wiesen.

Er wandte sich ab und starrte wieder hinaus auf das Land.

»Ich bleibe«, sagte er knurrend.

»Was?« Erna sah ihn verständnislos an. Sie stellte die Kaffeekanne auf den Tisch und setzte sich. »Was hast du gesagt?«

»Ich fahre nicht.«

»So blieb ich«, erzählte Erich Wiedeck dem Freund, der Dunkelheit und sich selber, und vielleicht erzählte er es nur, weil es finster war und niemand seine feuchten Augen sehen konnte. »Ich habe ihr gesagt, daß mein Antrag auf Verlängerung des Urlaubs durchgekommen ist und daß ich so lange bleiben darf, bis ich die Ernte einbringe. Aber ...«, sagte er, »... ich bin nicht nur deswegen geblieben, verstehst du? Der Arzt hatte gesagt, sie muß sich vor der Geburt schonen, aber wie sollte sie sich schonen, wenn ich weg war und wenn sie alles allein machen mußte? Und dann, wenn sie's nicht machen könnte, was sollten sie essen? Was wäre bei diesen Abgaben von der Ernte für sie übriggeblieben? Die Felder haben getragen wie noch nie – und sie hätten hungern müssen. Verstehst du, warum ich nicht weggehen konnte?«

»Ja«, sagte Deutschmann.

»So blieb ich und brachte die Ernte ein. Ich habe geschuftet wie ein Tier. Ich habe fast nicht geschlafen, von frühmorgens bis in die Nacht war ich auf den Feldern, und dann mußte ich auch noch die Hausarbeit machen. Aber ...«, und jetzt schwang in seiner flüsternden Stimme Triumph mit, »... aber ich habe die Ernte eingebracht. Alles. Immer habe ich gewartet, daß die Kettenhunde kommen und mich holen. Sie sind nicht gekommen. Es tut mir nur leid ...« Er unterbrach sich.

»Was?« fragte Deutschmann.

»Es tut mir nur leid, daß ich nicht noch länger geblieben bin. Bis Erna ihr Kind bekam. Vielleicht ist es ein Sohn. Was meinst du, ob es ein Sohn ist?«

»Sicher«, sagte Deutschmann.

»Ich hätte vielleicht doch noch so lange bleiben können. Aber mit der Zeit, später, als ich die Ernte eingebracht hatte, habe ich es doch mit der Angst zu tun bekommen. So fuhr ich ab. Meine zwei Mädchen brachten mich zum Bahnhof, Erna konnte nicht mit. Die ältere Tochter ist fünf Jahre und heißt Dorthe, und die zweite ist drei Jahre und heißt Elke. Ich fuhr ab und sagte ihnen: Seid immer lieb zur Mutti, weil sie Schweres erleben würde, sie dürften nicht böse sein, und sie versprachen es mir, und ich glaube es ihnen, sie sind brave Kinder, ich glaube es ihnen – wenn ich nur wüßte, ob Erna ... glaubst du, daß alles gutgegangen ist?« fragte er mit zitternder Stimme, lauter, drängend, als könnte ihm Deutschmann als Arzt eine erlösende Antwort geben, die ihn von all den peinigenden Fragen befreien und ihm die Gewißheit geben würde, daß sein Opfer nicht umsonst war.

»Sicher«, sagte Deutschmann, »ganz sicher!«

»Ich hätte noch ein paar Tage bleiben sollen«, sagte Wiedeck müde. »Dann würde ich's ganz genau wissen. So aber ...«

So aber ... dachte Deutschmann. Immer wieder bleibt: So aber – Hätte ich das getan oder hätte ich's nicht getan, wäre alles anders gekommen, so aber ...

Jetzt weiß ich's: Es ist ein Wunder, daß ich überhaupt noch lebe. Das Serum in seiner jetzigen Form ist wirkungslos. Ich habe einen Fehler gemacht. Ich hätte nicht so hastig vorgehen sollen. Ich hätte alles besser durchrechnen und durchdenken sollen. Dann wäre es nicht so weit gekommen. So aber ...

»Schlaf gut«, sagte er leise.

»Ja ...«, sagte Wiedeck. Er konnte nichts anderes sagen. Er weinte.

Am nächsten Tag, nach dem Arbeitseinsatz, bekam das ganze Bataillon Schreiberlaubnis. Die alten Hasen behaupteten, es stünde etwas bevor, weil sie schreiben durften; wahrscheinlich würden sie nach Rußland kommen.

Deutschmann schrieb an seine Frau Julia:

»Mir geht es gut, Julchen. Das Essen ist reichlich, und auch sonst fehlt es mir an nichts – nur Du fehlst mir, Rehauge, Du weißt nicht, wie! Ich möchte Dich so gerne sehen – aber das ist einstweilen nur ein frommer Wunsch. Habe keine Angst um mich, gib auf Dich acht, besonders jetzt, bei den vielen feindlichen Luftangriffen. Bitte, paß auf Dich auf, Rehauge, ich will Dich gesund und schön wiederfinden, wenn ich zurückkomme.

Kuß, Dein Ernsti.«

Erich Wiedeck schrieb:

»Liebe Erna,

ich weiß immer noch nicht, wie es mit der Geburt war, und ob Du gesund bist und ob es ein Junge oder ein Mädchen ist, schreib mir bitte. Wenn es ein Junge ist, gib ihm den Namen Wilhelm, nach meinem Vater, Du weißt schon, wenn es ein Mädchen ist, dann soll es Erna heißen wie Du. Mir geht es ganz gut, nur habe ich Sorgen um Dich und die Kinder, aber wir wollen Gott vertrauen, daß sich alles zum Guten wendet und ich bald nach Hause komme. So grüße ich Dich und die Kinder.

Dein Mann Erich.«

Beide Briefe waren um einige Worte länger, als die Vorschrift erlaubte. Im Hinblick auf das bevorstehende Kommando ließ man sie jedoch durchgehen.

Daß irgend etwas im Gange war, hätte nun auch ein Blinder sehen können. Obermeiers Kompanie brach den Arbeitseinsatz ab und blieb im Lager. Außerdem kam für Hauptmann Barth ein neuer Adjutant.

Barth hatte zunächst verständnislos auf die Zuweisung gesehen, die ihm vom Kommandeur der Strafeinheiten zugeschickt wurde. »Ein neuer Kamerad, meine Herren«, sagte er zu Obermeier und Wernher. »Ein Oberleutnant, Fritz Bevern heißt er. Aus Osnabrück. Ein verdienter Mann, scheint mir: HJ-Führer, Vater Kreisleiter, Kriegsschule mit *Sehr gut* absolviert, vor allem im Fach Politik ausgezeichnet. Kriegsverdienstkreuz I. Klasse, EK II. Er kommt heute noch.«

»So etwas brauchen wir hier. Das suchten wir doch schon lange, nicht?« seufzte Oberleutnant Wernher.

»Er kann doch auch ein netter Junge sein.« Hauptmann Barth legte die Zuweisung in eine Mappe. »Warten wir ab. Auf jeden Fall bekomme ich einen Adjutanten. Ganz groß, was? Entlastung des Kommandeurs und Verbindung zur

Truppe. Ich fürchte nur, daß er bald überflüssig werden wird.«

»Sie sprechen in Rätseln, Herr Hauptmann«, sagte Wernher. Barth grinste: »Was soll er noch verbinden, mit wem soll er mich verbinden, wenn wir erst einmal drei oder vier Wochen in Rußland sind?«

»Und außerdem sind Sie ein Schwarzseher, Herr Hauptmann. Darf ich mich abmelden?«

»Ist das Pferd gesattelt?« fragte Barth hinterhältig.

»Seit einer Stunde schon.«

»Viel Spaß. Sie bleiben hier und unterstützen mich, Obermeier?«

Bevern kam in einem höchst feudalen Auto angefahren, einem Horch-Achtzylinder, der einmal einem Rittergutsbesitzer gehört hatte.

Als der neue Adjutant ausstieg und federnd zur Kommandeursbaracke ging, lief ein vielstimmiges »Ach« durch die Fensterreihen der Baracken. Blanke Stiefel, Maßuniform, gekniffte Mütze auf dem Ohr, hellgraue Wildlederhandschuhe, eine Pistole in einer hellbraunen, eigenen Pistolentasche. Das Modellbild eines Offiziers. Ein Mannequin aus der Uniformschau: Wie sieht der korrekt angezogene Offizier im Dienstanzug aus?

Barth steckte sich eine Zigarette an. Was soll ich mit diesem geschniegelten Affen anfangen? fragte er sich erschrocken. Himmel – der wird sich maniküren, wenn wir durch den russischen Dreck latschen!

Er irrte sich. Fritz Bevern trat sofort zur Offensive an, als die Vorstellung beendet war und man sich bei einem Glas Rotwein weiter beschnupperte und abtastete.

»Als ich ins Lager fuhr«, erzählte Bevern und nahm einen kurzen, abgehackten Schluck aus dem Rotweinglas, »flegelte sich am Lagertor ein Subjekt herum, mit einem Besen in der Hand. Ich dachte zuerst: Ob das ein Russe ist? Nein, meine Herren, es war ein deutscher Soldat! Tatsächlich! Ich lasse anhalten, sehe ihn mir schärfer an, aber der degenerierte Bursche grüßt immer noch nicht. Sah aus wie ein Untermensch! Und dann – steckt er den Finger in die

Nase und popelt. Eine Unverschämtheit! Ich fragte ihn, wie er hieße. Und, was meinen Sie, was er darauf antwortete?«

»Was«, fragte Barth interessiert.

»Ha ...«

»Wie war das?«

»Er sagte: Ha? Unerhört!«

»Und wie hieß er?« fragte Obermeier.

Bevern knöpfte seine Brusttasche auf, zog einen Zettel heraus, knöpfte die Brusttasche wieder zu und las: »Karl Schwanecke, aus der 2. Kompanie. Es war gar nicht so leicht, es aus ihm herauszubringen. Der Bursche ist stocktaub.«

»Was ist er?« fragte Barth und konnte dabei kaum ein breites Grinsen verbeißen.

»Stocktaub.«

»Der Kerl hört besser als Sie und ich zusammen«, sagte Barth genußvoll. Bevern sah verdutzt und sehr wenig geistreich aus. Obermeier lächelte.

»Er hört so gut wie ...«, brachte Bevern heraus.

Barth nickte. »Außerdem ist er Spezialist in Einbruchdiebstählen, Raubüberfällen und kleinen Mädchen. Früher war er Gefreiter und soll ein tollkühner Bursche gewesen sein.«

»Ich werde ihn mir morgen vornehmen.« Beverns Gesicht war gerötet. »Eine unerhörte Frechheit!«

»Hoffentlich werden Sie mit ihm fertig werden«, sagte Barth und stieß eine blaue Rauchwolke gegen die Decke.

»Warum sollte ich nicht?«

»Haben Sie schon in einem – in einer solchen Einheit gedient?«

»Ich hatte bisher andere Aufgaben zu erledigen, Herr Hauptmann«, sagte Bevern mit durchgedrücktem Kreuz.

»Dann werden Sie sich umstellen müssen, mein Lieber. In Ihrem Interesse. Das ist nicht eine x-beliebige Einheit. Es ist ein Strafbataillon.« Dieses Wort buchstabierte er nach seiner Art fast genußvoll ausdehnend. »Hier haben Sie Menschen wie Schwanecke, die keine Autorität anerkennen, außer der ihrer eigenen Triebe und Wünsche. Merken

Sie sich: keine Autorität, am wenigsten die der Schulterstücke. Dann haben Sie hier Menschen, die sich einer anderen Autorität beugen, der ihrer sogenannten Ideale, die Ihren, ich wollte sagen – eh – unseren Idealen entgegengesetzt sind wie etwa Schwaneckes Verbrecherinstinkten. Ihre Autorität, Bevern, kann auch diesen Menschen genauso wenig Angst einjagen wie Schwanecke und seinesgleichen. Und weiter gibt es da noch eine dritte Gruppe: Männer, die selbst nicht wissen, wie sie herkamen – das sind wahrscheinlich die zahlreichsten. Es gibt alle möglichen Schattierungen darunter: Ja – sogar Männer ohne Rückgrat, die Ihnen jeden Wunsch von den Augen ablesen werden, bis zu solchen, die partout mit dem Kopf durch die Wand wollen.«

»Sollen wir etwa kapitulieren?« fragte Bevern entrüstet.

»Ich habe gesagt: umstellen«, sagte Barth ernst. »Sehen Sie sich unseren Oberleutnant Obermeier an. Sein Vater war Offizier. Sein Großvater auch. Sein Urgroßvater war einer der langen Kerls des Soldatenkönigs. Und er selbst? Ein alter Fronthase, mit allen Wassern gewaschen. EK I, das Deutsche Kreuz in Gold und so weiter. Er wurde sogar einmal im Wehrmachtsbericht erwähnt. Als er hierherkam, glaubte er, es gäbe für ihn nichts Neues unter der Sonne. Nach einer Woche wurde er ganz klein. Jetzt ist er wieder ein bißchen gewachsen.«

»Auf alle Fälle werde ich erst einmal diesen – diesen Schwanecke auf dem Appellplatz fertigmachen, daß er sein eigenes Gehirn als Rührei frißt. Gewissermaßen zur Abschreckung.«

»Sie bedienen sich einer wundervoll plastischen Sprache«, meinte Obermeier höflich. »Wo haben Sie das gelernt? Etwa aus der neuesten Ausgabe des deutschen Militärjargons, verfaßt von Oberfeldwebel Krüll und herausgegeben für alle Unteroffiziere?«

»Ha …!« sagte Barth wonnig.

Bevern schwieg verbissen. Welch eine Bande! dachte er grimmig. Schlappsäcke! Kapitulieren vor diesen Lumpen, die man nur aus Mitleid vor dem Galgen rettete. Umstellen? Lächerlich! Er sah aus dem Fenster. Die zweite Kompanie exerzierte. Hohläugige Gestalten mit verbissenen Gesichtern und dreckverkrusteten Uniformen.

Schnell sah Bevern weg. Ihn ekelte. Alle erschießen, dachte er. Das wäre die beste Lösung.

Am Abend, als Obermeier in der Stadt war und ein Kino besuchte, als Wernher bei der Gutsbesitzerin überlegte, ob er noch etwas essen oder schon schlafen gehen sollte, und Hauptmann Barth am Radio saß und Beethoven hörte, strich Oberleutnant Bevern durch die Baracken und stellte sich auf seine Weise dem Bataillon vor.

Zunächst traf er auf Oberfeldwebel Krüll.

Krüll kam von einer Inspektion zurück. Er hatte Deutschmann noch einmal in die Latrine gejagt, weil sie angeblich nicht sauber genug war. Eine Weile stand er dann mit den Händen auf dem Rücken hinter dem umherkriechenden Wissenschaftler, beobachtete verächtlich schnaufend seine Arbeit mit Eimer und Putzlappen und versprach schließlich, in einer halben Stunde wiederzukommen. »Wenn es dann hier nicht aussieht wie in einem Operationssaal, Sie Oberputzer, wischen Sie den ganzen Boden mit Ihrer intellektuellen Visage auf, haben Sie verstanden?«

In dieser Hochstimmung seiner Macht traf er auf Bevern und baute ein Männchen.

»Wie heißen Sie, Oberfeldwebel?« fragte Bevern lässig.

»Oberfeldwebel Krüll, Herr Oberleutnant!«

»Ach – Sie sind also Oberfeldwebel Krüll ...!« sagte Bevern überrascht.

»Jawohl, Herr Oberleutnant!« Krüll strahlte. Um seinen Ruhm wußte auch schon dieser Neue! Doch er würde kaum gestrahlt haben, hätte er geahnt, daß Oberleutnant Bevern in diesem Augenblick beschloß, sich an ihm für Obermeiers Frechheit zu rächen.

»Wieviel wiegen Sie, Oberfeldwebel?« fragte Bevern.

Krüll sah in den Nachthimmel. Der ist verrückt, durchfuhr es ihn.

»Ich weiß es nicht, Herr Oberleutnant!«

»Sie wiegen hundertneunzig Pfund. Oberfeldwebel.«

»Ich – glaube, nicht so viel …«

»Wieviel wiegen Sie?«

»Hundertneunzig Pfund, Herr Oberleutnant.«

»Entschieden zuviel. Oberfeldwebel, meinen Sie nicht auch?«

»Jawohl. Herr Oberleutnant!«

»Mindestens vierzig Pfund zuviel!«

»Jawohl, Herr Oberleutnant.«

»Die müssen Sie runterkriegen, Oberfeldwebel.«

»Jawohl, Herr Oberleutnant.« Nun dachte der verwirrte Krüll, diese dämliche Fragerei hätte ihr Ende gefunden und er könnte gehen, aber er irrte sich. Der Neue machte keine Anstalten, ihn zu entlassen. Im Gegenteil, die Niedertracht kam erst.

Eigentlich hätte es Krüll wissen müssen: Die Methode des Neuen war genau die gleiche wie die seine.

»Fangen wir gleich damit an, Oberfeldwebel«, sagte Bevern und erhob dann seine Stimme zu schneidender Schärfe: »Kehrt marsch!«

Krüll trabte. Dann lief er, rauf und runter. Mit puterrotem Gesicht und weit aufgerissenem Mund. Seit fünf Jahren lief er zum erstenmal wieder. Das Hemd klebte an seinem schwitzenden Körper. Er verstand die Welt nicht mehr. Es war unfaßbar: Bis heute, bis zu diesem Augenblick, hatte er gedacht, er stünde mit den Offizieren auf der gleichen Seite der Barrikade. Und nun machte ihn dieser polierte Affe zu einem von der anderen Seite. Er keuchte. Und Beverns schneidende Stimme hämmerte in sein zermartertes Gehirn: »Schneller, Oberfeldwebel, los, schneller! Das macht den Körper geschmeidig und frei! Das ist gut für die Bronchien! Kehrt marsch!«

Dann war es zu Ende, Krüll durfte gehen und beschloß, sich besinnungslos vollaufen zu lassen.

Aber für Bevern war das erst der Anfang.

Alle werde ich fertigmachen, dachte er grimmig, entschlossen, unversöhnlich. Alle! Die verdammte Bande von Mannschaften! Die Unteroffiziere! Alle! Und die hundsopportunistischen Offiziere. Alle! Mitsamt Obermeier und Barth!

In der Baracke 2 der 2. Kompanie sah Bevern etwas, was ihn zunächst sprachlos werden ließ. Darin erging es ihm nicht anders als zwei Abende zuvor Oberfeldwebel Krüll: Er entdeckte Schwaneckes Bildersammlung.

Schwanecke war gerade dabei, auch die Stirnseite seines Bettes und den Holzrahmen an der Seite mit den Bildern nackter Mädchen zu zieren.

Oberleutnant Bevern trat näher.

»Aha – da sind Sie ja wieder!« sagte er laut, als er hinter Schwanecke stand. Dieser drehte sich grinsend herum.

»Wie können Sie einen so erschrecken, Herr Oberleutnant? Sind sie nicht hübsch?«

»Sie ...«, begann Bevern, aber Schwanecke ließ sich nicht beirren.

»Gefallen sie Ihnen, Herr Oberleutnant? Die Blonde da – die ist aus Berlin. Toll, was? Wenn Sie wollen ...«, er beugte sich vor und sagte zu dem zurückweichenden Offizier vertraulich, als hätte er ihm ein Geheimnis zu verraten, »... wenn Sie wollen, Herr Oberleutnant, gebe ich Ihnen ihre Adresse. Wenn Sie mal nach Berlin fahren – von der kann der beste Mann noch 'ne Menge lernen.«

Bevern fröstelte. Er konnte kaum atmen. Mit einem zischenden Laut stieß er die Luft aus der Nase und fuhr sich mit dem Zeigefinger hinter den Kragen.

»Fehlt Ihnen was?« fragte Schwanecke besorgt.

Bevern jagte ihn eine halbe Stunde über den Kasernenhof. Dann war er müde und heiser, aber Schwanecke grinste noch immer. Alles, was man ihm von der Anstrengung anmerken konnte, war ein bißchen Schweiß. »Sie können das beinahe so gut wie mein Ausbilder bei den Rekruten«, sagte er, als er vor Bevern stand. »Was die Adresse angeht ...«

»Schweigen Sie ...!« schrie Bevern.

Nach weiteren fünfzig Kniebeugen durfte Schwanecke gehen. Seine Knie zitterten, aber er grinste und ließ sich nichts anmerken. Nicht der, dachte er böse, nicht dieser ...! Ich krieg' dich mal dran, paß bloß auf, ich krieg' dich mal dran ...!

Deutschmann war fertig. Mit der Latrine und auch sonst. Bis jetzt hatte ihn eine Art von Galgenhumor aufrecht gehalten. Nun war es vorbei damit; er war zu erschöpft, zu hoffnungslos, zu sehr erledigt, um in Krülls und anderer Unteroffiziere Geschrei und Schikanen nur eine hohle Aufgeblasenheit mit nichts oder nur wenig dahinter zu sehen. Durch die lange, schwere Krankheit körperlich ausgehöhlt, durch die Haft, den Prozeß und immer neue Demütigungen zermürbt, brauchte er seine ganze übriggebliebene Kraft, um sich aufrecht zu halten, schutzlos der deprimierenden Umgebung preisgegeben. Jetzt fühlte er keinen Zorn mehr, keine Verbitterung, er war nur noch schwach und müde.

Nachdem er den Eimer, Putzlappen und die Besen aufgeräumt und sich gewaschen hatte, wankte er unter Aufbietung seiner letzten Kräfte in die Unterkunft, nur noch von einem Wunsch erfüllt: eine Zigarette und schlafen. Tagelang schlafen, ohne sich zu rühren. Sein linker Arm schmerzte unerträglich – der Arm, den er sich bei seinem Selbstversuch infiziert hatte, der nun mit Narben überzogen und völlig abgemagert war.

Die schwache, nackte Birne verbreitete ein trübes, unbestimmtes Licht. An dem langen, roh zusammengezimmerten Tisch in der Mitte spielten einige Soldaten Karten, aber die meisten lagen schon auf ihren Pritschen. An einem Ende des Tisches saß der lange Oberst und starrte auf seine verbundene Hand. Der ehemalige Major in einem Armeestab machte sich unlustig mit dem Besen zu schaffen; er hatte Stubendienst.

Deutschmann ging zu seinem Spind und holte aus der hintersten Ecke die Zigarettendose. Sie war aus schwarzem Leder, in Silber eingefaßt, mit seinem Monogramm in der unteren Ecke: ein Geschenk Julias. Dann setzte er sich an den Tisch, klappte die Dose auf und ließ sie vor sich liegen.

»Hat dich Krüllschnitt zur Schnecke gemacht, was?« fragte ihn ein Kartenspieler, ein kleiner, schmächtiger Mann mit einem Rattengesicht. Er lachte und zeigte dabei spitze gelbe Zähne. Früher einmal war er ›Schlepper‹ in Berlin gewesen und ein kleiner Dieb, der das Stehlen nicht lassen konnte.

Deutschmann nickte. Er war zu müde, um zu antworten. Er war zu müde, um die Hand zu heben und eine von den zwei Zigaretten, die er sich für heute abend aufgespart hatte, aus der Dose zu nehmen und sie anzuzünden.

In diesem Augenblick polterte Schwanecke breit grinsend in die Stube. »Mensch«, sagte er, nachdem er die Tür hinter sich zugeschlagen hatte, »er dachte, er kann mich zur Sau machen. Aber er irrt sich.«

»Wo ist er jetzt?« fragte ein Kartenspieler.

»Er ist müde. Ging schlafen. Der verfluchte Hund. Der nicht«, sagte Schwanecke, »der Mann ist noch nicht geboren, der Karl Schwanecke fertigmachen kann.«

»Spielst du mit?« fragte das Rattengesicht.

»Gleich.« Jetzt sah Schwanecke den zusammengesunkenen Deutschmann. »Was is'n mit dir los?«

Deutschmann rührte sich nicht. Schwanecke ging um den Tisch und stellte sich neben ihn. »Was is'n los?« fragte er noch einmal. »War vielleicht jemand böse zu dir, Professor?«

Deutschmann hob die Hand und betastete die Zigaretten in der Dose. Und dann sah er plötzlich Schwaneckes große, behaarte Hand mit breiten Fingern und kurzen, schmutzigen Fingernägeln nach der Dose greifen und sie wegziehen.

Er sah auf.

Schwanecke drehte die Dose hin und her, betrachtete sie

genau, nickte ein paarmal mit dem Kopf, hob sie vor die Nase, schnupperte daran, zog eine Zigarette heraus und zündete sie an.

»Geben Sie bitte die Dose her«, sagte Deutschmann schwach.

»Ganz hübsch«, sagte Schwanecke. »Was willst du dafür haben?«

»Geben Sie die Dose zurück!«

»Ich geb' dir zwei Bilder. Du kannst sie selbst aussuchen.«

Deutschmann stemmte sich hoch und griff nach der Dose. Schwanecke wich einen Schritt zurück, steckte die Dose in die Brusttasche, knöpfte die Tasche zu, in seinem Mundwinkel steckte die rauchende Zigarette, die Augen hielt er vor dem Rauch verkniffen. »Ich heb' sie auf«, sagte er mit verzogenem Mund, »bis du dich entschlossen hast, was du dafür haben willst. Drei Bilder. Kapiert?«

Damit schien die Sache für ihn erledigt zu sein. Er drehte sich um und ging zu den vier Kartenspielern. Deutschmann stützte sich auf den Tisch, schloß einen Augenblick die Augen, riß sie wieder auf und rief schrill, verzweifelt, fassungslos: »Die Dose … geben Sie mir die Dose wieder!«

Der lange Oberst sah auf.

»Wer gibt?« fragte Schwanecke das Rattengesicht.

»Werner … setz dich«, sagte das Rattengesicht.

Schwanecke zog mit dem Fuß einen Schemel unter dem Tisch hervor und wollte sich setzen. Doch da fühlte er sich an der Schulter gepackt und herumgewirbelt. Erich Wiedeck war auf bloßen Füßen lautlos herangekommen und stand jetzt vor ihm. Sein Gesicht war gerötet. »Gib ihm die Dose wieder, du Schwein!« sagte er.

»He … langsam, Hände weg!« grinste Schwanecke.

Deutschmann stieß sich vom Tisch weg, machte zwei lange Schritte und packte Schwanecke am Arm. Dieser machte eine leichte, schnelle Bewegung, der keine Anstrengung anzusehen war, als ob er eine lästige Fliege wegwischen wollte. Deutschmann wurde weggefegt wie ein dünnes Blatt Papier, fiel rücklings über einen Schemel, schlug mit dem Kopf hart gegen einen Spind und blieb benommen liegen.

»Du Schwein!« zischte Wiedeck und packte Schwanecke an der Brust. Doch dieser schlug ihn mit einem kurzen, harten Haken in den Magen. Wiedeck ächzte, klappte zusammen wie ein Taschenmesser und wurde von dem zweiten Schlag Schwaneckes, der mit schrecklicher Wucht von unten her gegen sein Kinn schmetterte, wieder emporgerissen. Es gab einen kurzen trockenen Laut, als ob jemand mit flacher Hand auf nasse, festgetretene Erde geschlagen hätte. Wiedeck krachte mit dem Hinterkopf gegen eine Spindtür und rutschte langsam, mit glasigen Augen, zu Boden. Und während all dies geschah, grinste Schwanecke mit bleckenden, weißen Zähnen, schief, ohne die brennende Zigarette aus dem Mundwinkel zu nehmen.

»Wumm ... Vorkriegsschule«, sagte das Rattengesicht und fuhr sich mit schneller, feuchter Zunge über die Lippen.

»Noch jemand?« knurrte Schwanecke. Er stand leicht vorgebeugt da, die Augen vor dem Zigarettenrauch zusammengekniffen, sein klobiger, muskulöser Körper strahlte geballte Energie, katzenhafte Geschmeidigkeit und eine unbändige Kraft aus. »Noch jemand?« fragte er zum zweitenmal, und sein tierhaftes Grinsen vertiefte sich.

»Gib's denen nur!« sagte ein Kartenspieler.

»Memmen ... Setz dich, Karl ...«, sagte das Rattengesicht.

Doch da stand der lange Oberst langsam auf und ging schweigend um den Tisch. Zwei Schritte vor Schwanecke blieb er stehen und richtete sich auf. Wiedeck drehte sich ächzend auf den Bauch, versuchte sich hochzustemmen, sackte wieder zusammen und blieb mit dem Gesicht auf dem Boden liegen.

»Was willst du denn hier?« fragte Schwanecke den Oberst.

»Geben Sie sofort die Dose zurück!« sagte der Oberst.

Das Rattengesicht wieherte laut lachend auf, ein Kartenspieler stand langsam auf und lehnte sich mit verschränkten Armen über den Tisch.

»Ach!« sagte Schwanecke. »Und was noch? Hör mir zu, du lange Latte von einem verkrachten Oberst, hör mal gut zu: Mach dich ja nicht wichtig, hörst du? Denk ja nicht, du bist noch was! Du kannst mir überhaupt nicht imponieren, du bist genauso der letzte Dreck wie ich, verstehst du? Hau ab, sonst geht's dir schlecht! Los! Hau schon ab!«

Der Oberst hatte mit unbewegtem Gesicht zugehört. Und als sich Schwanecke wegdrehte, sagte er wieder, jedoch jetzt mit schneidend erhobener Stimme: »Geben Sie die Dose sofort zurück und entschuldigen Sie sich bei Doktor Deutschmann und Wiedeck! Haben Sie verstanden?«

Schwanecke schnellte wie von einer Stahlfeder angetrieben herum. Wütend riß er die Zigarette aus dem Mund und schleuderte sie zu Boden.

»Maul halten!« schrie er. »Du sollst das Maul halten, du aufgeblasener ›Von‹! Ich hab' genug von euch! Ich muß kotzen, wenn ich euch nur rieche. Herren! Immer noch Herren, was? Hör mal zu, du Herr ...« Und jetzt wurde seine Stimme ganz leise, zischend, tödlich ernst. In ihr klang der ganze blinde Haß des Kriminellen gegen die ›anderen‹ mit. Er brachte sein Gesicht ganz nahe an den anderen heran: »Hör mal zu: Ich habe mich immer von solchen, wie du einer bist, schikanieren lassen müssen, mich immer ducken müssen. Immer sagen müssen: Jawohl, Herr Sowieso! Ich könnte dich mit einer Hand zerquetschen, du Scheißoberst. Und ich tu's, sage ich dir!« Er umklammerte mit einem eisernen Griff die Uniformjacke des Obersten, zog sie zusammen, streckte die linke Hand schlagbereit nach hinten, und das Grinsen war aus seinem Gesicht verschwunden. »Ich tu's, wenn du nicht sofort sagst: Jawohl, Herr Schwanecke! Hast du mich verstanden: Jawohl, Herr Schwanecke ...!«

»Loslassen!« sagte der Oberst heiser.

»Jawohl, Herr Schwanecke!« zischte Schwanecke. »Ich bring' dich um! Ich bring' dich um, wenn du's nicht sagst!«

Lähmende, tödliche Stille breitete sich in der Stube aus. Es bestand kein Zweifel: Schwanecke meinte es ernst, und keine Macht der Welt schien imstande, ihn zurückhalten zu können. Der lange, blasse Mann, der früher Oberst war, Eichenlaubträger und Divisionskommandeur, und jetzt nur noch Schütze Gottfried von Bartlitz im Strafbataillon 999, bedeutete für ihn die Verkörperung jener verhaßten Mächte, denen er sich sein Leben lang beugen mußte, vor denen er immerfort auf der Flucht war, gejagt wie ein räudiger Hund, in elenden, stinkenden Löchern vegetierend, sein verdammtes Leben und die Mutter, die ihn geboren hatte, verfluchend. Und trotzdem war das Leben in ihm zu mächtig, als daß er irgendeinen der Polizisten oder Feldgendarmen erwürgt hätte, die hinter ihm her waren, seit er sich erinnern konnte. Er wußte: Das wäre sein Tod. Und er durfte nicht in die Fettmasse, die Oberfeldwebel Krüll hieß, hineinschlagen, bis nur noch ein wabbelnder, blutiger Haufen übrigblieb; er durfte nicht dem lackierten Affen von Oberleutnant Bevern die dünnen Knochen brechen, bis kein bißchen wimmerndes Leben mehr in ihm war. Sie waren für ihn unerreichbar, denn hinter ihnen stand die Macht, die das Fallbeil bediente. Aber hier hatte er einen. Hier konnte er nach dem lebenden Körper eines Mannes greifen, der früher zu den anderen gehörte und jetzt auf diese Seite der Barrikaden verschlagen wurde, ihn zwischen seinen mächtigen Händen zerquetschen, sein hochmütiges, widerliches Gesicht zu einem blutigen Brei zerschlagen und allen ihm ähnlichen in dieser gottverfluchten Baracke zeigen, wer hier der Herr war. Er konnte es tun: Wer fragte *jetzt* noch nach einem Oberst von Bartlitz?

»Ich zähle bis drei. Eins …«

»Genug jetzt, mein Junge«, unterbrach ihn eine sanfte, ruhige Stimme aus der Ecke. Ein noch junger, untersetzter, unscheinbar blond aussehender Soldat kam langsam an den Tisch. Seine bloßen Füße tapsten auf dem Holzboden.

Schwanecke zählte: »Zwei und …«

»Dreh dich herum!« sagte der junge Soldat lauter.

Schwanecke schien ihn erst jetzt zu hören. Er drehte den Kopf leicht zur Seite, maß mit einem schnellen Blick den neuen Gegner und wendete sich dann wieder zum Oberst. Seine linke Hand ballte sich zur Faust.

»Hierher sehen ...!« schrie der junge Soldat auf, flankte wie ein geübter Turner über den Tisch und riß den überraschten Schwanecke vom Oberst.

»Mach ihn kalt, Schwanecke!« schrillte Rattengesichts Stimme durch den Raum. Er sprang auf, und es schien, als wollten sich jetzt auch die anderen Kartenspieler einmischen.

Doch sie kamen nicht dazu.

Was jetzt geschah, ging so schnell vor sich, daß später kaum einer beschreiben konnte, wie der junge, neben dem bulligen, bärenstarken Schwanecke knabenhaft-zerbrechlich wirkende Soldat mit dem Gegner fertig wurde. Zwei Köpfe fegten wie ein Wirbel durch die Stube, rissen den Tisch um, man hörte nur Schwaneckes wütendes Knurren, sein keuchendes Atmen und plötzlich einen unmenschlichen, spitzen, schrillen Schmerzensschrei.

Der junge Soldat löste sich geschmeidig vom liegenden Schwanecke, stand noch einen Augenblick über ihn gebeugt, richtete sich auf und fuhr sich mit der Hand durch die kurzen Haare.

»So ...«, sagte er.

Schwanecke lag auf dem Rücken und starrte mit glasigen, schmerzerfüllten Augen gegen die Decke. Über seine Schläfen rannen Tränen. Er öffnete den Mund, aus dem vorhin der schreckliche Schrei gekommen war, klappte ihn wieder zu, durch die Stille drang ein lang ausgezogenes, furchtbar anzuhörendes Knirschen, wie von brechenden Zähnen. »Was ist ...«, stammelte er, und wieder:

»Was ist das – was ist das ...«

»Um Himmels willen – was haben Sie mit ihm gemacht?« fragte der Oberst.

»Nichts Besonderes. Es tut ihm nicht lange weh. Ein bißchen Jiu-Jitsu. In einer halben Stunde ist er wieder der alte.«

»Steh auf!« sagte der junge Soldat zu Schwanecke.

Der sah ihn zuerst verständnislos an, dann kam in seine Augen wieder Leben, Erkennen – und Furcht. Ächzend beugte er sich vor, hockte einige Augenblicke auf Knien und Händen, schüttelte den Kopf und zog sich dann, sich auf einen umgeworfenen Hocker stützend, auf die Beine. Schmerzvoll gekrümmt, mit hängenden Armen stand er vor dem Gegner, noch benommen von dem schnellen Überfall.

»Gib jetzt die Dose zurück«, sagte der junge Soldat ruhig.

Schwer, langsam, als hätte er eine Last zu tragen, die weit über seine Kräfte ging, schleppte sich Schwanecke durch die Stube und gab Deutschmann die Zigarettendose zurück.

»Auch die Zigarette«, sagte der junge Soldat.

Schwanecke nahm aus der Brusttasche eine Zigarette und hielt sie hin. Deutschmann zögerte.

»Nehmen Sie's«, sagte der Soldat.

Deutschmann tat es.

»Und jetzt entschuldige dich«, sagte der Soldat.

»Schon gut. Es tut mir leid«, sagte Schwanecke.

»Ich danke Ihnen, junger Mann, es war höchste Zeit!« sagte der Oberst.

Der Soldat drehte sich langsam zu ihm und sah den Obersten lange an. »Sie haben mir nicht zu danken«, sagte er dann mit seiner ruhigen, doch jetzt ein klein wenig zitternden Stimme. »Ich habe es nicht Ihretwegen getan. Wenn es allein um Sie ginge, würde ich nicht mal einen Finger krumm machen, Sie – Offizier. Sie sind selbst schuld, wenn Sie hier sitzen und von solchen Leuten verprügelt werden …«, mit dem Kopf zeigte er gegen Schwanecke, der kraftlos auf einen Schemel gesunken war. »Sie haben selbst geholfen, die Leute hochzubringen, von denen Sie hierhergeschickt wurden, weil Sie nichts gegen sie unternommen haben, als es noch Zeit war. Mehr noch: Ihr habt sie sogar unterstützt – ihr Offiziere!« Seine Stimme war jetzt eisig und verächtlich. Und dann machte er einen schnellen, lautlosen Schritt gegen den verwirrt dastehenden Oberst, beugte sich vor und sagte: »Wissen Sie, warum *ich* hier bin? Weil ich einen Schweinehund von einem Offizier genauso verprügelt habe wie den da. Und er hat's bei Gott mehr verdient. Schwanecke habe ich nur beigebracht, daß ich keine Lust habe, die Tyrannei der wildgewordenen Spießer und von Offizieren gegen die der Gosse einzutauschen. Dem kann man es auf diese Art beibringen, den anderen – euch nicht. Ihr gebt keine Ruhe, bevor ihr nicht ins Gras beißt.«

Achtlos, wie angeekelt, schob er den leichenblaß gewordenen Oberst beiseite und blieb vor Schwanecke stehen: »Wie geht's?« fragte er. Seine Stimme war sanft und freundlich.

»Mensch!« Schwanecke sah auf. Sein Blick war hündisch ergeben. »Wie hast du das gemacht? Du mußt es mir beibringen. Bis jetzt hat mich noch niemand untergekriegt.«

»Ich werd' mich hüten«, sagte der junge Soldat lächelnd. »Hilf jetzt die Bude aufräumen. Der ›Gärende‹ muß jeden Augenblick kommen.«

Julia Deutschmann saß am Schreibtisch ihres Mannes und schrieb:

»Lieber Ernsti, ich weiß, daß Du diesen Brief nie bekommen wirst. Und trotzdem schreibe ich Dir; ich möchte mit Dir sprechen, Dir sagen, was ich denke und fühle, ich möchte Dir erzählen, wie ich lebe. Es ist ein schlechter Ersatz, vor mir liegt ja nur ein leeres Papier, ich sehe Dich nicht wirklich. Nur wenn ich die Augen schließe und versuche, Dein Gesicht herbeizuzaubern, so bist Du da: groß, dünn, mit langen, ungelenk am Körper herabhängenden Armen, großer, schöner Stirn und grauen, erstaunten Kinderaugen. Aber Du bist auch nicht da; und wenn ich glaube, Dein Bild festhalten zu können, dann verschwindet es, zerfließt langsam, unaufhaltsam …

Vor einigen Tagen habe ich mit der Nachtarbeit angefangen; ich will, so schnell es geht, die Arbeit wiederholen, die wir in diesen zwei Jahren getan haben, bevor Du weggeholt wurdest. Manchmal gelingt es mir, ganz dabeizusein; dann vergesse ich auch die ewige, bohrende, zurückgedrängte Angst, ich könnte es nicht schaffen, ich könnte

Dir nicht helfen, es wäre zu spät für jede Hilfe – und ich sehe plötzlich unsere Arbeit wie ein neues, fast fertiges Gedankengebäude vor mir stehen.

Wie glücklich waren wir doch in diesen zwei Jahren, glücklich trotz des Krieges! Wir haben es nur nicht gewußt. Oder nicht immer gewußt, weil wir uns unter dem täglichen Kleinkram begraben ließen, dem Ärger mit Bezugsscheinen, der Müdigkeit, dem Verdruß über Mißerfolge, Rückschläge und Trugschlüsse. Ich weiß, manchmal war ich ungeduldig, vielleicht auch zänkisch, immer wieder stolperte ich über Kleinigkeiten. Daß es unwichtige Kleinigkeiten waren, das weiß ich jetzt, damals wußte ich es nicht. Was würde ich heute alles dafür geben, Deine Wäsche in der ganzen Wohnung zusammenzusuchen, wenn Dir plötzlich einfiel, Dich umzuziehen! Was würde ich heute dafür geben, wenn Du mir gegenübersäßest und Du Deinen Teller leer schaufeltest, als ginge es um eine Wette im Schnellessen! Wie glücklich wäre ich heute, wenn wir am Abend in unserer ›Gemütsecke‹ wieder zusammensitzen könnten und Du meine Fragen nur mit einem ›Ha‹ beantworten würdest! Wie habe ich mich über dies alles und über tausend andere Kleinigkeiten damals geärgert! Wie ungehalten war ich, wenn Du unseren Hochzeitstag vergessen hast – und vergessen hast Du ihn ja oft. Und – wie wütend war ich, wenn ich glaubte, daß Du meine Arbeit, von der ich überzeugt war, daß sie mindestens so wichtig ist wie die Deine, nicht richtig gewürdigt hast.

Ernsti, mein Ernsti, wie lächerlich, kindisch und unwichtig war das! Heute erkenne ich es. Heute weiß ich, daß es allein maßgebend ist: Wer bist *Du*? Was hast *Du* getan? Wichtig ist allein unsere Liebe, und wichtig ist: Was bin *ich*? Was habe *ich* getan? Wichtig ist, den Platz zu erkennen, auf dem man steht, auf dem ich stehe, die Aufgabe zu sehen, die ich zu erfüllen habe.

Nein, ich bin keine zweite Madame Curie. Aber ich will den Platz, auf den ich gestellt worden bin, ausfüllen. Heute sehe ich, daß es nicht meine Aufgabe ist, mit Dir zu wetteifern, sondern Dir zu helfen. Und jetzt – jetzt ist meine Aufgabe vor allem, Dich nicht nur für mich allein zu erhalten, sondern auch für die anderen, für Deine Arbeit, für Deine Träume, für das, was Du getan hast und was Du noch tun würdest.

Ich sehe meinen Weg.

Ich weiß, es ist gefährlich, was ich tue, aber ich muß es tun. Wenn ich nur mehr Zeit hätte! Wenn ich nur wüßte, wie Du lebst, wo Du bist!

Wenn ich an Dich denke, Ernsti, dann werde ich wieder zu einem kleinen verliebten Mädchen, das in den Sternenhimmel sieht und von dem Mann träumt, dem es gehören möchte. Ich gehöre Dir, ganz, Du lebst in mir, wir haben eine lange und doch so schrecklich kurze Zeit zusammen verbracht – und trotzdem möchte ich einen kleinen, winzig kleinen Stern für uns beide aussuchen; wenigstens ihn könnten wir beide sehen. Klein müßte er sein, fast unsichtbar, dann würde er nur uns gehören, dann gäbe es niemand sonst, der zu ihm hinaufschaut und in ihm den anderen sucht.

Es ist sehr spät abends. Schlaf gut, Ernsti, ich mache die Augen zu, denke ganz fest an Dich, und vielleicht, vielleicht werde ich Deinen Gutenachtkuß fühlen: an den Mund, an die Augen – und zuletzt an die Nasenspitze …«

Julia legte die Füllfeder weg, lehnte sich zurück, schloß die Augen und lächelte.

Über ihre Wangen glitten stille, glitzernde Tränen.

Am Mittwoch, am Tage seiner Ankunft, hatte Schwanecke den Oberfeldwebel Krüll dazu gebracht, daß er eine Weile nicht wußte, was er tun sollte. Und am Samstag gelang es ihm, den Spieß sprachlos werden zu lassen, eine Tatsache, die dem Oberfeldwebel seit seinen Anfängen als Unteroffizier seitens der Untergebenen nicht mehr passiert war.

Schwanecke hatte ein Meisterstück vollbracht.

Hinter der Baracke 2, in welcher der erste und der zweite Zug der 2. Kompanie lagen, stand eine Kiste. Und in der Kiste lag ein Kaninchen.

Oberfeldwebel Krüll ging zuerst daran vorbei, ohne sonderlich darauf zu achten, obwohl eine Kiste hier nichts zu suchen hatte. Er war zu sehr mit dem Problem Oberleutnant Bevern und der vorgeschriebenen Abmagerungskur beschäftigt. Dann aber blieb er stehen, rekapitulierte das Geschehene und fuhr wie von einer Tarantel gestochen herum.

Ohne Zweifel: Es war eine Kiste, und in der Kiste hockte ein lebendes, wohlgenährtes Kaninchen.

»Wem gehört das Viehzeug?« schrie Krüll außer sich.

Wütend blickte er auf die Soldaten, die nach dem Revierreinigen freihatten und in den letzten Strahlen der herbstlich flachen Sonne standen. »Deutschmann, wem gehört das Vieh?«

»Ich weiß es nicht, Herr Oberfeldwebel!« brüllte Deutschmann zurück. Er hatte bereits gelernt, daß die Lautstärke beim Militär wesentlich war. Je lauter, desto besser. Je lauter der Soldat, desto mehr wird er von seinen Vorgesetzten geschätzt.

»Mir ...«, sagte Schwanecke und trat zwei Schritte vor.

»Ach ...«, schnappte Krüll.

»Jawohl. Ich bin ein Tierfreund, Herr Oberfeldwebel.« Schwanecke strahlte Krüll an. »Ich kann ohne so ein kleines, liebes Tierchen nicht leben.«

»Woher?«

Krüll stand über die Kiste gebeugt und betrachtete das fette Tier. Es ließ ab von einer Mohrrübe und rückte erschreckt in den Hintergrund. Drei Fragen peinigten den Oberfeldwebel:

Erstens: Woher kam das Kaninchen?

Zweitens: Woher kam die Kiste?

Drittens: Woher kam die Mohrrübe?

»Zugelaufen ...«, sagte Schwanecke.

Der Oberfeldwebel wandte sich wortlos ab und ging. Vor der Schreibstube traf er auf Oberleutnant Obermeier, der gerade das Lager verlassen wollte, und meldete ihm den unerhörten Vorfall. Doch dieser hatte nur ein halbes

Ohr für Krülls Nöte. »Freuen Sie sich doch über das Leben in der Kaserne, genießen Sie es noch ausgiebig!« sagte er und klopfte dem strammstehenden Spieß auf die Schulter. »Wenn wir einmal nach Rußland kommen, wird das sowieso anders.«

Dann ging er, und Krüll stand allein auf dem weiten Platz und sann darüber nach, was der letzte Satz bedeuten sollte. Vor dem Wort ›Rußland‹ hatte er eine höllische Angst. Weil er aber die Fähigkeit besaß, Unangenehmes alsbald fortschieben zu können, und weil er wußte, daß es nichts einbringt, sich mit Rätseln herumzuschlagen, gab er die unnützen Überlegungen auf und wandte sich wieder dem naheliegenderen und greifbaren Problem zu – dem Schützen Schwanecke und seinem Kaninchen.

Mit großen, weit ausholenden Schritten eilte er um die Baracke.

»Geklaut!« sagte er zu Schwanecke, als er ankam. Es klang endgültig, es gab keine Zweifel mehr.

»Zugelaufen!«

»Und die Kiste ist auch zugelaufen, was? Und die Mohrrübe ist auch zugelaufen, was? Kommt durch die Luft gesegelt – sssst –, schon ist alles da!«

»Jawohl, Herr Oberfeldwebel!«

Krüll zog die Luft durch die Nase ein, bis es aussah, als würde er jeden Augenblick platzen. »Um den Platz! Marsch, marsch!« brüllte er. »Schneller! Schneller!«

Schwanecke trabte und grinste.

»Noch einmal!« schrie Krüll, als Schwanecke zurückgelaufen kam. Und Schwanecke trabte wieder. Dann blieb er schnell atmend vor Krüll stehen.

»Geklaut!«

»Aber, Herr Oberfeldwebel! Was denken Sie von mir? Zugelaufen!«

Das war der Augenblick, in dem es Krüll innerlich einen Riß gab. Er wandte sich stumm ab, um wegzugehen – und stolperte fast über Oberleutnant Bevern, der unbemerkt herangekommen war und wortlos die Szene beobachtete.

Krüll wollte eine Meldung machen, doch Bevern winkte

ab. Langsam, mit einer dünnen Gerte seine Stiefel peitschend, trat er gegen Schwanecke.

»Sie sind also ein Spezialist in Karnickeln?« fragte er freundlich.

»In Karnickelböcken.«

Deutschmann drehte sich ab. Er konnte es nicht mehr mit ansehen. Mein Gott, dachte er, der Mann redet sich noch einmal vor ein Erschießungskommando!

Bevern zog die Augenbrauen hoch. »Wieso Böcken?«

»Ich benutze sie zu Studienzwecken, Herr Oberleutnant. Irgend 'ne Kleine sagte einmal zu mir, ich wäre ein Kaninchenbock. Seitdem beobachte ich die Viecher, aber ich bin noch nicht draufgekommen, was sie damit meinte.«

»Und – das Kaninchen war plötzlich da. Es ist Ihnen einfach zugelaufen?«

»Jawohl. Es saß auf einmal vor mir und machte Männchen. Daran erkannte ich, daß es ein Kaninchenbock war.«

»Wieso?«

»Eine Häsin würde ein Weibchen machen, Herr Oberleutnant.«

Auf dem Appellplatz geschah dann etwas, was sogar Hauptmann Barth zuviel wurde. Er öffnete das Fenster und stoppte die Bevernsche Stunde mit einem kurzen und lauten »Halt!«

Schwanecke mußte sich auf den Bauch legen und quer über den großen Platz hin und her wie ein Wurm kriechen. Durch den Staub, durch den Dreck der Küchenabfälle, durch einige Pfützen aus der verstopften und überlaufenden Latrine der 1. Kompanie, immer das Gesicht auf dem Boden. Und Bevern gab das Tempo an, indem er pfiff.

Nach dreimaliger Überquerung des Hofes ertönte Hauptmann Barths »Halt«.

Lässig, mit federndem Schritt, ging Bevern in die Offiziersbaracke und ließ Schwanecke im Dreck liegen.

»Was soll das, Herr Oberleutnant?« fragte Barth hart, als Bevern eintrat.

»Ich habe diesem Schwanecke beweisen müssen, daß der Mensch vom Lurch abstammt.«

»Unsinn!«

Bevern wurde steif.

»Und damit glauben Sie, den Krieg zu gewinnen?« Hauptmann Barth winkte ab. Gehen Sie! hieß das. Gehen Sie sofort, Sie Dreckhaufen! Bevern verstand und ging. Doch bevor er nach der Türklinke griff, hielt ihn Barths Stimme auf: »Ich würde mir an Ihrer Stelle diesen Mann nicht zum Feinde machen. Wir kommen nach Rußland ... Gehen Sie jetzt!«

Schwanecke stand taumelnd auf. Sein Gesicht war dreckverkrustet, unmenschlich verzerrt, schreckenerregend. Schwer atmend lehnte er sich an die Barackenwand.

Deutschmann lief weg und brachte ein Kochgeschirr voll Wasser. Dann knöpfte er Schwanecke das Hemd auf. Schwanecke sah ihn mit glasigen, verständnislosen Augen an. In langen Zügen trank er das halbe Kochgeschirr leer und schüttete sich das restliche Wasser über den Kopf. »Oberleutnant Bevern ...«, murmelte er dann mit gepreßter, unnatürlicher Stimme.

Deutschmann fröstelte. Mein Gott, dachte er, ich möchte nicht in Beverns Haut stecken.

»Willst du noch Wasser?« fragte er Schwanecke.

»Danke, Kumpel, es war genug. Willst du eine Zigarette?«

In diesem Augenblick bewunderte der vornehme, stille Dr. Deutschmann den Schwerverbrecher Karl Schwanecke. Und in diesem Augenblick faßten der Akademiker und der Kriminelle eine stille, wortlose Zuneigung zueinander, die sie durch das Gefühl, daß sie beide – und alle anderen mit ihnen – nur einen gemeinsamen Feind hatten, um so stärker empfanden.

Die Sache mit dem Kaninchen ging wie ein Lauffeuer durch das Bataillon. Auch Oberleutnant Obermeier erfuhr davon und stellte Bevern zur Rede. »Darf ich Sie aufmerksam machen, mein Herr, daß *ich* der Chef der 2. Kompanie bin und nicht *Sie*?!« sagte er scharf. »Sie haben als Adjutant des Kommandeurs keinerlei Befehlsgewalt über die Truppe, sondern haben lediglich als Verbindungsmann zu dienen.«

»Dieser Untermensch«, fing Bevern an, aber Obermeier unterbrach ihn barsch:

»Ungeachtet dessen, daß er zu meiner Kompanie gehört, haben Sie sich mit ihm eine verfluchte Schweinerei geleistet!«

»Wollen Sie mir einen Kurs über meine Pflichten geben – und wie ich sie auszuführen habe?« Bevern ging zum Gegenangriff über. »Ihre Kompanie ist – ein Sauhaufen, Herr Kamerad!«

»Ich werde Sie für diese Worte vor dem Kommandeur zur Rechenschaft ziehen«, sagte Obermeier kalt. »Übrigens verbitte ich mir von Ihnen die Anrede Kamerad. Wären wir jetzt nicht im Krieg, würde ich es darauf ankommen lassen und Sie links und rechts in Ihr dummes Gesicht schlagen!«

»Herr Oberleutnant ...!« Bevern wurde bleich. Mit einer schnellen Armbewegung drückte ihn Obermeier zur Seite, ging an ihm vorbei und ließ ihn stehen.

In seiner Stube nahm Bevern aus dem Schrank eine dünne Mappe und machte hinter dem Namen Fritz Obermeier, Oberleutnant, ein Kreuz. Ich werde es dir zeigen, dachte er, ich werde es dir zeigen ...! Das tust du nicht mit mir. Nicht mit mir!

Voll unversöhnlichen Hasses schloß er die Mappe wieder ein.

Oberleutnant Bevern war aus bestimmtem Grund im Strafbataillon 999. Er hatte die Aufgabe, alles zu melden, was in dieser Einheit geschah. Insbesondere sollte er sein Augenmerk auf die politische Zuverlässigkeit des Offiziers- und Unteroffizierskorps richten.

Am nächsten Tag erfuhren die Soldaten bei der Befehlsausgabe, daß in zwei Tagen das Bataillon abrückte. Oberfeldwebel Krüll wußte es schon am Abend zuvor. Und deshalb betrank er sich.

Er saß auf seiner Stube und soff.

Ein normaler Mensch trinkt. Er kann auch schnell trinken, er gießt also die Flüssigkeit in kleinen, großen, schnellen oder langsamen Schlucken in sich hinein.

Krüll machte von dieser Regel eine Ausnahme. Ob Bier, Schnaps, Wein, er setzte das Glas oder das Kochgeschirr an die Lippen, öffnete den Mund und schüttete den ganzen Inhalt des Gefäßes in sich hinein, ohne daß man ein Schlukken sah oder auch nur eine Bewegung des Kehlkopfes. »Wie ein Schlauch«, stellte Unteroffizier Hefe einmal halb bewundernd, halb neidisch fest. »Der Kerl kann saufen! Ein Wunder, daß es unten nicht wieder hinausläuft!«

Es gab in der deutschen Wehrmacht eine Reihe von Vorschriften gegen das übermäßige Trinken. Doch wie gern er sonst nach Vorschriften lebte, kümmerte sich Krüll um diese nicht, die zu befolgen ihm sicherlich ganz guttäte. Ganz und gar vergaß er sie aber, wenn er wütend war: Dann artete seine Trinkart zu einem animalischen Saufen aus, dem ein tagelanger Katzenjammer folgte.

Und an diesem Abend hatte er Wut. Und Angst. Wut auf Schwanecke, auf Bevern, auf Obermeier, auf alle Soldaten seiner Kompanie und aller anderen Kompanien rund um den Erdball, auf den Erdball selbst und auf das lausige Leben. Angst hatte er vor Rußland. Vor dem Wort allein und vor allem, was ihm dort widerfahren konnte. Es handelte sich ja nicht nur darum, daß die Russen schossen und ihn treffen konnten. Vielleicht bekam das Bataillon Waffen – und was war einfacher für einen Kerl wie Schwanecke, ihn, den Oberfeldwebel Krüll, anstatt einen heranstürmenden Russen zu treffen?

Oh, du lieber Himmel!

Ein ekelhafter Gedanke.

Eine Bande, dachte er beziehungslos. Eine hundsverfluchte Bande! Man sollte sie alle an die nächste Wand stellen, und peng – peng – peng –. Dann wäre Ruhe für immer.

So soff er und stierte mit glasigem Blick aus dem Fenster über den großen, dunklen Platz. »Scheiße«, sagte er laut. »Rußland …!« Und nach einer Weile: »Aus!«

Er hatte keine Freunde, kein Mädchen, und er hatte nur sich selbst und seine Wut und seine Furcht, seine Stimme, seine Autorität – und 'n Haufen Soldaten, die ihn haßten.

Das ist verflucht wenig für einen Mann. Krüll fühlte es und soff, bis er umfiel.

In der Unterkunft des 2. Zuges der 2. Kompanie sagte Schwanecke: »Paßt auf, Kumpels, in den nächsten Tagen geht's ab!«

»Wieso?« fragte Deutschmann.

»Das hat man im Gefühl«, sagte das Rattengesicht.

»Wohin?« fragte Deutschmann.

»Zur Mami«, grinste das Rattengesicht.

»Halt die Schnauze!« fuhr ihn Schwanecke an, und das Rattengesicht duckte sich. »Im Ernst, ich spür's in allen Knochen: Es geht weg. Todsicher nach Rußland.«

»Und was sollen wir dort?« fragte Wiedeck von seinem Bett her.

»Das kannst du dir denken«, sagte Schwanecke grinsend.

»Rußland …!« sagte Deutschmann leise.

»'s ist ein verfluchtes Land«, sagte das Rattengesicht.

»Brauchst keine Angst zu haben, Professor …!« Schwaneckes Grinsen vertiefte sich. Er beugte sich vor und stupste den zusammenfahrenden Deutschmann in die Rippen: »Alles halb so schlimm. Und eins sag' ich dir …«, jetzt flüsterte er, »'s gibt 'ne Menge Möglichkeiten dort für unsereinen, 'n Haufen Möglichkeiten! Halt dich nur an mich!«

»Was verstehen Sie darunter?« fragte der Oberst. Aber Schwanecke überhörte die Frage. Er kniff die Augen zusammen und sagte: »Du wirst sehen, Professor, ich bin ein altes Frontschwein. Ich weiß Bescheid: Es gibt 'ne Menge Möglichkeiten. Wir biegen es so hin, daß du aus'm Staunen nicht herauskommst, so wahr ich Karl Schwanecke heiße! Oder glaubst du, Schwanecke hat Lust, für Führer, Volk und Vaterland den Heldentod zu sterben?«

Julia Deutschmann arbeitete fieberhaft, schnell, doch nicht überstürzt. Sie zwang sich, mit all ihren Gedanken bei der Arbeit zu bleiben; allein so würde es ihr möglich sein, in kürzester Zeit Ernsts monatelange Arbeit zu wiederholen.

So lebte sie gleichsam wie ein Deserteur hinter der Front: Angespannt, gejagt von der allzu schnell und doch so fürchterlich langsam verrinnenden Zeit, von Gedanken an ständig lauernde Gefahr gepeinigt, angstvoll auf das Unausbleibliche wartend und zugleich hoffend, es würde nicht eintreten. Sie arbeitete Nächte hindurch und schlief am Tage, und zuletzt gab es für sie keine Tage und Nächte mehr: Sie arbeitete, bis ihre Gedanken vor Müdigkeit zerflatterten und ihr Kopf auf die Schreibtischplatte sank. Sie aß hastig, ohne zu achten, was sie aß, wenn das Gefühl des Hungers zu stark wurde, um es weiter zu ertragen. Und an einem Abend, während sie eine trockene, dünne Brotschnitte mit Margarine bestrich, mitten im Krieg, in einer vom Grauen gepeitschten Welt, in einer dunklen, verzweifelten Stadt, wurde ihr klar, was es bedeutete, bescheiden und ehrfürchtig zu sein und sich einer großen Aufgabe hinzugeben, die scheinbar nicht zu bewältigen war.

Während sie langsam an dem abscheulich schmeckenden Margarinebrot kaute und einen dünnen Pfefferminztee trank, kam eine große Ruhe über sie.

Als sie das Geschirr wegräumte, begannen die Sirenen zu heulen. Vorwarnung. Und schon einige Minuten darauf Fliegeralarm.

Mutterseelenallein saß sie im Keller ihres Hauses, in einem Inferno von Abschüssen und Bombenexplosionen, zitternder Wände und stauberfüllter, trockener Luft, die ihr den Atem abschnürte und sie zum Husten zwang. Doch auch jetzt noch blieb sie ruhig, als hätte sie von irgendwem, der stärker war als die Bomben, die Zusicherung erhalten, ihr würde nichts geschehen. Sie betete, stumm, mit kaum sichtbar sich bewegenden Lippen, die Hände im Schoß gefaltet, reglos, steif aufgerichtet.

Sie kam davon. In der Nachbarschaft wurden einige Häuser zerstört, in den Zimmern ihrer Wohnung flackerte rötlich der Widerschein naher Brände. Sie schloß die Fenster und zog die Verdunkelungsvorhänge herab. Einige Scheiben waren zertrümmert.

Als sie die Scherben zusammenfegte, klingelte das Telefon. Sie richtete sich auf, fragend, als verstünde sie nicht, was das schrille, scharfe Läuten bedeutete.

Dann hob sie den Hörer ab.

Am anderen Ende meldete sich Dr. Kukill.

»Ich wollte nur fragen, ob bei Ihnen alles in Ordnung ist?« fragte Dr. Kukill. Seine Stimme klang atemlos, abgehackt und etwas unsicher.

»Warum wollen Sie das wissen?« fragte Julia. Und sie überraschte sich dabei, daß ihr seine Stimme fast wohltat: Es war einfach eine menschliche Stimme, die zu ihr sprach in dieser gespenstigen, durch einen rötlichen Feuerschein und entferntes Prasseln erfüllten Stille. Egal, wem sie gehörte. Und erst nach und nach wurde ihr bewußt, daß der Mann sprach, der ihr Glück zerstört hatte, durch dessen Schuld sie in diesen alptraumähnlichen Zustand geworfen wurde, in dem sie wie in einer ewigen Nacht ohne Aussicht auf Licht leben mußte.

»Nach diesem Angriff – nun, ich bin froh, daß Ihnen nichts passiert ist, Kollegin.« Jetzt schlug er wieder seinen leichten plaudernden Ton an, an dem das Verwunderlichste war, daß er ihn auch *ihr* gegenüber so leicht anwenden konnte, als spräche er mit irgendeinem beliebigen Bekannten. »Ist Ihr Haus ganz geblieben?«

»Ja, nur einige Scheiben sind kaputt.«

»Das kann man verschmerzen. Ich schicke Ihnen morgen einen Mann, der neue einsetzen wird. Aber ich glaube doch, es wäre besser, wenn Sie bei einem Fliegeralarm in einen sicheren Luftschutzbunker gingen.«

»Mir passiert schon nichts.«
»Darf ich morgen nach Ihnen sehen?«
»Ich weiß nicht, welchen Sinn es hätte.«
»Darf ich?«
»Bitte nicht, ich bin sehr beschäftigt.«
»Was tun Sie? Etwa ...?«
Stille.
»Ganz recht. Ich habe es Ihnen ja gesagt.«
Und dann beschwörend: »Machen Sie keine Dummheiten, tun Sie nichts Unüberlegtes. Sie wissen, wie gefährlich das ist, wie könnte ich Sie nur davon abhalten?«

»Es hätte keinen Zweck, mich davon abhalten zu wollen.« Sie lächelte abwesend. Dieses Gespräch war unwirklich, widersinnig und auch ein bißchen komisch. Der Mann, an den sie nur mit Haß im Herzen denken konnte, der Mann, dessen Gutachten Ernst zu verdanken hatte, daß er in das Strafbataillon kam, beschwor sie, vorsichtig zu sein, von der Arbeit abzulassen, nur um – warum eigentlich? Etwa ...?

Sie legte auf, ohne auf die verzerrte, aufgeregte Stimme zu achten, die aus dem Hörer kam.

Dann ging sie zurück ins Laboratorium. Zum Glück waren hier die Scheiben ganz geblieben. Sie zündete eine Kerze an und setzte sich hinter den Schreibtisch. Vor ihr war eine lange und jetzt nach dem Angriff hoffentlich auch ruhige Nacht. In anderen Vierteln Berlins aber wüteten Brände ...

Deutschmann fiel um, als er langsam, gemächlich über den Kasernenhof gegen die Küchenbaracke ging, wohin er zum Kartoffelschälen geschickt wurde. Der Schwächeanfall kam plötzlich, ohne vorherige Ankündigung; vor seinen Augen fingen helle Punkte, Kreise und Flecke zu tanzen an, er machte die Augen krampfhaft auf, von den Beinen aufwärts kroch über seinen Körper lähmende Schwäche, er fragte sich überrascht, was das bedeuten sollte – und dann stürzten der

Hof vor ihm, die Baracken und die Bäume dahinter empor und begruben ihn unter sich.

Er konnte kaum lange ohnmächtig gelegen haben.

Als in der Dunkelheit, die ihn umgab, wieder die Kreise, Punkte und Flecke zu tanzen begannen und immer heller wurden, als er erstaunt und nicht begreifend die Augen aufriß, sah er ganz nahe vor seinen Augen eine Pfütze. Zugleich fühlte er auf seinem Gesicht nasse Kälte. Er verstand immer noch nicht. Erstaunt, aber auch ein wenig gleichgültig, fragte er sich, wo er sei und wie er hierhergekommen war. Wie kam er dazu, mit der Wange in einer Pfütze zu liegen, und warum gelang es ihm nicht aufzustehen?

Er versuchte, die Beine unter den Leib zu ziehen, doch über seinen Körper lief nur ein langes Zittern.

Dann hörte er schnell näher kommende, trampelnde Schritte.

Erich Wiedeck beugte sich über den regungslos daliegenden Deutschmann.

»Ernst!« sagte er erschrocken, »Ernst, was ist denn los?«

Er drehte ihn um und knöpfte ihm den Uniformrock auf. Deutschmann starrte ihn aus glasigen Augen, die nichts verstanden, an, machte den Mund auf, als wollte er etwas sagen, doch über seine Lippen kamen nur kleine, lallende Laute.

Wiedeck überlegte nicht lange. Er hob den Freund auf die Schulter und wunderte sich, daß der lange, große Mann so leicht war.

Schnell trug er ihn in den etwas abseits gelegenen Teil des Lagers, wo die Revierbaracke lag.

Es war nichts Ernstes. Ein einfacher Schwächeanfall. Gegen Nachmittag konnte Deutschmann wieder aufstehen. Als er, etwas schwach noch und zitterig in den Beinen, aufstand und durch den schmalen, langen Gang der Revierbaracke zur Toilette ging, sah er unten die Tür aufgehen. Zwei Soldaten schleppten keuchend eine Trage hinein. Hinterher lief aufgescheucht wie ein Huhn der Sanitäter Kronenberg.

Deutschmann drückte sich an die Wand und ließ die

Gruppe vorbei. Auf der Trage lag ein Soldat mit erschrekkend violett verfärbtem Gesicht. Sein Mund schnappte weit offen nach Luft, seine Hände fuhren unablässig über die Brust zum Hals und wieder hinab, und sein Körper bäumte sich in kurzen Abständen auf, als wollte er aufstehen und in seiner Pein und Atemnot weglaufen.

»Und der Chef ist nicht hier – was soll ich tun –, der Chef ist doch nicht hier!« jammerte Kronenberg verzweifelt.

»Du bist der Sani – du mußt es wissen!« keuchte ein Soldat, dessen Hände die Trage umklammerten.

Deutschmann trat hinter ihnen ins Behandlungszimmer. Kronenberg, der sonst wie ein Wachhund aufpaßte, daß kein Unberufener ›seine‹ Räume betrat, wie er das Revier nannte, kümmerte sich nicht um ihn. Hilflos lief er umher, ohne zu wissen, was er tun sollte. Es war ihm nicht zu verübeln: Nach einem Schnellkursus in ›Erster Hilfe‹ wurde er Sanitäter – und dieser Mann, den die Soldaten jetzt behutsam und ängstlich auf das Sofa legten, kämpfte offensichtlich mit dem Erstickungstod. Oder mit etwas anderem – weiß der Teufel, auf alle Fälle sah es so aus, als könnte er jeden Augenblick sterben.

»Wo ist der Chef?« fragte ein Soldat.

»Weggefahren«, sagte Kronenberg, »ich weiß nicht ...«

»Dann such ihn halt!«

»Wo soll ich ihn suchen?«

»Was hat er denn?« fragte Deutschmann, trat zum Liegenden und beugte sich über ihn.

»Verstehst du etwas davon?« fragte Kronenberg mit wiedererwachender Hoffnung.

»Ein wenig«, sagte Deutschmann. »Was hat er?«

»Wie soll ich das wissen?«

»Mensch – du bist vielleicht ein Sani!« sagte ein Soldat.

»Du hast ihm doch vorhin eine Spritze gegeben!« sagte der zweite.

»Was für eine Spritze?« fragte Deutschmann.

»Das hat doch damit nichts zu tun – eine Antitetanusspritze hat er bekommen«, sagte Kronenberg. »Er hat sich mit einem rostigen Stacheldraht ...«

»Bringen Sie Adrenalin und eine Spritze!« befahl Deutschmann knapp. »Machen Sie schnell, sonst kann wirklich etwas passieren!«

Jetzt war er wieder dort, wohin er gehörte: in einem nach Medikamenten, Desinfektionsmitteln und kranken Menschen riechenden Raum, neben einem Sofa, auf dem ein Mann mit dem Tode rang. Die Schwäche, Unsicherheit und Unbeholfenheit waren wie mit einem Schlage von ihm abgefallen. Es war wieder wie damals, in den Jahren nach seinem Doktordiplom, als er in einer Berliner Klinik arbeitete, von einem Kranken zum anderen ging, als er mit dem Tode um seine Patienten rang – dort, wo er Julia kennen- und liebengelernt hatte.

Kronenberg sah ihn groß und erstaunt an und brachte das Verlangte: eine Adrenalinampulle und aus dem silbern glänzenden Sterilisator eine Spritze und Nadeln. Deutschmann streifte dem Liegenden den Ärmel hoch und fühlte nach seinem Puls; er war kaum zu spüren, flatterhaft, manchmal beängstigend lange aussetzend.

»Benzin!« sagte Deutschmann.

Die beiden Soldaten standen dabei und sahen ihm zu, wie alle Menschen in allen Zeiten einem Arzt bei der Arbeit zugesehen haben: neugierig, scheu, bewundernd.

Deutschmann schnürte den Oberarm des Liegenden ab, so daß die Adern in der Armbeuge dick und blau hervortraten. Dann rieb er mit einem benzingetränkten Wattebausch die Haut ab und stach die Nadel in die Vene.

»Schock«, sagte er.

»Wieso Schock, was …«, fing Kronenberg an, aber Deutschmann unterbrach ihn leise und ruhig, während er die Flüssigkeit langsam und ruhig in die Vene drückte: »Nicht jeder verträgt das Antitetanusserum.«

»Kriegst du ihn durch?« fragte ein Soldat.

»Ich denke schon«, sagte Deutschmann.

Er hat ihn durchgekriegt. Nach langen bangen Minuten, nachdem er alles getan hatte, was zu tun war, und man nur noch warten konnte, wich aus dem Gesicht des Kranken langsam die violette Färbung, er begann wieder zu atmen, sein Puls wurde regelmäßig, obwohl er vorläufig ziemlich schwach blieb.

»Es ist gut«, sagte Deutschmann endlich. »Es kann nichts mehr passieren.«

»Wieso kannst du das so gut?« fragte ihn Kronenberg erstaunt und dankbar zugleich. Er hatte auch allen Grund, dankbar zu sein: Langsam dämmerte es ihm, daß der Soldat durch seine Schuld gestorben wäre. Er hatte ihm die doppelte Menge Serum gegeben, weil ›doppelt ja besser hält‹.

»Ich muß es wohl«, antwortete Deutschmann lächelnd. »Schließlich bin ich ein Arzt.«

»Arzt ...?« Kronenberg pfiff durch die Zähne. Seinem breiten, schwerfälligen Gesicht war anzusehen, daß er irgend etwas überlegte. Aber er sagte nichts; er sagte nie etwas, bevor er es nicht gründlich und von allen Seiten abgewogen hatte.

Als Deutschmann gegen Abend wieder in seinem Bett lag, kam Kronenberg zu ihm und holte ihn in seine kleine Kammer neben dem Behandlungsraum.

»Hör mal zu«, begann er, nachdem sich Deutschmann auf dem einzigen Stuhl niedergelassen hatte. »Ich hab' so 'ne Idee. Aber zuerst trinken wir einen Schnaps. Magst du?«

Deutschmann nickte.

Kronenberg machte seinen Spind auf und holte aus der hintersten Ecke eine Flasche. Deutschmann machte große Augen: französischer Kognak! Kronenberg grinste ihn an:

»Vom Alten, verstehst du? Vom Stabsarzt. Eine Seele von Mensch! Ich kann ihn um den Finger wickeln, wenn ich will.«

Sie tranken.

Schon nach einigen Schlucken erschien Deutschmann die Welt wieder ein klein wenig erträglicher, ja beinahe angenehm. Er vergaß den Spieß, die Unteroffiziere, er vergaß seine Krankheit und Schwäche und seine Verzweiflung, die dunkle, hoffnungslose Zeit, durch die er gehen mußte; er und alle anderen, er und Julia, er und Kronenberg und Wiedeck und Bartlitz und Schwanecke – auch Schwanecke und alle, alle … Bequem setzte er sich auf dem Stuhl zurecht und wartete gespannt, was ihm Kronenberg zu sagen hatte.

»Paß mal auf«, begann dieser, »ich weiß, es ist kein Spaß da draußen!« Mit dem Daumen machte er eine Bewegung gegen das verdunkelte Fenster. »Du verstehst mich?«

Deutschmann nickte.

»Ich hab' einen Vorschlag. Ich brauche einen Hilfssani, verstehst du? Dann bist du die Brüder los, Krüll und so weiter, keiner kann dir was, und wir machen uns hier eine schöne Zeit.«

»Wie willst du denn das machen?« fragte Deutschmann zögernd. Diese Idee erschien ihm absurd, unwahrscheinlich. Er, Dr. Ernst Deutschmann, Privatdozent – ein Hilfssani! Sozusagen der letzte Dreck im Sanitätskorps! Dabei wäre er nach einem Jahr mindestens Stabsarzt, wenn er nicht im Strafbataillon wäre. Andererseits – warum eigentlich nicht? Wenn man beim Militär ein Klavier tragen mußte, dann suchte der Spieß Musiker aus; wenn die Unteroffiziere ihre Buden geschrubbt haben wollten, dann beauftragten sie damit besonders gute Schwimmer, weil sie ja keine Angst vor Wasser hätten. Und wenn Kronenberg einen Hilfssani brauchte – warum sollte er dann nicht ihn, den Arzt Deutschmann, nehmen?

»Das überlaß du nur mir!« sagte Kronenberg mit einer großartigen Geste. »Ich habe dir doch gesagt – der Chef und ich …, du verstehst?«

»Und – was hätte ich zu tun?«

»Ach so, na, jetzt einstweilen noch Pißpötte raustragen, Thermometer in den Hintern stecken und so weiter. Du verstehst ja was davon. Und nachher in Rußland – weiß der Teufel! Was halt so kommt. Einverstanden?«

»Pißpötte?« sagte Deutschmann.

»Du bist dir wohl zu gut dazu, was? Du kannst ja wieder raus! Du bist gesund – Krüll wartet schon auf dich!«

»Kann ich noch was zu trinken haben?« fragte Deutschmann. Ein kleiner Aufschub. Pißpötte! – dachte er schaudernd. Thermometer in den Hintern, was halt so kommt …

Aber er hatte sich schon entschieden.

»Na gut«, sagte er, nachdem er getrunken hatte. »Machen wir.«

Am nächsten Morgen half er bereits dem Sanitäter Kronenberg beim Fiebermessen und rückte anschließend mit einem Armvoll Nachttöpfen auf die Latrine des Reviers, um sie dort zu leeren und zu spülen. Und im Laufe des Vormittags und Nachmittags sah er mit einiger Besorgnis, daß Kronenberg recht gern sprach, aber weniger gern arbeitete. Im übrigen war er jedoch ganz angenehm, gutmütig, schrie nicht, brüllte nicht, man konnte gut mit ihm auskommen – es war immer noch besser, hier zu sein, als vom ›Krüllschnitt‹ über den Appellplatz gejagt zu werden.

So wurde beiden gedient. Deutschmann empfand die Ruhe im Revier, die Gesellschaft der Kranken, den Sanitäter Kronenberg und die Nachttöpfe als eine Wohltat nach den Tagen unter Krüll, und Kronenberg hatte einen echten Arzt als Hilfssani, er, der kleine Handwerker aus Westfalen. Einen Mann, der alle Arbeiten machte, zu denen er keine Lust hatte, und der bei Bedarf auch noch mit seinem Wissen einspringen konnte. Ein Idealfall, seltenes Glück – und zugleich doppelte Rückendeckung.

Am Abend sprach Kronenberg mit Stabsarzt Dr. Bergen. Er rückte mit seinen Problemen in der schiefen Schlachtordnung vor und fühlte erst einmal nach der allgemeinen Lage.

»Ist die Herzsache vom Zimmer 3 schlimm, Herr Stabsarzt?«

»Warum?« Dr. Bergen blickte von seinen Notizen auf. Er hatte die pedantische Angewohnheit, über jeden Tag eine Art Rapport zu führen, den keiner las und der in dicken Aktenstößen im Rollschrank verstaubte. »Wieder ein Anfall? Geben Sie ihm Myocardon.«

»Jawohl.« Kronenberg sah auf die Papiere. Appendizitis Zimmer 4, las er. Überstellung in Reservelazarett Posen I zwecks Ektomie. »Da ist noch was, Herr Stabsarzt.«

»Bitte?«

»Der Schütze Ernst Deutschmann ist recht anstellig. Wir

brauchen noch einen Mann fürs Revier. Eine Art Hilfskraft. Durch die Arbeitskommandos ist das Revier so belegt, wie Herr Stabsarzt selbst wissen, daß ich allein ...« Er stockte und verbesserte sich sofort: »Das heißt, ich schaffe es schon allein. Aber das dauert manchmal zu lange bei dringenden Fällen. Und jetzt überhaupt, wenn wir nach Rußland kommen ...« Daß Deutschmann Arzt war, verschwieg er wohlweislich.

»Ich werde mit dem Kommandeur sprechen. Welche Kompanie?«

»Die zweite, Herr Stabsarzt.«

»Gut. Lassen Sie mich jetzt in Ruhe, Kronenberg!« Dr. Bergen beugte sich über seinen Rapport, und Jakob Kronenberg entfernte sich zufrieden mit einem zackigen Gruß und einer krachenden Kehrtwendung – aber nicht bevor er sah, daß Dr. Bergen notierte: Anfordern Schütze Ernst Deutschmann, 2. Kompanie, als Hilfssani.

»Man muß die Leute zu nehmen verstehen«, sagte Kronenberg später zu Deutschmann. Sie saßen am Fenster, und der Sanitäter weihte seinen Hilfssani in die Geheimnisse des ›17 und 4‹ ein. »Der Deutschmann kommt zu uns, Herr Stabsarzt«, habe ich gesagt, »oder ich gehe!« Kronenberg sah sein Gegenüber an, um sich zu vergewissern, ob seine Worte Wirkung zeigten. Deutschmann staunte ihn pflichtgemäß an. »Da hat er natürlich sofort ja gesagt!«

Und nach einer Weile knallte Kronenberg die Karten hin: »Einundzwanzig!«

Es war ein schöner Abend.

Am nächsten Tag packten die 1. und 2. Kompanie ihre Sachen. Der erste Befehl war umgeändert worden – zuerst rückten die beiden ersten Kompanien ab. Nach fünf Tagen folgten die 3. und 4. Kompanie mit dem Bataillonsstab und dem Revier, das jetzt den Namen ›Lazarett‹ erhielt. Ernst Deutschmann, als neuer Hilfssani, wurde der 2. Kompanie als Sanitäter zugeteilt, was Oberfeldwebel Krüll mit den

Worten begrüßte: »Na, Sie trübe Tasse! Sie haben wohl schon gelernt, wie man sich drückt, was? Sie lass' ich noch hüpfen!«

Worauf Deutschmann, der tatsächlich überraschend schnell lernte, still entgegnete: »Darf ich Herrn Oberfeldwebel darauf aufmerksam machen, daß ich allein dem Herrn Stabsarzt und dem Herrn Bataillonskommandeur unterstehe?«

»Schnauze!« brüllte Krüll. Aber er raffte sich zu keinen weiteren Gegenmaßnahmen auf, einerseits weil Deutschmann im Recht war, andererseits weil es nach Rußland ging. Man wußte nie, ob nicht gerade dieser lausige Intellektuelle derjenige war, der einem den ersten Verband anlegte und die Tetanusspritze gab. Oder gar abschleppte ...!

Die Reaktion auf Deutschmanns ›Beförderung‹ in seiner Unterkunft war verschieden. Manche beneideten ihn, manche beglückwünschten ihn, und Schwanecke sagte:

»Du hast den richtigen Dreh raus. Das hast du sehr gut gemacht. Dadurch erhöhen sich unsere Chancen, sag' ich dir!«

»Wie meinst du das?« fragte Deutschmann verblüfft.

Aber Schwanecke antwortete nicht. Er grinste nur vieldeutig und blinzelte ihm zu.

Jakob Kronenberg blieb einstweilen im Revier und würde in fünf Tagen nachkommen, hieß es. Stabsarzt Dr. Bergen rief jede Stunde bei der Sanitätsersatzstaffel an, beschwor den Oberarzt und verlangte den Generalarzt zu sprechen. »Ich brauche einen Assistenten!« schrie er. »Was soll ich allein in Rußland? Bisher hatte ich ein Revier, aber an der Front, bei dem Anfall von Verwundeten! Ich garantiere für keinerlei vorschriftsmäßige ärztliche Versorgung, wenn keine Hilfe kommt!«

In Posen sah man das ein und versprach ihm einen Unterarzt. Aber Dr. Bergen wußte im voraus, daß das wahrscheinlich nur ein Versprechen war wie immer.

Unterdessen packte die Schreibstube der 2. Kompanie die Akten, die Wehrpässe und die wichtigen Schriftstücke in große Blechkisten. Die transportable Einrichtung wurde in Kartons und Holzkisten verstaut, die mit Draht und dikken Bindfäden umwickelt wurden. Darauf kam, mit Tusche gemalt, das taktische Zeichen und die Ziffern 2./999./ Ia oder Ib.

In die Schreibstube kam Oberleutnant Obermeier. »Was Neues, Krüll?« fragte er.

»Nein, Herr Oberleutnant. Packen geht planmäßig weiter. Kompanie steht um 20.00 Uhr abmarschbereit.«

»Um 19.00 Uhr Fassen der eisernen Rationen. Alle Unteroffiziere und Feldwebel erhalten Pistolen, Munition und jeder Zug zwei Maschinenpistolen. Wir fahren drei Tage durch Partisanengebiet. Sie sehen so rot aus, Krüll. Haben Sie etwas?«

»Nein, Herr Oberleutnant, nichts.«

Die Schreiber grinsten. Unteroffizier Kentrop rieb sich die Nase. Aber Krüll sah es nicht. In diesen Tagen und Stunden lebte er wie in einem Nebel. Hilfssanitäter Ernst Deutschmann packte seine Ambulanztasche zusammen. Kronenberg half ihm dabei mit fachlichen Ratschlägen und steckte schließlich eine Flasche Kognak zwischen die Medikamente. »Falls dir mal schlecht ist oder gegen Magenschmerzen. Und wenn der ›Krüllschnitt‹ Magenschmerzen hat – die hat er immer, wenn er gesoffen hat, dann gibst du ihm einen großen Eßlöffel Supergastronomia.«

»Supergastronomia?«

»Rizinusöl heißt das auf deutsch. Der Name stammt von mir. Krüll hat einen großen Respekt vor ihm. Seinen flotten Durchmarsch schiebt er dann immer auf schlecht gebrannten Schnaps.«

Lächelnd stapelte Deutschmann die Verbandspäckchen und Schnellbinden in der großen Ledertasche, zählte die Leukoplastrollen und die verschiedenen Scheren und Pinzetten. Kopfschüttelnd erinnerte er sich an das Instrumentarium und an all die modernen Geräte, die ihm in Berlin zur Verfügung gestanden hatten. Was soll er im Ernstfall mit diesen paar Pinzetten und Scheren anfangen?

Stabsarzt Dr. Bergen kam in den Raum.

»Haben Sie alles zusammen?« fragte er Deutschmann.

»Jawohl, Herr Stabsarzt.«

»Wenn Sie genau wissen, wo das Lazarett hinkommen soll, versuchen Sie schon, Quartier zu suchen.«

»Wenn Herr Oberfeldwebel mir das erlaubt.«

»Oberfeldwebel?« Dr. Bergen richtete sich auf. »Sie haben von mir den dienstlichen Befehl, für das Lazarett Quartier zu suchen. Mit der 2. Kompanie haben Sie nur verwaltungstechnisch zu tun. Befehle haben Sie nur von mir entgegenzunehmen! Übrigens – was sind Sie –, was waren Sie früher von Beruf?«

»Arzt«, sagte Deutschmann.

Dr. Bergen fuhr herum. »Arzt?« fragte er überrascht. »Wieso ... warum?« Er wirkte auf einmal unbeholfen.

»Jetzt bin ich hier«, sagte Deutschmann trocken.

»Ja – jetzt sind Sie hier, jetzt sind Sie hier«, sprach Dr. Bergen hilflos und gab sich schließlich einen Ruck. Jetzt war er wieder so, wie ihn alle kannten: kühl, ruhig, abwesend. »Also tun Sie, was ich Ihnen gesagt habe.«

»Jawohl, Herr Stabsarzt.«

Deutschmann exerzierte das gleich durch, als er auf die Stube kam, wo er Wiedeck und Schwanecke traf. Er packte die Kognakflasche aus und ließ sie kreisen. Und wie stets im unrechten Augenblick tauchte auch diesmal Krüll überraschend auf.

Der Oberfeldwebel zwinkerte überrascht mit den Augen, als er die drei Soldaten um den Tisch sitzen sah; offenbar wollte er sich vergewissern, ob ihm seine aufgeregten Sinne nicht nur irgend etwas vorgaukelten. Aber es stimmte: Auf dem Tisch stand eine Flasche Kognak.

»Schütze Deutschmann«, schrie er, »was haben Sie da?«

»Kognak, Herr Oberfeldwebel.«

»Kog...« Krüll machte ein paar Schritte in die Stube und starrte auf die Flasche. Ein guter Dreistern, ein vollendeter, reiner Kognak! Bei diesen drei Schurken! Ein echter Kognak bei Soldaten von 999! »Her damit!« brüllte Krüll auf. »Wo haben Sie den Kognak her? Schwanecke – geklaut, was? Das gibt einen Tatbericht!« Er wollte die Flasche sicherstellen, aber Schwanecke war schneller, griff hämisch grinsend nach der noch halb gefüllten Flasche und gab sie Deutschmann, der sie in seiner Tasche verschwinden ließ.

»Die Flasche ist Eigentum des Reviers, Herr Oberfeldwebel«, sagte Deutschmann erklärend. »Ich wurde gerufen, weil – weil Schütze Schwanecke einen Schwächeanfall bekam. Kognak ist dagegen das beste Mittel.«

Krüll wurde weiß im Gesicht. »Eine Frechheit – Sie – Sie auch – und der Schütze Wiedeck, he?« fragte er gefährlich leise. »Hatte Sodbrennen, Herr Oberfeldwebel. Auch dagegen verordnete ich einen Schluck Kognak.«

»Geben Sie sofort die Flasche her!« Krüll beugte den roten Kopf vor. Doch Deutschmann sah ihm fest in die zusammengekniffenen Augen.

»Darf ich den Herrn Oberfeldwebel noch einmal darauf aufmerksam machen, daß ich der Kompanie nur zugeteilt bin und nur Befehle des Herrn Stabsarztes entgegennehme. Denn ich habe ausdrückliche Weisung des Herrn Stabsarztes.« Seine Stimme zitterte leicht. Und noch während er redete, fragte er sich, über sich selbst erschrocken, woher er den Mut nahm, mit Krüll so zu sprechen. Er wollte sich mitten in der Rede stoppen, die Flasche aus der Tasche nehmen und sie dem wütenden Spieß geben. Aber er tat es nicht, er sprach weiter, als würde jemand anders aus ihm sprechen, über den er keine Gewalt hatte.

Schwanecke sah Deutschmann bewundernd an, als wollte er sagen: Mensch, das habe ich dir aber nicht zugetraut, alle Achtung!

Und Krüll? Er war wie ein aufgeblasener Ballon. Er konnte schreien und seine Untergebenen schinden und schikanieren wie kein zweiter, aber er hatte kein Gewicht. Er gab nach. Sicher hätte er es nicht getan, hätte er alle drei über den Appellplatz gejagt – wenn auf ihm nicht die Gewißheit lasten würde: *Rußland*. So aber ging er und ließ die drei mit der Kognakflasche allein.

Um 19.00 Uhr empfingen die Unteroffiziere ihre Pistolen und Karabiner und jeder Zug zwei Maschinenpistolen. Die ausgegebene Munition wurde dreimal durchgezählt und dreimal quittiert. Außerdem bekam jede Gruppe einen Kasten mit zwölf Stielhandgranaten. Der WuG – Unteroffizier für Waffen und Geräte – schüttelte den Kopf, als er sie über den Tisch hinwegschob und die unterschriebenen Empfangsbescheinigungen einsammelte.

»Als ob ihr damit die Partisanen aufhalten könnt, wenn sie einmal losgehen!« Er war viermal verwundet, hatte beide Eisernen Kreuze und blieb – garnisonsdienstfähig geschrieben – in Posen, um die Waffen und Geräte des Ersatzbataillons zu übernehmen. Peter Hefe, aus den seligen Gefilden Frankreichs nach Posen gekommen, betrachtete beklommen die Waffen auf den Tischen. Sie blinkten schwach, gut gepflegt, geölt, vorbildlich.

»Bekommen wir keine MGs?«

»Zwei pro Kompanie.« Der WuG lochte die Empfangsbescheinigungen und heftete sie in einem Ordner ab. »Aber nur unter Verschluß. Freigegeben nur im Notfall. Was wollt ihr mit MGs, wenn ihr doch nur an die Front kommt, um den ganzen Mist wegzuräumen, der da rumliegt?«

»Also ein besserer Bautrupp?«

»Besser – ist gut!« sagte der WuG gleichgültig. »Die Arbeit, die ihr kriegt, mein Lieber, faßt kein Bautrupp mit der Zange an.«

Peter Hefe und die anderen schwiegen bedrückt. Der WuG war der einzige unter ihnen mit großer Rußlanderfahrung. Auch Krüll hatte die Worte gehört, als er in die Waffenkammer kam, um nachzusehen, wo seine Gruppenführer blieben.

»Und was bekomme ich?« fragte er.

»Eine 08 und fünfzig Schuß.«

»Fünfzig Schuß? Wohl verrückt! Was soll ich mit lächerlichen fünfzig Schuß?«

»Hör mal zu …«, der WuG schob Krüll die Pistole mit einer Tasche, zwei Magazinen und den Patronenschachteln über den Tisch, »ehe du die fünfzig Schuß im Ernstfall verfeuerst, fliegst du als Englein schon längst über die Wolken …«

Oberleutnant Obermeier studierte die Marschbefehle. Wernher, der Chef der 1. Kompanie, stand neben ihm.

»Zuerst nach Warschau«, sagte Obermeier, der mit dem Finger vergleichend über die Landkarte fuhr, »dann weiter nach Bialystok und Baranowitschi. In Baranowitschi zwei Tage Aufenthalt und Verladen. Dann weiter nach Minsk und Borissow.«

»Borissow an der Beresina«, sagte Oberleutnant Wernher sinnend. »Am 26. 11. 1812 überschritt Napoleon die Beresina. In Geschichte war ich schon immer gut.«

»Und am 10. 11. 1943 das Strafbataillon 999. Du kannst das später einmal in deinen Memoiren als einen Markstein deines Lebens verwenden. Auf Napoleons Spuren ...«

»Hoffentlich ergeht es uns nicht so wie ihm«, seufzte Wernher.

Obermeier beugte sich wieder über die Karte und den Zugplan.

»Von Borissow geht es nach Orscha weiter. Dort werden wir endgültig ausgeladen.«

»Hoffentlich kommen wir auch an!«

»Das halte ich für sicher. Entlang der ganzen Strecke sollen in Bunkern bulgarische Truppen als Sicherung liegen. Der Mist beginnt erst hinter Orscha. Dort sickern Sowjets laufend durch unsere Stellungen und verstärken die Partisanen. Um Gorki herum soll ein intaktes, mit allen Waffen ausgerüstetes Bataillon der Partisanen in den Wäldern liegen. Übrigens – hast du eine Ahnung, was für einen geheimnisvollen Auftrag wir dort übernehmen sollen?«

»Keine Ahnung. Barth hüllt sich in Schweigen. Allerdings bezweifle ich, ob er es selber weiß.« Oberleutnant Wernher richtete sich auf und zupfte seinen enganliegenden, eleganten Uniformrock gerade. Er besaß eine Bilderbuch-Reiterfigur. »Die Schrecken zu erfahren, verschieb, solang du kannst«, zitierte er. »Wann sollen wir abrükken?«

»Neuester Befehl: Morgen früh sieben Uhr.« Obermeier lächelte. »Ich würde dir raten, gleich zu deiner Witwe zu reiten. Oder hast du schon Abschied genommen?«

»Halb und halb. Es wird für lange Zeit die letzte Frau sein, die ich sehe«, maulte Wernher. Aber er blieb und machte sogar den Appell seiner 1. Kompanie mit.

Die Angetretenen betrachteten dies als einen endgültigen Beweis, daß es tatsächlich ernst wurde.

Oberfeldwebel Krüll meldete Punkt 20.00 Uhr die angetretene 2. Kompanie. Er hatte seine 08 umgeschnallt, den Stahlhelm auf den dicken Kopf gestülpt und trug eigene Reithosen, die in langen schwarzglänzenden Stiefeln steckten. Er sah sehr kriegerisch aus.

Die Kompanie stand feldmarschmäßig: mit gepackten Tornistern, gerollten Decken und Zeltplanen. Spaten waren das einzige Gerät, das sie bei sich trugen. Schulterstükke und Kragenspiegel fehlten. Sie waren grau in grau, eine Masse Mensch, die in drei Reihen aufgebaut war und auf das Kommando ›Dieeee Augen – links!‹ die Köpfe mit einem Ruck zur Seite warf.

»2. Kompanie, vierundzwanzig Unteroffiziere und hundertsiebenundfünfzig Mann, angetreten, sechs Mann im Revier, drei Mann abkommandiert.« Krülls Stimme klang laut über den Platz.

Oberleutnant Obermeier ließ rühren und überblickte seine Kompanie.

Der lange Oberst von Bartlitz im ersten Glied war blaß, sein Gesicht war ruhig und unbeweglich wie immer. Hinter ihm der Major – wie hieß er gleich? –, ein tollkühner Draufgänger und Ritterkreuzträger, dessen schnelle Karriere einst verblüffte. Wiedeck und Schwanecke hatten gleichmütige Mienen wie fast alle anderen, und fast alle waren alte Landser. Sie kannten das. Ihnen konnte man nichts vormachen. Sie wußten, wohin sie fuhren, sie machten sich keine Illusionen – aber tief in ihnen steckte wohl immer noch ein Rest der Hoffnung, die in jedem Menschen steckt, solange er lebt: Vielleicht – vielleicht komme ich durch …

Am Ende der Kompanie, gewissermaßen als Schlußlicht, stand ein wenig vornübergebeugt Ernst Deutschmann mit einer Rote-Kreuz-Armbinde und seinem Ambulanzkasten. Der Arzt als Hilfssani! Und als er daran dachte, kurz bevor er die kurze Ansprache an seine Kompanie begann, durchfuhr Oberleutnant Obermeier der Gedanke an den Widersinn des Ganzen: Alte, hohe Offiziere, die mehr von Kriegführung verstanden als alle die ›Jetzigen‹, die sich anmaßten, Armeen zu führen und den Krieg zu gewinnen, standen hier, um an die Front zu fahren und dort als der letzte Dreck den Tod zu finden. Spezialisten, über deren Mangel man klagte. Verbrecher, die in keine Armee der Welt gehörten. Ein Arzt als Hilfssani – und dabei der Mangel an Ärzten. Was war es nur, was da nicht stimmte?

Doch Obermeier riß sich zusammen.

»Soldaten«, rief er laut, »ihr wißt, daß es nach Rußland geht. Ich brauche da nichts mehr zu sagen. Wir werden unsere Pflicht tun, wohin wir auch gestellt werden. Morgen früh um 7.00 Uhr rücken wir ab. Der 3. Zug zuerst. Er bereitet auf dem Güterbahnhof die Waggons vor, bis der Rest der Kompanie kommt. Ich brauche für den Küchenwagen noch zwei Mann. Bartlitz und Vetterling vortreten!«

Hauptmann Barth, der den Appell durch das Schreibstubenfenster beobachtete, trat jetzt zurück. Bei der 1. Kompanie hielt jetzt Oberleutnant Wernher die obligate Ansprache. Elegant, drahtig stand er vor der Dreierreihe und ermahnte mit heller Kommandostimme seine Leute. Beste Kadettenschule, dachte Barth. Der Obermeier denkt zuviel. Wieso jetzt wieder dieser Unsinn mit dem ehemaligen Oberst von Bartlitz und dem Professor Vetterling. Küchenwagen! Als ob er sie dort am Leben erhalten konnte! So ein Unsinn, dachte er, so ein Unsinn …

Über den Appellplatz rollten die ersten Lastwagen mit dem Bataillonstroß zum Bahnhof.

Mischa Serkonowitsch Starobin saß vor der Erdhütte im Schnee und suchte in seinem Pelz nach Läusen. Die Sonne schien, der Schnee funkelte, an der Front war es still. Ein schöner ruhiger Tag. Um ihn herum lag die Einsamkeit russischer Wälder. Selbst die Wölfe waren weitergezogen, ostwärts, dem Ural und der Mongolei zu. In ihrem alten Revier hausten Soldaten, und die Erde brach auf unter den Granaten. Die Wölfe wurden vertrieben und rannten dem Wind entgegen, der über die unendliche Weite zog; die Zungen weit heraushängend, die Körper nahe am Boden, die kalten, gelben Augen zusammengekniffen. Nur ihre Höhlen blieben zurück, die Dickichte, die verfilzten Wälder, die Urstämme, an denen sich der Sturm brach und in denen der Frost sich verbiß. Jetzt lebten Menschen dort: wieselflinke, erdbraune, wimmelnde Gestalten, gierig wie die Wölfe vor ihnen, doch weitaus gefährlicher.

Manchmal ging ein Flüstern durch die Wälder bei Gorki und Bolschie Scharipy. Es flog von Höhle zu Höhle, von einer eingegrabenen Hütte zur anderen. Wenn dann die Nacht kam, zogen Schemen durch das Unterholz wie große, gepanzerte Ameisen – zum Waldrand, zu der Straße nach Babinitschi, zum Flusse Gorodnia. Aus der Dunkelheit heraus flammte es dann auf, vielfältig, verderbend, den Tod um sich streuend, die Stille der Wälder zerreißend. Menschliche Stimmen schrien auf und verebbten stöhnend, helle Kommandos, Scheinwerfer, die unter Schüssen erloschen, Schatten, die durch den Schnee hetzten und im Waldesdunkel untergingen, als seien sie nie dagewesen. Dann schneite es, und die Flocken bedeckten jegliche Spur des nächtlichen Spuks. Die Sonne an den nächsten Tagen beschien nur kleine Hügel, aus denen eine Hand ragte oder ein gelbblasses Gesicht oder ein Bein in einem derben Stiefel. Oder sie sah einen Menschen, der langsam und schwerfällig über das Schneefeld kroch, die Beine hinter sich herziehend, um Hilfe schreiend …

»Es ist ein neues Bataillon gekommen, Annaschka«, sagte Mischa und schüttelte den Pelz. »Weiß es der Starschi Leitenant?«

Anna Petrowna Nikitewna kroch aus der Höhle und schaufelte Schnee in einen zerbeulten Kochtopf. Sie hatte die derben Knochen mittelrussischer Bäuerinnen und das lange, schwarzsträhnige Haar der Mongolinnen.

»Sergej ist bereits in Orscha«, sagte sie.

»Der Satan hole die Deutschen! Sie werden Sergej fangen!« Mischa Starobin erhob sich und zog seinen Pelz an. Er war groß und stark wie ein Bär, mit leicht geschlitzten Augen, einem buschigen Schnurrbart und Beinen, die wie Säulen durch den Schnee stapften.

»Er wohnt bei Tanja, seinem Täubchen.« Anna Nikitewna lachte.

»Die Neuen haben keine Nummer.« Mischa sah zu, wie Anna den zerbeulten Kessel über das Feuer hing. Der Schnee schmolz langsam. In das Schneewasser würde sie Kapusta tun, ein Stückchen Fleisch – Flügelchen und die Brust einer Krähe. »Gott beschütze Sergej – die Neuen sind verflucht schlimm.«

Mischa sagte Gott, und Anna lachte darüber. Wenn Mischa von Gott sprach, hatte er Angst. Der große, starke Mischa Starobin! Wie kann er Angst haben? dachte sie und rührte in dem Schnee. In die Wälder von Gorki kommt kein Deutscher. Zweimal sind sie um sie herumgezogen. Dort, wo die Wölfe lebten, ist meistens auch der Mensch sicher.

Durch das Dickicht kroch ein kleiner krummbeiniger Mann in einem langen, alten Schafspelz. Seine Fellmütze mit den Ohrenschützern war schneeverkrustet. Als er Mischa und Anna sah, winkte er und arbeitete sich durch den kniehohen Schnee zu der Erdhöhle.

»Brüderchen Pjotr!« Mischa Starobin lachte breit. »Was macht die Kolchose? Von Deutschen besetzt, ha?« Er reichte dem Kleinen die Hand entgegen und zog ihn heran.

Pjotr Sabajew Tartuchin blinzelte mit seinen kleinen, listigen Augen. Er sah mongolischer als ein Mongole aus. Seine gelbe Haut zog sich faltig und pergamentartig über das runde Gesicht, in dem die Nase wie ein Knopf mit zwei Löchern saß. Seine überlangen Arme baumelten am Körper herab, als gehörten sie nicht zu ihm, und seine Schultern waren unverhältnismäßig breit.

»Draußen laufen die Deutschen herum!« Er trat gegen Annas Kessel, warf ihn um und schaufelte mit dem Stiefel Schnee auf die Feuerstelle. Zischend erlosch die Flamme.

»Man sieht den Qualm, ihr Holzköpfe! Freßt den Kapusta kalt!«

Anna Petrowna Nikitewna holte den Kessel aus dem Schnee und warf ihn in die Erdhöhle. »Sie werden nicht wagen, in den Wald zu kommen. Sind es viele?«

»Nein, aber wenn sie den Rauch sehen, wissen sie, wo wir stecken.« Pjotr wischte sich über die Augen und über das gelbe, vor Kälte starre Gesicht. »Starschi Leitenant läßt sagen, daß heute nacht Sammeln ist.«

»Och – verflucht!« sagte Mischa und dachte an den verlorengegangenen Kapusta. »Heute nacht?«

»Wir müssen einen Mann der Neuen fragen. Sie haben keine Nummern, nicht einmal Schulterstücke. Vielleicht ist es ein Sonderkommando, um uns zu fangen?«

»Unsinn, wer soll uns fangen?«

»Sie sind ganz frisch aus Deutschland gekommen, junge und alte, Sergej sagt, es sei eine merkwürdige Truppe. Sie haben kaum Waffen …«

»Und da wollen sie uns fangen?« Mischa lachte dröhnend.

»Sie sollen Geheimwaffen haben, du Esel! Sie kommen noch nach, sagt Sergej.« Tartuchin hauchte in die Hände und schob dann den Kragen seines Pelzes höher gegen das Gesicht. »Wo sind die anderen?«

»Wo sollen sie sein?« Mischa zeichnete einen Kreis in die Luft. »Im Wald natürlich. Du wirst sie treffen, Brüderchen.«

Fluchend stapfte Tartuchin weiter durch den Schnee. Hinter einem Busch verschwand er in der Unergründlichkeit des Waldes. Ab und zu hörte man den Schnee dumpf klatschend von den Bäumen fallen. Dann erstarb auch dieser Laut.

»Heute nacht, Annaschka«, sagte Mischa Serkonowitsch leise, als fürchte er, daß seine Stimme die tiefe Stille stören könnte. »Wenn wir Glück haben, erbeuten wir Büchsenfleisch und Zwieback.«

In Orscha saß Starschi Leitenant Sergej Petrowitsch Denkow am Ofen und blätterte in den Papieren, die ihm Tanja gegeben hatte. Mittelgroß, schlank, braun wie ein Kaukasier, trug er die abgeschabten und vielfach geflickten Sachen eines armen Kolchosbauern, der sich von den Deutschen überrollen ließ und nun in seiner Hütte mühsam sein Leben fristete. Neben ihm wirkte Tanja Sossnawskaja wie ein Bild altrussischer Ikonenmaler. Ihr schwarzglänzendes, glattes Haar war eng an den Kopf gelegt, ihre leicht hervorstehenden Backenknochen gaben dem schmalen Gesicht mit den großen Augen den Zauber und das Geheimnis östlicher Weiten. Sie trug eine wollene Bluse, eng über die runden Brüste gespannt, und dicke gesteppte Hosen, die in weichen Juchtenlederstiefeln steckten.

Oberleutnant Denkow hatte sie schon eine Weile angesehen.

»Du bist schön, Tanjuschka ...«

»Lies die Papiere, Serjoscha.« Sie blies mit gespitzten Lippen in das Feuer des gemauerten Herdes und hörte auf das Summen des Wassers im Kessel. »Ich koche dir einen starken Tee.« Sie sah vom Feuer hoch, ihr Gesicht war von den Flammen gerötet. »Wann mußt du wieder gehen?«

»In zwei Stunden.« Denkow legte die schmalen Hände auf die Papiere. »Woher hast du sie?«

»Von der Kommandantur. Ich wurde – als Putzfrau angestellt. Ein Feldwebel wollte mich auf sein Zimmer nehmen. Er ging, Wein und Schnaps zu holen. Er blieb lange weg – und ich habe die Papiere abgeschrieben und hier verborgen.« Sie zeigte auf ihre Brust und lächelte. »Ich ging, bevor er kam. Sind die Papiere wertvoll?«

»Das weiß ich noch nicht. Die neue Truppe heißt 999. Aber warum tragen sie die Nummer nicht wie die anderen auf den Schulterstücken? Sie haben gar keine Schulterstükke. Merkwürdig ...« Er erhob sich und trat zu Tanja. »Du mußt es erfahren, Mädchen. Aber ohne Feldwebel!«

»Bleibst du heute nacht hier, Serjoscha?« fragte sie leise.

»Es geht nicht. Sie warten im Wald auf mich.«

Noch eine Stunde, und er würde durch die deutschen Nachschubstellen gehen. Ein armer, zerlumpter Bauer, der durch den Schnee zu seiner Hütte stapft, die irgendwo in der weiten Unendlichkeit lag. Der deutsche Posten am Dnjepr, an der Holzbrücke, über die er gehen mußte, würde ihn anhalten: »Halt! Wohin, du krummer Hund?« Und er würde demütig sagen: »Damoi, Brüderchen, damoi ...« Nach Hause. Der Posten würde nicken und ihn über die Brücke lassen – wie immer. Er war irgendein einfältiger Bauer im alten Schafspelz und mit einer hohen Fellmütze. Hinter Orscha stand ein Schlitten. Fedja wartete dort mit zwei Pferden. Sie würden über die Schneefelder fliegen wie Schemen, vorbei an Babinitschi, in einem Bogen um Gorki. Das Land ist weit ... Die Deutschen konnten nicht überall sein. Und dann kam der Wald, die dunkle Wand, die sich von Horizont zu Horizont erstreckte. ›Heimat der Wölfe‹ nannten ihn die Bauern von Gorki und Bolschie Scharipy. Jetzt wohnten darin Menschen – die Wölfe Stalins, die zweite Partisanenkompanie unter Oberleutnant Sergej Petrowitsch Denkow. Tanja bewegte sich. Er erwachte aus seinen Gedanken.

»Der Tee«, sagte sie leise.

Sie goß eine Kanne voll. Der Samowar stand in der Ecke, es dauerte zu lange, ihn in Betrieb zu setzen. Tanja saß neben ihm und sah ihm zu, wie er aus einer Untertasse den heißen, grünlichen Tee schlürfte.

»Sie wollen mich als Dolmetscherin haben, weil ich ein bißchen Deutsch kann«, sagte sie. »Soll ich, Serjoscha?«

Oberleutnant Sergej nickte mehrmals. »Natürlich! Um so mehr wirst du erfahren!«

»Wirst du dann öfter kommen?«

»Vielleicht ...« Er sah in ihre großen schwarzen Augen. Ihr schmales Gesicht schwamm in der Dämmerung des Raumes. »Du bist schön«, sagte er, »du wirst dich vor ihnen wehren müssen ...«

»Ich hasse sie, Serjoscha!«

»Aber sie hassen dich nicht ...«

»Sie werden es nie erreichen, nie!«

Sie blickte gegen den Ofen. Sergej verfolgte ihren Blick. Hinter dem Kamin, in einer Wandvertiefung, lag eine geladene und entsicherte russische Armeepistole.

»In einem halben Jahr haben wir Witebsk und Orscha zurückerobert«, sagte Sergej. Seine Stimme war heiser vor Erregung. »Dann werden wir heiraten, Tanjuschka. Nur noch ein halbes Jahr ... Wir werden es durchhalten!«

Sie nickte tapfer, wischte sich über die großen Augen und lächelte ihn an.

»Du gehst jetzt?«

»Ja.« Er küßte sie. Ihre Lippen waren kalt.

»Gott schütze dich!« flüsterte sie.

Er verließ schnell das Haus und rannte durch die Dunkelheit über den Hof. Gott, dachte er, wie kommt sie auf Gott? Er nahm sich vor, den Satz zu vergessen. Er war ein Bolschewik, und er kannte keinen Gott und wollte keinen kennen. Sein Gott war die Partei, war Rußland und der abgrundtiefe Haß gegen die deutschen Eindringlinge. Ihnen lebte er, sie waren allgegenwärtig und übermächtig, weit mächtiger als dieser merkwürdige Gott alter Leute ...

Hauptmann Barth meldete sich bei dem Stadtkommandanten von Orscha. Der alte Major, Reservist, der sich in der russischen Einsamkeit völlig fehl am Platze fühlte, sah auf die Papiere, die ihm Barth vorgelegt hatte. Mit wäßrigen Augen schaute er über seine Brille.

»999? Welches Regiment, welche Division?«

»Bei dem Bataillon 999 handelt es sich um ein selbständiges Strafbataillon, Herr Major.«

»Strafbataillon?«

»Ja, Herr Major.«

»Hm.« Der Alte musterte Hauptmann Barth mißtrauisch von oben bis unten. War sicher Kavallerist, dachte Barth. So mustert man einen Gaul, der lahmt. Kann ich ihm nicht übelnehmen. Für den bin ich vorerst ein besserer KZ-Aufseher. »Sie sind der Kommandeur?«

»Ja, Herr Major. Meine Truppe ist zur Frontbewährung nach Orscha gekommen.«

»Zur Frontbewährung. Natürlich.« Der Major sah Hauptmann Barth wieder kritisch an. »Sie hören noch von mir. Oder haben Sie Sonderbefehle?«

»Jawohl. Meine Truppe soll im Rahmen des rückwärtigen Frontaufbaues eingesetzt werden. Vor allem in Spezialaufgaben, die außerhalb der Aufgaben anderer Truppenteile liegen«, sagte Barth mit ironischer Stimme.

»Ich verstehe.« Der alte Major bemühte sich nicht, sein fast körperliches Unbehagen über dieses Gespräch zu verbergen. Er sah auf Barths Ordensbänder und schob die Unterlippe vor. »Sie waren schon an der Front?«

»Von Anfang an. Polen, Frankreich und der Vormarsch in Rußland bis 1943. Ich war bei der Panzerspitze, die die Türme von Moskau sehen konnte.«

»Und jetzt 999?«

»Ja, Herr Major. Freiwillig.«

»Freiwillig?« Der Standortkommandant von Orscha legte die Papiere umständlich in eine Mappe, als wollte er seine Überraschung und Ratlosigkeit verbergen. »Ich würde mich freuen, Sie an einem der nächsten Abende zu sprechen, Herr Hauptmann. Bei einem Glas Grog. Ich schicke Ihnen eine Ordonnanz.« – »Vielen Dank, Herr Major.« Barth lächelte leicht. Der Köder saß, der Alte hatte angebissen. Oder – kavalleristisch ausgedrückt: Der Gaul keilte, aber scharf auf Kandare geritten, trabte er ganz folgsam. Man wußte nie, wofür das gut war ... Während Hauptmann Barth sein Bataillon anmeldete, saß Deutschmann in seiner Unterkunft und schrieb an Julia. Der kleine Raum in einem halb zerschossenen Bauernhaus war von Kerzen notdürftig erleuchtet. Die zwei schwachen, flackernden Lichter drohten jedesmal auszugehen, wenn jemand durch die Türe kam und der Luftzug von draußen eisig durch die Stube strich. Große verschwommene und dann wiederum scharf umrissene Schatten tanzten an den rauchgeschwärzten Wänden und huschten über das Papier, auf dem sich langsam Wort an Wort und Zeile an Zeile reihten.

Deutschmann schrieb:

»Mein liebes, liebes Julchen,

Du wirst schon lange keinen Brief von mir bekommen haben, Rehauge. Oder ist es gar nicht so lange her? Mir jedenfalls scheint von damals, als ich Dir noch von unserem alten Standort geschrieben habe, bis heute eine Ewigkeit vergangen zu sein. Heute sind wir in Rußland, damals waren wir in Europa. Ich weiß, auch der Ort, wo wir uns befinden, liegt auf der Landkarte in Europa. Aber es ist eine so völlig andere Welt, in die wir gekommen sind, es ist alles so neu und furchtbar fremd, daß ich mich manchmal fragen muß, ob ich wirklich noch bin, ob ich das alles wirklich erlebe und nicht nur erträume. Ein ›Früher‹ gibt es fast nicht mehr; die Bilder, die aus meinem Gedächtnis aufsteigen, wenn ich an ›früher‹ denke, sind blaß und konturlos geworden – allein Du bist immer noch so stark in mir wie früher. Mehr noch: stärker, lebendiger als je, manchmal so stark und lebendig, daß ich vermeine, Deine Stimme zu hören und Deinen Hauch an meiner Wange zu spüren …«

Deutschmann setzte ab und sah unwillig zur Tür, die krachend aufging. Unteroffizier Peter Hefe oder der ›Gärende‹, wie er von den Soldaten genannt wurde, stürmte in den kleinen Raum. »Wiedeck, Schwanecke, Graf Hugo, los, fertigmachen! Wir müssen auf Störtrupp gehen.«

»Einundzwanzig!« sagte Schwanecke. Er spielte Karten mit Wiedeck und dem Grafen Hugo von Siemsburg-Wellhausen, den alle nur Hugo nannten. Er beachtete Hefe nicht. Dann sah er langsam auf und fragte: »Was is'n los? Was müssen wir machen?«

»Störtrupp«, sagte Hefe. »Die Leitung ist kaputt.«

»Es geht schon wieder los«, sagte Schwanecke und stand seufzend und sich räkelnd auf. »Ich möchte wissen, wann in diesem verfluchten Land mal keine Leitung kaputt ist.«

Daß die Telefonleitung zur 1. Kompanie in Babinitschi gestört ist, hatte Oberfeldwebel Krüll entdeckt.

»Welcher Idiot hat die Leitungen gelegt?« schrie er durch den niedrigen Raum eines halbwegs gut erhaltenen

Bauernhauses, wo sich die Schreibstube eingenistet hatte. Auf den Blechkisten und Pappkartons klebten überall Kerzen. »Solche Idioten, nicht einmal 'ne Telefonleitung können sie legen! Tür zu, ihr Tränen!« schrie er, als über seinen schweißglänzenden Nacken ein eisigkalter Luftzug strich. Dann schnellte er empor, denn die Träne war Oberleutnant Obermeier. »Verbindung zur 1. Kompanie abgerissen, Herr Oberleutnant«, meldete er. »Es fängt ja gut an.«

Daß ›es gut anfing‹, hatte er bereits gemerkt, als sie beim ersten Aufenthalt in Baranowitschi die ganze Kompanie von einem Güterzug in den anderen verladen mußten, weil der Hauptteil der Waggons für die Artilleriemunition abgehängt wurde. Die Kompanie wurde in einige wenige Waggons zusammengepfercht, jeweils vierzig Mann in einen. Zudem war Schwanecke nach dem Umladen mit drei Büchsen Thunfisch erschienen und einem kleinen Sack mit Hartkeks.

Krüll hatte es sich abgewöhnt, bei Schwanecke jedesmal ›woher?!‹ zu brüllen. Die Antworten waren stets so dämlich, daß die ganze Kompanie grinste. So hatte er auch diesmal nur gesagt:

»Wenn eine einzige Meldung kommt, daß das Zeug geklaut ist, binde ich dich hinten an den Zug, an die Puffer, und du kannst hinterherlaufen!«

Natürlich war keine Meldung gekommen. Schwanecke hatte Deutschmann angegrinst:

»Wer soll denn das melden? Die haben das Zeug ja selbst geklaut ...«

Oberleutnant Obermeier versuchte es jetzt selbst am Telefon. Er drehte an der Kurbel und lauschte. Nichts. Die Leitung war tot. »Haben Sie das Bataillon erreichen können?«

»Auch nicht, Herr Oberleutnant.«

»Da hilft alles nichts. Ein Störtrupp muß die Leitung abgehen.«

Oberfeldwebel Krüll atmete auf. Ein Störtrupp – das war Aufgabe der Unteroffiziere.

So kam es, daß Unteroffizier Hefe mit sechs Mann über die schneeverwehte Straße von Gorki nach Babinitschi zog.

Schwanecke, der Stärkste, schleppte die Kabelrolle auf dem Rücken. Wiedeck trug das Kontrolltelefon, Schütze Lingmann, ein ehemaliger Feldwebel, der allzugern soff und in seiner Trunkenheit die ganze Welt, einschließlich seiner Vorgesetzten und der ›Reichsführung‹, beschimpfte, trug die beiden schweren Werkzeugtaschen. Am Ende der kleinen Reihe, die auseinandergezogen durch den Schnee stapfte, ging Hugo, der Graf von Siemsburg-Wellhausen. Er war ein stiller, immer hilfsbereiter, nie auffallender Kamerad, der sein Los mit einer gleichgültigen Wurstigkeit trug. In den Akten von 999 war vermerkt, daß er wegen Vorbereitung zum Hochverrat und Anstiftung von Sabotageakten am Wehrmachtseigentum verurteilt wurde. Die Wahrheit war, daß er Anfang 1943, als die 6. Armee in Stalingrad sinnlos geopfert wurde, einen kleinen Kreis von Offizieren um sich geschart hatte, mit dem Ziel, Widerstand gegen die Machthaber zu leisten und, wenn möglich, Frieden zu schließen, solange es noch Zeit war. Doch bald schon wurde die Gruppe verraten. Sein Leben hatte er nur dem Umstand zu verdanken, daß sein Bruder, der in Spanien lebte und für die deutsche Abwehr arbeitete, dabei über gute Beziehungen mit maßgebenden Kreisen in New York verfügte und verschiedene Dinge ausplaudern konnte, wenn Hugo getötet werden würde …

Allen voran ging Peter Hefe, die Maschinenpistole in den Händen.

Die Nacht war eisig und dunkel. Die beiden Männer, die den Draht abgingen, hüpften ab und zu auf der Stelle, um die trotz der Filzstiefel erstarrenden Beine warm zu halten. An verschiedenen Stellen war die Straße zugeweht. Nur vereinzelte, weit auseinanderstehende Masten zeigten den Verlauf des Weges an.

An einer Buschgruppe standen Mischa Starobin und Pjotr Tartuchin. Sie hatten sich einen Schneeschutz aus geflochtenen Zweigen gebaut, wie es die Tungusen machen, wenn der Schneesturm über die Steppe heult. Sie kauten Sonnenblumenkerne und starrten in die weiße Nacht.

»Hast du die Leitung richtig durchgeschnitten?« fragte Tartuchin leise. »Sie müßten längst hier sein. Eine deutsche Kompanie ohne Telefon ist wie ein Säugling ohne Mutter.«

»Still!« zischte Mischa. »Hörst du?«

Sie lauschten. Der Wind zog leise singend, pfeifend und raschelnd durch das Gebüsch und über die offene Steppe. Mischa spuckte die Sonnenblumenkerne aus und richtete sich auf. Mitten aus der Nacht kam plötzlich ein Laut, der nicht hierhergehörte: das Klappern der Kabelrolle auf Schwaneckes Rücken, leise, kaum vernehmlich, langsam lauter werdend, und plötzlich ein verhaltener Ruf. Mischa Starobin griff nach hinten. In seiner Hand lag eine russische Maschinenpistole. »Kommen sie von Gorki oder Babinitschi?«

»Ich sehe sie noch nicht.«

»Hörst du sie?«

»Ja, halt jetzt den Mund!« Tartuchin glitt in den Schnee und blieb dort liegen wie ein Bündel Lumpen. Mischa schob ihm die zweite Maschinenpistole zu.

»Dort!« flüsterte Tartuchin. »Von Gorki!«

»Wie viele sind es?«

»Ich sehe sie noch nicht – ich sehe sie noch nicht«, flüsterte Tartuchin, als würde er mit sich selbst sprechen, als hätte er Mischa und die Kälte, den Wind, den Schnee, den dunklen, niedrigen Himmel vergessen, als gäbe es nichts mehr auf der Welt als nur ihn allein und die fremden Laute, die von Menschen kamen, die er haßte, mehr als er je Menschen gehaßt hatte. Nur er allein war da mit ihnen und mit seiner Maschinenpistole und mit seinem Haß und dem übermächtigen Wunsch zu töten.

Jetzt konnten sie bereits die Stimmen unterscheiden. Sie hörten den Unteroffizier Peter Hefe, der nach hinten rief:

»Alles in Ordnung?«

Und Hugo, am Ende des kleinen Trupps, meldete zurück: »Alles klar.«

Über Tartuchins vereistes, starres Gesicht glitt ein verzerrtes, schiefes Lächeln und erstarrte zu einer Grimasse.

Die Deutschen waren jetzt ganz nahe vor der Stelle, wo das Kabel zerrissen war. Starobin schob langsam und vorsichtig seine Maschinenpistole auf den kleinen Hügel zusammengescharrten und jetzt steif gefrorenen Schnees, drückte den Kolben an die Wange und visierte die kleine Gruppe an, die auf der Straße anhielt.

»Unterbrechung entdeckt!« Der eine der Sucher hob die Hand. Schwanecke wuchtete die Kabelrolle von der Schulter und wischte sich über das Gesicht. Trotz der schneidenden Kälte schwitzte er.

»Zerrissen?«

»Anscheinend.«

Lingmann stellte die Werkzeugtasche hin. Wiedeck kniete nieder, um das Kontrolltelefon anzuschließen.

»Mach schnell, 's ist kalt«, sagte Hugo.

»Mensch, ich hab' ganz klamme Finger«, sagte Wiedeck.

»Los, beeilen Sie sich!« sagte Peter Hefe.

Schwanecke schnüffelte wie ein witterndes Tier in der Luft. Irgend etwas stimmte nicht. Die Sache war ihm nicht geheuer. Verdammt noch mal, dachte er, wenn … »Was ist mit dem Draht los?« fragte er.

»Gequetscht«, sagte Wiedeck. Er hatte jetzt das Kontrolltelefon angeschlossen. Er kurbelte und lauschte. Dann nickte er zufrieden. Am anderen Ende meldete sich Krülls Stimme.

»Na, gefunden? Was war denn los, ihr Tränen?«

»Der Draht war gequetscht«, sagte Wiedeck.

Aus dem Hörer kam Krülls laute, quäkende, schimpfende Stimme. Unteroffizier Hefe nahm den Hörer aus Wiedecks Hand und nickte ihm grinsend zu.

Tartuchin und Starobin sahen sich kurz an, und Tartuchin flüsterte:

»Du von links nach rechts, ich von rechts nach links … dann haben wir sie doppelt …«

Tartuchin drückte den Kolben der Maschinenpistole gegen die Schulter. »Halt in die Mitte, in ihre Bäuche!«

flüsterte er. »Ich sage, wann ...« Seine Stimme war fast zärtlich.

Karl Schwanecke kniete neben Wiedeck, hob den Draht vor die Augen und glitt mit den Fingerspitzen langsam und prüfend darüber. Und plötzlich fuhr er herum, warf die Arme hoch, sprang mit einem Satz in eine Schneeverwehung und schrie:

»Deckung!«

Wie auf ein Zauberwort lagen die anderen auf der Straße. Im gleichen Augenblick tackten die beiden Maschinenpistolen los. Die Schüsse und die hell zischenden Geschosse kamen irgendwo aus der Nacht – nein, aus dem Gebüsch nicht weit von der Straße entfernt. Im Fallen noch durchjagte Hugo ein dumpfer Schlag gegen seinen Körper, er spürte, wie seine linke Schulter gefühllos wurde. Überrascht fragte er sich, was geschehen war. Schmerzen fühlte er nicht. Doch dann merkte er, wie es warm und naß über seinen Rücken rann. Jetzt erst wußte er, daß er verwundet worden war. »Mich hat's erwischt, verdammt«, stöhnte er, und in seiner Stimme schwang immer noch die Überraschung mit.

Wiedeck lag neben ihm, den Kopf in den Schnee gedrückt. Er drehte ihn auf die andere Seite. »Wo?«

»In die Schulter.«

»Teufel noch mal – wir können nicht zurückschießen, was sollen wir tun, wir können nicht zurückschießen«, stammelte Wiedeck verzweifelt.

Die Gruppe hatte eine einzige Maschinenpistole, die von Unteroffizier Hefe, der in einer Mulde lag und in die Nacht hineinballerte, in die Richtung, aus der die Schüsse gekommen waren. Er kämmte das Gelände ab. Wie aufgestöberte Füchse lagen Tartuchin und Mischa hinter ihrem Schneehaufen, flach wie ein Stück der verschneiten Erde. Aber die Kugeln pfiffen weit weg und hoch über ihnen durch die Luft. Sie begannen wieder zu schießen.

Schwanecke robbte flach, mit schlangenhaften Bewegungen, zu Peter Hefe. Sein Gesicht war verzerrt. »Der Draht war durchgeschnitten!« sagte er.

»Wir wären alle im Eimer ohne dich.« Unteroffizier Hefe hob den Kopf etwas an und preßte ihn sofort wieder in den Schnee, als knapp über ihn eine Garbe zischte und sofort danach eine zweite den Schnee vor ihnen aufwirbelte. Ohne zu zielen, drückte er den Abzugshahn durch und jagte einen langen Feuerstoß gegen das Gebüsch.

»Mensch – gib her, so kann man das nicht!« sagte Schwanecke ärgerlich. Er war bereits dreimal in Rußland gewesen, er kannte die Gegner, er kannte sie so gut, wie er sich selber kannte.

Peter Hefe gab ihm die Maschinenpistole, als wäre er froh, sie loszuwerden. Als Schwanecke das kalte Metall berührte, ging mit ihm eine plötzliche wunderliche Veränderung vor. Er wurde eins mit der Waffe, als wäre diese zu seinem verlängerten, gefährlichen Arm geworden, mit dem er umzugehen verstand, als wäre er mit einer Maschinenpistole in der Hand geboren worden. Während die anderen zur Mitte sammelten – Wiedeck zog den verwundeten Hugo hinter sich her –, rollte Schwanecke in seine Schneeverwehung und wühlte sich hinein wie ein Schneehuhn, das Gefahr wittert. Sicher und ohne lange zu zielen, schoß er Punktfeuer auf jeden Busch, wechselte das Magazin, schoß wieder. Wie Tartuchin und Mischa war auch er jetzt in seinem Element. Seine Sinne reagierten mit dem Instinkt eines Tieres, blitzschnell, völlig sicher. Er dachte nicht an die Gefahr, die ihm von seinem Gegner drohte. Er wollte nur noch töten.

Er hörte auf zu schießen. Es hatte keinen Zweck, wenn er kein Ziel sah. Still, als sei nichts geschehen, lag die schneeverwehte Straße in der weiten russischen Ebene. Am Horizont stand wie eine schwarze Wand, drohend und geheimnisvoll, der Wald.

Unbeweglich warteten sie: Tartuchin und Mischa hinter ihrem Schneehaufen, Schwanecke in seiner Verwehung. Sie belauerten sich, sie atmeten kaum. Tartuchins gelbes Gesicht war starr. Er drehte den Kopf zu Mischa. Die unheimlich nahe liegenden Garben, die knapp über sie gepeitscht waren und in den Schnee vor sie einschlugen, hatten ihn vorsichtig gemacht. Das war nicht der Mann, der zuerst geschossen hatte. »Er hat schon gegen uns gekämpft!« flüsterte er, mit dem Instinkt des Naturmenschen die Gefahr erkennend, die ihm vom unbekannten, unsichtbaren Gegner drohte. »Sie werden Verstärkung bekommen, gehen wir zurück!«

In die Stille der Nacht klingelte schrill das Telefon und unterbrach den Bann der fast unerträglich gewordenen Spannung. Ein Zeichen aus einer anderen Welt. Tartuchin hob den Kopf und spähte in die Richtung des schnarrenden Geräusches.

Erich Wiedeck, der neben dem Apparat lag, streckte den Arm aus und nahm den Hörer ab.

»Ruhe!« zischte er.

Aus dem Hörer kam Krülls wütende Stimme: »Idioten! Wo bleibt die Verbindung zur ersten Kompanie?«

»Im Himmel! Wir werden beschossen. Partisanen! Schütze Siemsburg – verwundet ...«

Tartuchins Maschinenpistole ballerte los. Er schoß in die Richtung, aus der das Klingeln gekommen war. Wiedeck legte den Hörer in den Schnee und preßte sich, so tief er konnte, in seine Mulde.

Mit starren Augen saß Oberfeldwebel Krüll am anderen Ende der Leitung auf seiner Blechkiste. Er konnte nicht begreifen, was geschehen war. Und langsam, langsam dämmerte ihm die Erkenntnis herauf, daß er nun tatsächlich in diesem verfluchten Land war, vor dem er sich mehr fürchtete als vor der Hölle. Eine Erkenntnis, die er die ganze Zeit bis jetzt von sich weggeschoben hatte, an die er nicht glauben wollte, um nicht zu einem hilflos zitternden, von Angst gepeinigten Bündel Mensch zu werden. »Sie schießen!« stammelte er. Er hörte deutlich die Abschüsse, dann krachte es im Apparat, und die Verbindung riß ab. »Getroffen!« Krüll warf den Hörer hin, als könnte ein Schuß durch die Leitung sein Ohr treffen. Er war bleich und merkte nicht, daß er zitterte. »Die Partisanen beschießen sie ... Siemsburg ist verwundet ...«

»Es ist eben Krieg, Oberfeldwebel!« Obermeier winkte Unteroffizier Kentrop zu. »Mit zwölf Mann ab! Machen Sie schnell, Kentrop! Seien Sie vorsichtig, keine unnötigen Verluste. Nehmen Sie Handgranaten mit! Der Sanitäter – Deutschmann – soll mitgehen.«

»So ein Schwein«, sagte Schwanecke wütend. »So ein verdammtes Schwein!« Er kniete in seiner Verwehung und schoß auf zwei zickzack laufende, kleine, dunkle Gestalten, die im ungewissen Licht zwischen den Büschen gegen den Wald hetzten, verschwanden, wieder auftauchten, aber nur sekundenlang, sich hinwarfen – und schließlich in der Dunkelheit untergingen.

Mischa keuchte hinter dem schnellen, wendigen Tartuchin hin. Das stoßweise, böse Rattern der deutschen Maschinenpistole jagte ihm Angst ein. Er warf sich durch das Gebüsch, riß sich das Gesicht an den harten, gefrorenen Zweigen blutig und lag schwer atmend im Schnee.

»Mutter Gottes von Kasan«, keuchte er, »das war der Teufel selbst!«

Der kleine Asiate schwieg. Er riß mit den Zähnen ein Verbandspäckchen auf und umwickelte seine linke Hand. Mischa starrte ihn an.

»Hat er dich erwischt?«

Tartuchin schwieg. In seinen zusammengekniffenen Augen stand brennender Haß. Er verband seine Hand und fühlte nicht den Schmerz, der den ganzen Arm ergriff. Der Haß glühte in ihm wie ein übermächtiges Feuer.

»Ich werde ihn töten!« zischte er endlich leise. »Er ist der einzige, der mich bis jetzt getroffen hat, obwohl ich – ich – es wird nicht eher Friede sein, bis einer von uns tot ist. Er oder ich!«

Dr. Kukill sagte:

»Ich glaube, Sie waren schon lange nicht mehr aus – oder irre ich mich?«

»Nein«, sagte Julia.

»Oh – es wird Ihnen sicher gefallen, ich hoffe, der Abend wird hübsch werden ... Kennen Sie den ›Bosnischen Keller‹?

»Nein.«

»Er ist nicht groß, aber recht nett«, plauderte Dr. Kukill, während er seinen Wagen durch den spärlichen Verkehr lenkte. »Ich habe dort einen Tisch bestellt, weil ich dachte, daß Sie kaum Lust hätten, in einem großen, feudalen Lokal zu Abend zu essen, wo es vor Uniformen wimmelt. Ist doch recht so, oder?«

Julia nickte.

»Ich kenne den Besitzer des Lokals ziemlich gut. Wir sind sozusagen befreundet – oder das, was man mit dem Besitzer eines Gasthauses eben sein kann. Er scheint über gute Beziehungen zu verfügen – ein Balkanmensch. Bei ihm gibt es sogar das, was es sonst, wo die ›hohen Herren‹ verkehren, nicht mehr gibt. Natürlich nur für seine Freunde. Sie werden sehen, der Mann ist ein Original.« Die Worte flossen leicht plaudernd von seinen Lippen, gerade so laut, daß man sie durch das Geräusch des Motors hören konnte, ohne sich anzustrengen. Hin und wieder sah er zur Seite und lächelte Julia an. In seiner Brille spiegelten sich die spärlichen blauen Lampen der Straßenbeleuchtung.

Julia saß in die Ecke gedrückt und hörte kaum zu. Seine Worte plätscherten an ihren Ohren vorbei, drangen nur halb in ihr Bewußtsein, wie das Gemurmel eines Baches, neben dem man eine lange Zeit sitzt. In den vergangenen Tagen hatte Kukill sie oft angerufen, manchmal zweimal täglich – und sie war immer ans Telefon gelaufen. Aber nicht seinetwegen. Immer wenn es scharf und durchdringend durch die Wohnung klingelte, dachte sie: Jetzt, jetzt – und hinter diesem *Jetzt* verbarg sich die Erwartung an etwas, das kommen mußte, das sicher kommen würde, eine Nachricht von Ernst oder von irgend jemandem, der von Ernst kam. Oder noch mehr. Vielleicht meldete er sich selbst. Sie wußte, daß diese Hoffnung unsinnig und vergeblich war. Aber nichts ist so unsinnig und nichts so vergeblich, als daß der Mensch das letzte Fünkchen Hoffnung verlieren könnte.

Sie lebte in ständiger Erwartung. Irgend etwas mußte geschehen, so konnte es nicht weitergehen, ein erlösendes Wort mußte fallen, mußte gesprochen werden, sonst konnte sie diese andauernde Spannung, in der sie lebte, nicht länger ertragen.

Aber niemand außer Kukill hatte angerufen. Es schien, als hätte es die Menschen, die früher, vor Ernsts Verurteilung, in ihrem Hause ein und aus gingen, nie gegeben. Freunde ... Wenn sie an dieses Wort dachte, dann lief über ihr Gesicht ein kurzes, bitteres Lächeln. Freunde ... und sie dachte daran, wie wahr es ist, daß ein Mensch, der ins Unglück geraten war, oder schlimmer noch: der plötzlich auf der Liste der Feinde des allmächtigen Regimes stand, keine Freunde mehr hat. Sie hatte es bislang nicht glauben wollen, daß es so sein könnte; vielleicht weil sie, genauso wie Ernst, bereit war, zu den Menschen, mit denen sie in Freundschaft verbunden war, unter allen Umständen zu halten. Jetzt aber sah sie, daß ihre gemeinsamen ›Freunde‹ anders dachten. Das erfüllte sie mit Bitterkeit und Trauer.

Dr. Kukill hatte sie lange bestürmt, mit ihm auszugehen. »Sie müssen mal was anderes sehen, gnädige Frau«, hatte er am Telefon immer wieder gesagt. »Sie dürfen nicht immerzu in Ihren vier Wänden bleiben – und Sie dürfen nicht immerzu an Sachen denken, die Sie doch nicht ändern können. Sie gehen dabei zugrunde, glauben Sie mir!«

Schließlich hatte sie eingewilligt. Sicher war Dr. Kukill der letzte, mit dem sie sonst ausgehen würde, ›um ihren vier Wänden zu entfliehen‹. Aber sie sagte sich, daß sie in diesem Falle ihre Feindschaft und ihre Antipathie beiseite schieben mußte: Er war der Mann, der trotz allem eine Revision des Verfahrens und damit Ernsts Rehabilitierung erreichen konnte. Sonst niemand. Und deswegen durfte sie ihn nicht vor den Kopf stoßen – nicht allzusehr. Aber wie weit sollte sie gehen? Seine Nähe war ihr von allem Anfang an widerlich gewesen, er erfüllte sie mit einem Gefühl körperlichen Unbehagens. Allerdings überraschte sie sich dabei, daß sie in der letzten Zeit seine Anrufe fast erwartete. Nicht, daß sich in ihrer Einstellung ihm gegenüber etwas verändert hätte. Im Gegenteil, zu dem Widerwillen gesellte sich auch Furcht, denn sie sah, daß ihr Dr. Kukill keineswegs aus selbstloser Sympathie helfen wollte. Er begehrte sie. Sie war zu sehr Frau, um das nicht zu sehen. Und irgendwann mußte der Augenblick kommen, wo er ihr das sagen würde ...

Vor einem unscheinbaren Haus in einer Seitenstraße zum Kurfürstendamm parkte Dr. Kukill den Wagen. Über die Gehsteige hasteten abgehärmte, farblose, vermummte Gestalten. Berlin nach vier Jahren Krieg. Es schien, als hätte es die lebensfrohe, lichtüberflutete, heitere und leichtsinnige Stadt, wie sie noch kurz vor dem Krieg war, nie gegeben.

Die Garderobiere schien Dr. Kukill zu kennen. Sie war sehr dienstbeflissen und freundlich, eine Eigenschaft, die man zu dieser Zeit immer seltener traf. Und genauso war es mit dem alten Kellner, der sie im ersten trüb erleuchteten Raum in Empfang nahm, durch die Hintertür und durch einen langen Gang in den Hinterraum begleitete, der anscheinend nur für die Freunde des Hauses reserviert war.

Der Raum war nicht groß, weich beleuchtet, an den Wänden hingen farbenfrohe Teppiche, die Tische waren klein, meistens für zwei Personen, mit schneeweißen Tischtüchern bedeckt. Und es gab sogar Servietten.

»Zuerst wollen wir etwas für unseren Appetit tun«, sagte Dr. Kukill aufgeräumt und nickte dem Kellner zu, der sie hier bedienen sollte. Der brachte, ohne zu fragen, zwei bauchige Gläser, angefüllt mit goldgelbem Sliwowitz, als wüßte er genau, was Dr. Kukill wünschte.

»Das ist kein Schnaps, gnädige Frau, jedenfalls kein gewöhnlicher Schnaps«, plauderte Kukill, während er sein Glas langsam an seiner Nase vorbeiführte. »Es scheint, daß die Balkanbauern, die den Schnaps brennen, auf irgendeine Art die Sonne und den Geruch nach warmer Erde, Gras und Zwetschgen auffangen und konservieren können. Wie machen sie das wohl?« Sein Gesicht hatte die Strenge und die verkniffene Schärfe verloren. Er war gelöst und schien glücklich. Kein Wort über Ernst oder über Julias Arbeit, über ihr selbstmörderisches Unterfangen, das Experiment ihres Mannes zu wiederholen und es vielleicht mit einem Selbstversuch abzuschließen, war bisher gefallen. Aber Julia wußte, daß Kukill alles, was in seiner Macht stand, tun würde, um es zu vereiteln. Sie wußte es, und sie dachte daran, daß dieser Mann vor nichts zurückschrecken würde, um das zu erreichen, was er wollte. Sie mußte sich beeilen. Wer weiß, wozu er imstande war. Sie mußte sich beeilen – und sie saß hier ihm gegenüber und hörte das Geschwätz über Sliwowitz und über die Fähigkeit der Bosniaken, die Sonne – und was sagte er noch? – in diesen Schnaps einzufangen.

Sie gab sich Mühe, ihre Ungeduld zu verbergen, aber er merkte es wohl. Insgeheim lächelte er.

Ich habe sie soweit, daß sie hier sitzt und mit mir Schnaps trinkt, dachte er. Ich hab' sie soweit, daß sie in mir nicht mehr das Untier sieht, das sie noch vor einigen Tagen gesehen hatte. Ich werde sie noch weiter bringen. Ich werde ihr diesen verdammten Deutschmann ausreden. Sie ist schön. Trotzdem sie mager geworden ist, aber vielleicht ist sie deswegen noch schöner, weil ihr Gesicht und ihr Lächeln traurig sind. Ich werde ... dachte er, und er sagte:

»Versuchen Sie, es zu vergessen – wenigstens für eine kurze Zeit, und glauben Sie nicht, daß ich Ihnen irgend etwas ausreden will, was Sie sich in den Kopf gesetzt haben ...«

»Das versuchen Sie doch schon die ganze Zeit ...«

»Nicht mehr«, erwiderte Dr. Kukill. »Ich will Ihnen nur sagen, daß Sie dann um so besser arbeiten können, wenn Sie das Ganze wenigstens für einige Stunden vergessen. Versuchen Sie abzuschalten. Sie werden stärker dadurch.«

»Vielleicht haben Sie recht, vielleicht sollte ich es wirklich versuchen«, sagte Julia und tat damit genau das, was er wollte.

»So ist es recht, trinken Sie, es wird Ihnen bestimmt gut schmecken. Nachher werden wir essen – ohne Lebensmittelmarken und solchen Unsinn, was wir wollen, und dann – wollen wir dann tanzen gehen?«

»Tanzen? Wieso tanzen, ich dachte ...«

»Das gibt es auch noch, obwohl es offiziell verboten ist. Wollen wir?«

»Nein, ich glaube nicht.«

»Auf Ihr Wohl! Vielleicht werden Sie sich's noch überlegen ...«

Schütze Hugo Siemsburg kam nach Orscha ins Feldlazarett. Er war der erste Verwundete des Bataillons 999. Ein Schultersteckschuß, der das linke Schulterblatt zertrümmert hatte. Siemsburg würde durch seine Verletzung für immer eine leicht schiefe Schulter behalten; er war somit untauglich geworden, einen Tornister zu tragen ...

»Netter Heimatschuß«, kommentierte Oberfeldwebel Krüll, als sich Siemsburg zum Transport ins Lazarett abmeldete. »Steckt kaum die Nase aus dem Bau – bum! –, ist er wieder in der Heimat.«

»Das nächstemal kannst du ja mitkommen«, meinte Unteroffizier Hefe anzüglich. »So einen Schuß kann ich dir jederzeit beschaffen.« Rußland schien die straffe, unmenschliche Disziplin im Bataillon etwas gelockert zu haben. Aber so ging es um diese Zeit nicht nur dem Strafbataillon 999, sondern allen Einheiten der deutschen Wehrmacht, die sich in den russischen Weiten herumschlagen mußten. Oft wich die Disziplin einem tiefen, starken Gefühl der Zusammengehörigkeit und der Verbundenheit, wie es nur eine lang andauernde Todesgefahr erzeugen kann, oft aber wurde es von Aufsässigkeit und Egoismus verdrängt, wobei jeder nur an sich selbst dachte und daran, wie er diese schreckliche Zeit überstehen konnte.

Deutschmanns Ambulanztasche kam in dieser Nacht zum erstenmal zum Einsatz. Mißtrauisch sah Krüll zu, wie Deutschmann Hugos Wunde, die er auf der schneeverwehten Straße nur notdürftig verbunden hatte, so gut wie möglich versorgte. Als er fertig war, wickelte er mit geschickten Händen vier Binden um die Schulter, durch die Achsel hindurch und befestigte sie mit einer Klammer. Krüll verzog den Mund. Er fühlte sich in diesem Augenblick neben Deutschmann klein und unwichtig.

»Vier Binden? Ist das nicht Verschwendung?«

»Wenn Sie einmal dran sind, werde ich nur zwei nehmen, Herr Oberfeldwebel«, sagte Deutschmann kalt, während er Hugo eine Tetanusspritze in den Hintern jagte.

Brummend ging Krüll weg. Das Leben der 2. Kompanie war an diesen beiden ersten Tagen knapp hinter der Front mehr als improvisiert. Sie lag hier in der Schnee-Einsamkeit am Rande von Gorki und wußte nicht, was sie hier tun sollte. Die Front selbst verlief sieben Kilometer östlich vor dem Wald. Auch dort war es in dieser Zeit still, als wären die Menschen und mit ihnen der Krieg im Frost erstarrt. Ab und zu kamen einige Munitionsschlitten vorbei. Der Kommandeur des vor ihnen liegenden Infanteriebataillons sah kurz herein und begrüßte sehr kameradschaftlich Obermeier, bis er erfuhr, daß hier eine Kompanie von 999 lag. Da wurde er sehr förmlich und fuhr bald wieder ab.

»Als hätten wir Krätze!« stellte Kentrop fest.

Es war, als spräche sich's herum, daß ein Strafbataillon im Abschnitt lag. Zuerst nur ab und zu, dann aber immer zahlreicher tauchten Offiziere, Zahlmeister, Feldwebel und einmal sogar ein Oberst auf – Divisionskommandeur der 26. Infanteriedivision auf der Durchreise nach Orscha –, um einen Blick auf den Betrieb zu werfen, der in einem solchen ›Todeshaufen‹ herrschte. Sie wurden zunächst enttäuscht. Die Kompanie – genauso wie die 1. Kompanie in Babinitschi, wo Oberleutnant Wernher mißmutig herumsaß und an seine Gutsherrin von Murowana dachte – lag in völliger Ruhe, machte ihren Dienst, der zunächst aus Sauberhalten der Quartiere und Freischaufeln der Anfahrtswege bestand, und döste im übrigen herum. Man erwartete Befehle des Bataillons. Sie wurden nicht nach Rußland an den Dnjepr geschickt, um zu faulenzen, das war klar. Schwanecke witterte es: »Diese Stille«, sagte er einmal zu Deutschmann, »das ist Mist. Irgendwas braut sich zusammen. Und wenn es losgeht, sitzen wir mitten im Dreck, sag' ich dir. Es wird Zeit, daß wir irgend etwas unternehmen …«

Mit einem Nachschubschlitten wurde Schütze Siemsburg nach Orscha gebracht. Deutschmann mußte ihn begleiten und sollte gleichzeitig bei Hauptmann Barth einige wichtige Papiere abholen. Eigentlich sollte dies Peter Hefe tun, aber da Deutschmann sowieso nach Orscha fuhr, meinte Hauptmann Barth am Telefon: »Warum soll nicht mal ein Sanitäter Kurier spielen?«

Krüll verabschiedete sich von ihm mit den Worten: »Hauen Sie schon ab, Mann! Und wenn es unterwegs schießt, halten Sie ja Ihre Birne hin. Das wäre das beste für Sie und für mich!

Die Fahrt mit dem Motorschlitten nach Orscha ging glatt vonstatten. Wohl sahen sie hin und wieder zerlumpte, eingemummelte russische Bauern, aber der Unteroffizier, der den Schlitten fuhr, winkte ab. »Arme Kerle«, sagte er, »sie versuchen ihre Höfe zu retten – als ob es noch was zu retten gäbe. Sie wurden alle überprüft und sind froh, daß sie nicht mehr in ihren Kolchosen sein müssen. Viele sind Hiwis bei uns und versorgen unseren Nachschub. Partisanen sehen anders aus!«

Als sie durch Babinitschi fuhren, stand neben der Straße ein zerlumpter Kerl und winkte dem Schlitten zu. Sein eingefallenes Gesicht unter der hohen Fellmütze war gelblichbraun.

»Guten Morgen, Väterchen!« rief der Unteroffizier vom Schlitten herab.

Oberleutnant Sergej Petrowitsch Denkow grinste breit.

»Guten Morrgenn, Briderrchen!« rief er zurück und winkte wieder. Dann ging er weiter, hindurch durch Babinitschi, vorbei am Quartier Oberleutnant Wernhers gegen das freie Land zu, an dessen Horizont der dunkle Wald lag …

In Orscha gab Hauptmann Barth dem wartenden Deutschmann ein dickes Kuvert. »Einsatzbefehle. Passen Sie gut auf!« sagte er abschließend.

Deutschmann grüßte und ging. Langsam stapfte er durch den schmutzigen auseinandergezogenen Ort. Er hatte Zeit bis zum Abend. Im Bataillonsgefechtsstand hatte er erfahren, daß der nächste Schlitten erst bei Anbruch der Dunkelheit zurückfuhr. So ging er zum Feldlazarett, einem der wenigen festen Ziegelbauten des Ortes, in dem früher eine Schule war, um Graf Siemsburg zu besuchen. Siemsburg war inzwischen neu verbunden worden und sollte mit dem nächsten Zug nach Borissow kommen. In Orscha hatte man keine Röntgenapparate, um ihn zu durchleuchten.

»Wenn ich Glück habe, können sie das Schulterblatt flicken«, sagte Hugo und lächelte schwach. »Allerdings kommt es darauf an, welcher Chirurg mich unter die Finger bekommt. Hier erzählt man, daß in Sokolow ein fantastischer Arzt sitzen soll. Ehemaliger Chefarzt einer Universitätsklinik. Aber dahin bringt man wohl keinen von 999 ...«

»Auch nicht, wenn er ein Graf ist?« fragte Deutschmann lächelnd. Siemsburg gähnte. Man hatte ihm eine Spritze gegeben, die Schmerzen ließen nach, er wurde müde. »Auch dann nicht. Die Zeit der Grafen ist vorbei«, murmelte er. »Aber sag einmal, du bist doch selbst ein Arzt. Wird man mich wieder einigermaßen zusammenflicken können?«

»Von der Chirurgie verstehe ich nicht viel, aber soviel ich weiß, kann man das so machen, daß du später nicht mal merkst, daß du verwundet worden bist.«

»Hoffen wir's«, murmelte Siemsburg, »hoffen wir's. Mußt du jetzt gehen? Vielleicht sehen wir uns irgendwann, irgendwo einmal wieder ...«

Deutschmann schlenderte durch die harten, festgefrorenen, vor Schneewehen fast unpassierbaren Straßen hinunter zum Dnjepr und blieb in der Nähe der hölzernen Brücke stehen, wo er später den Unteroffizier mit dem Motorschlitten treffen sollte. Eis trieb auf den trägen Wellen und brach sich an großen eisernen Dornen, mit denen die Pioniere die Brücke geschützt hatten. Ein Mädchen schleppte sich mit einem großen Korb Holz ab, setzte ihn ab und zu auf den Schnee, wischte sich über das Gesicht und hob den Korb dann wieder auf. So ging es langsam gegen ein kleines, im Schnee halb verstecktes Bauernhaus am Dnjepr zu.

Deutschmann sah dem Mädchen eine Weile zu und ging dann langsam zum Ufer hinunter, um ihr zu helfen. Hinter ihr blieb er stehen. Ihr Haar glänzte in der Sonne wie schwarzer Lack. Sie hatte ihn nicht kommen hören. Seufzend bückte sie sich, um den Korb, den sie hingestellt hatte, wieder aufzuheben. Da legte er die Hand auf ihren Arm.

Sie fuhr herum, ihr Blick war voller Schrecken und Entsetzen. Über die aus dem schmalen Gesicht leicht heraustretenden Backenknochen lief eine kurze, blasse Röte. Sie preßte ihre Hände gegen die Brust und sah Deutschmann aus den großen schwarzen Augen ängstlich an.

»Hast du Angst?« fragte er. »Komm, der Korb ist viel zu schwer für dich. Ich trage ihn dir ins Haus.«

»Njet!« Sie schüttelte den Kopf. Die Angst in ihren Augen verflüchtigte sich. Über ihr Gesicht huschte ein kleines Lächeln. »Ich kann traggenn.«

»Du sprichst Deutsch?«

Sie nickte. »Ein bißchen«, sagte sie. »Ein wenigg.« Sie blickte auf die Schulter seiner Uniform und sah, daß er keine Schulterstücke trug. Wie hatte Sergej gesagt? Sie müssen eine Geheimwaffe ausprobieren. Fieberhaft überlegte sie. Was sollte sie tun? Sie mußte ihn ausfragen, festhalten, sie mußte … Kein Soldat auf der Welt läuft ohne Schulterklappen herum. »Bist du schon lange in Orscha?« fragte sie. Deutschmann bückte sich und nahm den Korb mit Holzscheiten auf. »Geh voraus, ich trag' dir den Korb ins Haus.«

»Danke, Soldatt …«

Sie schritt ihm voran, in Stepphosen und welligen Stiefeln. Beim Gehen wiegte sich ihr Körper leicht; sie war schlank, fast unwirklich schmal in der Taille. Deutschmann hatte bislang eine andere, landläufigere Vorstellung von Russinnen. Er dachte, wie es üblich war, daß alle klein, dick und rund seien. Doch dieses Mädchen hier …

»Serrr schwerr?« fragte sie nach hinten.

»Nicht sehr.«

»Nicht für einen Mann«, lachte sie. Ihre Zähne waren weiß wie der Schnee ringsherum.

Durch Deutschmanns Gehirn schoß ein kurzer, scharfer Gedanke an Julia. Sehr deutlich sah er sie plötzlich vor sich stehen – und vergaß es wieder. Der Korb war schwer und drückte ihm auf die Schulter. Er war nicht gewohnt, Lasten zu tragen.

Das Mädchen stieß die Tür der Hütte auf. Deutschmann schleppte den Korb hinein und stellte ihn aufatmend neben das lustig flackernde Feuer an den gemauerten Ofen.

»Nicht herumsehen«, sagte sie leise. »Es ist Krieg, und Krieg ist schmutzig.« Deutschmann lauschte entzückt dem Klang ihrer weichen, melodischen Stimme, die der starke slawische Akzent noch anziehender machte. Er hatte viel darüber gehört, wie hübsch es klingt, wenn Russinnen Deutsch sprechen. Nun hörte er's zum erstenmal selbst. Er setzte sich auf den Stuhl, auf dem sonst Sergej saß, und betrachtete ein Ikonenbild, das verraucht und vom Alter dunkel geworden an der Wand neben dem Ofen hing.

»Die Heilige Mutter von Kasan«, sagte er.

»Du kennst sie, Soldatt?«

Deutschmann lächelte. »Wie alt bist du?« fragte er auf russisch.

Sie fuhr herum und starrte ihn wieder ängstlich geworden an.

»Zwanzig Jahre«, sagte sie, ebenso auf russisch.

»Sehr jung – und sehr hübsch«, sagte er. Ein merkwürdiger, nie gekannter Leichtsinn überkam ihn, ließ ihn leicht und fröhlich und neugierig auf den Ausgang dieses Abenteuers werden.

»Du sprichst Russisch?« fragte sie.

»So viel wie du Deutsch.«

Über Deutschmanns Gesicht zuckte das schwache Licht

des offenen Feuers auf dem Herd. »Wer bist du?« fragte er. »Wie heißt du?«

»Tanja«, sagte sie.

»Tanja – sehr hübsch. Und was machst du hier? Lebst du ganz allein?«

»Ja.«

»Hast du keine Angst – vor dem Krieg, vor uns?«

»Ja. Ich habe Angst. Vor dem Krieg – und vor euch. Warum hast du getragen Korb?«

»Um dir zu helfen. Er war zu schwer für dich.« Deutschmann erhob sich. »Also – Tanja – Tanjuschka, wie ihr sagt, ich muß jetzt gehen.«

»Wohin?«

»Wohin? Zu meinen Kameraden.«

»An den Wald von Gorki?«

Deutschmann fuhr herum und schaute sie mißtrauisch an. Aber sie lächelte ihn an wie ein unschuldiges Kind. Ihr Gesicht war mild und sanft, über ihr schwarzes Haar huschte rötlich der Widerschein des Feuers. »Woher weißt du das?«

»Das weiß jeder. Alle Truppen, die hier vorbeiziehen, gehen nach Babinitschi und Gorki.«

»Du bist nicht von Orscha?«

»Warum?«

»Du hast ein anderes Gesicht. Woher kommst du?«

»Von der Wolga ... Kennst du Wolga?«

»Nein.«

»Du würdest Wolga nie vergessen. Sie ist schön, wunderschön. Sie ist ...«

»Du bist wunderbar«, unterbrach Deutschmann sie leise.

Sie lachte. Es klang hell, silbern und frei. »Willst du essen?« fragte sie.

»Du hast doch selbst nichts. Ich habe keinen Hunger.«

»Es ist eine russische Sitte, du bist in Rußland, du bist mein Gast – ich habe Fleisch und Brot.«

Deutschmann nickte, unfähig zu sprechen. Er ging wie durch einen Traum und fürchtete zu erwachen. Tanja trat einen kleinen, schnellen Schritt gegen ihn und strich mit den Fingerspitzen über sein Gesicht. Er nahm ihre Hand und küßte sie. Die Hand war klein, schmal und paßte nicht hierher in diese halbverfallene Hütte, genauso wenig wie das ganze Mädchen nicht hierher paßte. Aber er fragte nicht danach. Er lebte in einem Wunder. Das Mädchen war ein Wunder, und ihre Hand war eines und ihre Finger, die jetzt über seine Lippen strichen.

»Wie heißt du?« fragte sie.

»Deutschmann ...«

»Oh – kein schöner Name. Ein böser Name. Ich werde ihn vergessen. Du bist Michael, der große, strahlende Held Michael ...«

»Ja...«, sagte er zitternd. Eine Schwäche durchzog ihn, gegen die er sich umsonst wehrte, ihr Zauber umfing ihn, und er wußte, daß er die Schwäche und den Zauber nie besiegen würde.

»Du bist schön«, flüsterte er, »du bist schön, du bist wunderschön ...«

Deutschmann aß Fleisch und Brot, die Eier und die Butter. Tanja bediente ihn; sie stand am Herd und briet die Eier in einer großen, kupfernen Pfanne. Draußen zog der Abend über den Dnjepr. Das Eis krachte gegen die Brückenpfeiler. Dumpfe Sprengungen der Pioniere rollten durch die Dämmerung.

Tanja saß neben Deutschmann und starrte hinaus durch das Fenster und über den Fluß. Er hatte seinen Arm um ihre Schultern gelegt. Sie schmiegte sich an ihn, als suchte sie Schutz bei diesem großen, fremden, seltsamen Mann, der so ganz anders war als Sergej und die anderen Männer, die sie bis dahin kennengelernt hatte, so verschieden von den deutschen Soldaten, die sie täglich sah. Ihren Kopf mit den glatten schwarzen Haaren hatte sie an seine Wange gelegt.

»Ich muß gehen«, sagte er endlich. Seine Stimme zerriß die zauberhafte Stille. Sie nickte und hob das Gesicht empor.

»Küß mich«, sagte sie kaum hörbar.

Er tat es. Ihre Lippen waren weich und kühl.

»Tanja ...«, flüsterte er, und immer wieder: »Tanja – Tanja ...« Was war mit ihm geschehen? Wie war das möglich? Er saß hier, mitten in Rußland, und hielt einen warmen, anschmiegsamen und leicht zitternden Mädchenkörper in den Armen und sank in eine weiche, zärtliche, dämmernde Stille, in der es nur noch ihn und sie gab.

Von der Brücke herüber tasteten Scheinwerfer den Dnjepr ab. Eine Autokolonne rumpelte mit aufheulenden Motoren über die Holzbohlen. Er mußte gehen. Er mußte sich losreißen von ihr. Es ging nicht. Julia ...

Deutschmann stand mit einem Ruck auf.

»Leb wohl«, sagte er heiser.

»Auf Wiedersehen, Michael ...«

Ihre Augen begleiteten ihn, bis er in der Dämmerung verschwand. Sie waren ängstlich und traurig.

Der Motorschlitten wartete schon auf ihn. Wortlos hockte er sich neben den schimpfenden Unteroffizier auf den unbequemen Sitz. Er hörte kaum, was der andere sagte. Er starrte in die Schneenacht, sein Blick war leer, abwesend. Er fror nicht in der klirrenden Kälte, er spürte nicht die Stöße des ungefederten Fahrzeugs. Er dachte an Tanja und an Julia und wieder an Tanja ...

Zwischen Gorki und Babinitschi überholten sie einen alten, wackeligen Bauernschlitten. Das kleine, struppige Pferdchen vorne zockelte durch den Schnee, als kenne es nichts anderes: Schneesturm und Einsamkeit.

Vergnügt und höflich winkte Sergej Denkow dem Motorschlitten zu.

Aber auch ihn bemerkte Deutschmann kaum. Er sah die Augen Tanjas und hörte ihre weiche, singende Stimme. Sang der Südwind so, wenn er über die Wolga strich?

Oberleutnant Obermeier las die Befehle und Verordnungen, die Deutschmann aus Orscha mitgebracht hatte. Er las sie zum zweiten- und zum drittenmal, ehe er ans Telefon ging und sich über die 1. Kompanie nach Orscha mit dem Bataillon verbinden ließ. Vorher jedoch warf er Oberfeldwebel Krüll aus dem Zimmer: »Sehen Sie mal zu, was die Feldküche zusammenbraut. Und kommen Sie vor einer halben Stunde nicht wieder.«

Zutiefst beleidigt verließ Krüll die ›Schreibstube‹.

Die Verbindung zu Hauptmann Barth kam schnell.

»Grüß Gott, Obermeier«, sagte Barths Stimme freundlich. »Was gibt's?«

Obermeier räusperte sich. Er wußte nicht, ob Barth wirklich freundlich war oder nur so tat. Bei Barth wußte man es nie genau.

»Ich habe soeben die Befehle bekommen, Herr Hauptmann«, sagte er. Die Papiere in seiner Hand zitterten.

»Ist ja fein. Freuen Sie sich?«

»Freuen – darüber könnte man geteilter Ansicht sein, Herr Hauptmann. Was heißt das: Zwischen Gorki und Babinitschi nach dem vorliegenden Plan Auswerfen eines Grabensystems? Das ist doch Schanzen. Sie sagten, wir sollten etwas anderes ...«

»Alles überholt, Obermeier, alles überholt. Sie wissen ja, wie das geht: Heute das, morgen wieder etwas anderes. Die linke Hand weiß nicht, was die rechte tut, und so viele Köpfe, so viele Pläne. Wollen Sie noch mehr Zitate?«

»Wann sollen wir anfangen?«

»Morgen.«

»Die Erde ist bis zu einem Meter steinhart gefroren. Darauf liegt zirka siebzig Zentimeter Schnee.«

»Was hat das mit dem Schanzen zu tun? Es gibt Spitzhacken und für hartnäckige Fälle Sprengladungen.«

»Außerdem werden hinter Gorki mehr als anderthalb Kilometer der Strecke vom Feind eingesehen. Sollen wir etwa bei voller Feindeinsicht schanzen?«

»Obermeier, hören Sie mal zu!« Barths Stimme wurde trocken und hart. »Sie denken zuviel, und Sie reden zuviel. Wenn in dem Befehl steht: Auswerfen eines Grabensystems zwischen Gorki und Babinitschi, dann gilt das auch für den vom Feind eingesehenen Teil! Dort wird entweder nachts oder am frühen Morgen gearbeitet. Das Oberkommando der Wehrmacht rechnet damit, daß nach Abflauen der Frostperiode, also etwa gegen Ende Februar, der Russe einen großen Gegenangriff unternimmt und den Keil, der noch immer auf Smolensk zeigt, zusammendrückt. Witebsk ist in Gefahr. Dort liegt kaum Schnee, die Schlammstraßen sind gefroren und sind eine ideale Rollbahn für die russischen Panzer. Im Süden – bei Kiew – stoßen die Russen über den großen Dnjepr-Bogen vor und wollen unsere Flanke aufreißen. Es stinkt an der ganzen Front, Obermeier. Hier soll eine Auffangstellung gebaut werden, von der ziemlich viel abhängt. Wieviel können Sie schon daraus ersehen, daß sie so knapp hinter der ersten Frontlinie ausgeworfen wird. Es geht um die Rollbahn, mein Lieber. Und die Truppen, die von Smolensk zurückgedrängt werden, sollen hier ein neues, verteidigungsreifes Grabensystem vorfinden. Darum müssen wir schanzen auf den Teufel komm raus! Auch unter Feindeinsicht …«

Obermeier legte die Papiere neben das Telefon. »Bei diesen Arbeiten wird die halbe Kompanie draufgehen«, sagte er erschüttert.

»Sagen Sie besser: Zwei Drittel der Kompanie. An der Front gibt es Bataillone, die aus einem jungen Leutnant und zwanzig bis dreißig Mann bestehen. Im übrigen scheinen Sie immer noch nicht den Sinn der Sache erfaßt zu haben.«

»Also – ein besseres Todesurteil.« Obermeiers Stimme sollte spöttisch klingen, aber sie tat es nicht. Sie war erschrocken und verzweifelt.

»Todesurteil! Sie sind wirklich zu romantisch. Lassen Sie doch endlich diese großen Worte! Sie haben einen klaren Einsatzbefehl erhalten, weiter nichts. Glauben Sie ja nicht, daß Wernher besser dran ist. Er muß mit seiner Kompanie entlang der Straße nach Orscha Baumwälle bauen, um die Verwehungen aufzuhalten. Jede Nacht zerstören die Partisanen, was er tagsüber gebaut hat. In der letzten Nacht wurde er beschossen. Er hat vierzehn Tote und vierunddreißig Verletzte. Eine ganze Partisanengruppe, die übrigens blendend geführt wird, lieferte ihm eine regelrechte kleine Schlacht mit MGs und Granatwerfern. Wollen Sie noch etwas wissen, Obermeier?«

»Nein, Herr Hauptmann.«

Obermeier hängte ab. Er saß in der halbdunklen Hütte und starrte auf die Kerzen, die auf den Blechkisten klebten.

Draußen brüllte Krüll herum. Er hatte Schwanecke, Wiedeck und Deutschmann überrascht, wie sie über einem Holzfeuerchen eine Bouillon aus Brühwürfeln kochten. »Aus dem Paket von meiner Braut, kennen Sie sie nicht?« erklärte Schwanecke. Daß er kein Paket erhalten hatte, wußte er genauso gut wie Krüll: Die Würfel hatte er bei dem zweistündigen Aufenthalt in Orscha aus der Rote-Kreuz-Verpflegungsstelle geklaut.

»Eine Bande!« schrie Krüll außer sich. »Welch eine Erlösung wäre für mich euer Heldentod!«

Obermeier trat aus der Hütte und winkte Krüll herbei. »Fünfundzwanzig Mann müssen heute nacht nach Babinitschi fahren und das Gerät holen. Drei Schlitten genügen. Ab morgen wird geschanzt.«

»Geschanzt?« Krülls Gesicht war dumpf und verständnislos. Er sah über die Schneewüste und verzog den Mund. »Hier?«

»Wo denn sonst?«

»Au Backe!«

Obermeier sah Krüll mit Widerwillen an. »Unterlassen Sie diese dämlichen Bemerkungen, Oberfeldwebel! Soviel mir bekannt ist, haben Sie bis jetzt noch bei keinem Arbeitskommando einen Finger krumm gemacht, also werden Sie's hier auch kaum tun. Sparen sie sich Ihre große Fresse!«

Nachts zog ein Trupp von fünfundzwanzig Mann unter der Führung der Unteroffiziere Kentrop und Bortke mit drei Schlitten nach Babinitschi, um die Schanzgeräte abzuholen, die von einer Transporteinheit in Orscha dorthin gebracht worden waren.

Auf dem ersten Schlitten hockte Schwanecke hinter dem MG 42 und suchte mit wachsamen, zusammengekniffenen Augen die buschbewachsenen Schneefelder nach einer Bewegung ab. Sie fuhren an Oberleutnant Sergej Denkow vorbei, der unsichtbar, auch für Schwaneckes scharfen, spähenden Blick, tief in einem Gebüsch saß. Neben ihm hockte Tartuchin. Die dick verbundene, zerschossene Hand lag in einer Armbinde.

Ungehindert erreichten die drei Schlitten Babinitschi, wo die 1. Kompanie einem Holzfällerlager glich. Gefällte, voll bezweigte Tannenbäume lagen am Straßenrand aufgestapelt und wurden mit Motorschlitten durch den Schnee geschleift. Fünf bis acht Mann richteten sie dann auf und stemmten sie in den Schnee und in die Löcher, die vorher mit Spitzhacken in den eisenharten Boden geschlagen wurden. Tanne an Tanne, dazwischen aufgeschichtete quergelegte Bäume ... ein grüner Wall gegen den Schneesturm und die Verwehungen, die in kürzester Zeit eine freigeschaufelte Straße wieder einebneten.

Der Chef der 1. Kompanie, Oberleutnant Wernher, saß mißmutig in seinem warm geheizten Bauernhaus und schrieb die Verlustlisten der vergangenen Nacht. An einige Hinterbliebene schrieb er sogar persönlich. Er glaubte, das der Höflichkeit schuldig zu sein. Unter den Gefallenen waren ein ehemaliger Major, zwei bekannte Juristen und ein Schriftsteller, dessen Bücher auf der Goebbelsschen Verbotsliste standen. Nur als er schrieb: »Gefallen für Großdeutschland«, zögerte selbst Wernher und kam sich reichlich dumm vor. »Sie taten bis zuletzt ihre Pflicht«, schrieb er am Ende und: »Ihr Tod war gnädig, das mag ein Trost sein.« Das war richtig so. Ein Trost. Sie haben es überstanden, dachte Wernher.

Die Übernahme der Schanzgeräte und der Pioniersprengladungen für besonders harten Boden vollzog sich reibungslos. Dann fuhren die Schlitten die Straße zurück nach Gorki. Sie ratterten wie Gespenster mit langen Schneefahnen hinter sich an Sergej und Tartuchin vorbei, die in ihrem Gebüsch kauerten.

»Jetzt!« sagte Tartuchin und grinste hart.

Sie starrten auf eine Stelle auf der Straße. Der erste Schlitten – der zweite ... »Verflucht!« zischte Tartuchin. Sergej biß die Zähne zusammen, daß die Muskelstränge aus seinen eingefallenen Wangen traten. Der dritte Schlitten ... Nichts!

Tartuchin schlug mit der rechten Faust in den Schnee. Sein gelbes Gesicht war vor Wut verzerrt.

Da ...! Schon ziemlich weit hinter dem dritten Schlitten zischte eine grelle Flamme aus dem Schnee, eine krachende Detonation erschütterte die Nacht, ein Teil der Straße schoß in den Himmel und prasselte in schmutzigen Kaskaden wieder zurück.

»Spätzünder!« sagte Sergej bedauernd und spuckte wütend aus.

Es war, als ob für einen Augenblick die Erde die Hölle ausgespuckt hätte, und dann träumte die Landschaft wieder im tiefsten Frieden, als verschluckten Schnee und Frost jeden Laut. Der letzte Schlitten, auf dem Kentrop saß, bekam einige niederprasselnde Erdbrocken ab und machte einen Satz nach vorn.

Wie huschende Schatten sprangen die Männer von dem Fahrzeug, am weitesten Schwanecke mit seinem MG. Fünfundzwanzig Soldaten lagen flach im Schnee, um dem unsichtbaren Feind kein Ziel mehr zu bieten. Unteroffizier Bortke robbte zu Schwanecke und schob den Stahlhelm aus dem Gesicht, der ihm über seine Augen gerutscht war.

»Eine Mine«, sagte er.

»Und was für eine!«

Sie suchten die Gegend ab. Die Büsche, die vereinzelten Baumgruppen, die Senken, die sich bis zum Wald von Gorki hinzogen.

»Abwarten.« Schwanecke überblickte nachdenklich die Buschgruppen. Er witterte Gefahr wie ein gehetztes Wild. Irgend etwas sagte ihm, daß die Menschen, die die Mine gelegt hatten, noch nicht weg waren. Langsam zog er den Kolben des MGs an seine Schulter und streute eine schnelle, rasselnde Garbe über die Büsche hinweg, ging dann etwas tiefer und kämmte kurz über dem Boden die Zweige durch. Das helle, rasend schnelle Knattern des MGs war wie eine Erlösung. Hier und da tauchte ein dunkler Kopf aus dem Schnee auf, schoben sich kriechende Körper zu Gruppen zusammen.

Tartuchin und Sergej lagen tief im Schnee eingewühlt. Über sie hinweg, zentimeterhoch nur, pfiffen Schwaneckes Maschinengewehrgarben. Der Mongole kniff die schrägen Augen zusammen.

»Er ist es wieder, ich weiß es!« sagte er heiser vor Haß. »Ich weiß es ganz genau, so kann nur er schießen!« Über ihn hinweg surrten die Geschosse, brachen die Zweige ab und schüttelten Eissplitter über seinen Körper.

»Nichts!« sagte Bortke. »Ich hab's ja gesagt, sie sind weg.« Er erhob sich und streckte die Hand empor. »Alles sammeln! Auf die Schlitten!«

Dunkle Gestalten stiegen aus dem Schnee und rannten zu den Schlitten. Gleich darauf zerriß das Knattern der Motoren die Nacht. Kentrop und Schwanecke gingen die wenigen Meter zur Sprengstelle zurück. Schwanecke, das MG um den Hals gehängt, bereit, aus der Hüfte heraus zu schießen. Sie standen an dem Sprengtrichter, der über die ganze Straßenbreite ein gähnendes schwarzes Loch aufgerissen hatte.

»Das hätte genügt!« Kentrop wandte sich ab. »Noch mal Schwein gehabt!«

Tartuchin starrte auf den Mann mit dem MG. Durch seinen gedrungenen, breitschultrigen Körper flog ein Zittern. Sergej spürte es und legte ihm die Hand auf die Schulter: »Ruhig – bleib ruhig!«

»Das ist er, Starschi Leitenant!«

»Wir werden ihn bekommen, Pjotr, darauf kannst du Gift nehmen!«

Sie sahen, wie die Schlitten anfuhren. Dann verebbte der Lärm der Motoren in der Ferne.

»Ich gehe zurück nach Orscha«, sagte Oberleutnant Sergej. »Sage den Genossen im Wald, daß sie sich ausruhen sollen. In drei Tagen komme ich zurück mit neuen Befehlen. Ich werde mit dem Genossen General sprechen.«

»Und wo erreicht man dich inzwischen?«

»Bei Tanja.«

Tartuchin grinste und schmatzte mit dem Mund. Sergej sah ihn wütend an, sagte aber nichts. Er kroch aus dem Busch, reckte sich in der eisigen Kälte und schlug die Arme um den Körper, um sich zu erwärmen.

Über dem Wald dämmerte es: fahlgrau, schneeverhangen, nur eine leichte Verfärbung des nächtlichen Himmels. Der Morgen.

Sergej ging über die Straße. Neben dem großen Minentrichter blieb er einen Augenblick stehen, sah hinein und zuckte mit den Schultern. »Nitschewo! Ein anderes Mal!« Dann lief er weiter gegen Babinitschi.

Ein kleiner Panjeschlitten zockelte über die Ebene. Fedja – der Sergeant Fedja, der einen armen Bauern spielte, winkte ihm zu.

»Nichts Neues?« Sergej stieg in den Schlitten.

»Njet, Starschi Leitenant.«

»Nach Orscha. Fahre um Babinitschi herum.«

Den Dnjepr erreichten sie, ohne einen deutschen Soldaten zu sehen. Sergej lächelte still. »Die Weite ist ihr Tod«, sagte er langsam. »Wie kann ein Schiff, das über ein Meer fährt, glauben, das Meer gehöre ihm?«

In Babinitschi glaubte Oberleutnant Wernher seinen Augen nicht zu trauen, als Fritz Bevern unerwartet bei ihm auftauchte und wie die Erscheinung aus einer anderen Welt in seine Unterkunft stapfte. Wernher lag im Bett.

»Guten Morgen, Herr Wernher!« sagte Bevern und grüßte stramm. Wernher sah auf die Armbanduhr und stellte fest, daß es vier Uhr morgens war. »Grüß' Sie!« sagte er mißmutig und dachte, daß den verdammten Schnüffler der Teufel holen sollte. Was suchte er hier mitten in der

Nacht? Wernher schlüpfte in seinen Uniformrock und strich sich mit beiden Händen über das Haar.

»Ich bin dienstlich hier. In Vertretung des Kommandeurs. Ich wollte Ihren Abschnitt inspizieren«, sagte Bevern steif.

»Bitte.« Wernher erhob sich. »Sie suchen sich genau den richtigen Morgen aus … Bis um ein Uhr hatten wir drei Tote und sieben Verwundete. Wie viele es jetzt sind, weiß ich noch nicht.«

»Partisanen?«

»Nein, diesmal nicht. Wenn es Partisanen gewesen wären, würde ich kaum …« Wernher sah grinsend zu seinem Bett hinüber, hob die Teetasse und blies in die dampfende Flüssigkeit. »Diesmal waren es reguläre Truppen. Meine Leute schanzen und bauen auf einer Breite von zwölf Kilometern bei Feindeinsicht. Ab und zu wird dieses Gewimmel den Rußkis zu bunt, und sie ballern ein paarmal herüber. Um sich gewissermaßen in Erinnerung zu bringen: Bitte vergeßt nicht, daß wir auch noch da sind!«

»Unangenehm.« Oberleutnant Bevern blieb sitzen und sah sich um. »Haben Sie keine Karte? Sie müssen doch eine Karte Ihrer Strecke haben!«

»Aber ja, natürlich habe ich eine. Doch wozu brauchen wir eine Karte? Gehen wir doch hinaus und sehen uns den ganzen Kram selbst an. Es wird gleich hell sein, das heißt, ganz dunkel wird es hier sowieso nie.«

»Bei Feindeinsicht?« fragte Bevern zögernd.

»Warum nicht? Wenn meine Leute da arbeiten müssen, können wir ruhig zugucken!« sagte Wernher.

»Vergessen Sie nicht, daß diese – Leute – rechtmäßig verurteilt worden sind.«

»Und wir sind ihre Offiziere, die Vorbilder zu sein haben!« sagte Wernher ruhig. Bevern sah auf seine Hände.

»Bitte! Gehen wir.«

Später standen sie etwas außerhalb Babinitschis und sahen mit den Nachtgläsern hinüber zur HKL und zu dem Arbeitstrupp. Die Männer waren mit russischen Mänteln und Feldmützen bekleidet, die sie gefallenen Sowjets abgenommen hatten. Die erdbraunen Mäntel waren bei ihnen sehr begehrt, weil sie warm hielten und sie vor dem beißenden Schneewind und der klirrenden Kälte schützten. Wernher war nicht bis zu den Auffanggräben gefahren. Er wollte vermeiden, daß die russische Artillerie auf sie aufmerksam würde und neue Ausfälle in der Kompanie verursachte. So viel war ihm Bevern nicht wert.

»Tagesleistung?« fragte Bevern und setzte das Glas ab.

»Wie vorgesehen.« Oberleutnant Wernher schlug den Kragen seines Mantels hoch. Er zitterte; die Kälte schnitt durch den Stoff und jagte eisige Schauer über seine Haut.

»Und bei Obermeier?«

»Ich nehme an, das gleiche. Er ist noch schlimmer dran als ich. Er hat eine Granatwerferkompanie der Russen gegenüber und liegt außerdem im Schußbereich eines russischen Feldartilleriebataillons. Die verpassen keine Gelegenheit, ihn ordentlich zu beharken …«

Oberleutnant Bevern überblickte zufrieden das endlose Schneefeld vor sich. Das war die Front! Welch ein erhabenes Gefühl, an der Front zu sein! Soldat des Führers! Beschützer Großdeutschlands vor dem asiatischen Sturm!

Der junge, dumme, begeisterte Offizier konnte nicht wissen, daß er nur noch einige Tage Soldat des Führers sein sollte. Und er wußte nicht, daß er in den letzten Minuten seines Lebens nicht nach dem Führer, nicht nach Deutschland, nicht nach dem Ruhm und nicht nach den Auszeichnungen flehen würde, sondern nach seiner Mutter – nach der Frau, die ihm altmodisch und kleinbürgerlich vorkam und die zu seinem großen Kummer und Zorn wenig von den Idealen ihres Mannes und ihres Sohnes zu halten schien …

Julia Deutschmann schrieb:

»Mein lieber Ernsti,

das ist der fünfte Brief, den ich Dir schreibe. Der fünfte in der Reihe der Briefe, die ich nie abschicken werde. Junge

Mädchen schreiben schwärmerische Tagebücher. Wenn man sie danach fragt, warum sie Tagebücher schreiben, behaupten sie, sie täten es für sich selbst, weil es ihnen einfach Spaß macht. Wenn sie einigermaßen intelligent sind, sagen sie, sie täten es, um Klarheit in ihre verworrenen Gedanken zu bringen. Doch bei allen sollen die Tagebücher ein Selbstzweck sein. Aber das sind sie nicht; jede Zeile, die sie schreiben, ist jemandem gewidmet. Es muß nicht ein bestimmter Mann sein – es ist der Prinz, auf den sie warten, der eines Tages kommen würde, um sie irgendwohin zu führen, wo es ein Meer von Liebe gibt.

Ich bin kein junges Mädchen mehr, und ich warte nicht mehr auf einen Prinzen, den es so, wie man sich ihn mit sechzehn oder siebzehn Jahren vorstellt, nirgendwo gibt. Aber eines habe ich doch noch mit der siebzehnjährigen Julia gemein: Mein Herz ist voller Erwartung und voller Liebe. Mein Prinz bist Du, und mein Tagebuch sind diese Briefe an Dich. Zugegeben, oft warst Du ein recht nachlässiger und zerstreuter Prinz, manchmal auch ein schlecht gelaunter, nörgelnder und kratzbürstiger – und ich glaube kaum, daß Du Dich je ändern wirst. Aber was wäre eine Liebe wert, die sich davon beeinflussen ließe?

Schluß damit. Ich habe Angst, weiter so zu schreiben; denn ich will nicht wieder weinen. Ich habe zu oft geweint in den letzten Wochen, auch dann, wenn ich eigentlich keine Zeit dazu hatte. Du hast mich immer für eine selbstbewußte, energische Frau gehalten. Manchmal sogar, fürchte ich, für einen Blaustrumpf. Vielleicht war ich es auch. Aber jetzt, jetzt bin ich es nicht mehr. Jetzt bin ich nur noch hilflos und voller Sehnsucht, und fast immer voller Angst und Furcht vor heute, vor der Stunde, in der ich gerade lebe, und vor der nächsten und übernächsten …

Vor einigen Tagen hat mich Dr. Kukill eingeladen: Der Mann, der den Stab über Dich gebrochen hat. Ich glaube, er weiß, daß ich ihn hasse und verabscheue. Aber er stellt sich blind und tut so, als ob nichts vorgefallen sei. Und doch bin ich fast sicher, daß auch er sich Gedanken macht über die Rolle, die er in Deinem Prozeß gespielt hat, und über seine unglückselige Rolle, die er tagtäglich spielt – spielen muß, wie er behauptet.

Er wollte, daß wir tanzen gehen nach dem Abendessen im Bosnischen Keller. Ich habe natürlich abgelehnt. Ich fragte ihn, ob und wie er es über sich bringen könnte, mit der Frau zu tanzen, deren Mann seinetwegen in diesem fürchterlichen Strafbataillon leben muß. Ich habe nicht mehr darauf geachtet, was ich sagte; ich konnte sein glattes Gesicht und seine Konversation einfach nicht mehr ertragen. Ebenso wie mich all die glatten nichtssagenden Gesichter um mich herum langweilten, Gesichter von Menschen, die so taten, als gäbe es nicht einen millionenfachen Tod rundum, legalisierten Mord, und all das Schreckliche, was dieser Krieg mit sich bringt. Ich dachte auch nicht mehr daran, daß er der Mann ist, der uns beiden vielleicht doch noch helfen kann. Es war leichtsinnig und unverantwortlich, ich weiß, aber ich fragte ihn, wie er es eigentlich fertigbringe, hier mit mir zu sitzen und so zu tun, als wären wir im tiefsten Frieden, als gäbe es nichts Wichtigeres, als Wein zu trinken und über Wein und andere belanglose Sachen zu sprechen und eine Frau zu umschwärmen mit dem Ziel, ihren Haß zu brechen und sie zu besitzen, obwohl nach seinen Gutachten bestimmt viele Menschen verurteilt und von einer unmenschlichen Justiz ermordet wurden.

Wie immer konnte ich auch damals aus seinem Gesicht nichts herauslesen: Unbeweglich, fast steinern war es, als er mich ansah. Aber dann sagte er, mit einer Stimme, die ich an ihm noch nicht kannte: ›Meine Nächte sind sehr lang. Und meine Träume und meine Gedanken sind selten schön ...‹ Warum sind sie das? Fühlt er am Ende seine Schuld? Weiß er um sie?

Ich weiß nicht, wie es kam, aber in diesem Augenblick tat er mir fast leid. Trotz allem. Sind wir Frauen nicht unvernünftig? Wenn wir in einem Menschen Tragik oder auch nur Hilflosigkeit zu erkennen glauben, dann bemitleiden wir ihn, und unser Blick wird getrübt. Dann wollen wir helfen und fragen uns nicht mehr, ob der Mensch unsere Hilfe auch wert ist.

Ich werde nicht klug aus diesem Mann. Manchmal frage ich mich, ob er wirklich der selbstbewußte, unabhängige Mann ist, für den er sich ausgibt, oder nur ein hilfloses, schwaches Werkzeug der Stärkeren, ein Mann, der keinen Ausweg mehr findet aus der Sackgasse, in die ihn seine Gier nach Macht, nach Unabhängigkeit und Geld gebracht hat.

Wie dem auch sei, welche Gedanken ich auch wälze, das Wichtigste vergesse ich nie. Und das ist, Dich wieder herauszuholen, und sei es nur, daß Du zu einer normalen Truppe versetzt wirst. Nein, es stimmt nicht, was ich mir manchmal selbst vorgeworfen habe: daß ich alle die Frauen vergesse, deren Männer an der Front sind. Ich will keine Ausnahme sein, obwohl ich genauso wie alle diese Frauen wünsche, es gäbe den Krieg nicht und Du wärst bei mir. Aber ich will nicht, daß Du als Verbrecher angesehen und abgestempelt wirst, denn ich weiß, daß Du verurteilt wurdest, nur weil Du anderen helfen wolltest.

Ich war recht fleißig in den letzten Wochen. Ich habe Deine ganze Arbeit mit den Pilzkulturen wiederholt. Es ging schneller, weil ich alle Fehler und alle Sackgassen vermeiden konnte, die Dir damals so viel zu schaffen machten. Es ist mir gelungen, einige Kulturen des Strahlenpilzes voll zu entwickeln. Jetzt gehe ich daran, unsere geheimnisvollen ›Mikrobentöter‹ zu isolieren. Wenn ich genug von dem ›Aktinstoff‹ habe, mehr als damals bei Deinem unglücklichen Selbstversuch, dann werde auch ich einen Selbstversuch machen. Ich bin sicher, daß es diesmal gelingen wird und daß wir damals nur zu wenig davon gehabt haben, um eine wirksame Therapie durchzuführen. Ich bin sicher, daß es Dir gelungen ist, ein wirksames Mittel gegen die Infektionserreger zu finden, denen besonders jetzt im Krieg Zehn- oder Hunderttausende von Menschen erliegen müssen. Daran glaube ich nicht nur, weil ich Dich liebe. Das wäre falsch. In dieser Hinsicht bin ich unbestechlich. Aber je länger ich darüber nachdenke, desto mehr bin ich davon überzeugt, daß wir auf dem richtigen Weg waren. Wenn mein Selbstversuch gelingt, dann wird man Dich nicht mehr festhalten können.

Sonst ist es hier so wie immer: Bombenangriffe, Furcht, lange Schlangen vor den Lebensmittelläden, eingefallene, hungrige Gesichter, Hoffnungslosigkeit und sehr, sehr wenig von dem ›Siegeswillen‹, von dem unser ›deutsches Volk‹ beseelt sein soll. Es ist ein großer Widerspruch zwischen der Wirklichkeit und dem, was man im Radio hört oder in den Zeitungen liest. Und auch bei mir: Sehnsucht, Sehnsucht und Liebe. Ich denke an Dich, Ernsti, immer. Ich will an Dich denken, denn die Gedanken an Dich halten mich aufrecht und helfen mir über die Mutlosigkeit und Verzweiflung hinweg, die mich so oft überwältigen wollen. Wärst Du nur hier, könnte ich doch nur mit der Hand über Dein Gesicht fahren … Jetzt würde ich sogar meine Wange an Deinem Stoppelbart reiben, also das, was ich früher nie tun wollte, weil Du ja so schrecklich aussahst mit den harten, roten Bartstoppeln … Du bräuchtest Dich nie mehr zu rasieren. Du könntest Deine Sachen überall in der Wohnung verstreuen, die leeren Tassen mitten im Zimmer auf dem Boden stehenlassen. Du könntest alles das tun, worüber ich mich früher so geärgert habe, wärst Du nur hier, wärst du nur hier, Ernsti … Gute Nacht!«

Acht Tage nach der Ankunft des Strafbataillons kam auch das Lazarett in Orscha an. Jakob Kronenberg bildete mit vier Mann die Vorausabteilung und begab sich in Orscha auf die Suche nach Ernst Deutschmann, bis er erfuhr, daß dieser mit der 2. Kompanie bei Gorki lag. Hauptmann Barth, bei dem er sich meldete, versetzte ihm gleich einen Schreck, als er sagte: »Gut, daß die Medizinmänner da sind! Das Lazarett kommt nach Barssdowka am Dnjepr. Dort kann es vom ganzen Bataillonsbereich die Verwundeten aufnehmen. Bisher hatten wir siebzehn Tote und sechsunddreißig Verwundete.«

Der Sanitäter verließ den Bataillonsgefechtsstand in ziemlich düsterer Stimmung. Die Begrüßung mit der Nachricht, daß für das Lazarett des Bataillons eine sehr windige

Ecke ausgesucht worden war, empfand er als beunruhigend. Er hatte zwar etwas Ähnliches erwartet – dafür war es ja auch ein Strafbataillon –, aber wie üblich hatte auch er ein unbehagliches Gefühl im Magen, nachdem er sich vor vollendete Tatsachen gestellt sah. Er meldete seine Bedenken auch gleich dem Stabsarzt Dr. Bergen weiter, als er frühmorgens mit einem behelfsmäßigen Lazarettzug in Orscha eintraf und auf die versprochenen Lastwagen wartete, die die Medikamente, die Betten und die sonstige Lazarettausrüstung transportieren sollten.

Dr. Bergen hatte einen Assistenten bekommen, einen jungen Unterarzt. Er war Chirurg, hatte keinerlei Fronterfahrung und war bisher Assistent in einem Warschauer Reservelazarett gewesen. Er sah unscheinbar aus, schmalbrüstig, zartgliedrig, fast mädchenhaft. Die langen Wimpern und sein schüchternes Wesen verstärkten noch den Eindruck der Hilflosigkeit, den er auf Dr. Bergen machte. Fast unmerkbar hatte er sich in den Lazarettbetrieb eingelebt. Nur einmal war er aus seiner grauen Anonymität hervorgetreten. Während der Fahrt zur Front hatten sie einen Tag Aufenthalt in Borissow. An einer Straßenkreuzung der Rollbahn erlebten sie einen Unfall: Ein Muniwagen war mit einem kleinen Kübelwagen zusammengeprallt. Aus dem Schrotthaufen hatte man einen jungen Leutnant gezerrt, dessen linkes Bein oberhalb des Knies nur noch an ein paar Fetzen hing. Aus der zerrissenen Schlagader schoß in rhythmischen Schlägen das Blut. Noch auf der Straße, neben dem Trümmerhaufen des Kübelwagens, hatte der Unterarzt das Bein amputiert. Seit diesem Tag empfand Dr. Bergen eine stille Hochachtung für den unscheinbaren jungen Mann.

Jakob Kronenberg kam von der Suche nach den Lastwagen zum Bahnhof von Orscha zurück. Der behelfsmäßige Lazarettzug stand noch immer auf einem Nebengleis. Unterarzt Dr. Hansen hatte in einem Viehwagen eine Ambulanz eingerichtet und behandelte einige Unfälle, die sich auf dem Bahngelände ereignet hatten. Stabsarzt Dr. Bergen dagegen suchte bei der Bahnverwaltung den verantwortlichen Transportoffizier. Er hatte sich vorgenommen, entgegen seiner sonst ruhigen Art, energisch nach dem Rechten zu sehen. Schließlich war man jetzt an der Front ...

»Haben Sie die Wagen?« fragte Dr. Hansen. Er verband eine gequetschte Hand und sah während der Arbeit zu Kronenberg hinab, der neben den Geleisen stand und trotz seines offenen Pelzes schwitzte.

»Sie kommen bei Einbruch der Dunkelheit, Herr Unterarzt. Der Kommandeur sagt, bei Tage sei es unmöglich, durch die paar Kilometer zu fahren, die der Iwan einsieht – auch mit dem Roten Kreuz nicht. Die schießen auf alles, was sich über den Schnee bewegt.« Kronenberg setzte sich auf eine leere Tonne und wischte sich über das Gesicht. »Drecknest!« sagte er voller Verachtung.

Über die zarten, mädchenhaften Züge des Unterarztes glitt ein Lächeln. »Und ich dachte, Sie würden sich wohl fühlen, wenn wir in Rußland sind, Kronenberg?«

»Wieso?«

»Sie sind doch – was man ein altes Frontschwein nennt. Wie oft waren Sie in Rußland?«

»Jetzt bin ich zum viertenmal hier.«

»Es heißt doch, daß sich der deutsche Landser, der einmal an der Front war, in der Etappe nicht wohl fühlt. Sobald er dann die HKL wittert, wird er lebendig und blüht auf. Ein moderner Landsknecht. Stimmt das?«

Jakob Kronenberg steckte sich eine Zigarette an. Er sah dem Soldaten eines Baubataillons nach, der mit seiner verbundenen Hand über die Geleise trottete und zurück zu den Kolonnen ging, die die durch Granaten zerfetzten Schienen auswechselten und Weichen reparierten.

»Weiß nicht«, sagte er. »Vor dem Gedanken, wieder nach Rußland zu kommen, hat jeder einen Bammel. Aber wenn man dann wieder hier ist, dann denkt man doch irgendwie, wieder zu Hause zu sein. Klingt blöd, was? Rußland und zu Hause?«

»Warum nicht?«

»Na ja – dieses trostlose Land und dann die Menschen, die am Tage unsere Munition auf die Lastwagen schleppen und in der Nacht dieselben Wagen in die Luft jagen?«

»Aber alle können doch nicht Partisanen sein!«

»Alle nicht, aber 'ne Menge. Mehr, als wir denken.« Kronenberg behielt beim Sprechen die Zigarette im Mund.

»Wir kommen nach Barssdowka«, sagte der Kommandeur, »das Nest liegt am Dnjepr, das armseligste Kaff im Mittelabschnitt, das man sich vorstellen kann!« Er schnippte die Zigarettenkippe weg und erhob sich von seiner Tonne. Der scharfe Schneewind zog in einem langen Stoß über die Ebene. Er knöpfte seinen Lammpelz zu. »Sie kommen aus Warschau, Herr Unterarzt. Sie wissen noch nicht, was es heißt ... na ja, Sie werden's ja merken! Unsere Leute kommen mir vor wie Tontauben, mit denen die Russen schießen lernen. Es wird 'ne Menge Arbeit geben.«

»Aber wir schießen ja auch, Kronenberg, oder?«

Kronenberg sah den Unterarzt verwundert an. »Na ja, sicher«, sagte er, »dafür ist eben Krieg. Wir wollen die Bolschewiken vernichten, und die Bolschewiken wollen die Nationalsozialisten vernichten, und beide behaupten, sie hätten recht ...«

»Und wer hat recht?«

Kronenberg spuckte aus und sagte abschließend: »Wir natürlich, Herr Unterarzt, wer denn sonst?«

Stabsarzt Dr. Bergen kletterte über einen Haufen Schienen und stapfte zu dem Lazarettzug zurück. Dr. Hansen sprang aus seinem Waggon und ging ihm entgegen.

»Haben Sie etwas erreicht, Herr Stabsarzt?«

Dr. Bergen nickte grimmig. »Ich habe festgestellt, daß wir hier eine mustergültige, fast friedensmäßige Verwaltung haben. Ich meine insofern, daß nämlich niemand zuständig ist. Ein Haufen Offiziere, ein Haufen Dienststellen ...« Dr. Bergen winkte mit einer müden Handbewegung ab.

»Hauptmann Barth hat Lastwagen für die Nacht versprochen.« Dr. Hansen zog den Ohrenschützer herunter. »Ein scharfer Wind«, sagte er. »Wenn alles gutgeht, sind wir übermorgen in Barssdowka aufnahmebereit.«

Sie warteten bis zum Einbruch der Dunkelheit. Als der fahle Himmel grau wurde und schließlich stumpf-schwarz, klapperten ein paar Lastwagen über das Bahngelände und hielten vor dem Lazarettzug. Ein Oberfeldwebel meldete sich beim Stabsarzt.

Dr. Bergen betrachtete die alten Beutewagen. »Mit diesen Wracks wollen Sie fahren?«

»Warum nicht? Mit den Klapperkästen haben wir schon ganz andere Sachen transportiert!«

Kronenberg nahm den Oberfeldwebel zur Seite:

»Er ist zum erstenmal in Rußland. Halt die Schnauze und mach, was du für richtig hältst. Am Ende wundert er sich, wie gut wir in Barssdowka landen.«

»Wenn sie uns nicht erwischen!«

»Partisanen?«

»Genau. Bei Gorki ist die Hölle los!« Der Oberfeldwebel winkte die Lastwagen zu einer Rampe, auf der jetzt Kisten mit dem Verbandsmaterial, den Medikamenten, den chirurgischen Bestecken und die zusammenklappbaren Betten aufgestapelt wurden. »Wie lange wollt ihr denn in Barssdowka bleiben?«

»Bis zum Endsieg«, grinste Kronenberg.

In Barssdowka erwarteten sie der Hilfssani Ernst Deutschmann und einige Männer der 2. Kompanie. Die Straße durch das zerschossene Dorf war vom Schnee reingefegt, die Telefonleitungen waren schon gelegt, eine große Scheune und ein zusammengeflicktes Bauernhaus waren ausgeräumt worden und dienten als Lazaretträume. Als die kleine Kolonne aus der Nacht ins Dorf fuhr und knatternd an den ersten zerstörten Häusern vorbeischaukelte, tauchte vor dem ersten Wagen ein kleiner, breitschultriger, krummbeiniger Russe auf und winkte fröhlich grinsend herauf. Er rannte vor der Kolonne her und wies ihr den Weg zu Deutschmann, der mit Handlampen und Batteriescheinwerfern die Scheune einigermaßen beleuchtet hatte.

Kronenberg kletterte durchgefroren aus seinem Wagen und machte einige Kniebeugen, um die steifen Glieder wieder zu durchbluten. Der kleine Russe hob freundlich die Hand.

»Guten Abend«, sagte er.

Kronenberg nickte. »Komm mal her, du krummer Hund! Du bist hier Hiwi?«

»Da.«

»Dann geh mal da hinten zu dem Herrn Stabsarzt und hilf abladen! Verstanden?«

»Da.«

»Hau ab!«

Lächelnd entfernte sich Pjotr Tartuchin und stapfte in seinen dicken Fellstiefeln hinüber zu Dr. Bergen, der die Wagen nahe an die Scheune dirigierte.

Die Begrüßung zwischen Deutschmann und Kronenberg war kurz. Sie klopften sich auf die Schultern und lachten sich an. Deutschmann hatte sich seit zwei Tagen nicht rasiert, sein stoppeliges Gesicht war eisverkrustet und von der Kälte gerötet.

»Wieder einmal umgekippt?« fragte Kronenberg fast ein wenig besorgt. Er griff in seinen zottigen Pelzmantel und holte die obligate Flasche Schnaps heraus.

»Nein. Die russische Luft scheint mir gut zu bekommen.«

»Das kommt davon, weil sie voll von Vitamin E ist«, grinste Kronenberg.

»Wieso?«

»Eisen«, sagte Kronenberg. Beide lachten und tranken.

»Und Krüll, der Schweinehund?«

»Kriecht kaum aus seinem Bau heraus. Alle warten darauf, daß er sich einmal in die Hosen macht.«

»Und die anderen? Bartlitz, Schwanecke, Wiedeck?«

»Bartlitz ist perfekter Koch geworden, und die anderen – sie halten die Schinderei mit Schanzen besser aus, als man gedacht hatte.«

»Obermeier?«

»Ein toller Kerl!« sagte Deutschmann begeistert. »Immer vorne an der Straße beim Schanzen. Immer hat er Schnaps und verteilt ihn, obwohl das verboten ist. Ich weiß nicht, was passieren würde, wenn ihm einmal etwas zustößt ...«

Auf der dunklen Straße brüllte Dr. Bergen nach Kronenberg. Der Sanitäter wies mit dem Daumen in die Richtung, aus der das Gebrüll herüberscholl, grinste spöttisch und trank schnell noch einen Schluck Schnaps: »Da hörst du's selber. Wenn ich nicht da bin, ist der Alte hilflos wie ein Säugling!«

Dr. Bergen stand vor einer Kiste, die Tartuchin hatte hinfallen lassen.

»Schwerr!« sagte der kleine Mongole und hob die Schultern bedauernd hoch. Aus seinen Augenspalten betrachtete er die Verbandspäckchen, die aus der geplatzten Kiste in den Schnee gerollt waren. Verbände, Watte, Zellstoff ... und weiß der Teufel, was alles in den anderen Kisten war ... Lauter Sachen, die sie im Wald von Gorki gebrauchen könnten. Dort verbanden sie sich mit alten Hemdfetzen und schrien in ihren Erdhöhlen vor Schmerz und Wundfieber.

Kronenberg erschien bei der Gruppe und jagte Tartuchin weg. »Hau ab, das ist nichts für dich!« sagte er laut. Und zu den anderen: »Die Kisten in das Bauernhaus, die Betten und Strohsäcke in die Scheune. Paßt auf beim zweiten Wagen, da ist Glas drin!«

Unter dem Licht der Taschenlampe wurden die Transporter entladen. In dem Bauernhaus wurde ein behelfsmäßiger Operationsraum eingerichtet. Dr. Hansen stellte selbst den zusammenklappbaren Operationstisch auf, half beim Zusammensetzen eines Instrumentenschrankes und richtete das Zimmer so ein, daß leichte und mittlere Operationen vorgenommen werden konnten. An einer Schwebeleitung wurde unter der Decke eine große Lampe montiert, deren Schein den Operationstisch in blendendes Licht hüllte. Die beiden Fenster des Raumes mußten deshalb mit je zwei Decken verdunkelt werden, damit der Lichtschein nicht nach draußen fiel und die leichten russischen Bomber, die ›Nähmaschinen‹, anlockte.

Auf der Straße von Gorki her nahte ein helles Brummen, als die Wagen bereits abgeladen und die Soldaten mit der Inneneinrichtung fast fertig waren. Kronenberg, der mit Deutschmann und Tartuchin vor dem Eingang der Scheune stand, steckte sich in der hohlen Hand eine Zigarette an.

»Was ist das? Ein Schlitten?«

Deutschmann nickte. »Von der zweiten Kompanie. Holz, damit man hier Schränke und Tragen zimmern kann.«

Aus der Nacht schälten sich die Umrisse eines großen Motorschlittens. Wie eine riesige Spinne kroch er durch den Schnee, machte einen Bogen um die Lastwagen und hielt kreischend vor der Scheune. Aus dem geschlossenen Führerhaus sprang eine vermummte Gestalt, eine Maschinenpistole in der Hand. Sie schwenkte sie durch die Luft und rannte auf Kronenberg zu.

»Altes Rindvieh!« schrie sie.

Kronenberg lachte breit. »Mensch, Schwanecke, lebst du noch?«

»Mich bringt keiner so bald um!« grinste Schwanecke.

Tartuchin stand abseits, an die Scheunenwand gelehnt. Durch seinen Körper liefen lange Schauer. Sein breites gelbes Gesicht erschien plötzlich tot und unbeweglich, wie aus Stein gemeißelt. Seine zerschossene linke Hand verbarg er im weiten Pelzärmel seines Mantels. Die Zähne hatte er zusammengebissen, daß ihm die Kiefer weh taten. Aber er spürte es nicht. In diesen Augenblicken hätte man ihn in Stücke schneiden können, ohne daß er etwas gespürt hätte.

Schwanecke heißt er, überlegte Tartuchin. Langsam schloß er die kleinen schwarzen Augen. Heilige Mutter von Kasan, dachte er, es ist wie ein heißer Wind, der mir den Atem nimmt! Ich darf es nicht zeigen, ich darf es nicht zeigen! Ich werde erst wieder atmen und leben können, wenn er tot ist. Er ist ein großer, hungriger Wolf. Ich weiß: Wenn ich ihn töte, wird Rußland weiterleben. Seine Gedanken waren wie trunken, er fühlte seine Knie zittern, und er fürchtete, daß sein grenzenloser Haß – warum haßte er ihn eigentlich so furchtbar, war es nur wegen der Wunde an der Hand oder war es etwas anderes? – aus seinen Augen leuchten würde, wenn er sie aufmachte.

Ein Fausthieb in seinen Magen schreckte ihn auf. Schwanecke stand vor ihm, ganz nah, das unrasierte Gesicht im Widerschein einer Taschenlampe, die Kronenberg hielt. Tartuchin sah: ein wildes, erbarmungsloses, brutales Gesicht. Das Gesicht der Vernichtung. Kleine, stechende Augen, in denen sich Tartuchin wiederzufinden glaubte, und ein breites weißes Grinsen ohne Fröhlichkeit. Tartuchin atmete schnell. Er mußte sich mit der ganzen Kraft, deren er fähig war, zusammennehmen, um nicht vorzuspringen und Schwaneckes kurzen Hals zu würgen, bis dieses Grinsen in dem Gesicht des Mannes vor ihm zu einem Grinsen des Todes wurde. Seine Finger spreizten sich auseinander und zogen sich wieder zusammen.

»Hör mal zu, du gelber Affe!« sagte Schwanecke. »Geh zum Schlitten und lade das Holz ab. Los, mach weiter!« Er packte Tartuchin am Pelzkragen, riß ihn von der Scheunenwand und trat ihm ins Gesäß. Mit einem Satz flog der Mongole über die Straße und stürzte auf den Schlitten zu. Geschmeidig, katzengleich fing er sich auf und ging dann schnell, wortlos, mit halb geschlossenen Augen zu der Ladefläche des Schlittens. Er dachte: Ich werde ihn kriegen. Ich werde kein Mensch mehr sein oder gerade ein Mensch, wenn ich ihn kriege. Wenn es einen Gott gibt, wird er mir verzeihen. Das waren die schlimmsten Stunden in Tartuchins Leben.

Schwanecke lachte breit, als der Mongole über die Straße schoß. Kronenberg knipste die Taschenlampe aus.

»Der wird nie dein Freund sein!« meinte er trocken.

»Wer ist schon mein Freund?« Schwanecke entkorkte die Flasche Schnaps, die der Sanitäter aus dem Mantel zog, und nahm einen tiefen Schluck. »Woher kommt er eigentlich?« Er betrachtete Tartuchin, der vom Schlitten die Bretter ablud und in den Schnee warf. Sein feiner Instinkt witterte die Feindschaft und den Haß, die der kleine Mongole ausstrahlte. Deutschmann schüttelte den Kopf.

»Ein Hiwi wie alle anderen. Er hat sich überrollen lassen, wohnt hier in einer alten Hütte, schimpft auf Stalin und die Sowjets genauso wie auf uns und träumt von einem vollen Topf Kapusta. Er weiß nicht, warum er auf der Welt ist, alle treten ihn in den Hintern – genauso wie du.«

»Na, du mußt es ja wissen, du bist ein alter Soldat, was?« spottete Schwanecke. »Übrigens muß ich dich nachher mitnehmen. Bei uns ist allerhand los, Doktorchen.«

»Wann?« fragte Deutschmann.

»Tagsüber geht's nicht. Da kommen wir nicht durch.«

Schwanecke meldete sich bei Dr. Bergen und Dr. Hansen und half mit, das Lazarett einzurichten. Der Morgen dämmerte fahl im Osten herauf, die Wipfel der Bäume wurden heller und schälten sich aus dem Schwarz der Nacht heraus. Am Tage war es ganz unmöglich, nach Gorki zurückzufahren; eine Strecke von sieben Kilometern wurde eingesehen und lag unter ständigem Feindbeschuß, sobald sich etwas über das weite Schneefeld bewegte. Die russische Artillerie war gut eingeschossen. So blieb Schwanecke den ganzen Tag über im neuen Lazarett, trieb sich mit Kronenberg im zerschossenen Dorf herum, untersuchte die Bauernhäuser nach Dingen, die er brauchen könnte – und kam auch zu der kleinen Klitsche, die Tartuchin bewohnte.

Es war eine dicke Blockhütte mit einer Scheune und einem Ziehbrunnen, dessen Hebebalken halb verfault war. Mit dem Stiefel trat Schwanecke die Tür ein – und sah sich plötzlich Tartuchin gegenüber, der zusammengekauert neben dem Ofen saß und eine Zigarette rauchte. Er rührte sich nicht, als Schwanecke in den niedrigen Raum polterte, dessen Decke er fast mit seiner Pelzmütze berührte. Es war, als hätte der Mongole den Deutschen erwartet. Mit glitzernden Augen sah er ihm entgegen, als er mitten im Raum stehenblieb.

»Machorka?« fragte Schwanecke.

»Da.«

»Mit Prawda?«

»Njet, nix Prawda. Das hier deutsche Zeitung. Prawda bessär.«

Schwanecke schlug die Tür mit dem Stiefelabsatz zu, ohne den Blick von Tartuchin zu lassen. »Deutsche Zeitung nix gut, was? Deutsch überhaupt nix gut, was? Deutsche treten euch in den Hintern, was?«

Tartuchin hob die Hand und lächelte, und es war, als ob

aus seinem Lächeln das Geheimnis Asiens Schwanecke angeweht hätte. Er spürte es kalt um sein Herz werden. Der grinst noch, dachte er, der grinst noch, obwohl ich ihn in den Hintern getreten habe! Wie kann er das? Und dann sah er aus Tartuchins Augen plötzlich den tödlichen Haß strahlen: Es war nicht nur der Haß eines russischen Soldaten gegen einen deutschen. Es war nicht nur der Haß eines getretenen Menschen, der seine Heimat liebte, gegen den Mann, der einer Armee angehörte, die sein Land überfallen hatte. Es war vor allem ein ganz persönlicher Haß. Ein tödlicher, unbarmherziger Haß, der nicht eher gelöscht sein würde, bis er, dieser gelbe Mongole, oder er, Schwanecke …

Schwanecke trat unwillkürlich einen Schritt zurück, winkelte die Arme an und beugte sich vor, als ob er zum Sprung ansetzte.

»Du verstehst?« fragte Tartuchin.

»Ja«, sagte Schwanecke.

Schweigen.

»Na los!« zischte Schwanecke. »Ich weiß, was du willst.«

»Nicht so, njet«, sagte Tartuchin. »Jetzt – du wirst mich töten.«

»Stimmt, ich werde es tun«, sagte Schwanecke.

Tartuchin lächelte. Sein Gesicht bewahrte ein Lächeln auch später, es wich nicht von ihm, als wäre es in seine Züge gemeißelt worden wie in die Züge alter chinesischer Götzen. »Warum, Briderrchen?« fragte er leise. »Ich bin arm, ich bin müde, ich bin nichts …«

»Das stimmt! Du bist arm, du bist müde, du bist ein Dreck, aber du bist nicht ein Nichts.«

Tartuchin erhob sich von seiner Ofenbank. Mit kleinen, fast trippelnden Schritten ging er durch das Zimmer. Schwanecke senkte seine Maschinenpistole. Jetzt, dachte er, jetzt kann ich ihn umlegen. Wenn mich jemand fragt, kann ich sagen, daß er mich angreifen wollte.

Er sprang von der Ofenbank und stürzte sich auf mich, es war Notwehr, aber es wird keiner fragen, niemand wird's wissen. Einer weniger, einer von den verfluchten Partisanen, ich weiß ganz genau: Er ist einer! Man wird sagen: Gut so, Schwanecke! Sie bewähren sich gut, Schwanekke! Legen Sie noch mehr von diesen Hunden um, Schwanecke!

Tartuchin war an den Tisch getreten und hielt einen Tabaksbeutel in der Hand. Er reichte ihn Schwanecke. »Warum schießt du nicht?« fragte er.

Schwanecke schwieg.

»Tabak?« fragte Tartuchin.

»Gib her!«

Bedächtig, ohne den Mongolen aus den Augen zu lassen, rollte sich Schwanecke eine Zigarette. Er leckte das Zeitungspapier an, franste es mit den Zähnen aus und klebte es zusammen. Dann warf er den Beutel zu Tartuchin und wartete, bis auch er sich eine neue Zigarette gerollt hatte. Zwischen ihnen stand der Tisch und wirkte wie eine Barrikade.

Sie rauchten.

In der schmutzigen, dunklen Hütte breitete sich Schweigen aus. Trockener, beißender Rauch und der Geruch nach verbranntem Zeitungspapier zog durch den Raum. Warum schieße ich nicht, verflucht, warum schieße ich nicht? – dachte Schwanecke. Wenn ich's jetzt nicht tue, dann wird er es eines Tages tun, und er sieht aus, als ob er treffen könnte. Sicher trifft er immer. Warum schieße ich nicht auf den Hundesohn?

Doch: Obwohl Schwanecke wußte, daß der Mann gegenüber sein Todfeind war, zu dem es keinen anderen Berührungspunkt gab als den Kampf bis zur Vernichtung des einen oder des anderen – oder beider, obwohl er wußte, daß er von nun an keine ruhige Minute mehr haben würde – in dieser Gegend –, solange dieser kleine, breitschultrige, schlitzäugige Mongole lebte, schoß er nicht. Etwas Unerklärliches und ihm Unverständliches hielt ihn davon ab. War es Tartuchins Gleichgültigkeit oder nur scheinbare Gleichgültigkeit gegenüber dem Tod, die ihn, Schwanecke, hinderte, den Finger am Abzugshebel zu krümmen und eine kurze Garbe in den anderen hineinzujagen? War es der Fatalismus, den Tartuchin ausstrahlte, sein ergebener

Gleichmut, die in sich selbst versunkene Ruhe, mit der er vor ihm stand und gleichmütig die nächste Minute erwartete, die ihn vielleicht tot oder sterbend sehen würde? Schwanecke schoß nicht, obwohl es für ihn leicht gewesen wäre, den Mongolen zu töten. Und plötzlich merkte er, wie die Hand, mit der er die Zigarette hielt, zitterte. Wütend über sich selbst und über seine Ohnmacht, über die unerklärliche Lähmung, die ihn befallen hatte, wütend über seine zitternde Hand, drückte er die Zigarette zusammen und warf die Mischung von Papier und glühendem Machorka mit einem funkensprühenden Schwung in die Ofenecke.

»Geh!« sagte er dann hart zu Tartuchin.

»Gehen? – Wohin?« In Tartuchins leblosen Augen glomm es auf.

»Wie soll ich das wissen? Verschwinde, woher du gekommen bist, zu den Deinen ...«

»Meinen?«

»Stell dich nicht dumm!« sagte Schwanecke böse. »Glaubst du, ich weiß nicht, wer du bist und wohin du gehörst?«

»Du weißt!« sagte Tartuchin bestätigend. »Und warum du mich nicht tötest?«

»Ich tu's, bei Gott, ich tu's! Aber nicht hier!«

Blitzschnell griff Schwanecke über den Tisch, packte Tartuchin an der Brust, zog ihn mit übermenschlicher Kraft über den Tisch zu sich und schleuderte ihn gegen die Tür. »Geh!« schrie er, »hörst du? Wir treffen uns wieder, hau ab!«

Der Mongole fiel auf den Lehmboden neben der Tür. Stumm erhob er sich, ohne zu dem anderen zurückzuschauen, öffnete die Bohlentür und trat hinaus in den Schnee. Kälte wehte in den Raum und ergriff Schwanecke, der bleich am Tisch lehnte. Er sah noch, wie sich Tartuchin Schneeschuhe an die Pelzstiefel schnallte – breite, geflochtene, fast kreisrunde Treter, wie sie die Mongolen Innerasiens tragen, wenn der Schneesturm über den Himalaja und den Pamir heult und die Steppen zu einem eisigen Meer werden. Dann hörte er die knirschenden Tritte, die sich schnell entfernten.

Kronenberg war es, der Schwanecke wie aus einem Traum weckte. Polternd kam er in die Blockhütte, einen Sack Kartoffeln nach sich ziehend, den er in einem der Bauernhäuser unter Stroh versteckt gefunden hatte.

»Mensch, Karl, was is'n los?« rief er. Schwanecke schreckte empor und starrte Kronenberg abwesend an. »Was hast du mit dem Iwan gemacht? Der Kerl läuft wie'n Mondsüchtiger an mir vorbei, gibt keine Antwort und zokkelt über die Steppe, als wollte er zu Fuß nach Moskau.« Er legte den Sack neben die Tür und kam in den niedrigen Raum. Der Geruch der Machorkazigaretten lag noch in der Hütte, beißend, streng, zum Husten reizend. Kronenberg schnupperte. »Geraucht habt ihr auch? Friedenspfeifchen, was?«

Schwanecke stieß sich vom Tisch ab, ging wortlos an Kronenberg vorbei, trat den Kartoffelsack, der den Eingang versperrte, zur Seite und stand dann in der kalten, niedrigen Nachmittagssonne. Der Schnee blendete. Wenn man die Augen schloß und die Lider nur einen kleinen Spalt öffnete und durch die Wimpern über den Schnee blickte, schimmerte er fast blau. Im Dorf wurden die Lastwagen hinter die Scheunen gefahren, über das Schneefeld außerhalb des Dorfes kam ein kleiner, geheizter Motorschlitten gefegt. Wahrscheinlich Verwundete für das neue Lazarett.

Kronenberg schleifte seinen Kartoffelsack hinter sich durch den Schnee und versuchte keuchend, Schwanecke auf den Fersen zu bleiben. »Was ist denn los mit dir?« fragte er. »Hast du die melancholische Tour?«

Ohne sich umzudrehen, stieß Schwanecke zwischen den Zähnen die zur damaligen Zeit häufigste Redensart aus, verlängerte seine Schritte und verschwand hinter einer Kate.

»Der wird nie ein feiner Mann«, sagte Kronenberg seufzend und wischte sich über die Stirn. »Auch nicht, wenn er klassische Dichter zitiert ...«

Im Lazarett stand Dr. Hansen am Operationstisch. Deutschmann assistierte ihm. Sie arbeiteten schweigend.

schnell, als wären sie bereits jahrelang aufeinander eingespielt. Nachdem der letzte Verwundete ›aufgearbeitet‹ war, wie es in der Sprache der Kriegsärzte hieß – eine tiefe Oberschenkelwunde mit einem zackigen Granatwerfersplitter knapp neben dem Knochen –, machten sie eine Zigarettenpause. Mit ausgestreckten Beinen und zusammengesunkenen Oberkörpern saßen sie eine ganze Weile schweigend auf zwei Kisten und pafften die Tabakwölkchen vor sich hin.

Dr. Hansen nahm ein paarmal Anlauf, um den älteren, stillen Mann mit dem schmalen, bleichen Gesicht etwas zu fragen, aber seine angeborene Schüchternheit ließ ihn nicht sprechen.

»Es gibt doch etwas, was Sie wissen möchten, Herr Unterarzt?« half ihm Deutschmann endlich lächelnd.

»Ja – allerdings –, Sie sind doch ...«

»Arzt«, sagte Deutschmann trocken.

»Ja. Und – wie – wie kommen Sie eigentlich hierher?«

»Befehlen Sie mir zu antworten?« fragte Deutschmann.

»Nein – natürlich nicht«, sagte Dr. Hansen verwirrt.

»Dann lassen wir es dabei, daß ich eben hier bin. Herr Unterarzt.«

Sie schwiegen.

»Und jetzt sind Sie – Hilfssani ...«, sagte Dr. Hansen schließlich.

»Ja.«

»Wenn Sie wollen – ich meine, es wäre bestimmt am besten für uns, für das Lazarett –, könnte ich mit Dr. Bergen sprechen und Sie anfordern ... Wir haben ganz wunderbar zusammengearbeitet ... Was meinen Sie?« sprach Dr. Hansen eifrig und sah dabei Deutschmann fast bittend an. »Sie könnten hier bestimmt mehr leisten als dort vorne. Ich würde mich sehr freuen .. «

»Ich danke Ihnen«, sagte Deutschmann langsam. »Aber ich glaube, es ist besser, wenn ich bleibe, wo ich bin. Seien Sie mir nicht böse. Ich bin kein Chirurg, Kronenberg ist bestimmt anstellig genug – ich denke, daß ich dorthin gehöre ...« Mit dem Kinn deutete er gegen das kleine schmutzige Fenster und gegen das entfernte Donnern und Rollen eines plötzlichen Feuerüberfalls der russischen Artillerie. Seine Stimme war bestimmt und trotzig. Er wußte selbst nicht, warum er dieses Angebot ausschlug. Hier, im ›Lazarett‹, hätte er sicher viel mehr Chancen durchzukommen als vorne bei der Truppe. Doch plötzlich erschien ihm das irgendwie gleichgültig. Er fragte sich leicht verwundert, was ihn wohl zu diesem Verzicht getrieben hatte. Es gab nichts, was dagegen sprach. Und trotzdem …

»Nein, nein, lassen Sie's, es ist wahrscheinlich falsch, was ich tue, aber auch nur bedingt falsch. Da draußen sind meine Kameraden … Aber es ist nicht nur deswegen …«, suchte er nach richtigen Worten, unfähig, sie zu finden.

»Ich glaube – ich verstehe«, sagte Dr. Hansen nachdenklich.

»Na, dann ist es ja gut«, lächelte Deutschmann den Jüngeren an. Sie verstanden sich, und Deutschmann wußte plötzlich, daß er hier einen neuen Freund gefunden hatte, auf den er sich verlassen konnte. Er stand auf und begann den ›Operationsaal‹ von Blut und Fleischfetzen zu säubern.

Draußen im Schnee, am Rande von Barssdowka, stand Schwanecke und sah hinüber zu dem kleinen schwarzen Punkt, der langsam über das Schneefeld kroch, den Wäldern am Horizont entgegen, die bereits in Dämmerung zu versinken begannen: Tartuchin. Der Punkt wurde immer kleiner und verschwand schließlich in einer Senke, als wäre er von der Welt aufgesaugt worden. Schwanecke spuckte aus, drehte sich um und stapfte entschlossen zurück ins Dorf. Es war Zeit, an Aufbruch zu denken.

Vor dem Bauernhaus, in dem der ›Operationssaal‹ eingerichtet worden war, traf er auf Deutschmann. Er lehnte an der Tür, bleich, mager, abwesend. Sein Mund war fest zusammengekniffen. Obwohl er keinen Mantel trug, schien er die bissige Kälte nicht zu spüren.

»Es wird Zeit, daß wir abhauen«, sagte Schwanecke.

Deutschmann nickte, rührte sich aber nicht von der Stelle.

»Ist was passiert?« fragte Schwanecke.

»Nein.«

»Du denkst zuviel, Kumpel«, sagte Schwanecke grinsend, »viel zuviel. Das tut nicht gut. Abschalten, sag' ich dir!«

»Drei sind gestorben, und zweien mußten wir die Beine amputieren«, sagte Deutschmann.

Schwanecke hob die Schultern. »Was ist schon dabei? Als wir Orel stürmten, lief einer neben mir, ein Granatsplitter hatte ihm den halben Kopf abgerissen, und er lief neben mir weiter und brüllte ›Hurra‹, Gehirn und Blut spritzten herum, er war schon tot, aber er lief immer noch und brüllte. Dann kippte er um, aus. Wir haben keine Zeit gehabt zum Kotzen. Wir stürmten. Keine Zeit zum Denken. Abschalten, Kumpel!«

»Kann man das immer?«

»Ich sag' dir was: Du warst noch nicht an der Front, und deshalb ist dir das nahegegangen, obwohl du ein Arzt bist und so etwas gewöhnt sein müßtest. Aber es ist was anderes, hier an der Front, als in einem Krankenhaus, ich verstehe. Nur glaube mir, wenn ich anfinge zu denken, würde ich mir auf der Stelle in den Mund schießen! Vor ein paar Minuten habe ich nachgedacht. Es war schlimmer als das schlimmste Trommelfeuer. Ich hab' mir vorgenommen, nie wieder zu denken, Kumpel! Komm, zieh dich jetzt an, wir wollen abhauen, nach Hause sozusagen ...«

Grinsend ging er über die Dorfstraße zu seinem Schlitten. Untersetzt, breit, in seinem Pelz noch massiger wirkend. Deutschmann sah ihm nach. Ein kleines, zaghaftes Lächeln huschte über sein Gesicht. Nach Hause ... dachte er. Wenn ich zu Julia ging, dann sagte ich: Ich gehe nach Hause. Jetzt gehe ich zum Krüll und sage: nach Hause. Zuviel denken ... Abschalten. Wie kann man das? Ein Mann läuft mit einem halb abgerissenen Kopf und brüllt »Hurra«. Oder er denkt, daß er immer noch »Hurra« brüllt. Schwanecke hatte gedacht, und es war schlimmer als ein Trommelfeuer. Wie werden die Leute leben ohne Beine? Wie kann man leben, wenn man nicht mehr gehen kann, wohin man möchte? Nach Hause gehen, zu Julia, zu Krüll. Unsinn.

Er drehte sich um und ging ins Haus, um sich für die Fahrt ›nach Hause‹ fertigzumachen.

Oberfeldwebel Krüll war in großer Fahrt.

Auf dem Tisch vor ihm lagen genaue Streckenpläne der auszuhebenden Gräben, und er war dabei, die ausgeschanzten Stücke in Rot einzutragen. Die Karte hatte er im Maßstab 1:2000 gezeichnet und nach längerer Anstrengung ausgerechnet, daß die 2. Kompanie mehr als fünfzig Meter zuwenig ausgeschanzt hatte. Das Soll war nicht erfüllt worden, trotz Spitzhacken, Sprengladungen und zehnstündiger Arbeitszeit. Für Krüll bedeutete dies ein schweres militärisches Versagen, das einzig und allein ihm in die Schuhe geschoben würde. Fünfzig Meter zuwenig! Er rechnete noch einmal nach, doch die fünfzig Meter wurden nicht weniger. Es war anzunehmen, daß Oberleutnant Obermeier dies noch nicht wußte. Und Krüll sann darüber nach, wie er dieses Debakel dem Kompaniechef beibringen konnte.

Zunächst nahm er den Weg aller Hauptfeldwebel und befahl die Gruppenführer zu sich in die Schreibstube. Weil er aber zugleich beschlossen hatte, gegen die nun immer mehr um sich greifende Disziplinlosigkeit und militärische Nachlässigkeit vorzugehen, tat er es kasernenmäßig: Dienstanzug, umgeschnallt, mit Stahlhelm.

Unteroffizier Peter Hefe tippte sich an die Stirn, bevor er mit den Unteroffizieren Kentrop und Bortke eintrat: »Der hat 'nen Stich, Jungs! Paßt auf, er hat wieder was ausgeknobelt, von dem wir uns nur auf der Latrine befreien können!«

Sie traten in die Schreibstube, bauten unlustig ihre Männchen und sahen auf Krüll, der hinter seinem improvisierten Schreibtisch hockte, die Streckenpläne deutlich sichtbar vor sich.

»Aha!« sagte Kentrop laut. Krüll fuhr empor.

»Jawohl! Aha! Die 2. Kompanie scheint mir ein Altersheim für gebrechliche Pensionäre zu sein. Immer langsam voran. Die Russen werden schon warten, bis die Herren fertig sind. Hier ...«, schlug er mit der Faust auf den Tisch, »hier habe ich ausgerechnet, daß fünfzig Meter Graben fehlen!«

»Hast du dich auch nicht verrechnet?« fragte Bortke sanft.

Oberfeldwebel Krüll wurde rot. »Wir sind im Dienst, Unteroffizier Bortke! Ich verlange ...«

»Halt 'n Rand!« Peter Hefe nahm seinen Stahlhelm ab, das Theater widerte ihn an. Er setzte sich auf eine Kiste und nahm sich den Streckenabschnitt von Krülls Schreibtisch. »Das ist die Strecke, die nur nachts gegraben werden kann. Am Tage ist Feindeinsicht, die Russen sehen hier jede Maus, die herumkriecht.«

»Na und?« Krüll riß Hefe das Blatt aus der Hand. »In der HKL leben die anderen unter ständiger Feindeinsicht, ohne sich in die Hosen zu machen!«

»Dort stecken sie in der Erde. Wir aber stehen obendrauf und müssen graben.«

»Dafür sind wir auch kein Kegelklub.«

»Nein, sondern glatte Zielscheiben, wenn wir am Tage schanzen.« Bortke machte es Hefe nach und nahm den Helm ab. »Vielleicht kommst du mal mit raus und siehst dir die Sache an. Wie wär's?«

»Wie bitte?« Oberfeldwebel Krüll lehnte sich zurück. »Verantwortlich sind die Gruppenführer«, sagte er, sanfter gestimmt. Bortkes Antrag ließ ihn vorsichtiger werden. »Wenn dem Bataillon gemeldet wird, daß die Schanzarbeiten zu langsam vorangehen, ist der Teufel los!«

»Dann soll sich das Bataillon den Mist da vorne mal ansehen«, sagte Hefe mißlaunig.

»Wir reden alle ziemlich viel Unsinn«, meinte Unteroffizier Kentrop. »Wann hat sich ein Bataillon so etwas schon angesehen? Was hast du für Vorschläge?« fragte er Krüll. Er war der einzige, der noch stand und der seinen Helm aufbehalten hatte. Korrekt, sehr ruhig, sah er den Oberfeldwebel an. Vor seinem kalten, leidenschaftslosen Blick hatte Krüll Respekt; Kentrop war ihm unheimlich mit seiner Ruhe und Gelassenheit. Auch jetzt sah Krüll nur kurz zu Kentrop und wandte sich dann wieder an Hefe:

»Wir müssen versuchen, auch am Tage zu schanzen. Die fehlenden fünfzig Meter müssen wir herausholen. Wenn vorne unsere Kameraden den Kopf hinhalten, können wir hier nicht Versteck spielen!«

»Ganz richtig!« Oberleutnant Obermeier war eingetreten. Er kam durch die zweite Tür, die eine Verbindung zu den zerstörten Stellen herstellte. Als die Unteroffiziere aufspringen wollten, winkte er ab, trat zum Tisch und nahm die Zeichnungen. »Saubere Arbeit, Oberfeldwebel.«

»Mit genauen Maßstäben, Herr Oberleutnant. Wir können damit den Fortgang der Arbeit täglich gut kontrollieren.«

»Können Sie das wirklich?«

»Jawohl, Herr Oberleutnant.«

»Hier vom Schreibtisch aus?« Oberleutnant Obermeier legte die Pläne vor Krüll hin. »Sie haben die Streckenkarte nicht an Ort und Stelle gezeichnet. Wer garantiert Ihnen, daß Ihre fünfzig Meter nicht auf einen Rechen- oder Zeichenfehler zurückzuführen sind? Am besten ist, Oberfeldwebel, Sie überzeugen sich morgen am Ort von der Richtigkeit Ihrer Berechnungen. Rücken Sie mit der Kompanie aus, und messen Sie mit dem Bandmaß die Gräben aus. Das tragen Sie dann noch einmal in Ihre Pläne ein. Von besonderem Interesse sind natürlich diese vom Feind eingesehenen Stellen.«

Krüll wagte nicht, zu antworten. Das hatte er nicht erwartet. Sein Herz fing heftig und schwer zu pochen an. Er fühlte, daß er sehr blaß aussehen mußte, und die andern, die Unteroffiziere, starrten ihn an und grinsten unverschämt.

»Alles klar, Oberfeldwebel?«

»Jawohl, Herr Oberleutnant.« Krüll atmete tief. Die Angst in seinen Knochen konnte nicht größer sein als die Disziplin.

»Morgen früh also. Wann rückt Ihre Gruppe aus, Hefe?«

»Um halb sechs, Herr Oberleutnant.«

»Sie nehmen den Oberfeldwebel mit.«

»Mit Vergnügen, Herr Oberleutnant!«

Obermeier fuhr herum: »Unterlassen Sie diese dämlichen Bemerkungen! Der Krieg ist kein Vergnügen, das war er noch nie! Stellen Sie sich vor, Sie werden beschossen und dem Oberfeldwebel passiert etwas. Oder können Sie mir garantieren, daß nichts passieren wird?«

»Nein, Herr Oberleutnant!«

»Na also!« wandte sich Obermeier zum Telefon. Krüll hatte diesen Wortwechsel wie aus weiter Ferne gehört, ohne ihn richtig zu begreifen. Über seine Beine empor kroch eine flaue Schwäche. Er hielt sich an der Tischkante fest und stierte auf die Pläne, ohne etwas zu sehen. Und dann hörte er Kentrops Stimme:

»Sie können sicher sein, Herr Oberleutnant, daß wir alle unser Leben einsetzen werden, um Herrn Oberfeldwebel wieder herauszuholen, wenn etwas passiert. Wenn es nicht sofort gelingt, dann wird er höchstenfalls bis zur Nacht warten müssen.«

Obermeier antwortete nicht. Er sah zur Wand, drehte an der Kurbel und rief die 1. Kompanie an.

Krüll sah langsam hoch in die hämisch grinsenden Gesichter seiner Unteroffiziere. »Gut«, sagte er mühsam, »ich gehe heute nacht mit raus. Dann bin ich am Morgen in den Stellungen und kann sie tagsüber ausmessen. Und …«, jetzt wurde seine Stimme sicherer, »… der Teufel holt euch, wenn es sich herausstellt, daß wirklich fünfzig Meter fehlen!« Er wandte sich ab und verließ schnell die Schreibstube. Hefe sah erstaunt auf die beiden anderen. Kentrop und Bortke schwiegen betroffen. Zum erstenmal hatte Krüll vor ihren Augen einen Kampf gegen sich selbst ausgefochten – und gewonnen. Er hatte ihren Hohn geschlagen.

Obermeier drehte sich herum: »Was steht ihr noch da? Von Babinitschi kommen gleich neue Verschalungsbretter.«

Verlegen und kleinlaut verließen die Unteroffiziere den

Raum. Vor dem Haus blieben sie stehen und sahen Krüll zu, der einige Leute anbrüllte, die zu langsam einen Schlitten abluden.

»Er ist wieder ganz der alte«, sagte Unteroffizier Hefe.

»Mensch, das hätte ich nicht von ihm gedacht«, sagte Bortke.

»Macht euch nichts vor«, sagte Kentrop. »Oder wollt ihr etwa behaupten, daß ihr keine Angst habt?«

»Niemand behauptet das«, knurrte Hefe. »Wer hat schon keine volle Hose? Bei Krüll stank es nur mehr als bei den anderen. Bis jetzt jedenfalls. Wir werden ja sehen, ob's wirklich anders geworden ist.«

Erich Wiedeck und Schütze Katzorki, das Rattengesicht, krochen in einem kurzen, neuen Grabenstück herum und verschalten die kleinen Bunker, die alle fünfzig Meter als Stützpunkt in das Verteidigungssystem eingestreut waren, als Ernst Deutschmann mit eingezogenem Kopf durch den Graben gelaufen kam und sich neben ihnen schwer atmend an die hartgefrorene Grabenwand lehnte.

»Schau mal einer an – wir haben hohen Besuch bekommen«, sagte das Rattengesicht und grinste schief mit seinen schwarzen Zahnstummeln.

»Ist was los!« fragte Wiedeck.

Deutschmann zuckte mit den Schultern. »Nichts«, sagte er. »Ich muß warten, bis irgendwas los ist.«

»Da wirst du nicht lange warten müssen«, sagte das Rattengesicht. Die Bretter für die Bunker hatte man nachts durch den Schnee herangeschleift. Als der Morgen graute, machte man sich daran, die nachts ausgehobenen Bunker zu verschalen. In den Gräben blieb jedoch immer nur ein Drittel der Kompanie, der Rest rückte mit dem anbrechenden Tag ab.

Ab und zu zuckte die Erde auf und schüttelte die Männer durcheinander. In kurzen Abständen heulte es durch die eisige Luft heran, tiefer und tiefer wurde der Orgelton, so wie ein Brummkreisel kurz vor dem Umfallen. Dann warfen sich die Männer an die Grabenwand, steckten den Kopf in den Schnee und lauschten mit vor Furcht verzerrten Gesichtern auf das Krachen der Einschläge. Zwei-, fünf-, sieben-, zehn-, zwölfmal donnerte es um sie herum, der Luftdruck drückte sie gegen die Erde oder hob sie fast vom Boden, Fontänen von Steinen, Eis und Erde spritzten auf und prasselten auf ihren Rücken. Und zwischendurch hörten sie das helle, surrende Pfeifen der glühenden Splitter, die zischend in den Schnee fuhren.

»Verdammt nah!« sagte Wiedeck,

»Hoffentlich kommt's nicht noch näher«, sagte das Rattengesicht. Seine Stimme zitterte.

Nach dem Ende des Feuerschlages erhoben sie sich und rannten geduckt zu dem nächsten Bunker. Atemlos stolperten sie die Stufen hinab und setzten sich auf die gestapelten Bretter und Grundbohlen. Wiedeck steckte sich eine Zigarette an und gab auch Deutschmann die Packung. Das Rattengesicht rauchte nicht; er betrieb mit den wenigen gefaßten Zigaretten einen schwungvollen Handel um Brot, Butter und Wurst.

»Wenn das so weitergeht, zerhämmern sie die neue Stellung, noch ehe sie fertig ist«, sagte Wiedeck.

»Das ist so wie mit dieser blödsinnigen Näherin, die nachts auftrennte, was sie tagsüber genäht hatte«, sagte das Rattengesicht.

»Nicht ganz«, sagte Deutschmann.

»Oder wie mit diesem alten Germanen, der einen Stein auf den Berg rollte«, spann das Rattengesicht den Faden weiter.

»Er war ein korinthischer König und hieß Sisyphus«, sagte Deutschmann.

»Du hast in der Schule immer gut aufgepaßt«, sagte das Rattengesicht.

»Man sollte das Grabensystem weiter nach Westen legen.« Deutschmann lehnte sich gegen die kalte Erdwand. Sein unrasiertes Gesicht war noch spitzer und schmaler geworden. Er trug keine Rot-Kreuz-Binde mehr; in Rußland war es nicht üblich, und wenn sie jemand trug, dann hatte das meistens keinen Einfluß auf den Gegner; man beschoß gegenseitig die Sanitäter mit oder ohne Binde. »Was nutzt ein Auffanggraben, der kaum tausend Meter hinter der HKL liegt? Wenn die Offensive rollt, sind die tausend Meter völlig ohne Bedeutung.«

»Du hättest General werden müssen«, sagte das Rattengesicht. Wiedeck rauchte mit hastigen, tiefen Zügen. Seit der Geburt des Kindes hatte er nichts mehr von seiner Frau gehört. Seine Briefe blieben unbeantwortet, er wußte nicht einmal, ob sie weitergegeben wurden. Man wußte überhaupt nur das, was man sehen konnte. Und außerdem wußten sie alle, daß sie kein Recht hatten: kein Recht auf Postabgang und Postempfang. Kein Recht auf Pakete und Karten. Kein Recht zur üblichen Truppenverpflegung und kein Recht auf Marketenderwaren. Sie waren Ausgestoßene, Verbrecher, Todgeweihte, in grauen, abgetragenen und geflickten Uniformen, deren Arbeitskraft man so lange ausnutzte, bis sie wertlos war. Daran konnte niemand was ändern, auch nicht Oberleutnant Obermeier oder Hauptmann Barth. Obermeier hatte einmal bei Barth angerufen und nach Post gefragt. »Post?« wunderte sich Barth. »Ja, Obermeier, erwarten Sie denn Post?«

»Ich nicht allein. Meine Männer wissen nicht, was in der Heimat los ist, besonders die Verheirateten sind übel dran.«

»Die Glücklichen! Sagen Sie Ihren Leuten, daß sie froh sein können, wenn sie nicht wissen, was in der Heimat los ist. So leben sie glücklicher, mein Lieber. Im übrigen geht die Post über das Stammbataillon in Posen. Dort ist ein Major Kratzner Chef des Ersatzhaufens. Ich habe gehört, daß er das goldene Parteiabzeichen besitzt. Zuletzt war er Lehrer an einer Nationalsozialistischen Erziehungsanstalt. Zur Zeit ist es auch in Posen ziemlich kalt. Kratzner wird sich an den Briefen die Hände wärmen, wenn er sie in den Ofen steckt.«

»Abwarten!« Das war alles, was Wiedeck von Obermeier erfahren konnte. Nach und nach verfiel auch er, ähnlich wie die andern, in eine Art stumpfsinnigen Fatalismus, den nichts mehr erschüttern konnte. Artilleriefeuer? Na denn! Tote? Im Krieg gibt's immer Tote. Arbeit? Bin ich gewohnt. Das Leben? Kotzt mich an. Jetzt sagte er: »Ob tausend oder zehntausend Meter, ist egal. Wir schanzen.«

»Amen«, sagte das Rattengesicht.

»Draufgehen werden wir sowieso alle«, sagte Wiedeck.

»Muß nicht sein«, sagte Deutschmann.

»Glaubst du?« Wiedeck sah auf und lächelte Deutschmann schief an. »Mensch, glaubst du das wirklich? Frontbewährung? Begnadigung? Schwanecke vielleicht, oder dieser da«, mit dem Kinn zeigte er gegen das Rattengesicht, »diese beiden vielleicht, das sind Kriminelle.«

»Na, hört mal!« sagte das Rattengesicht.

»... die werden vielleicht begnadigt, um später einmal aufgehängt zu werden. Ich hab' vielleicht auch eine Chance durchzukommen. Ich bin ja bloß ein blöder Bauer. Aber du oder der Oberst Bartlitz oder die anderen Politischen? Die werden begnadigt, wenn sie ins Gras beißen.«

»Ich komm' bald raus«, sagte das Rattengesicht.

»Niemand kommt raus«, sagte Wiedeck.

»Ich pfeif' auf euch Schwarzseher«, sagte das Rattengesicht, stand auf und ging zum Bunkerausgang. »Und ich sage dir, ich komme raus. Es wird nicht lange dauern, und ich bin wieder in Berlin. Wetten? Wenn ich bei Kranzler ganz nobel Kaffee trinke, schreibe ich euch eine Postkarte.« Er grinste über die Schulter zurück und kletterte in den Graben.

»Bei dem glaube ich's am Ende selbst«, sagte Wiedeck.

Deutschmann sah aus dem Bunker hinaus auf das kleine Stück Schneewall, das im Eingang sichtbar war. Draußen tastete die leichte Artillerie das Feld ab. Streufeuer.

»Hast du schon einmal deine Frau betrogen?« fragte er zögernd.

»Was?« Wiedeck sah Deutschmann verblüfft an.

»Ob du deine Frau betrogen hast?«

»Komische Frage! Warum sollte ich sie betrügen?«

»Hast du sie?«

»Nein.«

»Nicht mal in Gedanken?«

»Blödsinn. Wer tut das nicht? Warum fragst du?«

»Nur so.«

»Und du?«

»Bis jetzt nicht mal in Gedanken. Bis vor kurzem.«

»Mensch – du hast Nerven!«

»Ich habe sie verraten«, sagte Deutschmann schwer.

»Verraten? Wieso? Mit wem? Etwa mit einer – Russin? Wo nimmst du eine Russin her?«

»In Orscha«, sagte Deutschmann.

»Mensch – gibt's das überhaupt? Ich dachte, das denken sich nur manche aus.«

»Das gibt es«, sagte Deutschmann. »Sie sagte, ich solle hierbleiben. Sie sagte, ich soll nicht mehr nach Hause gehen, und ich weiß plötzlich nicht mehr, was ich tun würde, wenn – wenn ...« Er machte mit der Hand eine hilflose Gebärde, als wüßte er selbst nicht ganz genau, was hinter diesem Wenn stand. Vielleicht: Wenn es plötzlich Frieden gäbe und man bleiben könnte, wo man wollte; wenn er sich über alles selbst im klaren wäre und über seine Sehnsucht, die ihn zugleich zu Julia und zu Tanja; wenn ... »Ein Verrat«, sagte er, »ich habe es getan. Ich weiß nicht, was ich tun soll. Ich weiß überhaupt nicht, was ich tun soll ... Dieses hier, Strafbataillon, Julia, Tanja, die Erinnerung ... Ich habe nie sehr gut geschlafen, jetzt kann ich es fast überhaupt nicht mehr.«

Draußen hämmerten einige Maschinengewehre. Dazwischen hörte man hell die Abschüsse der leichten Minenwerfer und das dumpfe Krepieren der Gewehrgranaten.

»Es geht wieder los«, sagte Wiedeck. Und: »Wenn du richtig müde bist, wirst du auch schlafen können.« Durch die Luft heulte es hell und kurz auf, und dann krepierten in ihrer Nähe die Granaten der russischen Artillerie. Deutschmann fand sich auf dem Boden liegend, einige Erdbrocken polterten von der Bunkerdecke auf seinen Rücken. Und durch das Sausen und Klingen in seinen Ohren hörte er draußen plötzlich eine menschliche Stimme. Sie kam ihm bekannt vor, aber er wußte nicht, woher er sie kannte; denn es war eigentlich keine menschliche Stimme mehr, es waren Laute, die auch ein Tier formen könnte, nicht formen, sondern ausstoßen, ein Tier, das in schrecklicher Angst und Furcht plötzlich die Sprache gefunden hatte, um seine Qual allen verständlich herauszuschreien. »Jesus Maria ...«, sagte die Stimme, wimmerte sie, seufzte, schrie, flüsterte, und alles das zusammen oder nichts davon, »Jesus Maria – was – was ...?« fragte sie, und dann wieder: »Jesus Maria ...«

»Das Rattengesicht!« rief Wiedeck, sprang über den liegenden Deutschmann und kroch aus dem Bunker. Deutschmann sah seine beschlagenen Sohlen, er sah ganz genau, daß viele Nägel fehlten, und dann verschwanden die Sohlen, er stemmte sich hoch, sprang zum Ausgang, fiel auf die Knie und kroch heraus. Seine Tasche war ihm im Wege, sie hing zwischen seinen Beinen und schleifte am Boden; mit einer wütenden, kurzen Bewegung schleuderte er sie auf den Rücken, und dann war er draußen, und das Wimmern war jetzt ganz nah.

An der Grabenwand lehnte das Rattengesicht. Sein Gesicht war grau verfallen, die Nase stach spitz und gelb heraus. Die Lippen waren wie im Krampf von den schwarzen Zahnstummeln zurückgezogen, und aus seinem Mund kamen, ohne daß sich die Lippen bewegten, die gepreßten, wimmernden Laute: »Jesus Maria – Jesus Maria ...« Seine Augen stierten auf etwas Blutiges, das vor ihm lag.

Und erst jetzt sah Deutschmann, daß der linke Arm des Rattengesichts auf der ihm abgekehrten Seite an seiner Wurzel abgerissen war. Aus der zerfetzten, riesigen Wunde schwappte Blut, lief die Uniform herunter, färbte den schmutzigen Schnee rot und bildete auf dem gefrorenen Grasboden um Rattengesichts Stiefel eine kleine, schnell größer werdende Pfütze. Rattengesichts Knie gaben nach, er rutschte die Grabenwand herab und blieb auf dem Boden, mitten in der Blutlache sitzen. Dabei starrte er immer noch auf den abgerissenen Arm, der mit abwärtsgekehrter Handfläche und gekrümmten Fingern vor ihm lag. Er hob die rechte Hand empor, als wollte er nach irgend etwas greifen oder auch Halt suchen, aber sein Arm sank kraftlos herab, und er kippte seitwärts um. Dabei sagte er immer noch und nur das: »Jesus Maria – Jesus Maria ...«

Deutschmann schob den erstarrten, leichenblassen Wiedeck zur Seite und beugte sich über das Rattengesicht. Mit fliegenden Händen machte er die Tasche auf und kramte sinnlos in ihr herum, ohne den Blick von Rattengesicht zu wenden. Doch dann verharrte er mitten in der Bewegung.

Es war sinnlos.

Er sah, wie sich über das Gesicht des Verwundeten der Tod ausbreitete.

Hinter einer Kate, in der Nähe des Kompaniegefechtsstandes der 2. Kompanie des Strafbataillons, wurde Schütze Werner Katzorki, das Rattengesicht, begraben. Sein Grab lag etwas abseits der zwei Reihen schiefer, schneeverwehter Birkenkreuze; am Tage, als er gefallen war, schlug eine verirrte Granate zwischen sie und riß eine flache Mulde in das steinhart gefrorene Erdreich: Eine willkommene Hilfe für die zwei Hiwis, die Gräber auszuheben hatten.

Das Rattengesicht wurde ohne viel Aufhebens beerdigt. Es war Nacht, und die Kompanie arbeitete vorne an den Ausschachtungen. Nur einige wenige von denen, die am Tage draußen waren, standen etwas hilflos um die flache Mulde, die Katzorkis Grab werden sollte. Der Tote war schon steif gefroren: Mit weit offenem, grinsendem Mund lag er auf einer Zeltplane neben dem Loch. Auf seinem Bauch lag der abgerissene Arm, die riesige Wunde schimmerte rosig durch den weißen Reif, der sich auf ihr niedergeschlagen hatte.

»Na denn«, sagte Wiedeck zu den beiden Hiwis, die teilnahmslos danebenstanden, »macht weiter.«

Die Hiwis packten die Zeltplane auf einer Seite, hoben sie an und rollten den steifen Körper in die Grube; es war verboten worden, die Toten mit Zeltplanen zu begraben. Zeltplanen waren rar, Lebende konnten sie gut gebrauchen, Tote aber brauchten keine mehr.

Vorne, an der Front, blitzte es unausgesetzt. Das Krachen des Artilleriefeuerüberfalls rollte dumpf über die Ebene, dazwischen hörte man das rasende Rattern der deutschen Maschinengewehre und das bedächtigere Tacken der russischen. Ein Hiwi stieg in das Loch und bettete Katzorki so, daß sein Gesicht gegen den stumpf-schwarzen, nie ganz dunklen Himmel sah.

Dann buddelten sie ihn zu.

Es wurde keine Rede gehalten und keine Salve geschossen. Bevor der Tote noch ganz zugedeckt war, verließen die Soldaten das Grab. Das einzige, was man für den Toten tun konnte, hatte Deutschmann getan: Auf ein rohes, auf das Birkenkreuz genageltes Brettchen hatte er mit Tintenstift geschrieben:

Soldat Werner Katzorki
* 1912 † 1943

und darunter klein und flüchtig:

Vielleicht hat er es jetzt besser.

Wieder einmal tauchte in Babinitschi Oberleutnant Bevern auf. Was er dort wollte, wußten weder Wernher noch Obermeier, der schnell angerufen wurde – in dem Augenblick, in dem Bevern aus dem Schlitten kletterte, den Mantel zuknöpfte, die Meldung entgegennahm, einen Unteroffizier freundschaftlich-leutselig tadelte, weil er keinen Stahlhelm trug, und Wanda, Wernhers Dolmetscherin, nachblickte, die an ihm vorbeiging. Trotz des unförmigen dicken Mantels und der Filzstiefel, die sie trug, konnte man unmöglich übersehen, daß sie verteufelt hübsch war.

»Weibsstück!« knurrte der Adjutant erbittert, als er Wanda nachsah – und dachte im gleichen Augenblick an einen Vortrag, den er beim nächsten Schulungsabend halten wollte: Die Unterwanderung der Moral des deutschen Soldaten durch die russische Frau.

Wernher legte den Telefonhörer wieder auf, betrachtete

vom Fenster her Bevern und grinste vor sich hin. »Der wird heute nacht schlecht schlafen«, sagte er zu seinem Spieß. »Wenn der Kerl nicht aus Ton ist, muß Wanda zumindest einen Gedanken bei ihm hinterlassen haben.«

»Es dürfte kaum anzunehmen sein, Herr Oberleutnant«, murmelte der Spieß, bevor er den Raum verließ. Er trug eine Brille, hatte ein gelehrtes Aussehen und sprach – wenn er nicht gerade wütend war – sehr gewählt.

Bevern und Wernher schüttelten sich die Hände.

»Bin wieder im Lande, Herr Wernher! Wundern Sie sich darüber?«

Wernher hob die Schultern.

»Wundern? Nein – warum?« antwortete er gleichmütig. »Im Krieg muß man immer mit unangenehmen Überraschungen rechnen.«

»Danke.« Bevern bekam ein steifes Kreuz. Doch dann überlegte er, daß er sich zusammennehmen und den ersten Schritt zu einer Versöhnung tun mußte oder wenigstens zum guten Einvernehmen, denn versöhnen mußten sie sich ja eigentlich nicht, da sie ja nie gestritten hatten. Das Offizierskorps mußte zusammenhalten wie Pech und Schwefel, in guten wie in schlechten Zeiten, besonders in schlechten oder schwierigen. »Warum sind Sie eigentlich so abweisend?« fragte er beschwichtigend. »Sie tun geradeso, als ob ich auf der Welt wäre, nur um Sie zu ärgern. Wir müssen zusammenhalten, wir sitzen ja doch alle zusammen in einem Boot.«

»Nur daß Sie verkehrt rudern«, brummte Wernher mißmutig.

»Sie sind ungerecht. Ich tue nur meine Pflicht.«

Wernher setzte sich. »Aha«, sagte er, »nur Ihre Pflicht. Gut, gut. Vor drei Tagen zum Beispiel haben Sie die Urlauber aus dem Lazarett oder dem Truppenverbandsplatz Barssdowka in Orscha gesammelt und haben mit ihnen einen Ausmarsch gemacht. Das war Ihre – Pflicht, was, Herr Bevern?« Den letzten Satz sagte er langsam und betonte jede Silbe. »Verwundete, die bei jeder regulären Truppe für sechs Wochen nach Hause geschickt würden. Ich weiß, ich weiß …«, winkte er ab, als Bevern etwas entgegnen wollte, »Wir sind keine reguläre Truppe, bei uns gibt es keinen Urlaub. Bei uns gibt es nur eine Erholung in der Etappe. Erholung in Orscha. Daß ich nicht lache! Und dort, in dieser ›Erholung‹ – da stehen Sie, sammeln die Männer, die zum Teil noch halb offene Wunden haben, und marschieren mit ihnen hinaus. Drei, vier, ein Lied! Sie lassen sie durchs Gelände robben, Sie veranstalten Kasernenhofdrill, machen Grußübungen, Parademarsch, Gewehrkloppen und Nachtmärsche – und das mit Leuten, die sich kaum auf den Beinen halten können!«

Oberleutnant Bevern sah aus dem Fenster. Sein junges Gesicht war hochmütig und verschlossen.

»Abhärtung!« sagte er schließlich. »Militär und Krieg sind keine Ausflugsfahrt ins Blaue. Bewegung hat noch nie jemandem geschadet.«

»Das fragen Sie mal jemanden, der mehr davon versteht. Zum Beispiel einen Arzt.«

»Ach was!« sagte Bevern wegwerfend.

»So was nennt man Sadismus, Herr Bevern.«

»Nennen Sie es, wie Sie wollen. Nirgendwo steht, daß Rekonvaleszenten unmilitärisch behandelt werden sollen. Gesund oder – weniger gesund, sie bleiben Soldaten! Ja – verstehen Sie denn nicht, Herr Wernher, wir brauchen Soldaten, ganze Kerle, hart und unnachgiebig gegen sich selbst. Nur dann werden auch sie hart, unnachgiebig und mitleidlos gegen unsere Feinde sein. Sie sind doch Offizier, das müßten Sie verstehen! Hören Sie, Herr Wernher, wir müssen einen verdammt schweren Kampf ausfechten, vielleicht ist es noch ein langer Weg zum Endsieg …«

»Hören Sie damit auf! Wenn ich das höre, denke ich an eine Schallplatte mit einem Sprung, die immer dasselbe leiert: hart – hart – hart – Endsieg – Endsieg – Endsieg …«

Bevern fuhr herum. Sein Gesicht und seine ganze angespannte Gestalt drückten einen einzigen Gedanken aus: Jetzt hab' ich dich.

»Sie glauben etwa nicht daran?« fragte er leise, lauernd.

»Wieso?« Wernher sah den andern treuherzig an. Mein

Gott, wie dumm du bist, dachte er, wie entsetzlich dumm! Und ausgerechnet du glaubst, mich zu erwischen!

»Ihre Äußerung ...«

»Hören Sie, Bevern, dafür könnte ich Sie belangen. Sie wollen mir Worte in den Mund legen, die ich nicht einmal im Traum sagen würde. Es spricht nicht für Ihre intellektuellen Fähigkeiten, wenn Sie das, was ich damit sagen wollte, nicht verstehen können, nämlich: Warum soll man immer ein Wort wiederholen, von dem man ohnehin weiß, daß es wahr ist und daß es nichts anderes geben kann. Sie wissen ja: Ein Wort kann durch allzu häufige Wiederholung nur entweiht werden. Und das Wort ›Endsieg‹ muß uns allen heilig sein.«

Bevern schwieg verblüfft. Alles andere hätte er erwartet, nur das nicht. Er ballte die Fäuste in den Manteltaschen und sagte schließlich hilflos, nur um etwas zu sagen:

»Wenn – wenn wir uns darüber klar sind – warum dann diese Distanz zwischen uns?«

Wernher erhob sich. Er trat einen Schritt vor und sah Bevern kalt an:

»Unsere Weltanschauung beinhaltet zugleich Achtung vor einem Menschen, Herr Bevern Sie sind ein schlechter Nationalsozialist. Ich bin nicht in der Partei, und doch würde ich mir Sachen, die Sie tun, niemals erlauben. Ich verabscheue Sie. Was Sie mit den Leuten machen, die endlich einige Tage Ruhe haben sollen, weil sie verwundet sind, weil sie für Deutschland geblutet haben – auch wenn sie in einem Strafbataillon sind, ist, gelinde gesagt, hundsgemein. Ich schäme mich, mit Ihnen die gleiche Offiziersuniform zu tragen. Sie sind nicht nur ein schlechter Nationalsozialist. Sie sind auch ein Schwein, ein sadistisches Schwein!«

Oberleutnant Bevern verließ wortlos die Bauernhütte. Leichenblaß, wie betäubt, blieb er einige Augenblicke auf der Straße stehen. War das noch Wernher – der zwar spöttische, aber doch verträgliche Wernher? Er sprach wie Obermeier, er sprach wie alle Feiglinge, denen es die deutsche Wehrmacht zu verdanken hatte, daß sie nicht mehr die durchschlagende, unbesiegbare Kraft der ersten Jahre hatte. Bröckelte das Offizierskorps auseinander? Was hat er gesagt? Ein schlechter Nationalsozialist! Und das mir! Ausgerechnet mir! Ein schlechter Nationalsozialist! Weil ich diese Höllenbrut in Orscha durcheinanderjagte, weil ich jede Minute meines Lebens für die Idee opfere, weil ich … diese Distanz zwischen uns?

Langsam, niedergeschlagen ging er zu seinem Schlitten. Und in ihm reifte der Entschluß, trotz allen Widerständen noch mehr als bisher sein Leben der Idee zu weihen. Er wußte, daß er nicht allein war, daß hinter ihm noch andere Männer standen, und er war bereit, sein ganzes Sein in die Waagschale zu werfen für den Sieg; für den wirklichen, endgültigen Sieg, nicht nur über die Feinde draußen, auch gegen die, die sich in den eigenen Reihen eingeschlichen haben.

»Abfahren, zum Bataillon!« rief er dem Fahrer mit scharfer, überkippender Stimme zu.

Wernher rief schnell Obermeier an und erzählte ihm, was in seiner Hütte vorgefallen war. Obermeier schwieg eine Weile, und dann kam seine Stimme dünn und verzerrt durch den Draht:

»Du bist wahnsinnig, Wernher!«

»Ich habe es satt, Fritz!«

»Hör mal – ich – wir müssen den Kopf oben behalten, Wernher, wir dürfen uns nicht hinreißen lassen. Was soll aus unseren Leuten werden, wenn wir plötzlich … wenn wir etwa genauso wie viele von ihnen als Schützen irgendwo in einer Strafeinheit landen?«

»Man kann nicht immer daran denken«, sagte Wernher mit mühsam verhaltener Stimme.

»Aber man muß es versuchen.«

»Ich mußte mich zurückhalten, um nicht seine Fresse zu zerschlagen.«

»Das kann ich dir bei Gott nachfühlen. Halt dich zurück … Kommst du heute rüber?«

»Ich werd's versuchen.«

»Also bis dann. Wir müssen irgend etwas finden. Es

dürfte doch nicht so schwer sein, diesen Scheißkerl unschädlich zu machen!«

Wernher legte den Hörer auf und sah nachdenklich durch das Fenster dem Schlitten nach, der schon weit draußen über die Steppe glitt.

Durch die Nacht rumpelte der Schlitten.

Es schneite. In dicken, trägen Flocken rieselte der Schnee aus dem Grauschwarz des Himmels. Lautlos deckte er das Land zu. Vor den Kufen des Schlittens wirbelte der Neuschnee in Wolken auf und stäubte über die vermummte Gestalt, die das Fahrzeug lenkte. Durch den Vorhang aus weißen Perlenschnüren hob sich die schwarze Wand des Waldes nur unklar gegen den Horizont ab. Auf der rechten Seite der Straße stachen in weiten Abständen einige runde Pfähle aus dem Schnee hervor, an denen sich der verwehte Neuschnee immer höher emporhob: Die Kennzeichen der verlegten Telefonkabel, die täglich von den Störtrupps abgegangen wurden.

Schwanecke hielt sich mit beiden Händen fest. Ab und zu fluchte er. Der Schlitten sprang über vereiste Schneebukkel, immer wieder wurde er hochgeschleudert und elend durcheinandergeschüttelt. Die Maschinenpistole, die er sich um den Hals gehängt hatte, schlug ihm in die Magengrube. Der kleine Motor unter seinem Sitz heulte hoch und durchdringend. Ob er diese dauernde Überbelastung aushielt?

Plötzlich sah Schwanecke auf der Straße eine Gestalt aus dem Schneetreiben auftauchen. Eine kleine, zottelige Gestalt in einem dicken Pelz, genauso vermummt wie er selbst. Einsam, verloren stand sie inmitten der grauweißen Weite. Als der Schlitten herankam, hob sie die Hand, ohne sich zu rühren.

Schwanecke trat auf die Bremsen. Der Schlitten rutschte noch etwas, schleuderte, dann stand er. Er stellte den Motor ab und kletterte von seinem Sitz. Den Riemen der Maschinenpistole hob er über seinen Kopf und nahm die Waffe in die Hand. Langsam ging er gegen die stumm wartende Gestalt.

Dann erkannte er ihn, blieb wie angewurzelt stehen, beugte sich vor und hob die Mündung der Maschinenpistole an.

Pjotr Sabajew Tartuchin hob beide Hände zum Zeichen, daß er keine Waffen trug. Aus zusammengekniffenen Augen, deren Pupillen man überhaupt nicht mehr wahrnehmen konnte, starrte er Schwanecke an, schweigend einige lange Augenblicke, bis er schließlich den Mund öffnete und mit steifen Lippen sagte:

»Da bist du!«

Über Schwaneckes Rücken lief ein eisiger Schauer. Sein Blick löste sich von Tartuchin und glitt schnell sichernd über die schneebedeckte Steppe. Tartuchin lächelte schwach.

»Wir sind ganz allein, Briderrchen …« Er machte eine weitausholende Handbewegung, die die ganze Unendlichkeit einschloß, die sich um sie und über ihnen ausbreitete. »Niemand sieht zu …«

Schwanecke nickte. »Gut.« Seine Stimme war ihm selbst fremd. Er wußte, daß er kämpfen mußte, und er wollte kämpfen, obwohl er mit einem einzigen Feuerstoß aus seiner Maschinenpistole den anderen von der Straße wegfegen konnte. Aber das war zu leicht. Das war nicht das richtige. Es war zu einfach, abzudrücken, er wollte mehr, und er ahnte, daß sich dieses Mehr genau mit Tartuchins Absichten deckte. »Na los, mach weiter!« sagte er, und in seiner Stimme schwang ein kleines, unlustiges, triumphierendes Lachen.

Tartuchin griff in die Tasche seines Pelzes und hielt Schwanecke zwei kurze, leicht gebogene Dolche entgegen. Sogar jetzt, in der Dunkelheit, konnte Schwanecke sehen, daß ihre Griffe reich verziert waren.

»Schön – verkaufst du sie?«

»Du oder ich!« sagte Tartuchin.

»Machst du's nicht billiger?«

Tartuchins Lächeln gefror.

»Such dir eins, sie sind gleich.«

Schwanecke zog seinen Handschuh aus und tippte mit dem Zeigefinger gegen die Schneide eines Dolches. Der Dolch war scharf wie ein Rasiermesser.

»Nicht schlecht ...«

Tartuchin nickte: »Er muß durch den Pelz ...«

Schwanecke nahm einen Dolch, wog ihn in der Hand, warf ihn empor, fing ihn geschickt wieder auf und trat dann zwei Schritte zurück.

»Warum Pelz, du gelber Affe?« Er knöpfte seinen dicken Lammfellmantel auf, zog ihn aus und warf ihn in den Schnee hinter sich. Dann sicherte er die Maschinenpistole und warf sie auf den Mantel. »Wir brauchen keinen Pelz in der Hölle, mach weiter!«

Tartuchin zögerte kurz. Dann schälte auch er sich aus seinem zotteligen Pelz und warf ihn in den Schnee. Zitternd vor Kälte und Erregung standen sie sich gegenüber. Im Osten, über den verschwommenen Wäldern wurde der Himmel fahl.

»Mach schon, du Mißgeburt!« zischte Schwanecke, duckte sich und streckte die Hand mit dem Dolch leicht vor.

Tartuchin federte in den Knien. Die Schneide seines Dolches schimmerte matt.

So standen sie sich gegenüber. Keiner dachte mehr. Und plötzlich schnellte Tartuchin mit einem ächzenden Laut vor, stieß mit der Hand blitzschnell zu, doch Schwanecke wich aus, zog das Knie an und trat Tartuchin gegen den Unterleib.

Der Mongole brüllte auf. Tierisch, wie ein angeschossener Wolf. Sein Körper klappte zusammen, doch sein Gesicht blieb aufwärts gekehrt. Schwanecke stürzte vor und stieß die Faust mit dem Dolch gegen dieses Gesicht, in die verzerrte Fratze, die wie ein Irrwisch vor ihm hin und her huschte.

Tartuchin wich dem Stoß aus. Er drehte sich um seine eigene Achse und stieß zu, als Schwanecke an ihm vorbei, hinter seinem eigenen Stoß herfiel.

Schwanecke konnte nicht ausweichen, er sah eigentlich den blitzschnellen Stoß des Mongolen gar nicht. Ein heißer, stechender Schmerz in der rechten Hüfte durchjagte ihn. Und fast zugleich fühlte er etwas Warmes über seinen Schenkel fließen.

»Hund, du verfluchter!« keuchte er, sprang zur Seite und stolperte. Das rechte Bein wurde leblos, er konnte sich nicht mehr darauf stützen.

Tartuchin umkreiste ihn. Er warf einen kurzen, schnellen Blick auf die Schneide seines Dolches, sah, daß sie blutig war, und begann zu grinsen. Ein wilder Taumel ergriff ihn. Blut! Blut! Sein Blut! »Ich werde dich töten!« keuchte er. Und wieder: »Ich werde dich töten!« keuchte er. Und wieder: »Ich werde dich töten – ich werde dich töten!«

Schwanecke schwieg. Sein rechter Schenkel brannte wie Feuer. Er haßte den anderen nicht mehr. In ihm war ein kalter, eisiger Wille zum Töten. Er war ruhig. Und der Schmerz nicht sein eigener Schmerz. Er war außer ihm, denn nichts, was nicht töten hieß, hatte mehr Platz in seinem Körper. Er sah das gelbe, verzerrte Gesicht um sich kreisen und bewegte sich mit, immer um sich selbst, den Dolch in der vorgestreckten Faust. Und dann plötzlich warf er sich wie von einer Sehne abgeschnellt auf die kleine, zusammengebückte Gestalt des Mongolen. Sein Sprung kam so plötzlich, lautlos und unvorbereitet, mit einer eiskalten, berechnenden Wildheit, daß Tartuchin nicht mehr ausweichen konnte. Er ließ sich nur in den Schnee fallen und stieß die Faust mit dem Dolch nach oben. Aber er traf Schwanecke nicht. Er sah Schwaneckes Gesicht über sich, ganz nah, jedes Barthaar erkennend: Ein kaltes, regungsloses, erstarrtes Gesicht, das sich nicht einmal verzog, als Tartuchin weit ausholend zustach und Schwanecke in den Rücken traf.

Da brach in Tartuchin eine Welt zusammen. Er spürte die kurze Dolchklinge in seinen Körper dringen, einmal – noch einmal –, und er fing grell, um sich schlagend, zu schreien an. In seiner Stimme waren Angst, Grauen, Verzweiflung über den Tod, der auf ihm hockte – und Sehnsucht nach dem Leben. Mit einem verzweifelten Aufheulen schleuderte er Schwanecke zur Seite, rollte abseits und sprang zugleich mit Schwanecke wieder auf. Und dann sah er die Hand des Deutschen mit dem Dolch wieder vorzukken.

Da verlor Tartuchin die Kraft und sein Gesicht.

Er wandte sich ab und rannte schreiend die Straße entlang, durch den wirbelnden Schnee laufend, sich vorwerfend, nur weiter, so weit wie möglich von diesem Dämon, in die fahle Dämmerung, die über die Wälder kroch und die Spitzen der Bäume aus dem Schwarz des Himmels hob. Hinter sich hörte er lautes, irres Lachen. Mit blutendem Gesicht, den brennenden Körper voller Wunden, taumelte er voran. Er weinte.

Er keuchte und sprach – aber wahrscheinlich dachte er nur, daß er es laut sagte, denn die Worte sprangen ihn von überall her an, er war voll von ihnen: »Er ist stärker als ich, er ist viel stärker – ich habe Angst – ich habe Angst, er ist der große, einsame und furchtbare Wolf …«

Er merkte nicht einmal, daß er in den Schnee fiel und auf allen vieren dem Wald entgegenkroch. Hinter sich zog er einen roten Streifen wie eine dünne Schnur, die sich von seinem Körper abspülte. Er dachte: Laß mich sterben – laß mich sterben – er hat mir die Kraft genommen, den Mut und die Seele … Aber er kroch weiter, richtete sich auf und taumelte dem Wald zu. Mit der Hand schöpfte er etwas Schnee hoch und drückte ihn auf die brennenden Wunden im Gesicht.

Schwanecke fiel in die Knie, als Tartuchin hinter dem Schneevorhang untergetaucht war. Er lachte immer noch, aber sein Lachen hatte sich gewandelt. Der Triumph war aus ihm verschwunden und machte der Verzweiflung über den rasenden Schmerz Platz. Seine rechte Seite war wie abgestorben, und die Wunde im Rücken brannte, als habe jemand Salz hineingestreut. Mit dem Kopf sank er in den Schnee und fühlte die eisige Kälte dankbar auf seiner Stirn. Doch er durfte nicht – durfte nicht … Auf den Knien rutschte er über die Straße, zog sich wimmernd an dem Schlitten empor, auf den Sitz und fiel über das Steuerrad. Er mußte weiter. Jede verlorene Minute brachte ihn näher an den Tod, und er wollte nicht sterben. Er mußte weiter, weiter … er tastete nach dem Zündschlüssel, drehte ihn herum, gab Gas, der Motor sprang an: klappernd, kalt geworden, rumpelnd. Der Sitz schüttelte.

Und dann schoß der Schlitten heulend davon, von der Straße weg, in einem Bogen über das Feld, zurück zur Straße und mit höchster Geschwindigkeit auf Barssdowka zu.

Schwanecke lag über dem Steuerrad. Er fuhr durch eine nebelhafte Traumwelt, in der nur seine Schmerzen wirklich waren. So kam er in Barssdowka an: ein heulender Schlitten, der wie betrunken von einer Straßenseite zur anderen fuhr und vor dem Verbandsplatz schleudernd in einen hohen Schneehaufen raste.

Langsam, als wollte er auch jetzt noch nicht nachgeben, fiel Schwanecke auf die Seite, versuchte sich festzuhalten und rollte dann zusammengekrümmt in den Schnee.

Kurz darauf fand ihn Jakob Kronenberg ohnmächtig im Schnee liegen.

Berlin:

Dr. Franz Wissek, Chirurg an der Charité, behauptete von sich, er sei ein Glückspilz. Dies läßt sich nur aus seinem Wesen erklären; ein anderer an seiner Stelle hätte von sich gesagt, er sei ein Pechvogel: Dr. Wissek hatte nämlich nur ein Bein und auch sonst am Körper einige tiefe Narben, die ihm das Jahr 1941 geschlagen hatte.

Doch hatte seine private Philosophie – aus der Nähe gesehen – einiges für sich. Als hoffnungsvoller junger Chirurg wurde er 1939 eingezogen und arbeitete in Polen – Frankreich – auf dem Balkan – und dann im Rußlandfeldzug an ungezählten Truppenverbandsplätzen. 1941 wurde bei einem Gegenangriff der Russen sein Verbandsplatz überrollt. Die deutschen Truppen fanden ihn nach dem Gegenangriff in einem Loch liegen; sein halb abgerissenes

Bein hatte er, so gut es ging, selbst abgebunden. Noch am gleichen Tage wurde es ihm amputiert. Er hätte also allen Grund zur Niedergeschlagenheit. Aber Niedergeschlagenheit paßte nicht zu Wissek, und so sagte er, die meisten seiner Kameraden wären bei dem russischen Artillerieüberfall gefallen, er aber blieb am Leben. Zudem fielen jeden Tag soundso viele junge Menschen. Er aber lebte noch. Ist das etwa kein Grund, zu behaupten, man sei ein Glückspilz? Ob mit oder ohne Bein, das bleibt sich gleich. Mit einem Bein kann man genauso gut operieren wie mit zwei, zumal seine Kollegen Orthopäden so verteufelt gute künstliche Beine zu bauen verstünden. Die Sonne scheint auch für die Menschen mit einem Bein, sagte er. Und weiter – und das, was man so über ihn hörte, schien ihm recht zu geben –, es gäbe auch 'ne Menge hübscher Frauen, denen es überhaupt nichts ausmachte.

Genauso unbekümmert wie gegen seine eigenen Leiden – bei den langen ›Stehsitzungen‹ im Operationssaal hatte er oft unerträgliche Schmerzen – war er auch gegen Vorurteile jener Zeit, und was noch wichtiger war, gegen wirkliche oder vermeintliche Gefahren, die aus ihr erwuchsen. Er war früher, bevor Deutschmann zum Strafbataillon kam, sein und Julias Freund gewesen. Er blieb es auch weiterhin. Und so kam es, daß Julia zu ihm ging, als sie alle Vorarbeiten für den Selbstversuch beendet hatte und darangehen konnte, ihn durchzuführen.

Groß, etwas vornübergebeugt, sich schwer auf sein gesundes Bein stützend, mit lachenden grauen Augen und einem dunklen, wirren Haarschopf über der Stirn, begrüßte er Julia in einem Gang der Charité.

»Ich hab' dich lange nicht gesehen, Mädchen«, sagte er, und Julia, die in den letzten Wochen und Monaten sehr empfindlich geworden war, bemerkte, daß er sich wirklich freute, sie zu sehen. Es wurde ihr warm ums Herz, und sie fragte sich, warum sie nicht schon eher zu ihm gegangen war – irgendwann, um eine oder zwei Stunden mit ihm in einem Lokal zu sitzen oder draußen auf dem Wannsee zu segeln. Aber dann sagte sie sich, daß es so sicher besser war: Es hatte eine Zeit gegeben, wo sie nahe daran war, ihr Herz an den großen, unbekümmerten Jungen zu verlieren – genauso wie ein paar Dutzend Mädchen und Frauen vor ihr und nach ihr. Er hatte damals sogar vom Heiraten gesprochen, aber Julia hatte den begründeten Verdacht, daß er desgleichen öfter sagte. Nun ja, vielleicht hätte sie ihn heiraten können, aber sie war nicht bereit, mit einem Mann zu leben, der bewundernd hinter jedem Paar hübscher Mädchenbeine herblickte. Dann lernte sie Ernst kennen, und danach gab es keine Frage mehr, ob sie ›Franzl‹, wie sie ihn alle nannten, doch noch nehmen sollte.

»Ich brauch' was von dir«, sagte sie, »du kannst mir bestimmt helfen.«

Der junge Arzt hakte sie unter und zog sie den Gang entlang. »Du weißt, Mädchen, daß du von mir alles haben kannst. Komm, gehen wir in meine Bude, ich habe jetzt ein bißchen frei, wir können ein Glas Schnaps trinken und von alten Zeiten reden. Es war doch schön, oder?«

»Sehr«, sagte Julia.

Sein künstliches Bein schlug hart gegen den glänzenden Fußbodenbelag, und Julia dachte einen kurzen Augenblick daran, wie schwer es diesem jungen, gesunden Menschen, Hansdampf in allen Gassen, sportbegeisterten Schwerenöter doch sein mußte mit seinem Gebrechen – trotz aller zur Schau getragenen Unbekümmertheit und Wurstigkeit. Aber dann dachte sie wieder an das, was sie von ihm haben wollte, und daran, ob es ihr gelingen würde, es auch zu bekommen.

Trotz Überfüllung der Charité hatte es Dr. Wissek fertiggebracht, eine kleine Kammer im obersten Geschoß für sich zu bekommen, obwohl er eine hübsche Villenwohnung in Berlin-Dahlem hatte. »Hin und wieder braucht man eine Schmollecke – bei den ekligen Chefs«, sagte er, als er mit Julia im Aufzug nach oben fuhr. »Außerdem muß man ab und zu in Ruhe meditieren können ...« Allerdings war es in der Klinik allgemein bekannt, daß er gar nicht so selten zu zweit meditierte.

Oben angelangt, bot er Julia den einzigen Stuhl an,

setzte sich selbst auf das einfache Feldbett und holte aus einem Schränkchen eine Flasche Kognak und zwei Wassergläser. »So läßt sich's leichter reden«, lächelte er Julia an, während er einschenkte; und genauso wie früher, konnte sie auch in diesem Augenblick verstehen, daß es wenige Frauen gab, die diesem netten Windhund widerstehen konnten.

Sie tranken, und er schenkte gleich wieder ein.

»Nicht doch, oder willst du unbedingt ein Saufgelage veranstalten?« fragte sie. Der Kognak wärmte sie und überzog ihr Gesicht mit einer leichten Röte.

»Hübsch bist du – viel hübscher noch als damals«, sagte er leise, während er sie bewundernd anblickte.

»Laß uns über ernste Sachen sprechen«, sagte sie abweisend – aber es tat ihr wohl, daß er es gesagt hatte, es tat ihr gut, hier zu sitzen und mit ihm Kognak zu trinken – auch wenn es aus einem Wasserglas war, aus dem schon weiß Gott wie viele vor ihr Kognak getrunken hatten.

»Schieß los, was gibt's?«

»Du weißt, daß sich Ernst mit Actinomyzesarten beschäftigte, mit Strahlenpilzen … Er war schon ziemlich weit, als diese – diese …«

»… Schweinerei passierte. Sprich's ruhig aus«, sagte der Arzt kurz.

»Ja. Wir hatten zuwenig Zeit, um die Versuchsreihe zu beenden. Aber wir waren überzeugt, auf dem richtigen Wege zu sein.«

»Wie ich Ernst kenne … wird es wahrscheinlich stimmen.«

»Kurz – wir hätten noch ein bißchen Zeit haben sollen, dann wären wir soweit, es mit Streptokokken, Staphylokokken, vielleicht auch mit Typhuserregern aufzunehmen. Es ist eine ganz neue Sache – es ist uns gelungen, einen Stoff zu isolieren, der in kürzester Zeit diese Mikroben tötet, sie einfach verschwinden läßt, du hättest das sehen müssen …« Sie hatte sich in Erregung geredet, der Arzt beugte sich gespannt vor, sprang dann auf und sagte:

»Moment mal, was hast du gesagt, einen Stoff abgesondert, der diese Biester einfach verschwinden läßt … aus Strahlenpilzen?«

»Ja.«

»Weißt du auch, was du da sagst?«

»Natürlich weiß ich das!«

»Aber das ist ja – das ist ja großartig! Wenn das wirklich stimmt, Mädchen, das ist ja mehr als großartig! Wenn du wüßtest, wie schwer wir es mit diesen alten, eiternden, jauchenden Wunden haben … na … warte einmal, ich muß mich zusammennehmen, erzähl weiter!«

Er setzte sich wieder, trank seinen Kognak in einem Zug aus und schenkte sich gleich wieder ein.

»Du kennst mich – jedenfalls gut genug, um zu wissen, daß ich nie etwas zuviel gesagt habe …«, sagte Julia.

»Das stimmt. Viel zuwenig«, grinste der Arzt.

»Bleib bitte ernst. Also wir haben diesen Stoff isoliert, und dann machte Ernst einen Selbstversuch.« Jetzt sprach sie sehr langsam und überlegt weiter. Sie durfte keinen Fehler machen. Sie mußte das bekommen, was sie von ihm wollte – und wenn sie lügen mußte.

»Das war falsch, er hätte es nicht machen sollen, es war noch zu früh. Nun ist er weg, ich bin ganz allein – und was sollte ich schon tun? Ich habe an der Sache weitergearbeitet. Ich habe wieder etwas von diesem Stoff hergestellt – ›Aktinstoff‹ nannten wir ihn – und möchte ein paar Tierversuche machen. Was ich von dir brauche, ist Eiter von einem Patienten, der eine Staphylokokken-Infektion hat, am liebsten hätte ich Staphylokokkus aureus. Du wirst doch hier irgend etwas Ähnliches haben, eine Pyodermie, eine Furunkulose …«

»Für einen Tierversuch?« Der Arzt sah sie fragend, forschend und zweifelnd an.

»Ja«, sagte sie und erwiderte seinen Blick. Ihr Herz klopfte langsam und schwer. Und mit gespielter Leichtigkeit – wie gut können doch Frauen spielen, wenn sie etwas erreichen wollen – setzte sie hinzu: »Natürlich, was denn sonst? Du hast doch sicher solche Patienten?«

Der Arzt Dr. Franz Wissek kannte Julia von früher her

als eine umsichtige, zielstrebige Ärztin, die ihre Absichten immer sehr energisch in die Tat umsetzte. Gewiß war die Arbeit, mit der sie sich jetzt befaßte, nicht ungefährlich. Aber er war sicher, daß sie genau wußte, was sie tat und was sie wollte. Warum sollte er ihre selbstgestellte Aufgabe erschweren? Es gab keinen Grund dazu. Andererseits verschaffte es ihm eine gewisse Befriedigung, gerade Julia zu helfen – nicht nur deswegen, weil er früher einmal geglaubt hatte, sie würde seine Frau werden, sondern auch, weil sie die Frau des verpönten Dr. Deutschmann war, des Mannes, dessen Namen einige seiner Kollegen nicht einmal mehr auszusprechen wagten, obwohl sie früher stolz behaupteten, seine Freunde zu sein.

»Nun ja«, sagte er, »wenn's so ist – mit diesen Biestern kann ich dir immer dienen. Ich habe hier einen sehr hübschen Fall. Einen Mann mit einem mächtigen Gesichtsfurunkel. Ich bin nicht sicher, daß wir ihn durchkriegen.«

»Genau das Richtige. Komm, laß uns gehen.«

»He, so schnell schießen die Preußen nicht! Trink zuerst deinen Kognak aus. Aber mir scheint, du hast gar nicht gemerkt, was für ein tolles Gesöff das ist. Ich hab' ein paar Flaschen von einem Parteibonzen bekommen, den ich von einer sehr unangenehmen Krankheit geheilt habe.« Er grinste breit. »Das gibt's auch noch, ob du's glaubst oder nicht.«

»Hast du auch Privatpatienten?«

»Das darf man ja nicht – aber kannst du mir verraten, wie man auf Lebensmittelkarten satt wird? Ab und zu kommt jemand zu mir, meistens hohe Herren und ihre Damen ... man muß mitnehmen, was sich einem bietet.«

»Das ist eine der häufigsten Redensarten, die man in diesen Tagen hört. Aber du hast dich auch schon früher daran gehalten ... Komm, gehen wir jetzt.«

»Also gut«, sagte der Arzt und stand auf.

Der Patient, ein Mann von etwa vierzig Jahren, trug einen Verband, der das ganze Gesicht bedeckte. Schweigend, mit schnellen, geschickten Fingern nahm Dr. Wissek den Verband ab. Julia zuckte zusammen, als sie das Gesicht des

Kranken sah: Es war verschwollen, die Augen waren hinter den dicken Wülsten kaum zu sehen, die Lippen waren eitrig verkrustet, und an einem Nasenflügel saß ein großes Geschwür, aus dem Eiter hervordrang.

»Sieht schon besser aus«, sagte der Chirurg, und Julia wußte, daß diese Worte für den Patienten gedacht waren, nicht für sie. Der Kranke bewegte die Lippen, doch aus seinem Mund kam nur ein unverständliches Lallen. Er mußte gräßliche Schmerzen haben.

»Nur ruhig«, sagte der Arzt. »Wir wollen eine kleine Eiterprobe entnehmen – immerhin haben Sie einen ganz schönen Furunkel, der wert ist, näher untersucht zu werden. So mit dem Laboratorium und dem ganzen Drum und Dran.« Seine Stimme war sanft, plaudernd, sie beruhigte den Patienten, und Julia dachte, daß er der geborene Arzt war: Ein Mann, der wußte, was Schmerzen waren, der sie selbst erleiden und immer wieder von neuem besiegen mußte, ein Mann, dessen Stimme und dessen Hände verrieten, daß er allein um zu helfen da war, um zu helfen und zu trösten.

Mit einem Spatel strich er vorsichtig etwas Eiter ab und schmierte ihn in eine kleine flache Schale. »Das wird genügen«, sagte er später, als er mit Julia wieder auf dem Gang stand. »Ein paar hundert Millionen Staphylokokken sind sicher drin. Unser Bakteriologe hat gesagt, es sei einwandfrei der Staphylokokkus aureus. Deine Viecher werden es nicht leicht haben. Arbeitest du mit Mäusen?«

»Ja.«

»Kann ich einmal vorbeikommen?«

»Sicher kannst du das. Aber nicht, bevor ich etwas Endgültiges weiß!«

»Und wann wird das sein? Du kannst dir ja denken, daß mich die Geschichte ungeheuer interessiert.«

»In einigen Tagen. Ich denke, vielleicht fünf, sechs Tage. Ich werde dich anrufen.«

»Tue das. Ich werde warten.«

Erich Wiedeck saß in einem halbfertigen, abgestützten Bunker und rauchte eine Zigarette – die letzte aus seiner Zuteilung –, als sich der schmale Eingang verdunkelte und sich eine breite Gestalt in den Bunker schob. Wiedeck blieb die Zigarette auf halbem Weg zum Mund in der Luft hängen. Zuerst dachte er, er irrte sich – doch es stimmte:

Krüll.

»Da wirst du doch verrückt«, murmelte er fassungslos, während er langsam aufstand.

»Na, ihr Schlappschwänze? Schon Feierabend? Ach ja – da ist ja nur einer drin. Wo sind die anderen?«

»Wer?« fragte Wiedeck.

»Na – die anderen. Oder baust du etwa den Bunker allein?«

»Ich hab' da noch etwas zu tun gehabt«, sagte Wiedeck. Es stimmte nicht ganz. Er hatte sich in diesem Bunker eine halbe Stunde vor der Ablösung versteckt; er wollte Ruhe haben, er war hundemüde, und im Bunker war es einigermaßen warm. Jedenfalls wärmer als draußen, wo dieser verdammte Wind über die Ebene zog und die Schneekristalle wie Nadeln ins Gesicht stachen.

»Na, ich weiß nicht«, polterte Krüll. »Scheint ganz gemütlich hier zu sein. Soldaten spielen – welche Wonne! Jetzt weiß ich auch, warum die fünfzig Meter Graben fehlen. Statt zu schanzen, sitzt ihr hier herum. Es war Zeit, daß ich einmal selbst nach dem Rechten sehe!«

Erich Wiedeck drückte die Zigarette bedächtig aus, verwahrte die Kippe in der Brusttasche und setzte sich wieder. Krüll starrte ihn entgeistert an und brüllte dann laut:

»Hopp, hopp – raus aus dem Bunker und ran an die Spitzhacke.«

»Nee«, sagte Wiedeck, »Ablösung ist bereits fällig. Ich bin schon seit zehn Stunden – die ganze Nacht – hier. Und die ganze Zeit hab' ich nichts zu fressen gekriegt und keine Ruhe gehabt. Feierabend!«

»Ruhe? Ist die Wehrmacht etwa ein Sanatorium?« schrie Krüll. Er kam sich sehr stark vor. Mit Hefe und Kentrop war er mit vier Schlitten von Gorki an die Schanzstellen gefahren, in der Morgendämmerung, bei Feindeinsicht, ohne daß die Russen auf sie reagiert hätten. Das ließ in Krüll den Verdacht aufkeimen, daß alle Meldungen von den Sowjets, die auf jeden Punkt schossen, der sich über das Schneefeld bewegte, weit übertrieben seien und nur dazu dienten, eine ruhige Kugel zu schieben. Allein, das blieb noch rätselhaft, woher die große Zahl der Verwundeten und Toten kam. Aber darüber machte er sich jetzt keine Gedanken. Wahrscheinlich gab's 'ne Menge Selbstverstümmelungen. Himmel, man wird besser aufpassen müssen!

Gleich nachdem er in den ausgehobenen Gräben angelangt war, beschloß er, einen Erkundungsgang zu machen – und anstatt hart arbeitender Männer fand er müde, in den Bunkern und auf den Grabenböden hockende Gestalten, die auf Ablösung warteten. So kam er auch zu dem kleinen, vorgeschobenen SMG-Bunker, in dem Wiedeck hockte.

Es sah gar nicht so schlecht aus, in solch einem Bunker. Harte Erdrinde, Holzbretterverschalungen, dicke Abstützbalken, ein paar Nischen, in denen man Bretterbetten mit Strohsäcken aufstellen konnte. Richtig komfortabel. Aber er hatte noch Zeit, er konnte sich später umsehen, zunächst einmal mußte er diesen widerspenstigen Wiedeck zum Teufel fahren lassen. Er machte den Mund auf, um loszubrüllen, doch ein gefährliches, entferntes Donnern ließ ihn innehalten. Gleich darauf heulte es durch die Luft, vier-, sechs- und achtmal krachte es, der Boden und die Bunkerwände vibrierten leicht, als ginge durch sie ein Fieberschauer. Krüll hielt sich an einem Abstützbalken fest und zog den Kopf tief ein. Sein dickes Gesicht war blaß geworden, und auf seiner Stirn standen trotz eisiger Kälte plötzlich Schweißtropfen.

»Was is'n los?« fragte er, als der Feuerüberfall vorbei war.

»Russen«, sagte Wiedeck lakonisch. Er hatte sich von seinem Bretterstapel nicht gerührt. Zusammengesunken, die Ellenbogen auf die Knie gestützt, saß er da und sah Krüll an.

»Russen? War das ...«

»Artillerie. Ich dachte, Sie wüßten das, oder waren Sie noch nie draußen?«

»Schnauze!« bellte Krüll. Wiedeck hatte eines seiner tiefsten Geheimnisse angerührt. Seinen Papieren nach hatte er bereits Fronteinsatz hinter sich – 1939 in Polen und 1940 in Frankreich. Daß seine Einheit durchweg als Reserve eingeteilt war, die viele Kilometer hinter der vorstürmenden Truppe marschierte, den Kanonendonner nur von weitem hörte, sich aber sonst vornehmlich mit Hühnchen, Eiern, Wein und anderen Annehmlichkeiten eines Vormarsches beschäftigte, das brauchte ja niemand zu wissen. Später machte er Dienst in der Etappe, wo er Rekruten und danach den Soldaten des Strafbataillons beizubringen hatte, wie sie sich im feindlichen Feuer verhalten sollten. Die Einschläge der leichten russischen Artillerie rund um den Bunker waren die ersten, die er in seiner langen soldatischen Laufbahn aus solcher Nähe erlebte.

»Geht das oft so?« fragte er, kleinlaut geworden.

»Die Russen haben Sie kommen sehen. Jetzt lassen sie Sie nicht mehr raus«, sagte Wiedeck gleichgültig. »Sind Sie mit der Ablösung gekommen?«

»Ja, natürlich, mit wem denn sonst.«

»Oh, verdammt, dann muß ich mich ja beeilen!« Wiedeck erhob sich, schnallte die Feldflasche ans Koppel und setzte den Helm auf. Während er die Kapuze seines Tarnanzuges über den Helm zog und unter dem Kinn mit dem Zugband befestigte, schielte er zu Krüll hinüber, der immer noch den Pfosten umklammerte. »Bleiben Sie noch hier. Herr Oberfeld?«

»Ja, natürlich!« Doch Krülls Stimme war nicht mehr so entschlossen. Er hatte vergessen, daß sich Wiedeck vorhin eine ungeheuerliche Disziplinlosigkeit erlaubt hatte, für die er ihn zur Rede stellen wollte. Er beneidete den Abgelösten und suchte nach einer Möglichkeit, sich ihm anzuschließen. Aber wie? Der Kompaniechef hatte ihm befohlen, die Gräben auszumessen, und er selbst hatte gesagt, es am hellichten Tag tun zu wollen. Ich bin ein hirnverbrannter Idiot, dachte er, wie konnte ich nur ... wie konnte ich nur? Aber allein bleiben wollte er hier nicht. Das konnte keiner von ihm verlangen. Er würde mit Wiedeck zurückgehen zu den anderen, da wird man schon weitersehen. Nur nicht allein bleiben! Eine einzelne Granate heulte hoch über den Bunker hinweg und schlug krachend ins Hinterland. Nur nicht allein bleiben ...!

»Wo wollen Sie hin, Wiedeck?« fragte er heiser.

»Zur Sammelstelle. Die warten auf mich.«

Er trat hinaus aus dem Bunker, und Krüll ging hinter ihm her. Draußen herrschte die lange russische Dämmerung, vor einem trüben, grauen, schneeverhangenen Tag. »Höchste Zeit – hoffentlich sind sie nicht ohne mich weg«, murmelte Wiedeck. Er hatte Angst, die Ablösung verdöst zu haben, er mußte sich beeilen, sonst konnte ihm passieren, daß er den ganzen Tag hier festgenagelt war. Tagsüber konnte man nicht über das Schneefeld.

Und dann kam es.

Von den russischen Linien gab es einen Riß durch den Himmel. Und dann rauschte es, pfiff, heulte, orgelte es durch die Luft, eine blitzende, schwarze Feuerwand stieg vorne aus der Erde, dort, wo die deutsche HKL lag.

Wiedeck sah über den Grabenrand, drehte sich dann nach dem wie ein Häufchen Elend zusammengekauerten Krüll um und schrie: »Los jetzt – wenn Sie mitkommen wollen! Jetzt geht's noch, dann nicht mehr. Dann schießen die Russen Sperrfeuer, und wir können uns nicht mehr rühren.«

Es war ein gewöhnlicher trommelfeuerartiger Überfall der schweren russischen Artillerie vor einem Angriff der Panzer und der Infanterie in der frühen Morgendämmerung. Ein vorbereitender Feuerüberfall, wie er zu dieser Zeit, und bestimmt auch zu dieser Minute, an Hunderten von Stellen der Ostfront losbrach und einen Tag einleitete, der so voll Sterben, Qualen und tödlicher Angst war wie ungezählte Tage vor ihm und nach ihm.

Es war kein besonders starker Feuerüberfall. Jedenfalls

erreichte er nicht die vernichtende, wütende Zerstörungskraft anderer Feuerüberfälle, die Großoffensiven einzuleiten pflegten. Aber für Soldaten, die ihn über sich ergehen lassen mußten und nichts anderes tun konnten, als sich in die gefrorene Erde zu krallen und auf den Schlag zu warten, der sie auslöschen würde, war es die Hölle auf Erden.

Hölle für die Infanteristen in der HKL. Ein Vorgeschmack auf die Hölle, die bald kommen mußte, für die Soldaten des Strafbataillons dahinter. Und eine Hölle für Krüll, der sich plötzlich einer Situation gegenübersah, die er sich bis jetzt nicht vorstellen konnte. Wohl wußte er, daß man im Krieg sterben konnte. Aber dieser Tod hatte für ihn immer etwas Glorienumwobenes, Schmerzloses – ein tapferer, großartiger Soldatentod, von dem er überdies annahm, daß er ihn nie treffen würde. Das aber, was jetzt geschah, war etwas ganz anderes. Das, was jetzt riesengroß vor ihm aufstand, hatte keine Ähnlichkeit mit dem Soldatentod aus den Büchern. Es war ein elendes, anonymes, unpersönliches, angstvolles Krepieren. Es kam auf ihn zu, es drohte ihn zu umschlingen, unter sich zu begraben, und machte ihn zu einem furchtgepeinigten Häufchen Mensch, der sonst nichts tun wollte, der keinen Wunsch mehr hatte als den, zu leben. Am Leben zu bleiben.

Und als einige russische Granaten kurz vor dem Graben krepierten, in dem Wiedeck und er hockten, und als er sah, daß Wiedeck wirklich weglaufen wollte, der einzige Mensch außer ihm in dieser grauenhaften, von detonierenden Granaten zerrissenen Weite, verlor er das letzte Fünkchen Selbstbeherrschung. Er wollte nicht, er konnte nicht weiter, und noch weniger konnte er allein bleiben. So umklammerte er Wiedecks Arm und schrie: »Sie bleiben ... Sie bleiben ... nicht weggehen, nicht!«

»Zum Teufel, lassen Sie mich los!« schrie Wiedeck zurück und versuchte ihn abzuschütteln. Aber Krüll klammerte sich wie eine Klette an ihn und zog ihn herab. »Loslassen!« schrie Wiedeck und duckte sich vor einer heranzischenden und in der Nähe krepierenden Granate.

»Ich kann nicht allein – ich kann nicht hierbleiben!«

»Dann kommen Sie doch mit!«

»Wiedeck ...«, keuchte Krüll, »Wiedeck, Mensch, wir sind doch Kameraden, bleib hier und hilf mir beim Ausmessen, hörst du?«

»Ich bin doch nicht verrückt!«

»Wiedeck – Erich ...«

»Scheiß drauf!« Er riß sich los, aber Krüll gab nicht nach. Er sprang hinter ihm her und riß ihn zurück. Halb hockend klebten sie eng aneinandergepreßt an der Grabenwand.

»Ich sag' dir zum letztenmal – laß mich los. Du sollst mich loslassen, sonst schlag' ich dir den Schädel ein!« sagte Wiedeck kalt und beherrscht. Aber er wußte, daß er sich nicht mehr lange würde beherrschen können. Es war nicht das erstemal, daß er einen Mann zusammenbrechen sah. Aber alle vor Krüll waren seine Kameraden gewesen. Dieser aber hier, dieses Schwein, der Schinder mit dem großen Maul ... er mußte ihn loslassen, sonst ...

»Du kannst doch nicht deinen Kameraden allein lassen – sie schießen!« stammelte Krüll mit grauem, eingefallenem Gesicht. Über sein Kinn lief der Speichel. Ein Bild unmenschlicher, widerlicher Angst. Und genau das war es, was Krüll nicht hätte sagen dürfen. Jeder andere, ja, aber nicht Krüll. Wiedeck hob die Hand und schlug dem Oberfeldwebel mit ganzer Kraft ins Gesicht, und noch einmal und zum drittenmal. Krüll sank in sich zusammen, aber Wiedeck hob seinen Kopf empor und schlug immer wieder in diese widerliche, verzerrte Fratze. »Kamerad«, zischte er, »du und ein Kamerad! Ja, sie schießen. Es ist ja Krieg. Scheiß in die Hosen, du Kamerad, und dann stirb den Heldentod, du erbärmlicher Hund! Du elender, erbärmlicher Hund! Ich schlag' dich tot!«

Doch plötzlich ekelte ihn dieses Häufchen Elend an. Es wurde ihm gleichgültig. Er schlug noch einmal und wie abschließend zu, daß Krülls Kopf gegen die Grabenwand donnerte. Dann rannte er, den Kopf eingezogen, durch den Graben, warf sich hin, als eine Granate heranheulte und etwa dreißig Meter vor ihm einschlug, sprang wieder auf und lief weiter der Sammelstelle zu.

Als er um die Ecke des Grabensystems flitzte, war der Platz leer. Der Schnee war zertreten von vielen Stiefeln, eine einsame Schaufel lehnte an der Grabenwand. Ziemlich weit weg hörte er schanzen – das wird die Ablösung sein, die tagsüber arbeitete. Ab und zu sah er das Blatt eines Spatens über den Grabenrand blitzen, den kurzen Strahl einer geschwungenen Spitzhacke. Erd- und Schneehaufen quollen aus der Erde, als würde ein riesiger Maulwurf das Land zerwühlen. Die russische Artillerie schoß jetzt Sperrfeuer hinter die deutsche HKL. Nicht lange und das Feuer würde zurückverlegt werden – und dann war er mittendrin.

Wiedeck wischte sich den Schweiß von der Stirn. Die anderen waren abgerückt. Er war für den ganzen Tag hier festgenagelt. Und er mußte sich beeilen. Der beste Bunker war eigentlich der, aus dem er jetzt gekommen war. Aber dort war Krüll …

Wiedeck lief zurück.

Er fand Krüll immer noch an der Stelle, wo er ihn stehengelassen hatte; zusammengesunken, voll Erde und Dreck hockte er auf dem Grabenboden und sah ängstlich und dankbar zugleich empor, als Wiedeck mit der Stiefelspitze gegen ihn stieß.

»Bist du wieder zurück?« fragte er mit kleiner, gebrochener Stimme, als ob er nicht glauben wollte, daß er nicht mehr allein sei, nicht mehr allein in diesem schrecklichen Graben, mitten in einer schrecklichen, drohenden Welt, die es darauf anzulegen schien, ihn zu vernichten.

»Die anderen sind abgehauen, ich bin zu spät gekommen, weil du mich festgehalten hast, du Scheißkerl. Jetzt können wir den ganzen Tag hier hocken bleiben. Los, komm jetzt mit in den Bunker.«

Wiedeck spürte keinen Haß mehr gegen Krüll, seine Wut war verflogen, und zurück blieben nur Gleichgültigkeit und eine Spur von geringschätzigem Mitleid.

»Den ganzen Tag«, murmelte Krüll, als er hinter Wiedeck in den Bunker kroch. Er wußte, daß er sich elend benommen hatte. Aber er schämte sich dessen nicht; es war ihm gleichgültig. Man konnte Heldentum nicht befehlen.

Er war kein Held. Warum sollte er das verbergen? Mit zitternder Hand holte er aus seiner Tasche eine Packung Zigaretten, brach sie auf und hielt sie Wiedeck hin.

Wiedeck nahm eine Zigarette, ohne Krüll anzusehen. Er konnte diesen erbärmlichen Anblick kaum ertragen. »Solltest du nicht die Gräben ausmessen?« fragte er spöttisch. »Es fehlen noch fünfzig Meter, erzählte mir Hefe, und du hättest das herausbekommen. Du hast das doch genau berechnet. Paß mal auf – ich mach' dir einen Vorschlag: Wenn die Iwans sich beruhigt haben, gehen wir hinaus und messen nach. Du mißt, und ich schreibe auf – wenn wir bis dahin nicht abgekratzt sind.«

»Wie meinst du das?«

»Ja, hörst du blöder Hund nicht, daß die Russen angreifen? Mach deine Ohren auf!«

Ganz deutlich hörte man von vorne, von der HKL, das rasende Rattern der Maschinengewehre, das Gedröhn der Granatwerfer – und dann ein paarmal hintereinander das helle trockene Krachen der Handgranaten. Und dahinter war noch ein Geräusch; kaum hörbares, manchmal lauter aufdröhnendes Gebrumm schwerer Motoren.

»Panzer«, sagte Wiedeck. »Hoffentlich brechen sie nicht durch.«

Krüll sah ihn mit großen, erschrockenen Augen an. Es war jetzt etwas Kindliches in ihnen, ein Staunen und Nichtbegreifen, das seinem grauen, nicht mehr ganz so aufgedunsenen Gesicht den Schein einer nahezu rührenden Hilflosigkeit gab. Aber Wiedeck sah es nicht. Und hätte er es gesehen, so würde es keinen Eindruck auf ihn gemacht haben.

»Wir wollen hoffen«, sagte er dann, »daß die Kumpels vorne durchhalten. Und dann gehen wir messen. Obermeier hat es doch befohlen, oder?«

»Obermeier kann mich kreuzweise«, sagte Krüll.

»Ach nee!« meinte Wiedeck spöttisch. »Wer hat denn immer von der Disziplin gequatscht? Warst du es, oder war ich das?«

Rruuums, schlug es ganz in der Nähe ein.

»Das war knapp«, sagte Wiedeck ruhig.

Krüll hockte auf der Erde. Sein Mund war voller Gallensaft, bitter, in der Kehle brennend. Er konnte es hier drinnen nicht mehr aushalten. Er konnte nicht mehr hier sitzen bleiben und auf das Ende warten, das mit einer tödlichen Sicherheit auf ihn zukam. Er mußte etwas tun, etwas unternehmen, er mußte raus, weg von hier, so weit wie möglich, nur weg aus dieser Rattenfalle! Er sprang plötzlich auf und taumelte gegen den Ausgang des Bunkers.

»Halt! Wohin?« Wiedeck bekam ihn an der Tarnjacke zu fassen und riß ihn zurück. »Wo willst du hin, du Idiot?«

»Laß mich!« schrie Krüll. »Laß mich los. Ich will raus!« Mit geballten Fäusten schlug er um sich, sein Gesicht hatte die hilflose Kindlichkeit verloren und war erschreckend drohend und verzerrt. »Ich will weg von hier«, brüllte er. »Die Panzer ... ich will weg!«

Es war nicht sehr leicht, ihn zu überwältigen. Wiedeck atmete schwer, als Krüll endlich auf einem Bretterstapel lag und nur noch leise vor sich hin wimmerte. »Reiß dich endlich zusammen!« sagte er kalt, »du benimmst dich ja schlimmer als ein Weib!«

»Ich will raus hier – ich will raus!« wimmerte Krüll, und dann sah Wiedeck, wie er an seiner Pistolentasche nestelte. Doch bevor er die 08 aus dem Futteral reißen konnte, schlug ihn Wiedeck mit einigen harten, wuchtigen Schlägen nieder und nahm ihm die Pistole weg.

Draußen heulte es laut und durchdringend durch die Luft, und dann schlug es lang anhaltend donnernd in die Erde, viele Explosionen, die wie eine einzige klangen.

Stalinorgeln.

Wiedeck sah nach, ob eine Kugel im Lauf der Pistole war. Dann sicherte er die Waffe wieder. »Wo hast du die Munition?«

»Warum?« fragte Krüll störrisch.

»Los, gib schon her!«

Krüll gab ihm vier Munitionsstreifen. Das war so gut wie nichts. Aber wenn die Russen tatsächlich durchbrachen, wollte Wiedeck wenigstens nicht ohne Waffe in der Hand zum Teufel gehen.

Er schob die Pistole hinter das Koppel.

»Los, Krüll, raus jetzt!«

»Wohin denn?«

»An die frische Luft. Los doch!«

Durch die dichten Explosionen rannte Wiedeck Krüll voraus. Er brauchte sich nicht umzusehen, er wußte, daß Krüll ihm wie ein Schatten folgte. In weiten Sprüngen hetzte er der Senke zu, wo der Auffanggraben endete. Krüll keuchte ihm nach. Den Helm hatte er verloren, er warf sich hin, wenn Wiedeck sich in den Schnee warf, und sprang auf, wenn Wiedeck wie ein gehetzter Hase durch die Einschläge jagte.

In den Minuten ihrer Flucht nach hinten bestand Oberfeldwebel Krüll seine Feuerprobe. Er machte eine Wandlung durch wie vor ihm schon unzählige Soldaten. Nicht daß er ein anderer geworden wäre – er blieb der alte, rücksichtslose, beschränkte Oberfeldwebel, der er bis dahin gewesen war. Aber die hündische, wimmernde Angst fiel von ihm nach und nach ab. Er gewann wieder Selbstsicherheit zurück, und die Welt um ihn rückte wieder in ihre gewohnten Dimensionen. Das heißt, es war die Welt, die er bis dahin kannte, verändert nur durch das brüllende Inferno um ihn, durch Granateinschläge, spritzende Erde, surrende Splitter … Sicherlich blieb in ihm immer noch Angst zurück; aber es war die normale Angst aller Soldaten, die in ihren Gräben weiter aushielten und gegen die Angreifer ankämpften. Wiedecks Angst oder Hefes oder Kentrops oder Deutschmanns …

So war Krüll nach langen Jahren des Uniformtragens doch noch ein Soldat geworden, der mit einemmal verstand, daß es gerade die entsetzliche panische Angst vor dem Tode ist, die viele blind in ihren Untergang rennen läßt. Wie vorhin in dem Bunker, als er herauslaufen wollte und ihn Wiedeck niederschlagen mußte, damit er es nicht wirklich tat und mitten in die krepierenden russischen Granaten lief. Genaugenommen hatte ihm also Wiedeck das Leben gerettet. Aber auch darüber machte sich Krüll keine großen Gedanken; auch nicht später. Wiedeck hatte nur das getan, was er, Krüll, in Zukunft auch tun würde. Jedem gegenüber, der die gleiche Uniform trug und mit dem er sozusagen in einem Boot saß.

Aus dem anmaßenden, selbstsüchtigen Einzelgänger Krüll wurde jetzt ein Mann, der keine dieser Eigenschaften verlor und dennoch in eine Gemeinschaft gefunden hatte, wie sie nur Männer kennen, die gemeinsam lange Zeit hindurch auf Leben und Tod verbunden waren.

In einem gut ausgebauten Bunker weiter rückwärts warteten sie das Ende des russischen Feuerüberfalls ab. Die HKL hatte dem russischen Angriff wieder einmal standgehalten. Und als der Feuerzauber vorbei war, ging Krüll hinaus, um Obermeiers Befehl auszuführen und die Gräben auszumessen. Wiedeck befahl er, im Bunker zu bleiben. Und als eine halbe Stunde später ein Mann mit warmem Kaffee, einem Kanten Brot und etwas Schnaps erschien und es Wiedeck gab, mit der Bemerkung, die Sachen schicke Oberfeldwebel Krüll, fragte sich Wiedeck verblüfft, was mit dem Spieß geschehen sei. Doch während er die dünne schwarze Brühe trank und an dem Brotkanten kaute, begann er zu verstehen. Er war ein alter Frontsoldat, und oft schon hatte er ähnliches erlebt.

Hoffentlich legt es Krüll jetzt nicht darauf an, das EK zu verdienen, dachte er. Wahrscheinlich wäre er jetzt imstande, Dinge zu drehen, wie man sie von ›heldenhaften deutschen Soldaten‹ in den Zeitungen liest. Und so ein Krüll, dachte Wiedeck schläfrig, wäre noch gefährlicher als der alte …

Der Schlitten schüttelte und rumpelte durch die Nacht, Orscha entgegen. Deutschmann saß, gegen den Schlaf ankämpfend, neben dem Fahrer auf dem Bock. Dr. Bergen hatte ihn nach Orscha geschickt, um Sanitätsmaterial zu holen. Kronenberg und die anderen Sanitäter des Bataillons waren unabkömmlich, es gab zu viele Verwundete, die man versorgen mußte, bevor sie zurückgeschickt werden konnten. Die 2. Kompanie betreute während der Abwesenheit Deutschmanns ein anderer Hilfssani – das heißt, er organisierte den Transport der Verwundeten nach Barssdowka. »Sie verstehen etwas davon, von diesen Medikamenten und dem ganzen Krempel, den wir brauchen«, hatte Dr. Bergen zu Deutschmann gesagt. »Gehen Sie hin, hier haben Sie eine Liste, und schlagen Sie sich mit diesen Etappenhengsten herum. Aber lassen Sie sich nicht abfertigen, bevor Sie nicht alles haben. Ich weiß genau, daß die Magazine voll sind.«

Vor diesem Auftrag hatte Deutschmann Angst. Er fürchtete sich, nach Orscha zu fahren, denn er wußte nicht, ob er stark genug sein würde, der Begegnung mit Tanja auszuweichen. Ob er stark genug sein würde, nicht in das kleine Blockhaus in der Nähe der Brücke über den Dnjepr zu gehen. Denn er sehnte sich nach dieser Begegnung, er sehnte sich nach Tanja, nach ihrem schmalen, weichen Gesicht, nach ihrem feingliedrigen Körper, nach dem Blick ihrer graugrünen Augen, nach der Wärme und Hingabe, die sie ausstrahlte.

Die Straße war aufgewühlt und vereist. Der Schlitten rumpelte über die Buckel wie verrückt. Deutschmann hielt sich fest und stemmte die Stiefel gegen das Schutzblech. Der Fahrer neben ihm, ein alter Obergefreiter der Transportkompanie, rauchte eine Hängepfeife, die er mit Machorka gestopft hatte. Er stank, der Rauch biß Deutschmann in die Augen. Er wandte den Kopf ab und starrte über das Schneefeld und das wie ausgestorben daliegende Kusselgelände, durch das sich der vereiste Dnjepr zog.

Der Obergefreite stieß Deutschmann mit dem Ellbogen in die Seite. »He, du!«

»Ja?«

»Du bist doch von 999? Ist ein Sauhaufen, was?«

»Na ja«, sagte Deutschmann.

»Kriegt ihr überhaupt etwas zu fressen?«

»Es geht.«

»Aber satt davon werdet ihr nicht?«

»Wirst du etwa immer satt?«

»Nee – da hast du recht. Stimmt's, daß ihr alle zum Tode verurteilt seid und dann begnadigt? Oder wie geht das?«

»Einige waren's.«

»Du auch?«

»Ich auch.«

Der Obergefreite schwieg. Er rauchte hastig und blies den ätzenden Qualm vor sich her.

»Was hast du denn angestellt?« fragte er nach einer Weile.

»Das ist doch unwichtig.«

»Na ja, man ist halt neugierig«, sagte der Obergefreite. Er schien ein bißchen eingeschnappt, und es dauerte eine ganze Weile, bevor er wieder begann:

»Ein Vetter von mir ist auch in so einem Haufen«, sagte er. »Er hat mal die Schnauze aufgemacht, wo es besser gewesen wäre zu schweigen.«

»Dann weißt du ja Bescheid.«

Der Obergefreite schwieg und spuckte in den Schnee. Dnjepr. Vor ihnen tauchte die Silhouette der Stadt auf. Am Fluß, hinter der großen Holzbrücke, Tanjas Haus. Dünner Rauch stand über dem Dach. Deutschmanns Herz klopfte langsam und schwer. Er könnte jetzt aussteigen und hinuntergehen, sie war zu Hause, er würde an die Tür klopfen und eintreten, oder vielleicht würde er gar nicht anklopfen, sondern ganz leise den steilen Pfad hinuntergehen und einfach eintreten, sie würde am Herd stehen und ihn nicht kommen hören, und er würde von hinten die Hände über ihre Augen legen und nichts sagen. Sonst wüßte sie sofort, wer er ist, und dann würde sie sich umdrehen, und er würde sie ganz fest an sich drücken …

»Jetzt sind wir gleich da«, sagte der Obergefreite.

»Wann fahren wir zurück?« fragte Deutschmann.

»Morgen früh.«

»Heute können wir nicht mehr zurück?«

»Ich möchte den Idioten sehen, der nachts durch das Partisanengebiet fährt!«

Erst morgen früh, dachte Deutschmann, dann bleibe ich

die ganze Nacht hier. Ich könnte zu ihr gehen und bei ihr bleiben. Ich könnte …

Sie fuhren zwischen die armseligen dunklen Hütten der Randgebiete der Stadt.

»Ist es weit?« fragte Deutschmann.

»Nein – noch um fünf, sechs Ecken, dann sind wir da.«

Es dauerte einige Stunden, bevor Deutschmann mit dem ganzen Papierkram und dem Verladen des Schlittens fertig war. Es ging nicht ganz leicht, das Strafbataillon schien nicht in den Listen der Zahlmeister und des Apothekers zu sein. Erst nachdem Deutschmann mit dem Schreiber des Bataillonskommandeurs Hauptmann Barth und dieser wiederum mit dem Hauptmann selber sprach, und schließlich der Hauptmann einige saftige Flüche durch die Telefonleitung schickte, klappte es.

»Ich geh' ins Soldatenheim«, sagte der Obergefreite, als sie mit der Arbeit fertig waren. »Kommst du mit?«

»Nein«, sagte Deutschmann.

»Komm nur, du gehst ja mit mir. Es sind ein paar tolle Puppen dort, und Bier haben sie auch.«

»Nein, vielen Dank. Wir trinken unser Bier ein anderes Mal.« Deutschmann hatte sich entschieden. Das heißt – er brauchte sich gar nicht zu entscheiden: Er wußte von allem Anfang an, daß seine Sehnsucht nach Tanja größer war als die Furcht vor einer Begegnung mit ihr. Er wollte zu ihr gehen, und als er immer schneller durch die nachtdunklen, verlassenen Straßen Orschas gegen die Dnjeprbrücke ging, wurde seine Sehnsucht immer größer und brennender, bis er schließlich beinahe lief.

Es war kurz nach elf Uhr abends, als Deutschmann endlich vor der Bohlentür der Hütte stand, in der Tanja wohnte. Aus dem Schornstein kräuselte dünner Rauch gegen den klaren Nachthimmel; das Feuer in der Hütte ging nie aus. Es war kalt. Die Kälte stach Deutschmann ins Gesicht, kroch unter seinen Mantel, zwickte ihn in die Füße.

Er zögerte. Die Hütte war dunkel, und Tanja schlief sicher schon. Das Ufer war menschenleer. Das Eis auf dem

Dnjepr schloß sich wieder. Am Morgen werden die Pioniere wieder sprengen müssen. Schließlich drückte er gegen die Tür. Sie war nicht verschlossen; einen kurzen Augenblick dachte er daran, daß man in Rußland selten verschlossene Türen fand, und daran, daß sich dies kaum mit den Vorstellungen deckte, die man zu Hause, in Deutschland, über dieses große, grenzenlose Land hatte.

Die Tür bewegte sich knarrend in die vom Feuerschein rötlich gefärbte Dunkelheit hinein. Auf dem offenen Herd glimmten knisternd dicke Holzscheite, manchmal züngelte ein Flämmchen empor, tauchte den Raum in ein huschendes Licht und versank wieder in der Glut. Die Tür zu Tanjas Kammer war offen.

Deutschmann schloß die Tür hinter sich und blieb tief atmend in der warmen rötlichen Dämmerung stehen – und dann, plötzlich, hörte er durch das leise Knistern des Feuers Tanjas Atem.

Die Bohlen knackten unter seinen Füßen, als er langsam durch den Raum gegen die dunkle Öffnung schritt, aus der das leise, tiefe Atmen der Schlafenden kam. Dann blieb er stehen, legte den Mantel, die Mütze und die Handschuhe ab, ohne den Blick von der offenen Tür in die Schlafkammer zu wenden. Die Wärme im Haus umgab ihn weich.

Vor Tanjas Bett blieb er stehen. Langsam, als hätte er Angst, die Schlafende zu wecken, den tiefen Rhythmus ihres Atems zu stören und waches Bewußtsein auf ihr gelöstes, in der warmen Dunkelheit kaum sichtbares Gesicht kommen zu lassen, ließ er sich auf die Knie nieder und brachte sein Gesicht ganz nahe an ihres. Ihr Mund war leicht geöffnet, ihr Haar lag schwarz und seidig auf dem Kissen.

Sie bewegte sich und wachte auf.

»Tanja …«, flüsterte er.

Ihre Augen waren weit offen, groß und schwarz. Um ihre Lippen spielte ein leichtes Lächeln, die Andeutung eines Lächelns nur. Oder irrte er sich? Bildete er sich nur ein, Glück herauszulesen, Glück darüber, daß er gekommen war? Doch dann hörte er ihre Stimme und wußte, daß er sich nicht geirrt hatte.

»Michael ...«, flüsterte sie, ihre nackten Arme kamen unter der Decke hervor, sie umarmte ihn und zog seinen Kopf zu sich herab.

Als Deutschmann erwachte, sah er zuerst auf die Uhr. Es war kurz vor sechs.

»Ich muß bald gehen«, sagte Deutschmann.

»Wann?« fragte Tanja.

»In einer Stunde.«

»Mußt du wirklich?«

»Natürlich. Soll ich etwa hierbleiben? Sie würden mich sehr bald holen.«

»Du könntest hierbleiben ... ich würde dich verstecken, du könntest immer hierbleiben, und einmal wird Frieden.« Sie klammerte sich an ihn, als fürchtete sie sich, daß sie ihn unwiederbringlich verlieren würde, wenn sie ihn nur für einen kleinen Augenblick losließ. »Ich liebe dich – ich liebe dich sehr – ich liebe dich mehr als Rußland, mehr als meine Mutter, mehr als meinen Vater, mehr als alles, alles ... ich weiß nicht, wie das kommt, ich weiß es nicht ... ich liebe dich so sehr!« Und dann, nach einer Weile, in der Deutschmann erschrocken und betroffen über ihren Gefühlsausbruch schwieg, sagte sie, als ob sie träumen würde und sich bereits in einer Zukunft befand, die es für die beiden nicht gab, nicht geben konnte, wie Deutschmann genau wußte: »Wenn der Krieg gestorben ist, werden wir weiterleben, Michael, ich werde mit dir gehen, wohin du gehst ... ich liebe mein Land, aber du wirst mein Land sein, überall ...«

Als sich Deutschmann anzog, sprang ihn ein Gefühl der Unwirklichkeit an. Das alles konnte nicht möglich sein. Wie kam er in diese Hütte? Was war geschehen? Wie konnte es möglich sein, daß ihn dieses wunderschöne Mädchen liebte? Mein Gott, wie konnte das alles geschehen? Es war ein Irrtum, das Reale, das Wirkliche war die Uniform, war das Strafbataillon, waren Obermeier, Krüll, Schwanecke, Wiedeck, waren die blutigen zerfetzten Leiber und die ewige Angst vor dem Sterben. Alles andere war ein Traum, einer von jenen Träumen, die man als Soldat irgendwo in einem dreckigen, kalten Loch oder in einem dunklen, stinkenden Bunker träumte, während draußen der Tod umging. Und wahr blieb der Gedanke an Julia und seine und Julias gemeinsame Vergangenheit, obwohl auch die manchmal in unwirkliche Ferne versank, als hätte es sie nie gegeben, genauso wenig wie es diese vergangene Nacht gab.

Tanja kochte Tee. Sie frühstückten schweigsam, jeder in seine eigenen Gedanken verloren – und doch fühlte Deutschmann – und wußte zugleich, daß auch Tanja dasselbe fühlte, daß sie sich so nah waren, wie es nur zwei Menschen sein können. Und wieder fragte er sich, wie es dazu kam und wie das möglich sein konnte. Vielleicht deswegen, weil es für sie nur Augenblicke in der Gegenwart gab und keinen einzigen in der Zukunft? Vielleicht deswegen, weil sie die Vergangenheit und alle ihre versäumten Stunden und Minuten und die ganze Zukunft in eine einzige Nacht und in den grauen, heraufdämmernden Morgen zu pressen versuchten?

»Iß, Michael«, sagte Tanja weich und lächelte ihn an, und in ihren einfachen alltäglichen Worten und in ihrem Lächeln verbarg sich eine Welt voll Liebe und bedingungsloser Hingabe.

Sergej Petrowitsch Denkow stieß die Tür auf und trat in die Hütte, ohne daß sie seine Schritte draußen gehört hatten. Seine Mütze, sein Pelz, seine Augenbrauen waren voll weißen Reifs. Mit der Ferse stieß er die Tür wieder zu und sah wortlos die beiden an. Seine Augen waren weit offen und seltsam leer. Ohne den Blick zu wenden, nahm er seine hohe Fellmütze vom Kopf und warf sie auf einen leeren Stuhl. Dann lächelte er, und Deutschmann überlief es kalt: Es war ein drohendes, verbissenes Lächeln eines Menschen, dem nicht nach Lachen zumute war und der hinter dem Lächeln irgend etwas verbergen wollte.

»Guten Tag«, sagte Deutschmann zögernd.

»Gutten Tagg«, antwortete Sergej. Seine Stimme war leise und heiser. Sein Blick glitt von Deutschmanns Gesicht herab über die Uniform. Keine Rangabzeichen, keine Schulterstücke, keine Waffen. Damals, als die neue Truppe in Orscha ankam, hatte er dies nach Moskau gefunkt, und von dort hatte man geantwortet, daß es sich um ein Strafbataillon handele. Sergej kannte die Strafbataillone in der russischen Armee. Schurken, Mörder, Verbrecher, Feinde des Sozialismus. In der sibirischen Taiga schlugen sie Holz aus den Urwäldern, arbeiteten in Bergwerken – wenn es Frieden war. Im Krieg mußten sie andere Sachen tun, wenn sie stark genug waren, die Strapazen vor dem Sterben zu überstehen.

Und dann sah er Tanja an. In ihrem blassen Gesicht brannten die Augen. Er verstand, was sie sagten. Er sah die schwarzen Schatten unter ihnen, und sein Lächeln versteifte sich zu einer drohenden Maske. Er brauchte nicht zu fragen. Er wußte, was geschehen war. Er wußte es genau …

Tanja stand auf. »Das ist Sergej«, sagte sie mit kleiner, gebrochener Stimme. »Ein Bauer aus Babinitschi.« Und zu Sergej gewandt, laut und deutlich: »Das ist Michael.«

Sergej sah sie einige Sekunden schweigend an und sagte dann mit einer gewöhnlichen und gerade deswegen um so kälter und verachtungsvoller wirkenden Stimme auf russisch – ohne zu wissen, daß es Deutschmann verstand: »Hündin!«

Dann drehte er sich um und trat zur Tür.

Deutschmann sprang auf. Die Lähmung, die ihn beim Anblick des jungen fremden Mannes befallen hatte, wich von ihm. »Halt«, sagte er. Jetzt hatte er nur noch wenig Ähnlichkeit mit dem weichen, unentschlossenen und hilflos wirkenden Deutschmann von früher. Langsam ging er um den Tisch und stellte sich vor Sergej, der sich umgedreht hatte und ihn kalt ansah.

»Warum?«

»Wer bist du?« fragte Deutschmann.

Sergej lächelte. »Warum?« fragte er wieder.

»Wo lebst du?«

»Im Wald«, sagte Sergej langsam.

»Ich habe es gewußt«, sagte Deutschmann leise.

»Was?«

»Du bist ...«

»Was?«

Sie sahen sich einige Sekunden wortlos an, und dann nickte Sergej. »Da. Ein Partisan.«

Deutschmann hörte hinter sich Tanja leise aufschreien. Aber er wandte sich nicht um. Er sah in Sergejs harte Augen. Wie war es möglich, daß er, dieser Russe, sich nicht scheute, ihm, dem deutschen Soldaten, zu sagen, er sei ein Partisan? Was wurde hier gespielt? Und das mitten unter deutschen Truppen – oder war es nicht so? War er, Deutschmann, in eine Falle geraten? Warteten draußen noch mehr von dieser Sorte auf ein Zeichen? Aber das war völlig ausgeschlossen – vom Dnjepr her hörte er die Pioniere sprengen. Der Morgen graute, auf den Straßen und auf der Brücke erwachte das Leben. Nachschubkolonnen polterten dumpf über die Holzbohlen – überall wimmelte es von deutschen Soldaten. Und doch stand hier ein Partisan und bekannte sich furchtlos dazu.

»Ein Offizier«, sagte Sergej. Und dann, nach einer Weile, als Deutschmann nichts erwiderte, sprach er in einem fast fehlerfreien Deutsch weiter:

»Ich wollte Tanja besuchen, meine Braut. Aber die reine Jungfrau von früher ist eine Hündin geworden. Sie läßt sich mit einem verfluchten Feind ein, während ich kämpfe.« Seine Stimme klang leidenschaftslos, so als erzählte er eine ganz belanglose Geschichte. Dann drehte er sich wieder zu Tanja und zischte, doch jetzt auf russisch: »Hure.«

Später konnte sich Deutschmann nicht erklären, was ihn dazu getrieben hatte. Bis dahin hatte er es noch nie getan, nicht einmal als Junge. Aber jetzt hob er die Hand und schlug Sergej ins Gesicht. Mit der flachen Hand, weit ausholend, klatschend. Sergej wich nicht zurück. Er rührte sich nicht. Er nahm die Schläge hin, und was das Schrecklichste daran war, er zählte sie mit einer harten, leidenschaftslosen Stimme: »Eins – zwei – drei – vier – fünf –«

»Sechs«, schrie Deutschmann, und schlug noch einmal zu.

Sergej nickte. »Sechs. Für jeden Schlag ein deutscher Soldat.«

Deutschmann trat zurück, und wieder überfiel ihn das Gefühl der Unwirklichkeit. Tanja stand neben der Wand, das Gesicht hatte sie gegen die Mauer gelegt, ihr schmaler Rücken zuckte. Sie weinte. Deutschmann blickte wieder zu Sergej, der langsam zu sprechen begann:

»Ich hasse sie. Sie ist keinen Tritt wert. Sie trägt jetzt fremdes Blut in sich, und du – du wirst mich jetzt gehen lassen. Ich weiß genau, was du denkst. Aber du wirst es nicht tun. Du wirst mich nicht den Gendarmen übergeben. Du hast Angst. Was tust du hier bei einer Russin, bei einer Partisanin? Du bist ein Mann aus dem Strafbataillon. Auch du bist ein Verräter!«

Dann drehte er sich um, nahm seine Mütze und ging.

»Ich muß jetzt gehen«, sagte Deutschmann etwas später und versuchte, sich aus Tanjas Umarmung zu lösen. »Ich komme wieder«, flüsterte er, »ganz sicher, ich komme wieder.«

»Ich habe Angst!«

»Ich weiß – was soll ich tun?«

»Du kannst nichts tun.«

»Ich komme wieder«, sagte Deutschmann und kam sich sehr erbärmlich vor. Sicher, er konnte nichts für sie tun, und dennoch … Sie war nun schutzlos der Rache ihrer Landsleute ausgeliefert. »Es wird alles gut werden«, flüsterte er und wußte, daß er log. Nichts würde gut werden. Es gab nichts Gutes mehr für sie. Die Nacht, die hinter ihnen lag, hatte einen Abgrund vor ihnen geöffnet, in dem Verzweiflung und Hoffnungslosigkeit der kommenden Tage lauerten.

Er ging.

Zuerst langsam und dann immer schneller stapfte er über den Hang gegen die Stadt, wo ihn der Fahrer mit dem beladenen Schlitten erwartete. Er hatte sich schon verspätet. Die Posten an der Brückenauffahrt pendelten hin und her, ein Feldwebel der Feldgendarmerie schrie mit einem Lkw-Fahrer herum, der mitten auf der Straße einen Achsenbruch hatte und den ganzen Nachschubverkehr aufhielt. Dann lief er durch die engen, nun belebten Straßen der Stadt, die Hütte, Tanja und Sergej blieben hinter ihm und vor ihm ein neuer Tag im Strafbataillon.

Sergej Petrowitsch Denkow hatte hinter einem Lattenzaun gewartet, bis er Deutschmann weggehen sah. Dann ging er langsam zu Tanjas Hütte.

Tanja stand immer noch mitten im Zimmer. Als sie Sergej sah, hob sie die Hände erschrocken zum Mund und machte einen schnellen Schritt gegen den Herd – zur Wandvertiefung, in der sie die Pistole versteckt hatte.

»Laß sie liegen«, sagte er. »Ich müßte dich töten, wenn du sie herausnimmst.«

»Was willst du?« flüsterte Tanja.

»Das fragst du noch?«

»Was willst du tun – geh! Geh!« Die letzten Worte schrie sie voll tödlicher Angst vor dem großen, in seinen unförmigen Pelz gehüllten Mann, der sie mit einer kalten, drohenden Überlegenheit ansah.

»Ich gehe«, sagte er, »ich werde nicht wiederkommen – bis wir die Deutschen verjagt haben. Aber dann, wenn wir sie hinausgejagt haben, werde ich wiederkommen und dich töten. Das wollte ich dir sagen. Du wirst mir nicht entkommen. Versuche nicht, zu fliehen. Es würde dir nichts nützen. Wir werden aufpassen. Und wenn ich dich getötet habe, werde ich alle holen und zu ihnen sagen: ›Seht, das ist Tanja Sossnowskaja. Vielmehr – das war sie. Jetzt ist sie nur noch ein Kadaver. Früher einmal war sie eine von uns. Aber dann machte sie sich an einen Deutschen heran. Sie hat uns verraten. So wird es jedem gehen, der uns verrät … ‹«

Tanja lehnte gegen die Lehmwand. Ihre Hand, mit der sie an den Hals griff, zitterte. »Geh«, stöhnte sie. »Du bist ein Teufel!«

»Bin ich das – bin ich das? Ein Teufel und eine Dirne – wie das gut zusammenpaßt! Paßt das gut zusammen?« Während er sprach, kam er langsam näher, griff mit der Hand unter ihr Kinn und hob ihr Gesicht empor. »Sieh mich an, du Dirne, los sieh mich an! Was hast du getan? Hast du alles vergessen? Hast du uns alle vergessen?«

»Ich liebe ihn«, flüsterte sie.

»Hündin!« schrie er voller Wut und Schmerz, trat einen Schritt zurück und schlug auf sie ein. Wortlos, verbissen, ein Schlag nach dem anderen. Sie fiel neben dem Ofen auf den Boden, er beugte sich und schlug weiter auf die Kniende ein. Sie hatte die Arme schützend über den Kopf gelegt, wehrte sich nicht und schrie nicht. Mit geschlossenen Augen ertrug sie die Schläge, ein Bündel schuldbewußter, armseliger Mensch, bis es ihr schwarz vor den Augen wurde.

Sergej richtete sich wieder auf, drehte mit dem Stiefel die Ohnmächtige auf den Rücken und wartete geduldig, reglos, bis sie wieder zu sich kam und die Augen öffnete. Als er sicher war, daß sie ihn sah und wiedererkannte, sagte er:

»Ich komme wieder. Ich werde dich töten!«

Dann trat er aus dem Haus, schloß die Tür sorgfältig hinter sich zu und nickte freundlich einigen Pionieren zu, die mit langen Eisenstangen die gesprengten Eisschollen vom Ufer stießen. Nach allen Seiten demütig grüßend, ging er die Uferstraße entlang und verschwand in dem Gewirr halbzerstörter Häuser und Schuppen am Rande von Orscha.

In einer erhalten gebliebenen Banja erst fiel die Demut von ihm ab wie der Pelz, den er auszog und in die Ecke warf. Einen Augenblick stand er wie versteinert da, doch dann konnte er es nicht mehr ertragen. Mit den Fäusten und der Stirn schlug er gegen die Wand, und aus seiner Brust entrang sich ein entsetzlich anzuhörendes Schluchzen.

»Gib mir die Kraft, das zu ertragen!« schrie er. »O Gott, laß mich nicht verrückt werden – laß mich nicht verrückt werden!«

Es war das erstemal in seinem Leben, daß er Gott anrief. Aber er merkte es nicht. In ihm war sonst nichts als ein schrecklicher, brennender, unerträglicher Schmerz.

Zu derselben Stunde, als Deutschmann den Schlitten bestieg, ohne sich um den fluchenden Fahrer zu kümmern, der bereits eine halbe Stunde in der bitteren Kälte gewartet hatte, tauchte bei der 2. Kompanie im vorderen Grabenabschnitt eine dick vermummte und dennoch zackig aussehende Gestalt auf, die allgemeines Verwundern erregte: Oberleutnant Bevern. Er kam von der 1. Kompanie Oberleutnant Wernhers herüber, um die Schanzarbeiten der 2. Kompanie zu kontrollieren.

Der erste Soldat, auf den Bevern stieß, war Wiedeck. Er lehnte die Spitzhacke, mit der er vergeblich gegen den steinhart gefrorenen Boden ankämpfte, bedächtig gegen die Grabenwand, baute ein nachlässiges Männchen und meldete:

»Schütze Wiedeck bei den Schanzarbeiten. Keine besonderen Vorkommnisse.«

»Welche Kompanie?« schnauzte Bevern. »Ist das eine Meldung? Schanzen Sie etwa für Latrinenreiniger?«

»Jawohl, Herr Oberleutnant!«

Bevern riß die Augen auf. »Was soll das heißen?«

»Jawohl, Herr Oberleutnant!«

Was sollte Bevern tun? Gegen dieses ›Jawohl‹ – und er wußte, daß dieser sture Soldat auf alle seine weiteren Fragen nur Jawohl sagen würde – konnte er nichts ausrichten, wenigstens nicht hier im Graben. So sagte er nur: »Wir sprechen uns noch, Wiedeck, wir sprechen uns noch!«

Wütend stapfte er weiter, den Graben entlang, vorbei an einigen Soldaten, die ebenfalls stramm grüßten und ihre Meldung so laut hinausbrüllten, daß die nächsten und übernächsten bereits gewarnt waren, bevor Bevern bei ihnen auftauchte.

In den halbfertigen Bunkern lagen die anderen Männer der 2. Kompanie und schliefen erschöpft. Sie hatten die ganze Nacht gearbeitet, jetzt, tagsüber, durften sie ausruhen. Seit zwei Tagen mußten sie in den Stellungen bleiben.

Es wurde befohlen, daß die Arbeit beschleunigt zu beenden sei. Aber sie waren ganz glücklich darüber, denn durch die Linien waren einige russische Scharfschützen gesickert und schossen vom nahen Wald aus auf alles, was sich in den Gräben bewegte. Sie waren so gut getarnt, daß man sie nicht ausmachen konnte. Ein deutscher Zug, der eingesetzt wurde, um sie aufzustöbern und zu liquidieren, war unverrichteter Dinge zurückgekommen. Es war nichts zu machen. Der Wald war groß und dicht, und nicht nur ein einzelner Mensch konnte sich dorthin auf alle Ewigkeit verkriechen, sondern ein ganzes Bataillon oder Regiment. Zudem war durch diese Scharfschützen nicht nur die dünn besetzte HKL bedroht, sondern auch die Männer des Strafbataillons. Und man war nicht bereit, ihretwegen die schwach besetzte HKL noch schwächer zu machen und Leute zu Suchtrupps abzukommandieren. Der Antrag Oberleutnant Obermeiers und Hauptmann Barths, einen Zug des Strafbataillons – oder was noch besser wäre, eine ganze Kompanie – zu bewaffnen und in den Wald zu schikken, war bis jetzt unbeantwortet geblieben. So waren im Laufe von drei Tagen sechs Mann bei Obermeier und fünf bei Wernher durch Kopfschüsse ausgefallen.

Um wenigstens einigermaßen die Weiterarbeit zu sichern, hatten Obermeier und Wernher einige gegen den Wald vorgeschobene Posten aufgestellt, die mit ihren MGs auf jede verdächtige Bewegung schießen sollten. Allerdings waren diese Posten auf dem besten Wege, als erste abgeschossen zu werden. Bereits am ersten Tag fand die Ablösung zwei Tote hinter den Maschinengewehren; ihre Stahlhelme wiesen knapp über den Augen ein kleines, rundes Loch auf.

»Eine Saubande«, murmelte Bevern, als er einige Bunker besichtigt hatte. »Pennen wie die Ratten, ist das noch ein Krieg?« Tief gebückt – auch er wußte natürlich von der Gefahr, die von den Scharfschützen drohte, obwohl er eigentlich nicht so recht daran glaubte – ging er durch einen Laufgraben weiter nach hinten, um einen der Posten zu kontrollieren. Das letzte Stück Weges mußte er auf allen vieren kriechen, bis er zu einem Loch kam, in dem zusammengekauert ein Soldat – schlief.

Nein, es war kein Irrtum: Der Posten schlief.

Den breiten Kragen des Lammfellmantels hatte er hochgeschlagen, so daß nur der obere Teil des Stahlhelms heraussah, sein Gesicht war im Pelz vergraben, und in seinen regelmäßigen Atemstößen zitterten die dünnen Reiffäden, die sich rundum gebildet hatten. Die Hände hatte er in die Ärmel gesteckt und die Füße in Filzstiefeln unter den Mantel gezogen.

Das war ungefähr das Schlimmste, was Bevern passieren konnte. Ein schlafender Posten! Und als er kniend und unbeweglich auf den Schlafenden sah, erfüllte ihn fast triumphierende Befriedigung: Hier hatte er einen erwischt. Nur ganz kurz bedauerte er, daß er keinen Zeugen hatte. Aber das würde ja nicht notwendig sein. Sein Offizierswort würde bei der Verhandlung genügen, und die exemplarische Strafe, die nur Tod durch Erschießen heißen konnte, würde auf alle anderen in diesem verfluchten Haufen sehr erzieherisch wirken.

Sein Blick glitt langsam empor zu den Sandsäcken, die im Halbkreis, gegen den Wald sichernd, rund um das MG-Nest aufgebaut waren. Mitten darin befand sich eine schmale Scharte, davor stand das MG. Wenn er den Mann aufweckte, wollte er es nicht kniend tun, in einer, wie es ihm schien, lächerlichen Haltung, sondern so, wie sich's gehörte: Hoch aufgerichtet, auf ihn herabblickend. Langsam, jedes unnötige Geräusch vermeidend, rutschte er ins Loch und richtete sich auf – dabei immer zu den Sandsäkken aufschauend. Ob sie wohl genügend Schutz boten? Natürlich, sagte er sich, durch die kann keine Kugel durchdringen – und außerdem konnte ihn ja niemand sehen, wenn er den Kopf nicht herausstreckte. Dabei entging ihm, daß sich die unbewegliche Gestalt des Postens rührte. Als er wieder hinuntersah, den Mund bereits offen, um loszubrüllen, schaute er in zusammengekniffene, spöttische Augen – Schwaneckes.

Seine Verletzungen aus dem Messerkampf mit Tartuchin waren schmerzhaft, aber nicht gefährlich gewesen. Nachdem ihn Kronenberg gefunden und seine Stichwunden versorgt hatte, blieb Schwanecke noch ein paar Tage im Lazarett. Dann hatte ihn Bevern aufgestöbert. »Der Mann ist doch nicht krank«, hatte er zu Kronenberg gesagt. »Zum Faulenzen ist die Zeit zu ernst. Sorgen Sie dafür, daß sich Schwanecke morgen wieder dienstfähig bei seiner Einheit meldet ...«

Schwanecke hatte vor Wut gekocht.

»Aufwachen!« schrie Bevern und dachte nicht daran, daß es lächerlich war, ›Aufwachen!‹ zu brüllen; und auch die einzige folgerichtige Antwort Schwaneckes ging an ihm vorbei, als hätte er sie gar nicht gehört. Er dachte nur daran, daß er ihn jetzt hatte. Jetzt gab es keine Ausflüchte und Mätzchen mehr. Der Mann war schon so gut wie tot. Und das war richtig so. Es war das Beste, was geschehen konnte, daß es gerade Schwanecke war, den er hier erwischt hatte.

»Warum? Ich bin ja schon wach«, sagte Schwanecke.

»Stehen Sie auf!«

Schwanecke stand langsam und sich reckend auf. Dann gähnte er. »Sie kommen immer in einem unrichtigen Augenblick«, sagte er, zum zweitenmal gähnend. »Ich habe gerade ...«

»Sie haben geschlafen!«

»Das wollte ich Ihnen ja sagen. Ich habe gerade geträumt, ich wäre in Hamburg mit so 'ner hübschen Blonden ... Sie können gar nicht glauben, was für tolle Hüften sie hatte. Und nun kommen Sie ...«

»Sie haben geschlafen – und Sie geben es zu?«

»Na klar«, sagte Schwanecke. »Allerdings habe ich Sie schon bei der dritten Krümmung von hier ab gehört. Sie haben auf der Kriegsschule nicht aufgepaßt, Herr Oberleutnant! So darf man sich an der Front nicht anschleichen!« Sein Gesicht grinste, seine Stimme grinste – nur seine Augen waren kalt, leblos wie zwei Glaskugeln.

»Wissen Sie, was das bedeutet?« fragte Bevern lauernd.

»Nee. Was denn?«

Bevern sagte langsam: »Schlafen auf Posten in unmittelbarer Nähe des Feindes …«

»Ach so – das meinen Sie! Und wie geht's weiter?«

»Kriegsgericht«, sagte Bevern ruhig. »Und das wird gleich hier bei uns erledigt. Packen Sie Ihre Siebensachen, Sie kommen mit.« Er war ruhig, Schwaneckes dreckige Antworten prallten wirkungslos an ihm ab. Warum sollte er sich noch darüber aufregen, der Mann war sowieso erledigt.

»Darf ich nicht – bevor nicht die Ablösung kommt«, sagte Schwanecke. »Leisten Sie mir so lange Gesellschaft, Herr Oberleutnant? Wir könnten uns – wir könnten uns aussprechen, Herr Oberleutnant. Was meinen Sie? … Wir sind ja ganz allein hier, und wir bleiben noch eine ganze Weile allein. Es ist doch eine Gelegenheit … ein Wort unter Männern …«

Die kalte, überlegene Ruhe fiel langsam von Bevern ab. Schwaneckes Worte drangen nur nach und nach in sein Bewußtsein, doch dann verstand er. Über seinen Rücken kroch es eisig, und er machte einen Schritt zurück, als wollte er in den Laufgraben entweichen. Doch Schwanecke streckte ganz langsam den Arm aus, packte ihn an den Mantelaufschlägen, zog ihn zu sich und drehte sich dabei selbst so, daß er den Rückweg versperrte.

Bevern war unfähig, sich zu widersetzen. Es war zu ungeheuerlich, was jetzt geschah, es war unmöglich. Doch als er in Schwaneckes Gesicht sah, stürzte die Wirklichkeit über ihn: Es blieb wahr. Und dann sah er, wie sich Schwaneckes grinsender Mund öffnete und wie aus ihm langsam Worte kamen und wie Lebewesen in ihn drangen und von ihm Besitz ergriffen, bis jede Zelle seines Körpers von ihnen durchdrungen war:

»Vors Kriegsgericht, sagst du? Erschießen, sagst du? Puff –puff – und weg ist Schwanecke, meinst du? Das würde dir so gefallen, was? Schwanecke tot, und Bevern – oder wie du schon heißt – freut sich wie ein Schneekönig …«

»Lassen Sie mich vorbei!« zischte Bevern.

»Aber, aber, sachte, sachte! Ich habe gesagt, wir wollen

ein Wort unter Männern sprechen, du Schwein! Kannst du dich erinnern? Wir haben über viele Sachen zu sprechen. Nicht doch, nicht die Pistole, was willst du damit? Ich müßte dir auf das Pfötchen schlagen – weg die Hände!«

Bevern ließ ab von der Pistolentasche. »Was wollen Sie – wissen Sie, was das bedeutet? Behinderung eines Vorgesetzten …«

»Halt's Maul!« Schwanecke wischte sich über die Augen. Kleine Eisstückchen klebten an den Wimpern, jetzt grinste er nicht mehr, und Bevern hatte plötzlich das Empfinden, daß er weit, weit weg war von hier, wie ein Mann, der angestrengt über irgend etwas nachdachte. Und dann kam er wieder zurück, und als er weitersprach, grinste er nicht mehr:

»Du bist ein verdammtes Schwein – und ich werde dich jetzt erledigen. Was glaubst du, wie sich die andern freuen werden, wenn du ein toter Mann bist? Das wird ein Feiertag für das ganze Bataillon. Kriegsgericht – meinst du? Nicht ich werde ins Gras beißen – das kannst du mit mir nicht machen!«

»Sie – Sie –!« schrie Bevern mit einer hohen, fistelnden Stimme, sein Gesicht war verzerrt, und aus seinen Augen schrie unsinnige Angst. Und dann rief er um Hilfe, aber seine Stimme ertrank in der weißen Weite umher, und er wußte, daß ihn hier niemand hören würde. Es war umsonst, der Mann vor ihm war der Tod. Es gab keine Hilfe. Das wußte Bevern, und er schrie seine Angst hinaus, aber er schrie nicht nach Hilfe anderer Soldaten, sondern nach der Hilfe jener Frau, nach der so viele tödlich verwundete Männer schrien, wenn sie ihr Leben mit dem Blut, das aus ihnen rann, mitten in Schmerzen entweichen fühlten. Er schrie »Hilfe!«, aber er meinte die Mutter: jene stille, bescheidene Frau, die er früher verachten zu müssen glaubte, weil sie sich nichts aus seinem Glauben machte und aus seinen Idealen; und er meinte nicht nur diese bestimmte Frau, die seine Mutter war, sondern alle Welten, die sich hinter diesem Wort verbergen und die aus ihrem Schoß entspringen, und alle Mütter, die schützend die

Hände um die weinenden Kinder legen: die letzte Instanz der Hilflosen und Sterbenden.

Mitten in diesen Schrei schlug Schwanecke zu.

Bevern sank betäubt zu Boden.

Nun handelte Schwanecke schnell und sicher, als hätte er es schon hundertmal durchexerziert.

Ohne den Blick von Bevern zu wenden, jagte er aus dem Maschinengewehr zwei, drei Feuerstöße gegen den Wald, in dem sich, wie er genau wußte, mindestens drei Scharfschützen verbargen. Dann schlug er mit der Handkante gegen Beverns Halsschlagader, packte ihn unter den Armen, hob den schweren, schlaffen Körper ächzend hoch, trug ihn hinter das Maschinengewehr und schob den Ohnmächtigen langsam empor.

Er brauchte nicht lange zu warten.

Schon nach zwei oder drei Minuten hörte und fühlte er einen dumpfen Schlag gegen Beverns Körper, und gleich darauf hörte er drüben im Wald einen Abschuß.

Er ließ den Körper fallen und beugte sich über ihn.

An der Nasenwurzel des leicht erstaunten, ein wenig verzerrten Gesichtes saß ein kleiner, runder, sauberer Einschuß. Der Stahlhelm wies hinten ein gezacktes Loch auf. Ein glatter Durchschuß. Manchmal ist der Krieg doch zu etwas nütze, dachte Schwanecke grimmig, und schießen können die Brüder, verdammt noch mal ...

Dann richtete er sich wieder auf, drehte sich um und jagte eine ganze Serie wütender, langer Feuerstöße gegen den Wald. Immer wieder drückte er auf den Abzug, bis der Gurt leer war. Dann legte er einen neuen ein und jagte auch diesen durch den Lauf, und ein wilder, düsterer Triumph erfüllte ihn, als er das rüttelnde Stoßen des Maschinengewehrs in seiner Schulter spürte und die rasenden Garben den Schnee von den Zweigen im Wald gegenüber peitschten. Seine Augen waren voll flackernden Irrsinns.

»So«, sagte er, als auch der zweite Gurt leer geschossen war. »Das genügt.«

Der Tod Oberleutnant Beverns war keine große Sensation.

Er wurde registriert, in Listen aufgenommen, in Wehrstammrollen eingetragen. Hauptmann Barth sagte am Telefon zu Obermeier: »Er war ein irregeleiteter Junge – es gibt 'ne ganze Menge davon.« Und Wernher, der seine Probleme, die Bevern betrafen, so plötzlich und einfach gelöst sah, sagte: »Armer Kerl – stirbt, ohne je ein Mädchen geliebt zu haben ...« Nur Krüll war recht nachdenklich und still. Daß dem schneidigen Bevern niemand eine Träne nachweinte, im Gegenteil, daß es aussah, als ginge ein Aufatmen durch das ganze Bataillon, vor allem aber durch die rückwärtigen Dienste, die Bevern mit Vorliebe unsicher gemacht hatte, machte ihn ängstlich oder gab ihm zumindest zu denken. Er wußte, daß er nicht weniger verhaßt war als Bevern. Wenn er auch ein wenig zahmer geworden war, nach seinem Erlebnis im Graben, wenn er auch fühlte, daß er etwas mehr in die Gemeinschaft der Soldaten gefunden hatte, war er sich seiner Untergebenen nicht sehr sicher – zumal er immer noch der Überzeugung war, daß ein Spieß im Strafbataillon vornehmlich dazu da war, um den Soldaten die Freude am Leben zu vergällen.

Für Schwanecke allerdings war die Sache mit Beverns Begräbnis hinter den Häusern von Babinitschi nicht zu Ende.

Als erster, im Graben noch, hatte ihn Unteroffizier Hefe ausgefragt.

»Bevern ist von den Scharfschützen geknackt worden!« hatte Schwanecke keuchend erzählt, wie ein geborener Schauspieler darauf achtend, daß in seiner Stimme das richtige Maß von Bestürzung war.

»Wo?«

»Bei mir, ganz vorne.«

»Ach ...« Unteroffizier Hefe hatte Schwanecke schief angesehen. »Besser konnte der Affe ja nicht fallen. Wer war dabei?«

»Keiner. Nur ich.«

»Also bist du der einzige Zeuge?«

»Na klar.«

»Und warum hast du nicht verhindert, daß der Idiot über den Graben guckt?«

»Kann ich einem Offizier befehlen?«

»Hast du ihn gewarnt?«

»Aber ja.«

Mit Obermeier war es dann schon schwieriger. Der Oberleutnant ließ ihn heranholen und verhörte ihn eingehend.

»Wie lange waren Sie mit dem Oberleutnant zusammen?«

Schwanecke sah gegen die Decke des Blockhauses. »Vielleicht – na, vielleicht fünf Minuten.«

»Und was sagte Oberleutnant Bevern?«

»Als er mich sah, sagte er: ›Da bist du ja, Sauhund!‹«

Obermeier sah auf seine Hände. Wenn er auch kein Mitleid mit Bevern empfand, so kam ihm der Heldentod des verhaßten Adjutanten doch verdächtig vor, und seine Pflicht als Offizier war – und nicht nur die als Offizier –, daß dieser Tod restlos geklärt wurde. An jeder anderen Stelle hätte man Bevern den unglücklichen Schuß geglaubt und die Sache zu den Akten gelegt. Aber ausgerechnet bei Schwanecke, allein, ohne Zeugen. Das wird eine Situation gewesen sein, dachte er, wie sich Schwanecke eine ähnliche nur erträumen konnte. Die Konsequenzen, die aus diesen Überlegungen erwuchsen, waren ungeheuerlich. Sie waren zu abwegig, um weiter untersucht zu werden, und doch ... und doch: Bei Schwanecke hatte man es nicht mit einem gewöhnlichen Soldaten zu tun. Er war ein Krimineller, und man brauchte nur in seine Augen zu sehen, um zu wissen, daß er auch ein Mörder sein konnte.

»Wie ist das passiert?«

»Ich sage: ›Obacht, Herr Oberleutnant, da drüben liegen sibirische Scharfschützen‹, und er sagt: ›Haben Sie Angst, Sie Flasche?‹ Ich sage: ›Nein, aber die schießen verdammt genau!‹ Und er sagt: ›Blödsinn!‹, guckt über den Rand, und da macht's bumm, und er kippt um. Aus war's. Es ging alles sehr schnell, Herr Oberleutnant, er wollte ja immer beweisen, daß ...«

Obermeier winkte ab. »Schon gut, gehen Sie jetzt, Melden Sie sich bei Oberfeldwebel Krüll.«

Aufatmend verließ Schwanecke den nachdenklichen Obermeier. Er bummelte hinüber zur Schreibstube, begrüßte ein paar alte Bekannte und trat dann bei Krüll ein. Er glaubte, die Sache nun endgültig hinter sich zu haben. Bevern war tot, was konnte ihm, Schwanecke, schon passieren? Er starb den Heldentod, dachte er böse, und dabei wollte er mich vors Kriegsgericht bringen, erschießen, das Erschießungskommando selbst leiten – bums, weg ist der Schwanecke. Aber dabei hat's bums gemacht, und weg war der Bevern, und keine Spur mehr vom Kriegsgericht …

Jetzt hat dich der Teufel geholt, dachte er, ich hab's dir gesagt: Nicht mit mir. Mit allen anderen, aber nicht mit mir …!

Oberfeldwebel Krüll sah auf, als Schwanecke, ohne anzuklopfen, eintrat. Er lehnte sich zurück, verschränkte gelassen die Arme und nickte ein paarmal.

»Natürlich, wer denn sonst. Der Mann ohne Kinderstube. Der beinahe perfekte Sittlichkeitsverbrecher und Räuber!«

»Lassen Sie man das ›beinahe‹ weg«, grinste Schwanecke.

»Und Mörder? Wie wär's mit dem ›beinahe perfekten Mörder‹?«

Schwanecke kniff die Augen zusammen. Sein Gesicht verzog sich zu einer häßlichen Grimasse. Heiße Wut zuckte in ihm empor und überspülte für einen Moment seine lauernde, fast immer wache Vernunft.

»Sie kommen auch noch dran!« zischte er. Krüll fuhr auf. »Was heißt – auch?« schrie er.

»Auch – heißt, daß Sie drankommen, wie wir alle drankommen werden«, sagte Schwanecke, wieder vorsichtig geworden.

»Auch – das kann mehr heißen! Halt mich nicht für dumm!«

Krülls Stimme war plötzlich heiser. Er hatte Angst vor dem klobigen Mann, der mächtig und ungebändigt vor ihm stand und ihn aus seinen kalten Fischaugen anstarrte.

»Kann es«, sagte Schwanecke ungerührt.

Krüll fühlte, wie über seinen Körper ein langes Zittern lief, wie sich seine Wut auf einmal entladen wollte.

»Ich weise es dir nach, mein Junge ... ich weise es dir nach, darauf kannst du Gift nehmen.« Sein dicker Kopf pendelte hin und her, wie immer, wenn er scharf nachdenken oder irgend etwas überlegen mußte. »Und wenn sie dir die Rübe abhacken, ziehe ich meine Sonntagsuniform an und saufe mich voll!«

Schwanecke gab keine Antwort. Doch er konnte es nicht unterlassen, in die Ecke des Raumes zu spucken, bevor er die Schreibstube verließ ...

Eine Stunde später trat Stabsarzt Dr. Bergen in das Haus, wo Obermeier seinen ›Gefechtsstand‹ eingerichtet hatte.

»Wenigstens für acht Tage haben wir jetzt Lazarettmaterial«, sagte er müde. »Ihr Deutschmann hat einiges organisiert. Nächste Woche soll er wieder nach Orscha gehen ... Die Heeresapotheke bekommt neues Material. Als ob etwas in der Luft liegt ...«

»Mich wundert's ja schon lange, daß der Iwan so still ist. Die Felder sind steinhart gefroren, es gibt nicht allzuviel Schnee ... die Russen können sich kein besseres Rollfeld für ihre Panzer wünschen. Ich glaube, es wird nicht mehr lange dauern, dann knallt es.«

»Malen Sie den Teufel nicht an die Wand, Obermeier!« Dr. Bergen setzte sich und trank schnell einen Schluck Schnaps, den ihm Obermeier im Deckel seines Kochgeschirres reichte. »Aber ich komme nicht deswegen ... wenn's losgeht, werden wir es früh genug wissen. Ich bin zwar kein alter Frontsoldat, aber man müßte aus Holz sein, um nicht zu spüren, daß dies – eh –, wie man so sagt, die Ruhe vor dem Sturm ist. Was ich sagen wollte ... Dr. Hansen hat da etwas entdeckt, was er mir erst heute gesagt hat. Er hat darüber ein Protokoll angefertigt ... es geht um Bevern. Aber lesen Sie selbst, bitte.« Er reichte

Obermeier einige Blätter Papier und trank noch einen Schluck Schnaps.

»Daß ihr Ärzte auch kein Deutsch schreiben könnt«, sagte Obermeier nach einer Weile seufzend.

»Also, ich will's Ihnen erklären: An der Leiche von Oberleutnant Bevern wurde neben dem Einschuß im Kopf noch eine Schwellung am Kinn und, was wichtiger ist, eine am Kehlkopf, seitlich mit einem kleinen Bluterguß, festgestellt. Das bedeutet, daß diese Schwellungen schon da waren, bevor Bevern durch den Kopfschuß getötet wurde. Können Sie sich das erklären?«

»Was meinen Sie damit?«

»Passen Sie auf: Es ist möglich, daß Bevern bei seinem Inspektionsgang durch die Gräben ausgerutscht und hingefallen ist. Das könnte die Schwellung am Kinn erklären. Oder glauben Sie, daß er etwa in eine Schlägerei verwickelt war?«

»Kaum anzunehmen«, sagte Obermeier.

»Also, das wäre die Schwellung am Kinn. Aber wie erklären Sie sich die Schwellung und den Bluterguß am Hals? Diese können durch keinen Sturz entstehen. Ich war eine Zeitlang – es ist schon lange Jahre her – Polizeiarzt. Solche Schwellungen am Hals entstehen nur, wenn man mit einem stumpfen Gegenstand dagegen schlägt. Etwa mit einem dicken Stock oder ...« Dr. Bergen schlug mit gestreckter Hand durch die Luft.

»Sie meinen – Handkantenschlag?« fragte Obermeier fassungslos.

»Kann sein ...« Dr. Bergen zuckte mit den Schultern. »Solche Schläge können, wenn sie mit großer Wucht ausgeführt werden, tödlich sein.«

»Und Sie meinen ...«

Dr. Bergen winkte ab. »Nein, nein. Beverns Tod ist eindeutig durch ein Infanteriegeschoß verursacht worden. Vorne rein, hinten raus – und Sie wissen ja, daß die modernen Infanteriegeschosse mit ihrer Rasanz bei Kopfdurchschüssen verheerende Wirkungen haben können. Und das ist bei Bevern geschehen. Aber – und das ist, worüber Sie sich Gedanken machen müssen: Der Schlag gegen Beverns Kehlkopf genügte, um ihn bewußtlos zu machen. Und das muß kurz vor dem Tod gewesen sein. Ich bin kein Detektiv – und Sie wahrscheinlich auch nicht. Aber Sie sind der Kompaniechef. Bei Ihnen ist das passiert …«

Schweigen.

Nach einer Weile sagte Obermeier langsam und schwer: »Wenn ich Sie recht verstanden habe, hat irgend jemand – wir wollen jetzt keinen Namen nennen – Bevern niedergeschlagen und ihn dann erschossen.«

Dr. Bergen trank wieder. »Hansen hat festgestellt, daß der Schuß nicht aus unmittelbarer Nähe abgefeuert wurde. Sie wissen ja, wir Mediziner können das. Wahrscheinlich war's doch ein russischer Scharfschütze. Ich möchte mich nicht festlegen … aber das, was Sie vorher gesagt haben, dürfte meiner Meinung nach der Wahrheit ziemlich nahekommen.«

»Also sprechen wir es aus: Schwanecke – niemand anders kann es gewesen sein – hatte Bevern zuerst k.o. geschlagen, ihn mit einem Handkantenschlag noch tiefer betäubt und am Ende erschossen – oder von einem russischen Scharfschützen erschießen lassen. So etwas kann man arrangieren – wenn man Bescheid weiß …«

»Es war Bevern, aber …«

»Sie meinen – aber es wird mir nichts anderes übrigbleiben, als diesen Bericht an Hauptmann Barth weiterzugeben«, beendete Obermeier.

»So ist es.« Dr. Bergen trank den restlichen Schnaps aus. Auch wenn er widerlich schmeckte, war es doch ein Gesöff, das ihm half, das Ganze zu ertragen. Alles, was sich hier abspielte, war ungeheuerlich, zu ungeheuerlich, um es mit wachen Sinnen und klarem Verstand ertragen zu können. »Auch wenn Bevern ein Schwein war … Mord bleibt Mord, ganz gleich, an wem er verübt wurde.«

»Ich werde gleich – ich werde nachher Schwanecke festnehmen lassen und ihn noch einmal verhören.«

Dr. Kukill hatte vergeblich versucht, Julia Deutschmann telefonisch zu erreichen. Da nach dem letzten Angriff britischer Bomberverbände die Leitungen zerstört waren, fuhr er hinaus nach Dahlem, getrieben von einer ihm bis dahin unbekannten Sorge und Ungewißheit, die sich immer mehr in Furcht wandelte, je länger er daran dachte, daß Julia den wahnwitzigen Plan ausführen könnte, Deutschmanns Versuche an sich selbst zu wiederholen.

Die Villa in Dahlem war verschlossen. Er schellte umsonst. Die Jalousien, durch Bombenabwürfe in der Umgebung zum Teil aus dem Rahmen gerissen, waren so weit heruntergelassen, wie es möglich war.

Dr. Kukill wartete eine Weile, dann öffnete er die kleine Vorgartentür und ging um das Haus herum. Nichts rührte sich. Das Haus sah grau, verlassen und leblos aus. Die Küchentür, die nach hinten in den Garten führte, war verschlossen. Julia war offensichtlich verreist. Doch merkwürdig – sie hatte ihm nie etwas davon gesagt. Aber dann sagte er sich, mit einer plötzlich aufkeimenden Bitterkeit, daß sie ihm, gerade ihm, sicher nie etwas sagen würde. Weder daß sie verreisen wollte noch irgend etwas anderes. Sie haßte ihn. Wie konnte er solch ein Narr gewesen sein, zu glauben, sie würde Deutschmann vergessen und seinen Wünschen entgegenkommen? Wohin konnte sie gegangen sein? Er wußte, daß sie keine Angehörigen mehr hatte. Ist vielleicht etwas mit Dr. Deutschmann vorgefallen? Vielleicht ist er in Rußland gefallen?

Dieser Gedanke, mit dem er in der letzten Zeit sehr oft gespielt hatte, war ihm nicht unangenehm. Und doch war da ein Unterschied zu früher, ein seltsames, bohrendes Gefühl der Unsicherheit – oder der Schuld? –, wie er es früher nicht gekannt hatte. Früher war alles klar und einfach: Er begehrte Julia, er wollte sie haben, und er traute sich zu, sie zu gewinnen. Er mußte sie haben; ihr Widerstand reizte ihn nur und machte das Begehren oder das Besitzen zu einer fixen Idee. Er hatte bis jetzt alles bekommen, was er haben wollte. Warum sollte es mit Julia anders sein? Das schwierigste Hindernis war allerdings der lebende Dr. Deutschmann. Wenn er tot war, dann mußte ihm nach einer Weile des Trauerns Julia wie eine reife Frucht in den Schoß fallen. Was er dann mit ihr tun würde, wie es nachher weitergehen sollte, darüber machte er sich keine Gedanken.

Doch neuerdings war das alles nicht mehr so klar. Nach wie vor wollte er Julia für sich haben, aber anders als früher. Und er war nicht mehr ganz so sicher, ob er wirklich noch Deutschmanns Tod wünschte. Die Grenzen hatten sich verwischt, seine Empfindungen wurden seltsam kompliziert – ein Zustand, den er bislang nicht gekannt hatte. War das etwa – Liebe? Wenn es das war, dann war Liebe eine seltsame Angelegenheit …

Bevor er wieder zu seinem Wagen ging, stand er noch eine ganze Weile im Garten und betrachtete das Haus. Irgend etwas in seiner Brust tat ihm weh, es stieg ihm in den Hals, es war fast ein physischer Schmerz. In diesen Augenblicken hätte er vielleicht seine ganze Karriere und alles das, was er war und was er vorstellte, darum gegeben, wenn die Tür plötzlich aufgegangen wäre und Julia mit ausgebreiteten Armen auf ihn zukommen würde. Aber die Tür blieb verschlossen, das Haus war still und verlassen. So ging er wieder weg und fuhr davon. Am nächsten Tag wollte er wiederkommen, und er wußte schon, daß er immer wiederkommen würde – bis er sie fand. Er wollte sie suchen, er mußte sie finden, und sei es nur, um mit ihr über Belanglosigkeiten zu sprechen oder in ihrer Nähe zu schweigen.

Hinter einer schief hängenden Jalousie, seitlich verborgen von der Gardine, sah ihm Julia aus dem Wohnzimmer nach.

Das war ein anderer Kukill als der, den sie bis dahin gekannt hatte. Nicht mehr der eiskalte, selbstsichere Gerichtsarzt, der gesuchte Sachverständige, ein Liebling der Partei und der Frauen. Jetzt erinnerte er sie an den Kukill, der sagte, seine Nächte seien lang und seine Träume selten schön. Und noch etwas anderes war da, das ihn umgab und das in seiner Haltung zu lesen war. Aber sie konnte es nicht ergründen, und nachdem er weggefahren war, wollte sie es auch nicht mehr. Sie zwang sich, nicht mehr an ihn zu denken, als sie sich hinter Ernsts Schreibtisch setzte. Dr. Kukill war einstweilen nebensächlich. Später, wenn der Selbstversuch gelungen war, mußte er die Revision des Verfahrens einleiten. Später – wenn alles gutging.

Ein Berg von Kladden, Berichten über Versuchsreihen und eigenen Experimenten bedeckte die Tischplatte. Sie schob das Papier achtlos beiseite und begann auf ein großes Blatt zu schreiben:

»Mein Liebster!

Es wird ein kurzer Brief sein, denn es ist möglich, daß er der letzte ist. Man soll beim Abschied nicht zu viele Worte sagen, sie machen das Weggehen nur noch schwerer, und, was beinahe schlimmer ist – sie drohen, den Mut wegzunehmen, das bißchen Mut, den ich habe, um das zu tun, wovor mir bangt. Aber nein, ich will nicht so schwarzsehen. Ich glaube, ich bin ein bißchen übermüdet, und wenn man müde ist, dann erscheint einem Notwendiges sinnlos, Schweres noch schwerer.

Unlängst habe ich mich dabei ertappt, eitel zu sein. Fast mit Stolz habe ich daran gedacht, daß es doch eine Menge ist, was ich tue. Für Dich tue. Das kann, so sagte ich mir befriedigt, nur eine Frau tun, die fähig ist, sehr stark zu lieben. Ich kam mir wie eine kleine Heldin vor. Oder eine große? Du siehst, Liebster, selbst in diesen Situationen kann man sich von gewissen Eigenschaften und Schwächen, die uns mit auf den Lebensweg gegeben wurden, nicht befreien. Dann, etwas später, fragte ich mich, wie oft wohl Menschen aus Eitelkeit – gut waren, um sich selbst sagen zu können oder es von anderen zu hören, sie wären gut gewesen oder hätten eine gute Tat vollbracht. Ich fragte mich, wieviel von Eitelkeit oder sogar Selbstsucht in Menschen steckt, die – nennen wir es so – eine Heldentat vollbracht haben, die nach außen hin als völlige Aufgabe ihrer selbst und die Negation des angeborenen, notwendigen Egoismus oder des Selbsterhaltungstriebes erscheint? Dies und jenes ging und geht mir durch den Kopf ... Aber ich sagte ja, ich will nicht einen sehr langen Brief schreiben. Nur das noch: Wie die Zeit auch sei, in der ich leben muß, wie schwer es auch manchmal oder fast immer ist, ich habe viele neue Ansichten gewonnen und viele Einblicke. Ich bin eine andere geworden, doch nicht in dem Sinn, wie man so leichthin sagt. Du bist nicht mehr die alte. Was ich früher ahnte, weiß ich heute, und ich ahne jetzt, was mir früher ein Buch mit sieben Siegeln war. Das nennt man wohl – Entwicklung.

Wenn ich mit diesem Brief fertig bin, werde ich das Experiment wagen. Oh, Liebster, ich habe Angst! Vielleicht wird dieser Brief doch nicht so kurz werden – denn jede Zeile, jedes Wort, das ich schreibe, ist ein kleiner Aufschub.

Das alles wirst Du wahrscheinlich nie erfahren. Zumindest wirst Du es nicht wissen, wenn der Versuch mißlingt. Wenn es schiefgehen sollte, werde ich nicht mehr sein, um es Dir zu erzählen. Aber auch wenn ich am Leben bleibe, so glaube ich nicht, daß Du je heimkommen würdest, denn dieser Krieg wird noch lange dauern, und er verschlingt Menschen wie eine ewig hungrige, riesenhafte Bestie – und sicher vor allem Menschen, die verurteilt sind, in Einheiten wie dem Strafbataillon zu leben. Wir werden dann zwei von den Millionen Opfern des Krieges sein, zwei Namenlose, deren Schicksal niemand aufrütteln wird, denn es wird untergehen in vielen, vielen anderen Schicksalen, die nicht minder schwer sind. Übrigbleiben wird der geschichtliche Begriff: Krieg. Übrigbleiben wird dieses schreckliche Wort, dessen Tragweite niemand ermessen kann, der nicht gerade zu der Zeit gelebt hatte, als er wütete, und alle anonymen, tausendfachen Schicksale werden in diesem Sammelbegriff verschwinden.

In wenigen Minuten ist es soweit. Und in zehn oder zwölf Stunden werde ich wissen, ob wir recht hatten mit unserem Aktinstoff, oder ob wir uns getäuscht haben. Ich verspreche Dir, tapfer zu sein ... ich werde es versuchen. Auf alle Fälle aber laß mich Abschied nehmen von Dir. Ich versuche zu lächeln, während ich das schreibe, nicht zu weinen. Ich versuche an die unzähligen schönen, glückhaften Stunden zu denken, die wir zusammen verlebt haben, und nicht an das Bittere, das danach kam. Wenn ich Lebewohl sage, dann will ich zugleich sagen: Ich habe ein erfülltes Leben hinter mir, obwohl es so kurz war.

Und ich will daran glauben, daß wir uns wiedersehen werden, daß wir beide jetzt nur durch eine tiefe, lange Nacht gehen, hinter der ein Morgen kommen muß. Ich küsse Dich in Gedanken, wie damals, als Du mir sagtest: Gott hat die Welt erschaffen, damit es auch dich gibt. Damals war ich Dir dankbar für diese Worte, aber nicht so wie heute. Heute würde ich auch Dir dasselbe sagen.

Deine Julia.«

Sie legte den Brief, ohne ihn noch einmal zu überlesen, zu den anderen nicht abgeschickten Briefen, klappte die Ledermappe zu, in der sie die Schreiben aufbewahrte, und steckte sie in einen Koffer, den sie sorgfältig verschloß. Dann ging sie ins Labor und trat zu einem hölzernen Ständer, auf dem zwei kleine Phiolen mit leicht trüber Flüssigkeit standen.

Ohne mit der Hand zu zittern, zog sie zwei Spritzen mit der Flüssigkeit auf. Ihre Bewegungen waren knapp und ruhig.

Es war 11.17 Uhr vormittags.

Sie klappte eine Kladde auf und trug die Zeit mit dem Datum als Kopf des Berichtes ein, den sie über sich selbst schreiben wollte.

Sie schrieb:

»11.19 Uhr. Erste Injektion mit 2 ccm Staphylokokkus aureus intramuskulär, in den musculus vastus lateralis.«

Sie hatte die Einstichstelle am Oberschenkel vorher mit Alkohol gereinigt. Hinterher mußte sie darüber lächeln. Wie selbstverständlich waren ihr die einzelnen Handgriffe geworden! Sie reinigte die Einstichstelle, in die sie Eiter injizieren wollte! Über diese Widersinnigkeit lächelte sie noch, als sie mit der dünnen Hohlnadel in den Muskel stach, die Flüssigkeit schnell in das Fleisch drückte und die Nadel wieder mit einem Ruck herauszog.

Die zweite Spritze injizierte sie sich in den Unterarm. Anschließend trug sie in die Kladde ein:

»11.22 Uhr: Injektion Nr. 2 in den musculus flexor digitorum profundus. Ich unterbreche hier den Versuch und warte die Wirkung ab.«

Sie stellte den Wecker auf 21.00 Uhr und legte sich auf das alte Ledersofa. Hier hatte Ernst oft gegen Morgen, erschöpft von der durchwachten Nacht, ein oder zwei Stunden geschlafen. Die Vorhänge vor den beiden Fenstern waren zugezogen, es herrschte eine fahle Dämmerung, in der alle Gegenstände um sie unwirklich wurden. Neben dem Sofa stand auf einem Tischchen das Telefon. Daneben lag ein Zettel mit den Rufnummern Dr. Wisseks in der Charité und in seiner Wohnung.

Sie hatte versucht, an alles zu denken, bevor sie mit dem Experiment begann. Ihre Notizen wiesen auch die geringste Einzelheit auf. Kühl und überlegt ordnete sie, was zu ordnen war, wie ein alter, müder und über seinen Tod hinaus korrekter Mann, der mit seinem Leben abschloß, weil er das nahende Ende fühlte. Sie hatte sogar einen Brief an Dr. Kukill geschrieben, der – ohne daß sie es wollte – mit den bitteren Worten begann: »Waren Sie als gerichtlicher Sachverständiger mehr Ihrem Gewissen oder auch Ihrer Einsicht gefolgt und nicht den Vorurteilen des sogenannten ›Gebotes der Stunde‹, dann wäre es nie so weit gekommen, daß Sie diesen Brief lesen müssen …«

Es war vollbracht. Ruhig, als habe sie eine leichte Dosis Schlafmittel genommen, lag sie auf dem alten Ledersofa. Ihr Gesicht war sehr bleich und ihre Augen geschlossen. Sie dachte an Ernst. Sie dachte an den grausamen russischen Winter, von dem sie so viel gehört hatte. Ob er wohl einen Mantel hatte? Ob er wohl ihr Päckchen bekommen hatte mit den dicken Wollhandschuhen, Socken und Schal und dem Kuchen und zwei Schachteln Zigaretten und anderen Kleinigkeiten? Ob er Filzstiefel besaß? Oder sogar Pelzstiefel? Es waren kleine, vorbeifließende, zärtliche Gedanken einer Frau, die sich Sorgen um ihren Mann machte, oder einer Mutter um ihren Sohn.

Am frühen Nachmittag – sie sah auf die Uhr: 14.16 – hörte sie, wie ein Wagen draußen vorfuhr. Am Motorengeräusch erkannte sie, daß es Dr. Kukills Auto war. Eine Weile war es still, dann gingen leise über den Kies knirschende Schritte um das Haus. Dann klingelte es an der Eingangstür zweimal – dreimal – fünfmal. Einen Augenblick lang mußte sie mit aller Macht gegen den Wunsch ankämpfen, aufzustehen, zur Tür zu laufen, aufzuschließen und ihm alles zu erzählen, um Hilfe zu bitten, bevor es zu spät war. Doch sie blieb liegen, preßte die Hände gegen die Ohren und drehte den Kopf zur Wand. Und wieder nach einer langen Weile hörte sie, nun kaum vernehmbar, den Motor des Wagens anspringen. Dann entfernte sich das Geräusch schnell und erstarb.

Dr. Kukill war wieder fortgefahren.

Die Ruhe des leeren Hauses, die Dämmerung des Labors schläferten Julia ein. Sie schreckte hoch, als neben ihrem Kopf das Telefon schrill klingelte. Aber sie hob den Hörer nicht ab. Es war sicher wieder Dr. Kukill, und sie wollte ihn nicht sprechen.

18.47 Uhr: Sie sah auf die Einstichstellen. Um die am Oberschenkel hatte sich ein kleiner roter Kreis gebildet. Am Unterarm zeigten sich keinerlei Symptome. Sie trug diese Beobachtungen gewissenhaft in die Kladde ein, maß ihre Temperatur und stellte am Oberschenkel eine leichte Druckempfindlichkeit fest.

Gegen 20.30 Uhr rief sie Dr. Wissek in der Charité an, noch bevor der Wecker zu klingeln begann, getrieben von einer starken Unruhe, der sie nicht Herr werden konnte und die ihr das Gefühl gab, als bekäme sie zuwenig Luft.

»Tag, Mädchen, wie geht's? Was kann ich für dich tun?« hörte sie die Stimme des Freundes wie durch das Rauschen einer Brandung. Sie fühlte ihre Stirn und zuckte zurück. Die Haut war glühend heiß und feucht.

»Und du, wie geht es dir?« fragte sie mit Mühe. »Hast du viel zu tun?«

»Wie immer. Der Operationssaal ist beinahe mein Schlafzimmer geworden.«

»Ich habe eine Bitte, Franzl ...«

»Schieß los. Schon erfüllt!«

»Ich brauche ein Bett.«

»Hier in der Charité? Ausgeschlossen! Aber Julchen – wie stellst du dir das vor?« versuchte Dr. Wissek seine schroffe Absage zu mildern. »Wir haben die Patienten schon im Luftschutzkeller übereinanderliegen. Hast du etwa auch – Privatpatienten?«

»Nein, ich brauche das Bett dringend, sonst würde ich nicht anrufen.«

»Um was handelt es sich denn?«

»Staphylokokkus aureus. Infektion. Unterarm und Oberschenkel«, sprach Julia langsam, schwer atmend.

»Schwer?«

»Ziemlich.«

»Also voraussichtlich Amputation. Wer ist es denn?«

»Ich«, sagte Julia.

Einen Augenblick war es auf der anderen Seite still. Dann kam aus dem Hörer ein zischendes Geräusch, als hätte der Mann am anderen Ende die Luft tief und krampfhaft eingeatmet, und dann hörte sie wieder seine Stimme, doch jetzt hoch, verändert, fassungslos: »Julia – Julia – was machst du, was ist geschehen?«

»Ich habe Ernsts Versuch wiederholt.« Julia zwang sich, ruhig und klar zu sprechen, obwohl das Zimmer um sie zu tanzen begann und sie sich wie betrunken fühlte. »Die einzige Möglichkeit ist ... mit Ernsts Aktinstoff ... Hör zu, Franzl: Du kannst mich jetzt abholen. Ich liege im Labor auf dem Sofa. Auf dem Tisch wirst du den Aktinstoff finden und die Gebrauchsanweisung.« Bei dem letzten Wort nahm sie dreimal Anlauf, bevor sie es mit der trockenen, wie Glaspapier rauhen Zunge bilden konnte. »Halt dich daran, sonst ist alles umsonst. Hast du mich verstanden?«

»Ja – aber ...«

»Ich kann jetzt nicht mehr weitersprechen. Mach's gut, Franzl, und ...« Sie wollte ›Auf Wiedersehen‹ sagen, aber sie brachte die Worte nicht sogleich heraus, und dann vergaß sie, was sie ihm sagen wollte. Mühselig legte sie den Hörer wieder auf und sank dann zurück. Es geht weiter, dachte sie sinnlos, immer weiter und hundert Millionen kleine Biester … eine Milliarde …

Oberfeldwebel Krüll schien an seinen Streifzügen durch die fertigen und halbfertigen Gräben Spaß gefunden zu haben. Die überraschten Gesichter der Männer, vor denen er plötzlich auftauchte, verschafften ihm eine tiefe Befriedigung, die größer war als seine Furcht vor russischem Artilleriefeuer. Zudem war es seit einigen Tagen an der Front merkwürdig still – eine Stille, die alte Soldaten nichts Gutes ahnen ließ –, und so erschien ihm das Risiko der Besichtigungen nicht allzu groß. Möglich auch, daß er sich nach seinem ersten Erlebnis im Graben selbst beweisen wollte, er wäre nach der Feuertaufe ein furchtloser Krieger geworden. Jedenfalls fuhr er eines Abends zum drittenmal zu den Gräben. Doch diesmal lief es nicht so glimpflich ab. Als der Bautrupp am Waldrand entlangfuhr, wurde er plötzlich von Partisanen beschossen. Es war kein starker Feuerüberfall, eigentlich kaum der Rede wert, und niemand hätte ein Wort darüber verloren – wenn nicht ausgerechnet Krüll etwas abbekommen hätte.

Auf dem Verbandsplatz in Barssdowka fiel Kronenberg aus allen Wolken, als sich die Tür der Scheune öffnete und Oberfeldwebel Krüll eintrat.

Kronenberg warf seine Verbände hin und schob sich zwischen den Betten auf den Gang, den Krüll entlangkam. Erst jetzt sah er, daß sich der Oberfeldwebel auf einen Stock stützte und anscheinend nur mühsam gehen konnte.

»Das ist doch nicht möglich …«

»Was denn, mein Sohn?«

»Sie – Sie sind doch nicht verwundet?«

»Wenn es Sie beruhigt – ja, mich hat's erwischt. Schuß in den Hintern!«

»Wo – wohin?« Kronenberg schluckte. Das war einer der schönsten Augenblicke seines Lebens. »Was haben Sie gesagt? In den ...?«

»So ist es – genau in die linke Backe. Ich habe sie eine Zehntelsekunde zu langsam herunterbekommen.«

»Und da machte es bumm?«

Krüll verzog den Mund. Er hatte offensichtlich Schmerzen, und es war ihm nicht mehr zum Scherzen zumute. »Kronenberg«, sagte er langsam, »wenn Sie, dämliche Mißgeburt, denken, mit mir einen Zirkus zu veranstalten, dann haben Sie sich schwer getäuscht! Welches Bett?«

»Über die Einweisung ins Lazarett entscheidet der Herr Stabsarzt. Ob Sie ein Bett bekommen, Herr Oberfeldwebel, hängt davon ab, wie groß das Loch da hinten ist ... Vielleicht genügt ambulante Behandlung. Es wäre nicht das erstemal.« Kronenberg ging um Krüll herum. »Man sieht ja gar nichts ...!«

»Als anständiger Mensch habe ich die Hosen gewechselt.«

»Wieder einmal – nach einem Jahr!« schrie einer aus der Tiefe der Scheune. Brüllendes Gelächter folgte. Kronenberg grinste diskret.

»Sie dürfen nicht auf sie hören, Herr Oberfeldwebel«, sagte er wie entschuldigend. »Sie wissen ja – jede Abwechslung ...«

»Idioten!« schrie Krüll laut und verächtlich.

In der Tür erschien Dr. Hansen. Er trug einen weißen Chirurgenkittel und eine lange, blutbespritzte Gummischürze. Krüll meldete sich, immer noch stramm. Blaß, sichtlich von Schmerzen gepeinigt, aber mit Haltung den Spott um sich herum schluckend, stand er zwischen den grinsenden Gesichtern. Dr. Hansen empfand fast Mitleid mit ihm. Er legte ihm die Hand auf die Schulter.

»Kommen Sie mit, Oberfeldwebel, ich werde Sie untersuchen. Schon eine Tetanusspritze bekommen?«

»Jawohl, von Sanitäter Deutschmann.«

Krüll dachte an diese Situation nicht gern zurück. Nachdem ihn Wiedeck und Hefe nach dem Feuerüberfall in den

Schlitten geschleift und nach Gorki gebracht hatten, setzte sich Deutschmann neben ihn und begann Mullbinden zu zählen.

»Nur noch 17 Stück«, sagte er bedauernd. »Herr Oberfeldwebel haben von Verschwendung gesprochen, als ich Schütze Siemsburg mit vier Binden verband. Bei Ihnen muß es jetzt wohl mit zwei gehen ...«

»Machen Sie keinen Quatsch, Deutschmann!« stöhnte Krüll. Die Wunde brannte. Sein linkes Bein war gefühllos. Ich sterbe langsam ab, dachte er entsetzt.

»Zuerst die Spritze!« Deutschmann schnitt ihm die Hose auf. Als er die blutverkrusteten Fetzen der Unterhose mit einem Ruck von dem Einschuß riß, schrie Krüll auf. Es war nicht sehr viel zu sehen. Eine einfache Fleischwunde: Die kleinkalibrige Kugel einer Maschinenpistole hatte den Muskel nicht tief unter der Haut glatt durchschlagen.

»Oh, oh, oh – der halbe Hintern ist weg!« sagte Deutschmann voll spöttischen Mitleids.

»Halten Sie den Mund und geben Sie die Spritze!«

»Sofort!« Deutschmann holte die Spritze, suchte eine besonders stumpfe Nadel aus, die er eigentlich schon zurückgeben wollte, zog aus der Ampulle das Serum und klopfte Krüll väterlich auf das nackte Gesäß. »Nur ein bißchen Geduld – jetzt macht der Onkel Doktor pik, und dann ist alles vorbei!«

»Ich – jei!« schrie Krüll hell auf. Deutschmann hatte die Nadel langsamer als erlaubt in das Fleisch hineingedrückt und drückte nun das Serum nicht minder langsam in den Muskel. Als er die Nadel wieder herauszog, konnte er dem tiefen Wunsch, noch einmal anzufangen, kaum widerstehen.

»Fertig?« stöhnte Krüll.

»Aber nein, ich muß die Wunde noch säubern und verbinden.«

»Macht man das nicht hinten?«

»Ab und zu kann man's auch hier machen. Sie wissen ja, ich bin immerhin ein Gelernter.«

»Machen Sie's mit – Betäubung?«

»Aber, aber! Bei Ihnen doch nicht. Sie sind doch nicht wehleidig, oder?«

»Und dann?«

»Mal sehen, was der Herr Oberleutnant sagt.«

»Wann bringen Sie mich zurück nach Barssdowka?«

»Ich glaube nicht, daß dies so dringend notwendig ist. Dort kommen nur schwere Fälle hin, wissen Sie, Sie haben das ja selbst befürwortet ...«

»Aber Sie sagten doch ... es ist eine große Wunde ... das kann Gasbrand geben ...«

»Und dann eine große Narbe. Sie sind doch keine Schönheitstänzerin, Herr Oberfeldwebel, da macht es ja nichts.«

Das Verbinden war für Krüll nicht weniger schmerzhaft als die Tetanusspritze. So hatte er mit zusammengebissenen Zähnen beschlossen, sich an Deutschmann bei erster sich bietender Gelegenheit zu rächen. Nachts wurde er dann nach Barssdowka gebracht. Die ganze dienstfreie Kompanie war versammelt, als er zu dem Schlitten humpelte und mit schmerzhaft verzogenem Gesicht hinaufkletterte. Als er abfuhr, sangen einige Stimmen: »Muß i denn, muß i denn, zum Städtele hinaus ...« Krüll verkroch sich in seinen dicken Pelz. Er hätte vor Wut weinen können, vor Wut und vor der plötzlichen Erkenntnis, daß er ganz allein war, daß alle gegen ihn standen und sicherlich wünschten, seine Verwundung wäre viel schwerer – oder sogar tödlich gewesen ...

Gegen 23 Uhr erschien Dr. Kukill wieder vor der Villa Dr. Deutschmanns in Dahlem. Seitdem er einige Male versucht hatte, Julia telefonisch zu erreichen, konnte er es nicht mehr aushalten. Einige Sätze und hingeworfene Worte Julias fielen ihm wieder ein, Worte, die er damals, als sie gesprochen wurden, nicht besonders ernstgenommen hatte, die aber jetzt einen unheimlichen, bedeutungsschweren Sinn erhielten:

»Von meinem Selbstversuch wird niemand etwas erfahren, bis es soweit ist«, sagte Julia einmal.

Oder: »Auch Sie werden mich nicht zurückhalten können.« Oder: »Ich werde allen beweisen, daß man Ernst unrecht getan hatte.«

Diesmal begnügte sich Dr. Kukill jedoch nicht damit, um das Haus herumzugehen und in die Fenster zu sehen, ob er irgendwo einen Lichtschein bemerkte, das Bewegen einer Gardine, ein Geräusch wahrnahm, das ihm verraten würde, daß Julia zu Hause war. Er rannte sogleich auf die Rückseite des Hauses, klopfte einige Male gegen die Küchentür und drückte schließlich das Fenster ein.

Die Küche war peinlich genau aufgeräumt. Nur auf dem Herd stand ein Topf voll Bohnensuppe.

»Julia!« rief Dr. Kukill. »Julia – wo sind Sie? Warum verstecken Sie sich vor mir?«

Keine Antwort. Seine Stimme hallte durch das stille Haus, und Dr. Kukill wußte plötzlich, daß er umsonst rief. Das Haus war leer. Er rannte weiter – durch die Diele – in das Wohnzimmer – in das Arbeitszimmer.

Als er die schwere Tür des Labors aufriß, blieb er wie festgenagelt stehen. In dem großen, sorgfältig verdunkelten Raum brannten alle Lampen. Auf dem Ledersofa in der Ecke lag eine zusammengeknüllte Decke. Das Telefon stand auf einem Beistelltisch neben dem Sofa und neben dem Telefon ein weißes Viereck: ein Brief.

Langsam, wie unter einem Zwang ging er hin. Der Brief war an ihn adressiert. Sein Blick blieb an einem Zettel hängen, der halb unter das Telefon geschoben war: Dr. Franz Wissek, Charité, und dann die Nummer. Ohne den Blick von dem Zettel zu lösen, riß er das Kuvert auf.

Dann las er:

»Wären Sie als gerichtlicher Sachverständiger mehr Ihrem Gewissen oder auch Ihrer Einsicht gefolgt und nicht den Vorurteilen des sogenannten ›Gebotes der Stunde‹, dann wäre es nie soweit gekommen, daß Sie diesen Brief lesen müssen.

Ich werde den Selbstversuch unternehmen. Und wenn

Sie diese Zeilen lesen, werde ich entweder nicht mehr am Leben sein oder – den Beweis erbracht haben, daß die Verurteilung meines Mannes ein Irrtum war.

Vermuten Sie in mir keine Heldin. Ich habe entsetzliche Angst. Aber es ist der einzige Weg, Ernst zu rehabilitieren und das Werk fortzusetzen, von dem er überzeugt war und an das auch ich glaube ...«

Er zwang sich, den Brief Zeile für Zeile, Wort für Wort durchzulesen. Und gerade weil Julia nicht anklagte, sondern kühl und sachlich mitteilte, empfand er seine Schuld um so tiefer. Es stimmte genau, was Julia im ersten Satz schrieb. Doch – wo war sie jetzt?

Vielleicht half ihm der Zettel mit der Telefonnummer weiter? Charité – natürlich! Sie wird dort irgend jemanden, nein – diesen Dr. Wissek angerufen haben ... sicher war sie jetzt dort ...

Es war, als hätte eine Welle fieberhaften Lebens Dr. Kukill erfaßt und ihn emporgehoben. Seine Hände zitterten, als er den Telefonhörer von der Gabel riß und die Nummer wählte, die auf dem Zettel angegeben war.

Es dauerte eine ganze Weile, bis er die Verbindung bekam.

Kukill trommelte mit den Fingern nervös auf die Tischplatte, und dann hörte er Schritte, die näher kamen, und eine männliche Stimme:

»Dr. Wissek.«

»Ist Julia – Frau Julia Deutschmann bei Ihnen?« Dr. Kukill zwang sich mit aller Macht zur Ruhe.

»Wer spricht dort?«

»Kukill – Dr. Kukill –, antworten Sie mir, Mann! Ist Frau Julia bei Ihnen?«

»Ja. Warum wollen Sie denn das wissen?«

»Herrgott – fragen Sie nicht – was ist los?«

»Es sieht schlecht aus ... eine allgemeine Infektion ...«

»Schlecht?«

»Sehr.«

Es war Dr. Wissek, als höre er ein leises, unterdrücktes Schluchzen. Aber das war völlig unmöglich, er mußte sich getäuscht haben. Der junge Arzt kannte Dr. Kukill – wer kannte ihn nicht? –, und es schien ihm unvorstellbar, daß Dr. Kukill weinen könnte. Es war völlig absurd, und doch ...

»Ich komme sofort!« hörte Dr. Wissek nach einer Weile Kukill sagen. Und dann, wie der Hörer am anderen Ende aufgelegt wurde. Einige Sekunden stand er noch ratlos da, schüttelte den Kopf, legte selbst auf und sagte zur Telefonistin: »Wenn mich nicht alles täuscht, hat es jetzt jemanden schwer erwischt!«

In einem abseits liegenden kleinen Zimmer lag Julia und rang mit dem Tode. Verzweifelt und hilflos standen die Ärzte um ihr Bett und sahen zu, wie Professor Dr. Burger, den Dr. Wissek aus dem Bett geholt hatte, die dritte Injektion mit dem von Dr. Deutschmann entwickelten Aktinstoff machte. Er injizierte das Serum in die Armvene, damit es schneller wirken sollte.

Julia lag im Koma. Ihre Haut war fahl, blaß, mit kaltem Schweiß überzogen, ihre Fingerkuppen waren weißlich, und die Nase stach erschreckend hart aus dem verfallenen Gesicht.

»Ich weiß nicht, ob es viel Sinn hat«, sagte Professor Dr. Burger, als er die Spritze leer gedrückt hatte. »Bei einer solch irrsinnigen Infektion versagen alle konventionellen Mittel. Und an diesen Aktinstoff glaube ich nicht. Ich habe mir abgewöhnt, an Märchen zu glauben.«

Dr. Wissek nickte. Dann sagte er unvermittelt: »Dr. Kukill hat angerufen, daß er hierherkommen will.«

»Was will denn der hier?« Professor Burger sah überrascht auf. Seine hellen Augen im faltigen Gesicht unter dem schlohweißen Haar waren müde.

Dr. Wissek erwiderte: »Er war sehr aufgeregt ...«

»Ach so, ach so. Nun – das kann ich mir ja denken ... schließlich hat er ja ... Sie kennen doch die Geschichte?«

»Es war eine Schweinerei«, sagte Dr. Wissek hart.

Professor Burger antwortete nicht. Er schob Julias Lider hoch und sah auf die Augäpfel. Sie waren starr, gläsern.

»Hat sie Cardiazol bekommen?«

»Ja.«

Der Professor stand auf. »Sie sind ja hier, bleiben Sie bei ihr. Wenn irgend etwas geschehen sollte, rufen Sie mich.«

Dr. Wissek nickte. Er konnte jetzt nichts sagen. In seinem Hals saß ein Kloß, er fürchtete sich, zu sprechen.

»Ich möchte nicht diesen – diesen Kukill sehen«, sagte Professor Burger und ging dann wortlos hinaus.

Dr. Wissek zog einen Stuhl zum Bett und setzte sich hin. Seine straffe, jugendliche Gestalt sank in sich zusammen. Er hatte den ganzen Tag gearbeitet. Mechanisch griff er nach Julias Arm und fühlte den Puls.

So fand ihn Dr. Kukill.

Es war ein anderer Dr. Kukill, dieser Mann, der ins Zimmer gestürmt kam, mit wirren Haaren, ohne Mantel, mit einem heruntergerutschten Schlips und schweißnassem Gesicht, als derjenige, den Dr. Wissek in Erinnerung hatte: von einigen Gesellschaften her, Empfängen, zuletzt vom Prozeß gegen Ernst. Er war um Jahre gealtert, und seine kühle und spöttische Selbstsicherheit schienen verpufft. Ohne sich um Wissek zu kümmern, kniete er vor Julias Bett nieder.

»Warum hat sie das bloß getan?« fragte er heiser, und Dr. Wissek hatte den Eindruck, daß er ihn nicht fragte, sondern sich selbst oder einfach fragte, wie schon so viele vor ihm, denen gesagt werden mußte, daß ein Mensch, den sie liebten, gestorben sei: Warum? Warum mußte das geschehen?

»Guten Abend, Kollege Kukill«, sagte Dr. Wissek leise. In seiner Stimme schwang bitterer Sarkasmus.

»Was?« Kukill sah verständnislos zu ihm auf und blickte dann wieder auf Julia. »Wieviel Aktinstoff haben Sie injiziert?«

»Zweimal 5 ccm.«

»Mein Gott – ist das nicht zuviel?«

»Was kann hier noch passieren?« sagte Dr. Wissek.

»Und sonst? Haben Sie sonst nichts unternommen? Sulfonamide?«

»Wir haben alles getan.«

Dr. Kukill prüfte Julias Puls, zog – genauso wie Professor Burger vor ihm – ihre Lider hoch, blieb noch eine Weile knien, stand dann langsam, sich auf das Bett stützend, auf. »Und Sie meinen?« fragte er dann, ohne den Blick von Julias Gesicht zu wenden. Er erwartete keine Antwort, denn er wußte selbst: Hier schien nichts mehr zu helfen. Dann drehte er sich um und ging langsam hinaus, als ob er sich zu jedem Schritt zwingen mußte.

Dr. Wissek sah hinter ihm her und fühlte jetzt keinen Zorn mehr gegen diesen Mann.

In Barssdowka war der Teufel los.

Nicht allein, daß Oberfeldwebel Krüll mit seinem Hinternschuß Mittelpunkt des Feldlazaretts wurde, mit Kronenberg erregte Diskussionen beim Verbandwechseln führte und sich auch sonst bemerkbar machte, auch Schwanecke sorgte für Abwechslung.

Das zweite und das dritte Verhör durch Oberleutnant Obermeier waren genauso ergebnislos verlaufen wie das erste. Schwanecke leugnete, irgend etwas mit Beverns Tod zu tun zu haben. Er machte es sehr geschickt und überzeugte Obermeier beinahe, daß alle Verdächtigungen gegen ihn gegenstandslos seien. So sagte er zum Beispiel: »Klar, ich hab' manchmal daran gedacht, den Herrn Oberleutnant … Sie verstehen schon. Aber welcher Rekrut tut das nicht? Und sagen Sie mir, Herr Oberleutnant, welcher Landser hat solche Gedanken nicht, wenn ein Vorgesetzter … na ja, Sie wissen schon! Aber das zu tun? Um Gottes willen! Und Sie sagen selbst, das Ganze soll sehr gut vorbereitet gewesen sein. Ach, du liebe Zeit, und wann hätt' ich die Zeit, das vorzubereiten? Zuerst lag ich hier im Lazarett, und dann mußte ich Wache schieben … wie sollte ich wissen, wann Herr Oberleutnant zur Inspektion und daß er ausgerechnet zu mir kommen würde? Es war genau, wie ich es erzählt habe. Ich sagte: ›Da drüben sind Scharfschützen, da muß man aufpassen!‹ Und der Herr Oberleutnant sagte: ›Haben Sie etwa Angst, Sie Scheißkerl?‹ Und guckte rüber, und da hat's schon geknallt. Genauso war's!«

Obermeier gab das Protokoll der Verhöre mit dem Bericht Dr. Hansens an Hauptmann Barth weiter und sprach selbst mit ihm über das Telefon, das ausnahmsweise einmal intakt war.

»Es sind doch alles Vermutungen …«, sagte Barth. »Sie können dem Kerl ja nichts beweisen. Niemand hat irgend etwas gesehen …«

»Was soll ich mit ihm machen? Festsetzen?«

»Nein, warum?«

»Er könnte immerhin …«

»Sie meinen – fliehen? Wohin soll er gehen? Zu den Partisanen? Er weiß ganz genau, daß die keine Gefangenen machen. Und über die HKL wird er kaum kommen. Nein, nein, halten Sie ihn in greifbarer Nähe. Irgendwo beim Stab, er ist ja recht brauchbar. Und lassen Sie ihn nicht fühlen, daß Sie weiterhin Verdacht gegen ihn haben, damit er nicht kopfscheu wird. Ach – was ich noch fragen wollte … warum bemühen Sie sich eigentlich so sehr um die Aufklärung des angeblichen Mordes? Wenn ich mich nicht irre, mochten Sie Bevern nie so recht.«

»Es geht ums Prinzip, Herr Hauptmann.«

»Mein lieber Junge, Sie werden an einem Ihrer Prinzipien noch einmal ersticken. Lassen Sie sich das gesagt sein von einem, der es wissen muß …«

So kam es, daß Schwanecke in Barssdowka blieb und beim Stab Dienst machte. Doch allen, die ihn von früher her kannten, fiel sein verändertes Wesen auf. Er war noch mürrischer und verschlossener geworden, und seine Antworten auf neugierige Fragen bestanden meist aus Flüchen. Er schien keine Ruhe zu finden und gönnte sich kaum Schlaf. Wie ein gefangenes Raubtier strich er, wenn er nur konnte, um Barssdowka herum. Er wanderte ruhelos durch den Schnee, die Straße nach Babinitschi hinab, die Straße nach Gorki oder nach Orscha …

Er suchte Tartuchin.

Über Bevern machte er sich keine Gedanken. Die Sache

war für ihn erledigt. Für ihn – aber nicht für die anderen. Und er wußte nicht, daß zwischen Orscha und dem Stammlager in Posen, zwischen Posen und Frankfurt/Oder und wieder zurück Schriftstücke, Meldungen und Telefongespräche gewechselt wurden, die sich mit ihm befaßten, mit ihm und Oberleutnant Bevern. Man hatte zwar keine Beweise für Schwaneckes Schuld, aber man kannte sein Vorleben. Und selbst wenn sein Vorleben weiß wie neugefallener Schnee gewesen wäre, so war er verdächtig. Und verdächtig sein konnte zu jener Zeit nicht nur den Soldaten eines Bewährungsbataillons den Kopf kosten.

Für Deutschmann kam wieder der Tag, an dem er von Stabsarzt Dr. Bergen nach Orscha geschickt wurde.

»Sie kennen ja diesen Apotheker«, sagte der Arzt, als er Deutschmann eine lange Liste in die Hand drückte. »Wenn Sie nur ein Viertel von diesem Zeug mitbringen, das ich hier aufgeschrieben habe, dann sind wir glücklich.«

Je näher der Schlitten Orscha und dem Dnjepr kam, um so unruhiger wurde Deutschmann. Er wußte, daß er Zeit genug haben würde, Tanja wiederzusehen. Er würde sie im Schlaf überraschen, wie das letztemal … er würde neben ihrem Lager knien und ihren Kopf zwischen seine Hände nehmen, und dann würde er wieder jenseits der Vergangenheit und der Gegenwart sein, auch jenseits jeglicher Erinnerung: An Julia, an Berlin, an Dr. Ernst Deutschmann aus Dahlem, an das Leben, aus dem man ihn herausgerissen hatte. Er würde weiter nichts sein als der Landser Deutschmann, ein Schütze der 2. Kompanie des Strafbataillons, der Hilfssani, der Verbände, Morphium, Cardiazol, Tetanusserum und Evipan holen mußte. Weiter nichts: Eine Nummer in einer Wehrstammrolle, ein Name wie alle anderen Namen. Und: Ein glücklicher Mann. Ein Mann ohne Reue und ohne Gewissensbisse und in den Augenblicken des Vergessens ohne den Gedanken, daß er Verrat an einer anderen Frau übte – einer Frau, die so weit weg von seinem jetzigen Leben war, so unerreichbar, daß sie ihm wie ein schönes Bild erschien, das er einmal vor langer Zeit betrachtete, bewundert und besessen hatte.

An der hölzernen Dnjeprbrücke kontrollierten Feldgendarmen die Urlaubsscheine und Marschbefehle.

Während die Gespräche und die vielfältigen Geräusche an seine Ohren plätscherten, sah Deutschmann hinab auf die kleine Hütte am Dnjeprufer. Dort hatte sich nichts verändert. Die Holzstapel waren noch da, die Stalltür hing schief in ihrer Angel, ein schmaler schmutzig-weißer Pfad zog sich durch den Schnee zur verschlossenen Bohlentür …

Die Ausgabe des Sanitätsmaterials ging schneller vonstatten als das letztemal. Der Apotheker war nicht da, und ein stiller freundlicher Sanitäter holte zusammen, was Deutschmann verlangte. Er bekam zwar nicht alles, aber es war mehr als ein Viertel … Er konnte sich das zufriedene Gesicht Dr. Bergens genau vorstellen. Doch alles dies, die Stadt, die von Soldaten wimmelte, der freundliche, hilfsbereite Sanitäter, seine eigene Zufriedenheit über den gut erfüllten Auftrag, all dies berührte ihn nicht, als ginge es ihn nichts an. Alle seine Gedanken und sein Sehnen waren in der kleinen Hütte am Dnjepr.

Die Nacht war sehr dunkel. Deutschmann tastete sich den Hang hinunter und öffnete leise die Tür zu Tanjas Kate, nur so weit, daß er hineinschlüpfen konnte.

Als er in der warmen Dunkelheit des Raumes stand, war es ihm, als habe er eine neue Welt betreten, die allein ihm gehörte, eine Welt ohne Krüll, ohne Schwanecke, ohne Obermeier, ohne Dr. Bergen, ohne Krieg … Es war seine Welt, und sie war zugleich sein Traum und sein Vergessen.

»Es wird kein Ende nehmen …«, sagte Tanja gegen Morgen.

»Was?«

»Das Glück.«

»Wir müssen daran glauben. Dann wird es vielleicht bleiben.«

»Es ist schwer, immer zu glauben.«

»Dann kannst du es nicht zurückhalten, Tanja.«

»Ich würde sterben, Michael. Aber trotzdem – nur der Tod kann mein Glück beenden.«

»Es ist Krieg, Tanjascha.«

»Kann man den Krieg nicht besiegen – durch Liebe?«

»Nicht wir beide allein. Ich fürchte ...«

»Was?« Sie hob den Kopf ein wenig und blickte ihn an. Er starrte gegen die Decke. Sein Gesicht war kantig, schmal, fremd. »Du darfst nicht wieder weggehen, Michael«, sagte sie beschwörend, »du darfst nicht!«

»Ich werde es wohl müssen.«

»Wann?«

»Wie kann ich das wissen? Das weiß nur Gott allein.«

»Glaubst du an Gott?«

»Ja. Und du?«

»Ich bin bei den Komsomolzen groß geworden, verstehst du? Ich habe gelernt, daß es keinen Gott gibt, nur Stalin und Lenin, die Partei und den Sozialismus. Meine Mutter ... ich kann mich erinnern, sie sprach oft von Gott. Meine gute, arme Mamuschka, sie ist gestorben, als ich noch ein ganz kleines Mädchen war.«

»Und dein Vater?«

»Er wurde verschleppt. Ich weiß nicht, wohin, ich habe nie mehr von ihm gehört. Und ich kam in ein Komsomolzenheim.« Jetzt sah sie gegen das verhangene, gegen die Kälte mit Papier an den Seiten verklebte Fenster. Der Morgen dämmerte ... der schreckliche Morgen mit dem letzten Kuß und mit dem schrecklichen Wort ›Auf Wiedersehen‹.

»Woran denkst du?« fragte er und zog ihren Kopf wieder zu sich herab.

»Warum bleibst du nicht bei mir?«

»Ich kann nicht.«

Vor der Hütte, am Ufer des Dnjeprs, fingen Motoren an zu dröhnen. Über die Holzbrücke polterten die Lastwagen des Nachschubs. Stimmen schrien dünn und kaum hörbar durch den eisigen Morgen. Weiter oben zerbarst das Eis unter den Sprengladungen der Pioniere. Als Deutschmann aufstehen wollte, hielt sie ihn fest. Sie klammerte sich an ihn wie eine Ertrinkende.

»Bleib! Nur noch eine Stunde, eine einzige Stunde!«

»Es geht nicht. Ich muß weg.«

»Ich sehe dich nie wieder!« schrie sie grell. »Ich weiß es, ich weiß es ganz genau. Du bist gekommen, und du warst hier. Jetzt gehst du und wirst nie mehr wiederkommen. Ich liebe dich ... Du darfst nie gehen, du darfst nicht!«

Er nahm den Krug mit Krimwein, den Tanja am Abend, als er gekommen war, aus einem Versteck geholt hatte, und trank einen langen Schluck.

»Ich töte dich, wenn du gehst«, sagte Tanja leise.

Deutschmann schwieg.

»Du bleibst hier, Michael!« sagte sie, noch leiser geworden, während sie zum Ofen ging.

Er schüttelte den Kopf. »Sei doch vernünftig, Tanja. Wir müssen vernünftig sein.«

»Die Welt ist verrückt, sie zerreißt sich, geht unter, und du sagst – vernünftig sein! Immer – vernünftig. Du – Deutscher! Bleib doch hier. Du kannst später bei uns leben, ich werde dich jetzt verstecken, und wenn ihr ... wenn es keine deutschen Soldaten mehr hier gibt, werde ich hintreten und sagen: ›Das ist Michael, Michael, den ich liebe.‹ Bleib hier!«

»Und deine Leute werden uns an die Wand stellen und erschießen, was?«

»Michael!«

Deutschmann sah zu ihr und erschrak. Sie hatte eine russische Pistole in der Hand und zielte auf ihn.

»Mach keine Dummheiten«, sagte er dumpf und fast ein wenig überdrüssig.

»Ich töte dich, wenn du gehst!«

Er sah sie an und bemerkte in ihren Augen einen erschreckenden, kalten Funken, der ihren Willen, das Angedrohte auch wirklich zu tun, auszudrücken schien. Er beugte sich vor, als wollte er nach dem Stiefel greifen und stürzte sich dann überraschend auf sie, drückte sie gegen die Wand und preßte die Knöchel ihrer Hand, daß sie aufschrie und die Pistole zur Erde fallen ließ. Er trat die Waffe gegen die Tür und versuchte, sich gegen ihre Hände und Arme, die nach ihm schlugen, zu wehren.

»Hund«, schrie sie und hieb mit ihren Fäusten in sein Gesicht. »Oh – du Hund, du Hund …! Ich hasse dich! Ich hasse dich, ich will dich töten … töten!«

Doch plötzlich sank sie weinend in sich zusammen. »Bitte laß mich!« bat sie und warf sich auf das Bett. Deutschmann wußte nicht, was er tun sollte. Alles Trösten war hier umsonst. So stand er noch eine Weile da, trat dann zu ihr, strich ihr hilflos über die Schulter und ging. Bevor er die Hütte verließ, hob er die Pistole auf und legte sie auf den Tisch.

»Tanja!«

Sie antwortete nicht. Sie lag auf dem Bett, und ihr ganzer Körper zitterte. Aber sie weinte nicht mehr laut.

»Tanja!«

»Geh!« sagte sie müde.

»Du sollst wissen, daß … ich liebe dich, du hast mir eine neue Welt gezeigt … ich werde dich nie vergessen …«

»Geh!«

»Ja, ich gehe schon. Und versteck das«, sagte er und sah auf die Pistole. »Wenn sie dich damit erwischen, dann erschießen sie dich.«

Sie antwortete nicht, und er wandte sich ab und verließ die Hütte. Die Tür zog er hinter sich zu wie einen Vorhang nach einem Stück, das man nur einmal spielen konnte; er würde es nie wieder sehen auf der Bühne des Lebens.

In der kleinen Hütte am Dnjeprufer lag Tanja wie ausgebrannt auf den Decken und vergrub ihr Gesicht in den Kissen – dorthin, wo sich noch die kleine Mulde von Deutschmanns Kopf abzeichnete.

»Michael«, wimmerte sie, »oh, Michael … ich liebe dich … ich hasse alle – alle …«

Berlin:

Draußen schneite es. Dicke, nasse Schneeflocken fielen aus dem dunklen Himmel und zerschmolzen auf den Steinen der Terrasse. Dr. Kukill stand am Fenster und starrte in den trostlos aussehenden, kahlen Garten, der in der langen grauen Morgendämmerung versank. Sein Raubvogelgesicht war bleich, eingefallen und ruhig. Seine Augen waren weit offen, aber sie sahen nicht in den Garten. Abwesend, seltsam leblos starrten sie vor sich hin, als konzentrierte sich der Mann auf einen unsichtbaren Punkt. Schließlich drehte er sich um, zog die schweren Vorhänge zu, ging fröstelnd zu seinem Schreibtisch, setzte sich und fing zu schreiben an:

»Sehr geehrter Herr Kollege Dr. Deutschmann!

Wenn Sie dieses Schreiben erhalten, ist es aller Wahrscheinlichkeit nach bereits zu spät. In Erfüllung einer Liebe, vor der man sich nur in Ehrfurcht beugen kann und die einem Menschen wie mir unverständlich und unfaßbar ist und, ich fürchte, auch bleiben wird, hat Ihre Frau Julia an sich selbst den Versuch wiederholt, dessentwegen man Sie als Selbstverstümmler verurteilt hatte. Sie wollte beweisen, daß Sie recht gehabt hatten und daß Ihr eigener Versuch nur mißlungen war, weil Ihr Gegenserum zu schwach wirkte. Allem Anschein nach hat sie sich mit einer zu großen Dosis des Staphylokokkus aureus infiziert; Professor Dr. Burger, Dr. Wissek und auch ich sind der Meinung, daß es für sie keine Rettung mehr gibt.

Damals, bei meinem Gerichtsgutachten, habe ich nach dem Stand der heutigen Medizin geurteilt und mich nicht auf das spekulative Gebiet der Möglichkeiten gewagt, weil das, was Sie an sich versuchten und was Ihre Frau gegen meinen Rat und trotz meines Widerstandes wiederholte, so fantastisch war, so unglaubwürdig, daß der nüchterne Verstand sich sträubte, es einzusehen. Jetzt allerdings ist mir klar, daß ich mich geirrt habe. Wir hatten Nachrichten aus England, nach denen es den dortigen Wissenschaftlern bereits gelungen ist, das zu vollbringen, was Sie versucht hatten. Aber das ist ja jetzt in dieser Stunde unwichtig. Ich weiß, wie schrecklich Sie diese Nachricht über Julia treffen muß, noch viel mehr, wo Sie selbst nichts tun können.

Glauben Sie mir, ich empfinde mit Ihnen, ich weiß, was Sie mit ihr verlieren, denn auch ich – ich gestehe es – habe sie sehr achten und verehren gelernt.

Jetzt, da ihr Leben an ihrer großen Liebe zerbrochen ist, verspreche ich Ihnen, alles zu tun, was in meiner Macht steht, um Sie aus dem Strafbataillon herauszuholen. Ich weiß, daß Ihre Arbeit Ihr einziger Trost sein wird, und ich werde Sie dabei mit allen meinen Kräften unterstützen. Sie werden in ein paar Tagen von mir hören; ich bin überzeugt, daß es nicht allzulange dauern wird, bis Sie wieder in Berlin eintreffen.

Ich gebe meinen Irrtum zu. Wie glücklich wäre ich doch, wenn dies auch Ihre Frau retten könnte!

Ich stehe immer in Ihrer Schuld.

Dr. A. Kukill«

Den Brief legte er sofort in den Umschlag, schrieb die Adresse und versiegelte ihn. Dann stand er auf, blieb einige Augenblicke nachdenklich stehen und ging dann hinaus.

Noch am selben Vormittag trug er das Schreiben zum OKW in der Bendlerstraße. Seine weiten Verbindungen bewährten sich auch diesmal: Der Brief ging als wichtige Dienstsache in Richtung Orscha.

Gegen Mittag rief Dr. Kukill wieder in der Charité an. Noch bleicher als zuvor und mit versteinertem Gesicht verlangte er Professor Dr. Burger.

»Wie geht es Julia?« fragte er knapp, ohne Umschweife.

»Ist Dr. Kukill dort?«

»Ja. Wie geht es Julia Deutschmann? Ist der Exitus …«

»Nein, nein. Warten Sie, ich gebe Ihnen Dr. Wissek, er hat die ganze Nacht bei ihr gewacht.«

Dr. Kukill wartete. Und dann, nach endlos erscheinenden Minuten, meldete sich die müde, übernächtigte Stimme Dr. Wisseks.

»Wie geht es ihr?« fragte Kukill wieder.

»Etwas besser. Puls nicht mehr so flach. Die Atmung ist kräftiger. Wir geben Sauerstoff. Aber immer noch tiefes Koma …«

»Atmung kräftiger?« Kukill mußte sich auf den Tisch aufstützen. Er fühlte plötzlich eine flaue Schwäche von seinen Beinen empor über den Körper kriechen. »Kräftiger«, wiederholte er, »es geht ihr besser?« Das letzte schrie er fast.

»Es läßt sich noch nichts Bestimmtes sagen. Aber es scheint, daß dieser Aktinstoff zu wirken begonnen hat. Wir haben noch einmal 5 ccm gespritzt ...«

»So viel?«

»Wir müssen alles versuchen ... «

»Ja, natürlich, natürlich ... wir müssen alles versuchen ... Warten Sie, ich komme hin, mein Gott, vielleicht ...«, stotterte Dr. Kukill sinnlos, legte den Hörer wieder auf und fuhr sich mit beiden Händen über das naß gewordene Gesicht. »Vielleicht«, murmelte er, »Julia ... wenn das stimmt ... ich hol' ihn heraus, wenn das ... wenn das nur stimmt!«

Er hatte schon den Mantel angezogen, als ihm der Brief an Deutschmann einfiel. Für einen Moment blieb er unschlüssig – die Hand auf der Türklinke – stehen, überlegte – dann ging er mit großen Schritten zum Telefon und ließ sich mit dem Kurier-Offizier, dem er vormittags den Brief persönlich übergeben hatte, verbinden.

Die Blässe war aus seinem Gesicht verschwunden; seine gewohnten, energischen Züge kamen wieder zum Vorschein. In kurzen, abgehackten Sätzen forderte er den Brief wieder zurück.

Aber Dr. Kukill kam zu spät. Der Brief war schon seit einer halben Stunde mit der planmäßigen Kuriermaschine nach Orscha unterwegs ...

In Barssdowka ging ein Gerücht durch die Reihen der 2. Kompanie. Oberleutnant Obermeier war zu Hauptmann Barth nach Babinitschi befohlen worden.

»Es liegt eine Sauerei in der Luft«, sagte Wiedeck. »Beim Furier soll Schnaps angekommen sein. Das kenne ich ... wenn es Schnaps gibt, liegt Rabatz in der Luft.«

»In einer normalen Truppe – allerdings.« Bartlitz zerteilte sein Stück Brot in kleine Brocken, die er mit billiger Marmelade bestrich und einen nach dem andern aß. Bei ihm sah es aus, als diniere er das feinste Horsd'œuvre. »Sie glauben doch nicht im Ernst, daß wir hier Schnaps bekommen?«

»Warum nicht? Es geschehen noch Wunder«, sagte Deutschmann.

»Hat sich was, mit dem Wunder! Wunder gibt's keine«, sagte Wiedeck. »Wenn wir Schnaps bekommen, dann kommt gleich danach ein Befehl ... du weißt schon, was ich meine. Ein Befehl, verstehst du, bei dem man besoffen sein muß, um ihn überhaupt durchzuführen. Himmelfahrtskommando. Ist doch so. Oder?«

»Möglich«, sagte Bartlitz. »Allerdings muß ich sagen, daß sich diese Art von Kriegsführung sehr weit entfernt hat von der, wie wir einen Krieg führen wollten.«

»Wolltet ihr das?« fragte Deutschmann.

»Nein, ich wollte sagen – wie wir es gelernt haben.«

»Gelernt oder nicht, das ist scheißegal«, sagte Wiedeck. »Ich glaube nicht, daß man einen Krieg so führen kann – wie ihr es gelernt habt. Das ist jetzt unwichtig. Ich sage nur eins: Es stinkt!«

Aber Genaueres wußte niemand. Alle warteten darauf, daß Oberleutnant Obermeier aus Babinitschi zurückkam. Außerdem sollte er auch Post mitbringen – die erste Post nach langen Wochen. Und die war noch wichtiger als Schnaps oder eine Sonderration glitschigen Brotes.

Der Motorschlitten rumpelte durch die weiße Nacht. Oberleutnant Obermeier saß neben dem Fahrer, einem altgedienten Gefreiten, und döste vor sich hin.

Plötzlich wurde das Motorengebrumm tiefer, und der Schlitten fuhr langsamer. Obermeier schreckte aus seinen Gedanken hoch und sah den Gefreiten an, der auf die Straße vor sich spähte.

Am Rand der Straße lag ein Pferd.

Ein kleines, braunes, struppiges Panjepferd. Seine Augen schienen fast zugefroren, das Fell war weiß überkrustet. Es rührte sich nicht, und vom Schlitten aus sah es so aus, als wäre es vom Schnee halb zugedeckt. Eine Räumkolonne der 1. und 4. Kompanie hatte die Straße am Abend zuvor frei gemacht und die Schneeberge einfach gegen die Telegrafenmasten gedrückt, die wie einsame, dürre Zeigefinger aus der Ebene ragten.

Seitlich von dem Panjepferd lag hinter einer Schneeverwehung Oberleutnant Sergej Petrowitsch Denkow. Er hatte die Maschinenpistole mit dem großen, runden Magazin auf dem Unterarm liegen und sah hinüber zu dem hoppelnden Schlitten, der aus der Nacht gefahren kam.

»Was ist das?« fragte Obermeier.

Der Gefreite fuhr langsam gegen den dunklen Haufen im Schnee.

»Ich glaube, es ist ein Pferd, Herr Oberleutnant.«

»Sie träumen wohl, wie soll ein Pferd hierherkommen?« Doch dann sah auch Obermeier, daß der Gefreite recht hatte. Anscheinend war es tot. So wenigstens dachte Obermeier. Doch der Gefreite sagte:

»Wahrscheinlich erschöpft. Wer hat es wohl hier liegenlassen? Darf ich anhalten?« In ihm regte sich der westfälische Bauer – und wo gibt es einen Bauern, der an einem leidenden Pferd vorbeifahren und es seinem Schicksal überlassen könnte? Ohne auf Obermeiers Antwort zu warten, bremste er den Schlitten ab.

Sergej drückte den Sicherungsflügel seiner Maschinenpistole herunter. Zugleich schob er den Lauf der Waffe etwas höher. Nur zwei dachte er. Aber heute zwei und morgen zwei und übermorgen zwei ... solange es auf der Welt Deutsche gibt ... Er biß sich auf die Lippen, sein Zeigefinger legte sich um den Abzug.

»Sehen Sie nach«, sagte Obermeier.

Der Gefreite kletterte vom Schlitten und ging auf das Pferd zu – direkt in Sergejs Schußrichtung.

Nun kletterte auch Obermeier vom Bock. Er war mitten in der Bewegung, als das Panjepferd mit einem plötzlichen, wilden Satz aufsprang, als habe es die Witterung der fremden Männer erschreckt. Auch Sergej zuckte vor dem plötzlich aufjagenden Schatten zusammen, und zugleich schoß er.

»Deckung«, brüllte Obermeier und ließ sich in den Schnee neben dem Schlitten fallen. Der Gefreite blieb einen Augenblick ratlos stehen, warf sich dann nach vorn – und erhielt mitten im Sprung einen donnernden Schlag gegen die Stirn. Er warf die Arme empor, die Nacht war für den Bruchteil einer Sekunde rot und grell, dann schlug er der Länge nach in den Schnee, seine Hände scharrten sinnlos herum, und seine Füße trampelten auf den Boden, daß die Eisstückchen herumspritzten. Dann streckte sich sein Körper lang aus und blieb regungslos liegen.

Das Pferd galoppierte die Straße entlang. Mit fliegender Mähne, wirbelnden Beinen und weit vorgestrecktem Hals. Der Schaum stand ihm vor dem Maul.

Sergej kroch nach rückwärts, dann seitwärts hinter einen Telegrafenmast und sah vorsichtig über den Schneehaufen gegen den Schlitten. Ein dünner Knall zerriß die dumpfe Stille, und neben seinem Kopf stäubte der Schnee auf. Der Gegner schoß. Er wechselte wiederum die Stellung; diesmal kroch er etwas weiter, und als er wieder über den Schnee sah, blieb alles still. Doch auch er konnte von hier aus den Gegner, der hinter dem Schlitten lag, nicht sehen. Alles blieb still und ruhig, der Schlitten stand, etwa 30 Meter weit von ihm entfernt, mitten auf der Straße, und davor lag die dunkle, ausgestreckte Gestalt des Toten.

Sergej wartete.

Er wird kommen, sagte er zu sich. Ich habe Geduld. Er wird kommen. Er ist ein Deutscher. Er will ein Held sein. Alle deutschen Helden sind ungeduldig, darum überleben sie gewöhnlich ihre Heldentaten nicht.

Er wartete – und er wußte nicht, daß Obermeier kein Held sein wollte, sondern nur ein Mensch in Uniform war, der genauso warten konnte wie Sergej. Warten, um zu töten.

Fast eine Stunde lagen sie sich stumm gegenüber.

Als die Nacht langsam, unmerklich einer fahlen Dämmerung wich, wußte Sergej, daß er sein Opfer nicht bekommen würde. Er konnte nicht länger warten. Bald schon mußten Deutsche die Straße entlangkommen, eine Patrouille vielleicht oder eine Nachschubkolonne. Wenn sie ihn hier erwischten, war er erledigt. Und bald schon würde es zu hell sein, um fliehen zu können. Der andere würde ihn sehen, bevor er zwischen den Büschen des nahen Waldes verschwand. Ich habe einen getötet, sagte er sich, als er steif gefroren, zähneklappernd zurückkroch und gebückt hinter dem Schneewall neben der Straße vom Schlitten weglief. Es war einer, morgen werden es zwei sein oder drei oder vielleicht mehrere … Einer ist zuwenig …

Als er glaubte, weit genug zu sein, bog er nach rechts ab und lief über das freie Feld gegen den Wald. Zwischen den Büschen verschwand er, ein lautloser, verschwommener Schatten.

Obermeier sah ihn, aber er schoß nicht. Es war zu weit. Aber auch wenn Sergej näher gewesen wäre, so wäre Obermeier kaum imstande gewesen, zu schießen: Er fror jämmerlich, sein Körper war steif, seine Hände und Füße gefühllos. Langsam, ächzend stand er auf, sah einige Augenblicke dem verschwundenen Gegner nach und begann dann, wie verrückt um den Schlitten zu laufen. Es dauerte eine ganze Weile, bis in seinen Körper wieder Gefühl zurückkam. Als es in seinen Füßen und Händen scharf zu kribbeln begann, trug er den Toten zum Schlitten und bettete ihn auf den Rücksitz. Doch bevor er abfuhr, sah er noch einige Sekunden in die Weite des Landes, über der langsam ein neuer Wintertag anbrach. Dieses Land war unersättlich wie ein Riesenschwamm. In ihm hätte die ganze Menschheit Platz, dachte er, und auch dann wäre es nicht zu voll.

Es begann zu schneien. Lautlos, in kleinen, kalten Flokken.

Der Schlitten fuhr an und entfernte sich immer schneller.

In Barssdowka empfing Stabsarzt Dr. Bergen den Oberleutnant. Etwas abseits stand Oberfeldwebel Krüll. Seit zwei Stunden hatten sie auf den Schlitten gewartet und sprachen bereits davon, daß sie einen Erkundungstrupp gegen Babinitschi schicken wollten. Nun standen sie wortlos neben dem Schlitten, als Obermeier mit steif gefrorenen Gliedern herunterkletterte.

»Tot?« fragte Stabsarzt Dr. Bergen und zeigte mit dem Kinn gegen den Gefreiten auf dem Rücksitz. Es war eine sinnlose Frage: Jedermann konnte sehen, daß der Mann tot war. So konnte nur ein Toter daliegen.

»Wer?« fragte Oberfeldwebel Krüll. In seiner Kehle saß ein dicker Kloß. Er fror, aber es war nicht nur die Kälte, die ihn zittern ließ.

»Gefreiter Lohmann. Lassen Sie ihn wegschaffen«, befahl Obermeier kurz.

»Kommen Sie, ein Schnaps wird Ihnen guttun«, sagte Stabsarzt Dr. Bergen.

Die beiden Offiziere gingen schweigend zu Dr. Bergens Unterkunft und ließen den Oberfeldwebel zurück, der wortlos, mit weit aufgerissenen Augen den Toten anstarrte.

Der Tod des Gefreiten Lohmann wurde zur Kenntnis genommen und beflucht – und trat sogleich zurück vor der Kunde, daß Oberleutnant Obermeier tatsächlich Post mitgebracht hatte.

Bis hinaus zu den Schanzkommandos drang diese Nachricht. Der mürrisch gewordene, schweigsame Wiedeck verwandelte sich in einen aufgeregten Jungen vor der Weihnachtsbescherung. Ruhelos lief er umher, verharrte plötzlich still, fragte immerzu, wie spät es sei, und fing erstmals nach langen Wochen von seiner Frau und den Kindern zu reden an.

»Erna hat todsicher geschrieben«, sagte er. »Ich möchte nur wissen, wie es dem Kleinen geht. Nimmt denn dieser Tag überhaupt kein Ende?«

Der ehemalige Oberst Bartlitz, der bei der Küche von einem Leichtverwundeten abgelöst worden war, saß still und nachdenklich in einer Ecke des halbfertigen Bunkers, schlürfte heißes Wasser, das sie Tee nannten und über einem Knüppelfeuer in den Kochgeschirren wärmten, und träumte vor sich hin. Was würde wohl Brigitte schreiben! Obwohl sie die Tochter eines Generals war, der im Ersten Weltkrieg fiel, war sie auch dann tapfer geblieben, als er wegen Befehlsverweigerung degradiert und in dieses Bataillon geschickt worden war. Einmal durfte sie ihn besuchen, als er noch in Untersuchungshaft war, und sagte über den Besuchstisch hinweg, sehr ruhig und besonnen: »Kopf hoch, Liebster! Denk an Napoleon … es wird nicht allzulange dauern!« Es war ein Glück, daß der wachhabende Feldwebel nicht wußte, wer Napoleon war …

Als Bartlitz an diese kleine Szene zurückdachte, lächelte er kaum merklich. Brigitte hat ganz bestimmt geschrieben – und nicht nur einen einzigen Brief. Wenn kein Brief da war, dann mußte irgend etwas geschehen sein. Und wie so oft in den letzten Wochen und Monaten fing er schweigend zu beten an: Gott, laß sie gesund bleiben, laß sie nicht umkommen bei den Luftangriffen, laß sie am Leben bleiben, laß mich zurückkommen zu ihr, laß mich sie finden, wenn ich zurückkomme …

Zusammengekauert, mit grauem, eingefallenem Gesicht, das Kochgeschirr in der leicht zitternden Hand, mit abwesenden Augen saß er da, trank und betete.

Im Hauptverbandsplatz Barssdowka hatte Oberfeldwebel Krüll die Post bereits gesichtet und einige Briefe aussortiert. Es waren Briefe an Schwanecke, Deutschmann, Kronenberg und an einige andere ›Lieblinge‹ des Oberfeldwebels. Vor allem der Brief an Deutschmann ärgerte ihn.

Auf dem Umschlag stand: Herrn Dr. Ernst Deutschmann – und das war es, was ihm gegen den Strich ging. So nahm er einen Rotstift, strich alles durch und schrieb mit klobigen Buchstaben hin: Schütze E. Deutschmann.

Dann nahm er die ganze Post, ging damit zu Obermeier, der in Dr. Bergens Zimmer saß, und legte sie vor.

»Auch für Schwanecke ist was dabei«, sagte er. »Soll ihm der Brief wirklich ausgehändigt werden, Herr Oberleutnant? Ohne Kontrolle?«

Obermeier nickte. »Geben Sie mir den Brief. Ich werde ihn selbst aushändigen.«

»Und Schütze Deutschmann?«

»Warum fragen Sie? Haben Sie nicht gesehen, daß der Brief als dringliche Dienstsache eingestuft ist? Fragen Sie nicht so dumm, gehen Sie schon und verteilen Sie die Post, an die, die hier sind. Los, ab!«

Wütend verließ Krüll Dr. Bergens Unterkunft. Immer diese Ausnahmen, dachte er bitter. Dringliche Dienstsache, was hat dieser Viertelsoldat für dringliche Dienstsachen zu bekommen! Aber die halten zusammen! Die halten immer zusammen, auch wenn einer ein Offizier ist und der andere nur ein Schütze. Die halten zusammen, wenn dieser Scheißschütze so'n lausiges Abitur hat und noch mehr, wenn er'n Doktor ist. Was heißt hier schon – Doktor!?

»Da, Herr Doktor!« sagte Krüll mit bissigem Spott, als er in der Lazarettbaracke Deutschmann fand. »Ein Brieflein aus der Heimat – dringliche Dienstsache für Herrn Doktor. Los – auffangen!« Er warf den Brief Deutschmann zu, aber er warf ihn absichtlich zu kurz.

Deutschmann sagte nichts. Er bückte sich wortlos, hob den Brief auf und steckte ihn in die Tasche.

Enttäuscht ging Krüll weg. Kein Rückgrat, diese Intellektuellen, dachte er grimmig, kein Mumm in den Knochen. Schwanecke hätte wenigstens »Leck mich ...« gesagt. Aber dieser Viertelsoldat! Zu vornehm, viel zu vornehm.

In seiner Kammer neben der Scheune setzte sich Deutschmann auf einen Hocker und wog den Brief in der Hand. Er dachte zunächst, er wäre von Julia, und ein heißes Schamgefühl und nahezu Angst vor dem Schreiben drückten ihm das Herz zusammen. Als er dann aber sah, daß nicht Julia, sondern Dr. Kukill geschrieben hatte, war er doch enttäuscht. Warum schrieb Julia nicht? War etwas geschehen? Vielleicht – Bombenangriff? Warum schrieb ihm dieser Dr. Kukill? Was wollte er jetzt auf einmal? War es etwa – wegen Julia? Aber das war doch unmöglich!

Langsam, zögernd riß er den Rand des Umschlages auf, faltete den Bogen auseinander und begann zu lesen.

Nach den ersten Sätzen wurde sein Gesicht hart, aber je weiter er las, um so mehr verfiel es, bis es gegen Ende zu das Aussehen eines Todkranken bekam. Mit übermenschlicher Energie zwang er sich, den Brief Satz für Satz, Wort für Wort zu Ende zu lesen. Und als er fertig war, glättete er den Bogen sorgfältig auf den Knien, faltete ihn langsam zusammen, steckte ihn zurück in den Umschlag und schob ihn in die Tasche. Dann saß er noch eine ganze Weile da: Zusammengesunken, unnatürlich ruhig, ein Mann, den eine schreckliche Wahrheit, die schlimmer war als der Tod, unter sich begraben hatte; ein Mann, der sich plötzlich entblößt und erbärmlich selbst sah, ein Mann, der sich sagen mußte, daß er um eines kurzen Abenteuers willen sein ganzes bisheriges Leben verraten und weggeworfen hatte. Und was noch schlimmer war: Ein Mann, der plötzlich erkennen mußte, daß ein Mensch für ihn das Höchste geopfert hatte, was es zu opfern geben konnte, während er selber nicht wert war, daß man ihn ansah. Und als wollte er seine Qualen noch vergrößern, wiederholte er in Gedanken immer wieder: Sie hat es getan, während ich sie verraten habe.

An diesem gleichen Morgen stand Karl Schwanecke vor Oberleutnant Obermeier.

Er stand sehr stramm da, die Hände an der Hosennaht, das Kinn heruntergezogen, das Kreuz hohl, die Brust heraus. Ein Mann wie aus einer Dienstvorschrift! So steht der deutsche Soldat still.

»Sie haben Post bekommen, Schwanecke.«

Über Schwaneckes Gesicht zog ein ungläubiges Staunen.

»Post, Herr Oberleutnant? Ich habe noch nie Post bekommen.«

»Doch.«

»Dann ist es sicher nichts Gutes, Herr Oberleutnant.«

»Wie kommen Sie darauf?«

»Wie kann ich schon etwas Gutes bekommen … ich meine … wenn ich einen Brief bekomme …« Er stockte, machte mit der Hand eine hilflose Gebärde und legte sie dann wieder an die Hosennaht.

»Was ist dann? Erwarten Sie etwas Unangenehmes?«

»Nein … das heißt … meine Mutter, in Hamburg, Herr Oberleutnant, verstehen Sie? Jeden Tag Luftangriffe … aber sie hat mir bis jetzt noch nie geschrieben, von ihr kann es nicht sein ... Irgendwer wird mir geschrieben haben, daß sie, ich meine, die Mutter ... schließlich ist sie ja meine Mutter, auch wenn ... verstehen Sie?« Er hob wieder den Blick, sah in die erstaunten Augen des Oberleutnants und begann zu grinsen. Aber sein Lachen ließ ihn noch hilfloser und verwirrter erscheinen.

»Nein, das verstehen Sie nicht, Herr Oberleutnant«, sagte er. »Meine Mutter sagte immer zu mir: ›Ich habe keinen Sohn mehr. Du bist ein Lump, ein Verbrecher.‹ So ist das bei uns, Herr Oberleutnant. Man wächst auf wie eine Ratte – bis man abgeschossen wird wie eine Ratte. So ist das, Herr Oberleutnant.«

»Ihre Mutter hat Ihnen geschrieben«, sagte Obermeier mit trockener Kehle.

»Meine Mutter?« Schwanecke streckte die Hand vor und riß sie sogleich wieder zurück. »Mutter?« wiederholte er. Und jetzt sah Obermeier etwas, was er nie geglaubt hätte, wenn es ihm ein anderer erzählen würde: Über Schwaneckes hartes, verschlossenes Gesicht zog ein weiches, warmes Lächeln, und aus seinen sonst leblosen, zwei Glaskugeln ähnlichen Augen leuchtete mit einem Male kindliche Freude. »Stimmt das, Herr Oberleutnant? Nehmen Sie mich nicht auf den Arm ...? Entschuldigen Sie, Herr Oberleutnant, aber ...« Mit seiner schweren, klobigen Hand fuhr er sich schnell über das Gesicht, als wollte er irgend etwas Störendes wegwischen.

»Es stimmt. Hier«, sagte Obermeier und nahm den Brief vom Tisch hinter sich. Ein einfaches blaues Kuvert, darauf eine große, ungelenke Schrift. Schwanecke wischte sich die Hand an der Hose ab und streckte sie zögernd aus. »Na los, nehmen Sie schon!« sagte Oberleutnant Obermeier. »Gehen Sie jetzt, und lesen Sie den Brief in Ruhe!«

Schwanecke ging hinüber zu der großen Scheune und setzte sich auf sein Bett. Kronenberg und Krüll, die ihn beobachteten, wie er den Brief sinnend in der Hand hielt, schlenderten näher.

»Briefchen von Liesi, Anni, Gretchen – oder von wem?« fragte Kronenberg.

»Von der Mutti!« grinste Krüll.

Schwanecke fuhr hoch. »Haut ab.«

»He, Sie – Sie haben immer noch nicht gelernt, wie Sie sich zu benehmen haben, wenn Sie mit einem Vorgesetzten sprechen!« sagte Krüll.

»Jawohl!« sagte Schwanecke leise und stand langsam auf. Krüll sah in seine Augen und entfernte sich wieder.

»Du auch!« sagte Schwanecke zu Kronenberg sehr ruhig und wartete, bis auch dieser ging. Dann setzte er sich wieder und riß den Umschlag mit dem Fingernagel langsam und behutsam auf.

Nach fünf Jahren der erste Brief! Sie hatte nicht geschrieben, als er in Untersuchungshaft saß, sie hatte ihn verleugnet, als er ins Zuchthaus kam, sie hatte geschwiegen, als die SS ihn aus dem Zuchthaus holte und in das KZ Buchenwald brachte. Sie hatte ihn vergessen, als er in den thüringischen Steinbrüchen schuftete, als er mit bloßen Händen zentnerschwere Steinbrocken schleppte und den harten Basalt mit der Spitzhacke aus dem Berg brach. Und sie hatte geschwiegen, als er nach Rußland kam zu diesem verfluchten Bataillon der Verlorenen.

Aber nun schrieb sie!

Man mochte zu der Mutter stehen, wie man wollte, man mochte sie tausendmal verflucht haben, daß sie einen zur Welt gebracht hatte – aber Mutter blieb sie doch. Und wenn so ein Brief kam, dann war alles vergessen, dann fühlte man sich wie ein kleiner Junge, der gerade von irgend jemandem verdroschen worden war und nun zu seiner Mutter ging, um zu hören, daß es gar nicht so schlimm sei. Und ihre Hand auf dem Kopf zu spüren und noch ein bißchen zu heulen, aber dann war es ja wirklich nicht mehr so schlimm, nicht mehr, wenn sie es sagte und wenn sie einem über das Haar strich.

»Soldat Karl Schwanecke«, stand auf dem Briefumschlag.

Soldat!

»Scheiße!« sagte Schwanecke laut. Aber es klang so, als hätte er gesagt: Mach dir nichts draus, Mutter, ich bin ein

Soldat, das ist eine verfluchte Sache, aber die andern sind's auch, und das ist gar nicht so schlimm. Ich komm' schon durch. Soldat hin oder her – unwichtig! Hauptsache, du hast endlich geschrieben!

Der Brief lautete:

»Lieber Karl!

Am Donnerstag vor 14 Tagen haben uns die Terrorflieger ausgebombt, alles ist kaputt, das Haus und die Möbel und Deine Schwester Irene war drin als die Bombe fiel. Sie war nicht sofort tot und hatte große Schmerzen und man hörte sie schreien aber sie war schon tot als man sie ausgebuddelt hat. Es ist eine schreckliche Zeit womit haben wir das verdient??? Jetzt geben sie mir keine neue Wohnung weil alles so voll ist und die Leute auf dem Bahnhof schlafen müssen aber der Bahnhof ist auch kaputt. Und sie sagen ihr Sohn ist ein Volksschädling und Gewaltverbrecher, sie bekommen keine Wohnung und was soll ich machen? Ich verfluche den Tag wo ich dich geboren habe und wenn ich daran denke wie schwer du auf die Welt kamst!!! Jetzt lebe ich draußen in einer Bretterbude es ist sehr kalt und es gibt keine Kohle und immer die Flieger ach, wäre schon dieses verfluchte Leben vorbei! Alles wegen Dir! Für Irene habe ich keinen Sarg bekommen, weil sie Schwanecke heißt und das ist wie der Teufel! Aber mir ist das alles jetzt egal. Das Leben ist sowieso nichts mehr, ich möchte auch Ruhe haben, vielleicht werde ich es dann haben, wenn ich tot bin.
Es grüßt dich Deine Mutter

Herta Schwanecke.«

Schwanecke las den Brief langsam, ganz langsam, Wort für Wort. Und als er fertig war, begann er noch einmal von vorne, als wollte er die Zeilen auswendig lernen. Beim Lesen bewegten sich seine Lippen langsam wie bei einem ins Gebet versunkenen Mann, der aus dem Gebetbuch buchstabierte. Und je länger er ihn las, desto fahler wurde sein Gesicht, farblos, eingefallen, knochig, grau.

Als er endlich fertig war, aufsah und über den Brief hinweg ins Leere starrte, brannten seine Augen tief unter den buschigen Brauen.

»Mensch – was hat er denn jetzt?« fragte Kronenberg leise.

»Was schreibt denn die Mutti?« schrie Krüll vom anderen Ende der Scheune.

Schwanecke hörte es nicht. Ein Brief nach fünf langen Jahren. Was hatte sie geschrieben? Ausgebombt ... und der Name Schwanecke ist wie ein Teufel ... sie möchte lieber tot sein ...

»Schweine!« schrie er plötzlich auf. Er sprang hoch, den Kopf in den Nacken geworfen, den Mund weit offen, als könnte er keine Luft bekommen. »Schweine!« brüllte er grell, nur das eine Wort, immer wieder. Dann zerknüllte er den Brief, schleuderte ihn in die Dunkelheit des Raumes und stampfte wie ein Irrer auf. »Mutter!« schrie er jetzt. »Mutter ... alle sind Schweine! Alle!«

Krüll und Kronenberg stürzten zu ihm hin. Sie erreichten das Bett, als Schwanecke begann, mit Händen und Füßen seine Liege zu zerstören, brüllend, um sich schlagend, mit erschreckend verzerrtem Gesicht und irrsinnigen Augen.

»Weg!« schrie er. »Weg von hier! Ich bringe euch um, ich bringe alle um, alle!«

Kronenberg und Krüll wechselten einen schnellen Blick. Der Fall war klar: Schwanecke hatte einen Koller. Sie warfen sich auf den Tobenden, aber es mußten noch drei kommen, bis sie ihn endlich überwältigten, ihn in das halbzerstörte Bett legen und festbinden konnten.

Stabsarzt Dr. Bergen, Dr. Hansen und Obermeier kamen in die Scheune gerannt.

Kronenberg klopfte sich die Hände ab, als hätte er einen Mehlsack getragen. Sein linkes Auge fing an anzuschwellen. »Er schläft«, sagte er trocken. »War ein kleiner Schock für ihn. Vielleicht hat er in den Jahren das Lesen verlernt und ärgerte sich darüber.«

»Halten Sie Ihr dummes Mundwerk. Kronenberg!« schnauzte ihn Obermeier an. Er trat an das Bett heran und blickte auf das anschwellende, zerschlagene Gesicht Schwaneckes. »Ich nehme ihn mit nach Gorki – und Sie kommen auch mit, Krüll.«

»Aber meine Verwundung, Herr Oberleutnant …«, stotterte Krüll.

»Ich hab' mir sagen lassen, daß Ihr Hintern wieder gut ist. Im übrigen brauche ich nicht Ihr Gesäß, sondern Ihre Hände, und die sind, wie man sieht, wieder vollkommen in Ordnung. Oder haben Sie etwa mit dem Hintern auf Schwanecke eingeschlagen?«

»Nein, Herr Oberleutnant.«

»Also: Heute nacht um ein Uhr vor der Operationsbaracke.«

»Jawohl!«

»Und die Partisanen?« fragte Dr. Bergen.

»Machen Sie sich nichts draus, Herr Doktor, wir müssen zurück.«

Krüll schlich zu seinem Bett. Wieder an die Front, dachte er. Wieder zurück in diesen Dreck: Feindeinsicht, Feuerüberfälle, Partisanen. Mist.

Dr. Bergen gab Schwanecke eine Morphiumspritze.

»Wird er sich beruhigen?« fragte ihn Obermeier.

»Bis heute nacht schläft er. Ich hoffe, daß es dann vorbei ist.«

»Was war eigentlich los?« wandte sich Obermeier an Kronenberg.

»Der Brief …«

»Wo ist er?«

Kronenberg suchte den zerknüllten Brief und gab ihn dem Oberleutnant, der ihn glättete und las. Als er fertig war, faltete er ihn sorgfältig zusammen, steckte ihn in die Tasche und verließ schweigend den Raum.

»Was muß da bloß drinstehen, der war ja auch ganz belemmert?« sagte Kronenberg.

»Wer weiß. Es gibt Briefe, die man nie abschicken sollte«, sagte Dr. Hansen, bevor er ging.

Um ein Uhr nachts standen Krüll und Schwanecke vor der Operationsbaracke. Schwanecke lehnte, finster vor sich hin blickend, an der Wand. Als er aufgewacht war und sich auf das Bett gefesselt sah, lachte er zuerst lange und hysterisch. »Ich haue euch schon nicht ab, ihr Idioten!« sagte er dann, vom Lachen geschüttelt. »Wo soll ich denn hin in diesem Mistland?«

»Man kann's nie wissen, du hast einen ganz schönen Koller gekriegt, und man weiß ja, daß Leute mit Koller allerlei Dummheiten machen.« Kronenberg saß am Fußende und hielt hinter dem Rücken eine neue Spritze bereit, falls Schwanecke wieder zu toben beginnen würde. »Dich wird ja einmal doch die SS schnappen und aufhängen. Dabei hättest du als Überläufer beim Iwan die größte Chance.«

Krüll trat Kronenberg auf den Fuß, und zu Schwanecke sagte er grob: »Dir schießen sie die Kippen einzeln raus, wenn du abhaust.« Nachdem selbst Stabsarzt Dr. Bergen, Krülls letzte Hoffnung, ihn k.v. geschrieben und damit bestätigt hatte, daß sein Schuß in den Hintern kein Hindernis wäre auf dem Weg zum Heldentum, hatte sich Krüll den Gegebenheiten schnell angepaßt. Dies wurde schon eine Viertelstunde nach der Untersuchung und endgültigen Entscheidung bekannt, als Krüll in der Lazarettscheune einen Leichtverletzten strammstehen ließ und ihn durch den Mittelgang hin und her jagte, weil er, wie er sagte, im warmen Bett verlernt hätte, anständig die Vorgesetzten zu grüßen. »Euch werde ich helfen«, schrie er durch die Lazarettscheune, »Ihr Simulanten wärmt euch hier den Bauch, während wir draußen im Schnee liegen und Eis kauen! Alle Lazarettrückkehrer werde ich in Zukunft selbst nachbehandeln!«

»Sauhund!«

Krüll fuhr herum. In den Betten lagen die Schwerverletzten. Auf den Pritschen und Strohsäcken lümmelten sich die Gehfähigen und grinsten.

»Wer war das?«

Aus der Dunkelheit im Hintergrund kam leise und klar: »Der Wind, der Wind, das himmlische Kind …«

Kronenberg kicherte. Aber mit den Sanitätern wollte es sich Krüll nicht mehr verderben. So schwieg er und ballte die Fäuste. »Es wird auch wieder eine andere Zeit kommen!« drohte er, und Kronenberg nickte heftig.

»Hoffentlich! Darauf warten wir ja alle ...«

»Wie meinen Sie das?«

»Genauso, wie Sie gesagt haben, Herr Oberfeldwebel.«

So war der Abend vergangen. Doch in der Nacht, als sie vor der Baracke standen und froren, war Krüll stiller geworden, in sich gekehrt und sehr nachdenklich. Die Front kam wieder näher, er dachte an die Partisanen, durch deren Gebiet sie gleich fahren mußten, an das Grabensystem mit seinen Granatwerferüberfällen, den nächtlichen Feuerstößen, dem Artilleriefeuer. Und er dachte an die undefinierbare Drohung der nahen Zukunft, an die ungreifbare und doch überall gegenwärtige und immer eindringlicher werdende Ahnung einer nahenden Katastrophe.

Was es war und woher er dieses Wissen oder diese Ahnung des Unheils hatte, wußte Krüll nicht. Es war zu ihm gekommen, genauso wie es zu den anderen gekommen war, leise, schleichend, eindringlich.

Als er so an der Hauswand stand und gegen das kalte Holz lehnte, kümmerte er sich nicht um Schwanecke, der neben ihm stand, und es wäre ihm wahrscheinlich auch gleichgültig gewesen, wenn nach und nach eine Kompanie Landser an ihm vorbeigegangen wäre, ohne ihn zu grüßen.

Schließlich kam Oberleutnant Obermeier. Unter der Fellmütze hatte er einen Schal um den Kopf gebunden und sah aus wie ein Zahnkranker, der seine geschwollene Backe schützte.

»Alles klar, Oberfeldwebel?«

»Jawohl, Herr Oberleutnant!«

»Wir nehmen auch Deutschmann mit. Er muß gleich kommen.«

»Was macht er denn noch?« fragte Schwanecke respektlos.

»Dr. Hansen muß ihm noch einiges Material zusammenpacken«, antwortete Obermeier, aber dann schien er sich plötzlich zu erinnern, wer es gefragt hatte und wie – wollte aufbrausen – und unterließ es. Schweigend und nachdenklich betrachtete er Schwanecke, der seinen Blick mit einer dumpfen Gleichgültigkeit erwiderte.

»Schwanecke ...«

»Ich weiß, Herr Oberleutnant. Sie brauchen es gar nicht zu sagen: Bei Fluchtversuch wird sofort geschossen. Habe ich jetzt schon hundertmal gehört. Es hängt mir zum Hals heraus!«

»Vergessen Sie es nur nicht. Sie werden übermorgen nach Orscha überstellt.«

»Warum denn?«

»Sie wissen Bescheid.«

»Wenn's sein muß ...«

Ein Schlitten mit zwei Panjepferdchen kam die Dorfstraße herunter und hielt vor der Scheune an. Ein Landser, vermummt wie ein Nordpolfahrer, unkenntlich wie ein Wesen von einem anderen Stern, hockte auf dem Bock. Er legte lässig die Hand an die Fellmütze, die er einem russischen Muschik abgenommen hatte und statt der Feldmütze trug. Jetzt kam von der Lazarettbaracke her auch Deutschmann, langsam, wie schlafwandlerisch, nach vorn gebeugt, mit stillen, leeren Augen.

Obermeier musterte ihn kurz und fragte sich heute schon zum zweitenmal, was diesem Mann geschehen war, daß er sich so verwandelt hatte. Deutschmann war ja nie laut und gesprächig gewesen, doch hatte er sich allem Anschein nach an die Uniform gewöhnt und auch an die Einheit, in der er dienen mußte. Von ihm ging eine stille, gelassene Ruhe aus, die Einsicht eines Mannes, der sich mit den Gegebenheiten abgefunden hatte. Seit heute morgen aber, als er, Obermeier, ihm den Brief aus Deutschland gegeben hatte, war es damit vorbei: Es schien, als wäre alles Leben von Deutschmann gewichen und als bewege sich hier ein lebender Toter nur noch unter dem Zwang äußerlicher Einflüsse, der wie ein Automat sprach und auf Fragen antwortete, ohne wirklich dabeizusein.

Krüll stieg als erster ein. Er zog Schwanecke hinter sich her und postierte sich neben ihm, so daß er jede seiner Bewegungen sehen konnte. Deutschmann beachtete er nicht.

Stabsarzt Dr. Bergen kam aus seiner Baracke gelaufen und rief Obermeier zu:

»Jetzt gerade rief Wernher an. Bei Witebsk ist der Russe auf einer Breite von über dreißig Kilometern durchgebrochen. Er nimmt an, daß der nächste Stoß hier bei uns erfolgen wird.« Er stockte und trat dann ganz nahe an Obermeier heran: »Wenn wir uns nicht mehr sehen sollten, nehmen Sie mit auf den Weg: Sie sind einer der letzten anständigen Kerle hier, und ich – ich ...« Er wandte sich schroff ab und eilte durch den Schnee zurück in die Operationsbaracke. Obermeier sah hinter ihm her, schüttelte den Kopf, ging zum Schlitten und setzte sich neben Krüll.

»Abfahren!«

Krüll blickte ihn erschrocken an.

»Der Russe ist durchgebrochen?«

»Es scheint so.«

»Und jetzt – bei uns?«

»Wahrscheinlich.«

Krüll schluckte. »Was sollen wir nur machen, wenn es hier losgeht, Herr Oberleutnant? Wir haben doch nichts. Für die ganze Kompanie nur drei MGs, vier Maschinenpistolen, zehn Karabiner, fünf Pistolen. Das ist alles. Damit können wir den Russen doch nicht aufhalten!«

»Sie haben wieder einmal recht, Krüll.«

Schwanecke grinste breit. »Gleich stinkt's, Herr Oberleutnant. Rücken Sie ab – er scheißt in die Hosen ...«

Aber Krüll beachtete ihn nicht. Mit weit offenen Augen sah er den Oberleutnant an. »Sie werden uns abknallen wie die Hasen«, sagte er, »wir können uns doch nicht so einfach abknallen lassen!«

»Warum eigentlich nicht?«

Obermeier rieb sich die klammen Hände. »Was glauben Sie denn, warum wir hier sind?«

Der Morgen graute, als der Pferdeschlitten in Gorki einfuhr und vor dem Kompaniegefechtsstand hielt. Jens Kentrop, der in Abwesenheit Obermeiers und Krülls die Kompaniegeschäfte führte, kam aus der Hütte gelaufen und machte Meldung. Die Unteroffiziere Peter Hefe und Hans Bortke waren mit den Schanzkolonnen draußen im Grabensystem und hatten mit dem in der vergangenen Nacht verlegten Feldtelefon durchgegeben, daß eine russische Patrouille hinter der deutschen HKL eine Arbeitskolonne beschossen habe. Da nur drei Karabiner und zwei Pistolen zur Verteidigung vorhanden waren, hatte die Kompanie schwere Verluste: sieben Tote und dreizehn Verwundete. Erst nachdem die Verstärkung mit einem MG und zwei Maschinenpistolen kam, zogen sich die Russen zurück und ließen drei Tote liegen.

Oberfeldwebel Krüll, der diese Meldung beim Aussteigen mit anhörte, hatte das Gefühl, die Welt würde über ihm einstürzen. Jetzt war es da, was er befürchtet hatte.

Obermeier schwieg. Er nickte Kentrop zu und ging mit gesenktem Kopf in die Hütte. Kentrop drehte sich zu Krüll um und sagte mißmutig:

»Es stinkt gewaltig. Und das ist nur der Anfang. Bei der 1. Kompanie hat es in dieser Nacht ganz fürchterlich gebumst.«

Deutschmann hatte diese Gespräche wie durch einen dicken Wattebausch vernommen. Er kümmerte sich nicht um die anderen. Mit abwesendem, starrem Blick, der in seine Augen gekommen war, nachdem er Dr. Kukills Brief gelesen hatte, setzte sich Deutschmann auf seine Pritsche in der winzigen Kammer, wo er schlief. Der verhängnisvolle Brief knisterte in seiner linken Brusttasche. Auf der ganzen Fahrt von Barssdowka nach Gorki hatte er kein Wort gesprochen, weder mit Obermeier, der ihn in Ruhe ließ, noch mit Krüll oder Schwanecke, die einige Male ein Gespräch beginnen wollten und immer wieder aufhörten, da er keine Antwort gab.

Julia ist tot. Das hatte er zwischen den Zeilen herausgelesen. Dr. Kukill hatte sie sterben sehen, sie hatte sich für ihn, Deutschmann, geopfert. Sie hatte beweisen wollen, daß er unschuldig war. Sie hatte an ihn geglaubt, an ihn und an seine Arbeit, sie hatte ihm vertraut – doch der Aktinstoff hatte auch bei ihr versagt. Was bedeutete es, daß Kukill ihn jetzt bat, Zusammensetzungen, Formeln, Versuchserfahrungen zu schicken, daß er schrieb, er glaube an die Möglichkeit eines Aktinstoffes, daß er beteuerte, er wolle ihn rehabilitieren? Das alles war nebensächlich, unwichtig gegen die Tatsache, daß Julia gestorben war, während er mit Tanja …

Es gab keinen Ausweg aus seiner Qual. Es gab keinen Ausweg vor den Selbstvorwürfen und der Selbstanprangerung. Und während er auf der Pritsche saß und vor sich hin starrte, hatte er das Gefühl, er wäre schuld an Julias Tod, er allein. Niemand konnte ihm diese Schuld abnehmen, nie mehr würde er frei von ihr sein. Er nahm den Brief aus der Tasche und zerriß ihn in ganz kleine Teile, die er auf den Boden streute und mit den Stiefelsohlen in den Lehm rieb.

Oder – eine unsinnige Hoffnung regte sich in ihm –, oder war Julia gar nicht gestorben? Kukill schrieb doch nur, daß sie sehr schwer krank sei, aber von ihrem Tod stand kein Wort in dem Brief. Vielleicht – vielleicht würde sie durchkommen, genauso wie er selbst durchgekommen war … vielleicht …

Unsinn!

Er wischte mit der Handfläche über sein Gesicht. Es war unsinnig, sich einer Hoffnung hinzugeben. Es gab keine mehr. Julia war tot.

Er zog seinen Mantel aus, legte ihn über die Pritsche, hielt mitten in der Bewegung inne und sah mit einem irren Blick um sich, als würde er etwas suchen. Es war irgend etwas, was er hatte tun wollen, es gab irgend etwas, was er erledigen mußte … nicht nur er war schuld an Julias Tod, nicht nur er … warum war er eigentlich hier? Warum mußte er hier sitzen in dieser elenden Kammer, verdreckt, verlaust … warum das alles? Wie kam es zu dem Abenteuer mit Tanja? Warum kam es dazu? Es war ein Abenteuer, es war ein Mittel, um zu vergessen, und das alles wäre nicht geschehen – wenn nicht dieser Mann gewesen wäre, der ihm geschrieben hatte: Dr. Kukill. Er war schuld. Wäre er nicht gewesen, so würde er, Deutschmann, immer noch in Berlin leben, arbeiten – zusammen mit Julia. Mit einer gesunden, schönen Julia, seiner Frau, seiner wunderbaren Frau, die nicht nur Ehefrau war, sondern eine Freundin, Mitarbeiterin …

Hastig, mit nervösen, fliegenden Händen riß er einen Pappkarton unter seinem Bett hervor, nahm einen Schreibblock und einen Bleistift heraus, legte den Block auf die Knie und begann zu schreiben:

»Dr. Kukill, ich habe Ihren Brief erhalten. Es dürfte Sie kaum interessieren, wie sehr mich Ihr wehleidiges Stottern angeekelt hat. Ich sage es Ihnen trotzdem. Ich sage es Ihnen vor allem, um endgültig klarzustellen, was ich glaubte, zwischen den Zeilen Ihres Briefes herauszulesen: Sie empfinden ein gewisses Gefühl der Schuld. Aber das ist zuwenig, Herr Dr. Kukill. Ich kann mir vorstellen, daß Sie sich darüber keine grauen Haare werden wachsen lassen; wie ich Sie kenne, liegt es Ihnen fern, sich je über das Leid Ihrer Mitmenschen, das Sie verursacht haben, Gedanken zu machen. Wenn ich könnte – und gebe Gott, daß es mir einmal möglich sein wird –, würde ich Ihnen jetzt und immer wieder ins Gesicht schlagen und so laut brüllen, daß Sie es hören müßten: Sie sind schuld! Sie sind schuld! Sie sind schuld, daß ich hier bin, Sie sind schuld, daß Julia tot ist, Sie sind schuld! Julia ist tot – und das haben Sie … das haben Sie … Sie sind schuld! Julia ist tot – tot!«

Er ließ den Bleistift kraftlos auf das Papier fallen. Mit trockenen, heißen Augen stierte er auf den Boden vor sich, lange Minuten, ohne sich zu rühren. Er dachte: Ich möchte weinen. Ich möchte es tun. Aber ich kann es nicht. Mein Gott, wenn ich ihn nur hier hätte! Wenn ich ihn nur hier hätte! Und er sah nicht auf, als die Tür aufging und jemand zu ihm in den kleinen Raum kam.

Es war Schwanecke.

»Was is'n eigentlich mit dir los?« fragte er, während er sich auf die Pritsche setzte und Deutschmann prüfend ansah.

»Nichts. Was machst du hier?« fragte Deutschmann.

»Ich suche Gesellschaft, Professor, verstehst du? Bevor sie mich köpfen ...«

Deutschmann schwieg, und erst nach und nach drangen Schwaneckes Worte in sein Bewußtsein.

»Dich – was?« fragte er.

»Köpfen, habe ich gesagt, Professor. Eins, zwei, drei – der Kopf ist ab, und Schwanecke war einmal.«

»Du bist verrückt!«

»Ich nicht, aber die anderen. Die werden mir schon einen Strick drehen, darauf kannst du dich verlassen. Zuerst stecken sie mich hier rein ins Strafbataillon und sagen: ›Bewähre dich, mein Junge, wenn du genug Russen totmachst, biste wieder 'n feiner Maxe.‹ Aber dann kam die blödsinnige Geschichte mit diesem Idioten ...«

»Bevern?«

»Na klar.«

»Aber du hast ihn doch nicht umgelegt, und sie können dir ja gar nichts beweisen!«

»Vielleicht hab' ich ihn doch umgelegt ...« Schwanecke grinste breit.

Deutschmann wich zurück. Erschrocken starrte er auf den Sitzenden, der ihn verschlagen blinzelnd von unten her anstarrte. »Du – du hast ihn ...?«

»Ach wo, nichts habe ich. Aber die Sache ist so, verstehst du: Wenn sie einmal einen in der Mache haben, dann kommt er nicht davon. Der Verdacht genügt. Und mit so einem Verdacht ist es eine verdammte Sache. Paß gut auf: Der erste sagt – der war mit ihm allein im Graben. Der zweite sagt – der hätte ihn aber gut umlegen können. Und der dritte sagt – der hat ihn umgelegt!, und der vierte sagt – klar, es gibt nichts anderes, das ist mal todsicher. Kein anderer konnte Bevern umlegen als Schwanecke! Und das kommt dann zu dem ganzen Re... Re... – na, wie heißt das schon?«

»Vorstrafenregister«, sagte Deutschmann.

»Genau. Und das ist bei mir nicht von Pappe, sage ich dir. Klar, daß nicht jedermann glaubt, ich hätte ihn wirklich umgebracht. Schade, daß ich es nicht getan habe ...!«

»Vielleicht hast du es doch?«

»Ach wo. Jetzt geht's mir an den Kragen. Nix Bewährung! Ein Volksschädling! Fallbeil! Sssss – Rübe ab. Das deutsche Volk kann erleichtert aufatmen. Schwanecke ist nicht mehr. Verstehst du …«

»Das ist ja furchtbar«, sagte Deutschmann leise.

»Furchtbar? Ach wo. Wenn so viele Leute ins Gras beißen müssen … Und jetzt muß ich dir etwas sagen, was ich noch keinem Menschen gesagt habe: Vielleicht haben die sogar recht. Ich meine … verstehst du … ich meine, ich war wirklich ein Schwein. Ich kannte nichts. Hab' ich ein Mädchen gesehen – los, ran! Hab' ich einen Tresor gesehen – nischt wie knacken! Ich kann schon verstehen, daß die anderen genug haben von mir. Aber, verstehst du, jetzt hab' ich's ja eingesehen, ich glaube, vielleicht … man kann ja nie was versprechen … aber vielleicht könnte das anders werden … ich habe dich kennengelernt, Professor, und Wiedeck und Bartlitz, ihr seid alle in Ordnung, verdammt noch mal, ihr seid wirklich in Ordnung, ich glaube … sie müßten mir noch eine Chance geben … aber jetzt ist's aus, verdammt noch mal, jetzt ist's aus …!«

Er legte den Kopf in die Hände und weinte.

Es war ungeheuerlich. Deutschmann hätte alles andere erwartet, als daß Schwanecke einmal weinen könnte. Er war unfähig, sich zu rühren, unfähig, ihm etwas zu sagen. Doch dann konnte er es nicht mehr länger ertragen. Er streckte die Hand langsam vor und legte sie auf die Schulter des Weinenden.

»Vielleicht – vielleicht ist es nicht so schlimm«, sagte er, »vielleicht …«

»Ach was!« sagte Schwanecke und sah auf. Seine Augen waren blutunterlaufen, flackernd, und vor seinem Blick wich Deutschmann zurück. »Da gibt's kein Vielleicht! Ich muß mir selbst helfen, das ist alles.«

»Wie meinst du das?«

»Wie ich das meine? Eine blödsinnige Frage! Ich werde abhauen!«

»Abhauen? Etwa – desertieren?«

»Na klar.«

Deutschmanns Gesicht war fahl. »Du bist ja verrückt! Wenn sie dich schnappen, stellt dich selbst Obermeier an die Wand, und wir müssen auf dich schießen!«

»Wer spricht da von Schnappen? Sie werden mich nicht schnappen! Kein Mensch kann mich hier schnappen, wenn ich nicht will.«

»Wie willst du durch die HKL kommen?«

»Mensch, du vergißt, daß ich ein uralter Hase bin. Ich kenne alle Schliche, mir kann keiner was vormachen. Und ich sage dir noch etwas, halt dich fest!« Er stand langsam auf und sah Deutschmann gerade in die Augen. »Du warst immer ein anständiger Kerl, Professor. Du bist ein Doktor, Mensch, was machst du denn noch hier? Die Schweine haben dich zur Sau gemacht, warum hockst du noch hier? Wenn du willst, nehme ich dich mit. Ehrenwort!«

Deutschmann schüttelte den Kopf.

Schwaneckes Stimme wurde drängend: »Sei nicht dumm, Professor, wenn du mit mir gehst, kommst du durch. Das garantiere ich dir. Du nimmst deine Rote-Kreuz-Fahne mit und so 'ne Armbinde und gibst mir auch eine. Dann wird man auf beiden Seiten denken, wir suchen nach Verwundeten – und ab durch die Mitte!«

»Das kann ich nicht!«

»Warum nicht?«

»Es wäre eine Schweinerei. Ich meine, das mit dem Roten Kreuz …«

»Du bist vielleicht ein blöder Hund! Ich möcht' bloß wissen, was in deinem Kopf vorgeht. Die Sache ist doch sonnenklar. Der ganze Krieg ist eine Schweinerei. Und ich werde dir etwas sagen: Diese Rote-Kreuz-Fahne ist dazu da, um Menschen – du verstehst schon … ich meine, um Menschen durchzubringen. Sie wird auch uns durchbringen – warum soll das dann eine Schweinerei sein? Andererseits – wenn du hierbleibst, gehst du beim nächsten Angriff der Russen todsicher drauf. Womit willst du dich wehren? Wir werden wie Zielscheiben durch den Schnee hoppeln, und die werden ein Übungsschießen auf uns veranstalten, und ich garantiere dir, daß das bald kommt, ich spüre es in allen Knochen. Und du redest noch von Schweinerei und vom Roten Kreuz und so. Bleibst du hier, kommst du um, kommst du mit, bleibst du am Leben – und das Rote Kreuz hat genau das getan, was es zu tun hat!«

»Und – die anderen?«

»Wer?«

»Ich meine die anderen, unsere Kameraden.«

»Was ist mit denen?«

»Was werden die machen?«

»Ich kann dir genau sagen, was die machen werden. Sie werden sagen: Verdammt noch mal, endlich zweie, die nicht auf den Kopf gefallen sind. Hoffentlich kommen sie durch, wir halten ihnen alle Daumen. Genau das werden sie sagen. Mensch, wach doch auf! Siehst du denn nicht, was hier gespielt wird? Wir werden abgeschlachtet wie eine Viehherde. Es wird nicht mehr lange dauern, und dann krepierst du auch. Kannst du denn das nicht begreifen? Da drüben haben wir eine Chance. Ich weiß, es ist kein Spaß, bei den Russen einen Gefangenen zu spielen, sie werden uns feste drannehmen, aber unsere Chance ist mindestens 50 zu 50, daß wir durchkommen. Wenn du hierbleibst, hast du vielleicht eine Chance 1 zu 100. Hier bist du der letzte Dreck, wenn du im Strafbataillon bist. Aber da drüben wird man vielleicht sagen: Das sind Märtyrer, die haben gegen Hitler gekämpft, es lebe hoch der Schwanecke, Heil dem Deutschmann. Wollt ihr zu fressen haben, was wollt ihr saufen? Gib dir einen Stoß, komm mit!«

»Nein!«

»Mit der Armbinde und der Fahne kommen wir durch wie nichts!«

»Und die Minenfelder?«

»Du hast noch immer nicht kapiert, daß ich den Dreh raushabe. Ich rieche eine Mine auf 50 Meter! Und du willst ein Intellektueller sein? Ich weiß gar nicht, warum du dagegen bist. Ich muß weg. Ich kann mir keine Masche aussuchen wie Hilfssani und so, mir hacken sie die Rübe ab, und ich wär' schön blöd, wenn ich warten würde.«

»Aber laß mich dabei aus dem Spiel!«

Schwanecke drehte sich um, trat an das winzige Fenster und sah hinaus auf die Dorfstraße. Krüll stand im hohen Schnee, den Mantelkragen emporgeklappt, und schrie auf einen Soldaten ein. Es war der schmächtige, halbverhungerte Professor, den man nur zu leichten Arbeiten innerhalb der Kompanie einsetzen konnte. Er hatte die Straße vom Schnee freigefegt und sich einige Augenblicke erschöpft auf den Stiel seines Drahtbesens gestützt. So traf ihn Oberfeldwebel Krüll an, als er einen Rundgang durch das Dorf machte. An ihm konnte er seine Wut vor der eigenen Angst auslassen. Während er ihn hin und her jagte, konnte er wenigstens eine Zeitlang vergessen, wo er war, und die Ahnungen niederdrücken, die ihn ruhelos herumhetzten und vor denen er nirgends sicher war.

»Sie akademischer Schlappschwanz!« brüllte er, »das Abitur machen, den Hintern auf den Universitätssitzen weichrutschen, große Fresse haben über dußlige Philosophen – das kann er, aber 'ne Straße fegen, da geht der Kerl in die Knie! Hopphopphopp, Herr Professor, dreimal um die Schreibstube herum, marsch, marsch!«

Der Professor nahm seinen Besen wie einen Speer in die Hand und rannte los. Keuchend, mit vorquellenden Augen, taumelnd, die linke Hand auf das Herz gepreßt. Krüll stand auf der Straße und kommandierte:

»Schneller! Schneller! Beine müssen fliegen! Kopf hoch! Mehr Haltung, Sie philosophischer Knülch. Denken Sie an Sokrates, das war doch einer von Ihrer Sorte. Denken Sie an Kant, nehmen Sie sich ein Beispiel an ihm, er schlief in einem Faß, in der frischen Luft! Hier haben Sie frische Luft! Noch eine Runde! Hopphopp!«

Der Professor taumelte, stolperte, warf den Stahlbesen weg, schlug mit den Armen um sich und fiel vornüber in den Schnee. Mit dem Gesicht auf dem Eis lag er mitten auf der Dorfstraße, ein lebloses Bündel Kleider, aus denen ein schmaler grauhaariger Kopf sah.

Krüll sah verblüfft auf den Liegenden und schüttelte den Kopf. »Na, so was«, sagte er, drehte sich herum und schrie: »Deutschmann! Deutschmann! Herkommen!«

Schwanecke drehte sich böse grinsend vom Fenster. »Geh raus«, sagte er. »Deine Freunde haben den Professor zur Sau gemacht. Geh nur, bald bist du dran!« Ohne Deutschmann weiter zu beachten, ging er an ihm vorbei. Deutschmann lief hinterher.

Krüll stand breitbeinig neben dem Ohnmächtigen. Als Deutschmann mit der Medizintasche in der Hand näher gelaufen kam, fragte er, jetzt doch ein bißchen nervös geworden: »Gibt's auch dafür eine Spritze?«

»Mal sehen.« Deutschmann kniete in den Schnee und drehte den Liegenden herum. Über die Stirn des Professors zog sich ein tiefer Schnitt. Das Blut gefror in der Kälte. Als Deutschmann die Lider des Ohnmächtigen hob, waren die Augen verdreht und glanzlos.

»Ist er etwa – verreckt?« fragte Krüll.

»Noch nicht. Herzkollaps.«

»Sprechen Sie deutsch mit mir!« Krüll tippte mit der Stiefelspitze in die Seite des Mannes, der bewußtlos auf dem Boden lag. »Was hat er?«

»Masern!« sagte Deutschmann wütend und kümmerte sich nicht mehr um den verdatterten Oberfeldwebel. Er sah sich hilfesuchend um und bemerkte Schwanecke, der an der Hauswand lehnte und ausdruckslos hinüberstarrte. »Komm her – hilf mir!« rief Deutschmann und packte den Ohnmächtigen unter den Armen.

Schwanecke schlenderte langsam näher. »Laß das«, sagte er, hob den Professor auf seine Arme und trug ihn hinüber zum Revier. Sie betteten den leblosen Körper auf einen Strohsack, Deutschmann knöpfte die Uniform auf und massierte die schmale Brust, aus der die Rippen ragten wie die Sprossen einer Leiter. Der Professor kam langsam zu sich, sein Mund öffnete und schloß sich, und kaum verständlich röchelte er: »Luft – Luft – Luft!« Doch dann wurde er wieder ohnmächtig.

»Wasser!« rief Deutschmann.

Schwanecke rannte in eine Ecke, füllte einen Kochgeschirrdeckel mit Wasser, kam zurück und begann die Brust des Professors zu massieren. Deutschmann klopfte mit der flachen Hand die Herzgegend ab.

»Gib ihm doch ein Herzmittel!« sagte Schwanecke.

»Ich habe nichts hier, nur Sympathol!«

»Dann gib's ihm doch!«

»Das hilft nicht.«

»Das ist doch wurscht. Vielleicht hilft's doch. Wir müssen den Kerl durchkriegen. Er ist in Ordnung. Krüll – dieses Schwein – dieses verfluchte Schwein!«

Deutschmann nahm aus einer Sanitätstasche ein kleines Fläschchen heraus und träufelte fünfzehn Tropfen auf einen Löffel. Schwanecke schob seinen dicken Zeigefinger zwischen die verkrampften Lippen des Ohnmächtigen und drückte den Mund auf. Vorsichtig schüttete Deutschmann die Tropfen hinein. Dann massierten sie wieder die Brust und die Herzgegend.

»Soll ich Schnaps besorgen?« fragte Schwanecke.

»Nein, das hat keinen Zweck.«

»Er muß durchkommen«, sagte Schwanecke wieder, »Krüll, dieses Schwein, dieses verfluchte Schwein! Wenn ich den einmal erwische ...«

»Er wird durchkommen – jedenfalls scheint es mir so«, sagte Deutschmann schwitzend, als der Professor regelmäßiger zu atmen und leise zu stöhnen begann. Aber er war immer noch ohnmächtig.

»Na, kommst du nun mit oder nicht?« fragte Schwanecke.

Deutschmann schwieg.

»Willst du wirklich hier verrecken? So wie der da? Auch wenn er durchkommt, wird er irgendwann verrecken – spätestens dann, wenn ihn die Russen umlegen!«

»Halt den Mund!« sagte Deutschmann.

»Jaja, ist schon gut. Meinetwegen verrecke. Mir ist's gleich.«

Sie arbeiteten schweigend weiter. Als es den Anschein hatte, daß es nichts mehr zu tun gab, deckten sie den Professor mit zwei Decken zu. Dann setzten sie sich zu beiden

Seiten des Schlafenden und stierten vor sich hin auf den Boden. Sie hatten sich nichts mehr zu sagen. Oder doch? Hatte Schwanecke am Ende doch recht, fragte sich Deutschmann. War es wirklich so, wie er sagte? Was hielt ihn noch hier zurück? Warum griff er nicht mit beiden Händen zu? Denn es war eine Chance durchzukommen, während hier?

Als Obermeier plötzlich eintrat, erhoben sie sich nicht. Sie bemerkten ihn erst, als er am Bett stand.

»Krüll?« fragte der Oberleutnant.

Deutschmann nickte. »Irgend etwas muß er ja tun.«

Wortlos, mit einem bleichen, böse-verbissenen Gesicht verließ Obermeier das Revier.

In der darauffolgenden Nacht tobte Krüll wie ein wild gewordener Stier im Dorf herum – und dann wieder schlich er bedrückt durch die Straße von Haus zu Haus, aus einer Unterkunft in die andere. Oberleutnant Obermeier hatte ihm wegen des Professors eine fürchterliche Zigarre verpaßt. Aber die Zigarre allein wäre nicht so schlimm gewesen: In seiner langjährigen militärischen Laufbahn hatte er gelernt, die Maßregelungen der Vorgesetzten gleichgültig von sich abzuschütteln wie ein nasser Hund das Wasser. Doch weitaus unangenehmer war die Tatsache, daß ihm Obermeier befohlen hatte, wieder hinaus in die Gräben zu gehen, um die Arbeit dort zu beaufsichtigen und vor allem die fertiggestellten Grabenstücke auszumessen.

»Sie haben sich ja zu einem Fachmann im Messen entwickelt, Oberfeldwebel«, hatte Obermeier zu ihm gesagt. »Oder stimmt es nicht?« Krüll hatte die Hacken zusammengeschlagen und heiser bestätigt:

»Jawohl, Herr Oberleutnant.«

Und dieses stumpfsinnige Jawohl tat ihm innerlich so weh, daß er aus einer Stimmung in die andere fiel, aus wütendem Toben in verbissenes, ahnungsvolles Schweigen.

Am gleichen Abend erhielt Hauptmann Barth in Orscha den Einsatzbefehl der Division.

Was Wiedeck geahnt hatte, als er die Sonderzuteilungen an Schnaps beim Furier sah, was Krüll und die anderen befürchteten, ohne zu wissen, was es eigentlich war, wovor sie Angst hatten, war mit einem kurzen Schreiben und einem Telefonanruf Wahrheit geworden. Hauptmann Barth las den Einsatzbefehl durch, las ihn zum zweitenmal, blieb eine Weile regungslos sitzen und kurbelte dann die Division an. Er verlangte den Adjutanten, einen Hauptmann, der sich sofort meldete.

»Ach, Barth – Sie sind es«, sagte er jovial. »Ich habe eben an Sie gedacht – und wenn ich ehrlich sein soll, habe ich auch Ihren Anruf erwartet.«

»Dann wissen Sie, worüber ich mit Ihnen sprechen will?«

»Aber klar.«

»Wie haben Sie sich das eigentlich vorgestellt? Warum müssen das gerade wir machen?«

»Da fragen Sie noch? Es ist zwar nicht die Regel, daß eine Einheit wie Ihre solche heiklen Unternehmen durchführt, aber der General meint, daß es gelegentlich einen Grund gibt, da einmal eine Ausnahme zu machen. Sehen Sie, Barth, wir wollen uns nichts vormachen: Das Unternehmen ist verdammt gefährlich. Wir wissen das auch. Aber was sollen wir machen? Bei Witebsk greifen die Russen an, nur bei uns ist es noch still. Warum? fragt man sich bei der Armee. Der Boden ist hartgefroren, das beste Panzerwetter, das man sich wünschen kann. Und doch rührt sich nichts, obwohl die Russen wissen müßten, daß ihnen der Westen offenliegt, wenn sie hier durchbrechen. Es ist alles eben, keine großen Hindernisse ... Wir haben den starken Verdacht, daß sich dahinten bei den Russen irgend etwas zusammenbraut. Wir haben es schon mit Flugzeugaufklärung versucht, aber die Wolken hängen zu tief, und außerdem hat man schon zwei unserer Aufklärer abgeschossen. Die Frage ist: Was geht da hinten, hinter den russischen Linien, vor sich? Und um das herauszubekommen, muß Ihre zweite Kompanie, die dafür am günstigsten liegt, eingeteilt in mehrere Gruppen, durch die russischen Linien hindurchsickern und nachsehen, was da los ist.«

»Das ist genau das, was man ein Himmelfahrtskommando nennt. Ich bezweifle, daß überhaupt jemand, zurückkommt«, sagte Barth langsam.

»Einer muß zurückkommen. Wenn dieser eine es schafft, hat er mehr geleistet, als ein ganzes Regiment schaffen könnte. Aber weswegen ich mit Ihnen sprechen wollte: Wir wissen beide, Barth, daß es bei Ihnen sicher eine Menge Leute gibt, die bei der ersten sich bietenden Gelegenheit überlaufen würden. Das war auch unser einziges Bedenken, Ihr Bewährungsbataillon mit dieser Aufgabe zu betrauen. Wir riskieren es trotzdem, und wir werden es schriftlich machen, daß alle diejenigen, die das Unternehmen heil überstehen und zurückkommen, in ihre alten Einheiten versetzt werden und ihren ehemaligen militärischen Rang zurückbekommen. Das dürfte ein gewaltiger Anreiz sein.«

»Ich finde ihn gar nicht so gewaltig.«

»Ich weiß, was Sie meinen. Wenn man einmal drüben ist, dann ist für einen der Krieg aus. Wir beide – und mit uns alle alten Hasen – wissen aber, daß es nicht so einfach ist. Die Russen sind keine sehr guten Gastgeber, wenigstens nicht für uns. Da weiß man nie, was passieren könnte. Im Gegenteil wissen dann Ihre Leute genau, was geschehen wird, wenn sie zurückkommen.«

»Wenn jemand zurückkommt ...«

»Seien Sie doch vernünftig, Barth ... Wir können nicht anders, Barth, wir brauchen die regulären Truppen zum Auffangen der Offensive. Sie wissen ja, wie knapp wir mit den Leuten sind.«

»Und mein Bataillon brauchen Sie zum – bums, weg ist's!«

»Warum eigentlich dieses lange Gespräch, Barth? Es stimmt, was Sie sagen – aber andererseits ist es die Bewährung für Ihre Männer. Gelingt der Erkundungsstoß oder besser – das Spähtruppunternehmen, dann wird eine Menge Ihrer Leute rehabilitiert, und das ist ja auch etwas. Ansonsten ist es eben Krieg. Wir beide haben ihn nicht gemacht.«

»Nee«, sagte Barth, »das haben wir nicht.«

»Na denn – ich wünsche Ihnen viel Glück. Sie haben den genauen Zeitplan – er ist zwar knapp, aber er wird einzuhalten sein, wenn sich Ihre Leute beeilen. Wir warten auf Ihre Meldung. Ich wünsche Ihnen beziehungsweise Ihrer zweiten Kompanie viel Glück!«

»Na, denn los!« sagte Hauptmann Barth müde, als er den Telefonhörer auflegte.

Tanja war aus Orscha verschwunden. Als Sergej eines Nachts an die Tür klopfte und sie aufbrach, weil er keine Antwort erhielt, fand er die Hütte leer.

Vergeblich suchte er nach ihr. Er fragte die Bauern und die als Bauern verkleideten Partisanen, er ließ sie von Tartuchin und seinen wilden Gesellen suchen – doch sie blieb verschwunden, nirgends fand sich eine Spur von ihr. Aber er gab nicht nach: Wenn sie irgendwo in der Nähe war, wenn es ihr nicht gelungen war, sehr weit zu entschlüpfen, dann würde er sie finden. Es gab nichts, was seinen Leuten entging, kein Mensch konnte sich so verstecken, daß sie ihn nicht finden würden.

Wütend – und verzweifelt ging Sergej zurück in die Wälder, in die ›Heimat der Wölfe‹, wie sie von den Einheimischen genannt wurden, jetzt selber zu einem Wolf geworden, von Hunger nach Rache gepeinigt, blutgierig und gnadenlos.

Nicht weit von Barssdowka, etwas abseits liegend, standen einige niedrige, halbverfallene, windschiefe Bauernhütten. Sie wurden von alten Leuten bewohnt, die ihre Häuser nicht verlassen wollten und sich lieber mit ihnen zusammenschießen ließen, als vor der Front zu flüchten. In einer dieser Hütten wohnte auch die alte Marfa, eine Frau von über 70 Jahren, die von der Milch und der Butter einer Ziege lebte und fast den ganzen Tag über durch das kleine, halbblinde Fenster die deutschen Soldaten und die vorbeirasselnden Nachschubkolonnen anstarrte. Nachts dann, wenn es ruhiger wurde, kamen durch den Hintereingang ab und zu dick vermummte Gestalten zu ihr, wärmten sich und verschwanden wieder, huschenden Schatten gleich, genauso leise, wie sie gekommen waren: die als Bauern verkleideten Partisanen, die durch die deutsche Front hindurchsickerten.

In einer dieser stillen, weißen, frostklirrenden Nächte kam Tanja zu der alten Marfa.

»Ach, du bist es, Tanjascha«, sagte die Alte und blinzelte das Mädchen mit ihren schwimmenden, farblosen Augen an. »Du bist es! Du warst schon eine ganze Weile nicht hier.«

»Wie geht es dir?«

»Gut, gut, Töchterchen.« Die Alte strich sich mit knorrigen, durch Gicht gekrümmten Fingern über das alte, geflickte Kleid. »Was machst du hier?«

»Ich möchte bei dir bleiben.«

Die alte Marfa nickte. Sie sprach nicht weiter darüber, und während Tanja ins Haus ging und sich auf dem Heuboden ein Lager zurechtmachte, setzte sich die Alte wieder vor das Feuer und starrte versunken in die flackernden Flammen.

Tanja war beinahe glücklich. Von einer Luke des Heubodens konnte sie hinüber nach Barssdowka sehen. Dort war Michael, dort lebte jener fremde Mensch, der ihr so vertraut geworden war wie keiner vor ihm, dem sie gehörte und dem sie folgen wollte, wohin er sie auch führen würde. Vielleicht würde sie ihn sehen. Vielleicht auch konnte sie ihn sprechen. Sie dachte daran, was sie ihm sagen wollte, wenn sie ihn fand, sie wollte ihm erzählen, wie die Welt plötzlich einsam war ohne ihn, wie sie auf ihn gewartet und wie sie sich entschlossen hatte, hierherzukommen, um in seiner Nähe zu sein. Und sie würde ihm sagen, daß sie sich entschlossen hatte, alles hinter sich zu lassen, was ihr lieb und teuer war, um mit ihm sein zu können …

Hauptmann Barth war überraschend in Barssdowka eingetroffen. Für Oberleutnant Obermeier kam er nicht unerwartet, denn Wernher hatte ihn von Babinitschi aus angekündigt.

Ohne sich um den verblüfften, stramm grüßenden Krüll zu kümmern, ging der Hauptmann in Obermeiers Unterkunft. Hier lagen auf einem ramponierten, roh zusammengezimmerten Tisch die Meßtischblätter des Schanzsektors der zweiten Kompanie, die durchzogen waren mit grünen, roten und gelben Strichen.

»Schieben Sie den ganzen Kram beiseite«, sagte Barth, nachdem sich die beiden Offiziere begrüßt und die Hände geschüttelt hatten. »Sie brauchen das Zeug nicht mehr. Wenigstens vorläufig nicht.«

»Sie meinen ...?«

»Ganz recht. Es ist soweit. Heute nachmittag geht's los. Gestern abend hat mich der General höchstpersönlich angerufen, um mir die Sache noch einmal zu erzählen. Den Herren scheint es sehr wichtig zu sein.«

»Und wir sind also endgültig dazu auserkoren, das Unternehmen durchzuführen?«

»Jawohl. Welch eine Ehre, was?«

»Na, ich weiß nicht ...«

Hauptmann Barth holte aus der Kartentasche eine Karte der Umgebung von Gorki und breitete sie auf dem Tisch aus.

»Sehen Sie, ungefähr hier verläuft die Front. Da ist die russische Linie und – dahinter sind höchstwahrscheinlich große Panzerverbände aufgefahren und liegen in Bereitstellungsräumen. Nur ist alles unheimlich still, im Gegensatz zu Witebsk, wo der Teufel los ist. Aber der Generalstab meint, daß hier bei uns mit größter Wahrscheinlichkeit eine neue russische Großoffensive anlaufen wird. Mit der Flugzeugaufklärung ist es nicht weit her, der Himmel ist zu verhangen – und sie wissen ja, daß die Russen Meister der Tarnung sind.«

»Und ob ich das weiß!«

»Die einzige Möglichkeit, die Lage zu erkunden – ist ein

großangelegtes Spähtruppunternehmen. Und jetzt wird's kritisch. Unsere HKL ist ziemlich dünn besetzt. Alle vorhandenen Truppen werden für das Auffangen der ersten sowjetischen Angriffe gebraucht. Was dann kommt, wenn die Truppen verbraucht sind, wissen wir nicht. Die Armee hat auch keine nennenswerten Reserven. Kurz und gut, man kann keinen einzigen Mann der regulären Truppen aus der Front nehmen und zu dem Spähtruppunternehmen schicken. So kommt man auf die Idee, uns zu – verwerten ...«

»Wie sinnig!« sagte Obermeier.

»Nicht wahr? Wir haben also den Befehl, in der kommenden Nacht über die deutsche HKL hinaus und durch die russischen Linien zu schleichen, gruppenweise, unter Benutzung des Partisanenwaldes von Gorki, wo wir ebenfalls Truppenansammlungen vermuten, vor allem eine Menge Minenwerfer und leichter Feldartillerie. Sie wissen ja, wie gefährlich die russische Artillerie sein kann. Sie müssen nun mit Ihrer zweiten Kompanie hinter die russischen Linien und ausspionieren, was sich da alles angesammelt hat. Das wäre alles.«

»Mir genügt's. Glauben Sie, daß noch ein Mann zurückkommt?«

»Sie meinen – oder Sie befürchten, Ihre Leute könnten sich scharenweise ergeben?«

»Auch wenn sie das nicht tun ... aber es ist ja fast aussichtslos. Die Russen werden uns der Reihe nach schnappen.«

»Einer wenigstens muß zurückkommen, ich sagte es Ihnen schon. Um der ersten Gefahr, nämlich der des Überlaufens, wenigstens etwas vorzubeugen, können Sie Ihren Leuten folgendes sagen: Jeder, der nach dem durchgeführten Auftrag zurückkommt, wird seinen früheren Rang zurückerhalten und in seine ehemalige Einheit überstellt werden. Für ihn ist dann die Episode ›Strafbataillon‹ zu Ende. Und was das übrige betrifft ... ich weiß, was dieser Auftrag bedeutet. Und wir beide wissen, daß die Russen nicht auf den Kopf gefallen sind. Sie sind nicht blind. Aber Sie haben einige sehr gute, alte Soldaten dabei, alte Füchse, die sich nichts vormachen lassen und die mit fast jeder Situation fertig werden. Es stimmt schon: Ein Großteil Ihrer Leute wird draufgehen. Vor allem die, die noch nie an der Front waren, die zu erschöpft sind, um solche Anstrengungen durchzustehen, und die nicht wissen, wie man sich an der Front bewegen muß. Wir können da nichts ändern. Wichtig ist, wie gesagt, daß zumindest einige zurückkommen und berichten.«

»Wenn ich daran denke, komme ich mir vor wie ein Schlachter, der eine Viehherde in die Wurstfabrik treibt.«

»Aber, aber, Obermeier! Wie können Sie Ihre Leute mit Vieh vergleichen? Ich weiß gar nicht, was Sie haben! Wir mußten doch darauf vorbereitet sein, unter anderem auch solche Aufträge durchzuführen.« Barth beugte sich wieder über die Karte und ging mit der Bleistiftspitze die mit Rotstift eingezeichneten Linien ab.

»Das ist der Generalfahrplan, Oberleutnant. Sie teilen Ihre Kompanie in zehn Gruppen ein, die völlig selbständig operieren. Für dieses Unternehmen wird jede Gruppe vollständig bewaffnet. Sie bekommen also zehn leichte MG 42, also das Beste vom Besten, zehn Maschinenpistolen, die restlichen Leute werden mit Karabinern ausgerüstet. Dazu Handgranaten – eben das Übliche. Sie haben doch genug Männer in der Kompanie, die am MG ausgebildet sind?«

Obermeier nickte.

»Also gut. Abgemacht. Sie werden mir aus Barssdowka melden, sobald jemand zurückkommt und etwas Konkretes zu berichten hat.«

»Das wird leider nicht gehen, Herr Hauptmann«, sagte Obermeier trocken. »An meiner Stelle wird Unteroffizier Wegner die Kompanie übernehmen.«

»Wegner? Kenne ich nicht. Warum Wegner?«

»Weil ich mitgehen werde.«

Barth warf seinen Bleistift auf den Tisch und starrte Obermeier an.

»Obermeier, was ist denn los mit Ihnen? Machen Sie mir keinen Unsinn. Sie bleiben hier!«

»Bitte, geben Sie mir nicht den dienstlichen Befehl, Herr Hauptmann.«

Barth sah Obermeier lange und prüfend an.

»Was steckt dahinter, Obermeier? Warum gerade Wegner? Machen Sie jetzt wieder Ihre alten, sentimentalen Touren? Wollen Sie unbedingt ein Held sein? Ist etwa dieser Wegner – ein Familienvater?«

»Das sind viele, Herr Hauptmann.«

»Wie viele Kinder hat er?«

»Fünf«, sagte Obermeier. »Aber Sie dürfen mir glauben, es ist nicht nur deswegen ... ich will beileibe auch keinen Helden spielen. Ich will nur dort sein, wo meine Kompanie ist, und das, glaube ich, ist nur in Ordnung, oder nicht?«

»Mann ... aber ich glaube, Sie haben recht. Es ist eine verdammte Sache! Aber ich brauche Sie noch ... Stellen Sie sich vor, an Ihre Stelle würde so ein Heini kommen wie Bevern, und das ist fast mit Sicherheit anzunehmen.«

»Sie würden schon mit ihm fertig werden, Herr Hauptmann. Im übrigen bin ich durchaus nicht bereit – nicht zurückzukommen. Ich komme wieder. Darauf können Sie sich verlassen. Schließlich bin ja auch ich ein alter Fuchs.«

Hauptmann Barth nagte nachdenklich, und wie es Obermeier schien, etwas niedergeschlagen an seiner Unterlippe. Dann sah er Obermeier an – und sah gleich wieder weg. »Nun gut«, sagte er leise, »nun gut ... es tut mir leid ... wir haben uns trotz allem sehr gut verstanden ... ich mag Sie sehr gut leiden, Obermeier ...«, seine Gestalt straffte sich, und er lächelte Obermeier an: »Wir wollen nicht sentimental werden. Ich werde Ihnen den Befehl, daß Sie hierbleiben müssen, nicht geben ...«

Zu gleicher Zeit, als Barth mit Obermeier in Barssdowka über den bevorstehenden Einsatz der zweiten Kompanie sprach, bemühte sich Dr. Kukill in Berlin seit vier Stunden, eine Verbindung mit Orscha zu erreichen.

Er stand in der Heeresvermittlung neben einer Steckvermittlung, begleitet von einem SS-Gruppenführer, einem sehr guten Bekannten, dem er vor kurzem aus großer Verlegenheit geholfen hatte.

»Es muß doch möglich sein, Orscha zu erreichen!« sagte der Gruppenführer zu dem Soldaten an der Vermittlung. »Ich war zwar nie dort, aber dieses Kaff hat doch eine ziemlich große Bedeutung an unserer Front.« Und dann zu Dr. Kukill, der unruhig eine Zigarette nach der anderen rauchte und mit kurzen nervösen Schritten in dem Raum mit seinen vielen summenden Geräten herumlief: »Es wird schon klappen, Herr Doktor! Alles braucht eben seine Zeit. Bedenken Sie, welche Stellen wir in die Leitung einschalten müssen, um die Sprechbrücke zu erreichen. Wir schaffen es, Doktor, keine Bange!« Gutmütig stieß er den zusammenzuckenden Arzt gegen die Rippen.

»Ich hoffe, es wird nicht zu spät sein!« murmelte Kukill unruhig, und auf seiner Stirn bildeten sich Falten. Er setzte sich neben den Obergefreiten, der an der Steckvermittlung saß und angestrengt in seine Kopfhörer lauschte. »Vier Stunden dauert das schon. Ich muß wissen. Ich muß wissen, wie die Dosierung ist … wir haben keine Zeit zu Experimenten …«

»Ach du liebe Zeit – so kenne ich Sie ja gar nicht, Doktor!«

»Orscha …!« sagte der Obergefreite. Kukill fuhr herum. »Geben Sie her!«

Aber der Obergefreite winkte ab. »Sie stecken weiter um – nach Babinitschi oder so ähnlich – Barssdowka. Wir müssen Geduld haben.«

»Herrgott – Geduld – Geduld – das sagen Sie schon die ganze Zeit!«

»Wenn wir Orscha erreicht haben, ist das andere halb so schlimm. Sie sehen, es klappt bei unserer Organisation!« sprach der Gruppenführer beschwichtigend.

»Da sind vier oder fünf andere in der Leitung«, sagte der Obergefreite nervös. Der verrückte Zivilist und das hohe SS-Tier gingen ihm auf die Nerven. Nun hockten sie schon seit geschlagenen vier Stunden hier und trampelten auf seiner Geduld herum wegen diesem blödsinnigen Kaff Orscha … Der Teufel soll sie holen! Er sagte: »Irgend jemand meldet sich … aber es quatschen immerzu andere dazwischen!« Er rückte den Trichter näher an den Mund und brüllte hinein: »Hallo – hallo –! Hallo – Orscha! Hallo – Divisionsvermittlung Orscha! Trennen Sie die Störsprecher! Wichtige Durchsage aus Berlin. Geben Sie Babinitschi – Barssdowka – Hauptmann Barth. Trennen Sie …«

Dr. Kukill wischte sich über die Stirn. Sie war klebrig und weiß. Der Gruppenführer zündete sich eine Zigarette an.

Sie warteten.

Und dann sagte der Obergefreite:

»Bataillon 999? Hauptmann Barth? Hallo – ist dort Hauptmann Barth? Ist dort Barssdowka – Hauptmann Barth?« Er sah zu Kukill auf und nickte heftig. Dieser riß den zweiten Hörer an sich.

»Wer ist dort? Hauptmann Barth? Der Kommandeur? Hier ist Berlin, hier ist Berlin, hallo, Hauptmann Barth!«

In Barssdowka saß Hauptmann Barth am Telefon und preßte den Hörer des Feldfernsprechers an das Ohr.

»Berlin«, schrie er. »Wer macht hier faule Witze? Welcher Idiot ist in der Leitung? Hier ist Hauptmann Barth. Ist dort die Divisionsvermittlung, hallo – Divisionsvermittlung …!«

»Hier Dr. Kukill! Berlin!« rief in Berlin Dr. Kukill in den Apparat. »Holen Sie bitte Herrn Dr. Deutschmann an den Apparat, verstehen Sie – Dr. Deutschmann! Dr. Deutschmann! Zweite Kompanie!«

»Deutschmann?« Hauptmann Barth sah Obermeier verblüfft an. »Ist die Welt verrückt geworden? Hier wird ein Dr. Deutschmann aus Berlin verlangt. Unser Deutschmann – ich werd' verrückt!« Er preßte den Hörer aus Ohr und schrie in die Muschel: »Jawohl – Ich lasse den Schützen Deutschmann holen! Warten Sie fünf Minuten.«

Draußen, vor dem Haus, über die Straße hinweg, die Krülls Schneeschippkommando freischaufelte, gellten die Rufe: »Deutschmann zum Kommandeur! Deutschmann sofort zum Kommandeur!«

Der Ruf pflanzte sich fort und drang bis zu dem kleinen

Revierbunker, in dem Deutschmann gerade einem Soldaten die Hand verband. Eine Quetschwunde.

»Deutschmann zum Kommandeur!« brüllte jemand in den Bunker. Deutschmann nickte:

»In zehn Minuten. Ich muß erst verbinden.«

»Telefon aus Berlin, du Knallkopf!«

»Aus Ber…« Deutschmann sprang auf. »…lin«, beendete er tief ausatmend. Er kümmerte sich nicht mehr um den Verletzten. »Ich bin in fünf Minuten wieder hier!« schrie er, während er hinauslief. »Berlin … meine Frau … ich komme wieder … halte die Binde solange … ich …«

Er stolperte über die Straße, über Schneehaufen, über Eisbuckel. Er rannte wie um sein Leben.

»Ei – guck mal an, wie er laufen kann!« kam von irgendwoher Krülls Stimme, aber er achtete nicht darauf. Berlin, dachte er, Berlin – Julia – Julia!

Atemlos stürzte er in den Kompaniegefechtsstand. Barth hielt den Hörer immer noch ans Ohr, und auch Obermeier lauschte, tief über den Tisch gebeugt.

»Herr Hauptmann!« keuchte Deutschmann atemlos. Das Zimmer, die Uniformen der Offiziere, der Tisch, die Wände drehten sich um ihn.

Barth winkte ab. »Hallo – Berlin! Berlin! Schütze Deutschmann ist hier. Wo ist Berlin? Was? Divisionsvermittlung – wo haben Sie Berlin? Weg? Sie Idiot – halten Sie die Verbindung fest!«

Er wartete. Deutschmann lehnte zitternd neben ihm am Tisch, und dann kam wieder eine kaum hörbare, quäkende Stimme, er steckte die Hand aus. Barth gab ihm den Hörer.

»Hier Deutschmann – Schütze Deutschmann!« sagte der schmale, zitternde Mann mit klangloser Stimme.

»Hier Divisionsvermittlung. Gespräch mit Berlin ist unterbrochen. Ich bekomme ihn nicht mehr ran. Soviel ich verstehen konnte, war ein Dr. Kilill oder Krumbill …«

»Dr. Kukill …«, sagte Deutschmann heiser.

»Richtig, das war's. Der war am Apparat. Er sagte etwas von einer Frau – Julia oder so ähnlich – und einem Serum, ich habe es nicht genau verstanden – und etwas von tot sagte er auch, es war alles sehr unklar. Kannst du damit etwas anfangen, Kumpel?«

»Können Sie mich nicht mehr verbinden?«

»Nee, geht nicht. Ist zu weit. Es ist endgültig weg. Kannst du damit etwas anfangen?«

»Ja – ich habe verstanden.«

Deutschmann legte den Hörer zurück und sagte vor sich hin starrend noch zweimal: »Ich habe verstanden – ich habe verstanden – Julia ist tot.«

Hauptmann Barth sah hinüber zu Obermeier und zuckte mit den Schultern. Er verstand nichts von dem, was sich hier abspielte, aber so viel verstand er, daß dieser schmächtige leichenblasse Mann jetzt die Nachricht über den Tod einer Frau erhalten hatte, die Julia hieß. Und wenn er sich recht erinnerte, stand in Deutschmanns Papieren, daß er mit einer gewissen Julia verheiratet war …

Bitter. Aber was konnte man tun? In solchen Fällen war es – das wußte er aus Erfahrung – am besten, die Leute zu beschäftigen. Und sie sollten beschäftigt werden, diese Männer aus der 2. Kompanie, bei Gott! Er hob das Handgelenk und sah auf die Uhr.

»In einer Stunde rücken Sie zu den Ausgangsstellungen ab, Herr Oberleutnant«, sagte er dienstlich. »Und Sie, Schütze Deutschmann, haben Sie noch eine Frage?«

»Nein, Herr Hauptmann.«

»Es tut mir leid …«, murmelte Barth, »aufrichtig leid. Wenn ich recht verstanden habe … Ich möchte Ihnen mein Beileid aussprechen …«

»Danke.«

Deutschmann ging hinaus, ohne zu grüßen, stand auf der Straße ohne Kopfbedeckung und mit offenem Uniformrock, so wie er aus dem geheizten Bunker herausgestürzt war. Von der Unterkunft her kam Schwanecke auf ihn zu. Als er Deutschmann sah, stutzte er und raffte den offenen Uniformrock vor Deutschmanns Brust zusammen.

»Mensch, du siehst aus wie eine Wasserleiche. Was ist denn los? Was wollen die aus Berlin?«

Deutschmann schwieg.

»Sind sie dir auf den Pelz gerückt? Laß uns abhauen, Kumpel!« flüsterte Schwanecke, während er sich vorsichtig umsah. »Heute nacht, verstehst du, jetzt ist's viel einfacher ... keine Rotkreuzfahne mehr ... Wir bleiben einfach hinten ... So 'n Erkundungsstoß ist genau das richtige für uns. Machst du mit?«

Deutschmann sagte immer noch nichts.

Schwanecke rüttelte ihn: »Was ist passiert? He – hörst du eigentlich? Bist du taub geworden? Was ist passiert?«

»Julia ist tot«, flüsterte Deutschmann.

»Was?« Schwanecke fuhr zurück. »Ja, dann ...«, stammelte er verwirrt, »... komm weg von hier, du holst dir den Tod. Hast du schon alles zusammengepackt? Wart mal, ich helf' dir. Ja, Mensch, wenn's so ist ...«

Willenlos, wie eine aufgezogene Puppe ließ sich Deutschmann von Schwanecke wegführen. »So 'ne Sache, so 'ne verfluchte Sache!« murmelte Schwanecke, und in seiner heiseren Stimme schwang Mitgefühl für diesen großen, dünnen Mann, der an seiner Seite stolperte und den er, weiß der Teufel, warum, verflucht gern leiden mochte.

In der ersten Abenddämmerung rückte die 2. Kompanie zur HKL ab. Es war noch Nachmittag, doch der graue Schleier der kommenden Nacht legte sich schon über die weiße, weite Ebene, mit dem dunklen Streifen des Waldes am Horizont.

Auch Oberfeldwebel Krüll war dabei – als Kompanietruppführer. Er wußte, wohin es ging, aber er dachte nicht daran. Warum auch? Es half nichts. Es half alles nichts. Jetzt war es soweit, und kein Mensch konnte etwas dagegen unternehmen. So trottete er mißmutig vor seinem Haufen her wie ein Ochse zum Schlachthof.

An diesem Nachmittag sah Tanja, wie eine Reihe deutscher Soldaten in weißen Tarnanzügen aus Barssdowka wegzog und bald danach in der Ebene untertauchte, in der Richtung gegen den Wald von Gorki. Sie ahnte nicht, daß unter ihnen auch Deutschmann war ...

Er ging als einer der letzten aus dem Dorf, zwei schwere Verbandstaschen über die Schulter gehängt.

Wiedeck stapfte vor ihm, ein blankgeputztes MG 42 in der Hand.

»Wie in alten Zeiten«, sagte er über die Schulter weg nach hinten. »Ich hab' zwar was gegen die Sache, die wir erledigen müssen, aber nichts gegen die Spritze da. Und wenn du mich fragst, dann lieber mit so 'ner Spritze durch das Land ziehen, auch wenn's von den Rußkis wimmelt, als das sture Schanzen.«

»In fünf, sechs Stunden sprechen wir uns wieder«, brummte Schwanecke, der vor ihm ging, mit einer Maschinenpistole über der Schulter, Handgranaten hinter dem Koppel.

Aber Wiedeck hörte nicht hin. »Mensch, Ernst«, sagte er, »wenn die Sache klappt, dann ist's vorbei mit diesem Scheißhaufen. Glaubst du, daß es mir gegen den Strich geht, hier zu dienen?«

»Wem geht es nicht?« fragte Schwanecke spöttisch.

»Ich kann dich verstehen«, sagte Deutschmann, um überhaupt etwas zu sagen. Er ging wie durch einen durchsichtigen, merkwürdig klaren Nebel, in dem alles, was um ihn herum geschah, seltsam deutlich, doch auch zugleich unwirklich und fern war. Er zwang sich, nicht an Julia zu denken. Er zwang sich, Wiedeck zuzuhören und ihn zu verstehen. Ja, er konnte ihn verstehen: Wie es auch war, ein Strafbataillon war die Einheit für Menschen, die sich gegen das Gesetz vergangen hatten. So sah er es jedenfalls, Wiedeck. Und was konnte für einen rechtschaffenen, ehrlichen Bauern schlimmer sein, als zu den Menschen gezählt zu werden, die sich gegen das Gesetz vergangen hatten? Seine Kinder sollten nie sagen: Mein Vater, der Verbrecher ... Welche Qual mußte das für ihn bedeuten! Wie konnte er noch seine Kinder Ehrlichkeit unter allen Umständen lehren, wenn er selbst ...? Daß es hier vor allem Menschen gab, die keine Kriminellen waren – wer wußte das schon? Aber es gab auch solche wie Schwanecke, die zu Recht bestraft wurden, auch wenn Schwanecke ein toller Bursche war, auf den man sich verlassen konnte. Gaben er und ihm ähnliche nicht den Ausschlag? Eine seltsame, unverständliche Welt!

»Wenn es klappt …«, träumte Wiedeck weiter, »dann kommen wir zurück zu unseren Einheiten und …«

»Und du glaubst das?« fragte Schwanecke spöttisch.

»Warum sollte ich nicht? Glaubst du, daß Obermeier lügt?«

»Nein, er nicht«, sagte Schwanecke. »Aber was kann schon Obermeier gegen die anderen ausrichten?«

»Er hätte es nicht gesagt, wenn es nicht wahr wäre!« sagte Wiedeck mit Überzeugung. Wenn ein Offizier wie Obermeier bewußt lügen würde, dann – ja, dann … woran konnte man dann noch glauben? Das konnte nicht sein! Wiedeck glaubte es, er glaubte, daß alles gut ausgehen würde, er glaubte, daß er zurückkommen würde und daß er dann wieder frei sein würde. Frei … Er würde Urlaub bekommen und nach Hause fahren, plötzlich vor der Tür stehen … mit Schulterklappen und Auszeichnungen … wie sah wohl der Kleine aus? Und er wiederholte bei sich Obermeiers Worte, als sie auf der Straße vor der Schreibstube angetreten waren, kurz bevor sie abrückten.

»Männer«, hatte Obermeier gesagt, als er aus der Schreibstube gekommen war, einer von ihnen, genauso aussehend wie sie alle, im weißen Tarnanzug, mit einer umgehängten Maschinenpistole, Handgranaten hinter dem Koppel, »Männer, wir heißen: Bewährungsbataillon 999. Jetzt endlich ist es soweit: Wir sollen uns bewähren, und zwar über das übliche Maß hinaus. Wir machen einen Erkundungsvorstoß hinter die russischen Linien. Eine gefährliche Sache, ich weiß. Die Gruppenführer werden euch Näheres darüber sagen. Was ich jetzt noch zu sagen habe, ist folgendes: Jeder, der zurückkommt, wird sofort zu seiner alten Einheit versetzt und bekommt seinen ehemaligen Rang und seine Auszeichnungen zurück. Dann ist es aus mit dem Bewährungsbataillon, dem Strafbataillon, wie ihr, oder seien wir ehrlich, wie wir unseren Haufen nennen. Ich weiß: Vielleicht werden wir nicht alle zurückkommen. Wir wollen uns da nichts vormachen. Aber es liegt an uns selbst, ob und wie schwer unsere Verluste sein werden.

Einzig und allein an uns selbst. Ich glaube, wir verstehen uns. Ich selber wurde zu dieser Einheit kommandiert. Weil ich aber glaube, zu euch zu gehören, gibt's für mich nichts anderes, als mitzukommen. Das ist klar. Und ich komme auch zurück, darauf könnt ihr euch verlassen. Ich hoffe, übermorgen sehen wir uns alle wieder hier, so wie wir jetzt hier stehen. Und dann wollen wir einige Pullen leer trinken – auf den glücklichen Ausgang und – zum Abschied!«

»Ein toller Kerl!« sagte Wiedeck.

»Wer?«

»Obermeier.«

»Daß du dich man nicht täuschst ...«, brummte Schwanecke, aber dann gab er sich einen Stoß und grinste über die Schulter: »Du hast schon recht. Er ist in Ordnung.« Ja, Obermeier war in Ordnung, dachte Schwanecke. Schwer in Ordnung. Wenn alle anderen so wären ... Wenn er selbst, Schwanecke, sich mit dem Oberleutnant nicht so gut verstand, dann war das eigentlich seine, nicht Obermeiers Schuld. Und plötzlich – wie schon so oft und immer öfter in letzter Zeit, tat es Schwanecke fast schmerzhaft leid, daß er ein Außenseiter war und auch in Obermeier und anderen anständigen Leuten seine Gegner sehen mußte. Sie waren es, daran konnte man nicht rütteln – und es war ein Elend, daß es so war. Wieviel schöner wäre es, wenn sie alle am gleichen Strang ziehen würden – er, Obermeier, Wiedeck, Deutschmann. Verdammt, dachte er, es ist eine verfluchte Sache ... zu spät ...!

So zog die 2. Kompanie, leise mit den Waffen klappernd, durch die heraufdämmernde Nacht, Phantomen gleich, die sich kaum von der grauweißen Fläche rundherum abhoben.

Vorneweg, neben Unteroffizier Hefe – Oberleutnant Obermeier. Mit der zweiten Gruppe Oberfeldwebel Krüll. Dann Unteroffizier Kentrop. Und andere, in einer langen, langen Reihe. Bartlitz, der ehemalige Oberst. Ein degradierter Major. Ein Musiklehrer. Ein Rechtsanwalt. Ein Taschendieb. Ein Studienrat. Ein Architekt und wieder ein Rechtsanwalt. Ein Sittlichkeitsverbrecher. Ein Zuhälter. Ein

Homosexueller. Ein Bauarbeiter. Ein Metzger. Ein Oberregierungsrat. Ein Einbrecher. Ein ehemaliger Kreisleiter. Ein Arzt …

Vor ihnen, wo die HKL lag, war die Nacht dunkel und schweigsam. Frost. Eine Leuchtkugel. Und plötzlich das Rattern eines MGs.

An ihrem Dachfenster stand Tanja und sah hinter der schweigenden Kolonne her, als sie schon lange nicht mehr zu sehen war. Und dann sah sie noch eine ganze Weile hinüber nach Barssdowka, und ein kaum sichtbares, trauriges Lächeln huschte über ihr Gesicht, als sie leise flüsterte: »Gute Nacht, Michael, schlaf gut … schlaf gut …!«

In der HKL wechselte Obermeier mit dem jungen Leutnant der Infanterie einige Worte. Der Leutnant wußte Bescheid. Sie verglichen noch einmal ihre Uhren und sahen dann lange und schweigend zu den russischen Linien.

»Haben Sie keine Angst, daß die Hälfte Ihrer Leute überläuft?« fragte der Leutnant schließlich.

»Warum?«

»Na ja, was man so hört … es sind ja schließlich Verbrecher … Kommunisten …«

»Sie müssen es ja wissen«, sagte Obermeier, und der Ton seiner Stimme ließ den Leutnant verstummen.

»Noch zwanzig Sekunden«, sagte Obermeier nach einer Weile zu dem dumpf vor sich hin brütenden Krüll. Er hatte die Uhr mit dem Leuchtzifferblatt dicht vor die Augen gehalten. »Noch 15 – 10 – 5 – raus!«

Über den Grabenrand kletterten lautlos die ersten Gestalten. Dann war die erste Gruppe durch. Abstand. Zweite Gruppe. Abstand. Dritte – vierte – fünfte – sechste Gruppe. »Macht's gut!« flüsterte Obermeier zu Unteroffizier Kentrop. »Aber ja!« Kentrop grinste den Oberleutnant an. Seine Zähne leuchteten weiß. Dann verschwand er und seine Leute hinter ihm. Siebente – achte – neunte Gruppe. Jetzt war Obermeier selbst dran. »Los!« gab er sich den Befehl, sah kurz zurück zu seinen schweigenden, wartenden Leuten, die zusammengedrängt im Graben standen, sagte: »Es wird schon schiefgehen!« und kletterte über den Grabenrand. Vor ihm war Dunkelheit, und er tauchte in ihr unter wie ein flüchtiger, lautloser, greifbarer Schatten.

»Wenn das man gutgeht!« murmelte der Leutnant, und dann sagte er zu dem Unteroffizier, der unmittelbar neben ihm stand: »Verdammt will ich sein, wenn ich an deren Stelle sein möchte …«

Zu gleicher Zeit, als die Gruppen der zweiten Kompanie weit verteilt in das Niemandsland zwischen der deutschen und der russischen HKL schlichen, erfolgte ein kurzer Feuerschlag der deutschen Artillerie und ein Scheinangriff im Bereich des Nachbarregiments: die geplante Ablenkung, die die Aufmerksamkeit der Russen an eine andere Stelle lenken sollte. Die Partisanen im Walde von Gorki unter Sergej Denkow wurden alarmiert. Gleich danach zogen sie jenseits der zweiten Kompanie als Bereitschaft an den Waldrand. Der Weg für die dem Wald am nächsten liegende Gruppe der zweiten Kompanie war frei.

Obermeier mit seiner Gruppe, Krüll mit dem Kompanietrupp und Unteroffizier Hefe mit zehn Mann wateten durch den tiefen Schnee im Wald, keuchten durch Verwehungen, schwitzten trotz beißender Kälte, fluchten und gönnten sich keine Ruhepause. Die Gruppenführer blieben ab und zu stehen und sahen auf den Kompaß, um sich nicht zu verirren. Hier die Richtung zu verlieren war gleichbedeutend mit einem Todesurteil. Sie waren schon durch die russischen Linien hindurchgekommen und konnten jeden Augenblick auf feindliche Einheiten hinter der HKL stoßen, auf Reserven, die in diesen Räumen in Bereitstellungen liegen mußten.

Stunden vergingen, und die Männer waren der völligen Erschöpfung nahe – als sie plötzlich am Waldrand standen.

Obermeier sah auf die Uhr. Es war ein Uhr zwölf.

Vor ihnen lag eine Ebene, durchsetzt mit Buschgruppen und einzelnen Bäumen, dahinter konnte man im fahlen Licht des russischen Winters die dunklen Umrisse eines Dorfes erkennen, und vor ihnen, zwischen dem Waldrand und dem Dorf, standen – riesigen schwarzen Schatten gleich – hinter den Büschen, unter den Bäumen, getarnt mit Zweigen und ganzen Buschgruppen – russische Panzer.

»Meine Fresse«, sagte Schwanecke leise. »'ne ganze Armee! T 34! Wenn die losrollen ...!«

»... dann haben wir nicht mal mehr Zeit genug, den Hintern zusammenzukneifen ...«, beendete Wiedeck.

»Da helfen uns auch alle deine Taschen nicht mehr«, sagte Schwanecke zu Deutschmann und grinste ihn an.

»Haltet die Klappe!« sagte Hefe nervös.

»Mensch, werd nur nicht kribbelig«, sagte Schwanecke. »Die Frage ist, was wir jetzt zu tun haben. Gesehen haben wir ja, was wir sehen sollten, oder?«

»Ungefähr«, sagte Wiedeck.

»Also, nichts wie ab«, beschloß Schwanecke. Sein Plan stand fest, jetzt war die Gelegenheit günstig. Auf dem Rückweg durch den Wald konnte er einfach zurückbleiben, unbemerkt verschwinden und dann eine passende Gelegenheit abwarten, um sich den Russen zu ergeben. Die Sache würde nicht ganz leicht auszuführen sein, denn mit einem einzelnen Gefangenen machten die Russen sehr oft keine großen Umstände. Eine Maschinenpistolengarbe war weitaus einfacher als der Rücktransport nach hinten. Andererseits dürfte es aber bestimmt auch Russen geben, die stolz sein würden, einen Gefangenen zu machen, und sehr froh, ihn zurücktransportieren zu können – möglichst weit hinter die Front. Denn auch die Deutschen schossen nicht mit Erbsen – und sie trafen sehr gut ... Ob ein Deutscher oder Russe, hinter der Front ist es immer sicherer. Aber er hatte ja Zeit. Unter seinem Tarnanzug hatte er eine hübsche Proviantreserve, die er in weiser Voraussicht organisiert hatte, bevor sie losgezogen waren. Er konnte warten, und er war nicht gewillt, sich in unnötige Gefahr zu begeben, jetzt, kurz vor seinem Ziel, am wenigsten.

Mitten in diese Überlegungen stießen aus der Ebene eins – zwei – drei grüne Leuchtkugeln in die Luft und verzauberten den Nachthimmel zu einem riesigen, grünlichen Gewölbe, unter dem die Gesichter der Soldaten eine fahle, grünliche Leichenfarbe annahmen.

Im gleichen Augenblick kam Bewegung in die Stahlkolosse, als wären sie Ameisen, die durch einen Fußtritt aufgescheucht wurden. Ein Heulen und Donnern schwoll an, wurde lauter und durchdringender, füllte die ganze Landschaft aus, die ersten Panzer rollten träge an, mit knirschenden, vereisten Ketten und hämmernden, noch kalten Motoren, die Verkleidungen fielen, die Büsche wurden abgerissen.

Es mußten an die fünfzig oder mehr Panzer gewesen sein. Immer schneller rollten sie am Waldrand entlang, vorbei an den fassungslos starrenden deutschen Soldaten, die sich tief in die Schneemulden duckten und erschrocken den Aufmarsch der Stahlkolosse verfolgten.

»Meine Fresse«, sagte Schwanecke, »jetzt sind wir mitten im Schlamassel!«

»Wie meinst du das?« fragte Deutschmann.

»Siehst du denn nicht, die rollen jetzt bis an den Weg durch den Wald und dann gegen unsere HKL. Wenn sie durch den Wald sind, dann hauen sie unsere HKL kurz und klein. Wir sind mitten in einen Aufmarsch gestolpert.«

»Was sollen wir tun, was sollen wir tun?« fragte Peter Hefe zitternd.

»Jetzt kommt gleich die Infanterie«, sagte Schwanecke behaglich.

»Wieso?«

»Na, hinter den Panzern kommt immer die Infanterie. Wenn die uns hier erwischt, dann …«

»Dann gnade uns Gott«, beendete Wiedeck.

»Also, Kommandant, gib schon einen Befehl!« sagte Schwanecke zu Peter Hefe.

Doch der Unteroffizier starrte nur mit weit aufgerissenen Augen zu den vorüberrollenden Panzern. Er konnte sich nicht rühren, sein Denken war wie ausgeschaltet, er hatte ähnliches noch nie gesehen. Das war Rußland. In Frankreich war es anders, ganz anders. In Frankreich sah man nur ab und zu französische Panzer, die nichts waren im Vergleich zu diesen da, und wenn er sie gesehen hatte, waren sie meist abgeschossen und verbrannt. Aber diese hier! Von ganz fern hörte er Wiedeck sagen:

»Na los, los!«

Nur schwer löste er seinen Blick von den Stahlkolossen, sprang auf, drehte sich um und begann zu laufen. Die anderen hinter ihm her. Jetzt mußten sie wieder den Wald durchqueren, auf dem Weg, auf dem sie gekommen waren. Das würde leichter sein, da sie auf dem einigermaßen ausgetretenen Pfad gehen konnten. Doch dafür erwartete sie auf der anderen Seite ein fast unüberwindliches Hindernis: Die russischen Panzer würden sie, auf dem Waldweg fahrend, überholen. Auf dem anderen Waldrand würden sie sicher, aus der Bewegung heraus, in einer weit auseinandergezogenen Gefechtsordnung antreten und in dieser Formation die deutsche HKL angreifen. Sie mußten also zwischen den Panzern hindurch, und nicht nur das, auch über die jetzt gewiß vollbesetzte russische HKL hinweg zu den eigenen Linien gelangen. Das war unmöglich. Und doch liefen sie, keuchend, stolpernd, den Weg, den sie gekommen waren, zurück. Was sie auf der anderen Seite des Waldes erwartete, darüber zerbrachen sie sich nicht den Kopf. Noch nicht. Genauso wenig wie die anderen Gruppen der zweiten Kompanie, die in der gleichen Lage waren.

Schon vor Morgengrauen waren sie wieder an dem der deutschen HKL zugekehrten Waldrand. Und fast gleichzeitig mit der Gruppe Hefe kamen auch die anderen Gruppen an. Schwer atmend, ausgepumpt, warfen sie sich in den Schnee. Es war genau das eingetroffen, was vorauszusehen war: Die russischen Panzer hatten sie überholt und standen in weiter Reihe auf der Ebene zwischen dem Waldrand und der deutschen HKL!

Oberleutnant Obermeier hockte mit Bartlitz in einer Mulde und starrte auf die Panzer. Plötzlich flammten Scheinwerfer auf und bestrichen das ganze Feld zwischen der deutschen HKL und dem Waldrand mit ihren grellen Lichtkegeln. Sie erfaßten eine Gruppe grauer Gestalten, die sich hinwarf und in den Schnee vergrub, doch nicht schnell genug ...

»Das sind unsere«, sagte Bartlitz. »Ganz bestimmt! Sie wollten rüber ...«

»Herrgott – warum latschen sie herum wie beim Blaubeersuchen!« Obermeier stöhnte es fast.

»Sie wissen es nicht anders«, sagte Bartlitz trocken, während beide auf den Scheinwerferkegel starrten, der dort verhielt, wo die kleine Gruppe im Schnee lag. »Wie sollen sie wissen, wie man sich in Rußland an der Front zu benehmen hat! Man hat es sie nie gelehrt.«

Jetzt kamen aus dem Wald andere dunkle Gestalten angerannt; sie arbeiteten sich schnell durch den tiefen Schnee, dick vermummt, mit Pelzmützen auf dem Kopf, Maschinenpistolen mit großen Magazinen in den Händen.

»Russen ...«, sagte Bartlitz.

Man hörte das rasende Hämmern eines deutschen Maschinengewehrs, die Russen warfen sich hin, einige sackten in sich zusammen.

»Idioten – jetzt schießen sie auch noch!« sagte Obermeier.

Ein Panzer schwenkte den Turm, und das laute Tacken eines russischen Maschinengewehrs mischte sich in die kurzen Feuerstöße des deutschen, das bald darauf verstummte. Einige deutsche Soldaten, immer noch im Scheinwerferkegel, standen mit hocherhobenen Armen auf, aber das MG aus dem russischen Panzer schoß weiter, jetzt erhoben sich auch die russischen Soldaten, und man hörte das rasende Tacken einiger Maschinenpistolen. Die Deutschen sanken nach und nach in sich zusammen.

»Mein Gott, mein Gott«, stöhnte Obermeier.

»Jetzt wissen wir, was wir zu erwarten haben«, sagte Bartlitz leise. »Wir müssen es versuchen. Wir müssen weiter. Jetzt wird bald die Infanterie ausschwärmen. Dann erwischen sie uns ... Sie haben es ja gesehen!«

In diesem Augenblick sagte auch Wiedeck zu Hefe, kaum fünfzig oder sechzig Schritte entfernt von Obermeier und Bartlitz: »Es hilft nichts, wir müssen rüber.

Jetzt ist's noch dunkel, aber nicht mehr lange. Wo sind die anderen?«

»Ich weiß nicht«, sagte Hefe.

Wiedeck sah sich um. »Deutschmann, Schwanecke, Mölders ...«

»Wie soll ich das wissen?« sagte Hefe gereizt. »Sicher sind sie zurückgeblieben, weiß der Teufel ...« Es kümmerte ihn nicht, wo die anderen waren. In ihm lebte nur noch der Wunsch, aus diesem Hexenkessel herauszukommen, hinter die deutschen Linien, nur weg von hier! Aber wie?

»Soll ich vorneweg laufen?« fragte Wiedeck.

»Jaja, lauf schon. Versuch es.«

Bevor Wiedeck losrannte, sah er von links, aus Richtung Gorki, eine lange Schützenkette russischer Infanterie ankommen. Es war höchste Zeit. Und in dem gleichen Augenblick setzten sich auch die russischen Panzer wieder in Bewegung. Aus den russischen Gräben standen Infanteristen auf und begannen, laut schreiend und wild schießend, gegen die deutsche HKL zu rennen. Die Front erwachte zu einem schrecklichen Inferno. Die deutsche Artillerie schoß. Panzerkanonen bellten auf, und Flammenbündel zitterten durch den Nachthimmel. Zwei – vier – sieben Panzer explodierten, brannten aus, glühend wie in einer riesigen Schmiede, aber die anderen fuhren weiter, unbeirrt, mit heulenden Motoren, aus den langen Rohren in der Bewegung schießend.

Etwas tiefer im Wald, doch so, daß sie noch einigermaßen nach draußen in die Ebene sehen konnten, lagen Deutschmann und Schwanecke in einer Mulde hinter einem dicken, gefällten Baumstamm. Hier waren sie einigermaßen sicher.

»Solange keine Infanterie kommt, passiert uns nichts«, sagte Schwanecke zu dem entsetzten Deutschmann. »Die Panzer können uns hier nichts anhaben.«

»Die sind jetzt schon in der deutschen HKL!« flüsterte Deutschmann.

»Na klar, was glaubst du sonst? So 'ne Feuerwalze können die paar Männeken bei uns nie aufhalten!«

»Was sollen wir tun?«

»Nur mit der Ruhe! Laß das den Vater Schwanecke machen. Für uns beide ist jetzt der Krieg aus. Ich habe das Gefühl, daß das unser letzter Rabatz war!«

Oberfeldwebel Krüll lag mit dem Unteroffizier Kentrop in einer flachen Mulde am Waldrand, preßte sich an den Boden und keuchte vor Angst. Das war das Ende. Wie konnte es so weit kommen? Aus!

»Mensch, Dicker, nimm dich zusammen«, sagte Kentrop tröstend.

»Aus – aus«, jammerte Krüll.

»Du sollst dich zusammennehmen! Nur hübsch abwarten!«

Aber Krüll sagte immer wieder nur: »Aus – aus – aus …«

Wiedeck war der erste, der aus der Mulde emporschnellte und gegen die deutsche HKL zu laufen begann.

Die Scheinwerfer waren weitergewandert, und die Dunkelheit war dick und grau wie stets kurz vor der Morgendämmerung. Wiedeck rannte wie ein Irrer. Und während er sich durch den Schnee arbeitete, dachte er an Erna, an die Kinder, und dann dachte er an nichts mehr und dann daran, daß er weitermüßte, weiter, auch wenn ihm das Herz zu zerspringen drohte, weiter und dann wieder an Erna und an den Kleinen, den er nie gesehen hatte …

Hefe sah hinter ihm her, und als er von der Dunkelheit verschluckt wurde, sprang auch er auf und begann zu rennen.

Obermeier sagte: »Halten Sie sich bei uns, Herr Bartlitz, ich springe jetzt.«

»Lassen Sie mich vorauslaufen, Herr Oberleutnant«, sagte Bartlitz.

»Nein, ich laufe vorneweg. Und … es tut mir leid …«

»Was?«

»Daß wir hier so … es tut mir leid, daß Sie im Strafbataillon … Herr Oberst …«

»Lassen Sie das. Ich bin kein Oberst mehr, und ich glaube, ich wünsche auch nicht, wieder einer zu sein.«

»Ich habe Sie sehr schätzengelernt … ich bin …«

Über Bartlitz Antlitz huschte ein kleines, gütiges Lächeln. »Mit solchen Offizieren wie Sie wäre dies – dies alles nicht geschehen«, sagte er. »Aber Sie sagten vorhin ›Herr Oberst‹ zu mir. Meinten Sie es ernst?«

»Ja – jawohl – sicher!«

»Dann gebe ich Ihnen jetzt den Befehl, erst nach mir zu laufen. Sie wissen, wie das war in der alten Armee: die höheren Offiziere immer vorneweg. Leb wohl, mein Junge – lauf erst, wenn du glaubst, daß es richtig ist. Und vergiß nicht: Einer muß zurückkommen! Wie es auch ist: Einer muß zurückkommen!« Er legte die Hand auf Obermeiers Schulter, stieß sich dann ab, sprang aus der Mulde, rannte über das Feld, nach vorne gebückt, mit schlotternden Beinen und pendelnden Armen – ein Mann, der wußte, daß es sinnlos war, dem Schicksal zu entfliehen.

Obermeier wartete einige Minuten. Die Panzer waren jetzt über die deutschen Linien hinweggerollt. Die Partisanen und die russische Infanterie kämmten jetzt die rückwärtigen Gräben durch. Es wurden keine Gefangenen gemacht – aber es gab auch fast keinen deutschen Soldaten, den man gefangennehmen konnte, solange er noch fähig war zu laufen. Sie wußten alle zu genau, was sie erwartete, wenn sie in die Hände der Partisanen fielen.

Obermeier schnellte wie ein Sprinter über das verschneite Feld, vorbei an den Klumpen, die einmal seine Soldaten gewesen waren, vorbei an noch glühenden Panzerleibern.

Er rannte wie nie in seinem Leben. Er wußte, daß er fast keine Chance hatte, heil bei den eigenen Truppen anzukommen. Wenn, dann nur jetzt, in dieser Verwirrung, im Schutze der Dunkelheit, die sich jetzt langsam zu lichten begann. Es war eine verschwindend geringe Möglichkeit, aber er mußte es versuchen. Einer mußte zurückkommen.

Von der Seite her sah er plötzlich einen dunklen, heulenden Schatten auf sich zukommen: ein Panzer. Ein kleiner, stechend heller Scheinwerfer blitzte an der Stirnseite auf – und mitten in seinem Kegel stand Obermeier, zu einer Säule erstarrt, die Arme vorgestreckt, als wollte er ins Wasser springen.

Mit ein paar Sätzen war er außerhalb des Lichtkegels. Er rannte im Zickzack weiter, hinter sich hörte er das Hämmern des schweren MGs aus dem Panzer.

Ein Loch, dachte er, während ihm das Herz zu zerspringen drohte und ihm der Schweiß über das Gesicht rann, er mußte ein Loch finden ... ein Schützenloch ... einen Granattrichter ... einen Graben.

Auch Wiedeck sah den einsamen Panzer, der als Nachhut zurückgeblieben war. Er warf sich in ein flaches Granatloch und nahm den Kopf herunter. Hier war er einigermaßen sicher – jedenfalls konnte ihn die Panzerbesatzung kaum entdecken. Den ersten Teil des Weges hatte er hinter sich, jetzt war er bereits im ehemaligen Niemandsland zwischen den russischen und deutschen Gräben. Plötzlich fiel etwas auf ihn, ein schwerer Körper preßte ihn in die Erde und umklammerte seine Schulter.

»Geh weg, du Affe!« schrie Wiedeck.

»Ich bin's, Bartlitz«, keuchte der Unbekannte auf seinem Rücken. »Rück zur Seite ... bist du's, Wiedeck? Es reicht für uns beide.«

»Mensch, hoffentlich sieht uns der nicht!«

Wenig später fiel eine dritte Gestalt zu den beiden in den Trichter. Sie schnellte heran, wie von einem Katapult geschossen, legte sich flach über die beiden Körper und drückte Wiedecks Kopf mit beiden Händen herab, als dieser nachsehen wollte, wer es war.

»Kopf runter«, zischte eine Stimme.

»Herr Oberleutnant ...«

»Ja, halt die Schnauze!«

»Also wieder zusammen ...«, murmelte Bartlitz.

»Still!«

Sie lagen eng aneinandergepreßt in der flachen Mulde und lauschten. Ganz in der Nähe klirrte es heran, donnernd, die Ketten knirschten, der Scheinwerferstrahl aus dem Panzer irrte über sie hinweg, kam zurück – und blieb auf Obermeiers Rücken, der flach über das Loch hinausragte, stehen.

»Er hat uns entdeckt«, sagte Obermeier leise.

»Aus ...«, schluchzte Wiedeck.

»Noch nicht«, sagte Obermeier. »Er schießt nicht ... er will uns überrollen. Wenn er ganz rankommt ...«

Er brach ab, die beiden anderen hatten ihn verstanden.

Jetzt war das Klirren der Panzerketten ganz nah.

»Los«, schrie Obermeier, und alle drei sprangen auf und stoben auseinander. Der Panzer rollte über die Mulde, blieb stehen, drehte sich auf der Stelle. Der Deckel auf dem Turm sprang auf, und ein Kopf sah heraus. Gleich darauf fing das Maschinengewehr zu rattern an.

Der erste, den es erwischte, war Bartlitz. Wie festgenagelt blieb er plötzlich stehen und sank dann stumm in sich zusammen.

Dann kam Wiedeck an die Reihe. Er fiel aufs Gesicht, seine Arme und Beine zuckten noch eine Weile, sein Körper warf sich in zwei, drei Krämpfen empor – bis er still und reglos liegenblieb.

Es gab keine Deckung. Obermeier rannte und betete. Das Maschinengewehr wirbelte jetzt den Schnee um ihn auf. Er rannte. Und dann hörte das Schießen des MGs auf, und ein krachender Schlag in seiner Nähe warf ihn zur Seite. Er rappelte sich wieder hoch und lief weiter. Und wieder ein Krachen und ein dumpfer Schlag gegen seinen Arm: Die Russen schossen mit der Kanone hinter ihm her. Er war ein schönes, lebendiges Ziel, ein einzelner Mann, der mühsam und schwankend durch den Schnee watete. Eine herrliche Zielscheibe –

Die dritte Granate war ein Volltreffer.

Berlin:

Wider aller Erwarten hatte Dr. Deutschmanns Aktinstoff gewirkt. Julia Deutschmann erholte sich langsam, ihr Herz arbeitete zusehends besser, der Blutspiegel war weniger katastrophal. Professor Burger und Dr. Wissek verfolgten mit Erstaunen und Unglauben ihre Besserung und schmiedeten bereits Pläne für die Zukunft, Pläne, die sich um Deutschmanns Aktinstoff drehten. Welch einen Segen bedeutete diese Erfindung für die ungezählten Verwundeten mit infizierten Wunden!

Dr. Kukill wich nicht von Julias Seite. Sein abgezehrtes Gesicht war das erste, was Julia sah, als sie für einige Augenblicke aus der tiefen Ohnmacht erwachte. Zuletzt war es ihm auch noch gelungen, mit Hilfe seiner weiten Verbindungen, über die Schweiz, ein neuartiges englisch-amerikanisches Präparat zu beschaffen, ein ›Antibiotikum‹, wie es genannt wurde, um Julias Behandlung fortzusetzen. Der Aktinstoff war ausgegangen, und in Deutschmanns Haus suchte man umsonst nach Unterlagen, nach denen man neuen herstellen konnte. Deshalb war klar, daß man Deutschmann unverzüglich wieder nach Berlin holen mußte, denn nur er selbst konnte seine Versuche fortsetzen, um schließlich die Fabrikation des »Aktinstoffes« zu sichern. Er und Julia. Aber mit Julia war noch lange nicht zu rechnen; auch wenn es gelang, sie endgültig dem Tode zu entreißen – es konnte immer noch ein Rückschlag eintreten –, war sie für lange Wochen und wahrscheinlich sogar Monate unfähig, das Bett zu verlassen.

Welch ungeahnte Möglichkeiten!

Selbst wenn es noch ein Jahr oder sogar zwei dauern würde, bevor die Massenproduktion des ›Aktinstoffes‹ möglich war, bedeutete dies einen ungeheueren Fortschritt in der Behandlung der infektiösen Krankheiten – vor allem aber kam es den Soldaten zugute. Man dachte in Begriffen, die sich immer wieder und fast ausschließlich um den Krieg drehten, und so war es nur verständlich, daß die ersten Gedanken der Ärzte der Wundbehandlung galten.

Als Julia aufwachte und in das über sie gebeugte Gesicht Dr. Kukills sah, kam in ihre leeren, abwesenden Augen, die wie zwei tiefe, dunkle Brunnen aussahen, erst langsam, nach und nach das Erkennen. Ihre Lippen bewegten sich, ohne daß ein Laut zu hören war. Dr. Kukill beugte sich noch tiefer. Atemlos lauschte er dem Flüstern, das schließlich ganz leise und undeutlich über ihre Lippen kam.

»Was – ist – geschehen – wo – bin – ich – – – hier ...«

»Sie waren sehr krank«, sagte er begütend. »Jetzt geht es Ihnen wieder besser.«

»Was – ist – geschehen – mit ...«

»Sprechen Sie nicht, Julia. Schlafen Sie. Versuchen Sie zu schlafen –!«

In ihre Augen kehrte jetzt Erinnerung zurück, ganz langsam, nach und nach, sie versuchte sich aufzurichten, aber durch ihren erschreckend abgemagerten Körper lief nur ein langes Zittern.

Sie sagte: »Selbstversuch – ist – ist – es ...«

»Ja. Es ist gelungen. Beruhigen Sie sich, bitte ...!«

»Werden Sie – werden Sie – Ernst ...«

»Ja«, sagte Kukill, »ich werde ihn herausholen. Ich verspreche es Ihnen. Ich – ich habe bereits alle notwendigen Schritte unternommen. Haben Sie keine Angst. Und wenn Sie jetzt schlafen – dann«, er schluckte – »dann sage ich Ihnen etwas Schönes, es wird Sie freuen ...«

»Was ist – es –?«

»Ich habe mit Ihrem Mann gesprochen«, log er, »nein, nein, nicht so, wie Sie denken«, beschwichtigte er sie schnell, als er sie zusammenfahren sah, »er ist immer noch in Rußland, ich habe telefoniert. Es geht ihm gut, er hat es mir gesagt, und er – er freut sich natürlich sehr, daß er zurückkommt ...«

»Weiß – er es!«

»Nein.« Und dann schnell, als bereute er seine Lüge: »Ich wollte ihn nicht beunruhigen. Es ist immer noch Zeit, es ihm zu sagen.«

»Bitte ...«, sagte sie, schloß die Augen, und die nächsten Worte waren nur ein undeutliches, schwaches Murmeln, aber dann machte sie die Augen wieder auf und sprach sehr deutlich und klar, während ein kleines, glückliches Lächeln über ihr Gesicht huschte:

»Bitte – rufen Sie ihn noch einmal an – sagen Sie ihm – sagen Sie ihm – ich bin sehr glücklich – sehr glücklich …«

»Ja«, sagte er mit Überwindung, »ja, ich werde anrufen. Ich werde es tun, ich werde es ihm sagen.«

Aber sie hörte ihn schon nicht mehr. Sie schlief ein.

Diesmal ging es schneller. Dr. Kukill hatte wieder seinen Gruppenführer aufgeboten, der mit ihm zu der Fernsprechzentrale des Heeres ging. Schon nach anderthalb Stunden hatten sie die Verbindung nach Orscha. Doch hier blieben sie stecken, und erst nach langem Gerede konnten sie erfahren, daß an der Front alles drunter und drüber ging und daß sich der Divisionsstab bereits zum Aufbruch rüstete. Russen seien durchgebrochen, was, zum Teufel, wollten die in Berlin jetzt mit irgendeinem Deutschmann in irgendeinem Nest, das sicher bereits von den Russen überrollt worden war? Bewährungsbataillon 999? Was soll mit ihm sein? Warum, zum Teufel, konnten die in Berlin keine Ruhe geben? Dieses Bewährungsbataillon bestand nicht mehr. Aufgerieben. Aus. Warum viele Gedanken über seinen Verlust verschwenden – es gab noch 'ne Menge andere Bataillone, die nicht mehr bestanden! Man hatte jetzt in Orscha andere Sorgen. Jaja, aufgerieben! Nichts mehr übrig davon, Ende?

Ende.

»Aufgerieben also«, sagte Dr. Kukill leise vor sich hin, als er den Telefonhörer wieder auflegte. Aufgerieben – also wahrscheinlich tot oder in Gefangenschaft geraten, was soviel wie tot bedeutete. Er wußte nicht, was er darüber denken sollte. Es war klar, daß er dies Julia einstweilen verbergen mußte, bis sie außer Gefahr war. Dann konnte man weitersehen. Gut, er hatte sich alle Mühe gegeben. Er hatte alles getan, was in seiner Macht stand. Er hatte alles in die Wege geleitet, um Deutschmann wieder nach Berlin zu holen. Das war nicht gelogen. Wenn es aber so war … wenn Deutschmann tot war, dann war es nicht seine Schuld. Und … Julia wird es überwinden, sagte er sich. Vielleicht nicht so schnell, vielleicht wird sie noch ein Jahr lang trauern, vielleicht auch zwei – aber es gab keine Wunde, die mit der Zeit nicht heilte. Er mußte ihr Zeit lassen. Er mußte ihr ein guter, achtungsvoller Freund sein und sie behutsam wieder ins Leben führen. Dann – dann würde sie eines Tages erkennen, daß sie sich in ihm getäuscht hatte, und dann ... dann ...

»Kommen Sie, gehen wir«, sagte er zu dem Gruppenführer, der mit ausgestreckten Beinen in glänzend polierten Stiefeln auf einem Stuhl saß.

»Was ist los?« fragte er.

Dr. Kukill zuckte mit den Schultern. »Aufgerieben. Wahrscheinlich.« Er brauchte nichts weiter zu sagen. Der andere hatte ihn verstanden.

Durch Barssdowka rollten russische Panzer.

Von der einen Seite hatten sie die deutschen Stellungen aufgerollt, von der anderen Seite, vom Wald her, strömten die Partisanenverbände Denkows, mit ihm und Tartuchin an der Spitze, in das Dorf.

Stabsarzt Dr. Bergen und Kronenberg waren mit einem Teil der Verwundeten noch rechtzeitig weggekommen. Mit den letzten Fahrzeugen waren sie nach rückwärts gerast, über die Artilleriestellungen hinaus – etwas verwirrt und beruhigt zugleich über nur geringe Anzeichen der Nervosität bei den Artilleristen. Wie oft hatten sie solche panikartigen Erscheinungen schon durchexerziert! Ein russischer Einbruch? Unangenehm – und was weiter? Von rückwärts kamen bereits die ersten, in Eile zusammengerafften Reserven, um zum Gegenstoß anzutreten.

Und als Dr. Bergen, mit seiner Kolonne an den Straßenrand gedrängt, in die grimmigen, unbeweglichen Gesichter der Soldaten eines Sturmbataillons sah, die in ihren Kübelwagen langsam über die zerfahrene Straße in Richtung Front schaukelten, mit Maschinengewehren, Maschinenpistolen und Gewehren zwischen den Knien, abenteuerlich und gefährlich aussehend in ihren weißen Tarnjacken mit weißgestrichenen Stahlhelmen, da fragte er sich ein bißchen beschämt, ob seine überstürzte Flucht gerechtfertigt war.

Sie war es.

Die Russen kamen zwar nicht weit über Barssdowka hinaus, doch dort und anderswo, besonders aber dort, wo die Partisanen hinkamen, verbreiteten sie grollend und vom Blutrausch besessen den eisigen Schreckenshauch des Todes.

Unterarzt Dr. Hansen war in Barssdowka geblieben bei den nicht transportfähigen Verwundeten, in Mehrzahl Kopf- und Bauchschüsse. Zu den Verwundeten seines eigenen Bataillons hatten sich noch einige aus den Infanterie-Einheiten zugesellt, die aus ihren Stellungen geworfen worden waren. Die Scheune war halb voll, sie lagen still, mit großen, erschrockenen Augen gegen die Tür starrend, durch die jeden Augenblick die Russen kommen konnten. Zwischen den Betten und Strohsäcken ging Dr. Hansen hin und her, Ruhe und Zuversicht zusprechend und ausbreitend, Trost spendend und Linderung schaffend.

Über dem Eingang hing eine große Rotkreuzfahne, schwer und unbeweglich in der ruhigen, stillen Luft.

Und plötzlich hörte man sie kommen.

Schon eine ganze Weile hörten die Verwundeten die dröhnenden Panzermotoren und vereinzelte Schüsse. Jetzt aber hörten sie ihre Stimmen, kurze, heisere Ausrufe und dann ein langes, lang anhaltendes, lautes Lachen.

Dr. Hansen nickte den Verwundeten zu und ging langsam zur Tür.

Tartuchin war der erste, der den Arzt in seinem weißen Kittel in der Tür stehen sah. Er verharrte einen Augenblick, hob seine Maschinenpistole und jagte eine kurze Garbe in das Tuch der Rotkreuzfahne über Hansens Kopf. Dann grinste er, doch plötzlich vereiste das Grinsen auf seinem breiten Gesicht, und er duckte sich zusammen: Hier waren noch deutsche Soldaten! Vielleicht traf er auch IHN, seinen großen Feind, unter ihnen. Verwundet? Egal, vielleicht hatte er sich unter die Verwundeten gemischt, vielleicht war er selbst verwundet, vielleicht ... und wenn er ihn nicht fand ... Gut! Hier, an diesen verfluchten Deutschen konnte er seinen Haß stillen. Nicht für immer, nicht einmal für lange Zeit, nur so lange, bis er neue fand. Was tat es, daß es Verwundete waren? Bevor sie verwundet wurden, hatten sie auf seine Brüder geschossen, hatten sie sie getötet, hatten sie ... jetzt werden sie das büßen!

Angespannt, mit vorgebeugtem Körper ging er gegen die Scheune, gegen den kleinen, schmächtigen Arzt, der mit unbewegtem Gesicht, ihm ruhig entgegenblickend, vor der Tür stand und den Weg in die Scheune versperrte.

»Idi!« Geh! sagte er, als er vor dem Arzt stand.

»Du bist ...«, begann der Arzt, der den ehemaligen Hilfswilligen erkannt hatte, aber Tartuchin unterbrach ihn ungeduldig: »Geh – geh!«

»Nein!« sagte der Arzt und rührte sich nicht von der Stelle.

»Nein?« wiederholte Tartuchin, und über sein Gesicht huschte ein schnelles, böses Lächeln. »Nein? Nein?«

Langsam, überlegend und – Dr. Hansen sah es: tödlich entschlossen hob er die Maschinenpistole, bis ihr Lauf dem Arzt genau gegen die Brust zielte.

»Nein?« sagte er wieder. »Nein?«

Es gab keinen Zweifel – Tartuchin würde schießen, wenn ihm der Arzt nicht aus dem Weg ging. Und doch rührte sich Dr. Hansen nicht.

In diesen wenigen, kurzen Augenblicken wuchs der junge, schmächtige Arzt über sich selbst hinaus. Er hatte eine tödliche, entsetzliche Angst, die sein ganzes Inneres zusammenkrampfte, die Haut auf seinem Körper zusammenzog – aber nichts davon drang nach außen. Ruhig, still, mit verschlossenem und ein bißchen hochmütig wirkendem Gesicht stand er vor Tartuchin, der jetzt wieder zu lächeln begann – ein breites Grinsen, das den Tod ankündigte.

»Stoj!« hörte man von der Straße her eine laute, befehlende Stimme. Tartuchins Grinsen erstarrte, dann wandte er den Kopf halb zur Seite und blickte über die Schulter mit bösem Blick gegen die Stimme.

Sergej Denkow kam langsam näher. Die Maschinenpistole hielt er unter den Arm geklemmt.

»Was willst du?« fragte er auf russisch, als er zu Tartuchin und Dr. Hansen kam.

Tartuchin zuckte mit den Schultern.

»Los, was willst du?« fragte Denkow wieder, und seine Stimme hatte jetzt einen scharfen Klang bekommen.

»Er will mich nicht reinlassen«, sagte Tartuchin.

»Und du wolltest ihn umlegen, was?«

»Er ist ein Deutscher«, sagte Tartuchin.

»Kennst du ihn länger?« fragte Denkow leise, ohne den Blick von Tartuchin zu wenden, der jetzt unbehaglich zur Seite blickte.

»Los, kennst du ihn länger?«

»Ja.«

»Was hältst du von ihm?«

»Er ist ein Deutscher!«

»Und du bist ein Schwein!« zischte Denkow. »Du bist um keinen Deut besser als die Deutschen. Was hat er dir getan? Was hat er einem von uns getan? Nichts! Er hat unsere Bauern geheilt, als sie krank waren, und wenn ich mich recht erinnere, hat er auch dich einmal verbunden. Und du willst ihn töten! Verschwinde. Los, hau schon ab!«

Tartuchin trollte sich schweigend mit einem bösen, verbissenen Gesicht davon.

»Danke«, sagte Dr. Hansen aufatmend.

»Schon gut«, sagte Denkow, noch vor Wut kochend. »Geh mir jetzt aus dem Weg.«

»Was wollen Sie tun?«

»Du sollst mir aus dem Weg gehen!«

Dr. Hansen trat beiseite und sagte: »Wenn Sie nicht gekommen wären …«

Denkow, der an ihm vorbei in die Scheune treten wollte, blieb stehen, drehte sich zu ihm und sah ihn lange an. Dann sagte er: »Dann wären alle die ...«, mit dem Kopf zeigte er gegen die Scheunentür, hinter der die Verwundeten lagen, »... alle die tot. Ich weiß. Sehr oft kommt niemand dazu, um es zu verhindern. Es gibt solche und solche. Bei euch und bei uns. Kommen Sie mit!«

Die Verwundeten kamen in Gefangenschaft. Dr. Hansen an ihrer Spitze.

Auch das Haus der alten Marfa überrollte der Krieg. Die Panzer fuhren in einer langen, dröhnenden Kolonne daran vorbei. Tanja stand am Fenster und sah mit leeren Augen auf die Stahlkolosse. Sie haben mir meinen Michael genommen, dachte sie in grenzenloser Traurigkeit. Sie haben mir das Glück genommen ... ich hasse sie ... ich hasse sie.

Aber sie wußte eigentlich nicht, wen sie damit meinte. Die Deutschen. Die Russen? Den Krieg zwischen den Deutschen und Russen? Ihr Schicksal – oder ihre Schwäche und ihre Liebe dem deutschen Soldaten gegenüber?

Sie blickte sich nicht um, als sie hinter sich die Tür aufspringen hörte und ein eisiger Luftzug ins Zimmer kam. Aber auch ohne hinzusehen, wußte sie mit Sicherheit, wer gekommen war. Einen kleinen Augenblick lang hatte sie die unsinnige Hoffnung, sie würde sich irren. Aber als sie Denkows Stimme hörte, wußte sie, daß es vergeblich war zu glauben, sie könnte ihm entkommen.

»Du?« fragte Denkow heiser.

Tanja lehnte die Stirn gegen die eisige Scheibe.

»Dreh dich um!«

»Warum? Du bist gekommen, um mich zu töten. Also tu's!«

»Was tust du hier bei den Deutschen?« Denkows Stimme zitterte. Sie hörte seine Schritte näher kommen. Seine Hand riß sie herum.

»Seit wann ist Marfa eine – Deutsche?« fragte sie spöttisch.

Er starrte schweigend, mit harten, unbarmherzigen Augen in ihr Gesicht.

»Tu's schon – frag nicht so viel!« sagte sie.

»Du bist ihm nachgelaufen, was? Du hast hier mit ihm

geschlafen, während wir …« Jetzt schüttelte er sie und schrie ihr ins Gesicht: »Warum hast du das getan? Warum?«

»Ich liebe ihn«, sagte Tanja schlicht. Sie schloß die Augen und flüsterte: »Kannst du das nicht verstehen?«

Denkow zögerte. Er wußte nicht, was er tun sollte. Draußen vor der Tür und durch das eroberte Dorf stürmten johlend und lachend seine Leute. Fanatische Hasser, in diesen Augenblicken blutgierige Bestien, die nach versteckten deutschen Soldaten suchten. Jetzt haßte er sie beinahe und haßte seine Aufgabe, sie zu befehligen. Er war ein Offizier, Er war nicht einer von denen. Es stimmte: Man mußte die Deutschen hassen, wenn man sie vertreiben wollte – aber man durfte keinen Augenblick vergessen, ein Mensch zu sein. Man mußte die Schuldigen bestrafen, je härter, desto besser. Aber man durfte nicht ehrlos werden. Die Schuldigen … dachte er. Auch Tanja war schuld!

Die Tür ging krachend auf, und der riesige Mischa Serkonowitsch Starobin stürzte in das alte Haus. Seine Augen leuchteten, als er mit breit lachendem Gesicht schrie: »Genosse Oberleutnant – die Deutschen sind erledigt! Wir haben sie vertrieben – wir können die Wälder verlassen!« Erst jetzt sah er Tanja und blieb mit offenem Mund stehen. »Du?« fragte er langgedehnt.

Ein Schauer flog über Tanjas Rücken, als sie dieses Du hörte. Sie war bereit zu sterben, aber hinter diesem Laut verbarg sich nicht nur der Tod.

»Was willst du mit ihr machen, Genosse Oberleutnant?« fragte Starobin. Er wischte sich über das schweißnasse Gesicht.

»Was soll man mit ihr machen?« fragte Sergej.

»Sie ist eine Verräterin!« schrie Starobin, aber seine kalt abschätzenden Augen teilten die Empörung, die er spielte, nicht mit.

»Ja …«, sagte Denkow schwer, »ja …«

»Gib sie mir!« sagte Starobin.

Tanja wich langsam an die Rückwand des Zimmers. Die Blicke der vier Augen, die sich an sie hefteten, waren das

Grauenhafteste, was sie je gesehen hatte. »Nein …«, flüsterte sie, »… tötet mich, aber nicht das, nicht das!«

»Gibst du sie mir?« fragte Starobin wieder. »Los, gib sie mir – die Sache ist klar, sie ist eine Verräterin!«

»Ja. Die Sache ist klar«, sagte Denkow langsam, drehte sich um und ging aus dem Zimmer.

In diesem Augenblick setzte der deutsche Gegenstoß ein.

Es war ein magerer Angriff – aber er wurde geführt mit der verzweifelten Wut der Soldaten, wie sie nur aus Angst und Furcht und aus Selbsterhaltungstrieb entspringen kann. Mit leichter Flak auf Selbstfahrlafetten, mit einigen Sturmgeschützen und Panzerabwehrkanonen, mit geballten Ladungen und Handgranaten gingen die ungenügenden Reserven und die in Eile gesammelten, versprengten Verbände gegen die Russen vor. Es war klar: Wenn es den Russen gelang, hier durchzubrechen, den Einbruch zu erweitern und nach Westen vorzustoßen, dann bestand nicht nur die Gefahr der Einkesselung großer deutscher Verbände, sondern auch Gefahr für die ganze deutsche Front. So schickte sogar die Luftwaffe einige Sturzkampf-, Schlacht- und Jagdflugzeuge zur Unterstützung der in schwere Kämpfe verwickelten Infanterie.

Die Sowjets gingen zurück. Einige Panzer brannten. Die restlichen walzten die alten Wege nach hinten noch einmal flach, überrollten die ehemalige deutsche Stellung und verschwanden hinter den Wäldern, von wo sie gekommen waren. Schwere Straßenkämpfe um die verlorenen Ortschaften entbrannten, oft von Haus zu Haus in verbissenen Nahkämpfen. Die fanatischen, doch unausgebildeten Partisanen des Oberleutnants Denkow hatten schwere Verluste – bis sich die restlichen wieder in die schützenden Dickichte und in die Erdbunker des Waldes von Gorki verkrochen.

Starobin und seine Gruppe blieb am Leben und schleppte Tanja mit – hinter die alten russischen Linien.

Die verlorenen deutschen Stellungen wurden wieder besetzt und von der sowjetischen Infanterie gesäubert. So war das Ganze wie ein Spuk, der aus der Dunkelheit der Nacht hervorgebrochen war, beim Einbruch der nächsten Nacht wieder zerstoben, nur die ausgebrannten russischen Panzer und einige deutsche Sturmgeschütze sowie über die Ebene verstreute Leichen zeigten, daß vor kurzem hier eine wütende Schlacht getobt hatte.

Krüll hatte Glück.

Als der deutsche Gegenangriff begann, lag er in einem flachen Granattrichter im ehemaligen Niemandsland zwischen der deutschen und der russischen HKL. Bis dorthin hatte er sich langsam, nach und nach vorarbeiten können, kriechend, Meter um Meter, immer weiter über die Ebene, die ihm keine Deckung bot. Er hatte sehr viel Umsicht und Geduld gezeigt – aber nicht aus bewußter Überlegung, sondern einfach aus Angst. Er hatte Angst, den Kopf zu heben und um sich zu sehen. Er hatte Angst, aufzustehen und loszurennen, wie es die anderen getan hatten. So kroch er – und das rettete ihm das Leben.

Als die russischen Panzer und die Infanterie vor dem deutschen Angriff zurückzufluten begannen, lag er in seinem Trichter und spielte den toten Mann. Ab und zu hörte er hastende Schritte und aufgeregte Worte der Russen, die an ihm vorbeiliefen, um ihre alten Stellungen zu erreichen. Er rührte sich nicht, er rührte sich auch dann nicht, als nahe an ihm ein rasselndes, dröhnendes Ungetüm vorbeifuhr, ein Panzer, und alles in ihm vor Angst und vor Verlangen, aufzuspringen und blind davonzulaufen, schrie; doch die gleiche Angst lähmte ihn, ließ ihn kaum atmen und blieb in seinen Knochen auch dann stecken, als sich das Motorengebrumm des Panzers entfernt hatte und schließlich verstummt war.

Er war ein glaubwürdiger Toter: Seine Tarnjacke war voller Blut – aber das Blut stammte nicht von ihm, sondern von Unteroffizier Kentrop. Eine deutsche Granate hatte diesem den halben Brustkorb weggerissen, als die eigene Artillerie Sperrfeuer schoß. Mit letzter Kraft hatte er sich in einen Granattrichter geschleppt – und dort fand ihn Krüll, auf seinem Kriechgang über das freie Feld. Kentrop lebte noch, aber Krüll, der Deckung suchte, schob ihn auf den Rand des Trichters und blieb so eine Weile, halb unter dem verblutenden Kentrop verborgen, liegen – bevor er wieder weiterzog.

Als die letzten Russen vorbeigezogen waren und lange, lange nichts zu hören war, wagte er endlich, den Kopf zu heben.

Die Ebene schien leer zu sein, und die erste Dämmerung färbte den Schnee und den Himmel grau. Er wartete, bis es Nacht war, dann kroch er weiter. Er hatte keine Schmerzen mehr in den gefühllos gewordenen Füßen wie noch zwei oder drei Stunden vorher. Er war ruhig, und die Angst war von ihm gewichen. Aber er stand nicht auf, um gegen die nahen deutschen Gräben zu laufen. Er kroch weiter – und als er endlich ankam und aufstehen wollte, von einigen Landsern des Sturmbataillons umringt, brachte er es nicht mehr fertig. Er sackte wieder in sich zusammen und flüsterte mit gefühllosen, harten Lippen erstaunt: »Was ist denn, was ist los?«

»Nichts ist los, du bist wieder zu Hause, Kumpel!« sagte ein Landser und gab ihm zu trinken. Schnaps. Es rann wie Feuer durch Krülls Adern, und er versuchte noch einmal aufzustehen. Aber es ging nicht. Seine Beine wollten ihn nicht tragen.

Krüll hatte eine Nacht und einen Tag in der unbarmherzigen Kälte verbracht. Als er zurück ›nach Hause‹ kam, waren seine beiden Füße erfroren, einer mußte später amputiert werden.

Auch Deutschmann und Schwanecke entkamen dem Gemetzel.

Als die russischen Panzer in der Ferne gegen Barssdowka verschwanden und die russische Infanterie in immer neuen Wellen hinter ihnen gegen Westen zog, krochen sie tiefer in den Wald und versteckten sich in einer Bodenmulde, die sie notdürftig vom Schnee säuberten.

»So«, sagte Schwanecke, »das hätten wir geschafft. Hier kann man es aushalten.«

»Wie lange?« fragte Deutschmann.

»Ewig.« Schwanecke zuckte mit den Schultern. »Bis die Luft rein ist. Du hast gesehen, die Russen sind durchgebrochen, und wenn sie schlau genug sind, dann rollen sie weiter, bis Berlin – – –«

»Mach dich nicht lächerlich!«

»Was glaubst du denn? Nee, nicht ganz bis Berlin«, verbesserte er sich dann, »unsere sind auch nicht dumm, und die Russen sind nicht sehr oft schlau, verstehst du? Sie sind große Krieger, aber hier oben, verstehst du ...«, er zeigte gegen den Kopf, »... hapert es manchmal. Sie hauen drauflos, immer ran wie Blücher, boxen sich durch und fallen wie die Fliegen – wo ein schlauer General so 'ne Umgehung machen würde und einen Kessel und so, verstehst du?«

»Ich bin kein General«, sagte Deutschmann überdrüssig. Er wollte Ruhe haben, er wollte nachdenken, aber dieser Schwätzer mußte immer reden und reden ... Warum war er eigentlich hier?

»Nee – und du wirst es auch nie werden«, sagte Schwanecke behaglich. »Du kannst höchstens ein prima Professor werden oder sonst was – aber nie ein General.«

»Das ist mir auch recht.« Deutschmann fischte in seinen Taschen nach Zigaretten, holte eine heraus und wollte sie anzünden. Doch ein heftiger Schlag auf die Hand schleuderte die Zigarette und die Streichhölzer in den Schnee, und als er überrascht aufblickte, sah er gerade in Schwaneckes böse, drohende Augen.

»Bist du verrückt – du Idiot?! Hier rauchen, was?«

»Na, hör mal ...«, begann Deutschmann, aber Schwanecke schnitt ihm das Wort ab.

»Schnauze!« Und nach einer Weile unbehaglichen Schweigens: »Siehst du – deshalb kannst du nie ein General werden, obwohl es auch dämliche Generäle gibt, und eine Menge dazu! Wenn du hier qualmst ... na, was glaubst du?«

»Jaja ...«, sagte Deutschmann. Schwanecke hatte recht. »Was wollen wir jetzt machen? Was hast du vor?«

»Abwarten«, sagte Schwanecke lakonisch. »Wenn die

Russen weit genug vorgestoßen sind, dann kommen die Trosse, verstehst du? Alte Knacker, die keine Wut im Bauch haben, so wie die vorne oder die Scheißpartisanen. Dann erkunden wir die Lage, und wenn sie günstig ist, heben wir die Hände hoch und ergeben uns. Was meinst du, wie so'n alter Troßsoldat stolz ist, wenn er zwei Gefangene macht?! Kennst du die Internationale?«

»Nein. Warum?«

»Ich kenn' sie, aber nicht ganz. Es wird genügen. Verstehst du: Wenn wir mit erhobenen Händen losmarschieren, singen wir die Internationale. Dann müssen die Brüder strammstehen – und können nicht schießen, ist doch klar, oder?«

Schwanecke grinste breit, und Deutschmann konnte sich eines Lächelns nicht enthalten.

Doch etwas später, gegen Nachmittag, wurde die Lage ungemütlicher. Von der Front her kam immer heftiger werdendes Schießen, das sich rasch näherte. Jetzt hörte man auch wieder Panzer, und in die alten russischen Stellungen schlugen einige deutsche Granaten.

»Ich werd' verrückt«, kommentierte Schwanecke diese veränderte Lage überrascht. »Soll das heißen, daß die Kumpels einen Gegenangriff machen?«

»Sieht so aus«, sagte Deutschmann trocken.

Als am Ende auch noch russische Infanterie – Schwanecke kroch an den Waldrand, um die Lage zu erkunden – gegen den Wald zog, wurde auch er nervös. »Nichts wie ab!« sagte er. »Wir müssen tiefer rein, sonst erwischen sie uns – und das wäre nicht gut. Jetzt sind sie erst recht wütend, wo sie zurückgejagt werden. Wer hätte das gedacht ...!«

Sie brachen auf.

Der Wald war still, tief verschneit, ab und zu polterte Schnee von den Zweigen und schlug dumpf zu Boden. Von weit her, wie aus einer anderen Welt, hörte man den Lärm der Schlacht. Der Atem dampfte vor ihren Gesichtern, als sie sich keuchend und vorsichtig, immer wieder verharrend und horchend, durch den Schnee und das Unterholz den Weg bahnten.

Es dämmerte.

»Halt!« sagte Schwanecke plötzlich, der vorausging, und blieb wie angewurzelt stehen.

»Was gibt's?«

»Ein paar Hütten, glaub' ich«, gab Schwanecke flüsternd zurück und ging langsam in die Knie. Deutschmann tat es ihm gleich – und nun sah auch er durch die Zweige hindurch die dunklen Umrisse einiger, kaum aus dem Schnee ragender Hütten auf einer kleinen Lichtung.

»Ob sie bewohnt sind?«

»Wie soll ich das wissen. Man müßte nachsehen …«

»Na, denn los!« sagte Deutschmann, und Schwanecke sah ihn überrascht an. Aber er sagte nichts. Kriechend arbeiteten sie sich weiter vor, bis an den Rand der Lichtung. Jetzt konnten sie die drei oder vier Hütten gut übersehen.

Nichts rührte sich. Es war alles stumm, sie hörten nur ihr eigenes Atmen und die dumpfen, schnellen Herzschläge.

»Vielleicht gibt's was zu fressen dort?« sagte Schwanecke.

»Wir haben ja noch etwas.«

»Eine kleine Reserve würde nicht schaden.«

»Du glaubst doch selbst nicht … wie soll es hier was zu fressen geben …? Aber vielleicht …«

»Was?«

»Vielleicht – wenn die Hütten unbewohnt sind – könnten wir hier übernachten.«

»Na, ich weiß nicht …«, sagte Schwanecke zweifelnd.

»Warum nicht? Hier draußen können wir uns ganz schöne Erfrierungen holen.«

»Das stimmt.«

»Also los!«

Von Deutschmann war die Lethargie, die sich seiner gestern bemächtigt hatte, gewichen. Mit Gewalt versuchte er immer wieder, die Gedanken an Julia und ihren Tod zu verscheuchen. Und jetzt war es ihm gelungen. Er mußte am Leben bleiben. Er hatte eine Aufgabe. Er glaubte, den Weg vor sich zu sehen – oder zumindest ahnte er ihn: Julia ist gestorben, doch ihr Tod verpflichtete ihn mehr, als es alles andere zu tun vermochte. Man konnte sie nicht mehr zum Leben erwecken – aber man konnte diesem Tod wenigstens einen Sinn geben. Er mußte am Leben bleiben, koste es, was es wolle, und dann, später einmal, seine Arbeit dort fortsetzen, wo er aufgehört hatte. Der Weg über die Gefangenschaft war bitter und hart – und gefährlich. Aber er schien ihm mehr Chancen zu versprechen als eine Rückkehr hinter die deutschen Linien. Wie viele von den Kameraden waren gestorben? Es fröstelte ihn, wenn er daran dachte, wie sie fielen und als graue Haufen liegenblieben ...

Vorsichtig, darauf achtend, daß er keinen Zweig berührte, schlich er aus dem Wald auf die Lichtung, seine Tasche (eine hatte er bei der Flucht durch den Wald weggeworfen), hinter sich herschleppend. Schwanecke folgte ihm, die Maschinenpistole im Anschlag.

Die Hütten waren verlassen.

Als sie die Tür zu der ersten aufstießen, blieb Schwanekke wie angewurzelt stehen. »Hier war noch vor kurzem jemand«, sagte er in die Luft schnuppernd. »Vor zwei, drei Stunden, vielleicht vor einer.«

»Wie ...?«

»Ich rieche es«, sagte Schwanecke bestimmt. »So was rieche ich immer.«

Die Dämmerung war jetzt tiefer geworden. Als sie aus der ersten Hütte traten, in der sie nichts Eßbares finden konnten, waren die Umrisse der drei anderen kaum noch zu erkennen. In der zweiten glühte noch ein Gluthäufchen unter der Asche, doch auch hier fanden sie weiter nichts als drei oder vier leere Kornsäcke.

Als sie um die Ecke der dritten und der größten bogen und an die Vorderseite kamen, fanden sie Tanja.

Schwanecke, der jetzt voranging, mit der Maschinenpistole unter dem Arm, wachsam, doch bereits etwas sorgloser geworden, stutzte.

»Mensch – da liegt jemand«, flüsterte Schwanecke über die Schulter und hob den Lauf der Maschinenpistole an. Deutschmann trat neben ihn, und jetzt sah auch er einen ausgestreckten menschlichen Körper, der mit dem Gesicht nach unten im schmutzigen Schnee vor der verschlossenen Tür der Hütte lag.

»Mensch …«, sagte Schwanecke, »Mensch, Doktor …«

Jetzt begannen beide zu laufen.

»Mensch, Doktor …«, sagte Schwanecke noch einmal, »Mensch, Doktor, eine Frau …«

Die langen schwarzen Haare der Toten lagen wie ein seidiger Kragen um ihren weißen Nacken. Ihre Arme waren entlang des Körpers ausgestreckt, mit den Handflächen nach oben, die Finger gekrümmt, so als wollte sie sich in den letzten Sekunden ihres Lebens an irgend etwas festklammern. Quer über den Rücken der dicken Wattejakke lief die Spur des Todes: vier kleine, runde Löcher, die die Kugeln einer Maschinenpistole in den gesteppten Stoff gefetzt hatten.

Schwanecke hatte sich als erster gefaßt. Er beugte sich über die Tote, packte sie an der Schulter und drehte sie behutsam um, als glaubte er, jede Berührung könnte ihr noch weh tun.

Deutschmann schwankte. Er trat ganz nahe an das Mädchen heran und sah ihr ins Gesicht. Ihre Züge waren gelöst, und fast schien es, als ob sie lächelte. Die wächserne Blässe ihres hübschen Gesichts stand in einem eigenartigen Kontrast zu ihrem schwarzen Haar. Ihre vollen Lippen waren leicht geöffnet, so, als ob sie noch im Todesschmerz den Namen geflüstert hatte, an den sie in den letzten Stunden immer wieder gedacht hatte: Michael …

»Tanja … Tanjascha …«, keuchte Deutschmann.

»Wie? Kennst du sie?«

Deutschmann nickte.

»Ist das vielleicht …?«

»Ja.«

»Mensch«, sagte Schwanecke, »Mensch, und so …«

Deutschmann stand wie angewurzelt. Dann wich er langsam, wie unter einem schrecklichen Zwang, zurück, mit leichenblassem Gesicht und weit offenen, entsetzten Augen. Sein Mund öffnete sich, doch er brachte keinen Laut heraus. Immer wieder starrte er auf die vier Ausschüsse, die die

Watte wie aufgeplatzte Knospen eines Baumwollstrauches aus der Jacke getrieben hatten, und auf den Zettel, der mit einer verrosteten Nadel auf der Brust Tanjas befestigt war.

»Das sind vielleicht Schweine!« sagte Schwanecke böse und beugte sich nieder, um die Schrift auf dem Papier zu enträtseln. Auf russisch stand dort ›Deutsche Hure‹, er verstand es nicht und fragte: »Was steht da, kannst du Russisch lesen ...?« Er sah sich nach Deutschmann um. »He, Doktor, was ist los?«

Deutschmann riß sich zusammen. Seine Glieder waren steif und bleischwer. Sie schmerzten ihn bei jeder Bewegung, sein ganzer Körper schmerzte ihn, aber er durfte nicht ... er durfte nicht zusammensacken, er mußte ...

»Komm«, sagte er mit einer Stimme, bei deren Klang es Schwanecke kalt über den Rücken lief, »komm!« Nur das. Aber der andere wußte, was er meinte, und lehnte seine Maschinenpistole gegen die Wand.

Sie nahmen das Mädchen, das nicht lange tot sein konnte, denn ihr Körper war noch nicht steif gefroren, und trugen es behutsam in die Hütte.

»Ich kann das nicht mit ansehen ...«, murmelte er wütend. »Ich kann das nicht mit ansehen – die Schweine! Die verfluchten Schweine!«

Sie begruben Tanja im Lehmboden der zweitgrößten Hütte. Eine alte, verrostete Schaufel, die sie gefunden hatten, war ihr einziges Gerät. Sie wechselten sich ab, und es dauerte fast drei Stunden, bis das Loch groß und tief genug war. Die ganze Zeit über sprachen sie kein Wort.

Berlin:

Es war wieder einmal Fliegeralarm, und die Kranken wurden in den Keller gebracht. Dr. Kukill saß an Julias Trage, tief über sie gebeugt, sie unverwandt ansehend.

»Haben Sie es ihm gesagt«, flüsterte Julia mit geschlossenen Augen.

»Nein, noch nicht«, sagte Dr. Kukill. »Ich habe es versucht, aber ich konnte keine Verbindung bekommen. Es ist sehr weit …« Irgend jemand stöhnte. Der Keller war überfüllt, es roch nach Medikamenten, Desinfektionsmitteln, kranken Körpern, zwischen den eng aufgestellten Behelfsbetten huschten lautlos die Schwestern, an den Wänden saßen zusammengepreßt die Gehfähigen. Ab und zu, wenn die Bombenabwürfe näher lagen, ging durch die dicken Mauern ein leichtes Zittern. Die Menschen starrten dumpf vor sich hin, jemand betete.

»Werden Sie's noch einmal versuchen?« fragte Julia und öffnete die Augen.

»Ja«, sagte Kukill. »Sprechen Sie nicht zuviel. Versuchen Sie zu schlafen.«

»Ich fühle mich schon viel wohler«, sagte Julia und sah ihm gerade ins Gesicht. »Schon viel, viel wohler. Wenn er kommt, bin ich wieder gesund. Er kommt doch bald, Herr Kukill!«

»Ja«, sagte Dr. Kukill, »er kommt bald.«

Sie saßen in der hintersten Hütte, der, die dem Wald am nächsten lag. Sie hatten kein Feuer angezündet aus Angst, sich zu verraten. Es war kalt, aber nicht so kalt wie draußen. Oder bildeten sie sich das nur ein?

Schwanecke hielt seine Maschinenpistole auf den Knien und polierte sie liebevoll mit einem Stück Tuch, obwohl die Dunkelheit so tief war, daß er nichts sah. Seine Finger tasteten geübt über den kalten Stahl, ab und zu sah er in die Richtung, wo Deutschmann saß.

»Wir müßten wenigstens ein bißchen pennen«, sagte er. »Wie lange geht das jetzt schon?«

»Es ist die zweite Nacht«, sagte Deutschmann mit seiner toten, leeren und seltsam wachen Stimme.

»Willst du nicht auch ein bißchen pennen?«

»Nein. Du kannst schlafen. Ich werde aufpassen.« Und nach einer Weile, als Schwanecke die Augenlider schwer über die Augen fielen und sein Bewußtsein in eine weiche, bleierne Grundlosigkeit zu versinken begann: »Du wirst allein weitergehen müssen. Ich gehe zurück.«

»Was?« Schwanecke schreckte hoch.

»Ich gehe zurück.«

»Wegen ...?«

»Auch.«

»Ja«, sagte Schwanecke müde. »Ich verstehe, Kumpel.«

»Schlaf jetzt«, sagte Deutschmann.

»Jaja. Ich bringe dich hin, Kumpel.«

»Wohin?«

»Die Schweine!« sagte Schwanecke murmelnd und zusammenhanglos. »Ich verstehe dich. Ich bring' dich so weit, daß du rüber kannst.«

»Das ist nicht notwendig.«

»Du kommst – nicht mal ...«, murmelte Schwanecke schon halb im Schlaf, »... du kommst nicht – mal – bis zum Waldrand – allein. Ich bring' dich hin, und halt den – Mund! Halt den Mund, Kumpel, halt – – –«

Er schlief ein.

Sie verbrachten die ganze Nacht und den darauffolgenden Tag in der Hütte. Am Nachmittag schlief Deutschmann einige Stunden lang einen schweren Schlaf der Erschöpfung. In der größten Hütte hatten sie ein Säckchen Sonnenblumenkerne gefunden. Während Schwanecke an der Wand unter dem Fenster lehnte und mit der Maschinenpistole auf den Knien Wache hielt, kaute er an den Kernen herum und spuckte die Schalen auf den Boden. Ab und zu sah er hinüber zu Deutschmann, der wie ein Toter, mit zwei alten Säcken zugedeckt, auf dem Dielenboden lag, und nickte vor sich hin. Einmal stand er auf und zog den verrutschten Sack bis unter das Kinn des Schlafenden. Er tat es seltsam verschämt, ungeschickt, doch seine großen, klobigen Hände waren zärtlich wie die eines Vaters, der sein Kind zudeckt.

»Ist 'n armes Schwein«, murmelte er, als er zurück zu seinem Platz unter dem Fenster ging, »ein verflucht armes, gescheites Schwein, ein Professor, aber ein armes Schwein ...«

Kurz vor der Abenddämmerung brachen sie auf.

Die russische HKL war nur dünn besetzt. Es war bitter kalt und außer einigen weit auseinanderliegenden Posten saßen alle Soldaten in ihren Unterständen. Bei solcher Kälte griffen die Deutschen nie an. Nur die Russen. Und außerdem – wann hatten in den letzten Monaten die Deutschen schon von sich aus angegriffen? Wenn sie selbst angegriffen wurden, dann schlugen sie zurück, das stimmte, aber sonst? Dazu waren es auch zu wenige. Viel zu wenige! Wo sind eigentlich die großen Armeen, die großartig ausgerüsteten Menschenmassen aus dem ersten Kriegsjahr geblieben, wo es für sie nichts anderes gab, als immer weiter gegen Osten zu stürmen?

Jetzt waren die Germanskis glücklich, wenn man sie in Ruhe ließ …

Deutschmann und Schwanecke lagen eng aneinandergepreßt in einem Trichter.

»Siehst du dort – den Panzer?« fragte Schwanecke flüsternd.

»Ja. Du meinst den abgeschossenen?«

»Ja. Der liegt bereits im Niemandsland. Bis dahin bringe ich dich. Dann mußt du selbst weitersehen.«

»Ja.«

»Denn los. Immer robben – den Arsch am Boden lassen … weiter!«

Schlangengleich, unhörbar, aus einer Entfernung von wenigen Metern kaum sichtbar, krochen die beiden Männer gegen die russischen Gräben und gegen die dunkle Silhouette des abgeschossenen Panzers im Niemandsland.

Der Schnee war von vielen Schritten festgetreten, die Luft war eisig und still, das Hemd klebte schweißnaß an Deutschmanns Körper, und über sein Gesicht rannen Schweißtropfen und zogen die Haut wie steifes Papier zusammen.

Der russische Graben.

Sie hatten eine Stelle gefunden, wo die Grabenränder von den Panzern eingedrückt wurden. Nun schlängelten sie sich langsam, Zentimeter um Zentimeter auf die andere Seite. Etwa zwanzig Meter seitwärts sahen sie eine kleine, dunkle Kuppe – den Kopf eines russischen Postens, der über den Grabenrand ins Niemandsland sah. Ein roter Punkt glühte von Zeit zu Zeit auf. Er raucht, dachte, Schwanecke abgerissen, er raucht, der Hundesohn … weiß von nichts … ich könnte hinkriechen und ihn … er würde nichts hören …

Hinter ihm schabte Deutschmanns Körper über den Boden, ein Geräusch, das man meilenweit hören konnte, wie es den beiden schien.

Aber der Posten seitwärts rührte sich nicht, und dann verschwand sein Kopf hinter dem Grabenrand; sie krochen weiter, langsam, langsam … ich muß noch zurück, dachte Schwanecke kurz, noch einmal … es ist nicht mehr weit.

Noch fünfzig Meter bis zum dunklen Schatten des abgeschossenen Panzers. Noch vierzig.

Schwanecke verharrte, bis Deutschmann an seiner Seite lag. Dann drehte er das Gesicht zur Seite und preßte den Mund gegen Deutschmanns Ohr.

»Vielleicht Minen. Wir müssen aufpassen. Bleib genau hinter mir. Kapiert?«

Deutschmann nickte. Sein Atem ging keuchend und schnell.

»Also los!«

Sie krochen weiter. Schwanecke tastete mit den Händen den Boden vor sich ab. Hier lagen keine Minen. Aber vielleicht einen Meter weiter. Vielleicht auf diesem Buckel. Er mußte rum um den Buckel. Immer in den Mulden bleiben. Er mußte sich den Weg merken. Er mußte sich jede Bodenerhebung ins Gedächtnis einprägen. Wenn er zurückging, hatte er vielleicht nicht so viel Zeit, um auf Minen achtzugeben. Da –!

Er wartete wieder, bis Deutschmann auf seine Höhe gekrochen kam, und flüsterte: »Da – eine Mine.« Mit der Hand strich er über eine kleine Erhebung im Schnee, die sich in nichts von den anderen unterschied. »Ich rieche sie, verstehst du? Und da – rechts, wieder eine. Paß auf! Zwischendurch … weiter!«

Fünfundzwanzig Meter.

Wirre, zerschossene Reste eines sich nach links und rechts in die Nacht ziehenden Drahtverhaues. »Nicht berühren …!« flüsterte Schwanecke nach hinten, während er weiterkroch. Aber Deutschmann hörte ihn nicht. Sein Herz schlug in schnellen, bis hoch in den Hals reichenden Stößen. Er sah auf die vor ihm pendelnden Stiefelsohlen Schwaneckes, die manchmal in einem vorbeiziehenden Nebel verschwanden und wieder auftauchten, wenn er die Augen für zwei, drei Sekunden fest schloß und schnell aufriß. Bei dem Panzer werde ich ausruhen können, dachte er, bei dem Panzer – wie weit ist es noch dorthin? Die wenigen Meter bis zu dieser Stelle erschienen ihm eine Ewigkeit weit zu sein, so als würde ihn von dem dunklen, langsam immer größer werdenden Schatten in der Dunkelheit ein unermeßlicher Abgrund trennen.

Mit dem Gesicht stieß er gegen den kalten Stacheldraht und zuckte zurück. Er hatte ihn nicht gesehen, und plötzlich wurde er sich bewußt, daß er bereits einige Sekunden, die ihm sehr lange erschienen, nichts mehr gesehen hatte und wie durch eine tiefe Finsternis kroch. Ich muß mich zusammennehmen, dachte er mit zusammengebissenen Zähnen, ich muß …

Schwaneckes schattengleicher Körper wand sich zwischen den Drähten. Deutschmann blieb genau hinter ihm, manchmal berührte sein Körper einen Pfahl oder den Draht, dann war Schwanecke durch, drehte sich zurück, grinste, seine Zähne leuchteten weiß, er kroch weiter, und dann war auch Deutschmann halb draußen, der Panzer war jetzt ganz nahe, nur noch zehn oder fünfzehn oder zwanzig Meter: Dort würde er sich ausruhen können.

Er blieb mit einem Bein hängen und zog ungeduldig an, um freizukommen. Das Klappern leerer Konservendosen, die im Drahtverhau hingen, war in der stillen Nacht laut wie plötzliche Gewehrschüsse. Schwanecke drehte sich erschrocken um: »Idiot –! Leise –!« Aber Deutschmann hörte ihn nicht; verzweifelt zerrte er an dem Draht, wo sich seine Hose verfangen hatte, die Konservendosen klapperten, er kam los, kroch weiter – und in diesem Augenblick erwachte die Front aus ihrem scheinbaren, sprungbereiten Schlaf.

Ein russisches MG begann zu rattern, in den Gräben wurde es lebendig, man hörte heisere, aufgeregte Rufe, trampelnde Schritte, das Schießen wurde dichter, es kam von allen Seiten auf sie zu. Ein Granatwerfer. Leuchtkugeln zischten empor und erhellten das Vorfeld mit einem weißen, gleißenden Licht. Und dann begann es auch auf der deutschen Seite, aus den Bunkern krochen Landser und eilten in die Gräben – Schwanecke sah dieses Bild so lebendig vor sich, als wäre er liegend mittendrin – deutsche Leuchtkugeln, das rasende Rattern eines MG 42, Gewehrgranaten und mittendrin die beiden Männer, die sich, so tief es ging, in den Schnee drückten.

»Ruhe – nur Ruhe!« zischte Schwanecke nach hinten. »Es geht vorbei, die haben nichts gesehen – nur Ruhe – Ruhe!«

Leuchtspurmunition des deutschen MGs streute rasende Perlenschnüre über sie hinweg, zwei – drei — vier Minen schlugen ganz nahe ein, neue Leuchtkugeln, aber es war, als wäre das Feuer zögernder geworden, weniger wütend. »Nur Ruhe – Ruhe –!« zischte Schwanecke zu dem in einer Bodenmulde liegenden Deutschmann. »Der Feuerzauber geht vorbei ...«

Hinter dem Panzer konnten sie ausgezeichnete Deckung finden. Es galt nur, bis dahin zu kommen und dort abzuwarten.

Jetzt belebte sich das Feuer wieder, wurde wütender, in der Ferne hörte man dumpfe Artillerieabschüsse. Und wahrscheinlich hatten die Russen doch etwas gesehen, denn das Feuer lag immer besser, als konzentrierte sich immer genauer dorthin, wo sie lagen, und es konnte nur noch Augenblicke dauern, bis es sie erwischte. Schwanekke drehte den Kopf zurück, schrie: »Auf – Panzer –!«, sprang wie von einem Katapult abgeschossen auf und durchraste mit wenigen, großen Sätzen die Entfernung zum Panzer und warf sich dort nieder, wühlte sich in den

Schnee unter dem Stahlkoloß, heftig atmend, doch sich bereits einigermaßen sicher wähnend. Es mußte schon ein Artillerievolltreffer kommen, wenn es ihn hier erwischen sollte!

Dann sah er zurück.

Jetzt sprang auch Deutschmann hoch. Tief gebückt, ein laufender, keuchender Schatten, Leuchtspurmunition zischte an ihm vorbei, zwei, drei Minenexplosionen, jetzt war er bereits ganz nahe, noch einige Schritte – und nun sah Schwanecke, er sah es richtig, er bildete sich das nicht nur ein, er sah, wie die rötliche Linie eines Phosphorgeschosses durch Deutschmanns Kopf schlug, in der Augenhöhe, er sah, wie es Deutschmann mitten im Satz zurück- und zugleich steil in die Höhe riß, wie immer bei Kopfschüssen, gleichzeitig schlug ganz in der Nähe eine Mine ein, umgab Deutschmann mit einer Schneewolke und schleuderte Schwanecke Schnee und Dreck ins Gesicht.

Er wischte sich die Augen aus, fuhr sich mit der Hand verzweifelt über das Gesicht und rief: »Ernst – he – Professor – Professor!«

Und wieder: »Professor – Professor …!«

Nichts.

Schwanecke kroch zurück, schnell, auf Knien und Ellbogen, sich nicht mehr um die Hölle um sich kümmernd.

Deutschmann stöhnte. Lallend, kaum verständlich kamen heisere, glucksende Laute aus seinem weit aufgerissenen Mund: »Kopf – Karl – Karl …!« Und nun schrie er laut, gedehnt, schrill: »Karl – Karl …!«

»Ja – ich bin hier – ich bin hier – ich bin hier!« keuchte Schwanecke und sah entsetzt auf den Blutbrei oberhalb Deutschmanns Mund. Es gab keine Nase mehr, keine Augen, keine Augenbrauen, nur Fleischfetzen, Knochensplitter, und mitten daraus kamen pfeifende, gurgelnde Laute und lallende, unverständliche Worte.

Schwanecke sah sich verzweifelt um, richtete sich dann kurz entschlossen auf, packte Deutschmann unter den Armen und zog ihn gegen den Panzer auf die den russischen Gräben abgewandte Seite. Deutschmann schrie, und sein

Schreien schnitt wie mit tausend Messern in Schwaneckes Gehirn, er sah auf Deutschmanns schleifende Beine und sagte sich: »Auch das – auch das –! Mein Gott!«

Deutschmanns linkes Bein schleifte ganz verdreht und viel länger als das rechte hinter dem Körper. Unter dem Knie war das Hosenbein zerfetzt und blutig.

Dann lagen sie halb unter dem Panzer.

»Ich bringe dich zurück, Doktor, Professor, ich bringe dich zurück«, keuchte Schwanecke, »keine Bange, ich bring' dich zurück!«

»Bein – was ist – mein Bein ...!«

»Dich hat's ein bißchen erwischt, Professor, wart mal!«

»Bein – ich – ich – ich – – –«

Schwanecke schnallte mit fliegenden Händen Deutschmanns Koppel los und band das zerschmetterte Bein oberhalb des Knies ab. Dann riß er das zerfetzte Tuch der Hose auseinander und schloß für einen Augenblick die Augen, als er die schreckliche Wunde sah: Deutschmanns Bein hing nur noch an zwei, drei Hautfetzen. Seine Kopfwunde konnte warten. Aber dies hier – er konnte verbluten ... Er sagte: »Ich bring' dich zurück, Professor, is' nicht so schlimm, Professor, is' halb so schlimm, ich bring' dich zurück, keine Bange!«

»... Ja – nicht – du mußt – du mußt – rüber ...«

»Halt jetzt die Klappe!«

Verbandspäckchen! Wo war das Verbandspäckchen?

»Tut's weh, Professor?«

»Ja – die Augen ...«

Das Feuer der russischen Schützen konzentrierte sich auf den Panzer. Aber Schwanecke kümmerte sich nicht darum. »Die Augen, bloß der Luftdruck«, log er, »is' bloß der Luftdruck, du kennst das, Professor, wir kennen das, is' doch klar!« Und während er sprach, holte er aus der Tasche ein verstecktes Klappmesser, das er bei dem Zimmermannstrupp organisiert hatte, er wandte kein Auge ab von Deutschmanns Bein, als er das Messer aufklappte, er sagte: »Nur verbinden, Professor – keine Bange, is' gleich fertig, dann bring' ich dich zurück zu den Unseren ...«

»Die Augen – die Augen –«, wimmerte Deutschmann.

»Ja – gleich«, sagte Schwanecke, setzte das Messer an und schnitt mit zwei, drei schnellen, starken Schnitten die Fleisch- und Hautfetzen durch, an denen Deutschmanns Bein hing.

Deutschmann schrie. Schwanecke glaubte, noch keinen Menschen so schreien gehört zu haben, aber es war schon vorbei, und er sagte beruhigend: »War bloß 'n Hautfetzen, Kumpel, bloß 'n Hautfetzen, mußte weg, verstehst du, verstehst du … ich … gleich ist's vorbei!«

»Ja – ja – die Augen …«, stöhnte Deutschmann.

Schwanecke verband den Beinstumpf, so gut er konnte, dann nahm er sein eigenes Verbandspäckchen und machte sich an Deutschmanns Kopfwunde, die fast aufgehört hatte zu bluten. Es war aus, ein Blinder konnte sehen, daß es mit Deutschmanns Augen vorbei war, weg, herausgerissen, die Nasenwurzel zerschmettert, der Stirnknochen, es war ein Wunder, daß kein Gehirn herauskam, aber vielleicht ging die Wunde nicht so tief, solche Sachen sahen im ersten Augenblick immer schlimmer aus, als sie waren, klar, vielleicht …

Als er fertig war, richtete er sich halb auf und brüllte gegen die deutschen Linien: »Nicht schießen – nicht schießen! He – ihr Idioten – nicht schießen!« Er brüllte es immer wieder, bis das Feuer von den deutschen Gräben wirklich aufhörte, und dann schrie er: »Feuerschutz–! Hört ihr – Feuerschutz–!«

Sie gaben ihn.

Er lud den jetzt ohnmächtigen Deutschmann auf die Schulter, stand schwankend auf, beugte sich noch einmal herunter und hob auch Deutschmanns abgeschnittenes Bein auf und klemmte es unter den Arm.

Dann lief er gegen die deutschen Gräben.

Er war mitten auf dem Weg, der taghell erleuchtet war von immerfort aufsteigenden Leuchtkugeln, als ihm plötzlich schien, daß irgend etwas fehlte, und es dauerte eine Zeitlang, bis er wußte, was es war:

Das Feuer war verstummt. Die Front war totenstill, nur

die hohlen, kurzen Abschüsse der Leuchtpistolen unterbrachen ab und zu das Schweigen.

Gut so ..., dachte er grimmig. In Ordnung. Gut so.

Langsam, Schritt für Schritt, ging er weiter durch die taghell erleuchtete Nacht, hoch aufgerichtet, und warf einen huschenden, unförmig-veränderlichen Schatten auf die weiße Schneefläche. Er kümmerte sich nicht um Minen. Vielleicht – vielleicht wünschte er sogar, auf eine zu treten. Es war aus. Er war auf dem Wege zurück. Er ging in seinen Tod, er wußte es. Aber er ging weiter. Er tat es, obwohl er glaubte, daß der Mann, den er trug, nicht am Leben bleiben würde. Vielleicht auch war er bereits tot – genauso tot wie dieses Bein, das er unter dem Arm geklemmt trug. Aber er hatte es ihm versprochen, ihn zurückzubringen, er hatte gesagt: Ich bringe dich zurück, Professor! Und nun tat er es – gleichgültig, ob er noch lebte oder schon tot war, gleichgültig, daß er damit so gut wie sicher in den Tod schritt.

Ein junger Leutnant nahm ihn in Empfang, als er über den Grabenaufwurf in die Stellung kletterte. Auch zwei Sanitäter mit einer Bahre warteten bereits. Langsam, vorsichtig, behutsam legte Schwanecke Deutschmanns Körper auf die Bahre und richtete sich wieder auf.

Ein Sanitäter beugte sich über Deutschmann.

»Lebt er noch?« fragte der Leutnant.

Schwanecke zuckte mit den Schultern.

»Was wollen Sie denn damit?« Der Leutnant zeigte schaudernd auf Deutschmanns Bein.

»Ach so – –.« Schwanecke legte das Bein auf die Bahre. »Ich hab' ihn zurückgebracht«, sagte er dann. »Verstehen Sie – ganz –!«

»Er lebt noch!« sagte ein Sanitäter.

»Beeilen Sie sich!« sagte der Leutnant. Und dann fragte er Schwanecke: »Wo kommen Sie eigentlich her?«

»Von drüben. Wir sind – Strafbataillon, kapiert? 999. Wir haben einen Ausflug gemacht.«

»Ja – ja, ich verstehe«, nickte der Leutnant. Er kannte die Tragödie der zweiten Kompanie dieses Bewährungsbataillons. War es nicht so, daß bloß einer mit erfrorenen Füßen zurückkam? Und jetzt noch diese beiden … es war eine verdammte Sache! Er sagte: »Ich lasse Sie zurückbringen, Sie können sich dann ausruhen. Ich glaube, Sie haben's verdient.«

Deutschmann wurde sofort über Babinitschi wegtransportiert. Der Arzt einer Reserveeinheit, die jetzt die Stellungen besetzt hielt, gab ihm eine Antitetanus- und Antigasbrandspritze und schüttelte zweifelnd den Kopf, als ihn ein Sanitäter fragend ansah.

»Beide Augen und das Bein …«, sagte er leise. »Ich glaube nicht … aber man kann nie wissen. Geben Sie mir bitte noch eine Morphiumampulle.«

Auch der Stabsarzt auf dem Hauptverbandsplatz reichte Deutschmann, der inzwischen zu sich gekommen war, sofort weiter. »Sie werden nach Orscha gebracht, Herr Kollege, ins Kriegslazarett. Dort wird man weitersehen.«

Deutschmann tastete nach seinen Augen und befühlte den dicken Verband, den man ihm angelegt hatte. »Was ist mit den Augen – und mit dem Bein –, ich weiß nicht …«

»Was?«

»Ich erinnere mich …«

»Das Bein ist hin.« Die Stimme des Arztes bemühte sich, burschikos zu klingen. Er nahm Deutschmanns tastende Hand vom Verband und legte sie auf die Decke. »Und – mit den Augen, das ist halb so schlimm. Wir werden Sie zurechtflicken, dem Nerv ist offenbar nichts geschehen, und das ist ja die Hauptsache.«

»Früher einmal – habe ich – oft so gelogen …«, flüsterte Deutschmann. Der Stabsarzt schwieg bedrückt. »Und – was ist mit Schwanecke –?«

»Wer ist das?«

»Der Mann, mit dem ich –«

»Ach so. Der ist wohlauf, soviel mir bekannt ist.«

»Ist – ist er nicht –…«

»Was meinen Sie?«

»Wo ist er?«

»Ich glaube, er befindet sich bei einer der übriggebliebenen Kompanien.«

»Ja«, sagte Deutschmann. »Ich ...« Er schwieg. Was sollte er auch noch sagen? Schwanecke hatte ihn zurückgebracht und sich damit selbst ausgeliefert. Wie viele Menschenleben hatte er, Deutschmann, auf dem Gewissen? Obwohl er nie geschossen hatte – wie viele hatte er umgebracht –? Julia – Tanja – Schwanecke ...

Reglos, still lag er da und betete: Er betete zu Gott, daß er ihn sterben ließe, und dann verfluchte er ihn, weil er immer noch lebte, er betete und bat, und seine Flüche waren eine einzige Bitte.

Schwanecke hatte man zu der nächsten Kompanie gebracht, die von dem Strafbataillon in der Gegend lag. Es war die erste Kompanie Oberleutnant Wernhers, die den russischen Stoß in die Flanke bekommen und sehr schwere Verluste hatte, aber nicht völlig aufgerieben worden war wie Obermeiers zweite Kompanie.

Wernher sah durch das Fenster seiner Hütte Schwanecke in Begleitung eines Unteroffiziers der Infanterie näher kommen. Er hatte bereits telefonisch die Meldung von dem Drama im Niemandsland erhalten und den Leutnant, in dessen Abschnitt sich das Ganze abgespielt hatte, gebeten, Schwanecke in Begleitung zu ihm bringen zu lassen.

»Wieso?« hatte der Leutnant gefragt. »Hat der Kerl etwas auf dem Kerbholz?«

»Ja.«

»Er hat sich großartig gehalten ...«

»Das glaube ich.«

»Ihr seid schon eine komische Gesellschaft«, hatte der Leutnant am Telefon geseufzt. »Also gut – ich schicke ihn in Begleitung eines Unteroffiziers.«

Jetzt stand Wernher am Fenster und sah den langsam daherschlendernden und nach links und rechts grinsenden Schwanecke.

Drei Mann überlebten den Untergang der zweiten Kompanie, ein Blinder, ein Schwerverbrecher und ein Feigling, der sich, wie man erzählte, diebisch freute, daß er den Fuß verloren hatte und damit für ewige Zeiten von der Front erlöst war. Was ist schon ein Fuß – der Staat zahlt ja eine hübsche Rente, und überdies: Ein Spieß braucht keinen Fuß, er kann auch ohne ihn die Mutter der Kompanie sein. Gute Spieße wurden gebraucht, ob mit oder ohne Fuß ... es war herrlich, ein Spieß zu sein – wenn's nicht zu nahe an der Front war.

Es klopfte. »Herein!« sagte Wernher.

Schwanecke trat langsam in den Raum. Als er Wernher sah, breitete sich über sein Gesicht das gleiche Grinsen wie vorher, als er durch die Straßen ging und alte Bekannte begrüßte. Er nahm keine Haltung an, er grüßte nicht ... er stand einfach da und grinste Wernher an. Was er wohl dachte?

Wernher entließ den Unteroffizier, der Schwanecke hierhergebracht hatte. Er vermied es, Schwanecke anzusehen, dessen Tarnjacke blutbefleckt und dessen Hände braun vom geronnenen Blut waren. Selbst über sein Gesicht zogen sich einige Streifen Blut.

»Ich habe – ich habe gehört«, begann Wernher heiser, »daß Sie sich großartig gehalten haben – Sie haben Deutschmann gerettet ...«

Schwanecke grinste nur.

»Es ist mir nicht leicht – aber ich habe Befehl aus Orscha, Sie festzusetzen und dorthin bringen zu lassen. Falls Sie auftauchen. Haben Sie dazu etwas zu sagen?«

Schwanecke sagte nichts. Er zuckte bloß mit den Schultern, legte den Kopf etwas schief und grinste weiter. Wernher ging einige Schritte auf und ab, drehte sich dann abrupt um und maß Schwanecke mit einem langen, ernsten Blick.

»Warum sind Sie eigentlich zurückgekommen? Wußten Sie, daß ...?«

»Klar«, sagte Schwanecke.

»Warum sind Sie gekommen?«

»Ich hatte Sehnsucht nach Ihnen, Herr Oberleutnant«, sagte Schwanecke.

Aber Wernher kümmerte sich nicht um seinen Spott. »Sie – Deutschmann und Krüll sind die einzigen, die übriggeblieben sind«, murmelte er. »Alle anderen ... Oberleutnant Obermeier ...«

»Krüll?« fragte Schwanecke. »Er ist –?« Jetzt war das Grinsen aus seinem Gesicht verschwunden.

»Ja. Er liegt in Orscha im Lazarett.«

»Solche Schweine haben immer Dusel –!«

»Sie sprechen von einem Oberfeldwebel, Schwanecke!«

»Na und? Wo steht's denn, daß ein Oberfeldwebel kein Schwein sein kann?«

Wernher schwieg. Was sollte er darauf antworten? Er konnte den Mann zurechtweisen, aber hatte das noch einen Sinn? Hatte er am Ende nicht recht? Ob recht oder nicht, sagte er sich, ich müßte ihn anbrüllen, dachte er, ich müßte ihn hinausjagen … Aber er tat es nicht. Er wußte manches von Schwanecke, mit ihm konnte man nicht auf die gleiche Art fertig werden wie mit den anderen.

»Was haben Sie eigentlich ausgefressen?« fragte er. »Ist es das – mit Oberleutnant Bevern?«

Schwanecke zuckte mit den Schultern.

»Oder das mit dem Gesetz über Schwerverbrecher?«

Keine Antwort.

»Was wird man mit Ihnen anfangen?«

Schwanecke strich sich mit der Handfläche vor dem Hals, machte »Hrrk –«, blinzelte und grinste dann breit. Wernher war fassungslos. Dieser Mann machte sich offenbar lustig über seinen eigenen Tod, und dabei hatte er Deutschmann, seinen Kameraden, zurückgebracht, obwohl er hätte überlaufen können und am Leben bleiben und den Russen Märchen aufbinden vom politisch verfolgten Märtyrer – bitte, war ich nicht im Strafbataillon? Ich, ein Kommunist, Heil Stalin … Und trotzdem kam er zurück und …

Es hatte keinen Sinn.

»Ich werde Sie über Nacht einsperren müssen«, sagte er. »Und morgen lasse ich Sie nach Orscha bringen. Dann …«

Er zuckte mit den Schultern, als hätte er gesagt: Was kann ich dann weiter tun? Nichts. Es tut mir leid, aber da ist nichts zu machen –!

»Und wenn ich abhaue?« Schwanecke sagte es mit einem lauernden Unterton in der Stimme und zugleich so, als würde er sich über den Oberleutnant lustig machen.

»Abhauen? Wie meinen Sie das?«

»Ich meine – einfach ab durch die Mitte! Ich, wissen Sie, Herr Oberleutnant, ich war mal berühmt dafür. König der Ausbrecher! Keine Mauer hält ihn zurück, kein Gitter ist eng genug … stand sogar mal in der Zeitung.«

»So?«

»Bestimmt. Ich könnte in einem Zirkus auftreten. Sie wissen, Entfesselungskünstler und so … ich hab' mal einen gesehen … ich hätte es allemal fertiggebracht, Ehrenwort. Hokuspokus – weg ist er … der Schwanecke, der verfluchte …!«

Das letzte sagte er mit tiefer Stimme, es genußvoll in die Länge ziehend.

»Es dürfte Ihnen schlecht bekommen«, sagte Wernher, der zur Tür ging und den Posten rief. »Es wird scharf geschossen, mein Lieber! Machen Sie keine Dummheiten!«

»Mich trifft keiner«, grinste Schwanecke. »Hokuspokus, weg ist er, aufgelöst in der Luft wie der Geist meines Onkels, den die Tante mal gerufen hatte. Spiritieren oder wie das heißt, spinitisieren … er kam, sagte ›Guten Tag‹, und weg war er wieder, obwohl ich versucht habe, ihn zu erwischen, einfach weg, kein Wunder, wo er aus der Familie Schwanecke war, ich mach's nämlich ebenso …«

Wernher ließ ihn reden. Er glaubte, den anderen zu durchschauen: Es war die Angst, die ihn so reden ließ, und die Worte versuchten sie zu verdecken. Er wußte nicht, wie überrascht und fassungslos er am nächsten Morgen in der Hütte stehen würde, in die er Schwanecke einsperren ließ – und sich an diese Worte erinnern, Wort für Wort, von denen er jetzt glaubte, ihnen nicht das geringste Gewicht beimessen zu brauchen …

»Ab mit Ihnen!« sagte er, als zwei Posten kamen, um Schwanecke abzuführen. »Machen Sie sich zuerst sauber.«

»Mache ich«, nickte Schwanecke und blinzelte dann den Oberleutnant über die Schulter an, als würde zwischen ihnen eine Verschwörung bestehen, ein Geheimnis, um das nur sie beide wußten.

In der folgenden Nacht nach Schwaneckes Rückkehr zum Bataillon beziehungsweise zu Wernhers erster Kompanie waren zwei Dinge geschehen, die weder Oberleutnant Wernher noch sein Spieß, noch der Wachhabende erklären konnten, zwei Dinge, von denen man noch lange sprach und die die Legenden um Schwanecke angereichert und ausgeschmückt wieder aufleben ließen:

Schütze Karl Schwanecke war aus dem Schuppen, in den ihn Wernher einsperren ließ, verschwunden. Aber das war noch nicht alles: Mit ihm war aus der Schreibstube auch die Pistole des Spießes mit drei vollen Magazinen verschwunden und aus der Feldküche ein langes Schlachtmesser.

Wie konnte das geschehen?

Wernher hatte einen Doppelposten angeordnet, einen vor, den anderen hinter dem Schuppen. Er wollte sichergehen. Als um zwei Uhr morgens die Ablösung kam, fand sie beide Posten bewußtlos, schwer angeschlagen im Schuppen liegen – und den Karabiner des einen, mit der gesamten Munition der beiden, nahm Schwanecke gleichfalls mit.

»Vielleicht will er 'ne Offensive starten ...«, sagten die Soldaten augenzwinkernd, als sie die rätselhaften Geschehnisse dieser Nacht lang und breit kommentierten. Es gab keinen einzigen unter ihnen, der es Schwanecke nicht gegönnt hätte, für alle Zeiten auf Nimmerwiedersehen zu verschwinden.

Als man am nächsten Vormittag Schwaneckes Ausbruch rekonstruierte, fand man folgendes heraus:

Er mußte in stundenlanger, unendlich vorsichtiger Arbeit, die von den Posten unbemerkt geblieben war, zwei Bretter an der Seitenwand des Schuppens gelockert und herausgerissen haben. Dann zwängte er sich durch den ziemlich schmalen Spalt und erledigte zuerst den einen und dann den anderen Posten (beide hatten noch einige Tage lang ziemlich starke Kopfschmerzen, aber sie nahmen es Schwanecke keineswegs übel, daß er sie so zugerichtet hatte). Dann schleppte er sie in den Schuppen und spazierte schließlich seelenruhig zu der Schreibstube, wo er das

Fenster eingedrückt und die Pistole weggenommen hatte. Anschließend war er zu der Feldküche gegangen, wo er Lebensmittel holen wollte. Er fand aber keine, denn alle waren unter festem Verschluß, und der Koch schlief daneben. Auch das wäre sicherlich kein Hindernis für ihn gewesen – aber wahrscheinlich nahte die Ablösung, die seinen Ausbruch entdecken würde, und so mußte er schließlich verschwinden, ehe er noch Eßbares mitnehmen konnte.

»Haben Sie denn, in drei Teufels Namen, nichts gehört?« fragte Wernher seinen unglücklich schauenden Spieß aufgebracht.

»Nein, Herr Oberleutnant.«

»Sie schlafen doch neben der Schreibstube … er kann doch nicht … wo mag er wohl hin sein?«

Er überlegte. Zur Front konnte Schwanecke nicht. Dort würde er fast sicher entdeckt werden. Nach Orscha? Das wäre gleichbedeutend mit Selbstmord. Dafür ist er sicher nicht ausgebrochen. Es blieb ihm nur noch ein Weg: der zu den Partisanen.

Dies war es auch, was er später seinem Kommandeur, Hauptmann Barth, telefonisch mitteilte.

»So ein Mistvieh!« sagte Barth – und Wernher war es, als hätte er in seiner Stimme einen bewundernden Unterton herausgehört und vielleicht auch ein Lächeln. Wenn man es recht besah – es war auch zum Lachen. Und zum Weinen: Was könnte man mit diesem Kerl alles anfangen!

»Und was wollen Sie machen, Wernher?«

»Was soll ich denn machen?«

»Nichts. Einen Bericht schreiben.«

»Nach ihm fahnden?«

»Hätte das denn einen Sinn? Glaube nicht.«

»Ich auch nicht, Herr Hauptmann. Er steckt todsicher im Wald – und wie sollen wir ihn dort finden? Wir sind ja sogar außerstande, ein ganzes Bataillon Partisanen aufzuspüren, das sich im Wald versteckt. Ich gehe jede Wette ein, daß er sich dort verbirgt.«

»Die Wette würden Sie wahrscheinlich gewinnen, Wernher. Ein toller Knabe, was?«

Und so war es auch: Schwanecke war im Wald von Gorki – in dem gleichen Wald, in dem sich auch sein Todfeind Tartuchin versteckte.

Im Wald von Gorki saß Mischa Serkonowitsch Starobin vor seiner Erdhöhle, rauchte Machorka und lauschte nach unten, wo Anna Petrowna Nikitewna mit einem Topf klapperte.

Oberleutnant Denkow war vor einer Stunde bei ihnen gewesen. »In drei Tagen geht's los, Genossen«, hatte er gesagt. »Wir werden jetzt die Deutschen endgültig wie Hunde vor uns herjagen. Wenn ihr wüßtet, was sich da hinten alles ansammelt ... zwei-, dreihundert Stalinorgeln, ein paar hundert Panzer, so viel Geschütze, wie ich sie noch nie beisammen gesehen habe –!«

Das war eine Wonne für Starobins Ohren gewesen. Das Abenteuer mit Tanja hatte er bereits vergessen – niemand sprach mehr von ihr, als wäre ihr Name tabu geworden –, doch jeder wußte: So starb eine Verräterin. Wenn das Ganze vorbei war, so malte sich Starobin aus, wenn die Deutschen endgültig besiegt waren, dann wollte er endlich seine Anna Petrowna heiraten. Zugegeben, sie war nicht sehr schön, aber sie war verläßlich und auch sonst ...

In seine Gedanken und Träume versunken, saß er vor dem Erdbunker und hörte und sah nicht, wie hinter ihm durch den Wald ein Mann kroch, mit heißen, glanzlosen Augen zu der Höhle und dem dick vermummten Mann starrend, über dessen Kopf blaue Rauchwölkchen aus der Pfeife kräuselten.

Schwanecke.

Hier war er richtig. Er hatte bereits eine Menge dieser Erdhöhlen gesehen, in denen Partisanen hausten, aber keine war so günstig gelegen wie diese hier. Alle anderen waren auf einem Haufen, zu zweit oder zu dritt, diese hier aber war weit und breit die einzige.

Er war in den Wald gekommen, um sich zu verbergen. Einmal würde die sowjetische Front die deutschen Linien eindrücken. Dann würden auch die Partisanen weiterrükken, und er konnte sich überrollen lassen und in die Gefangenschaft gehen. Bis dahin mußte er es aushalten. Er war gut bewaffnet, hatte Munition, vielleicht würde er sich so eine Erdhöhle bauen wie die Partisanen. Ernähren mußte er sich von Diebstählen und Raub, es blieb ihm nichts anderes übrig.

Der Hunger peinigte ihn. Es war schon der dritte Tag, ohne daß er etwas zwischen die Zähne bekam, und das konnte bei dieser Kälte nicht lange gutgehen. Dieser Erdbunker lag auf seinem Wege tiefer in dem Wald. Warum sollte er nicht versuchen …?

Micha Starobin drückte seinen dicken Daumen in die Pfeife, dann sog er wieder am Mundstück, nickte zufrieden – und in diesem Augenblick kam das Ende. Er fiel nach vorne in den Schnee, wollte schreien und um sich schlagen und hatte das Empfinden, irgend etwas würde seinen Körper in zwei Teile schneiden. »Oh – oh«, gurgelte er erstickt und starb.

Schwanecke hockte über ihm und blieb auf ihm sitzen, bis sich der Körper unter ihm streckte. Dann zog er das breite, lange Messer aus Starobins Rücken und untersuchte mit fliegenden Händen dessen Taschen. Ein Lederbeutel mit Machorka. Gut. Ein Blechdöschen mit grünem Tee … und nichts zu essen! Er verharrte und horchte gegen den Eingang in die Erdhöhle, in der eine heisere Frauenstimme plötzlich zu trällern begann. Also war es noch nicht zu Ende, er mußte auch noch eine Frau töten … im Bunker gab es sicher etwas Eßbares.

In diesem Augenblick betrat Pjotr Sabajew Tartuchin die kleine Lichtung.

Das Knacken eines Zweiges wirbelte Schwanecke herum.

Tartuchin!

Stumm standen sie sich gegenüber und sahen sich an.

»Ach – du bist …«, flüsterte Tartuchin.

Schwanecke grinste.

»Ich hab' gewußt … ich werde dich finden, und ich werde dich töten –«, sagte Tartuchin, immer noch flüsternd. »Ich hab' gewußt …«

»Quatsch nicht so kariert – na, mach's schon! Versuch's doch!« Schwanecke hatte heute keine Lust, mit dem Messer zu kämpfen. Tartuchin war zu gefährlich. Aber er mußte es wohl tun, denn das Gewehr hatte er hinter dem Erdaufwurf des Bunkers liegenlassen, um beim Überfall auf Starobin nicht behindert zu werden. Und die Pistole steckte zu tief unter der Tarnjacke. Bevor er sie hervorholte, war der andere längst über ihm. So mußte es wohl mit dem Messer sein, das er in der Hand hielt – und dabei mußte er auch noch auf die Frau aufpassen, die in der Erdhöhle steckte. Man wußte ja, wie diese Partisaninnen waren!

»Ich habe geschworen, ich habe geschworen ...«, murmelte Tartuchin, und in seiner Handfläche lag plötzlich, wie hingezaubert, ein langer Dolch.

»Na, denn –!« sagte Schwanecke.

»Ich werde dich töten ...«

»Daß ihr immer so viel quasseln müßt, du gelber Affe!«

Ihre Augen waren stumpf und leblos. Tartuchin schlich gebeugt nach vorne, bis er nur noch wenige Schritte vor Schwanecke stand. Die heisere Frauenstimme im Bunker sang. Sie kümmerten sich nicht darum. Sie umkreisten einander wie zwei riesige Katzen, weich, mit geschmeidigen, gleitenden Bewegungen, und Schwanecke mußte plötzlich an einen Wildwestfilm denken, den er irgendwann gesehen hatte und wo sich ein Indianer und ein Weißer genauso umkreisten, mit Messern in den Fäusten ... Damals erschien ihm das furchtbar albern, und in Erinnerung daran mußte er grinsen.

Natürlich siegte damals der Weiße.

Wer von ihnen beiden war der Weiße?

Das Ganze war'n Riesenblödsinn, das Ganze hatte gar keinen Sinn, es war verrückt und blöde, der Film und das da und alles andere, Tartuchin und der Wald und der Bunker und der Tote auf dem Boden und die singende Frauenstimme und er selbst und daß er hier war, das Ganze war idiotisch und unwahr, was hatte er hier zu suchen?

Es war zum Lachen!

Gleichzeitig, wie auf Verabredung, schnellten sie vom

Boden ab, trafen sich in der Luft und stießen mit ihren Messern zu. Eng umklammert fielen sie zu Boden, rollten übereinander, knurrend, stöhnend – sterbend.

Tartuchin starb zuerst.

Schwanecke richtete sich auf, stemmte sich mit den zitternden Armen vom Boden auf und sah auf den zuckenden Körper des anderen, seinen nach Luft schnappenden Mund und auf das gräßliche Verdrehen der Augen, so lange, bis Tartuchin tot war.

So 'n Riesenblödsinn!

Warum hatte er ihn eigentlich umgebracht?

Er hatte keine großen Schmerzen, nur 'n bißchen, er war bloß schwach, als seine Arme endlich nachgaben. Einige Sekunden lag er auf dem Gesicht und drehte sich dann ächzend, mit zusammengebissenen Zähnen um. Er wollte nicht auf dem Gesicht sterben. Auf dem Rücken, so war's richtig. Die Hände schön auf dem Bauch gekreuzt, so wie der Onkel nach einer Prügelei, wo er einen Stein auf den Kopf bekommen hatte. So wie es sein mußte, wenn ein Mann starb, obwohl auch das verdammt lächerlich war.

Jetzt lag er richtig.

Er hörte eine Tür schlagen und Schritte näher kommen, es war die Wohnungstür zu Hause in Hamburg, und seine Mutter kam endlich heim. Sicher war sie besoffen. Wenn sie einen Freier mitbrachte, mußte er vom Bett aufstehen und Platz machen, in die Küche gehen und warten, bis sie fertig waren. Dabei war er so verdammt müde!

Na klar, es war die Mutter! Nein – das war eine andere Frau, die sich über ihn beugte, er hatte sie noch nie gesehen, und warum guckte sie so entsetzt? So 'n Blödsinn! Natürlich war es Mutter – warum schrie sie bloß so verrückt? Warum schrie sie bloß? Jetzt verschwand ihr Gesicht, aber das Schreien blieb, und dann tauchte das Gesicht wieder auf und dann eine Hand mit einem blutigen Messer … was wollte sie bloß mit dem Messer?

So 'n Blödsinn!

Anna Petrowna schrie wie ein tödlich verletztes Tier. Sie schrie und schrie und stach mit dem Messer auf diesen fremden Mann ein, der ihren Micha getötet hatte und Tartuchin und sie nun mit weit offenen, neugierigen und spöttischen Augen anstarrte, mit einem weiß-grinsenden spöttischen Gesicht, sie schrie und stach in dieses Gesicht, aber das Grinsen konnte sie nicht auslöschen, selbst dann noch nicht, als der Fremde bereits tot war und von seinem Gesicht nichts anderes mehr übriggeblieben war als eine blutige, unkenntliche Masse.

Deutschmann wurde mit einem rumänischen Lazarettzug durch Rußland und Polen nach Berlin gebracht. Er hörte nur die Namen der Stationen, die ihm die anderen Verwundeten zuriefen, er hörte die Stimmen der Rotkreuzschwestern, die an den Fenstern Kaffee und Tee verteilten, Butterbrote und Obst.

»Haste Durst?« fragte ihn hin und wieder einer der anderen, die er langsam an ihren Stimmen unterscheiden lernte. »Willste Tee?«

Dann nickte er. Sprechen konnte er nicht. Blind, dachte er, blind … ein Bein weg … was soll ich noch? Er trank.

»Morgen sind wir in Berlin!«

Was sollte er in Berlin?

»Freust du dich?«

Warum sollte er sich freuen? Aber er nickte. Er sprach kaum, meistens nickte er oder stellte sich schlafend.

Was werde ich tun, wenn ich wiederhergestellt bin, grübelte er unablässig. Eine kümmerliche Rente, in einem Rollstuhl sitzen, tagaus – tagein, ohne den Tag zu sehen und die hereinbrechende Nacht … wenn Julia noch lebte, könnte er diktieren, denken, arbeiten, weiter, trotz allem! Nein! Könnte er ihr denn zumuten, neben einem dahinvegetierenden Krüppel zu leben?

Es war müßig, darüber nachzudenken. Sie war tot. Tanja war tot. Schwanecke war wahrscheinlich tot. Obermeier, Bartlitz, Wiedeck, alle … Warum mußte er noch leben?

Berlin:

Er lag in irgendeinem Reservelazarett. Wie lange schon? Die Schwestern sagten: vier Wochen. In Wahrheit mußte es viel länger sein. Vier Jahre. Vier Jahrzehnte. Die Zeit stand still, er stand mitten in ihr und konnte sie fast greifbar vor und um sich vorbeifließen sehen wie einen unendlichen Strom. Er würde nun immer mitten in diesem Strom leben, dessen langsamer, gleichgültiger Fluß ihn wahnsinnig machte.

Heute war Donnerstag. Na und? Was tat es, daß es Donnerstag war? Ob Donnerstag oder Freitag oder Sonntag oder Dienstag, was tat es? Es war – er hörte es – drei Uhr nachmittags. Draußen war es hell, aber nicht um ihn. Um ihn war es immer dunkel. Um drei Uhr nachmittags oder drei Uhr nachts, gleichgültig, wann es war. Er hatte die Dunkelheit und seine Gedanken und Erinnerungen – oh, hätte er sie nicht!

Er hörte, wie die Tür aufging. Sie quietschte ein wenig. Wer war eigentlich ins Zimmer gekommen? Schwester Erna? Dr. Bolz – oder der alte Freund Wissek, der schon am andern Tag kam, nachdem Deutschmann hierhergebracht worden war?

Er lauschte. Kein Schritt war zu hören, auch nicht das Klappern von Instrumenten oder Gläsern, wie es bei Schwester Erna immer der Fall war, kein rauh-gutmütiges »Grüß Gott, wie geht's unserem Kranken?«, wie Oberschwester Hyazintha – ein komischer Name – immer sagte, wenn sie das Zimmer betrat.

Stille.

»Wer ist da?« fragte er. »Ist jemand hier?«

An der Tür standen Dr. Wissek, Dr. Kukill – und Julia. Sie rührten sich nicht. Wie erstarrt sahen sie auf den bleichen, schmalen Mann in dem flachen Bett, mit dem dick verbundenen Kopf und dem kaum sichtbaren, blutleeren Mund über dem spitzen Kinn. Lange, schmale, totenbleiche Hände, deren Finger plötzlich Leben gewannen und wie suchend über die Decke tasteten …

Dr. Kukill senkte den Kopf. Blind … ein Krüppel, dachte

er, sie – sie hat ihn wieder – einen blinden Krüppel … mein Gott! Aber sie hat ihn wieder, nur wie, nur *wie!* Er drehte sich um und ging langsam, schlurfend, mit gebeugtem Rücken weg. Hier hatte er nichts mehr zu suchen. Aus. Endgültig aus. Er hatte Julias Augen und Gesicht gesehen, als sie auf den Mann im Bett blickte, und ganz klar und deutlich gefühlt, daß er überflüssig war.

»Wer ist da?« fragte Deutschmann wieder, mit einer ängstlichen, ahnungsvollen Stimme.

»Ich – ich –«, flüsterte Julia und stützte sich auf den Türpfosten. »Ich bin's, Ernst, ich bin's …!«

Nun ging auch Dr. Wissek. Leise schloß er die Tür hinter sich, horchte – und hörte langsame und dann plötzlich sehr, sehr schnelle Schritte zu Deutschmanns Bett laufen.

Er lächelte.

Was stand diesen beiden Menschen bevor? Welches Leben? Konnte es nicht über ihre Kräfte gehen? Würden sie so stark sein, die Schrecken der Gegenwart, jeder Stunde, jeder Minute, immer wieder zu besiegen? Und die Schrecken der Vergangenheit? Und doch … Welch ungeheure Opfer würde die Zukunft von ihnen verlangen – besonders von Julia! Und doch …

Sie lebten. Wie leichtfertig war es zu sagen: Besser wäre es, wenn er stürbe. War nicht das Leben das Wichtigste, das es auf der Welt geben konnte? Konnte die Liebe nicht alles das überwinden, was zu überwinden fast unmöglich schien?

Ja. War sie nur stark und groß genug, war sie nur bereit zu geben, immer wieder zu geben und jede kleine Gegengabe als ein Geschenk zu betrachten. Dann ja.

Auch Dr. Wissek hatte in Julias Augen geblickt, bevor er sie verließ. Und in ihnen hatte er diese Liebe gesehen.

An einem der grauen, trostlosen Wintertage stand Hauptmann Barth vor Krülls Bett im Kriegslazarett in Orscha. In seiner Hand wog er einen kleinen Pappkarton mit dem Eisernen Kreuz erster und zweiter Klasse und den dazugehörigen Urkunden – blanko unterschrieben, mit dem später eingesetzten Namen Oberfeldwebel Krülls. Ein junger Leutnant, frisch von der Kriegsschule – Barths neuer Adjutant –, stand etwas verlegen hinter dem Hauptmann und sah respektvoll auf den Oberfeldwebel, der sich feingemacht hatte und mit zugeknöpfter Uniformjacke, zitternden Backen und steif aufgerichtetem Körper in seinem Bett saß.

Viele bleiche, abgezehrte, ernste und grinsende Gesichter blickten von den anderen Betten herüber.

»Sie sind der Letzte der zweiten Kompanie«, sagte Hauptmann Barth – und es klang so, als wäre dies ein Vorwurf. Aber Krüll überhörte es. Sein Blick hing wie gebannt an dem Pappkarton, um ihn lag ein herrlicher, rosiger Nebel, durch den Barths Stimme nur leise, wie von ferne drang.

EK I!

»Für diesen Einsatz bekam die Kompanie das EK I«, fuhr Barth fort, »und nun muß ich es wohl verleihen. Sagen Sie, wie haben Sie das eigentlich gemacht?«

Krüll fuhr zusammen. »Was – was, Herr Hauptmann?« stammelte er.

»Na, daß Sie zurückkamen?«

»War er denn überhaupt fort?« fragte eine Stimme aus dem Hintergrund, und einige Verwundete kicherten unterdrückt.

»Ich hatte Glück, Herr Hauptmann«, sagte Krüll, »ich habe ...«, er suchte nach einem richtigen, erhebenden Wort, »... ich habe einfach meine Pflicht erfüllt und bin dann eben zurückgekommen, nach dem erfüllten Auftrag. Es war bestimmt nicht leicht, Herr Hauptmann, die Russen haben nur so auf mich ...«

Barth winkte ungeduldig ab. Ihn ekelte. Er starrte auf die Auszeichnung und dann auf die leere Uniformjacke des Oberfeldwebels mit dem einsamen Sportabzeichen auf der linken Seite. »Also«, sagte er schließlich, »ich verleihe Ihnen hiermit das Eiserne Kreuz erster und zweiter Klasse ...«, er griff in den Karton und steckte das Kreuz an Krülls Jacke, »... für die Tapferkeit vor dem Feind, als dem letzten Mann der zweiten Kompanie …« Dann setzte er ganz leise und mehr spöttisch, immer noch über den zitternden Oberfeldwebel gebeugt, hinzu: »Sie – Held …!«

Dann richtete er sich brüsk auf und sagte zu dem erstaunten, verlegenen Leutnant, ohne sich um die Verwundeten zu kümmern, die ihn stumm ansahen:

»Versuchen Sie, ein Gespräch mit der Stammersatzabteilung in Posen zu bekommen. Und bestellen Sie, man soll mir Leute für eine neue zweite Kompanie schicken. Wir haben ja genug davon …«

Quellennachweis: